Matthias Beltz

Gut und Böse

MATTHIAS BELTZ

GUT UND BÖSE

GESAMMELTE UNTERTREIBUNGEN
ZWEI BÄNDE IN EINEM BAND

HERAUSGEGEBEN UND KOMMENTIERT
VON VOLKER KÜHN

ZWEITAUSENDEINS

Matthias Beltz

GUT

GESAMMELTE UNTERTREIBUNGEN
ERSTER BAND

ZWEITAUSENDEINS

Eine ausführliche Biobibliographie gibt es unter
www.Zweitausendeins.de/redaktionelles/?thema=beltz

Das Projekt dieser Werkausgabe haben zahlreiche Freunde und Kollegen von Matthias Beltz ideell und materiell unterstützt.

Besonders gedankt sei Anne Bärenz, Ali Neander und Frank Wolff, Popette Betancor, Matthias Deutschmann, Django Asül, Olli Dittrich, Bruno Jonas, Gerd Knebel und Henny Nachtsheim, Johnny Klinke, Klaus Meier, Heinrich Pachl, Ulrike und Manfred Schiedermair, Georg Schramm, Horst Schroth, Hendrike von Sydow und Dieter Thomas, Ulrich Waller sowie Wolfgang Trautwein von der Stiftung Archiv der Akademie der Künste und dem Matthias Beltz Verein e.V.

Verlag und Herausgeber bedanken sich vor allem bei Christiane Meyer-Thoss, ohne deren Initialzündung dieses Buch nicht zustande gekommen wäre.

INHALT

ERSTER BAND
GUT

Zumutungen im Alltag
Von der Aufdringlichkeit der Gegenwart
103

Der Staat als Kunstform
Vom Umgang mit politischen Institutionen
153

Den Aufstand denken
Von der Rebellion in uns
181

Wahrlich, ich sage euch …
Von der Bühne gepredigt
207

Tatort Kneipe
Von der Schule des Lebens
437

Bericht aus Bonn
Vom politischen Alltag
463

ZWEITER BAND

BÖSE

VORWORT

von Volker Kühn

Ein Vorwort zu einer zweibändigen Buchausgabe, in der das Beste von Beltz zusammengetragen wurde und die sich als gedruckte Werkschau eines prallen Kabarettistendaseins versteht, ist wie ein Witz ohne Pointe. Zumal Kabarett an sich bereits verdichtete, eingedampfte Wirklichkeit ist, pointierter Kommentar also, der jede weitere erklärende Erläuterung von sich aus überflüssig macht und lächerlich erscheinen läßt.

Das wußte schon Max Reinhardt, als er vor hundert Jahren seine kabarettistischen Theaterparodien als Buch herausgab und in einer Vorrede ironisch bemerkte, ein guter Spaß brauche keine. Da ist was dran: Gags und Gimmicks haben es nun mal nicht gern, sich erklären zu lassen, Pointen und Ideenblitze schon gar nicht. Und dieser Doppelband ist voll davon.

Ein paar Worte sollen trotzdem verloren werden. Zumindest darüber, wie es zu dieser Buchausgabe kam und wofür sie steht.

Bereits zu seinen Lebzeiten hatte sich herumgesprochen, daß Matthias Beltz einer der bedeutsamsten deutschsprachigen Kabarettisten ist, blitzgescheit und scharfzüngig, ein hessisches Humusgewächs aus dem abgelegenen Vogelsberg, das es nach Sachsenhausen, links vom Main, verschlagen hatte, wo es feste Wurzeln schlug und atemberaubend Blüten trieb. Beltz, das war der kompromißlose Einzelkämpfer unter den Satirikern, dem es Ernst war mit dem Spaß. Ein sprachgewaltiger Wortjongleur, der sich in der Frankfurter Schule das dialektische Denken angeeignet hatte, um auch auf der Bühne das falsche Leben im richtigen aufzuspüren. Und der seine eigene kabarettistische Methode, die Theorie mittels Bauch wieder vom Kopf auf die Füße zu stellen und ihr damit eine feste Basis zu schaffen, virtuos anwandte.

Aber Beltz war nicht nur ein vielseitiger Kabarettist und wortgewandter Entertainer, er war auch ein versonnener Gesellschaftsphilosoph, ein klarsichtiger Journalist, ein belesener Literaturkenner, ein heimlicher Dichter.

Was ihm dabei durch den großen Kopf ging, von dem ein guter Freund einmal sagte, zwischen diesen beiden eigenartigen Ohren liege die ganze Welt, darüber gibt diese Buchausgabe Auskunft – unter Verzicht auf eine systematische Topographie oder chronologische Ordnung.

Für diese Werkausgabe wurden Teil- und Bruchstücke seiner Veröffentlichungen gesammelt, seine Programme geplündert; wir haben uns außerdem nach Gusto aus seinen Büchern und längeren Abhandlungen bedient, haben Gedankensplitter, unveröffentlichte Notizen und irgendwo abgelegte Verse zusammengetragen. Wir wollten die bunte Mischung: die halsbrecherisch anmutenden Sprech- und Sprachübungen, die grundsätzlichen Einmischungen, die Anklagen, die Ein-, Wider- und Freisprüche, die Polemiken, die handfeste Kalauer-Pflichtübung ebenso wie die rasante Kür in Sachen Komik, die dadaähnlichen Nonsens-Gedichte wie die reflektierenden Fußnoten zum Lauf der Weltgeschichte. Und wir haben all die Mosaiksteine in ein paar Schubladen einsortiert, in denen es jetzt einladend unaufgeräumt zugeht. Beltz hätte das gefallen.

So kann man nicht nur Beltz, den Kabarettisten, wiederentdecken, sondern auch Beltz, den Buchautor und den unermüdlichen Textlieferanten für Tageszeitungen, Publikumsillustrierte, Kulturzeitschriften und Fachperiodika. Und schließlich Beltz, den Stückeschreiber, der über seinen frühen Tod hinaus auf der Theaterbühne präsent ist.

Die Lust zu schreiben hatte ihn früh ergriffen, zum Theater fühlte er sich bereits hingezogen, als er noch die Schulbank drückte. In einem Aufsatz, den man ihm als Primaner abverlangte, ließ er sich notgedrungen über Blühhormone und Wuchsstoffe bei Pflanzen aus – wohl nicht ganz sein Thema. Die Lehrkraft des Gießener Realgymnasiums sah sich in der Beurteilung solch eigenständigen Denkens reichlich überfordert: »Sachlich schildern!« steht da am Heftrand ermahnend. Und deutlicher: »Sie wissen von allem etwas, aber nichts genau. Zumindest berichten Sie nicht so.«

Auch Jahre später, als der Jurastudent sich in seiner Examensarbeit über einen Hammel ausließ, der dem Bauern auf hessischem Weidegrund abhanden gekommen war, um an diesem Fall rechtsstaatliche Praxis zu exemplifizieren, lag er jenseits der Norm.

Die fand und erfand er sich dann wenig später selbst, als es ihn auf die Bühne verschlug. Und die stand erst auf der Straße, später im Kleinkunstkeller, im Kabarett, im Fernsehstudio, in großen Hallen, schließlich und endlich im Theater. Überall dort setzte er Maßstäbe. Seine eigenen.

Die Vorstellung des frühen Spontis, man müsse die Welt umkrempeln, um Schaden von ihr abzuwenden und dem Schönen, Wahren und Guten zum Durchbruch zu verhelfen, hat er im Laufe der Jahre weit hinter sich gelassen, nachdem die alte Kampflinie zwischen guten Linken und bösen Rechten durchbrochen war, oben und unten sich neu definierte, nachdem einige der alten Weggefährten die einstmals verhaßten Rollenspiele des Establishments nicht nur studiert und einstudiert, sondern am Ende auch perfekt draufhatten, nachdem der Osten sich westlich gab und sich herausstellte, daß der Westen für östlich praktizierte Dogmatismen durchaus empfänglich ist.

Die mit dem »Vorläufigen Frankfurter Fronttheater« anvisierte Aufgabe, auch die eigenen Reihen kritisch zu durchleuchten und sich dabei an dem Kunststück zu versuchen, die Gesinnungsfreunde genüßlich den Kakao schlürfen zu lassen, durch den sie da gezogen wurden, war für Beltz nur eine Zwischenstation. In seinen Soloprogrammen, Buchveröffentlichungen und Zeitschriftenkolumnen ging er dann noch einen Schritt weiter. Nachdem sich der Versuch, die Welt so zu verändern, wie sie sein sollte, als trügerisch und wenig erfolgreich erwiesen hatte, führte er die Welt nun so vor, wie sie ist und bedauerlicherweise wohl bleiben wird – eine Welt von Mord und Totschlag.

Das erschien manchen zartbesaiteten Kabarettbesuchern – die sich angesichts der miesen Lage, in der sie sich befinden, vom gelegentlichen Besuch im Kleinkunstkeller Trost, seelsorgerischen Zuspruch und die wohlig-wärmende Gewißheit erhoffen, es werde sich schon alles irgendwie zum Guten wenden, wenn man nur fest genug dran glaubt – als eine Brutalomethode besonderer Art. Hier begegneten sie einem, der sich ironisierend sarkastisch gab, um anzuecken und klarzustellen, der sagte, wie es ist, der sich vorgenommen hatte, sein Publikum von der Hoffnungslosigkeit über die Verzweiflung hin zur Trostlosigkeit zu führen.

Beltz hat seinen Spiegel, den er den Zeitgenossen vorhielt, immer blitzblank gehalten. Kein Wunder, daß manch einen, der sich darin wiedererkannte, bei seinem Anblick das jähe Entsetzen packte.

Er liebte es, sein Publikum zu agitieren und zu irritieren, gab was drum, Lacher zu provozieren, die in der Kehle steckenbleiben, um dann wieder durch klamottige Kostümierungen wie der Tussi-Perücke oder der Hausmeister-Augenklappe ein zwerchfellerschütterndes Vergnügen aufkommen zu lassen, das doppelbödig und darum insgeheim aufklärerisch wirkte. Er führte einen kabarettistischen Veitstanz vor, der Freiheit und Krawalle umkreiste, Tyrannenmord und Spaß an der Freud in Beziehung setzte.

Und Beltz war immer für eine Überraschung gut. Er gab sich gewaltlos und propagierte das züchtigende Schinkenklopfen für Politiker und andere großmäulige Dumpfbacken, er suchte die Nähe zu allerlei skurril anmutenden Personen der Zeitgeschichte und fand sich in den literarischen Ergüssen eines Heinz Erhardt, Fritz Grünbaum und Heinz Schenk bestätigt, er bekannte seine Vorliebe für andere, eher obskure Figuren und landete dabei, ehe er sich's versah, bei Ernst Jünger und Carl Schmitt.

Die Materiallage seiner hinterlassenen Texte ist professionsbedingt chaotisch, unübersichtlich, verworren und mehr als undurchsichtig: hier ein paar abgelegte Zettel mit handschriftlichen Notizen, dort kleine szenische Einfälle auf Hotelquittungen skizziert. Anmerkungen zur jeweils aktuellen Lage der Nation stehen da neben Komik-Kürzeln, die sich später vielleicht ausbauen lassen, witzige Formulierungen, auf die man gegebenenfalls irgendwann einmal zurückkommen wird oder auch nicht, sind da auf der Rückseite einer verblichenen Speisenkarte festgehalten wie all die eilig hingeschmierten Kritzeleien, mit denen das Funkmanuskript oder die ausgerissene Seite einer ausgedruckten Fernsehmoderation angereichert sind: Ideenblitze, plötzliche Eingebungen, Stichworte zur eigenen Erheiterung und der des Publikums. Die 70er Jahre grüßen von ausgeblichenen Durchschlägen auf kohlepapiergeschwärzten Dünndruckpapieren herüber, die von der Arbeit an Reiseschreibmaschinen und elektrisch betriebenen Kugelkopftypen zeugen, später sind es Computerausdrucke von ersten Soloconferencen, die so niemals über die Bühne gingen, andere, die dagegen vielfach erprobt waren und deshalb immer wieder gebraucht wurden, sichere »Ankomm-Nummern«, auf die Verlaß war und die deshalb immer wieder überarbeitet und aktualisiert werden wollten.

Dann aber wieder gibt es Überraschendes zu entdecken. Beltz, der Kolumnenschreiber, der Essayist und Zeitschriftenautor, hat seine Beiträge zuweilen säuberlich zwischen diversen Aktendeckeln abgeheftet, dazu die Hintergrundmaterialien aus Revolverblättern und Klatsch-Gazetten, aus der *Zeit, FAZ, Bild* und *taz* abgelegt, schließlich die gedruckten Belege und Korrekturfahnen aufgehoben und archiviert.

Matthias Beltz schrieb sich die Texte selbst, mit denen er auf die Bühne stieg. Aber Kabarett ist nie ein Solo, und im Kleinkunstkeller spielt das Publikum fast eine ebenso große Rolle wie der Protagonist. Wo das Spiel auf der Bühne über die Reaktionen von unten neu initiiert und angefacht wird und die Improvisationslust ihr Futter bekommt, ist jeder Auftritt anders und nur so gut wie die Zuschauer, die ihn miterleben. Bei Sternstunden dieser Art hat das Publikum immer auch ein fiktives Copyright auf die Texte, die ihm da um die Ohren gehauen werden.

Noch schwieriger wird es, wo – wie bei Karl Napps Chaos Theater oder beim Frankfurter Vorläufigen Fronttheater – mehrere Kabarettisten auf der Bühne zusammenkommen und gemeinsam ihre Programme über die Rampe bringen. Die Frage, wer da auf welche Nummer in welcher Fassung, wer auf welche Pointe das Urheberrecht besitzt, ist, schon gar nach Jahrzehnten, nicht zu beantworten. Wozu auch? Die Frage, wer den Einfall mit dem Gedankenstrich hatte, bevor der als gefüllte Pause auf die Bühne kam, ist müßig und geht am Kern der Sache vorbei.

Dieter Thomas, der mit Matthias Beltz zwölf Jahre lang, »chaosmäßig« und »vorläufig«, auf der Bühne gestanden hatte, beschreibt das Zusammenspiel unter den einstigen Kabarettkollegen in einem Brief, den er mir kürzlich schrieb, so: »Lieber Kamerad an der Kabarettfront … Du weißt doch am besten, wie das damals lief: Manchmal kam man von der Bühne, keiner hatte gelacht, und einer von uns dreien gab dann den entscheidenden Tip, wie die Nummer umzuschreiben ist. Oder wir saßen abends in der Kneipe, und es wurde der Spruch kreiert, ohne den ein Sketch nie funktioniert hätte. Oder wir saßen im Auto auf der Fahrt nach Berlin und schrieben gemeinsam ein halbes neues Programm. Oder wir saßen mit dem Pachl in Gomera und improvisierten wie die Teufel, obwohl wir uns doch sonnen wollten.«

Mit anderen Worten: Die Materiallage ist wie das Metier, um das es hier geht – Thomas Bernhard hatte einen Begriff dafür, wenn er davon sprach, er, sie, es oder etwas sei einfach kompliziert. Ein vielfältiges, buntes Durcheinander, wie es sich für einen fahrenden Komödianten gehört, den es nicht nur aus Gründen des Gelderwerbs aus dem Haus treibt und der oft über Monate am Stück seinen prallen Terminkalender abzuarbeiten hat. Für neugierige Nachlaßbearbeiter mit detektivischem Gespür ist ein solcher Sachbestand die wahre Freude. Andere mögen verzagen: ordnungsliebende Archivare, die es buchhalterisch mögen, streichen da schnell die Segel und werfen rasch das Handtuch.

Daß schriftliche Hinterlassenschaften von umherziehenden Entertainern so sind, wie sie sind, hat auch damit zu tun, daß Kabarettisten ihr kleines Welttheater Abend für Abend neu erfinden und aus dem Stand heraus auf der Bühne zum Leben erwecken, improvisierend, plötzlichen Eingebungen folgend, eben gänzlich anders, als sich das der Autor träumen läßt, der fernab vom quirligen Rampengetümmel sein Stück am heimischen Schreibtisch wohlformuliert zu Ende bringt und es gemeinhin erst einmal seinem Verleger überantwortet, bevor es der Schauspieler zu Gesicht bekommt, es der Regisseur in die Mangel nimmt und es schließlich dem Abonnenten des Stadttheaters vorgesetzt wird. Auf der Kabarettbühne sind andere Gesetze wirksam: Hier gilt das gesprochene Wort, das dem Augenblick verpflichtet ist wie die überraschend abgefeuerte Pointe, die aus dem Stegreif abgeschossen wird und, wenn sie zündet, im Publikum explodiert. Das Manuskript, das dem kabarettistischen Auftritt zugrunde liegt, zählt da nicht viel.

Das gilt für Matthias Beltz, der immer und überall der Tagesaktualität verpflichtet und den alltäglichen Schweinereien auf der Spur war, in besonderem Maße; ein Umstand, der eine Buchausgabe von Texten, die für den Live-Auftritt vor Publikum gedacht sind, problematisch erscheinen läßt. Denn das Kabarett lebt von jeher nicht vom Text allein. Oft macht erst die Art, wie er präsentiert wird, der Gestus, mit dem er unter die Leute gebracht wird, jene Wirkung aus, um die es im Kabarett zu allen Zeiten ging und immer gehen wird. Da kommt vieles zusammen, was eine bloße Textsammlung nicht vermitteln kann: Große Interpreten können manche Textschwächen vergessen machen, und gelungene, faszinierende Auftritte lassen selbst weniger geglückte Skriptangebote zu unvergeßlichen Vorzeigenummern werden. Auch für den umgekehrten Fall gibt es Beispiele, die belegen, wie brillante Textvorlagen durch mittelmäßige Interpreten an der Rampe abstinken können.

Was es mit diesem ebenso auf- wie anregenden Phänomen Beltz auf sich hat, versucht Heinrich Pachl, einer seiner engsten, vertrautesten und geistesverwandtesten Freunde, in einem Nachwort zu klären, dem ich dafür herzlich danke, auch dafür, daß er mich über viele Monate in ausführlichen Gesprächen mit ermunternden Sprüchen und wertvollen Hinweisen lustvoll eingedeckt hat. Zu danken habe ich auch Christiane Meyer-Thoss, Ehefrau, Managerin und künstlerische Ratgeberin von Beltz, für ihre beharrliche, anspornende Energie, mit der sie die Arbeit an dieser Werkausgabe begleitet hat, ebenso Susanne Glauber, die mit archivarischer Akribie manches Licht in das Dunkel der schier unübersehbaren Materialfülle gebracht hat, und schließlich Martin Weinmann und Klaus Gabbert, die als Lektoren ihren Anteil daran haben, daß das angedachte Buchprojekt zu dem geworden ist, wie es uns nun vorliegt.

*

Vom Tod, vom Sterben, Loslassen und von Abschieden war in den Gesprächen mit Beltz oft die Rede, verblüffend für einen Mann, der so prall im Leben stand. Es schien, als wolle er – altes kabarettistisches Mittel – den schwarzen Sensenmann auf diese Art der direkten Ansprache noch eine Weile auf Distanz halten.

Dumm, krank und hemmungslos wolle er sterben, wenn's denn sein muß, hat er einmal geäußert. Daraus wurde nichts. Sein Tod kam überraschend und ohne Vorwarnung wie ein Blitz aus düsterem Himmel, schlug ein wie eine Pointe nach kunstvoll gesetzter Pause, die um so stärker Wirkung zeigt, als sie zu diesem Zeitpunkt niemand erwartet und das Publikum unvorbereitet und kalt erwischt. Auf der Bühne wolle er den Löffel abgeben, hat er sich gewünscht, er wolle die Zuschauer ein letztes Mal sprachlos sehen und ihr Applaus solle ihn hinübertragen ins Irgendwo. Die Vorstellung, daß es danach nicht zu Ende sei, behagte ihm nicht, dazu war dieser barocke Mensch zu diesseitig gepolt.

Wenige Monate bevor es ihn hinwegraffte, hat er mich angerufen und angefragt, ob ich nicht Lust habe, bei seiner sonntäglichen Hörfunkserie »Wer lacht hier über wen?« mitzumachen und nach Frankfurt zu kommen. Man wolle die nächste Sendung, die auf den Totensonntag fiel, aus Gründen falsch verstandener Pietät ausfallen lassen, man könne doch aber, habe er sich gedacht, mal vergnüglich über Komik und Tod reden, da hätten wir beide doch sicher eine Menge Spaß miteinander.

So war es denn auch. Er plauderte vor dem Mikrophon kurzweilig und geistreich und einfach drauflos, fragte sich, worüber wohl Osama Bin Laden lachen mag und ob es eigentlich bereits Landserwitze aus Afghanistan gibt, ließ erkennen, daß er sich Beerdigungen pessimistisch-lebensbejahend vorstellte und dabei der Spaß nicht zu kurz kommen darf – Komik sei ja ohnehin im Spiel, wo es letztlich um die Frage gehe, ob beim Leichenschmaus noch genügend Schnaps und Streuselkuchen da sei. Von der Freude der Überlebenden darüber, noch nicht dran zu sein, mal ganz abgesehen.

Komik, wie Matthias Beltz sie liebte, ging an diesem Abend über den Sender, ein bißchen Spaß muß sein, auch und gerade da, wo der Schauder über den Rücken läuft, der Horror durch die Ritze linst und die Würze liefert zum Kleinkunststückchen, mit Entsetzen Spott zu treiben. Er zitierte ein Gedicht von Gerhard Rühm, in dem es um bevorzugte Sterbemethoden geht: »Ich dreh mich durch die Fleischmaschin' direkt ins offne Grab.« Ich revanchierte mich mit einer Grabinschrift aus dem 18. Jahrhundert: »Hier liegen meine Gebeine. Ich wünschte, es wären deine.« Beltz nannte das angewandte Nächstenliebe vom Feinsten.

Wir haben schrecklich viel gelacht an diesem Abend, auch später noch, als wir bis in den frühen Morgen zusammensaßen und den Parzenfaden weitersponnen – wohl auch, weil jeder meinte, er werde nicht der nächste sein, der die Niete um Sein oder Nichtsein ziehen wird. Es war unsere letzte Begegnung.

Als Wolfgang Neuss, das alte, verwitterte Urgestein des Nachkriegskabaretts, im Mai 1989 in seiner Westberliner Matratzengruft die Segel alles Zeitlichen strich und sich auf die Reise ins große Nirwana machte, gab ihm Matthias Beltz einen unsentimentalen, ebenso anrührenden wie rauhbeinig formulierten Nachruf mit auf den Weg, ganz so, wie es dem krakeelenden Stadtindianer zukam und wie es ihm sicher aus der Seele gesprochen war. »Der Neuss ist tot und läßt uns grüßen«, heißt es da von diesem »alten Ekel«, das ihm so nahestand. Also schickte er dem genialen Zunftkollegen hinterher, er sei kein guter Mensch, aber ein großer Künstler gewesen: »Das alte Nebelhorn tutet nicht mehr. Am 5. Mai 1989 starb Wolfgang Neuss. Das war zu früh.«

Du sagst es, Matthias. Zu früh, viel zu früh. Nun auch du. Bist tot und läßt uns grüßen. Mit jeder Zeile. Zwei Bände vom Besten des Guten sind es geworden. Nimm's locker.

Berlin, im Juni 2004

Sachsenhausen

Von Hessen, Heimat und Hergelaufenen

Der Hesse ist mißtrauisch
von alters her, er weiß,
er kommt grundsätzlich zu kurz.
Schon der hessische Fötus
weiß genau: Das wird
noch ganz eng für mich.

SCHÖNER WOHNEN IN SACHSENHAUSEN

Der letzte Samstag war ein ganz normaler Samstag. Man kennt das. Wenn man am Samstag aufwacht – schon gelogen. Wenn man den Wasserhahn aufdreht – schon gelogen. Da kommt ja gar kein Wasser raus, das ist doch Industriepisse. Und wach ist man am Samstag auch noch nicht, wach wird man frühestens am Sonntag. [1991]

Ich war am letzten Sonntag auch schön müde und habe mich wohl gefühlt. Ich habe nämlich eine wunderschöne Wohnung in Frankfurt in Sachsenhausen in der Brückenstraße. Das ist jetzt nicht gelogen.

Es ist ja heute gar nicht so einfach, eine Wohnung zu bekommen. Ich habe Glück gehabt, ich kannte den Vormieter. Der hat sich umgebracht, mir aber vorher versprochen, daß ich die Wohnung kriege – wenn das keine Freundschaft ist! Die Angelegenheit war auch mit dem Hausbesitzer abgesprochen – wegen der Möbel, damit ich keinen Abstand zahlen muß.

Interessant ist nun, daß er sich in der Wohnung vergiftet hat, im Zimmer nach hinten raus, das sehr still ist. Wahrscheinlich, damit man's nicht hört, wenn er schluckt.

Ich habe sofort einen neuen Bezug über die Matratze gezogen und bin auch sonst nicht abergläubisch, ich kann gut schlafen.

Es ist ja heute wirklich nicht einfach, bei der angespannten Lage auf dem Wohnungsmarkt, eine Wohnung zu kriegen zu einem annehmbaren Preis. Und deshalb wundert es mich auch, wie alt die Menschen heutzutage trotzdem noch werden.

Gut, die Kriminalität steigt, aber doch nur auf der Straße; vom Wohnbereich hört man noch keine Entspannungsmeldungen. Und dazu kommt nunmehr noch die Pflegeversicherung. Ja, die gehen nicht mehr in die Silos, die bleiben zu Hause und lassen sich pflegen. Die Pflegeversicherung ist ein Attentat auf die Obdachlosen und die Wohnungsnot.

Ich fühle mich wohl in meiner Wohnung. Ich bin auch noch nicht so alt, bin ja noch im Vorpflegestand, und diese Wohnung ist auch sehr sicher.

Auf der Straße patrouillieren schwarze Sheriffs, die schauen auch mal in den Hausflur und kommen in die Wohnung, unangemeldet natürlich, sonst wär's ja keine Überraschung.

Meine Freundin Sabine findet das nicht lustig, wenn die die Tür aufreißen und blöd fragen: Na, macht's immer noch Spaß?

Ich finde das auch aufdringlich, aber andererseits gibt's doch ein Sicherheitsgefühl, gerade auch an den kritischen Tagen. Man weiß dann, man ist nicht alleine. Die schauen auch mal rein, wenn ich nicht da bin. Nein, die klauen nichts, die nehmen nichts weg, die kommen ganz woanders her, das sind resozialisierte Gewaltverbrecher, die haben ganz andere Hobbys.

Wenn ich in meine Wohnung will, muß ich mich natürlich erst mal auf der Straße ausweisen, ich brauch dann drei Sicherheitsschlüssel und ein Scheckkärtchen für die elektronische Türöffnung und muß außerdem meinen persönlichen Geheimcode in das Ziffernschloß eingeben, fünf Ziffern, eine mehr als bei der Bank. Und wenn ich da eine falsche Zahl eintippe, dann ertönt eine Sirene, und gleich stehen die beiden schwarzen Sheriffs neben dir – und dann weißt du, wo die herkommen. Das gibt zwar keine Flecke, aber das vergißt du nie. Gut, Sicherheit gibt's eben nicht zum Nulltarif.

STRASSENTHEATER 1999

Oder: Der moralische Krieg findet nicht statt

I had a dream last night: Konstablerwache in Frankfurt, Anfang März 1999. Vom Uhrtürmchen am Sandweg hört man den Muezzin rufen, auf dem Balkon von C&A hält ein evangelischer Pfarrer eine Predigt an die Taubstummen, und hoch auf dem Würstchenstand vor der Metzgerei wettert Bischof Dyba gegen die Abtreibung. In aller Ruhe verkaufen junge Händler CD-Player, Haschisch, Bananen, Zitronen, an der Ecke steht ein Mann, aber auf der Konstablerwache lassen sich schon sechsmonatige Babys nicht mehr von fremden Männern mit Bonbons oder Software locken. Hier wissen alle: Das Leben ist schön, also Vorsicht. [2000]

Sieben bösartige Kosovo-Albaner veranstalten ihre humanitärkatastrophalen Hütchenspiele, um dumme deutsche Bauern um ihre dicksten Kartoffeln zu prellen. Alle warten darauf, daß Bündnis 90/Die Grünen dieser ökologischen Schweinerei, diesem Kartoffelmißbrauch, ein Ende bereiten.

Da naht Rettung: Joschka Fischer kommt. Er singt: »Ich bin wieder hier, in meinem Revier.« Unter der notdürftig geflickten Lederjacke trägt er einen Molotowcocktail, alter Jahrgang, 74er Château BP. Die Kosovo-Albaner erstarren. Der Chor der Deutschen auf der Konstablerwache, also zwei alte Damen mit Hut, singen: »Danke für all dein Kommen, Joschka, danke, daß wir dir danken können.«

Joschka Fischer runzelt die abgemagerte Stirn, in der naheliegenden Kleinmarkthalle löst sich daher an den türkischen Fleischständen überall das Fett von den eh schon mageren Rinderbraten, -filets und Steaks, und die kurdischen Gemüsehändler singen:

Freude schöner Menschenrechte,
Joschka aus Elysium,
Ja, wir schießen feuertrunken,
Himmlischer, die NATO um.

Riesenverbrüderungs-Szenen in der Kleinmarkthalle. Nur Gott und Allah stehlen weinend sich aus diesem Bund und schauen im Westend noch mal bei Jahwe vorbei.

Joschka Fischer aber eilt zur nächsten Serbenkneipe, wirft den Molotowcocktail gegen die Scheibe, die aber ist stark und elastisch, die Brandbombe kommt zurück und vernichtet die Aktentasche des Außenministers. Rudolf Scharping kriegt einen Heulkrampf, weil seine gefaketen Folterfotos mitverbrannt sind, und beide wandern aus und bitten bei Madeleine Albright um Asyl.

Sie sperrt die Buben in den Keller, wo sie Kartoffeln schälen müssen ihr ganzes Leben lang. Und wenn sie nicht gestorben sind, dann regieren sie noch heute.

Und die Moral von der Geschicht:

Gibt es nicht, gibt es nicht.

AUF DER BANK

Die Oma spricht

Was ich denk? Och Gott, darauf kommt's doch gar net an. Es fragt einem doch keiner, da muß man schon selber sage, wo einem der Schuh drückt. Ach, ich find das so schön, wenn mer am Abend seines eigenen Lebens hier auf der Bank sitzt und die Kinder auf dem Spielplatz beobachtet. Und die Mütter. Früher guter Hoffnung, heute manchmal ganz ohne Hoffnung, weil se keine Kinnergarteplatz habbe für die halslose Ungeheuer. [1997]

Obwohl – Kinner sind doch was Goldisches. Gucke Se mal, da oben. Das ist doch der kleine Oliver. Da in dem Fenster. Dem sei Mutter ist eine richtige Schlampe. Jetzt klettert der auf das Fensterbrett. Und schmeißt den ganze Dreck da runner. Die Mutter ist wahrscheinlich wieder im »Treffpunkt«, säuft sich die Huck voll und läßt den Kleinen verkomme. Mein Gott, wie gut der das Gleichgewicht hält – da oben im 5. Stock. Daß da aber auch niemand nach dem Kind emal guckt, der muß doch jede Sekunde da runnerfalle. Da gibt's wieder ein Ärger – wenn der ihr Kind jetzt runnerfällt, dann könne sie die Schlampe gleich hinterher … ach du Scheiße. Jetzt ist der kleine Schleimer doch wieder zurück ins Zimmer geklettert.

Man kann sich auf nix mehr verlasse. Die wollen jetzt auch die private Lebensversicherung versteuern. Gucke Se mal, jetzt ist der Oliver aufm Balkon.

Der Albaner hat das richtig gemacht. Die klauen Panzer und fahren mit Gewehren in der Hand durch die Stadt. Wie so'n bewaffneter Rosenmontagsumzug bei dene Gehirnamputierte in Köln. Statt rote Rosen gab's aber in Tirana Misu blaue Bohnen. Stelle Sie sich vor, die Schwarze täte so was mache. Ich meine nicht die aus Afrika, sondern unsere kohlegestaubte Kumpels aus dem Rumpott oder die Bauarbeiter, die wärn einfach zur Bundeswehr gegange und hätte gesagt: Kommt, Kameraden, das Unternehmen Barbarossa findet diesmal in Bonn statt.

Na, Oliver, wo is die Mamma?

Die Fotos von denen Demonstrante der Gewerkschaft da im März – deutsche Arbeiter durchbrechen keine Lichterketten, sondern deutsche Polizeiketten –, diese Fotos werden von der CDU hier im Rathaus ausgestellt. »Die Verbrechen der Gewerkschaft.« Das gibt eine Wanderausstellung. Die kommt auch nach München. Brutale Bilder. Das sponsert nicht der Reemtsma, sondern der anner, der Philipp Morris. Ich seh schon alte Gewerkschafter hier auf dem Rathausmarkt stehen mit den Fotos aus ihrer Jugend: 1972, als sie noch für Willy Brandt gekämpft haben, Willy wählen, hieß die Parole, und heute zeigen die alten Kameraden auf die alten Fotos und fragen vorwurfsvoll: Sieht so ein Streikverbrecher aus?

Ach, hörn Se mir uff mit der Gewerkschaft, die hat doch kei Geld mehr, die Bundeswehr ist auch pleite. Die haben noch net emal Benzin. Deshalb gibt's auch dies Jahr kein Frühjahrsmanöver. Wenn jetzt der Krieg kommt, bleibt unser Heer am Hermsdorfer Kreuz stehen, mit leeren Tanks.

Dann muß der Rühe eben den ADAC anrufen, der hilft. Schließlich ist der als einziger im Deutschen Reich noch nach Gauen eingeteilt.

Gucke Se mal, der Oliver, der paßt ja mit seinem kleinen Kopf durchs Gitter vom Balkon. Aber mit dene Ohren kriegt er den nie wieder zurück.

Na ja, da kann er wenigstens nicht runterfallen.

Obwohl, der dumme Bub. Wenn der wüßt, wie das für den alles noch mal ausgeht, dann würd er bestimmt jetzt schon springe.

BEIM METZGER

Neulich habe ich wieder meinen Nachbarn getroffen. Bei meinem Metzger um die Ecke. [1998]

Ich selber bin ja von Haus aus Hesse, aber mein Nachbar ist Redakteur bei einer überregionalen Zeitung, besitzt aber keine Ahnung von Kriminalkultur, sondern schimpft auf die Polizei und die Justiz.

Natürlich kauft er als Ehemann ein, sie sitzt ja den ganzen Tag in ihrer Galerie mit Selbstverwirklichungskunst aus Behindertenwerkstätten für die gehobene Akademikerin im Wechselrahmen – mit dem Munde gemalt, mit dem Arsch getöpfert, sozial bis zum Anschlag. Deshalb muß er einkaufen.

Immer wenn ich ihn sehe, stürze ich runter in die Metzgerei, und schon stehe ich neben ihm. Der spürt mich in seinem dürren Truthahnhals.

»Na«, sage ich, »wieder tote Tiere kaufen und dann in die Pfanne hauen? Wie wär's denn mal mit Meerschweinchenzungen auf frisch gehäuteten Katzenohren? Ich kenne da 'ne gut sortierte Tierhandlung, da läuft der Braten noch live herum.«

Dann schämt er sich, daß er mich kennt, kriegt so einen Kopf, knallrot, und ich sage zu ihm: »Ja, die Fleischeslust. Ganz drauf verzichten können wir beide nicht. Wenn's daheim nicht mehr klappt, dann gehn mer halt zum Metzger, oder? In Amerika hat eine Umfrage ergeben, daß die meisten Männer lieber fernsehn als Sex machen. Bei Ihnen lief ja gestern auch der Apparat wieder bis spät in die Nacht.«

Und dann frag ich die Metzgersfrau: »Was muß eine Frau als erstes ausziehen, um ihren faulen Mann ins Bett zu locken. – Ei, den Stecker vom Fernsehapparat.«

Wissen Sie, warum ich diesen Redakteur nicht leiden kann? Wegen seiner Überheblichkeit mir gegenüber, seinem Bildungsgetue, der schwatzt herum wie der leibhaftige Adorno und macht doch nur Berichte über den Akkordeonverein.

BALKANISIERUNG IN DER STRASSENBAHN

[1998] Ach, wie ging es seinerzeit hoch her in England, Protestanten kämpften gegen Katholiken und diese gegen jene und alle gegen alle, Haß gab's bis aufs Blut, weil man gezwungen war, in einem Land, auf einer Insel, in einem engen Raum zusammen zu existieren, als es noch keinen Notausgang zum Festland gab wie heute den Tunnel nach Frankreich.

Ein solches Miteinandersein ohne viel Raum produziert eine Stimmung wie, ja, wie bei uns in der Straßenbahn.

Beispiel: Die Linie 11 in Frankfurt. Sie ist eine Erlebnisstraßenbahn und führt von Ost nach West und von West nach Ost. Von Fechenheim nach Höchst und wieder zurück. Schon die Endstationen fallen auf durch gute Namen: Schießhüttenplatz und Zuckschwerdtstraße; das verspricht keinen Pazifismus für Arme – so wie Friedensbrücke und Albert-Schweitzer-Straße.

Die Fahrt geht über Alt-Fechenheim, Mainkur, Hugo-Junkers-Straße, hier haben wir die Casella-Werke passiert, eine Hoechst-Tochter, weshalb auch bei denen immer mal wieder ein Rohr platzt und die armen eingesperrten Gifte freigibt, auf der anderen Straßenseite winkt Jadefix-Braun, was hier aber keiner nimmt, hat doch der Mensch hier sowieso eine Lederhaut. Dennoch ist es eine Übertreibung zu sagen, weil die Leute eine Haut wie Leder besäßen, würden sie mit der Wange die Fensterscheiben putzen.

Unsere Rundfahrt führt uns beim Versandhaus Neckermann vorbei, und wir erinnern uns an den alten Politspruch: »Wer bescheißt den kleinen Mann? – Neckermann! Neckermann!«

Interessant wird es ab Zoo, hier beginnt nordafrikanisches Basarwesen, da steigen junge aufstrebende Geschäftsleute zu und kontrollieren die Warendepots unter den Sitzen und oben hinter den Klappen: Schwarzer Afghan, roter Libanese. Wo muß nachgefüllt werden, was wird gerade draußen verlangt? Die ganz harten Sachen sind in Jugo- und Albaner-Hand.

Der Markt endet am Börneplatz, der früher Adolf-Hitler-Platz hieß, dazwischen Dominikanerplatz, damit der historische Bruch nicht so hart ist zwischen Adolf Hitler und Ludwig Börne.

Hier stehen die Stadtwerke in ihrem beeindruckenden Neubau und sind zuständig für Strom, Wasser und Gas, und deshalb weist in diesem Haus ein kleines Erinnerungsmuseum auf das jüdische Viertel hin, das sich hier früher einmal erstreckte. Ja, Frankfurter Humor läßt sich nicht unterdrücken.

Dann fahren wir am Römer vorbei, hier sitzt die Stadtregierung, der Magistrat, nicht hinter Gittern, sondern vor unlösbaren Aufgaben.

Die Straßenbahnlinie 11, das ist quasi der Orientexpress. In diesem öffentlichen Verkehrsmittel siehst du, wo der Hammer hängt. Da müßte mein Nachbar täglich mitfahren, mit der Linie 11, damit er sich endlich mit der Wirklichkeit der Realität konfrontiert und nicht immer nur umgekehrt.

Ich mache dort immer mal wieder meine Beobachtungen, daß man weiß: Sei vorsichtig, überall – nicht nur Rosen. Ja, ja. Auch Dornen.

Und da war neulich folgende Situation. Zwei Männer und eine Frau steigen ein, kann Allerheiligentor gewesen sein oder auch am Hauptbahnhof, alle drei verbreiten wohlbekannte süße Düfte – diese Herbstmischung aus Export und Jägermeister-Import –, und der eine Mann sagt zu der Frau, was man halt so sagt in der Straßenbahn, wenn man gut drauf ist, sagt der Mann: »Hey, blas mir mal einen.«

Die Frau macht das, kein Problem für sie.

Und da sagt der andere Mann, daß er auch einmal möchte, und das macht sie dann genauso ohne großes Getue.

Nur der Straßenbahnfahrer – Schaffner gibt's ja schon lange keine mehr, damit heute Schwarze Sheriffs privat für Ordnung sorgen können –, der Fahrer sagt, als sich ein Fahrgast beschwert, so was kam öfter vor in der Linie 11, er mischt sich da auch nicht ein, das hat ihm seine Frau verboten.

Die Geschichte war in der *Frankfurter Rundschau* auch nicht besonders aufgeblasen – Erregung öffentlichen Ärgernisses ist bei der

Linie 11 im Fahrpreis inbegriffen. So lohnt sich auch mal eine Tageskarte. Und wenn Besuch kommt von außerhalb, nimmt man ihn mit auf die Reise durch die spätkapitalistische Zivilgesellschaft, und an der Haltestelle Hauptbahnhof ist es dann ein leichtes, sich für längere Zeit zu verabschieden.

Als Deutscher bist du in dieser Bahn eine Besonderheit, quasi ein Fremder. Ich wollte immer was Besonderes sein. In der Linie 11 erfüllt sich dieser Traum. Ja, da wirst du angeguckt als Fremder unter Fremden.

Das klingt so, als hätte ich was gegen Ausländer? Stimmt. Aber ich habe auch was gegen Deutsche. Besonders gegen die, die sich über Ausländer beschweren. Anstatt daß sie sich freuen, daß sie was zu meckern haben.

Neulich saß ein rabenschwarzer Neger in der Bahn, da kamen so zwei Glatzebuben rein, die immer rufen: »Deutschland den Deutschen«, weil sie selber noch nichts geleistet haben für Deutschland.

Die sehen den Neger und schreien rum: »Gucke mal, ein Schwarzfahrer.«

Da habe ich zu denen gesagt: »Wenn man als Deutscher einen Raum betritt, Kameraden, dann sagt man guten Tag oder mindestens Heil Hitler – wegen der Höflichkeit.« Und außerdem: »Bevor es in Deutschland Deutsche gab, sind hier lauter Ausländer rumgelaufen: Franken, Chatten, Alemannen, Kelten, Goten und Vandalen, dann noch Römer. Deutsche gibt's hier erst seit dreihundert Jahren, also spielt euch nicht so auf, ihr Einwanderer.«

Und wie sie gemault haben, die Nazibuben, da habe ich sie angeschrien: »Deutsch sein heißt das Maul halten, wenn ein Erwachsener mit euch spricht. Schultz! Unsere Treue heißt Ruhe – und sitz!«

Da waren sie ruhig. Der Ton macht die Musik – da hilft kein Techno und Pop, klare Klänge braucht das Volk.

Und das gilt auch für Europa. Europa ist unsere Zukunft, das wird furchtbar. Europa, was ist das? Eine Schießbude – überall wird geschossen. Ein Jahrmarkt – alle sagen ja zum Markt. Immer wenn etwas zusammenkommt, um zusammen zu bleiben, was nicht zusammengehört, ist das furchtbar.

Männer und Frauen – furchtbar. Deutsche und Deutsche – auch furchtbar. Europa, sagen wir es mal so, ist, wie wenn man mit einer Gruppe in die Kneipe zum Griechen geht – und alle wollen mal schön einen Grillteller essen, Platte Akropolis. Und dann kommt der Wirt, gibt jedem einen Ouzo und sagt mit seinem pfiffigen Grinsen: »Prima, Grillteller für jeden, ich machen euch da eine schöne große Teller für euch alle zusammen, könnt ihr gemeinsam von essen.«

Und dann kommt der Teller, und jeder kriegt nur die Hälfte von dem, was er bekommen hätte, wenn er für sich allein bestellt hätte. Und genau so ist es mit Europa.

TRANSITLAND IM MITTELPUNKT

[1993] Hessen hat nur deutsche Grenzen, es gibt keinen Übergang in ein fremdes Land. Hessen ist also umzingelt von lauter Deutschen und ist so extrem deutsch, denn auch Deutschland ist geprägt durch seine europäische Mittellage. Was die im einzelnen verursacht hat, darüber streiten sich die Historiker. Fest aber steht, daß Hessens Schicksal der Mitte dieses Land und seine tragische Verlorenheit bestimmt hat und weiter bestimmt.

Warum aber interessiert mich das, was das Hessische von, sagen wir: dem Badischen oder dem Bayrischen unterscheidet? Als gebürtiger Hesse, Mutter aus Gießen, Vater aus Kassel, habe ich früh gespürt, daß etwas mit mir nicht stimmt. Hesse sein heißt, einen unsichtbaren Fluch zu empfinden, ein Schicksal zu spüren, das einen anweht aus dem Raum, der Hessen heißt.

Nun liegt dies nicht daran, daß dieses Land eine unnatürliche und überhaupt nicht organisch gewachsene Geschichte und Form besitzt. Es geht nicht darum, daß es schwierig ist, eine hessische Identität zu bestimmen. Identität scheint mir wichtig in der Frage der Verbrechensbekämpfung, vielleicht auch zur Förderung des Verkaufs von Markenartikeln nötig – Identität aber erklärt nicht das Besondere der hessischen Mentalität.

Die rührt aus der Unwirklichkeit des Landes Hessen. Landschaft und politische Grenzen, die wechselten im Lauf der Geschichte, geologische Beschaffenheit – das sind wichtige Faktoren.

Entscheidend aber ist, daß Hessen ein Ort des Durchgangs ist, Völkerwanderungen und Kriegsbewegungen stapften hier durch, von Ost nach West und später mehr von West nach Ost, von Süd nach Nord und umgekehrt, aber nie war Hessen das Ziel, nie ist heute noch Hessen das Ziel, in Gießen an der Lahn war das letzte Durchgangs- oder Auffanglager für DDR-Flüchtlinge, aber für die war Gießen nie das Ziel, so wie Hessen nie das wirkliche Ziel ist derer, die hierherkommen und unsere Sprache verachten und unseren Dialekt furchtbar finden und über unseren Apfelwein lachen und über die Küche und darüber, daß selbst Goethe Hessen verlassen hat, so wie Büchner geflüchtet ist aus Gießen nach Zürich, um dort zu sterben.

Hessen ist Transitland, ist eine virtuelle Region, eine Cyber-Heimat vor der Erfindung der Elektronik. Es ist deshalb so unheimlich wie eine Poststation an einer wichtigen Wegkreuzung irgendwo im einsamen Land des amerikanischen Wilden Westens. Hessen haben einen Blick dafür, daß eigentlich niemand zu ihnen will, daß aber die Nacht und die Kälte und der Hunger es erzwingen, die Reise zu unterbrechen. Daher dieser mißtrauische Hessenwitz, schadenfroh bis in die Knochen, hier weht Häme mit im trauten Kneipengespräch.

Hessen ist drum auch ein bißchen katholisch, ein wenig mehr protestantisch, aber nichts Eigenes – Hessen hat schöne Täler und Höhen, Flüsse und Auen, aber Hessen ist kein Land. Deutschland gilt als verspätete Nation, Hessen ist ein noch nicht angekommenes Gebiet. Mit diesem Schicksal haben wir uns abgefunden, es gibt ja auch keinen Anlaß zur Klage, wenn man dauernd im Mittelpunkt steht. Zwar ist dieser Punkt nur die Kreuzung fremder Wege, aber wir sehen die anderen vorbeigehen, die glauben, sie wüßten, wo's hingeht.

Das Hessische ist die Mentalität des verlorenen Subjekts, aber es juckt uns nicht, daß wir so unbedeutend sind. Die Hessen durchschauen vielleicht nicht die Geheimnisse der Welt, aber sie erahnen etwas von der Sinnlosigkeit des Hin- und Hergewanders. Die Sturheit und manchmal sogar Dummheit, die uns andere andichten, ist unser Weg des Widerstandes. So hat Hessen etwas von dem, was auch Wien auszeichnet – das Wissen darum, daß die schönen Tage längst vorbei sind und nicht wiederkommen. Es kann mal sehr schlimm kommen, und es kann auch mal relativ ruhig sein. Die politischen Weltverhältnisse bestimmen es, ob Hessen ein melancholisches Bahnhofsrestaurant, ein militärisches Aufmarschgebiet oder ein Flüchtlingslager ist.

Diese schöne und praktische Weltsicht, die einen aus der Mitte kommenden Realismus verrät, wird neuerdings auch von in Hessen dann doch gebliebenen Menschen teilweise mit übernommen. So hat das Hessische auch etwas sehr Vorbildliches. Es erleichtert die Einsicht, daß ganz Europa bloß eine Halbinsel Asiens ist.

KARL NAPP KOMMT

Frankfurt – Tor zur Welt. Hier geben sich Zivilisation und Fortschritt die Hand. Himmelstürmende Banken, die vom Großmut ihrer Erbauer zeugen, bestimmen das äußere Bild einer Weltmetropole, die trotzdem nur am Main liegt. Frankfurt, das ist die Messestadt des Lichts, das ist der strahlende, glitzernde Nabel der europäischen Kultur, an dem sich Orient und Okzident ins Fleisch schneiden. Frankfurt hat keinen Ruf, Frankfurt ist ein Ruf. [1976]

Frankfurt ist die Hauptstadt des Chaos. Je weiter der Zeiger unserer Lebensuhr auf die große ZWÖLF hineilt, um so klarer wird: Wenn dereinst Frankfurt hinabstürzt in die ewige Katastrophe, wird auch Sachsenhausen mitgerissen werden. Der Main ist nicht mehr die Grenze zwischen Barbarei und Menschlichkeit, zu weit hat der Moloch Verkehr seine benzinstinkenden Finger schon in das Herz der Wohngebiete gebohrt.

So nimmt es auch nicht wunder, daß kosmische Katastrophen, die im Raum (bevor-)stehen, sich konzentrisch um Frankfurt bewegen. Wenn, so nämlich ist die verlogene Logik aller und aller Atome, es schon Kerne gibt, so müssen sie auch spalten. Daraus entstehen Gewalten. Bürger und Bürgerinnen, habt acht. Wir Deutsche haben schon mehr Katastrophen angezettelt als überstanden. Also wird's auch diesmal gutgehen.

»Atome müssen rollen für den Sieg«, schrieb einst ein Sohn, der nicht uns in Frankfurt geboren war. Was heißt das? Wir sollen nicht zagen und zweifeln, sondern vertrauen denen da oben. Oben ist ein Loch, eine Lücke.

Eine Energielücke. Die müssen alle stopfen. Da reicht kein Zwirn; und auch nicht ein Gehirn. Wo sollen das Licht, wo denn die Helligkeit und wo die Kraft herkommen? Du Mann an der Drehbank, was willst du denn drehen, wenn nicht mehr Strom deine Maschine kitzelt? Du Frau an dem Lötband, was willst du löten elektronische Kleinteile, wenn der Lötkolben energielos kalt bleibt? Also fassen wir zusammen: Von nix kommt nix! Wohin das führt? Nun, zur kosmischen Katastrophe, die schon heute konzentrische Kreise um Frankfurt zieht.

Doch es naht Rettung: KARL NAPP KOMMT.

Der drittgrößte Sohn des Rhein-Main-Gebiets neben Johann Wolfgang Goethe, Rudi Ratlos und Arnold Hau lebt noch immer. Wer aber ist Karl Napp wirklich? An dieser Frage sind schon Feindschaften zerbrochen.

Wir fragen nicht, wer er ist, sondern wie er ist. Karl Napp, der Freund der Tauben und der Äpfel ist unser Vorbild. Wird er in der weiten Welt auch oft mit Carlos, dem Terroristen, oder gar mit Kater Karlo verwechselt – wir wissen es besser, ist doch unser Karl der Hüter allen Chaos. Dieses Chaos ist das Gegenteil von »gutgemeint«. Wir meinen es nicht gut mit irgendwem. Drum ist es auch so gut, was wir meinen. Karl Napps Chaos Theater – das sei unser Programm. Wir werden alle noch sehen, wohin das führt. Seid bereit!

Politik nähert sich ihrem Ende. Etliche Politiker haben ihr Ende schon hinter sich. Andere suchen Zerstreuung. Doch im Mittelpunkt steht der Mensch. Ihn da nicht allein stehen zu lassen, das ist Kunst.

Tief empfunden hat solches Karl Napp, der nicht nur die nahtlose Bratwurst erfand. Aber: Wer darf ihn nennen? Und wer bekennen: Ich kenn ihn. Wer empfinden und sich unterwinden zu sagen: Ich kenn ihn nicht?

Wir alle dürfen. Endlich, nach meistervollen Wanderjahren durch die äußere Emigration, ist Karl Napp heimgekehrt nach Frankfurt, zu retten alle Gerechten und Gerechtinnen.

Neue Gefahren drohen am Horizont. Eins ist gewiß: Wenn die Welt überleben will, dann muß sie nach Sachsenhausen schauen. Bürger dieser Welt, blickt auf diese Stadt.

Ging einst über Bethlehem der Stern auf, der Rettung der Menschheit versprach (was dann allerdings schiefging), so leuchtet heute heller denn je der goldne Apfel über uns, den Weg weisend in eine Zukunft. Harmonie und Frieden jedoch werden uns nicht geschenkt.

Auch der Weg ins Schlaraffenland führt durch eine dicke Mauer aus Reispudding: In ein zukünftiges Freies Sachsenhausen werden wir nur kommen, wenn wir das allumfassende Chaos durchschritten haben.

Möge Karl Napp mit uns sein. Wir haben einen Anfang gemacht. Die Politik nähert sich ihrem Ende. Die Kunst triumphiert.

ÜBERN UND UNTERM MAIN

[2002] Der Mann, ungefähr 50 Jahre alt, erzählt: »Ich bin in Frankfurt aufgewachsen, am Baseler Platz, wir hatten direkten Blick auf den Fluß, und als ich noch ziemlich klein war, hat mein Vater mich hochgehoben zum Fenster, nach Sachsenhausen gedeutet und gesagt: ›Dort drüben wohnen unsere Feinde!‹«

Die Brücken zwischen den Fronten sind meist nicht gut zu begehen. Am wenigsten gefällt mir die Friedensbrücke, besser ist die Obermainbrücke, jetzt nach Ignatz Bubis benannt, was dazu führte, als die Oberbürgermeisterin der Brücke mit anderen Würdenträgern den neuen Namen geben wollte, daß eine Gruppe lautstark dagegen protestierte, gegen den Geschäftsmann und hauptsächlich den Juden. Dadurch kam es zu einem Verkehrsstau, und der 46er Bus in Richtung Bahnhof fiel aus, so daß ich mit dem Taxi fahren mußte, weil die Polizei den Antisemitismus an der Brücke, am Frankensteiner Platz, nicht verhinderte.

Der Eiserne Steg ist praktisch, wird oft aber von Touristen versperrt, die sich gegenseitig vor der Skyline fotografieren.

Der Holbeinsteg führt ins Bahnhofsviertel, doch beim Beschreiten fühlt man sich oft sehr allein, weil außer Radfahrern nur wenige Menschen diesen Überweg nutzen.

Vom Südbahnhof kann man mit der S-Bahn zu vielen möglichen Zielen fahren, unterquert dann nach der Haltestelle Lokalbahnhof den Main, nachdem sich vorher die S-Bahn-Züge aus Hanau in die Strecke eingefädelt haben. Als Alternative bietet sich die U-Bahn mit den Linien 1 bis 3 an, die nach dem Schweizer Platz den Main unterqueren. Ich bin immer froh, wenn der Willy-Brandt-Platz mit der U-Bahn oder die Ostendstraße mit der S-Bahn erreicht sind. Wie lange werden die Tunnelröhren halten, wann kommt es zum ersten Male zum Einbruch großer Wassermassen in den öffentlichen Personennahverkehr?

HESSELBACH HAT AUSGELACHT

Sicher, auch in Frankfurt wird gelacht, greift Grinsen Platz und findet Schadenfreude statt. Die Zutaten für Ortswitz sind also vorhanden, die eine Erwähnung Frankfurts auf der Landkarte des Regionalhumors rechtfertigen könnten. [1988]

Doch auf der Suche nach kommunalspezifischer Lachkultur, also nach dem, was eine so wichtige Stadt erst richtig volkstümlich und heimatfähig macht, stieß ich auf eine interessante Erscheinung: Zwar gibt es Bücher über den hiesigen Humor; die Fernsehfamilie Hesselbach ist so bekannt, wie es der Hessische Rundfunk fast nicht verdient zu sein; und auch das endgültige deutschsprachige Satiremagazin *Titanic* wird in Frankfurt am Main produziert. Nur: Den Frankfurter Witz, authentischen Eingeborenen-Humor – den gibt es nicht, genauso wenig, wie es Frankfurter und Frankfurterinnen gibt. Frankfurt ist ein Nichts in der Verkleidung einer Großstadt, »a nothing in disguise«.

Die Stadt – bleiben wir dabei, die Kostümierung als wahre Erscheinung zu nehmen – ist total überfremdet. Von Deutschen aus Schlesien oder Köln, Stuttgart, Limburg, Gießen und Itzehoe, Plauen, Berlin und Unterföhring und sonstwoher.

Die Männer und Frauen, die hier leben, nennen wir sie der Einfachheit halber »die Frankfurter«, sie sind nicht nur in den seltensten Fällen hier geboren, sie fahren auch noch dauernd in der Gegend herum. Diese hektische Tätigkeit wird üblicherweise mit der verkehrsgünstigen Lage der Stadt gerechtfertigt.

Der kräftig expandierende Flughafen, die herrlichen Autobahnanschlüsse und der exquisite Fahrplan der Deutschen Bundesbahn – sie alle tragen Mitverantwortung dafür, daß die Frankfurter gar keine Zeit haben, zu Hause zu bleiben und hier einen ordentlichen Ortsgeist auszubrüten.

Geschweige denn einen ordentlichen Ortswitz. »Merr waaß es net«, hören wir immer wieder eine Zwischenbilanz überlebenswichtiger Debatten, »merr munkelt nur, awwer es werrd noch geforscht«.

Auch wenn meine Nachbarin frühmorgens auf ihren durch Altersschwäche gekrümmten Beinen in den Hof stolpert und ihren Hund anschreit: »Komm her, es duhd dir doch kaaner was!«, so verbirgt dieser Ruf nur ein allgemeines Wissen um die Bosheit der Welt und ist eben kein vom Ortsgeist gezündeter Erkenntnisblitz.

Eine Angestelltenrunde erarbeitet sich die Feierabendstimmung – »happy hour« – in der Kutscherkneipe am Eschenheimer Tor: »Ich bin doch nicht verpflichtet, wenn ich vom 6. Stock zum 3. Stock will, daß ich dann zu Fuß gehe, nur weil da welche von der Bundespost hocken.«

Ich weiß jetzt nicht, was dieser Mensch meint, aber auch das Nichtverstehen des Mitbürgers ist ein Zeichen der Zeit, ist gewissermaßen ganz normal.

Nun mag eingewandt werden, ich bevorzugte eine typische Innenansicht der Verhältnisse, eine beschränkte Nabelschau. Gut, dann betrachten wir die Sache mal mit den Augen des Fremden, der sich vorurteilsfrei und neugierig, wie Fremde so sind, der Rhein-Main-Metropole nähert.

Wenn nun unser Fremder gerade im Februar vorbeikommt, dann wird er eine Demonstration erleben, die nur deshalb den Straßenverkehr nicht extrem belästigt, weil sie am Sonntag stattfindet. Ansonsten zeichnet sie sich durch die gleiche Lustlosigkeit und die gleiche dröge Wiederholung schlaffer Parolen aus wie andere Massenmanifestationen des guten Willens. Aber – der Kalender zeigt's – es handelt sich nicht um die 1. Mai-Demonstration, sondern um den Frankfurter Fassenachtszug.

Der Fremde läßt die Mundwinkel noch nicht hängen. Tapfer schreitet er durch die Stadt. Er hat gelernt, das Wort »Ebbelwei« so auszusprechen, daß ein Berliner die Empfindung haben könnte, ein Münchener würde versuchen, so zu sprechen wie der Bundeskanzler. Das verzeihen wir dem Fremden, denn auch in den einschlägigen Apfelweinkneipen, in denen auf Anordnung des Fremdenverkehrsamtes Gemütlichkeit stattzufinden hat, findet er nur den Bevölkerungsdurchschnitt, wie er sich heute durch die

Werbung für Zigaretten, Kaffee und Aperitifs tummelt: Yuppies, Hippies, Papis und Mamis. Von wem soll der Fremde da lernen?

Nachmittags sitzen noch ein paar Alte auf den Bänken. Am Abend müssen sie der Touristeninvasion weichen, doch jetzt, so gegen 17 Uhr, erzählen sie von der Quetsche-Lilli, dem Streichholz-Karlchen, dem Brezel-Heinrich. All diese Originale sind aber verstorben, und kein Nachwuchs ist in Sicht. Draußen knallen zwei Autos aufeinander. »Bestimmt zwei Offebächer«, murmelt ein Gast. In New York könnte es passieren, daß der Crash mit einem donnernden »I love New York« kommentiert würde.

Leben denn nicht zahlreiche Mundartdichter in der Stadt, und ist nicht die Mundart die Heimat des Humors, so wie er unverwechselbar und unvergleichlich die Seele der Frankfurter in die Welt hinausjubelt? Unser Fremder macht sich kundig. Er geht in eine Buchhandlung und fragt. Sofort wird ihm Stoltze angeboten, Friedrich Stoltze. Der allerdings verstarb schon im Jahre 1891. Ob es etwas Zeitgenössisches gibt?

Ja, Kurt Sigel zum Beispiel: »Erklärung: Jemand sei Nas duhd aam net gefalle / weil merr ferchde muß: / der schdeckt se dem da in de Hinnern nei / un mir in die Supp.«

Da haben wir sie, die Paranoia, die den Frankfurter eher auszeichnet als die Souveränität seines Witzes. Fragt also der Fremde nach Kurt Sigel, haben der eine und noch eine Dritte von ihm schon mal gehört, aber die Passanten bemühen sich, hochdeutsch zu sprechen. In einer Stadt, die so recht weltoffen ist, schämt man sich häufig seines plump klingenden Hessisch – oder man beherrscht es sowieso nicht.

Unser Fremder schaut jetzt, wenn schon der Volksmund ihm kein Lied singt, in die Zeitung. Ein Bericht über den 7. Opernball erregt sein Interesse. Ein Opernball – welch ein Anlaß für herrischen Lokalpatriotismus und schneidend verletzenden Charme. Der Fremde allerdings wendet sich mit Grausen, denn er muß lesen: »Und so traf man sich denn am Samstag auf halbem Weg zwischen New Orleans, Rio, Nizza und Venedig zum ›Karneval international‹ in Frankfurts ›guter Stubb‹, der Alten Oper, in Abendkostüm und Smoking, zum Fest der Feste. ›Man – das sind

Herren mit etwas dickerem Geldbeutel und ausgesprochen hübschen Frauen, bekannte Gesichter aus Film und Femsehen. Und auch Politiker, die einmal im Jahr bürgerliche Noblesse, verbunden mit Frankfurter Ballcharme, nicht missen möchten.«

Wenn sich solchermaßen Minderwertigkeitsgefühle, die wahrscheinlich einem tiefen Realismus entsprechen, an ausgesprochen hübschen Geldbeuteln und dicken Frauen reiben, dann verzichtet der Fremde darauf, beim Fest der Feste das nächste Mal dabeisein zu wollen.

Auf dem Weg zum Flughafen erinnert er sich daran, wie ihm in Berlin der erste Taxifahrer klarmachte, daß der Gast sich in Berlin zu bedanken hat für das Vorhandensein der Berliner und ihrer einmaligen Schnauze. In München versucht unser Fremder bayerisches Timbre in die Stimme zu legen, in Hamburg setzt er sich eine Prinz-Heinrich-Mütze auf. In Frankfurt bleibt er gelangweilt er selbst.

Denn Frankfurt bildet keinen eigenen Charakter aus wie der Schmelztiegel New York. Frankfurt ist vielmehr ein schönes, lichtdurchflutetes Flüchtlingslager in den Zeiten der Völkerwanderung. Lagermentalität wird ausgebildet statt Mutterwitz gepflegt.

Und in Frankfurt gilt ein Satz erst, wenn zu beweisen ist, daß das Gegenteil davon auch Unsinn ist. Hier liegen, wie so oft in der Gegenwart, Risiko und Chance eng wie in einem Boot beieinander. Denn wo nichts ist, da kann was werden. Muß aber nicht.

Frankfurt ist total saniert, das Frankfurterische total amputiert, da muß sich jeden Morgen alles neu zusammensetzen, da gibt es kein Erbe, das erworben werden könnte, um in Besitz übergehen zu können. Zwar hört man in Frankfurt-Bornheim saftige Volksweisheiten, und die Alten ahnen, daß vor Aids und Chips noch irgend etwas war. Auch außer Salzbrezeln und Quellensteuer. Aber diese Nostalgie ist genauso in Dietzenbach oder Hamburg-Fuhlsbüttel am Werk.

Frankfurt ist der Volksmund gestopft, die Traditionsketten sind gerissen, da ist mit Blut und Boden keine Stadt zu machen. Hier gilt der ökonomische Imperativ des Thomas Carlyle: »Work, don't cry.« Was weiß Carlyle von Frankfurt? Ganz einfach: Vor hundert

Jahren, 1888, erschienen seine *Essays on Goethe.* Und Goethe kannte seine Stadt, in der aus Poesie Prosa wurde, aus dem Volksglauben bloß Auflösung ins Alltägliche, aus der Tüchtigkeit Gemeinheit und aus der Einbildungskraft vorübergehende Sinnlichkeit.

Nun mag aus diesen Worten eine Klage über Kulturverlust und Sittenverfall herausgehört werden. Doch weit gefehlt. Freude ist da, denn in Frankfurt ist gegen den Willen seiner Bewohner etwas Wunderbares geschehen: die Zerstörung des Völkischen. Hier liegt keine Kultur danieder, sondern Tabula rasa vor.

Literatur etwa entsteht hier nicht dadurch, daß faule Literaten dem Volk aufs Maul schauen und das Geschaute dann notieren – diese idyllischen Zeiten von Mundartsammlung und »oral mysteries« sind vorbei. Passé, hier muß der Witz hart erarbeitet werden. Und daher rührt der große Erfolg der Neuen Frankfurter Humorschule, des literarischen Monopols für gehobene und kreuzweis gelobte Lachkultur in Deutschland: Die Leute müssen sich alles selbst ausdenken, die Stadt kann ihnen gar nichts schenken.

Und um so mehr achten wir die Mühe der Bürgerinnen und Bürger, die sich schwertun mit dem Weg ins nicht mehr volkstümliche Morgen, wenn wir zum Schluß zwei gewollt populäre Politikerzitate zur Abschreckung aus der Gnade des Vergessenseins herausbrechen: Im »Fahrplan durch die Frankfurter Fastnacht 1988« mußten SPD und CDU ihre ungeheuerliche Liebe zum Menschen dartun.

»Viel Spaß dabei allen und niemandem weh, mit ›Helau‹ grüßt ganz Frankfurt: die SPD!« Und der CDU-Oberbürgermeister Brück, auch ein Gastarbeiter in Frankfurt, ließ mitteilen: »Seit Jahrhunderten gehören Lebensfreude, Mutterwitz und Respektlosigkeit vor der Obrigkeit zum Lebens- und Charakterbild der Frankfurter.« Wahnsinn!

Der Frankfurter ist vor der Obrigkeit respektlos, und hinter der Obrigkeit bescheißt er die Steuer. Frankfurt ist ein Witz. Und der Witz, das sagt uns Jean Paul, ist der verkleidete Priester, der noch jedes Paar kopuliert. Und das wiederum ist ein Grund zur Freude.

KATASTROPHENEINSATZ

[1998] Guten Abend, meine Damen und Herren. Wichtig ist, daß Sie da sind, die Türen sind zu, machen wir uns ein paar schöne Stunden und gehen nicht auf die Straße.

Wir sind gemeinsam hier, weil in dieser Stunde – hier in der Nähe – ein neuer Castor-oder-so-Transport vorbeikommt.

Es handelt sich um Abfälle aus dem Osten, aus dem Chemiebereich oder der Kernkraftwerke – egal, auf jeden Fall ist da nicht nur der Müll gefährlich, nein, der ganze Transport ist ein Himmelfahrtsunternehmen, weil auch die Behälter quasi im Eimer sind. Da lauert der Lohn der Angst auf der Straße, meine Damen und Herren, das ist nichts für uns, nicht wahr.

Dagegen zu demonstrieren ist auch höchst gefährlich – nicht wie früher wegen der Polizei, sondern wegen der Schadstoffe. Deshalb haben wir uns auch hier in diesem Bunker versammelt, und das wird nicht das letzte Mal gewesen sein, zumal seit den bedrohlichen Vorkommnissen in Frankfurt zu Beginn des Jahres 1997 im Februar: Man erinnert sich, damals fuhr ein Zug der Deutschen Bahn – sie hieß früher Deutsche Bundesbahn, bevor die AEG das übernahm, die auch Pleite machte, also genauer der Dürr von der AEG sie verschlankt und privatisiert hat mit – ich glaube – 19 Riesentankwagen voller Benzin am Frankfurter Südbahnhof wegen einer Unachtsamkeit des Lokführers auf einen anderen Zug drauf.

Eine Explosion mitten in der Nacht, und zwar da, wo die Darmstädter Landstraße in Sachsenhausen stadtauswärts nach Darmstadt am Henningerturm vorbeiführt – die mußte natürlich gesperrt werden: Wegen dieses Feuers, also da kam keiner mehr aus der Stadt raus, an der Stelle.

Ich erwähne das nur, damit man sich ein Bild machen kann. Schauen Sie auf das Rhein-Main-Gebiet: Hier verläuft die Mörfelder Landstraße parallel zur Bahn und kommt aus Mörfelden, das bekannt wurde durch den Kampf gegen die Startbahn West, in den 20er Jahren durch viele Kommunisten und im 19. Jahrhundert weitgehend unerwähnt blieb, diese Straße also führt zur Darmstädter Landstraße, wo der Unfall stattfand. Und an dieser Ecke liegt auch die große Tankstelle von Shell. Shell, das waren damals die mit dem Boykott wegen der Sache in Albanien, nein, in der Nordsee, diese Krabben-Umklapp-Umwelt-Geschichte.

Und dadurch entstand jetzt, weil das Benzin auslief und in die Kanalisation einzudringen drohte, die Gefahr, daß alles explodiert, die Kanalisation und die Shell-Tankstelle und dadurch sozusagen der ganze Stadtteil Sachsenhausen – das ist der mit dem Vergnügungsviertel, Apfelwein, Handkäs mit Musik und nicht das gleichnamige Lager aus der Nazizeit –, daß das also alles in die Luft geht. Jetzt kam erst einmal die Polizei, um festzustellen, daß die Sache tatsächlich ein Fakt war und also stattgefunden hat. Und schließlich erschien die Feuerwehr, versuchte den Brand zu löschen und hat uns dadurch gerettet. Die Helden von Sachsenhausen werden die Männer und Frauen der Feuerwehr heute genannt. Wir sind die Überlebenden von Sachsenhausen. Interessant war nun: Plötzlich ging denen das Wasser aus, was bei der Feuerwehr relativ blöde ist, weil das bei ihrem satzungsgemäßen Berufsbild der Sache nicht entspricht. Nun haben die clever reagiert, sie haben lange Schläuche gelegt, von der Brücke Darmstädter Landstraße/Mörfelder Landstraße durch die Dreieichstraße, an diesem Kino »Harmonie« vorbei und an der Buchhandlung, die nicht so bekannt ist, »Meichsner und Dennerlein«, aber auch eine antiquarische Abteilung betreibt, bis zur Obermainbrücke. Dort, unter der Brücke, lagerte das Feuerlöschboot der Frankfurter Feuerwehr, das in den letzten Jahren sehr umstritten war. Man hat gesagt, was soll ein Feuerlöschboot auf einem Fluß, in dem an sich Wasser genug vorhanden ist, und die CDU wollte dieses Boot schon abschaffen, da sie eh ein gebrochenes Verhältnis zum Brand hat.

Nun kam in dieser Nacht der Schlauch langsam dort an, und es pumpten die Wehrleute das Wasser, das auch nicht so leicht ist, aus dem Main hin zur Stelle des Unglücks, wo es seine löschende

Wirkung tat. Darum wird die Stadt Frankfurt auch nicht auf das Feuerlöschboot verzichten, zumal solche Katastrophen sich häufen werden in Zukunft.

Bemerkenswert scheint mir noch, daß in einer Straße, der Verlängerung der Hedderichstraße, die auf der nördlichen Seite des Eisenbahndammes verläuft und in der sich der Fischer-Verlag befindet, in dieser Verlängerungsstraße wohnt ein guter Bekannter, ein bildender Künstler, ein Schüler von Martin Kippenberger, und dieser Mann war, wie bildende Künstler so sind, am Abend nicht zu Hause, wo sich auch sein Atelier befindet. Man sitzt als Künstler schon mal gerne in der Kneipe und redet mit anderen Künstlern über die Perspektive, die Unsterblichkeit und die documenta. Irgendwann in der Nacht wollte er nach Hause, in Frankfurt herrscht Polizeistunde aus bestimmten leistungsorientierten Erwägungen heraus. Er sieht zunächst das Feuer, was für ihn als Künstler optisch gar nicht mal uninteressant ist, aber er wird in seine Wohnung nicht reingelassen.

Das war peinlich, fuhr ihm doch der Gedanke durch den Kopf, daß vorhin noch von der Unsterblichkeit die Rede war, und nun drohte seine Arbeit in Flammen aufzugehen: Werk verbrannt, Künstler verkannt. Er rief sofort zu Hause an, der Anrufbeantworter tat seine Pflicht, und immer wenn der Anrufbeantworter in dieser Nacht noch funktionierte, wußte er, es kann hier weiter nichts Schlimmes geschehen, da diese Maschine genauso stabil war wie die Werke.

DER ALTE BUNKER

In der Schifferstraße, die zum Main runterführt, steht der alte Bunker aus dem Zweiten Weltkrieg. Bis vor drei Jahren hauste dort ein Flohmarkt mit alten Möbeln und Bilderrahmen und Reliquien aus der Nazizeit: Hitlerbilder, Volksempfänger, Orden und Ehrenzeichen, wie der Gefrierfleischorden, den diejenigen angesteckt bekamen, die in Rußland sehr gefroren und trotzdem den Weg nach Hause zurückgefunden hatten, und den später die Witwe verkaufen mußte. [1998]

Der Flohmarkt wurde vor drei Jahren aus feuerpolizeilichen Gründen aus diesem Bunker vertrieben, was der Inhaber durch große Schilder an der Außenwand mit seiner Vertreibung aus Oberschlesien verglich. Mir schien das übertrieben, aber persönlich verständlich. Und wie es jetzt in dieser Nacht gebrannt hat, liefen viele Menschen auf den Bunker zu, einige kannten den Weg noch von früher her und haben die Tür eingetreten, um sich vor dem Feuer zu schützen. Das war feuerpolizeilich allerdings nicht abgesegnet, hat aber geklappt.

Ein Bild ist mir in Erinnerung geblieben, wie im Gedächtnis festgebrannt: Eine Frau mit weißem Pelzmantel und zwei großen Koffern, die sie sehr leicht trug, da wahrscheinlich bloß die Unterlagen für die Rente drin verpackt waren, denn in dem Viertel wohnen keine reichen Leute. Sie stand vor dieser Feuerwand am Bahnübergang, auf der anderen Seite jenseits des Flusses ragte die Stadt Frankfurt mit ihren Banktürmen in die Schwärze der Nacht, und der Widerschein von unserem Feuer schuf ein Morgenrot hinter den Domen des Kapitals.

Als diese Frau in den Bunker hastete, folgte ich ihr und bemerkte, daß die Leute Angst hatten in diesem feuchten Raum, die Stimmung war gedrückt. Selbst die Ratten raschelten schon unterm Dach herum. Es war ja auch eine blöde Situation, draußen die Polizei mit Blaulicht und Sirenen und der Durchsage: »Der kleine Oliver sucht seine Mutter!«, und das Viertel müsse geräumt, evakuiert werden.

Da dachte ich, hier mußt du helfen in diesem Unterstand, und ich versuchte, ein bißchen gute Laune herzustellen – schon aus staatspolitischer Verantwortung.

Nach diesem Bunkereinsatz sagen bösartige Kollegen, ich sei jetzt so eine Art Katastrophenclown, aber ich sage mir immer: Lieber Hofnarr sein draußen, wenn der Palast schon brennt, denn als Schloßherr mit dran glauben zu müssen. Ja, der Hofnarr ist im Hof, der Fürst mit seinen Füßen im Feuer. Das ist bitter.

FREMD ESSEN UND GEHEN

Während Gabelin, bevor er 1966 nach Frankfurt zog, kein erhebliches Interesse an Ausländern in Deutschland und ihren Sitten und Gebräuchen gezeigt hat, geht er jetzt, nachdem die Zahl der Fremden in der ganzen Republik unübersehbar gewachsen ist, regelmäßig einmal die Woche mit mir in eines dieser multinationalen Restaurants, um dort zu essen und zu trinken. [1988]

Mag die Triebfeder meines sprunghaft anmutenden Verhaltens in der Notwendigkeit liegen, den Überdruß gegenüber der deutsch orientierten Küche zu überwinden, so ist gleichzeitig mein Tun nicht von einer ungerecht großen Bewunderung fremder Kochkunst verursacht, sagt Gabelin zu Hagenbuch, der neben ihm sitzt, ohne auch nur einmal an diesem Abend zu antworten.

Wie bei vielen anderen Handlungen sei er, Gabelin, auch hier trotz häufigen und heftigen Nachdenkens sich nicht restlos im klaren über all seine Beweggründe, denke zuweilen sogar, daß sein Gang in von Ausländern betriebene Gaststätten auch mit einer ihm inzwischen schon prinzipiell lästig werdenden Bequemlichkeit zu tun habe, da es sich trotz mehrfachen Umzugs aus verschiedenen Stadtteilen weg in ebenso verschiedene Stadtteile hinein fast regelmäßig ergeben habe, daß nahe liegende Speise- und Trinkstätten in der unmittelbaren Umgebung seiner Wohnung von Gastwirten oder besser: Gastgastwirten, also von selbständigen Gastarbeitgebern oder, hier erhebt sich Gabelins Stimme, oder, und noch einmal wiederholt er dieses »oder«, oder im Marxschen Sinne Gastarbeitnehmern, da sie ja von ihren Angestellten Arbeit entgegennähmen, also auf jeden Fall von Nichtdeutschen geführt würden. Und schließlich sei es egal, wohin man gehe, Hauptsache, man verhungere und verdurste nicht und behalte immer im Kopf, daß man noch lange nicht die Welt gesehen hat, auch wenn man einen Metaxa von einem Jamaika-Rum des Jahrgangs 1953 unterscheiden könne. Natürlich, sagt Gabelin zu mir an der Theke, natürlich kann man auch zu Hause türkisch kochen, und es schmeckt besser als beim Griechen. Aber es werde ohnehin schon zuviel meist innerlich unbeteiligt übers Essen gesprochen, geredet und geschrieben, als ob es gegenwärtig nichts gebe, was wichtiger sei. Und in der Tat, so Gabelin, gibt es nichts Wichtigeres.

Denn zu essen verstehe die ganze Welt, nur Deutsche könnten es noch immer nicht. Und wie zum Beweis dieses Urteils holt Gabelin zunächst einen Zettel aus seiner Sakkotasche und brüllt, daß Schriftsteller aller Nationen seit Jahrtausenden die Unfähigkeit der Deutschen zu essen geißelten, ohne Erfolg zu haben. Hier, Peter Bichsel sagt, so Gabelin, wörtlich sagt Peter Bichsel, man kann mit einem Deutschen keine Spaghetti essen, ohne daß er dauernd über Spaghetti spricht und seine gesamten Spaghetti-Erfahrungen ausbreitet. Spaghetti sind ihm nicht selbstverständlich. Essen ist ihm nicht selbstverständlich. Nichts ist ihm selbstverständlich.

Das hat Peter Bichsel geschrieben. In der *Schweizer Illustrierten,* so Gabelin, und Malaparte, fährt er fort, Curzio Malaparte sagt, die Deutschen lachen, wie sie essen: Sie haben immer Angst, nicht genügend zu essen, sie essen stets für irgendeinen anderen. Und so lachen sie auch, als ob sie befürchteten, nicht genügend zu lachen. Nicht genügend, sagt Gabelin, nehmen Sie ruhig noch, wir haben draußen noch genügend, ruft er und schwenkt ein in schwarzen Karton gebundenes Taschenbuch, dessen Einband mit einer pantoffeltierhaften Figur geschmückt ist.

Man gehe auch heute in Frankfurt nicht essen, um zu essen, sondern um essen zu gehen; man gehe in Frankfurt fremd essen, um fremdzugehen. Ohne eine Metaphysik des Essens wird kein Bissen geschluckt, ja noch nicht einmal gekaut. Der Deutsche liebt das Essen nur, wenn es ihm im Halse steckenbleibt, sagt Gabelin, und deshalb ordnet er es auch, Ordnung ist ihm die halbe Mahlzeit. Erst kommt das Ordnen und dann die Ernährung.

Entweder, sagt Gabelin, gehe ich aus Bequemlichkeit zum Ausländer, weil er in der Nähe liegt, oder ich gehe zweitens aus Nostalgie hin, weil ich meinen Urlaub, meine Jugend, die Sonne oder sonstwas Vergangenes zurückholen will, oder ich gehe zum

Ausländer, weil ich repräsentieren, angeben, meine fremden Sprachkenntnisse oder sonstwie meine Besonderheit demonstrieren will, oder aber ich gehe viertens, und damit schließe ich mein System der Besuchsmotivationen im Nahrungs- und Genußmittelbereich, Abteilung fremdländische Restaurationsbetriebe, vorläufig ab, ich gehe viertens dorthin, weil mich die Exotik reizt. Der Grieche sei nicht exotisch, eher schon fast deutsch. Henning zum Beispiel, so Gabelin, habe ihm, Gabelin erzählt, im Süden Griechenlands kenne man kein Tsatsiki, er, Henning, habe erst dann eine Speise dieser Art erhalten, nachdem eine alte Frau bei einem Dorfbewohner, der jahrelang als Montagearbeiter bei Hartmann & Braun in Bockenheim tätig gewesen war, sich erkundigt habe, was denn und woraus zusammengesetzt dieses Tsatsiki, diese griechische Spezialität, sei.

Die Griechen, sagt Henning, so Gabelin, haben das Kochen bis heute noch nicht richtig gelernt und gehen deshalb in alle Welt und preisen ihren Gyros den Gringos in den Metropolen an. Aber sonst, Gabelin bestellt eine Runde Ouzo für alle an der Theke, er selbst für sich aber einen Metaxa, aber sonst gibt es Italiener in der Stadt, für die wäre noch die Todesstrafe ein unverdientes Kompliment.

Die glauben, sagt er, die könnten hier den Herrenmenschen geben. Da wird der Gast, besonders wenn er weiblich ist, mit einer Verachtung betrachtet, als sei er oder besser als sei sie nur ein Hund, ein Tier also, das ja in südlichen Ländern nicht immer die Achtung erfährt, wie es das bei uns erleben darf.

Wenn du, sagt Gabelin und schaut mich tückisch an, mal teuer lachen willst, weil Menschen sich als Kalauer verkleiden, dann geh ins Firenze in die untere Berger Straße, in diese italienische Kitschbude. Mir hat es den Rest gegeben, nachdem mich die, zugegeben, nicht mal schlechte Küche fast schon versöhnt hätte mit dem komischen Gezappel clownesker Vornehmheit, als einmal, während ich mit einer herben, schönen und genußsüchtigen Frau mehrere Gambas zu genießen versuchte, ein Spanier mit Gitarre und Gesang um den Tisch herumstrich und uns in die Ohren brüllte.

Doch das Schlimmste ist, sagt Gabelin, daß die Italiener die beste Küche des Abendlandes haben, noch vor den Franzosen, und gar nicht darauf angewiesen sind, den Vorspeisen-Chauvi zu markieren.

Gabelin bricht ab und fragt mich, ob ich mich noch an den Film, an den Film, sagt er, nicht an den Sänger, an den Film also, *Tom Jones – zwischen Bett und Galgen* erinnere, und zwar in der Szene, in der Jones und eine Dame Fleisch essen, Hähnchenfleisch, wenn er das richtig im Gedächtnis habe, ja, sagt er, das sei vielleicht die einzig wirkliche pornographische Filmsequenz, die er kenne, gegen die doch eine Fickerei zwischen fünf Negern, sechs Lesben, einer Stange Dynamit und einem Haufen toller Heteros nur eine jugendfreie Nachtmusik sei, Essen, schreit Gabelin, Essen ist alles.

Fremdes Essen ist die Mutter der Philosophie, sagt er. Das hat schon Barbarossa gewußt auf seinen Kreuzzügen. Und hockte nicht Feuerbach jahrelang vor Kartoffelpflanzen, bis er verstanden hat, daß die Wahrheit zwar über der Erde im Licht blüht und gedeiht, die nahrhafte Einsamkeit aber im Dunkeln bleibt und als metaphysische Knolle gleichsam nur mit Gewalt gegen die Erde in die Immanenz hochgezogen werden kann. Und Heidegger schließlich ist zum Spannungsverhältnis zwischen Sein und Zeit gekommen durch die Beziehung von weichem Wasser und gutem Pernod, der badische Wein hat diesen Alemannen doch höchstens auf den Holzweg des dumpfesten Schwabenexistentialismus geführt. Und hätte die Frankfurter Schule, hätten Adorno, Horkheimer, Neumann und Löwenthal nicht Hot dogs im authentischen Ursprungsland kennengelernt, nie wäre die moralische Dialektik der Minimalaufklärung entstanden! Natürlich könne man als Mann auch mit einem Mann essen gehen, und wenn man wie er, Gabelin, keine Lust auf ein schwules Coming-out seitens der eigenen Person empfinde, so könne man zumindest die frühen Wonnen gleichgeschlechtlicher Erotik beim Essen rücksichtslos auskosten, nur müsse man zu einem solchen Zweck nicht unbedingt zum Spanier gehen, denn so stolz diese Menschen auch ständig und mit Recht seien, in der Küche müsse es sich stets um sehr leichtfertige

Gesellen handeln, was möglicherweise auch auf die westliche Lage Spaniens innerhalb Europas zurückzuführen sei, denn die kulinarische Produktionskunst steige von West nach Ost aufwärts, und irgendwo im Pazifischen Ozean müsse die Grenze zwischen humaner Küche und barbarischer Brutzelstube liegen, sozusagen der Nullmeridian der Ernährungsevolution.

Das Beste aber in Frankfurt ist das, was jeder kennt, sagt Gabelin, diese Stadt hat keine Geheimnisse. Wer hier ohne Souveränität nur etwas Exklusives sein will, gehört ausgelacht, sagt er bedrückt, es gibt so viel Exotik am Main, da soll derjenige, der sie nicht findet, sich doch erst gar nicht hierherbegeben oder sich gleich aufhängen. Am besten exotisch aufhängen, oder zumindest an einem exotischen Platz, zum Beispiel im Palmengarten oder in der Kleinmarkthalle. Die Kleinmarkthalle ist sowieso das Paradies, und wer hat das schon lebend gesehen, aber wir reden ja nicht vom Leben, sondern von seiner notwendigen Folge, dem Essen, und da erst das Leben kommt und dann das Essen, liegt das Essen also schon näher dran am Tod als das Leben, also ist es nur konsequent, den Gang zum Friedhof über die Kleinmarkthalle anzutreten, von diesem Ort aus, der hervorragend ist unter den Lebensmittelläden und Kolonialwarenhandlungen, Gabelin faltet seine Hände beim Wort Kolonialwarenhandlungen und sagt plötzlich, was er mache, sei keine Führung, keine Verführung, es sei noch nicht einmal eine Empfehlung, es sei einfach nur die Wahrheit über den richtigen Weg.

Und der führt von irgendwoher direkt am frühen Nachmittag durch die Kleinmarkthalle, gegen deren Ausstellungsfülle alle anderen Museen und Galerien ihren Kleinmut erkennen müssen, weil in der Kleinmarkthalle die eßbaren Kultgegenstände der Natur in kaum überschaubarer Vielfalt nicht nur ausgestellt, sondern auch bezahlbar sind. Der Weg also zum Genuß fremder Speisen führt durch die Kleinmarkthalle mit ihren Düften, dem von stämmigen Türken angebotenen tiefroten Rindfleisch, gegen das das Schweinefleisch in seiner Blässe offenkundig farblich abfällt, und, sagt Gabelin, jetzt will ich es kurz machen, nur in der Kleinmarkthalle, und wer die nicht findet, ist ein Versager, nur in der

Kleinmarkthalle kann man sich den optischen und Geruchsappetit auf fremde Lokale holen, und darum muß man nach dem Besuch dieses Basars sofort zu Fuß ins Bahnhofsviertel gehen, denn nur dort ist Frankfurt so international, daß auch die ausländischen Restaurants nicht schon beim Betreten die Aura eines in dicker Mehlschwitze dampfenden Blumenkohls besitzen, der von platzenden Blut- und Leberwürsten mit kleinen Fettwürfeln bekotzt wird, und genau dieses Bild, sagt Gabelin, ist Symbol, Abgrund und wahrhaftiger Kern der hessischen Küche. Das Bahnhofsviertel ist nämlich die letzte funktionierende Großfamilie Frankfurts, und unser Oberbürgermeister, flüstert Gabelin, dieser vertrocknete Hetärenfeind, dieser Mini-Jesuit, der es noch nicht einmal zu einem hassenswerten Lokaltyrannen gebracht hat, der will das Bahnhofsviertel säubern. Das ist nicht nur ein Angriff auf den althergebrachten Sexualhandel, das ist ein Angriff auf die Kochkunst, die doch wahrlich in Frankfurt nicht so hoch entwickelt ist, daß man auf die einzig urbane Eßzone in dieser Stadt verzichten kann. Der Oberbürgermeister ist ein Attentat auf die Menschlichkeit, ein Unding an sich, die Negation des Nichtzuerkennenden, und ich weiß überhaupt nicht, sagt Gabelin, warum wir uns plötzlich alle so unmotiviert erregen, da doch feststeht, daß schon aus logischen Gründen es keinen Frankfurter Oberbürgermeister geben kann, der das Bahnhofsviertel heimtückisch, grausam, aus niedrigen Beweggründen und zur Befriedigung seiner Geschäftslust abschlachten wollen kann.

Darum, sagt er, will ich jetzt endlich in Ruhe mein Pils trinken, ohne dauernd von uninteressanten Gästen mit Fragen nach der ausländischen Eßkultur belästigt zu werden. Und es gibt überhaupt keine Eßkultur, sagt er.

Das Wort von der Eßkultur, von der sogenannten Eßkultur, die ja in Wirklichkeit höchstens ein Eßhandwerk ist, kann nur von Menschen erfunden worden sein, die, da sie selbst kein Handwerk beherrschen und verstehen, mit größter Verachtung und Überheblichkeit dem Handwerk gegenüberstehen und sich deshalb, und das ist die eigentlich tragische Ironie unserer Kultur, als Kulturschaffende oder gar Künstler selbst mißverstehen. Da sie also selbst kein Handwerk beherrschen, sich aber in der halbamtlichen Welt der Kultur auskennen, wollen sie am liebsten die ganze Welt, in der sie sich auskennen zu müssen glauben, zur Kultur ernennen. So ist sicher der schändliche Begriff der Eßkultur entstanden.

Kochkultur, ja die gibt es, Kochkunst sogar, sagt Gabelin, und ich lasse mir von niemandem ausreden, daß auch die Hamburger-Drive-ins am Hauptfriedhof Feinschmeckertreffpunkte sind, besonders in der Nacht, wenn die coloured people in der Mehrheit sind und Bier nur noch aus der Dose schmeckt.

FFM. – ZENTRUM SPÄTBÜRGERLICHER STERBEHILFE

[1987] Der entscheidende politische Konflikt ist heute nicht der Kampf der Vorherrschaft zwischen Linken und Rechten, wichtiger ist, Öffentlichkeit zu erhalten und auszuweiten – eine Öffentlichkeit, in der dem demokratischen Ideal entsprechend die verschiedenen gesellschaftlichen Klassen, Gruppen und Kulturen um die Macht kämpfen.

Begeben wir uns an einen Ort, an dem Chaos und Ordnung, Idylle und Katastrophe beispielhaft sich aneinanderreihen. In der Mitte der Bundesrepublik liegt *die* zeitgemäße Stadt, in der das Geld regiert und viel Kultur vorhanden ist, eine Stadt, die Symbolwert hat für die Fähigkeit konservativer Politik, unruhiges Gelände zu befrieden: Frankfurt.

Betrachten wir Frankfurt allerdings unter dem Gesichtspunkt seiner in den 70er Jahren entdeckten ehemaligen Unregierbarkeit, so steigt nicht nur ausgepichten Anarchisten und Politrockern eine Träne der Trauer ins Auge.

Frankfurt heute, das neue Frankfurt, schmückt sich stolz mit den Warenzeichen Metropole, Kunststadt, urbanes Lebenszentrum.

Das neue Frankfurt ist jedoch nur eine ausgewogene Provinzstadt, die an das Feuilleton der *Frankfurter Allgemeinen Zeitung* erinnert: Es darf alles gesagt werden, aber es ist auch Wurscht, was gesagt wird. Frankfurt ist weder urban noch Metropole – die Stadt gibt sich eher als Wiederaufbereitungsanlage ausgelaugter Brennstäbe einstmals rebellischer Bewegungen und Szenen –, Frankfurt lebt bloß die Idee von Metropole und Urbanität. Die Stadt hat sich von der Bühne wilder Ideen und Straßenschlachten zum Museum verkehrsberuhigter Fußgängerzonen entwickelt.

Und so tappern – auf der Suche nach der verlorenen Zeil – auch schon alternde Kulturkritiker durch die Autobahnen und Gassen, beschimpfen die Fassaden, reden etwas von postmodernem Schrott, klagen, daß alles nur Simulation sei, und weinen vergangener Radikalität nach. Ach, als Frankfurt noch unregierbar war! Das, was Frankfurt einst zur Weltstadt gemacht habe, politischer Brennpunkt an der kapitalistischen Krisenfront zu sein, das sei eingebuddelt und versaftet. Man habe seinen Frieden geschlossen mit Kapital und neokonservativer Stadtregierung, statt unversöhnlich den Herren der Profitrate und ihrem menschenfeindlichen System knallhart die Faust der Weltverbesserung entgegenzuschwingen.

Sicher, Frankfurt unterscheidet sich von Wien dadurch, daß es kein Bewußtsein davon hat, in seiner gegenwärtigen Verfassung auch nur ein Friedhof begrabener Geschichte, ein Provinznest, eine Modeschau für Zombies zu sein, deren Leben darin besteht, grundlos gutdraufzusein. Die Frankfurter Inszenierungen seiner eigenen Weltstädtischkeit sind schlecht besetzte und schlecht arrangierte Lokalpossen.

Aber war nicht auch die heroische Epoche der Unregierbarkeit der Stadt nur eine von vielen, teils antagonistischen Seiten inszenierte Komödie, ein Spiel des häßlichen Scheins, der damals dem ästhetischen Main-Stream entsprach? Ist nicht die heutige Beteuerung, wie sehr alle Frankfurt lieben, genauso oberflächlich, wie die damaligen Haß- und Abgrenzungsarien infantil und selbstgefällig waren? Denn Frankfurt war nie unregierbar.

Die Unregierbarkeit war in den 70er Jahren die semantische Geheimwaffe der neokonservativen Tendenzwende, die sich gegen die sozialdemokratische Anspruchsgesellschaft richtete, um endlich wieder das Chaos von links mit der Ordnung von rechts zu besiegen. Bei friedlicher und absolut gewaltloser Betrachtung dieses Sprachscharmützels sieht man heute, wie banal die Rechte argumentierte. Scham gar breitet sich aus, wenn ich daran denke, daß der Vorwurf der Unregierbarkeit von der Linken für die bare Münze eines aus den Fugen geratenen politischen und ökonomischen Systems genommen wurde.

Wir waren stolz, der Stadt einen Schreck eingejagt zu haben, und hielten dies für eine wichtige Etappe im Kampf um die Macht. Doch der politische Sittenverfall, der Angriff auf das Gewaltmonopol des Staates, Chaos, Anarchie und Politrockertum haben sich nie im Zentrum politischer und ökonomischer Entscheidungsmacht aufgehalten. Krawall und Diskurs, Straßenschlacht und Theoriebildung, explodierende Molotowcocktails und Attentate, Hausbesetzungen und Fabrikstreiks – all das sind Aktionen im Felde der politischen Kultur, in der Streitarena der Ideen. Trotz böser Absichten gegen Kapital und Staat, deren Verbindung auch heute noch oft leicht verkürzt als »Schweinesystem« enger gesehen wird, als sie ist, trotz dieser äußerst destruktiven Innentendenz war der Kriegsschauplatz auch in Frankfurt meist für die Absicht, den Kapitalismus zu zerschlagen, nicht ganz richtig gewählt. Die Straße ist das Medium der gewaltfreien Politik, des politischen Streites um Ideen und Entscheidungen; da mögen noch so viele Straßenschlachten stattfinden, die eigentliche Gewalt politischer und ökonomischer Entscheidungen wird hier nicht ausgeübt.

In allen Untersuchungen der Westend-Bebauung tauchten immer wieder die Banken auf als die Geheimzentren der menschenverachtenden Spekulation. Aber die Kritiker der Banken blieben in ihrer moralischen Verurteilung stehen. Politik aber ist nicht nur Kritik, und daher interessiert heute noch, welche politischen Entscheidungen damals gegen die Wirtschaftspolitik der Banken gefällt wurden.

Es wurde tatsächlich keine auf politische oder ökonomische Veränderungen gezielte Entscheidung gefällt. Die Politik des Häuserkampfes war betont Kulturpolitik. Marxisten forderten Verstaatlichung der Banken, und Spontis forderten Selbstverteidigung der besetzten Häuser, Selbstverteidigung der Demonstrationen und schärfste Mißbilligung von Polizei und Kapital. Es gab und gibt keine politische Vorstellung davon, wie die Linke in den Entscheidungsprozeß der Banken eingreifen könnte. Das heißt, linke Politik in Frankfurt reibt sich an der Sprache und an der Polizei, nicht an ökonomischen Machtverhältnissen. Die will sie nicht verändern, sondern umstürzen. Und wer da nicht mitmacht, der soll doch gleich rübergehen – in die SPD. Auch die immer noch anhaltenden Kämpfe gegen die Startbahn West kümmern sich nicht um Einfluß in den Räumen, in denen wirtschaftliche und politische Eliten Entscheidungen treffen. Dieser Kampf gehört zur rebellischen Ausdruckstanzkultur unserer Zeit und setzt daher mehr Betonung auf das Wort »Bewegung« als auf machtpolitischen Einfluß. Natürlich kann man massenhaft zur Landesregierung gehen und dort Unterschriften zuhauf abgeben. Daß man dann aber enttäuscht und verbittert ist, wenn der Ministerpräsident den Bau der Startbahn nicht verhindert, das verrät ein sehr absolutistisches Staatsverständnis: Man muß den Fürsten überzeugen, und der regelt dann als guter Landesvater die Volkswirtschaft im Interesse der Landeskinder.

Ich blicke hier nicht resigniert zurück auf gescheiterte Politik, sondern ich versuche nachträglich die Erkenntnis zu verkraften, daß viele politische Bewegungen gar nicht zum Scheitern kommen konnten. Der Häuserkampf und der Kampf gegen die Startbahn West haben nie Einfluß auf die politischen und ökonomischen Machtzentren nehmen wollen, sie wollten bloß, daß die Machthaber nachgeben.

Die Kraft dieser Bewegungen – neben der materiellen Beeinflussung von Bausubstanz und Maschendraht, Schaufensterscheiben und polizeilichen Beamtenkörpern – war stilbildend für das politische Reden, war Produktion von Ideen des Politischen, war die Entfaltung einer neuen, aggressiven Kultur des Miteinanderlebens in der Massendemokratie.

Sollte man sich also heutzutage in Frankfurt umbringen, was einem diese Stadt auf den ersten Blick nahelegt? Vielleicht, aber lassen Sie mich vorher noch mit einem Gedanken diesen kleinen Kommentar zum Thema »Frankfurt als Fokus der unangreifbar scheinenden Macht der kapitalistischen Ökonomie« schließen. Die Unregierbarkeit der Stadt Frankfurt am Main, von der in verherrlichender Erinnerung und triumphaler Siegespose geträumt wird bei Freund und Feind, fand, wie wir gesehen haben, nie statt. Die niederschmetternde Abwaschbarkeit des neuen Frankfurt demonstriert mit ungeahnter optischer Gewalttätigkeit die Idylle der postmodern flanierenden Volksgemeinschaft: Frankfurt marschiert.

Doch die Umfunktionierung der Stadt in eine gekachelte Intensivstation macht es ihren Bewohnern auch leichter, neue Begriffe zu finden zur Analyse einer Gesellschaft, die es noch immer verdient hat, revolutioniert zu werden, in der es aber ein Ritt wider Windmühlenflügel ist, wenn politische Perspektiven aus der Asservatenkammer des 19. Jahrhunderts zusammengeklaubt werden.

In Frankfurt erfährt die Linke, daß sie nur mit den Bankangestellten, den Werbefreaks, mit den Direktoren und Managern, selbstredend auch mit Lohnabhängigen, Systemveränderung erreicht. So mag, noch immer getrieben von der List der Vernunft, gerade in Frankfurt das städtische Modell der Revolution sich am neokonservativen Alltag der postindustriellen Informationsgesellschaft entwickeln.

Schon machen sich in Frankfurt selbst, doch auch anderswo, die Propheten, Weltverbesserer, Weltbildhauer und Rettungsfanatiker auf, um sich im Zentrum spätbürgerlicher Sterbehilfe, im neuen Frankfurt, zu tummeln als Spezialisten der schöpferischen Zerstörung.

DER GEMEINE HESSE

Hessen verstehen kann nur derjenige und auch nur diejenige, die die ethnische Sondersituation Hessens kennen. Die Hessen sind umzingelt von lauter Deutschen, haben keinen Zugang zum Meer, zu den Alpen und zum Ausland und daher keinen direkten Kontakt zur Freiheit. Wer Hessen besuchen will, muß vorher durchs Fegefeuer der deutschen Autobahn-, Eisenbahn- oder Flughafenkultur. Nur wenige, die hierherkommen, werden hier seßhaft. Das war schon während der Völkerwanderung so: Alle Völker der Welt sind durch Hessen getrampelt, keins wollte bleiben, was ich verstehen kann, aber die silbernen Löffel haben sie immer gern mitgenommen. Darum ist der Hesse mißtrauisch von alters her, er weiß, er kommt grundsätzlich zu kurz. Schon der hessische Fötus weiß genau: Das wird noch ganz eng für mich. [1998]

Hessen ist ein ungeliebtes Land, was fatale Einflüsse auf die Seele der dort lebenden Menschen zur Folge hat. Hesse und Hessin gelten gemeinhin, aber fälschlicherweise als dumm, was wirklich Dumme aus dem verblüffend schlicht wirkenden Dialekt ableiten. Naturgemäß erschließt sich die Feinheit dieser elaborierten Sprache weder einem Hamburger Pfeffersack noch einem vorpommerischen Krautjunker. Denn hinter der scheinbar mangelnden Feinheit lauert Gemeinheit, unverstellt und geschichtlich notwendig geworden aus harscher Erfahrung.

Ich selber komme aus Gießen an der Lahn, hatte also auch eine schwere Kindheit. Gießen war nach dem letzten Weltkrieg ein Zentrum der deutsch-amerikanischen Besatzungsfreundschaft. Der *Stern* hatte in den 50er Jahren Gießen »das Shanghai an der Lahn« genannt. Wir hatten nämlich bei uns in Gießen pro Jahr und Kopf der Bevölkerung mehr Ermordete als die da in Frankfurt. Das war die große Zeit von Gießen und ist auch vorbei und vergangen. Ein amerikanischer Soldat, ein GI, stand neben seiner oberhessischen Freundin und sagte zu ihr: »I love you.«

Sie antwortete: »Laaf du nur, isch faar midden Bus.«

Ich erinnere mich gern an meine Kindheit und die Sprache, die damals mich umgab, dieses Oberhessische in den Dörfern der Wetterau. Wer das einmal gehört hat, wird es nie vergessen, und wer einmal den Vogelsberg besucht hat, ist für das Leben gezeichnet.

Diese Sprache ist so schön, sie ist nicht digitalisierbar, denn sie ist dreidimensional. Der Sinn der Sätze und Worte vermittelt sich auch durch den Klang. Das Wort »Wurrdsl« klingt so unterirdisch, daß man automatisch sich Staub von der Jacke klopft, und wer einmal das Lied von der »Ridse – roude – Rungelräube – Robbmeschien« gehört hat, weiß, warum selbst Japaner uns um diese Sprache beneiden. Seit Jahrhunderten versuchen sie vergeblich, diese Laute nachzumachen.

Das Oberhessische ist »däi Wurrdsl« des Amerikanischen, »the roots«, wie man nach der nordatlantischen Konsonantenverschiebung sagt. Darum ist es kein Zufall, daß Elvis Presley, als Besatzungssoldat Ende der 50er Jahre in Deutschland, nicht an seinem Landungsort Bremerhaven blieb, wo ihn niemand verstand, sondern sofort direkt nach Friedberg/Oberhessen eilte (und Bad Nauheim). Die »Wurrdsl« des Rock 'n' Roll liegt somit nicht in Memphis/Tenn., sondern in Fribbisch/Ouwerhessen. Das läßt sich schriftlich nicht beweisen, wohl aber durch den Gesang der Oberhessischen Nationalhymne, die unter dem Titel »Säui im Goare« von Schweinen im Garten erzählt, die dort wühlen und tiefe Löcher graben, bis der Hund, ein Spitz, kommt und sie zur Abschreckung in die Beine beißt.

Wir Hessen sind nicht stolz, Deutsche zu sein, wir sind stolz, gemein zu sein. Rache ist Blutwurst, sagen wir Hessen, und verhohnepiepeln so den Zusammenhang von Blutdurst und Blutwurst. Nationale Identität, fragen wir, ja braucht man so was, wenn der Kühlschrank voll ist?

Hessen ist negatives Pathos, Babba Hesselbach gegen Heinrich Böll, Georg Büchner gegen Ernst Moritz Arndt, Heinz Schenk gegen Elfriede Jelinek, Datterich und Faust gegen Parsifal und Ulrich von Hutten. Es konnte nur ein Hesse sein, und es war der

Rüdesheimer Rudolf Krämer-Badoni, der 1962 das Buch *Vorsicht, gute Menschen von links* schrieb, lange bevor der »Gutmensch« von nordischen und fränkischen kritischen Kritikern nach 1989 entdeckt wurde. Hesse sein heißt, gefährlich leben wollen zu müssen.

»Im Herzen Deutschlands läßt sich gut aus dem Herzen singen. Ob in Waldhessen oder am Rhein, in Wildeck oder Kassel – wir fühlen uns in Hessen zu Hause. Es gibt sie, die hessische Identität. Und die Liebe zum Hessenland.« Diese gefährlichen Sätze stammen von den »Wildecker Herzbuben«. Als Zeitgenossen des Krieges auf dem Balkan und der volkhaften Unregelmäßigkeiten in und um Rußland herum reagieren wir sensibel auf Begriffe wie »hessische Identität« und »Liebe zum Hessenland«. Wächst hier nicht Gefahr, ohne daß gleich auch das Rettende naht?

Ja, denn solch optimistischer Unfug, aus jeder Gefahr Rettung hervorscheinen zu sehen, konnte nur einem schwäbischen Lebensbejaher wie Hölderlin einfallen. Realistischer dagegen sehen die Hessen die Welt: Unsere Grenzen sind willkürlich gezogen worden all die Jahrhunderte auf den Tischen der Herrschenden, die oft mit hessenfremden Mächten verbunden waren. Ist denn wirklich undenkbar, daß es einmal Krieg geben wird um das baden-württembergische Walldürn, das bayrische Amorbach und das hessische Michelstadt, das Dreiländereck, in dem schon der Bauernkrieg tobte?

Der hessische Mensch wäre nicht überrascht, wir sind auf alles gefaßt, denn der Rousseausche Gedanke, der Mensch sei von Haus aus gut, hat nie Heimat gefunden in Hessen. Die Hessen wissen aus alter Selbsterfahrung, daß der Wilde nicht der Gute ist.

»Hessen – das war das Stammesgebiet der Chatten, das zentrale Missionsfeld, auf dem der heilige Bonifatius, der Apostel der Deutschen, die Kirche errichtete. Dazu hat das Wirken der heiligen Elisabeth in Hessen Maßstäbe für eine christlich-karitative und humane Lebenspraxis gesetzt. Die Kulturlandschaft Hessens ist von Kirchen und Klöstern entscheidend mitbestimmt – das sind Wurzeln, aus denen auch heute noch Sinn und Orientierung wachsen, wenn man sie achtet und pflegt«, sprach Johannes Dyba, der Erzbischof von Fulda.

Welch Horror-Szenario: eine Kulturlandschaft – was immer das auch sei –, geprägt von der entscheidenden – worüber auch immer entscheidend – Mitbestimmung durch Kirchen und Klöster. Aber Hessen erträgt auch dies, die Verschmelzung des asketischen gewerkschaftlichen Verzichtgedankens (Mitbestimmung) mit der erotischen Welt der geistlichen Rund-um-die-Uhr-Ekstaseübungen.

DIE WUNDERBARE TENDENZ ZUM NICHTS

Wenn in New York zwei Autos aufeinanderknallen, dann ruft der arbeitslose Schwarze, der sich sinnlos in der 5th Avenue tummelt: O man, l love New York. In Frankfurt heißt es beleidigt: Das war bestimmt ein Offenbacher. [2001]

Frankfurt und Offenbach sind zwei schwarze Löcher, die geheiratet haben, um die Welt auf ihr Niveau herunterzuziehen. Je länger du auf den Beton Frankfurts schaust, um so weniger schaut zurück. Frankfurt hat die wunderbare Tendenz zum Nichts. Die Stadt ist tot und schämt sich nicht. Sie hat alles hinter sich und spielt sich trotzdem nicht so auf wie Wien. Frankfurt ist der coolste Friedhof Europas. Hier wachst du morgens zwischen Gräbern auf – und bist der Schöpfer deiner Welt, denn um dich sind Chaos und Nichts. In Frankfurt erfährst du die Weltweisheiten weder auf der Straße noch in der Universität, du mußt sie aus der Luft schnuppern. Der größte Fehler des Lebens ist es, seine Träume verwirklichen zu wollen, gut, das weiß jeder, weil sie dann keine Träume mehr sind. Es gibt aber auch noch die Frankfurter Einsicht in die Trostlosigkeit der Welt: Träume gehören wie die politische Linke zur Zeit, da gibt es kein Ankommen, wenn ich zum Augenblicke sage, verweile doch, du bist so schön, dann ist er schon vorbei, der blöde Augenblick, da brauche ich keinen Teufel, der mich holt. Utopie ist eben kein Raum, Raum ist der Traum der Rechten und Konservativen, und als wir Häuser besetzt haben, um zur Landnahme zu schreiten, sind wir rechts geworden …

Frankfurt ist eine zeitliche Einbildung und kein ernsthafter Raum. Die Architektur, die Menschen, die sogenannte Kultur, die wichtigen Tageszeitungen, Verlage und Autobahnabfahrten – alles Zeugen der Vergangenheit ohne jede Zukunft, Müll, Müll, Müll, ohne jede Korruption, nur Müll. Eine wunderbare Stadt, Frankfurt nähert sich dem Garten Eden an, ein virtueller Kuhfladen, hier wird der Linksradikalismus endlich von den zuständigen Stellen ausgeübt, von den Großbanken, die keine Steuern mehr bezahlen, ich lebe nicht in Frankfurt, aber ich bin glücklich eingemauert in dieser Urne des – sich an sich selbst – berauschenden Nichts.

HANDKÄS UND KULTURELLE ANTIMATERIE

In Frankfurt steht kein Hofbräuhaus, aber die künftige Europäische Zentralbank. Eintracht Frankfurt, unsere Fußballdiva, hat, wie gesagt, 1959 in Berlin gegen Kickers Offenbach zum letzten Mal die deutsche Fußballmeisterschaft gewonnen. Dafür ist unser Flughafen wichtiger als der in München. Nationalismus ist Blödsinn, aber auf Lokalpatriotismus laß ich nichts kommen. Zumal der Begriff des Lokalen sich mit dem des Lokals aufs sympathischste deckt, so daß für eine richtig anständige Zivilgesellschaft immer noch die Stammkneipe das Urbild abgibt. Der Frankfurt-Heidelberger Dolf Sternberger (nicht, wie oft behauptet wird, Jürgen Habermas) hat den Begriff des Verfassungspatriotismus erfunden. Sauber! Aber was bedeutet das? [1998]

Keine Ahnung, aber es macht bestimmt Sinn.

Sinn ist ein typisch Frankfurter Produkt wie Handkäs und Börsenindex, aber der in Frankfurt hergestellte Sinn teilt mit den anderen wichtigen Produkten auch die Verfallszeit, am längsten hält der Handkäs. Damit muß man leben als Bürger dieser Stadt, mit der schnellen Vergänglichkeit. Der Satz, daß alles, was entsteht, wert sei, zugrunde zu gehen, wurde daher auch folgerichtig von Johann Wolfgang von Goethe gedichtet. Wer über Europa redet, darf also über Frankfurt nicht schweigen, denn es ist das Versuchslabor einer freiheitlichen Stadt in den Zeiten der Völkerwanderung und des Regionalchauvinismus.

»Früh auf und mit dem Zuge nach Frankfurt. Dort am Bahnhof hatte ich den Eindruck der stärksten Massierung, die ich jemals sah. Selbst in Tokio war ich nicht so im Mahlstrom von Menschen, deren Eigenart sich auflöst wie inmitten eines Heringsschwarms oder der schnell rotierenden Grisaille eines Kaleidoskops.« Das schreibt Ernst Jünger für den 23. April 1971 in sein Tagebuch. Noch ist die Drogenszene nicht am Bahnhof, noch wird der eine verkehrstechnische Haupteingang der Markt- und Messestadt Frankfurt nicht von Junkies und anderen Losern unerfreulich bevölkert. Was wurde später und wird heute noch lamentiert über Heroin und Methadon, Todestrip und Drogensucht als unerträgliche Umweltverschmutzung rund um den Bahnhof. Schön ist das nicht, wenn jemand sich vor deinen Augen die letzte Nadel setzt und dann letal ins Gebüsch kippt, wenn die weißen Gesichter vorüberziehen. Und sie könnten auf dem Kopf gehen, die Junkies, es wäre dennoch kein Himmel unter ihren Füßen. »Die Drogenszene gleicht einem Kampfplatz mit Schwerverwundeten und Toten; man sieht die Opfer, ohne zu wissen, worum es geht. Wer hier mitreden will, muß experimentiert haben; sonst gleicht er einem Offizier, der nicht im Feuer gestanden hat.« (Ernst Jünger, 1979)

Bonn war nie Weimar, Berlin wird nicht Potsdam, und Frankfurt ist auf keinen Fall New York. Dennoch wächst auch hier – fast stündlich – die Zahl der Taxifahrer, die kein Wort Deutsch verstehen, keine Ahnung haben von Straßennamen und Stadtplaneinzelheiten, dafür aber den Fahrgast um so unhöflicher anherrschen, er habe keine Anweisungen zu geben, sondern zu kuschen.

Dieser Ton, unhöflich, kleinlich und beleidigend, ist der *original sound track* der Stadt Frankfurt am Main. Wer aber macht diese Musik? Kann man solche Geräuschproduzenten identifizieren als typische Frankfurter?

Wer sucht, wird keine Frankfurter oder Frankfurterinnen finden, es gibt im Grunde noch nicht einmal diese Stadt, es gibt nur Häuser, Straßen, Geschäfte und eine Mentalität, einen Ortsgeist, kurz: eine gestörte Grundhaltung zu jeder Form von Lebensbejahung. Frankfurt ist negativ, ist kulturelle Antimaterie – und darum für die Forschung interessant.

Und diese Stadt weist erregende Perspektiven auf für die Zukunft, in der Entscheidungen fallen werden über die europäische Demokratie im Weltzusammenhang oder -zusammenbruch. Der oberste Grundsatz der Demokratie lautet, daß alle Staatsgewalt vom Volke ausgeht. Wer oder was aber ist das Volk? Die DDR-Parole »Wir sind das Volk« war bloß eine Übergangslösung. Niemand weiß heute, was ein Volk ist. Darum geht es überall um Identität, nationale Identität, ethnische oder gleich völkische Identität,

Firmen suchen ihre Corporate Identity – nichts dergleichen finden wir in Frankfurt. Hier gibt's genug Identität, da nimmt sich jeder, was er kriegt, und es ist für alle genug da. Kein Mensch weiß hier nämlich, wer er ist, aber jeder weiß, wer er nicht ist und sein will.

Auf die Frage eines vielleicht aufgebrachten Nachbarstädters, wer er denn sei, wird nie einer antworten, er sei ein Frankfurter. Hier ist man nicht Deutscher, sondern Hesse, nicht Frankfurter, sondern wahlweise Bornheimer, Sachsenhäuser, Nordendler usw. Eine materialreiche Sammlung für die Erstellung einer Frankfurter Befindlichkeitsskala findet sich in der täglichen Kolumne »Heute« in der *Frankfurter Rundschau.* Beispiel: »Heute … sagte der Mann: ›Wer is dann die Blondine dort driwwe?‹ – ›Die hab ich noch nie gesehe!‹ – ›Des is e scheene Fraa!‹ – ›Ewe. Des kann kaa von hier sei!‹«

Knapper kann sich das unglückliche Bewußtsein, immer am falschen Ufer zu leben, nicht äußern.

SIE

Eine unendliche Liebeserklärung

[1995] Sie wohnt in Frankfurt, eine Frau des Teufels und der Erde, ein haarscharf herumturnendes Kind aus der Wüste im Herzen des Schreckens, und sie weiß genau, daß da nichts ist. Drum ist sie recht fröhlich, öfter auch schlechter Dinge, und manchmal weint sie, wenn weiter nichts los ist.

Und es gibt Tage, an denen nur eins ihr im Sinn steht, daß es auch anders sein kann, was ist. Dann kauft sie sich einen Ohrring und verschiebt seinen Partner auf den nächsten Samstag. Sie hat die Küche aufgeräumt und die Kleinmarkthalle besucht, sie hat also ihre Pflicht noch lange nicht erfüllt, auch wenn sie schon um 14 Uhr wieder am PC sitzt, um Korrektur zu lesen. So ist sie, ein ewig bitter-fernes Weib, eine Fee, die ihre Umnachtung nicht scheut, sondern schon tagsüber ausführt, als sei's ein Stück von ihr und einer anderen.

Manchmal ißt sie Nüsse, knabbert Chips und füttert Eichhörnchen. Anderntags pflegt sie Leidenschaften und hegt nebenbei ihre anständigen Vorurteile. Wenn's ihr zu heiß wird, läßt sie sich erschrecken. Sie fürchtet sich vor vielem, vor Ratten, die ein thailändisches Restaurant belagern, vor Hobbyfotografen, die impertinent Exotisches suchen, vor Männern mit Angstschweiß. Aber sie ernährt sich gesund, ohne dabei auf Angst zu verzichten.

Natürlich ist sie eine schöne Frau und glaubt also nicht daran.

Und im Keller gruselt es den Mauern, weil sie so selten zu ihnen kommt, um Wein zu holen. Sie kann nur verlieren, zum Siegen ist sie zu fein, fürs Leiden ist sie zu grob, und für das Leben ist sie sich nicht zu schade. Sie geht zum Spiegel, durchschaut ihn und verschiebt die Gewichte. Und weil sie eine Frau ist, liebt sie Verwicklungen aller Art und haßt Intrigen, die keine Pointe besitzen. Sie weilt ein wenig, sie sieht viel und hört sich um, sie spürt die Welt und hadert nicht.

Da gibt es Boten und Gesandte, Zeitungen und Nachrichten, Welt und Fußballmeisterschaften – sie steht es durch. Was denkt die Farbe, wenn man aus ihr ein Meisterwerk macht?

KINDERBUCH

[1994] Es ist furchtbar, wenn es am Samstag regnet. Nicht daß es schlimm ist, wenn es regnet, aber wenn man als Eichhörnchen in Frankfurt am Main wohnt, ist es schlimm, wenn es am Samstag regnet. Erich ist ein Eichhörnchen, und er ist manchmal sehr froh, daß er kein Hund ist. Hunde können nicht auf Bäume huschen, sie müssen auf der Straße bleiben und werden dort von abscheulichen Ungeheuern beschimpft oder sogar mit dem Lasso gefangen und dann wie ein Verbrecher im Wilden Westen durch die Straßen geführt – mit dem Lasso um den armen Hals. Erich hatte noch nie ein Halsband um seinen kurzen Hals, und er kannte auch keines von den Ungeheuern, die sich Menschen nennen und Hunde mit dem Lasso fangen. Er hatte Angst vor diesen Riesen, die immer, wenn sie ihn sahen, anfingen zu brüllen: »Wie süß, guck mal, ein Eichhörnchen.«

Von seinem Vater hatte er gelernt, daß es dann höchste Zeit ist, das Weite zu suchen, oder besser, wie sein Vater immer leise lachend gesagt hatte, das Hohe.

»Du mußt nicht weit weg, wenn du Menschen siehst, du mußt einfach hoch hinaus, auf den Baum und ab dafür. Dann lachen die Menschen und winken dir hinterher, weil sie sich ärgern, daß sie dich nicht fangen konnten«, hatte sein Vater ihm gesagt.

Ihr seht, Erich, das Eichhörnchen, ist mit allen Wassern gewaschen. Warum hat Erich dann Angst, wenn es am Samstag regnet?

Wenn es am Samstag regnet, ist die Stimmung auf dem Flohmarkt niedergedrückt, und viele, die nichts verkaufen, gehen aus lauter Zorn dann auf Eichhörnchenjagd.

Viel Freund, viel Feind

Von Gutmenschen und Bösewichtern

Die Frage ist nicht mehr:
Wer ist schuld?
Sondern:
Wer hat damit angefangen?
Und wer verdient eine aufs Maul?

HEIMWEH IM EXIL

Linksradikale Heimatgefühle

Die Metropolen sind geprägt von der großen Völkerwanderung der Arbeitsemigranten. Aber am Rande und kreuz und quer bewegen sich die Züge der Kulturemigranten. »Diese Stadt ham mer satt. Wie sie ist, ist sie Mist!« haben wir einst »in den Schluchten von Wild-West-End« gebrüllt. Viele sind weg von hier, hinaus in die weite Welt, wo schon die anderen aus Berlin, Hamburg und New York auf der Suche sind; viele kommen immer mal wieder nach Frankfurt zurück und vorbei. Sind wir in der Lage, heimatlos zu leben, die wir die Hoffnung nicht mehr haben, ein Sein ohne Entäußerung und Entfremdung in realer Demokratie als Heimat nach der Revolution zu erleben? [1981]

Das alte Wort Heimat meint Blut und Boden, also den Ort, an dem ich geboren bin und wo meine Blutsverwandten wohnen. Dieser Ort ist nicht erst in der Industriegesellschaft für Heranwachsende zu eng. Das Von-zu-Hause-Abhauen ist wohl in allen Mythen aller Völker ein beliebtes Thema. Nicht gerade sehr familienfreundlich äußerte sich mehrfach Jesus: »Und wer verläßt Häuser oder Brüder oder Schwestern oder Vater oder Mutter oder Weib oder Kinder oder Acker um meines Namens willen, der wird's hundertfältig nehmen und das ewige Leben ererben.« (Matthäus 19, 29) Aber es gibt auch immer den Traum, aus der Fremde zurückzukommen in die alte Heimat, natürlich als Sieger; die Kraft von Blut und Boden haben die Nazis nicht erfunden.

Verwandtschaft und Geburtsort sind Beziehungen, die dir vorgegeben sind, du kannst sie nicht frei wählen. Die Rückkehr in die Blut- und Boden-Heimat ist die Rückkehr aus den Versuchen, frei zu werden, ins gemütliche Reich von Knecht- und Magdschaft. Die Alternative zur »natürlichen« Familie ist die Scene, die Gemeinschaft der Wahlverwandten. Wenn ich längere Zeit von Frankfurt weg bin, freue ich mich darauf, bei der Rückkehr die Wahlverwandten zu treffen. Aber Heimat ist nicht nur Familie, es ist auch der Ort, der mich anzieht.

Ohne in Frankfurt geboren zu sein, haben viele sich diese Stadt auf ihre Weise magisch angeeignet. Ein geradezu klassisches Ritual solcher Aneignung ist die gepflegte Straßenschlacht. Mehr noch als ein einziges Ritual waren die politischen Aktionen der Linksradikalen in Frankfurt seit 1967 ein Zusammenhang, der lebendige Heimat gestiftet hat. Wir haben uns nicht in den Massen verankert, aber ein wenig hier im Boden verwurzelt. Wem tut's nicht in der Seele weh, wenn er das zerstörte Erdreich an der Ecke Bockenheimer Landstraße/Schumannstraße sieht?

Im schönen Herbst 1971, als der Frankfurter Häuserkampf in hoher Blüte stand und die Betriebsarbeit der Gruppe »Revolutionärer Kampf« erste Erfolge bei Opel in Rüsselsheim errang, da beschlossen sechs Revolutionäre mit tiefem Ernst, jetzt nach Rüsselsheim zu ziehen, um dem Proletariat auch am Feierabend nah zu sein. In einem Hochhaus in Nauheim bei Rüsselsheim mieteten sie zwei Wohnungen an. Die drei, die auch dort in der Fabrik arbeiteten, waren von nun an fast jeden Abend wieder in Frankfurt und zogen erleichtert nach einem Jahr wieder zurück nach Hause in die Scene.

Die linksradikale Heimat Frankfurt ist entstanden durch eine politische und kulturelle Wanderungsbewegung: Frankfurt hat seit 1968 Leute angezogen als Verheißung besseren Lebens. Wir in Frankfurt haben auch davon gelebt, daß andere Frankfurt faszinierend fanden. Daß jedoch Wahlverwandtschaften, einmal entwickelt, nicht ewig währen, ist logisch einsichtig, aber auch historisch schon erfahren worden. Mit der Entstehung der ML-Bewegung wurden neue Fremdheiten entwickelt: Manche kannten sich nicht mehr. Noch schlimmer war der Haß, beinahe schon so wie in guten Familien, der aus der unterschiedlichen Bewertung der Guerilla erwuchs. Mit Wonne haben wir uns gegenseitig finstere Mordphantasien untergeschoben. Joachim Klein hatte diejenigen gehaßt, die nicht zur Knarre greifen wollten, aber er hat wie kaum ein anderer in letzter Zeit seine Sehnsucht nach Frankfurt ausgedrückt. Wie stark diese Heimat ist, siehst du wohl erst dann, wenn du nicht mehr zurückdarfst oder wenn sie langsam zerfällt.

Die Wahlverwandtschaften und der einmal eroberte Ort sind nicht Besitztümer, die bleiben, wenn man sie einmal hat. Und es nutzen auch nicht immer die gleichen Rituale, um sie zu erhalten.

Sicher ist nur, der wird Frankfurt als Heimat verlieren, wer hier einfach wohnen bleibt.

WER HAT ANGST VOR WEM?

50 Jahre Grundgesetz

[1999] Betrachten wir die Verfassung mit der kabarettistischen Methode. Grundgesetz und NATO werden in diesem Jahr fünfzig Jahre alt, wo liegt hier die Pointe?

Die Berliner Republik führt Krieg, der nicht so heißt, weil das das Grundgesetz verbietet. Die Regierung spricht davon, es müsse eine »humanitäre Katastrophe« auf dem Balkan verhindert werden. Diese Äußerung ist naturgemäß vollständiger Schwachsinn. Es soll angeblich eine den Menschen dienliche (also humanitäre) Katastrophe verhindert werden. Was ist das, ist Genozid eine dem Menschlichen dienende Katastrophe?

Die Regierung hat den Verstand verloren, was in der Verfassung nicht vorgesehen ist. Es ist kein Zufall, daß hierbei die Sozialdemokratische Partei Deutschlands beteiligt ist.

Ich erinnere mich also automatisch an die 70er Jahre. Nach dem Motto »Mehr Demokratie wagen« wurden zu Beginn des Jahres 1972 unter dem Stichwort »Radikalenerlaß« alle Beamten von SPD/FDP verpflichtet, sich dem Staat mit Herz und Seele, also innerer Gebundenheit und Treue, als ihrem obersten Liebhaber zu unterwerfen. Das Knechtsgesetz hat allerdings die meisten dummen Linken nicht zu der naheliegenden Frage geführt, ob es in der Demokratie Berufsbeamtentum geben muß. So beschlossen viele, Sklaven mit Rentenanspruch zu werden.

Dennoch galt in dieser Epoche die Faustregel, wer politisch nicht ganz versandet ist, bekennt sich als Verfassungsfeind. Einer Regierung, die sich anmaßte, im Namen der Verfassung Grundrechte der Angeklagten im Zuge der Terroristenverfolgung auszuhebeln, war man in Todfeindschaft verbunden. Die freiheitlich-demokratische Grundordnung galt mir und meinesgleichen als Spucknapf, den man mit Verachtung bespie. Der Haß war da, der durchaus weitverbreitete gegenseitige Vernichtungswille – doch die Form hielt.

Die 70er Jahre waren geprägt von einem leidenschaftlichen Kampf ums Recht, und gesiegt hat die parlamentarische Demokratie als Kompromiß gegen Utopie und Reaktion. Die RAF, der sogenannte menschenverachtende Terrorismus, so läßt sich heute sagen, hat wie der Bombenkrieg der Alliierten gegen Deutschland erheblich mit zur Demokratisierung dieses Volkes beigetragen.

Das Ziel des Rechts ist der Friede, das Mittel dazu der Kampf. Die Menschen wollen ihre Ruhe haben, aber es kommt immer wieder etwas dazwischen, weil es dem bösen Nachbarn nicht gefällt, daß Frieden herrscht.

Das Bild wird nicht nur von der europäischen Gegenwart des Krieges, auch von der 50jährigen Geschichte des Grundgesetzes bestätigt. Denn eine Verfassung ist kein für alle Zeiten gültiger Friedensvertrag, sie ist immer ein Provisorium, und ihr Bestand ist abhängig davon, welche Kräfte sich auf sie beziehen oder sich überhaupt noch für sie interessieren.

Die Verfassung als oberstes Grundgesetz ist wirksam nur, wenn es genügend Verfassungsfeinde gibt. Eine Verfassung ohne Feinde ist ein Spannungsfeld mit nur einem Pol. Politik stirbt ohne Spannung. Das Wesen des Politischen aber liegt nicht in der Unterscheidung zwischen Freund und Feind – die wechselt nämlich je nach Stimmung oder mit Alter, Beruf und Machtzugang –, sondern das Wesentliche des Politischen liegt in der Frage: Wer hat Angst vor wem?

»Das ganze Grundgesetz besteht ja überwiegend aus Angst vor der Demokratie«, sagte der Sozialdemokrat Adolf Arndt in der 23. Sitzung des Rechtsausschusses des Bundestages am 21. März 1950. Die Ausschußmitglieder erarbeiteten damals ein Gesetz über das Bundesverfassungsgericht, und behandelt wurde die Möglichkeit, ein Sondergutachten (dissenting opinion), also die abweichende Meinung der Minderheit, im Urteilstext zu veröffentlichen. Arndt sagte: »Wir sollten also mindestens den Versuch mit dem Sondergutachten machen und nicht immer so viel Angst haben.«

Bei der Entstehung des GG war also das Volk der Feind, vor dem die Verfassung Angst haben mußte. Ein Volk von vorwurfsvollen Kriegsverlierern, das in seiner großen Mehrheit der Diktatur ergeben gedient hatte, mußte unter demokratischer Kontrolle gehalten werden. Und dazu waren die Alliierten da.

Bald erschien ein neuer Angstgegner auf dem Boden des Grundgesetzes: der Kommunismus. Jetzt waren Regierung und Volk wiedervereint gegen den neuen Feind. Das Volk der 50er Jahre bestand aus emsigen Arbeitsbienen, die nachts noch heimlich vom Führer träumten, und skeptischen Jugendlichen, die im Rollkragenpullover Schnaps tranken und Existentialismus empfanden. Freiheit war die Möglichkeit, ein Eigenheim zu bauen und nach Italien zu fahren oder in den Jazzkeller zu gehen und Gauloises zu rauchen. Deshalb hatten die Menschen Angst vor dem Kommunismus, weil der Reihenhäuser enteignete und Jazzkeller zumauerte.

Nach dem Verbot der KPD 1956 drohte der innere Verfassungsfeind auszusterben, auch wenn die westdeutsche Justiz, überwiegend in der bewährten Hand alter Nazirichter, gründlich alles verfolgte und einsperrte, was nach Subversion und Marxismus roch, bis der Feind nahezu ausgerottet zu sein schien. Diesen Mangel kompensierten zu Beginn der 60er Jahre die Regierungsparteien CDU und CSU. Der *Spiegel* wurde 1962 illegal besetzt, Bundeskanzler Adenauer sprach von einer Politik »etwas außerhalb der Legalität«, und Bundesinnenminister Höcherl legte in anderem Zusammenhang nach mit dem treffenden Argument, man könne nicht dauernd mit dem Grundgesetz unter dem Arm herumlaufen. Damit war das Regierungsprogramm verkündet: »Legal – illegal – scheißegal«, das später von den Spontis übernommen wurde.

Erst aber tauchte als Antwort auf diese Regierungskriminalität der nächste Verfassungsfeind auf: die Studentenbewegung. Zunächst wollte sie noch mit wenigen Professoren und anderen erwachsenen Randfiguren der Verfassungswirklichkeit sich ans Reformwerk machen, die Verfassung zu verteidigen in ihren sozialen und freiheitlichen Grundlagen gegen repressive und ausbeuterische gesellschaftliche Realität. Zu der gehörte auch der Plan der herrschenden Parteien, Westdeutschland Notstandsgesetze zu verschaffen, mit denen der innere Verfassungsfeind zu bändigen gewesen wäre: Erstaunlicherweise hatten die damals Regierenden Angst vor bürgerkriegsähnlichen Verhältnissen, vielleicht fürchteten sie wirklich den Einmarsch zahlreicher Divisionen mit Unterwanderstiefeln, die aus der DDR zwecks Sabotage und Landesverrat eingeschleust werden könnten. Wahrscheinlich hatten sie zuviel Thomas Hobbes gelesen, der von sich gesagt hatte: »Die Angst ist die Passion meines Lebens.« Und Thomas Hobbes fürchtete Gott, den Bürgerkrieg und sonst nichts auf der Welt.

Doch dann erschoß ein Polizist am 2. Juni 1967 einen Studenten in Berlin, was viele der bisherigen Reformanhänger für einen vom Staat gedeckten Mord ansahen. Auf der Delegiertenversammlung des SDS im Herbst 1967 riefen folgerichtig Rudi Dutschke und Hans-Jürgen Krahl zum bewaffneten Kampf gegen dieses System auf.

Wovor hatten wir Angst? Neben der schon damals paranoiden Angst vor dem Faschismus, der drohend vor der Tür zu stehen schien, war es die viel berechtigtere Angst, so zu werden wie die eigenen Eltern. Voller Häme werfen Schlaumeier von heute der damaligen radikalen jungen Minderheit vor, sie habe über Vietnam und Notstandsgesetze geredet, sich aber vor der wirklichen Auseinandersetzung mit der Schuld der Eltern gedrückt und deren mangelnden Widerstand durch scheinrevolutionäre Widerstandsexzesse stellvertretend wiedergutmachen wollen.

Psychologie ist eine feine Sache, und man kann mit Recht jeder guten oder mittelmäßigen Tat eines Menschen miese, dumme und eigensüchtige Motive unterstellen. Spätestens seit Shakespeare ist das ein Kalauer, wenn daraus großes Geschrei gemacht wird.

Faszinierend ist doch, daß diese lächerliche Angst vor dem Elternwerden eine ungeheure Wirkung gehabt hat. Vorbei war plötzlich die Gemütlichkeit der Verfassungsordnung: Alte Nazis ohne NSDAP spielen noch mal Klassenkampf gegen den Kommunismus, ohne daß Kommunisten sich im Lande befinden, aber da das GG auch für die Menschen in der DDR sich anmaßte zu gelten, war die kommunistische Bedrohung qua Präambel – (das westdeutsche Volk) »hat auch für jene Deutschen gehandelt, denen mitzuwirken versagt war« – doch auch im Inland vorhanden, ein kommunikativer Konsens verband alle Niederträchtigen mit den Kriegsgewinnlern, dumm sein und Arbeit haben bedeutete Glück, Armut war ein stiller Glanz von innen, das Grundgesetz gehörte zum Stolz, ein Deutscher zu sein, der Frieden war ausgebrochen, vom Kampf ums Recht konnte keine Rede sein, denn auch die Kommunisten in der DDR wollten friedliche Koexistenz (also Geld vom Westen) und sangen bei Besuchen noch der rechtesten Vertreter der BRD nach viel Wodkagenuß mit dem Klassenfeind die Internationale und andere Arbeiterlieder.

Da quoll aus den Tiefen des universitären Raums eine Welle der Unfriedensstiftung aus selbsternannten Demokraten und nahm den Kampf ums Recht auf ohne Auftrag einer offiziell für Verfassungsfeindschaft zuständigen Stelle.

So kam es zur verfassungsrechtlich aufregendsten Epoche der westdeutschen Nachkriegsgeschichte, den 70er Jahren. Doch die Leidenschaft für demokratische Rechte schmolz dahin, als es nicht mehr ums Leben und nur noch ums Überleben ging. Die apokalyptischen Pudel der 80er, Atomkraft und gleichnamiger Krieg, verwandelten den hehren Streit in defensive Überlebensstrategien. Die Friedensbewegung hatte kein Verfassungsverständnis, sie hatte ein Anliegen.

Und als dann die DDR nach Freiheit schrie, war es schön nur am 6. November 1989 auf dem Berliner Alexanderplatz. Bloß ein paar Idealisten verlangten, daß das ganze deutsche Volk, wie es die Präambel des Grundgesetzes vorsah, sich nach der Wiedervereinigung eine Verfassung geben sollte, und da sich keine Sau mehr für die Verfassung interessierte außer diesen Hanseln, erfand jemand den Verfassungspatriotismus, der uns auch nicht vor humanitären Katastrophen schützt.

Der Kampf ums Recht ist nicht verloren, er ist bloß beendet. Der Staat verabschiedet sich mit sorgenvoller Stirn, und wir beobachten die Indikatoren für neue Verhältnisse.

Wem die Jugend gehorcht, das sind die wirklich Herrschenden. Pop markiert den Übergang von staatsfrommer (und natürlich gehört die militante Staatsfeindschaft dazu) Jugend zur unmittelbar industriegehorsamen Jugend. Das Volk heute gehorcht nicht mehr der Regierung, sondern dem Kapital. Langsam stirbt der Staat ab. Die Privatisierung von Armee, Justiz und Polizei war schon vom Kommunismus, wenn auch mit schlechtem Ergebnis, ausprobiert, sie wird nun die parlamentarische Demokratie erneuern. »Das Wesen des Staates wie der Religion ist die Angst der Menschheit vor sich selber«, sagte Friedrich Engels.

Hüten wir uns vor denen, die zuviel Angst haben. Aber was tun, wenn das plötzlich alle sind? Bis es soweit ist, gilt es, die Lebenslust nicht zu verlieren. Das ergibt sich zwingend aus Artikel 1 Grundgesetz, der die Fiktion zur Norm machen will, daß die Würde des Menschen unantastbar sei, ist oder sein soll.

HASSKONTROLLE

Die Gabelinsche Haß-Komik-Relation

»Seit 2000 Jahren lebt die Erde ohne Liebe.
Es regiert der Herr des Hasses.
Häßlich,
Ich bin so häßlich,
So gräßlich häßlich,
Ich bin der Haß.« *Rocksong*

[1985] Kitsch, sagt Karl Graf Gabelin, gebe es nicht nur im Kunstgewerbe, Kitsch sei vielmehr die einzig richtige und auch wahre Bezeichnung für das ekelhafte Gemüt vieler Leute, die ihren Zustand auch noch als dynamischen Reichtum an Gefühl, an seelischer Tiefe, an Sinnlichkeit und an authentischer Lebensintensität verklärten. Nachdem man jahrelang quasitherapeutisch seine Gefühle rausgelassen habe, dann ebensolang die fünf Sinne, die man bekanntlich nicht beieinanderhaben könne in einer eiskalten Gletscherwelt apokryph-apokalyptischer Sinnlosigkeit, sich wieder angeeignet und dabei sich als Archäologe, also als tiefschürfender Mensch, im Nominativ subjekthaft stilisiert habe, nachdem man also die ganze letzte Zeit sich nicht ernst, sondern nur wichtig genommen habe, wird, so Gabelin wörtlich, diese ungeheuerliche Aufschneiderei weitergetrieben, und man beobachte nunmehr das Verschwinden der Sinne. Es gehe mit einer impertinenten Geschwindigkeit zurück in dumpfe Verhältnisse, daß es eine Schande sei und ihn, Gabelin, nur noch schaudern könne.

Erst lassen wir sie raus, dann eignen wir sie uns wieder an, und dann sind sie eigentlich schon längst beim Verschwinden, die Sinne, sagt Gabelin, statt Sinne haben wir Sinn-Simulation, und demnächst werden wir beim ganz anderen vom Etwas landen, nämlich beim Nichts. Und dann nimmt alles wieder seinen Anfang, vom Überwinden des Verschwindens zum Sinn des Findens und dem Ausgelassensein des Rauslassens.

Ich habe Karl Graf Gabelin zufällig am Schaumainkai in Frankfurt an der Ecke zur Untermainbrücke getroffen, und nun redet er ohne große Überzeugungskraft auf mich ein, denn er nutzt jeden Ort und jede Gelegenheit zu seinen gefürchteten Vorträgen in der Art engagierter Stammkneipen-Rhetorik.

Im Dezember dieses Jahres, sagt Gabelin, fände in der evangelischen Akademie in Bad Hiltrup ein internationales und transdisziplinäres Kolloquium statt zu dem Thema »Liebe zum Frieden, Haß auf den Krieg – Neue Medien des Glaubens«. Als anerkannter Inhaber des Lehrstuhls für maskulinistische Haßforschung am Fachbereich 13 der Johann-Wolfgang-Goethe-Universität sei er eingeladen, seine Thesen zur Gefühlsökologie im Spätchauvinismus vorzutragen.

Gerade heute morgen habe er sein schon ausformuliertes Referat, eine Mischung aus entsublimierter Friedensforschung, selbstreflexivem Phalluskult und poststrukturalistischer Verschwiegenheit, weggeworfen, er wolle nunmehr frei sprechen, frei im emphatischen Sinn nonverbaler Zwanglosigkeit. Er sei froh, mich getroffen zu haben, um schon ein wenig zu üben.

Bei diesen Worten legt Gabelin seinen Arm männergruppenbündlerisch mir um die Schulter und signalisiert dergestalt körpersprachlich seinen Willen zum unteilbaren und bedingungslosen Einverständnis.

Ich versuche, ihn vernichtend anzuschauen, was mir bekanntlich nie gelingt, höre ihm aber weiterhin zu in der Hoffnung, endlich meine eigene Haßunfähigkeit zu überwinden.

Und Gabelin spricht schon wieder. Rudolf Brettschneider, sagt er, habe einmal gesagt, daß die eigentliche Bühne für die Komödie der Liebe immer noch das Bordell darstellt. Er, Gabelin, unterscheide jetzt beim Gefühl Haß auch zwischen komischem und ernstem Haß, also zwischen Lebenslüge und Wahrhaftigkeit, zwischen Gefühlskitsch und der hohen Kunst tiefer Empfindung.

Die Bühne der Komödie des Hasses aber sei die Öffentlichkeit, in der der Haß als engagiertes Gefühl zu Markte getragen werde, also trete Haßkomik auf bei Demonstrationen, Attentaten, Übergriffen, Massen-Manifestationen, Individual-Terrorismus und

Pogromen. Die Innerlichkeit einer Empfindung, sagt Gabelin, geht über in die Äußerlichkeit eines Gewaltaktes. Das private Gefühl verläßt die als Tyrannei empfundene Intimität und tummelt sich im Strukturwandel der Öffentlichkeit. Solch ein Mensch traut seinem Gefühl nicht; weil er privat nicht hassen kann, schließt er an ein hassendes Ganzes sich an. Statt zu hassen, macht er öffentlich-widerrechtliche Haßreklame. So entsteht der Hanswurst der demonstrativen Empörung.

Als Phänomenologe behandele er erst einmal alle Motive für solche Eruptionen gleich: ob Feministinnen einen Sexshop demolierten, Autonome den Bullen, also den Polizisten, sagt Gabelin, eins auf die Mütze gäben, Autofahrer beleidigende Äußerungen und Handlungen gegenüber anderen Straßenverkehrsteilnehmern unternähmen oder ob Fußballfans nach Spielschluß durch die Stadt vandalierten, überall sei Haßanwendung festzustellen. Ob es sich aber um komischen oder ernsten Haß, politisch gefährlichen oder verfassungsrechtlich zu tolerierenden Haß handele, das könnten nicht die Betroffenen, Täter oder Opfer, entscheiden.

Dazu muß es, sagt Gabelin, eine Instanz der Beurteilung geben, die kommunikative Kompetenz besitzt. Und das sei, Gabelin sieht mich mitleidig an, das Kabarett, das gute Kabarett, nicht das Kabarett, das politischen Parteien und Bewegungen Schmunzeldienste leistet, nein, sagt Gabelin, wir brauchen ein Kabarett, das die gesellschaftliche Untersuchungsarbeit über die Gefühlslagen und -landschaften im Volk und in der Bevölkerung leistet. Erst dann könne man zu einer vernünftigen, sich ihrer Vorläufigkeit bewußten Kritik der politischen Gefühlsökologie kommen.

Zum Beispiel, sagt Gabelin, nimm die Komödie des kommunistischen Klassenhasses, der heute nur noch banalste, schauerlichste Schmiere ist, Knallchargerei einer untoten Kultur, deren Dracula als Stalin verkleidet in einem östlichen Mausoleum tagsüber vor sich hin dämmert, um nachts seine Zähne in – Gabelin unterbricht sich und bemerkt, daß ihn ein falsches Bild mitzureißen droht in eine Diffamierung, auf die er es gar nicht abgesehen hatte. Statt dessen sagt er mit tiefer Stimme plötzlich: 1841, achtzehnhunderteinundvierzig, sagt Gabelin wörtlich, sang Georg Herwegh das

Lied vom Haß. Und Gabelin beginnt zu singen: »Die Liebe kann uns helfen nicht, die Liebe nicht erretten; halt du, o Haß, dein Jüngst Gericht, brich du, o Haß, die Ketten! Und wo es noch Tyrannen gibt, die laß uns keck erfassen; wir haben lang genug geliebt und wollen endlich hassen.«

Und wenn hier vorm Filmmuseum, sagt Gabelin, Ernst Busch persönlich stünde und sänge, es wäre komisch, denn dieser Arbeiter- und Bauernhaß ist heute nur noch Farce. Und von noch mehr Kitsch werde ich auf der Tagung erzählen, ich werde ihnen ein Buch zeigen aus der DDR, von Heinrich Mann, es heißt »Der Hass«, und die beiden »s« des Wortes »Hass« sind auf dem Titel so gestellt, daß sie ein Hakenkreuz ergeben, denn das Buch von Mann war 1933 erschienen und soll heute mit seinem nationalsozialistischen Ornament die antifaschistische Grundhaltung des Aufbau-Verlages Berlin und Weimar 1983 dokumentieren. Das ist Kitsch, sagt Gabelin. Ich will, Gabelin schaut mich beim Sprechen nicht mehr an, sondern betrachtet den Fluß und seine unauffälligen Wellen, keine Definition des ernsten Hasses geben, ich begnüge mich mit der Forderung ans deutsche Kabarett, endlich den komischen Haß auf die Bühne zu stellen und aufzuhören mit dem Firlefanz der Kritik an gesinnungsethisch nicht ganz reinen Menschen, die Regierungs- und Wirtschaftsgeschäfte tätigen.

Er holt einige Fotokopien aus der Tasche und sagt, das hier sei etwas. Das hat, sagt Gabelin jetzt eindringlich und mit fast verschwörerischer Stimme, Ludek Pachmann erlebt. Pachmann, der Vorsitzende der Konservativen Aktion, ganz, ganz rechts, sagt Gabelin, der hat, der Pachmann, im November 1981 an irgendeiner Universität einen Vortrag zum Thema »Moskaus Partisanen sind unter uns. Strategie des Sowjetkommunismus« gehalten. Gabelin lacht und bemerkt, dies Thema streife doch schon den Abgrund tiefer Heiterkeit. Aber Pachmann schreibt, sagt Gabelin, sobald er, Pachmann, ans Rednerpult getreten sei, habe das Gebrüll begonnen. Die männlichen Revolutionäre hätten volle zwei Stunden ununterbrochen »Nazischwein, raus« gebrüllt. Die revolutionär gesinnten Damen hätten es ein bißchen pikanter getan und geschrien: »Nazischwein, Schwanz ab!«

Und, sagt Gabelin, Pachmann schreibt wörtlich, aber schrecklich war der Blick in die von Haß verzerrten Gesichter vor mir. Wovon kommt so viel Haß bei diesen jungen Menschen, und wohin wird er führen, fragt Pachmann, sagt Gabelin.

Ich erinnere mich jetzt daran, selbst schon wie ein Irrer auf Straßen gebrüllt zu haben »Bullenschweine, Bullenschweine« oder auch »Bullen – Mörder« oder »Nazischweine«. Nun wirkt solches Geschrei auf der Straße während eines Polizeieinsatzes, vielleicht auch noch durch Tränengas angereichert, anders als in einem geschlossenen Hörsaal, in dem sich der Haß auf den Faschismus erst durch die Vermittlung herstellen muß, die durch die Anwesenheit eines politischen Feindes, Pachmann, geschieht, auch wenn der gegen den Nationalsozialismus gekämpft hatte. Bevor ich Gabelin auf meine Gedanken aufmerksam machen kann, fällt er mir in das gerade beabsichtigte Ende meines bisherigen Schweigens und sagt, du mußt in der Lage sein, die Komik des Rassismus so zu zeigen, daß der menschliche Kern des Rassisten wieder zum Vorschein kommt und du ihn lieben lernst.

Der Rassismus von rechts, verrät mir nunmehr Gabelin, wird meist mit einem Rassismus von links bekämpft. Rassenhaß aber kann nicht durch Anti-Rassenhaß gebändigt werden. Denn im Haß auf den Haß lauert die Angst, die im Kollektiv entweder zu Mord und Totschlag führt oder zum Witz. Ich ziehe ein lachendes Polittheater-Publikum einer tatendurstig zur kompromißlosen Menschenliebe entschlossenen randalierenden Menge vor. Nur die gefühlslose und gleichgültige Ansammlung von Menschen erschreckt mich nicht. Du mußt, sagt Gabelin, den Rassenhaß reden lassen, gib ihm die Chance, ein witziger Entertainer zu sein, und verbiete ihm nicht, charmant werden zu wollen. Eichmann erzählte keine antisemitischen Witze.

Gabelin holt ein schwarzes Taschenbuch hervor. Truly Tasteless Jokes aus Amerika, sagt er, hör zu: What's the American dream? A million blacks swimming back to Africa with a Jew under each arm. Laßt hundert rassistische Kabaretts blühen, schickt sie durch die Republik, verschweigt kein einziges Wort, das niederträchtig und gemein ist. Gebt dem Rassismus die Chance, unterhaltsam zu sein, laßt ihn mit Gefühlen spielen, unterstützt die dissidente Kultur des Rassenhasses. Und wenn das gut gemacht werde, dann könne das eine große komische Wirkung zeitigen, die letztendlich wichtiger sei als der Katalog sauberer antifaschistischer Grundhaltung, mit dem Menschen unter dem Arm herumlaufen, die von allem und jedem nicht die geringste Ahnung haben.

Denn Gefühle hätten in der Politik nichts zu suchen, sie gehörten in den Bereich der Motivation, nicht aber des vernünftig zu bestimmenden Handelns. Nur weil ich, sagt Gabelin jäh, eine Aversion gegen Mütter mit Kindern habe, und er schaut dabei angewidert auf eine Frau, die mit einem gefüllten Kinderwagen vorbeigeht, nur weil ich, fährt Gabelin fort, den abgrundtiefsten Haß spüre, der in mir ist und bei solch einem Bild auftaucht, Gabelin deutet auf die Vorüberschreitende und ihr Kind, nur weil ich diese weibliche Fruchtbarkeitsdemonstration nicht ausstehen kann, nur deshalb darf ich doch nicht, wäre ich in der Politik, gegen das Mutterschaftsgeld votieren, nein, ich müßte die Zähne zusammenbeißen und sozialpolitisch vernünftig bleiben.

Aber jetzt müsse er langsam gehen, sagt Gabelin, er wolle noch mal ins Architekturmuseum reinschauen, er müsse sich doch mit dem postmodernen Schrott auseinandersetzen. Auch wenn er von Architektur genausowenig verstehe wie von menschlichen Gefühlen, so sei er als Sozialwissenschaftler doch gezwungen, sine ira et studio sich eine Meinung zu bilden, die wenigstens einen Abend in seiner Stammkneipe bei seinen Kollegen und auch bei manchmal anwesenden jungen Studentinnen bestehen könne. Er hasse zwar die Frauen als Gattung, Einzelwesen aber seien ihm zuweilen doch angenehm. Und da endlich wieder die Stunde gekommen sei, die eigenen Probleme folgenlos in Haßtiraden gegen das andere Geschlecht umzufunktionieren, sei er, um auf meine nicht gestellte Frage, wie es ihm gehe, zu antworten, rundum zufrieden und mißgelaunt.

Bevor er sich verabschieden wolle, müsse er noch einmal prägnant zusammenfassen, was er mir gerade beigebracht habe. Es gehe beim öffentlich-kollektiven Haß um die Deutlichmachung seiner unfreiwilligen Komik, und zweitens müsse nach der Erkenntnis solcher Komik der hassende Fanatismus als Haltung ganz übel verleumdet werden bei vollständiger Akzeptanz der Person, die vor sich herhaßt. Wir müssen die Vershowgeschäftisierung der Politik ernst nehmen und dürfen nicht die banalsten Gesetze des Auseinanderfallens von Rolle und Darsteller außer acht lassen. Er wolle diese Idee noch einmal in einen größeren Aufsatz übersetzen mit kleinen Ausflügen in Mythologie und Schamanentum. Du wirst also noch von mir hören, sagt Gabelin wörtlich und geht.

Ich lasse ihn laufen und habe wieder versagt.

MORALNEHMER UND MORALGEBER

Der Kommunismus, gegenwärtig nur noch ein Gespenst, das politische Gemüter immer noch in Zorn und Raserei oder Melancholie und Trauer versetzt, wird in nicht ferner Zeit wieder wie neugeboren durch die Welt ziehen. Wenn die letzten Menschen, mit denen sich der Roman des Kommunismus im 20. Jahrhundert verbindet, gestorben sind, wenn Fidel Castro nur noch Erinnerung ist und keiner den praktizierten Mythos von der proletarischen Herrlichkeit mehr überlebt hat, dann erhält der Kommunismus seine neue Chance. [1999]

Ist er aber nicht politisch-moralisch diskreditiert, haben nicht die Völker der Welt die Schnauze voll von der Diktatur immer recht habender Parteien? Doch darum geht es nicht, aus zweierlei Gründen. Die Schnauzen der Völker der Welt spielten und spielen im historischen Prozeß keine Rolle, das wird auch keine Anthropotechnik ändern. Und zweitens ist politische Moral bloß eine Frage des Datums und nicht der Sittlichkeit.

Und Moral ist eine Mangelware. Gerade am Ende eines Jahrhunderts wird immer gern nach der Moral gefragt. Niklas Luhmann hatte dieses Phänomen 1989 für die jeweils 80er Jahre der letzten vier Jahrhunderte aufgezeigt. Der Hang zur Moral aber besteht fort bis in diese Tage. Der Sommer 1999 war voller Angebote, über das Verhältnis von Ethik und Wirtschaft nachzudenken, und zum Krieg in Kosovo bliesen moralisch erregte Friedensapostel mit dicken rot-grünen Backen.

Woher nun rührt diese bewegende Zuneigung zum Guten, diese Frage nach der richtigen Kriegsführung im falschen Frieden, nach der ethischen Fundierung von Shareholder-Value? Mit dem Zusammenbruch des Kommunismus ist etwas Dummes einhergelaufen. Das Fundament der westlichen Moral hat sich aus dem Staub gemacht. Zwar stand es auch vorher auf tönernen Füßen, weil alle Letztbegründungen des Guten aus Gott, dem Vaterland oder

der abendländischen Kultur sichtbar durch die Schlachtfelder und Konzentrationslager dieses Jahrhunderts widerlegt waren.

Für Adorno stellte sich die Frage nach dem richtigen Leben nur noch negativ. Der Ort der Moralphilosophie war für ihn heute mehr zu suchen »in der konkreten Denunziation des Unmenschlichen als in der unverbindlichen und abstrakten Situierung etwa des Seins des Menschen«. Für den Westen, und das meint überwiegend den Bereich der NATO in den Grenzen von 1989, gab es kurz nach dem Sieg der Alliierten über das braune Deutschland eine neue Verortung des Bösen: Moskau. Hier wohnte der Teufel im Kollektiv, und alles, was ihn ärgerte, erhielt das Gütesiegel des Guten. Damit war das Problem des Kapitalismus, daß Marktwirtschaft keine moralische Letztbegründung vorweisen kann, gelöst. Wir sind besser als die da drüben, und damit haben wir ein überlegenes westliches Sittengesetz.

Da Manager im Gegensatz zur landläufigen Denunziation (»Nieten in Nadelstreifen«) nicht blöd sind, merken sie die Sinnlücke und gehen auf die Suche nach Ethik. Das aber meint nichts anderes, als Gut und Böse zu scheiden. Die eigentliche Unterscheidung in der Ethik ist also die zwischen Freund und Feind. Denn wer moralisch handeln will, ist ein Freund des Guten.

Der Kapitalismus braucht wieder Feinde, die islamischen Fundamentalisten eignen sich ganz gut, aber es besteht die Gefahr, daß ihre Fronten zusammenbrechen unterm Ansturm der Globalisierung.

Aus ethischen Erwägungen also ist der Kommunismus als Feind wieder nötig.

Es gibt jedoch auch andere Zeichen und Mahnungen. Der Berliner Partisan und Verleger Klaus Wagenbach verkündete auf der Buchmesse 1999 in Frankfurt am Main die Wiederkehr des Kommunismus aus dem Geiste der absoluten Gleichheit. Durch den immensen Zentralisierungsprozeß des Kapitals entsteht die Tendenz zum Monopol. Dann gibt es nur noch einen Großverlag, einen Automobilkonzern, und Kommunikation ohne Microsoft wird zur logischen Unmöglichkeit. Das führt zu einer jetzt schon wahrnehmbaren Einebnung der Gesellschaften. Es sind nicht nur

McDonald's und Coca-Cola, die sich an jeder Ecke der Welt guten Tag sagen, es folgt die Ähnlichkeit der Automobile bis hin zur völligen Verwechselbarkeit der Typen, und auch die Bücher lassen sich von der Verpackung immer weniger unterscheiden. Der Rest ist Internet.

Hier liegen sicherlich auch 1001 demokratische Chancen auf der dergestalt platt gemachten Welt, denn der Zugang zu Informationen (»Wissen ist Macht«) wird mehr Menschen erleichtert.

Doch unsere Städte wirken immer mehr so, als sei der Charme der DDR Leitbild der Architekten und Bauherren. Die universelle Zentralisierung des Kapitals wird dazu führen, was Maurice Godelier 1990 in seiner Wiener Vorlesung kritisch resümierte, nämlich die Wahrscheinlichkeit, daß der Westen das universelle Modell der Menschheit wird.

Dann aber droht neue Gefahr. Es wurde schon oft darauf hingewiesen, daß der Kapitalismus nicht an seinen Gegnern, sondern an seiner inneren Sattheit kaputtgehen wird. Wenn aber niemand mehr Gegner des Kapitalismus sein will, dann müssen die Headhunter ran: Kommunisten erfinden für den Kampf gegen den Kapitalismus. Die Kommunisten des nächsten Jahrhunderts also sind die Undercover-Manager des Kapitals, um Klassenkämpfe anzuleiten, weil diese die Voraussetzung von Innovation sind. Das Wesen unserer Wirtschaft ist die Kriegswirtschaft, da die meisten technischen Erneuerungen aus dem militärisch-industriellen Komplex herrühren. Wenn sich die Völker dem Markt ergeben, müssen neue Feinde produziert werden. Ich befürchte, daß diese Kommunisten des nächsten Jahrhunderts noch weiter rechts stehen werden als die der unsrigen Epoche.

LEBEN UND GEWALT: GUERILLA ODER MASSENPUTZ

[1976] Eine Schrift von Jean Améry trägt den Untertitel *Revolte und Resignation.* Das ist, wenn auch das Buch schon 1968 (im Jahr unseres Glücks) erschienen ist, ein aktueller Zusammenhang. Wir wollen revoltieren, obwohl wir immer mehr resignieren. Es mag die Revolte im Bewußtsein des Willens im Vordergrund stehen, die praktische Resignation jedoch ist schon recht verbreiteter Alltag. Wohl dem, der wieder Heimat hat.

Amérys Schrift trägt den Haupttitel *Über das Altern.* Nun gibt es mehrere Alterserscheinungen. Eine Person kann altern, aber auch eine Bewegung. Das scheint mir Kern der Tiefausläufer im Sponti-Klima zu sein. Améry macht nun für sich den entscheidenden Schritt, die Gloriole des Alterns als einen tollen Prozeß, weise zu werden und abgeklärt, zu zerstören – als Verlust kultureller und sozialer Sensibilität. Man versteht seine Umwelt nicht mehr, kurz, die Alternden träumen von der Vergangenheit, ohne die Gegenwart leben zu können. Sie vergreisen.

Es gibt einen Einwand, diesen individuellen Vergreisungsprozeß auch auf die politische Scene anwenden zu können. Resignation, das frühmorgendliche »Ich bin ja so herrlich frustriert« würde zur Mode. Zu einem inhaltslosen Mantel der Spontis von der traurigen Gestalt.

Richtig ist, daß Trauer zur Manie werden kann. Es Mode zu nennen, scheint mir die psychischen Krankheitssituationen bei uns wie in der ganzen Gesellschaft zu unterschätzen. Und es geht um Krankheit und Gesundheit. Der fröhliche Optimismus marxistischer und traditionell-revolutionärer Geschichtsbetrachtung, der immer meint, wir seien gerade schon am Siegen, der jede Niederlage nur als den letzten Pyrrhus-Sieg des Feindes ansieht, bevor es zum letzten Gefecht unsererseits aufs Schlachtfeld gehe, solcher Optimismus kennt keine Gebrechen mehr, sondern nur gesunde Kämpfer.

Das Stammheimer Landrecht erregt Aufsehen im Ausland. Das häßliche Deutsche wird wieder sichtbar. Die Theorie vom Neuen Faschismus, in Frankreich als Antwort auf die Repression nach dem Mai 68 von der Gauche prolétarienne entwickelt, erhält immer mehr ein spezifisch deutsch-amerikanisches Gesicht. Henry Kissinger, der Deutschamerikaner, wird zur Verkörperung des Imperialismus. Nun geht es in Stammheim für uns nicht nur um die Zurückdrängung der Macht der Monopole, sondern um das Verhältnis revolutionärer Guerilla und bürgerlicher Rechtsstaat. Die Guerilla ist aber nur ein Teil der gegenwärtigen Auseinandersetzung.

Es geht nicht nur um Guerilla, es geht um Gewalt. Um die Gewalt derer, die herrschen, um die Gewalt der Beherrschten gegen andere Knechte und Mägde und um die Gewalt von unten. Wir Spontis haben der Guerilla immer entgegengehalten, daß politische Gewalt nur die Massengewalt sein dürfte, nicht der alleinige verzweifelte Schrei der Vergewaltigten gegen die Umwelt. Wir haben Bezug genommen auf die antiautoritäre Bewegung der 60er/70er Jahre, auf den Häuserkampf in Frankfurt, die großen antiimperialistischen Aktionen gegen die US-Armee in Südostasien, auf Whyl und Nordhorn-Range, auf die militanten Streiks von 1972 und 73. Und jetzt?

Auch in der Sponti-Scene ist die Angst vor der Gewalt von unten oft größer als die vor der Gewalt von oben. Dieser Staatsterror kann einzelne vielleicht nicht so deutlich treffen, der Terror von unten und die gewaltsamen Aktionen aber ziehen unsere Identität noch immer unmittelbarer mit ein.

Die Gewaltdebatte hat eine neue Dimension erreicht. Die Alternativ-Bewegung kann sie zum Teil umgehen, nicht aber aufgreifen. Denn der Terror von oben wird sich heute meist niederschlagen in den gegenseitigen Terror unten: alle gegen alle.

Damit ist noch kein Argument gefallen dafür, daß sich jetzt endlich doch das Konzept Stadtguerilla als richtig herausstelle. Nein, die Gewaltdiskussion, die wir immer mit ein bißchen schlechtem Gewissen gegenüber der Guerilla geführt haben, hat sich als unecht dargestellt, das ist erst mal die Konsequenz.

Ergebnis: Wir wissen nichts mehr »Korrektes« zu sagen. Wir haben die internationale Revolte der 60er/70er Jahre gegen Kapitalismus und Staatssozialismus, gegen die sozialdemokratische Tarnpolitik und die tödliche Arroganz der kommunistischen Parteien erst mal verloren.

Damit war dieser Kampf nicht verfrüht oder falsch, wir sollten nur die veränderten Bedingungen sehen. Die Dritte Welt ist kein Bezugspunkt mehr, der vereint. Wir solidarisieren uns nicht mehr mit dem Widerstand und dem Leben der Völker, sondern nur noch mit Organisationen. Chile hieß für uns für eine Zeit nur noch MIR. Der antistalinistischen Verschwisterung mit der Guerilla in Lateinamerika folgt die Solidarität mit der MPLA, der Vorhut der Sowjetunion in Angola. Schon Biafra und Bangladesch haben uns ratlos gemacht, die heutigen Schlachten im Libanon, in Nordirland, in der ganzen Welt sind in den Metropolen für die Linke nur noch rechtfertigende Argumente für bestehende Partei- und Organisationsideologien.

Doch es entsteht Neues. Das ist die Alternativbewegung in den Metropolen und die gleichzeitig entwickelte Stalinismus- und Marxismuskritik. Ist der Stalinismus ein Ergebnis davon, daß alles unter den Primat des Klassenkrieges untergeordnet, der Widerstand gegen Herrschaftsstrukturen militarisiert wird, so treten in der Alternativbewegung die Friedens- und Glücksbedürfnisse in den Vordergrund. Unter diesem Gegensatz leiden auch wir, weil er uns handlungsunfähig macht, uns, die wir weder unpolitische Pazifisten noch stalinistische Militantisten sein wollen.

Die alte Legitimation unseres militanten Widerstandes, wir hätten die Gewalt nicht erfunden, sondern nur vorgefunden, hat sich als das herausgestellt, was sie auch für ihren Urheber, Merleau-Ponty, war: Entschuldigung des Terrors innerhalb der Linken selbst; Propaganda des gewaltsamen Kampfes gegen fremde Fraktionen; die Verschiebung der Freiheit auf die Zeit nach dem terroristischen Befreiungsprozeß; die Resignation, daß Gewalt zwar ein Geburtshelfer neuer Gesellschaften ist, ohne sie gewaltfrei werden zu lassen. Das Gegenteil ist zu denken: Wir müssen Gegengewalt immer neu erfinden, weil die vorgefundene eine von oben ist; weil auch die alte Gegengewalt zu schnell und zu leicht in Gewalt umschlägt, zum integrierten Bestandteil der gewaltsamen Gesellschaft.

Wir müssen uns hüten, bei unserer eigenen inneren Zerrissenheit nur deren einem Teil den Vorzug zu geben. Leben heißt die Sehnsucht nach Frieden und Heimat, aber auch die Lust am Chaos und an der Zerstörung. Frieden und Heimat finden wir nicht in unserer Umwelt und nicht in uns selbst, deshalb wollen wir befrieden und auch chaotisieren, die Friedhofsruhe aufwühlen und die Arbeitshetze abschaffen. Chaos dorthin, wo repressive Ruhe herrscht, Friede und Entspanntheit dahin, wo tödliches Chaos herrscht. Um nicht in neue Herrschaft, in neuen inhumanen Terror zu verfallen, dürfen wir den Widerspruch von Pazifismus und Militantismus nicht aufgeben. Krieg und Frieden, das sind nicht nacheinanderfolgende Schritte, das ist nicht Mittel (Krieg) zum Zweck (Frieden), das ist Alltag. Gegengewalt, das ist unsere Erfahrung, bleibt nur dann menschlich und lebendig, wenn sie spontane Wehr gegen die Gewalt von oben ist, durchaus organisiert, aber nicht planmäßig auf den Tag X, auf den bewaffneten Aufstand, auf das Ziel Revolution hin ausgearbeitet.

Wenn die Rache, das legitime Bedürfnis der Erniedrigten und Beleidigten, nur noch militärische Strategie wird und entsprechende Organisationsformen findet, dann ist der Umschlag in menschenfeindlichen Terrorismus nah. Rotfrontkämpferbund, die Stadtguerilla in Deutschland, Schutz- und Militanzgruppen, die nicht nur für eine bestimmte Aktion gebildet werden, entwickeln sich zu Spiegelbildern staatlicher Gewalt, degenerieren zu linker Polizei.

Wir müssen so frei werden, uns noch wehren zu können, ohne in das Gefängnis des isolierten Untergrundes zu gehen: Die Kritik an der Guerilla ist die Kritik ihrer Gewalt, nicht die jedes gewaltsamen Widerstandes. Was wir allerdings der Guerilla vorgeworfen haben, sich nämlich nicht darauf zu beziehen, was an Massenloyalitäten im Volk gegenüber der Staatsgewalt vorhanden ist, das fällt jetzt auch auf uns. Der Ansatz vom Neuen Faschismus, die Realität von Counterinsurgency haben wir nicht ernstgenommen, weil sie uns nur Legitimation der Guerilla zu sein schien. Wir haben nicht untersucht, warum das Volk aus Angst vor dem Chaos nach neuer Ordnung ruft, wir haben den Prozeß von Loyalitätswachstum und bestehender Legitimationskrise des Staates andererseits nicht sehen wollen. Radikalisieren wir die Wendung nach innen: Untersuchen wir, wie sich die »Bürger«, die Volksindividuen, nach innen wenden. Repression nicht der Selbstrepression bei uns unterordnen ist wichtig, sondern zu kapieren, daß gesellschaftliche Repression gewaltige Selbstrepression in jeder Person voraussetzt. Die Stammheimer Landfriedensordnung ist nicht durch Bomben zerstörbar, wohl aber durch eine Politik der Zersetzung, der Aushöhlung ihrer Fundamente. Wir werden nicht darum herumkönnen, wieder Interventionsmöglichkeiten für eine solche Politik zu suchen.

WOHIN MAN AUCH SIEHT – ALLES ANTIFASCHISTEN

Die Neonazis, so scheint es, sind unser Unglück. Da müssen wir Demokraten zusammenhalten. Und das Bündnis ist groß. [1979]

Nach »Holocaust« ist der gemeinsame Konsens aller Demokraten nunmehr Antifaschismus. Wer gegen Auschwitz ist, ist gegen die Neonazis. »Der Schoß ist fruchtbar noch, aus dem das kroch«, schrieb einst Bert Brecht – und immer wieder wird dieses Bild des Gebärens für die Verschleierung politischer Machtverhältnisse benutzt.

Schauen wir uns die ganze Gesellschaft der Machthaber und Möchte-gern-an-die-Macht-Menschen an, so ist das Bild traurig: die Vertreter des Staates, die Kernkraftpriester in SPD und DGB, die alten, geläuterten Nazis, diejenigen, die uns seit Jahren den Alltag versauen – durch die Bank alles Antifaschisten.

Rock gegen rechts – warum nicht? Es spricht auch nichts gegen Demonstrationen, selbst Straßenschlachten haben ihr Gutes – und oft noch mehr als das: Sie sind Momente des kurzen Lebens in der langen Zeit, die wir uns sonst vertreiben möchten. Aus der Tatsache, daß ich Angst vor einer Straßenschlacht habe, ergibt sich nicht, daß sie nicht doch berechtigt ist. Nur sollten wir wissen, daß das Ausgleichssport ist, Bewegungstherapie, Urschrei und Wurfübung – Subjektivismus in erster Person.

Neben dieser Lust an Aktion ist, befürchte ich, aber auch ein schädlicher Mechanismus am Werk: das Schuldgefühl, das Pflichtbewußtsein. Jahrelang haben wir die Eltern und Älteren beschimpft, daß sie nichts dagegen getan haben, obwohl sie doch hätten wissen müssen, welche Verbrechen geschehen sind. Und wir heute wollen gleichsam nicht später von den schon geborenen und den ungeborenen Kindern gefragt werden: Was habt ihr dagegen getan?

Wenn so die Neonazis betrachtet werden, haben wir schon aufgegeben. Denn dann ist die Beschwörung von oben gelungen:

Während wir viel über die Magie der Indianer reden, wenden unsere Herren sie schon an, allerdings ihre abendländische Magie. Nämlich die von einem klaren Feind: dem Anderen, dem Bösen, dem Schlechten. Die Front gegen die Neonazis vereint uns zur Armee der Anti-Nazis: Wir kennen keine Widersprüche mehr, wir kennen nur noch Kampf gegen rechts. Und so begeben wir uns in das Lager der Sicherheit zurück, der Feind steht draußen, ist sicher identifiziert, wir kennen ihn und müssen ihn vernichten.

In Deutschland ist der Anarchismus durch die starke Sozialdemokratie (bis 1914), durch die mächtige KPD (bis 1933) und durch die verwerfliche Nazi-Diktatur (1933–45) verfolgt und vernichtet worden.

Wir halten Anarchie nicht aus – wir suchen Ordnung. Wir brauchen genaues Wissen und Führung – wir kämpfen unter Herren für die Abschaffung der Herrschaft. Und wenn die Herren fehlen, die Anweisung geben, dann lassen wir es bleiben, das Kämpfen. Und irgendwann geben wir auf – oder suchen uns neue Herren und Meister. Wenn also nicht das Böse in uns die Nachbarschaft/Verwandtschaft mit rebellierenden Nazis ausmacht (»der Faschist in uns«), sondern wenn es die Not ist, im Leben ohne Anleitung nicht mit sich fertig zu werden – dann ist die Frage, wie faschistische Herrschaft zu verhindern sei, auch an uns gestellt, wie nämlich diese Not zu überwinden ist.

Statt der traditionellen politischen Unterscheidung zwischen sich und dem Feind – diese Unterscheidung ist ein Produkt der politischen Zivilisation – sollten wir vielleicht mehr darauf achten, WIE sich jemand verhält. Der Bulle, der abends nach Hause geht, ist mein Mitmensch – der Genosse, der gerade mein Fahrrad klaut, kriegt eins auf den Kopf.

Unsere Politik sollte Notwehr sein, nicht Kampf um die Macht. Es ist schön und lebensnotwendig, revolutionär zu sein, aber wir müssen alle Kraft aufwenden, um die Revolution zu verhindern.

EIN KÜNSTLER NAMENS SCHMITT

Am Anfang steht meine Mutter, mein Vater ist im Krieg gefallen. [1994] Meine Mutter war in den 20er Jahren Büroangestellte bei der AEG in Gießen, machte über den Begabtenweg Abitur und studierte in Frankfurt Anfang der 30er Jahre Betriebswirtschaft. Von ihr habe ich entscheidende Anregungen: Im Bücherregal stand Ernst Jünger *(Strahlungen, Marmorklippen)* neben Jochen Klepper *(Tagebuch)*, da war viel Dostojewski, aber auch Rilke und Gottfried Benn, und von ihr habe ich geerbt Rosa Luxemburgs *Akkumulation des Kapitals*. Aus dem tiefen Kleinbürgertum kommend, wollte sie über das Interesse an Kunst und Literatur meinem Bruder und mir den Weg nach weiter oben ebnen im Geist protestantischen Pazifismus. Meine Beschäftigung mit Politik geschah besonders durch die Kriegsbedrohungen der 50er Jahre. Berlin-Ultimatum und Kubakrise, Mauerbau und Indochina sowie vorher der Ungarnaufstand und der Suezkrieg (1956) waren die aktuellen Ereignisse, die vor dem Hintergrund der lebendigen Erinnerungen an den Zweiten Weltkrieg mich selbst zum Wehrdienstverweigerer machten.

So kam ich über meinen älteren Bruder, der mir Vorbild war, zur politischen Linken. Erklärbar ist mir allerdings nicht, wieso ich weiterhin guten menschlichen Kontakt zu Vertretern der Rechten pflegte und auch entsprechende Literatur las. Mag sein, daß damit schön zu provozieren war im eigenen Kreis, mag sein, daß eine eindeutige Identität mir zuwenig war, mehr aber glaube ich, daß ein anderer Affekt mitspielte. Im protestantischen Religionsunterricht war mir besonders bei der Behandlung der Reformation die polemische Verurteilung des Katholizismus so stark auf die Nerven gegangen, daß ich mir katholische Bücher besorgte. Also ein bißchen Wille zum Original – und nicht so sehr Interesse an der Sekundärliteratur aus dem eignen Lager. Carl Schmitt stand abseits in irgendeinem universitären Regal, das ich seit 1964, nach dem

Beginn des Jurastudiums in Marburg, durchstöberte, obwohl es nicht für die Hausarbeiten und Seminararbeiten zuständig war. Das war der Beginn: Ein wenig Schmitt *(Begriff des Politischen)*, Heidegger und Jünger *(Über die Linie)*.

Und dann brach die Studentenbewegung herein, es folgte die linkskommunistische und anarchistische Parlamentarismuskritik (Pannekoek, Gorter, Lukács usw.). Meine Theoriearbeit aber ging fast unter gegenüber den dezisionistischen Anforderungen der Praxis – den Straßenfesten der Revolte gegen Kapitalismus und Kommunismus. So fand ich zu den Frankfurter Linksradikalen.

Und in diesem ideologischen Zusammenhang tauchte für mich Mitte der 70er Jahre Carl Schmitt wieder auf als ein Autor, dessen politische katastrophale Versuche, sich praktisch nach 1933 einzumischen, ich besser kannte als seine jetzt zur Entdeckung freiliegenden Werke. 1975 hatte ich aus dem Verlauf der Revolution in Portugal gelernt, daß deren soziales Ideal die Bundesrepublik Deutschland war. Ich hatte lernen müssen, daß das Proletariat als Klasse ein berechtigtes Desinteresse an der Revolution besitzt, daß der Kommunismus nicht reformierbar war – kurz, daß wir weiter am Prozeß der politischen Theorie arbeiten mußten, getreu der Anweisung Karl Korschs, den Historischen Materialismus auf sich selbst anzuwenden. Die Arbeit der Zerstörung war – zum Glück – nicht gelungen. Es galt, sich dem Aufbauen zuzuwenden. Wer mit 30 Jahren noch bloß der Destruktion anhängt und sich deshalb für radikal hält, ist ein intellektueller Lump, zu bescheiden fürs Leben. Es ging mir also darum, mich als Revolutionär ohne Revolution zurechtzufinden, neue Kriterien zu finden für freundschaftliche und feindliche Normen. Auch die weiterhin notwendige Kritik am Liberalismus forderte ihr Recht: die Beschäftigung mit Carl Schmitt.

Da ich 1976 aber auch zum Kabarett kam, von der Politik zur Kunst – und ich behaupte, Kabarett ist eine Kunst –, entdeckte ich ein Teil des Geheimnisses: Carl Schmitt ist ein Künstler, er schreibt wie ein Künstler, und er sieht die Welt als Künstler.

SOUVERÄNITÄT UND HOLZWEGE

»Holzmacher und Waldhüter kennen die Wege. Sie wissen, was es heißt, auf einem Holzwege zu sein.« *Martin Heidegger*

Carl Schmitt ist tot und läßt uns grüßen. Am 11. Juli 1888 wurde er in Plettenberg/Sauerland geboren und starb dort am Ostersonntag. Carl Schmitt war konservativer Intellektueller, einer der bedeutendsten Staatstheoretiker des 20. Jahrhunderts, der Georg Lukács ebenso beeinflußte wie die Frankfurter Schule. Carl Schmitt war nationalsozialistischer Schreibtischmörder. [1985]

Nach 1945 lebte Carl Schmitt als graue Eminenz der sich restaurierenden rechten Staatsidee in der inneren Emigration gegen Mitbestimmung und Gleichberechtigung. Carl Schmitt ist tot, das Denkmal bleibt. Seine politischen Theorien enthalten Aphorismen, die längst in den Sprach- und Redeschatz der heterogenen Linken eingegangen sind. »Die eigentlich politische Unterscheidung ist die Unterscheidung von Freund und Feind.« (*Der Begriff des Politischen,* 1927) »Ich habe eine Vorstellung von Kooperation, und die ist der Konsens, auf dem wir uns bewegen werden – können – müßten: der der Männerfeindlichkeit ... Die ganz krude feministische Haltung ›Männerfeindlichkeit‹ wird der gemeinsame Nenner sein«, sagt Barbara Köster zum Verhältnis zwischen autonomen Frauen und den Frauen, die Mitglied der Grünen sind (*Pflasterstrand,* 1985).

1978 schrieb Rüdiger Altmann in der *FAZ:* »So kommt das neue Interesse an Carl Schmitt aus der jungen Generation, und es kommt eher von links, während er selbst sich in der älteren und jüngeren Vergangenheit weiter nach rechts drängen ließ, als es ihm lieb sein konnte und als Hegel es gestattet.« Carl Schmitt besaß den transzendenten Punkt, mit dessen Hilfe er die demokratischen Institutionen intellektuell aus den Angeln hob: das elitäre Ideal vom Ständestaat, in dem Ungleiches ungleich behandelt wird und der gemeinsame Wille zum Staat die Staatlichkeit begründet. Das gefällt dem nicht, der den Staat bestenfalls nur als Mittel der Glückseligkeit aller ansieht, oder zumindest der Demokratie.

Die Demokratie aber bedarf ihrer Feinde, weil nur die Feinde der Demokratie eine radikale Kritik der Demokratie empfinden und denken können; die Demokratie bedarf der radikalen Kritik, weil die radikale Kritik das Lebenselixier der Demokratie ist. Nun gibt es radikate Kritiker von links und rechts, daher gehört es zur Demokratie, daß die Kritiker den Elfenbeinturm ihrer Kritik nicht verlassen dürfen, um in die politische Praxis zu steigen.

Carl Schmitt ist in der politischen Praxis zum Verräter am Denken geworden: Er hat die Liquidation der SA-Männer um Röhm durch die Organe des Nazi-Staates legitimiert. Diese Schuld rechtfertigt nicht die Ignoranz gegenüber dem Werk Carl Schmitts, das trotz allem Interesse meist mit der Person des Autors gemeinsam in die dunkle Ecke des zu überwindenden Faschismus abgeschoben wird.

Carl Schmitt repräsentiert auch die furchtbaren 50er Jahre auf eine selten bemerkte Weise: Meist wird die Kulturzerstörung durch den Nationalsozialismus auf das vernichtete oder beschädigte Werk seiner Gegner reduziert. Der deutsche Faschismus hat jedoch nicht nur durch Liquidation und Vertreibung geherrscht, er hat auch durch Integration zugrunde gerichtet. Der Wiederaufbau der Bundesrepublik war das Werk des Mittelmaßes: Die Linke war verjagt und ermordet, die Rechte entehrt.

Die führenden Politiker des westdeutschen Selbstbewußtseins nach 1945 haben nicht die Größe besessen, die Emigranten um Rückkehr zu bitten. Und die Linke hat nicht die Größe besessen, die entehrten Rechtsintellektuellen wieder in den Diskurs als Partner und Gegner einzuladen. Wer sich heute beispielsweise mit der Frage der Souveränität beschäftigt, tut gut daran, in die verschiedenen Systemwelten von Georges Bataille und Carl Schmitt einzutauchen. Aus beiden, wenn auch verletzt, wieder heraustreten zu können, das mag dann Souveränität der Person sein.

DER TOD DES TOTENGRÄBERS

Wolfgang Neuss ist tot, reden wir über die Weltliteratur. Die Narren, deren Ernsthaftigkeit nach ihrem Tod auch halbamtlich akzeptiert wird, sind eh nur Figuren der Imagination, sie haben nie gelebt, es gibt keine Narren. [1989]

Trotzdem hat William Shakespeare eine Wanze in der Lohmeyerstraße in Berlin angebracht, um die Totengräber im *Hamlet* nach dem Bilde zu formen dessen, der da saß und Tag für Tag Gruben aushob. Auch Katharina Thalbach hat bei Wolfgang Neuss abgekupfert und umgekehrt. So schließt sich der Kreis zwischen Sozialismus, Asyl und heiterer Trostlosigkeit. Ein Drittes gibt es nicht, denn die Aufgabe des Kabaretts, die Idee von einer besseren Gesellschaft, vom Frieden, vom Humanismus und von Gerechtigkeit & Glück & Freiheit ständig begraben zu müssen, diese Aufgabe hat Wolfgang Neuss – der Herr hat seinen Schwanz gestraft, aber seine Seele nicht verletzen können – als erster Humorbeauftragter des deutschen Volkes verstanden.

Mit den Ideen ist es wie mit den Seelen. Wenn sie stehenbleiben und nicht wandern von einer Form zur andern, dann werden sie dumm und dusselig. Es muß wieder ordentlich gestorben werden, bevor was Neues passiert. Jeder Idiot fängt heute schon am frühen Morgen an, was Neues auszuprobieren, feilt an seiner ausschließlich ihn selbst überraschenden Individualität, bastelt sich einen Schnittmusterbogen für einen neuen Arschbackenüberzug. Es nutzt aber nichts, weil die Mode ja nur die ewige Wiederkehr des Neuen ist, wie Walter Benjamin in einer Flaschenpost hinterließ, bevor er als Zwerg der frühen Jahre sich von dem soeben verblichenen Neuss ins Kreuz treten ließ. Da haben wir den Salat, beide sind tot, und niemand kann das Gegenteil bezeugen. Der Neuss ist tot und läßt uns grüßen.

Über Tote soll man nur schreiben, wenn einem auch Böses einfällt. Sonst hat das Leben des Verstorbenen keinen Sinn gehabt.

Sonst klau ich ihm sein Dasein und jage es durch die Waschmaschine, den Lavamat post mortem. Das Leben von Wolfgang Neuss hat aber viel Sinn gehabt. Denn er war böse von Grund auf. »Gutartig in der schärfsten Angriffslust: Wolfgang Neuss ging jeden hart an, aber verletzte niemanden unheilbar.« So schreibt die Illustrierte *Stern,* das 55-Groschen-Blatt.

Aber der Hingeschiedene war kein guter Mensch, sondern ein großer Künstler, also demokratisch charakterlos bis in die letzte Socke. Er war nämlich nicht grundsätzlich dagegen, sondern dafür. Er war ein typisch angepaßter Opportunist. Aber angepaßt an Verhältnisse, die es nicht gibt, die er sich als künstliches Paradies erschuf in der Arbeit am Hanf.

In den Nachrufen wird nun dieser Mann als Oppositioneller gefeiert, der dieserhalb naturgemäß in einem »Charlottenburger Hinterhaus« wohnen muß, wie die *Süddeutsche Zeitung* und *Die Zeit* behindertenfreundlich ausdrucken. Das alte Ekel hat aber im ersten Stock gewohnt in einem Haus direkt an der Straße, hat die Fenster nicht geputzt und wollte trotzdem dazugehören.

Jetzt trifft er Ulrike Meinhof. Sie haben so manches gemein und sich viel zu erzählen. Beide – geil auf Karriere und Erfolg – haben sich in den frühen 60er Jahren als kritische Gäste im bürgerlichen Partyleben gesuhlt. »Ich sauf nicht nur Sekt«, hat die Ulrike zum Wolfgang gesagt, »ich denk mir auch was bei.« Und dann haben sie sich gestritten. Wegen der Beatles und der Rolling Stones. Sie hat »Street Fighting Man« geträllert, und er hat von »Lucy in the Sky with Diamonds« geträumt. Sie wollte ein wenig morden und brandschatzen, er hatte das schon hinter sich.

Er hat nämlich Papierflugzeuge abstürzen lassen, und dann ist sein Partner Wolfgang Müller in der Schweiz endgültig mit dem Flugzeug runtergekommen. So hat der Verstorbene sehr unter diesem ungesühnten Mord gelitten.

Und dann nahm er Abschied von Alkohol, Antifaschismus und APO (Außerparlamentarische Opposition).

Mathias Bröckers hat in der *tageszeitung (taz)* geschrieben, daß Neuss sich von Alkohol- und Medikamentenorgien des 20jährigen Filmstarruhms mit Haschisch kuriert hat. Das ist ein wichtiger

Satz. Wolfgang Neuss hat sich ebenso zwischen RAF und Hanf entschieden, er schuf sich ein Ordnungssystem aus Rauch und Feuer, aber er war nicht Feuer und Flamme für diesen Staat. Er arbeitete an der Sucht, die er brauchte, um zur Ekstase zu kommen, die er brauchte, um zur Erkenntnis zu kommen, die er brauchte, um nicht zur Ruhe zu kommen.

Nur wer faul sein kann und bequem, macht sich wirklich Gedanken über die Geschwindigkeit.

Jetzt ist er tot. Und keift nicht mehr. Alle hat er fertiggemacht, der kleine Mann, und hat trotzdem nach vielen und vielen Joints nie vergessen, daß auch Trinker Menschen sind. Das alte Nebelhorn tutet nicht mehr. Am 5. Mai 1989 starb Wolfgang Neuss.

Das war zu früh.

RÜCKEN AN DIE WAND!

[1986] Ich hab mich mit dem Rücken an die Wand gestellt,
weil sonst die Welt mir in den Rücken fällt.
Jetzt will die Wand mich aber am Arsche lecken.
Wie kann ich da noch meinen Rücken decken?
Kennen Sie dieses Gefühl, Herr Hein?
Man wacht auf am Morgen, harmlos und gutartig,
und doch ist man schon umzingelt,
man weiß nicht, von wem, aber die Paranoia ist berechtigt.
Wir sind umzingelt.
Überall ist Gut und Böse, Mann und Frau,
Tod und Teufel, Tag und Nacht,
die Welt wird von zwei Polen beherrscht,
Arm und Reich, Herr und Knecht,
Dumm und Dämlich, Yin und Yang,
Der Dualismus regiert die Welt,
Freund und Feind, Chaos und Anarchie,
und jedes Prinzip kämpft gegen jedes Prinzip,
Kommunismus gegen Kapitalismus, Verleger gegen Autor,
Video gegen Radio, Hein gegen Fried.
Video kills the radio star,
und Hein will den Fried besiegen und vernichten.
So kämpfe ich für den Erhalt des Prinzips Fried
und müßte logischerweise die Vernichtung besorgen
des mir feindlichen Prinzips Hein.
Aber ich habe mit meinem Delphin gesprochen.
Er ist der Nachfolger meines Therapeuten
und hat mir in einer Unterwassersitzung mitgeteilt:
Das Wasser hat Platz genug für alle Prinzipien,
Prinzipiell muß kein Prinzip beseitigt werden.
Neue Sanftheit woge über Land und Meer.
Was aber jetzt, wenn Hein das nicht versteht?

Wenn er mich vernichten will nach dem alten Gesetz
Kopf und Kragen, Hals und Bein, Bruch und Dalles?

(Herr Fried holt eine Pistole aus der Tasche und beginnt, bewaffnet nachzudenken)

Ich bin für die Erhaltung des Prinzips Hein,
Herr Hein will aber mich zugrunde richten,
so daß es kein Prinzip Fried mehr gibt.
Das ist nicht gut, das müssen wir verhindern.
Wenn ich also für die Erhaltung der beiden bin,
der Prinzipien Hein und Fried,
dann muß ich Hein vernichten,
damit das Prinzip Hein überlebe.
Viva la muerte! No pasarán!
Jedoch vertrete ich das Prinzip Selbstbestimmung.

(Fried wendet sich Herrn Hein zu und überreicht diesem die Waffe)

Machen Sie es selbst, seien Sie souverän,
bringen Sie sich um im Namen Ihres eigenen Prinzips.
Sie müssen sterben, damit Ihre Idee lebe!
(Beiseite) Und wenn er dann weg ist,
hab ich das schwerlastige Problem,
mit meiner Unfähigkeit zu trauern,
und er hat dann schon seine Ruhe.
(Zu Hein) Tun Sie's um der Sache willen.
Der gemeinsamen Sache, und ich verspreche Ihnen,
weiterzumachen in Ihrem Sinn.

Zumutungen im Alltag

Von der Aufdringlichkeit der Gegenwart

Was darf man tun?
Darf man z. B. nervende Handybenutzer
aus dem fahrenden ICE werfen?
Wenn ja – wie kriegt man dort
während der Fahrt die Tür auf?

singlefoo
Lachs-
ersatz

AUF DER BAHN

Niemand macht sich ein Bild davon, welche Arbeit heute im Reisen steckt. Die Romantik des On-the-road-Daseins ist längst tot, und schon bei der Anfahrt zum Bahnhof, in welcher Stadt auch immer, befällt mich Furcht und Schrecken vor all dem Lärm und den Beleidigungen aller Sinne, die einem zustoßen können in der Bahn. [1994]

Wir leben, heißt es oft, in einer Kommunikationsgesellschaft. Kommunikation geschieht auf elektronische Weise, aber auch noch durch Gespräche, und dabei ist sie mit Geräusch verbunden und häufig mit überflüssigem Lärm. Lärm ist ein völlig unterschätzter Störfaktor menschlichen Zusammenseins, er ist oft Produkt der vollkommen überflüssigen Hektik, die angeblich notwendig ist für die Mobilität. Mobilität ist eine Qualität in der freien Marktwirtschaft. »Kinder, ihr müßt mobil sein!« So lautet das pädagogische Credo, das den Menschen zwischen Herzinfarkt und Arbeitslosigkeit anzuleiten gedenkt.

Wie beschwerlich das sein kann, erfährt man immer wieder in der Eisenbahn. Nehmen wir den Großraum 1. Klasse im ICE. Dieser Zug ist schnell und befördert daher viele wichtige Menschen von einer geschäftlichen Verhandlungsbasis zu einer anderen Geschäfts-Abschlußstation. Daß es sich bei den Reisenden meist um Männer handelt, kann nur daran liegen, daß Männer sehr wichtig sind. Weil aber noch nicht alle Menschen davon überzeugt sind, daß reisende Geschäftsleute als Helden von heute das Überleben der Nation garantieren, müssen sie zu zweit oder auch als Kleingruppe im Zug laut ihre Bedeutung herauskrakeelen. Es wird kommuniziert auf Teufel komm raus. Diese Männer des Grauens waren offensichtlich alle auf einer Managerschulung, bei der sie beigebracht bekamen, laut und durchdringend, also erfolgsorientiert und selbstbewußt, zu sprechen und ständig mit Akten, Diktiergeräten, Handys und Power-Books fachliche Kompetenz zu simulieren – also anzugeben wie reiche Kleinkinder mit überflüssigem Spielzeug.

Doch auch der einzelne Mann als Privatier verliert zusehends an Format. Außer Atem betritt er den Wagen, keucht und schwitzt, wirft sich, Erschöpfung dramatisch darstellend, auf seinen Sitz, eine Hustenfolge macht weithin auf ihn aufmerksam.

Da muß in den 70er Jahren etwas schiefgegangen sein, als die Frauenbewegung den Mann, das unbekannte Wesen, aufforderte, Gefühl zu zeigen und aus sich herauszugehen.

Nicht Gefühle werden gezeigt, sondern Befindlichkeiten zur Schau gestellt. Mich aber interessiert es nicht, wie es meinen Mitreisenden geht. Ob sie Hunger haben oder nervös sind und komplexbeladen, will ich nicht wissen. Sie aber greifen sofort zum Essen, als sei die Eisenbahnfahrt das Ende einer Fastenkur, und sie pfeifen dünn mit geschürzten Lippen und stöhnen und ächzen, weil ihre Existenz offensichtlich davon abhängt, daß sie hörbar ist. Und dann kommt eine der furchtbaren Stimmen krächzend aus dem Lautsprecher, das Zugpersonal informiert darüber, daß der Speisewagen besetzt ist und die Leute sich gefälligst dort nur so lange aufzuhalten haben, wie sie etwas verzehren.

Damit aber das Ganze auch im Gedächtnis haftenbleibt, haben sie einen grausamen Spruch parat als pädagogische Stütze des Gedankens, daß wir alle in einem Boot sitzen. »Mitreisende sind Mitspeisende«, sagen sie uns, als würde ein solcher Satz zur Rücksichtnahme führen können. Aber sie bemerken es nicht, daß sie uns menschenverachtend herabwürdigen zum Pickel. Meinen sie denn wirklich: Mitreisende sind Mitesser, Parasiten der Deutschen Bahn?

Das schlimmste aber sind die Apfelesser in der Eisenbahn. Sie kommen schon mit dem Apfel in der Hand in den Wagen und benutzen den Unterarm als Pendel, um herauszudeuten, wo einer sitzt, der es nicht leiden kann, wenn man neben ihm einen Apfel ißt. Sie finden mich immer. Einmal hatte ich mich in der Toilette versteckt. Der Apfelesser stand vor der Tür und schrie: »Komm raus, du bist schon längst entdeckt! Nimm Platz, damit ich neben dir meinen Apfel essen kann.«

Wenn der Zug losfährt, knirscht der erste Biß ins Obst. Nun beginnt für mich die Passionszeit. Ich schaue aus dem Fenster, um mich abzulenken. Draußen rasen drei Bäume vorbei und ein Kernkraftwerk, die Natur also befindet sich in einem ausgeglichenen Verhältnis, ich vergesse den Apfelesser und alles Fremde um mich herum, meine Arme und Beinc werden ganz schwer, und ich stoße zum Inneren meiner Seele vor, zu diesem kleinen Knubbel am Zwerchfell – da explodiert der zweite Biß des Apfelessers neben meinem Ohr. Er hat mich beobachtet aus den Augenwinkeln, hat meine Entspannung registriert und erbarmungslos zugeschlagen. Apfelesser in der Eisenbahn sind Zweite-Biß-Hinausverzögerer. Ich habe einen erlebt, der hat hinter Nürnberg seinen Apfel weggelegt, aber kurz vor Köln wieder knackend reingebissen.

Und wenn sie ihren Apfel gegessen haben, sind sie noch lange nicht fertig mit der Quälerei. Dann holen sie sich die Apfelreste aus den Zahnlücken, das zischt, als seien 1000 atü saugend am Werk. It's not cool, it's sucking.

Darum habe ich eine Bitte an die Bahn. So wie Nichtraucher geschützt werden durch Nichtraucherabteile, wollen wir Nichtlärmer geschützt werden durch Ruhewagen. Essen, Trinken und Reden sind hier verboten. In der asketischen Stille eines Trappistenklosters sitzen wir meditierend und also unsere Kräfte neu stärkend, Körper und Seele in tiefer Harmonie, und fahren unserem Ziel entgegen, das bekanntlich zu einem großen Teil schon im Weg enthalten ist.

Und um die Freude vollkommen zu machen, sollten die Verantwortlichen der Bahn im ICE unaufdringlich die alten D-Zug-Geräusche einspielen, dieses Mantra des Über-die-Gleise-Ratterns, das angenehm ermüdet und die Seele pflegt mit einer mentalen Fangopackung. O ja, das Schweigen, Schweigen, Schweigen …

GIFT IM LEBENSZWECK

[1988] Der Mensch ist der Natur ein Wolf. Deshalb mag ich manchmal gar nicht auf die Straße gehen, so viel Abscheu habe ich vor der Ignoranz der anderen Menschen gegenüber dem Leid noch anderer Menschen. Trotzdem muß ich natürlich einkaufen. Denn einfach Hungers zu sterben, nein, diesen Triumph gönne ich den anderen nicht, daß sie ihn haben könnten, wenn ich weg wär.

In einer solchen, den Selbsterhaltungstrieb rührenden Stimmung gehe ich gern zum Schweizer Platz, um mir dort Lebensmittel zu besorgen. Ich lasse mich von den Werbeslogans des »Schademarktes«, dieses vorzeiten arisierten Geschäftes namens Schade und Füllgrabe, nicht abschrecken, auch wenn er, der Slogan, heißt: »Wir sind mit Leib und Seele Markt«.

Ich weiß, daß der Leib nur die Verpackung der Seele ist. Nicht der Körper hat, so lehrt die Philosophie, eine Seele, sondern die Seele hat einen Körper.

So kann ich cool bleiben angesichts einer gleichmacherischen Propaganda. Dummerweise aber treffe ich gerade jetzt Karl Graf Gabelin, der von sich behauptet, er sei Radikalökologe, Fundamentalvegetarier und Realmensch.

Du siehst aber blaß aus, hast zugenommen und stinkst aus dem Mund, geht's dir nicht gut, was, das sieht man, sagt Gabelin zu mir, dir geht es also schlecht, na ja, und deshalb bist du deprimiert. Und wer deprimiert ist, besonders wer so fahl aussieht wie du, so down, fährt Gabelin fort, der muß entweder resignieren, revoltieren oder mal wieder gut essen gehen.

Der Eßgenuß nämlich hält wie der Sexualgenuß Leib und Seele zusammen, und darin unterscheiden sich die beiden Genüsse von Gesundheit und Liebe. Liebe zur Gesundheit und die gesunde Liebe, murmelt Gabelin plötzlich unaufmerksam vor sich hin, Liebe und Gesundheit, schreit er jetzt, seien nur als Utopie zu ertragen, bestenfalls noch als Erfahrungsblitz, aber doch nicht als

Zustand in einem Leben, das diesen Namen noch verdiene. Er, Gabelin, wisse vorzüglich, daß nur seine Seele wirklich und wahrhaftig esse, der Körper sei bloß Eßbesteck.

In diesem Bild, ruft er und schaut mißmutig zu dem Obststand, der vor der chemischen Reinigung in der freien Luft Treibhausfrüchte anbietet, in dieser Metapher liegt die ganze Weisheit meiner Freiheit. Mein Körper, sagt Gabelin, ist Vegetarier, aus gutem Grund Vegetarier, aber meine Seele ist aus ebenso gutem Grunde Allesfresser. Beide wollten ihre Freude, und so sei er, Gabelin, zum Geheimnis seiner Doppelexistenz vorgedrungen: Wie leicht es sei, Harmonie zwischen den beiden Energien herzustellen und nicht dauernd hilflos und ohne jeden Verstand Leib und Seele gegeneinander auszuspielen wie zwei rivalisierende Flohmarkthändler.

Ich weiß, daß Hamburger und Cola und Karzinogen verbrannte Pommes mit Aminomayonnaise Gift sind für den Magen und die Darmschleimhaut; aber meine Seele schreit nach McDonald's und Coke, sagt Gabelin und inhaliert einen Tropfen Doppelkorn gegen seinen Schnupfen. Es ist inzwischen – Gabelin wendet sich an einen Flugblattverteiler der Initiative gegen Amöbenversuche – meine heimliche Lust an der ökologischen Illegalität, daß ich zu Aldi gehe und mir dort die in Plastik verschweißte Plockwurst kaufe, die zu über 100 Prozent aus Fett besteht und originalkotzwirksam ist – aber in einer Zeit sensibelster Aufmerksamkeit gegenüber krank machender Nahrung empfinde ich die Lust des kriminellen Kindes beim Biß in diese Wurst.

Schau dich doch an, sagt Gabelin zu dem jungen, fürs Tierreich agitierenden Mann, du lebst bestimmt gesund, doch warum siehst du so traurig aus, so physisch total daneben, so wie ein im Koma stolpernder Giftzwerg, weil, Gabelin reißt ihm die Flugblätter aus der Hand und steckt sie in die ausschließlich für Altglas bestimmte Mülltrennungsfunktionshalbkugel, weil du deine Seele vernachlässigst, du Lump.

Meine Mutter, vertraut mir Gabelin, nunmehr persönlich werdend, an, war eine dicke Madam, die nachts noch heimlich was in sich hineinstopfte, das sie pünktlich etwa eine halbe Stunde später wieder ins Klo kotzte, ohne die Toilettentür zu schließen. Alles aus schlechtem Gewissen, das macht genauso krank wie Dioxin und Novalginchinin, alles schlechtes Fleisch und schlechtes Nervennetz, das aus schlechtem Gewissen wuchert, Gabelin schlägt mir auf die Schulter, iß doch mal einen Apfel, sagt er besorgt, das ist gut für dich, trink Obstsaft, das wird dir guttun, Karotten sind gesund für dich, Fisch ist Hirnnahrung, iß deinen Spinat, das brauchst du, Rote Bete sind gut fürs Blut, sitz gerade, das ist gesund für die Wirbelsäule, Hände auf die Bettdecke, sonst machst du nie Abitur, und das Abitur ist so gesund für den Kreislauf.

Gabelin holt tief Luft, ohne smoggerecht flach zu atmen. Mit dieser totalen Gesundheitslitanei, sagt er, wurde meine Seele zum Hungern gezwungen, habe ich nur noch Stoffwechsel empfunden und das Essen gar nicht kennengelernt. Aber das heißt doch nicht, daß ich mich nicht um meinen Körper kümmere, meine Seele will schließlich einen gesunden Körper in einem gesunden Pullover, wenn's kalt ist, und natürlich hole ich mir meine alltäglichen Lebensmittel in der »Distel«, Brot, daß der Kiefer kracht beim Beißen, Schrot und Korn und Honig und lupenrein gebrannten Schnaps, daß mir's Ärscherl brummt vor lauter Freude an der Verdauung.

Weißt du, sagt Gabelin tröstend zu mir, du darfst die ganze Ernährung nicht so protestantisch sehen, du mußt Lebensmittelkatholik werden, den Anfechtungen ins Gesicht schauen und schwach werden, wenn's gar zu sehr lockt, das sündhafte Gift, danach kannst du ja bei Alka-Seltzer, Aspirin und Natron beichten.

Aber, schließt Gabelin seinen Vortrag, von der überlebensstrategischen Seite will ich heute schweigen, auch wenn jeder Depp weiß, daß wir Menschen als mutationsfähige Wesen ins nächste Jahrtausend gehen müssen, wenn wir die Gattung am Leben halten wollen. Und Mutation heißt Anpassung an die gesteigerte Giftigkeit des Lebens. Und weiter, Gabelin schaut mich jetzt vorwurfsvoll fragend an, ist nicht das höchste Gift des Menschen der Mensch selbst, Lucrezia Borgia und Hiroshima, und ist nicht letzten Endes jedes Gift und jede Kernspaltung ein Produkt der Natur, und sind wir nicht verpflichtet, endlich mal ein freundliches

Verhältnis zur Natur zu gewinnen, zu all ihren Schwächen, Brüchen und Widersprüchen, sagt Gabelin und geht, da er sich beeilen müsse, um umweltfreundlich mit der Bundesbahn vom Südbahnhof aus zu seinem Wochenendhaus im Spessart zu gelangen, wo eine Fondue-Party für seine Bekannten aus der Scene, Studienräte, Frauenforscherinnen, Werbeleute und andere Ökofreaks, stattfinde.

Da ich nicht eingeladen bin, betrete ich den Supermarkt und berufe mich innerlich beim Einkauf auf meine grundgesetzlich geschützte Gewissensfreiheit.

ANGRIFF ODER VERTEIDIGUNG

[1998] Ein Mann wird aus einer Eckkneipe rausgeschmissen. Er macht ein vorwurfsvolles Gesicht und sagt: »Jetzt mach' ich mich selbständig.«

Damit haben wir das Schicksal der Arbeiterbewegung am Ende des 20. Jahrhunderts knapp und kurz zusammengefaßt. Europa verabschiedet sich vom Proletariat und singt eine neue Hymne der Gleichheit. Alle Menschen werden nicht Brüder, dann gäb's bloß nur noch eine Familie, aus der niemand mehr fliehen könnte. Alle Menschen werden autonom, das heißt, sie machen sich selbständig, sie werden Unternehmer. Die philosophische Frage danach, was das Individuum ist, kann beantwortet werden. Es ist eine Firma. Und das Leben? Das ist der Weltmarkt. Revolution machen die anderen. Also keine falsche Sentimentalität. Erst recht keine richtige.

Kein Grund zum Heulen. Du bist arm und brauchst mehr Geld, kein Gott zahlt deine Raten. Das Leben ist ein Minenfeld, und wir sind die Granaten.

Hephaistos, der Gott der Schmiede und Kernschmelzen, hat sich wieder gemeldet. Die Castor-Transporte mit dem radioaktiven Material für die Wiederaufbereitungsanlage in La Hague (Normandie) wurden in Frankreich verboten, weil die Behälter im Eimer sind und gefährlich. Jetzt hat unsere Umweltministerin auch für Deutschland die Transporte untersagt und als erste Konsequenz angedroht, ihr Ministerium werde ab sofort enger mit der zuständigen Industrie zusammenarbeiten. Wenn die Irren die Macht übernommen haben, wird auch nicht alles besser.

Hephaistos aber hat Humor. Nachdem ihn seine Frau immer wieder mit Ares betrog, bastelte er ein Netz, das sich blitzschnell über das kopulierende Paar warf und sie in flagranti festhielt. So entstand ein dreidimensionales Polaroid des Ehebruchs. Hephaistos holte die Götter und Göttinnen zusammen, um ihnen das traute hochgeile Paar zu zeigen. Die Götter lachten und hatten Titanenspaß, der unter dem Namen homerisches Gelächter in die Geschichte einging. Wir müssen einfach besser sein als die.

STADTLIED

[1990]

Wer sieht die Tragetasche?
Und wer die Körbe und Wagen?
Wer kauft die Einwegflasche?
Und wer muß die Tasche tragen?
Keiner weiß es und jeder schweigt
Der Bärtige auf seiner Fidel geigt
Die Stadt hat Straßen und Asphalt
Der eine ist jung, die andre alt
Wer steht nur auf einem Bein?
Und welcher Metzger schlachtet das Schwein?
Wer kauft das Fleisch von der toten Sau?
Welcher Säufer ist rot und blau?
Keiner weiß es und jeder schweigt
Der Bärtige hat sich schon wieder vergeigt
Die Stadt baut Straßen und Asphalt
Wer nicht mehr jung ist, der ist alt
Wer hat das Kind zum Bahnhof gerollt?
Wer hat überhaupt kein Baby gewollt?
Wer macht heut Witze und andere Possen?
Und wer hat den letzten Asbach vergossen?
Keiner weiß es, die andre ist alt
Der Bärtige sitzt auf dem Asphalt
Die Stadt hat Straßen und sie schweigt
Der eine ist jung, auf seiner Fidel er geigt
Und die Tragetasche und die Wagen
Und die Einwegflasche und das Tragen
Und die Stadt und das Land und der Fluß
Endlich fällt auch irgendwo ein Schuß

SPARMASSNAHMEN

Im übrigen Ereignisfeld der Gesellschaft geht es dauernd um Einsparmaßnahmen. Sparen ist das Motto des nächsten Jahrtausends! Alles soll eingespart werden. Schade, daß man uns das 20. Jahrhundert nicht erspart hat, das wäre nun mal eine richtige zivilisatorische Leistung gewesen. [1998]

Sparen ist der Inhalt der Zukunft: raumsparender wohnen, zeitsparender leben, stromsparend aus dem Fenster springen. Nicht mehr lautet die Frage nach dem Wunsche des Kindes, was es mal werden wolle, sondern bloß noch wird darauf beharrt, was es mal einsparen wolle, das unglücklich existente Kleinkind in seiner Lebensplanung.

Selbst Abtreibung gilt als Sparmaßnahme: Dem fröhlichen Fötus bleibt es erspart, später keine Rente zu beziehen.

Kürzlich schreckte uns die Morgenpresse mit der Meldung: »Gesundheitsreform. Bonn streicht Einlagen und Stützstrümpfe«.

Stützstrümpfe aber sind wichtig für die Volksgesundheit. Stellen Sie sich vor: Die Deutschen – ein Volk ohne Stützstrümpfe. Ich finde Stützstrümpfe schön – und auch sehr erotisch. Wenn man an ein solches Bein faßt, hat man sofort das Gefühl: Das ist in Form, das ist stabil, das ist schön fest.

Der Stützstrumpf ist nicht nur medizinisch wichtig, sondern auch metaphysisch von Bedeutung. Er symbolisiert Halt in einer Welt, die aus den Fugen zu geraten droht.

Überall soll gespart werden. Vom Justizminister bis zum Justizwachtmeister. Von Edzard Schmidt-Jortzig bis zum Kwiatkowski.

Daß gerade Justizminister immer Doppelnamen als Firma benutzen müssen. Seine Vorgängerin hieß Leutheusser-Schnarrenberger. Wenn beide geheiratet hätten, würde es doch tendenziell bei der Breite des Briefkopfs Probleme gegeben haben. FDP-Minister haben manchmal mehr Namen als die ganze Partei Sitze im Parlament.

Und dieser Schmidt-Jortzig hat auf die Frage des *FAZ-Magazins* nach seinem Lebensmotto frei und liberal geantwortet: »Wer korrekt handelt, braucht nichts und niemanden zu fürchten.«

Ach, wie mich solches Geständnis beruhigt.

»Wer korrekt handelt, braucht nichts und niemanden zu fürchten.«

Das ist gut, das könnte man als Motto auf das geplante Holocaust-Denkmal in Berlin draufschreiben – dann merken die Leute wenigstens, daß wir das Tätervolk sind. Und Taten sind gefragt.

Also, der Justizminister und der Justizwachtmeister, wir beide gelten heute als überflüssig nach dem Zusammenbruch der alten, traditionellen Kriminalkultur und dem Beginn der virtuellen Schlechtigkeit. Ich hab's als erster gemerkt, aber mir gesagt: »Sagst mal nichts.« Ich will ja so einem Minister nicht die Pension versauen.

Der ganze Gerichtsbetrieb gilt als veraltet, wie der Steinkohlebergbau im Ruhrgebiet. Uneffektiv – aber hochsubventioniert. Die Kumpels vom Bergbau haben umlernen müssen fürs praktische Leben.

Beispiel: Es geschah auf einem Campingplatz in Holland im Monat Juli. Ein Essener, 31 Jahre alt, so alt werden die schon wieder im Ruhrgebiet, sitzt mit seiner Freundin und deren vier Kindern – zu Kindern sage ich erst mal nix –, die sitzen da beim Grillen: grill-grill, brutzel-brutzel. Das Radio dudelt: dudeldudel. Ein Holländer nebenan, er ist immerhin schon 57 Jahre alt, hat also viel hören müssen in seinem Leben, schimpft: »Stell die Kiste leiser, oder ich bring dich um.« Wieder ein ganz normaler Vorgang, gerade auch auf dem Campingplatz.

Der Deutsche kommt aus dem Bergbau, war viel unter Tage, hat also Sinn für schwarzen Humor, den staubtrockenen, lacht nur: »Na ja, Urlaub, Holland, Anhängerkupplung, Edamer«, lacht er, der Deutsche.

Da zieht der Holländer ein Messer, sticht viermal zu: Grillparty geplatzt. Die Polizei kommt, nimmt den Holländer mit, der Deutsche wird ja mit dem Wagen einer anderen Firma entsorgt. Und die Polizei sagt: Das Radio war tatsächlich etwas laut.

Und deshalb ist es eine Schweinerei, daß sie den Holländer festgenommen haben, ich versteh den Mann, da willst du einmal in Ruhe deine Ruhe haben. Es gibt eben sone und solchene Verbrecher, und der Messerstecher ist mir immer noch lieber als der Krachmacher.

Überall machen sie heute Krach, der Mensch ist Mensch, weil er Lärm und Geräusche erzeugt. Der schlimmste jedoch ist der Bohrmaschinentyp. Die Woche über verhält er sich sozial unauffällig, zahlt seine Steuern und grüßt nicht, bemüht sich also, ein angenehmer Nachbar zu sein. Aber am Freitagabend kriegt er seinen Wolfsblick, und Samstag früh steht er um fünf Uhr auf, geht in den Keller und faßt sie schon mal an, seine Bohrmaschine. Gegen acht Uhr kommt er hoch und bohrt. Am liebsten bohrt er zwischen 13 Uhr und 15 Uhr. Manchmal arbeitet er auch beidhändig: Dann hantiert er mit Schleifhexe und Bohrmaschine. All dies zeigt, daß entgegen glaubhaften Gerüchten die Arbeit in Deutschland nicht ausgeht. Es gibt ungeheuer viel zu bohren in diesem Land, und überall lauern Bürger und Bürgerinnen, die allzeit bereit sind, das Bohrfutter zu lockern und den Stahl einzuspannen für das drehende Werk. Der Mensch unterscheidet sich vom Tier dadurch, daß er mit einer Bohrmaschine in der Hand auf die Welt kommt: Homo Black & Decker.

Ja, drum laufen immer mehr Gestörte rum und führen Selbstgespräche: »Mit mir net! Isch geh erstemal einkaufe, könnte nadürlich heut awend auch dahaam, Eierlikör brauch isch aber noch und derf die Endivie net vergesse.«

Neulich schreit mich auf der Straße einer an: »Du blöde Sau.« Dabei hatte ich gar nichts gemacht. Vielleicht war er ein Gedankenleser.

Vor Gericht wäre er dran gewesen wegen Beleidigung. Meine Gedanken sind mir ja nicht nachweisbar. Noch lassen sie sich nicht gerichtsverwertbar von der Stirne scannen.

DESIGN UND SOZIALE FRAGE

[1995] Lebenskunst ist eine Frage des Gestaltens. Des kreativen Gestaltens. Design als Sinngebung des Sinnlosen.

Vorgeschichte: Meldung im TV vom letzten Oktober: Armut in Deutschland!

Wenn ich arm und arbeitslos bin, ist das noch lange kein Grund zu verzweifeln. Nein, ich muß meine Existenz verzaubern: Ich gehöre dann zu einer neuen tollen Bevölkerungsgruppe, die ist trendy, die ist in: Kein Geld, aber gute Laune – No Income Double Enjoy – N.I.D.E. – NIDE: Ich bin der NEID!

Ich bin nichts, ich habe nichts, aber ich lache mich tot.

Wir sehen, alles hat irgendwie mit Design zu tun. In den 60er Jahren sagte Wolf Vostell: Kunst ist Leben, Leben ist Kunst. In den 70ern hörten wir aus Düsseldorf von Joseph Beuys die Drohung, daß jeder Mensch ein Künstler sei. Und in den 80ern erschallte aus Düsseldorf der Ruf, Werbung sei Kunst und Kunst sei Werbung. Heute ist alles Design und Design ist alles.

Lassen Sie mich kurz den philosophischen Hintergrund der Aktualität des Designs skizzieren. Immanuel Kant: Design ist der Ausgang des Menschen aus einer selbstverschuldeten Unschönheit. Der Frankfurter Universalist Johann Wolfgang von Goethe hat gesagt: Am farbigen Abglanz haben wir das Leben.

Walter Benjamin hat das in seinem Passagenwerk so übersetzt: Die Mode ist die ewige Wiederkehr des Neuen.

Was heißt das? Natürlich nichts.

Das Motto des *Spiegel-Specials* lautet darum folgerichtig: Der schöne Schein – Das Jahrhundert des Design.

Anfang des Jahrhunderts hatte die Schwedin Ellen Key das 20. Jahrhundert *Das Jahrhundert des Kindes* genannt, der Dichter W. H. Auden veröffentlichte in den 20er Jahren sein Werk *Das Zeitalter der Angst,* Margret Boveri schrieb in den 50er Jahren über den *Verrat im XX. Jahrhundert,* und der Wirtschaftsredakteur der *FAZ,*

Jürgen Eick, veröffentlichte ein Buch mit dem Titel *Das Jahrhundert des kleinen Mannes*.

Design ist also das Zeitalter der Angst des kleinen Mannes vor dem Verrat, daß er ein Kind ist in diesem Jahrhundert.

DIE ROULADE

[1990] Neulich war ich bei meinem Metzger, da sagt die Metzgersfrau: »Ihr Nachbar ist krank.«

»Gut«, sag ich, »nehm ich statt dessen eine Roulade.«

Fragt mich der Metzgermeister, ob ich stolz bin, ein Deutscher zu sein. Na ja, mein Gott, was soll man machen? Ich kann ja jetzt nicht stolz sein, ein Spanier zu sein oder gar eine Französin. Das wäre eine interessante Selbsterfahrung, ist mir aber in dem Sinn so nicht gegeben. Und extra deshalb nach Casablanca fahren – ist auch doof.

Ich habe gesagt, ich bin stolz, stolz zu sein. Das muß genügen.

Das hängt auch damit zusammen, ich esse gern eine Rindsroulade. Ich habe keine Probleme mit dem BSE, diesen Kühen mit den drehenden Augen. Ich schiele selbst und habe auch noch nie Angst gehabt vor der englischen Krankheit, das bißchen Schwindsucht, wozu gibt's denn Tempotaschentücher. Also die Roulade bitte nicht mit Zwiebeln anmachen, sondern Speck, Gurke, Kapern und ein bißchen Senf, der normale Senf, nicht der scharfe Löwensenf aus Düsseldorf oder der körnige bayrische Weißwurstsenf oder gar der aus Dijon. Wir alle kennen den Senf aus Dijon. Wenn Freunde in Urlaub fahren nach Frankreich, da bringen sie einem nicht eine schöne Flasche Wein mit, nein, Senf aus Dijon in diesem Steinpott. Wenn man den aufmacht, sind alle Fingernägel ab. Das ergibt diese blutige Dijon-Kampfhand – also für die Roulade ganz normaler Senf, kann ruhig aus dem Reformhaus sein.

Dann wird die Roulade gerollt, weil sie ja so heißt, aber bitte nicht mit Zwirn zusammennähen. Das ist unappetitlich beim Essen, da plumpst was in die Soße, und außerdem sieht das so aus, als wolle man vorzeitig mit Zahnseide arbeiten.

Auch nicht mit Zahnstochern zusammenstecken. Die sind aus Holz, vielleicht schon mal benutzt, da klebt ein Virus dran, ich infiziere mich und verende schon vor dem Dessert. Oder der Zahnstocher bricht, bohrt sich mir in den Gaumen, und ich speie aufs Damasttischtuch – und werde nie wieder eingeladen. Nein, Rouladen stecken wir zusammen mit der Rouladennadel.

Die Rouladennadel gibt's im Zehnerpack, und bei einem normalen Vier-Personen-Haushalt reichen acht Rouladennadeln, weil man nimmt zwei Rouladennadeln pro Roulade, und wenn die eine Roulade für den Vater etwas größer ist, kann man drei Rouladennadeln nehmen und hat immer noch eine Rouladennadel übrig. Und wenn Besuch kommt, können wir mit der Reservepackung von zehn Rouladennadeln ohne weiteres noch einmal fünf bis im Ernstfall sechs Personen zusätzlich bewirten.

Das Wichtigste bei der Rouladennadel ist allerdings, daß die rostfrei ist. Denn wenn die Rouladennadel nicht rostfrei ist, dann beschlägt der Rost die Vorderzähne, Sie gehen zum Zahnarzt, der sieht das, beschimpft Sie fürchterlich. Sie sind aber erwachsen, lassen sich nicht mehr ausschimpfen, gehen nie mehr zum Zahnarzt, alle Zähne fallen Ihnen aus – nur weil die Rouladennadel nicht rostfrei war.

Zur Roulade esse ich gerne Gemüse, frisch gedünstet, und Kartoffelbrei, frisch gestampft, nicht aus der Dose, das gibt's zwar nicht, das würde ich aber auch nicht essen.

Nun war ich neulich in einem Restaurant, habe Roulade bestellt, dazu Gemüse, frisch gedünstet, und Kartoffelbrei, frisch gestampft.

Der Kellner hat mir das Essen gebracht, freundlich gelächelt. Es war eine Katastrophe: Die Roulade zäh wie ein Wiesel, das Gemüse flink wie Kruppstahl und der Kartoffelbrei 60 Prozent Wasser, 30 Prozent Pfanni-Mehl und der Rest Rattenschwänze, Mäusedreck, was sie eben so hatten in der Küche als Muskatersatz. Und dann kam der Kellner und fragte: Hat's geschmeckt, der Herr?

Sie kennen diese Situation, die einzige tragische Lage, in die man heute (am Ende des zweiten) zu Beginn des dritten nachchristlichen Jahrtausends noch geraten kann. Ohne schuldhafte Verstrickung gerät man hier nicht mehr raus.

Sag ich nämlich: Ja, die Roulade hat geschmeckt, blamiere ich mich vor mir selber. Ich kann nie wieder Roulade essen – mein

Leben verliert seinen letzten Sinn. Sag ich dagegen, die Roulade hat nicht geschmeckt, blamiere ich mich vor dem Kellner.

Der hat ja schon gelacht, wie er aus der Küche kam.

Ich habe einfach noch einmal eine Roulade bestellt. Und als mir der Kellner die servierte, habe ich sie ihm vor die Füße geschmissen. Und da war ich stolz, ein Deutscher zu sein.

Ich weiß jetzt auch nicht, was die Geschichte bedeutet, aber ich dachte, ich erzähl sie mal.

KLEINER FRAGEBOGEN

[1986]

MB Liebe geht durch den Magen.
Wenn ich etwas Gutes esse, liebe ich mich.
Liebe ist, wenn Öl ausläuft und eine schöne Frau kommt, ausrutscht.
Und ich breche ihr das Herz.
Zusammen essen ist doch so viel schöner,
als man es sich beim Alleinessen vorstellt.
(es klopft)

DT Guten Tag. Sie sind doch auch gegen die Volkszählung.

HvS Und deshalb fragen wir Sie, was Sie dagegen tun.

DT Wir haben hier einen kleinen Fragebogen.

HvS Und den füllen wir jetzt gemeinsam aus.

DT Und dann sind wir Mitglied der Bürgerinitiative gegen die Volkszählung.

MB Aber ich bin überhaupt nicht gegen die Volkszählung.

DT Wieso?

HvS Wenn nein, warum nicht?

MB Weil, das Volk muß doch gezählt werden.

DT Sie sind für die Volkszählung?

MB Ja.

HvS Wenn ja, seit wann?

DT Wir haben hier einen kleinen Fragebogen ...

HvS Und den füllen wir jetzt gemeinsam aus ...

DT Und dann sind wir Mitglied der Bürgerinitiative für die Volkszählung.

MB Ich will aber nicht.

DT Warum nicht?

HvS Wenn nein, warum nicht?

MB Weil ich alle Bürger hasse.

DT Sie sind also gegen Bürgerinitiativen.

HvS Und deshalb fragen wir Sie, was Sie dagegen tun.

DT Wir haben hier einen kleinen Fragebogen.

HvS Und den füllen wir jetzt gemeinsam aus.

DT Und dann sind wir Mitglied der Bürgerinitiative gegen die Bürgerinitiativen.

MB Wer sind Sie, was wollen Sie von mir?

HvS Ja, wir sind vom gemeinnützigen Dachverband der Fragebogenholding und Unterschriftenleasing Datendadaismus. Wir sammeln Unterschriften und Fragebögen und vermieten diese an Feministen, Kommunisten, Domestiken, Katholiken, Elternverbände, Bundeswehr und Bundeswo, überall, wo Demokratie an der Basis noch Stimmen braucht, dafür oder dagegen, mal so oder mal so.

MB Und warum belästigen Sie mich?

DT Sie sind doch gegen Hausbesuche?

HvS Wenn nein, seit wann?

DT Wir haben hier einen kleinen Fragebogen.

HvS Und den füllen wir jetzt gemeinsam aus.

DT Und dann sind wir Mitglied der Organisation gegen die Hausbesuche, und deshalb müssen wir hier unterschreiben.

MB Nein!! *(erschießt sich)*

HEIMAT IST MACHBAR, HERR NACHBAR!

Immer wenn ich meine Wohnung verlasse, trage ich Abfall, um ihn einer sachgerechten Beseitigung zuzuführen. Der moralische Gedanke, daß der Mensch nicht an seinem eigenen Müll ersticken soll, scheint zunächst vernünftig. Und ich finde auch keine Einwände gegen die unzähligen Behälter, in die man fast alles zwischenlagern kann, was man nicht mehr braucht. Kleingeister machen sich über die Frage lustig, die sich Menschen stellen, wenn sie vor den unterschiedlichen Wertstoffsammelbehältern und Abfalleimern stehen und nicht wissen, was wohin gehört. Diese angeblich an der Entsorgung Verzweifelnden wissen aber sehr genau, in welchem Laden sie die Spezialitäten oder Sonderangebote kaufen, über deren Verpackung sie nach Genuß oder Verbrauch des Inhalts in kleinbürgerliche Verzweiflung geraten, wenn sie weg soll, die Verpackung. [1996]

Sie kennen Aldi mit seinen Sonderangeboten, sie kennen den besonderen italienischen Weinhändler und wissen auch, wo es Beaujolais Primeur gibt, sie kaufen den Schinken bei dem einen Metzger, beim anderen die Leberpastete und auf dem Wochenmarkt das artgerechte Kotelett. Nur vor der Mülltrennung stellen sie sich doof und klagen über unterschiedliche Notwendigkeiten. Diese angeblichen Feingeister verachte ich wegen ihrer Feigheit vor den Folgen des eigenen Tuns. Wer ißt, muß sich auch um die Folgen der Verdauung kümmern.

Schlimm wäre es nicht, wenn, wie so manche Kassandra behauptet, das säuberlich Getrennte von den jeweiligen Kommunalverwaltungen eingesammelt und dann wieder auf einen einzigen Müllberg gehäufelt würde. Dann hätte das Mülltrennen durch die einzelnen Bürger und Bürgerinnen doch immer noch einen Sinn, der der Bedeutung des Lateinunterrichts in den höheren Schulen entspricht: Man weiß nicht, warum man es macht, aber es erleichtert später andere Arbeit.

Wer heute sauber Müll trennt, wird später, wenn das mal einen wirklichen Sinn hat, handwerklich zu ganz anderen Gemeinschaftsaufgaben in der Lage sein. Aus der existentialistischen Sinnlosigkeit, die die Wertstoffsammelbehälter ausstrahlen, kann aber ein generationsübergreifender Wert werden.

Wir vererben unseren Nachkommen genetisch eine Fähigkeit, die sie von den Tieren unterscheidet: Unsere Enkel werden dann den Abfall erfolgreich beseitigen können, den sie trotz unserer Mahnungen, sparsam mit Verpackungen umzugehen, immer noch inflationär benötigen.

Trotz dieser vernünftigen Überlegungen überkommt mich Furcht, wenn ich all diese Werkstoffsammelbehälter sehe und Mülltonnen und Papierkörbe – symbolisieren sie nicht die Rückkehr der Friedhöfe in die Innenstädte, in die Öffentlichkeit vor der Haustüre, und ist es nicht letztlich doch bedrohlich, daß es in dieser Öffentlichkeit bloß um Dinge geht und nicht um die Menschen? Ja, ein Verdacht bleibt, daß da etwas geschieht um einen herum, was nicht nur ökologisch vernünftig ist.

Es sind vielleicht Außerirdische, Feinde der Erde, die schon längst die Macht ergriffen haben über diesen Stern, der unsere Heimat ist.

Seit einiger Zeit überfällt mich das Gefühl, unsichtbare Kräfte wollten mich fertig machen. Kaum verlasse ich die Wohnung und begebe mich in die Öffentlichkeit – schon ist sie da, die Angst. Daß mir zu Hause so wohl ist, liegt sicherlich an dem Pentagramm, das ich mir auf die Türschwelle geritzt habe, damit es meinen Feinden Pein bereite und sie am Betreten hindere.

Aber die Öffentlichkeit unterliegt einem Strukturwandel, den ich nicht begreife. Überall geschehen Dinge, die kein Mensch wollen und niemand erklären kann. Im Frankfurter Hauptbahnhof erschallt aus extra angebrachten Lautsprechern eine Musik, wie man sie aus Supermärkten kennt. Als ich sie das erstemal hörte, suchte ich auf Bahnsteig 8 sofort die Käsetheke. Doch sie war nicht zu finden, wenn es auch an einer Stelle nach altem Limburger roch. Es handele sich um ein Experiment, das von oben angeordnet sei, erklärte mir ein Bahnmann.

Wozu dient das Experiment »Musik im Bahnhof«, also an einem Ort, der sehr viel angestammte Geräusche erzeugt und wo eigentlich nie peinliche Stille herrscht? Sollen wir durch den Rhythmus fröhlich gestimmt werden, sollen wir aus der Depression gerissen und durch die Musik daran gehindert werden, uns später vor den ICE zu werfen, was zu der unerfreulichen Durchsage von »einer betriebstechnischen Störung mit Personenschaden« zwangsläufig führt?

Gegen die These vom Geräusch als Therapie sprechen die Schallschutzwände, mit denen die Deutschen Bahnen Bürger und Bürgerinnen die Aussicht wegnehmen. Das aber wird heute verlangt. Auf der Strecke zwischen Hanau und Offenbach – hier rauschen S-Bahnen und ICE-Züge vorbei – hat ein Schrebergärtner, der den Verkehr als zu laut empfindet, seinen Protest auf ein großes Schild geschrieben: »Hier verweigert DB Schallschutz.« Der Reisende rast klaustrophobisch an den Schallschutzmauern vorbei, Deutschland scheint ihm zum Elbtunnel zu werden, da reißt sie auf, die Mauer, und das Schild des Protestierenden zeigt, was Deutschland will: Die Mauer muß wieder her! Und wenn es eine Schallschutzmauer ist!

Es regiert ein geheimnisvoller Zwang zur Gestaltung. Mit Esoterik und Vulkanologie vertraute Menschen flüstern von einem Arcanum, das sich *public design* nenne. Erst war die Natur, dann kam die Eisenbahn, die hat Krach gemacht, den hat man zugebaut, jetzt sieht man nichts mehr. Um diese Idee weiterzuentwickeln, sollen die Lärmschutzwände zu Bildschirmen umgestaltet werden, auf denen die Landschaft gezeigt wird, wie sie war einst ohne Bahn und Verkehr.

Einen solchen Zeitsprung versuchen auch Laternen zu erzeugen. Neben Prachtbauten der Moderne oder technischen Einrichtungen leuchten sie uns dergestalt heim, wie es einst Ernst Bloch formulierte: Durch diese Laternen »entsteht in der Welt etwas, das allen in die Kindheit scheint und worin noch niemand war: Heimat.«

Die Herstellung von Heimat also ist Ziel dieser bedrohlichen Strukturierungen des Öffentlichen. Nur so kann ich mir auch Fußgängerzonen erklären. Früher dachte ich, daß sadistische Feinde des Kapitalismus hier Räume schaffen, in denen die Absurdität des Lebens als Fegefeuer des Einkaufens gezeigt werden soll. Hier erscheint die Welt, wie Karl Marx schrieb, als eine ungeheure Ansammlung von Waren – die Fußgängerzonen waren für mich immer ein Aufschrei nach Revolution. Selbst das deutsche Volk, was immer es auch angerichtet hat in diesem Jahrhundert, durfte doch nicht dermaßen grausam bestraft werden. Doch Fußgängerzonen sollen Heimat darstellen, das also ist ihre Aufgabe. Und daß Deutsche sich in einer Zone wohl fühlen, beweist die Geschichte der DDR. Solange sie noch Zone war, herrschte dort Geborgenheit und Nachbarschaft.

So stehen auch die Poller in der Gegend herum und sollen den nervösen Streßmenschen beruhigen. Verkehrsberuhigung ist ein Schlagwort aus der Heimatherstellung. Der auf der Straße thronende Blumenkübel sagt dem Autofahrer: »Fahr langsam!« Allerdings scheinen Kinder das Konzept noch nicht verstanden zu haben. Sie spielen froh im Tempo-30-Bereich, ahnen nichts Schlimmes, springen hervor aus dem Schatten des Blumenkübels, der Autofahrer hat sie naturgemäß nicht sehen können, und schon ist es geschehen. Aber, das lehrt uns die Geschichte, wo Heimat war, mußten immer auch Kinder Opfer bringen.

Nah geht mir die Geschichte des Telefonhäuschens. Das gelbe Häuschen ist weg. Handymenschen stehen herum und befriedigen sich mit ihren Geräten in aller Öffentlichkeit selbst. Gegen diese Obszönität hilft nur Notwehr: Ich werde mir einen Dildo mit Handbetrieb kaufen und ihn, wenn er auf Hochbetrieb läuft, einem solchen Handsprechlümmel ans andere Ohr halten.

Doch es geht nicht um Rache, sondern um Heimat. Die Telekom hat für Ferngespräche orgonartige Kästen entwickelt, die es in der windsympathischen offenen Form und in der zuklappbaren Stehversion gibt. Ein großes T auf dem Dach soll Signalwirkung besitzen, aber es gibt so viele Zeichen, daß man es leicht übersieht bei der Suche nach einem öffentlichen Fernsprechgerät. Wichtiger ist auch die überwiegend graue Farbe, die durchaus Symbolcharakter besitzt. Vor Jahren habe ich in einer großen Universitätsklinik gearbeitet, und dort fielen mir kleine graue Lieferwagen auf, die exakt diese Telekomfarbe trugen. Man nannte diese Autos damals die »Grauen Engel«, denn sie transportierten die im Klinikbereich Verstorbenen in die Pathologie oder zum Beerdigungsunternehmer.

Das also ist des Pudels Kern: Wo keine Heimat ist, wird künstlich eine erzeugt. Und wo keine Seelen mehr sind und es nur noch auf Dinge ankommt, werden wir auf den Tod vorbereitet. Und der endlich gibt den Menschen die Seele zurück und gewährt Heimat. In aller Form.

STRASSENFESTE

[1998] Wenn Glück ein Dauerzustand ist und keine Ausnahmeerscheinung, dann macht es auch keinen Spaß mehr. Wenn an jedem Tag eine Party stattfindet, braucht sich niemand auf einen wirklichen Feiertag zu freuen. Diese alten Erkenntnisse kommen wieder auf, wenn Sommerzeit ist in der Stadt und die Straßenfestschlachten toben.

Alles hat ein Ende, nur die Straßenfeste haben keins. Sie hören nicht mehr auf. Was vor Jahren harmlos begann, nimmt nun Dimensionen flächendeckenden Bürgerkrieges an. Straßenfeste werden zu Vernichtungsfeldzügen. Als kleines Museumsuferfest fing es an in Sachsenhausen, als die längste Kack-Praline der Welt wird es noch enden, verkommenes Ufer, Museumsmaterial. Zwischendurch war es ausgesetzt wegen Konkurses eines der Macher, der die Stadtverwaltung mit Traumtheatern und Traumkalkulationen hinters bengalische Licht geführt hatte.

Das Jahr 2000 beschert uns dann ein Museumsuferfest in den grenzenlosen Ausmaßen des regionalen massentouristischen Vereins RMV – die Mathildenhöhe in Darmstadt, das Justus-von-Liebig-Museum in Gießen, das Hanauer Siemens-Plutonium-Museum.

Einst waren es Minderheiten, die auf der Straße die öffentliche Anerkennung ihrer vom kulturellen Mainstream abweichenden Existenz demonstrierten. Es waren die ausländischen sogenannten Mitbürger und Mitbürgerinnen und ihre deutschen Verbündeten. Sie wollten mit Musik und Gebratenem südländische Lebensfreude in grauer Städte Mauern bringen, und der Traum von einer multikulturellen Gesellschaft friedlicher Völkervermischung schwebte über Gyros und Kebab, Gitarre und Hennahaar. Damit sollte nicht nur Freude und Lebensbejahung ausgedrückt werden, da spielte auch Haß mit auf die spießigen Stubenhocker – in dieser Zeit der 70er Jahre, als Beckenbauer zum Kaiser mutierte, im Frankfurter Nordend italienische Klampfen zum Kampf aufspielten und »Lotta dura sensa paura« und »Siamo tutti stranieri, somos todos extranjeros« die Kampfrufe der multinationalen Partys waren und die Punks der frühen Jahre die Batschkapp angriffen. Die Idylle ist vorbei, die Gegenwart macht sich mächtig breit.

Denn nun schlägt die Mehrheit zurück. Der VW-Konzern hatte schon 1989 in einer Anzeige für seinen neuen Audi mit dem schönen Slogan geworben: »Die Revolution beginnt auf der Straße.« Darauf hatten die Menschen in Leipzig nur gewartet und sind sofort auf die Straße gestürzt. Die DDR ist an einem Straßenfest gescheitert und nicht durch eine Revolution beseitigt worden. Die Folgen davon spüren wir noch heute.

Wie konnte es dazu kommen?

Die Antwort ist beschämend einfach. Straßenfeste waren stets und ausnahmslos die Fortsetzung des Schrebergartens mit teilweise entgegengesetzten Mitteln. Statt auf bloßer Erde oder Gras finden sie auf Asphalt statt. Sie pflegen nicht die Ruhe, sondern den Lärm.

Darum sind Straßenfeste grausamer als die oft fälschlich belächelte Schrebergartenidylle, aber sie sind grundsätzlich kein Gegenteil. Leute, die es mit sich allein nicht aushalten, kommen zwanghaft zusammen, obwohl sie sich nichts zu sagen haben. Damit das nicht auffällt, werden Grillöfen errichtet, wird Alkohol ausgeschenkt, wird Freude verordnet und Musik gemacht. Das wäre nicht schlimm, wenn es nicht so laut wäre. Denn Lärm ist Gewalt und Belästigung. Das Volk in Deutschland soll fertiggemacht werden. Schon auf dem Hauptbahnhof geht es los. Aus neu angebrachten Lautsprechern lärmt eine dumme und entsetzliche Musik auf die Reisenden ein, als ob dort eine unerträgliche Stille herrsche ohne solchen Krach. Ich weiß nicht, wer dafür verantwortlich ist, daß mich die privatisierte Deutsche Bahn mit ihrer absoluten Drecksmusik zurück aufs Auto zwingen will, ich weiß nur, daß mir kein Wort der Beleidigung für ein solches verbrecherhaftes Gehabe mehr einfällt. Möge die Bahn, dieser Faktor Umweltverschmutzer durch Hauptbahnhofmusik, Pleite machen und alle dort Beschäftigten einschließlich des Chefs arbeitslos werden auf ewige Dauer. Denn der Frankfurter Hauptbahnhof ist zu einem Straßenfest geworden. Muß da erst der Japaner mit seinem Giftgas kommen, damit endlich wenigstens einmal Ruhe einkehrt?

Sitzt man froh des Abends in der Kneipe oder steht an der Theke, um die Nacht zu umarmen, schon schreit einem wer ins Ohr, ob man Rosen haben wolle. Auf der Straße steht an jeder Ecke ein Musiker oder eine Musikerin, Clowns verderben einem den Spaß am Spaziergang durch die Stadt, in jeder Kaschemme hängen Bilder und Collagen an der Wand und behaupten, Kunst zu sein.

Sommer in der Stadt, Gewalt durch Lärm, wohin soll das führen? Stehen wir vor einem Bürgerkrieg, in dem sich die Ruhefreunde ethnisch gegen die Lärmbomber verteidigen müssen? Die Zukunft ist ungewiß. Der Handyman steht rum und propagiert sein Bild einer kommunizierenden Öffentlichkeit. Die Menschen reden nicht zuwenig miteinander, sie reden zuviel allein um der Kommunikation willen. Ich sehne mich zurück nach dem Tratsch zu Hause im Treppenhaus, der alle Hausbewohner fertigmachte, wie es sich gehört bei einem Gespräch zwischen verschiedenen Arbeitsgängen.

Ich träume mir eine Geschichte: An sich bin ich ruhig und besonnen. Und ich lebe in einer großen Stadt und tue niemandem etwas zuleide. Doch es kam zur Katastrophe. Im Hinterhof des Hauses bellte ab sieben Uhr morgens werktäglich ein Hund, weil sein Herrchen zur Arbeit ging und das arme Tier allein in der Wohnung zurückließ. Damit es frische Luft bekam, hatte Herrchen immer das Fenster offengelassen, so daß ich auch jedes Bellen mitbekam.

Im Nebenhaus wohnte ein Knabe, der zum Jungen gereift war. Er liebte Technomusik. Mittags, wenn er von der Schule kam, warf er immer sein Keyboard an und legte seine Lieblingsplatten auf, und die Rhythmen gingen durch die Mauern, durch Mark und Bein. Dagegen stellten andere Bewohner in der Nachbarschaft ihren Fernsehapparat so laut an, damit sie die Technomusik nicht hörten. Im Hinterhof läuteten Menschen den Frühling mit einem frohen Ingangsetzen ihrer Bohr- und Schleifmaschinen ein. Am Vatertag spielte den ganzen Tag eine Blaskapelle Dickebackenmusik auf dem kleinen Wiesenstück um die Ecke, nachts feierten Nachbarn schon mal bis zum frühen Morgen ein Fest, der Junge machte wieder Technomusik, am Wochenende zu Pfingsten wurde auf dem besagten grünen Wiesenstück ein multikulturelles Straßenfest organisiert, wo Kurden oder Türken oder Deutsche oder alle oder niemand einen Heidenlärm veranstalteten, Betrunkene schrien und pißten, der Hund bellte, die Technomusik hämmerte – da nahm ich meine Kalaschnikow und machte alle tot. Da war es endlich ruhig. Denn die schönste Stille ist die Ruhe nach dem Sturm.

Auf Anraten meines Anwalts muß ich hier erklären, daß es sich bei dieser Geschichte bloß um eine übliche Gewaltphantasie, nicht jedoch um eine korrekte Tatbeschreibung handelt.

ERDBEERTÖRTCHEN

[1998] Heute habe ich ein Erdbeertörtchen gekauft. Beim Bäcker Hanns in der Schifferstraße in Sachsenhausen. Woher kommen die Erdbeeren? Sicher nicht aus Deutschland. Aber kann ich mich darauf verlassen, europäische Ware zu erhalten, oder unterstütze ich das ferne Südafrika? Schon im Jahre 1989 machte ich Erfahrungen mit diesem Bäckereiprodukt und sprach erstmals 1991 in aller Offenheit darüber:

Vor zwei Jahren hatte ich bei meinem Bäcker ein Erdbeertörtchen gekauft. Ich kaufe Erdbeertörtchen immer bei meinem Bäcker, weil er die besten Erdbeertörtchen in der ganzen Stadt herstellt, ich kaufe allerdings diese Erdbeertörtchen bei diesem meinem Bäcker, der, wie gesagt, die allerbesten Erdbeertörtchen weit und breit anbietet, nur in den Monaten ohne R – wegen der Erdbeersaison. Es ist doch jahreszeitenpervers, zu Weihnachten Erdbeertörtchen zu essen oder zu Ostern. Gerade am Karfreitag geht man nicht einfach hin und ißt Erdbeertörtchen, da nimmt man Fisch zu sich, vielleicht mit einer Safransoße an Blattspinat auf Langteller mit Leidensmiene, aber doch keine Erdbeertörtchen. Oder, gesetzt den Fall, wir fliegen in den dunklen Monaten des Winters nach Madeira, um dort Kraft durch Freude zu tanken wie unsere Vorfahren, dann essen wir dort doch keine Erdbeertörtchen, auch wenn wir Erdbeertörtchen sehr mögen. Ich liebe Erdbeertörtchen, allerdings nicht diejenigen mit dem Biskuitboden, ich bevorzuge Mürbeteig, und, bitte, keinen Vanillepudding als Unterfüllung draufklatschen. Das ist ekelhaft. Nein, wir nehmen Eischnee, geschlagenes Eiweiß, nicht Eigelb, sonst hätten wir wieder Eierlikör, aber nur in den Monaten ohne R, obwohl in dem Wort Erdbeertörtchen genügend R vorkommen.

Das ist umgekehrt bei Austern, wenn man Austern mag. Wenn man Austern nicht mag, kann man selbstverständlich auch in den Monaten ohne R keine Austern essen, normalerweise jedoch ißt man Austern nur in den Monaten mit R. Denn sonst hat die Auster eine Konsistenz, ich meine nicht die Schale, sondern innen diesen schleimigen Krempel …

Wie kam ich jetzt auf Austern? Wahrscheinlich, weil sie oft nicht aufgehen, was umgekehrt ist wie beim Krokodil. Da geht das Maul sehr leicht auf und schwer wieder zu. Oder andersherum? Wer weiß? Nun sind wir aber doch ein wenig von unserem Erdbeertörtchen abgeschweift. Ich hatte also vor zwei Jahren bei meinem Bäcker ein Erdbeertörtchen gekauft – und, mein Gott, es gibt Dinge, die steckt man nicht so leicht weg. Erschrecken Sie jetzt bitte nicht. Der Boden des Erdbeertörtchens war vollständig durchgeweicht. Das hat's bei meinem Bäcker noch nie gegeben, noch nie bei meinem Bäcker. Damit war die Woche für mich gelaufen. Ich hatte sofort gefragt: Wer ist schuld?

Wer ist schuld, ist eine gute Frage, aber was tun, wenn es keine Kausalität mehr gibt? Ich sage bloß mal so als Stichworte: Quarks, Systemtheorie, Quantenmechanik, fraktale Mandelbäumchen, selbstreferentielle Apfelmännchen, kurz: das ganze Chaos halt. Die Chaoten kommen ja heute zu einem und sagen, wenn auf den Philippinen ein Vulkan ausbricht, wird dir in Frankfurt der Boden deines Erdbeertörtchens versaut, während in Peking ein Sack Reis umfällt. Gut, eine tolle Erklärung, da mach ich mit, da bin ich dabei. Ich akzeptiere alles, was neu ist, auch wenn es nicht weiterhilft. Aber wenn es keine Kausalität mehr gibt, muß jemand anderes dafür verantwortlich sein, daß der Boden meines Erdbeertörtchens versaut war. Ich habe lange darüber nachgedacht, Tag und Nacht, auch dazwischen – im Cyber-Seminar – mit eiskaltem Kopf, und ich bin vor – lassen Sie mich auch einmal kurz lügen – ca. 90 Minuten darauf gekommen, wer schuld ist. Ich.

Ich muß auf die Frage, wer schuld sei, auch ICH antworten können dürfen. Das fällt mir als einem Protestanten auch gar nicht einmal schwer, gebe ich gerne zu. Bei solchem Geständnis schmunzelt naturgemäß der welterfahrene Katholik. Ihr habt's auch einfach: Fehler machen, hin zur Beichte, und anschließend wieder »Avanti popolo, alla riscossa!«, während wir mit unserer eigenen Seele ringen müssen, bis sie aussieht wie ein alter Scheuerlappen.

Außerdem muß ich als Erdbeertörtchenkenner auch wissen, daß nach einer Lagerung von sechs Stunden – und die *Bäckerblume* als Zentralorgan des Bäckerhandwerks übertreibt hier natürlich wieder streberhaft mit der Angabe von nur vier Stunden – der Saft der Erdbeere durch die Erdanziehungskraft in den Boden des Erdbeertörtchens eindringt und ihn wegen der Flüssigkeit dunkel färbt, und zwar, da es sich bei der Erdbeere um eine rote Frucht handelt, dunkelrot, schließlich haben wir hier keine Blaubeere. Nun nehme ich es hier öffentlich auf meinen Eid, daß ich in der Auslage bei meinem Bäckermeister gesehen hatte, daß der Boden des von mir auserwählten Erdbeertörtchens dunkelrot war, und dennoch habe ich exakt dieses Erdbeertörtchen gekauft. Ich habe mir also ein Unrecht zugefügt, das nach Vergeltung schreit. Auge um Auge, Auster um Auster, Törtchen um Törtchen.

Dieses Erdbeertörtchen steht für mich in einem größeren Weltzusammenhang. Es repräsentiert den Sozialismus: Oben der Belag, also die Führung, erscheint innerhalb der Schutzschicht der Gelatine, also der Partei, noch rot und frisch, während darunter der Boden, die Basis, somit das Volk schon aufgeweicht ist und zerläuft. Das schreit doch auch nach Rache.

RATSCHLAG EINER BESORGTEN MUTTER AN IHREN PUBERTIERENDEN SOHN

Es gibt keinen Grund, freundlich zu sein. [1992]
Wenn dich jemand fragt, wieviel Uhr es ist,
dann weißt du nicht, was der von dir will.
Vielleicht die Jacke, die Uhr, dein ganzes Geld,
und selbst wenn er nur wissen will, wie spät es ist,
ist das noch lange kein Grund, freundlich zu sein.
Sag NEIN!
Hör zu, sei vorsichtig, paß auf dich auf,
take care of you, do not lean out,
mach's Fenster zu und schließ die Tür.
Hör zu, was ich dir sage:
Hör weg, schau nicht hin, paß auf dich auf,
wünsch dir selbst einen schönen Tag
und geh bloß nicht zu langsam,
und bleib vor allen Dingen nicht stehn.
Und wenn dich jemand fragt, wie es dir geht,
sag NEIN!
Wenn dich jemand bittet, ihm Feuer zu geben,
gib Fersengeld, hau ab,
und wenn dich jemand anbettelt,
sag »Danke gleichfalls« und geh weiter.
Denn das ist noch lange kein Grund, freundlich zu sein.
Lächle nicht, schau geradeaus,
wer grinst, muß sich nicht wundern,
das provoziert.
Hör zu, was ich dir sage:
Hör weg, schau nicht hin, paß auf dich auf,
wünsch dir selbst einen schönen Tag
und geh bloß nicht zu langsam.
Wenn du Kinder siehst – sag nichts,

wenn du Hunde siehst – schau nicht hin,
wenn du Autos siehst – verdrück dich,
wenn dich jemand anschaut, schrei bloß nicht um Hilfe,
das provoziert.
Hör zu, sei vorsichtig, paß auf dich auf,
denk NEIN!
Und wenn dir jemand in die Eier tritt
und dein Nasenbein poliert
und dir dein Geld wegnimmt,
dann lache nicht, denn das ist noch lange kein Grund,
freundlich zu sein.
Hör zu, was ich dir sage:
Hör weg, schau nicht hin, paß auf dich auf,
wünsch dir selbst einen schönen Tag
und geh bloß nicht zu langsam.
Geh nach Haus, geh nach Haus, geh nach Haus,
zieh dich aus, schau in den Spiegel,
balle die Faust
und lache – aber allein.
Du selbst bist kein Grund, freundlich zu sein.
Frag dich doch mal, wieviel Uhr es ist,
nackt vorm Spiegel und nichts in der Hand.
Hör weg, schau nicht hin, zieh dich an,
geh auf die Straße und mische sie auf,
schlag wen kaputt und hör weg, schau nicht hin,
paß auf dich auf.
Und belästige niemand mit Freundlichkeit.
Wo du auch bist, ist es gefährlich,
hör weg, schau nicht hin, schlag auf sie ein,
triffst immer ein Schwein,
mach sie fertig, bevor sie dich erwischen,
und belästige niemand mit Freundlichkeit.
Hör weg
schau nicht hin
paß auf dich auf
wünsch dir selbst einen schönen Tag.

GEGEN DAS GELÄRME

In den 50er Jahren schwieg in Deutschland fast eine ganze Generation über die selbstgestaltete Geschichte des Nationalsozialismus, was heute als eine verstockte Haltung kritisch bewertet wird. 1962 erschien Ingmar Bergmans *Das Schweigen,* und da gab es kurz zwei Darstellungen sexueller Handlungen zu sehen, was die schweigende Generation empörte, aber Jugend und Kunstfreunde mit Wohlwollen aufnahmen. Gibt es ein richtiges Schweigen oder ein falsches oder ein gutes oder böses? Früher sollten Frauen in der Kirche schweigen, heute reden alle überall mit. [2001]

Als Jurist lernt man schon früh, daß Schweigen im Rechtsverkehr Zustimmung bedeutet, während der Volksmund behauptet, man wäre Philosoph geblieben, hätte man geschwiegen.

Schweigen ist das ganz andere des Lärms, der aber schon vor der Moderne zunehmend die Städte und Werkstätten erfüllte. Heute ist Ruhe die Ausnahme und Schweigen das Auffällige gegenüber dem endlosen Strom des Geredes, der den Erdball umspannt und sich Kommunikation nennt.

Im Wagen 12 des ICE ist draußen ein Piktogramm angebracht, das einen Kopf im Profil zeigt, dem ein Finger vor den Mund gehalten wird, als wolle der »Psst!« sagen. Nur hält sich niemand von den Handy-Arschlöchern an diese Empfehlung, sie brüllen weiter in ihr Mordgerät, weil sie das Schweigen nicht ertragen. Leider gibt es noch keine Initiative für die Wiedereinführung der Todesstrafe für Handybrüll-Schurken. Ich persönlich hätte eine reuelose Freude daran, dieses Gelump still, aber wirksam auf dem elektrischen Stuhl verbrutzeln zu hören.

Schweigen ist eine Tugend gegen das Gelärme. Je mehr man in Europa nach Norden gerät, desto mehr wird jedoch Schweigen mit überflüssigem Sinn aufgefüllt.

Es gibt Leute, die wirklich nichts zu sagen haben, aber sie können so bedeutungsvoll schweigen, daß selbst kluge Frauen, wenn die Schweiger Männer sind, was meist der Fall ist, sich in diese Versteinerten verlieben können. Da sitzt einer stundenlang vor dem Kamin, glotzt stumm und idiotengleich in die Glut, und die Weiber liegen ihm zu Füßen. So viel Ungerechtigkeit ist auf der Welt.

Denn diese Welt strebt nach Tiefe, und wo findet sie die Tiefe? In der Stille. »Das Schweigen ist die Antwort auf die Tiefe der Welt.« (Wilhelm Weischedel: *Die Sprache des Schweigens*). Kierkegaard sagt: »Allein der, welcher wesentlich schweigen kann, vermag wesentlich zu reden.« Und Nietzsche dachte an sich selbst, als er sagte: »Wer viel einst zu verkünden hat, schweigt viel in sich hinein.«

Schön dagegen ist das absolut nicht tiefe, sondern sofort von der Oberfläche der Existenz her verständliche Schweigen als Widerstand und Gegengewalt. Der Angeklagte schweigt zu den Vorwürfen, das Kind gesteht keine Verfehlung ein, der Mitschüler verrät den Störenfried nicht, der Interviewpartner verweigert sich. Eine Sternstunde des deutschen Schwarzweißfernsehens der frühen Jahre war der Besuch des Boxers Norbert Grupe, genannt »Prinz von Homburg«, in einem Fernsehstudio, in dem er dem eifrig Fragen stellenden Journalisten nur mit maliziösem Grinsen gegenübersaß und vollkommen schwieg – so schön ist nie wieder ein Fragender im Fernsehen abgestunken. Helge Schneider hat diese Technik später noch mehrfach aufgegriffen.

Schweigen ist vornehm, und Künstlern wird es oft geraten, damit sie sich nicht blamieren. »Bilde, Künstler, rede nicht«, sagte Goethe zu Joseph Beuys, und Kafka mahnte Martin Walser zur Paulskirchenzeit: »Schriftsteller reden Gestank.«

ES IST VIEL ZU LAUT

Es laufen immer mehr Gestörte rum. Neulich starrt mich auf der Straße einer so blöd an – bis ich merke, daß ich vor einer Schaufensterscheibe stehe und mich spiegele. Oder es gibt Leute, die reden ganz laut mit sich selber: »Na ja, da geh isch mal einkaufe in die Kleinmarkthalle, dann fahrn mer heim, dann esse mer, dann gehn mer schlafe, und moie früh ist die Nacht rum, und nach der Arbeit gehn mer dann mal in die Kleinmarkthalle…« [1998]

Oder in Sachsenhausen: Da läuft ein Nackter rum. Auch bei kaltem Winterwetter. Er geht nackt in die Metzgerei, was ich für wagemutig halte. »Was darf's sein? E Viertel Gehacktes?«

Vielleicht hängt ja alles damit zusammen, daß es zu laut ist. Die Welt ist ein großer Campingplatz, und überall sitzt irgendeiner und macht Krach.

Da kommt's im April zum Stau auf der Bergerstraße in Frankfurt wegen eines Notarztwagens. Ein BMW-Fahrer rollt an, ja, er hat auch seinen BMW dabei. Er reiht sich am Stauende ein, dreht das Fenster runter und seine Stereoanlage auf, volle Pulle. Damit man merkt, daß er nicht nur viele Zylinder hat, sondern auch zwei Boxen. Nun taucht der Immobilienhändler Siegfried W., 54, auf. Er kommt gerade vom Arzt, hat also schlechte Laune und bittet den BMW-Fahrer, das Radio leiser zu stellen. Der lacht bloß. Wie ein Manta-Fahrer: Wir kennen dieses tiefergelegte Lachen.

Rums, da fängt er sich durchs geöffnete Autofenster einen Schlag aufs Maul – alle Zähne sind weg.

Das ist zwar eine radikale Anti-Plaque-Behandlung, wird aber auch von Dr. Best nicht empfohlen.

Ich kenne Leute, die haben ihre Nachbarn einmauern lassen, weil sie sie nicht mehr sehen, riechen und hören konnten. Ich verstehe diese Menschen – und dennoch quält mich ein Gedanke. In einer Republik, in der Werteverfall und Verantwortungslosigkeit der Generationen untereinander beklagt werden, ist es nötig, öffentlich Rechenschaft abzulegen über selbstbegangenes Unrecht und eigene Fehler. Daher möchte auch ich nun zugeben, daß ich eine Bohrmaschine besitze, eine Schlagbohrmaschine.

Ein solches Geständnis kann nur dem nicht der Rede wert erscheinen, der noch nie unter Nachbarn und anderen Mitmenschen gelitten hat, die eine Bohrmaschine ihr eigen nennen.

Bohrmaschinen machen Lärm, stören und zerstören Leib, Seele und Gesundheit unabhängig von dem Nutzen, den sie angeblich auch aufweisen. Bohrmaschinen sind satanische Werkzeuge der Lärmhölle, in der wir zu leben gezwungen sind.

Warum müssen dauernd Löcher gebohrt werden in Holz, Eisen und Beton? Reist man durch Deutschland, so wird einem in Stadt und Land überall das gleiche Geräusch begegnen: ein bohrendes Bohren. Auf Baustellen, in Vorgärten, auf Höfen, in der Nachbarwohnung, überall wird gebohrt, und überall wohnen Menschen, die ein Gerät haben, mit dem sie das tun können. Sicher sind diese Maschinen Waren in der modernen Welt der Marktwirtschaft. Sie haben einen Tauschwert, aber offensichtlich auch einen dualen Gebrauchswert. Sie dienen handwerklicher Tätigkeit (bohren) und, um es mit einem kritischen Begriff von Karl Dall zu sagen, sie ätzen (lärmen). Tauschwert, praktischer Gebrauchswert und kommunikativer Ätzwert sind heute die Triade der Konsumkultur. Wir kennen diese Erscheinung auch von Autos, Fernsehsendungen, Mode, Design, Kaugummi und Musik.

Wer sind jene bohrabhängigen Menschen, fragt sich der unter dem Lärm Leidende und muß dann oft feststellen, daß er auch zu diesem Typus des Lebens zählt, daß er auch einer ist, ein Bohrmaschinentyp.

Man kennt ihn aus der Nachbarschaft, den Bohrmaschinentypen. Die Woche über verhält er sich sozial unauffällig, zahlt seine Steuern und grüßt nicht, bemüht sich also, ein angenehmer Nachbar zu sein. Aber am Freitagabend kriegt er seinen Wolfsblick, und Samstag früh steht er um 5.00 Uhr auf, geht in den Keller und faßt sie schon mal an, seine Bohrmaschine. Gegen achte kommt er hoch und bohrt. Am liebsten bohrt er zwischen 13.00 Uhr und 15.00 Uhr. Manchmal arbeitet er auch beidhändig: Dann hantiert er mit Schleifhexe und Bohrmaschine. All dies zeigt, daß entgegen glaubhaften Gerüchten die Arbeit in Deutschland nicht ausgeht. Es gibt ungeheuer viel zu bohren in diesem Land, und überall lauern Bürger und Bürgerinnen, die allzeit bereit sind, das Bohrfutter zu lockern und den Stahl einzuspannen für das drehende Werk. Und ist die Öffnung vorhanden für das Einführen der Schraube in das gebohrte Material, dann heißt es, schnell die Maschine zu wechseln. Nun wird zum Bohrschrauber gegriffen, zum Beispiel zum VersaPak Akku VP 7251 CK mit Elektronik, dem leichten Bohrschrauber für exaktes, präzises Arbeiten mit Electronic 7,2 Volt, 10-mm-Schnellspannbohrfutter (damit keine Zeit verlorengeht) und fünffachem Drehmoment, wobei Rechts-/Linkslauf ebenso dazugehören wie das 2-Schacht-Ladegerät VP 130 K und zwei 3,6-Volt-Akkus. Diese integrale Maschineneinheit kostete noch 1996 bei einem 219mal in Europa vorhandenen Baumarkt bloß DM 99,00. Hier lacht der Homo Faber, und er erkennt sich wieder als Endprodukt der geschichtlichen Entwicklung vom autonomen Subjekt zum Do-it-yourself-Heimwerker. Natürlich besitzt er auch den Dreiecksschleifer, den Vibrationsschleifer und die Eingang-Stichsäge KS 530 von Black & Decker. Mit diesen Geräten wird nicht mehr heruminterpretiert, mit ihnen wird endlich die Welt verändert. Denn die Welt ist alles, was gebohrt werden kann.

Bohrmaschinen sind tatsächlich mehr als schieres Werkzeug, sie sind Phänomene einer aus dem Ruder geratenen Moderne und Archetypen der Evolution – und sie gelten als Beweismittel für den sadomasochistischen Charakter des Menschen. Die Frage nach Sinn und Wert der Bohrmaschine ist also eine anthropologische Frage und berührt damit den Kernbereich jeder Philosophie.

Als Kind fürchtete ich den Bohrer des Zahnarztes, denn es war die Zeit der langsam drehenden Bohrköpfe, der betäubungslos durchgeführten Operationen im Kieferbereich, als Schmerz noch unmittelbar spürbar war und die Angst vorm Zahnarzt eine sehr materielle Berechtigung hatte. Noch vor der Pubertät fand ich Trost in dem Buch *Sinuhe, der Ägypter* des Finnen Mika Waltari. Darin tritt ein königlicher Schädelbohrer auf, der einem Pharao den Kopf öffnet, um einen gefährlichen Tumor zu entfernen. Nach der Lektüre dieses Romans beschloß ich, Chirurg zu werden, zumal einer meiner Onkel als Neurochirurg praktizierte und einen bedeutenden Eindruck hinterließ, da er auch bei Geburtstagsfeiern immer telefonisch erreichbar sein mußte. Den Arzttraum ließ ich später wieder fallen, weil mir schlecht geworden wäre beim mechanischen Bohren in fremden Körpern.

Nun liegt hier schon wieder die Assoziation zum Sexuellen, gar Phallischen nahe: das Bohren des Mannes als penetrierendes Machtgehabe, die Bohrmaschine als erektiver Vorbau einer gebrochenen männlichen Persönlichkeit. Doch lassen wir das, denn in diesem Jahrhundert wurde schon zuviel gesündigt mit laienhaft verwandten Begriffen aus dem Reich der Psychoanalyse. Bildlich stellt sich dagegen eine viel bedeutendere Verwandtschaft her, nämlich die zwischen Werkzeug und Waffe. Wenn Rambo den asiatischen Tropenwald oder den amerikanischen Großstadtdschungel durchstreift oder durchbricht, dann merken wir erst bei genauerem Hinsehen, ob er mit einer Riesenausgabe von Black & Decker bewaffnet ist oder ob sein Verteidigungsgerät von Heckler & Koch hergestellt wurde.

Das alles legt uns nahe, die Bohrmaschine als geradezu archaisches Überbleibsel einer alten Zeit zu betrachten, als ein reales Werkzeug in einer Welt, deren Zentrum sich aus den niederen Räumen sinnlicher Tätigkeit wegbewegt hin zum virtuellen Kosmos aus Digitaltechnik und Internet, in dem die Logik der Schwerkraft aufgehoben ist zugunsten der fraktalen Schönheit unanfaßbarer Kopfgeburten.

Doch wie so oft trügt auch hier der Schein. Sicher, das Bohren ist eine alte Tätigkeit, und Maschinen sind nicht erst Erfindungen der Neuzeit, auch wenn diese mit Recht als Maschinenzeitalter definiert ist. Über allem Weltlichen aber thront das Prinzip des Göttlichen, dem im November 1963 die *Bild-Zeitung* huldigte mit der inzwischen legendären Überschrift: »Gott hat mitgebohrt«. Nach dem Grubenunglück vom 24. Oktober 1963 im Eisenerzbergwerk von Lengede in Niedersachsen wurden elf Bergleute, die fast aufgegeben waren, aber trotzdem in einer Luftblase überlebt hatten, endlich am 7. November mit einer Dahlbusch-Bombe geborgen.

Durch Sein Bohren wurden die Bergleute gewissermaßen noch einmal neu geboren. Dieses Ereignis ging folgerichtig als das »Wunder von Lengede« in die Geschichte ein, weil eben Gott beteiligt war.

Das verweist auf die Bibel, in der wir im zweiten Buch Mose, in dessen 21. Kapitel Fragen der Leibeigenschaft und ihrer Aufhebung abgehandelt werden, lesen können: »Spricht aber der Knecht: Ich habe meinen Herrn lieb und mein Weib und Kind, ich will nicht frei werden, so bringe ihn sein Herr vor die ›Götter‹ und halte ihn an die Tür oder den Pfosten und bohre ihm mit einem Pfriemen durch sein Ohr, und er sei sein Knecht ewig.« Diesem jüdischen Mythos, der das Durchbohrtsein als freudig ertragenen Mangel an Freiheit erzählt und vielleicht heute manche DDR-Nostalgie verständlich macht, steht im heidnischen Bereich Homers Geschichte aus dem Trojanischen Krieg zur Seite.

Achilles durchbohrte nach seinem Sieg über Hektor dessen Fersen, um hier zwei Bänder durchzuziehen, mit denen er den getöteten Feind an sein Pferd fesseln konnte. Dann ritt er los, der grausame, rachebesessene Achill, und entehrte Hektor und schleifte ihn durch den Staub.

Ja, schon am Anfang des Abendlandes steht Gewalt, die nicht nur Geburtshelferin einer jeden neuen Gesellschaft ist, sondern auch Gegenstand jeder spannenden Erzählung. Und immer wieder geht es um das Bohren.

Kehren wir zurück ans Ende des 20. Jahrhunderts. Hier ist das Objekt unseres Staunens oder Ärgers oder der Bewunderung auch in die Bereiche der Kunst eingedrungen. Am Ende der 70er Jahre war es vielleicht bloß der Hang zum Arbeitspersonal, den mancher Bohemien nun mal hat und aus dem heraus eine Straßentheatergruppe sich »Baufirma Meißel & Co.« nannte, während, wenn meine Erinnerung nicht trügt, die »Bohrmaschine Bornheim« sich auch ins Musikalische vorwagte. Ernst wurde die Bohrmaschine aber dann von den »Einstürzenden Neubauten« genommen, die in ihr ein neues Musikinstrument fanden. Diese Gruppe war und ist eher dem Happening und der Performance-Art zuzurechnen als der landläufigen Popmusik und hat sich den Ruf erobert, eine der wichtigsten und provokantesten Avantgarde-Bands Europas zu sein. Das *WOM-Journal* schrieb im September 1996: »Ihre kalkuliert provokativen Kakophonien für Schlagbohrer, Eisenbahnschienen und Abwasserrohre lieferten einleuchtende Kommentare zu einer feindlichen Umwelt.« Blixa Bargeld, Sänger und Texter der »Einstürzenden Neubauten«, ist jetzt mit ruhigerer Musik wieder an die Öffentlichkeit getreten. Doch noch immer scheint er fasziniert zu sein von gleichsam vormusikalischen Geräuschproduzenten. Auf die Frage, ob er mit der Zeile »Das Lied schläft in der Maschine« das Credo der Romantiker aufgreife, dem zufolge in jedem Baum ein Lied schlafe, antwortet Bargeld: »Man kann Maschinen aufnehmen, anhören und feststellen, daß sie mitunter recht musikalisch sind. Mechanische Maschinen oder fossile Verbrennungsmotoren, die auch in der Welt etwas bewegen, sind nicht regelmäßig oder monoton, sie haben Variationen. Die sind recht gute Drummer.«

Überall wird gebohrt – auch aus unerforschbaren Motiven. Die Bohrmaschine schläft nicht, manchem erscheint sie als absurdes Lärmgerät, das Menschen gegen ihre innere Leere einsetzen, um den Hohlraum zu übertönen, den die erstorbene Seele hinterlassen hat. So argumentiert aber bloß eine blöd gewordene Kulturkritik, die sich nicht mehr den Aufgaben stellt, die heute angesagt sind. Es geht nämlich nicht um Kultur, sondern um Europa und damit um Deutschlands Rolle in dessen Einigungsprozeß. Bundespräsident Roman Herzog hat hier neulich ein wichtiges Stichwort zur geistigen Situation der Zeit gegeben: »Wir sind schon ein merkwürdiges Volk, wenn wir mit Freude Maschinen bedienen, aber jedes Lächeln verlieren, wenn es sich um Menschen handelt.«

Hier irrt der Bundespräsident doppelt. Das Lächeln eines Menschen, der eine Bohrmaschine bedient, rührt oft aus der Anstrengung, das Gerät richtig zu halten, und zusätzlich aus der Tatsache, daß beim Lächeln die Augen zugeklemmt werden, so daß beim Bohren kein Staub reinkommen kann in die Augen. Zum zweiten irrt der Bundespräsident über das Verhältnis zwischen Mensch und Maschine.

1963 – war es vor dem Wunder von Lengede oder danach, ich weiß es nicht – erschien das Protokoll des zweiten Bergedorfer Gesprächskreises zu Fragen der freien industriellen Gesellschaft zum Thema »Maschine – Denkmaschine – Staatsmaschine«. Der Referent Pierre Bertaux faßte dort Thesen aus seinem Buch *Mutation der Menschheit* zusammen und sagte: »Wie sollen diese neuen Wesen, die Individuen des neuen Reichs, genannt werden? Soll man sie Organismen, Organisationen, Aggregate, Integrate, Apparate oder wie sonst nennen? … Zwar sind meistens irgendwelche Maschinen ein Hauptbestandteil dieser neuen Wesen, doch macht die Maschine allein diese neuen Wesen nicht aus. Sie sind jeweils eine Symbiose, in der drei Elemente integriert sind: Mensch, Maschine und Methode. Mensch und Maschine sind das, was die französischen Elektroniker oder Ingenieure ›la viande et la quincaillerie‹ nennen, also Fleisch und Blech.«

So gibt uns die Bohrmaschine auch den eigentlich richtigen Begriff für die Zeit, in der wir leben. Sie ist der Inbegriff der Hilfsmittel, die das unvollendete Wesen Mensch heute braucht: Elektrizität, Mechanik und Metaphysik. Nicht das Ende der Geschichte steht auf der Tagesordnung und nicht der entfesselte Kapitalismus, unsere Epoche verdient einen einfachen Namen: die Bohrmoderne. Denn aufs Hören kommt's an.

Ernst Jünger, der 1998 mit 102 Jahren starb und uns damit das Vergnügen nahm, einen Autor aus dem 19. Jahrhundert das 21. begrüßen zu sehen, hat einmal gesagt: »Gehorsam ist die Kunst zu hören.«

Das ist doch gut. Gehorsam ist die Kunst zu hören. Nicht einfach sagen: »Jawoll, Herr Oberst«, sondern erst mal hören, was der Mann gesagt hat. Oder wenn jemand sagt: »Komm bloß her!«, dann muß man sich schon überlegen, in welche Himmelsrichtung der Weg führen soll.

HAUSMUSIK AUF DEM VULKAN

[1989]

Bleib hinten, dann bist du wieder vorn,
leg den Kopf aufs Matterhorn.
Greif in die Kasse, hol dir das Geld,
heute noch Dieb, morgen schon Held.
Ja, ja, der Tanz auf dem Vulkan
Fängt früh am Morgen schon an.
Füße im Feuer und Kopf eiskalt –
bleibst du jung und wirst nicht alt.
Das Leben lebt erst im Futur,
deine Zeit braucht keine Uhr.
Gestern noch neu und heut schon vorbei,
heute vorbei ist bald wieder neu.
Gestern noch Omelett wird morgen zum Ei,
heute Betrug, gestern noch treu.
Das Leben ist hart, der Mensch ist so weich,
der eine ist smart, der andere reich.
Die Sonne geht unter, der Mond geht auf.
Der kleine Mann zahlt meistens drauf.
Wer heut nicht bezahlt, der hat es gecheckt,
ein guter Wechsel bleibt ungedeckt.
Vergeblich ist es abzuspecken,
sinnlos auch, noch anzuecken.
Neger, Krüppel, Dissidenten,
Polen, Frauen, Pekingenten –
alles ist uns scheißegal,
sozusagen Daseinsqual.
Bleib hinten, dann bist du wieder vorn …

ES IST EIN KREUZ

Wir stehen am Kreuzweg. Es geht heute darum, wie es morgen wird. [1992]

Wenn ich zum Beispiel heute mein Hemd in die chemische Reinigung bringe, ist es selten vor morgen fertig. »Reicht's morgen abend?«, werde ich gefragt und antworte: »Aber selbstverständlich.« Selbst wenn draußen über dem Eingang der Reinigung steht: »1 Std. Martinizing«, sind meine Hemden erst morgen fertig.

Ich weiß auch nicht, was Martinizing heißt, aber ich muß mich damit abfinden, daß meine Hemden erst morgen fertig sind, und zwar gebügelt und gereinigt. Ich lege wert auf gebügelte Hemden.

Ab einem gewissen Alter ist das Gesicht so faltig, daß wenigstens die Hemden gebügelt sein sollten.

Nicht nur vorne, auch am Rücken gebügelt.

Und damit hat es seine aktuelle Bewandtnis. Man sagt ja über beispielsweise einen Mann mit kräftigen Schultern, er habe ein breites Kreuz. Das hat eine religiöse Tradition, weil ja das Kreuz ein religiöses Symbol ist.

Der breitschultrige heilige Sankt Martin nun ritt einmal vor sich hin und traf einen Obdachlosen, den man damals noch Bettler nannte, und der fror fürchterlich. Da riß sich der heilige Martin sein Hemd vom Kreuz, teilte es in ein Oberhemd und ein Unterhemd und gab dem Bettler das Unterhemd.

Diese Prozedur des Hemdenzerreißens nennt man nach dem heiligen Martin »Martinizing«, und weil sie in der Reinigung das Hemd wieder zusammennähen müssen, dauert es eben bis morgen abend, bis ich mein Hemd fertig wiederbekomme: Fertig gerissen, genäht, gereinigt und gebügelt.

Der heilige Martin hat übrigens für seine Tat das olympische Kreuz in Gold erhalten, und daran sieht man, daß im Abendland alles letztendlich mit dem Kreuz zu tun hat, von der chemischen Reinigung bis zur kroß gebratenen Martinsgans, die man allerdings nicht in der chemischen Reinigung kaufen sollte.

Kreuze dagegen gibt's wie Sand am Meer, aber eigentlich nimmt kaum noch jemand Kreuze wirklich ernst. Das kann man an jeder Kreuzung feststellen, wo alt und jung fidel darüber rasen, ohne auf die Ampel, das ewige Licht, zu achten. Und dann macht's batsch, Totalschaden, und sie kommen auf den Friedhof und müssen lernen: Das letzte Kreuz beim Lottospiel des Lebens, das macht der Tod – also wünsch ich Ihnen noch eine kreuzfidele Woche.

DAS LEBEN IST HART

Das Leben ist hart [1990er]
Und der Mensch ist so weich
Der eine ist smart
Der andre reich
Und die Inflation und die Revolution
Die Depression und die Kalkulation
Ich wär so gern in deinem Zahn die Plombe
Weil ich so scharf bin
Ich wär so gern in deinem Arsch die Bombe
Weil ich so scharf bin
Ich wär so gern die Laus in deinem Filz
Weil ich so scharf bin
Doch keine will's, doch keine will's
Du sagst bloß nein, doch ich, ich will's
In den Knästen wird gefoltert
Bei uns zu Haus der Vater poltert
Fickt die Tochter in der Nacht
Drum hat sie ihn auch umgebracht
Eigentlich müßt ich ihn rächen
Und die Schwester barsch erstechen
Doch strafbar ist des Blutes Rache
Drum vor Gericht kommt diese Sache
Ich als Bruder bin beleidigt
Werd als Zeuge nicht vereidigt

Der Staat als Kunstform

Vom Umgang mit politischen Institutionen

Alle Staatsgewalt geht vom Volke aus.
Aber wo geht sie hin?
Oder geht sie bloß aus?

VERGANGENHEITSBEWÄLTIGUNG

Wie die Linken glauben, daß es sich die Rechten zu einfach machen, wenn sie über den Faschismus reden. Also eine Parodie auf die linke Kritik am Historikerstreit. Die Hauptfrage ist doch: Wo liegt der Fehler? Jeder fragt doch immer: Wo liegt der Fehler? So kam es zu dem geflügelten Wort: Das war der Fehler. [1988]

Herr Präsident, meine Damen und Herrn!
Hier stehe ich, und zwar recht gern.
Ich komme draußen vom Ausland her
Und muß Ihnen sagen, es erschüttert mich sehr,
Wie dort von gewissen Kreisen und von langer Hand
Kritik gesteuert wird gegen unser Vaterland.
Ich spreche trotzdem ohne jede Befangenheit
Heute von unserer zweitjüngsten Vergangenheit.

Die Gegenwart hat ihre Geschichte.
Und zwar eine komplexe und keine schlichte.
1933 – es ist eben schon lange her,
Und die Erinnerung daran fällt allen schwer –
Sind wir hier überrumpelt worden
Von hundsgemeinen Hunnenhorden.
Die Weimarer Republik, seien wir doch mal ehrlich,
War verfassungsrechtlich plebiszitär gemeingefährlich:
Ein jeder schlug auf jeden ein,
Es wollten die Bürger nicht einig sein.
Im Chaos gab es keinen festen Halt,
Statt dessen herrschte die nackte Gewalt.

Es fehlte einfach die Autorität.
Und plötzlich war es dann zu spät.
Klammheimlich – oder war's ganz offen? –

Sind fremde Männer eingetroffen.
Sie übernahmen über Nacht
In diesem Staat die Übermacht.
Wir alle waren zur Rechtsstaatlichkeit fest entschlossen.
Da haben sie – die Fahne hoch – die Reihen fest geschlossen.
So daß uns nur noch übrigblieb
Der Aufbau- und der Arbeitstrieb.
Sie erließen Gesetze und neues Recht.
Das war auf dem Wirtschaftssektor gar nicht mal schlecht.
Ach, meine Damen und Herrn von der Opposition,
Ihre Zwischenrufe kenne ich schon.
Ich erlaube jetzt keine Zwischenfrage
Und fahre fort in meinem Bericht zur damaligen Lage.

Und auch die Bürger draußen im Lande
Litten nicht mehr an nationaler Schande.
Doch waren die Nazis auch beraten
Von asiatisch-bolschewistischen Taten.
Hinter Draht und in manch einem Lager
Waren Menschen, saß sogar mein Schwager.
Doch von dem Unrecht damals niemand wußte,
Weil keiner davon wissen mußte.
Die meisten Menschen taten nur ihre Pflicht.
Und das ist heute noch so, oder etwa nicht?

Da der Vater von allen Dingen
Der Krieg ist, mußten wir ihn auch noch bringen.
So kommandierten uns die fremden Herrn,
Wir taten, was sie wollten – gar nicht gern.
Wir konnten uns von ihnen nicht befrein;
Wir warn nach innen emigriert und so allein.
Doch ging der Krieg nach manchem Sieg zu Ende.
Erst kam der Rückzug, dann die große Wende.
Und darum telefonierte Konrad Adenauer
Mit der Armee von General Eisenhower.
Nach der großen Schlacht am Big Horn

War der Zweite Weltkrieg für uns verlorn.
Geschlagen wurden die braunen Horden,
Sie sind auch später nicht wieder gesehen worden.
Mit amerikanischer Hilfe sind wir wieder gesund
Und stehen hier auf freiheitlich demokratischem Grund.
Und darauf bleiben wir auch stehen,
Denn irgendwie muß es ja weitergehn.
Drum schließe ich mit einem Wort der Witwe Bolte:
Lesen Sie die Werke von Ernst Nolte.

STEUERN

[1998] Es gibt, so heißt es immer wieder in einigen öffentlichen Gazetten und anderen Meinungsträgern, in Deutschland eine starke Steuerverdrossenheit, ein Hemmschuh auf der Rennstrecke nach Europa, das uns auch nicht umsonst vor die Haustür gelegt wird. Wahrlich, ein Unwille artikuliert sich immer häufiger, der auf Abschaffung oder Minderung der privaten und geschäftlichen Steuerbelastung zielt. Woran liegt das? Wer ist schuld an der schlechten Fiskalstimmung? Das führt uns zunächst in den Bereich der Kultur, der zwischenmenschlichen Beziehungen und der sozialen Rangunterschiede, die nur hinter vorgehaltener Hand als Klassengegensätze bezeichnet werden sollten (Vorsicht ist angebracht wegen Verdacht auf Staatsfeindschaft).

Nehmen wir ein Beispiel: Der Strafrichter hat ein höheres gesellschaftliches Ansehen als der Finanzbeamte. Dies ist das Ergebnis einer Studie, die im Auftrag einer staatlichen Behörde vor einiger Zeit erstellt wurde, was der zuständige Landesrechnungshof als überflüssige Ausgabe bezeichnete, da das Ergebnis schon vor den für die Studie notwendigen Erhebungen allgemein bekannt war.

Daß aber der Strafrichter – von seinem Image her – vor dem Finanzbeamten rangiert, beruht auf einem Mißverständnis. Fast alle Bürger und Bürgerinnen sind Steuerzahler und so naturgemäß in einer kritischen Position gegenüber denjenigen, die ihnen die Steuer wegnehmen. Daher rührt die oft jäh auflodernde Aggressivität, wenn man des Abends in der Kneipe beiläufig das Wort Finanzamt fallenläßt. Von faulen Lumpen und mangelnder Sachkenntnis ist dann schnell die Rede, rechtlich nicht einwandfreie Vorschläge werden unterbreitet, was man denen da in ihren Büros antun müsse, weil sie es sowieso nicht besser verdienten, ja, ein Hauch von Aufstand und Gewalt wird spürbar, Barrikaden liegen in der Luft.

Der ruhige Bürger verachtet den Finanzbeamten, zeigt aber Respekt vor dem Strafrichter.

Das beruht darauf, daß das Steuerrecht alle erwischt, während das Strafrecht mit einer großen Dunkelziffer rechnen muß. Das Ansehen des Strafrichters ist deshalb so hoch, weil die meisten Bürger und Bürgerinnen nicht erwarten, von ihm in die Mangel genommen zu werden. Betrachten wir dagegen die Versuche und auch Vollendungen im Bereich der Steuerhinterziehung und des allgemeinen Abgabenbetrugs, so sehen wir, daß eigentlich das ganze deutsche Volk vors Strafgericht gehört, denn Steuerehrlichkeit gilt heute als ein Zeichen von Dummheit.

Fassen wir das Bild Deutschlands als einer kriminellen Volksgemeinschaft zusammen, wie es als Vorurteil in allen Schichten der Bevölkerung vorhanden ist: Der Politiker ist korrupt und verlogen, und der Gewerkschafter ein Taschendieb der eigenen Kollegen, der Kellner beschäftigt sich mit neuerer elektronischer Technik, um die ab Januar 1995 geltenden Bestimmungen über die korrekte Spesenabrechnung digital auf Nischen (»virtuelle Cyber-Speisen und -Getränke«) abzutasten, die Oma fährt schwarz, der Taxifahrer fragt, auf welches Datum er die Quittung ausstellen soll, und auf dem Markt gibt es schwarze Bananen.

Nun schleicht sich in diese seit Jahren wirksame Normalität eine neue deutsche Unzufriedenheit.

Ein Bekannter lamentierte jüngst: »Wir zahlen Steuern – was macht der Staat? Nichts, dafür macht die Regierung immer mehr Schulden. Wir haben Angst – was macht der Staat? Nichts, um uns vor Mädchenhändlern, Racherussen und nihilistischen Hütchenspielern zu schützen. Wir haben keinen Staat, wir haben eine Regierung. Solange diese Regierung nicht abgewickelt ist wie die marode DDR und ihre sozialistische Pleitewirtschaft, zeigen wir dem Steuereintreiber den doppelten Effenberg und handeln die Gebühren aus mit unserem lokalen persönlichen Schutzgeldbeauftragten. Der gibt uns einen guten Tarif und schützt uns vor Verbrechen und Regierungskriminalität.«

Bemerkenswert erschien mir daran, daß mein Bekannter keine grundsätzliche Steuerverweigerung im Schilde führte. Die wäre auch blöde. Jeder weiß, daß Steuern für bestimmte Dienstleistungen bezahlt werden. Polizei und Bundeswehr dienen dem Schutz vor Gewalt, im kommunalen Bereich haben wir Müllabfuhr, Wasser- und Stromversorgung – nur wenige Beispiele, die zeigen, wieviel Tätigkeiten es gibt, die nicht jeder oder jede selbst ausüben will oder kann. Wenn beispielsweise der Russe unter Schirinowski einmarschiert, dann hat die Bundeswehr mehr Chancen, ihn aufzuhalten, als die Bürgerinitiative »Soldatenfreie Zone München-Bogenhausen«.

Wer gegen die Steuern mosert, beschwert sich also nicht über ihren Grund, sondern über ihre Höhe, also über unrationelles Werkeln im Finanzbereich.

Um dort wieder Schwung reinzubringen, brauchen wir nicht die Mafia. Es gibt in der deutschen Rechtsgeschichte ein vom römischen Recht übernommenes Vorbild, die Steuerpacht. »Das System der Verpachtung der öffentlichen Einkünfte hatte die Folge, daß an die Stelle des Staats die Steuerpächter als Steuererheber traten«, schreibt Rudolf von Jhering 1852. Daraus folgt: Die Kfz-Steuer wird direkt an den Zahlstellen privater Firmen auf den privaten Autobahnen kassiert, wer sich auf der Straße sicher fühlen will, least sich seinen *local sheriff,* Oper und Museen ziehen wie die ARD Gebühren ein, das Gesundheitswesen wird nach dem Gedanken der Kfz-Kaskoversicherung abgewickelt …

Das zeigt, daß wir vor zwei verfassungsrechtlichen Alternativen stehen: Dem Staat Steuern zu zahlen und nach Lücken zu schielen oder aber sich der ganz freien Marktwirtschaft und ihren Managern mit Killerinstinkt zu stellen. Zoo oder Wildnis – wir haben die freie Wahl.

ZUR LAGE DER GEGENWART

Meine Damen und Herren, wie würden Sie entscheiden, [1988]
wenn Sie in irgendeinem Entführungsfall,
Gott möge Sie davor behüten, aber man weiß ja nie,
wenn Sie also zu entscheiden hätten,
wenn die Bundesregierung sagen würde,
das Volk soll entscheiden.
Wie damals in dieser Situation:
Jesus oder Barabbas, Spesen oder war da was?!
Dann sind wir alle dazu aufgerufen zu entscheiden.
Keiner von uns kann sich durch die Gnade des
Ungeboren-Seins aus der Verantwortung stehlen.
Wir leben in der Gegenwart und sind für sie verantwortlich.
Auch für das Jahr 1988, ein Jahr der Jubiläen:
50 Jahre Anschluß Österreichs und 200 Jahre Arthur Schopenhauer.
Und jeder fragt sich:
Wie konnte es zu Arthur Schopenhauer kommen?
Oder jetzt einmal ganz ernsthaft gefragt:
Was haben Sie getan, als die größte terroristische
Bereinigung der Geschichte in diesem Jahr
wieder ungestraft ihr Gründungsfest feierte:
Ostern und Karfreitag?
Nichts natürlich – nur zugeschaut.
Sehen Sie – Josef Neckermann hat einmal gesagt,
so in den 30er Jahren:
Die Juden werden verfolgt,
da ist es doch unsere verdammte humanistische Pflicht
und Schuldigkeit, wenigstens ihr Vermögen zu retten.
Das hat er gar nicht gesagt?

(Zwischenruf Pachl: Er hat's getan!)

Genau, rumreden kann jeder.
Sehen Sie, wir alle sind doch konservativ.

Wir sind für die Erhaltung überholter Strukturen,
nämlich für die Selbsterhaltung.
Wir leben in einer überflüssigen Zeit:
Erst Heinrich Böll, dann Franz Josef Strauß –
die letzten Menschen verlassen das Raumschiff Erde.
Mutanten bleiben an Bord,
Politik wird zur Digitalpolitik,
Nullen kämpfen darum, die Eins zu werden.

Und deshalb möchte ich Sie auffordern,
machen Sie mit bei unserer Aktion
»Ein Herz für Politiker«.
Ich spreche jetzt gerade die Autofahrer unter Ihnen an:
Wenn Sie mal wieder einen Politiker sehen,
nicht sofort Gas geben und platt fahren.
Das ist unschön, das gehört sich nicht.
Das gibt Lackschäden.
Nein, halten Sie an, steigen Sie aus
und geben Sie ihm eins hinter die Löffel,
als Ermahnung durch die öffentliche Hand.
Das reicht doch: Humanisierung der Regierung.

PRÜGELSTRAFE FÜR POLITIKER

»Ich schwöre, daß ich meine Kraft
dem Wohle des deutschen Volkes widmen,
seinen Nutzen mehren, Schaden von ihm
wenden, das Grundgesetz und die Gesetze
des Bundes wahren und verteidigen,
meine Pflichten gewissenhaft erfüllen
und Gerechtigkeit gegen jedermann
üben werde. So wahr mir Gott helfe.«

Amtseid der Mitglieder der Bundesregierung (Art. 56 Grundgesetz)

Helmut Kohl steht im freien Teil Berlins auf der Straße des [1987] 17. Juni. Peitschenhiebe klatschen auf seinen nackten Rücken. Die Menge tobt auf den Tribünen, die noch nach dem Tag des großen Vorbeimarsches der alliierten Streitkräfte stehengelassen wurden für die Strafexekution. Blutrote Striemen überziehen den Altkanzler, der unter der erbarmungslos durchgeführten Geißelung zuckt. Er wird wieder einmal für seine dummen Sprüche (von der Gnade der zu spät Geborenen) und erstmals wegen uneidlicher Falschaussage öffentlich zur Verantwortung gezogen. Die Strafe schmerzt, der Oggersheimer brüllt wie einst Quasimodo vor Notre-Dame, das Volk aber ist zufrieden und wird heute erst spät zur Droge des Fernsehens greifen. Denn zunächst wird man noch beisammensitzen und sich die live dargebotenen Hiebe im einzelnen durchs Gedächtnis streichen lassen.

Die Zeiten der Staatsverdrossenheit sind vorbei, ein geradezu sinnliches Verhältnis zur Politik ist eingekehrt bei Staatsbürger und Staatsbürgerin. Das Fest der Martern, die öffentliche Abstrafung von Politikern nach dem Bundesverantwortungsgesetz vom 20. Juli 1989 hat eine erstaunliche Wandlung, eine Wende geradezu, in der politischen Verfassungskultur der Republik bewirkt. Man identifiziert sich wieder allgemein mit dem Gewaltmonopol des

Staates, seit es auch gegen oberste Staatswürdenträger angewandt wird. Packend noch ist die Erinnerung an Ostern 91, als Friedrich Zimmermann drei Tage im Bonner Hofgarten am Pranger stand (neben Spranger natürlich) und gesetzestreue Passanten Old Schwurhand anspucken, kitzeln und schmähen durften. Schläge sind verboten, denn sie dürfen nur von Strafbeamten der Länder ausgeteilt werden.

Eine Welle des Verfassungspatriotismus geht nunmehr durchs Vaterland, und allenthalben hört man in Kneipen und auch sonst an der Basis, daß die da oben endlich auch nicht mehr machen können, was sie wollen. Wie hatte sich doch Norbert Blüm geschämt, als man ihm mit beherzter Hand und spanischem Rohr in Düsseldorf auf der Königsallee den nackten Arsch versohlte, weil er nicht sofort sein Versprechen einer extrem gerechten Sozialpolitik eingelöst hatte. Damit dieses Szenario, dieses utopisch satte Gemälde einer auf gerechter Strafe beruhenden Zukunft nicht trockene Phantasie bleibt, damit die körperliche Züchtigung für Berufspolitiker endlich Wirklichkeit werde, dazu bedarf es der Schwarzen Politik.

Denn Schwarze Politik ist der Ausgang des Menschen aus seiner selbstverschuldeten Gutmütigkeit. Die demokratische Gutmütigkeit der Menschen ist die Ursache ihrer politischen Untertänigkeit, die nicht zu revolutionärer Bosheit führt, sondern zu wehleidiger Betroffenheit. In der freiheitlich-demokratischen Grundordnung unterscheiden wir zwischen Tätern und Opfern, also Politikern und Staatsbürgern. Die Kapitalisten sind heute meist Aktiengesellschaften und gehören damit nicht zum System der Demokratie, sie bewegen sich im Bereich der postindustriellen Weltmarkträtsel.

Der Politiker ist von Hause aus, wenn er seinen Beruf ernst nimmt, machtbesessen und skrupellos. Der Staatsbürger dagegen gutmütig und ohnmächtig. Das ist der entscheidende Gegensatz, der zur Krise der Unübersichtlichkeit (andere reden von Unregierbarkeit) in der gegenwärtigen Politik führt. Diese Krise in einen volkstümlichen Dauerzustand zu überführen, zu transformieren, das ist die vornehme Aufgabe der Schwarzen Politik. Dazu bedarf es der Einsicht, daß die eigentliche politische Unterscheidung die zwischen Freund und Feind ist, also zwischen Täter und Opfer oder genauer: zwischen Staatsbürger und Staatspolitiker. Das ist die Modernität der Politik, daß in der Informationsgesellschaft nicht mehr der äußere Feind und seine 5. Kolonne die Spannung produziert, die das Energiefeld des Staates erhält – es ist in der Demokratie das Volk selbst, das der eigentliche Feind der Regierenden ist. »Die Gefahr geht von den Menschen aus«, hatte der Stammheimer Innenminister Maihofer mit Recht einmal gesagt.

Notwendige Feindschaft aber gilt es zu hegen und zu pflegen und nicht durch ideologischen Schmus und innerstaatlichen Pazifismus zuzukleistern. Der Springquell der Politik ist der Kampf und nicht der Tarifvertrag. Jeder Vertrag, dies sei zugestanden und gleichzeitig allen entgegengehalten, die gegen Vertragsschlüsse glauben radikal und unversöhnlich Partei ergreifen zu müssen, jeder Vertrag, das lehrt die Geschichte, ist eine Plattform, auf der neuer Kampf entbrennt. Schließt man also keine Verträge, kann es auch nicht zu neuen Kämpfen kommen, die das wesentlich innenpolitische Erlebnis sind. Zurück zum Kampf zwischen Berufspolitiker und Staatsbürger. Der Begriff des Politikers wie der des Bürgers ist hier inhaltlich geschlechtsneutral verwendet, Männer und Frauen sind davon erfaßt, die Begriffe bleiben aber formal männlich. Damit deuten die Signifikanten »Politiker« und »Bürger« den Abstand an, der zwischen Wirklichkeit und Befreiung, Patriarchat und Rotationsprinzip noch besteht.

Solange nun, das erweist schon dieser sprachkritische Ausflug, noch Herrschaft von Menschen über Menschen besteht, solange also nur von Befreiung und nicht von Freiheit die Rede sein kann, so lange ist Widerstand gegen Politiker als Herrschsubjekte auch in der Demokratie ein Menschenrecht im Sinne Sacharows, sogar ein Teil der Menschenwürde. Denn unwürdig ist, es sich mit der eigenen Opferrolle im Staatshaushalt bequem zu machen. Auf, auf zum Kampf, heißt daher die ungeschriebene Präambel jedes demokratischen Grundgesetzes, auf, auf zum Kampf, zum Kampf seid ihr geboren! Laßt die Staatsgewalt wieder so recht vom Volke ausgehen, rechtlich gehegt und in bestimmbaren Grenzen, und treffen soll sie die Haut der Herrschenden.

Kann man aber in einer Zeit gesteigerter Gewalttätigkeiten den Vorschlag, Prügelstrafe für Politiker einzuführen, verantworten? Mit dieser Frage haben wir das entscheidende Stichwort zur geistigen Situation der Zeit gefunden: Verantwortung.

Begeht ein Politiker eine Sünde wider sein Geschäft, so wird er im schwersten Falle von der Öffentlichkeit kurzfristig ausgeschlossen. Die Bestrafung des Politikers, des Menschen der Öffentlichkeit, liegt darin, daß er wie eine Ware behandelt wird: Sein persönlicher Marktwert wird geschmälert. Geldstrafen und Geldbußen treten dazu und vergrößern nur die Entfremdung der Charaktermaske vom wirklichen Menschen. So beschränkt sich die Verantwortlichkeit des Politikers für sein Tun darauf, daß er von diesem Tun zurückgezogen wird. Mit Ausnahme von Rudolf Heß gibt es wohl keinen lebenden Politiker, der für sein staatsmännisches Handeln wirklich büßen muß. Privatentnahmen, wie sie der FDP-Mann Scholl seinerzeit bei einem Juwelier tätigte, fallen hier nicht unter politisch zu verantwortendes Handeln, seine Bestrafung ist also auch nicht beispielhaft.

Nun könnte hier auf das Schicksal von Siegfried Buback hingewiesen werden, der als Generalbundesanwalt von der RAF ermordet wurde. Einige sehen hierin ein gerechtes Todesurteil, das auch im Sinne, wenn nicht schon im Namen des Volkes vollstreckt worden sei. Dieser Ansicht möchte ich mich nicht anschließen. Die westdeutsche Metropolen-Guerilla ist m. E. nicht aktiv legitimiert, Volksjustiz und Politikerbestrafung auszuüben. Das deutsche Volk hat bisher durch keine revolutionäre Umwälzung seinen Willen dazu kundgetan, daß RAF oder Revolutionäre Zellen beauftragt seien, für das Volk dessen Feinde zu liquidieren. Gerade auch der Grundsatz der Öffentlichkeit, den die Schwarze Politik vehement vertritt, spricht gegen die Arbeit der Metropolen-Guerilla, die sich immer mehr als Selbstläufer existentieller Unzufriedenheit enttarnt.

Zudem ist das Prinzip der Guerilla das Prinzip Heimtücke. Statt sich öffentlich dem Test der eigenen politischen Attraktivität zu stellen, wird heimlich aus Verstecken heraus geschossen, gebrandschatzt und gemordet. Das ist simulierte Partisanentätigkeit, es herrscht nicht der Faschismus, sondern das heulende Elend. So wird in der Demokratie die Guerilla gegen ihren Willen zur neuen metaphysischen Begründung der Staatsgewalt. Denn diese Staatsgewalt wird angegriffen, ohne daß das Volk vorher seine Zustimmung erteilt hätte. Das nimmt das Volk übel und sieht sich daher in seiner Mehrheit auch nicht zum Mitleid mit den Gefangenen des bewaffneten Widerstandes aufgerufen. Die Loyalität der Bürger, die wissen, daß sie Opfer sind, geht zum gewinnenden Täter, dem Staat, über, wenn sich die Angreifer ebenso als Opfer erweisen. Hier gilt der sportliche Geist, die Sympathie für den Gewinner, der durch die Herausforderung des Terrorismus an sinnlicher Attraktivität ein wenig gewinnt. Der Schwarzen Politik aber kommt es darauf an, die Staatsgewalt zu verändern und nicht zu feiern. Nicht der Staat als Abstraktion sollte vom Bürger unterstützt werden, von utopischer Bedeutung ist das kämpferische Verhältnis zwischen Staatsbürger und Staatspolitiker.

Es führt nämlich die öffentliche, rechtsstaatlich gehandhabte Verprügelung von Politikern auf dem Marktplatz des Gemeinwesens zu schadenfroher Zustimmung, zur Erkenntnis, daß auch der Politiker ein schmerzhaftes Berufsrisiko trägt. Dann muß auch nicht mehr aus dem Hinterhalt die Wade Walter Wallmanns getreten werden, dann brauchen auch keine unbedachten Fäuste mehr geschwungen werden gegen Klaus Bölling und Heiner Geißler. Dann kann endlich der politische Anstand in den anstehenden Auseinandersetzungen gewahrt bleiben.

Noch ein arbeitsmarktpolitisches Argument spricht für die Wiedereinführung der Rute in das Verfassungsrecht. In den letzten Jahren drang es, wie immer einmal in der Weltgeschichte, an die Öffentlichkeit, daß hochgestellte und entscheidungswichtige Männer gern zur strengen Domina gehen, um sich dort vom Entscheidungszwang bei masochistischen Riten zu erholen. Die Öffentlichkeit des Bestrafungsvollzugs würde, das sei prophezeit, keiner Domina Runden wegnehmen, es ist eher mit einem Anstieg des Bedarfs nach strenger Unzucht zu rechnen.

Da auch die Kirche politische Macht ausübt, können und dürfen kirchliche Würdenträger von öffentlicher Bestrafung nicht ausgenommen werden. Gerade die katholische Kirche hat eine so große, historisch fast einmalige Sammlung an Straftechniken hervorgebracht, die man an ihren heutigen Gliedern wieder ausüben sollte. Die Geschichtslosigkeit, mit der im Vatikan blind nach vorne geschaut wird, sollte ein Ende haben. Es ist doch denkbar, wenn ein Kardinal, der vom geschlechtlichen Beiwohnen rein gar nichts versteht, wieder einmal seine dumme, aber maßgebliche Meinung zur Bestrafung der Abtreibung äußert; es ist doch denkbar, daß ein solcher Mann von, sagen wir, drei kräftigen Müttern auf dem Frankfurter Römerberg am Gerechtigkeitsbrunnen splitternackt ausgezogen und ausgepeitscht wird. Ein erhabenes Bild von der Beständigkeit menschlicher Kultur!

EUROPA, ACH UND ACH UND ACH ...

In der Bibel kommt Europa nicht vor, aber Römer und Korinther werden im Zweiten Band mehrfach erwähnt, weil Paulus im Gegensatz zu Moses wußte, daß sich die Zukunft mehr nach Westen verlagern werde und man dort missionieren soll, wo es heißt: Hier spielt die Musik. Denn Europa ist ein Jahrmarkt. Den alten Gedanken greifen wir auf und rufen der Welt von heute zu: [1998]

Meine Damen und Herren, liebe Neger und Indianer,
treten Sie ein, hier ist Europa,
hier ist was los, da geht was ab.
Das ist kein duseliges Disneyland und auch nicht Hollywood,
und nicht mehr der Truppenübungsplatz der USA.
Das ist Europa, das ist der Ernstfall und nicht das Manöver.
Ein Jahrmarkt ohne Eitelkeiten,
ein Wanderzirkus ohne Wandererlaubnis,
hier wird mit alten Mitteln neu gezaubert.
Europa ist die Geisterbahn der Weltgeschichte,
mehr Raststätten hat's als Überholspuren,
hier weiß niemand, ob er in die richtige Richtung fährt,
da kommen einem Gespenster entgegen, die sich als
Falschfahrer tarnen,
es lauert die Gefahr an allen Ecken,
und es überlebt von den Stärksten nur jeder zweite,
weil jeder von ihnen der erste sein wollte.
Darum willkommen im Jahrmarkt Europa,
steigen Sie ein in die Geisterbahn,
wo die alten europäischen Gespenster Sie erschrecken,
von Plato bis Stalin, von Fichte bis Hitler,
von gestern bis heute versprechen wir Ihnen
Angst, Furcht, Elend und Verzweiflung,
und wenn Sie unsere Geisterbahn wieder lebend verlassen,

werden Sie JA sagen zum Leben, JA zur Familie
und JA zu jedem Angebot, das man Ihnen macht,
denn Ihnen fehlt die Kraft, irgend etwas auszuschlagen.
Und wenn Sie später nach Hause gehen,
dort aber nicht ankommen,
vermeiden Sie jede Panik
und benutzen statt dessen Ihr Taschentuch,
indem Sie es auf dem Boden ausbreiten,
sich hineinlegen und es über Kreuz zuknöpfen.
Stellen Sie Ihr Herzeleid ein
und kontrollieren Sie die Angemessenheit Ihrer Kleidung
und die Gelassenheit Ihres Gemütes.
Sobald Sie ordnungsgemäß zufriedenstellend wirken,
wird der Storch erscheinen
und Sie als Bündel zurück in den Teich tragen,
von dannen Sie wiederkommen werden
zurück in die Welt, zurück zu Europa,
ach, immer wieder Europa, ach und ach und ach.

GEWALTMONOPOL UND STAATSVERDRUSS

> »Staat? Was ist das? Wohlan! Jetzt thut mir die Ohren auf, denn jetzt sage ich euch mein Wort vom Tode der Völker. Staat heißt das kälteste aller kalten Ungeheur.
> Kalt lügt es auch; und diese Lüge kriecht aus seinem Munde: ›Ich, der Staat, bin das Volk.‹«
> *Friedrich Nietzsche (Also sprach Zarathustra)*

Im Jahre 1985 war vorübergehend ein neues Phänomen zu beobachten: die destruktive Mystifizierung des Staates. Von oben wird die Idee des Staates zertrümmert, damit von unten Ordnungs- und Staatsbedürfnis entsteht. Nennen wir Beispiele: [1987]

Bundeskanzler Kohl tapste mit Ronald Reagan auf dem Friedhof in Bitburg herum, ohne zu wissen, ob er dort Bierleichen oder toten Kameraden der Waffen-SS begegnen würde. Im Bundestag wurde Ende des Jahres während der Haushaltsdebatte versichert, daß ein paar Millionen Arbeitslose ein absolut überzeugender Hinweis auf den wirtschaftlichen Aufschwung seien, und mehrere Bundesminister der CDU streuten so gleichzeitig wie unbeabsichtigt das Wort »Klassenkampf« in ihre Redebeiträge, wobei sie flink und wie nervös augenzwinkernd versicherten, daß sie im Gegensatz zu DGB und SPD keinen Klassenkampf wünschten. Der eingeweihte Fernsehzuschauer und die ebenso eingeweihte Zuschauerin hatten zu wählen, ob die Regierung zusammen mit Sozialdemokratie und Gewerkschaften den Klassenkampf verabscheue oder aber ob etwa in der CDU im Gegensatz zur sozialpartnerschaftlichen Opposition ein Hang zum Bruch der Friedenspflicht subversiv angedeutet werden sollte.

Doch das Chaos war noch nicht vollkommen. Darum drohte der Präsident der Republik, Richard von Weizsäcker, Freiheit für Rudolf Heß in Tateinheit mit der Aussöhnung deutscher Unschuldslämmer gegenüber jüdischen KZ-Opfern an. Dieser Präsident, der ein Symbol ist für das Eingemachte, an das es im Ernstfall in Deutschland stets geht, dieser Mann steht für das Ende der Dialektik: Alle gesellschaftlichen Widersprüche werden eingesammelt, in den Reden an die Nation aufgehoben und anschließend dem Prinzip Mülltrennung übergeben.

Wurde diese historische Chance zu revolutionärer Staatszertrümmerung ausgenutzt?

Was tat in solchen Augenblicken der Verwirrung die Linke, was sagten die Marxisten der Republik, wie wurde gearbeitet gegen Klassenherrschaft und Bourgeoisie?

Wo sind die Perspektiven? Trotz intensivster Bemühungen konnte ich diese brennenden Fragen bisher noch nicht beantworten, aber da ich mich in guter Gesellschaft vieler Ratloser wähne, möchte ich meine Beobachtungen der Verhältnisse unter dem Gesichtspunkt ihrer Veränderbarkeit schildern.

Die einst vielverbreitete Vorstellung von der notwendigen und bald möglichen Abschaffung des Staates hat sich verflüchtigt und sich dabei in den allgemein im Volke vorhandenen Staatsverdruß transformiert. Das Dilemma dieser Situation besteht darin, daß die identitätsstiftende Staatsfeindschaft, wie aktiv immer sie ausgeübt wurde, nur noch eine folgenlose innere Einstellung ist. Um diese wird aber hinreißend gekämpft. Die Ironie der Geschichte demonstriert, daß die Vorschriften des beamtenrechtlichen Berufsverbots von 1972 vom Staatsdiener eine positive innere Einstellung zum Staate, zu seinem Dienstherrn verlangten, bei dem er, der Beamte, sich zu Hause fühlen sollte. Heute wird in der Linken um genau das gleiche Projekt gestritten, um die seelische und geistige Haltung vor dem oder gegen den Staat. Wer sich innerlich nicht vom Staate distanziert, läuft Gefahr, in ein linkes Verbot zu geraten, für die Verbesserung der Welt berufen zu sein.

Dem wollte Otto Schily zuvorkommen, als er in einem Gespräch mit seiner Parteikollegin Antje Vollmer später berühmt gewordene Worte sprach: »Die Grünen dürfen aber überhaupt keinen Zweifel daran lassen, daß sie das Gewaltmonopol des Staates anerkennen – für mich die Voraussetzung für eine demokratische rechtsstaatliche Ordnung, für den Wettbewerb politischer Meinungen.«

(*Der Spiegel,* 1985) Und er hakte nach: »Wenn ich demnächst eine Parteitagsresolution einbringe: Die Grünen bekennen sich zum Gewaltmonopol des Staates, wirst du die unterstützen? Wobei das Gewaltmonopol natürlich nur in den rechtsstaatlichen Grenzen ausgeübt werden darf.«

Thomas Neumann machte danach in der Zeitschrift *Debatte* aus, wer hier sein Wesen trieb: der Reformismus. »›Dazu-gehören‹ ist das Schlüsselwort, der Sesam-öffne-dich des Reformismus von Anbeginn. Seit einiger Zeit ist nicht zu überhören, daß die BRD in linken Kreisen ›Die Republik‹ genannt wird, eine neue Variante des Themas verspäteter Nation, eines auf den inneren Reichstagen der Linken erdachten Nationalstaates, zu dem man gehört, der zur Wirklichkeit drängt.« In der Zeitschrift *Konkret* wies in demselben Zusammenhang Günter Amendt auf das Wesen des Staates hin: »Wenn man die Frage ganz nüchtern angeht, dann stellt sich der Staat dar als ein Organ der Klassenherrschaft zur Unterdrückung der einen Klasse durch die andere Klasse.«

Nun, wenn ein grüner Realpolitiker für das Gewaltmonopol des Staates eintritt und ein anderer grüner Realpolitiker, Joschka Fischer, im Dezember 1985 auch noch hessischer Staatsminister wird, diese Tatsachen aber auf Kritik von Sozialisten treffen, dann frage ich, was es mit realsozialistischer Staatsministerschaft auf sich hat, ich frage also nach der Alternative zum kapitalistischen Klassenstaat. Ist der sozialistische Staat der Staat der Sozialisten?

In der Verfassung der Union der Sozialistischen Sowjetrepubliken vom 7. Oktober 1977 heißt es in Art. 62: »Der Bürger der UdSSR ist verpflichtet, die Interessen des Sowjetstaates zu schützen und zur Stärkung seiner Macht und seiner Autorität beizutragen. Der Schutz des sozialistischen Vaterlandes ist heilige Pflicht jedes Bürgers der UdSSR. Vaterlandsverrat ist das schwerste Verbrechen am Volk.«

Frech klingt da schon wieder Friedrich Schillers *Lied von der Glocke* an mein Ohr, in dem der Dichter vom »heiligsten der Bande« singt, vom »Trieb zum Vaterlande«. Doch ich lasse mich vom nüchternen Lenin unterbrechen, dem die pathetische Haltung so oft fehlte, wenn er von Staat und Macht sprach, der es lieber mit naheliegenden Vergleichen und scharfen Abstraktionen hielt.

»Die Marxisten fordern die Vorbereitung des Proletariats auf die Revolution durch Ausnutzung des heutigen Staates; die Anarchisten lehnen das ab«, schrieb Lenin kurz vor der Oktoberrevolution in *Staat und Revolution.* Nun mag Schily ebensowenig Marxist sein wie Fischer, und Amendt ist kein Anarchist, vielleicht geht es auch gar nicht um die Revolution. Denn statt im Bereich einer Strategiedebatte oder einer politischen Analyse bewegen wir uns auf dem weiten Feld der Moral. Es geht um Obszönität.

»Der Staat ist ein Instrument der Klassenherrschaft. Bei Schily ist nicht ein einziges Mal der Begriff der Klasse als Erkenntnismerkmal auch nur aufgetaucht. Da haben wir ein Phänomen, das in der Bundesrepublik so klar erst zu beobachten ist, seit die Grünen in der Provenienz eines Otto Schily, eines Daniel Cohn-Bendit, eines Joschka Fischer einen Zipfel der Macht angefaßt haben.« (Amendt, *Konkret,* 1985)

Genau, das scheint der Fehler zu sein: Dabeiseinwollen, ohne den Begriff der Klasse als Erkenntnismerkmal auftauchen zu lassen, aber den Zipfel der Macht anfassen! Mit den bürgerlichen Staatsorganen aber zu spielen, stärkt die Klassenherrschaft, denn es kann »die Macht ungeachtet ihrer Organisierung in bestimmten Zeitabschnitten so schlaff werden, daß die Organe des Staates in entscheidenden Lagen, in denen der einzelne auf Hilfe des Staates hofft, nicht in Erscheinung treten und das Gefühl der Schutzlosigkeit und der Auflösung um sich greift« (Theodor Maunz, *Deutsches Staatsrecht*). Da wir nun endgültig in der Pornographie gelandet sind, ist die Gegenfrage erlaubt, ob nicht der grüne Griff zum Staatszipfel als verfassungswidrige Onanie im Amt auch zum Abschlaffen der Macht führen kann. Wir werden sehen.

Der Weg von der Allgemeinen Staatslehre zur Staatskörperkunde liegt hinter uns. Ist vielleicht dieser Irrweg in die politische Obszönität verantwortlich für eine immer wieder diagnostizierte Feme zum Staat? Oder ist nicht vielleicht doch Politik dran schuld, die Politik nämlich, die zuviel fordert und nichts geben will?

Politik aber, und das festzustellen ist heute schon transavantgardistisch, also banal, Politik heute ist dadurch, daß alles politisch ist, im Verschwinden begriffen. Die Tyrannei der Politizität hat selbst die Frage, ob ich in meiner Wohnung bei vollkommenem Alleinsein eine Seite aus Rosenbergs *Mythus des 20. Jahrhunderts* lese, ohne dabei sofort in antifaschistisches Verstörtsein auszubrechen, zur Grundfrage meiner Stellung im binären Umfeld von Gemeinwohl und Eigennutz werden lassen. Selbst wenn ich zwecks autarker Erregung meines Geschlechtstriebes mir Bilder eigenartig sich darbietender Körperteile betrachte, zappele ich schon im Netz einer Politik des Gebotes, mich von den puritanischen Zwängen frühfeministischer Normen zu emanzipieren. Der Genuß von Kaffee brennt mir den Code imperialistischer Weltwirtschaft in den Magen, gegen die zu kämpfen aber keine Moral mich mehr zwingt. In der Küche umgibt mich die Ansammlung von Flaschen, Papier und organischen Resten als ein zu trennender Müll, und wenn ich pisse und danach die Spülung ziehe, trauert mein Herz über das Austrocknen der Grundwasserreserven im Vogelsberg.

Aber so die Welt zu sehen ist falsch und extrem französisch, denn dieser Blick ergibt die konkrete Wesensschau des Menschen als Geisel. Es kommt aber darauf an, den Menschen als Täter zu erkennen. Und damit komme ich zum eigentlichen Thema.

Die Tat des 20. Jahrhunderts ist die Abschaffung des Meeres, es gibt keine Küstenstaaten mehr, keine Hafenmacht; Luftfahrt, Funkverkehr und Weltraumeröffnung haben das Kulturreich des Meeres entwertet, ja, abgewertet zum Rohstofflieferanten und friedlichen Transportgelände, die Abschaffung des Seekrieges durch den Luftkrieg hat der Menschheit das kulturstiftende Meerwasser abgegraben, Venedig ist tot, die Sperrung des Suezkanals half Ägypten nichts, und Washington könnte in Texas liegen, ohne daß der Charakter der Außenpolitik der Vereinigten Staaten von Amerika sich änderte. Der Falkland-Sieg der einstigen Seemacht England war blutig schwarzer Humor, das morbide Albion schlägt sich ebenso auf den Schlachtfeldern des Fußballs, Hornblower ist tot.

Das 20. Jahrhundert ist das Ende der Weltgeschichte, denn die Weltgeschichte war eine Geschichte des Kampfes von Seemächten gegen Landmächte und von Landmächten gegen Seemächte, so daß Admiral Castex, Carl Schmitt zufolge, seinem strategischen Buch die Überschrift geben mußte *La Mer contre la Terre.* Leviathan ist tot, Behemoth hat überlebt.

Piraten, Korsare und Freibeuter gibt's nicht mehr, es regiert das Tellurische, die Landmacht triumphiert, und hier ist aus der einst herausragenden Figur des Partisanen der nivellierte Massenmensch geworden. Der Partisan muß schon die Exotik der dritten Welt in die Metropole bringen, um als besonderer Guerillero anerkannt zu werden. Als Innenpolitiker wird der Partisan lächerlich, wenn er sich erwischen läßt, denn alle sind Partisanen, landgestützte Kämpfer gegen eine Besatzungsmacht, die keiner benennen kann, die aber jeder empfindet.

Es ist die Abwesenheit des lebensnotwendigen politischen Wir-Gefühls, des Verfassungspatriotismus, die über der Republik lastet wie die Gewalt einer fremden Macht. Es herrscht realer Nihilismus, gegen den sich alle verbunden haben zu einer Volksgemeinschaft von Alltagspartisanen.

Die Irregularität ist herrschende Regel, der Politiker ist korrupt und verlogen, der Winzer panscht, der Kellner fragt, auf welches Datum er die Rechnung ausstellen soll, Spesenritter bevölkern die Dienstleistungsbetriebe, die Oma fährt schwarz, und der Ladendiebstahl blüht, Steuerhinterziehung und Patentdiebstahl, Versicherungsbetrug und Schwarzarbeit sind die Säulen einer Volkswirtschaft, die nur noch in der konzertierten Aktion der kriminellen Kräfte aller Bevölkerungsschichten existieren kann, denn jeder weiß, daß Ökonomie der Krieg ums Überleben ist – und daß dieser Krieg noch ungehegt, ja unerklärt ist, weil »Sozialpartnerschaft« ein Werbeslogan ist und nicht die normbildende Kraft einer transökonomischen Größe besitzt.

Wer nicht betrügt und stiehlt, sei selber schuld, so hört man Volkes Stimme auf den Straßen maulen und in den Kneipen lamentieren. Es ist nicht nur Krieg, alle sind auch daran beteiligt. Keiner besitzt Kombattantenstatus, aber dabeisein ist alles. Siamo tutti partigiani, somos todos guerilleros, die Welt konstituiert sich durch das tägliche »Nein« aller Weltbürger, der Konsens aller ist der Dissens der Individuen, der Mitläufer hat sich totgelaufen, es gibt nur noch das Weltkönigreich des inneren Exils und der äußeren Partisanentätigkeit, jedes Liebespaar besteht aus zwei Untergrundkämpfern gegen das Prinzip Liebe, der Staat wird von Staatsfeinden regiert.

Betrachten Sie die Autobahn, sehen Sie sich die Partisanen der unbegrenzten Geschwindigkeit an, diese Menschen, die bedingungslos Leib und Leben von sich und anderen riskieren für das nihilistische Ziel der freien Fahrt ins Irgendwo. »Das Leben ist der Güter höchstes nicht«: Schillers Satz könnte auf schwarz-rot-goldenem Grund an jeder Autobahnauffahrt im Winde flattern und bezeugen, daß die sozialistische Utopie des 19. Jahrhunderts hier und heute sich verwirklicht: Der Staat stirbt ab, übrig bleibt eine den totalen Partisanenkrieg ausübende Masse von Dagegensein um jeden Preis.

Und weil das so ist und weil das so weitergeht bis morgen früh und deshalb auch bald erkannt wird, darum droht die Moral wiederzukommen als Rettung in höchster Not, so als wüßten wir nicht, daß die höchste Not darin besteht, von Rettern umzingelt zu sein.

In tiefster Depression, voller Furcht und dadurch fast schon schlecht gelaunt stelle ich mich auf die Seite des Rechts, lobe und preise den Staat, denn am Abendhimmel des Jahrtausends leuchtet die Schrift: »Und die Erde wird wüst und leer, und es wird finster auf der Tiefe; und der Geist Gottes wird schweben auf dem Wasser.« Nicht die Apokalypse, sondern die Wiederholung der Schöpfungsgeschichte steht uns bevor, auch Gott kann sich dem Kreislauf der ewigen Wiederkehr nicht entziehen.

Wenn ich alles zusammenfasse, dann werden Sie mir recht geben, daß wir in einer herrlichen Zeit leben, die einem alle Argumente liefert, mit denen man begründen kann, warum alle anderen Menschen meist ziemliche Arschlöcher sind. Und das war immer schon Redezweck der misanthropen Lebensbejahung.

STAUFFENBERGS AKTENTASCHE

[1988] Es gibt doch keinen Klassenkampf mehr.
Oder haben Sie schon mal die Arbeiterbewegung gesehen,
persönlich, meine ich?
So mit Name, Vorname, Anschrift?
Oder das Bürgertum?
Aber das heißt ja nicht, daß Friede ist.
Gewalt allerdings ist kein Mittel der Politik!
Gewalt ist eine Form der Politik:
So wie der Becher eine Form des Joghurts ist
und nicht sein Mittel.

Der politische Kampf tobt heute um die Zukunft,
Und was macht die Linke?
Die Linke schaut auf die Asche des bürgerlichen Zeitalters.
Wir aber müssen der Phönix sein.
Wir gehören heute zu denen,
die morgen das Sagen haben.
Und wer heute nichts zu sagen hat,
der sollte wenigstens nicht schweigen.

Und deshalb sind wir auch für Gedankenfreiheit.
Die Gedanken müssen frei sein!
Und wir sind natürlich auch für Gewaltfreiheit,
das heißt –
das heißt natürlich gar nichts.
Aber wir möchten Ihnen jetzt
in unserem mobilen hysterischen Einsatzkommando,
dem Deutschen Museum auf Rädern,
unser wertvollstes Exponat vorstellen,
genannt ein Ausstellungsstück:
diese Aktentasche.

Es war an einem Sommervormittag,
am 20. Juli 1944,
da begab sich diese Tasche
am noch gesunden Arm des Grafen Stauffenberg
ins Führerhauptquartier.
In der Tasche war eine Bombe.
Der Graf legte die Tasche samt Bombe
unter einen großen Tisch,
über den sich später der Führer beugte.
Die Bombe explodierte,
Tasche und Führer blieben ganz.
So ist sie uns erhalten geblieben.
Und diese Tasche ist mehr als ein Ausstellungsstück.
Aus ihr kommt der Geist der Souveränität unseres Staates.
Das ist die Gebärmutter unserer Bundesrepublik,
der Eierstock des Grundgesetzes.

Hier wuchs die Idee der Bundeswehr.
Denn der Zweite Weltkrieg,
unser deutscher Hakenkreuzzug,
war total und absolut verloren,
und wenn er ohne jedes Attentat
verloren geworden gewesen wäre,
wäre doch die ganze Welt über unsere Generalität,
über die Armee, die Luftwaffe, die Marine hergestolpert
und hätte gesagt: Alles Nazis, alles pfui.

So aber kamen die Männer des 20. Juli.
Und ohne die Männer des 20. Juli
wäre es nie zur Wiederbewaffnung
in den 50er Jahren gekommen.
Ohne die Männer des 20. Juli
wäre kein Mensch auf die Idee gekommen,
daß die Bundeswehr etwas völlig Neues ist.
Ohne die Männer des 20. Juli
säße heute der Russe hier,

und unsere Kinder müßten
in sibirischen Gesamtschulen Schlange stehen
und Perestroika tanzen.

Dem ist nicht so dank Stauffenberg.
Denn wer nicht bombt zur rechten Zeit,
der versinkt in der Vergangenheit.

Ja, auch der Terrorismus
ist in erster Linie eine Frage des Datums
und der Reaktionsgeschwindigkeit
und des Materials.
Deshalb empfehlen wir Ihnen:
Vergessen Sie nie Ihren Kalender.

Jawoll, Herr Oberattentatsführer!

Den Aufstand denken

Von der Rebellion in uns

Nichts spricht gegen eine schöne Revolution,
das ist wahr.
Aber muß, wer revoluzzt hat,
wirklich nach diesem Heidenspaß
auch noch die Macht ergreifen
und damit die Verantwortung
für das Gemeinwesen übernehmen?

KRIEG UND FRIEDEN

Bewaffneter Friede

»Ganz unverhofft, an einem Hügel,
Sind sich begegnet Fuchs und Igel.
»Halt«, rief der Fuchs, »du Bösewicht!
Kennst du des Königs Order nicht?
Ist nicht der Friede längst verkündigt,
Und weißt du nicht, daß jeder sündigt,
Der immer noch gerüstet geht?
Im Namen Seiner Majestät,
Geh her und übergib dein Fell!«
Der Igel sprach: »Nur nicht so schnell!
Laß dir erst deine Zähne brechen,
Dann wollen wir uns weitersprechen.«
Und alsogleich macht er sich rund,
Schließt seinen dichten Stachelbund
Und trotzt getrost der ganzen Welt,
Bewaffnet, doch als Friedensheld.«

Wilhelm Busch

Die konservative Politik des ausgehenden 20. Jahrhunderts arbeitet als kulturelle Gegenrevolution für einen vordemokratischen Ständestaat, den sie als postindustrielle Informationsgesellschaft tarnt. Amerika aber ist, wie Dahrendorf schrieb, »die angewandte Aufklärung«. [1987]

Sehen wir uns also die USA an und gedenken der Mahnung Mao Tse-tungs, daß jedes Ding zwei Seiten hat. So auch die USA. Denn hier verbirgt sich ein junges Volk. Die Amerikaner benehmen sich darum wie ein antiautoritäres Kinderladenkollektiv – sie wollen alles haben und machen alles kaputt. Dieses kriegerische und gleichzeitig kaugummiweiche Flippervolk ist so jung, daß wir Europäer als weltpolitische Greise, als Metaphysiker unseres eigenen Untergangs, kein kollektives Recht haben, als Europäer Bombenterror und Mordgier der US-Army anzuklagen.

Europa ist die Heimat tausendjähriger Greueltaten, Massenmorde, Ausrottungen und Verfolgungen. Von der christlichen Inquisition zieht sich eine Blutspur bis zur Barbarei des europäischen Imperialismus in allen Erdteilen der Welt. Und in Deutschland wurde der Völkermord an den Juden begangen, Deutsche haben den Holocaust als staatliche Regelmaßnahme organisiert.

Mit diesem Erbe stellen sich die Europäer hin und verurteilen junge Völker auf ihrem rauhen Weg durch die ursprüngliche Akkumulation der humanistischen Werte, auf einem Weg, der einmal zu Frieden und Demokratie führen soll.

Das Selbstbewußtsein der Demokratie aber setzt Schuldbewußtsein voraus, denn Demokratie ist Täterhandlung und nicht Opferhaltung. Die europäischen Völker schauen auf eine grausige Geschichte der Gewalt zurück, von der sie sich durch keine Gnade einer noch so späten Geburt reinwaschen können.

Darum ist der demokratische Stolz das Gefühl, eine Form gefunden zu haben, in der es historisch erstmals möglich werden kann, daß die finsterste Zeit des Staatsterrors sich nicht wiederholt. Demokratie ist die Abbitte für die Sünden, die politischen Verbrechen der Väter und Ahnen.

Diese lange Geschichte schwerster Übeltaten und allgemeinster Grausamkeiten fehlt dem amerikanischen Volk. Sie haben die Indianer fast vollständig ausgerottet, sind aber auch erst seit 200 Jahren vom europäischen Imperialismus befreit. Die kriegerische Schwarze Politik im Weißen Haus ist also Teil des weltweiten Generationskonfliktes am Ende der patriarchalen Hegemonie Europas. Was auf Europa gegenwärtig lastet, ist in der Tat und in der Aktion das fluchwürdige Erbe der eigenen tyrannischen Geschichte, die sich, staatsformal überwunden, noch immer rächt.

Das Weiße Haus sucht sich Europa aus als Kriegsschauplatz, und umherschweifende Guerilleros machen jeden Ort in Europa zum möglichen Kriegsschauplatz eines Partisanenangriffs. Das Prinzip Guerilla hat sich verfeinert: Es geht von der Universalität des Krieges aus. Da der dritte konventionelle Weltkrieg schon geführt wird, ist den Partisanen Europa Front und Hinterland zugleich.

Ob wir wollen oder nicht: Jeder Europäer hat Kombattantenstatus. In dieser unfriedlichen Epoche fällt mir Mao Tse-tung noch einmal ein, der große Lehrmeister Ronald Reagans, Moamar

Gaddhafis und Helmut Kohls. Mao schrieb 1956: »Der Krieg, dieser Moloch, der die Menschen sich gegenseitig abschlachten läßt, wird mit der Entwicklung der menschlichen Gesellschaft letzten Endes aus der Welt geschaßt werden, und zwar in nicht allzu ferner Zukunft! Es gibt aber nur ein Mittel zur Abschaffung des Krieges: Man muß den Krieg mit dem Krieg bekämpfen.«

Nun hatten wir ganz am Anfang festgestellt, wie wichtig es heute ist, einen moralischen Ersatz für den Krieg zu finden.

Da scheinen wir also in des Teufels Küche geraten zu sein mit dem Konzept, einen Kulturkampf zu empfehlen und dadurch zu hoffen, der Krieg gehe an uns vorbei. Doch noch geben wir nicht auf. Denn es ging um die Verhinderung eines dritten Weltkrieges, der alles Leben auf der Erde vernichtet.

Eine nicht pazifistisch sich selbst betrügende Kultur, die diese Katastrophe verhindern will, muß sich der Herausforderung stellen, daß Weltpolitik ein Kleinkrieg in Permanenz ist.

Und so können wir aus Einsicht in die schuldhafte Verstrickung Europas in einen jahrhundertealten Imperialismus doch nur mit Demut gegenüber dem Gang der Geschichte bekennen: Wir sind froh, daß die Dritte Welt politisch so uneins ist und sich gegenseitig befeindet. So lange wird es keine Weltrevolution gegen die Metropolen geben, in denen wir leben.

Doch damit der Druck nicht zu übermäßig wird, sollten wir dankbar terroristische Anschläge bei uns durch Männer und Frauen aus den unterentwickelt gehaltenen Ländern annehmen. Sie verhalten sich zur Weltrevolution wie eine sanfte Ohrfeige zum blutigen Mord.

DIE HYMNE

[1990] *Chor der Gefangenen, kurz vor dem Ausbruch*

Wir schlagen die Welt in Klump und Schutt,
Wir machen alles total kaputt,
Wir sind das Feuer, das niederbrennt,
Wir halten das Steuer, das niemand kennt,
Wir führen das Schiff zum Todesriff
Und geben dem Leben den letzten Schliff.
Wir schlagen die Welt total kaputt,
Es bleibt nichts mehr ganz im falschen Schutt,
Wir leben das Meer, das Wellenheer,
Und ewig die ewige Wiederkehr,
Wir führen das Schiff zum Todesriff
Und geben dem Leben den letzten Schliff.

Phönix aus der Asche
Leben aus dem Tod
Wir bauen das Neue
In Demut und Treue
Asche und Phönix
Boten des Königs
Sein Reich komme
Sein Wille gescheh!

Wir holen vom Himmel das Zelt herab,
Wir geben nicht auf, wir machen nicht schlapp.
Wir sind die Bombe, die heute tickt
Und morgen die ganze Welt beglückt,
Wir führen das Schiff zum Todesriff
Und geben dem Leben den letzten Schliff.
Wir holen vom Himmel das Zelt herab,
Wir geben nicht auf, wir machen nicht schlapp.

Phönix aus der Asche
Leben aus dem Tod
Wir bauen das Neue
In Demut und Treue
Asche und Phönix
Boten des Königs
Sein Reich komme
Sein Wille gescheh!

REVOLUTION – BITTE MELDEN!

[1998] Vor Jahren noch behaupteten viele Menschen in Deutschland, sie seien das Volk. Darin lag eine gewisse demokratische Anmaßung. Dennoch ist bis heute ungeklärt, wer oder was das Volk sei. »Wir sind das Volk«, antwortet schon der Erste Bürger in Georg Büchners *Dantons Tod* auf Robespierres Definition, daß das Gesetz der Wille des Volkes sei. Das Volk scheint ein wichtiger Faktor zu sein. Selbst das Grundgesetz des neuen Deutschlands, der sogenannten Berliner Republik, behauptet, alle Staatsgewalt gehe vom Volke aus. Da dies alles nur Ideologie ist und schöner Schein oder häßliche Utopie, muß man schon in die Geschichte steigen, um die Wurzeln solcher Hoffnungen auszupendeln.

Am 14. August 1848 feierte in Köln am Rhein der Dom seinen 600. Geburtstag. Kaum mehr als 120 Jahre später marschierten die Truppen des Warschauer Pakts in der Tschechoslowakei ein. Am 9. November 1848 wurde der in Köln geborene Robert Blum in Wien ermordet, 70 Jahre später auf den Tag genau hatte Deutschland einen schweren Tag. Und heute plaudern viele über Revolution und Aufstand, aber alle halten die Revolution für einen toten Hund. Doch Hegel bellt, und Karl Marx kichert: Niemand ist im Ernst versichert.

Veit Valentin, der Frankfurter Historiker, schreibt 1931: »Die deutsche Revolution von 1848 hat keine Guillotine errichtet und keine außerordentlichen Gerichte rein politischer Natur eingesetzt. Außer dem Fürsten Metternich ist niemand in die Verbannung geschickt worden; keine Vermögensbeschlagnahme wurde ausgesprochen, kein Gehalt gesperrt, keine Pension einbehalten. Tatsächlich: Niemand in Deutschland hat den Kampf gegen die Vergangenheit so verstanden, daß man ihre Vertreter persönlich unschädlich und wirtschaftlich ohnmächtig machen müsse.«

Solch libertäre Beurteilung verbittet sich natürlich der tötungsbereite Spießer, der in jedem Revoluzzer hockt und darum gerne mal die Möbel der Bourgeoisie geradeziehen und die Schweine an sich an die Wand stellen will. Die Knallchargen des bewaffneten Dilettantentums, also RAF und deutsche Stadtguerilla, hätten wahrscheinlich nur Verachtung empfunden gegenüber solchem Pazifismus.

Und dennoch, Revolutionen sind eine feine Sache, denn Revolutionär wird man nicht aus Mitleid oder sozialem Engagement, sondern aus der Empörung gegen die eigene mißliche Lage. Revolutionen sind die einzige legale Möglichkeit, mit den ganzen Arschgesichtern und Dumpfbacken, die man persönlich nicht leiden kann, abzurechnen.

Es geht also bei solchen Veranstaltungen nie um die Befreiung der kleinen Leute, für die sich ernsthaft sowieso niemand interessiert, und warum sollte man auch? Die kleinen Leute sind schließlich die ersten, die einen an den Galgen schleppen, wenn man seine Versprechungen nicht hält. Da revolutionäre Versprechen aber nie zu halten sind, muß, wer revolutionär ist, immer sehr vorsichtig sein. Das gilt für alle politischen Menschen, denn wer sich politisch in die Öffentlichkeit begibt, kommt darin um – durch die Genossen, die einen ermorden, oder durch Realpolitik.

So lassen sich auch die Ereignisse von 1848 lesen wie ein Fortsetzungsroman, dessen eine Folge von Napoleon Bonaparte über 40 Jahre vorher mit dem genialen Satz beendet wurde: »Der Roman der Revolution ist zu Ende.« Also galt es, auf die nächste Folge zu warten.

Die Haupttendenz damals in Mitteleuropa war Revolution. Alexandre Weill schreibt in seinem 1857 (»Aus dem noch nicht erschienenen Französischen«) in Frankfurt veröffentlichten Büchlein *Zehn Monate Volksherrschaft:* »Die Revolutionen steigen nie von unten aufwärts, sondern rollen von oben abwärts. Eine Macht fällt nicht durch die Kraft des Feindes, sondern durch die innere Schwäche, durch die Laster und die Feigheit der sogenannten Freunde.«

Von besonderem Erschrecken ist nun, die Laster der potentiell kommenden Kräfte schon im revolutionären Aufschwung zu betrachten. Eine Revolution ohne Laster jedoch ist wie ein Versuch, sich mit Mineralwasser einen Rausch anzusaufen.

Was wollten die 48er? Nehmen wir wie immer die Dichter, die uns in die Tiefe des Raumes der Wunschmaschinen führen, in denen das Utopische – damals noch mechanisch – auf die Transmissionsriemen geschnallt wurde, die den Motor für eine bessre Welt antreiben sollten.

Symptomatisch und auffällig ist sofort Georg Weerth, geboren am 1. Februar 1822 in Detmold, gestorben am 30. Juli 1856 in Havanna. Für Friedrich Engels war er »der erste und bedeutendste Dichter des deutschen Proletariats«. Und Engels schreibt voller Hochachtung: »Worin Weerth Meister war, worin er Heine übertraf (weil er gesünder und unverfälschter war) und in deutscher Sprache nur von Goethe übertroffen wird, das ist der Ausdruck robuster Sinnlichkeit und Fleischeslust.«

Nehmen wir ein Beispiel: »Ich wollt, ich wär Polizeiminister«, heißt es in einem seiner 48er-Gesänge, »da ließ ich alle Leut arretieren, da ließ ich die schönsten Frauen schier mir all ins Gefängnis führen.« Um zu enden: »Ja, staatsgefährlicher als Rebelln ist – o, ins Gefängnis schickt sie! – eine einzige kleine Frau mit ihrem Süßen Corpus delicti.«

So entlarvt sich die Maske der Revolution, hinter der sich bloß gierige Männerphantasie verbirgt. Der Revolutionär tritt als Sexualverbrecher vor die Weltgeschichte, die ihm, da sie das Weltgericht ist, nun den Prozeß machen muß. Und der Marquis de Sade tritt vor Marat, und es ist kein Unterschied zwischen der Schreckensherrschaft der Jakobiner und *Salò* oder den *Hundert Tagen von Sodom*. Ein bißchen Spaß muß sein, rauf auf die Schaukel, Luise, und wenn es eine Guillotine ist, macht's nichts, solange der Henker einen Adrenalinstoß erhält.

Lacroix erzählt Danton (bei Büchner) von den Wonnen, die das Gefängnis seinen Herren verspricht: »Legendre und ich sind fast durch alle Zellen gelaufen, mehr als eine apokalyptische Dame hing uns an den Rockschößen und wollte den Segen. Legendre gibt einer die Disciplin, aber er wird einen Monat dafür zu fasten bekommen.«

Jetzt sind wir aber der Revolution auf ihre frauenfeindlichen und zynisch-menschenverachtenden, total sexualisierten Schliche gekommen. Dumm gelaufen, ja, aber in erster Linie wieder für den Kritiker. Ist er nicht ein Zwilling des Kölner Kardinals Meisner, der in seiner Silvesterpredigt 1997 behauptete, das deutsche Volk sei zu sehr sexualisiert? Betrachtet man die Geburtenrate des deutschen Volkes, so drängt sich ein solcher Verdacht nicht auf. Vielleicht hat einfach mal wieder ein alter Mann das, was ihm dauernd durch den Kopf geht, anderen vorgeworfen. Mit diesem Herrn möchte ich nicht allein in der Sakristei sitzen, vor diesen Menschen ist man ja nie sicher. Gut, normalerweise gehen sie an Kinder, besonders Knaben, aber ich nehme mich besser auch vor so einem alten Knacker in acht.

So kommen wir von 1848 direkt zur katholischen Kirche und bemerken sofort, daß viele Aufgaben der bürgerlichen Revolution noch ungelöst vor uns stehen auch im 150. Jubiläumsjahr der 48er Revolte. Ach, es ist noch viel zu tun – und welcher Idiot quatscht da von Utopieverlust und Ende der Geschichte?

AUFSTANDSPREDIGT

[1998] Aufstand? Kann man heute den Aufstand denken? Aufstand denken … denken … denken.

Wir befinden uns jetzt in einer ganz angenehmen Stimmung, lassen die Dinge draußen gehen, wie sie nun einmal gehen, und empfinden nur Aufruhr.

Und der Aufruhr ist ganz ruhig und gibt uns Kraft,
unsere Arme und Beine sind ganz warm,
unser Blick richtet sich ganz nach innen,
und wir empfinden: Gemeinschaft.
Und wir haben keine Angst mehr
und machen uns ganz offen,
legen alle Hemmungen beiseite
und empfinden nur: Revolution.
Und wenn ich jetzt mit den Fingern schnippe,
werden Sie alles vergessen,
was ich Ihnen gesagt habe.
Aber Sie wissen eins:
Irgendwann werden auch Sie einmal aufstehen.

Waren Sie heute schon auf der Straße, draußen im praktischen Ersatz der simulierten Wirklichkeit, haben Sie etwas Besonderes bemerkt?

Haben Sie den Staat bedroht, waren Sie subversiv, haben Sie getötet oder geliebt, war alles wie sonst, oder gibt es ein richtiges Leben im falschen?

Ist es sinnvoll, von Revolution zu reden, sich Gedanken über den Aufruhr zu machen, sollen wir uns erschießen oder lieber gesund leben; Birkenstock, Entziehungskur oder Kalaschnikow? Zwischen sich und dem Feind einen klaren Trennungsstrich ziehen, wer ist Freund, wer ist Feind? Haben wir jemanden vergessen? Erst kommt das Fressen und dann die Moral. Meine

Damen und Herren, seien Sie ehrlich, woran haben Sie heute morgen gedacht kurz nach dem Aufwachen, vor dem Aufstehen, in diesem Zustand der depravierten und entehrten Zwangssituation, sich dem Leben stellen zu müssen?

Haben Sie an Revolution gedacht, an Aufstand, an Utopie? Oder haben Sie Ihr Kissen mit der Methode des Dekonstruktivismus betrachtet: »Muß mal wieder in die Reinigung!«?

Einer Statistik ist zu entnehmen, daß trotz aller Vorbehalte 70 Prozent der Deutschen morgens aus einem Grunde aufstehen – aus einem inneren Drang, aufs Klo zu müssen. »Die Haupttendenz in der Welt ist die Revolution« – diese Parole ist schön, aber alt, sie stammt von Mao Tse-tung, er und die Haupttendenz sind tot.

Oder?

Denn die Haupttendenz in der heutigen Welt scheint zu sein, daß alle Menschen aufstehen, um sich geistig und körperlich zu entleeren. Bekenntniszwänge politischer Frömmigkeit und Schweißabsonderung in den Fitneßstudios – *political correctness* und Laktatwerte, das sind die Sterne, nach denen diejenigen greifen, die die Sterne immer nur unter dem Pflaster suchen.

Also welche Taten werden heute von uns verlangt, welche Maßnahmen sollen wir ergreifen?

Am Anfang war Majakowski, der sich mit 36 Jahren in Moskau umbrachte. In seinem 1918 verfaßten Lied *Linker Marsch,* das den Matrosen gewidmet ist, heißt es, und einige werden die Worte kennen, die Ernst Busch so wunderschön gesungen hat:

> Entrollt euren Marsch, Burschen von Bord!
> Dem Zank und Geflunker jetzt – Pause.
> Still, ihr Redner!
> Du
> Hast das Wort,
> Rede, Genosse Mauser.
> Genug vom Gesetz aus Adams Zeiten.
> Gaul Geschichte, du hinkst ...
> Wolln die Schindmähre zuschanden reiten.
> Links! Links! Links!

Da sind schon alle Motive versammelt. Das Pferd, »Gaul Geschichte, du hinkst...«, der Wunsch, daß das Gerede zu Ende sei – »Still, ihr Redner!«, also Ende der Diskussion, und der Wunsch, daß die Waffe der Kritik durch die Kritik der Waffen ersetzt werde – »Rede, Genosse Mauser«.

War es nicht Ernst Jünger, der gesagt hat, die deutsche Linke habe 1918 nicht den Mut gehabt aufzusitzen, so als sei das Volk ein Pferd? Wenn das der Fall ist, warum haben dann Kautsky und Trotzki aus Anlaß der Oktoberrevolution darüber gestritten, wie man reiten lernt, weil Trotzki sagte, reiten lernt man nur, wenn man aufs Pferd steigt, und Kautsky sagte, es sei aber gut, wenn das Pferd schon eingeritten und noch ein erfahrener Reiter bei dem Reitenlernen dabei sei. Trotzki, Jünger, Kautsky sahen also das Volk als Pferd, Kommunismus ist also Hoppe-hoppe-Reiter, wenn er fällt, dann schreit er, fällt er in den Graben, fressen ihn die Raben.

Ist das der Grund, warum Honecker meinte, den Sozialismus in seinem Lauf würden weder Ochs noch Esel aufhalten, weil er schon merkte, daß das Volk, also das Pferd, nicht mehr wollte? Und Gorbatschow zu ihm sagte: »Erzähl mir nichts vom Pferd.«

Warum sind bei deutschen Königs- und Kaiserdenkmälern immer Pferde dabei? Dient ein Denkmal nicht dazu, daß man mal denkt, und haben wir in der Schule nicht gelernt, daß man das Denken den Pferden überlassen soll, weil sie die größeren Köpfe haben? Darum sind Pferde bei Denkmälern wichtig, denn das Pferd heißt Pferd, weil es fährt und fährt und fährt.

ROTKÄPPCHEN
UND DIE SIEBEN GUILLOTINEN

Es waren einmal sieben Guillotinen, die hatten ihr Lebtag nur Gurken geschnippelt und Tomaten in Scheiben geschnitten und Sellerie desgleichen. Wenn sie so während der Arbeit beieinandersaßen, dann sagten sie oft: »Immer nur junges Gemüse in Scheiben schneiden, nein, das kann es doch nicht gewesen sein, das macht doch keine Freude.« [1989]

Da ging an einem ganz normalen Vierundzwanzigstundentag die Tür auf, und es kamen herein der Unmut, der Frust und die Langeweile.

Da kam Rotkäppchen, die mit den sieben Guillotinen befreundet war, und sagte: »Lieber die Barbarei als die Langeweile!«, holte seine Maschinenpistole aus dem Nachttisch und schrie: »Gorbatschow, Kalaschnikow, und ein bißchen Putz und Zoff« und schoß die drei ungebetenen Besucher in Grund und Boden, zumal deren Preise schon wieder gestiegen waren.

Als sich der Krach gelegt hatte, jubelten die sieben Guillotinen und tobten und sangen: »Wir wollen auch Fleisch schneiden. Schneiden tut weh, am Hals und am Zeh. Juchhe!«

So beschlossen Rotkäppchen und die sieben Guillotinen, daß sie eine Weltreise starten und überall eine große Sinnkrise ausrufen würden.

Denn wenn keiner mehr weiß, wo's langgeht, dann läßt er sich im Ernstfall auch um einen Kopf kürzer machen.

KÜSS DIE HAND, HERR HENKERSMEISTER

[1989]

Der amerikanische Präsident Thomas Jefferson
hat einmal gesagt:
Der Baum der Freiheit
muß von Zeit zu Zeit
mit dem Blut
von Patrioten oder Tyrannen
aufgefrischt werden.
Das ist sein natürlicher Dünger.

Power to the people
patria o muerte
Revolution has come
it's time to pick up the gun
High sein – frei sein
Terror muß dabeisein.

Küß die Hand, Herr Henkersmeister,
Wir sind wieder da.
Und es ruft die ganze Scene
Her jetzt mit der Guillotine.

Küß die Hand, Herr Henkersmeister,
Wir sind wieder da.
Und es ruft die ganze Scene
Her jetzt mit der Mordmaschin'.

Der Mensch an sich ist gut
Er trägt den Jakobinerhut
Ohne scharfe Exekution
Klappt sie nicht – die Revolution.
Und wenn dann der Kopf fällt
Sag ich: Hoppla.

Küß die Hand, Herr Henkersmeister …

Ob Aufstand, ob Oktoberfest,
So mancher Mensch sein Leben läßt
Das Leben, dieser Satz ist schlicht,
Das ist der Güter höchstes nicht.
Drum richte auf das Mordgerüst
Wer ein Revoluzzer ist.

Küß die Hand, Herr Henkersmeister,
wir sind wieder da.
Alle rufen geil
Her jetzt mit dem Hackebeil!

TERRORISMUS UND LANDFRIEDEN

> »Wo die Gewaltlosigkeit zu mehr Gewalt führt, verliert sie ihre Berechtigung.«
> »Den Stein in der Hand, die Faust geballt, gegen die Schweine hilft nur Gewalt.«
> Bayernkurier *vom 5. Juli 1986 & 4. Oktober 1986*

[1987] Wer für den Weltfrieden redet, darf heute vom Terrorismus nicht schweigen. Denn der Terrorismus, weltweit und menschenverachtend, ist die einzige Kraft, die eine dauernde Vorkriegszeit garantiert, einen prä-apokalyptischen Zustand. Nur der Terrorismus verhindert, daß der atomare Weltkrieg ausbricht.

Daran erkennt man, daß keinem der Friede geschenkt wird. Auch die Abwesenheit von weltflächendeckenden Atomexplosionen ist teuer.

Diese vorläufige Wertung gewalttätiger Aktionen und Organisationen deckt sich allerdings weder mit der Verlautbarungspolitik der Bundesregierung noch mit der Überzeugung der multinationalen Guerilla. Dennoch lohnt es, den Gedanken zu verfolgen unter dem Gesichtspunkt der Frage, was denn nun eigentlich Schwarze Politik ist.

Schon in den ganz frühen 70er Jahren war die RAF (Rote Armee Fraktion oder volkstümlich: Baader-Meinhof-Bande) der wesentliche Absicherungsfaktor der erfolgreichen Ostpolitik der Regierung Brandt/Scheel. Die diplomatische Annäherung an die Staaten des Warschauer Paktes und die Steigerung des Waren- und Kredithandels wären nur schwer denkbar, hätte damals in der Bundesrepublik Deutschland innenpolitisch die absolute Verteufelung des Kommunismus als dem zentralen innerstaatlichen Hauptfeind fortbestanden. Der Antikommunismus war ja bis in die späten 60er Jahre die tragende Staatsreligion, und wenn vielleicht auch nur einige gestörte Katholiken und fanatische Protestanten im Kommunismus das Böse an sich sahen, so war die große Mehrheit unseres westlich orientierten Volkes sich darin einig, im Kommunisten die Verkörperung des Erz- und Erbfeindes zu erkennen.

Der aus der Studentenbewegung hervorgegangene Terrorismus, immer von herben Schmähungen der 1968 neu zugelassenen DKP (Deutsche Kommunistische Partei) begleitet, gab der sozialliberalen Regierung die Kraft, das Bild des *Feindes* von den Kommunisten auf die Terroristen zu überblenden.

Die ewige Gleichsetzung beider Kräfte durch die nationale Rechte, insbesondere Strauß und die CSU, kam damals beim Volke in seiner Mehrheit nicht an. Zwar wurde schon mal gemunkelt, da gebe es mehr Beziehungen zwischen Pankow und Baaders BMB, als sich die sozialdemokratische Volkshochschulweisheit träumen lasse, zwar wurde traditionell und heftig das rote Gesindel für steigende Preise und Verlotterung der Sitten verantwortlich gemacht, aber diese alte deutsche Redeweise (Stammtischdiskurs) schlug gleichzeitig, wenn sie getrieben wurde vom heiligen Bier deutscher Nation, die Sozialdemokratie mit über den antikommunistischen Leisten – das Geschimpfe und Getobe gegen die Roten blieb im Intimbereich der Motzkultur und erlangte wenig machtvolle Öffentlichkeit.

Der geäußerte Volkskonsens der frühen 70er Jahre war antifaschistisch und antiterroristisch. Die Angst vor dem kommunistischen Kindsverführer in Lehrergestalt hatten die schlauen Sozis im Verbund mit allen anderen Kräften der Republik durch den Radikalenerlaß ganz nebenbei mitgebannt – die Feuer waren gezündet für das Ende des Kalten Krieges.

Nun könnte hier der Einwand erhoben werden, die Opfer des Terrorismus erlaubten es nicht, eine geradezu zynische Belobigung dieser instrumentellen Gewalt als einem kleineren Übel gegenüber der Großkriegsrealität vorzutragen. Solche Kritik aber würde die Tatsache übersehen, daß wir in einer zivilisierten Gesellschaft leben, die höchst komplex und zudem wirtschaftlich mit dem Weltmarkt verbunden und verflochten ist.

So gehört es zu den volkswirtschaftlichen Standards des allgemeinen Konsumverhaltens, Blut, Schweiß und Tränen derjenigen nicht zu beachten, die in fremden Ländern für uns Abendlandbewohner Obst anbauen und ernten, Stoffe weben und Kokain herstellen.

Das moralische Grundgesetz dieser Gesellschaft ist nicht die Bibel, denn die Bergpredigt taugt nur für das handlungsarme Reich des Wortes und der Gesinnung. Sie ist vielleicht denkbar als Grundlage des menschlichen Miteinanderumgehens in philosophischen Seminaren, in denen herrschaftsfreies Reden gelehrt wird.

Politik und Marktwirtschaft aber werden nicht von Gesinnung verwaltet, sondern von unterschiedlichen Mächten bestimmt. Und deshalb kann hier nur eine begrenzte Verantwortungsethik Platz greifen, eine Moral, die grundsätzliche Güterabwägungen vornimmt. Solange noch nicht Weltfrieden herrscht und humanistische Wohlanständigkeit aller Weltbürger, so lange geht es darum, die Zahl der Opfer gering zu halten im Rahmen der utopischen Absicht, irgendwann mal die Opferrate der Zivilisation auf Null zu senken.

Am Beispiel Straßenverkehr mag das wieder einmal einleuchtend erklärt werden. Die vielen Toten und Verletzten des Straßenverkehrs könnten verhindert werden, wenn man den Verkehr abschafft. Da er aber notwendig ist, läßt man ihn weiter in Bewegung. Es gilt, die Zahl der Unfälle möglichst gering zu halten. Geboten sind Disziplin und Vorsicht. Würde man nämlich den Straßenverkehr verbieten, bräche u. a. die Versorgung der Bevölkerung mit Lebensmitteln zusammen, es gäbe noch mehr Opfer.

Bleiben wir im Bild des gefährlichen Straßenverkehrs, so erkennen wir schnell, daß die Terroristen gleichsam die Geisterfahrer auf den Autobahnen der Weltpolitik sind. Diese Metapher hat im Journalismus nahezu normative Kraft. So können wir wie im Verkehrsfunk in den Medien oft davon hören, daß verdächtige Männer und Frauen, die etwas Arabisches an sich haben, auf irgendwelchen Gegenfahrbahnen des internationalen diplomatischen Parketts gesichtet wurden.

Der Grundgedanke der allgemeinen Güterabwägung gilt aber auch in der Welt der Arbeit. Ökonomische Tatsache ist, daß es Kriege gibt und daß in Kriegen Waffen gebraucht werden. Auch wer nicht in einen solchen Krieg verstrickt ist, also keinen unmittelbaren Feindkontakt hat, dem ist es trotzdem erlaubt, Waffen zu produzieren und zu verkaufen. Das heißt, es ist legitim, Mittel herzustellen, mit denen so schnell wie möglich viele Menschen umgebracht werden.

Das ist politisch darum nicht unmoralisch, weil so erstens Arbeitsplätze gesichert werden und weil zweitens das Subsidiaritätsprinzip herrscht, das ich in freier Form ins Deutsche übersetze: Wenn deutsche Arbeiter und Arbeiterinnen in solidarischem Bündnis mit unserer nationalen Rüstungsindustrie das Zeug nicht produzieren, dann macht's eben ein anderer (Der Russe? Der Franzose? Sie alle würden es gern tun!), und wir schauen in die Röhre der Arbeitslosigkeit und der Firmenzusammenbrüche.

Statt nun protestantisch die eurozentrische Mitschuld am Massenmord in den Ländern der Dritten Welt zu suchen, beschäftigt sich Schwarze Politik mit dem Grundgedanken der oben geschilderten Zivilisationslogik, mit der Güterabwägung, und wendet sie an auf den Terrorismus.

Das Studium der Kreml-Astrologie und der Wallstreet-Psychoanalyse ergibt, daß die beiden Supermächte nicht durch die Angst vor dem Weltende zusammenkommen, sondern durch den gemeinsamen Nenner eines gemeinsamen Feindes. Natürlich hat sich auch in beiden Staaten innenpolitisch etwas verändert – die Hochrüstungspolitik ist ökonomisch nicht mehr tragbar und kulturell nicht mehr vertretbar.

Doch wie kann Großmachtpolitik getrieben werden ohne einen die Großmacht ständig herausfordernden Feind? Im Jahre 1985 wurden zum ersten Male auch Sowjetbürger vom internationalen Terrorismus bedroht. Damit begann die Wende in der internationalen Friedenspolitik. Sowjetunion und Vereinigte Staaten können sich friedlich nähern, denn der gemeinsame Todfeind des Terrorismus eröffnet ihnen die Möglichkeit, weltweit ihre Großmachtpolitik jeweils als Kampf gegen den Terrorismus auszugeben. Waffen werden nicht mehr geliefert, um die Einflußsphäre der USA im Nahen Osten aufrechtzuerhalten, Waffen werden geliefert, damit die von Terroristen gefangenen Geiseln befreit werden können. Ein Überfall auf ein fremdes Land rechtfertigt sich heute dadurch, daß von diesem Land offenkundig und nachweisbar terroristische Aktionen ausgingen. Die Friedensverhandlungen zwischen den USA und der UdSSR verschieben die Legitimation imperialistischer Politik. Die Großmächte brauchen nicht mehr zum Schein von irgendwelchen Marionetten ins Land geholt zu werden, die Großmächte dürfen als Opfer des Terrorismus begründet zurückschlagen, wohin sie wollen. Die Aufteilung der Welt hat im Zeichen des Weltfriedens und des gemeinsamen Kampfes gegen den Terrorismus eine neue militärpolitische Begründungsmöglichkeit gefunden.

Wenn so die Guerilla den Atomkrieg verhindert – und diese Hypothese ist nicht weniger vernünftig als diejenige der Friedensbewegung, alle Menschen der Welt könnten unter dem Banner von »We shall overcome« zusammenhalten –, dann ist die Kosten-Nutzen-Rechnung eindeutig auf seiten des Terrorismus, der selbst bei enormer Steigerung seiner Attentatstätigkeit nie an den sogenannten atomaren Holocaust herankommen kann.

»Der Terrorist ist der fähigste unter den Gauklern unserer Zeit. Die Zahl der Opfer, die von den Terroristen getötet wurden, ist im Vergleich zur Größe des Kampfraums unbedeutend. Der Kampfraum ist die Welt, einmal zerlegt in eingegrenzte Zonen der Gewalt, dann wieder zusammengefaßt zum Aktionsfeld mit der denkbar größten Tiefe … Die Handhabung der Vortäuschung und des Scheins ist die wirkliche Waffe des Terrorismus. Er hat ihre Anwendung systematisiert. Die vereinzelte terroristische Aktion früherer Jahrzehnte ist zum politischen Waffensystem entwickelt worden.« (Franz Wördemann, *Terrorismus. Motive, Täter, Strategien*, 1977)

Der Terrorismus, angetreten zur Zerstörung des kapitalistischen Systems und der imperialistischen Weltverschwörung, tappt immer wieder und wieder in die Falle der mephistophelischen Dialektik. Er ist ein Teil von jener Kraft, die stets das Böse will und doch das Gute schafft.

Der Terrorismus ist das friedlose universelle Feindbild, vor dessen zur Fratze verzerrtem Gesicht die Weltpolitik niederkniet und

Völkerverständigung, Friede und sogar antagonistische Kooperation erfleht. Denn antagonistische Kooperation ist der Verzicht der Sowjetunion auf die Weltrevolution und der Verzicht der Vereinigten Staaten auf die Eindämmung und Vernichtung der Macht der Sowjetunion.

Ist also der Terrorismus das kleinere Übel im Verhältnis zu Weltkrieg und Selbstauslöschung der Menschheit? So kann man allerdings nur fragen, wenn man davon ausgeht, daß der Terrorismus immer nur die anderen trifft. Schwarze Politik aber verschweigt nicht, daß auch Sie, Leser, oder Sie, Leserin, die Sie Ihr blondgelocktes Kind auf dem Schoße wiegen bei der Lektüre, Schwarze Politik weiß, daß auch Sie zerrissen werden können von Bomben des Terrorismus.

Gibt mir das aber die Berechtigung, den Terrorismus aus diesem Grund der Herzlosigkeit zu zeihen? Sollten wir nicht alle unseren eigenen Teil beitragen zum Weltfrieden, auch wenn es schmerzt? Volksweisheit gibt mir die Antwort: Nichts ist umsonst, außer dem Tod, und der kostet das Leben.

WENN DIE EXKOLLEGEN STREIKEN

[1984] Ich bin während des Streiks nicht nach Rüsselsheim gefahren. Ich hatte keine Zeit, aber es war nicht nur das. Es wäre mir zu voyeuristisch vorgekommen. Und ganz tief ist in mir eine Ecke, die sagt: Du hast die Jungs auch verraten. Ich habe noch Reste eines schlechten Gewissens. Wir sind nach Rüsselsheim in den großen Produktionsknast gegangen, haben die Leutchen richtig angeheizt, und dann sind wir wieder rausgegangen …

Mich berührt auch eine andere, eher negative Frage. Die politische Kultur, in der wir heute leben und die wir ja auch mitbestimmen wollen, die war in den letzten Jahren sehr von defensiven Themen bestimmt: Den Weltkrieg galt es zu verhindern und den Wald zu retten – und dabei das Menschliche nicht zu vergessen. Alles in allem sehr konservative Denkbilder und politische Werte. Was jetzt aber wiederkommt, so mein Eindruck, ist erneut etwas flächendeckend Sozialdemokratisches. Das ist für mich nicht der große Fortschritt: so eine Sozialdemokratisierung der Kultur. Grüne Kulturpolitik ist auch nur Verteilung des Geldes: Kultur von allen für alle mit Geld von oben – über Inhalte spricht kaum jemand. Das Thema des Streiks ist auch eine ganz sozialdemokratische Geschichte: Es geht nicht um die Zukunft der Arbeitsgesellschaft, sondern wie man die Ungerechtigkeit der Arbeitslosigkeit verteilt. Von dem Thema des Streiks, der Kampagne, bin ich enttäuscht: Es bleibt bei einer Verteilung des Mangels stehen. Kein Gedanke, der darüber hinausweist.

Schreibtisch-Streikbrecher

Das soziale Ideal des gegenwärtigen Streiks ist der proletarische Beamte auf Lebenszeit, also die Ausweitung des Prinzips Bürokratie in die verschwindende Welt der Produktion. Dieser Streik ist ein Kind postmoderner Restauration.

Doch in dem Kampf um die 35-Stunden-Woche schlummert auch kalter Bürgerkrieg an vielen Fronten:

– Arbeitszeitverkürzung soll die Familie mit noch mehr gemeinsamer Zeit ausfüllen, damit Geschlechtlichkeit mit der Folge der Nachwuchsförderung sich entfalten kann;
– die Sozialdemokratie versucht mit Hilfe der Basisgruppe Gewerkschaft sich wieder von unten an die Bonner Zentralmacht heranzutasten;
– die Industrie will ihren Vorherrschaftsanspruch, die Ökonomie im Staate zu regeln, verfestigen;
– die Arbeiter und Arbeiterinnen kämpfen um ihre wie stets strapazierte Menschenwürde, die an den Besitz eines Arbeitsplatzes gebunden ist;
– linke Theoretiker setzen auf die alte Karte, die gesteigertes Elend bei den Massen mit dem Trumpf ebenso gesteigerten Fortschrittsbewußtseins ins Spiel bringt (viel Arbeitslosigkeit & viel Putz = viel neue Anti-Arbeitsgesellschaft).

Die Schauspieler schneiden schlechter ab als die Regisseure. Denn die Gewerkschaft ist die Standesorganisation ihrer Funktionäre, nicht die Avantgarde der Arbeiterklasse. Doch diese Arbeiterklasse gewinnt auch nichts von immer mal wieder vorbeischauenden Avantgarden, die ihr revolutionäre Grüße aus der noch ausstehenden Endzeit zurufen, sondern sie hat nur die Gewerkschaft zum Verbündeten, weil die Gewerkschaft die Arbeiter braucht zur Legitimation im dauernden Kampf der Verbände um die Macht.

Vergessen wird, daß Arbeit trotz aller Not ein Forum der Öffentlichkeit ist, Freizeit aber ein Terrorterritorium familiärer Isolationsfolter. Macht die Arbeit zum Zirkus, schafft sie nicht ab, fordert daher derjenige Zeitgeist, der nach vorn weist.

Und sonst? Vaters Sorge um den Wald, Muttis Angst vorm Krieg und Neonbabys schriller Zukunftsfrust bilden gemeinsam die Verdummungstriade, die in den letzten Jahren flächendeckend die Neue Linke zum politischen Gesamtidioten hat werden lassen, einer Versammlung eingebildeter Privatdissidenten. Wenn nicht die Grünen wenigstens schlichte Empirie des Realen angefaßt hätten, ein erbärmliches Bild. Wo bleibt das L'art pour l'art des Kampfes um seiner Bewegung willen?

Wahrlich, ich sage euch …

Von der Bühne gepredigt

Widerstand ist zwecklos – aber sinnvoll.
Denn der Mensch braucht Trost.
Wer Sorgen hat, hat auch Malheur.

PARANOIA-MANN

Menschenskinder, ihr Leut, merkt's denn keiner? [1987]
Wir leben gefährlich.
Mein Gott, ist das gefährlich.
Und wir machen die Augen zu und hören weg
Ich sage bloß: Die Weltwirtschaft
Kredite, Import, Export, Pils und die Börse
Die Börse, mein Gott ist das gefährlich
Wie ein Intercity rast er
Der Zug in das Desaster
Ja, die Zinskatastrophe
Franz heißt die Kanaille
und Bethmann die Kassandra
Der Dollar flötet aus dem letzten Loch
Mein Gott, mein Gott, ist das gefährlich
Man müßte was tun
Die stecken doch alle unter einer Decke
und wir lassen uns das gefallen
und das ist gefährlich
mein Gott, ist das gefährlich
Aber mal ehrlich:
Die Gefahr ist doch da
Da isse, da und überall da
Die geistig-moralische Wende
Die Ellenbogen-Gesellschaft
und willst du nicht zufrieden sein
Dann treten wir dir die Eier ein
Dann haste endlich Ruh
Fromme Grüße – deine CDU

Aber halt, das isses doch net wirklich
Das ist doch ganz normal

Das schaffen wir mit links
Das sitz ich aus auf einem Pickel
Da flieg ich drüber mit em halbe Lungeflügel
Das ist doch nicht die Gefahr
Das ist doch bloß das Minimum
Mein Gott, wir müssen gegen die Gefahr gewappnet sein
Wenn das Kind in den Brunnen gefallen ist
Dann ist es schon zu spät
Dann ist das Grundwasser verseucht
Was, was? Wer tut denn sein Trinkwasser
unnerm Hauptfriedhof abzappe?
Wer will schon Ahnenbrühe schlucken?

Aber halt, für die Scherze hammer kei Zeit
Dazu ist die Simulation viel zu gefährlich
Haben oder sein, das ist die Frage
Ich haben nichts, also sein ich glücklich
Und deshalb muß die Geschwindigkeit gedrosselt werden
Zeit, das isses, die Uhren sind gefährlich
Den Haushalt konsolidieren, Sparen
Sparn, sparn, sparn auf des Lebens heller Bahn
Menschomensch, wir könnten zusammen sparen
das kann ein einzelner gar net ausgeben
was wir zusammen sparen könnten
Beispielsweise, ich sag's mal so
Und mir ist vollkommen egal
ob mich dafür auch nur einer auslacht:
Kiwis oder Litschis!
Oder was sonst.
Bitte, wo man anfängt, ist doch egal
Es muß doch mal ein Anfang gemacht werden
Wir müssen jetzt aufhören
immer wieder von vorne anzufangen.

Wenn wir die D-Mark aufwerten
Und die Valuta für Devisen als Warentermin
mit Joker als Broker, ja, die Weltwirtschaft

man muß sich informieren
es kann heute keiner mehr sagen
er hätte was gewußt
Wenn der Lombardsatz mit dem Disko-Ersatz
erst unter 10 Grad fällt und dann auftaut
mein Gott, dann wird's gefährlich
dann kommt die Preislawine ins Rollen
und der Gerichtsvollzieher steht auf'm Balkon
und dann heißt es aber: Neue Armut –
alter Adel, Zweidrittel-Gesellschaft
Zwei Dritteln geht's gut, ein Trottel ist arm dran
Und wo steh ich? Jesses, ist das gefährlich!
Weltwirtschaft und Weltgesundheit, Ozonloch
Tschernobylitis, Säuferhusten und Seuchengefahr

Das ist gefährlich!
Und was machen wir?
Darmverschluß aus Sicherheitsgründen
Mein Arsch gehört mir,
soll niemand drin wohnen
außer grünen Bohnen
Ja, so einfach machen es sich die Leute
Wenn das so weitergeht
dann qualmt bald kein Schornstein mehr
Aus die Maus
Ja, mein Gott, die Gefahr wächst
Und wo die Gefahr wächst
naht das Rettende auch
Retten, Retten, Retten
Kabarett, Minarett, Zigarett – aus, fertig

Rettich – was red' ich denn?
Kabarett? Minarett? Zigarett!
Das Zigarettenende naht
Die Nichtraucher ergreifen die Macht
Himmelfahrt ins Blaulicht

WIR LEBEN RISIKO

[1986] Das Leben ist nicht einfach, und der Mensch sei nicht einfältig, das Leben ist dreifach, und heilig ist die Dreifaltigkeit. Ihr sollt endlich mit den Pfunden, die ihr lebensgeschichtlich angesetzt habt, mit diesen Pfunden sollt ihr wuchern, statt abzunehmen.

Denn wir alle sind für unsere Väter verantwortlich, für das Erbe der Väter sind wir verantwortlich und für die Sünden der Väter, denn wir leben von und im Erbe der Väter. Unsere Väter und Mütter – heilige Maria, bitte für uns – haben die Äcker bestellt, von denen wir heute naturreines Getreide zu ernten trachten. Unsere Väter und Mütter haben die Konzentrationslager geduldet, an deren Schuld wir heute noch tragen. Unsere Väter und Mütter haben die Technik entwickelt, die wir heute benutzen, um morgen eine neue zu finden, die der Natur und den Menschen hilfreich ist.

Das ist die Erbsünde, daß wir das Erbe nicht ausschlagen können. Und so ist es die Aufgabe der Kirche, die Schwächsten zu schützen, die unsere Gesellschaft kennt: die Ungeborenen.

Wir leben wahrlich in einer Risikogesellschaft. Überall herrscht Gewalt. In Libyen, Wackersdorf, Baden-Baden. Überall herrscht das Weltliche. Denn wir leben in einer Risikogesellschaft und nicht im Paradies. Wer sich nicht in Gefahr begibt, der kommt drin um, heißt es. Was aber heißt das? In der Risikogesellschaft, heißt es: Wer sich in Gefahr begibt, ist selber schuld. Denn des Menschen Tun ist schändlich von Geburt an. Darum gilt der besondere Schutz unserer Kirche dem ungeborenen Leben.

Als unser irrender Bruder im Unglauben, eine verirrte Seele aus Freiburg, in Nicaragua durch die Contras umgebracht wurde, schrieben daher die halbamtskirchlichen *FAZ* und *Bayernkurier,* der Entwicklungshelfer sei selber schuld an seinem Tod, den er gesucht habe in Teufels Namen.

Ja, liebe Brüder und Schwestern, das ist die Logik der Risikogesellschaft. Diese Logik ist unteilbar, Herr Präsident, meine

Damen und Herrn. Lieber Vater, der du bist im Himmel, die Logik der Risikogesellschaft ist unteilbar.

Und sie gilt auch für diejenigen, die freiwillig zu Siemens gehen oder ins Auswärtige Amt. Das ist furchtbar, doch siehe, wir leben nicht im Paradies, sondern auf Erden, und hier regiert der Fürst dieser Welt und mit ihm die Risikogesellschaft. Deshalb steht das ungeborene Leben unter dem besonderen Schutz unserer Kirche, denn es ist das Schwächste, was es gibt auf Erden.

Und darum verurteilen wir in großer Sorge – cum grano salis –, daß in Nicaragua die Contras auf schwangere Frauen schießen, das ist furchtbar, das ist Teufelswerk, denn das ist Abtreibung. Erst wenn der Schwangerschaftstest negativ verlaufen ist, dann darf auch die läßliche Sünde des Schießens auf Kommunisten und ihre Helfer so geschehen, daß wir sie vergeben dürfen denjenigen, die da sündig wurden gegen das geborene Leben.

Denn das ungeborene Leben steht unter unserem besonderen Schutz in Südafrika, in den Gefängnissen von Chile, in den Lagern der Sowjetunion und auf den Schlachtfeldern Afghanistans und in den Hütten El Salvadors und in den Palästen San Salvadors.

Denn der Herr spricht, ihr sollt sein wie die Ungeborenen im Mutterbauch und sollt euch freuen auf das Leben, aber ihr sollt nicht sauer sein, wenn ihr seht, wie die Welt aussieht. Denn Leben heißt leiden, und wer nicht leidet, wird verdonnert zu ewiger Qual und ewigem Leben und wird zur Sau gemacht und gepiesackt und mit dem Kopf an die Wand gedotzt, bis das Blut aus den Ohren spritzt, und andere Höllenqualen mehr. Helau!

HEIDNISCHES

[1986]

Der Mensch braucht Trost
Denn wer Sorgen hat
hat auch Malheur.
Und wer sich um den Spott
nicht zu sorgen braucht
der hat eben einen Schaden.
Viele Schäden aber hat die Heide.
Sie ist ein Stück Natur ohne Fehl und Arg
und darum verspotten die Menschen
immer wieder die Heide.

So ist das christliche Abendland.
Abendland:
Das Gegenteil der Lüneburger Heide
am Morgen.
Die Heide ist mehr als eine Idee
Sie ist die nichtchristliche Landschaft
in der der Heidenspaß entwickelt wurde
der vorzüglich im Wald und auf
der Heide gemacht wird.

Wenn aber die Heide
sich zusammentut mit anderen Heiden
dann gibt's einen Heidenlärm
von dem geschrieben steht:
Warum denn rasen und toben
die Heiden im Zorn.

WILLKOMMEN

Guten Abend, meine Damen und Herren, willkommen im Tigerpalast, im Varieté in Frankfurt. In einer Stadt, zu der man nur sagen kann: Ja! Oder auch: Warum? Frankfurt ist ja eine Weltstadt, ein urbanes Nichts, dessen City man bequem zu Fuß durchqueren kann – eine einzige autogerechte Fußgängerzone. [1988]

Das Jahr 1988 ist das Jahr der Jubiläen: 50 Jahre Anschluß Österreichs, 200 Jahre Arthur Schopenhauer, und jeder fragt sich, wie konnte es nur dazu kommen. In solch dürftiger Zeit gibt es nur eine zukunftsweisende Lösung: Varieté.

Varieté Tigerpalast: Künstlerinnen und Künstler erwarten Sie heute abend, Artisten, Akrobaten, Tanz, Musik, Magie – auch das eine oder andere Wort wird fallen. Zauberei.

»Ich seh etwas, was du nicht siehst« ist ein altes Kinderspiel. Aber es ist auch oft eine hochkomplizierte Frage von Theorie und Wissenschaft. In Frankfurt spricht man ja von der Postmoderne als der Neuen Unübersichtlichkeit – das ist jetzt Abteilung Uni wie der Kollege Habermas, der zu wenig Haschisch fraß –, der Volksmund macht es sich einfacher: Mer waas es net, mer monkelt nor, abber es wird noch geforscht.

Ja, meine Damen und Herren, das ist nicht zu glauben, was man sieht. Das ist der Anfang aller Wissenschaft. Will nun aber die Wissenschaft hinter das Geheimnis kommen – Fragen, Fragen, Fragen …

Und genau dieses Fragen macht ja das christliche Abendland, unsere Zivilisation aus. Am Anfang war das Geheimnis, und dann kam irgendein Kamel und hat das Gras weggefressen, was schon drübergewachsen war. Wir brauchen also weniger Kamele und mehr Geheimnisse. Am Anfang war das Geheimnis, am Anfang war der Zauberer …

Sehen Sie etwas, was es nicht gibt, was Sie aber mit eigenen Augen betrachten können. Lassen Sie sich gleich fesseln von einem

Magier. Die Sinnlichkeit, die Sinnlichkeit, die geht ja meistens nicht zu weit. Machen wir also ein Minimalprogramm: Sie amüsieren sich, und wir haben auch schlechte Laune. Ist das nicht furchtbar, ist das nicht grauenhaft, ist das nicht Grund genug, sich zu besaufen? Bitte, bestellen Sie Bier, Sekt, Selterswasser oder Cham-Cha-Champignons auf Champagnersorbet an Chansonsoufflé.

So, Sie wollen jetzt Artistik sehen, Varieté, ist ja interessant. Okay, gut, es ist meine Aufgabe, Sie so lange zu nerven, daß anschließend jede Nummer gut rüberkommt. Und deshalb komm ich jetzt mit einem Lied. Was? Kein tosender Applaus? Was sind Sie für ein … ach so, Sie wollen sich entspannen und nicht mit meiner 1a-Hochkunst angestrengt sein. Ja, Herr gott noch mal, dann lassen Sie die Sau raus, denken Sie einfach, ich wär Ihr Chef, Ihr Vertrags- oder Ehepartner, oder wen man sonst recht herzlich liebhaben muß – sagen Sie's, machen Sie's publik. Meine Damen und Herren, als Doppel-Extra ohne Therapiezuschlag, sagen Sie einfach Arschloch zu mir, schimpfen Sie los. Lassen Sie's raus, und jetzt, brecht die Dämme, sagt's, es tut gut, es tut uns allen gut. Gebt mir einen Schrei.

KÖNIG UND FREUDE

Als ich heute morgen einmal in meinem Weinkeller stöberte, da fiel mir eine Flasche auf den Kopf. Glücklicherweise war sie in Zeitungspapier gewickelt, so daß sie nicht zerbrach. [1992]

Da sagte ich zu mir: Na, alter Junge, jetzt hast du aber Glück gehabt. Und ich beschloß, mich irgendwo und irgendwann einmal zu bedanken. Denn wenn einem so viel Gutes widerfährt, das ist ein Dankgebetchen wert.

Ich aber nahm die Zeitung, schlug sie auf und las mit großem Interesse: Froh zu sein bedarf es wenig, und wer froh ist, ist ein König. Was will uns Gott damit sagen? Mit diesem Vers aus alten Kindertagen?

Das ist keine frohe Botschaft, sondern die Botschaft, froh zu sein, also das elfte Gebot: »Du sollst keine schlechte Laune haben!«

Dieses Gebot gilt nicht nur in der Fastnachtszeit oder den sogenannten tollen Tagen der überbordenden Karnevalsfreude, wie wir sie besonders in Nordhessen kennen. Nein, wir sollen immer froh sein, denn froh zu sein bedarf es wenig.

Was heißt das?

Wer wenig hat, kann wenigstens froh sein. Das wollen wir unseren ehemaligen Brüdern und Schwestern in den sogenannten fünf neuen Bundesländern zurufen: »Wenn man schon wenig hat, dann soll man sich zusammenreißen.«

Das gilt auch für die Armen und Kranken im Westen: Nicht rumjammern, sondern froh sein. Und geschieht nicht genug, damit Freude aufkommen kann an einem jeden Tag und auch in der Nacht?

Dem Nachbarn fällt ein Dachziegel auf den Kopf, der Arbeitgeber macht Pleite, der Bundeskanzler hält eine Rede – haben wir nicht alle Spaß an diesen Dingen und ist die Schadenfreude nicht die größte aller Freuden? Ja, sie ist es.

Also, froh zu sein ist kein Problem, mürrisch sein ist zu bequem! Und wer froh ist, so steht geschrieben, ist ein König. Was aber ist ein König?

Unser größter König aller Zeiten, der Grökaz also, Friedrich der Große, hat es einmal in einer Talk-Show mit Voltaire gesagt: Ich bin der erste Diener meines Staates.

König sein heißt dienen müssen. Darum spricht man auch davon, daß der Kunde König ist. Der Kunde wird nämlich heute in der Dienstleistungsgesellschaft nicht bedient, sondern er dient dazu, daß die Angestellten sich über ihn lustig machen.

In den großen modernen Buchhandlungen wird man angeschnauzt: »Die Kasse ist unten«, wenn man nach dem Roman *Soll und Haben* von Gustav Freytag fragt. In vielen Restaurants räumen schlechtgelaunte Trinkgeldschnorrer den Fraß vom Tisch und fragen höhnisch grinsend: Hat's geschmeckt?

Ja, König sein heißt »Dienen müssen«. Daher ist unser frommes Wort – Froh zu sein bedarf es wenig, und wer froh ist, ist ein König – auch an die Armen und Hilflosen gerichtet und heißt auf hochdeutsch: Haltet endlich euer dummes Maul, hört auf zu jammern und dient uns weiterhin mit eurer Demut.

Amen und tschüs!

GUT UND BÖSE

»Hard Rock der britischen Band ›Saxon‹ versetzte eine Amerikanerin (32) aus Cleveland/Ohio in einen solchen Blutrausch, daß sie ihren Sohn (11) mit einem Messer köpfte. Die Tochter (6) mußte den Kopf im Keller verstecken. Schuld seien die Vibrationen des Bösen, sagte die Mutter vor Gericht.« Bild *vom 31. März 1987*

Wenn in der Politik von gut und böse die Rede ist, dann geht es meist nicht um moralische Fragen, sondern um Symbole. Da es keine öffentlich geführte Debatte um eine neue Ethik gibt – Ansätze dafür mögen sich finden in den einzelnen sozialen Bewegungen –, fehlen die Begriffe für ein auf Einverständnis zielendes Verhalten. Und wo Begriffe fehlen, da stellt sich schnell ein Symbol ein. Der Rücktritt des Parteivorsitzenden der SPD, Willy Brandt, im Frühjahr 1987 wurde so auch schnell von seiner symbolischen Bedeutung her interpretiert. Nicht was Brandt im einzelnen gemacht hat, sondern wofür er steht, das füllte die Gazetten. [1987]

Je unübersichtlicher die gesellschaftlichen Verhältnisse sind, um so mehr Bedürfnis nach Personalisierung entsteht. Die Person wird zum Symbol, und auch die politische Aktion lebt von ihrem Symbolgehalt. Wenn man sich im Winter vor eine Kaserne setzt und einen Waffentransport kurzzeitig verhindert, so ist dies wohl keine die militärische Schlagkraft sabotierende Handlung – aber sie symbolisiert den Widerstandswillen der guten Menschen gegen die bösen Waffen – in sibirischer Kälte. Und so ist es auch kein Wunder, daß sich die katholische Kirche wieder mit Personalisierung ihres Glaubensmaterials in die gegenwärtige politische Kultur einmischt. Der Heilige Geist ist wieder wer, das Marienjahr ist beschlossene Sache, die Gottesmutter ist als Gnadenmittlerin aktiv, und auch Satan geht wieder aufrechten Hauptes seiner Niedertracht nach. Der Teufel, so wiederholt es der Papst gern, ist nicht nur eine Idee, es gibt ihn wirklich. Wie gerne würde man darauf antworten, daß der Papst wahrscheinlich von so verruchter Schlechtigkeit und abgrundtiefer Menschenfeindlichkeit ist, daß er seine Boshaftigkeit nur dadurch sich zu erklären versucht, indem er einen Sündenbock für seine Schandtaten und perversen Phantasien produziert. Doch mit der einfachen Schmähung des Papstes ist es heute nicht mehr getan. Dieser Mann repräsentiert eine üble Entwicklung, er ist der Kanzeltäter der reaktionären Gegenaufklärung. Und er steht nicht allein. Satan ist nicht nur die Kultfigur kleiner Banden wie einst der Manson-Gang in den USA, Satan und auf der anderen Seite das göttliche Personal sind neue Symbolfiguren beiderseits der politischen Freund-Feind-Linie. Als der *Spiegel* Ende Dezember 1986 in einer Titelgeschichte über die Wiederkehr des Teufels schrieb, da antwortete Dr. Ernst M. Arndt aus Germering (Bayern) in einem Leserbrief: »Es gibt nicht nur einen Teufel, sondern viele Teufel auf dieser Welt. Einer von ihnen ist der *Spiegel*.«

Diese weltanschauliche Ethik macht den politischen Gegner oder Feind zum säkularen Sittlichkeitsverbrecher, der ausgegrenzt und vernichtet werden muß. Politik wird zur Supershow zwischen Gott und Teufel. Prinzip Leben wird gesetzt gegen Prinzip Tod, es geht nur noch um letzte Dinge.

Was für Ronald Reagan der Kommunist, für Friedrich Zimmermann der Terrorist und sein Sympathisant, für den Umweltschützer die Kraftwerk- und die chemische Industrie, das ist für die Autonomen das Schwein (früher: »Pig muß putt«) – Politik als Ball des Bösen. Von Charaktermaske ist nicht mehr die Rede, Luzifer streicht durch die Gegend mit allerlei Gestank und Lärm, aber auch Tarnverhalten.

Die Welt ist von Rotkäppchen bevölkert, und überall lauert der böse Wolf. Nein, die Welt ist von Schweinchen bevölkert, und überall lauert Ede Wolf. Nein, die Welt ist von Betroffenen bevölkert, und überall lauert Schweinchen Schlau – auch falsch, wir befinden uns vielmehr im Anflug aufs Jüngste Gericht, und von Simulation kann keine Rede sein, denn es fließt Blut.

»Der gute Mensch« galt noch vor kurzem als einer der Linken, als herzensguter Weltverbesserer mit dem Pech, daß er sich im Kampf ums Gute im Netz der Zweck-Mittel-Relationen so lang verstrampelte, bis es nur noch gut gemeint, aber schlecht war, was er machte.

Schwarze Politik reißt die Maske des Guten herunter, zerstört den moralischen Konsens über die guten Absichten, Schwarze Politik muß destruktiv bleiben.

Denn der gute Mensch trampelt rücksichtslos überall in der politischen Landschaft herum. Er hat sich auch schon zum SIE entwickelt, Mann und Frau wollen enkelhaft besser ausfechten, sei's als Friedenskanzler Kohl, sei's als militante Gemüse- und Hasenschützer. Feind erkannt – Ziel benannt: bum-bum!

In diesem Krieg der Gurus und Ersatzpäpste, in dem jeder von Haus aus ex cathedra spricht, ist eine Wahrheit verlorengegangen, die nämlich, daß Gott tot ist, daß also auch politische Moral von allen politischen Wesen selbst erst entwickelt werden muß.

Doch Gott scheint nicht mehr tot zu sein, und so muß man auch nicht seinen Schatten zeigen. Gottes Leichnam ist vielmehr in das Zeitalter seiner künstlichen Lunge und seiner technischen Reproduzierbarkeit übergegangen. Jeder Idiot leistet sich eine Intensivstation, auf der er seinen Gott pflegt.

Nicht die Wirklichkeit wird simuliert – der Polizist im Wasserwerfer hat im Frankfurter September 1985 Günther Sare totgefahren –, die Bewertung der Wirklichkeit ist das reine Imaginationsereignis mit beschränkter Haftung.

Darunter leidet der moralische Diskurs. Und das ist bös.

Denn im moralischen Diskurs werden – vorläufig wie eh und je – die Fragen nach der politischen Macht beantwortet. Dies ist keineswegs eine gewaltfreie Debatte, denn auch die Pharmaversuche an Mensch und Tier durch die zuständige Industrie gehören zum moralischen Diskurs, ob sie veröffentlicht werden oder nicht.

Doch unsere politische deutsche Kultur mag nicht den lauten und dissonanten Streit der Parteien; es hebt vielmehr sein furchtbar Haupt empor ein Wesen, das Weltanschauung heißt. Moral, politische Moral ist eine eherne Sache der Weltanschauung, sie *macht* den Prozeß, sie *ist* kein Prozeß, so lautet ihr Credo.

Weltanschauung – eigentlich ein Satellitenprojekt, eine Astronautenansicht – hat enormen Tiefgang, religiöse Wahnkraft, in deren Parallelogramm wir uns befinden. Der von Georges Bataille als heterogene Existenz geschätzte Adolf Hitler schrieb in seinem Buch *Mein Kampf* zu diesem Thema:

»Politische Parteien sind zu Kompromissen geneigt, Weltanschauungen niemals. Politische Parteien rechnen selbst mit Gegenspielern, Weltanschauungen proklamieren ihre Unfehlbarkeit. Da eine Weltanschauung niemals bereit ist, mit einer zweiten zu teilen, so kann sie auch nicht bereit sein, an einem bestehenden Zustand, den sie verurteilt, mitzuarbeiten, sondern fühlt die Verpflichtung, diesen Zustand und die gesamte gegnerische Ideenwelt mit allen Mitteln zu bekämpfen, d. h., deren Einsturz vorzubereiten.

Sowohl dieser rein zersetzende Kampf, der von allen anderen sofort in seiner Gefahr erkannt wird und mithin auf gemeinsame Abwehr stößt, als auch der positive, der zur Durchsetzung der eigenen neuen Gedankenwelt angreift, erfordert entschlossene Kämpfer. So wird eine Weltanschauung ihre Idee nur dann zum Siege führen, wenn sie die mutigsten und tatkräftigsten Elemente ihres Zeitalters und ihres Volkes in ihren Reihen vereinigt und in die festen Formen einer kampfkräftigen Organisation bringt. … Während das Programm einer nur politischen Partei das Rezept für einen gesunden nächsten Wahlausgang ist, bedeutet das Programm einer Weltanschauung die Formulierung einer Kriegserklärung gegen eine bestehende Ordnung, gegen einen bestehenden Zustand, kurz gegen eine bestehende Weltauffassung überhaupt.«

Höchst aktuell, Herr Hitler, denn nach diesem Prinzip sehe ich gegenwärtig die katholische Kirche ihren Kampf gegen das Recht auf Abtreibung organisieren, sehe ich Islamisierung in Libyen und im Iran, sehe ich den Kampf zwischen Polizei und Demonstranten eskalieren, sehe ich mich selbst beim Entwickeln einer Weltanschauung, die die bestehende Ordnung, daß es Menschen gibt, umzustürzen trachtet. Gefahr fährt auf der Straße, Friede und Recht sind sehr wund.

Auswege aus dieser Tyrannei der Wertvollen zu finden mag selbst schon ein Versuch sein, der in die Fälle des Guten tritt. Denn ein geheimer Rettungswunsch ist doch das mindeste, was vorliegt, wenn schon über Auswege nachgedacht wird. So bleibt, sich in der Tyrannei zu bewegen, freilich revoltierend. In der Philosophie hat Peter Sloterdijk den »Kynischen Impuls« gegen die zynische Herrenmoral gesetzt, in der Ästhetik müht sich Karl Heinz Bohrer, das Böse als Kunst zu retten, und auch in der Politik scheint die Sympathie für den Teufel immer wieder auf. Doch das Böse, das gewollte Böse in der Politik – da unterscheidet sie sich fundamental von der Kunst –, geht unter in den gewaltsamen und oft grauenvollen Folgen dessen, was gut gemeint war. Die »Anti-Ontologisierung« des Bösen in der Politik ist wenig hilfreich. Der moralische Diskurs dagegen fragt nach dem richtigen und besseren Leben der Menschen innerhalb der politischen Gemeinschaft, innerhalb der Kultur der Öffentlichkeit.

Um diesen Diskurs gegen die Lüge der politischen Sprache – Gewalt sei kein Mittel der Politik, sagte der Innenminister und jagte die Polizei auf die Demonstranten –, um diesen lebensnotwendigen Diskurs führen zu können, bedarf es der Schwarzen Politik.

Schwarze Politik ist gefährlich, sie ist Aktion, Rhetorik, sie beugt sich nicht der herrschenden Begriffsbildung, Schwarze Politik ist die dunkle Schwester der politischen Strategie des vernünftigen Kompromisses.

Im Oktober 1985 machte sich ein A. R. im *Rheinischen Merkur – Christ und Welt* seine finsteren christlichen Mordgedanken über das rot-grüne Bündnis in Hessen. Zunächst drückte er Holger Börner ein falsches Zitat an den Betonleib. »Das Problem Grüne«, soll Börner gesagt haben, »werden wir mit der Dachlatte erledigen.« Gesagt hatte Börner in einem Interview mit der Illustrierten *Bunte:* »Früher auf dem Bau hat man solche Dinge mit Dachlatten erledigt«, und gemeint waren damit militante Kämpfe um die Startbahn West bei Frankfurt.

Und der Christ A. R. hechelte weiter: »Ob die Rechnung Brandts aufgeht, wonach die SPD die Grünen so lange umarmen solle, bis ihnen das Genick gebrochen ist, weiß man nicht.« Wir werden sehen, wer wem das Genick brechen wird. Ein Zitat aus dem großen Nachschlagewerk der Schwarzen Politik mag A. R. antworten. Ein Vorgänger Ronald Reagans, Thomas Jefferson, schrieb einmal: »Welches Land kann seine Freiheiten bewahren, wenn seine Herrscher nicht von Zeit zu Zeit darauf hingewiesen werden, daß das Volk den Geist des Widerstands bewahrt. Laß sie zu den Waffen greifen! Was bedeuten ein paar Leben, die in einem oder zwei Jahrhunderten verlorengehen. Der Baum der Freiheit muß von Zeit zu Zeit mit dem Blut von Patrioten und Tyrannen aufgefrischt werden. Es ist sein natürlicher Dünger.«

Ob meine Rechnung aufgeht, wonach die Leute zu den Waffen greifen, bis der Baum der Freiheit mit dem Blut von A. R. aufgefrischt wird, weiß man nicht. Denn wir reden ja alle nur in Metaphern und meinen nicht, was wir schreiben.

PREDIGT AUF DAS JAHR 2000

Friede scheint einzukehren in das gebeutelte Europa, das eine schmähliche Trennung zwischen Ost und West, Gut und Böse, Markt und Plan zu überwinden scheint. [1990]

Doch Gefahr fährt auf der Straße, Friede und Recht werden angegriffen von außen. Vor den Toren Europas lauert der Islam, um uns zu beuteln.

Natürlich könnten wir die Augen verschließen, auf den Reichtum unserer Kultur und den Fleiß unserer Menschen vertrauen. Natürlich könnten wir darangehen, den Armen und Entrechteten in aller Welt immer mal wieder regelmäßig etwas zukommen zu lassen. Das alles könnten wir tun und ernteten dann doch bloß Spott und Hohn von unseren Feinden.

Es ist doch so, daß niemand weiß, ob nicht inzwischen auch der Muselmann eine Atombombe bedienen kann, Giftgas ist eh da in Hülle und Fülle.

Und schaut man sich das Menschenmaterial an, dann graust es einen bis ins letzte Glied. Dort opferbereite Krieger, denen das Leben nicht der Güter höchstes ist, hier aufgeschwemmte Genußmenschen, die den Dienst an der Waffe verweigern oder nur mißmutig hinter sich bringen. Dort Gehorsam gegenüber dem Gesetz, hier mutwillige Gesetzesanarchie und dumpfdreiste Überheblichkeit. Dort Glaube, hier Körperpflege. Europa verweichlicht wie eine faule Pflaume, während der Islam sich nicht mehr abfinden will mit seiner eigenen Lage.

Was liegt da näher, als die Vereinigung von Bundeswehr und Nationaler Volksarmee im Zeichen des Kreuzes zu organisieren, damit Europa verteidigungsbereit bleibt, wenn sie kommen? Nichts liegt näher als diese Aufgabe. Aber die Gefahr will ja wieder niemand wahrhaben.

Ich aber habe euch gewarnt.

CHANCE VERPASST

Jesus wird wieder Christus

[1995] Drei Heiligen ging's in diesem Sommer an den Kragen: dem Pazifismus, Steffi Graf und Jesus Christus. Dem Pazifismus wurde durch Joschka Fischer die Gewaltfreiheit ausgetrieben mit dem Bekenntnis, nur der Pazifist sei politisch ernst zu nehmen, der im Notfall den Pazifismus mit der Waffe in der Hand zu verteidigen bereit sei. Die hl. Stefanie der Tennisschlachthöfe wurde für die Sünden ihres Vaters gemartert, und das Bundesverfassungsgericht hat Jesus mit seiner letzten Habe, dem Kreuz, aus bayrischen Schulzimmern abgeschoben. Über alle drei Skandale ist viel geschrieben worden, alle stehen für Dekadenz, Rechtsverdruß und Auflösung der guten alten Moral.

Als Weltbürger sollten wir uns auf Jesus konzentrieren. Wer ist dieser Jesus, daß um ihn so viel Lärm entstand? Der Künstler Martin Kippenberger hatte versucht, der Frage mit einem Vergleich näherzukommen. »Was ist der Unterschied zwischen Jesus und Casanova? – Der unterschiedliche Gesichtsausdruck beim Nageln.«

Bei solch einem Scherz entsteht vielleicht Freude bei Atheisten und Freidenkern. Aber eigentlich hat der Witz nur für den eine schöne Pointe, der daran glaubt, daß Jesus der Christus, der Erlöser ist. Polemiken gegen und Attacken auf den Heiland sind stets religiös motivierte Versuche, ein wenig böse zu sein. Nichts ist protestantisch-kleiner als Nietzsches großer Schimpf in seinem *Antichrist:* »Der christliche Gottesbegriff – Gott als Krankengott, Gott als Spinne, Gott als Geist – ist einer der korruptesten Gottesbegriffe, die auf Erden erreicht worden sind … Was ist gut? – Alles, was das Gefühl der Macht, den Willen zur Macht, die Macht selbst im Menschen erhöht. Was ist schlecht? – Alles, was aus der Schwäche stammt. … Die Schwachen und Mißratnen sollen zugrunde gehn: erster Satz *unsrer* Menschenliebe. Und man soll ihnen noch dazu helfen. Was ist schändlicher als irgendein

Laster? – Das Mitleiden der Tat mit allen Mißratnen und Schwachen: – das Christentum…«

Man sieht förmlich den durch den Wilden Westen ziehenden einsamen Sektenführer, wie er diese Worte in grandioser Verzücktheit den Büffeln predigt. Der Protest gegen das Christentum und die katholische Kirche ist meist nur ekelhafter Protestantismus. Und der steckt auch in der umstrittenen Entscheidung des Bundesverfassungsgerichts und im Charakter der anthroposophischen Antragsteller, die ich am liebsten lebenslang mit rechten Winkeln ärgern würde.

Denn die Entwicklung der katholischen Kirche war doch gut in den letzten Jahren, sie erblühte zu einer Institution widersprüchlicher und schöner Rituale. Und allumfassende Rituale braucht unsere Kultur – nicht die Trennung der Völker in Gläubige und Nichtgläubige. Vom Glauben, vom Zusammenhang zwischen Glauben und Erlösung war doch ernsthaft nichts mehr zu spüren: Der Bischof von Basel wird Vater, hält aber grundsätzlich den Zölibat für ausgezeichnet, andere wollen Priester werden mit transzendenter Autorität, allem Pomp und liturgischer Ekstase – möchten aber noch nicht einmal auf die Ehe verzichten. Die Botschaft Christi nimmt doch keiner mehr ernst, das zeigten die Protestaktionen der Kirchenvertreter gegen das Urteil sehr schön. Sie demontierten das Kreuz und machten es zum Kulturbestandteil des Abendlandes auf der Höhe von Handkäs mit Musik, Weißwurst oder Kohl mit Pinkel. Mein Gott, die Kirche war auf dem besten Weg, zu einer vernünftigen weltlichen Einrichtung zu werden, deren Religion sich antiken Vorstellungen näherte und Abschied nahm von den unlebbaren Vorschriften des Christentums, von der unlösbaren Verstrickung der Menschen in eine Schuld, die nicht mit der Schlechtigkeit der Welt versöhnt, sondern nach Menschen sucht, die mehr schuld oder weniger wert sind. Da aber kam das Bundesverfassungsgericht und erweckte den Leichnam zu neuem Leben.

So traten im 16. Jahrhundert Martin Luther und die Reformation auf und machten Schluß mit dem gerade konkret werdenden Traum von einer katholisch-weltlichen Kultur, die alle Gegensätze in sich vereinigen kann, also eine »complexio oppositorum« ist und darum nicht selektieren muß zwischen Gläubigen und Ungläubigen, die nicht die Gesinnung, das Anderssein und das böse Wort straft, sondern nur die Taten vergelten will. Die Folgen der Reformation waren die Religionskriege in Europa, die bis heute nicht beendet sind.

Das alles ist nicht lustig, aber schon komisch. Daher gilt es, die Lebensfreude nicht zu verlieren. So wie es Hannah Arendt tat, als sie 1940 in dem französischen Internierungslager Gurs eingesperrt war und über den Freitod nachdachte wegen der Gefahr, von den Deutschen übernommen und vernichtet zu werden. 1952 schrieb sie darüber: »Wenn die Weltgeschichte nicht so beschissen wäre, wäre es eine Lust zu leben. Das ist's aber auf jeden Fall. Der Meinung war ich sogar in Gurs.«

GOTT IST TOT

Gott ist tot. Der Sozialismus ist tot. Die Revolution ist tot. [1983]
Du lebst, warum?
Du bist, ich bin, er sie es
hat keinen Sinn.
Wehrt euch, leistet nichts mehr.
Alle Rohstoffe der Erde sind bedroht.
Der wichtigste Rohstoff der Natur ist die Zeit.
Wir alle sind in größter Not. Keiner hat Zeit weit und breit.
Stoppt die Arbeit, wehrt euch, leistet nichts mehr.
Bald kommt die Große Wende, die Jahrtausendwende.
Zeitwende – Wendezeit. Wim Wenders, Wim Thoelke,
Wum und Wendelin, stoppt die Arbeit,
wehrt euch, leistet nichts mehr.
Wer hat die Natur zerstört?
It's time to lay down the work.
Wer hat die Natur zerstört?
Der arbeitende Mensch.
Wer bringt sich gegenseitig um?
Der arbeitende Mensch.
Wer baut die Rakete und die Bombe?
Der arbeitende Mensch.
Wer verkauft seine Großmutter für einen sicheren Arbeitsplatz?
Der arbeitende Mensch.
Wer kämpft für die 35-Stunden-Woche,
damit er mehr Schwarzarbeit leisten kann?
Der arbeitende Mensch.
Stoppt die Arbeit, wehrt euch, leistet nichts mehr.
Hölderlin und Benjamin, alles legt die Arbeit hin.
Wer ist besessen?
Der arbeitende Mensch.
Wer ist vom Leistungsprinzip besessen?

Der arbeitende Mensch.
Wer ist von den bösen Geistern des Leistungsprinzips besessen?
Der arbeitende Mensch.
Wer ist böse von Grund auf und muß ausgerottet werden?
Der arbeitende Mensch.
Was sollen wir tun?
Ich bin gekommen, um es euch zu sagen. Ich sage es euch.
Öffnet eure Ohren, ihr kriegt es gesagt.
Ekstase, macht die Ekstase, alle Macht der Ekstase.
Ich bin euer Schamane, ich mache euch die anarchische Ekstase.
Workaholics unite, unite.
Wehrt euch, leistet euch nichts mehr.
Die Menschheit ist durch den Weltkrieg bedroht.
Die Natur ist durch die Menschheit bedroht.
Wen sollen wir retten?
Wer für die Erhaltung der Menschheit ist, hebe den linken Arm.
Das sind wenige.
Wer für die Erhaltung der Natur ist, lasse beide Arme unten.
Das ist die Mehrheit, das ist die Ekstase.
Gute Nacht, Europa.

LAGE DER NATION

Meine Damen und Herren, ich möchte mich zunächst bei Ihnen dafür bedanken, daß Sie mir die Freiheit gewähren, als Andersdenkender bei Ihnen sprechen zu dürfen. Freiheit ist ja stets die Freiheit der anderen Versammlung. [1987]

Ich bin konservativ, aber Sie brauchen keine Angst zu haben, ich möchte Ihnen nichts verkaufen, bei mir bekommen Sie keine Aufklärung in der dialektischen Mogelpackung, und ich werde auch nicht den moralisch-gesalzenen Zeigefinger so lange in Ihre offenen Wunden drücken, bis das Blut der Betroffenheit aus den Krampfadern spritzt, blatzt und plutzt, nein, ich werde Ihnen nur das konservative Gedankengut so nahe bringen, daß Sie es anschließend geschlossen mit nach Hause nehmen und morgen früh ab 5.45 Uhr zurückanwenden.

Kann auch später werden, ich weiß, Linke stehen nicht so früh auf.

Schauen Sie, warum sind Sie heute abend hier?

Weil Sie Angst haben! Sie haben Angst davor, allein zu sein, und deshalb versammeln Sie sich hier. Warum denn gibt es Familien, Bürgerinitiativen,

Nachbarschaftshilfen, Revolutionäre Zellen, Kirchen und andere Kegelvereine? Weil die Menschen sich zusammentun, um sich abzugrenzen. Von den Feinden, von den Schweinen, von den Deinen.

Hier im Raum: lauter liebe Freunde, doch draußen lauert der Feind und Taschendieb.

Wir kennen das: menschenfeindlich, kinderfeindlich, frauenfeindlich, ausländerfeindlich – der Mensch unterscheidet sich vom Tier dadurch, daß er sich selbst ein Feind ist – homo homini enemy.

Das gefällt Ihnen jetzt vielleicht nicht – das macht aber nix! Denn es geht nicht um Sie, es geht um den Menschen.

Was macht der Mensch? Er steht herum und fragt: Warum? Warum immer ich? Und damit sind wir im Zentrum der politischen Erziehung.

Wir alle sind ja umzingelt von Erziehungsfehlern, Brokdorf und Boris Becker – beide mußten zu früh ans Netz. Und damit sich solcher Unsinn nicht wiederholt, wollen wir noch einmal die Inhalte der politischen Erziehung ins Gedächtnis einspeichern: Die Idee des Menschen ist heilig, der Mensch darf nicht getötet werden.

Das muß mal wieder gesagt werden, meine Damen und Herren, das bleibt folgenlos und kommt überall gut an, und das paßt auch heute in diese Veranstaltung, wo sich lauter gute Menschen versammelt haben, um der Welt draußen noch einmal zu zeigen, wo heute Moral, Wahrhaftigkeit und Schönheit vorhanden sind, natürlich hier bei der Crème de la crème du Eurovision de la chanson de la Besserwisserei.

Nun, wo war ich stehngeblieben – ich werd's Ihnen verraten: Die Idee des Menschen ist heilig, der Mensch darf nicht getötet werden. Es sei denn, mir will jemand ans Leder, ich bin aber schneller und mache ihn prophylaktisch kurz & alle, das ist Notwehr, das ist die Ausnahme. Du sollst nicht töten, das ist die Regel, es sei denn, ich bin Soldat und muß mein Vaterland schützen: Jeder Schuß ein Russ – das ist aber dann die Ausnahme, denn du sollst nicht töten, das ist die Regel, es sei denn, ich bin Polizist und muß die öffentliche Sicherheit und Ordnung wieder einmal unverbindlich durch einen finalen Rettungsschuß wiederherstellen – das ist die Ausnahme, denn du sollst nicht töten, das ist die Regel, es sei denn, es ist ausnahmsweise wieder mal erlaubt.

Sehen Sie, selber sterben, das kann jeder, aber einen anderen töten, ohne dafür gesellschaftlich zur Verantwortung gezogen zu werden – das ist die hohe Kunst der Politik, da bleiben wir nicht außen vor, da greifen wir einmal mitten hinein.

Immer Opfer sein ist langweilig, und ab einem gewissen Alter drückt sich das im Gesicht aus. Meine Damen und Herren, da kommt keine Stimmung auf, so wollen wir das heute abend nicht im Raume stehen lassen.

Wenn Sie beispielsweise jemand in Ihrer Nachbarschaft, Bekanntschaft oder Verwandtschaft haben, den Sie nicht leiden können, den Sie also umbringen möchten, dann rate ich ab vom Attentat, vom Gift, vom Würgeeisen, vom Revolver. Das ist kompliziert, das klappt nicht immer, und wenn es funktioniert hat, braucht man einen guten Anwalt, und die sind heute sehr teuer.

Ich empfehle Ihnen statt dessen, gründen Sie eine Firma zur Beseitigung all derer, die Sie nicht leiden können, und wenn Sie dann diejenigen, die Sie nicht leiden können, erfolgreich entsaftet haben, kann Ihnen überhaupt nichts passieren – ja, Sie haben ja mit Ihrer Firma neue Arbeitsplätze geschaffen, und mit diesem Argument können Sie heute jedes Verbrechen rechtfertigen, da liegen Sie arbeitsmarktpolitisch im Trend!

Und das ist nicht nur heute so, das war auch in der Vergangenheit so. Als in den 40er Jahren Adolf Hitler sagte, ich glaube, den Zweiten Weltkrieg verlieren wir, hören wir auf, schließen wir die Rüstungsindustrie, da kam die IG Metall und rief: Aber die Arbeitsplätze!

Jetzt werden Sie vielleicht einwenden: Das war nicht so!

Geb ich Ihnen recht.

Aber es hätte so sein können.

HALLELUJA! NATURSCHUTZ UND WELTUNTERGANG!

(Der Giftprediger)

[1985] Wenn ich euch so sehe, und wenn ich weiß,
was ihr gegessen habt, bevor ihr hierherkamt,
und was ihr gestern gegessen habt,
und was ihr getrunken habt,
und welche Luft ihr ununterbrochen einatmet –
dann frage ich mich, wahrlich, ich frage mich:
Woher wollt ihr wissen, daß ihr noch lebt?
Woher nehmt ihr die Unverschämtheit,
euch als lebendige Menschen auszugeben,
ihr, die ihr doch nur eine Ansammlung tödlicher Chemikalien seid?
Halleluja! Gesundheit und Mahlzeit!

Seid ihr nicht alle längst Vampire, Draculas und mausetot?!
Seid ihr nicht das reinste Gift?!
Und du, meine Tochter, siehst du nicht aus wie eine Giftmüll-
deponie?!
Und ist das nicht der einzige ehrliche Gesichtsausdruck,
den ein Zombie tragen darf, der sich täglich vollfüllt
mit Formaldehyd und H-Bomben-Milch,
mit Margarine und Massentierhaltung?
So frage ich euch, ihr Kinder von Amino, Benzo, Chlor und
Balthasar!

Halleluja! Borstenvieh und Schweinespeck!
Und ist es nicht furchtbar,
euch Jammerlappen und Klageweibern pausenlos dumme Fragen
zu stellen?!
Halleluja!, sage ich und antworte euch:
Jedes Gift ist ein Geschenk der Natur!
Denn Pharmakon heißt Gift und Medikament zugleich!

Chemie ist Natur und Natur ist Chemie!
Doch ihr, die ihr Chemie in Lebensmitteln fürchtet,
ihr fürchtet das Leben, dessen Mittel die Chemie ist!

Halleluja! Bayer, Hoechst und Boehringer!
Es steht aber geschrieben: Mens sana …
Das heißt: Nicht der Körper hat eine Seele,
sondern die Seele hat einen Körper.
Mag auch mein Körper Körner knabbern und Joghurt schlabbern,
meine Seele liebt dennoch alles, was die Natur uns schuf.
Halleluja! Pausenbrot und Suppensnack! Kokain und Colarausch!

Öffnet also eure von falschen Tränen verklebten Augen
und schaut einmal zu, wenn junge, von euren verderbten Gedanken
unbefleckte Menschen mit roten Wangen und blitzenden Augen
in einen Chickenburger beißen!
Und haltet dagegen die Jammergestalt
des in Gesundheitssandalen daherschlürfenden Jünglings,
der seinen mit Mist gedüngten Rosenkohl in sein bleiches
Gesicht schiebt…!
Auf der lichtdurchfluteten Hamburgerfarm,
da ißt die Seele mit und jubiliert!
In der düsteren Gemüsekommune quält sich
ein seelenloser Leib mit der bitteren Frucht
einer fehlgeleiteten Liebe zur Natur.
Halleluja! Drum lasset uns leben, essen und trinken,
und seien wir gemeinsam auf der Hut
vor der grünen Diktatur des Vegetariats!
Amen.

DIE VERHÄLTNISSE

[1989] Die Verhältnisse ändern sich heute so schnell, daß nicht einmal die Philosophen dabei mitkommen, diese Verhältnisse neu zu interpretieren. Wie soll ich dann die Verhältnisse ändern, wenn ich gar nicht weiß, um welche Verhältnisse es eigentlich geht?

Ich sitze zu Hause herum und ändere die Verhältnisse, aber draußen gibt's längst schon ganz andere Verhältnisse. Was sind denn das für Verhältnisse, die sich schneller ändern als mein Wille, sie zu verändern, sich überhaupt entwickeln kann? Daran sieht man, daß die Welt furchtbar ist.

Die Welt ist furchtbar. Sie ist unerträglich. Sie muß geändert werden. Doch die Welt ist so furchtbar, ist in ihrer Schändlichkeit so grauenhaft, daß sie ihr Furchtbarsein durch keine Verbesserung einbüßt.

Diese Welt ist so furchtbar, daß sie in ihrer Furchtbarkeit von meinem Rettungsversuch vollkommen unbeeindruckt bleibt, und das ist das Furchtbarste der Welt, daß sie sich ihre Furchtbarkeit von mir nicht nehmen lassen will.

Widerstand also ist zwecklos, jeder Widerstand ist zwecklos – aber sinnvoll. Denn der Mensch braucht Trost. Wer Sorgen hat, hat auch Malheur. Und wer sich um den Spott nicht zu sorgen braucht, der hat eben einen Schaden. Und so erkennen wir, was das geistige Band der Weltgeschichte ist, dieses ewige Oben und Unten, Dafür und Dagegen, dieses Band ist der Prozeß, den Kläger und Beklagte um den Großen Schadenersatz führen. Denn höret, das ist Geschichte: Ein großer Streit um Wiedergutmachung ohne göttliche Rechtsschutzversicherung.

DIE GEWERKSCHAFTLICHE REDE

Kolleginnen und Kollegen! [1989]

Wir müssen unser gewerkschaftliches Ziel stets vor Augen halten, das heißt, wir dürfen unser gewerkschaftliches Ziel nie aus den Augen verlieren. Wir müssen also konsequent auf unser gewerkschaftliches Ziel zugehen, dürfen dort aber nie ankommen, denn dann haben wir es aus den Augen verloren.

Was wir im Kopf haben, müssen wir in die Beine tun. Das nennt man die Einheit von Theorie und Praxis. Die verkörpert am besten unser Kollege Oskar Lafontaine, diese Mischung aus Radio Luxemburg und Rosa Luxemburg (dieser wesentliche Vergleich stammt nachweisbar von mir – M. B.): große Pläne, nichts erreichen, aber immer gut drauf – also ein perfektes Unterhaltungsprogramm.

Und damit wir alle so werden, greif ich jetzt zur schärfsten Waffe im gewerkschaftlichen Klassenkampf: zur Einführung in die Geschichte der Arbeiterbewegung, aber auch der Gewerkschaftsbewegung. Und wer das einmal mitgemacht hat, wer unsere Schulung überstanden hat, dem kann doch im betrieblichen Alltag nicht mehr viel passieren.

Kolleginnen und Kollegen!

Die deutschen Gewerkschaften sind die einzige Organisation auf deutschem Boden, die seit über hundert Jahren erfolglos ist und trotzdem weitermacht. Das gibt doch Kraft, das gibt doch Mut, und das hilft doch auch nicht weiter.

Denn wir werden bestenfalls noch übertroffen von der katholischen Kirche. Aber liebe Freunde, wir haben deren Finanztalente und Fälschungsfähigkeiten noch nicht. Gebt uns bloß tausend Jahre Zeit, und wir sind genausogut im Weltgeschäft. Und ich garantiere euch heute schon, daß dann die IG Metall den Papst stellen wird, den Kollegen Papst natürlich.

Kolleginnen und Kollegen! Die entscheidende Frage heute lautet doch: Können unsere Arbeiter noch etwas leisten, oder können wir uns unsere Arbeiter noch leisten? Oder ist es umgekehrt? Denn der Mensch steht im Mittelpunkt der Arbeitsumwelt. Und deshalb fordern wir die gerechte Verteilung der Natur bei vollem Sonnenausgleich für Nachtarbeit ohne Wenn und Aber. Jawohl, es geht um die Ökologie. Aber die funktioniert doch nicht ohne Wachstum. Denn Wachstum ist das eherne Grundgesetz von Mensch und Wirtschaft. Je mehr keiner mehr lang, wo's weißgeht, um so mehr wächst unser gewerkschaftliches Selbstvertrauen. Wenn wir den Gedanken des Wirtschaftswachstums verbinden mit dem Gedanken des Naturschutzes, dann erhalten wir den natürlichen Wachstumsschutz in der Wirtschaft.

Und wenn wir dann übergehen von der Arbeitsgesellschaft in die Freizeitgesellschaft, dann entwickelt sich die Volkswirtschaft zwangsläufig zur Gastwirtschaft, und der Alkohol dient der Humanisierung der Freizeit. Wenn wir die Arbeitszeit radikal verkürzen auf 55 Promille die Woche, dann wird aus dem kranken Alkoholismus am Arbeitsplatz wieder die gesunde Trinklust als Freizeitspaß.

Humanisierung bei gleichzeitiger Alkoholisierung bedeutet Professionalisierung und Demokratisierung.

Und so möchte ich schließen mit einem Wort des Kollegen, aber auch Genossen August Bebel, der einmal in seiner schmackhaften Art die Inhalte unserer Bewegung auf einen einzigen Zentralbegriff brachte, indem daß er ausrief: FEIERABEND!

DIE KLEINEN LEUTE

Wer bescheißt den kleinen Mann? [1989]
Die kleine Frau – stets, wenn sie kann.
Wer bescheißt die kleine Frau?
Der kleine Mann, die dumme Sau.

Wo ist der kleine Mann? Was macht die kleine Frau?
Das Jahrhundert der kleinen Leute geht zu Ende.
Es ist nichts Erfreuliches zu berichten.
Die kleinen Leute haben versagt.

Wir haben versagt.
Unsere letzte Stunde ist gekommen.
Unser Abtreten von den Brettern, auf denen Geschichte
gegeben wird, verzögert sich noch,
wie immer beim Niedergang einer Klasse,
eines Standes, einer massenhaften Masse,
und wird begleitet von Schmerzen und Turbulenzen.
Das Böse hat sich verkrochen in den Stempelkissen
der Bilanzbuchhalter des Schreibtischmordes,
und das Gute hat sich ihm angeglichen,
da es hockt in den Antragsformularen des Sozialamtes.

Nein, nein, nein – die kleinen Leute des 20. Jahrhunderts
waren nicht die immer schon Verratenen und Verkauften,
Geschlagenen und Genasführten.
So einfach läßt es sich nicht mehr entschuldigen,
das eigene Dasein, Hiersein und Dortsein.
Wir müßten längst schon fort sein, wir kleinen Leute.

Die großen Schurken des Adels verstauben
in den Grüften verfallener Schlösser, und Graf Dracula

erzählt nur ein tröstendes Märchen für verzweifelte Marxisten
zum zwanzigsten Mal aus dem zwanzigsten Band – MEW, o weh!

Und die kleinen Leute sammeln Leitern zum Erfolg,
doch das Leben ist kein Leiterwagen, sondern Politik,
Umweltbejahung und Straßenschlacht, Randale, Krawall und Amok.
Weil aber die Bürger und Bürgerinnen nur Schemen sind,
weil das Bürgertum ausgestorben ist,
darum kann es auch keinen Bürgerkrieg mehr geben.

Im Jahrhundert der kleinen Leute heißt die Tragödie:
Keiner macht Politik, aber jeder macht mit.
Mittäter seid ihr, statt Täter zu werden.
Die tragische Figur unserer Zeit ist nicht der scheiternde Held,
sondern der überlebende Kleinbürger.

Kleine Frau und kleiner Mann
schauen sich beleidigt an.
Seit dem ersten Liebestanz
sind sie versichert bei Allianz.
Und das macht melancholisch.

Das Jahrhundert der kleinen Leute geht zu Ende.
Es ist nichts Erfreuliches zu berichten.
Die kleinen Leute haben versagt, wir haben versagt.
Wir haben die Revolution verpatzt.
Und also kommen über uns die sieben Plagen,
und es kommt die Deutsche Bank, und es kommt die Dresdner Bank,
und es kommen Chase Manhattan und Crédit Lyonnais,
Commerzbank, Stadtsparkasse und Hypo-Bank,
und dann kommt der große Börsenkrach.
Und die kleinen Leute werden alles verlieren,
was sie gespart haben und erworben.
Und es wird ein Hamsterkaufen sein und ein Erdbeerverstecken,
Eigentumswohnungen werden sich auflösen in untilgbare
Schuldenberge und Verzweiflungsschritte,

und das Jahrhundert der kleinen Leute wird zu Ende sein.
Und übrig bleibt nur die Erinnerung an ein Sparbuch,
einen kleinen Traum im Grünen und ein bißchen Friede,
und das wird alles gewesen sein,
aber das ist noch nicht zu Ende.

Denn jetzt beginnt das Jahrtausend der kleinen Leute,
und das geht weiter und hört nicht auf,
und wir sind dabei und singen Bumsvallera,
das ganze 20. Jahrhundert war erst ein Vorspiel,
und zur Sache, Schätzchen, da kommen wir noch.
Lieber Mond, du gehst noch stille,
aber warte nur balde, da ruhest du nicht.

GEDANKENFREIHEIT UND GEWALTFREIHEIT

[1988] Ohne Stolz und Vorurteil ist man noch ärmer. Wenn alles egal ist und nichts mehr geht, dann will ich wenigstens stolz sein, ein Deutscher zu sein. Da die anderen es nicht sind, sondern sich mit ihren nationalen Minderwertigkeitsgefühlen herumschlagen, bin ich, indem ich stolz bin auf mein Vaterland, schon wieder was Besonderes und hebe mich ab von den Spießern, gehöre zum besseren Deutschland, zum antifaschistisch stets Eingemachten, bin also wieder wer und brauche nicht der mangelnden Gnade des Ungeboren-Seins hinterherzuhecheln. Machen wir uns ein Bild von den Deutschen und hauen es so lange zurecht, bis eine Idee draus wird. Und diese Idee läßt sich dann wieder zertrümmern, und es entsteht ein Haufen Krümel, und alle werden Sozialarbeiter, helfen Geschlechtskranken und Geschlechtsreifen, Betrogenen und Verzogenen und hegen zu Hause unterm Sofa ein kritisches Verhältnis zum Staat.

Es ist mal wieder an der Zeit, dem Volk den Spiegel aufs Maul zu hauen und dann den Machthabenden die herausgekloppten Zähne zu zeigen.

Welch ungeheuerliche Epoche, in der ein ganzer Erdteil sich unterhalten will, Freude fordert und Lebenslust akribisch zu sammeln sucht. Und doch kommt nur vergrätzte Langeweile, plattnasige Busenschau und bloßer Wille zur Schönheit an die Oberfläche der Lebenswelt. Das große Arschkratzen fegt über die Steppe, und es will wieder keiner gewesen sein.

Die Gegenwart ist ein Verfahren vor der Kleinen Strafkammer, bei dem alle ihre Unschuld beteuern. Selbst die Gerichtsreporter. Schuld, so lernen wir, gab's nur in der Vergangenheit. Außer quervögelnden amerikanischen Fernsehpredigern und einem badewannengetunkten Streber sieht man im Abendland nur vorwurfsvolle Unschuld und porenverstopfte Zurechnungsunfähigkeit. Die

Verhältnisse, der Staat, der Terrorismus und das Wetter sind dafür verantwortlich. Doch ein Volk, das seine eigenen Terroristen nicht anständig behandelt, ist es wert, von fremden Terroristen in die Luft gesprengt zu werden. Der Pazifismus wird erst dann zu einer politischen Kraft, wenn er bereit ist, für seine Idee mit der Waffe in der Hand zu kämpfen.

Wäre Gott noch funktionstüchtig und damit ein brauchbarer Sündenfall, so hätte er die Aufgabe, die ganze Menschheit in die geschlossenen Abteilungen des Himmels zu verbringen und sie dort mit Uppers (Happylizern) zu füttern, es wäre dann eine große Ruhe. Auf der Erde.

Aber nein, der alte Penner ist ausgestiegen, sitzt bekifft auf dem Berg Athos und lacht sich einen.

Nun ließe sich einwenden, Freiheit sei die Einsicht in ihre Abwesenheit. Ein Gefangener also, der eine tiefe Einsicht in seine nicht vorhandene Freiheit besitzt, wäre demnach frei. Das ist naturgemäß Quatsch, denn selbstverständlich ist er unfrei.

Gerade durch den aufgezwungenen Aufenthalt, durch die im Ernstfall in Deutschland verwaltungsgemäß betriebene Isolation kann er nicht zu der Einsicht vorstoßen, daß Freiheit die Einsicht in ihre grundsätzliche, allgemeingültige Abwesenheit ist.

Selbstverständlich ergibt sich hier kein den Begriff Freiheit bedienender Gedanke. Das muß auch nicht sein, denn aus dem Begriff der Freiheit haben wir – ob bei guter oder schlechter Laune, die letztlich allein den Inhalt des Räsonierens bestimmt, mag dahingestellt bleiben – noch lange nicht ihre wirkliche Abwesenheit herleiten können. Freiheit ist also eine transpathetische Stimmung, die man gern hätte, das Pathos der Freiheit jedoch rührt aus ihrer Abwesenheit.

Und immer wenn es darum geht, Freiheit aus ihrer transzendentalen Umlaufbahn auf den Landeplatz des Irdischen zu zwingen, dann entsteht Zwietracht, Haß und hektische Betriebsamkeit: der Kampf um die Posten der Freiheitsverwaltung und des Freiheitsschutzes. Darum ist es sinnvoller, in der Politik zwischen Täter und Opfer zu unterscheiden. Beide wollen an die Macht, gehen aber verschiedene Wege. Der Täter schneidet sich aus dem großen Kuchen der Macht ein großes Stück für sich heraus. Das Opfer läßt sich sein kleines Stückchen Kuchen wegnehmen und verlangt dann vom Bäcker Entschädigung, also Gerechtigkeit.

Wer hat jetzt wirklich die Macht? Wer über den Ausnahmezustand herrscht. Wenn in der Bäckerei mal kaum noch Kuchen da ist, quasi ein Kuchennotstand besteht, dann hat doch der die Macht, der die Stunde der Ausnahme ausruft und dabei ausnahmsweise den ganzen Kuchen einsteckt. Wer in der Stunde der Ausnahme zum Täter wird, das ist der eigentliche Souverän.

Der Regelfall in der Stammkneipe ist doch der, daß der Wirt Bier ausschenkt. Nun tritt bei ihm um 1.00 Uhr der Notstand, die Ausnahme, die Polizeistunde ein. Und wer in dieser Stunde sich durchsetzt, der Wirt oder der Stammgast, der ist der Souverän der Kneipe.

Wie meistert ein guter Wirt die Lage? Er erschreckt seine Gäste nicht schon vor zwölf mit dem Hinweis auf die letzte Bestellung. Eine gute Regierung sollte dem Volk auch nicht sagen, wir brauchen Notstandsgesetze, damit wir im Ernstfall mit randalierenden Staatsgästen fertig werden.

Der Wirt, um auf ihn zurückzukommen, formt die letzte Bestellung zu einem charmanten und interessanten Stück Entertainment. Und die Stammgäste, deren Treue Ehrlichkeit heißt, bekommen dann, wenn die Laufkundschaft und die Rumkrakeeler draußen sind, noch einen ausgegeben.

Doch leider ist der Staat keine Stammkneipe, sondern sehr komplex. So fällt das Leben von einem Elend ins andere Extrem.

Und dabei leben wir in einer Zeit, von der zu sagen, daß man dabeigewesen sei, möglicherweise in zwanzig Jahren niemanden mehr interessiert. Wir stehen erstmals in der Menschheitsgeschichte vor der irdischen Erlösung, und noch immer wird herumgemault. Wenn morgen die Welt unterginge, schlüge ich noch heute meinem Nachbarn den Schädel ein, weil er nicht mein Bruder sein mag. Aber, o Schmach, alle wollen Brüder sein.

SACHSENHÄUSER BERGPREDIGT

Wenn jemand einen Herzinfarkt erleidet, dann ist es ungehörig, [1988] die Hälfte des Eintrittsgeldes zurückzuverlangen. Allerdings muß man auch nicht immer eingreifen, wenn jemand stirbt. Es sind nicht Rettungen gefragt, sondern Freundlichkeiten.

Fähig, freundlich zu sein, ist nur derjenige, der bereit ist, jemanden in Ruhe sterben zu lassen, ohne ihm lauthals und quengelig vorzuwerfen, es sei doch reichlich egoistisch, sich einfach vom Acker zu machen, während unsereins noch dasein muß.

Keiner hat ein Recht auf Glück, aber jeder die Pflicht, nicht unglücklich zu sein. Du sollst deinen Nächsten nicht nerven wie dich selbst, sondern du sollst ihm Freude bereiten oder Schmerz oder ihn in Ruhe lassen in Ewigkeit oder zumindest am Nachmittag.

Denn der Nachmittag ist die Stunde der Freiheit, da wiegt jeder Ehebruch doppelt, da klopft die Sünde an die Tür; und da die meisten vergessen haben abzusperren, und da sie wissen, daß sie nie absperren würden, sind sie aus Sicherheitsgründen erst gar nicht zu Hause.

Alle Menschen haben eine solche Ruhe verdient – und daß uns kein Sabberarsch kommt mit seiner dahereiternden Verdrießlichkeit. Solche lungern gern vor Einfall der Dämmerung in bekannten Treppenhäusern und winseln um Aufmerksamkeit. Man verwechselt sie zuweilen, denn sie legen sich flach wie ein Putztuch auf die Stufen, um ihre Verwendbarkeit für alltägliche Arbeiten zu zeigen.

Wie sehr verehren wir ihnen gegenüber doch unsere Freunde, die stolzen Freitöter.

Wenn mal wieder so ein unterwürfiges Stück Arschkriecherei vorbeilallt, dann muß ich ihm sagen, daß er doch, da er für sich selbst nicht zu sorgen bereit ist, daß er dann doch bitte die Polizei und die Psychiatrie und die Todesstrafe akzeptieren muß. Mit

15 Jahren sind dem Menschen die Entschuldigungsgründe fürs Hiersein endgültig aus der Hand geschlagen – immer unter der Voraussetzung, er wolle das Leben in Freiheit verbringen und nicht im Zoo der Brüderlichkeit und Nächstenquälerei. Wer mit 30 Jahren noch lebt, trägt die Verantwortung, und er kann sich nicht herausreden aus seinem Mitläufertum, selbst wenn er im Rollstuhl sitzt und das Postamt inzwischen auf einer Rampe erreichen darf im Namen der Humanitas.

Rampen dienen der Integration, nicht mehr der Selektion.

Selbst der Terrorist, wenn er noch einer ist, bildet einen normalen Bestandteil der Staatsgewalt.

Die Ursache aber der Staatspest ist der mangelnde Egoismus der Staatsbürger. Nur der echte Egoist ist ein Sozialist.

Hier preisen wir unseren Bruder Adam Seide, dessen Name allein schon für ein Programm steht: Mensch und Luxus. Was ich also den Völkern der Welt zu sagen habe, ist einfach und leicht verständlich.

Alle Menschen sind unerträglich lärmende Arschlöcher und dümmliche Selbstbetrüger. Es gibt keine Chance, auch nur ein einziges Exemplar dieser Gattung nichtsnutziger und unwürdiger Naturprodukte zu bessern.

Aus dieser bislang konservativen Menschenkunde ergibt sich weder der autoritäre Staat noch die Herrschaft einer politischen Elite, denn eine solche Konsequenz wäre weder logisch noch sonstwie sinnvoll. Aus der Anerkennung der Tatsache, daß der Mensch dem Menschen ein Schwein ist – *homo homini enemy* –, folgt ganz einfach eine stets ungeheuerliche Anarchie, die der Feind der Langeweile und des unbegrenzten Bürgerfriedens ist.

Die verfassungswesentliche Unterscheidung ist nicht die zwischen Gewalt und Gewaltlosigkeit – darauf lassen sich nur Demagogen und Idioten ein –, die politisch wesentliche Unterscheidung ist die zwischen Menschen, die von der gewaltsamen Wirklichkeit ausgehen und darin nicht Opfer sein wollen, und jenen, die sich aus Erbärmlichkeit, Hektik und schamlosem Schuldgefühl bloß bedienen lassen wollen, sei's von Gott, sei's von der Gesellschaft.

Kehren wir zurück zur Schlechtigkeit, die natürlich nicht das Böse schlechthin ist. Denn das Böse gibt es nur dort, wo eine wichtige Gruppe von Menschen anderen es bildhaft und schmackhaft machen kann. Das Böse ist, im Gegensatz zu den Menschen, ein Kunstprodukt – hier liegt die Krise der zeitgenössischen Kunst begraben, deren Kritiker nach guten Werken fragen.

Schauen wir wieder auf den großen Acker der Politik. Wenn alle Menschen Verbrecher sind, weil sie machtgierig und geldgeil und selbstherrlich sich ausleben wollen, dann ersehen wir hieraus, daß alle Machthaber dem besonderen und gesteigerten Mißtrauen und dem tendenziellen Fall der eigenen Überlebensrate zu Recht ausgesetzt sind. Es kann keine Herrschaft der Besten geben, denn selbst das beste Stück Scheiße stinkt wie die Pest. Alle Menschen sind Pöbel, Dreck, Pickel am Arsch der Natur – und also ist nicht Bußfertigkeit angesagt und prophylaktisches Heulen und Zähneklappern, nein, New Age, neue Zähne und heftig viel Freiheit, süßes Rumliegen und herbes Zurückschlagen.

Die Macht der Machthaber ist nicht deshalb übel, weil die Machthaber besondere Schweine sind – das ist ein Thema, bloß nicht die Wahrheit. Der Kampf gegen die Macht ist ein Spiel, ein mörderischer Sport zwischen den Schweinen da oben und den Säuen da unten.

So sieht es aus, und so wird es sich bald herumgesprochen haben. Aber wer zieht Konsequenzen, wer zählt die Folgen, wer macht sich ans Werk?

Es ist ganz einfach, weil fast schon viele danach leben. Sehnsucht nach Ordnung und Wille zum Chaos, und dann beides wieder umgekehrt: Kinder kriegen, um ihnen eins hinter die Löffel zu donnern; gegen den Krieg kämpfen, um ihn vom Zaun zu brechen; aufrüsten, um abzurüsten; essen, um aufs Klo zu gehen; aufstehen, um wieder schlafen zu gehen; zusammenkommen, um außer sich zu sein – wir sehen, es funktioniert doch.

Die Hunde bellen, und die Zwiebeln ernähren uns weiter.

Wollen wir einen natürlichen Menschen oder eine menschliche Natur? Nein – ein neuer Adel aus vielen widernatürlichen Menschen, das ist angesagt!

MENSCHENRECHT UND NATURGESETZ

> »Ihr wollt herrschen über die Natur und
> bindet euch selbst Hände und Füße durch den
> Stoicismus, um desto rührender über
> des Schicksals diamantene Fesseln in euren
> vermischten Gedichten fistulieren zu können.«
> *Johann Georg Hamann* (Aesthetica in nuce, 1762)

[1987] Es ist an der Zeit, das Bild von der freundlichen Natur vom Kopf auf die Tatzen zu stellen. Gerade in den letzten Jahren haben sehr viele Menschen in den Industriestaaten erheblich und stark übertrieben sich der Natur angedient, als sei die Natur die reine Verkörperung des Guten. Jede noch so große Lebensfreude konnte einem vergällt werden, weil irgendwelche ökologisch orientierten Gleichgewichtsfanatiker mit dem Vorwurf herbeieilten, man wolle sich auf Kosten der Natur amüsieren, handele also widernatürlich.

Hier lauert das Mißverständnis von der Beherrschung der Natur durch den Menschen, dieses neuzeitliche und hochmoderne Mißverständnis, das immer wieder Anklage erhebt gegen den Menschen, der die Natur, den Bauch und die Frau zugunsten von Industrie, Automobil und Mann unterdrückte.

Die Wirklichkeit aber ist grausam und daher anders: Wir Menschen, und zwar Mann und Frau, sind Sklaven der Natur, die Wirklichkeit ist also widerlich und das Verhältnis Mensch–Natur vordemokratisch, wenn auch gewalttätig von beiden Seiten. Um diese Gewalt zu zivilisieren, muß auch die arrogante und sehr oft kinderfeindliche Natur ihre spontanen Gewaltausbrüche eindämmen. Sonst werden Mensch und Natur nie in Harmonie geraten.

Die Naturerscheinung von Tschernobyl gibt hier genug Stoff zum Nachdenken. Es geht nicht an, nur über menschliche Schwächen des Sowjetsystems und über die Steigerung der Sicherheitsventilrate zu kommunizieren. Nein, eine kopernikanische Rolle vorwärts zur Beherrschung der Natur und ihrer destruktiven Triebe ist vorzubereiten. Die Stimmung dafür ist schon vorhanden.

Längst hat sich die Aufregung über die Tschernobyler Kernschmelze und die Wolken und die Folgen gelegt. Sicher, man durfte eine Zeitlang nicht mit frischem Blattspinat im Freien spielen, Geschlechtsverkehr war wie heute wegen Aids nur möglich bei einem Sicherheitsabstand von 2,50 m zwischen den Sexualpartnern und ständiger Abduschung aller Drüsen.

Doch es herrscht kein Ausnahmezustand. Es ist ein Fehler passiert, vielleicht sogar ein Verbrechen verübt worden. Auf jeden Fall ist mit dem Recht nicht richtig umgegangen worden.

Daß das Verbrechen Namen und Anschrift hat, ist Kriminalbeamten und Anhängern Bert Brechts bekannt. Und auch der allgemeine Rechtsverfall orientiert sich an Adressen. So war Tschernobyl nicht nur die Stätte glühenden Graphits und antisowjetischer Kernschmelze, Tschernobyl ist auch ein weiterer Ort auf der Landkarte des Zerfalls abendländischer Rechtskultur. Die Spätdemokratie im Herbst der Neuzeit wird nicht nur von Terroristen, Strahlen und genitalen Virusempfängern geschwächt, die Herrschenden der bürgerlichen Gesellschaft selbst streuen Chaos und Anarchie um sich, als handele es sich um Salz für frische Fritten. Tschernobyl ist somit nicht nur der Name für einen Platz, an dem eine historisch-materialistisch unerfreuliche Havarie stattfand, Tschernobyl ist auch im Westen Synonym für eine krisenreiche Epoche.

Während sich im Volk gemütlicher Zynismus niederschlägt und nervöse Dystonie von Cäsium-Paranoia abgelöst wird, erschrecken sich die ungemütlichen Berufszyniker des bürgerlichen Medienwesens selbst und verfallen in postkatastrophale Melancholie.

»Die trunkenen Trojaner, die das Waffengeklirr im hölzernen Pferd der Griechen überhörten und den verdorrenden Lorbeer im Tempel übersahen, sagten zur warnenden Kassandra, sie rede ›windigen‹ Unsinn. Nur eine Metapher. Die Trojaner sind untergegangen«, schrieb Mathias Schreiber in der *FAZ* unter der Überschrift »Wir Trojaner. Der böse Wind aus Tschernobyl« im Mai 1986.

Tschernobyl – weh dem, der keine Symbole sah, es klapperten die Metaphern, und Analogien wurden geschmiedet als finstere Pläne, die tragische Antike von gestern und die energiepolitische Autarkie von morgen zu beschwören und zu verwechseln. Da galt es dabeizusein.

Tschernobyl – das bürgerliche Recht zerfiel, und das bürgerliche Feuilleton blühte auf. Die *FAZ* druckte am 10. Mai 1986 Auszüge aus der Apokalypse des Johannes ab, so wie es zwanzig Jahre zuvor aufrechte Ostermarschierer in ihren Blättchen taten, um auch Christen für den Frieden zu gewinnen und für die friedliche Nutzung der Kernenergie. Und so war 1968 das AKW in Biblis eröffnet worden, und niemand aus der Linken war hingegangen. Bleiben wir also lieber im Bannkreis von Analogie, Entsetzen und unverbindlichem Lebensgrusel.

Tschernobyl – klingt das nicht wie die Thermopylen, an denen 468 vor unserer Zeitrechnung eine Schlacht stattfand? Damals siegten die Perser, die ideellen Gesamt-Gaddhafis der Antike, gegen die Griechen. Zehn Jahre später ließ Aischylos in Athen seine Orestie aufführen, die nach dem Sieg der Griechen über die Trojaner (Stichwort: Kassandra!) spielt und von der Ablösung des Prinzips Mutterrecht und Blutrache durch patriarchalische Rechtsrationalität erzählt.

In *Bild am Sonntag* wurde 1986 die Tatsache, daß Kernkraftwerke nicht abgeschaltet werden, damit gerechtfertigt, daß der Straßenverkehr im Jahr 8000 Tote fordere und auch nicht abgestellt wird. Sind das nicht Symptome einer kranken Zeit? Und hatte bei solchen Rechnungen nicht Gaddhafi für jenes Jahr in der Bundesrepublik noch 7998 Tote frei?

Das waren die drängenden Fragen, die nicht nach Antwort heischten, denn eigentlich pflegten wir mit der *FAZ* das Denken den Trojanischen Pferden zu überlassen. Die haben hölzerne Köpfe, bestehen also aus Natur und nicht wie der Mensch aus Niedertracht und unzähmbarer Bosheit.

Ja, es blieb alles normal, der Ausnahmezustand fand nicht statt, nur Panik, Hysterie und naturschützerische Selbstdarstellung regierten die Öffentlichkeit beim Super-GAU. Es ist auch im Grunde nichts Besonderes passiert, weil etwas geschah, was sowieso dauernd stattfindet; die Unvollkommenheit der Industriegesellschaft.

Diese Industriegesellschaft aber ist ein Teil der Natur und nicht, wie griesgrämige Blumenkinder durch ihre körnergestanzten Zahnlücken zischeln, eine Diktatur über Flora und Fauna. Auch Atome sind Teil der Natur. Wir alle bestehen aus Atomen. Und die Sowjetunion war ja gerade auf die Ökologie hereingefallen, indem sie der Natur freien Lauf ließ und ihr keinen patriarchalischen Berstschutz überstülpte. Das kommt dann heraus bei zuviel Vertrauen in die Natur.

Die Natur aber ist wie der Mensch, unzufrieden und von Haus aus störanfällig. Ohne jede Selbstbeherrschung gibt sie sich ihren Trieben hin, läßt da einen Vulkan ausbrechen und hier einen Fluß über die Ufer treten. Opfer sind, das lehrt die Geschichte der Schandtaten der Natur, meist die Schwachen, Frauen und Kinder, Greise und Sozialarbeiter. Wenn wir also einmal wieder umdenken wollen, dann heißt das die Sache bei der Wurzel packen. Wir alle wurzeln in der Natur. Also ist eine radikale Entwurzelung des Menschen angesagt, damit er endlich, losgelöst von den Banden der niederträchtigen Natur, diesen Sumpf des Bösen trockenlegen kann. Das kann nur geschehen, wenn wir von den Störmanövern und Naturereignissen unserer Erbfeinde nicht mehr niedergeschlagen werden können. Die Waffen der Natur werden an uns unbeeindruckend abprallen, denn wir werden zur Symbiose von autonomer Kernspaltung und autarker Selbstversorgung mutiert sein: intensive Lebewesen ohne heute noch vorhandene Minderwertigkeitskomplexe gegenüber der Natur.

BLONDER BLOCK

[1988] Ich bin nicht gekommen, um euch den Frieden zu bringen, sondern Feuer und Schwert. Spricht der Herr. Und zwar mit Recht. Denn nur wenn wir der Gewalt die Freiheit schenken, erhalten wir Gewaltfreiheit. Auch Liebe geht nur mit Gewalt, und lieben sollen wir, bis es weh tut, das Lieben, sagt Mutter Teresa. Nächstenliebe, Feindesliebe, Eigenliebe – können wir so viel notwendige Liebe denn leben?

Von Jugend an fragen wir Männer uns: Was ist das eigentlich, ein guter Ficker? Kommt es auf die Zahl der aufs Kreuz gelegten Mädels an, oder zählt nur die Menge der befriedigten Frauen? Oder geht es gar nicht um Zahlen, sondern um Qualitäten, somit um die Kunst des Liebens, von der Erich Fromm spricht?

Oder wird doch nur vorgezogen die Kunstfertigkeit von Hand, Geschlecht und Gesprächsorgan? Ach, Herr, so viele Fragen läßt Du offen.

Du hast einmal gesagt, man solle sich kein Bild von Dir machen. Ich bin der Herr, Dein erstes Programm, du sollst keine anderen Kanäle haben neben Mir.

Aber warum hast Du uns Augen gegeben, die etwas sehen und auch etwas ernten wollen für den Ausgleich der Armut, die das tägliche Dasein bietet? Wir lieben die Bilder, aber wir müssen uns mit Menschen begnügen. Und gibt es uns denn Trost, wenn heute so viele Menschen einherschreiten, als seien sie Bilder? Lasset uns lesen aus *FAZ* 87, Nr. 236, beim Kritiker Wittstock aus seinen Worten über eine Begleitveranstaltung im Rahmen der Messe des Buches zu Frankfurt am Main.

Hier steht geschrieben: »Die Schönheit jeder einzelnen war verlockend, wenn nicht verführerisch, und doch wurden sie einander – zumal zu vorgerückter Stunde – immer ähnlicher, so daß mancher Charmeur möglicherweise in Gefahr geraten konnte, die verschiedenen Objekte seiner Begierde zu verwechseln.«

Wir sollen die Weiber fürchten und lieben, und sollen gleichzeitig nicht begehren unseres Nächsten Geliebte. Spricht der Herr. Und zwar völlig ohne Recht.

Doch jetzt hat der Teufel uns die neuen Schönen geschickt, die Campari-Gestelle, die dreidimensionalen Titelbilder. Da ist eine große Oberfläche vor uns aufgetan, die zur Zerstörung reizt. Gier überwintert im Gefrierfach, denn Bauknecht weiß, was Frauen wünschen. Mit dem kantigen Eiswürfel durchs Make-up pflügen wie ein Eisbrecher durch die arktische Wüste, damit wenigstens eine Narbe Schönheit verkörpert.

Aber warum hassen wir diese neue, unverwechselbar sportive Weiblichkeit, diese krypto-negroide Wuschelköpfigkeit, diese neon-dumpfen Blicke und diese ausgeglichen bewirtschaftete Feierabend-Erotik?

Weil wir abgeblitzt sind, als wir um Hingabe warben? O nein, nicht darum, denn wir sind nicht kleinlich. Aber wir haben etwas gesehen, was Du, o Herr, uns in Deiner Gnadenlosigkeit vor Augen hieltest, als wir darum baten, nichts mehr sehen zu wollen.

Es war eine faltige Frau, sie mochte um die 50 Jahre alt sein, die ging mit ihren an den Armen hängenden Latscha-Tüten die Straße entlang, wollte die Kreuzung überqueren, obwohl ihr die Ampel Rot zeigte, da wurde sie von einem eilig gesteuerten Automobil angefahren und an den Bürgersteigrand geschleudert. Wie sie da nun liegt, ist sie schön, die gebrochenen Knochen sind niemandem sonst ähnlich, sie verlockt nicht, aber sie ist da, halbtot und liebenswert, wir wollen ihr helfen, aber nur wegen ihres Unfalls, nicht, weil sie sonst der Hilfe bedarf.

Aber habt ihr schon einmal eine vor den Bus geschubste Lifestyle-Maske sich auf der Fahrbahn krümmen sehn? Da fallen Liebe und Begierde zusammen wie das Haus, das auf Sand gebaut war, es kam aber ein Sturm, der ließ das Meer den Sand wegspülen, und also brach das Haus auseinander. Liebestöter, unsägliche Hosen der Unterleibsvermummung, konnte man noch vom Leibe reißen, da jagten die Gedanken wie Hiebe über ungesehene Haut, aber, verfluchte Befriedigung der Hölle, die ihre Strafen auf Bewährung ausgesetzt hat, was sollen wir sehen, wenn die Körper selbst zu Liebestötern geworden sind? Schlage uns mit Blindheit, Gott, denn in der Dunkelheit gibt es mehr zu sehen als auf den Straßen Deiner Welt.

Oder laß wieder Schlamm regnen und Schmutz und Schund, rührest die Trommel des Drecks, und Herr, gib uns Weiber, die stinken und die Falten haben und denen der lebendige Tod aus den Augen lächelt und nicht der Friede des schon Gestorbenseins.

Lasset uns also schließen mit einem herrlichen alten Stoßgebet: Lieber Vater, der Du bist im Himmel, ändere die Mode. Denn darum geht es seit Jahrtausenden. Und so soll es auch bleiben. Amen.

PFARRER

Ich bin nicht gekommen, um euch den Frieden zu bringen, sondern Feuer und Schwert! – Spricht der Herr. Dennoch hat unsere Schwester Petra Kelly das Buch geschrieben *Um Hoffnung kämpfen. Gewaltfrei in eine grüne Zukunft*, das ich gestern abend einmal in meinem Gemeindezentrum vorstellte, und alle Gemeindeglieder waren sich eigentlich darin einig, Abstand zu nehmen von der Gewalt. [1988]

Aber, so einfach macht es uns die Bibel nicht! Kein Geringerer als Martin Luther hat dies vor fast 500 Jahren einmal erkannt, als er da anhub und sprach: Ich scheiße in des Kaisers und in des Papstes und in der Juristen Recht dazu, was auf Neudeutsch heißen mag: legal, illegal, scheißegal! Als dieser selbe Martin Luther am 31. Oktober 1517 um 12 Uhr mittags klammheimlich seine 95 Thesen als Graffiti an die Tür der Schloßkirche zu Wittenberg nicht nur ansprühte, sondern auch anhämmerte und annagelte, da wußte er, daß das Sachbeschädigung war, und er handelte dennoch. Denn der Friede ist eine Himmelsmacht, wir aber sind von dieser Erde.

So rufe ich allen Brüdern und Schwestern des gewaltfreien Widerstandes zu: Wer unter euch ohne Gewalt ist, der werfe den ersten Stein!!!!

DER KARDINAL HAT DAS WORT

[1986] Das Leben ist furchtbar.
Und wer nicht weiß, wo es langgeht,
der muß dran glauben, ans ewige Leben.
Und darum braucht ihr Trost, den ich euch spende.
Denn ich komme vom größten Kaufhaus der Welt,
ich komme direkt aus Rom von der Golgatha-Verwertungs-
Gesellschaft Wort.
Und ich sage euch:
Am Anfang war das Wort, und das Wort war nicht ganz bei Trost.
»Wer sich nicht in Gefahr begibt, der kommt drin um«,
so sang vor Jahren noch der Wanderkommunist und
  Reserveprediger Wolf Biermann.
Aber wir leben nicht im Paradies, wir leben auf dieser Erde.
Und dieses irdische Jammertal ist eine Risikogesellschaft und
  kein Schlaraffenland.
Hier gilt: Wer sich in Gefahr begibt, fällt selber um.
Und so steht auch nur das ungeborene Leben
unter dem besonderen Schutz der Kirche.
Das ungeborene Leben in Chile und in Hongkong,
in Kalkutta und in Jutta.
Denn ihr sollt sein wie das ungeborene Leben im Mutterbauch
und nicht wie die Eingeborenen im Vater Busch,
die da rasen und toben wie die Heiden im Zorn.
Und warum halten die Völker stolzen Rat und palavern herum
in der UNO-Vollversammlung?
Weil sie es noch nicht begriffen haben,
daß nur das ungeborene Leben
steht unter dem besonderen Schutz der Kirche und des Liebes-
  konzils
und der heiligen Peepshow von Fatima.
Und deshalb verurteilen wir es aufs kardinalste
– cum grano salis und in brennender Sorge,

daß in Nicaragua auf schwangere Frauen geschossen wird.
Das ist Teufelswerk, das ist Abtreibung!
Erst wenn der Schwangerschaftstest negativ verlaufen ist,
erst dann gilt unsere alte apostolische Formel wieder:
Feuer frei auf die Indios, und grüßt Jesus von uns.
Kill ’em all, God sort ’em out.
Bringt alle um, Gott pickt die Richtigen schon heraus.
Amen, halleluja.
So sei es,
und wie wir in Mainz unsere Predigten immer schließen
mit einem dreifach donnernden
Heile, heile Gäns-che.

POLITIK UND GEWALT

»Bei Helvetius, dem französischen Aufklärer, findet sich der Satz, Unterdrückung habe darin ihren Grund, daß die Unterdrückten sich nicht verständigen können. Unterdrückung bedeutet immer auch: des Wortes beraubt, sprachlos sein. Und Nietzsche folgte Helvetius, als er voraussagte, künftig werde der Kampf um die Macht vor allem ein Kampf um die Machtübernahme im Reich der Sprache sein. Souverän ist, wer die Wirklichkeit zu Lasten anderer benennen, wer neue Sprachregelung verbindlich durchsetzen kann.« *Gerd-Klaus Kaltenbrunner im Vorwort zu* Sprache und Herrschaft, *1975*

[1987] Wie soll das alles weitergehen?

Die Antwort ist einfach. Es geht auf jeden Fall weiter. Denn die Welt ist alles, was Zerfall ist. Die Welt zerfällt, und in der Arche ist ein Leck. Das aber war schon immer da. So scheint heute mehr Besorgnis darüber zu bestehen, wie einzelne Menschen mit der schadhaften Welt umgehen sollen, als ein kräftiger Wille vorhanden zu sein, die Welt zu verändern. Weltverbesserer sind komische Figuren, und die kleinen Leute wissen, daß die Verhältnisse sich so schnell ändern, daß es auf ihren Veränderungswillen gar nicht mehr ankommt.

Wir leben in einer romantischen Epoche der faszinierten Wollust durch politische Gewalt. Aids ist daher die konsequente Seuche, die die sexuelle Energie bändigt, um sie in politischen Masochismus umzuleiten. Das soziale Ideal unserer Zeit ist das Opfer.

Ihm erscheint die Welt furchtbar kompliziert. Und jeder weiß, daß die Welt furchtbar kompliziert ist. Mitleidig erinnert sich das Opfer an die Aufklärung, die davon geträumt hat, diese Welt durchschaubar zu machen, die die Tricks und Techniken der Macht durchleuchten und alle Menschen zu vernunftbegabten Wesen und politisch souveränen Staatsbürgern erziehen wollte. Das aber sind Täter. Das sind, vom Standpunkt des Opfers aus betrachtet, Verbrecher. Die Aufklärung war also ein Traum von Niedertracht und Verbrechen. Vorbei, vorbei.

Das Opfer lehnt sich im Sessel des Zeitgeistes gemütlich zurück. Aus diesem Alptraum sind wir endlich aufgewacht. Und stolz beharrt das Opfer auf der Einsicht, daß es vergebliche Mühe ist, irgend etwas in der Welt begreifen zu wollen, Ursachen zu erkennen und Veränderungen anzustreben. Die Welt ist ihm furchtbar und kompliziert, und damit muß der einzelne fertig werden. Was wiederum ein Beweis für die Furchtbarkeit der Welt ist.

Dieser Zeitgeist ist recht nett. Er entspannt ungemein. Man kann sich wieder aufs Wesentliche konzentrieren. Aufs Geldverdienen, Rentensparen und auf Techniken der Seuchenabwehr.

Politik, also Staatsgeschäfte, wird in den Adel launiger Feierabendbemerkungen erhoben. Man überläßt sie den zuständigen Fachleuten, von denen man weiß, daß sie eigentlich davon nichts verstehen.

Nach dem Zweiten Weltkrieg wollten viele Deutsche von Politik nichts mehr wissen, weil sie sich in ihrem Selbstverständnis am Nationalsozialismus die Finger verbrannt hatten. Der Vertreter der damals skeptischen Generation hieß Ohnemichel und war ein rechter Workaholic: Arbeiten und nicht verzweifeln hieß seine Parole.

Heute ist die Stimmung – auch wenn es oft gegenteilig anmutet – ähnlich. Es ist nicht wie 1945 das Deutsche Reich zusammengebrochen, sondern nur das Wunschbild der Revolution in einer spätkapitalistischen Gesellschaft. Aber das Gefühl, sich an der großen Politik die Finger verbrannt zu haben, bewegt so manchen Privatier. Auch jüngere Menschen, die damals, in der jüngsten Vergangenheit der 60er Jahre, gar nicht dabei waren, wollen die Fehler, sich politisch-utopisch zu engagieren, nicht wiederholen, um sich Enttäuschung und Resignation zu ersparen.

Zwar wird viel gehandelt und gewerkelt, in Bürgerinitiativen und Randgruppen aller Art, aber auch hier gilt die übrige Welt als furchtbar kompliziert, und die problemorientierte Lösung ist dagegen meist einfach. Zwei Panzer ergeben fünf Kindergärten und ein Frauenhaus. Sparen wir beim Rüstungshaushalt, und die Welt ist in Ordnung, ist doch alles machbar, Herr und Frau Nachbar. Ansonsten ist die Machbarkeit gerade die Ursache des Übels, Politiker werden als kalte Macher denunziert, und der Mensch als Gattungswesen soll gefälligst nicht alles machen, was er machen kann. Denn ein diffuses Prinzip Verantwortung, das das Prinzip Hoffnung abgelöst hat, klopft uns allen schicksalhaft auf die machenden Finger.

Die Situation ist grauenhaft. In der Bundesrepublik regiert der dumpfeste Regionalkonservatismus, die wertbewußte Einschränkung des Blickfelds auf den eigenen Augenschein. Und diese geistige Beschränktheit ist nur zu einem geringen Teil dem Kabinett Kohl anzulasten.

Die politische Verblödung ist kein Produkt übelster Manipulation der Herrschenden. Sie ist weitgehend selbstverschuldete Kapitulation vor der Ungemütlichkeit des Lebens. Das deutsche Volk wächst wieder zur sich selbst sinnstiftenden Volksgemeinschaft zusammen. Natürlich kann man wie der heilige Bernhard seine Aufgabe darin sehen, die Schlechtigkeit der Welt zu beweinen. Dies aber ist das Gegenteil von Tugend.

Bei aller Schimpflichkeit der politischen Kultur läßt sich nicht verbergen, wer dazugehört. Gerade auch der, der da so schimpft. Zorn rührt gerade daher, daß ich genau weiß, wieviel Fehler und Verbrechen ich selbst mit anderen angerichtet habe. Schuldgefühle mögen die Feder schärfen – sie dürfen nie zum Schweigen verurteilen. Ein gutes Schuldgefühl ist wichtiges Futter für die Polemik.

Die Kultur der politischen Polemik ist in der deutschen Gegenwart noch unentfaltet. Vor der diesjährigen Bundestagswahl hielt in der »Elefantenrunde« des Fernsehens einer der beteiligten Männer – ob Appel vom ZDF oder Bangemann von der FDP, ich hab es nicht genau heraushören können – der Vertreterin der Grünen, Jutta Ditfurth, entgegen, Polemik mache häßlich. Diese Fernsehsendung vom 22. Januar 1987 zeigte, welche Fronten durch das Urteilsvermögen unseres Volkes gehen. Denn einige sahen, daß die Häßlichkeit bei Kohl, Appel, Bangemann, Schulze in einer unerträglichen Weise vorherrschte, daß dagegen Ditfurth und manchmal auch Franz Josef Strauß in polemischer Schönheit erblühten. Welcher Riß jedoch unser Vaterland trennt, zeigt die Tatsache, daß es wieder andere Menschen gibt, für die das Gesicht des Kanzlers und seines Wirtschaftsministers weder ästhetische Beleidigung noch Gotteslästerung ist. Denn immerhin schuf der Herr den Menschen nach seinem Bilde. Aber was muß das für ein Gott sein, der solche Köpfe formte?

Die Kunst der Polemik ist auch in Kreisen der Polemiker unbeliebt. Wie herrlich schnell beleidigt ist doch ein jeder, trifft ihn eine Attacke dieser mit militanten Worten gerüsteten Armee. Polemiker sein heißt, beleidigend zu sein und gegenüber Personen der Öffentlichkeit keine persönliche oder sachliche Rücksicht zu nehmen. Wer sich in die Öffentlichkeit begibt, geht wie ein Boxer in den Ring; so ist es immer wieder verwunderlich, wenn Polemiker sich wundern, wenn's eins auf die Mütze gibt.

Das Leben ist furchtbar, das sagen uns alle, die in öffentlichen Positionen aus dem Leben für sich das Beste herausholen wollen. Und da darf geholzt werden – ob es um den Papst oder um einen Revolutionär geht. Wer sich öffentlich profiliert, stellt auch die Umgebung seiner Gürtellinie zur Schau. Nur die Polemik ad personam macht deutlich, daß Menschen und nicht Strukturen Politik machen und Macht ausüben.

Und etwas verbindet uns doch alle. Wir sind Anfänger, wir fangen an, ein ungeheuerliches Projekt zu entwickeln, eine demokratische Gesellschaft aus dem historischen Nichts heraus zu erfinden. Alles, was bisher dazu gedacht war in Plänen und Utopien, Programmen und Theologien, alles das hat ja nichts mit Demokratie zu tun. Unser Erbe ist eine Sammlung von Ideen, wie man Menschen gegen ihren vorhandenen Willen zu ihrem Besten zwingen kann, alle demokratische hehre Geistesgeschichte ist die Geschichte einer gut verpackten Vergewaltigungsphantasie. Denn im Zentrum der Träume von der Demokratie steht bisher meist die Vernichtung ihrer Feinde. Und wer der Feind der Demokratie ist, so lehrt die Geschichte, das bestimmt sich danach, wer gerade die Definitionsmacht und die Exekutionsmacht innehat.

Es ist also welthistorisch nicht fünf vor zwölf, es ist einfach Normalzeit. Das ist schon deprimierend genug, aber noch ist die Lage nicht ganz aussichtslos.

Die wunderbare Erkenntnis, daß der Mensch von Hause aus nicht das opferträchtige Lamm und das tumbe Idyllenwesen ist, zu dem er durch manche pazifistische und religiös-sozialistische Anthropologie gemacht werden soll, die Erkenntnis, daß Menschen gewalttätige und liebesbedürftige, geniale und vergeßliche Zwitter sind, diese Erkenntnis muß nicht mehr zu ständestaatlichen Vorstellungen führen, denen zufolge nur eine strafrechtliche und religiös gebundene Zwangsanstalt namens Staat hier Ordnung schafft. Es ist denkbar geworden, daß Demokratie, an deren Beginn wir stehen, das Grundrecht auf Bosheit und Niedertracht toleriert.

Und um genau dieses zu erkämpfende Grundrecht geht es in der gegenwärtigen Phase des Kulturkampfes um Staat und Gesellschaft. Eine konzertierte Aktion, die als große Koalition durch alle Parteien marschiert, kämpft um den Sieg des Guten. Die Aufgabe, gemeinverständliche und allgemeingültige Moral zu entwickeln, wird als erfüllt angesehen, und die Moralapostel der eigenen Selbstherrlichkeit streben zum Sieg.

Die politische Gefahr kommt heute aus den Plänen für eine Diktatur der Überlebensmoral. Politische Romantik und politische Theologie bedrohen die im Entstehen begriffene Demokratie. Diese Waffen gilt es zu zerstören.

Der Vernunft und der Demokratie ist der Krieg erklärt worden. Der Konsens der Demokraten ist aufgekündigt worden, wenn er denn je bestanden hat. Es herrscht das Chaos, dessen politische Festung die öffentliche Harmonie ist.

Stürzen wir uns also in die Unruhe, in die Aufregung. Denn Langeweile ist nicht nur eine Kategorie der künstlerischen Weltbetrachtung, Langeweile ist auch ein Gemütszustand staatspolitischer Enthaltsamkeit. Liebevoll wende ich mich daher einem oft schon Totgesagten zu, Franz Josef Strauß, dem Vertreter einer aussterbenden Gattung beeindruckender Persönlichkeiten. Jahrelang, jahrzehntelang hat er Wind gesät und Sturm geerntet, Haß gepredigt und Haß erzeugt, und nie hat er einen Zweifel daran gelassen, daß es in der Politik anders zugeht als in der Sonntagsschule. Franz Josef Strauß gebührt die Ehre, mit reaktionärer Politik und furchtbarer Rhetorik eine schwarze Synthese aus Konservatismus und negativem Linkspopulismus geschaffen zu haben. So wie sich seine Anhänger wohl fühlten im Schatten des starken Mannes, so genossen seine Feinde stets die ungeheure Gefahr, die von ihm ausging. »Gott behüte unser Haus vor Barry Goldwater und Franz Josef Strauß«, so hieß es in den 60er Jahren, als der heute nicht mehr so bekannte republikanische Politiker Barry Goldwater mit Rassismus und Provinzverherrlichung Präsident der USA werden wollte. Und als im Jahre 1980 Franz Josef Strauß gar Kanzlerkandidat der Unionsparteien war, da schlich ein heimeliges Gruseln durch die Linke. Es wurde ein antifaschistischer Konsens zwischen allen Fraktionen beschlossen und Strauß ausgedeutet als die Verkörperung einer drohenden Wiederkehr des Nationalsozialismus. Strauß brauchte bloß mit den Augen zu rollen, und schon verblödete die Linke auf einen Ruck.

Auch die abendländisch-christliche Kultur des Geiferns war bei ihm gut aufgehoben. »Ich finde es bemerkenswert, daß sich die CSU aufregt, zu Recht aufregt, wenn ein Herr Schröder den Herrn Strauß eine Sau nennt. Aber warum regt sich kein Mensch auf, wenn Herr Strauß den Herrn Schönhuber ein Arschloch nennt?«, fragt Franz Schönhuber (ein deutscher Republikaner mit echt rechtem Willen zur Staatsgewalt) 1986 in einem *Spiegel*-Interview. Warum regt sich keiner mehr auf?

Weil es sich nicht mehr richtig lohnt, sich über Strauß aufzuregen – das ist die infernalische Wahrheit. Strauß ist zwar immer noch aktiv in allen Bereichen der Politik, hat jedoch seine alte Stänkerrolle verloren. Er wird mit Milde und Wohlwollen betrachtet. Und ist das nicht eine schlimmere Form des politischen Todes als jener, den jüngst der alte Urfeind des Genannten, als ihn Willy Brandt durch seinen vorzeitigen Rücktritt von der Parteispitze der SPD erfuhr? Ich meine »ja«, denn Willy Brandt hatte stets die sozialistische Vorstellung einer harmonischen Volksgemeinschaft als Leitbild seiner Politik vor Augen, und Strauß wußte es besser, daß Politik ein Kampf bis aufs Messer ist. So sind wir nun in das Arbeitsfeld politischer Nekrophilie vorgestoßen, und es ist also an der Zeit, sich mit einer weiteren Leiche zu beschäftigen.

Leichen aber findet, wer den Totengräbern nachgeht.

Ich sehe viele – geradezu im Takt – tätige Grabschaufler. Sie buddeln die Revolution ein. 1989 wird in Frankreich der 200. Jahrestag der Französischen Revolution gefeiert, und bis dahin muß so viel Gras über die Revolution wachsen, daß nur noch ein Grabstein übrigbleibt. Es kommt also heute darauf an, die Begräbnisse zu verändern.

Schwarze Politik, schon immer friedhofszugewandt, orientiert sich an Friederike Kempner, der schlesischen Dichterin, die Walter Benjamin eine Muse des Surrealismus nannte. Diese Poetin fürchtete, lebendig begraben zu werden, und hielt es deshalb für sinnvoll und notwendig, den scheinbar oder anscheinend Toten im Sarg einen Zug in die Hand zu geben, der zu einem Glöckchen führt, das man dann, wenn man schon bei lebendem Leibe beerdigt wurde, läuten kann, um deutlich zu machen, man wolle herausgeholt werden. Hier findet Schwarze Politik eine überaus bestrickende Metapher: Schwarze Politik ist die Glocke in der Hand der lebendig begrabenen Revolution.

Natürlich mutete es furchtbar an, als im Jahre 1985 die Münchner Lach- und Schießgesellschaft ihr Programm »Jugend raus« mit dem Song »Wir brauchen eine Revolu-, Revolu-, Revolution« beendete, weil jeder weiß, daß der Aufruf zur Revolution im Kabarett ein Staatsbegräbnis ist. Aber man mag auch im Staatsbegräbnis die Lust auf das Begrabene noch spüren.

Wenn Europa die kommende Jahrtausendwende gegenüber Amerika und der Dritten Welt und der asiatischen Weisheit und Geschäftstüchtigkeit überstehen will, dann muß es die beste seiner je produzierten Ideen wieder aus dem Fundus holen. Und das war die Revolution. Die bürgerliche Revolution, die wir noch gar nicht richtig erlebt haben, die noch aussteht, die stets und immer wieder plump in Konterrevolution umgewandelt wurde. Ja, Freiheit und Gleichheit, sie werden Europas Banner schmücken. (Brüderlichkeit und Schwesterlichkeit kann man politisch nicht erzwingen, entlassen wir sie also aus dem revolutionären Programm der Staatsumwälzung.)

Freiheit und Gleichheit aber sind heute nicht nur nicht Wirklichkeit – sie werden gemordet und in ungeweihter Erde verscharrt. Schon Friedrich Schiller, dieser stets beleidigte Staatsdiener (»Ich muß meine Frau ernähren und darf gegenüber Goethe nicht gar so abstinken!«), schloß, wie heute Botho Strauß, nach heftiger Wallung für den Umsturz seinen Frieden mit allem, was da ist, weil es da ist. Deshalb schrieb er sich seinen eigenen Persilschein aus und nannte ihn *Das Lied von der Glocke,* in dem es heißt:

> »Freiheit und Gleichheit hört man schallen,
> der ruhige Bürger greift zur Wehr,
> die Straßen füllen sich, die Hallen,
> und Würgerbanden ziehn umher ...
> Da werden Weiber zu Hyänen
> und treiben mit Entsetzen Scherz,
> noch zuckend, mit des Panthers Zähnen,
> zerreißen sie des Feindes Herz.«

Diesen unbändigen Trieb zur Staatsherrlichkeit finden wir heute besonders bei französischen Werbetextern wie André Glucksmann und anderen Mitgliedern der poststrukturalistischen Militärseelsorge.

Kurz: Die Frage ist erlaubt, ob der Erbfeind nicht schon wieder breitärschig in Frankreich herumhockt. Und da wir die Idee der Revolution gegen die ehemaligen revolutionären Linken in Frankreich neu beleben wollen, empfiehlt es sich, den Gedanken des Krieges, den diese Clausewitz-Figuren in ihren Kanonenschädeln erhitzen, aufzugreifen. Der Schwindel der Militanz richte sich gegen Frankreich:

Statt einen Weltkrieg gegen die Sowjetunion vorzubereiten, sollten wir den französischen Totengräbern der autonomen Vernunft den Krieg erklären, den ehemals Linken und heute staatsfromm

Verdummten. Wir mobilisieren eine Armee westdeutscher Sozialwissenschaftler unter der Leitung des Frankfurter Instituts für Sozialforschung. Diese Heeresmacht wird den welschen Zeitgeist zwingen, die Werke von Ernst Jünger und Martin Heidegger auf deutsch auswendig zu lernen.

Das Unternehmen »Völkerverständigung« möge beginnen und gelingen.

Adieu, mon amour

Von Bilanzen und Abschieden

Niemand macht Revolution.
Niemand braucht Revolution.
Niemand will Revolution.
Aber irgendwie fehlt sie einem doch.

RATLOS

Ganz am Rande hat die große Terrorgeschichte mich auch mal berührt. Ich war mit Jochen Klein in Frankfurt befreundet, teilte allerdings seinen Hang zum bewaffneten Kampf nicht. Anfang 1975 hatten wir – wie es sich gehört: im Ostpark – ein abhörsicheres kontroverses Gespräch, und danach trennten sich unsere Wege. Ende 1975 hing an der Tür der Wohngemeinschaft, in der ich lebte, ein Päckchen mit Pornoheften und dem schönen Gruß an mich »Wichs dir einen« von Jochen Klein. Ich konnte mich nicht bei ihm bedanken, da er irgendwie verschwunden war. [1994]

Das nächste Mal sah ich ihn auf der Titelseite von *Bild:* Ein verletzter Terrorist wird in Wien während der Geiselnahme der OPEC-Ölminister von Polizisten aus dem OPEC-Gebäude geführt. Klein hatte also mächtig mit dem internationalen Superstar Carlos und anderen von sich reden gemacht. Er war Mitglied der Revolutionären Zellen. Die Auseinandersetzung innerhalb der Frankfurter Sponti-Linken, mit Beleidigungen und Anschuldigungen auf allen Seiten, prägte unsere damalige Zeit, und die Gretchenfrage hieß: Wie hältst du es mit den Gefangenen der RAF, wie hältst du es mit dem bewaffneten Kampf gegen den Imperialismus?

Ich gehörte zu denen, die es gar nicht damit hielten. Aber ich habe die gute Erinnerung, daß selbst diese Debatten solidarisch geführt wurden. Keiner verriet etwas der Obrigkeit, obwohl es Ängste gab, da würden Listen geführt mit den Namen aller Radikalen, die die Angepaßten der Polizei übergeben wollten, obwohl es Ängste gab, daß Bewaffnete auch mal einen der sogenannten Abwiegler umlegen wollten. Das war verständliche Paranoia, zum Glück keine Wirklichkeit. Zur Denunziation war niemand bereit.

Anfang 1977 nun kam eine Meldung aus Italien, Jochen Klein wolle aussteigen aus der Guerilla. Über die Geschichte ist oft im *Spiegel* berichtet worden, Klein selbst hat ein Buch darüber geschrieben: *Rückkehr in die Menschlichkeit – Appell eines ausgestiegenen Terroristen.*

Jochen Klein hockt irgendwo im Untergrund. Neunzehn Jahre nach der Tat, bei der er niemanden mit der Waffe verletzt hat, verbüßt er seine Strafe in der Heimatlosigkeit.

Ich weiß nicht, ob ihm zu raten ist, daß er sich stellen soll. Doch selbst eine Gefängnisstrafe in Deutschland mit der Perspektive, anschließend sich frei in Frankfurt bewegen zu können, scheint mir mehr Leben zu versprechen als das Vegetieren im Exil. Es war richtig, ihm damals zu helfen, auch wenn es heute fast unmöglich ist, ihm zu helfen.

TELEFON

A: Haben Sie schon gehört? Der Sozialismus ist tot. [1980er]

B: Bitte? Der Hahn ist tot?

A: Ja, der auch. Aber der Sozialismus ist auch tot. Das muß ich Ihnen doch sagen! Bitte, das ist normal.

B: Gott ist auch tot?

A: Natürlich ist Gott tot, was soll er sonst machen. Bei den Zuständen hier unten. Tät ich ich auch an seiner Stelle.

B: Was?

A: Tot sein tät ich auch, wenn ich Gott wär.

B: Ach?

A: Der lebt wieder.

B: Das ist ja interessant.

A: Auf der anderen Seite: Das soll jeder halten, wie er will. Aber der Sozialismus, der ist tot, mausetot. Nein, nicht Table d'hôte – MAUSETOT! Maus, Maus.

B: Bei mir zu Haus? Alles in Ordnung. Und bei Ihnen?

A: Auch! Prima! Und wie geht's meiner Frau? Gut? Sehr schön. Hauptsache, sie hat Spaß, und wenn sie mit Ihnen zusammen ist. Ja! Was? Ja, Ihrer Tochter geht's sehr gut, sie ist hier sehr glücklich mit mir. Was soll ich? Ich denk ja gar nicht dran. Sie haben meine Frau, und ich hab Ihre Tochter, damit sind wir quitt. Das hat mit Tausch überhaupt nichts zu tun. Das ist reine Gewohnheit. Ich will Ihnen mal was sagen. Karl Marx hat mal gesagt, ja, Karl Marx, ich sage diesen Namen, da können Sie ruhig die Polizei rufen, Karl Marx hat gesagt, Religion sei das Opium des Volkes …

B: Und was soll man machen, wenn man kein Opium hat und keine Religion?

A: Das ist heute die Deutsche Frage, ob die Nation das Opium des Volkes ist oder womit wir einfachen Leute mal richtig high werden können.

VOM PFERD GEFALLEN

[1994] Warum haben wir den Zusammenbruch des Sozialismus nicht großartig gefeiert? Warum haben wir es den Triumphatoren von rechts und irgendwo überlassen, so zu tun, als hätten sie gewonnen? Warum waren wir nicht selbstbewußt und souverän genug zu sagen, daß uns die Befreiung der Menschen vom totalitären Sozialismus in Osteuropa und besonders in der DDR gefällt?

Das Ende des Sozialismus ging wohl auch bei uns ans ideologisch Eingemachte und verstreute uns in alle politischen Himmelsrichtungen. Wenn ich hier von WIR spreche, einem seltsamen Subjekt, das nicht gefeiert hat, so meine ich damit Menschen aus der früheren Sponti-Szene in Frankfurt. Denn im Umkreis der Gruppe »Revolutionärer Kampf« und der Hausbesetzer und Hausbesetzerinnen war es schon Mitte der 70er Jahre zu einem großen Bruch gekommen mit der Tradition der Revolution, dem Mythos der Revolution und damit auch mit dem Mythos der Großen Oktoberrevolution von 1917.

Es ist heute schwer zu ertragen, wenn nach 1989 alternde Exkommunisten plötzlich die Fehler ihres früheren Systems entdecken und diesem abschwören. Es ist ebenfalls grausig, wenn von konservativer Seite so getan wird, als habe es in der Geschichte der Bundesrepublik nie eine kommunismuskritische oder gar -feindliche Linke gegeben. Die Autoren, die jetzt die ganze Linke der Kollaboration mit der SED anklagen, bestätigen damit ungewollt die linksradikale Erkenntnis der 70er Jahre: Es ist unmöglich, in dieser angeblich offenen Gesellschaft ohne Gewalt wahrgenommen zu werden. Diese Ignoranten der anarchistischen und linksradikalen Kommunismuskritik zeigen, wie wenig sie von einer diskursiven öffentlichen Debatte halten, weil sie erst aus ihren Sesseln des Dämmerns herausgerissen werden, wenn Gewalt auf der Straße herrscht und Friede und Recht sehr wund sind. Sie hören nur zu, wenn die Spitze der Hierarchie zu ihnen spricht oder wenn die RAF ihnen eine Bombe unter den Stuhl legt.

Dies mußte mal gesagt werden, gerade weil ich keine Lust habe, mich von diesen Nihilisten in den bewaffneten Kampf treiben zu lassen.

Doch warum haben wir, die wir Gott und die Partei nicht achteten, kein Fest veranstaltet zur Niederlage der DDR?

Die DDR war auch für uns eine wunderbare Sache. Wir konnten unser politisches Programm voll aus dem Negativen bestimmen. Was wir wollten, ist besser als der Kapitalismus und besser als der Sozialismus. Diese permanente Distanzierung erlaubte, unkonkret bleiben zu dürfen bei eigenen Plänen für die öffentliche Zukunft. Mit der DDR haben wir eine nützliche Horrorvision verloren, eine Heimat des Gruselns, ein Gelände, auf dem selbst der komplexbeladene Linksradikale noch ein Gefühl von Überlegenheit hat entwickeln können. Ein Manövergelände der unverbindlichen Gesellschaftsveränderung, denn die da drüben sollten erst mal ihrem Sozialismus ein menschliches Antlitz aufsetzen, damit wir »Guten Tag« dazu sagen. Das Ende der DDR bedeutet das Ende einer gemütlichen Machtlosigkeit, in der sich die undogmatische Linke gern einrichtet. So folgt aus der boshaft gemeinten Frage, wie weit Linke das Unrecht der SED und der Staatssicherheit mitgetragen haben, die Antwort, daß Linke sich politisch neu fragen müssen, wo die Grenze der Kollaboration mit der Macht im Westen liegt, wenn das Hinterland des falschen und mißglückten Experiments Menschheitsbeglückung fehlt und für keine taktischen Entschuldigungen mehr herhalten kann.

Und dabei geht es nicht um Gefühle, Vergebung, Glaube, Liebe und Angst oder Hoffnung, sondern um die Kritik an der Gegenwart, um die Propaganda des Lebens und eine ganz einfache politische Moral, um »jene Moral, über die sich lustig zu machen zum guten Ton gehört, eine Moral, die nichts anderes besagt, als daß keiner berechtigt ist, über den anderen zu verfügen oder zu entscheiden«, wie es der Schriftsteller Georges-Arthur Goldschmidt zur Verleihung des Geschwister-Scholl-Preises in München formulierte.

Die DDR war die Verwirklichung des Carl Schmittschen Satzes, daß die Unterscheidung zwischen Freund und Feind die wesentliche politische Unterscheidung sei, und die DDR hat diesen Satz zu einer Wirklichkeit verschärft, in der der Feind vernichtet gehört, wenn die Kräfteverhältnisse es erlauben. Die DDR war sozialistische Herrenreiterkultur.

Ernst Jünger hat der deutschen Linken vorgeworfen, daß sie im Gegensatz zu anderen Völkern keine starken Naturen hervorgebracht habe, die die Zügel fassen und die Generäle anleiten können. »In diesem Sinne kann man sagen, daß die Linke bei uns nie aufgesessen ist.«

In der DDR war die Linke aufgesessen und ist vom Pferd gefallen.

ENDE DES SOZIALISMUS

Der Sozialismus ist weg [1990]
Reden wir doch einmal drüber
Stalin ist tot, aber es hat lang gedauert
Berlin, der antifaschistische Schutzwallraff
Sozialismus als Kirche von ganz unten
also als Hölle – ist weg
Guck ich weg, von dem Fleck, ist der Sozialismus weg
Bleib ich da bei dem Mist, seh ich, daß er nie gewesen ist
Das ist es doch
Guck ich hin, wo ich bin, fehlt mir jetzt der Lebenssinn

Der Sozialismus ist am Ende
Das ist doch ein normaler Vorgang, alles ist einmal vorbei
Der Sozialist ist nicht mehr froh
wie einst der Mops im Paletot –
Das muß man auch mal ertragen können
das was vorbei ist – wie mit der Schule
die ist auch mal aus
Dann hat man was gelernt oder nicht
Der Sozialismus will die eignen Hoffnungen dämpfen
Vorbei ist's mit den Klassenkämpfen

Das ist eine Szene, da tritt Alfred Dregger auf
und rezitiert das
denn in unserem Stück kommt jetzt eine theatralische Szene
Gasthof, da liegen lauter einarmige Kellner auf dem Boden,
stinkende Haufen von Gulasch,
hinter der Theke steht eine Wirtin – kopflos
die singt
Der Chor der Ratten schleicht vorbei
und wispert aus zahnlückenhaftem Maul:
Ergötzlich ist der Menschen Qual

im unerlösten Jammertal
Dann geht der Vorhang auf und wieder zu
umgekehrt: zu und wieder auf
Die Ratten fahren fort und sagen:
Wir sitzen hier voller grusligem Behagen
Vor der Unlösbarkeit aller sozialen Fragen

In dem Moment fällt hinten die Wirtin um
und die Mäuse kommen aus der Küche
gehen in den Kühlschrank, die Tür geht zu
und sie singen von innen:
Die Welt ist krank und ist kaputt
Der Schwanz klemmt zuckend in der Futt
Das ist albern, aber ein bißchen muß das schon
unsinnig sein, sonst hört da ja keine Sau zu
Und dann singt der letzte Gast
das ist ein ganz großer,
der besteht aus zwei Zwergen, die aufeinanderstehn:
Im Gasthof kommt noch Stimmung auf
Der Gast kloppt selbst sich hintendrauf

Der Gast nimmt ein großes Messer
und sticht sich das in den Rücken
und sagt dann:
Ich zwick den Speck in meiner Suppe
und träum von einer Bauchtanzgruppe
Dann wieder der Chor der Mäuse aus dem Kühlschrank
Sie singen:
Der Wichser wichst im Hochzeitszimmer
Der Wirt zapft schlecht und riecht noch schlimmer
Er schüttet Jauche in den Wein
Das soll sein Federweißer sein

Und jetzt spricht der Gast
Der Gast ruft laut: Das Brot ist all
Der Wirt holt Nachschub aus dem Stall

Beleidigt ist des Wirtes Schwein
Er ließ es brotlos und allein
Jetzt wieder der Chor der Mäuse:
Das Weißbrot schmeckt jetzt aufgewärmt
Der Darm zuckt schwer, wenn's Arschloch lärmt

Jetzt die Conclusio:
Es ist die Welt ein Gasthof nur
Betrug, Beschiß und Lüge pur
Der Mensch bleibt stets ein Gast für immer
Sein Heim ist bloß ein Fremdenzimmer

RECHTS UND LINKS – EINE GLAUBENSFRAGE?

[2001] »Ein Gerücht erhält sich hartnäckig am Leben. Verloren im Nebel einer heillosen Verwirrung, erschöpft von fruchtlosem Bemühen soll die Linke seit gestern oder vorgestern zu bestehen aufgehört haben. Und jene, die dieses Gerücht verbreiten, fügen hinzu, daß die Begriffe ›links‹ und ›rechts‹ nun jedes Sinnes entbehren.«

So schrieb Manès Sperber im Jahr 1953. Fast gleichzeitig hatte Raymond Aron festgestellt: »Hat die Unterscheidung zwischen der Rechten und der Linken noch einen Sinn? Wer diese Frage aufwirft, macht sich sofort verdächtig. Schrieb doch Alain: ›Wenn man von mir wissen will, ob der Gegensatz von Rechts- und Linksparteien, von Männern der Rechten und der Linken noch einen Sinn habe, so ist mein erster Gedanke: Der Mann, der mich da fragt, ist sicherlich kein Mann der Linken.‹« *(Opium für Intellektuelle)*

In jedem Jahrzehnt wird die Frage neu gestellt, ob es den Unterschied noch gebe, den Ernst Jandl als einen zwischen lechts und rinks bezeichnet hat. Und immer gibt es eine große Gruppe, die den Tod dieser Differenz behauptet, und eine kleine Gruppe, die noch dran festhält. In den 70er Jahren des vergangenen Jahrhunderts war es plötzlich Mainstream, den Gegensatz von links und rechts zu sehen und von oben befrieden zu wollen.

Hübsch ist die Empörung über Wanderer zwischen den Welten der politischen Anschauungen, da wird Verrat festgestellt, Opportunismus beklagt, als handele es sich bei der Wahl für links oder rechts um letzte Wahrheiten des Glaubens, die nur ein Schwein verraten könne.

Wir leben halt immer noch im Bereich der politischen Theologie, in der mit der Sprache des religiösen Wütens Macht und Ohnmacht sich begegnen und um die Achse des Bösen rotieren.

Vielleicht bringt folgender Gedanke etwas Entspannung ins Spiel. Rechts bezieht sich auf den Raum, links auf die Zeit. Linke

Träume sind daher nicht erfüllbar, da ihre Welt immer hinterm Horizont liegt. Rechts dagegen kann den Raum erobern und ihn halten. Und genau da liegt die Schwierigkeit der Linken, wenn sie Regierungsverantwortung übernimmt, sie begibt sich damit auf das Terrain der Rechten, den machtgestützten Raum. Links ist die Vision einer besseren Welt, das lyrische Prinzip Hoffnung, rechts ist der architektonische Plan der Geopolitik und der Raumordnung.

Kein Wunder, daß Linke heimatlos sind und Rechte heimatvertrieben. Aron spricht von der heimwehkranken Linken, Ernst Bloch träumt davon, daß in der Welt etwas entsteht, »das allen in die Kindheit scheint und worin noch niemand war: Heimat«. Also gibt es sie doch, die Rechten und die Linken? Nein, denn rechts und links sind nicht persönliche Eigenschaften, es ist durchaus möglich, daß in aufgeregter Zeit jemand sich der politischen Linken anschließt und erst später merkt, daß er eigentlich rechte Heimat und Gemeinschaft gesucht hat. Es geht um Wahrnehmungsprioritäten und Ängste. Wer sich im Raum vor der Zeit einmauert, träumt vom 1000jährigen Reich, weil er seine Sterblichkeit, seine Hilflosigkeit vor der Zeit verbergen will. Oder er träumt davon, daß die Zeit zum Raum wird, wie es im *Parzival* heißt. Dem Linken dagegen ist jede Ordnung im Raum verdächtig, daher rührt die große Enttäuschung gegenüber Kommunismus, Sozialdemokratie und heute den Grünen. Die haben es gar nicht besser gemacht, die können uns eine grenzenlose Welt nicht schaffen.

Beide Methoden kommen wohl nicht zusammen, weil sie sehr rechthaberisch sind. Und davor warnte schon Raymond Aron: »Die Politik hat das Geheimnis, die Gewalt zu vermeiden, noch nicht entdeckt. Aber die Gewalt wird unmenschlicher, wenn sie sich im Dienst einer gleichzeitig geschichtlichen und absoluten Wahrheit glaubt.«

TOTE AUF URLAUB

[2001]

1. Akt, 1. Szene

Bille und Gerhard bereiten einen kleinen Empfang vor, sie decken den Tisch ein.

GERHARD: Revolutionäre sind Tote auf Urlaub.

BILLE: Bitte heute abend nicht wieder die alten Sachen, versprich mir, kein Wort über Spanien. Wir haben vier Gäste, Johannes und Mascha, der Minister und vielleicht seine Frau. Worüber reden wir eigentlich, wenn die da sind?

GERHARD: No pasarán! Und Urlauber sind Revolutionäre mit Todestrieb. Der error in persona führt zum Terror in Pamplona.

BILLE: Gerhard, Äffchen, du bist hier nicht vor Gericht. Heute abend keine Plädoyers. Und fang nicht wieder an mit deinen alten Revoluzzergeschichten.

GERHARD: Alpha, Beta, ETA, wir alle sind die Täta. Es sind doch immer die anderen, die damit anfangen. Haste denn nicht im Fernsehen gesehen in der Bundestagsdebatte über den Minister und seine revoluzzende Vergangenheit, wie dieses ganze Gesindel über Dinge krakeelt, von denen sie keine Ahnung haben? Die reden über unsere Revolte wie der Elefant vom Hühnerficken.

BILLE: Selber schuld, wenn du denen zuschaust. *Geht in die Küche, von dort:* Außerdem stimmen bei deinem Vergleich die Größenverhältnisse nicht. Du meinst es doch umgekehrt.

GERHARD: Der alte Haß war wieder da, es gibt noch den altbösen Feind. Mein Gott, war ich gut drauf an dem Abend. *Schreit in die Küche.* Bille, Panther, du Klinikluder. Den anderen ist es auch so gegangen, wir haben am Telefon gefragt, wo die Bürgerlichen ihre Parteizentrale haben, wir werden sie jetzt anstecken. Aber unsereins wird ja von der Polizei nicht mehr abgehört.

BILLE: *kommt aus der Küche* Armes Äffchen, ist gar nicht mehr

Staatsfeind. Keine Konspiration mehr im Keller, nur noch – sag mal, hast du genug Champagner hier? – Du darfst auch die Korken schön knallen lassen.

GERHARD: Dem Klassenfeind mitten in die Ausbeuterfratze.

BILLE: Keine Selbstverstümmelung, wir haben doch was zu feiern.

GERHARD: Ja, ich will nicht mehr die Welt retten oder die Menschheit verbessern.

BILLE: Umgekehrt! Menschheit retten, Welt verbessern.

GERHARD: Nein, ich begehre, nicht schuld daran zu sein – was in Afrika los ist, in Asien und im Armenhaus, ich will dich heiraten!

BILLE: Endlich eine Familie, dann will ich aber auch drei Kinder! Und wenn wir sie beim Aldi stehlen müssen.

GERHARD: Das ist mein Traum: der Geliebten und der Frau unaufdringliche Geschenke machen …

BILLE: Gar nicht so teuer, wenn es nur eine Person ist …

GERHARD: Das ist ein kleiner Schritt für mich, aber eine Revolution für die Menschheit. Wenn alle so denken und handeln wie ich …

BILLE: Dann wäre unsere Wohnung überfüllt.

GERHARD: He?

BILLE: Wenn alle so handeln würden wie du, täten sie alle hier rumstehen und dummes Zeug erzählen, statt den Tisch zu decken.

Beide umarmen und küssen sich.

GERHARD: Ich habe ein so großes Glücksgefühl. Ist das legitim?

BILLE: Pst – nicht laut sagen. *Bleiben in der Umarmung – dann löst sich Bille.* Hast du nicht auch manchmal Angst?

GERHARD: Ich habe immer Angst. Älterwerden ist überhaupt nicht schön.

BILLE: Ich habe Angst, daß wir zusammen banal werden. Jeder Tag läuft wie der andere.

GERHARD: Wäre das schön! Ein langweiliges Leben! Endlich!

BILLE: *schaut ihn lange an* Ich würde dich gern jetzt erst ganz neu kennenlernen.

GERHARD: Damit ist das Problem nur aufgeschoben.

BILLE: Träumst du manchmal von anderen Frauen?

GERHARD: Ich träume von Gerichtsverhandlungen, in denen ich versage, und dann habe ich noch einen Termin verpatzt …

BILLE: Das sind Impotenzängste.

GERHARD: Also – dann mach dir keine Sorgen wegen anderen Frauen. Eine reicht in meinem Alter.

BILLE: Eine gewaltige Liebeserklärung am Tage der Verlobung.

GERHARD: *umarmt Bille* Uns wird nie langweilig sein, das verspreche ich dir. Und wenn es mal zu ruhig wird, nehme ich mir einen Krebs, und schon hast du Sorgen und Hochbetrieb.

BILLE: *löst sich* Woher weißt du, daß du nicht schon einen Krebs hast? Einen schleichenden Darmkrebs vielleicht?

GERHARD: Bedeutet die Ehe im Sinne des Bürgerlichen Gesetzbuches, daß man sich endlich jede Gemeinheit ehrlich sagen muß?

BILLE: Ja, Herr Oberaffenkopf, die Ehe ist eine endlose Sprechstunde und besteht aus zwei Ärzten und zwei Patienten – nur, wer ist gerade was?

GERHARD: Ich gehe in den Keller und schieße mich tot. *Ab.*

1. Akt, 2. Szene: Solo für Bille

BILLE *deckt weiter den Tisch* Ja, ja, der Minister. Ich bin mal gespannt, ob er mich noch kennt, ist ja auch schon zwölf Jahre her. *Tanzt um den Tisch.* Was hat der blöd geschaut, als ich ihn bei der Damenwahl aufgefordert habe. Der tanzt nie, haben die anderen gesagt. Aber ich habe ihn gepackt, er war ja auch allein da.

Geht in die Küche, es knallt, und sie singt What's love but a second hand emotion *von Tina Turner, sie kommt wieder mit einem Glas und setzt sich hin.*

Der kann so charmant sein, wenn er will. Aber mehr wollte er nicht. Obwohl niemand groß geglotzt hat, dafür waren alle zu vornehm, Party beim Professor Chefarzt. Wir hätten verschwinden können, ohne aufzufallen. *Sie trinkt.* Aber wer weiß? So ist es besser, was soll ich mit einem Politiker? Zwischendurch über die Gesundheitsreform diskutieren? Bei der Zigarette danach behandeln wir die Tabaksteuer? –

Gewußt hätte ich es schon gern, ob so einer auch abschalten kann, man sagt doch, daß Machtpolitiker sexbesessen sind … Aber die wilden Tage sind vorbei. *Streckt sich.* Schön, wenn man nichts ausgelassen hat. Jetzt kommt der Ring an den Finger. Klare Verhältnisse. Hier ist die Grenze! *Deckt weiter den Tisch, schaut auf ihren Ringfinger.* Aber eine Herausforderung für jeden Gentleman. *Summt vor sich hin.* Frau Doktor ist bald verheiratet, Geld stimmt, Sohn ist wohlgeraten, da fehlt doch nichts. – Nur die Sehnsucht nach dem Traurigsein …

Gerhard kommt mit einer Kiste Champagner,
geht in die Küche, von dort:

GERHARD: Aha, wir sind schon beim Aperitif. Da muß ich mitfeiern. *Kommt mit einem Glas Champagner (zu Bille)* Auf uns. *Beide nehmen ein Schlückchen.*

1. Akt, 4. Szene: Ein magisches Datum

MASCHA: Sagen Sie, was ist los mit dem 11. September? Als ich mir für heute nachmittag freigenommen habe, da lachten die andern: Feiern Sie ein historisches Datum? Sind Sie Geburtstagsgabe für ein vorgezogenes Weihnachtsfest?

JOHANNES: Ja, heute hat Franz Beckenbauer Geburtstag, und der hat bei einer Weihnachtsfeier, wie sagt man? Als geiler Kaiser in fremder Wiege wild gewütet.

BILLE: O Sodom und Gomorrha, das ist nicht meine Milch, und das ist nicht mein Honig, da geh ich doch nicht hin.

GERHARD: Und heute hat Adorno Geburtstag, Theodor W. Adorno, Beckenbauer und Adorno, das sind unsere Brautjungfern.

JOHANNES: Ach so, die Dialektik der Abseitsfalle, oder: Es gibt kein richtiges Tor im falschen Land: Wembley 1966.

GERHARD: Und ich bin kein alter 68er, ich bin ein 11. Septemberer. Am 11. September 1973 haben amerikanische Terroristen mit chilenischen Terroristen einen menschenverachtenden faschistischen Putsch verübt – und den chilenischen Präsidenten Allende ermordet. Das Pentagon in Washington ist eine Zentrale des Terrors, was sollen wir tun?

MASCHA: Entschuldigen Sie, höre ich da so einen alten linken Antiamerikanismus?

BILLE: O weh. Äffchen, Entschuldigung, Gerhard, du mußt noch Cola aus dem Keller holen, damit kein falscher Eindruck entsteht.

GERHARD: Wer vom Antiamerikanismus redet, darf vom Antisemitismus nicht schweigen. So einfach machen wir es uns nicht, junge Frau! *Geht ab.*

BILLE: *geheimnisvoll* Sagt nichts, wenn er wieder da ist! An einem 11. September war Gerhard mit dem Minister auf einer Demonstration, da verbindet die beiden ein Geheimnis. Das muß 1975 gewesen sein. Da haben sie einen Molotowcocktail auf einen Polizisten geworfen, und der ist fast verbrannt. Der ist heute noch nicht gesund. Und die beiden sind dafür verantwortlich. Aber sagt nichts – er redet nicht darüber, und ich kenne die Geschichte auch nur von anderen.

MASCHA: Der Minister hat einen Polizisten zu ermorden versucht. Und dieser Mörder kommt heute hierher. Das ist gut.

JOHANNES: Ich wußte es, die alten Geschichten. Ich begreife es bis heute nicht, was daran interessant sein soll, daß erwachsene Männer von heute früher mal jung waren und Räuber und Gendarm gespielt haben.

BILLE: Du kennst das doch vom Fußball. Mal gibt es Helden, mal Versager. Die einen werden Weltmeister, die anderen schaffen die Qualifikation nicht. Es hat nicht jede Generation ihre Helden. Und selbst wenn: Die meisten Helden werden nette Nachbarn, wenn sie über 35 sind.

MASCHA: Ihr Bräutigam ist ein netter Nachbar?

BILLE: Wer über dreißig ist und Steine schmeißt, sollte beim Straßenbau arbeiten.

MASCHA: Was ist ein netter Nachbar?

JOHANNES: Nerv nicht!

MASCHA: Doch, ich arbeite beim Fernsehen.

BILLE: Da gehört das Nervenkönnen zum Berufsbild. Und der nette Nachbar guckt Fernsehen und sucht sich dort seine Leute aus. »Fernsehansagerin von unbekanntem Täter verstümmelt und geschändet, das Opfer hat überlebt.«

MASCHA: Ich arbeite in der Redaktion.

BILLE: Macht nichts, dort kommt die Post an mit der Briefbombe.

JOHANNES: Spinnt ihr beide?

BILLE: Wir sind emanzipierte Frauen.

JOHANNES: Ach, das Studium der Weiber ist schwer. Und du meinst, Gerhard will heute mit eurer Verlobung seine Vergangenheit als Polizistenmörder beerdigen?

BILLE: Der Bulle hat doch überlebt.

MASCHA: Das ist doch gut! – Oder?

JOHANNES: Ach komm, du schimpfst doch auch auf die Polizei, wenn sie irgendwo den Kapitalismus und seine imperialistische Globalisierung schützt.

MASCHA: Aber ich baue meine Karriere nicht darauf auf, daß ich einen Polizisten ermordet habe.

BILLE: Niemand hat den ermorden wollen. Ich kann mir gut eine Situation vorstellen, wo ich blind so ein Bullenschwein totgeschlagen hätte.

MASCHA: Aber nicht kaltblütig ermordet.

BILLE: Egal, es gibt Situationen, da ist das einfach gerechtfertigt, wenn du siehst, wie die auf eine Schwangere einschlagen oder auf Kinder …

JOHANNES: Darum also bist du Kinderärztin geworden, aha.

BILLE: … wie die wie die Irren auf Leute einschlagen, die schon am Boden liegen, da kriegst du einen Haß, wenn ich eine Pistole gehabt hätte, damals mit 16 Jahren, ich hätte reingeschossen oder wäre zu den Terroristen gegangen.

JOHANNES: Gute Mutter, ich kenn dich nicht wieder.

BILLE: In jedem von uns ist ein Partisan verborgen, man muß ihn nur bewaffnen.

GERHARD: *mit einem Kasten Cola* Hiermit erkläre ich meine Mitgliedschaft im Verband der Deutsch-Amerikanischen Freundschaft, es lebe die DAF. Ewig bin ich euch dankbar, den Streitkräften der USA unter der Führung von General Eisenhower, die im Juni 1944 in der Normandie gelandet sind. Und wer das Invasion nennt, ist ein Arschloch, denn Invasion ist das Eindringen feindlicher Truppen, aber die Amerikaner und die Engländer sind gelandet, um uns zu retten.

BILLE: Hier fehlt zum ersten Mal die Ironie.

JOHANNES: Aber das Pathos stammt auch aus dem Keller vom Aldi. *Gerhard bringt den Kasten in die Küche.*

MASCHA: Wissen Sie eigentlich, wann genau der Minister kommen wird?

BILLE: Gerhard, sorry, komm, laß uns auf den 11. September trinken.

GERHARD: *eilt aus der Küche herbei mit Gläsern und einer Flasche Champagner* O ja, hoch die Tassen und vergeßt den Minister, denn heute, am 11. September, wendete sich das Schicksal der Welt, zwei Menschen verkündeten, in den alten, heiligen Stand der Ehe zu treten, und siehe, alles wurde besser. Zum Wohl.

BILLE: Zum Wohl.

MASCHA: Na sdarowje.

JOHANNES: Auf euch! *Sie trinken.*

MASCHA: Der 11. September, ein Tag voller Symbole, Sternzeichen Jungfrau.

GERHARD: Aszendent Spanien. Spaniens Himmel breitet seine Sterne über unsere Schützengräben aus. Und die Heimat grüßt aus weiter Ferne, bald geht es zum letzten Kampf hinaus. Die Heimat ist weit – so weit, doch wir sind bereit –, wir kämpfen und siegen für dich – Freiheit!

Polizeiliches Zwischenspiel: Der neue Mensch

Zwei Polizisten, Ruben und Benny, auf Streife vor dem schön renovierten Altbau im Frankfurter Westend, in dem sich die Wohnung von Bille und Gerhard befindet.

RUBEN: Nach dem Einsatz heute reiche ich morgen meinen Antrag auf Urlaub ein. Wenn der Mensch keine Freude mehr hat an Arbeit und Leben, muß er Urlaub machen. Das gilt auch für die Polizei.

BENNY: Was machen wir hier eigentlich? Ist doch alles ruhig, Mann, die Straße ist doch voll der Friedhof.

RUBEN: Der Minister kommt hierher, und wir sichern im Vorfeld das Gelände gegen Störer und Gewalttäter. Nachher übernehmen die Männer aus Berlin die Operation.

BENNY: Und was ist das hier für eine Behörde. *Deutet auf das Haus.* Ich kenne dieses Gebäude nicht.

RUBEN: Der Minister ist eine öffentliche Person, die hier privat absteigt.

BENNY: Ah, schlabber-schlabber, ein Puff?

RUBEN: Nein. Selbst wenn, geht es dich dienstlich nichts an. Nein, hier wohnt ein alter Krawallbruder aus der Jugendzeit des Ministers. Die haben früher gegen die Polizei gekämpft und sind heute unsere Vorgesetzten.

BENNY: Und warum schützen wir diese Zecke?

RUBEN: Ein Beamter fragt nicht: Warum? Sondern: Bin ich zuständig? Und wenn ja, dann wird gemacht, was sein muß.

Kleine Pause, beide setzen sich auf ein Mäuerchen, halten die Straße im Auge, Benny holt eine Zeitung raus und ißt beim Lesen einen Schokoriegel.

BENNY: *erzählt aus Bild* Hör mal: »Die Busfahrer streiken auf Mallorca. Am Flughafen Palma kommt es zu dramatischen Szenen. Tausende Touristen kommen nicht weg. Sie müssen am Flughafen übernachten. Taxifahrer, die den Streik brechen, werden gesteinigt, Babys schreien …«

RUBEN: Nein. Und wo ist die Polizei? Hier ist doch Handlungsbedarf!

BENNY: Du sagst immer NEIN.

RUBEN: Nein, ich habe nur Angst, daß man uns bald nicht mehr braucht.

BENNY: Aber wir sind doch immer da, wo uns niemand braucht, Alter.

RUBEN: Nein, wegen dem Neuen Menschen. Die züchten nur noch genetisch anständiges Material, das wird nicht mehr kriminell, und die Polizei ist überflüssig.

BENNY: *liest aus der Zeitung* »Leipzig. Während des Abendessens geriet ein Ehepaar aus Ramsdorf (Sachsen) in Streit. Als der Krach eskalierte, nahm die Frau (50) ihr Brotmesser, rammte es dem Mann (56) in die rechte Hand. Dann holte die Frau eine Axt, jagte ihren Gatten aus dem Haus.« Und jetzt kommt's, hör gut zu: »Vorläufig festgenommen.«

RUBEN: Ja und?

BENNY: Die beiden aus Sachsen, hör mal, das sind anständige Menschen. Trotzdem muß die Frau festgenommen werden. Und wer nimmt die fest, die Sachsenschlampe? Die Polizei.

RUBEN: Vorläufig.

BENNY: Ja, die Festnahme ist vorläufig, aber die Polizei braucht's das ganze Jahr, Tag und Nacht, aber hallo.

RUBEN: Aber wenn die wissen, wie der Mensch genetisch zusammengesetzt ist, können die ihn auch so bauen, daß er nicht mehr mit der Axt auf seine Frau losgeht.

BENNY: Ja, aber hier hat die Frau die Axt geholt, ja gut, normal macht das der Mann, immerhin, starkes Weib mit der Axt, die Alte, geil!

RUBEN: Nein, ich mein doch im Prinzip. Im Prinzip kann man den Menschen, also auch die Frau in dem Sinn, so gestalten, daß er, also auch sie, die Frau dann, nicht mehr zur Axt greift.

BENNY: Und wer hackt dann das Holz klein?

RUBEN: Das wird auch genetisch programmiert. Ab einem gewissen Alter zerfällt der Baum ordnungsgemäß in kamingerechte Holzscheite. Und dann wird die Polizei abgeschafft.

BENNY: Ja, aber das glaube ich nicht. Die Kommunistenschweine haben auch gesagt, ja, jetzt machen wir alles besser, und es gibt keine Verbrecher mehr und so, und was ist dabei rausgekommen: Polizei, der ganze Kommunismus war überall Polizei.

RUBEN: Nein, ein Gefängnis.

BENNY: Egal, Hauptsache, viel Polizei.

RUBEN: Aber wir leben jetzt in der Marktwirtschaft. Und da gibt es keine Kommunisten mehr. Und deshalb soll der Mensch in Zukunft gesund, klug und auf keinen Fall behindert sein, damit er immer glücklich ist. Und wenn der Mensch glücklich ist, dann wird die Polizei abgeschafft.

BENNY: Dann müssen wir halt Kommunisten werden, damit der Mensch auch mal unglücklich ist, und dann brauchen wir wieder die Polizei. Ist doch ganz einfach, Alter.

2. Akt, 4. Szene: Wo bleibt heute die Revolution?

GERHARD: Wir haben die Revolution geliebt, wir haben an sie geglaubt.

JOHANNES: Kyrie eleison!

MASCHA: Das verstehst du nicht.

GERHARD: Die Revolution war unsere Erlöserin, unsere Mutter und Schwester, wir haben lange trauernd an ihr festgehalten, als sie uns schon längst verlassen hatte. Heute sind wir erwachsen und haben die Sehnsucht nach Glauben in eine gesicherte Altersvorsorge umgewertet.

BILLE: Jeder Glaube entsteht aus der Sehnsucht nach Altersvorsorge – alle wollen ins Paradies. Jesus war ein Versicherungsvertreter, niemand kommt zur Rente denn durch mich, darum geht's doch im Christentum.

GERHARD: Aber ich denke, Entschuldigung, Bille, oft heimlich an die Revolution wie an die eine große Liebe, die mich verlassen hat.

BILLE: Bin ich dann bloß die blasse Reform statt der geilen Revolution?

GERHARD: Du bist die reinste Dialektik, und das törnt ungemein.

MASCHA: Und wo bleibt das Politische? Wenn ich das richtig verstehe, und das ist ja auch in Ordnung, geht es um das Persönliche, die Familie und die Ehe?

JOHANNES: So was hört man bei eurem Sender aber nicht!

BILLE: Mascha, das bürgerliche Subjekt hat sich aufs Sofa zurückgezogen und guckt Fernsehen.

Gerhard: Revolution ist eine subjektive Erfahrung und kein gesellschaftliches Ereignis mehr.

Johannes: Die Revolution hat ein Problem, sie kann kein Vertrauen mehr kommunizieren. Vertrauen darauf, daß alles besser wird. Revolution ist eine kaum noch angebotene Dienstleistung, nach der aber null Nachfrage besteht.

Gerhard: Stimmt, aber schön war es doch, und verdammt ernst.

Bille: Ich hatte immer den Eindruck, daß Revolution Abenteuerurlaub ist. Man stürzt sich ins Getümmel, lernt Leute kennen, nachts ist der Teufel los, wenn es zu langweilig ist, wird geschossen – und irgendwann ist der kurze Sommer vorbei, und der Katzenjammer kommt. Robespierre und die Guillotine, Stalin und die Prozesse.

Gerhard: Das Rote Kreuz und Kinderprostitution in Afrika unter Aufsicht der UNO. Nein, Bille, du redest vom Staatsterrorismus, wir waren immer für den freien und unabhängigen Terror. Terror ist der letzte Familienzusammenhang, wenn sonst alles sich auflöst.

Johannes: Das Gute, dieser Satz steht fest, kommt erst, wenn man es einfach läßt.

Mascha: Sie meinen, wenn alles sich in der Gesellschaft auflöst, entsteht durch die Gewalt so etwas wie eine neue Gemeinschaft.

Gerhard: Eine terroristische Vereinigung ist eine Wahlverwandtschaft auf höchstem Niveau. Es geht doch ums Attentat, um die Tötung, nicht um ein politisches Ziel. Das ist doch dummes Gerede, wir haben doch Spanien und seinen Bürgerkrieg als Droge gebraucht, um uns draufzuheben. Und dann: Vamos, muchachos!

Mascha: Nein, es geht nicht ums Töten, das ist Ihr Fehler gewesen. Es geht um die Verschärfung.

Johannes: Verschärfung von was?

Mascha: Das ist nicht so einfach. Laß uns doch mal den Minister fragen, er ist doch Katholik, was er von der katholischen Verschärfung hält.

Bille: He, katholische Verschärfung? Wer schleppt denn nur hier den Papst ins Haus?

GERHARD: O we, der pabest ist ze junge. Im Mittelalter war der Papst zu jung, heute ist er zu alt. Und das unterscheidet das Mittelalter von der Neuzeit. Und wir ziehen jetzt einen Schlußstrich. Ab heute bin ich Pazifist, und die sollen ihre Kriege und Revolutionen ohne mich machen.

JOHANNES: Ihr redet drum herum, ich sage euch, wie es ist: Nur das ist ein richtiges Leben, das sich auch rechnet. Also laßt uns über die Hochzeitsgeschenke reden.

5. Akt, 1. Szene: Idylle mit Katastrophe

Die Herrschaften haben gespeist,
sind in aufgeräumter Stimmung, aber
noch nicht betrunken.

JOHANNES: So ist er, der Minister, uns vergißt er.

BILLE: Und wo frißt er, der Minister?

GERHARD: Mascha, am liebsten würde ich Ihnen jetzt ein Exklusiv-Interview geben: Ja, es war damals am 11. September 1975, vor nunmehr 26 Jahren, es war der Minister, der den Brandsatz geworfen hat.

JOHANNES: Früher Kanister, heute Minister.

MASCHA: Ich bin bereit. *Eilt zu ihrer Kamera.*

GERHARD: Langsam, dafür ist es noch zu früh. Erst kommt der Nachtisch und dann die Wahrheit.

Die Tür zum Fernsehzimmer springt auf,
ein flackernder Lichtschein fällt auf die vier,
und eine Stimme spricht:

STIMME: Hier ist das Fernsehen. Unterbrechen Sie Ihre Tätigkeit und hören und sehen Sie zu: New York. Die Zwillingstürme des World Trade Centers sind nicht mehr. Zwei amerikanische Linienflugzeuge mit Passagieren wurden heute morgen Ortszeit in die beiden Gebäude geflogen, die kurz darauf zusammenstürzten. Feuerbälle, Explosion, Menschen springen aus den Fenstern, über viertausend Tote, Angestellte aus aller Welt, Feuerwehrleute Leben verloren, tapferer Einsatz, Manhattan unter Staubwolke, Wahnsinn, entsetzlich, die Menschen gezeichnet vom Schrecken, die Welt hält den Atem an, ein weiteres Flugzeug in Washington auf das Pentagon, überall Tote und Verletzte, unbekannte Ursachen, zerschellte ein weiteres Flugzeug bei Pittsburgh am Boden, Tote, keine Überlebenden, der größte terroristische Anschlag aller Zeiten, unvorstellbare Verwüstungen. Präsident Bush: Die Vereinigten Staaten von Amerika expect everybody to do his duty. Bundeskanzler bedingungslos, Schröder-Solidarität gegen Terror. Täter noch unbekannt, aber aus dem arabischen Raum. Triebhaftes Fieber beim Suchen von Verschütteten und Verantwortlichen. Damaskus, Riad, Kabul, Bagdad. Islam, aber auch Israel entsetzt, Börse schweigt, die christliche Wertegemeinschaft und das Abendland ungeheure Herausforderung, im Westjordanland wird gelacht, Berlin halbmast, Frankfurter Dax und Tokio sind verstimmt. Präsident verspricht sofortiges unbürokratisches Mitgefühl, Bürgermeister voll da, es folgt der Kommentar:

ANDERE STIMME: »Die Unterstützung des transatlantischen Bündnisses und die Solidarität in der freiheitlichen Wertegemeinschaft mit den Vereinigten Staaten ist in einem Land des latenten und manchmal virulenten Antiamerikanismus wichtiger denn je!«

ERSTE STIMME: Bleiben Sie wach und dran. Sie werden unseren Informationen nicht entgehen! *Die Tür knallt zu.*

GERHARD: Das ist eine Kriegserklärung.

Alles durcheinander

Wahnsinn, so etwas ist neu
Es ist ab heute nichts mehr so
Nichts mehr ist mehr so
Wie es früher
Früher war alles
Alles anders ist jetzt nicht mehr so
Mehr ist nichts als, also ich weiß nicht
Davon wird Amerika

Die Amerikaner
Ich war noch nie in New York
Nichts mehr, so ist es, alles ist nichts mehr
Hoffentlich sind morgen die Geschäfte nicht geschlossen
In New York kannst du nachts einkaufen
In Frankfurt kann dir auch ein Blumentopf auf den Kopf fallen
Der Mossad war das, warum, wegen der Logistik
Morgen muß ich zum Zahnarzt
Solche Bilder machen mich geil, komisch
Und die Toten, die sind aus dem Fenster gesprungen
Da haben sie aber noch gelebt
Erst Hiroshima und jetzt New York
Ich brauch jetzt einen Kaffee
Du meinst Vietnam oder Dresden
Diese Weihnachten, bitte, keine Stollen
Da sollen ja unterirdische Stollen bis zum Empire State Building
Über Israel und die Palästinenser redet jetzt niemand mehr
Ganz in Weiß mit einem Blumenstrauß, ich weiß nicht
Weiß ist die Farbe der Trauer
Wer jetzt kein Hochhaus hat, der baut sich keines mehr
Jetzt schon Witze?
Wann dann? Für Witze ist es nie zu früh
Die Feuerwehrmänner, immer nur zu spät kommen
Und selber bei draufgehen
Oje

Mit einem Schlag sind alle still, für fünf Sekunden.
Dann greifen alle gleichzeitig zu ihrem Handy
und wählen und fummeln.

MASCHA: Hier ist Mascha!
JOHANNES: Ey, Scheiße.
BILLE: Ist dort die Kinderklinik?
MASCHA: Ich habe gerade im Fernsehen New York …
BILLE: Ich bin's, soll ich, sind Notfälle …?
GERHARD: Hallo, hallo, heb doch ab, du dumm Nuß!
JOHANNES: Besetzt! Was gibt's denn jetzt zu telefonieren?

BILLE: Ich weiß auch, daß das in New York passiert ist und nicht hier.

MASCHA: Ach so, ihr schaltet voll auf CNN.

JOHANNES: Ey, wieso klappt die Wiederholung nicht, du Sau.

GERHARD: Ja, ach so, du bist es, ist die Nuß schon weg, ich dachte, ich frage, ob vielleicht …

BILLE: Aber Kinder sind doch so empfindlich, gerade auch in Deutschland.

MASCHA: Verstehe, Pause in der Abteilung, der Rest ist Streß.

GERHARD: Morgen früh in alter Frische und – was? Der neue Werbeslogan von United Airlines? – *Lacht.* Der ist gut, also hasta luego, compañero.

BILLE: Wie immer, 7 Uhr? Nein, sonst heißt es immer, gut, also dann.

JOHANNES: Dann leck mich doch am Arsch …

MASCHA: Gut, also scheint die Sonne weiter auf nichts Neues.

BILLE: Tschüs dann.

GERHARD: Adiós.

JOHANNES: *zu seinem Handy* Fick dich selbst.

Die Tür zum Fernsehzimmer fliegt wieder auf, flackerndes Licht, dann die

STIMME: Um 8.47 Uhr zerschellte die entführte Boeing 767 am Nordturm des World Trade Centers, um 9.03 Uhr traf die zweite Boeing 767, Flug United Airlines 175, den Südturm. Ab 9.06 gab es keine Genehmigungen mehr für Flugbewegungen im Luftraum über New York. Um 9.26 wurde ein Startverbot für alle Flugzeuge in den Vereinigten Staaten von Amerika verhängt. Um 9.41 flog eine Boeing 757, Flug American Airlines 77, ins Pentagon in Washington. Um 10.04 stürzte die vierte entführte Boeing, Flug United Airlines, bei Pittsburgh in Pennsylvania ab.

Tür geht wieder zu.

GERHARD: Die Katastrophe ist weit weg, also Ruhe bewahren. Wir machen hier erst mal weiter.

MASCHA: Die haben meine Redaktion geschlossen und übernehmen nur noch Nachrichten von CNN. Sind wir jetzt alle Amerikaner?

JOHANNES: *schaut ins Treppenhaus* Hier ist alles noch ruhig.

BILLE: Es ist ja auch nichts Besonderes passiert.

GERHARD, MASCHA, JOHANNES: *entsetzt* WAS?

BILLE: Überall ist Krieg und Terror, in Afrika, in Afghanistan, in Tschetschenien – was weiß ich? Und jetzt ist auch mal in Amerika was passiert. Das ist doch normal.

JOHANNES: Wenn dir jetzt ein Palästinenser eine Bombe unter den Stuhl legt – fändest du das auch normal?

GERHARD: Mal langsam, hier geht was durcheinander.

BILLE: Die Palästinenser haben gar nicht die Möglichkeit, so ein Ding zu drehen.

MASCHA: Und der Mossad. Oder?

BILLE: Warum nicht? Israel ist doch längst …

GERHARD: Da muß ich jetzt intervenieren!

MASCHA: Zugunsten Israels?

JOHANNES: Seit wann bist du …

GERHARD: Jawoll, irgendwo werden in New York Menschen ermordet, und ihr redet schon wieder von Israel. Vorhin war New York noch das Neue Jerusalem, und jetzt sollen schon wieder die Juden an allem schuld sein, nur weil so viele in New York leben.

JOHANNES: Wenn es um die Juden geht, dann geht mir das auf den Keks.

MASCHA: Technik und Logistik des Anschlags sprechen für die Israeli, aber nicht das Ziel. Die Täter, wetten, daß, das sind ehemalige Mitarbeiter des CIA, die sind frustriert, und jetzt haben sie zugeschlagen.

BILLE: Ja, stimmt, die Ästhetik scheint mir auch eher zivilisiert zu sein und nicht barbarisch, das waren unsere eigenen Leute und nicht die Araber.

GERHARD: Ich fasse zusammen: Wir haben es mit einem Kollateralschaden der Globalisierung zu tun. Heiraten wir trotzdem?

MASCHA: Die Ehen werden nicht im Himmel geschlossen, und

auf Erden herrscht kein ewiger Friede. Also: Zum Wohl. *Alle trinken.*

JOHANNES: *zu Mascha* Kryptisch spricht das Orakel, doch ihre Figur ist ohne Makel.

MASCHA: *für sich, blickt auf Johannes* Eine Verlobung braucht einen Verlobungsschwur, einen blutigen Eid auf die Zukunft. Aufs Vaterland.

GERHARD: *für sich* Du kannst dem Geschlechtshaß nicht entfliehen. Sex ist Haß, und Liebe ist Gewalt. Und genau darauf will niemand verzichten.

BILLE: *für sich* Komisch, das ist pervers, so eine Katastrophe macht mich an. Das war damals 1977, nachdem die alle tot waren, da haben wir in der Wohngemeinschaft ... eine Orgie wie im Perser-Puff.

JOHANNES: *für sich* Erst wenn niemand mehr einem etwas zutraut, wenn alle noch nicht mal darüber lachen, daß du auf die Schnauze fällst, dann wird deine Rache zu einem Kapital, das sich gut vermehrt.

BILLE: Wir haben noch Zimtparfait. *Geht in die Küche.*

MASCHA: Darf man nach New York noch eine Nachspeise naschen?

JOHANNES: Hör doch auf mit dem Adorno.

GERHARD: Mir ist kurzfristig der Humor vergangen. Ich habe Angst, daß bei uns jetzt die Hysterie gegen Ausländer einsetzt.

JOHANNES: Warum?

MASCHA: Weil dein Vater weiß, daß es Ausländer waren in New York und daß sie jetzt weltweit zur Verantwortung gezogen werden, diese Ausländer.

JOHANNES: Mascha, wie ist's? Braucht dein ABCD, dein Frontberichtsender, nicht einen philosophischen Kommentar? In der kommenden Woche werden wir alle zugeschissen mit Kommentaren, die uns den Krieg erklären wollen, und da fange ich schon mal an. These 1: In New York ist gar nichts vorgefallen, das war alles eine Inszenierung des Fernsehens wie damals auch die Landung auf dem Mond.

GERHARD: O ja, oje. Vive la France! C'est ça Paris, oh, là là. Philosophie nouvelle unterm Bettgestell. Die meinen, wenn sie was im Fernsehen gesehen haben, ist das ein Beweis dafür, daß es nicht wirklich stattgefunden hat.

JOHANNES: Frankreich ist nicht so …

GERHARD: Doch. Die Simulation der Symbole führt zum Simulacrum in Simbabwe, Simsalabim, Baudrillard und Holdrio, virulent Virilio wie der Mops im Paletot. Das ist dein Paris, das Paradies der Quasselstrippen.

BILLE: Tschernobyl und Seveso, Flutkatastrophe, der Zug knallt an den Brückenpfeiler, die Feuerwerksfabrik fliegt in die Luft, Vulkane brechen aus. Aids in Afrika, und du regst dich über Franzosen auf.

JOHANNES: Und euer Stammheim war als Katastrophe wichtig nur für Doofe.

MASCHA: Eins, zwei, drei im Sauseschritt stirbt die Zeit, wir sterben mit.

Seit der Fernsehdurchsage wird besonders von Gerhard und Bille kräftig getrunken. Bille hat ihren Suff aber besser im Griff.

GERHARD: Ich möchte auf dem Hauptfriedhof in Frankfurt beerdigt werden, nein, am liebsten auf dem Jüdischen Friedhof, nicht aus Schuldgefühlen, nur wegen der angenehmeren Nachbarschaft.

JOHANNES: Ich kauf mir ein Schloß in Frankreich in der Normandie, besitze eine Wohnung in Paris im Marais, habe hier ein zweistöckiges Penthaus in Sachsenhausen mit Blick auf die Skyline und sehe die Flugzeuge anfliegen und abfliegen, und ich arbeite sechs Monate lang jeden Tag als Besitzer in einem Wasserhäuschen in Bornheim.

MASCHA: Ich werde die erste Präsidentin der Vereinigten Staaten von Europa mit Regierungssitz in St. Petersburg.

BILLE: Ich – habe – eigentlich alles. *Blickt auf Gerhard, der einen großen Schluck nimmt.* Ich würde mich – so gern – sofort noch mal verlieben. *Mascha und Johannes gehen ins Nebenzimmer.* Heiraten ist schön, Hochzeit ist schön, daß du einen Mann hast, auf den du dich verlassen kannst, ist schön, wer hat das schon, ich bin so was von zufrieden, in der Klinik warten die Kinder auf mich, und wenn ich ins Zimmer komme, lächeln sie mich an, auch wenn sie Schmerzen haben, wir haben zusammen genug Geld, aber in New York ermorden sie nur so ein paar tausend Leute, und wir heiraten. Und ich möchte mich noch mal richtig verlieben. Wenn du arm aufgewachsen bist, hast du nur eine Chance: verschwenderisch zu werden und nicht zu sparen. Und hüte dich vor dem Stutenbeißen, denn das ist Geiz, Mascha, ich liebe dich, aber ich bin nicht verliebt …

GERHARD: *fällt vom Stuhl* Ich sterbe.

BILLE: Du hast zuviel getrunken.

GERHARD: Zuwenig … zuwenig … zuwenig Luft.

BILLE: Atme mal kräftig durch.

GERHARD: Kann nicht, zu eng. *Deutet auf seinen Gürtel.*

BILLE: Dann bist du dicker, als du denkst, wenn du den Gürtel zuschnallst.

GERHARD: *keucht* Mach auf.

BILLE: *ackert* Ich krieg den Scheißgürtel, krieg ich nicht auf, Mann! Ist das lang her, ich krieg ihn nicht auf, daß ich dir das letzte Mal die Hose …

GERHARD: Messer!

BILLE: Wenn du zum Manne gehst, vergiß das Messer nicht. *Sie holt ein Messer aus der Küche und versucht, den Gürtel aufzuschneiden. Es schellt an der Wohnungstür.* Wer ist da?

STIMME: *von außen* Polizei.

GERHARD: Mach nicht auf, die Bullen, sie wollen mich abholen.

BILLE: Wir haben die Musik doch schon längst ausgemacht. When the music is over, turn out the light.

GERHARD: Genossen, der Kampf geht weiter, auch wenn wir sterben müssen. *Es klingelt stürmisch. Gerhard singt leise.* Die Heimat ist weit … *Bille versucht, mit dem Messer den Gürtel zu öffnen.* … doch wir sind bereit … *Es klingelt.* … wir kämpfen und siegen für dich … *Schneidet Gürtel auf.*

Bille eilt zur Tür, öffnet, die beiden Polizisten stehen dort.

GERHARD: *laut* Freiheit! *Dann fällt ihm der Kopf zur Seite.*

Die Polizisten sehen das, während Bille mit gezücktem Messer vor ihnen steht und drohend aussieht.

RUBEN: Mal ganz ruhig, junge Frau, tun Sie das Messer weg. Ihnen passiert gar nichts.

BILLE: Was wollen Sie?

BENNY: Der Mann ist voll tot hier, ey.

BILLE: *dreht sich um, sieht die Lage Gerhards, stürmt auf die Polizisten zu* Ihr habt ihn umgebracht. *Benny schießt auf sie in vermeintlicher Notwehr.*

GERHARD: *hebt quasi zum letzten Mal den Kopf* Freiheit! Dem Faschisten werden wir nicht weichen, schickt er auch die Kugeln hageldicht!

BILLE: *sitzt verdattert auf dem Boden und hält sich den Arm. Der Polizist hat ihr bloß das Messer aus der Hand geschossen.* Bullenschweine! *Röchelt.*

BENNY: Jetzt ist er wirklich tot. Mann, ist das dunkel hier!

RUBEN: Eigentlich sollten wir nur ausrichten, daß der Minister nicht mehr kommen kann. Nach dem Anschlag ist höchste internationale Alarmbereitschaft, Sicherheitsstufe 12. Er muß persönlich jetzt noch nach Damaskus.

BENNY: Ist doch korrekt, oder? Und dafür all der Krach und das Getue. Ist doch unterste Schublade.

BILLE: Nein, wer hat schon das Glück, als Held zu sterben. Der eingebildete Feind ist mehr, als zu erwarten war. Sie haben ihm zum Abschied die Revolution geschenkt. Er ist glücklich gestorben. Danke.

In einer offenen Tür erscheint Mascha, beide Frauen schauen sich an.

BENNY: Wenn das so ist, dann hätten Sie vielleicht eine kleine Spende für die Witwen und Waisen der Polizei – als Ausgleich.

RUBEN: Hol lieber einen Arzt.

BILLE: Ich brauche keinen Arzt, ich bin nicht verletzt.

BENNY: Dann vielleicht einen Leichenwagen? Wohin mit dem Alten?

BILLE: Gehen Sie und machen Sie die Tür zu.

RUBEN: Tür zu? Nein, hier besteht noch Klärungsbedarf.

GERHARD: *sieht auf* Was ist denn hier los, kann man nicht mal in Ruhe ins Koma sich versenken?

BENNY: Hey, hey, die Leiche lebt noch. Also dann: Auf Wiedersehen, oder soll ich dem Fernsehn Bescheid sagen, daß die sich hier drum kümmern?

BILLE: Raus. *Die Polizisten gehen.*

MASCHA: Was ist passiert?

BILLE: Gerhard geht es gut. Der macht das, seit er 50 ist, regelmäßig: trinkt er zuviel, deliriert von der Revolution und schläft dann ein. Das erste Mal habe ich mich auch erschrocken, jetzt nehme ich ihn nicht mehr ernst.

MASCHA: Ach, deshalb wollt ihr heiraten.

BILLE: Stimmt.

MASCHA: Ich mach bei uns ein Porträt von euch: das Paar, das sich nicht ernst nimmt und darum fähig ist, auf ewig zusammenzubleiben. Liebe und Verachtung, das kommt gut, Liebe geht nur, wenn ich den andern nicht ernst nehme, Liebe ist die höchste Kunst der Verarschung, das hat was Bleibendes. Weil es so unendlich traurig ist.

JOHANNES: *steht plötzlich in der Tür* Was ist denn hier los?

MASCHA: Was willst du, was guckst du?

BILLE: Nicht in dem Ton mit meinem Sohn.

JOHANNES: Gibt es jetzt ein Datum für die Hochzeit, oder warten wir auf einen Beschluß des UNO-Sicherheitsrates?

GERHARD: *steht auf und kotzt* Seid umschlungen, Millionen, diesen Kuß der ganzen Welt. Ich fick jetzt dieses Mädel, und du, mein Sohn Brutus, machst deiner Mutter etwas Freude.

JOHANNES: Und das ist jetzt das Ergebnis eurer Kulturrevolution, Inzest, Verrat und einmal gut gekotzt.

BILLE: Hast du mehr erwartet?

GERHARD: Johannes nimmt alles so emst, er ist der Ernstnehmer, aber wer ist der Ernstgeber? Das Leben, die Jugend, der Wein?

BILLE: Feierabend. Und jetzt setzt euch hin. *Alle setzen sich.* Beschlossen und verkündet ...

GERHARD: Du wilderst in meinem Revier.

BILLE: Am Ende der Party herrscht Mutterrecht. Also, wir heiraten im November, Datum wird euch mitgeteilt, und ihr heiratet auch. Mehr ist heute nicht rauszuholen aus dem ganzen Chaos. Wir heiraten für den Frieden, bis es kracht.

MASCHA: Das nächste Mal sollten Frauen die Revolution machen. Männer sind für die Verbesserung der Welt nicht zuständig. *Beifall aus dem Off.* Wir Frauen, *schaut ins Publikum* das ist unsere Botschaft, würden die Welt nicht zum Guten hin verändern wollen, wir sind das ewig heimatlose Geschlecht, wir sind zum Wir nicht fähig und daher ohne Illusion. Revolution der Frauen heißt: kein Anschluß unter dieser Nummer, keine Antwort, keine Verantwortung, und vor allem kein Ende, sondern Küche. Wir machen die Welt zur Küche, und ihr müßt abwaschen und Zwiebeln schneiden, wir haben Jahrtausende in der Hölle gelebt, wir lassen uns die Hölle nicht nehmen, die Männer haben vom Paradies geträumt, um uns nackt zu sehen, wir plädieren für die Hölle, weil wir die Veränderung hassen, aber euch mit ins Boot nehmen.

VOR UNS DIE DEMOKRATIE

Linke Verteidigung

»Non est veritas sed apologia
de res nostra veritatis.«

[1994] Manchmal hege ich den Verdacht, daß mir meine Ehre streitig gemacht werden soll. Wer aber sich öffentlich beleidigen läßt, ohne sich zu wehren, setzt seine Existenz freiwillig und leichtfertig aufs Spiel. Die gute Laune können sie mir nehmen, aber die Ehre nicht. Und es sind viele, die diffamierend und denunzierend durch die Feuilletons und Magazine ziehen, ihnen muß mutig entgegengetreten werden.

Was treiben die, sollte man nicht Roß und Reiter nennen, damit der Kampf ein Ziel erhält, und worum geht es überhaupt?

Es geht um die Banden bilanzierungswütiger Abrechner, um politische Reichsstaatsanwälte, die die Gegenwart vorrangig unter dem Gesichtspunkt betrachten, wer an ihr schuld sei. Linke und Rechte sind hier zu sehen und natürlich auch Mittlere (oder wie nennt man diejenigen, die zur politischen Mitte zählen? Vielleicht das Mittelfeld? Liberos statt Liberale?), und alle geben vor zu wissen, was seit der Aufklärung in der Welt – ersatzweise seit den frühen 60er Jahren in der Bundesrepublik Deutschland – von der Linken falsch gemacht wurde. Die einen registrieren aus Enttäuschung lauter Fehler, die anderen aus Häme lauter Verbrechen, die dritten aus Bosheit lauter Idiotie.

Alle drei gehen beim Kampf um Deutschland von einer kulturellen oder gar politischen Hegemonie der Linken bis 1989 aus, alle drei spinnen, zumal sie heute behaupten, die Unterscheidung zwischen links und rechts sei inzwischen längst überholt. Schuld sind zwar die Verbrecher, aber heute unterscheiden wir doch nicht mehr zwischen Legalität und Illegalität. Nord und Süd, arm und reich, Christentum und Islam, modern und vormodern, Generation X und Chromosom XY lauten nur ein paar neue Polbezeichnungen, die als Ersatz und Nachfolger gefunden wurden.

Mich stört von links das Gejammer, von rechts die Selbstüberschätzung und überhaupt der ganze Ton.

Darum greife ich zum Mittel der öffentlichen Verteidigung, zur Rechtfertigung meiner persönlichen Vergangenheit, die Teil einer wunderschönen Geschichte ist, einer Geschichte, in der die Kritik am Sozialismus und seinen Realitäten und Realien nicht erst 1989 einsetzte, wie es bei der Mehrzahl der bereuenden Schleimscheißer von links heute der Fall ist, sondern viel, viel früher. Ich greife zur Apologie der Revolte, des Verrats, der Leidenschaft und der Vernunft, die alle ihre eigene Zeit der Berechtigung haben, ein jegliches nach seiner Art und Gelegenheit. Ich will mich nicht entschuldigen, sondern hoffe, den Erfolg im Angriff zu suchen.

Nicht erst seit den Tenniserfolgen von Steffi Graf und Boris Becker ist bekannt, wie wichtig für den Erfolg es ist, mental gut draufzusein. Ja, die ganze Geschichte der Menschheit ist auch als Mentalitätengeschichte zu begreifen oder zumindest beschreibbar, neben der Wirtschafts- und Sozialgeschichte haben wir noch eine des je historisch flatterhaften subjektiven Faktors, wie er sich in Ständen und Klassen und deren Sitten und Gebräuchen niederschlägt und auch tätig wird.

Darum möchte ich auch über meinen gegenwärtigen mentalen Zustand, der meist gemeint ist, wenn idiotisch von Identität die Rede ist, nicht schweigen. Ich fühle mich weder schuldig noch als Opfer. Ich habe kein Schuldgefühl gegenüber dem jüdischen Volk und weiß, daß sich Juden bei uns nicht entschuldigen müssen. Es geht für uns Deutsche nicht um Schuld, mit der sich aggressiv kokettieren läßt, sondern um Rechtspflichten aus vorhergegangenem politischen und ökonomischen Handeln. Der kategorische deutsche Imperativ, alles zu tun, um ein neues Auschwitz zu verhindern und die Existenz Israels zu verteidigen, ergibt sich nicht aus Auschwitz. Die Shoa begründet nichts. Die Pflicht ergibt sich aus der historischen Kontinuität, von deren Früchten wir genüßlich leben.

Schuldgefühle gehören in den Beichtstuhl und den Massagesalon, in der Politik haben sie nichts zu suchen. Wer sich schuldig fühlt, sollte sich auspeitschen lassen oder den Rosenkranz nehmen – das reicht. Schuld ist keine politische Kategorie.

Bleiben wir bei den mentalen Faktoren: Ich habe ein gesundes Nationalgefühl bei Fußballländerspielen und ein eher defensives, aber noch stärker wahrgenommenes im Ausland, daheim besitze ich ein gefühlloses Nationalbewußtsein, das jedoch nicht immer hellwach ist. Einen Stolz, Deutscher zu sein, konnte ich bei mir noch nicht entdecken. Aber ich bin stolz, ein Frankfurter zu sein. Mein Ideal ist der Weltbürger in lokalpatriotischer Absicht.

Ich weiß nicht, was Kunst, Staat, Demokratie, Gott und Freiheit wirklich sind, würde auch darum weder ihren Tod noch ihr Ende leichtfertig behaupten. Sie entstehen für mich täglich neu durch Definition ihres Umfeldes und ihres Einflusses. So empfinde ich keine Neue Unübersichtlichkeit, sondern mische mich mitunter ein in das alte Chaos, das Durcheinander, das vor jeder Schöpfung, wie uns die Genesis lehrt, besteht und das nach jeder Schöpfung, wie uns die Kunstwerke von der Odyssee bis zur Oktoberrevolution zeigen, wieder neu entsteht oft gegen Abend schon.

Und vor allem bin ich kein Opfer, sondern habe sehr viel Glück gehabt und selbstverständlich durch emsige Arbeit an diesem herumgeschmiedet, zum Täter hat's meist nicht gereicht, und so ist meine Lebenstätigkeit durch Mitlaufen und Unterlassen nicht schlecht beschrieben, mein Begriff des autonomen Subjekts ist daher bloß schwach entwickelt.

Ich hasse Beschwerden beim Schicksal und Einwände gegen die Welt, sie sind so deprimierend kleinlich. Es ist nicht immer einfach, das Leben zu bejahen, ob man den Nachrichten über Kriege auf Erden folgt oder vom zu vielen Saufen einen schrecklichen Kater hat, die Weltanschauung ist immer stimmungsabhängig, sollte sich aber grundsätzlich einlassen aufs Dasein.

Wichtige Gedankensysteme des europäischen Abendlandes haben sich meist als störend erwiesen für Situationen, in denen Zufriedenheit hätte möglich sein können. Das Christentum, die Kaiseridee und der Historische Materialismus ließen und lassen sich zu sehr hängen, wenn's nicht nach ihren Vorgaben läuft.

Das sind Spielverderber der Geschichte.

Ich bevorzuge die kabarettistische Methode, die heute die einzig realistische mir zu sein scheint. Tragisches Weltgefühl, kommunistischer Optimismus und christliche Heilsgewißheit sind gegenüber den Anforderungen der Zukunft zu starr. Die Welt als Kabarett zu betrachten ist sinnvoller, als nach neuen Helden und Märtyrern Ausschau zu halten. Das Pathos der Freiheit muß nicht pathetisch auf den Markt gebracht werden.

Nach Jahrtausenden der Beschreibung der Geschichte als einem sinnlosen oder tragischen Prozeß wird es Zeit, Geschichte als das zu betrachten, was sie ist: eine Aneinanderreihung unglaublicher Witze und Pointen, regiert von dem Gesetz, daß der schlechteste Witz den größten Erfolg hat. Bisher haben die Historiker die Geschichte nur verschieden beweint, es kommt aber auf gar nichts an.

Ereignisse vergehen, Zustände bleiben bestehen. Die Demokratie in Deutschland ist ein Ereignis, noch kein Zustand. Während viele die Gegenwart als eine Epoche nach vielen anderen (post irgendwas) betrachten, sehe ich reichlich Anfang um mich herum. Deutschland als Staat ist ein sehr junger Staat, und Demokratie in Deutschland ist noch viel jünger. Wenn freie und gleiche Wahlen eine Minimalvoraussetzung von Demokratie sind, dann haben wir eigentlich erst seit 1990 Demokratie in Deutschland. Gleiches Wahlrecht für alle, dazu zählt besonders das Frauenwahlrecht, gibt es erst seit 1919. Die Weimarer Republik aber war verfassungsrechtlich eine gute Idee, nur keine Demokratie. Die Mehrheit des Volkes bestand aus Diktatur-Fans, roten, schwarzen und bald braunen.

Ich sehe mich als Zeugen einer absolut neuen geschichtlichen Epoche, und ich glaube an die Demokratie als heute höchste Form des großen Kunstwerks »Staat«. Drum stelle ich mir die Frage: Was habe ich für die Demokratie getan? Und nicht: Was hat die Demokratie für mich getan oder gar mir angetan? Was mich interessiert, ist dies: Wie läßt sich die Demokratie feiern? Denn was gut ist, muß gefeiert werden, wenn es Bestand haben will über die Generationen hinaus.

Was also ist mit der Theologie des Feierns, gibt es Rituale und Bilder der Befreiung, in denen ein Ideal der Freiheit brennt und leuchtet, wie darstellbar ist das weltliche Innere des Altars, der politische Gral, also die Freiheit? Oder: Der 8. Mai 1995 stellt uns Deutschen die Fragen: Was tun? Womit beginnen? Betrifft das die Linken oder die Rechten oder beide gemeinsam? Und was mich betrifft, soll ich mich anständig ins Jahr zweitausend hinüberretten oder ehrenvoll? Erfolgreich, geliebt und mit sicherem Rentenanspruch? Alles Fragen, die mir keiner stellt.

Nach der militärischen Niederlage in Form der bedingungslosen Kapitulation war Deutschland nach 1945 ein besetztes Land. Die Sieger diktierten das Recht, was sich im nachhinein als Wohltat herausstellt. Die Amerikaner wollten wissen, wer vom deutschen Volk wie stark Nazi gewesen oder geblieben war. Um das herauszufinden, erstellten sie einen Fragebogen, der wahrheitsgemäß beantwortet werden sollte von den Deutschen; so brachten die Amerikaner den Glauben an empirische Sozialforschung zu uns.

Der Schriftsteller Ernst von Salomon, ein rechter Geselle aus der Terroristenszene der Rathenau-Mörder und ein Liebhaber preußischer Simulationen, beantwortet die Fragen mit einem umfangreichen Buch, das in den 50er Jahren ein Bestseller wurde.

Die Wiedervereinigung Deutschlands war keine bedingungslose Kapitulation, die Alliierten schauten gleichmütig zu und griffen nicht ein. So wurden nur Ostbürger verdächtigt, kriminell gewesen zu sein. Ich finde das ungerecht, auch wir im Westen haben einen Anspruch darauf, unsere Geschichte als eine von Opportunismus und Duckmäuserei und Regierungskriminalität betrachten zu dürfen. Da mir niemand einen Fragebogen gibt, muß ich mir die Fragen auch noch selber ausdenken.

Dabei kann ich auch so leidliche Fragen streifen wie diejenigen, die einem nicht von Siegern, sondern oft von jungen Journalisten gestellt werden: Können Sie von Ihrem Beruf leben? Wo holen Sie sich die Ideen her, was lesen Sie für Bücher oder Zeitungen? Warum sind Sie so angepaßt? Wo bleibt der Widerstand? Warum waren Sie früher besser als heute? Leiden Sie auch genug? Wann sieht man Sie mal wieder im Fernsehen?

Das muß beantwortet werden, ehrlich und offen, schon um der Glaubwürdigkeit unseres Berufes, der Kabarettisterei wegen. Zu

Liebe, Trinken und Essen muß ich schweigen; darüber in Einzelheiten zu reden ist extrem uncharmant. Genauere Darstellungen aus diesen Bereichen interessieren mich auch nur bei Menschen, die es schon geschafft haben und in aller Ruhe tot sind. Casanova, Seume, Walter Benjamin, Edith Cadivec, Alma Mahler-Werfel, Mae West: immer. Aber nie möcht ich solches hören über Wolfgang Schäuble, Alfred Biolek, Claudia Schiffer und Steffi Graf.

Wer mit wem – das ist interessant; wer mit wem was – ist langweilig.

MEHR ANARCHIE WAGEN!

Von der Revolution zur Institution

[1981] Der regelmäßige Hinweis, Parlament und Polizei seien zu zerschlagen, ist ein Dogma des Spontis. Parlament und Polizei gelten ihm als Hauptquartiere des Feindes, als beispielhafte Institutionen der Herrschaft gegen das Volk.

Und nun das: eine Sponti-Initiative für den Grünen-Marsch in den Landtag und Dank an die Polizei, die jüngst die Batschkapp gegen Skin- und andere Hohlköpfe verteidigte. Der Bruch ist so groß, daß jemand sogar seinen Austritt aus der Sponti-Scene erklärte. Nun ist aber deren Zeit in Frankfurt abgelaufen, die Scene der chaotisch-politischen Gemeinden ist zur entpolitisierten Masse geworden. Einzelne Individuen befrieden bescheiden ihren Traum von Wildheit an Kunstwerken in der Alten Oper oder auf der Documenta, andere behandeln sich mit Pflichtübungen geharnischt autonomen Protests. Die Mehrheit findet sich mit ihrem Zustand ab, indem sie andere dafür verantwortlich macht.

So wie der Spießer gern an den Idealen seiner Jugend festhält, weil er nicht mehr nach ihnen lebt, so beharrt manch alternativer Spießer auf seinem ideellen Kampf gegen die Institutionen. Dieser Widerstand wird dergestalt subversiv geführt, daß niemand davon etwas merkt, außer an den Orten, an denen schon stets die Welt bewegt wurde: an den Stammtischen, die in unseren Kreisen sich als Cafés, Weinstuben und – leicht vergrößert – als politische Veranstaltungen im Volksbildungsheim tarnen. Mit großer Geste wird da von Eigenheimbesitzern und anderen Steuerzahlern das antiinstitutionelle Bewußtsein geballt. Manche bemerken nicht, daß diese Kampfhaltung nur dazu dient, den eigenen Dissens gegenüber der Gesellschaft erfolgreich zu überschätzen.

Es ist niemand zu beschuldigen, die Suche nach Verantwortlichen wird unter dem Pflaster verlaufen. Nur ein Wandel des Zeitgeistes ist zu registrieren, der – jener subjektivistischen Maulerei der letzten Jahre zum Trotz – das Individuum mehr bestimmt als dessen guter Wille. Unsere politischen Formen jagen allerdings noch der von verschwindenden Furien gejagten Tendenz nach, die Weltrevolution hieß.

Der Zeitgeist hat die seit 1968 geltenden Normen umgewertet und einen Prioritätenwechsel geschaffen. Das Private beherrscht das Öffentliche, der Bauch den Kopf, die Gegenwart verdrängt die Utopie, der einzelne ist alles und die Gemeinschaft eine lästige Pflicht, und klein ist gut und groß ist böse. Der Konsumismus siegte über den Produktivismus: Produkte, wie etwa richtungsweisende Thesen, werden auf dem Markt erwartet und finden reißenden Absatz; daß man selbst politische Positionen in einem gemeinsamen öffentlichen Prozeß erarbeiten könnte, ist für die meisten nicht vorstellbar.

Daher ist jede Veranstaltung, sei es im Volksbildungsheim oder sonstwo, die vorgibt, ein Forum öffentlicher Diskussion zu sein, historisch überholt. Großveranstaltungen können nur Debatten von Individuen veröffentlichen, nicht aber mehr kontroverse Meinungsbildung massenhaft organisieren. Damit verlieren sie auch den Charakter, Aktionen oder irgend sonst etwas legitimieren zu können. Denn der Abschied von der fremdbestimmten Politik hat zum Alltag in erster Person geführt, der – durch keine Transzendenz erhellt – den Lebenssinn auf Brot, Wohnung und Urlaub beschränkt. Das politische Diesseits ist auf Abwehr reduziert, nämlich auf die Verhinderung von Krebs, Krieg und Küchenschaben.

Von dieser Basis lebensversicherter Empfindungen läßt sich leicht das Banner alter Sponti-Herrlichkeit schwingen: der alternative Spießer zeigt antiinstitutionelle Flagge.

Institutionen dienen dem Schutz ihrer Mitglieder und der seelischen Entlastung dadurch, daß Verantwortung delegiert wird.

Die Scene schützt die Batschkapp nicht vor der Zerstörungswut ihrer Gegner. Das Kulturzentrum bedarf also einer alternativen Megaforce, einer paramilitärischen Elitetruppe, die den massenhaft nicht herstellbaren Schutz organisiert.

Doch wem kann man die Belastung einer solchen Aufgabe zumuten, wenn schon jetzt höhnisch über die Bodyguards hergezogen wird von Leuten, die nach dem Motto leben: »Stell dir vor, in der Batschkapp gäb's Putz, und ich geh nicht hin.« Entweder schließen wir die öffentlichen Bereiche unserer Kultur wieder zu, oder wir lassen uns auch von der Polizei schützen.

Die Scene hat keine Selbstverteidigungsstruktur geschaffen; eine eigene Polizeitruppe zu bilden ist eine anarchische Unmöglichkeit; und es besteht kein Grund, unsere Orte in der Stadt freiwillig aufzugeben. Also.

Wenn wir die Institution Polizei brauchen, mag das noch lange kein Grund sein, in die Institution Parlament eintreten zu wollen.

Parlamente sind Schaubühnen der Staatlichkeit. Hier werden nicht die wesentlichen politischen und ökonomischen Entscheidungen gefällt: Inszeniert werden politische Revuen. Der Kampf um deren Regie und um die Besetzung von Haupt- und Nebenrollen prägt die politische Kultur eines Staates. So sehr, daß am Wahlsonntag in Hessen auch die radikalistischen Vertreter der Gleichsetzungstheorie (»Alles dieselbe Scheiße, ob SPD oder CDU«) dennoch differenziert auf Kohl und Brandt vor dem Fernsehschirm reagierten. Die sozialdemokratische Wurzel indes kam ins Licht des Vorscheins, als Strauß befragt wurde: Selbst bei manch ausgekochtem Spontaneisten verfinsterte sich die Miene haßerfüllt. Willy Brandt, dem besseren Entertainer an diesem Abend, flogen Sympathien zu, weil er, auch künstlerisch formal vollendet, die Erleichterung der Linken ausdrücken konnte, daß das Wahlvolk, unsre gehaßten Mitbürger also, nicht bereit ist, ein klares Votum für einen recht schwarzen Bürgerblock abzugeben.

Solange linksradikale Politik sich nur in außerparlamentarischer Verbissenheit auf der Grundlage eines zum Mythos erhobenen Spießer-Alltags darstellt, wie es bei der Sponti-Initiative für die Grünen im Volksbildungsheim geschah, so lange ist jeder Versuch, die parlamentarische Show durch die Grünen künstlerisch interessanter zu gestalten, ein Schritt mehr und weiter auf dem Boden des Programms: Mehr Anarchie wagen!

LOGISCH

O weh, sagt Gabelin, O und W [1988]
Opposition und Widerstand, o weh, o weh
Es gab einmal eine Opposition
Die nannte sich Außerparlamentarische Opposition
Andere sagten, sie sei eine antiparlamentarische Opposition
Und da wollte sie keine Opposition mehr sein
Nein, sagte sie, sagt Gabelin, nein ich will nicht
Ich werde jetzt Revolution
Denn jede Integration ist Prostitution
Und die Evolution, die hatten wir schon
Aber die Revolution erhielt keine Akklamation
Und so kam es zu Mediation, Resignation
Und zur Imitation der Konstitution
Vorbei mit Inquisition und mit Megaphon
Denn eine gut abgehängte Revolution
Gewürzt mit den Resten bester Tradition
Führt zu besserem Umgangston:
Statt Feinde zu massakrieren
Pflegen wir unsere Manieren

AVANTGARDE, ELITE UND ICH

[1983] Ich glaube wieder an die Revolution, nicht an den weltweit zu planenden Umsturz und nicht an die gewaltsame Umverteilung der Macht im Staate; vielmehr glaube ich an die pluralistische Kulturrevolution und an den anarchischen Adel. Das alles klingt rührend und anachronistisch – denn wer sollte mitmachen bei einer solchen Revolution?

Der Zeitgeist bläst den Massen recht streng ins Gesicht. Das Volk, für das es zehn Jahre lang soziale Gerechtigkeit zu erringen galt, hat seinen guten Ruf verloren. Es ist wieder Masse, die in die Pflicht genommen wird, die »böse« Geschichte nicht zu wiederholen. Aus dieser Masse dringt nicht der Ruf nach Umsturz, sondern die Bitte, man möge die gröbsten Ungerechtigkeiten vermeiden. Die Lage war schon oft so ernst, und in solch harten Zeiten wird Rettung ersehnt und von Erlösung geträumt. Da ich meinen künftigen Rettern und Erlösern nicht traue – und daß es zu solchen kommen kann, sollte niemand bei genauer Betrachtung des deutschen Volkes leichtfertig ausschließen –, da ich also vor dem Volk, zu dem ich gehöre, mehr Angst habe als vor der gegenwärtigen Bundesregierung, der ich nicht angehöre, scheint es mir vernünftig, selbst zur Rettung und Erlösung beizutragen. Daher liegt es nahe, mich wieder einer Revolution zu verschreiben, und aus Neigung, aber auch aus Einsicht möchte ich dies als Linksradikaler und nicht als Konservativer tun. Nun kann es einem Revolutionär ohne Volk genauso gehen wie einem König ohne Land: Er läuft Gefahr, sich lächerlich zu machen. Warum und wie diese Gefahr gebannt werden kann, bedarf einer etwas ausführlicheren Erläuterung.

»Das also soll die Elite der Nation sein.«

Im Jahre 1968 berichteten die Nachrichten aller öffentlichen Medien regelmäßig von gewaltsamen Demonstrationen. In zahlreichen Haushalten der Bundesrepublik Deutschland hieß es spöttisch: »Das also soll die Elite der Nation sein.« Die rebellierenden Studenten und Studentinnen allerdings reagierten unwirsch, wenn sie auf ihren nicht ganz regelmäßigen Heimatfrontbesuchen derlei zu hören bekamen. »Wir wollen gar nicht Elite sein« und »wir werden sowieso hier nie zur Elite gehören«, parierten sie. Die ablehnende Haltung rührte daher, daß die Verwaltungs-, Militär- und Kulturelite der Bundesrepublik, wenn auch mit Kontinuitätsrissen, überwiegend aus dem ehemaligen Führungskörper des Nationalsozialismus hervorgegangen war. Der Elitegedanke galt nicht nur deshalb als anrüchig, weil die Faschisten sich auch dazu bekannt hatten; der Elitegedanke hatte sich für die Generation des antiautoritären Protests personifiziert in Adolf Eichmann, dem Verwaltungsspezialisten des Massenmordes an Juden, in dem Staatssekretär Adenauers, Hans Globke, der 1936 die Nürnberger Rassengesetze extensiv ausgelegt und kommentiert hatte, in Kurt-Georg Kiesinger, dem Bundeskanzler der großen Koalition von 1966 bis 1969, der im Propaganda-Apparat der nationalsozialistischen Kriegsmaschine tätig gewesen war. Nur zu gut paßten in dieses Herrenmenschen-System Kaduk und Bogner, jene zwei mörderisch normalen Deutschen, deren Foltertätigkeiten im Auschwitzprozeß in Frankfurt 1965 verhandelt worden waren.

Auch zeitgenössische Elitekonzepte – beispielhaft das des Schahs von Persien und das der Diktatur in Südvietnam – konnten nur aufgrund von Terror und Massenmord aufrechterhalten werden und wurden diplomatisch und ökonomisch von der Gesellschaft der Bundesrepublik und ihren politischen Repräsentanten anerkannt und gefördert. Nicht Ideologiekritik also hat die Absage an die »Elite« bewirkt, sondern das Entsetzen vor den Taten der Herrenmenschen. 1968 schien es, als werde Abschied von der Elite genommen, als rechne die weltweite Revolte gegen die etablierten Autoritäten mit der Epoche des Faschismus und des Kolonialismus ab; das Zeitalter der Gleichheit konnte beginnen. Man träumte die Versöhnung zwischen Kindern und Erwachsenen, zwischen Männern und Frauen, zwischen allen Rassen und Völkern.

Für die Neue Linke, die sich nach 1969 in die strategischen Trampelpfade der Alten Linken zurückbegab – um die Fröste der antiautoritären Freiheit mit dem kalten Strom des Marxismus zu behandeln –, galt als elitär immer die andere Fraktion des gemeinsamen Differenzierungsprozesses. Man selbst war Avantgarde, die anderen bestenfalls selbsternannte, sogenannte »Avantgarde«; es wurde mit Anführungszeichen gehandelt wie in den besten Zeiten der Nichtanerkennung der mitteldeutsch besetzten Sowjetzone. Noch heute wird viel Schindluder mit den Worten Avantgarde und Elite getrieben. Als Freund-Feind-Plaketten werden sie der eigenen, besonders genialen, humanen oder biologischen Position angeheftet oder dem Gegner wegen dessen Niedrigkeit, Verruchtheit oder Bedeutungslosigkeit angehängt.

»... die Avantgarde, welche,
im Falle die Bewegung rückwärts geschieht,
die Arrieregarde wird ...«

Diese schönen Worte, Elite und Avantgarde, haben ihre Geschichte. Elite stammt aus dem Französischen und kommt aus der Welt des Handels, und zwar der Haute Couture, der Mode. Elire heißt auswählen, es bezeichnet zunächst Kleidung, dann Waren höchster Qualität, später aber auch Personenkreise. Sinngemäß taucht Elite schon in den christlichen Orden auf, die nach dem Prinzip »Viele sind berufen, aber nur wenige auserwählt« organisiert waren. Der Elitegedanke scheint zum festen Bestandteil der Urbilder aller Nationalkulturen zu gehören.

Nicht anders ist es bei der Avantgarde, die sich nach geläufiger Sinngebung dadurch von der Elite unterscheidet, daß sie sich aufs ganze Volk bezieht und daß ihre Aufgabe dann beendet ist, wenn alle Avantgarde sind, während sich die Elite in ihrer abgehobenen Einsamkeit um ein besonderes Leben bemüht. Für die sprachliche Massenwirkung der Avantgarde ist Carl von Clausewitz verantwortlich, der in seinem heute noch gültigen Standardwerk *Vom Kriege* im 5. Buch des Zweiten Teils im Kapitel VII, das den Titel trägt »Avantgarde und Vorposten«, schreibt:

»Die Vorposten sind die Augen des Heeres, hat man schon früher gesagt. Aber das Bedürfnis ist nicht immer dasselbe, es hat seine Gerade. Stärke und Ausdehnung, Zeit, Ort, Umstände, Kriegsart, ja der Zufall hat Einfluß darauf; und so können wir uns nicht wundern, wenn der Gebrauch von Avantgarde und Vorposten in der Kriegsgeschichte nicht in bestimmten einfachen Umrissen, sondern in einer Art Unordnung der mannigfaltigsten Fälle erscheint. Ist die Truppe in Bewegung, so bildet ein mehr oder weniger starker Haufe ihre Vorhut, nämlich die Avantgarde, welche, im Falle die Bewegung rückwärts geschieht, die Arrieregarde wird. Ist die Truppe in Quartieren oder Lagern, so bildet eine ausgedehnte Linie schwacher Posten ihre Vorhut, die Vorposten.«

Clausewitz ahnt hier den Verlauf der Studentenbewegung voraus: eine Truppe in Bewegung, die schon bald nach rückwärts zu Lenin, Stalin und anderen antiquarischen Orten unterwegs war, geführt von der Arrieregarde der Parteien. Als die Bewegung sich dann in den Quartieren und Lagern der Scene niederließ, bildete eine ausgedehnte Linie schwacher Beobachter ihre Vorhut, die Analytiker der neuen Jugendbewegung, die Packeisverkäufer und Erfinder des Neuen Sozialisationstyps.

Bemerkenswert ist nicht, daß auch die Antiautoritären Führer und Führungsgruppen hatten – das ist eine längst gesicherte Erkenntnis. Bemerkenswert ist, wie dies verschleiert wurde. Die Neue Linke war sehr früh mit dem Vorwurf konfrontiert, ihre Position sei höchst elitär, denn die Massen schlössen sich ja offensichtlich den Programmen nicht an, und wenn überhaupt etwas links sei in der Bevölkerung, dann sei es doch wohl das überzeugende Wahlergebnis für Willy Brandt im November 1972. Doch wer viel Schulung hinter sich hat, kann solche Fragen leicht beantworten, wie es beispielhaft der Neue Deutsche Leninismus tat. Seine Anhänger definierten sich objektiv, im Verhältnis zum Ganzen, wobei die Massen, zu denen man sich dadurch zählen konnte, eine objektive Tendenz aufs Richtige – unbewußt zwar, aber immerhin – verfolgen. Unter der Herrschaft der Totalitätskategorien wurde selbst das kleinste Teil zum Ganzen der Welt, in deren Struktur, die flott und sendungsbewußt als Klassenantagonismus betrachtet wurde, es sich einordnen konnte. Da der Klassenkampf weltweit geführt wird, da er eine Front zieht zwischen Bourgeoisie auf der einen Seite und den Arbeitern aller Länder und den unterdrückten Völkern auf der anderen Seite der Barrikade, da auf dieser Seite sich also die Mehrheit der Weltbevölkerung einschließlich der geschichtlichen Haupttendenz, die Revolution heißt, befindet, ist der bundesdeutsche Revolutionär leninistischer Prägung, der sich subjektiv und objektiv als Revolutionär verhält, in der paradoxen Situation, in seinem Heimatland als radikale Minderheit gegenüber dem Volk dennoch Vertreter der Mehrheit, eben der revolutionären Weltvölker, zu sein. Damit war für ihn das Eliteproblem gelöst.

Kulturrevolution an der Macht

Die Lösung fand nicht praktisch, sondern im Denken statt. Nicht die kulturelle und sozioökonomische Wirklichkeit bestimmte die Stufe in der hierarchischen Ordnung der Gesellschaft, sondern die eigene Entscheidung für das Gute, die Dezision also, wie einst Carl Schmitt gesagt hatte. Ein Beispiel: Eine Podiumsdiskussion in Frankfurt wurde gestört; als Eugen Kogon, der Veranstaltungsleiter, fragte, was diese von ihm als Gewalt empfundene Unterbrechung mit der propagierten herrschaftsfreien Diskussion zu tun habe, wurde ihm geantwortet: Herrschaftsfrei ist die Diskussion, die auf Abschaffung von Herrschaft zielt. Schneller als aus der Kirche oder aus dem ADAC traten damals viele aus ihrer Klasse aus, nannten das Klassenverrat und waren dadurch selbst die Basis, von der aus der Umsturz in Gang gesetzt werden sollte. Nach einer noch ernsthaft geführten Debatte über eine revolutionäre Berufsperspektive gewann bald die Ökonomie eine sachgesetzliche Vorherrschaft, der aber nur mit großen ideologischen Anstrengungen gefolgt werden konnte. Während sich einige wenige katholisch vorgebildete Genossen und Genossinnen mit Genuß in höheren Beamtenstellen einlebten, mußte die eher protestantisch angehauchte Linke zu erklären versuchen, daß sie nicht zur Elite des Volkes werden wollte, sondern ihre Arbeit nur im Dienst am Volk oder dessen Teilgruppen ableisten werde, an Frauen, Behinderten, Proleten, Strafgefangenen. Denn man hatte ja die Absicht, alle repressiven Institutionen abzuschaffen – à la longue, wenn man erst mal oben war. Soziologie und Schulreform wurden exemplarisch erobert. Dies machte die bisherigen Statthalter der Sinn- und Werteproduktionsbetriebe betroffen. Die Kulturrevolution war in die heiligen Hallen der Intellektuellen-Macht getreten, hatte den Platz der Systemopposition verlassen und sich an die Schalthebel der Bewußtseinsindustrie begeben. So wenigstens sehen Konservative die Umfunktionierung der Soziologie zur Schlüsselwissenschaft, die »über fachliche Erkenntnis hinaus für das Selbstbewußtsein und Bewußtsein einer Reihe von Generationen zum Erkenntnismittel des Lebenssinns schlechthin« (Schelsky) werden sollte. Die neue Elite der Soziologen hat dann in Hessen erbarmungslos in die Schulreform eingegriffen. Dieses Waterloo der Soziologie wird unter dem Stichwort »Rahmenrichtlinien« in die Geschichte der Pädagogik eingehen. 1973 hatte Golo Mann auf dem Hessen-Forum das von einer formellen Führungsschicht geplante Werk, das Egalität im Ausbildungssektor sichern sollte, auf die Schippe genommen: »Weil Gleichheit sein soll, sollen Gesamtschulen sein, in denen der Unterschied zwischen Hauptschülern und Gymnasiasten verschwindet. Das setzt voraus, daß es keine sozialen Klassen mehr gibt. Es gibt sie aber noch, obgleich ihre Grenzen unschärfer geworden sind, auch nicht mehr notwendigerweise auf Unterschiede im Einkommen beruhen. Was nun? Soll die Gesamtschule jene soziale Gleichheit schaffen, die es nicht gibt? Sollen Arbeiterkinder auf das Bildungsniveau von Professorenkindern gehoben werden? Oder Professorenkinder herabgedrückt werden auf das Bildungsniveau von Arbeiterkindern?« (*Die Zeit,* Nr. 51/1973) Der solcherart von Golo Mann gegeißelte peinliche Gleichheitsoptimismus ist heute im Ausbildungssektor verschwunden. Auch dort setzen sich wieder die banalsten Gesetze der Markt- und Moralordnung durch. Von wegen anderem, besserem Leben für alle! Der Rausch der Rebellion ist vorbei, es werden höchstens noch Verwundete eingesammelt: vom inhaftierten Stadtguerillero bis zu arbeitslosen Pädagogen, Sozial- und anderen Arbeitern.

»Die tragische Figur unserer Epoche ist der überlebende Spießer«

An sich könnte Zufriedenheit herrschen, denn ein Etappenziel ist über den Umweg der Auflösung politischer Organisationen in verschiedene Regional- und Lokal-Scenen nunmehr zu Beginn der 80er Jahre erreicht: Wir alle nähern uns den Massen in puncto Lebensangst, Kinderwunsch und Sammlung von Versicherungsnachweisen weiter an, als wir dies je hätten hoffen können. Haben wir uns Jahre krummgelegt, um dem Volk bei der Revolution, die stattfinden mußte, recht nahe zu sein, ist gar noch in den Anfangsjahren dieses Eigenverantwortlich-leben-Wollen als beschränktes Ghetto-Dasein diffamiert worden (das sich den Bauern und anderen Naturwesen fern oder gar feindlich gegenüber abgrenzt), so hat der Geist der modernen Zeit ökonomisch und kulturell uns die Last abgenommen, mit schlechtem Gewissen elitär zu sein: Es reicht nicht mehr, Mittelmaß und Volkstümlichkeit sind die Charakteristika des Alltagslebens der 68er Generation.

Tja, wenn so das Pathos fehlt, die revolutionäre Transzendenz, dann wird es schwer, gegen die Langeweile der zu verteidigenden Reformen oder gegen die Langeweile eines längst nicht mehr gelebten Verbalradikalismus sich aufzulehnen, da wärmt oft nur noch der olympische Gedanke, daß man ja wenigstens 1968 dabei war, oder man geht auf die Suche nach gewonnenen Errungenschaften. Und man achtet nicht darauf, daß schon lange vor der Bonner die eigene seelische kopernikanische Wende sich ereignet hat: Vom elitären Anspruch, im Namen und im Dienst des Volkes die Welt zu retten, ist nichts mehr übrig; statt dessen beherrscht uns der mickrige Wunsch, wenigstens etwas Besseres als die anderen zu sein.

Und das ist, in der Tat und im Kopf, der endgültige Abschied vom Elitegedanken. Also begreifen sich viele als gescheitert.

Die tragische Figur unserer Epoche ist nicht der scheiternde Held, sondern der überlebende Spießer. Er ist ein Produkt der Massengesellschaft, von der er, ständig gelangweilt und klagend, sich abgrenzen muß. Die Massengesellschaft aber ist der Raum, der aus all diesen Abgrenzungen gebaut ist. Nun ist auch die Scene (= Zweite Kultur, Alternative, terroristisches Umfeld oder Ökologie- und Friedensbewegung) zur Masse geworden. Die Bewegung ist nicht mehr gewaltsame Obsession einer kleinen radikalen Minderheit; auf der Suche nach der Basis ist sie selbst Teil davon geworden. Damit droht, daß sie das Schicksal allen sich institutionalisierenden Protests teilt: die Verformung zum komplementären Aspekt der Gesellschaft und dadurch die Integration.

»… die revolutionäre Fahne der Freiheit und Gleichheit eingerollt …«

Integriertsein aber bedeutet: Massenmensch sein; gegen dieses Vorurteil nun wird die letzte Reserve des rebellischen Geistes mobilisiert. Aus der Vorratskammer des Spießers holt der alternde Neue Linke die Behauptung, er gehöre nicht dazu. Während jener den Konsens um seiner selbst willen liebt und Konflikte ausgrenzt, handelt der Alternativ-Spießer entsprechend. Er liebt den Dissens um seiner selbst willen und grenzt Zustimmung zu politischen Institutionen aus, was er denjenigen, die daran glauben mögen, als Fundamental-Opposition verkauft. Der Spießer der ersten Kultur leidet und tut so, als sei er kerngesund. Der Alternativ-Spießer genießt die Privilegien der Scene und behauptet, er leide am intensivsten. Und dadurch glaubt er, er sei etwas Besonderes. Seine Angst vorm Mittelmaß tötet den Mut zur Elite.

Wenn so die revolutionäre Fahne der Freiheit und Gleichheit eingerollt ist, wenn der politische Diskurs nicht mehr bestimmt wird davon, ob ein besseres Leben durch Reform oder durch Revolution zu erkämpfen sei, dann sind die Konservativen verpflichtet, die beherrschenden Begriffe zu bestimmen; denn politisch geredet werden muß in der öffentlichen Gesellschaft. Neben den alten Rennern »Angst« und »Frieden« drang im Sommer 1982

»Elite« weit nach vorn in die Bestsellerliste der Modewörter. Ob es um die Documenta 7 in Kassel, die *Parzival*-Inszenierung in Bayreuth, die Eröffnung einer anthroposophischen Privatuniversität in Witten ging, vom *Bayernkurier* bis zur *taz* war von Elite die Rede. Die Fußballweltmeisterschaft brachte die DFB-Elite in Verruf, und immer mal wieder wurde über Bhagwans 300 Elitejünger in Amerika berichtet. Natürlich hörte man auch von Avantgarde. Die New-Wave-Musik hatte sich zur Rock-Avantgarde vor- oder zurückentwickelt, und auch die Freunde des bewaffneten Kampfes ließen ihren Führungsanspruch erklingen, wie es etwa in dem schönen Leserbrief am 11. August 1982 in der *taz* geschah. »Es wird immer Leute geben, die die Situation klarer sehen und konsequenter handeln als andere. Diese natürliche Avantgarde-Funktion zu leugnen heißt, sich um Verantwortung herumzudrücken.« Und das wollen wir natürlich nicht, uns verantwortungslos in dieser Gesellschaft herumdrücken. Zumal wir uns nicht wie Jugendliche darauf berufen können, einfach so in diese Scheißwelt hineingeboren zu sein. Wir haben diese Welt – wenn auch vielleicht nicht sehr entscheidend – mitgeprägt.

Eines unserer Modeworte ist der Euphemismus »unterprivilegiert« – mit dem wir all jene bezeichnen, die Ungerechtigkeit erleiden. Die derart Apostrophierten sind in Wirklichkeit Nichtprivilegierte, Rechtlose. Die das Wort erfanden, sind diejenigen, die privilegiert sein, also gegenüber der Masse Vorrechte in Anspruch nehmen wollen, und zwar nicht weniger als die anderen Privilegierten, sonst wäre man ja selber auch unterprivilegiert. Im Plädoyer für die Unterprivilegierten steckt also der Gedanke, daß Nehmen seliger sei als Geben.

Wenn es in der Gesellschaft nur oben und unten gibt, dann bin ich lieber oben (Hammer) statt unten (Amboß). Bekennen wir uns zur Hierarchie, dann handeln wir auch verantwortlich gegenüber der Jugend von heute, die nicht nur Vor-, sondern auch Feindbilder braucht.

Argumente dieser Art wirken leicht wie ein zynisches Nachtgespräch, wie die dahergeplapperte Distanzierung von der eigenen Vergangenheit. Es ist modern, einfach das Gegenteil dessen zu vertreten, was vor zehn Jahren gut war. Der alte Schnee von vorgestern wird dabei zum neuen Dogma erklärt.

Von einer solch schwachen Bewältigung einer als Niederlage empfundenen Geschichte wende ich mich ab mit Grausen und erkläre mit dem Willen, endlich zu eigener Souveränität zu finden, bevor ich mich über mangelnde Volkssouveränität in der Verfassungswirklichkeit beklage: Ich begreife meine Geschichte nicht als Scheitern. Im Gegenteil, in der Niederlage unserer Konzepte der antiautoritären Kulturrevolution und später der spontaneistisch-leninistischen Arbeiterbefreiung sehe ich den Erfolg, den wir und andere mit der List der Vernunft erreicht haben. Stelle sich jemand vor, wir hätten gesiegt!

Wir haben recht gehabt, unsere Experimente zu versuchen und dabei zu irren. »Trial and error« nennt man das. Mit der Gleichheit haben wir uns geirrt. Versuchen wir's also mal mit der Elite.

»Wo Gleichheit realisiert wird, ist der Traum von ihr zerstört.«

Elite ist ein Wort, vor dem die linke Seele schaudert. Damit verbindet sie über historische Beispiele hinaus systematisch Herrschaft, politische Macht und Arroganz, konservative Repression. Elite ist undemokratisch, ein Verstoß gegen das Verfassungsgesetz der politischen Linken, das seit den Bauernkriegen Gleichheit als Wesensbestand der revolutionären oder reformistischen Grundordnung setzt.

Gleichheit, jeder rationalen Einsicht und jeder alltäglichen Erfahrung zum Trotz, wird aufrechterhalten als utopisches Regulativ, das unverzichtbar ist. Denn Gleichheit aufgeben heißt, die ganze politische Identität als Linker in dieser rechten Gesellschaft zu verlieren. Diese Aufgabe ist schlimmer als Resignation, sie wird als Lagerwechsel empfunden, als Verrat an einer Idee, nach der man zwar nicht lebt, die hochzuhalten aber dem ärmlichen Alltag Sinn und Transzendenz zu geben scheint.

Denn das politische Selbstverständnis der Linken ist phylo- und ontogenetisch an eine Gleichheitsforderung gebunden, die aus der Seele und nicht aus dem Geist kommt. Revolutionär wird man nicht durch Wissenschaft, sondern durch Empörung. Empören lassen wir uns durch Ungerechtigkeiten. Wir werden ungerecht behandelt, und die uns das antun, stecken mit den großen Ungerechtigkeiten und ihren Urhebern unter einer Decke. Wir erkennen diese Zusammenhänge, und unser Schmerz verliert seinen kleinen einmaligen Anlaß, er wird universell. So wandert unsere Empörung aus den Niederungen des Normalen, in denen ein bedeutungsloses Leben zwischen Beleidigt- und Zufriedensein vergeht, in den Ozean der großen Wogen, die jeden Widerstand brechen können. Unsere Empörung ist sich nicht selbst genug, sie zielt auf Taten, auf Veränderung, betrachtet die ungerechte Geschichte unter dem Gesichtspunkt ihrer Veränderbarkeit, und das Ziel ist dann Gerechtigkeit, die Abschaffung des sozialen Schmerzes.

Die Abstraktion dieses unvorstellbaren Paradieses wird aufgelöst im Pathos der sinnlich erfahrbaren Gleichheit, die als Rausch in den rebellierenden Massen erlebt wird. Dieser Rausch ist ohne Gewalt nicht möglich. Ich habe nie mehr Menschen zur gleichen Zeit geliebt als bei den Straßenschlachten im Frühjahr 1974 in Frankfurt. Als an einem Mittwoch, wir hatten die Zeil schon fast als befreites Gebiet erobert, das Gerücht umging, am Römer sei ein fotografierender Schüler von einem Wasserwerfer zu Tode gefahren worden, da empfand ich eine heiße Welle der Geschwisterliebe, jeder, jede einzelne von uns hätte es sein können; das Unrecht gegen das Opfer vereinte uns alle. Ohne dieses gemeinsam erlebte oder vielleicht manchmal auch nur eingebildete Unrecht kenne ich das Gefühl der Gleichheit nicht.

Das heißt, wenn eine Revolution die Ursachen der Ungerechtigkeit beseitigt, ist alles verschwunden, was Gleichheit hat erleben lassen. Wenn wir die Voraussetzungen der Gleichheit schaffen, dann haben wir endgültig den Traum von ihr zerstört. Denn Gleichheit ist ein Ausnahmezustand, ist die Stunde des »exekutierenden Chaos«, das man nicht zum Regelzustand machen kann, weil es dann nicht mehr Chaos, sondern schlechte Bürokratie ist. Mit der Gleichheit verhält es sich wie mit dem Glück.

Ob man Augenblicke davon erlebt oder nicht, hat mit Gerechtigkeit nichts zu tun.

»Die Dynamik der Kultur ist kriegerisch.«

Zwanzig Jahre habe ich versucht, mehrheitsfähig zu werden – es hat nicht geklappt, aber mein Leben bereichert. Vielleicht gibt es keine Mehrheit für unsere Position – dann will ich als Minderheit in dieser Gesellschaft selbstbewußt hinter mir stehen können; so bin ich zum Pluralismus gekommen.

Wenn unsere Minderheit anerkannt werden soll, muß eine tolerante politische Kultur bestehen. Wir haben, wie es die Linke schon immer tat, die politische Kultur auf Harmonie ausrichten wollen. Das unbewußte oder manchen sogar willkommene Ziel war die Ausmerzung des politischen Konservatismus, damit eine friedliche linke Heimat entstehen konnte.

Die Dynamik der Kultur aber ist kriegerisch. Unter dem Boden der strengen politischen Verfassung, die den Bürgerkrieg als technisch bewaffneten Kampf verbietet, entsteht Kultur aus Feindschaft, Haß, Dissidenz, Machtverschiebungen. Ist dieser Kulturkampf unterdrückt, wird die politische Oberfläche wieder totalitär. Die Befriedung der Kultur militarisiert die politischen Institutionen.

Für eine lebendige Kultur ist die eigentliche Unterscheidung diejenige zwischen Freund und Feind. Dies ist nicht normativ gemeint; es beschreibt die Verhältnisse realistisch und nicht utopisch.

Mein Interesse ist, nicht vernichtet zu werden. Da ich davon ausgehe, daß wir uns in vordemokratischen Verhältnissen befinden, daß Staatsabsolutismus und gesellschaftlicher Totalitarismus in dieser Zeit der Wölfe eine stärkere reale Kraft haben als Demokratie und Minderheitenschutz, muß ich mich nach Verbündeten umsehen, die den gleichen kriegerischen Pluralismus leben wollen wie ich. Und hier zeigt es sich, daß Kämpfen lohnenswert ist. Wir sind sogar in der Lage, Leitbilder zu werden für eine suchende Jugend. Im Mittelalter wurden tapfere Krieger von ihren Königen nach gewonnenen Kriegen oder Schlachten belohnt durch Landgüter und Erhebung in den Adel. Unsere Revolution hat keine Landgewinne zu verzeichnen, da ist kein Boden, der zu verteilen ist. Aber etwas Neues entstand, das den Keim zu weiterhin großen Taten in sich trägt.

Die Kulturrevolution von 1968 hat den Adel geschaffen, der sich heute entscheiden muß, eine eigene Identität zu bilden, jenseits eines nivellierenden Internationalismus – »siamo tutti stranieri« – und ebenfalls jenseits eines letztlich nur zur provinziellen Herdenbildung führenden Regionalismus. Seien wir dieser neue Adel. Der will »nicht den ein für allemal verankerten Adel in Geburt und Besitz, er will die immer wieder erneuerte Aristokratie derer, die sich auszeichnen für die Nation« (Heinrich Mann).

Um die Kluft zwischen Elite und Avantgarde zu überbrücken, möchte ich die aristokratische Wahlverwandtschaft, die sich inzwischen über die ganze Welt verstreut hat, grüßen mit einem Manifest:

Realistisches Manifest. Frankfurter Präambel

Meine Schulen des Adels waren die Studentenbewegung, Betriebsarbeit und Häuserkampf in Frankfurt, die Unterstützung manch illegaler Angelegenheit im In- und Ausland; sie hießen Sozialistischer Deutscher Studentenbund, Revolutionärer Kampf, Häuserrat und Rote Hilfe. Verleugnen wir diese Vergangenheit nicht, sondern laßt sie uns neu erwerben, um sie zu besitzen.

I. Die *Würde* des Feindes sei unantastbar; sie nicht zu verletzen ist auch dann Pflicht, wenn der Feind getötet werden muß.

II. *Freiheit* ist stets die Freiheit des Andershandelnden. Niemand hat das Recht, Freiheit zu fordern, und niemand die Pflicht, sich die Freiheit zu nehmen; Freiheit ist jenseits von Recht und Pflicht, sie ergibt sich aus der Fähigkeit zum Kompromiß. Ein guter Kompromiß aber ist nur unter kompromißlosen Gegnern zu erreichen.

III. Politische Sensibilität ist beschränkt. Jeder wählt sich nur das Unrecht als Gegenstand seiner Empörung aus, das in seine Seele hineinpaßt. Das Unrecht, das andere erleiden, ist einem meist nur deshalb zuwider, weil es einem den Appetit verdirbt. Dieses Wissen entbindet nicht von der Pflicht zu handeln. *Mitleid* ist eine sehr genußsüchtige Haltung. Es beutet fremdes Leid aus und zerstört die Würde des anderen. Jeder Mann und jede Frau, alle dürfen benachteiligt werden. Aber kein Versuch, diese Benachteiligung aufzuheben, ist verwerflich.

IV. Das *Risiko des Lebens* ist nicht auf den Staat übertragbar.

V. Alle Menschen haben das Recht auf *Pflicht.*

VI. Die *Demokratie* ist ein kollektives Versprechen, wer sie einzulösen vorgibt, ist ein individueller Verbrecher.

VII. *Politik ist* ein schmutziges Geschäft; sie ist nichts für Saubermänner. Es gibt viel zu verdrecken, zieren wir uns nicht.

VIII. *Friede* ist nur möglich, wo es einen Feind gibt und wo man sich der Tatsache der Feindschaft auch klar bewußt ist. Friede kann auf gar nichts anderem beruhen als auf der Anerkennung des Feindes.

IX. Wir brauchen eine neue Mythologie, sie muß eine Mythologie der Vernunft werden. Ehe wir die Ideen ästhetisch, d. h. mythologisch machen, haben sie für das *Volk* kein Interesse; und umgekehrt, ehe die Mythologie vernünftig ist, muß sich die Philosophie ihrer schämen. So müssen endlich Aufgeklärte und Unaufgeklärte sich die Hand reichen, die Mythologie muß philosophisch werden und das Volk vernünftig. Die Philosophie muß mythologisch werden, um die Philosophen sinnlich zu machen.

TIEFENENTSPANNUNG

[1988] Wir leben in finsteren Zeiten.
Jeder macht, was er will.
Der Fortschritt ist fort.
Von den großen Reformen ist nur eins übriggeblieben:
das Reformhaus.
Der konservative Durchmarsch ist angesagt.
Das Licht der Aufklärung ist ausgeknipst.
Wir stehen vor der Alternative:
resignieren oder verzweifeln.
Was sollen wir tun?
Wir haben uns heute abend hier versammelt,
uns zurückgezogen von all der verlogenen Hektik
und der sinnlosen Geschäftigkeit.
Man kann nicht immer gegen den Strom schwimmen,
aber man sollte stets genug Charakter besitzen,
sich nicht mitreißen zu lassen.
Ja, lassen wir uns einfach nicht mitreißen.
Wir befinden uns jetzt in einer bequemen Stellung,
schalten alle unsere Gedanken ab und empfinden nur:
Meine Arme und meine Beine sind ganz schwer.
Wir lassen die Dinge gehen, wie sie nun einmal gehen,
denn jedes Ding hat seinen Ort, und jeder Raum hat seinen Platz.
Wir lassen auch die äußeren Dinge auf uns zukommen,
lassen sie an uns vorbeischreiten
und schauen ihnen ganz entspannt nach.
Alles gehen lassen, alles geschehen lassen,
nichts wünschen, nichts denken – unser Kopf ist ganz leer.
Nur unsere innere Stimme spricht:
Du brauchst kein schlechtes Gewissen mehr zu haben,
denn die Welt ist auch böse ohne dein Zutun.
Und so begeben wir uns auf eine große Reise in die Innenwelt
des Körpers

und empfinden nur: ASIEN.
Und wenn wir in den Spiegel schauen,
sind wir nicht mehr deprimiert. Denn
der Spiegel ist das Fenster zum Paradies.
Wo ICH ist, soll NICHTS werden.
Und wenn ich jetzt gleich ein Zeichen gebe,
haben Sie alles vergessen, was ich Ihnen gesagt habe,
aber tief in Ihrem Innern wissen Sie:
Ich bin vollkommen überflüssig.

WIR WOLLEN LEBEN – ABER WIE?

[1976] Wir haben die Philosophie verloren. Es gab eine Zeit, da war sie tatsächlich überflüssig. Da fanden wir den Sinn des Lebens auf der Straße, in den Diskussionen, in Wohngemeinschaften, in den Organismen politischer Gruppen. Nicht mehr die Trauer über das Aussichtslose, ein toller Bürger zu werden, treibt uns heute, sondern wir sind traurig, weil wir nicht wissen, was wir sein und werden wollen. Es gibt eine Ahnung, daß unsere Krise in der überwundenen Vergangenheit besteht. Daß wir, und das ist keine Altersfrage, unsere Zukunft schon hinter uns haben.

In diese Resignation bohrt sich die Alternativdiskussion. In der Tat stellt sie, allerdings geschickt verkleidet (oder doch konkretisiert?) durch Ökologie und Kampf gegen die Arbeit, die Frage nach dem Sinn jedes einzelnen Lebens. Politik in erster Person heißt ja wohl leben in erster Person. Die Alternativdiskussion, behaftet mit dem Verdacht, daß da welche aufs Land fliehen wollen vor der politischen Verantwortung in den städtischen Metropolen, jedoch ist nicht ohne Angst. Es sind nicht nur die Körner fürs Joghurt-Brötchen, die bezahlt werden müssen – es ist das existentielle Experiment. Wir wollen leben – aber wie?

Damit hat sich auch der französische Existentialismus beschäftigt und wurde vom orthodoxen Kommunismus genauso verlacht wie unsere »subjektivistische und individualistische Freiheitssehnsucht«. Ich glaube, daß wir mit Sartre etwas anfangen können, weil er die Angst vor der eigenen Autonomie in der Linken beschrieben hat, um sie zu überwinden.

Angst vor individuellen Entscheidungen als Akt persönlicher Freiheit macht gegenwärtig viel Kritik aus an unseren Strukturen und Zusammenhängen, an der Auflösung der Sponti-Scene. Ich will nicht zurück zum einsamen Fremden, der am Strand liegt und sein Schicksal entscheidet. Es ist keine Richtungsfrage. Die linke Politik gibt uns keine Antwort mehr. Wir horchen ins Volk, und es gruselt einen, was da gedacht und geträumt wird. Avantgarde dieses Volkes zu sein ist keine fröhliche Utopie. Nicht du selbst, das politische Klima wirft dich auf dich selbst zurück.

Sartre theoretisiert solch unverschuldete Isolation im Spätkapitalismus. Der Existentialismus ist sicher keine heilsbringende Antwort auf unsere Vereinsamung. Aber er ist eine philosophische Heimat, Sartre für uns ein Heimatdichter und Denker, denn wir, die Neue Linke, kommen auch aus dem Streit zwischen Existentialismus und Marxismus.

BLEISTIFT UND KUGELSCHREIBER

[1986] Genossinnen und Genossen! *(Gelächter und Beifall)* Es ist eben mit Recht vom Genossen Offe von den emanzipativen Zielen gesprochen worden, und ich glaube, ich möchte das noch einmal betonen, daß es richtig ist, daß wir heute sagen, und auch nach außen hin sagen, daß es darauf ankommt, daß wir uns unser Ziel stets vor Augen halten. Das heißt, Genossinnen und Genossen, wir müssen konsequent auf unser Ziel zugehen *(Gelächter),* aber wir dürfen dort nie ankommen, denn dann haben wir's aus den Augen verloren. *(Gelächter und Beifall)*

Und so möchte ich noch kurz etwas aufgreifen, was kurz vor der Pause der Genosse Altvater gesagt hat, der meines Erachtens die Debatte, aber auch die Vorbereitung auf einen Punkt gebracht hatte, indem er mit Recht feststellte, daß der Kapitalismus kein außer uns existierendes ökonomisches System ist, sondern ein gesellschaftliches Verhältnis, das von uns mitgetragen wird, und er fuhr fort, indem er sagte, und wir als Reformisten oder Revolutionäre oder wie auch immer, uns geht es ja nicht gut in diesem System. Das heißt, wir stehen vor der historischen Veränderung, daß wir die präetatistische Frage Lenins, »Was tun?«, nunmehr umfunktionieren in die Frage »Wie geht's?« *(großes Gelächter und Beifall),* und hier ist auch diese neue rhetorische Form dieses Wie-immer-Argument, was jetzt auch der Genosse Offe gebraucht hat, wie immer und was immer das auch bedeutet *(Gelächter),* wir als Revolutionäre oder Reformisten, was auch immer, Genossinnen und Genossen, dies lassen wir, schon allein um den Klassenfeind weiter im unklaren zu lassen, weiter offen. *(Beifall und Gelächter)* Ich darf auch noch zu dem richtigen und pathetischen und prozessual durchdachten Anspruch, die konservative Hegemonie zu durchbrechen, darauf hinweisen, daß wir alle uns bemühen müssen, daß der 25. Januar im nächsten Jahr nicht unter die 5-Prozent-Klausel fällt ... *(Gelächter)* Und in diesem Zusammenhang ist in der Tat … *(Zwischenruf)* Bleistift? Ich weiß nicht, Genossin, wie du jetzt auf diese vollkommen unsachlichen Einwürfe des Bleistifts kommst, wir arbeiten seit Jahren mit Kugelschreibern … Leihstimmen, oh, ein akustisches Mißverständnis, Leihstimmen … *(Gelächter)* Leihstimmen werden mit Bleistiften …

An diesem Zwischenruf zeigt sich auch das fatale Verhältnis, was hier auch schon angesprochen wurde heute morgen, zwischen Frauen und Männern in der Organisation, im SDS damals. Wir haben Fehler, gerade auch als Männer. Wir haben nicht begriffen, daß die Frauen eigentlich eine Untergruppe der Trikont-Gruppe gewesen wären, der Randgruppen, der niedrigsten, beleidigten und von uns zu Recht geführten Genossinnen, aber auch Genossen, das haben wir mißverstanden und haben es praktisch auch nicht ausgeübt.

Und so möchte ich übergehen zu dem, was die neuen sozialen Bewegungen betrifft. Der Genosse Offe hat mit Recht von einem normkulturellen Diskurs gesprochen. Was heißt das? Das heißt, daß die neuen sozialen Bewegungen endlich so sprechen sollen, wie wir nicht mehr denken. *(Gelächter und starker Beifall)* Denn, möchte ich zusammenfassend sagen mit einem Zitat eines amerikanischen Soziologen, es geht um die emanzipativen Tendenzen. Talcott Parsons spricht hier von E. T.

Danke schön. *(Anhaltender Beifall)*

UNSERE TOTEN

Ein Requiem

[1989] Wir wollten nicht nur den Kapitalismus abschaffen, sondern auch den Tod. In der Bibel ist der Tod der Sünde Sold, also Strafe für ein schuldbeladenes Dasein. Schuld aber waren für uns immer die anderen, der Tod eine Tat der kapitalistischen Mordmaschine. Ob Benno Ohnesorg 1967 von einem Polizisten erschossen wurde oder ob Günther Sare 1985 von einem Wasserwerfer überfahren wurde: Es war immer Mord.

Was aber war mit den anderen, die nicht auf den Schlachtfeldern des politischen Kampfes fielen? Hat sie der natürliche Tod ereilt?

Ich kann mich noch sehr genau erinnern, wie ich F. in einem Feriencamp in Italien das letzte Mal sah, es muß 1979 gewesen sein. Er kam plötzlich ohne Brille einen Hügel herunter. F. war stark kurzsichtig, lief jedoch ohne Brille selbst durch den Nachmittagsverkehr von Florenz, denn er war darauf gekommen, daß die Brille ein Zivilisationsgerät ist, das man durch innere Anstrengung überflüssig machen kann.

F. kam aus Nordhessen, aus der Gegend um Bebra, in den 60ern war er Facharbeiter in Offenbach. Anfang der 70er machte er das Abitur nach. Als wir, Genossen der Politgruppe »Revolutionärer Kampf« (RK), bei Opel in Rüsselsheim arbeiteten – es ging damals noch um die proletarische Revolution –, stand F. morgens um halb fünf zur Frühschicht auf, arbeitete acht Stunden in der Produktion und fuhr nachmittags nach Heidelberg ins Soziologische Seminar. Er wollte um jeden Preis Theoretiker werden.

F. sah nicht aus wie der kleine Angestellte oder Prolet, der er eigentlich war, eher wie ein typischer Intellektueller; mittelgroß, hager, mit Brille und einer frühen Halbglatze. In der Szene galt man als Nichtstudent recht wenig, die Arroganz der intellektuellen Zirkel gab den Ton an. Es existierte das Leitbild des Intellektuellen, es galt das Gesetz des Frankfurter Reflektierens: Jeder praktische Schritt mußte noch einmal nachreflektiert werden. Man war im Wortsinn Weltmeister: In der revolutionären Praxis die Avantgarde, aber auch theoretisch ganz vorne.

F. wollte die Revolution um jeden Preis. Er schrieb eine große Doktorarbeit über Reformismus und Marxismus. Doch ihm fehlte die intellektuelle Arroganz, er erklärte die anderen Positionen nicht für schwachsinnig, wie das damals üblich war. Das machte ihn besonders anfällig für die Krisen, in die die Bewegung geriet, für unsere Zweifel. Zum Beispiel 1976, als anläßlich des Todes von Ulrike Meinhof ein Molotowcocktail in ein Polizeiauto flog und ein Polizist beinahe verbrannte. Einige saßen tagelang im Knast, und danach begann ein großes Nachdenken, an dem sich auch F. beteiligte. Wie sollte es weitergehen? Wir spürten, daß wir eine Revolution machen wollten, an der das Volk gar kein Interesse hatte.

F. sagte daraufhin: Wenn die Praxis unhaltbar ist, müssen wir uns wieder der Theorie zuwenden. Er begann, sich in die Philosophie hineinzugraben, in Philosophie und Erkenntnistheorie. Was kann man überhaupt erkennen in einer Gesellschaft, deren Teil man ist? Später, als er dann langsam abhob von der kruden Realität, erzählte er immer, er habe Kant jetzt endgültig am Haken; er werde ihn jetzt widerlegen. Um 1977 herum begann er sich intensiv mit dem Faschismus auseinanderzusetzen. Es war die Zeit des Deutschen Herbstes, die Polizei rüstete auf, der Staat holte zum letzten Schlag gegen die RAF aus, und wir alle wußten nicht genau, ob wir nicht wieder in eine faschistoide Gesellschaft hineinschlitterten. F. war damals Redaktionsmitglied einer Theoriezeitschrift. Dort wurden immer wieder dieselben Fragen gestellt: Wenn wir es besser wissen als die Massen, wenn wir recht haben mit unserer Gesellschaftsanalyse – warum setzen wir uns nicht durch? Sind wir zu blöd? Machen wir zuwenig Agitation? Oder liegt es daran, daß wir nicht verstehen, daß auch die herrschenden Verhältnisse eine gewisse Faszination haben? Daß gar der Faschismus faszinierend ist – und wir das nur nicht verstehen?

F. besuchte in dieser Zeit einen Buchhändler, der offen sagte: Ich war Mitglied der NSDAP, und das Dritte Reich hatte auch gute

Seiten. Er schrieb ein einfühlsames Porträt über diesen Menschen. Es ging ihm bereits nicht mehr um die Unmöglichkeit der Revolution, sondern um die Unmöglichkeit oder Möglichkeit von Erkenntnis überhaupt. Wenn Kant die Unmöglichkeit der Erkenntnis der letzten Dinge formulierte, mußte F. sofort die Gegenthese aufstellen und behaupten, daß man vielleicht *doch* das Wahre und Wirkliche erkennen konnte. Er setzte sich bald zunächst mit Astrologie und dann mit dem Buddhismus auseinander und verschwand eine Zeitlang in Nepal, von wo er ohne Brille zurückkam.

Viele, die ihn kannten, hat F.s Zustand nicht sonderlich beunruhigt. Unser ganzer Polithaufen war auch ein Club von Irren; es wurde überall ein viel zu wirres Zeug geschwätzt. Vielleicht sagten wir manchmal: F. redet ja heute einen Stuß, oder: Jetzt hebt er aber ab. Der Gedanke jedoch, daß ihm ernsthaft etwas fehlen könnte, kam uns nicht, weil wir ja selber alle etwas wild im Kopf waren. Es fiel nur einigen wenigen auf, daß F. aus seiner Wohngemeinschaft auszog und allein lebte, als seine Beziehung zu seiner Freundin in die Brüche ging. Dabei waren gerade Liebesbeziehungen in dieser Zeit wichtig – je mehr sich unser Haufen auflöste, desto mehr mußten sie zur Stabilisierung beitragen.

Nachdem er ohne Brille über den Hügel gekommen war, verschwand er plötzlich aus seiner Frankfurter Wohnung. Er sagte uns, er müsse jetzt ein großes erkenntnistheoretisches Werk schreiben und dafür müsse er sich in ein Hotel nach Bad Homburg zurückziehen. Ich habe ihn in dieser Zeit ein letztes Mal gesehen, er kam mich in dem Hinterhofhäuschen besuchen, in dem ich damals lebte, und wir saßen im Hof und tranken ein Glas Wein, er war freundlich, er lachte und amüsierte sich.

Es muß 1980 oder 1981 gewesen sein, als er endgültig verschwand. Er hatte vorher alle seine Bücher verschenkt, war durch die Wohngemeinschaften gezogen, in denen er Bekannte hatte, um mit ihnen noch einmal zu plaudern. Zunächst machte sich niemand Sorgen. Dann kam ein Anruf von der Polizei, daß man im Stuttgarter Hauptbahnhof seine Jacke und seinen Ausweis gefunden habe. Auch das mußte noch nichts Schlimmes bedeuten; vielleicht hatte er mehrere Ausweise, vielleicht wollte er seine

Identität abstreifen und eine Weile wirkliche Einsamkeit erleben, vielleicht hatte er sich nach Asien abgesetzt; ich war überzeugt, daß er versuchte, dort in einem Kloster zu überleben.

Viele Jahre später, um 1985 herum, kam ein erneuter Anruf von der Polizei. F. hatte sich, schon bald nachdem er verschwunden war, aus einem fahrenden Zug gestürzt und war überfahren worden; die Polizei hatte es all die Jahre geheimgehalten, weil sie an einen Fememord der RAF glaubte. F. hatte bisweilen schriftlich seine existentielle Zuneigung zur Guerilla bekundet, und die Herren vom BKA hatten das für bare Münze genommen.

Es gibt drei Möglichkeiten zu erklären, woran F. gescheitert ist. Erstens: Die Szene hat sozial versagt. Doch das wäre zu einfach. Die zweite Theorie würde dem widersprechen: F. ist gar nicht gescheitert, weil er ohne die Szene, ohne die politische Bewegung schon viel früher gescheitert wäre. Die dritte These vereinigt beides: Man wollte damals alles – und wenn man es nicht bekam, erlebte man es als persönliches Scheitern. Entweder es klappt – oder alles hat keinen Sinn mehr. Dazu kommt, daß andere aus dem sozialen Zusammenhang »Szene« es viel besser zu schaffen schienen – sie hatten die besseren Theorien, die spannenderen Liebesverhältnisse, die besseren beruflichen Zusammenhänge. Ich glaube, daß unsere Bewegung etwas sehr Mörderisches, Unerotisches gehabt hat: Du erhältst das begehrte Objekt nicht oder nicht sofort. Dieses Unbedingte, eben Unerotische, dieses »Alles-sofort-haben-Wollen« – die Revolution und die Liebe und die Erkenntnis –, das hat, glaube ich, auch etwas mit dem Todestrieb zu tun. F. hat nicht den geringsten Abstand zu diesen Absolutheitsansprüchen gehabt, zwischen ihm und dem »totalen Leben« gab es nicht die leiseste Distanz. Taugte das eine nicht – die Praxis –, stürzte er sich in das andere; war die Praxis am Ende, mußte es die Philosophie bringen. Auf diese Weise hat F. immer wieder einen Kopfsprung gemacht. Zum Schluß aus einem fahrenden Zug.

Der zweite war K. Ich lernte ihn 1966 während des Studiums kennen, er fiel mir von Anfang an auf als ein Mensch, der sehr laut spricht, der etwas Unangenehmes hat, weil er stets im Mittelpunkt stehen und laute Witze reißen muß. Ich wunderte mich, daß er plötzlich bei einer Demonstration dabei war. Als ich ihn Mitte der 70er wiedertraf, hatte er ein Diplom als Psychologe, war festes Mitglied der Szene und sprach schon tagsüber dem Weine zu. Und das nicht zu knapp. Das begann früh – als wir uns dem Proletariat näherten, näherten wir uns auch seinen Gewohnheiten. (Ich weiß noch, wie ich mit dem Kollegen W. bei Opel schon in der Mittagspause um halb elf zwei Flaschen Starkbier und zwei Jägermeister intus hatte.) Aber sosehr wir auch schluckten – es hatte Grenzen. Im Gegensatz zum Einsamkeits-Saufen in den eigenen vier Wänden handelte es sich beim Alkoholismus der Szene stets um ein soziales Saufen; es fand abends in der Stammkneipe statt, und wenn man nicht mehr reden konnte, hörte man auf. Es gab klare Rituale und Richtlinien – Samstag vormittags ging man demonstrieren, abends gab es ein großes Fest.

Vermutlich mußte K. deshalb mehr trinken, weil er Schwierigkeiten mit seiner Rolle in der sozialen Struktur der Szene hatte. Er kam aus den gehobenen Kreisen, er spielte Golf und verkehrte in ganz anderen sozialen Gefilden als unsereins; er gehörte also eigentlich nicht ganz zur Szene. Die rigide Revolutionsmoral war nichts für ihn, in die Fabrik mochte er nicht gehen, das Proletariat war ihm fremd, also mußte er sich seine Reputation anders beschaffen. Sein Vater besaß eine Möbelfabrik in Rödelheim, und K. wollte diese Fabrik, wenn er sie erbte, der Szene als linkes Kulturzentrum zur Verfügung stellen. Damit wäre er zweifelsohne der König der Szene geworden.

K. ist im Scherz oft mit Dany Cohn-Bendit verglichen worden, weil er wie dieser rothaarig war und die Angewohnheit hatte, laut herumzuschreien. Man nannte ihn den »Dany von Eckenheim«, aber während Cohn-Bendit herumschreien konnte, soviel er wollte, ohne seine soziale Reputation zu verlieren, ging man dem lauten, witzemachenden K. lieber aus dem Wege: »O Gott, der schon wieder«, hieß es manchmal, wenn er eine Kneipe betrat. Seine Stellung in der Szene-Hierarchie war denkbar schlecht.

Und dann geriet alles ins Rutschen. Der Fabrik von K.s Vater ging es wirtschaftlich immer schlechter, und als der Vater starb, hinterließ er einen ruinierten Betrieb. K. kannte sich nicht im

Erbrecht aus, er hoffte, die Firma irgendwie wieder auf die Beine zu stellen; jedenfalls nahm er das Erbe an – und hatte von einem Tag auf den anderen Hunderttausende Mark Schulden. Er ließ sich nichts anmerken.

Nach außen erzählte er weiterhin die Geschichte vom Zentrum, und er schaffte es sogar, Anfang der 80er eine Entziehungskur zu machen. Ich traf ihn danach wieder. Er sah schlank und gesund aus, das aufgedunsene Säufergesicht war verschwunden. Er sagte, die Nummer mit dem Saufen sei vorüber, er werde jetzt eine Praxis eröffnen. Tatsächlich ließ er sich Visitenkarten drucken und versuchte, sich Möbel für sein Büro zu beschaffen – aber niemand gab ihm Kredit. Kurz darauf flog er aus seiner Wohnung, weil er die Miete nicht mehr bezahlen konnte.

Später habe ich ihn noch einige Male getroffen. Er stand schwer betrunken in einer Kneipe in Sachsenhausen, beschimpfte die Leute als Reaktionäre und machte Propaganda für den Kommunismus. Es waren nicht mehr die besten Zeiten für solche Agitation, und so war es kein Wunder, daß er Prügel bekam und rausflog. Er versuchte mehrmals, mit dem Saufen aufzuhören, mit Mineralwasser und Zitterentzug und alkoholfreiem Bier, aber irgendwann, es muß 1984 gewesen sein, hat es ihn auf die klassische Art erwischt: Er war besoffen, kam nach Hause, hat sich übergeben und ist daran erstickt.

Der dritte war L. Er war ein schöner Mann, aber er litt darunter, daß er hinkte. Er erlebte die glorreichen Tage des Mai 1968 in Paris, kam dann nach Deutschland. Er konnte gut reden, hatte in Frankreich viel erlebt und gehörte zum inneren Zirkel des SDS: eine beeindruckende Figur. Als sich der SDS auflöste, verlor er seine Heiterkeit und ging an eine süddeutsche Universität, heiratete; ich habe ihn eine Zeitlang aus den Augen verloren.

Mitte der 70er wagte er ein Experiment. Als Frankophiler war er oft in Frankreich, fühlte sich der französischen Kultur verpflichtet und irgendwann auch aufgerufen, das Boule-Spiel in Deutschland populär zu machen. Er schloß einen Exklusivvertrag mit einem großen Hersteller ab und verpflichtete sich, eine bestimmte Menge abzusetzen. Das ganze Geschäft führte dazu, daß es eine

Zeitlang drei, vier Boule-Mannschaften im Frankfurter Nordend gab, die meisten ihrer Mitglieder waren griechische Emigranten. Wenn es hoch kam, wurde er fünfzig Kugeln los. Er hatte sich nicht nur verschuldet, er bekam auch mit, daß sich die Leute königlich über seine Pleite amüsierten.

Er ist auch später seinem individuellen Kurs treu geblieben. Er gehörte zu denen, die bereits nach der ersten Enttäuschung – nach 1968 – an der Revolution verzweifelten. Während K. sich zu sehr auf die Normen der Szene bezog, wollte L. alles nur allein vollbringen. Die sozialen Angebote der Szene nahm er nicht wahr und nicht an; deshalb war sein Scheitern vorprogrammiert, denn bestimmte Dinge waren nur aus einer intakten sozialen Struktur heraus zu schaffen. L. hat nie gesoffen, sah immer wie aus dem Ei gepellt aus, trug immer modische Kleidung, an der nie ein Knopf fehlte, sogar einen Schlips. Während andere versuchten, sich bei den Grünen eine neue Heimat zu schaffen, kümmerte sich L. um Frau und Kind und versuchte, in den Journalismus einzusteigen. Es war nicht einfach, schließlich ging er schon auf die Vierzig zu. Er bekam ein paar freie Aufträge vom Rundfunk, aber mehr wollte ihm nicht gelingen. Schließlich berief man ihn an die Spitze einer Fachzeitschrift für das Fernmeldewesen; er tat immer so, als ob er sich rasend dafür interessiere, in Wirklichkeit empfand er den Job wohl eher als eine Niederlage. So hangelte er sich in die 80er Jahre hinein.

Und dann geschahen zwei Dinge kurz hintereinander: Seine Frau, mit der er nicht zusammenlebte, bekam Krebs, und L. wußte, daß er sich um das Kind kümmern mußte, wenn sie starb. Wenige Tage später bekam er ein überraschendes Angebot für einen lukrativen Posten beim Rundfunk. Am selben Abend ging er aufs Klo und starb dort – plötzliches Herzversagen.

S. kam aus Bielefeld in unsere Stadt. Es ist uns nicht gelungen, die aktive Genossin aufzumuntern; schon früh hat sie immer wieder damit gedroht, sich umzubringen, sie hat es viele Male versucht und sich schließlich vom Henningerturm heruntergestürzt. Oder I., die immer schwindelte und viel erzählte, wenn der Tag lang war, so daß alle ihr ständiges Reden, sie würde eines Tages

Krebs bekommen und dran sterben, für Geschwätz hielten; sie bekam tatsächlich Krebs und starb daran. Oder A., der schon auf die Fünfzig zuging, früher ein Autobastler war und immer mehr auf den spirituellen Trip kam; er starb mitten in einer intensiven Therapiesitzung an einem Herzinfarkt. Oder T., der hochsensible Theoretiker, der sich in England vor einen Zug warf, seine Beine verlor und überlebte, bis er es beim nächsten Versuch schaffte. Die Traueranzeigen in der *taz* nehmen zu.

Was F., L. und K. verbindet, der Grund vielleicht für ihre frühen Tode, ist der Horror vor der Normalität. Die Unfähigkeit, nach dem Pathos der Revolte, nach dem Aufbruch und dem großen Reflektieren des Lebens einen ganz normalen Alltag zu leben. Ich kann mir vorstellen, daß durch den massiven Einbruch des Politischen in ihr Leben viele von uns ihren persönlichen Traum nicht mehr gefunden haben – vielleicht, weil man sich eine Karriere als Pilot, Musiker oder Philosoph aus moralischen Gründen nicht mehr zugestand. Statt dessen lebten wir in der Illusion, daß die Revolution die höchste Verwirklichung des Menschen ist und daß alles, was danach kommt, nur ein Niedergang, ein Abgang, ein Abstieg in etwas ganz Düsteres ist. Als dieser gewaltige Selbstveränderungsprozeß, der die 70er Jahre begleitete, zu Ende war, wurde man plötzlich wieder mit sich selbst konfrontiert. Viele schafften es nicht, das zu tun, was man normalerweise tut, wenn die Jugend vorbei ist und ein neuer Lebenssinn nötig: eine Familie zu gründen und sich damit einen neuen Sinn zu schaffen. Sie waren zwischen 30 und 40 Jahre alt – und standen plötzlich vor einem Leben, in dem alle Träume und Utopien keinen Wert mehr zu haben schienen, weil sie desavouiert, ausgeträumt waren.

Wenn jemand in unseren Kreisen stirbt, gehen wir nicht viel anders damit um als jeder Kleinbürger, nur haben wir noch weniger Rituale, und die Beerdigungen bei uns sind vielleicht noch verlogener und verklemmter. Als die Sache mit F. herauskam, haben wir uns zusammengesetzt und viel geredet: ob wir etwas falsch gemacht haben, ob wir es hätten ahnen können. Eine Trauerfeier gab es nicht, die Überlebenden haben noch nicht einmal ihr Überleben gefeiert.

Wenn in der Familie jemand stirbt, trifft man sich und heult, anschließend wird gelacht und gesoffen und über abwesende Verwandte hergezogen. Auch bei uns wird der Tod dazu benutzt, um dem anderen Flügel der Familie – der Szene – eins auszuwischen. Als 1988 ein Mitglied der ASH (eines der alteingesessenen Alternativprojekte) starb, gab es einen vor Kitsch glühenden Nachruf in der *taz,* der wie eine Propagandaerklärung für die ASH klang und die Klage enthielt, daß soundso viele nicht richtig mitgeholfen hätten beim Projekt. An anderen Gräbern werden flammende Kampfesreden geschwungen – »Er kämpfte aufrecht bis zum letzten Atemzug und mit all seiner Kraft« –, als lebten wir gerade auf den Barrikaden.

Es muß eben immer jemand schuld sein am Tod, als ob es unnatürlich wäre zu sterben. Die Ideologie unserer Bewegung ist immer davon ausgegangen, daß alles »gemacht« wird – Anarchie zum Beispiel, Herr Nachbar, ist machbar. Und wenn alles »gemacht« wird – die Verhältnisse, die Umweltverschmutzung, die Herrschaft –, dann ist natürlich auch der Tod eines Menschen ein Machwerk.

Das führt zu traurigen Trauerformen: Als R. sich in einer Ärzte-Gemeinschaftspraxis mit einer Überdosis Schlaftabletten umbrachte, gab es eine heftige Debatte, und im Nachruf im Szene-Blatt gab der Kollege und Verfasser zu, sich schuldig zu fühlen. War es die kalte, konkurrente Struktur der Ärztegruppe? Und außerdem sei es doch ein deutliches Signal, daß er sich ausgerechnet in der Praxis getötet habe.

Ich kann mir schwer vorstellen, daß man steinalt wird, wenn man aus unseren Kreisen kommt. Viele von uns haben auf Erholungsphasen verzichtet, die im Leben notwendig sind. Da waren der Alkoholismus und andere Drogen, viel Nikotin, ein Leben ohne Rücksicht auf den Körper. Unsere Mortalitätsrate ist hoch. Man könnte aber auch sagen: Diese Toten haben mehr erlebt in ihrem Leben, das nur 40 Jahre dauerte, als mancher gesunde Greis.

Früher dachte ich: Wenn man tot ist, ist man tot. Aber heute kommt mich wieder zuweilen ein Schauder an, und am schlimmsten schaudert es mich bei dem Gedanken, daß es nicht zu Ende sein könnte. Ich war immer religiös, und ich glaube, wir waren es im Herzen alle: voller Glauben.

Die Toten haben eine ungeheure Kraft. Ob es jetzt eine altwestfälische oder eine indische Weisheit ist: Du lebst so lange, wie du im Gedächtnis der Überlebenden bleibst. Aber wer weiß, was intensiver ist: ein eigenes Leben oder die fremde Erinnerung daran?

HÖLDERLIN

[1984]

Hölderlin, du feiges Schwein
Schließt in Tübingen dich ein
Robert Walser, dumme Sau
Versteckst dich hinter Drahtverhau
Friedrich Nietzsche, Philosoph
Wirst verrückt und blöd und doof
Und als Suizid-Genie
Feiert sich Jean Améry
An nur einen ich gern denk':
Vom Blauen Bock den alten Schenk

POLITIK IST GLAUBENSSACHE

Englische und französische Kampfflieger werfen Bomben auf Port Said. Und den Suezkanal. Menschen in Ägypten sterben bei diesen Angriffen. Mir scheint es um diese Opfer nicht schade zu sein, hat doch ihr Führer Nasser den Suezkanal gesperrt für unsere Schiffe. Außerdem, so habe ich gehört, soll er Hitlers *Mein Kampf* auf dem Nachttisch liegen haben, dieser Ägypter. Bei uns steht dieses Werk im verglasten Bücherschrank der Großmutter in ihrem Kontor. [1998]

Herbst ist draußen, und das Jahr 1956 verspricht noch eine Steigerung: die Olympischen Sommerspiele in Melbourne im November. Ich bin elf Jahre alt und verfolge die Weltpolitik aus der Perspektive meines gesicherten Kinderlebens: Vor zwei Jahren ist Deutschland Fußballweltmeister geworden, ich besuche die Quinta des alten Realgymnasiums, der späteren Herderschule. In Sport bin ich schlecht, weiß aber, daß die Araber den Bombenangriff verdient haben.

Woher ich das weiß? Auch als Kind lebt man nicht isoliert und schnappt schon auf, was da in der Stadt und in der Schule gesprochen wird. Meine Mutter, eher pazifistisch orientiert, verurteilte diesen Angriff aufs schärfste. Daß da irgendwie auch der Staat Israel betroffen war, erinnere ich mich nicht, mitbekommen zu haben.

Der Westen hat recht! Das war meine Weltanschauung, der Osten besteht aus Kommunisten, die sind Verbrecher, und da unten in Arabien, die sollen gefälligst tun, was uns nicht schadet. Außerdem hat der Russe – ich weiß nicht mehr, wie lange ich an die Wörtlichkeit dieses Bildes geglaubt habe – einen Eisernen Vorhang durch Europa gezogen und damit seine Gemeinheit offenkundig gemacht. Was ein eiserner Vorhang ist, wußte ich aus dem Stadttheater Gießen, in dem nach den Kindervorstellungen dieser immer heruntergelassen wurde.

Ich kleiner Durchblicker stellte mir nun vor, daß tatsächlich an der Grenze zur Zone ein solcher eiserner Vorhang den Durchgang unmöglich machte. Einerseits war ich blöder, als die Aufklärung erlaubt, andererseits auch noch evangelisch. Das pflanzt einem schlechtes Gewissen in die Gene, ich konnte mich so unendlich schämen.

Mein Gott, hab ich mich oft und ausführlich geschämt. Das Gefühl selbst ist nicht schön, ewig mit schamroter Birne durchs Leben zu tapern, dennoch, wer sich nicht schämt, dem fehlt auch wieder was. Wir Schamsammler kennen die Peinlichkeit, es dauert, bis man diese genießen kann oder gar zu inszenieren weiß.

Wer sich viel schämt, lernt auch Gott kennen. Das ist der oberste Lagerleiter im Großmarkt, wo es Paletten voller Schämereien hat. Gott hat viel zu tun in seiner Großmarkthalle, jedem dort Rumlungernden gibt er ein Päckchen und sagt kurz und trocken »Schäm dich!«, und schon ist der nächste dran. Wahrscheinlich hat Gott den Job nur erhalten, weil es ein Überangebot an Schämerei gab, und irgendeiner mußte die Ware ordentlich verteilen. Da haben alle auf Gott gedeutet und gesagt, er solle das machen. Und Gott läßt sich nicht lumpen, wenn überhaupt noch jemand mit ihm spricht. Das Ganze muß mit Deutschland zu tun haben.

Ich habe mich für Verhältnisse geschämt, da könnte heute einer sagen, das sei aber ganz schön schamlos gewesen. Ich habe mich geschämt wegen der ermordeten Juden. Wegen der Juden oder für die Juden oder für die Deutschen? Gehe ich der Sache nach, wird es eng. Schamloses Schuldgefühl ist billig zu haben, politische Verantwortung erfordert ein anderes Kaliber. Ein Beispiel: Der rasante deutsche Wirtschaftsaufschwung nach 1945 geschah auf dem Boden der Enteignung und Ermordung von Millionen Juden. Das deutsche Volk hat sie aufgefressen und volkswirtschaftlich segenbringend verdaut. Das führt zu einer kollektiven Verantwortung für kollektives vorausgegangenes Tun. Nicht nur der Dieb ist ein Täter, das Sprichwort weiß, daß der Hehler schlimmer ist als der Stehler. Das deutsche Volk ist ein kollektiver Hehler des den Juden geklauten Lebens und Vermögens.

Politik ist Glaubenssache. Glauben heißt nichts wissen. In den 60er Jahren gab es eine stündlich wachsende Friedensbewegung, die sich Ostermarsch der Atomwaffengegner nannte, weil sie immer zu Ostern durch die Wälder und Auen zog. Der Ostermarsch war meine Art, Wandervogel und Pfadfinder zu sein.

Diese Übernachtungen in großen Turnhallen, der Duft Hunderter von Schweißfüßen und das gemeinsame Wissen darum, die Speerspitze des Pazifismus in der Welt zu sein, hebt Laune und Selbstwertgefühl gerade in einer Zeit, in der es den Schmähbegriff der »heimatlosen Linken« gab. Das war ein treffliches Wort der Feinde, wurde dennoch oft als bitter aufgenommen. Linkssein ist halt auch eine Variante des Dazugehören-Wollens, wobei das Wozu nicht immer geklärt ist. Der Ostermarsch war die Bewegung derer, die glaubten, wenn alle Welt guten Willens würde, könnten wir es schaffen mit dem ewigen Frieden. Der Feind war die Atombombe, Atomteststopp die Forderung des Tages.

»Ami go home, spalt in Frieden dein Atom«, sangen wir frommen Freunde des Friedens. 1968 wurde in Biblis das Kernkraftwerk eröffnet, und keiner ging hin, denn die Linke setzte froh auf die friedliche Nutzung der Kernenergie. Wenn etwas nur »friedlich« war, dann war es auch gut. Politik ist halt Glaubenssache.

Nach dem Ostermarsch kam der Wille zum Weltbürgerkrieg, alles war gut, wenn es nur »sozialistisch« war. Die Massen in der Welt haben es nicht verstanden, dann mußte man es ihnen eben näherbringen. Die DDR hatte schon immer internationale Pfingsttreffen der Jugend organisiert, um in Berlin den heiligen Geist des Marxismus-Leninismus auszuschütten, damit die Jugend der Welt in alle Welt gehe und sie missioniere zum Lobe des Zentralkomitees der Kommunistischen Partei der Union der Sozialistischen Sowjetrepubliken. Politik ist Glaubenssache. Klar war, daß man als Europäer irgendwie denen in der Dritten Welt helfen mußte. Und es machten sich auch Menschen aus dem bürgerlichen Lager auf und gingen hin und halfen, daß die Zeitungen überquollen vor Hilfsberichten, und es entstand eine mobile Hilfsbereitschaftspolizei, die nach Eingriffsmöglichkeiten fahndete.

Da war es an der Zeit, im Jahre 1983 vom Forum des »Frankfurter Fronttheaters« der Welt zu sagen, wie gut es doch recht eigentlich um sie gestellt war. Ein Afrika-Korrespondent berichtete den Daheimgebliebenen:

»Ich komme gerade aus Afrika und freue mich, wieder unter Menschen zu sein, die gern ihr Scherflein dazu beitragen, damit Afrika weiter Afrika bleibt.

Heute morgen noch habe ich in seinem Zeltlager mit dem Führer der deutschen 8. Ernährungsarmee gesprochen, mit Generalfeldmarschall Karlheinz Böhm, dieser melancholischen Mischung aus Hermann Hesse und Erwin Rommel. Die Eingeborenen nennen ihn daher scherzhaft und liebevoll den ›Steppenwolf‹ oder auch ›Häuptling Golden Toast‹. General Böhm bedankte sich mir gegenüber noch einmal bei seinen Vorbildern der großdeutschen Alphabetisierung Afrikas, bei Albert Schweitzer, Leni Riefenstahl und Leopard Panzer. Während vor unserem Zelt unsere deutschen Entwicklungslandser dem Hunger in Afrika den Duplo-Sperriegel vorschoben, waren sowjetische Kosmonauten dabei, den Afrikanern Licht aufs Land zu legen, um die Bolschewisierung voll in den antiimperialistischen Griff zu bekommen.

Die Straße des Sieges im Kampf gegen den Hunger ist gegenwärtig vollgestopft mit Exportexzessen. Nach jahrhundertelanger und gleichzeitig verantwortungsloser Ausbeutung Afrikas durch den weißen Mann und die sich schwarz ärgernde Frau wird dieser Erdteil nun von europäischer Verantwortungsekstase überschwemmt.

Während der Krieg gegen Hunger, Durst und Fatalismus in seine 08/15-Phase tritt, treffen aus deutschen Wohngemeinschaften die ersten Korkenzieher ein, mit denen hier Brunnen gebohrt werden sollen.

Die Hilfsbereitschaft zu Hause, so Böhm wörtlich, sei stärker als im letzten Krieg. An der Heimatfront herrscht Erfahrungshunger. Die Berliner Tageszeitung *taz* hat ihre Exportkolonialwarenkampagne ›Waffen für El Salvador‹ endgültig eingestellt 'und ruft nun unter dem Motto: ›Jeder Hunger-Neger braucht 'nen Düsenjäger‹ auf zur Waffenspenderei für Afrika, damit eine Luftbrücke aus Kalorienbombern zwischen Berlin und Addis Abeba errichtet werden kann. So kennt der Hunger in Afrika keine Parteien mehr, nur noch Entwicklungshelfer, die an keine Entwicklung in Europa mehr glauben.

Notenverkäufer Udo Lindenberg hat inzwischen mit der Feuchtigkeitsspenderin Beate Uhse als Frontbetreuung für die Anti-Hunger-Legionen und -Brigaden eine Peepshowkette eröffnet, die den Europäern Entspannung und Selbstbefriedigung bietet unter dem Firmennamen ›Nackt im Wind‹.«

Es war beim stillen Betrachten des Zugverkehrs im Frankfurter Hauptbahnhof, als mir die nicht ernsthaft mehr umstrittene Tatsache, daß heutigentags Revolutionen veraltete und zwecklose Veranstaltungen der Weltverbesserung sind, so recht eigentlich klar geworden ist. Was würde der Kommunismus an diesem Zugverkehr ändern? Werden, wenn es einen kommunistischen Fahrplan gibt, wieder Bahnsteigkarten ausgegeben, oder erhalten nur die Züge neue Namen? »Der Intercity ›Walter Ulbricht‹ hat heute Verspätung. Bei dem Versuch, eine Regionalbahn zu überholen, ohne sie einzuholen, ist er vorübergehend in der 4. Dimension abgetaucht. Wir bitten die Genossen Mitreisende um sozialistisches Verständnis.«

Ich hatte früher schon den Verdacht, der Hauptfehler der Kommunisten liege darin, daß sie immer die Macht übernehmen wollten und es in dem einen oder anderen Fall ja auch getan hatten. Nichts spricht gegen eine schöne Revolution, das ist wahr. Solche Feste der Rache und des Sieges über Pein und Ungemach braucht der Mensch immer mal wieder im Lauf der Geschichte, die sich aus Schmutz, Schund und Schmerz zusammensetzt. Revolution aber ist Waschtag.

Doch muß danach die alte Wäsche weggeschmissen werden? Muß, wer revoluzzt hat, wirklich nach diesem Heidenspaß auch noch die Macht ergreifen und damit die Verantwortung für das Gemeinwesen übernehmen? Und das besteht nicht nur aus den Institutionen, die für den Terror gegen die Feinde zuständig sind. Nach der revolutionären Machtergreifung reicht es nicht, einfach alle Niederträchtigen zu köpfen oder einzusperren. Nein, auch die Versorgung der Bevölkerung mit den Grundnahrungsmitteln und anderen wichtigen Dingen und Dienstleistungen ist wichtig, überlebenswichtig, wie wir aus dem Schicksal der Sowjetunion wissen.

Da braucht's zum Beispiel Wasser. Jetzt bin ich Kommunist, habe eine schöne Revolution gemacht, war tapfer und habe im Dienst des Volkes dem einen oder anderen Volksfeind mit Recht, zumindest mit der normativen Kraft des Faktischen, den Schädel eingeschlagen. Darum macht man mich nun aus Dank zum Direktor des Wasserwerks.

Was soll ich jetzt tun? Gibt es eine linksradikale Art, Wasser zu gewinnen oder zu verteilen? Ist das Ganze nicht doch vielmehr ein sehr trockener Verwaltungsstoff, von dem ich übrigens auch gar keine Ahnung habe?

Diese Weltfragen sind riesige Übertreibungen, also köstliche Herausforderungen ans Kabarett.

TROST

Bist du am Ende, geht's dir richtig schlecht [1984]
Weißt in dem Weltschmerz dir gar keinen Rat
Dann vergiß – dein Leid ist nicht echt
Dein ganzes Leben ist bloß ein Zitat

AUS DER GESCHICHTE DER OPPOSITION

[1989] Es war einmal ein guter Kaiser. Der hieß Kaiser Wilhelm der Zweite und hatte ein gutes Volk. Das waren die Deutschen. Beide wohnten zusammen im Teutoburger Wald und waren's zufrieden. Eines Tages aber kamen der Franzosen-Franz, der Engländer, ein perfider Albino, der russische Wodka-Bär und der Holländer-Michel. Die wollten Pilze klauen im deutschen Wald, Wildschweine wildern und Tannen entmannen.

Da erklärte ihnen der gute Kaiser den Ersten Weltkrieg. Der aber dauerte von 19.14 Uhr bis 19.18 Uhr und war also noch vor der Tagesschau zu Ende.

Die Eichhörnchen aber hatten sich in der SPD versteckt und waren mit allem einverstanden, solange sie dagegen sein durften. Hauptsache, es gab noch Haselnüsse. Da erfanden die Ameisen die KPD und nannten sich Kommunisten. Sie schlossen ein Bündnis mit den Heidelbeeren, das sogenannte Heidelberger Programm. Um den Krieg zu beenden, wollten sie die Eiche umhacken, auf der der gute Kaiser Wilhelm saß und kommandierte.

Da liefen die Eichhörnchen zum Kaiser und petzten. Der aber war schon geflohen und hielt sich versteckt in einem kleinen Ludendorf.

Um das Reich und die Kraft und die Herrlichkeit zu retten, beschlossen die Eichhörnchen, die Sache selbst in die Hand zu nehmen, und schickten ihre besten Nußknacker an die Front. Und so fragen sich alle Tiere im deutschen Wald: Kommt es nun zum Umsturz der Kaisereiche? Werden die Ameisen einen Ameisenstaat errichten, oder werden aus sozialdemokratischen Eichhörnchen endlich anständige deutsche Reichshörnchen?

Plötzlich fing es an zu regnen, und die Tiere flüchteten in einen großen Bahnhof. Und da die Bahnsteigkarten zu teuer waren, begaben sie sich in den Wartesaal. Doch im Januar um Mitternacht übernahmen die Gendarmen das Kommando unter der Führung eines Bluthundes. Der ließ den Wartesaal räumen und hob alle Nester im Wald aus. Und der Reichsoberkellner sagte: Gestatten, das Blutbad ist angerichtet.

Und vierzehn Jahre nach Bluthund und Blutwurst kam der Metzger und räumte auf. Und wir alle sind seine Erben.

Und deshalb sagt heute das deutsche Volk: Revolution ist machbar, Herr Nachbar!

Aber muß man wirklich alles tun, was machbar ist?

Niemand macht Revolution. Niemand braucht Revolution. Niemand will Revolution. Aber irgendwie fehlt sie einem doch.

NACH DEM AUFSTAND

[1989]

Nach des Aufstands wildem Ende
Geht, wer revoluzzt hat, manchmal drauf.
Und wer nicht dabeigewesen,
Hängt sich gerade deshalb auf.

Flimmern und Rauschen

Von Informations- und Unterhaltungsfoltern

Unsere Gesellschaft ruht auf zwei Säulen:
Internet und Sonderangeboten.

TALKSHOWSUCHT

Meine Damen und Herren, mein Gott, bin ich froh, daß wir hier sind. Hier kann mir nichts passieren. Ich bin nämlich drogenabhängig – und dieser Laden hier ist sauber, clean. Da komm ich nicht ran an meinen Stoff. [1996]

Ich muß ein Bekenntnis ablegen.

Mein Name ist Matthias Beltz und ich bin Talkshowholiker.

Wenn ich nur irgend kann, schau ich mir 'ne Talkshow an. Mittags, dann nachts die Wiederholung, und ich nehme sie alle auf Video auf. Langsam wird's eng bei mir zu Hause – überall Videokassetten.

Talkshows – die sind mein Leben.

Nicht die mit den Prominenten, die sind langweilig. Nein, diese Talkshows mit Menschen wie Sie und er und ich und du, mit ganz normalen Menschen – wenn man die sieht, dann weiß man, daß in Deutschland jeder eine Chance hat.

Und die Themen, alles, was ich über das Leben wissen wollte und weder von der Kirche noch von Woody Allen erzählt bekommen habe.

Zum Beispiel:

Meine Eltern sind mir peinlich.

Meine Knie stinken – brauche ich neue Socken?

Haben Männer Gefühle und wenn ja, wo?

Soll man Hühner ficken?

Meine Schwiegermutter ist ein Staubsauger.

Sind Frauen die besseren Männer, oder sind Männer die Nichten von Schwestern?

Oder immer wieder: Sex, Sex, Sex – Sex mit Autoreifen, Sommerreifen, Gürtelreifen, Winterreifen und Unreifen – Spikes!

Oder: Ich hab meine Oma gebumst – sieben Jahre nach ihrem Tod. Jetzt kriege ich Neurodermitis, wenn ich meinem Hund seine Knochen gebe.

IRRTÜMLICHER FROHSINN

[1992] Und dann kamen sie auf die Idee,
einen Schönheitswettbewerb zu veranstalten,
eine Mißwahl – Miß Kompatibel.
Diese hirnlosen Heinis
wollten eine Schönheitskönigin wählen.
Wählen! Welch unerhörte Niedertracht –
als ob eine wirkliche Königin sich vom Volk wählen ließe.
Entweder bin ich schön oder nicht,
es darf doch niemand, demokratisch auch noch,
darüber abstimmen, ob ich schön bin.
Das weiß man doch: Selbst die Bundestagswahl,
da geht's doch auch nicht mit rechten Dingen zu,
obwohl die meistens ziemlich häßlich sind.
Aber eine Wahl der Schönsten – das ist doch Betrug!
Natürlich war ich die Schönste auf dem Fest,
aber da macht man doch kein Theater draus,
das zeige ich ganz einfach – mit Würde und Souveränität.
Bitte was?
Eine Mißwahl ist frauenfeindlich? Wieso?
So ein Schwachsinn kann nur von einem Mann kommen.
Was ist denn frauenfeindlich daran,
wenn bei einer Mißwahl ein paar schöne Frauen
im Badeanzug über einen Steg laufen.
Ein Schwimmbad ist ja auch nicht frauenfeindlich!
Selbst wenn die ganz nackt posieren,
ist das doch nicht frauenfeindlich.
Bitte? Die geilen Blicke der Männer?
Entwürdigend sei das?
Da haben Sie recht.
So ein doofer Blick auf ein unschuldiges Mädel,
das ist entwürdigend für den, der da glotzt.
Sie müssen das mal sehen, diese Gesichter hier,

um die Augen ein Grinsen, das sich wissend und kennerhaft gibt,
also ins blöde Grinsen übergeht.
Und die untere Hälfte des Gesichts: da sabbert's –
ein klassischer Fall präseniler Demenz: Altersschwachsinn.
Und wenn dann erst noch Alkohol im Spiel ist,
krieg ich meine schlechte Laune.
Denn wenn Menschen fröhlich werden, die gar nicht wissen,
was das ist – Fröhlichsein –, dann könnt ich schon wieder weinen.
Aber ich tu's nicht, ich hab nur schlechte Laune.
Wenn ein Griesgram auf Lebensfreude macht, ekelhaft,
und wenn Melancholiker anfangen, auf Tischen zu tanzen –
unmenschlich!
Wenn der Befehl erteilt wird, daß jetzt Stimmung ist,
wenn es heißt »Wir lassen uns das Singen nicht verbieten«,
dann findet ein deutsches Fest statt.
Grauenhaft – ich hasse Feste in Deutschland,
wenn der berechtigte Pessimismus irrtümlich Frohsinn ausstrahlt,
wenn am Leben Gescheiterte singen: »Am 30. Mai
ist der Weltuntergang, wir leben nicht mehr lang«,
dann ist dieses Gegröle das Prinzip Hoffnung derjenigen,
die nichts mehr zu erwarten haben
und deshalb den Weltuntergang herbeisehnen,
damit sie nicht allein sind beim letzten Gang zur Hölle.
Jedes Fest in Deutschland ist ein Vorspiel auf den finalen Abgang,
den alle herbeisehnen.
Denn heute feiern wir Deutschland,
und morgen eiert die Welt,
und dann kommt die Polonaise.
Die Polonaise ist der Feldzug der Stimmungskanonen
durch die Trümmer der Humorlandschaft Polonaise.
Kein Chinese tanzt Polonaise,
aber ein deutsches Fest ohne Polonaise ist
wie ein Reich ohne Führer.
Wie eine Pointe ohne Witz.
Da greifen kreischende Weiber spritzmüden Männern
während der Feier von hinten an die Schultern.

Schon als Kind habe ich Feiern gehaßt,
besonders Geburtstagsfeten.
Mit dem Kindergeburtstag beginnt der Weg ins Jammertal des Lebens.
Kindergeburtstag, wir sind alle kindergeburtstagsgeschädigt.
Kindergeburtstag –
der Vater spielt vor deinen Freundinnen den Clown,
den Depp, und kommt sich ungeheuer komisch vor,
und die Mutter erzählt dir schon Tage vorher,
wieviel Arbeit der Kindergeburtstag macht,
daß sie sich krummlegt für dich,
damit du einen schönen Kindergeburtstag hast –
und du armes Kind sollst dankbar sein.
Ich hasse alle Feste und Feiern.
Jedes Fest ist ein Ritual der hirnlosen Dankbarkeit.
Da sollst du schon dankbar sein,
daß du überhaupt eingeladen wurdest,
und aus Dankbarkeit sollst du die Idioten zu dir einladen,
und du sollst jetzt schon dankbar sein dafür,
daß die Stimmung so gut ist,
und daß die Musik so toll ist,
und daß so viele interessante Leute da sind,
und daß du überhaupt geboren wurdest.
Du mußt dankbar sein dafür, daß es dich gibt,
damit du auf diesem Fest rumhängen kannst.
Aber ich bin jetzt undankbar.
Ich habe lange gebraucht, um undankbar sein zu können.
Undankbar – wunderbar.
Ich sage Ihnen eins: Gehen Sie nachher nach Hause
und seien Sie einfach undankbar.
Ein Stein wird Ihnen vom Herzen fallen.
Erst wenn man von ganzem Herzen undankbar ist,
erst dann ist das Leben erträglich.
Undankbarkeit ist der Welten Lohn!
Ich fordere Lohnerhöhung!
(singt) Undankbar, undankbar,
o wie ist das wunderbar.

DER DIGITALBEAUFTRAGTE SPRICHT

Ich bin professioneller Fernsehzuschauer, meine Damen und Herren, und danke Ihnen für unser gemeinsames Dabeisein. Ich komme vom interfraktionellen Ausschuß für Digitalpolitik des Berliner Abgeordnetenhauses, und ich kann Ihnen sagen: Wir müssen umdenken. Es wird doch gegenwärtig in aller Offenheit darüber geklagt, daß sich im politischen Bereich die Fronten verschärften, die Gräben vertieften und die Lager auseinanderdrifteten, kurz, der demokratische Konsens werde allenthalben fristlos aufgekündigt. [1985]

Aber das Gegenteil ist der Fall, wenn man die Welt einmal vom Standpunkt der Digitalpolitik, das heißt also mit binärer Logik, betrachtet.

Denn, meine Damen und Herren, das mechanische Weltbild ist out, finsterstes 19. Jahrhundert. Schauen Sie doch nur die hilflosen Begriffe an, z.B. Kohls kulturelle Wende – ein Gegenstand wird räumlich umgedreht oder: Der Bundeskanzler geht nicht nach vorne, sondern stolpert rückwärts.

Oder: links, rechts, oben, unten, alles räumliche Begriffe aus der Asservatenkammer eines vorindustriellen Handwerksbetriebs, Manufaktur und Makulatur.

Norbert Blüm ist gegenüber Bangemann links, gegenüber der IG Metall rechts, gegenüber einem Arbeiter oben und gegenüber einem Ölmulti unten, ja, wo isser denn, unser Norbert?

Kurz, wir müssen umdenken! Um und um und um, nicht gleichförmig denken, sondern Wechselstromdenken!

1985 ist ja das Jahr der Jubiläen, heute am 8. Juli 1985 ist der 100. Geburtstag von Ernst Bloch, dem Erfinder des historischen Optimismus, Prinzip »Hopfen und Malz« sind nicht verloren, und gleichzeitig ist heute, am 8. Juli 1985, der 2. Monatstag des 40. Jahrestages des 8. Mai 1945. Das sind Digitalinformationen, darin liegt unsere Chance, aber auch Ihr Risiko.

Das deutsche Volk muß digitalisiert werden, statt langweilig muß das Leben wieder spannend werden, und spannend kommt von Spannung, Spannung aber kommt von der Elektrizität. Die Zukunft liegt im Strom, im Dynamo, Ohm und Watt, Widerstand und Stärke, das sind die deutschen Volkstugenden, mit denen wir das dritte Jahrtausend schaffen werden.

Die politische Kultur also muß elektronisch werden, und zwar bewußt und nicht immer nur unfreiwillig Unterhaltung, denn Politik ist von Haus aus Entertainment.

Und Entertainment besteht aus den zwei Faktoren: Mathematik und Religion, also haben wir die drei großen Ks: Kirche, Kabarett, Komputer! Sie kennen ja auch das größte Varieté der Welt: den Vatikan. Ja, der hat einen polnischen Transvestiten an der Spitze, einen Reisetransvestiten, läßt seinen Laden zu Hause vollkommen verkommen – Sie meinen, das sei Blasphemie, der Vergleich von Kirche, Kabarett, Komputer?

Ich bitte Sie, die Beichte funktioniert doch genau wie ein Computer: Ein schlechtes Programm wird mit der Gnadentaste wieder gelöscht, dann ist die Maschine wieder rein und sauber und kann neu beginnen. Und so haben wir vom interfraktionellen Ausschuß für Digitalpolitik im Berliner Abgeordnetenhaus auch das Prinzip »Positiv« für die Politik entwickelt. Berlin ist ja bekanntlich der einzige Mikrochip, der als geteilte Software für zwei Systeme arbeitet, Kapitalismus & Kommunismus, Berlin hat also eine integrierte Freund-Feind-Schaltung. Und das wollen wir verallgemeinern.

Wir brauchen viele Gräben, damit man drüber Brücken bauen kann. So wie die Wiedervereinigung eine Trennung voraussetzt, so braucht die Versöhnung vorher die Entzweiung, und wenn das Ziel des Rechtsstaates der Frieden ist, muß vorher ein wenig Bürgerkrieg dasein, damit das Recht eine friedensstiftende Aufgabe bekommt.

Zwischen sich und dem Nachbarn einen klaren Trennungsstrich ziehen, wer für Willy Brandt ist, ist ein Russe und also gegen Helmut Kohl, und wer für Helmut Kohl ist, muß Vergnügungssteuer bezahlen, und wer ein Deutscher ist, ist gegen Kinder und für den

Pillenknick im Sommerloch, und wer für den Frieden ist, muß Flugzeuge entführen und Attentate ausüben. Und wer gegen mich ist, wird gelöscht. Denn als Null bin ich eine Eins.

VERZWEIFLUNG

[1998] Eigentlich geht's mir gut, aber was nutzt mir das?

Das ist das Grundgefühl unserer Epoche.

Ich fühle mich überfordert und habe keine Visionen.

Mir geht's gut, und das war's dann auch schon.

Entschuldigung, das mußte sein.

Der Mensch muß täglich mindestens eine Minute jammern, sonst wird er krank, der Mensch. Das ist medizinisch erwiesen. Also: Freut euch des Lebens, Großmutter wird mit der Sense rasiert. Das haben wir früher in der Schule gesungen. Bloß gesungen. Und heute, ja, da wird die Großmutter mit der Sense rasiert.

Ist das nicht alles herrlich hoffnungslos und zum Verzweifeln? Auch Verzweiflung muß geäußert werden dürfen. Auf einer Party war neulich so eine Stimmungskanone. Alle waren gut drauf – und dann kam er:

Was macht ihr hier, ihr seid nur froh
Und sitzt herum wie Tiroler im Stroh
Schaut euch doch um in dieser Stadt
Das rot und schwarze Gangstersyndikat
Aus SPD und CDU
Schafft betonierte Friedhofsruh
Die größten Lumpen sind an der Macht
Und wer hat sie da hingebracht?
Ihr könnt mich alle am Arsche lecken –
Ich gehe jetzt das Rathaus anstecken.

Das ist eine Möglichkeit, mit der Verzweiflung umzugehen: Man kann das Rathaus anstecken oder Amok laufen.

Bevor wir zur Theorie schreiten, muß ich etwas erzählen. Ein bekannter deutscher Politiker hatte sich auch um das Thema gekümmert: Uwe Barschel. Und nun ist in Genf ein Manuskript eines Theaterstückes gefunden worden von Uwe Barschel, auf dem aber der Name Rolf Hochhuth steht. Das Ganze läßt den Mordfall in einem neuen Licht erscheinen.

Hochhuth ist der Autor, der das Vorkaufsrecht an der Leiche von Bert Brecht erworben hat. Ich will kurz dieses Drama zusammenfassen, zumal das Theater oft der Ort ist, an dem man sich von der Hoffnungslosigkeit, Verzweiflung, aber auch schon mal von der Trostlosigkeit des eigenen Daseins erholt. Das Stück beschäftigt sich mit der entscheidenden Frage der Gegenwart, nämlich der Schließung von Theatern in Deutschland, und heißt daher auch: »Die Verzweiflung. Eine Theaterschließung«. Ursprünglich war als Titel geplant: »Schluß mit dem Theater«, doch dann wurde gesagt, das sei ein wenig mißverständlich.

Hochhuth arbeitet an diesem Thema auch mit anderen Kollegen zusammen, und sie bilden des Abends schon mal Dichterketten gegen das Theaterschließen. Wir alle wissen aus der Geschichte, wer Theater schließt, schießt auch auf Menschen. »Erst wenn das letzte Theater geschlossen ist und der letzte Schauspieler seinen Löffel weggelegt hat, erst dann werdet ihr merken, daß man Subventionen nicht essen kann.«

In der »Verzweiflung« spielen zwei Figuren in einem Theater, da es um die Theaterschließung geht. Einer heißt E, der andere U, sie stehen für die Hauptströmungen im Theater, nämlich E und U, also auch metaphorisch für EU = Europa oder OI = Kampfruf der Skins oder UE = Uelzen, also Kleinstadt. Hier haben wir die aktuellen Themen des Welttheaters: Europa, Faschismus und Provinz.

E wird dargestellt von einer verdienten Schauspielerin, Marianne Hoppe, die gerne Hosenrollen spielt, und U von einem Künstler aus Mainz, der zusammen mit Anna Seghers und Carl Zuckmayer das Mainzer Trio bildet, nämlich Heinz Schenk.

Das Ganze beginnt auf einer hohen Ebene. E sagt: »Man hat uns belogen, schändlich belogen.«

Das ist ein Vorwurf, der seit Jahrhunderten von Künstlern gern erhoben wird.

»Man hat uns die Folterwerkzeuge gezeigt, gegrinst – und dann alles wieder in den Fundus geräumt.«

Was soll das? Natürlich wird im Theater abends alles in den Fundus geräumt, sonst kommt am anderen Tag die Putzfrau, nimmt von den Requisiten etwas mit nach Hause, die werden mißbraucht von einschlägigen Kindern. Und wie schnell können dann Regreßforderungen auftauchen, für die niemand einstehen will.

U und E bewegen sich in der Garderobe des Theaters, das möglicherweise schon geschlossen ist, man weiß und sieht es nicht. Möglicherweise kommt es gar nicht mehr zur Aufführung, die beiden ziehen sich um, obwohl sie gar nicht wissen, wie's weitergeht, also ein Bild für die Vergeblichkeit menschlichen Daseins. Wie oft haben wir uns schon umgezogen, und es hat nichts gebracht an diesem Abend, und allein und enttäuscht zogen wir zurück nach Hause.

Im ersten Akt ist von Theaterschließung noch gar nicht die Rede, was auch sinnvoll erscheint, da so was auch keine Sau wirklich interessiert.

Im letzten Akt versucht E aus einem Buch klassische Texte der deutschen Hochkultur laut zu memorieren, um sie nachher vorzutragen, wenn doch noch jemand da ist im Theater. Es könnte ja sein, daß ein Japaner sich dorthin verirrt hat, der sich denkt, der Laden ist geschlossen, vielleicht kann ich ihn übernehmen. Das Stück sollte ursprünglich am BE in Berlin gespielt werden. Die wollten schon anfangen mit der Probe, aber plötzlich stellten sie fest, daß etwas Furchtbares in dem Stück geschieht. Während E und U über Kunst und Utopieverlust, Kalauertechniken und Transzendenzsimulationen plaudern, knallt eine Abrißbirne auf das Theater und schwingt voll ins Bühnenbild hinein, eine mächtige Staubwolke rast wie ein Hurrikan umher, legt sich auf alles, die Wände stürzen ein – und eine Ruhe steht bedrohlich im Raum.

Dadurch haben die von dem Berliner Ensemble Angst, daß ihr ganzes Theater abgerissen wird, man das Stück also nur ein einziges Mal, nämlich als Generalprobe, aufführen kann, das ist gegenüber der Stadt und dem Senat nicht zu vertreten. Auch andere Theater zeigten kein Interesse, meistens aus ähnlichen Erwägungen heraus wie Berlin, zumal auch die Begeisterung, mit der gestandene Abbruchunternehmen sich am Sponsoring für den letzten

Akt beteiligen wollten, bei einigen Intendanten, die ohnedies ein gebrochenes Verhältnis zum privatwirtschaftlichen Mäzenatentum haben, zu einem klaren »Nein, so nicht!« geführt hat.

So hat »Verzweiflung. Eine Theaterschließung« wenig Chancen, augenblicklich in Deutschland aufgeführt zu werden. Verhandlungen mit Ländern, die eine hohe Trümmerkultur ihr eigen nennen, sollen, heißt es, geführt werden. In den einschlägigen Kantinen ist unter anderem von der Ukraine (Raum Kiew, Nähe Tschernobyl) die Rede und von Sarajewo (Regie: Susan Sontag).

Zurück zum Thema. Wer ist das Subjekt der Revolution? Übergeben wir noch einmal dem Gewerkschafter das Wort:

»Kolleginnen und Kollegen, liebe Kinder, es geht doch heute um die Zukunft, also den Kasper, den Kaspertalismus, und wir sollen wieder einmal das Krokodil sein für die Unternehmer. Wir sind hier nicht am Nil, und wer in Deutschland ägyptische Verhältnisse schaffen will, der soll eben nach drüben, nach Kairo, da haben Ägypter noch einen Sinn.

Dieser Regierung sagen wir hier und heute in aller Offenheit: So nicht.

Mit uns nicht, mit unseren Leuten nicht und heute nicht: Morgen vielleicht, übermorgen schaun mer mal, die nächste Zechenstillegung (ihr Zechenpreller) ist immer die schwerste, und jede Tarifrunde dauert 90 Minuten, danach gibt's Elfmeterschießen. Kolleginnen, olé-olé-olé!

Und dafür wünsche ich uns allen den Hals- und Beinbruch, Glück auf, Schalke 04, und na ja – war 'ne schöne Zeit, ist halt vorbei, Kolleginnen und Kollegen, selbst die schönste Beerdigung hat mal ein Ende, nur die Wurst hat zwei.

Schönen Abend noch, kalinichta! Buena sera, Senorina, Karl is nich da! Griechischer Wein, ich hatt hier einen Tisch bestellt – Der elektrische Stuhl da hinten wär noch frei! Stäbchen oder Besteck? Mensch oder Schwein? Die Schweine von heute sind die Schinken von morgen. Wenn du nicht willst, daß man es tu, dann halt auch endlich selber Ruh. Schönen Abend noch!«

POSTKATASTROPHALES ENTERTAINMENT

[1998] Ich entwickle zunächst ganz knapp ein korrektes Katastrophenszenario der Gegenwart vom auslaufenden Benzin bis zu Bürgerkriegen in Afrika, Asien und Südosteuropa.

Die Diagnose ist einfach: Hoffnungslosigkeit.

Dann frage ich: Was kann oder soll man heute noch tun?

Das findet im mentalen Ereignisfeld »Verzweiflung« statt. Und zum Schluß möchte ich dann schon auch eine Perspektive, eine realistische Perspektive, aufweisen: also Nihilismus und Trostlosigkeit. Zunächst spreche ich vom Berufsbild des Krisenmanagements durch vernünftiges Katastrophen-Entertainment. Früher hieß das Fronttheater, das ist heute ein veraltetes Konzept. Dafür ist oft der Frontverlauf nicht übersichtlich genug: Wir haben ein Ost-West-Gefälle und den Nord-Süd-Konflikt, die Generationen können sich nicht mehr leiden, Arme und Reiche haben Meinungsverschiedenheiten, Deutsche und Ausländer interpretieren den Begriff Toleranz unterschiedlich. Das sind schon mehrere HKL, Hauptkampflinien. Oder ganz brutal: Freie Theatergruppen und das etablierte Staatstheater stehen sich feindlich gegenüber. In Hamburg geht das so weit, daß jetzt schon die Puffs auf der Reeperbahn Unterstützung von der Kultursenatorin fordern. Weil dort im Gegensatz zu den meisten Familien noch live gefickt wird. Im Vorfeld der militärischen und sozialen Katastrophen unterscheiden wir drei Arten des *infotain- and enterments.* Wir haben präkatastrophales Entertainment – also im vorbeugenden Bereich: Splatterpunk, Horror- und Arztgeschichten, Musicals, Harald-Schmidt-Show.

Wir haben postkatastrophales Entertainment – das ist zur Nachbehandlung: E-Musik, Heiner Müller und Kritische Theorie – und katastrophales Entertainment: RTL will Hans Meiser ins All schießen. Das alles kommt und geht wegen der sozialen Frage jetzt auch durch das Subsidiaritätsprinzip. Nicht der Staat, sondern gerade auch in diesen sensiblen Bereichen ist die Eigeninitiative in der Feinabstimmung mit den einzelnen Faktoren gefragt. Das Problem ist ja, daß mit dem Geld, wenn es mehr da wäre, es auch weniger Ärger gäbe. Bei den Menschen. Zumindest bei vielen Menschen. Zum Beispiel Kindergärten statt Panzer. Dann fahren diese Kindergärten durch die Stadt, bewaffnet bis an die Milchzähne. Das ist ja alles ein Geldproblem. Sagen die Fachleute. Es geht am Ende dieses Jahrhunderts wieder mal um die soziale Frage. So wie im vorigen Jahrhundert – Fin de siècle, fang den Säckel, wie die geldbewußten Schwaben zu sagen pflegten.

Damals gab es auf die soziale Frage noch Antworten: Sozialismus oder Sozialpolitik. Bebel oder Bismarck. Das ist vorbei. Statt Bismarck und Bebel: Norbert Blüm und *Bild,* das ist nicht viel, aber wir verbleiben wenigstens im B-Bereich.

Ja, aber ich persönlich habe es dagegen gut: Als staatlich anerkannter Scherz-Senior mit öffentlich-rechtlichem Versorgungsauftrag arbeite ich am Generationskonflikt, und der wird noch geographisch verschärft durch Ost und West, arm und reich, Yin und Yang, et cetera und pp.

Ein Beispiel: Je schlechter es den Rentnern geht, um so mehr bin ich gefragt und leiste Sterbehilfe durch Kabarett am Krankenbett des Kapitalismus. Statt Sozialstaat machen wir bunte Abende. Ich mache den Alten und Altinnen – neulich war Internationaler Frauentag, das haben wir alles im Griff – so lange den Spaßvogel, bis sie ihr Gebiß verlieren und dann beim fröhlichen Zahnersatzsuchen unter den Tischen wieder zur Lebensbejahung finden: Think positive! Don't worry, be oldie and get ready for the final cut.

Meine Aufgabe ist es, im Rahmen der Sparmaßnahmen im Rentenbereich den mangelnden Unterhalt für Rentner durch Unterhaltung auszugleichen. Ich bin gleichsam quasi Inoffizieller Mitarbeiter im Ministerium für Staatssicherheit – im Ministerium für staatliche Sicherheit der Renten, ich bin IM Ex oder IM Hopp, je nach operativer Notwendigkeit.

Und ich arbeite mit mir selber im Schichtdienst. An allen Fronten. Abwechselnd für Leprakranke oder Leberkranke, dann wieder

Humor für Ost und dann für West. Ein Kessel Buntes für die einen, ein Haufen Scheiße für die anderen.

Wir müssen dabei aufpassen, daß wir das Publikum nicht verwechseln. Ein normaler Westwitz vor Ostvolk, und die schlagen dich mit ihren Stöcken nieder. In Leipzig hab ich erzählt, daß ich mal im Rundfunk auf die Frage, welche militärische Leistung ich am meisten bewundere, gesagt habe: Die Bombardierung von Dresden. Hat keiner gelacht. Obwohl ich das in Leipzig erzählt habe. Also in Halle hätt ich verstanden, wenn die nicht gelacht hätten. Weil Halle schon vor dem Krieg so aussah wie später Dresden. Die Westler reagieren auf andere perfide Weise aggressiv. Wenn du denen mit Osthumor kommst, schlafen die einfach ein. In Itzehoe hab ich die Geschichte von der Frau, die zum Arzt kommt, erzählt: »Kommt 'ne Frau zum Arzt in Leuna und sagt: ›Ich habe Halsschmerzen.‹ – Kein Wunder, bei der Luft. – Sagt der Arzt: ›Runter mit die Klamotten. Machen Sie sich mal ganz frei.‹ Sagt die Frau: ›Seit wann kriegt man die Ausreiseerlaubnis beim Hausarzt?‹« Da sind mir im Publikum drei Leute sofort gestorben aus lauter Langeweile – nur weil es um Leuna ging. Undankbares Pack. Was ist nun der Unterschied zwischen Ost und West?

Im Osten blüht der Optimismus, sonst blüht da nichts, der ist aber optisch nicht wahrnehmbar, und dennoch immerhin – im Westen regiert realistische Resignation – also besteht doch eine ungeheure Nachfrage nach kleinen Scherzen und harmlosen Vergnügen: Warum nicht mal ein Glas Cola mit einem kleinen Schuß Weinbrand, Klosterfrau Melissengeist und bunte Abende. Oder überhaupt Fernsehen. Das hat ja die Aufgabe, die Menschen auf ihren Tod vorzubereiten.

Niemand macht sich eine Vorstellung davon, was wir in diesem Beruf schon durchgemacht haben. Kaum stirbt der Staat ab, gibt es überall Benefizveranstaltungen.

Der Osten hat gewonnen. Lenin ruft, und Bakunin lacht sich halb tot, der Westen schafft den Staat ab.

Und für wen wir alle schon auf Benefiztour waren: für bedrohte Pinguine am Südpol, herzkranke Manager im Außendienst, für ausrangierte Schlafwagen der Deutschen Reichsbahn, Benefiz für ehemalige FDP-Abgeordnete in Bund, Ländern und Behindertenwerkstätten, am meisten Spaß hat mir gemacht: ein Wohltätigkeitsball für die Verlängerung des Ladenschlusses bis ins Jahr 2000, damit bis dahin der ganze Laden mal zu ist.

Und womit hängt der ganze Blödsinn zusammen? Mit der Tyrannei der Intimität, alles ist nur noch privat. Und alles wird privatisiert. Früher wurden Skandale veröffentlicht, heute wird der Skandal privatisiert. Früher hat die Polizei den Skandal provoziert, um ihm ein Ende zu machen. Heute tritt der Skandal in der Talk-Show auf und ist keiner mehr.

STAMMTISCH-PROTOKOLL

[1989] Freiheit für alle politischen Gefangenen. Keine Freiheit für Vergewaltiger. Kein Atomkraftwerk in Brokdorf und anderswo. Weg mit der Drogenberatungsstelle Brückenstraße. Keine Umgehungsstraße, keine Entlassungen bei T & N.

Schützt unsere/eure Kinder vor Strahlungen
und allen falschen Ermahnungen,
dem guten Onkel, dem Kinderschänder,
vor hohen Treppen ohne Geländer,
vor unzumutbarem Unterrichtsstreß
und vor der Erinnerung an Rudolf Heß,
vor Bomben, Granaten und Heroin,
vor Perlon, Rauchgas und Dioxin,
vor Tempo 100 und ADAC,
vor saurem Fritz und heißem Schnee.

Ausländer raus, Nazis raus, Ausländer rein, Rheinländer raus. Keine Entlassungen. Für sofortige Zusammenlegung. Ausländer rein, Republikaner raus. Deutschland den Deutschen. Schützt den Wald. Rettet die Robben.

Freiheit für alle Gefangenen. Freiheit für alle politischen Gefangenen. Keine Freiheit für die Feinde der Freiheit. Tod den Faschisten. Jagt die braunen Ratten aus der Stadt. Weg mit dem Berufsverbot.

Schlagt die braunen Ratten tot. Hoch die internationale Solidarität. Mach meinen Kumpel nicht an. Nazis raus.

USA = Faschisten. Vorsicht, die Terroristen sind bewaffnet.

Litanei: Schlagt die tot, die die totschlagen, die die totschlagen wollten, die sie jetzt totschlagen.

Zwischen sich und dem Feind einen klaren Trennungsstrich ziehen. Feindbilder abbauen. Gegen die innerstaatliche Feinderklärung. Liebe deinen Nächsten.

Max liebt Anni. Hopp, hopp, hopp, Asylanten-Stopp. Tod dem Schweinesystem. Die Schweine von heute sind die Schinken von morgen. Waffen für El Salvador! Keine Raketen auf deutschem Boden. Gorbi, Gorbi, Gorbi.

WIR DANKEN FÜR IHR VERSTÄNDNIS

[1991/2001] Achtung, eine Durchsage: Die Bundesregierung, vertreten durch Reichsbahnhofsvorsteher Otto Schily, gibt bekannt: Deutschland macht mobil für Flucht in das Asyl. Achtung, eine weitere Durchsage: Diese Durchsage wird sofort durchgesagt und vollzogen. Der Eurocity »Untergang des Abendlandes« von Sarajevo nach Berlin-Neue Mitte über Kabul, planmäßige Abendlandung kurz nach dem Krieg, verzögert sich wiederum wegen einer betriebstechnischen Störung auf den innereuropäischen Streckenbereichen und in den Allah-Mullah-Fundamentalstellwerken. Die voraussichtliche Ankunft ist nunmehr ungewiß, die bisherige Verspätung beträgt circa zwölf Wahlperioden. Reisende, die noch keinen Sitzplatz reserviert haben, können die Gelegenheit nutzen und ihren Letzten Willen per Briefwahl dem Mitropa-Team mitteilen, das Sie gerne im Speisestall erwartet. Der Küchenchef empfiehlt Ihnen heute: BSE-Spitzen an Rinderwahn mit Milzbrandmus auf Salat aus Maul- und Klauenseuchlingen. Heroin und frische Spritzen erhalten Sie nur auf dem Gelände vor der Bahnhofsmission. Die Wagen der 1. Klasse halten im Bereich Bomben und Granaten, Reisende der 2. Klasse ohne gültigen Personalausweis steigen in die Abschiebewagen Richtung Güterbahnhof, die übrigen Passagiere werden gebeten, sich positiv gestimmt beim Standgericht einzufinden gegenüber von Gleis vier direkt neben dem elektrischen Stuhl. Wir danken für Ihr Verständnis und wünschen Ihnen noch einen schönen Aufenthalt.

*

Ich wiederhole noch einmal: Der Intercity-Zug 816 Gorch Fock in Richtung Kiel, mit Halt in Bochum, Münster, Osnabrück und Bremen, kann in Köln leider nicht warten. Reisende in Richtung Kiel benutzen diesen Zug bitte bis Dortmund, Reisende nach Bochum steigen bitte in Essen um. Dieser Zug führt im hinteren

Teil ein Zugrestaurant, in dem Sie das DSG-Team gerne erwartet. Unser Küchenchef empfiehlt Ihnen heute Hühnerfrikassee mit Spargelspitzen und Butterreis, Rindsgulasch mit Spaghetti und Salatteller. Den Fahrplan dieses Zuges sowie die wichtigsten Anschlußzüge wollen Sie bitte dem an Ihrem Platz ausliegenden Faltblatt »Ihr Zugbegleiter« entnehmen. Wir danken für Ihr Verständnis. Zwischen den Patienten der 1. Klasse und den Patienten der 2. Klasse befindet sich die Pathologie. Unsere OP-Schwestern erwarten Sie gerne im Großraumwagen der Ortskrankenkasse am Ende des Zuges. Wir danken für Ihr Verständnis.

In wenigen Minuten erreichen wir das Fegefeuer, wo Sie das GSG-9-Team gerne erwartet. Der Eurocity in Richtung Hölle befindet sich auf demselben Bahnsteig gegenüber. Raucherlaubnis und Thrombosegefahr nur in den dafür markierten Bereichen ab Reihe 15 bis einschließlich Reihe 25. Zwischen Kirchheim/Teck und Aichelberg zähflüssiges Blutgerinnsel bis zur Geislinger Steige. Die Krampfadern im Bereich Oberschenkel sind gesperrt.

Blutkörperchen mit Ortskenntnis werden gebeten, die Staustelle weiträumig zu umfahren. Umleitungsempfehlungen werden nicht gegeben. Die Panik im Großraumwagen der 2. Klasse befindet sich an der Spitze des Zuges. Unser Münzfernsprecher empfiehlt Ihnen heute: kein Anschluß unter dieser Nummer. Für weitere Auskünfte steht Ihnen niemand mehr zur Verfügung. Wir danken für Ihr Verständnis und wünschen Ihnen eine gute Fahrt.

IM REGIONALRUNDFUNK

[1993] REDAKTEUR: Erst einmal schönen, guten Tag, Sie sind ja heute abend zu Gast in unserer Stadt, man kann Sie hören und man kann Sie sehen.

BELTZ: Ja!

REDAKTEUR: Ist ausverkauft?

BELTZ: Es ist heute, glaube ich, noch nicht ausverkauft, es ist gut besucht, aber es gibt noch ein paar wenige Karten an der Abendkasse.

REDAKTEUR: Also der Tip an unsere Hörerinnen und Hörer, wenn Sie heute abend den Komiker sehen wollen, es gibt noch Plätze da. Meine erste Frage: Was ist die Grenze der Komik?

BELTZ: Die Grenze der Komik ist ja im Grunde … das ist ja paradox, da fängt's ja erst an, es ist ja eigentlich immer erst an der Grenze lustig. Also sagen wir einmal so …

REDAKTEUR: Sie meinen jetzt aber nicht die Staatsgrenze?

BELTZ: Nein, nein.

REDAKTEUR: Da ist es für viele …

BELTZ: … auch lustig, wenn sie nicht reinkommen, und dann dürfen sie … also das ist nicht komisch. Nein, nein, komisch ist, sagen wir mal so: Ich frag mich da, wo liegt eigentlich die Grenze!? Also am Geschmack etwa oder so, und für mich ist die eigentliche Humorgrenze in Deutschland noch immer die Oder-Neiße-Linie, weil da geht's ja hinüber in eine ganz andere W…

REDAKTEUR: Ja, aber ich meinte ja mehr thematisch, welche Grenze? Was wäre für Sie die Grenze? Also, ich sag jetzt mal ein Stichwort: der Papst?

BELTZ: Der Papst? Da müßte ich lange überlegen, ob man den als Grenzfall sehen kann. Für mich ist der Papst an sich einer von den Kollegen, die mehr Erfolg haben als ich, und deswegen kann ich ihn nicht leiden.

REDAKTEUR: Aber Sie würden sich über ihn lustig machen?

BELTZ: Nein, weil ich finde, das geht in den Ernstfall über, und das sage ich auch gern mal im Radio …

REDAKTEUR: Weil Sie keine religiösen Gefühle verletzen wollen?

BELTZ: Ich hab ja selber welche.

REDAKTEUR: Aber es geht ja nicht um Ihre …, es geht ja ums Publikum, wenn ich das richtig sehe. Ich meine, dafür werden Sie ja bezahlt.

BELTZ: Ja, das ist wieder so 'ne typische … Da merkt man schon wieder den Rundfunkredakteur, wie er singt und lacht …

REDAKTEUR: Nein, nein, nein … Wissen Sie, es geht … Nein, nein. Eine gute Zwischenfrage: Können Sie davon leben?

BELTZ: Ja, wie Sie!

REDAKTEUR: Ja gut, ich bin ja fest angestellt. Es geht hier nicht um mich.

BELTZ: Das ist doch genau die Geschichte, entschuldigen Sie, wenn ich so fröhlich darauf reagiere …

REDAKTEUR: Nein, nein, können Sie ja. Ist ja richtig. Es geht um unser Publikum …

BELTZ: Natürlich, natürlich.

REDAKTEUR: … und nicht um uns.

BELTZ: Aber immer wieder die Frage, können Sie davon leben …

REDAKTEUR: Ja eben, können Sie denn davon leben? Sagen Sie doch mal ganz offen, ja oder nein.

BELTZ: Dann sag ich Ihnen, Sie selber sind ja ein ganz kritischer Redakteur, das sieht man ja schon an Ihrem Äußeren, was heißt heute überhaupt noch leben?

REDAKTEUR: Äh, das ist eine wichtige Frage, da will ich nicht weiter drauf eingehen. Dann kommt die zweite wichtige Frage: Schreiben Sie Ihre Texte selber? *(Beltz lacht)* Ja, was ist daran komisch?

BELTZ: Ja, das ist eine gute Frage. Das weiß ich jetzt auch nicht. Also, es ist ja so, in unserem Beruf geht's ja gar nicht um Texte. Was wir machen als Komiker, ist ja in erster Linie Körpertheater, das aus dem Bauch kommt. Und der Text ist ja nur eine Zugabe. Ich sage Ihnen das ganz offen, ich schreibe die Texte nicht. Es schreibt die Texte in mir. Und dieses Es vermittelt das ganze Emotionale, also das kommt eben über einen, und dann schreibt es in einem, und dadurch entstehen Texte und auch …

REDAKTEUR: Ja, sicherlich, das ist mir soweit verständlich. Aber wenn Sie agieren auf der Bühne, wenn sozusagen das aus dem Bauch heraus ist, dann müssen Sie doch etwas tun, Sie müssen handeln, haben Sie das gelernt?

BELTZ: Ja, ich hab's insoweit gelernt, als ich auf die Welt gekommen bin durch meine Mutter … Und das unterscheidet mich von Milliarden Menschen, die ganz andere Eltern gehabt haben als ich. Und …

REDAKTEUR: Aber Milliarden Menschen sind keine Komiker.

BELTZ: Eben. Weil Sie gefragt haben, hab ich's gelernt? Ich denke, daß das auch damit zusammenhängt, mit dem Geburtsvorgang durch meine Mutter und dem abwesenden Vater, mein Vater war ja damals gar nicht dabei, der hatte damals anderes zu tun …

REDAKTEUR: Im Krieg?

BELTZ: Der war im Krieg, und die hatten da ja auch ihren Spaß, letzten Endes. Ich glaube, das ganz Wichtige ist, daß ich das mit der Komik schon gelernt habe als Kind. Man ist ja als Kind sehr …

REDAKTEUR: Ist das denn, ist das denn …

BELTZ: Ich bin ja als Kind sehr empfindlich gewesen.

REDAKTEUR: Ist Ihre Erfahrung sozusagen eine psychologische Frage, daß der Komiker etwas abarbeitet? Kann man das so sagen? Ist das richtig?

BELTZ: Ja, da ist etwas Abartiges dabei, das kann man so sagen.

REDAKTEUR: Nein, nein. Abarbeiten! Nicht ab …

BELTZ: Ja, doch, das hängt oft ganz eng aneinander. Man ist als Kind doch sehr beleidigt und erniedrigt und kriegt oft eine auf den Deckel …

REDAKTEUR: Mich würde zum Schluß noch interessieren, wie ist es denn mit der Politik? Die Politik, welche Rolle spielt die in Ihrem Programm?

BELTZ: Die Politik kommt gern …

REDAKTEUR: Der Bundeskanzler?

BELTZ: Na ja, der Bundeskanzler ... Nein, mich interessiert eher so Haß und Rassismus, und ich finde es sehr lustig, wenn man zum Beispiel – also gerade was die Politik betrifft – in der Komik viel mehr Behindertenwitze machen würde, um ...

REDAKTEUR: Ja, das versteh ich aber jetzt nicht. Das müssen Sie, glaube ich, mal kurz erläutern für unsere Hörerinnen und Hörer, weil wir doch eigentlich ansonsten in unserem Programm davon ausgehen, wir sollen Rücksicht nehmen auf die Behinderten ...

BELTZ: Ja, genau das meine ich. Nur, man sollte gerade dadurch Rücksicht nehmen auf die Behinderten, indem man darüber Witze macht. Was nutzt es mir denn, wenn ich vor dem Epileptiker Angst hab und ihn gar nicht mehr erwähne? Aber ein schöner Epileptikerwitz, ein schöner Rollstuhlwitz zum Beispiel, das ist doch was Wunderbares.

REDAKTEUR: Also gehören diese auch zu Ihrer Besuchergruppe? Kommen die?

BELTZ: Gerne, gerne.

REDAKTEUR: Die Epileptiker?

BELTZ: Gerne.

REDAKTEUR: Und können die darüber lachen?

BELTZ: Epileptiker haben eine besondere Art zu lachen, das klingt oft sehr seltsam, das ärgert dann wieder die anderen, während der Mongoloide eigentlich eher grundsätzlich durchlacht, und ich habe aber auch oft Leute im Publikum, da lacht keiner, und das sind auch ...

REDAKTEUR: Aber was hat das mit Politik zu tun?

BELTZ: Viel, weil wir haben ja eine Politik, die auf Gesundheit aus ist, und das geht schief. Und ich sage, wenn wir das Behinderte in uns dadurch akzeptieren, daß man sich schön darüber lustig macht, daß man es zur Sau macht, daß man Leute fertigmacht, dann ist das an sich in Ordnung.

REDAKTEUR: Gut, allerletzte Frage ...

BELTZ: Ja.

REDAKTEUR: Können Sie sich vorstellen, Werbung zu machen?

Beltz: Ich mach ja immer Werbung, für mich.

Redakteur: Nein, ich meine für Produkte.

Beltz: Also, was ich machen würde, wäre Heckler & Koch, also Waffen. Ich finde, gerade als Komiker sollte man für Waffen, Panzer und so was Werbung machen und das Paradoxe.

Redakteur: Also … ahm, ich glaube, es ist jetzt deutlich geworden, was Sie wollen. Liebe Hörerinnen und Hörer, Sie wissen, es gibt noch Karten heute abend, wenn Sie jetzt noch mehr sehen und erleben wollen von dem Komiker, dann kommen Sie doch hin. Vielen Dank.

Beltz: Danke schön, und ich sage Ihnen, liebe Hörerinnen und Hörer, auf Wiedersehen bis heute abend.

NACHSCHLAG VOR DEM ERSTSCHLAG

Herzlich willkommen, meine Damen und Herren, zum ersten Nachschlag vor dem Erstschlag. Seit sechs Uhr mitteleuropäischer Zeit wird schon nicht zurückgeschossen. Das macht Mut und läßt uns an Goethe denken: »Doch wo die Gefahr wächst, wächst das Rettende auch.« [1991]

Recht hat er. Auf der einen Seite droht der Irak, er werde wie ein Adler über dem heißen Sand der Schlachtfelder kreisen, »um sich an dem Aas der amerikanischen Körper zu laben«. Auf der anderen Seite schreibt mir Salman Rushdie: »Ich weiß, daß die Toleranz, das Mitgefühl und die Liebe im Zentrum des Islam stehen.« Wie bei uns zu Hause.

Auch das Christentum zeigt in diesen Stunden der Angst, daß der Glaube eine interkontinentale Mehrzweckwaffe ist. Die Glaubenserfahrung, so lehrt uns der Militärseelsorger der *FAZ*, muß jederzeit mit den unmöglichsten Möglichkeiten des Herrn Gott rechnen, aber gleichzeitig darauf gefaßt sein, daß er Ernst macht. So hat Gott gewiß den Herrn Gorbatschow auserwählt, den Deutschen die Wiedervereinigung zu schenken. Aber er hat ihm auch das Schwert gegeben, um zu verkünden: Freiheit für Kuwait – Panzer für Litauen! Gott ist für das Gleichgewicht des Schreckens.

»Stell dir vor – es ist Krieg und keiner schaut zu!«, schreibt mir die Videowerkstatt Bocholt und fordert einen »aktiven Fernsehboykott« während des Golfkriegs. Herr Heinrich P. aus Köln-Nippes fragt besorgt: »Muß der Rosenmontagszug ausfallen, wenn die Wüste brennt?«

Nein, natürlich nicht.

Schaun Sie, meine Damen und Herren, ich habe Angst, Sie haben Angst, selbst Jürgen Möllemann hat Angst – aber Krieg ist, wenn man trotzdem lacht. Und das geht auch auf einem Bein.

Krieg und Frieden, Front und Fronttheater, das gehört doch zusammen wie Stalingrad und Marika Rökk. Da muß man durch.

»Die Wüste lebt«, hat Friedrich Nietzsche einmal gesagt. Ich füge hinzu: Man muß auch etwas dafür tun.

Und ohne Fernsehen, liebe Videowerkstatt in Bocholt, ist die Wüste wie ein toter Mehlwurm. Dead or live – das ist doch die falsche Alternative. Und das hat die deutsche Rüstungsindustrie ja als erste begriffen und mit der alten linksradikalen Parole »deutsches Pestizid bringt den Genozid« aufgeräumt. Wer hat denn die ideale Ausgangsposition für den Heiligen Krieg von Saddam Hussein geschaffen?

Hier kommt gerade die aktuelle Falschmeldung: Die deutsche Industrie hat in allerletzter Minute eine Friedensmission gestartet. Mehrere hundert Manager wollen nach Israel fliegen, um dort einen »menschlichen Schutzschild« gegen einen möglichen Giftgasangriff der Iraker zu bilden. Wie der Vorstandsvorsitzende von Gildemeister sagte, gehe man davon aus, daß Saddam Hussein nicht die technisch-wissenschaftliche Zukunft seines Landes zerstören wolle. »Ohne uns ist der Mann doch so harmlos wie Klaus Kinski«, heißt es wörtlich.

Dennoch ist dies die Zeit des Krieges und nicht die Zeit des Kabaretts.

Deshalb hat Helmut Kohl ja auch durchgegriffen und gesagt: Schluß mit dem Quatsch – am Donnerstag werde ich zum Kanzler gewählt. Lieber Kanzler im Krieg als Ruhe in Frieden, die der fliegende Lothar jetzt genießen kann.

Momendemal

Von Beiläufigkeiten und ersten Eindrücken

Du bist arm und brauchst mehr Geld,
kein Gott zahlt deine Raten.
Das Leben ist ein Minenfeld,
und wir sind die Granaten.

SILVESTERSTIMMUNG

Silvester 1994. Ich sitze irgendwo im Spessart und male mir genießerisch die Frankfurter Jahresendübergangsstimmung aus: [1995]

Bei einem Überfall auf eine Bank in einer kleinen hessischen Gemeinde am 30. Dezember geschah etwas Absonderliches. Der Räuber, ein großer rothaariger junger Mann von vielleicht 18 Jahren, hatte den Ort des von ihm geplanten Verbrechens mit seiner neuen Vespa um kurz nach 14 Uhr erreicht.

Er zog sich keinen Strumpf über das sommersprossenvolle Gesicht, hatte auch das Nummernschild seines Gefährts weder verhängt noch anders unkenntlich gemacht und überhaupt keine Vorkehrungen unternommen gegen die Gefahr, wiedererkannt zu werden.

Er betrat die Bank, zückte seinen Revolver, verlangte von dem erschreckten Kassierer das Geld, und zwar alles, nicht nur die großen Scheine, wie er mehrfach betonte, sackte die Summe, die auch aus Münzen bestand, ein, verließ unter Drohungen den Kassenraum, setzte sich auf seine Vespa und verschwand.

Einen Tag später stand eine armselige Figur an der Bushaltestelle in der Trabantenstadt, das Leiden Christi mußte der reinste Heidenspaß gewesen sein gegen ihre Düsternis, deren Kraftfeld sie umgab, die schwarzgekleidete junge Frau. Neben ihr lungerte ein Afrikaner herum, sagte »Okay, okay« und ging weiter. Der Bus kam, sie stieg ein, und die grauhaarige Alte, die die stille Szene aus ihrem Parterrefenster im 18geschossigen Haus gegenüber der Haltestelle beobachtet hatte, schaute weiter auf die Straße. Es war Mittag, das Polizeirevier im achten Stock des Hochhauses entsprechend schwach besetzt. Die Stacheldrahtzäune um das Parkhaus standen noch, die vor Jahren der Verwalter der städtischen Wohngesellschaft dort angebracht hatte, um Autodiebstähle zu verhindern – ein Parkhaus, das mit Stacheldraht so abgesichert ist, daß kein Wagen mehr reinfahren und dort parken kann, ist vor Dieben absolut sicher –, und der Stacheldraht kratzte wieder ein klein wenig am Beton. Die Siedlung war einst ein Musterprojekt sozialdemokratischer Stadtrandplanung.

Die grauhaarige Voyeurin nahm jetzt den Schwarzen ins Visier, der um die Bushaltestelle herumlungerte. Ein Wagen fuhr vor und hielt. Es stieg niemand aus, der Schwarze schaute ostentativ in eine andere Richtung, die Hausmeisterin bückte sich und hob ihre Katze aufs Fensterbrett, ein junger Mann mit einem »Du darfst«-Gesicht stieg aus dem Passat-Kombi, Baujahr 1991, und schlug die Tür zu und blieb einfach neben seinem Wagen stehen. In der Hand hielt er eine Videokamera.

Zwei Türkenjungs rasten auf ihren Mountainbikes vorüber, kehrten aber nach einer gewagten Drehung vor dem Kiosk an der Kreuzung wieder zurück.

»Sind Sie vom Fernsehen?«, fragte einer den Kombifahrer.

Der sagte nichts und trat dem Jungen das Fahrrad unterm Arsch weg. Der Türke schaute seinen Freund an, rappelte sich zusammen, beide nickten und fuhren in einem Affenzahn davon.

»O big Massa«, lobte der Afrikaner den Fahrradtreter. »Schnauze«, sagte die Trainingseinheit. Die Hausmeisterin begann zu keifen: »Mache Se, daß Se da wegkomme, gesche unsere kleine Törke laß ich nix komme, Sie Fremder Sie, ich ruf die Polizei, Sie Drecksack.«

»Schnauze«, sagte der Landsknecht. Eine Weile geschah nichts, der Afrikaner tänzelte herum, der entdopte Schlankmann stand da, die Alte glotzte hilflos vor Haß in die Welt.

Der Bus kam, der Fahrer hupte, um den Passat, der direkt in der Haltebucht stand, zu verscheuchen. Dessen kalorienarmer Fahrzeughalter rührte sich nicht. Der Bus hielt in der zweiten Spur, der Fahrer öffnete die Vordertür und schrie heraus: »Parken Sie Ihren Schrott woanners, hier ist eine Haltestelle, sehn Sie das net, sind Sie blind oder was?«

Eine junge Frau stieg aus, der Bus fuhr weiter, haarscharf an dem jungen Leichtgewicht vorbei, das sich nicht rührte. Die junge Frau ging auf den Schwarzen zu, der Eßgestörte schaute auf die beiden, griff in seine Hosentasche, und die junge Frau ging, vielleicht ein bißchen aufreizend, weiter.

Weiter zum Abend. Der Rauch der schwarzen Zigaretten mischte sich mit rauh-dunklem Frauenlachen und den Ausdünstungen schweißdurchtränkter schwarzer Herrenpullis, hier spielte der Rollkragenblues auf dem Endzeit-Xylophon. Im Jazzkeller war es angenehm schwül und schwermütig. Die Exis, die sich hier allabendlich trafen, um die Nacht gemeinsam zu verbringen, fühlten sich allesamt geistig hellwach, nur geplagt von einer ungeheuren moralischen Müdigkeit in dieser letzten Nacht des Jahres.

Man trank Guinness-Bier, spielte immer noch Dart, rauchte immer noch Roth-Händle und Gauloises und achtete überhaupt nicht auf den Posaunisten. Gregor, ein mit 84 Kilogramm idealgewichtiger 187 Zentimeter großer weißrassiger Mann mit schwarzgefärbtem und glatt nach hinten gelfrei gekämmtem Haar, das vome kurzgeschnitten igelig nach oben stand und hinten über dem Hemdkragen hing, bat den Neger hinter der Theke um ein Aspirin forte. Susa, seine Freundin, trug lange blonde Haare, Schatten unter den Augen und einen schwarzen Lippenstift, sie litt unter Bauchschmerzen, Hans, der neben ihr saß, unter Halsweh. Leiden lag in der dürftigen Luft.

»Camus sagt«, sagte Hans, »daß Sisyphus glücklich war.«

Susa lächelte und zündete sich eine Gitane an aus dem Päckchen, das sie auf dem Schwarzmarkt am Opernplatz erstanden hatte. Wieder erschütterten zwei diesmal etwas entferntere Explosionen die Regale hinter dem Barmixer, daß die Gläser kurz klirrend zu schunkeln versuchten.

Gregor sagte: »Na ja, was willste machen?«

Und Susa lächelte mit ihrer Ponyfrisur, den grünen Augen und dem seltsam nach links verzogenen Mund, der eine fast waagerechte schmale Linie bildete, solange sie ihn geschlossen hielt. Doch wenn Susa sprach, wenn sich die Sturzflut der proletigen Anbrandungen vermischte mit dem Stakkato herzzerreißender Bosheiten über abwesende Freundinnen, dann bog sich der linke Mundwinkel nach unten, und der rechte zuckte – weiterhin auf der Waagerechten – ganz nach außen, fast vor bis ans Ohr, so schien es Gregor.

Hans sagte: »Gut, daß wir hier sind.«

Der Neger hinter der Bar wischte die Theke und schubste Fresie, den Junkie, vom Hocker. Der fiel wieder mit seinem Nick-Knatterton-Kinn gegen die Tischkante.

Gregor sagte: »Na ja, was willste machen?« Und Susa lächelte.

Nur Hans wußte für den Bruchteil einer Sekunde nicht mehr, ob es wirklich gut war, daß sie hier im Keller saßen, während draußen die Kids ums Überleben kämpften gegen die Schwadronen der Bürgerinitiativen.

Seine Tochter, die wegen Thomas Pynchon zur Ninja geworden war, hatten sie erst vor wenigen Wochen bestialisch gemetzelt auf einem ihrer nie angekündigten Ausrottungszüge, die jetzt fast jede Nacht stattfanden. Der Neger hatte Hans beobachtet und grinste tückisch und sagte: »Du hast Angst, was, du weißes Arschloch, daß Vater auch drankommt? Gringomann jetzt viel Zittermann. Hose geschissen voll, braucht er eine Windel, weißer Mann, mit Nazihaufen in schöne Hose.«

»Halt's Maul, dummes Brikett!« fuhr Susa ihn an.

Gregor sagte: »Ach, hört doch auf.«

Die nächsten Explosionen waren kaum noch zu hören. Eine Frau schleppte sich auf die Bühne, über und über mit Schorfwunden bedeckt, und las und schändete ein Gedicht von Ingeborg Bachmann. Der Posaunist schlief und hörte nichts vom Nebelland.

»Hau ab, du Sau«, schrie Gritt, »du gehörst mit der Rolle Stacheldraht so lang gerohrt, bis du lachst.«

Die Frau weinte und ging zurück an ihren Platz hinten neben der Mauer an der Bühne. Irgendeiner hatte ihr seine Kippe ins halbvolle Bierglas geworfen.

Gregor nahm Susa in den Arm. Sie kuschelte sich an ihn und zitterte.

Hans sagte: »Eigentlich kann sie auch nichts dafür.«

Susa fuhr auf: »Und? Wer kann für irgend etwas dafür?« Sie begann leise zu lachen. »Du bist doch auch noch da.«

Hans sagte: »Was willst du damit sagen?«

Gregor schlug ihm auf die Schulter. »Ist doch egal. Wer will was womit sagen und warum? Ich sag dir mal was. Das andere sag ich dir morgen.«

Susa schüttelte sich: »Du weißt genau, was ich meine.«

Gregor sagte: »Eben.«

Der Posaunist wachte auf, griff zu seinem Instrument, wollte aufstehen, legte seine Posaune wieder auf deren Ständer, stand auf, griff zur Posaune, setzte sie an den Mund, starrte in die alten Zeiten und setzte sich wieder. Er hielt seine Braut weiter so, als wolle er gleich spielen, aber seine Lippen berührten sie nicht. Dann erhob er sich plötzlich mit einer ungeheuren Kraft aus den Knien heraus und begann. Fresie hatte sich zusammengewürfelt, bedankte sich bei Hans für nichts und ging aufs Klo. Susa machte den Neger an. »Na, Mandela, was is? Heut noch ficki-ficki?«

»Halt die Fotze, weiße Nutte!« sagte er. Er griff unter die Theke, holte seine Smith & Wesson hervor und ein gelbes Reclam-Heft. »Ich lese gerade die *Orestie*« sagte er. Susa nahm das Heft, blätterte drin rum und gab es Gregor. Der lachte und sagte: »So weit kommt's noch.«

Hans meinte: »Camus ist für mich der Größte.« Fresie setzte sich zur weinenden Frau, sie weinten beide. Der Neger brachte ihnen zwei Tassen Espresso und ihr einen Calvados. Der Posaunist unterbrach abrupt sein Spiel und ging aufs Klo, die Eingangstür explodierte und fiel die Stufen herunter.

Satchmo schoß mehrmals in den offenen Türrahmen. Aber niemand war da, so daß er die Tür wieder in die Angeln hob und mit einem Querbalken absicherte. Und die Silvesterfeier weiterging.

AM MORGEN

[2000] Wenn ich morgens aufstehe, und das klappt nur, wenn ich wach bin, gehe ich ins Bad vor den Spiegel, schaue hinein und sage: Nein. Das habe ich von Wolfgang Borchert geklaut: »Frau im Supermarkt, wenn sie dir sagen: Kauf Haribo und mach deine Blagen froh – sag: Nein! Mann im Pyjama, wenn sie dich wecken und dich zwingen, in den Spiegel zu schauen, sag: Nein!« Wenn ich am Morgen in den Spiegel schaue, verschlägt's mir manchmal sowieso die Sprache, und ich schüttle nur den Kopf. Eine quasi präsenile Pantomime.

Ich bin ja kein Bundeskanzler. Der behauptet dauernd, er wolle sich morgens im Spiegel noch anschauen können, ohne auszuspucken. Das Problem habe ich nicht. Ich muß morgens immer spucken. Ich bin froh, wenn ich mich gar nicht sehe. Darum schüttle ich den Kopf. Da springt ein radikales nonverbales Nein mitten im Badezimmer herum. Das ist eine Spannung. Da mußt du dich konzentrieren, um die Zahnbürste zu treffen.

Andere machen es anders. Sie gehen direkt am Spiegel vorbei – Feiglinge! –, am Spiegel vorbei direkt auf die Arbeit. Die überhaupt noch zur Arbeit gehen, sind eine Minderheit, aber egal. Wer Arbeit hat, muß auch hin. Und wer keine Arbeit hat, ist hin.

Wer zur Arbeit geht, fährt meistens. Warum gibt's darüber noch keine Statistik? Wie viele Deutsche gehen zur Arbeit oder fahren oder fliegen hin und gleich wieder raus. Alle 15 Sekunden verunglückt in Deutschland ein Kind, das sind pro Minute vier Stück, also Vierlinge. Und das ist eh ein Unglück für die Mutter in jeder Minute.

Aber die, die zur Arbeit gehen, freuen sich dort erst mal auf die Mittagspause. In der Mittagspause freuen sie sich auf den Feierabend, am Feierabend freuen sie sich aufs Wochenende. Am Wochenende freuen sie sich auf den Jahresurlaub, und im Urlaub freuen sie sich schon auf Weihnachten und das Weihnachtsgeld. Zu

Weihnachten freuen sich die Leute auf die Rente. Und wenn sie die Rente erreicht haben, dann wissen sie: Es hat sich nicht gelohnt.

Das weiß ich schon, wenn ich morgens in den Spiegel guck. Dadurch habe ich viel Zeit gewonnen. Aber was mach ich mit der Zeit? Ich geh aus dem Haus und suche die Moral auf der Straße.

Das ist doch klar, wenn das Geld auf der Straße liegt, kann die Moral auch nicht weit sein. Ich widme mich der Buchführung, ich führe Buch über die entscheidenden Fragen an die Menschen und die Welt.

Zum Beispiel: Warum kriegen eigentlich die Leute Weihnachtsgeld? Ist das eine Schlechtwetterzulage, weil es zu Weihnachten nie mehr so schön schneit wie früher? Oder ein Geburtstagsgeschenk, weil der Heiland geboren wurde? Das ist aber auch schon wieder 2000 Jahre her. Und warum kriegen die Erwachsenen das Weihnachtsgeld und nicht die Kinder?

SONNTAG, 1. MÄRZ 1998

[1998] Friedrich Nietzsche wird der Ausspruch zugeschrieben, daß derjenige, der zum Weibe geht, die Peitsche nicht vergessen solle. Mag sein, daß der Philosoph – nicht gerade ein Kenner weiblicher Lebenswelt – sich einfach nur Frauen als Reiterinnen gedacht hat, denen man aus Höflichkeit eine Ersatzpeitsche fürs Pferd mitbringt, mag auch sein, daß er von Frauen gerne eins übergezogen bekommen hätte, was naheliegt, wenn man sich seine furchtbare Schwester Elisabeth vorstellt, deren Domina-Praxis sich nur im unsinnlichen Raum des Geredes erstreckte und von chaosgeborenen Sternen wenig wußte. Ich bevorzuge die sogenannte »Basel-These«, die besagt, Nietzsche sei zu seiner unhöflichen Randbemerkung durch den Charakter dieser Stadt provoziert worden. Schließlich war er im noch bildungsfähigen Alter von 24 Jahren als Professor für Philologie in diese Stadt gekommen.

Heute lese ich im *Blick,* der Schweizer unabhängigen Tageszeitung, eine erschütternde Meldung:

»Mit Wallholz! Frau schlug Ehemann den Schädel ein. Für Silvio K. (32) wurde der alte Stammtischwitz zum blutigen Ernst: Ehefrau Margot (55) schlug ihm das Wallholz über den Kopf. Das mußte schlimm enden: Das Wallholz war aus Marmor! Und Margot, die seit langem mit Silvio zerstritten ist, schlug in der Nacht auf Donnerstag gleich mehrmals zu. So hart, daß sich die Stahlstange, die die beiden Griffe verbindet, kräftig verbog. Der Mann liegt im Spital mit mehreren Schädelbrüchen.«

Das Wallholz heißt bei uns Nudelholz. Schon seit Kindesaugen kenne ich die gezeichneten Witze. Da kommt ein betrunkener Mann, in der Hand eine Schnur mit Luftballon dran, torkelnd nachts nach Hause, sagt irgendeinen dummen Satz zu seiner Frau, und die steht, das Nudelholz schlagbereit in der erhobenen Hand, hinter der Tür und lächelt sadistisch. Gleich gibt's Schädelbruch. Ich brauchte keine Videos, um als Kind schon zu wissen, daß die

Ehe eine Hölle ist, in der der Mann sich aus Verzweiflung besäuft und die Frau ihn darum und überhaupt totschlagen will.

Wir kennen das Buch zum Film, aber in Basel geschieht die Wirklichkeit zum Witz und bekräftigt meine Vorstellung von Gesellschaft, daß immer die blödesten Kalauer sich durchsetzen. Geschichte ist eben die Bebilderung des dümmsten Comics der kosmischen Katastrophe.

Und die Basler Frauentat wirft ein Licht auf die Kriminalkultur in Europa, die uns allen am Herzen liegt. Wie können wir auf dem Weltmarkt bestehen, wenn solche Schweizer Präzisionsarbeit nicht Schule macht in anderen Ländern.

Blättern wir im Album des abweichenden Verhaltens. Am 26. Juni 1997 meldet die *Frankfurter Rundschau,* daß Drogenhandel zu einem wichtigen Weltwirtschaftsfaktor geworden ist und jährlich 400 Milliarden Dollar dabei umgesetzt werden. Andererseits tötete im August desselben Jahres Sebastian A. (32) mit einem Hirschfänger (20-Zentimeter-Klinge) seine Frau Gudrun und die gemeinsamen vier Kinder in der drogenfreien Gemeinde Langkampfen (800 Einw.) bei Kufstein in Tirol. Seine Frau hatte nach der Trennung von ihrem gewalttätigen Mann einen neuen Freund gehabt. »Ich wollte meine Kinder vor der neuen Beziehung bewahren«, gab der Täter als Motiv an. Kurz zuvor feuerten drei Jugendliche bei einem Open-Air-Konzert auf Korsika auf Pascal Obispo und seine Band, weil sie nicht mehr legal ins Konzert reingekommen waren. Der Sänger und einer der Gitarristen wurden getroffen. Die Schützen wurden festgenommen. »Wir wollten nur die Scheinwerfer treffen«, sagten sie ganz offen mit dem Ausdruck tiefsten Bedauerns.

Im September 1997 erstach dann in Gießen ein Vater den Drogendealer seiner Tochter, während schon im März 1996 mehrere junge Offiziere in der westindischen Stadt Poona eine Einkaufszeile in die Luft sprengten, weil sie am späten Abend kurz vor der Sperrzeit nicht mehr in ein Lokal gelassen worden waren. Dies geschah, nachdem am 4. April 1994 Torsten L. (25) die Gäste seiner Gartenparty im Kirdorfer Feld bei Bad Homburg erschreckt hatte. Da niemand mit ihm sprach und die Musik zu laut war, stürzte er mit einem Beil auf die Gäste und schrie: »Haut endlich ab!« Schüler André K. (22) lief nicht schnell genug davon, die Axt sauste an seinem Kopf vorbei, aber ein paar Faustschläge durfte er noch einsammeln. Fazit: 3,4 Promille zur Tatzeit.

Wenn ich mal mehr Zeit habe, sammle ich diese Meldungen aus der Welt der Leidenschaft und des Gesetzesbruchs. Denn hier ist zu Recht noch von Kultur die Rede.

DER DROGENBEAUFTRAGTE

Als Diplomchemiker bin ich hier als Gutachter zuständig für die Frage der Zurechnungsfähigkeit, denn Zurechnungsfähigkeit ist der Ausdruck eines inneren chemischen Prozesses, also des humanen Drogenhaushaltes. Ich bin ja für die Freigabe, schließlich, Alkohol ist auch eine Droge, nicht wahr, und wenn man summa summarum Bilanz zieht, dann, nicht wahr, sterben pro anno bei einer Maximum-Minimum-Korrelation von plus/minus, sagen wir, Pi x My x minus Delta t, aber das ist nun wirklich optimal geschätzt, beziehungsweise in dem Zusammenhang minimal, man müßte auch noch die Verkehrsunfälle, die durch Alkohol bedingt, das ergibt Dimensionen, nicht wahr, da bleibt einem die Spucke im Hals. [1989]

Das Ganze ist natürlich auch eine Frage Import–Export, weltweite Mafia, reine Ökonomiemethoden, Amerikas Buschkrieg in Kolumbien, und ich möchte gar nicht wissen, wer hier bei uns auch sein Schäfchen, da hat sich schon mancher gesund und trocken gelegt, hochehrbare Leute an sich, aber in der heutigen Situation, nicht wahr, Druck der Konkurrenz auf dem Weltmarkt.

So kommt man der Sache nicht näher. Das persönliche Verständnis allein, auch jetzt für die andere Seite, selbstverständlich muß das auch, natürlich, ich bitte Sie, Kokainanbau – das sind ja Bauern, pauperisiert, Herzlosigkeit hilft da schon mal gar nicht, aber auch nicht falsche Sentimentalität, notwendig ist Vernunft, Augenmaß und Miteinander, hier stoßen ja verschiedene Kulturen aufeinander, das sind ja keine Joghurt-Kulturen, links gedreht, rechts gedreht, nein, hier entwickelt sich ein hochexplosiver Sprengstoff, im Grunde kann man sich ja nur wundern, daß da nicht noch viel mehr, gerade im harten Drogenbereich.

Kinderprostitution, ich meine, das sind ja alles Dinge, blutjunge Mädchen, ich bitte Sie, das ist doch, sehr hübsch, teilweise, aber das ist doch furchtbar, gestern erst, wunderbare blonde Haare, da ist doch zu diesem Zeitpunkt, eine kindliche Figur, aber immerhin schon, da hilft man auch mit Geld nicht, ich meine, das reicht ja nicht, es ist schon ein *point of no return,* da ist ja alles schon erreicht, obwohl viele davon überraschend helle sind, hochintelligent und oft auch sehr sensibel, vielleicht auch gerade deswegen.

Man müßte im Grunde zunächst einmal die Bedingungen, ich meine, man kann doch nicht immer nur, und zwar an den Symptomen, sicher, das hilft dem einzelnen dann schon, im ganz speziellen, konkreten Fall, aber es handelt sich doch um ein gesellschaftliches, das Phänomen geht ja tiefer, bis in die Strukturen, und hat auch mit der Geschichte, der deutschen Geschichte, dieser geographischen Lage mitten in Europa, da sind wir alle aufgerufen, und können uns nicht aus der Verantwortung, selbstverständlich ist dies in erster Linie natürlich eine Sache des Elternhauses, Geborgenheit und Vertrauen, Vertrauen, von beiden Seiten, natürlich, ich meine, wo kein Vertrauen ist, da muß man sich nachher nicht wundern. Da sollte man hier auch vielleicht, der Gedanke kommt mir gerade, wie jetzt beim Umweltschutz, nicht wahr, das Verursacherprinzip, man kann ja die Kette nicht bis Adam und Eva, man muß ja heute was tun.

Ich meine, das Elternhaus, da werden die Fäden doch gelegt, da ist die Ursache doch schon vorgestrickt, nicht wahr, oft ist es der Vater, dann auch die Mutter, besonders sie, und Geschwister, das ist oft sehr ungut.

Hier wäre sozialpädagogisch und prophylaktisch und mit Hilfe der öffentlichen Hand privat, daß sich das dann im Hause selbst regelt, und nicht mehr hier vor aller Augen, damit soll nichts unter den Teppich, aber auf der anderen Seite, man kann doch nicht alles in aller Öffentlichkeit, es wäre ja barbarisch, wenn es nicht auch eine gewisse Intimsphäre, gerade auch in der Familie, und möglicherweise besonders in der Familie, dann hätten wir vielleicht das Problem sicher vom Tisch, also nicht mehr auf der Straße, also im Haus, also bei den Ursachen zurückverlegt, im Prinzip Elternliebe inklusive Prügelstrafe und Kinderschändung, und könnten anderen Dingen, nicht wahr, die ja auch drängen, ich muß das jetzt nicht im einzelnen aufzählen, ich glaube, wir sind uns in dem Punkt einig.

TIERE SCHAUEN DICH AN

Die Heisenbergsche Unschärferelation wird selten so verifiziert wie im Blick zwischen Kaninchen und Mensch. Natürlich kann das Kaninchen nicht wissen, was im Kopf des essentiell anderen vor sich geht. Aber schon für einen Dritten, der sich aus dem Blickfeld der beiden Protagonisten heraushält, wird die Veränderung in der Physiognomie des vom Kaninchen beobachteten Menschen sichtbar. [1988]

Das Kaninchen zwingt dem menschlichen Antlitz die Mimikry der Kindchenschema-Reaktion auf, und auf der zum Blöden hin – blöd im Sinne der Romantik – sich verzerrenden Gesichtsfläche entsteht die Imago des Kinderwunsches.

In einem walisischen Institut wurde unter Leitung von J. Berger folgendes Experiment gemacht: Ein Kaninchen schaute verschiedene Menschen unterschiedlicher Herkunft so lange an, bis sie in Trance verfielen. Die Trance-Skala wird angeführt von Londonern, die am schnellsten den beabsichtigten Zustand der Aufnahmebereitschaft erreichten, und abgeschlossen von Iren, die am längsten den Blicken ausgesetzt werden mußten, bis sie diese Wirkung zeitigten.

Doch kehren wir zu dem Experiment selbst zurück. In der quasi hypnotischen Situation entfernte sich jeweils das Kaninchen, und ein Foto eines Kaninchens wurde dem Menschen (Probanden) in den Blick gehalten. Der Kinderwunsch blieb noch immer auf dem Gesicht stehen und wich erst langsam, wenn auch das Bild weggelegt war.

PARTY

[2000] Ich habe letzte Woche noch eine Einladung bekommen zu einer Party, die Gästeliste war schon beigelegt. Diese Gästeliste kam mir so komisch bekannt vor: »Der Junge, der Alte, der mittlere Mann, die süße Maus, das wilde Häschen, das buschige Kätzchen, der heilige Johannes, der englische Bobby, das Tierchen aus Stoff, Schreiber, Maler, Musiker, Presse, Geld, Publikum, das hohe Gericht, der Jüngste Tag, der Urteilsspruch, Welt, All, Kosmos.«

Da habe ich mir gedacht, bei der Versammlung fehlst eigentlich nur du noch, und bin hingegangen. Wegen meiner notwendigen Zusammenarbeit mit der Polizei nahm ich ein kleines Aufnahmegerät mit und hab die Party einfach mitgeschnitten. Es waren viele Bekannte da: die Ilse, der Therapeut Dr. Schlundt, der Slowene, der freche Junge, der Babbelkopp, der Zoten-Berliner, das alte Kind und so weiter und so fort.

Ich möchte Ausschnitte aus dem Festprotokoll bekanntgeben:

Männer haben einen anderen Humor als Frauen.

Ja, aber Frauen sind nicht komisch.

Das hat mit der Moral zu tun. Männer schämen sich dafür, und uns liegt sie am Herzen.

Ich habe gerade »Pericle, der Schwarze« gelesen.

Perikles, das war doch ein Grieche und kein Afrikaner.

Nein, von dem Italiener Ferrandino.

Und worum geht's da?

Männer oder Frauen, das ist doch heute gar kein Unterschied mehr, das ist wie links und rechts, im Zeitalter von One World sind das doch alte Hüte.

Kommt 'ne alte Schabracke zum Hautarzt und sagt: Herr Doktor, ick hab da so ein Jucken.

Ach, hör doch auf mit dem Scheiß, besorg lieber mal einen Wein.

Für Hannah Arendt ist ja Perikles quasi der Gott der Politik, als Macht noch eine Qualität hatte, Entschuldigung, ich muß da gerade mal guten Tag sagen …

Worum geht's denn jetzt in diesem Roman?

Der spielt in Neapel in Kreisen der Camorra, und Pericle ist ein richtiger Schweinehund.

Klingt ja schon mal interessant.

Ich habe das auswendig im Kopf: »Ich heiße Pericle Scalzone. Ich bin achtunddreißig. Bin etwas fett, meine Haare sind etwas weiß, weil schon mein Vater weißes Haar hatte, wie meine Mutter sagt. Meine Arbeit ist es, die Leute in den Arsch zu ficken, ich betäube den Betreffenden mit einem kleinen Sandsack, fessle ihn mit den Handgelenken an den Füßen rittlings auf einen Stuhl oder auf einen Tisch und benutze dann eine antibiotische Gleitcreme, damit der Schwanz gut reingeht.«

Auswendig im Kopf. Respekt. Ist das dokumentarisch oder doch mehr Fiktion?

Entschuldigung, ist hier noch Platz?

Ja, bitte, nein, das ist Fiktion, also eine Erzählung, sehr schwarz, aber auch, finde ich, sehr realistisch.

Aha, fesseln Sie auch gerne mal jemand über den Tisch?

Pfffff …

Ich habe jetzt den Anfang nicht mitbekommen …

Meine Mami muß Aspirin haben, hast du Aspirin für meine Mami?

Das ist die Kleine von unten. Daß die Mutter nicht besser aufpaßt.

… den Anfang nicht mitbekommen. Mir scheint interessant, daß dieser Schwarze Pericle gleichsam den Verfall der Politik in Europa zeigt, von eben dem großen Perikles bis hin zu dieser, sagen wir, Machtmaschine, wo von der Kunst der Politik nur die Apotheose der Demütigung …

… also die Technik des Arschfickens übrigbleibt, das wollten Sie doch sagen?

Ich finde nicht, daß es ein Fortschritt ist, wenn junge Damen die gleiche zotige Sprache führen wie früher Männer auf einem Herrenabend.

Nein? Und ich rede ungern mit einem Ochsen über den Stierkampf.

»… der Männlichkeitsmythos, der in den kommunistischen Parteien von Anfang an da war, seit Marx, Lenin und Stalin, und bis heute geblieben ist. Parti, Père, Puissance«, heißt es bei Macciocchi zu Pasolinis *Freibeuterschriften*.

Unsere Zeit vermißt nicht den König, wohl aber den Vater, dessen Sinnbild der König war. Der Vater ist der Stellvertreter Gottes in der Familie. Wen soll der Vater vertreten, wenn Gott tot ist. Vaterschaft heute ist Stellvertretung ohne Auftrag, das betrifft auch den Sonntag, der eigentlich immer Vatertag war. Wenn Gott tot ist, braucht's auch keinen Sonntag mehr.

Beim Kampf um den Sonntag ist ja heute nicht mehr die CDU die Hauptverbündete der Kirche, sondern die Gewerkschaften sind es.

Ein FDJ-Mädel als Chefin der christlichen Volkspartei, das ist ja Realsatire, die zum Himmel schreit.

Nur da ist niemand mehr. Ich habe neulich mal wieder gebetet, und da hieß es plötzlich: Kein Anschluß unter dieser Nummer.

Es gehört doch heute kein Mut mehr dazu, sich über das Christentum lustig zu machen. Aber machen Sie mal einen Witz über Juden, da ist sofort der Teufel los. Oder über den Islam. Da gehört Mut dazu, aber über die Kirche sich lustig machen, das ist doch billig. So weit sind wir doch schon wieder: Die katholische Kirche wird inzwischen verfolgt wie die Juden im 19. Jahrhundert in Deutschland.

Geb dem Mann mal ein Valium, der dreht gerad durch.

»Ich aber sage euch: Wer da hat, dem wird gegeben werden; von dem aber, der nicht hat, wird auch das genommen werden, was er hat.« Das steht im Neuen Testament. Das ist Kapitalismus pur.

Wir haben uns als Linke eben getäuscht, wenn wir glaubten, Armut sei etwas Schlimmes. Das sind reaktionäre Behauptungen.

Es ist komisch, vom Kapitalismus reden heute die Unternehmer, die FAZ, *die katholische Kirche – von links hört man da wenig, da säuseln nur noch leise Töne: Ein bißchen Friede, ein bißchen Gerechtigkeit – aber alles in Maßen.*

Es gibt keinen Klassenkampf mehr.

Wo ist denn die bürgerliche Klasse? Richtige Bourgeois meine ich! Nicht so Leute wie wir oder diese Ersatzpinguine, die auf'm Bundespresseball rumtanzen – oder hast du schon mal das Proletariat gesehen, persönlich, meine ich, Name, Adresse, Kampfanschrift?

Die Güte des Herzens nimmt einen weiteren Raum ein als der Gerechtigkeit geräumiges Feld.

Sag ich doch.

Die letzte Phase einer weltgeschichtlichen Gestalt ist ihre Komödie.

Wer hat denn den Bettler hier reingelassen?

Ist das nicht der Harry Rowohlt?

Mami braucht Aspirin. Hast du Aspirin?

Du gehst jetzt schön zu deiner Mami zurück, hier, das ist eine Tablette Aspirin, und du gehörst schon längst ins Bett.

Unglaublich, selbst bei einem so kleinen Kind denkt ihr Männer immer nur an Bett.

Kommt 'ne alte Schabracke zum Hausarzt und sagt: Es guckt mich hier keiner an. – Nee, das war falsch.

Hau ab, in der Küche kannste den Scheiß erzählen, da sitzen immer die größten Feiglinge, die sich nicht ins Getümmel trauen.

Das sind doch alles die Auswirkungen der Globalisierung, Zerstörung der Familie, Leistungsdruck ohne Ende, so kriegst du keine Gesundheitsreform hin.

Es gibt ja heute auch mehr Apotheken als Buchhandlungen.

Eben. Das ist Amerika. Die haben gewonnen.

Wenn das Leben ein Puff ist, kommt es darauf an, die beste Hure im Stall zu sein und nicht die billigste.

Ein Mann ist nur einsam, wenn er sich auf andere verläßt.

Was ist das? Hat 90 Prozent seines Verstandes verloren? Ein Witwer!

Das ist doch bloß ein Erzeuger, das ist doch kein Vater.

Was gibt es Feigeres, als sich am Auto eines anderen Mannes zu vergreifen?

Ein Ranger braucht zu seinem Glück ein Pferd, das nicht lahmt, und einen Revolver, der nicht klemmt.

Die Mami braucht kein Aspirin mehr, die ist jetzt ganz still.

Warum kümmert sich denn niemand um das Kind?

Ich krieg immer nur den Ausschuß, der übrigbleibt bei so einem Fest.

Haltet mal Ruhe, die Frau ist tot, die liegt blutüberströmt in der Badewanne, die hat sich umgebracht.

Wo ist mein Mantel?

Ruf doch mal jemand die Polizei.

Ist ein Arzt hier?

Kommt 'ne baufällige Baracke zum Frauenarzt und will 'nen Einlauf…

Halt bloß das Maul, ich geh jetzt nach Hause.

Die Polizei braucht doch Zeugenaussagen.

Komisch, alle sind weg.

Geht's Mami jetzt gut?

War das schon das Jüngste Gericht? Warum antwortet mir niemand? Ey, du, wo wohnt denn deine Mami? Warum rennst du fort, Kleine? Warum laßt ihr mich hier allein? Ich bin doch unschuldig.

AUF DER STRASSE

Die Straße ist ein gefährliches Pflaster. Auf der Straße wirst du fertiggemacht, wer das überlebt, oje! In dieser Zeit unbewaffnet auf die Straße zu gehen, das ist Vorbereitung zum Selbstmord. Ich würde mich nie selbst umbringen, ich geh einfach auf die Straße und sag: Hier bin ich. [2000]

Gegenüber an der Hauswand haben sie heut Nacht was hingesprayt: »Macht macht böse, Ohnmacht macht dumm«.

Überall lauert die Gefahr, Gewalt fährt auf der Straße, Friede und Recht sind sehr wund, und wer auf einem Stein sitzt, dem tut der Arsch weh. Oder: Radfahrer auf dem Bürgersteig, aber keine UNO-Truppen weit und breit.

An der Ecke Brückenstraße/Wallstraße, da am Zeitungslädchen, da fahren oft mit Riesenkaracho Radfahrer auf dem Bürgersteig haarscharf an der Tür vorbei. Wenn du da rauskommst, knall, bum, spritzt dir das Hirn weg, und die Velo-Drecksau macht sich auf und davon.

Wir haben schon überlegt, daß wir uns mit einer Rieseneisenstange im Lädchen verstecken, drüben vor dem Plattenladen kontrolliert einer das Gelände, und wenn dann so ein Verbrecher ankommt: Tür auf – Stange raus – pardauz – Fahrrad kaputt – Fahrer fliegt durch die Luft, mit dem Rücken gegen das Verkehrsschild, schnell noch mit der Stange einen drauf – und der fährt nie mehr Rad.

Das klingt vielleicht kleinlich, aber als Erwachsener soll man den Kindern ein Vorbild sein. Das steht an den Verkehrsampeln dran: »Nur bei Grün gehen. Den Kindern ein Vorbild.«

Das ist falsch gedacht. Ich geh immer bei Rot rüber, wenn kein Auto kommt und wenn ein Kind mit der Mutter an der Ampel steht. Die Mutter brüllt sofort rum: »Halt, stehenbleiben, sehen Sie nicht, daß hier ein Kind steht?« Natürlich sehe ich das und sage zu der Kleinen: »Gell, jetzt schreit die Mami, weil du auch so gern bei Rot über die Straße gehen würdest. Aber du bist noch ein Kind, du darfst das nicht. Der Onkel geht jetzt rüber, du darfst nicht hinterher, du sollst nämlich nie hinter fremden Onkels hergehen, das bringe ich dir jetzt bei, nur deine dumme Mami kapiert das nicht.«

Die Eltern von heute sind keine Vorbilder mehr wie ich, sondern Erziehungspartner der Kinder. Aber Mütter, die ihre Kinder nicht mal an die Wand klatschen wollen, gehören in psychiatrische Behandlung, die sind krank. Oder das Kind muß in die Anstalt, weil es zu sehr verstanden wird.

IN DER VOLKSHOCHSCHULE

Wir sprechen heute über Manager und Moral, über Ethik und Etikettenschwindel. [2000]

Der Mensch von heute ist der Manager seiner selbst. Es gibt für jeden Menschen nur zwei Möglichkeiten: Entweder man wird Unternehmer, oder man macht sich selbständig. Was heißt das?

Das Moralische wird immer mehr zum bloß Ethischen: *ethos anthropon daimon,* das Ethos ist der Dämon, das Schicksal des Menschen, also die Wesensbeschaffenheit der Persönlichkeit.

Meine Damen und Herren, in jedem von uns steckt ein Mensch, man muß ihn nur herauslassen. »Menschen, laßt uns Menschen werden«, sang der Kommunist Johannes R. Becher. Das ist dasselbe wie neurolinguistisches Programmieren oder die Versenkung in Zen-Buddhismus, was die gleiche Entspannung mit sich bringen soll wie ein kurzer Mittagsbesuch bei der Domina im Bahnhofsviertel.

Was ich Ihnen hier erzähle, Sie werden es gemerkt haben, ist natürlich Schrott. Unser Thema heute also: Der Schrott, das unbekannte Wesen.

Der Mensch ist ein Organismus, der ißt und trinkt und daher auch ausscheidet. Das verbindet ihn mit der deflorierten Fauna, den sogenannten Tieren. Der Mensch aber unterscheidet sich vom Tier dadurch, daß er über seinen eigenen Abfall nachdenkt.

Das Ausscheiden verdauter Stoffe ist auch Grundlage gegenseitiger Beschimpfung, wie es im Beispiel: »Du Arschloch, verpiß dich!« paradox hörbar wird. Einige Menschen haben die Psychoanalyse erfunden, ob aus Spaß oder aus Not, ich weiß es nicht, die sich um die Organe der humanen Abfallproduktion kümmert und dort Verklemmungen feststellt, um sie zu lockern (Stichwort: Partnertausch) oder zu pflegen (Stichwort: Pflegeversicherung).

Ähnlich funktioniert die Volkswirtschaft. Denn neben der Beschäftigung mit sich selbst beschäftigt sich der Mensch mit der

Produktion von Gutem. Werden diese im Bereich IG und Gesamtmetall produziert, so entsteht durch ihren Ge- und Verbrauch Schrott.

Der Schrott – volkstümlich Materialermüdung oder Frührentner – kommt zum Schrotthändler auf den Schrottplatz. Stammt der Schrott vom Auto ab, landet er auf dem Autofriedhof. Der Autofriedhof ist der Ort einer vorläufigen Endlagerung dessen, was der Ausschlachtung zur Verfügung gestellt wird. Die Ausschlachtung des Schrottes wird gern von Männern getätigt, da sie ausgelagerte Heimarbeit ist, also Heimwerkerarbeitsersatz. Man trifft sich mit Freunden, aber nicht mit Frauen auf dem Autofriedhof.

Auf daß erfüllt werde Mercedes 5, Benz 17, wo geschrieben steht: Gott ist Schrott, du sollst keinen anderen Abfall haben neben ihm, sondern du sollst wuchern mit dem Schrott und ihn recyceln und damit an die Börse gehen und stinkreich werden und soviel wie möglich die anderen Deppen beduppen und bescheißen und sollst also glücklich sein in Ewigkeit.

Die nächste Stunde unseres Volkshochschulkurses zum Thema »Management und Ethik« findet am Buß- und Bettag statt.

GEISSLER UNTERWEGS

Zwei finstere Gestalten stehen vor einem Zigarettenautomaten [1998]
und schlagen wild drauf. Nichts rührt sich. Im Hintergrund sehen wir ein normales Reihenhaus, das vollständig mit Stacheldraht geschützt wird. Auf dem Dach eine Riesensirene. Hinter dem Stacheldrahtzaun spielen Kinder in historischen Kostümen, aus Zeiten, als die Südstaaten vom Winde verweht waren. Als die beiden Streifenbeamten in ihrem Wagen davonfahren, macht sich der Mann über das Würstchen lustig, das da als Vollstrecker auftritt. Marlene aber ahnt es: »Ich glaube, in diesem stillen Mann brodelt ein Vulkan, da liegt ein wildes Tier an der Leine.«

Am Abend treffen sich Geißler und Stenke in dem Café »Bei Christiane & Johannes«. (Donnerstags Tanz mit Damenwahl.)

Stenke erzählt von seiner Pleite, er scheint jetzt Zeit zu haben für kleine krumme Geschäfte nebenher. Er berichtet Anekdoten aus der Zeit der DDR, Geschichten, die wir aus dem Film *Die Spur der Steine* oder dem Stück *Der Bau* von Heiner Müller kennen. Als Geißler ihn fragt, ob er das selbst erlebt habe oder bloß im Kino gesehen, ist Stenke beleidigt. Geißler jammert ein wenig über seine Tochter, Stenke fragt ihn, warum er sie nicht tüchtig versohlt habe, wenn sie so frech gewesen sei, da gibt Geißler zu, daß seine Tochter ihn geschlagen habe. Um die Peinlichkeit zu überdecken, erzählt Stenke, daß seine Frau am 6. Oktober 1988 durch einen Autounfall ums Leben gekommen sei, am selben Tag, an dem auch Franz Josef Strauß gestorben ist, dessen Frau auch durch einen Autounfall umkam. Beide plaudern über Zufall und Schicksal.

Erste Runde der großen Männergespräche über den Untergang Europas. Stenke ist Vulkan-Laienexperte und spricht über Lava, Antarktis und andere Geophänomene. Geißler ist sozialer Vulkan-Fanatiker. Er sieht den Vulkan Großstadt kurz vorm Ausbruch (bös und geil und seelenlos) und das den Naturgewalten hilflos ausgelieferte Dorf (dumm und egoistisch) als den Totengräber der

Gegenwart. Das Heil kommt aus der Provinzstadt und ihrer Übersichtlichkeit. Geißler deutet schwere Gefahren an, die aus Frankfurt kommen werden. Das Ganze hat für ihn irgendwie auch mit Frauen zu tun.

Um der Welt zu trotzen, trinken beide Brüderschaft. Stenke erzählt von Raubrittern und Robin Hood, Geißler berichtet von Menschen, die sich durch Kredite ins Unglück gestürzt haben, kommt auf Martin Luther zu sprechen, daß der auch gegen Kaufhandel und Wucher gepredigt habe, Stenke verteidigt die Juden, obwohl Geißler gar nichts gesagt hat. Ein Nachtgespräch geht zu Ende.

*

Geißler will noch einmal hinaus in die Nacht. Während er beschwingt die Straße entlanggeht, hört er plötzlich Schritte hinter sich. Er bleibt stehen – die Schrittmacher auch. Es sind die beiden finsteren Gestalten. Geißler wächst über sich hinaus, dreht sich um und schreit: »Was wollen Sie von mir?« Die beiden wollen mit ihm ein Bier trinken.

Bei »Christiane & Johannes« ist Damenwahl. Als die drei eintreten, entsteht ein großes Hallo auf seiten der sexbesessenen Seniorinnen. Aber die drei bleiben cool, gehen an die Theke, und dort erfährt Geißler einen Plan: Die beiden haben vor, nach Frankfurt zu gehen und dort als »Repomen« zu arbeiten. Das sind – so wissen sie aus dem Kino – Leute, die unter Umgehung des Rechtsweges Sachen zurückholen, die nicht bezahlt worden sind. Sie betreiben »Repossessing«, sie holen dem ehemaligen Eigentümer seine nicht bezahlten Gegenstände zurück, sie begreifen sich als Menschen, die mit der Privatisierung Ernst machen in der Wirtschaft, sie wollen Privatinitiative, Verschlankung des Staates und eine befriedigende Arbeit miteinander verbinden. Geißler soll die Sache organisieren vom Büro aus, sie seien die Streetworker der Gerechtigkeit, die die Möbel wieder geradeziehen.

Eine kleine kriminelle Vereinigung scheint sich zu bilden. Die beiden haben überzeugende Argumente dafür, daß man den Frieden in der Gesellschaft nicht dort herstellt, wo er schon herrscht, also in der Provinz, sondern dort, wo noch Krieg ist, also in der

Großstadt. Drei alte Damen kommen auf sie zu und fordern sie gnadenlos auf. Alle Blicke sind auf sie gerichtet. Die finsteren Gestalten kennen keine Angst, da macht auch Geißler mit.

Seiner Dame erzählt Geißler beim Tanz, nunmehr leicht beschickert, er sei der neue Gerichtsvollzieher und werde aufräumen in der Stadt. Die Dame heuchelt Entzücken und ist amüsiert. Sie lädt ihn zu sich ein. Geißler bekommt Angst und erzählt, nachdem sie ihn zu sich auf eine Sitzbank gezogen hat, er sei impotent. Leider erzeugt er damit kontraproduktiv eine nicht gewollte Wirkung. Die Dame fühlt sich herausgefordert, sagt, das Schöne in ihrem Alter sei doch, daß man nicht mehr verhüten müsse, Angst vor Aids habe sie auch nicht. Schließlich könne man mit dem Virus noch zehn Jahre leben, aber so alt wolle sie gar nicht werden. Sie fummelt an Geißler herum in der Meinung, Impotenz sei immer bloß eine Frage von kommunikativen Störungen, Geißler zittert, sie will ihn mitnehmen nach Hause – da tauchen zwei finstere Gestalten auf und entführen ihn unter gräßlichen Flüchen. Die alten Damen lachen vergnügt, denn der verarschte Gerichtsvollzieher hat den Scherz eines der Golden Girls dummerweise für bare Münze genommen. Auf der Straße bedankt sich Geißler bei seinen Rettern, die nun einen Wunsch bei ihm frei haben.

Sollte die Provinz doch nicht das bessere Deutschland sein? Unruhig wälzt sich der Vollstrecker im Bett herum. Alpträume drohen in der Nacht. (Er im Bett der alten Dame, die Zigeunerin steht daneben und lacht, Stenke hängt an einem Kreuz an der Wand und ist tot. Der Bärenwirt betritt das Schlafzimmer: Was hast du mit meinem Wein gemacht?)

So vergeht die Nacht leicht verschwitzt und voller Grauen.

STAMMAPOTHEKE

[1999] Umziehen ist, wie wenn du deinem Freund den Laufpaß gibst. Du willst dich von ihm trennen, schon wie der morgens aus dem Hals riecht, die Musik, die der mag. Jetzt ist er weg, du atmest tief durch, endlich allein, auf zu neuen Ufern, und plötzlich, das muß gar nicht in der Nacht sein, fehlt dir was. Dieses Husten, wenn ihm was peinlich war.

Und genau so ist das im neuen Viertel. Früher hast du auf diese Kirchen geflucht mit ihrem ewigen Gebimmel. Ist Gott wirklich so schwerhörig, daß die dauernd die Glocken schwingen müssen? Aber jetzt, wo es keine Kirchen mehr gibt, da wirst du jedesmal wach, wenn keine Kirche läutet.

Du wirst wach, weil dein Schlaf auf Glockenterror programmiert ist. Wahrscheinlich werde ich Schlaftabletten brauchen, weil es dort so ruhig ist. Und wo krieg ich die Schlaftabletten her? Aus der Apotheke. Das wird ein Riesenumgewöhnungsprozeß.

Hier im Viertel hab ich schließlich meine Stammapotheke. Als Frau gehst du ungern oder eher selten abends allein in die Kneipe. Da habe ich mir als Kneipenersatz die Apotheke ausgesucht. Die Engel-Apotheke.

Wenn du Stammgast bist in der Engel-Apotheke, dann lassen sie dich auch mal nachts rein, wenn sie Nachtdienst haben in der Engel-Apotheke.

Die Normalen müssen draußen bleiben und kriegen ihr Gift durch so eine Klappe gereicht. Weil es immer mehr Drogenabhängige gibt, die mit Gewalt an ihren Stoff ran wollen.

Da kann's passieren, daß die Manzonis, weil zu Hause der Grappa alle ist und die Oma den ganzen Klosterfrau Melissengeist gesoffen hat, mit dem Messer nachts in die Apotheke rasen, um ein Alkoholersatzmittel zu fordern.

Die Leute haben kein Geld mehr für Champagner, drum kommen sie zur Apotheke und verlangen was gegen den Husten. Im Esberitox sind 29 Prozent Alkohol. Das haut rein wie Stroh-Rum.

Deshalb machen die beim Apothekennachtdienst die Tür nicht mehr auf.

Hinten im Kabuff setzen wir uns dann gemütlich zusammen, die Frau Engel und ich.

Ich weiß nicht, wie sie heißt, aber sie ist für mich die Frau Engel von der Engel-Apotheke. Wir haben einen Spezial-Cocktail: Echinacin auf Aspirin an Multivitamin mit einem Dressing aus Captagon und im Mörser zerstößeltem L-Thyroxin 100, das ist ein Mittel gegen den Kropf, wegen der Schilddrüse, das geht auf dem Land weg wie gesunde Aufbaustoffe bei der Tour de France.

Jetzt bin ich mal gespannt, ob ich in der neuen Umgebung wieder eine Stammapotheke finde.

Das ist ja wie mit der Familie, wenn man sich trifft, wird man sentimental und verspricht, sich bald wieder anzurufen.

Kaum bist du zu Hause, fragst du dich stundenlang, über was man reden könnte mit der Verwandtschaft, wenn man sie jetzt anrufen täte.

Und dann tut man's nicht.

Die Frau Engel und ich, wir haben uns versprochen, daß wir in Kontakt bleiben und uns anrufen und besuchen und zusammen Hustensaft trinken – aber so redet man immer, wenn man eigentlich jemanden nicht mehr sehen will.

Ich lese am liebsten Beipackzettel. Diese Warnungen vor Risiken und schädlichen Nebenwirkungen, das ist die reinste Literatur.

Die Frau Engel hat mir immer solche Zettel zugesteckt. Die sammle ich, und ich besitze jetzt einen ganzen Ordner voller Beipackzettel. Eine Loseblattsammlung, eine lyrische Hausapotheke.

Was brauch ich einen Erich Kästner, wenn ich meine Beipackzettel zu lesen habe?

Und dann hat's noch die Viren und die großen Epidemien, die alle zusammen heißen Epos, weil sie spannend wie ein Roman sind.

Das Schlachtfeld, das Richtige-Krankheiten-Hinterlassen, ja, da fetzt's noch richtig weg, da kannst du Kosovo und Tschetschenien und überhaupt alles vergessen.

Tuberkulose ist eine Riesensache. Tuberkulose ist weltweit die häufigste Todesursache beim tödlichen Verlauf von Infektionskrankheiten, da gibt's 1,7 Milliarden Menschen, die sind akut oder chronisch infiziert.

Um die zu ehren, wird alljährlich der Welt-Tuberkulose-Tag am 24. März veranstaltet, der Welt-Aids-Tag ist, glaube ich, im Dezember, wegen der Vorweihnachtszeit. Da werden so Bärchen verkauft. Der Internationale Frauentag ist dann wieder im März. Muß auch eine böse Krankheit sein: Frau. Ob das ansteckend ist? Muß ich mich mal erkundigen.

Wir haben in der Engel-Apotheke immer gern in der Mittagspause den Gesundheitsberater im Radio gehört. Da habe ich auch etwas für meine Sendung lernen können. In Gesundheit bin ich fit, nein, also in Krankheit bin ich besser informiert. Und das wird alles noch viel schlimmer, da sind wir ja erst einmal wieder an einem Anfang. Wie damals, als die Pest kam und das halbe Abendland hingemeuchelt hat. Da nutzt auch der ganze Europa-Kram nichts, im Gegenteil, durch die Vereinigung Europas kriegen auch die Viren freie Fahrt.

Und so ein Virus kommt heute schneller von Hongkong nach Giesing, als du dich dagegen impfen lassen kannst. Vom Computer will ich erst gar nicht reden. Die helfen nicht und sind selber verseucht.

Denn vor kurzem hat's in der Zeitung gestanden: »Es ist passiert. Erstes Bakterium völlig resistent gegen Antibiotika. Es heißt Staphylococcus aureus.« Jetzt kannste noch so viele Antibiotika gegen die Krankheit Frau schlucken, der Staphylococcus, der aureus, der vermaledeite, hockt fröhlich da und lacht sich einen.

Bevor ich jetzt richtig Angst kriege, lese ich lieber noch in meiner Beipacksammlung. Das baut auf.

Hier – »ACC akut 200 Hustenlöser«: »Auftreten von Kopfschmerzen, Entzündungen der Mundschleimheit und Ohrgeräusche. Seltener Blutdruckabfall, Atemnot, Hautausschlag, Juckreiz, Beschleunigung der Herzschlagfolge und Quaddelbildung.«

Was? Quaddelbildung? Was ist das? Quaddelbildung, lat.: »Urlikaria«. Das ist das Risiko, wenn ich Husten habe, aber nicht husten will, dann krieg ich halt Urlikaria. Quaddelbildung, vielleicht huste ich dann doch lieber.

Ich habe ein kleines Gedicht gemacht:

Bauchspeicheldrüsenentzündung,
Schüttelfrost und Nesselsucht,
Hautausschlag und Impotenz,
Juckreiz und Erbrechen,
Schwere Knochenmarksschädigungen,
Vasculitis und aplastische Anämie,
Kribbeln, Schmerzen in der Brust,
Schwindel, Kopfschmerz und Benommenheit,
Bauchspeicheldrüsenentzündung,
Scheibenrose und Symptom der verbrannten Haut,
Nierenentzündung und periphere Neuritis,
Nieren-, Blasensteine aus Xantin,
Gelbsucht, Gichtanfall und Trübung der Augenlinse.

Das ist ein Gedicht für Bayern. Denn die ganzen Nebenwirkungen stammen von zwei Medikamenten, die man braucht, um die Cholesterinwerte zu senken und die Harnsäure abzubauen. Wenn man gern Schweinebraten ißt und Weißbier trinkt, dann muß man diese Medikamente nehmen. Irgendwann mal.

Und deshalb müßten die eigentlich schon im Gasthof bei der Bestellung auf die schädlichen Nebenwirkungen hinweisen, ein Beipackzettel zum Bier, das wird noch kommen, im Zuge der Gesundheitsreform. Überhaupt sollte man die Gesundheitsreform an die Renten koppeln.

Wenn einer, der gut ißt und trinkt, trotzdem sein Leben verlängern will, indem er sich Mittel gegen Cholesterinwerte und Harnsäure verschreiben läßt – der muß dann bei der Rente dafür zahlen, der kriegt wegen Erreichung des Rentenalters trotz krankhafter Ausnutzung der Krankenkasse einfach einen bestimmten Betrag abgezogen.

Und wer gut ißt und trinkt und nicht zum Arzt geht, der kriegt die volle Rente. Das sind dann auch nicht so viele, so daß gesamt gesehen hier doch viel eingespart werden kann.

Wenn man das Leben mal aus der Perspektive der Apotheke betrachtet, dann erscheinen mir viele Probleme gar nicht mehr so schwer zu lösen.

Für alles gibt's Tabletten, aber wenn man sich selbst wohlfühlen will, muß man auch selbst dafür bezahlen. Ist doch überall so.

Gesundheit ist Pflicht, sag ich immer.

LETZTE NACHT MIT KISTEN

Einen Umzug muß man planen. Da braucht es eine Strategie wie bei einem Krieg. Ach was, ein Umzug erfordert noch viel mehr Aufwand. Soldaten – die ziehen nicht um, die ziehen bloß ins Feindesland, machen da alles kaputt und gehen dann wieder heim, die wollen da ja auch nicht wohnen, wo sie alles kaputtgemacht haben. [1999]

Wenn ich wohin umziehe, dann will ich dort auch bleiben. Auch wenn es erst mal Feindesland ist, wo du hinziehst.

Wenn du da nicht aufpaßt, kann so ein Umzug ausarten in eine humanitäre Katastrophe.

Nachbarschaft – schön und gut. Aber die meisten Morde passieren direkt in der Nachbarschaft, weil die Leute sich kennen. Man bringt doch keinen um, den man nicht kennt.

Nachbarschaftshilfe – das kann oft eine Drohung sein: »Ich werd dir helfen!« Es gibt Nachbarn, die gehen einem direkt an die Menschenrechte. Ich weiß Bescheid, ich lese keine Schundhefte, ich lese Konsalik. Der Mann imponiert mir. Der hat mehr geschrieben als Goethe. Und lebt noch.

Von dem weiß ich:

> Das ganze Leben ist ein Front-Theater,
> Erst kommt der Krieg,
> dann kommt der Kater.

Hier in meiner alten Wohnung, da hat's auf einem Stockwerk drei Parteien. Links die Dommlers, die sind ruhig, rechts die Kraschnas. Das sind Ausländer. Die kommen aus Stuttgart. Das sind Schwaben, und die heißen Kraschna.

Ist doch eine Unverschämtheit. Als der Krieg losging im Kosovo, habe ich denen ein paar alte Kleider vor die Tür gelegt. Man will ja helfen. Aber die haben geschimpft und geschrien.

Wenn man umzieht, muß man vorher das neue Umfeld erkunden. Wie ein Pionier Brückenköpfe bauen. Mal ganz unauffällig einkaufen. Auf der Straße mal jemand nach dem Weg fragen.

Ich wollte mal nach Berlin ziehen. Und da habe ich vorher einfache Leute auf der Straße gefragt. Einfach nur nach dem Weg. In Berlin – auf der Straße. Danach wollte ich nicht mehr nach Berlin ziehen.

Also mal untersuchen, wie die Eingeborenen dort reagieren, wo meine neue Wohnung sein könnte.

Man ist ja erst mal fremd. Oder: Wenn in dem Viertel viele Ausländer wohnen, ist das gut und schlecht.

Gut wegen dem Einkaufen. Der Türke hat den besten griechischen Schafskäse, der Portugiese stellt das Obst nicht auf die Straße, wegen der Autoabgase.

Der Türke ist oft ein Kurde. Und die Verkäuferin beim Italiener kommt aus Pakistan. Die Bäckereien sind meist noch fest in deutscher Hand.

Und wenn ich Fladenbrot essen will, gehe ich zum Kurden und nicht zum Bäcker. Du gehst auch nicht in die Hofpfisterei und fragst nach Knoblauch. Das gehört sich nicht.

Der Ausländer verkauft einem gern seinen Knoblauch, damit er nicht alleine danach riecht. Aber der Ausländer kann auch sehr laut sein. Das ist die Schattenseite von dem Gut-Einkaufen.

Du hast Schafskäse im Kühlschrank, aber von draußen kommt ein Heidenlärm. Türken und Italiener lassen gern das Fenster auf, auch wenn's noch so kalt ist.

Der Italiener läßt das Fenster auf, weil er glaubt, daß dann der Empfang bei seinem Handy besser ist. Er muß ja nach Italien telefonieren, das weiß ich.

Über den Dommlers wohnen ja die Garibaldis, 'ne, Garibaldi ist ja der Name von dem italienischen Schnellkochtopf, genau, nein, die heißen Manzoni, das klingt wie eine Beleidigung der Bürger der DDR: »Mann, Zoni, paß doch auf.«

Die Manzonis waren mal im Fernsehen beim Pastor Fliege. Von dem möchte ich nicht angefaßt werden, i, der ist noch mehr eklig als der Sohn vom Hausmeister, der Boris, der rotzt mir immer vor die Tür, weil ich mal zu ihm »Fettes Monster« gesagt habe.

Der ist noch keine dreizehn und hat nur ein Thema. Wie der Fliege. Wenn der ein Mädchen sieht, stürzt der sich auf die, greift ihr unter den Rock und sagt: »Paß auf dich auf.« Das ist doch pervers.

Deswegen habe ich ihn »Fettes Monster« geheißen, und dabei ist der dürrer als Karl Valentin. Der muß aufpassen, daß er nicht durchs Gitter in den Gully fällt.

Wenn den mal eine Dampfwalze oder ein Bus überfährt, sieht er nachher gar nicht anders aus als vorher. Aber den überfährt kein Bus.

Also die Manzonis waren bei dem Fliege, weil ihre Mutter in Sizilien von der Mafia entführt worden war. Ist übrigens auch nicht richtig – das Kurzzeitgedächtnis vor so einem Umzug läßt einen ganz schön im Stich.

Hoffentlich kommen die morgen früh, die von dem Umzugsunternehmen. Das soll ja im Eigentum der Mitarbeiter sein. Also, wenn die alle Unternehmer sind, dann kommen die auch.

Nur der Arbeiter macht blau. Der Unternehmer stirbt direkt. Oder eben nicht.

Nein, der Sohn von den Manzonis, der Guiseppe, der war entführt worden, und die Eltern wollten jetzt die Entführer um Gnade bitten. Im Fernsehen beim Pastor Fliege. Nachher hat sich rausgestellt, daß der sich selbst entführt hatte, um den Alten ein paar Mark abzujagen.

Aus dem wird mal was, aus dem Guiseppe, der hatte den Eltern extra noch anonym geschrieben, daß sie weder die Polizei noch die Öffentlichkeit einschalten sollten. Der wollte nicht, daß seine Eltern sich blamieren. Was haben wir nachher gelacht.

Nach der Sendung habe ich ihnen noch meine Hilfe angeboten, ich hatte noch so eine Packung Schlaftabletten, gut, da war das Verfallsdatum abgelaufen, aber so Eltern von einem entführten Kind, die müssen ja auch mal schlafen. Haben sie abgelehnt, im Gegenteil, sie haben mich zu sich eingeladen, weil sie ihren Kummer loswerden wollten. Der Grappa war hervorragend, sonst vertrag ich so was Scharfes nicht, aber mir haben die Manzonis so leid getan, da kommt so manches Glas zusammen.

Und plötzlich steht der Guiseppe in der Tür und beichtet seine getürkte Entführung. Ich mußte so lachen, das lag bestimmt vielleicht auch an dem Grappa, ich habe die ganze Zeit geschrien: Ist das verrückt, ein Italiener türkt in Bayern eine Entführung, das Blöde war, daß er, der Guiseppe also, das Ding mit zwei türkischen Freunden gedreht hatte. Seit der Zeit grüßen mich die Manzonis nicht mehr.

Gut, ich war so betrunken, daß ich bei denen in die Küche gekotzt habe, aber der Guiseppe hat's weggemacht. Da brauchen die Manzonis sich doch gar nicht so aufzuregen.

Wenn ich die Frau Manzoni im Treppenhaus sehe, sage ich immer: »Grüß Gott, Frau Manzoni. Haben Sie gestern Fliege gesehen? Da waren wieder Leute eingeladen, man soll's nicht glauben.«

Neulich hing an meiner Kellertür eine tote Katze. Hab ich mir gesagt: Immer noch besser als ein Pferdekopf im Bett.

Aber ich muß hier raus.

SCHEIN UND SEIN

Noch stehen die Gerichtsgebäude, aber wer weiß, wie lange noch sie ihren alten Inhalt der geregelten Rechtsfindung besitzen. Damit meine ich nicht Folterkeller und Galgen, die beide als letztlich uneffektiv abgeschafft wurden, sondern mehr den verwaltungstechnischen Bereich, der aber auch etwas Quälerisches und Schmerzendes hat: Treppen, Bänke, Anwaltszimmer, Richterzimmer, Kantine, Bibliothek. [1998]

Doch eines Tages sind auch die Justizgebäude möglicherweise Mogelpackungen. Und das ist ja heute normal. Du kannst nichts mehr drauf geben, was draußen draufsteht. »Reichstag« steht drauf, aber der Bundestag will einziehen, »Documenta X« steht drauf, aber es hängen keine Bilder drin. »Pinot grigio« steht drauf, aber Wein kann man die Flüssigkeit nicht nennen, die die Flasche füllt.

Oder schauen wir uns ein Handy an. Neuerdings werden Handys vom Arzt verschrieben für kranke Geschäftsleute, die ihren Verstand und ihr Gedächtnis verloren haben. Und damit die wieder sprechen lernen, kriegen die ein Handy in die Hand. Und dann sitzen sie im Intercity und kommunizieren vor sich hin: »Ich sitze hier im Intercity und komme bald am Bahnhof an.«

Wenn man so einen sieht, wirft man ihm automatisch zwei Mark zu! Denn er ist umgeben von der Aura des Scheiterns und des Versagens. Warum sitzt er in dem Zug und nicht davor auf den Schienen? Damit es nicht wieder zu einer »betriebstechnischen Störung mit Personenschaden« kommt.

So wird der Mensch dauernd belogen und ausgelacht, und folgerichtig muß man sich nicht wundern, wenn er in sich geht und Amok läuft, der Mensch, vor lauter Hähäh und Hihihi.

In Amerika sind die Verhältnisse schon dermaßen kritisch: Die Männer haben Angst, daß sie ausgelacht werden, und die Frauen haben Angst, daß sie umgebracht werden. Da besteht ein unguter Zusammenhang.

Bei der Zunahme der Gewalt wird nicht gespart. Weder im Kino noch auf der Straße. Hier redet keiner von Krise und Gürtelenger-Schnallen, außer wenn der Gürtel um den Hals liegt.

IN DER BANK

Ich bin gleich am Montag zur Bank und habe mich an der Schlange angestellt. Seit ewig warte ich drauf, daß mal jemand reinkommt mit 'ner Knarre und ruft: »Das ist ein Banküberfall.« Denn ein Banküberfall ist ja moralisch wertvoller als die Gründung einer Bank. Aber nix, ein faules Gesindel, diese Bankräuber, kaum noch Nachwuchs. Wenn man gefährlich leben will, darf man nicht auf die Bank gehen. [2000]

Ich komme sofort ins Gespräch mit Oma Tüchtig, die hat volle 20 Mark von ihrem Sparbuch abgehoben und legt gleich los in meinem Sinn: »Ich hab mer gerad in der Videothek ›Bonny and Clyde‹ geholt. Die warn noch tapfer. Die junge Leut von heute mache keine anständige Arbeit mehr, lungern an Bankautomaten rum und klauen alten Mütterchen das bißche Geld, das sie gerade abgehoben haben. Hier am Affentorplatz habe sie neulich en junge Mann halb totgeschlage, nur weil er sei Portemonnaie net rausrücke wollt. Das warn zwei Ausländer, pfui Deiwel, wenn die das daheim mache, kriege sie beide Hände abgesäbelt, damit sie nie wieder jemand anners in die Tasche lange könne. Aber hier, am Affentorplatz, kein Chirurg weit und breit.«

Der Babbelkopp, so eine kommunikative Endlosschleife, greift gleich ein: »Mir is egal, ob ich von einem Kanak oder einem Deutschen totgeschlagen werde. Ich hab als mein Eispickel dabei, hier, verstohlen in der Hand.«

»Der junge Mann hat ja Gott sei dank sein Motorradhelm gehabt, den könnt er dem Türk voll auf der Nas gewe. Hat des en Schlag getan, ich mußt ja so lache!«

»Und wenn mir einer zu nah kommt, aussem Handgelenk geht mei Stilettche vollautomatisch ins Fleisch oder durch die Knoche. Da gibt's nix. Hilft ja sonst keiner.«

»Das mit der Globalisierung, da kommt unsereiner gar net mehr mit. Ich kann jetzt mein Kontostand im Internet abrufe. Jeder

Eskimo, wenn er net auf seinen Eiswürfel gefalle is, kann jetzt gucke, wieviel Geld ich gespart hab. Das ist doch pervers. Das ist doch ein Schaden für mich, ein globaler Kollateralschaden. Und jetzt kommt auch noch die Klimakatastrophe, und das in meim Alter.«

Das mit der Klimakatastrophe war ein Fehler, das hätte sie nicht sagen dürfen. Da legt der Babbelkopp nämlich richtig los. Sie hat's gemerkt und ist gleich weg – »Wiedersehn, wiedersehn, und en schöne Tag noch!«

Alte Hexe, ich stand jetzt da in der Schlange mit Babbelkopp:

»Als Hesse sehe ich die Sache mit dem Treibhauseffekt ganz sachlich. Auf die Frage, wo geht's dann lang, antwortet der Hesse aus tiefstem Herzen: immer der Nas lang. Mache mer die Probe aufs Exempelche. Rieche mer, wer schuld ist: Spürnase, marsch!

Beim Bummel durch die Innenstadt rieche ich kein verbranntes Benzin, was sicher ein Ergebnis der Tatsache ist, daß die Innenstadt eine Fußgängerzone ist. Aber selbst an den Rändern, wo der Autoverkehr zugelassen ist, wird sein Geruch überlagert von Kebab- und Bratwurstduft.

Überall riechts nach Gebratenem, und überall stehen und laufen Menschen, die Gebratenes oder Gekochtes essen. Es sind eben nicht nur Autos und Industrie, die die Atmosphäre anheizen, nein: Es ist in erster Linie der kochende Mensch.

Die Welt besteht aus lauter Feuerstellen, auf denen Menschen ihr Essen erwärmen. Das Feuer ist der Sündenfall. Mit Prometheus tritt unser Verhältnis zur Natur in eine kritische Phase. Nun könnte mer sagen, das Kochen ist doch harmlos im Vergleich zum Autofahren und den dabei entstehenden Giften. Es gibt ja über 700 Millionen Autos weltweit!

Warum aber bewegt sich der Mensch mit dem Auto fort und fort? Weil er zum Essen fahren will, das gekocht wurde, oder weil er Essen einkaufen will, das er kochen wird, oder weil er zur Arbeit fährt, um Geld zu verdienen, damit er die Stromrechnung bezahlen und sich Essen einkaufen kann, das er dann kocht.

Und was ißt er am liebste, der Mensch, der alte Drecksack? Fleisch. Statt sich selber in den Arsch zu beißen, bevorzugt er argentinisches Steak. Nun müssen die Rinder ja vorher selbst was fressen, damit sie schön saftig werrn. Dafür wird in Afrika ein Urwald weggeholzt, damit dort Nahrung für die Rinder in Argentinien und die Schweine bei uns angebaut wird, die der Europäer, der alte Lustmolch, sich dann reindrückt. Der Futteranbau nutzt dem Afrikaner nix, der verhungert weiter, aber durch die Überdüngung des Bodens entstehen Spurengase, die dann wieder den Treibhauseffekt … et cetera hosianna und tschüs.

Also – wer ist schuld? Net der Autofahrer, der ein bißche rasen will, und net die Industrie, die e bißche verdiene will – nein, der fleischfressende Eurofettsack isses, der an allem schuld ist.

Kommen wir zur Lösung des Treibhauseffekts. Ich würde erstemal sämtliche Treibhäuser verbiete. Das wär schon mal ein Effekt, denn was brauch ich im Winter Erdbeeren aus dem Treibhaus? Der Mensch muß sich wieder dran gewöhnen, daß er ißt, was auf den Tisch kommt. Und auf den Tisch kommt bloß, was gerade vom Acker kommt oder vom Garte oder aussem Stall – und nicht, was mit dem Schiff beigebracht wird.

Ausnahme Banane – denn aus der DDR wissen wir noch, daß Bananenmangel leicht zum Sturz der Regierung führt, und das verschlechtert oft das Klima.«

Da habe ich es verstanden: Der Wert einer Bank besteht nicht im Geld, sondern darin, daß man in der Schlange miteinander ins Gespräch kommt über die letzten Fragen der Menschheit.

AM TAXISTAND

[1999] A: Stehen Sie auch hier an, an der Schlange?

B: Ich noch nicht, aber Sie jetzt.

A: Ein Taxistand ohne Taxi, ganz normal in dieser Verbrecherrepublik. Oder sie haben wieder einen Taxifahrer umgebracht.

B: Neulich spricht mich ein Mann an: »Mein Herr, könnten Sie mir bitte etwas Geld geben. Ich habe keine Wohnung, ich habe keine Arbeit, alles, was ich habe auf dieser Welt, ist dieses lange, scharfe Klappmesser.«

A: Früher – da gab's noch wirklich eine Polizei und ein Gericht. Früher hatten die Verbrecher Angst, daß sie erwischt werden. Heute hat der Polizist Angst, wenn er einen Verbrecher erwischt. Erstens weiß er genau, daß der nicht verurteilt wird, zweitens hat er die ganze Schreiberei, und drittens ist der Verbrecher oft unerfreulich bewaffnet und macht von seinen Hilfsmitteln heimtückischen Gebrauch.

B: Erst bringen sie ihre Eltern um, und dann wollen sie noch mildernde Umstände als Vollwaise. Aber auch im kleinen ist es schlimm. Neulich im Restaurant hing das Schild »Auf die Garderobe achten!«. Das habe ich gemacht. Schwups – hat mir jemand das Essen geklaut.

A: In der guten alten Zeit konnte die deutsche Frau noch nachts allein, ohne behelligt zu werden, in ihrer Küche stehen. Das ist vorbei: Heute brechen sie schon am hellichten Tag in die Küche ein, klauen Ihnen Ihr Mehl, weil sie es mit Heroin verwechseln.

B: Ich mach mir auch keine Sorgen mehr wegen der Verbrechen auf der Straße. Bei uns im Viertel machen die Verbrecher jetzt Hausbesuche.

A: Wenn ich von zu Hause weggehe, lege ich immer einen 50-Mark-Schein direkt hinter die Tür. Den können sie dann mitnehmen und müssen mir nicht die ganze Wohnung demolieren aus lauter Haß, weil sie nichts gefunden haben. Aber ich verrate Ihnen jetzt nicht, wo ich wohne.

B: Ich wohne in einer ganz harten Gegend. Wenn man da nicht um zehn Uhr abends zu Hause ist, wird man offiziell für tot erklärt.

A: Und wer über fünfzig ist, wird nach acht Uhr gar nicht mehr zu Hause reingelassen.

B: Die Kriminalität bei uns ist so hoch, daß sogar die Straßenräuber nur noch zu zweit auf die Straße gehen.

A: Es ist so gefährlich, ich erhalte seit einiger Zeit Drohbriefe. Ich bin damit zur Polizei gegangen. Die haben mir sehr schnell erklärt, daß sie mir nicht helfen können. Die Drohbriefe kommen vom Finanzamt.

B: Aber die Polizei arbeitet wunderbar. Die Gefängnisse sind alle voll.

A: Als Krimineller hat man zwei Möglichkeiten. Entweder arbeitet man als selbständiger Verbrecher oder geht in den Staatsdienst – zur Polizei.

B: Da habe ich für Sie aber mal ein Rätsel. Welches Tier trägt als einziges das Arschloch auf dem Rücken? – Das Polizeipferd.

A: In einer Buchhandlung haben jüngst zwei Hausdetektive einen Kunden vermöbelt, weil er wie ein verdächtiger Ausländer aussah. Und der wiederum hatte bloß Angst davor, daß Diebe ihm seine Tasche klauen. Diese Unsicherheit führt noch dazu, daß auch einfache Ladendiebe nicht mehr ohne ihre Magnum bewaffnet an ihren Arbeitsplatz marschieren. Sicherheit und Selbstvertrauen brauchst du auch beim Bücherklauen.

B: Meine Frau wollte sich neulich eine Strumpfhose kaufen. Sagt die Verkäuferin: »Welche Kopfgröße hat denn Ihr Mann?«

A: Bankraub ist ja heute normaler als Bausparen. Beispiel: Bankräuber, Geiseln, viele Stunden Wartezeit – auch nicht schön. Und schließlich alle tot. Wohin jetzt damit? Und bei der Müllabfuhr gibt es auch nur Ausländer.

B: Die Geschäfte gehen schlecht. Die Geschäfte gehen so schlecht, daß noch nicht mal die Leute, die nicht zahlen wollen, etwas kaufen. Die Rezession trifft jeden. Sogar Schneewittchen mußte drei Zwerge entlassen.

A: Es wird nur noch über das Sparen geredet. Heute leben die Leute nicht mehr, sie sparen nur noch. Sogar Abtreibung gilt neuerdings als Sparmaßnahme. Dem fröhlichen Fötus bleibt es erspart, später keine Rente mehr zu kriegen. Nur bei der Gewalt wird nicht gespart – da ist nie die Rede vom Gürtel-enger-Schnallen. Außer wenn er um dem Hals liegt, der Gürtel.

B: Aber in zwanzig Jahren schauen wir zurück und sagen: Das war die gute alte Zeit.

A: Gut, dann gehen wir zu Fuß. Ist auch billiger.

B: Und schneller.

A: Und sicherer.

B: Also durch den Schanzenpark.

DER CLON

Neuerdings heißt es ja immer, es gehe darum, eine humanitäre Katastrophe zu verhindern. So ein Quatsch. Das ganze Leben ist doch eine humanitäre Katastrophe. Was soll denn das? Humanitär heißt etwas, das den Menschen oder dem Menschlichen dient: humanitäre Hilfe, humanitäre Zwecke. Eine dem menschlichen dienende Katastrophe – da kann nur ein Besoffener drauf kommen. [1997]

Wenn ich abends in meiner Stammkneipe kein Bier mehr kriege – das ist eine humanitäre Katastrophe. Für mich als Alkoholiker ist es eine Katastrophe, und vom Wirt ist es humanitär gemeint, weil der weiß, daß ich gar nicht so viel vertrage, wie ich saufen möchte. Wenn ich an diese Bundesregierung denke … aber lassen wir das. Es geht schließlich um Werte und nicht um Personen oder gar ums Geld. Es gibt sogar Leute, die sagen: »Gäb's mehr Geld, gäb's weniger Ärger.« Was für ein Unsinn. Geld gibt es genug, nur zu viele Leute. An der Schnittstelle sollte man arbeiten.

Und jetzt kommen sie noch mit der Clonerei. Dann gibt es ja noch mehr Leute. Gut, Geld kann man auch clonen, das heißt dann Inflation. Davor warnt die Bundesbank, wenn die was in der Richtung hören, gehen die sofort in ihren Keller und kontrollieren die Weinvorräte. Gold haben die keins mehr, nur noch Goldenen Oktober.

Die Amerikaner wollten jetzt das Clonen verbieten. Das ist doch Quatsch. Das Clonen ist eine uralte Sache, das kennen wir alle aus dem Alten Testament. Da ging der liebe Gott mal durchs Paradies spazieren, sagte »Ach Gott«, führte also ein Selbstgespräch, und da sah er den Adam, den alten Schnarchsack. »Ist der aber allein«, sagte er sich, »das ist ja ein Single.« Aber Singles gibt es doch erst im 20. Jahrhundert, erst als Schallplatte mit 45 Umdrehungen und dann als Fisch ohne Fahrrad. Daraufhin hat er dem Adam eine Rippe rausgerissen und daraus die Eva gemacht. Damals waren im Paradies noch Los Wochos. Da gab's Spareribs im Angebot.

Und später im Neuen Testament ging's als weiter: Der Heilige Geist, ein wahnsinnig umtriebiger Typ – überall, wo gefeiert wurde, er an vorderster Front dabei, und besonders Pfingsten »Hoch die Tassen«, bis oben das Flämmchen angeht. Der Heilige Geist ist ja quasi der Erfinder der Feuerzangenbowle. Also, der Heilige Geist kommt mit einem Kännchen DNS von Gott, also Desoxyribonukleinsäure, wir kennen das auch aus dem Alten Testament: »Du sollst deine Desoxyribonukleinsäure nicht mischen mit fremden Säuren, so sie unrein sind«, das ist 3. Mose 15, wo die Reinheitsvorschriften beschrieben werden. Also, er geht mit dem Kännchen DNS zur Maria und sagt: »Paß auf, jetzt machen wir eine ganz saubere Sache, du mußt dich nachher auch nicht abwischen, also eine unbefleckte Empfängnis.« Hat geklappt wie doll! Wie bei der Dolly, dem Schaf. Maria war die erste Leihmutter. Das muß damals im Heiligen Land ein Mordszirkus gewesen sein.

Der Zirkus Krone kam bei seiner Tournee durch Asien auch durch China – das gehörte ja früher noch zu Asien und nicht wie heute zu Hongkong – und hieß dort »Zilkus Klone«, daher sagt man der Zirkusklown oder Claun. Also Clown kommt von Klonen, und deshalb gehe ich schon mal zu Aldi, 'ne Flasche Mariacron klaun, nein, die klone ich mir da aus dem Regal. Und deshalb schmeckt Mariaclon auch wie ein Regal bei Aldi.

Klonen hat eine friedensstiftende Kraft. Es kommt ja oft zu Spannungen und Auseinandersetzungen im Geschlechterverhältnis, auch zwischen Männern und Frauen. Nehmen wir die Hetero-Standard-Situation. Ein Mann und eine Frau sitzen ganz ruhig zusammen. Also schwerer Standard. Jetzt sagt die Frau: »Ich hätte gern ein Kind von dir« – das heißt arbeiten, anschließend muß man duschen gehen. Wenn heute die Frau sagt: »Ich hätte gern ein Kind von dir«, dann hält man den Arm hin und sagt: »Schab's ab, Schatz.« Man muß allerdings aufpassen, daß die Frau nicht den Manschettenknopf mit dem Elfenbein trifft. Dann wird's ein Elefant. Und dafür ist das Kinderzimmer zu klein. Man kann natürlich auf eine Spontanmutation hoffen, daß es Benjamin Blümchen wird – aber sicher ist das nicht.

JUGEND IST MACHBAR

Das Leben unter der gegenwärtigen Bundesregierung ist die reinste Lebensversicherung. Der Kanzler versichert täglich, er sei noch am Leben. Wir alle sind für diesen Kanzler verantwortlich. Und keiner von uns kann sich durch die Gnade des zu spät Geborenen herausreden. [1986]

Man muß das politisch sehen, also vom Standpunkt der Polizei. Schauen Sie, alle Staatsgewalt geht vom Volke aus. Das deutsche Volk aber ist vollkommen gewaltfrei. Irgend jemand muß nun die Staatsgewalt ausüben, und dafür haben wir die Polizei. Ist doch logisch, oder?

Ich hab dazu auch ein kleines Gedicht gemacht. Es heißt »Forsches Verhalten und Verhaltensforschung«. Es ist also Konrad Lorenz gewidmet.

Bullen wollen nur das eine,
Darum nennt man sie auch Schweine.
Weil Kühe solches gar nicht kennen,
Darf man sie auch nicht Schweine nennen.

Ist irgendwie falsch aufgebaut, nicht? Gut, berichten wir lieber wieder einmal von der Hauptkampflinie im Krieg der Generationen. Und ich kann Ihnen sagen: Jugend siegt an allen Fronten. Es geht wieder aufwärts. Unser Motto heißt daher: Jugend ist machbar.

Jugend ist eine Frage von Lifestyle und Leistung. Willst du nicht jung und erfolgreich sein, dann schlag ich dir den Schädel ein. Die freie Marktwirtschaft ist die Todesstrafe für alle, die alt aussehen in diesen Zeiten des wirtschaftlichen Aufschwungs.

Selbst die Volkswirtschaft baut auf die Jugend. So ist die industrielle Nutzung der Kernenergie ein sehr junger Wirtschaftszweig. Und ebenso sind die Amerikaner ein sehr junges Volk, voller Lebensfreude und Expansionsdrang. So haben die Amerikaner am 28. Januar noch einmal Silvester gefeiert: Challenger Bum.

Ja, meine Damen und Herren, da lacht das Volk, da tobt der Saal und ruft: Das Ganze noch einmal! Auch jung und zukunftsträchtig und also machbar ist ein Rauschgift: Die Droge »Crack« aus Kokain und Backpulver. In einer Gesellschaft, in der Leistung wieder belohnt wird, brauchen wir leistungsfordernde Drogen: Alkohol, Aufputschmittel und jetzt eben »Crack«. Der alte Haschisch aber bleibt weiter verboten zum Schutz der Jugend.

Und so singen wir mit dem bekannten Männerfreund und Liederschänder Herbert Grönemeyer: Kinder an die Macht. Wenn heute die Kinder an die Macht kommen, dann gehört morgen der Jugend die Zukunft. Amen.

DIE PFANDFLASCHE

Unser Thema heute: Die Pfandflasche. Wir leben in einer Zeit, in der die Pfandflasche auszusterben gedroht hatte, ähnlich der teutonischen Wanderratte und der grönländischen Schmuserobbe. Glücklicherweise aber gibt es inzwischen irre Initiativen zur Rettung der Pfandflasche. Deshalb wollen wir heute die von Vergessenheit bedrohte Pfandflasche ins Gedächtnis speichern. [1986]

Die Pfandflasche, volkstümlich bottiglia ritornata oder return to sender, hat einen Doppelcharakter:

Sie ist einzeln oder im Kasten oder in der Kiste erhältlich, selten oder nie dagegen im Sechserpack.

Der eigentliche Gegensatz zur Pfandflasche ist nicht Freibier oder der Ausschankwein, sondern die Einwegflasche.

Diese, die manisch-depressive Einwegflasche, voll ist sie fröhlich und leer ist sie traurig, die Einwegflasche also ist ein Symbol für den Menschen in einer Welt ohne Gott. Die Pfandflasche aber gemahnt den Menschen immer wieder daran, daß er nach Gebrauch zurückgegeben wird, daß seine Seele verpfändet ist ans Jüngste Gericht.

Die Einwegflasche aber ist ein Produkt einer einseitig materialistisch orientierten Welt, die Einwegflasche verkörpert die verderbliche Untreue gegenüber Mensch und Natur, sie wird einmal verwendet und dann zerstört.

So sollte man nicht mit Mensch, Tier und Pflanze umgehen – aber so tut man es heute wieder und wieder, für und für. Genau wie mit der Einwegflasche.

Die Pfandflasche aber ist das Denkmal der Treue und das Zeichen der ewigen Wiederkehr des gleichen nach dem alten Sinnspruch: Neues Bier in alten Schläuchen.

Wenn wir die Pfandflasche nicht mehr brauchen, bringen wir sie dann nicht zurück zum Pfandflaschenhersteller, ins sogenannte Pfandhaus? Und haben wir hier nicht auch den Pfandbrief erhalten, der uns dazu berechtigt, eine Pfandflasche mit uns zu führen?

Für Jugendliche über 16 Jahre ist die Pfandflasche auch für das bekannte Pfänderspiel geeignet. Man lege eine Pfandflasche, also keineswegs eine Einwegflasche oder gar eine Plastiktüte, man lege also eine Pfandflasche flach auf den Boden in die Mitte des Kreises der um sie herumsitzenden Mitspieler, drehe die Pfandflasche um ihr Epizentrum in den Uhrzeigersinn hinein, und auf wen – nach mehreren Umdrehungen – die Pfandflaschenhand, das heißt: der Pfandflaschenhals, zeigt, der gibt ein Pfand ab. Wer kein Pfand mehr hat, wird dem Gerichtsvollzieher zur Weiterverpfändung übergeben.

Weshalb der Dichter auch sagt: Einigkeit und Recht und Freiheit sind des Glückes Unterpfand und nicht des Glückes Ex und Hopp.

AUS LIEBE ZUR STEINZEIT

Die Zeit ist reif, es geht zurück. Bürger, seid munter, das Abendland geht unter. Vergebens haben die amerikanischen Streitkräfte versucht, Vietnam in die Steinzeit zurückzubomben. Die Steinzeit kehrt freiwillig in die Metropolen zurück. Das elektrische Licht wird ausgehen, und der Pflasterstein wird zur allgemein gültigen Währung. Nichts nutzt das Klagen, die Jugend habe keine Theorie mehr und von ihr bleibe nichts übrig als dürftige Graffitispuren. Es wird auch nichts anderes übrigbleiben – nur, sind diese Spuren dürftig? Generationen von Archäologen loben und entziffern die geritzten Spuren der Steinzeitmenschen an den Wänden der gemütlichen Höhlen ihrer dennoch untergegangenen Kultur. [1981]

Wir werden zukünftigen Höhlen- und Betonforschern Arbeitsplätze schaffen, und wir wissen: Auf jedes Beton, das gegossen, wird mit Schrift zurückgeschossen.

Ich bin einmal die Straße langgegangen mit lauter Apfelsinen im Kopf. Einem Mitmenschen hätt ich gern ein Loch in den Bauch geguckt, um hindurchzusehen. Aber die Wände waren alle leer, weil die Fassadenvandalen die Parolen wegentfernt hatten. Da beschlich mich ein Vertrauen in die eigene Kraft. Ich löste die Blickkontaktsperre zu allen Flächen, die beschreibbar sind. Und an den Häusern, an den Wänden und Mauern erschienen Inschriften. Alle können sie lesen, wenn sie lange genug hinsehen, denn je näher man eine Mauer ansieht, desto gerner sieht sie zurück. Neben der Spraydose hat der böse Blick wieder sein Recht erhalten.

Um den künftigen Höhlen- und Betonforschern das Werk zu erleichtern, seien hier einige noch nicht an Wände verbrachte Einsichten vorgelegt:

Wo Recht zu Unrecht wird, wird Widerstand zur Rechtsfrage.
Wer seine Lage erkannt hat, wo sollte der noch hinwollen?
Wehrt euch – leistet nichts mehr.

Einen Finger kann man brechen – fünf Finger auch.
Lieber instand besetzen als kaputt herumsitzen.
Ponto, Buback, Schleyer – die RAF ist reichlich teuer.
Arbeitskraft – nein danke.
Deutschland hat die Eigenart: innen bitter, außen hart.
Wer Kaviar frißt, ist ein Rogenabhängiger.
Die Bürde des Menschen ist unannehmbar.
Wo aber Gefahr ist, wächst das Ende auch.
Was damals schlecht war, kann heute nicht schlechter sein.
Lieber Gott als tot.
Ob Eltern oder keine, entscheiden wir alleine.
Kein Nichts in Nirgends und anderswo.
Gegen die Trennung von Kopf und Hals.
LEGAL – ILLEGAL – IKEA-REGAL.

EIN GANZ NORMALER TAG

Guten Abend, meine Damen und Herren. Noch fünfmal werden wir wach, und dann ist er schon da, der grausame, der große Tag der Entscheidung am Golf. [1991]

Ein ganz normaler Tag, meint Jassir Arafat. Also Mord und Totschlag wie immer. Türkische Soldaten morden türkische Kurden, israelische Soldaten erschießen palästinensische Jugendliche, Palästinenser massakrieren Juden, syrische Geheimpolizisten foltern Landsleute, und in Bonn endet der Koalitionsstreit über das Niedrigsteuergebiet mit einer Hochwasserabgabe. Ein ganz normaler Tag also.

Und dennoch ist in diesen Januartagen jeder Tag ein besonderer Tag. Um was geht es eigentlich?, werden Sie mit Recht fragen. Es geht um die weltweite Bewährungsprobe der freien Marktwirtschaft. Um Angebot und Machtfrage, Grenznutzen und Todesstreifen, um den Preis von Leben und Sterbenlassen, Dieselöl und Schweinebauch.

Aber es geht eben auch um die deutsche Einheit von Kriegsspielzeug und Friedensrausch.

»Keine neuen Raketen, bevor die alten nicht verbraucht sind!«, hat die deutsche Friedensbewegung vor Jahr und Tag zu Recht gefordert. Und der Südsee-Häuptling der Papalagi schreibt mir: »Eines Tages werdet Ihr merken, daß man Giftgas nicht essen kann!«

Eben, meine Damen und Herren, Pflanzenschutz geht vor Menschenschmutz. »Deutsches Pestizid bringt den Genozid!« – das war doch eine der verhängnisvollen Parolen, mit denen Linksradikale hierzulande die Freundschaft zwischen Deutschland und Israel stören wollten. Die deutsche Industrie hat ihre geschichtliche Lektion längst gelernt. Sie verzichtet auf den Umweg über DDT und Unkraut-Ex und liefert gleich Anlagen zur Giftgasproduktion in den Irak – und nun soll es auch wieder nicht recht sein.

Jetzt sollen sie nutzlos herumstehen und vergammeln, während zugleich unser letztes Milchpulver auf sowjetischen Bahnhöfen verrottet und Jürgen Möllemann damit droht, Bundeswirtschaftsminister zu werden. Nein, meine Damen und Herren, dafür hat Ludwig Erhard nicht gewettert, als er vom Gleichgewicht des Schreckens auf den Plätzen und Supermärkten sprach.

Überhang und Ungleichgewicht müssen abgebaut werden. Oder würden Sie Ihren Regenüberhang mit sich herum schleppen, wenn draußen die Sonne scheint?! Ich habe den verzweifelten Brief eines deutschen Technikers aus Bagdad erhalten, der seine Kollegen vermißt: »Ausgerechnet die besten hat Willy Brandt mit nach Hause genommen. Alle reden vom Frieden. Aber wer repariert jetzt die defekten Ventile an der Gaszentrifuge?«

Ja, da ist guter Rat teuer. Denn wie einst der Berliner Entwicklungshelfer Fritz Teufel sagte: Was ist der Bau einer Giftgasanlage gegen ihren Normalbetrieb? Schon Mahatma Gandhi hat den Juden seinerzeit empfohlen, ein leuchtendes Fanal des Friedens gegen Hitlers Gaskammern zu setzen und kollektiv Selbstmord zu begehen.

Wo aber bleibt heute das Fanal des Friedens? Ausverkaufte Gasmasken und stornierte Israel-Flüge reichen nicht aus.

Die »Friedensinitiative Sioux c/o Gesundheitspartei Europa« ist da schon einen Schritt weiter. Sie fordert ein Treffen zwischen Helmut Kohl und Saddam Hussein in Oggersheim. Der Grund: Der Oberkommandierende der US-Truppen am Golf, General Schwarzkopf, ernährt sich falsch und ist deshalb unberechenbar. Obwohl niemand weiß, was Saddam Hussein ißt, verlangt auch die PDS (Partei Deutscher Sioux): »Kein Ketchup für Kuwait – McDonald's raus aus der Wüste!«

Auch fünfundsiebzig Prozent der Deutschen wollen, daß die Bundesrepublik sich aus internationalen Konflikten heraushält, wie Infratest gerade mitteilt.

Das ist der Beweis: Friedensstörer wie Degussa, Klöckner, MAN und MBB sind eindeutig in der Minderheit. Minderheiten aber, so steht geschrieben, genießen den Schutz der demokratischen Mehrheit.

Die Vernunft weiß, daß die Waffe der Kritik die Kritik der Waffen nicht ersetzen kann. Wir, das Volk der Kasernenblockierer und Raketenmonteure, die Nachkommen von Hans-Dietrich Genscher und Bertha von Suttner, wir sind das neue Volk, so wie Jesus der erste neue Mann war und Franz Alt sein Neffe im Geiste.

Wir bringen das Schwert und die Menschenkette, den Vierfachsprengkopf und den dritten Weg zwischen Rama und Samarra.

Sajonara und Schalom. Gute Nacht!

Tatort Kneipe

Von der Schule des Lebens

Homo homini enemy:
Der Mensch ist dem Menschen
nicht wohlgesonnen,
und warum sollte er auch,
er ist ja nicht blöde –
das lernt man in der Kneipe.

FRAGEN DES JAHRHUNDERTS

Frau Chefin, ich mache ja gerade die Abrechnung, aber der Kopf dröhnt mir noch von dem Volkschor, der hier heute wieder war. [1994]

Nein, Frau Chefin, Zitronen haben wir genug. Ich tue ja keine mehr ins Mineralwasser, schon lange nicht, die Gäste wollen das auch gar nicht.

Wer hat eigentlich damit angefangen, in Restaurants und Bistros und auch in normalen Gaststätten, Zitronenscheiben ins Mineralwasser zu tun?

Du bestellst ein Glas Mineralwasser, und schon hast du eine Zitronenscheibe drin.

Wegen des Geschmacks kann's nicht sein, die Zitrone verbessert ein Wasser nie und nimmermehr. Vielleicht gab's mal eine Verordnung vom Bundesgesundheitsamt, daß die Deutschen an Vitamin-C-Mangel leiden. Und Vitamin C kann man nicht einfach ins Trinkwasser leiten, weil dort schon Fluor drin ist, wegen Karies und Aspirin, wegen der Herzinfarktgefahr, und Sexualhormone, damit das deutsche Volk nicht ausstirbt. Das Wasser ist voll.

Vitamin C verträgt sich nicht mit Fluor, Aspirin und Östrogen – und deshalb müssen sie die Zitronenscheiben ins Mineralwasser tun.

Vielleicht hat es auch mit der schlechten Laune in Deutschland zu tun. Und dagegen gilt: »Sauer macht lustig«. Das ist das Wahlprogramm der Bundesregierung für 1994. Dafür kann ich als Kellner nicht einstehen.

»Herr Ober, ein Cappuccino mit Milch bitte und ohne Sahne.«

»E Fläschche Flaschebier für mich.«

»Kann ich eine Gabel haben zu dem Handkäs?«

»Ein süß gespritzter Appelwein, bitte.«

»Ein Cappuccino mit Milch und nur e bißche Kakao.«

»Ein Löffel für die Grüne Soße.«

»Ein zwote Teller für mein Mann und ein Pils, diesmal aber bitte exakt sieben Minuten.«

»So jung komme mer nie wieder zusamme.«

»Ein Ouzo – hammer net – ein Raki – hammer net – ein Pernod – hammer net – ei, was habt ihr dann? – Ei, en Doppelkorn.«

»Die Eintracht, würde ich mal sagen, der Stepanovic, und der Milosevic, und der Tudjman, der Ivanisevic und de Izetbegovic und die Ding, die Seles.«

»Einer geht noch.«

»Genauso isses.«

Das sind Fragen am Ende des Jahrhunderts – und es gibt keinen lesenden Arbeiter, der sie beantworten kann.

INTRO

Guten Abend [1980er]
meine Damen und Herren
und wer sonst noch da ist
Wir wollen heute abend
wir wollen heute abend
Sie sollen heute abend
Auf jeden Fall soll niemand sagen können
auch wenn er nicht hier war
soll er nicht sagen können
Sondern wir wollen heute abend
und zwar gerade heute abend
einmal ganz und gar
aber das ist jetzt keine Verpflichtung
Ich meine, niemand sollte
sich unter Druck gestellt fühlen
er müsse heute abend
oder sie müsse
Ich meine jetzt nicht, daß er meint, sie müsse
sondern ich meine, daß sie nicht meinen soll, sie müsse
Ich bin aus Gießen, du bist aus Füssen
Ich bin das Schließen, du bist das Küssen
Damit haben wir auch
Mann, Frau, Geschlechter, Kampf
also ob von hinten oder von vorn
feige oder heimtückisch
meistens dann doch heimtückisch
wo möchte man schon leben
Stadt, Land, Fluß
wenn man die Wahl hätte
es ist ja sowieso noch Platz
und außerdem, meine Damen und Herren
draußen ist es gefährlicher
als wenn man gar kein Zuhause hat

DIE GRENZGÄNGER

[1994] Am ersten Stammtisch treffen sich zweimal die Woche die »Grenzgänger«, wie sie sich nennen. Junge, gutaussehende Menschen, Männer und Frauen, engagierte Tierschützer, wahrscheinlich kommen sie zu uns, um den Pinguin vorm Aussterben zu schützen.

Ihr Vereinsbanner steht dann auf dem Tisch: »Menschenrecht bricht Staatsrecht«.

Das macht sich gut, dagegen ist nichts einzuwenden. Sie essen bei uns nie, wahrscheinlich sind sie Vegetarier, aber bei unserer Speisekarte mag es auch an etwas anderem liegen. Sie sind Staatsfeinde und liegen damit voll im Trend. Staat und Politiker sind im Augenblick absolut out. Bei denen mache ich mir keine Sorgen und höre auch nur mit halbem Ohr hin: »Politiker sind wie die Tauben. Wenn sie unten sind, fressen sie uns aus der Hand, aber wenn sie oben sind, scheißen sie uns auf den Kopp.«

»Pfui über diese grenzenlose Raffgier der Politiker in Europa!«

»Das ist das Problem mit Europa. Die Abschaffung der Grenzen ist inhuman. Als es noch die DDR gab und den Schießbefehl, wurde man an dieser Grenze zumindest ernst genommen. Die DDR hat etwas von wahren Grenzen verstanden.«

»Das unterscheidet den spießigen Stubenhocker vom geistigen Menschen. Der Stubenhocker bleibt zu Hause, wir aber überschreiten Grenzen.«

»Zum Beispiel die Nullkommaachtpromillegrenze, die hat ja auch ihren Sinn gehabt früher.«

»Wenn in Europa die Grenzen fallen, dann gibt es keine grenzüberschreitenden Erfahrungen mehr, dann haben wir hier die Barbarei.«

»Das vereinigte Europa ist der Weg der Affen zurück auf die Bäume.«

»Genau, die Amerikaner sind schuld.«

»Es gibt ja auch nur noch Amerika, alles andere haben sie platt gemacht.«

»Der Feind steht im Westen.«

»Wenn ich jetzt mal nach Amerika gehe, da geh ich nach Westen, und wenn ich in Amerika bin und will nach Japan – dann geh ich schon wieder nach Westen. Und wenn ich von Japan wieder nach Hause will, dann geh ich immer noch nach Westen. Den Osten gibt's gar nicht mehr.«

»Weil es keine Grenzen mehr gibt. Wo soll der Osten anfangen, wenn ich nicht weiß, wo der Westen aufhört.«

Das sind liebe Gäste, wie man sie sich wünscht, höflich und pünktlich, wenn's ans Bezahlen geht, Menschen, die ihre Grenzen kennen.

»Wenn ich was zu sagen hätte, würden wir sofort in Bosnien einmarschieren und dort richtige Grenzen ziehen zwischen Freund und Feind und sofort Menschlichkeit herstellen.«

Nun ja, manchmal schreien sie halt ein bißchen, aber ich sag immer, das muß alles raus, sonst entsteht der berühmte Gefühlsstau – und der führt zur Gewalt.

Bitte, Frau Chefin, das sind Nazis, wieso? Die Argumente kenne ich auch von anderer Seite. Und »Menschenrecht bricht Staatsrecht« ist doch super und schwer radikaldemokratisch.

Nein, wer hat das geschrieben? Das wußt ich nicht, peinlich, peinlich. Ich dachte immer, Walter Jens sei der Autor, als er damals vor Mutlangen lag und den Pazifismus an Bord hatte. Es war aber Adolf Hitler in *Mein Kampf*.

Drum hört mir auf mit der Juristerei, sie bringt nur Verwirrung und verwischt alle Grenzen.

EINSTEINS THEORIE

[1994] Einer kommt immer kurz vor Feierabend, immer zehn Minuten vor Schluß, egal, wann ich schließen will, zur Polizeistunde oder aus Gefühl. Ich garantiere, wenn ich zumachen will in der nächsten Viertelstunde, dann steht der Einstein innerhalb von fünf Minuten bei mir auf der Matte. Er ist ein alter Freund von mir, er hat behauptet, er habe mal als Kellner im Café Einstein in Berlin geschafft, inzwischen ist er Taxifahrer in Frankfurt, einer der besten Menschen, die ich kenne.

Sein Hauptproblem besteht darin, daß er nicht Schluß machen kann. Du kannst ihm tausendmal ein letztes Getränk geben, er will immer noch ein allerletztes.

Er kann nun mal nicht Abschied nehmen …

»Ich weiß, daß du nicht schuld bist, sondern die Sperrstunde, also die Bullen, aber is doch scheißegal, darum geht's doch gar nicht. Die Frage ist nicht mehr: Wer ist schuld? Sondern: Wer hat damit angefangen? Und wer verdient eine aufs Maul? Wie in der Schule, wenn die Kinder sich prügeln und der Lehrer reinkommt, dann fragt er: Wer hat damit angefangen?

Nur die Blöden sagen: Ich.

Die Bibel fängt auch so an im zweiten Teil: Am Anfang war das Wort. Wunderbar, damit kann ich was anfangen. Aber Achtung, es geht weiter: Und das Wort war bei Gott. Wie soll ich das verstehen? Am Anfang war gar nicht das Wort, sondern Gott, und dann kam das Wort und war bei Gott. So zeigt die Bibel schon mit ihren ersten beiden Sätzen, daß alles gar nicht so einfach ist. Und das bei nur einem Gott. Was meinst du, wie kompliziert das erst wird, wenn wir mehrere Götter haben. Dann isses vorbei mit der einfachen Erklärung der Welt.

Nur mal so als Beispiel, *liberté, égalité, fraternité,* Freiheit, Gleichheit, Brüderlichkeit. Wenn's dafür jetzt drei verschiedene Götter gäbe, von mir aus auch Göttinnen, eine für die *liberté,* eine andere für die *égalité* und die dritte für die *fraternité* – da wär im Himmel die Hölle los: Wer von den dreien hat am meisten zu sagen, wer ist die wichtigste Person, wer entscheidet im Ernstfall, die Freiheit, die Gerechtigkeit oder die Brüderlichkeit? Und wer hat überhaupt mit dem Streit angefangen, und wer war als erster da, Freiheit, Gleichheit oder Brüderlichkeit? Das wäre eine Religion, die auf der Chaostheorie und der Relativitätstheorie beruhen würde, obwohl beide gar nicht kompatibel sind. Ich selber verstehe null von Naturwissenschaft. Ich versuch's mal mit meinen Worten. Wenn man fragt, wer hat damit angefangen, ist das eine Frage nach Ursache und Wirkung.

Du bist die Ursache dafür, daß ich jetzt keine Wirkung habe.

Jede Wirkung hat eine Ursache. Ein Beispiel: Ich hatte gestern einen dicken Kopp, weil ich vorgestern zuviel getrunken habe. Das ist eine monotheistische Logik, wobei in dem Zusammenhang zuviel Alkohol für Gott steht, mal rein nur als Beispiel: Am Anfang war der Durst, und der Durst war beim Wein, und dann kam der dicke Kopp. Jetzt kommt die Chaostheorie oder der Polytheismus, also für alles viele Gründe und viele Götter, und sagen: Schluß mit der linearen Logik, es lebe der fraktale Fatalismus. Da gab's vor Jahren mal einen Schlager: Ob es so oder so oder anders kommt, so wie es kommt, so ist es recht, es kommt sowieso nie so, wie man es gerne möcht. Das war also in meinen Worten die moderne Naturwissenschaft – und da ist doch was dran, oder?«

Gerade in der Kneipe sind Menschen oft fähig, größere Zusammenhänge erklären zu können, tagsüber eher selten.

AN DER SOZIALEN THEKE

[1988] Wir sind umzingelt, überall ist Gefahr.
Wir sind oft sehr traurig,
denn das Wetter in Deutschland ist schaurig.
Es bilden nun mal die Wetterberichte
das Hauptelend unserer Geschichte.
Und überall ist Gefahr. Wir sind umzingelt.
Yin und Yang, groß und klein, dumm und dämlich,
überall herrscht Gefahr, Lüge und Verleumdung.
Der olympische Geist geht um,
wir alle sind Ben Johnson:
The heart full of hope, and the ass full of dope.
Terrorismus: Der revolutionäre Zorn und die Rote Zora.
Die militanten Panthertanten
Terror schon vor Rauschgift kannten.
In meiner Stammkneipe ist auch jeden Abend Terror.
Aber irgendwann ist auch mal Feierabend.
Nur wenn ein Stammgast kommt, Gläser schmeißt,
Bierdeckel kneift und die Kellnerin nicht bezahlt,
dann fliegt der raus.
Und wer in diesem Land seine Mitmenschen
sich nicht Nacht für Nacht friedlich vollaufen läßt,
der hat seinen Platz an der sozialen Theke verspielt,
der kriegt einen ausgegeben, aber lebenslänglich,
und bekommt in dieser Republik Lokalverbot.
Wer nicht mit mir ist, ist wider mich,
das ist der Grundsatz unserer Revolution,
hat Rosa Luxemburg einmal gesagt.
Und die Frau hat recht.
Die Freiheit der Andersdenkenden – darum geht's doch,
nicht um die Freiheit der Andershandelnden.
Die Gefahr geht von den Menschen aus,
und wenn wir diese Gefahr beseitigen,
dann ist das auch ökologisch die sauberste Lösung.

GEBURTSTAG DER CHEFIN

Zur Chefin darf ich nur Frau Chefin sagen, nicht Frau Wirtin, sie hat mal an der Lahn gearbeitet, und seit der Zeit ist sie sehr empfindlich. Neulich hat sie Geburtstag gefeiert, sie ist sechzig geworden. [1994]

Ja, Frau Chefin, Ihr Geburtstag, einmalig, wirklich, und schön viel Geschenke – die sind wir über Weihnachten wieder losgeworden. Was die Heilsarmee nicht genommen hat, hab ich zum Sperrmüll gelegt.

Ach, der Geburtstag der Chefin war schön. Ich liebe Geburtstage. Wenn andere Geburtstag feiern, kann man in aller Ruhe an sich selbst denken. Beim eigenen Geburtstag mußt du dich dauernd bedanken und darfst niemand beleidigen.

Geburtstag: Die Geburt, das Leben, der Tod, das sind die Themen. Soll man Fleisch essen, oder ist der Mensch dazu verurteilt, Bier zu trinken? Wo endet der Mensch, und wo beginnt der Rentner? Oder beginnt der Mensch erst als Rentner? Was ist der Mensch?

Ich werde bald 50 Jahre alt. Aber ich verrate es niemandem, ich bin doch kein Kommunist. Das trage ich mit mir selber aus. Dann wird der »Pinguin« geschlossen, die Frau Chefin ist auch weg, ich mach's Licht aus – und dann halte ich mir selbst einen Lebensrückblick, der sich gewaschen hat.

Ich feiere mich mit allem Drum und Dran. Denn ich bin wieder wer. Mit mir haben heute noch wichtige Leute ein Hühnchen zu rupfen, ich bin Staatsfeind Nr. 1, ich muß offensichtlich dabeigewesen sein bei einem der tollsten Ereignisse in der deutschen Geschichte, ohne es gemerkt zu haben.

Ich habe die ganze bürgerliche Kultur, das ganze deutsche Erziehungssystem, alles, was schön, gut und wahr war, kaputtgemacht, alles zerstört, was dem Abendland hoch und heilig war und ist. Ich bin ein toller Kerl. Ich hab das nicht gewußt, ich hab das nie gewußt, ich habe es letztes Jahr erst erfahren, was für ein toller Typ ich bin.

Ich bin ein 68er, ein Alt-68er. Ich bin mein eigenes Vorbild. – Mein Gott, daß einem das endlich jemand sagt, und dafür danke ich Brigitte Seebacher-Brandt und ihrem Rachefeldzug in der *FAZ*, und ich möchte, wenn der Name Brigitte Seebacher-Brandt fällt, nie wieder etwas von Witwenverbrennung hören. Obwohl der Gedanke nicht schlecht ist.

1968 war ja ein interessantes Jahr, ich erinnere mich genau, das war im Februar 68, da war ich vorher mit der Gaby zusammen, und dann hatten wir uns getrennt, irgendwie wollte die nicht mehr, die hatte, glaube ich, einen anderen Freund, und da bin ich auf die Straße gegangen und eben, na ja. So kam es damals zu Demonstrationen, auch teilweise zu Gewalt, weil man sauer war wegen der Gaby, und hat Scheiben eingeschmissen. Die Amerikaner haben das nicht verstanden, die kannten die Gaby auch nicht. Diese Zusammenhänge damals waren weltweit. Es muß überall eine Gaby gegeben haben, sonst kann man die vielen Demonstrationen nicht erklären.

Ich hatte immer das Gefühl, was Besonderes zu sein, was besonders Abartiges, nämlich ein Kleinbürger aus Gießen. Und deshalb wollte ich auch immer bloß dazugehören. Ich war nie einfach nur dagegen, im Gegenteil, ich wollte immer bloß dazugehören. Ich will auch heute dazugehören. Nur wozu ich gehören will, das weiß ich bis heute nicht.

WEIHNACHTSFEIERN

Weihnachten ist ein Jahresendfeierprojekt. Und der Mensch unterscheidet sich vom schmackhaften Tier dadurch, daß er Weihnachtsfeiern überlebt. Meistens. [1998]

Kraft meines Berufes muß ich mich mit Weihnachtsfeiern beschäftigen. So erreichte meine Agentin eine Anfrage, ob ich für eine Betriebsfeier aus Anlaß der Geburt des Erlösers den Schalk machen könne. Es handelt sich um ein mittelständisches Unternehmen einer materialverarbeitenden Industrie.

Da an diesem Abend einigen Mitarbeitern und Mitarbeiterinnen, insbesondere von der Außenstelle M., unangenehme Nachrichten zu überbringen seien (»Ich komme draußen von der Marktwirtschaft her, und ich muß euch sagen, es wird entlassen dort sehr«), sei es vielleicht angebracht, sagte der Veranstalter, auf verschärfte Satire, die zuweilen Mißstimmung zur Folge haben könne, zu verzichten. Ob ich nicht das Weihnachtsevangelium nach Lukas vorlesen möchte.

Nun ist das Weihnachtsevangelium von Lukas ein schöner Text. Ob diese Geschichte allerdings dadurch gewinnt, daß sie einem Publikum dargeboten wird, das Spaß und gute Laune erwartet, möchte ich bezweifeln. Sicher aber glaube ich, daß Menschen, denen man eine schlechte Nachricht überbringt, wie etwa die Kündigung aus betrieblichen Gründen, nicht durch die Frohe Botschaft von der Geburt des Erlösers beruhigt oder abgelenkt werden.

Dazu kann ich mich naturgemäß nicht hergeben, wenn ich auch als Voyeur tatsächlich ein Fan von Weihnachtsfeiern bin. Ab November kann man sich zuweilen in Gaststätten und Restaurants unauffällig einschleichen, die eigentlich für eine geschlossene Feier reserviert sind. An der Theke hat man sodann die schönste Aussicht auf das immer munterer werdende Treiben von Menschen, denen die Frohe Botschaft im Lauf des Abends in sämtliche Glieder zu fahren scheint. Steht das Christfest unter dem Eindruck, daß Maria empfangen hat, ohne zu sündigen, so gilt das Gegenteil für Weihnachtsfeste: Hier soll gesündigt werden, ohne daß es zur Empfängnis kommt.

Ich erinnere mich an eine solche kleine Party. Früh hatte ich an der Theke Platz genommen und wartete darauf, daß der Vorhang aufging zu dem Drama der ungeplanten dionysischen Exzesse bei der christlichen Weihnachtsbetriebsfeier.

Die Akteure marschierten auf, und sie waren schön und vorwiegend jung und gut gekleidet. Frauen in erregend sparsamer Umhüllung, Männer mit dem Blick Lino Venturas, der Statur Mickey Rourkes oder dem Gang Lionel Hamptons – also überall verhaltene Geheimnisfülle. Der Chef war schnell erkannt, er ist immer der, um den herum sich die Sitzordnung ergibt. Ein Glas Champagner zur Begrüßung, am Tisch im Hintergrund lauerten die Geschenke, die nachher verteilt und angenommen werden mußten. Es sollte, so erfuhr ich, auch zu Spielen kommen.

Ist das eine Werbeagentur? Mit Sicherheit nicht, denn da ist immer einer dabei, der sich aus Trotz schlecht kleidet. Modebranche? Aber die feiern nicht zu Weihnachten. Welcher Wirtschaftszweig boomt? Der Buchhandel kann also ausgeschlossen werden. Vielleicht Elektronik, Rüstungsindustrie oder Spirituosen. Ein fremder Geheimdienst oder eine neue Sekte?

Was geschah nun hier in der warmen Gaststube der kleinen Kneipe um die Ecke? Alle setzten sich, die Kellner brachten Vorspeisen und Getränke, plötzlich ging das Licht aus, ein Weihnachtsbaum mit Lichterketten kam still in den Raum gefahren, während draußen vor der Tür ein Kinderchor (aus dem Waisenhaus?) »Stille Nacht« sang. Das Licht ging wieder an, alle klatschten Beifall. Die Kinder tauchten ab in der Dunkelheit. Ein Angestellter klirrte mit der Gabel an sein Glas, erhob sich und sprach über das erfolgreiche vergangene Jahr, daß das Konkurrenzunternehmen am Ort Konkurs angemeldet habe, alle lachten und klatschten, die Kellner schenkten nach, eine Frau in einer Ecke fing an zu weinen, der Chef bedankte sich bei seinen Mitarbeitern, gedachte der Verstorbenen des Jahres, die Weinende bekam einen Lachkrampf, ihr Nachbar schlug ihr kräftig ins Kreuz, der Chef erzählte einen Witz, die Kellner schenkten nach, die älteren Mitarbeiter, die um einen Katzentisch versammelt waren, blickten neidisch zum Cheftisch, an dem sich immer mehr Frauen versammelten, während immer mehr Männer versuchten, die vordem Weinende handgreiflich zu trösten.

Eine der Älteren stand auf, begann zu tanzen, vielleicht, um die Aufmerksamkeit des Chefs auf sich zu lenken, der Christbaum wackelte, dahinter schien sich etwas abzuspielen, einige verschwanden auf den Toiletten, andere hielten durch, Kleidung verrückte, Gesichter waren rot oder wurden fahl, mehrere begannen zu tanzen, der Chef ging heim, kurz drauf auch die Dunkle mit den wunderschönen Augen, zwei Jungs begannen zu knutschen, und der Rest der Belegschaft war stolz auf seine Vorurteilsfreiheit gegenüber offen praktizierter Homosexualität.

Keiner kotzte, die Tischnachbarn wechselten, es wurden Berührungen ausgetauscht und Verabredungen noch für später getroffen, niemand dachte an morgen, Augen blitzten, Menschen gingen aus sich heraus, ohne auf therapeutische Tricks hereingefallen zu sein, Essen und Trinken wurde genossen, man erzählte sich vom letzten Weihnachtsfest, hinterm Christbaum ertönten schöne Schreie, die Rechnung ging auf den Chef, der sie von der Steuer absetzen konnte, die Kellner bekamen ein gutes Trinkgeld, alle fuhren mit dem Taxi nach Hause oder in fremde Lotterbetten, und wer einen eigenen Wagen hatte, ließ ihn stehen. Muß man dazu noch das Evangelium nach Lukas vorlesen?

WER ODER WAS IST DER MENSCH?

[1994] Was ist der Mensch? Was soll das, wer hat damit angefangen, mußte das überhaupt sein? Es gibt so schöne Naturgebiete, ach, Mallorca könnte eine so schöne Insel sein, wenn es nicht so viele Leute dort gäbe. Wann beginnt überhaupt menschliches Leben? Nach dem dritten Monat oder erst als Rentner? Wenn das der Fall ist, was ist dann mit der Fristenlösung?

Ist der Mensch im philosophisch-heideggerschen Sinne ins Leben gestellt, gesetzt oder gelegt – oder wie der Engländer sagt: put, put, put.

Der Mensch ist sehr praktisch. Wenn er auf die Welt kommt, ist er klein und handlich und besitzt einen Sender und einen Empfänger. Der Empfänger ist schon voll entwickelt, der Sender steht quasi auf Null.

Alle Babys auf der Welt machen die gleichen Urgeräusche: Huhu und ein bißchen Gebrabbel, der Linguist spricht hier von einem restringierten Code, der aus dem Baby kommt. Aber der Empfänger ist hellwach.

Das Kleinkind kriegt sofort nach der Geburt all die Niedertracht und die Gemeinheiten mit. Denn der Mensch wird ja geboren, um beleidigt zu werden. »Du siehst ja aus wie der Opa« – was eine Tragödie sein kann, wenn es sich um ein Mädchen handelt.

»Wieso hat der denn so eine dunkle Haut?«

»Ich war doch kurz zuvor noch mal in Urlaub.«

All das kriegt das Kleinkind mit, es kann sich aber nicht wehren. Darum wird das gespeichert auf der Babyfestplatte, und was da drauf ist, das kommt in der Pubertät als Racheprogramm zurück und ist oft mit dem Erziehungsprogramm der Eltern nicht kompatibel. Das stürzt dann ab.

Interessant ist es, wie das dann weitergeht: Der Empfänger wird immer schwächer, der Sender immer stärker. Im Alter von ca. 25 Jahren sind beide ungefähr gleich stark. Ab 30 geht der Empfänger auf Null, der Sender auf Hundert. Das merkt man, wenn man mal auf einem Geburtstag von 40jährigen ist. Da schreien alle, aber es hört keiner mehr zu. Das muß auch nicht sein. Denn man sieht ja am Gesichtsausdruck des anderen, was der so ungefähr hat sagen wollen. Und das ist seit 20 Jahren nichts Neues.

Ja, so wird man ruhiger, wenn man älter wird, weil man dann nichts mehr mitkriegt. Oder haben Sie schon mal von einer Massenschlägerei von Senioren in der Kneipe gehört? Das ist keine Frage der Fitneß, sondern der Information.

Ich habe auch über mich nachgedacht. Wo war ich überall noch nicht? Ich war fast überall noch nicht. Noch nicht einmal in Miami, obwohl man da bloß eine Hinflugkarte braucht, es sei denn, man will unbedingt über Düsseldorf zurück, um sich noch ein paar warme Tage zu machen.

Oder was kann ich alles nicht. Ich kann fast alles nicht, aber heute rege ich mich nicht mehr darüber auf.

Nur eins ist schade, das wollte ich immer können: Stillen. Ich habe keinen Schwangerschaftsneid, ich bin ja nicht Arnold Schwarzenegger, aber Stillen, das Stillegen eines anderen Menschen ohne Gewalt, das ist etwas Schönes, das können wir nicht.

Und so hatte ich immer das Gefühl, was Besonderes zu sein, was besonders Abartiges, nämlich ein weißer, gesunder, heterosexueller, berufstätiger Mann aus Oberhessen. Das sind sechs unsichtbare Behinderungen.

STUDIUM GENERALE

[1994] In der Kneipe lernt man mehr als auf der Universität. Ich habe auch mehr Semester in der Kneipe verbracht als auf der Uni. Die Kneipe ist die Schule des Lebens.

Nicht, daß man in der Universität nichts lernt. Kommunikatives Handeln oder postkommunikatives Anbandeln – aber für die Fälle dazwischen, für den Kampf aller gegen alle –, homo homini enemy: Der Mensch ist dem Menschen nicht wohlgesonnen, und warum sollte er auch, er ist ja nicht blöde – das lernt man in der Kneipe.

Ich bin mal mit der S-Bahn gefahren von Mainz nach Frankfurt, und ich würde das hier nicht erzählen, wenn es nicht in der Nacht gewesen wäre. Als ich in Mainz am Hauptbahnhof den Waggon betrat, bemerkte ich es sofort:

Der deutsche Actionfilm könnte viel besser sein. Das Material stand rum. In der einen Ecke des Wagens war die Stimmung mörderisch, die andere war mehr suizidal orientiert, dann hockte da noch ein Pärchen, da sah man sofort, bis zur Taunusanlage schaffen die es nicht mehr. Dann betrat ein Skinhead den Wagen, saubere Uniformjacke, Springerstiefel an den Füßen, Haare nicht zu lang.

Die S-Bahn von Mainz nach Frankfurt fährt ja am Flughafen vorbei, ich dachte, er will nachts ein bißchen springen üben. Nun hat er seinen Stiefel auf das gegenüberliegende Sitzpolster gestellt und angefangen, ihn schön zu putzen. Ich bemerkte das aus den Augenwinkeln, habe jetzt aber nicht genau hingeguckt – denn oft kriegt man heute einen in die Fratz.

Und genau das lernt man in der Kneipe: Nicht hingucken, wenn's interessant zu werden verspricht. Wenn Sie beispielsweise sich in einem Restaurant befinden und am Nachbartisch entwickelt sich langsam eine schöne gepflegte Schlägerei, und wenn Sie da so hingucken – dann sind Sie auch der erste, der's Nasenbein gebrochen hat. Manchmal sind alle Zähne weg, das ist eine radikale Anti-Plaque-Behandlung. Die wird aber auch von Dr. Best abgelehnt.

Nicht hingucken, das habe ich schon als Jugendlicher gelernt. Als Jugendlicher in Gießen habe ich mir nach dem Konfirmandenunterricht gesagt, so, jetzt mußt du auch mal was fürs Leben lernen und nicht immer nur für die Ewigkeit. Und so habe ich mir eine Stammkneipe gesucht, das war die Expreß-Halle. Die liegt in der Frankfurter Straße kurz vorm Bahnübergang, wenn man von der Innenstadt kommt, sonst natürlich hinter dem Bahnübergang auf der linken Seite, weil es von der Innenstadt aus ja rechts in die Liebigstraße zum Bahnhof geht. Das sag ich nur für die, die es nicht kennen.

Dort verkehrten damals viele jüngere kräftige Männer, hauptsächlich praktisch orientiert. Einer hatte einen besonderen Tick. Er konnte keine geschlossenen Türen vertragen. Vielleicht ein kindliches Kellertrauma oder daß intrauterin etwas nicht in Ordnung war, Eifersucht auf die Fruchtblase, man weiß es nicht. Oft hab ich nachts mit ihm auf der Straße gestanden, und er sagte: »Die haben so einen schönen Schmuck in der Auslage, aber die Tür ist zu.«

Ein anderer war plötzlich verschwunden, er sei auf Urlaub, hieß es. Nach drei Jahren kam er zurück, sah überhaupt nicht erholt aus, mehr so fahl im Gesicht.

Ich saß da mal abends, drei Hocker weiter hockte ein stadtbekannter Klopper, der nachts schon noch mal Außenhautkontakt an der Handoberfläche suchte. Er flirtete mit der Bedienung, die machte einen Witz über ihn, der Witz war gut, und ich habe gelacht.

Das war strategisch mutig, aber taktisch unbesonnen. Ich habe sofort aus den Augenwinkeln gesehen, wie er zu mir hersieht. Was machst du jetzt? Wenn ich ihm direkt ins Gesicht gelacht hätte, hätte er mich wahrscheinlich auf die Straße gebeten, durch die geschlossene Tür hindurch. Nun hatte ich damals mein Bier noch nicht ausgetrunken und wollte ja auch noch etwas lernen fürs Leben.

Ich habe also einfach weiter in mein Bier gelacht. Und dabei sah ich in den Augenwinkeln sein weißes, mir zugewandtes aggressives Gesicht.

Nach zwei bis drei Stunden – diese Zeit ergibt sich aus der inneren Uhr meiner Angst, wahrscheinlich waren es zehn Sekunden – dreht er sich weg und plaudert wieder mit der Bedienung.

Nun wußte ich, der Feind ist tückisch. Ich hatte Napoleons Feldzug in Rußland studiert, also zweimal *Krieg und Frieden* mit Audrey Hepburn gesehen. Also habe ich einfach weiter in mein Bier gelacht. Und das war gut so. Plötzlich dreht er sich um, sieht mich immer noch lachen und denkt sich, den Idioten hau ich doch nicht. So kam ich da raus – nicht hingucken.

Das ist eine zoologische Konstante – bei Säugetieren: nicht hinschauen, wo's gefährlich ist. Wenn Sie beispielsweise spazierengehen und treffen einen Schäferhund, der steht da ganz still, sagt keinen Ton, die Lefzen sind hochgezogen, das Bauchfell zittert, die Rute hängt ganz still nach unten – wenn Sie dem jetzt tief in die Augen schauen, dann beißt er Sie – mit Recht, denn das ist die Regel. Wenn Sie ihn nicht angesehen haben und er beißt Sie trotzdem, dann hat er sich geirrt, dann war das bloß die Ausnahme. All das lernt man in der Kneipe.

Nehmen wir die DDR – das war ja eine Stammkneipe, fast alle haben sich gekannt und sich gegenseitig informiert. Die Stimmung war immer kurz vor einer Schlägerei – und dann haben wir aus dem Westen zu lange hingeguckt – jetzt haben wir den Salat.

DAS BIERCHEN

Guten Tag. Thema heute: Das Bierchen. [1986]

Der Mensch ist geprägt von den großen L, W und F: Leben, Wohnen, Freizeit. Er steht also im Spannungsfeld von Morgengrauen und Feierabend. Dazwischen liegt meistens die Arbeit. Um arbeiten zu können, braucht der Mensch eine Freude, genannt die Arbeitsfreude. Diese Arbeitsfreude ist die Hoffnung darauf, daß bald Feierabend werde. Im Zentrum des Feierabends aber steht das Bierchen.

Das Bierchen, volkstümlich Happy Hour oder Aperitif, ist eine moralische Instanz, wenn es bei sich bleibt, also wenn es bei einem Bierchen bleibt. Das Bierchen beruhigt den nervösen arbeitenden Menschen, den Homo tractor, der sich auf Familie und Abendbrot vorbereitet.

Interessant ist, daß es meist Männer sind, die den Feierabend mit einem Bierchen begehen. Männer vielleicht auch gerade deshalb, weil im Anblick des Bierchens so etwas rührend Naives liegt, ein wenig noch von der Reinheit, der Jungfräulichkeit geradezu sichtbar ist, die heute weniger bei Menschen als vielmehr nur noch im Bier selbst zu finden ist, wenn es nach deutschem Recht und Reinheitsgebot gebraut wurde.

Das Bierchen also läßt vielleicht nicht nur, unschuldig, wie es auf der Theke lockt, das Kind im Manne anlocken, das Bierchen in seiner durststiftenden Schönheit schlägt holde Akkorde auf den zarten Saiten des Mannes.

Doch sei auch gewarnt vor Mißbrauch des Bierchens. Denn wie das Volkslied schon singt: Sind so kleine Bierchen, muß man nicht alle trinken. So sollte der Jugendliche an sich die Finger vom Bierchen lassen, es ist etwas für Erwachsene. Der Dichter Friedrich Schiller notierte in seinem *Lied von der Glocke:* Jedoch der schrecklichste der Schrecken, das ist der Mensch in seinem Tran.

Dieser Tran, Dusel, Rausch des Menschen kann nicht dem Bierchen zur Last gelegt werden. Vielmehr ist es wie immer der Mensch selbst, der hier maßlos war.

Zu viele Bierchen machen außerdem dick, und das ist in diesem neuen Jahrhundert nun überhaupt nicht mehr zu begrüßen.

Die Glocke ruft, das Stäbchen bricht, heißt es bei Goethes *Faust* in der Kerkerszene. Goethe weist hier auf den Brauch hin, das Glöckchen zu läuten, um damit eine Lokalrunde kundzutun. Dies aber ist die Stunde der Gefahr, das Ende des Bierchens, denn da werden aus Bierchen Biere, aus dem trauten Kerzenschein entsteht ein Flammenmeer, aus dem klaren Bergquell erwächst eine Hochwasserkatastrophe, wie wir sie aus dem Fernsehen kennen.

Das Bierchen noch vertritt das Prinzip Leben, das Besäufnis aber bringt uns dem Tode näher. Wenn der Sensenmann kommt und die letzte Runde anschlägt, dann verdunkelt sich das Bierchen zum Altbier, und ewige Finsternis breitet sich aus am Tresen der Welt.

KAFFEEKLATSCH

A: Mei Frau is jetzt über 60, aber gestern hat sie noch Zwilling gekriegt. [1991]

B: Na ja, sie wird beim Zahnarzt gewesen sein. Da kommt man nie so raus, wie man reingegangen is.

A: Aber beim Zahnarzt wird man doch net schwanger mit sechzig Jahr.

B: Das hängt von der Krankekass ab. Mein Bruder hatte schon mit 14 Platzangst gehabt, aber jetzt ist er über 70. Trotzdem hat der Angst.

A: Über 70 und immer noch Angst. Mein Gott, die paar Taach noch …

B: Ich frage mich manchmal, warum das so weitergeht, obwohl niemand was Besonders macht. Irgendwie ist doch alles grauenhaft, aber man weiß nicht, warum.

A: Schuld sind doch nicht die Verhältnisse, sondern die Leute.

B: Stimmt, überall furchtbar viele Leute. Das ist richtig eng.

A: Zum Beispiel auf der Autobahn, da fahren Leute drauf, stehn im Stau rum – aber es wehrt sich keiner.

B: Das ist ja furchtbar.

A: Was?

B: Daß die im Stau stehen und sich nicht wehren.

A: Wogegen sollen die sich denn wehren?

B: Ja, gegen wen soll man sich wehren? Das vergißt man im Laufe seines Lebens, spätestens wenn man im Stau steht. Dann kann man nur abwarten und Tee trinken.

A: Ich hätt jetzt gern einen Kaffee.

B: Eben, ich sag's ja. Aber wer ist schuld, daß die Leute so sind, wie sie sind? Vielleicht sind es ja überirdische oder außerirdische Kräfte, die die Leute auf die Straße treiben. – Oder es liegt im Blut, das wandert ja auch durch die Hauptverkehrsadern. – Und es gibt kaum noch Landwirtschaft, der

Bauer an sich ist tot, und jetzt kommt der Jäger wieder zum Vorschein.

A: Da hat's aber immer Grenzen gegeben. Da kann doch nicht jeder jagen, wie er will. Und außerdem, irgend jemand muß doch zu Hause bleiben und Kaffee kochen. Ein schönes Stück Kuchen tät ich auch nehmen – Schwarzwälder Kirsch?

B: Wissen Sie, was mir neulich aufgefallen ist bei den Leuten? Gerade die Ausländer – die sind auch sehr oft Leute.

A: Das isses. Die Autobahnen sind deshalb so voll, weil die Ausländer keine Wohnung kriegen und deshalb im Auto rumfahren.

B: Ich finde die noch schlimmer, die eine Wohnung haben und trotzdem rumfahren.

A: Jetzt hätte ich gern einmal einen Kaffee.

B: Das ist auch ein Ausländer.

A: Hä?

B: Der Kaffee ist ein Ausländer. Und das ist paradox: Schwarze schicken grüne Kaffeebohnen nach Europa, die der Weiße Mann schwarz röstet – und dann tut er Milch in den Kaffee, daß er nicht ganz so schwarz ist.

AM STAMMTISCH

Guten Tag, wie geht's, und selbst, na ja, was willste mache, es geht den Menschen wie den Leut, prost! [1984]

Es is wieder typisch, da unten drängelt sich alles, und am Stammtisch sitzt mer allein, und von der Jugend wächst auch niemand mehr nach, weil die ja überall an diesen elektronischen Geräten spielen, wo man nur zwei Finger braucht, und der Rest fällt dann ab, aber ich komm immer wieder gern hierher in die alternative Kneipe, das Bier bekommt mir gut, wegen meinem Magen – is immer so schön warm gezappt.

Ich selber gehör nicht mehr zur Scene, es hat lang gedauert, bis ich gemerkt hab, daß es mir eigentlich schon immer gestunken hat, aber bei anderen da dauert's noch länger, da merken es erst die Enkel.

Wie gesagt, ich komm gern hierher, weil die Leut tun mir nix, ich tu ihnen nix, es herrscht so eine Art friedlich-alkoholischer Koexistenz.

Das is wie mit dem Rassismus. Ich persönlich hab ja gar nix gegen Ausländer, aber – un da unterscheid ich mich von dene ganze grüne, rote, feministisch-liberale autonome und sonstwie ökonomisch selbständige Krawallköpp – ich hab auch nix gegen Deutsche. Sind doch auch Mensche, oder? Und wenn man sie sieht, die Linke, wie sie in den Urlaub fahren, in Spanien, da wird dann in Barcelona in der Kneipe rumgebrüllt: Dos cervezas, por favor. Und dann kommt der Kellner und fragt: Darf's Henninger oder Binding sein?

Aber mit dem Rassismus haben ja die Italiener angefangen, is schon lang her, da hieße die noch Römer, da ging's bei dene auch drunner und drüber, Apokalypse und Weltuntergang, das Mittelmeer is zusammengeschnurrt, und die Karnickel haben den ganzen Apenin leer gefresse, und die Bäum ham sie abgehackt für die Kriegsschiffe, damals warn die Pershing ja noch aus Holz, und da ham die Römer sich eines Tags gesagt, ab, fort, jetzt fange mir an zu träume, jetzt ist Utopie angesagt, und da ham sie geträumt von so 'ner schönen unberührten Natur und so wilde, barbarische Menschen – und das warn mir dann. Die Germanen und der Teutoburger Wald und der ganze neblige Krempel.

Die ham uns gewissermaßen quasi so rassistisch erhöht, wie das heut die Ethnolinke mit den unneentwickelte Völker tut. Oder die emanzipierte Weiber, da geht's ab nach Jamaika, und dann ran an den Bimbo und black and white together, alles wegen dem Kulturzerfall.

Mir ist es ja egal, ich bin allein. *(trinkt, Publikum sollte hier lachen)* Ich hab auch schon viel gelacht, aber mir ist es auch schon gut gegange.

Und wie ich gestern noch einmal durch den Wald geh, um mich zu verabschiede von ihm, da sag ich mir, ich geb Brief und Siegel und noch ein Pfandbrief obendrauf, daß wenn der saure Regen so weiterdröppelt, in den nächsten Jahren wächst dann kein grünes Blättchen mehr nach.

Und jetzt weiß ich auch, warum das deutsche Volk zusammen mit der Ökologiebewegung hinter unserem deutschen Wald steht wie ein Mann – ganz einfach: Die Juden sind nachgewachsen, und die Bäum tun das net.

Und wie ich das das erste Mal hier so sag, da wurd es auch so ruhig, die bekannte Betroffenheit um 23.11 Uhr mit zwei Promille, und seit der Zeit sitz ich hier ganz allein. Und da sagen sie zu mir immer, ich wär ein Rassist. Und dabei weiß ich nur, was der Inhalt der Ökologiebewegung ist: Hauptsach, wir werden täglich mehr, egal welches Arschloch und welcher Idiot mitmacht. Ich halt's da lieber mit Rosa Luxemburg: »Erst Klarheit, dann Einsamkeit«, ich trink noch einen Klaren, macht's gut, ihr Leut.

Bericht aus Bonn

Vom politischen Alltag

Der Bundestag
ist ja im Grunde nichts anderes
als ein Riesenkabarett
mit Zuschauern –
oder Fasching:
die Regierung als Elferrat
und die übrigen Kappen
mimen Volksvertreter.

VON EINSEN UND NULLEN

Worum geht's heute? Es geht um den Sieg. Die Nummer eins. [2000]
Du mußt die Nummer eins sein.

So greift die binäre Logik – aber nur scheinbar – in die soziale Lebenswelt ein. Die Eins sein oder die Null sein, das entscheidet über den Wert eines Menschen. Der Unterschied zur binären Logik allerdings liegt darin, daß es dort ungefähr gleichviel Nullen wie Einsen gibt.

Wer die Eins sein will, muß vorsichtig sein. Das ist auch nicht schön.

Aber warum denn nicht? Jetzt kommen wir zur Schwachstelle, wo der Sollbruch lauert: Der Verzicht auf das Denken über die eigene politische Verantwortung, denn die Frage nach dem richtigen Leben ist die Frage nach der richtigen Politik, dieser Verzicht bejaht – wenn auch vielleicht nicht bewußt – den Bürgerkrieg. Nun brauchen wir keine Angst mehr zu haben vor dem kommunistischen Klassenkampf. Das ist vorbei. Es gibt keinen Klassenkampf mehr.

Wenn die Eins das Ziel ist, und wenn sich darum Millionen balgen, dann kann es unruhig werden. Den Kampf ums Dasein regelt dann das Gesetz nicht des Dschungels, den wollen wir nicht diffamieren, sondern das Gesetz von bindungsloser Freiheit und Gleichheit online: Homo homini enemy, der Mensch ist dem Menschen nicht wohlgesonnen, und warum soll er auch, er ist ja nicht blöd.

Wer sich in die Öffentlichkeit begibt, das heißt maßgeblich in der Kriminalgesellschaft mitmischen will, muß damit rechnen, erwischt zu werden: von der Polizei, von Terroristen, von Irren oder anderen Konkurrenten. Das ist das Risiko der gewinnbringenden Rechtsunsicherheit, die mit der Globalisierung einherläuft.

Fassen wir zusammen: Gott ist tot. Der Sozialismus ist tot. Die Revolution ist tot. Du lebst! Warum?

HAUPTSTADT BERLIN

[1990] Meine Damen und Herren, heute ist ein wichtiger Tag. Denn gerade jetzt wird hier in Berlin auf dem Deutschen Katholikentag – Gott schaut auf diese Stadt – beschlossen, daß der Papst hier seinen Sitz nehmen wird: Der Heilige Stuhl kommt auf die Museumsinsel in jetzt noch Ostberlin. Das ist astrein, das ist in Ordnung. Und hier wird die wichtigste Frage der Welt behandelt: Soll Berlin Hauptstadt bleiben – werden in einem neuen Deutschland?

Ich verrate Ihnen, wie die Diskussion heute abend ausgehen wird. Ich bin von Beruf Prophet, ich weiß das: Heute nacht werden alle hier, auch wenn sie jetzt noch anderer Meinung sind, sagen: Jawohl, Berlin soll Hauptstadt werden. Warum? Ganz einfach: Berlin hat ein Recht darauf. Berlin ist die einzige Stadt, die DDR und Bundesrepublik, Ost und West die letzten 40 Jahre beherbergt hat.

Und es geht um Rechtsfragen. Auch die Wiedervereinigung ist eine Rechtsfrage. Geht das nach Art. 23, nach Art. 146 oder nach § 218? Da sind sich die Fachleute fast schon einig. Ich meine, es geht um die Hochzeit. Zwei sind geil aufeinander und wollen auch. Also laßt sie doch so schnell wie möglich. Hochzeit, jawoll, kommt vorher noch der Reichspolterabend. Mal sehen, wieviel diesmal kaputtgeht.

Caput heißt im Lateinischen Hauptstadt. Roma caput rerum, Rom war die Hauptstadt, caput rerum. Drehste das Reh rum, isses kaputt.

Und auch deshalb muß Berlin Hauptstadt werden. Macht kaputt, was euch kaputtmacht, ist ein Spruch aus Berlin. Bonn ist doch nicht kaputt, Bonn ist ganz, und in Frankfurt herrscht die Finanz.

Also Berlin. Wer einmal in Bonn auf dem Bundeskanzlerplatz stand, der träumt ewig von Berlin und dem Alexanderplatz. Und

Berlin hat die meisten Demonstranten, Chaoten und etc. für das Begleitkonzert bei einem Staatsbesuch. Berlin ist putzmunter.

Ich möchte Kohl in Berlin erleben,
erinnern Sie sich noch
an das berühmte Deutschlandlied
vorm Schöneberger Rathaus?
Da ruf ich da capo.
Berlin ist die einzige Stadt Deutschlands,
die genügend Humor hat,
um das Elend zu ertragen,
Hauptstadt zu sein.
Die Berliner sind Helden
und darauf stolz,
und darum sind sie Masochisten,
denn wer will heute schon freiwillig Held sein.
Darum muß Berlin Hauptstadt werden.
Außerdem ist die Fläche so groß,
daß die Länder der Dritten Welt,
wenn sie ihren Atomkrieg
gegen Europa beginnen werden,
diese Stadt auch treffen können.

ÖKONOMIE

[1998] Die Renten sind sicher, das ist gut, aber wie kann man sie garantieren? Soll man die Rentner auf der Flucht erschießen oder als Staatsfeinde einsperren? Wenn es keinen Sozialstaat mehr gibt, weil er zu teuer kommt, reichen dann Wohltätigkeitsbälle zugunsten bekloppter Talkmaster und betrunkener Entertainer aus, um den sozialen Frieden zu garantieren?

Ist es nicht wieder an der Zeit, zum Klassenkampf aufzuhetzen, ist Sozialismus in einem Haus möglich oder nur global, heißt Globalisierung, endlich die Voraussetzungen für den Sozialismus zu schaffen, weil er nur weltweit funktioniert und nicht bloß in einer Russendatscha auf der Krim? Soll man heute Tragödien spielen oder Witze erzählen?

Das sind die Fragen, da gehn wir ran wie Blücher, da blättern wir Antworten schneller auf den Tisch, als sie der Croupier einsammeln kann beim großen Weltroulette am Ende dieses Jahrtausends. Die Ökonomie ist unser Schicksal, und die Basis der Ökonomie ist das Verbrechen. Was heißt das?

Es kommt nicht darauf an, gegen das Verbrechen zu kämpfen. Wichtiger ist die Frage, bei welchem Verbrechen soll ich mich beteiligen, was bringt mir am meisten Spaß, Gewinn und Lebensfreude.

DER PARODIST

Liebe Frankfurter und Frankfurterinnen – als Vorsitzender der sozialdemokratischen und Börner-Partei Deutschlands möchte ich heute abend hier bei Ihnen um Asyl bitten, hier innerhalb der grün-alternativen Szene, die ja nunmehr nichts anderes ist als die Fortsetzung der SPD mit persönlich bescheideneren Mitteln. Liebe Freunde, seit nunmehr über 10 Jahren parodiere ich Willy Brandt, und damit soll jetzt einmal Schluß sein. [1983]

Denn 1. stirbt der Willy bald, und 2. nähert man sich dem, den man parodiert, immer mehr an – also jetzt nicht nur wegen dem Alkohol. Angefangen hat das damit, daß ich immer mal eine Rede im Bundestag halten wollte. Nun ja, einige haben's inzwischen geschafft, die reden in Bonn – bei mir hat's halt nur bis zur Satire gereicht.

Gut, der Bundestag ist ja im Grunde nichts anderes als ein Riesenkabarett mit Zuschauern – oder Fasching: die Regierung als Elferrat und die übrigen Kappen mimen Volksvertreter. Also stellen wir uns mal vor, ich würde jetzt in Bonn die Grundsatzrede der Grünen zur Gewalt halten. Und diese Rede kommt bestimmt, egal, ob noch mehr Blut fließt oder ob der eine oder andere Tote im Herbst dabei herausspringt für uns, okay.

Ich würde also sagen: »*Herr Präsident, meine Damen und Herren. Der Kollege Dr. Dregger hat mit Recht darauf hingewiesen …*«

Der Witz ist, daß die Grünen immer denken, man müßte seine Gegner beschimpfen. Loben und umarmen muß man die! Es geht ja nicht um die Wahrheit, sondern um die Wirkung, das heißt also um die Wahrhaftigkeit. Jeder Fernsehzuschauer weiß doch, daß die von SPD und CDU aufeinander einhacken und nachher in der Kantine die Punkte verteilen, wie gut die Show war. Den Feind loben – dann sagt sich der Zuschauer: Hoppla, jetzt wird's interessant.

Also: »*Herr Präsident, meine Damen und Herren, ich gebe zu, das sage ich ganz offen …*«

Man darf sich nie distanzieren. Egal von was. Das mag der Zuschauer nicht. Außer von den Russen und dem Wetter. Man muß mit ernster Miene die Verantwortung übernehmen für fast alles an Übel, Elend und Gewalttätigkeit.

Das entlastet den Bürger und macht Spaß. Also Verantwortung tragen für tödliche Arbeitsunfälle, Drogensucht, Säuglingssterblichkeit, Sexismus, Straßenverkehrsopfer – am besten mit Zahlen und Statistik – und dann zum Schluß auch Verantwortung übernehmen für Putz und Krawall bei Demos. Das geht dann im Vergleich mit den anderen Sachen vollkommen unter.

Also: »*Herr Präsident, meine Damen und Herren, Goethe hat einmal gesagt ...*«

Gut ist, anerkannte Klassiker zu zitieren, zum Beispiel: »*Mit dem Wünschen allein wird sich die Welt nicht ändern, man muß die Taten setzen.*«

Freiheit, unbegrenzte und totale Freiheit, ist ein Ideal der reinen Vernunft – aber kein wirkliches reales Sein ... Freiheit ist ein Prozeß, kein abgeschlossener, gar schon erreichter Zustand. Und was für die Freiheit gilt, das gilt auch für die Gewaltfreiheit. Gewaltfreiheit ist ein hohes Ideal, dem wir uns alle annähern wollen – aber Gewaltfreiheit kann doch kein Mittel verantwortungsvoller Politik sein.

Und wenn ich das alles ausgeführt habe, dann könnte ich vielleicht doch noch einmal mein altes Hobby pflegen, denn wenn schon, dann nur im Bundestag:

»*Demonstrationen, meine Damen und Herren, sind ebenso vom Grundgesetz geschützte Institutionen wie Familien. Wenn also nunmehr ein Vermummungsverbot für Demonstranten geplant ist, dann muß dies ebenso überall dort gelten, wo sich gewalttätige und bewaffnete Familien zusammenrotten, in Wohnsilos, Eigenheimen und auf Campingplätzen. Weg also mit den Mitteln, mit denen sich Ehepartner und zurückschlagende Kinder der Strafverfolgung entziehen wollen – weg mit Gardinen, Türschlössern und Fensterläden.*«

DEMOKRATIEEINSPARUNG

In wenigen Wochen ist Bundestagswahl. Kein Problem. Das ist doch alles eine Frage der Erziehung. Sie brauchen sich also gar keine Sorgen zu machen. Sie können und dürfen natürlich auch heute im Fernsehen erzählen, was Sie wollen. Das wird keine Folgen haben. Es besteht also kein Grund zur Beruhigung. Denn im Mittelpunkt steht doch der Mensch. [1986]

Und außerdem ist die Bundestagswahl ja schon längst vorbei, gelaufen und entschieden. Ich bin hier als Demokratieeinsparungsbeauftragter des Bundesfinanzministeriums in excelsis gloria und verkünde Ihnen große Freude – o ja!

Alle Staatsgewalt geht vom Volke aus. Das deutsche Volk aber ist gemäß § 1 der Straßenverkehrsordnung vollkommen gewaltfrei.

Nun muß aber irgend jemand die Staatsgewalt ausüben. O ja! Sehn Sie, und dafür haben wir die Polizei. Halleluja.

Was gab's sonst noch an Katastrophen in der letzten Zeit für die Menschen? Richtig: die falschen Voraussagen der Hamburger Bürgerschaftswahlergebnisse vor einem Monat.

Na und? Geben wir es doch zu, durch dieses ganze unklare Hochrechnen und Stimmabgeben und auch durch dieses Hamburger Wahlergebnis selbst, dadurch entsteht, wie man sich sagen muß, in erster Linie Staatsverdruß.

Um den in Zukunft zu verhindern, gerade auch im Interesse der kleinen Leute, es geht uns doch um die Menschen, gilt nunmehr folgende Verfassungswirklichkeit: Die Bundestagswahl am 25. Januar 1987 bleibt bestehen wegen des Unterhaltungswertes der Bonner Runde. Sie hat aber weder Souveränität noch Entscheidungsbedeutung.

Denn gewählt worden ist schon vorher – durch Meinungsumfragen. Das ist unsere SDI – die subjektive democratic identity. Der Bürger wählt, ohne zu wissen, wann. Denn Mündigkeit ist schließlich keine Frage des Datums. Sie brauchen gar nicht mehr zur Wahl zu gehen, meine Damen und Herren, Sie haben nämlich schon gewählt.

Wir haben drei mobile Volksbefragungen durchgeführt und ziehen daraus das arithmetische Mittel, das wir dann am 25. Januar in einer spannenden TV-Show veröffentlichen werden. Dadurch wird der am Wahltag so undemokratische Einfluß des Wetters und der seelischen Tagesform des Wählers und der Wählerin beseitigt und das wirkliche Wollen und Wünschen der Menschen durch Demoskopiergeräte in die EDV, in die elektronische Demokratieverfassung, übernommen.

Dieses Modell ist nicht neu, sondern schon getestet unter dem Tarnnamen Operation TED. Was sagt TED, das elektronisch gesunde Volksempfinden? Wenn das dem Volk nicht paßt, diesem Teddybär, dem Stimmvieh, bitte, dann kann es per Telefon sich die Wunschregierung der Woche wählen.

Wir haben vier Vorschläge:

Für eine CDU/FDP-Koalition – bitte wählen Sie 110.

Für eine SPD/FDP-Koalition – bitte wählen Sie Mogadischu 1-9-7-7.

Für eine SPD/Grüne-Koalition – bitte melden Sie ein Ferngespräch an, das kann noch lange dauern.

Für eine CDU/CSU-Alleinregierung – bitte wenden Sie sich an die Telefonseelsorge.

Aber wir gehen noch weiter: Weil der Mensch ein Mensch ist, also manchmal selber nicht weiß, was er will, bedienen wir uns zusätzlich der Gentechnologie. Wir befragen nämlich nicht den Kopf des Bürgers und der Bürgerin – wir haben ihr Schicksal befragt, die Gene, die Chromosome, die Doppelhelix, die DNS, die bekannte Desoxy-Rubbel-die-Nukleinsäure.

Die durch die Gentechnik erzielten Bürgerwunschwahlergebnisse haben wir durch das Einspeisen zweier korrigierender Eckwerte hochrechnungsfähig gedopt und gedoppelt.

Die Wahl ist ja kein Selbstzweck. Sie dient den Menschen. Our intention sind die Menschen.

Zusätzlich zum genetischen Wählerwillen sind die vom Bundesverfassungsgericht in Bad Godesberg festgelegten infas-Richtlinien in den Wahlentscheidhochsicherheitstrakt mit eingegeben worden: Die Wahlsieger müssen verfassungsfreundlich und regierungsfähig sein.

Wenn also – mal spaßeshalber – sich aus den Chromosomen des wahlberechtigten deutschen Volkes, wenn sich da eine absolute Mehrheit ergeben hätte für die Chaoten, also für die Grünen und die CSU, dann wäre dieses Ergebnis nach der neuen Wahlmikroprozession mit den Korrekturfaktoren R und V, Regierbarkeit und Verfassungsmäßigkeit, multipliziert und dividiert worden, und wir hätten erhalten eine vaterländische Koalition aus CDU und SPD, also die berühmte kleine Koalition mit Helmut Kohl und seinem Juniorpartner Johannes Rau.

Und genau dieser Schwachsinn, meine Damen, aber auch Herren, entspricht doch den politischen Verhältnissen in unserer Republik. Da kann ich doch nur sagen:

Gott sei mit uns.
Aber Gott ist tot.
Und jetzt sind Sie dran!

WILLKOMMEN ZUM FRÖHLICHEN STANDGERICHT

[1994] Guten Abend, meine Damen und Herren. Herzlich willkommen zu »Freispruch für alle«, dem fröhlichen Standgericht hier in meiner kleinen Kanzlei. Der Sommer ist zum Glück vorbei, die Nackten und die Toten werden von der Müllabfuhr eingesammelt und getrennt entsorgt. Beschäftigen wir uns heute mit zwei kulturellen Ereignissen. Der Bundestagswahl. Vorher findet aber noch die Buchmesse statt. In Frankfurt am Main. Frankfurt ist die Stadt der Privatinitiative. Vor 25 Jahren starb Theodor W. Adorno, kurz darauf ermordete Charles Manson mit seinen Killerhippies Sharon Tate, und dann fand das große Festival in Woodstock statt.

Das hat hier in Hessen niemand interessiert. Denn in Frankfurt liefen in der Zeit die kommenden Popstars des Underground frei rum: Andreas Baader und Gudrun Ensslin. Ja, hier wurde immer gern geschossen – aber es ist doch schön, wenn's einen nicht selber trifft: Zugucke ja, aber net gleich umfalle. Und wie ist es heute? Ein Kosovo-Albaner verwirklicht sich selbst an der Konstablerwache mit einer MP, die Russen-Mafia exekutiert im Kettenhofweg die Todesstrafe im Puff auf privatwirtschaftliche Weise.

Das alles spricht dafür, auch den Staat Bundesrepublik abzuwickeln und zu privatisieren. Der Kommunismus ist tot, der Kapitalismus lebt und nennt sich Staatsverschuldung und Ergänzungsabgabe.

Da frag ich mich, was will ich denn eigentlich? Einen schwachen Staat, der mich noch nicht einmal in Frankfurt vor Hütchenspielern, Mädchenhändlern und Rache-Russen schützt, oder eine saubere Mafia nach westlich-italienischem Vorbild? Wenn ich immer mehr Steuern bezahle und Staat und Stadt ihre Schulden trotzdem nicht abzahlen können und alles schließen müssen, was noch Spaß macht, dann ist es aus. Ich zahle nichts mehr ans Finanzamt, ich habe meinen persönlichen Schutzgelderpresser, was der kriegt, das machen wir unter uns aus – und ich habe meine

Ruhe. Ich muß schon pünktlich zahlen, sonst wird er böse: »Ich dir pusten zweites Loch in Arsch, dann kannst du scheißen stereo.«

Aber auch sonst geht's mir gut. Wie dem Bundesriesen Kohl, der Machtmaschine mit Konkordatsgetriebe. Warum? Weil Kohl Mutti ist – wenn der so mit dem Kopf wackelt, über den Tisch guckt, ob auch alle Teller leer gegessen sind, dem Blüm den Kopf tätschelt und lächelt, der lächelt wie Mutti, wenn der Sonntagsbraten auf den Tisch kommt. Ja, Mutti, Helmutti, das ist die Rache des Patriarchats am Spätfeminismus.

IN DER BANNMEILE

[1993] Ich stehe hier vorm Bundeskanzleramt
weil man mich nicht hineinläßt.
Ich habe mit dem Kanzler gesprochen
und er hat mir gesagt
aber auch versichert
und als ich noch einmal nachgefragt habe
hat er sofort nachversichert
während der Außenminister
ähnlich wie auch der Sprecher der Opposition
im Gegensatz zu den Sprecherinnen der Grünen
wobei selbstverständlich auch
gerade die internationale Lage
und auch – in dieser Situation
ohne Wenn und Aber
schon allein um der Glaubwürdigkeit willen
auch im Hinblick auf unsere ausländischen Mitbürger
und -bürgerinnen
so daß selbstverständlich kein Grund zur Beunruhigung
aber Aufmerksamkeit
und Verteidigungsbereitschaft
bestimmte Positionen nicht aufgebbar sind
essentials sine qua non
pacta sunt servanda
Geranien zieren die Veranda
nicht wahr.

Größer als dieser Überblick
ist der Informationsgehalt
in Gesprächen mit Politikern nicht
also kann man im Fernsehen
auch bei Politiker-Interviews

auf die Politiker verzichten
und mir allein das
Gespräch überlassen.

HAUT DEN JOSCHKA, WO IHR IHN TREFFT!

[2001] Wir sind Zeugen eines versuchten großen Exorzismus. Ja, es wird keine Sau durchs Dorf getrieben, es geht um Gespenster, die den Landfrieden stören. Besonders komisch ist daran, daß das Volk sich nicht sonderlich erregen läßt, die politische Elite dagegen ist empört, beleidigt und schwer innerlich bewegt. Nur wird der Sturm erfolglos bleiben, weil zu viele Dilettanten am Werk sind.

Was läuft da schief?

Mit Hilfe einer suspekten Vergangenheitsbewältigung solle ein politischer Gegner fertiggemacht werden, heißt es, ein politischer Gegner, der doch gute Arbeit leiste in der Gegenwart, und außerdem sei das die pure Heuchelei, einem geläuterten Menschen Geschichten aus seiner Jugend vorzuwerfen. Doch die Kritik verkennt die Mechanismen der Demokratie. Heuchelei ist ebenso ein Mittel der Politik, wie es der Rufmord ist. Dieses oberflächliche Herummoralisieren von beiden Seiten der Empörungsbarrikade aus ist außerdem zu billig, als daß es ernst genommen werden könnte. Welche Rolle Moral im politischen Alltagsgebrauch spielt, wurde letzten Freitag bei »Mainz bleibt Mainz« in bester Fassenachtsdeutlichkeit kundgetan: »Die stärkste Stütze der Moral, das ist die Furcht vor dem Skandal.«

Wir haben also bussiness as usual: Einige Medien jagen ein Opfer, das erlegt werden soll, und die Opposition will jemanden politisch vernichten. Das gehört zur liberalen Mediendemokratie, ob das gejagte Wild Ute Lemper heißt, Roland Koch oder Joschka Fischer. Wer sich in die Prominenz begibt, setzt seine Existenz aufs Spiel. Zum Ruhm gehört der Schmerz. Auch wenn es Opfer gibt, sind es keine Opfer der Gewalt, sondern der Pressefreiheit. Gewalt ist kein Mittel der Politik, sagt die Meute zur Beute.

Nun könnte man beklagen, das ganze Theater um Fischers Frühstück bei Arafat sei wieder einmal der Aufstand der Langweiler und Zukurzgekommenen. Dies erweist sich als richtiger

Anfangsverdacht, sieht man einige Serientäter mit erstaunlichem Eifer nach strafrechtlichen Sachverhalten suchen wie wildgewordene Trüffelschweine und die Polizei mit minderwertigem Belastungsmaterial belästigen. Das intellektuelle Niveau dieser Debatte kann nur mit den verheerenden Folgen der sozialdemokratischen Gesamtschulreform erklärt werden. Schweigen wir zu Neid und anderen armseligen Gefühlen.

Doch es geht nicht nur um die Oberfläche kleinlicher Empfindungen wie Neid und Konkurrenz, die an anderem Ort, als Korrektive und Motive, der marktwirtschaftlichen Entwicklung dienlich sind. Der gegenwärtige Kulturkrach reicht tiefer, es werden tatsächlich Gespenster gesichtet, Moral wird ins Gespräch gebracht, weil es um die Abgründe von Gut und Böse geht, und also auch um Angst.

Wieder liegt ein Verdacht nahe. Nachdem sich das absolut Böse aus der Weltgeschichte verabschiedet hat, suchen wir seine neuen Verkörperungen. Vor einiger Zeit ließ der Papst verlautbaren, das Böse gebe es durchaus noch, es sei personifiziert in Satan, wer also an Gott glaube, müsse auch an den Teufel glauben. Aufgeklärtes Schmunzeln war eine häufige Reaktion auf diese Behauptung, doch das war voreilig, die Suche nach dem Bösen und seiner Personifikation ist nämlich noch voll im Gange.

Bis Anfang der 90er Jahre wohnte der Teufel noch in Moskau im Kreml, fuhr dann kurz und schmerzlich in Saddam Hussein, darauf in den ideellen Gesamt-Serben Milosevic, ja, wo ist er heute, der altböse Feind, wie Luther ihn nannte? Sind es wirklich die Spontis, die 68er? Das wäre dann doch zuviel der Ehre. Nicht sie sind die Gespenster, aber sie repräsentieren sie. Darum ist von Kulturkampf die Rede, die letzten Dinge, also Religiöses, stehen zur Debatte. Buße und Demut sind gefordert, die Fischer und seine Putzgruppen a. D. leisten und erbringen sollten. Fromme Selbstgeißelung wird erwartet.

»Wo keine Götter sind, walten Gespenster«, schrieb Novalis 1799. Und es sind zwei Gespenster aus durchaus romantischem Umfeld, vor denen sich das bürgerliche Lager fürchtet: ungestrafter Ungehorsam und terroristischer Anarchismus.

In den 70er Jahren verhielt sich die sozialliberale Bundesregierung wie der Tyrann in Schillers *Wilhelm Tell.* Es wurde zwar kein Hut aufgehängt, den alle braven Bürger und Bürgerinnen respektvoll zu grüßen hätten. Anstelle des Hutes gab es die Pflicht zur Verfassungstreue. In Niedersachsen wurden Professoren aufgefordert, sich mit folgenden Worten von dem heute wieder ins Gespräch gekommenen Mescalero-Artikel zum Tode des Bundesanwaltes Buback zu distanzieren: »Ich bin mir bewußt, daß ich als Beamter eine besondere Treuepflicht gegenüber dem Staat habe. Diese erfordert mehr als nur eine formal korrekte, im übrigen uninteressierte, kühle, innerlich distanzierte Haltung gegenüber Staat und Verfassung.«

Für die Verweigerung einer solchen feurigen, innerlich aufdringlichen Hingabe an Staat und Verfassung stehen heute die Spontis, die nicht nur frech auf dem Boden des Grundgesetzes rumgetrampelt haben, sondern auch noch stolz waren auf ihre Staatsfeindschaft. Das macht Bürgern angst; wer so des Staates spottet, muß auch die Strafgewalt des Staates spüren. Geht er leer aus, droht allen Anarchie und Gesetzlosigkeit. Die Furcht vor der roten Flut ist auch ohne Kommunismus immer noch da, sie braucht kein wirkliches Meer, um das Ertrinken sich auszumalen.

Real dagegen ist die Angst vor dem Terrorismus, der nicht an kurze Epochen gebunden ist. Selbst wenn Joschka Fischer sich immer gegen die RAF gewendet hat, ist er doch mit dem Terrorismus kontaminiert. Das Leben in der Sponti-Scene und der dadurch vermittelte Kontakt zu Margrit Schiller weist über die blöde Frage, ob die beiden Kaffee getrunken haben, hinaus auf ein politisch nicht lösbares Problem. Der Terrorismus läßt sich nicht verhindern, auch wenn man selbst dagegen ist.

Hans Magnus Enzensberger hat Anfang der 60er Jahre unter dem Titel *Die Träumer des Absoluten* über russische Anarchisten und Bombenleger geschrieben, die auch bei Albert Camus in dessen Stück *Die Gerechten* auftreten. Es gab also sehr wohl schon vor der RAF eine Diskussion über den bewaffneten Kampf selbsternannter Partisanen. Enzensberger beschreibt die Selbstgerechtigkeit dieser Menschen, die um ihre moralische Überlegenheit zu wissen vorgeben und deren Ziel auch nicht mehr der Sozialismus oder sonst eine Utopie ist, sondern immer mehr nur noch der terroristische Anschlag selbst. Dieser Terror kommt aber, und das ist das Bedrohliche, aus der gleichen moralischen Unbeugsamkeit, wie sie auf der anderen Seite die staatlich angestellten Tugendwächter vertreten.

»Es ging ihnen«, schreibt Enzensberger über Vera Sassulitsch und Jegor Sasonow und könnte es auch über die RAF sagen, »nicht um eine gesellschaftliche Doktrin. Es ging ihnen um ihr Heil … In jener Sekunde, da sie die Bombe warfen, haben sie ihr Heil verwirklicht und das der anderen vorweggenommen.«

Wer so denkt und handelt, ist immer bedrohlich. Er erinnert an eine unbekannte Größe, die sich jeder Berechnung entzieht. Eine solche Größe war der bundesrepublikanische Terrorismus, und er konnte nur zu einer solchen werden, weil es zu Beginn ein großes Umfeld von Sympathisanten gab. Diese Welt, der damals sogenannte Sympathisantensumpf, ist die Heimat der jetzt wieder aufgetauchten Gespenster. Sie sind aber nicht mit Moral und Empörung, Ekel und Abscheu zu bannen, im Gegenteil, davon ernähren sie sich prächtig. Es gilt einfach, die alten Geschichten zu erzählen, sie in ihren verschiedenen Lesarten zu erzählen, was aber nur funktionieren kann, wenn Staatsanwaltschaften und Gerichte ausschließlich mit historischer Neugier und nicht mit Gesetzesauftrag zuhören.

Die unterschiedlichen Lesarten der Vergangenheit rühren an unterschiedliche Ängste, mit denen Geschichte betrachtet wird, und ihre Drohung, unter neuen Masken wieder zu erscheinen. Jede dieser Lesarten zu akzeptieren ohne moralische Wertung wäre Voraussetzung der stets geforderten »geistigen Auseinandersetzung« über Vergangenheit, Terrorismus, Militäreinsatz, Stasi oder was auch immer. Daraus aber wird nichts, denn in diesem Land interessiert niemanden die Frage »Wie ist die Lage heute, was war damals los?«. Hier wird besessen von linker wie von rechter Seite aufgerechnet und gesagt: »Wer ist schuld?!«

Darum bleibt der große Exorzismus eine dumpfe Klamotte.

DIE BEDROHUNG DES BEDROHTEN BAUMS

[1985] Gestern abend komm ich nach Haus, ich hatte so ein, zwei und noch ein bißchen, also ein Bier getrunken, und wie ich so in die Hofeinfahrt hineinsteure, meine Frau hat mir ja verboten, mit dem Auto in die Gastwirtschaft zu fahrn, wie ich also so zu Fuß das Wohnanwesen zu betreten versuche, da haut mir doch so ein großer Kerl dermaßen eins auf die Schulter, daß ich ganz rasant gezwungen werde zu torkeln.

Ich ball die Faust, will ihm gerade einen versetzen, daß er sein Lebtag keine unschuldigen Leute mehr mitten in der Nacht belästigt, da merk ich, leck mich doch am Ärmel, das ist ja der Baum, diese Kümmerlinde, die bei uns da vorne am Eingang noch immer herumlungert.

Aber ich darf ja auch zu Haus kein Wort über den Baum verlieren. Meine Frau, die explodiert, wenn ich auch nur ein Wort gegen das Ungetüm von mir geb. Und unser Vermieter, der Hauseigentümer, ist auf dem Ohr auch stocktaub.

Der Baum, will ich mal sagen, ist das Goldene Kalb des ausgehenden 20. Jahrhunderts, und das ist für mich ein Frevel. Für mich gehört zu einer anständigen Moral, daß der Mensch das Maß aller Dinge ist und nicht der Baum.

Aber was muß man sich alles anhören: Erst sterben die Wälder, dann sind wir dran. Ja, so war es doch schon immer. Und ewig sterben die Wälder, und ewig wachsen neue nach. Genau wie die Menschen. Meint ihr, ich wollt ewig leben? Ich bin doch kein Hund.

Was ist das alles für ein Verfall. Früher wollten die Jakobiner noch die Adeligen an die Laterne und an die Bäume hängen, damit die Revolution auch ein paar Denkmäler hat. Heute hocken sie selber auf den Bäumen, um sie, die Bäume, zu schützen. Und dabei merken sie nicht, daß sie aussehen wie die Affe beim Kokosnußklauen. Evolution rückwärts, die Freiheit des Baumes ist unteilbar, nieder mit dem Sägewerk.

Und dabei muß man nur mal in den Wald gehen und sich die Bäume genau angucken, das einem das ganze Elend von denen klar wird. Da stehn se zwar in Reih und Glied im Wald, aber so, als hätt der Oberförster »Rührt euch« gerufe, und jeder Hirsch und jeder Hund kann se anpisse, ohne daß se sich wehre könne. Das ist doch erbärmlich.

Diese Bäume sind doch kein Vorbild für unsere Jugend, die sind doch alles Frührentner. Und jenau, wo die Menschen ab 18 auch am liebsten schon Frührentner wärn, ham se ihr Herz für die Bäum entdeckt.

Das Thema selbst, daß der Wald bedroht ist, ist ja uralt. Man hat ja immer wieder gewarnt: Die Steppe wächst, unser Wald geht kaputt, weil zuviel Holz geschlagen wird. Trotzdem ist Holz weiter geschlagen worden, und daraus wurden Bücher, in denen davor gewarnt wird, zuviel Holz zu schlagen. Und dann haben sie auch noch den sauren Regen erfunden, mit dem alles zusammenhängen soll, was uns nicht paßt. Und jetzt machen sie auch schon Ausstellungen mit lauter Büchern, die aus Bäumen gemacht werden – um dem Wald die Ehre zu geben.

Und wer, ganz allgemein gesprochen, ist schuld am angeblich kaputten Wald? Der Mensch, und da haben wir sie, die Naturschützer, mit ihrer Weltanschauung. Das ganze Trara um den Wald dient doch nur dazu, daß der Mensch mal wieder zur Sau gemacht werden soll. Und da mach ich nicht mit. Ich fühl mich auch von Haus aus schon schlecht genug, da muß ich nicht noch schuld sein – an den Bäumen ihrer depressiven Grundhaltung.

DER MÜLL, DAS RECHT UND DIE REVOLUTION

Joschka Fischers erste Ministerrede

[1985] Herr Präsident, sehr geehrte Damen und Herren!

In Hessen wird heute eine neue Seite im Buch der Geschichte locker aufgeblättert. Und ich versichere, daß ich mit meiner Politik der Relativitätspraxis, einer Zeitpolitik gegen die bisherige Raumordnung, auf noch weiteren Seiten dieses eingangs erwähnten Buches meine Spuren hinterlassen werde. Denn ich bin der erste wirkliche Abfallminister der Neuzeit, der erste Politiker, der jenseits von Produktion und Distribution der Produkte sich hauptsächlich mit friedlicher Zerstörung beschäftigen muß, mit der Beseitigung von Müll im Geiste der Versöhnung von Industrie und Zivilisationsverdauung.

Es geht mir vorrangig um die natürliche Beseitigung dessen, was künstlich geschaffen wurde, also um den Primat der Ökologie gegenüber entarteter Industrie, wildem Handel und moderner Tierquälerei.

Ökologie ist nämlich mehr als nur Umweltschutz, mein politisches Programm der radikalen Reform alles dessen, was da kreucht, fleucht und seucht, geht an die Wurzel des zeitgenössischen Elends. Und das ist der Mensch, der keine Zeit mehr hat für sein Leben, das ist der Mensch, das Subjekt des ungelebten Lebens.

Wir wohnen in einer Epoche der größten Geschwindigkeit, die die Menschheit je erlebt hat. Der technische Fortschrittmacher treibt uns dahin im Sauseschritt, die Lebensphilosophie eilt nicht mehr mit. Ideen und Nachrichten, Informationen und Wahrheiten rasen an uns vorbei wie die lamentierenden Trauerweiden an den pfeilschnellen Produkten der epileptischen Automobilindustrie. Ähnlich überheblich wie der geschwindigkeitsfanatische BMW-Fahrer (nieder mit München, es lebe Baunatal), dieses Leitbild unserer quantenpraktischen Zeit, ähnlich überheblich gehen wir doch alle um mit dem Reichtum an Brot und Zirkus, der täglich wirkungslos an uns vorbeiverpufft. Wenn ich also, auch gegen den Willen der Bundesregierung, mich in meinem hohen Amt neben der Abfallbeseitigung und der Neuordnung des Altlastenausgleichs besonders für Tempo 100 auf den Reichs-, Bundes- und Landesautobahnen einsetzen werde, dann gründet dies nicht darin, daß ich aus Gewissensgründen das TÜV-Gutachten der Kohl-Genscher-Zimmermann-Bande nicht anerkennen will, nein, meine Damen und Herren, meine Handlungen werden von Tieferem bestimmt, und zwar von der Metaphysik des Tempolimits.

Laissez faire, laissez aller, das ist die Parole der im Geschwindigkeitsrausch dahertaumelnden Machthaber, die das Staatsschiff, das dem Abgrund entgegensteuert, mit neuen und besseren Maschinen ausstatten. Schneller, schneller, so schallt der letzte Ruf einer aussterbenden Klasse, die sich als Waffen-SS in Bitburg und als Kilowatt-SS auf dem Überholstreifen versammelt, um das Recht auf freie Fahrt in den Fronturlaub als letztes Menschenrecht der Lichtgeschwindigkeit zu proklamieren. Dem halten wir unser grünes »No pasarán!« entgegen!

Neben dem grundsätzlichen Willen zur Verlangsamung, wie er sich ausdrückt im Plan einer gewaltfreien Haschischzone Mitteleuropa gegen Wodka- und Whiskey-Rüstung, neben diesem Wunsch gibt es auch noch eine taktische Überlegung, die ich heute schon, meiner Glaubwürdigkeit wegen, in aller Öffentlichkeit hier aussprechen will. In konservativen Kreisen ist meine Ankündigung, daß ich die bestehenden Umweltschutzgesetze ohne Rabatt einzuhalten gedenke, auf großes Geschrei gestoßen. Man ist bei CDU und Kapital bekanntlich nicht pingelig mit dem Recht, man lebt illegal auf großem Fuß und läßt sich nicht erwischen. Diese unbändige Wollust am Gesetzesbruch, diese christkatholische und marktfreiheitliche Gesinnungskriminalität wurde besonders deutlich, als beim Bonner Test zur Geschwindigkeitsbegrenzung zwar Tempo-100-Schilder auf Autobahnen aufgestellt wurden, aber die Regierung zur allgemeinen Nichtbeachtung dieser Vorschriften aufrief, weil sie von ihren eigenen Normen eh nichts hält.

Das wird bei mir anders sein. Ich werde Gesetze exekutieren, die Sie – die Sie den Boden des Grundgesetzes stets in Ihrem staatstragenden Maul mit herumschleppen – übertreten werden in Ihrer bekannten Staatsignoranz, der zufolge repressive Vorschriften immer nur für die anderen da sind.

Mit Hilfe der Polizei werde ich dann das gesetzesuntreue Gesindel aus Industrie und CDU/FDP einsammeln und in die Knäste verbringen lassen. So werden wir die Geschütze der Klassenjustiz umdrehen – so wie die Gewehre der Matrosen sich 1918 in Kiel umdrehten. Nur wird es bei uns vollkommen gewaltlos zugehen, denn die Anwendung der Staatsgewalt gegen Gesetzesbrecher ist ja kein Mittel der politischen Auseinandersetzung, sie dient dem Rechtsfrieden.

Nicht eine neue Zeit bricht an mit meiner Übernahme ministerieller Verantwortung, die Zeit überhaupt wird neu verantwortlich verteilt werden müssen. Fischer in Wiesbaden, das ist das Minimalprogramm von New Age und Neuer Linke, Revolution der Altlasten und radikaler Reform des Älterwerdens.

DER GEWERKSCHAFTER SPRICHT

Kolleginnen und Kollegen. Was ist los? Kolleginnen und Kollegen, wer hat an der Uhr gedreht? Ist es wirklich schon so spät? [1998]

Also: Der Kapitalismus hat gesiegt. Was heißt das? Das heißt, daß der Falsche gewonnen hat. Was lernen wir daraus? Jawoll!

Denn wir lernen seit über hundert Jahren aus unseren Niederlagen. Warum? Weil es noch nie Siege für uns gegeben hat. Das bedeutet: Entweder auf dem Traktor oder unter dem Traktor. Gewerkschaft ist für uns immer noch eine Frage danach, wer das Werk schafft und dann »Geh!« sagt. »Geh nach Hause.«

Wer den Kohlepfennig nicht ehrt, ist des Neandertalers nicht wert. Düsseldorf, Fortuna, meine Damen und Herren, liebe Kollegen und -leginnen, 'tschuldigung, Leghennen, falsch, das ist Nahrung & Genuß, hier geht's um Metall und Ruhrgebiet, also Tote Hosen, Böhse Onkelz und Nidelstreifen in Nagelhosen.

Da müssen wir durch – wie Rommel durch die Wüste und die Jugend von heute durch den Rentnerberg von morgen.

Wenn alle Stricke reißen, machen wir alle zusammen eine Frischzellentherapie. So wie der Bundeskanzler Helmut Kohl. Der ist ja jetzt der längste Kanzler der Welt, also quasi ein politischer Duplo-Riegel.

Das ist auch gut so. Schon aus nationalem Interesse. Der Kohl ist ja uralt. Vor über tausend Jahren hieß der Buddha, da saß der rum und hat gegrinst. Und das hat funktioniert. Damals gab's in Indien schon Millionen Arbeitslose – kein Problem, Hauptsache, Buddha hat gute Laune.

Ab dem Jahre 2010 müssen vier Rentner von einem arbeitenden Menschen bezahlt werden.

Machen wir es einfach umgekehrt: Ab dem Jahre 2000 müssen vier Rentner für den Unterhalt von einem Erwachsenen aufkommen. Dann gibt's keine Arbeitslosen mehr, sondern eine Mehrheit freigestellter Menschen in der Blüte ihres Lebens – und die Arbeit würde endlich von denen gemacht werden, die sowieso alles besser wissen – von den Menschen über 50, Kolleginnen und Kollegen.

Die Reformen liegen auf der Straße wie die Eier des Kolumbus, man muß sie nur rechtzeitig einsammeln.

Das heißt: Brüder, zur Sonne, zur Freiheit. Und für die Schwestern: voller Sonnenausgleich bei Nachtarbeit.

WENN DEN HELDEN DIE ARBEIT AUSGEHT

Oder: Vom Unterlassen des Nichtstuns

Mit der Arbeit ist es wie mit der Vaterlandsliebe. »Es gibt kein Recht auf Faulheit«, sagte der Bundeskanzler – stimmt. Es gibt aber auch kein Recht darauf, Bundeskanzler zu sein. Und Schröder macht es trotzdem. [2001]

Der Bundeskanzler ist der Spitzenkörper, aus dessen Mund bestimmende Staatsberedsamkeit dringt und quillt. Auch die Opposition verfügt über Lautsprecher. Und wir sind die Gehörgeschädigten dessen, was man Diskurs nennt, der die Marktschreierei des Politischen ausmacht. Wer Macht will oder hat, muß sie begründen und grölt in alter Brüder Wettgesang den Chorus von »Leitkultur, Werte, Erziehung, Tugend und Fleiß«. In diesem Lärm tobt auch eine Debatte mit über die Zukunft der Arbeit, der Arbeitslosen und der Nichtmehrarbeitenden, der Rentner also, und es geht darum, wer bestimmt, was wir alle für GUT oder BÖSE halten sollen.

Die Diskussion um Arbeit ist im Herzen eine über Moral, und wenn es um Moral im öffentlichen Leben geht, dann wird's allemal gefährlich.

Über Arbeit wird immer gern geredet; wenn man welche hat, ist sie zu anstrengend, wenn man keine hat, ist dieser Mangel zu anstrengend. Mit der Arbeit ist es wie mit der Liebe. Es klappt nur selten mit den glücklichen Momenten.

Ich denke, es gilt, sich vor zwei Fanatismen zu hüten, dem Fanatismus der Arbeitsvergötzung und dem Fanatismus der Arbeitsverweigerung. Und einen Mittelweg gibt's auch nicht.

Fragen gibt es viele: Geht der Gesellschaft die Arbeit aus, gibt es den Klassengegensatz von Arbeitsplatzbesitzenden und Arbeitslosen, ist Arbeit die einzige Sinnstiftung im globalen Kapitalismus? Gibt es Ausbeutung nur noch in der Dritten Welt?

Ich halte mich nicht für qualifiziert, einen Entwurf für eine bessere Gesellschaft vorzutragen. Ich könnte ja noch nicht einmal eine einfache Gastwirtschaft leiten, ohne dort nichts anderes als Chaos anzurichten. Um so mehr habe ich keine Ahnung, wie Arbeit gesellschaftlich zu organisieren ist.

Übrig bleibt Kritik, und dabei bevorzuge ich die kabarettistische Methode und stelle meine Gedanken unter das Motto eines bedeutenden Juristen aus dem 19. Jahrhundert, nämlich Rudolf von Ihering, der gesagt hat: »Das Ziel des Rechts ist der Friede, das Mittel dazu der Kampf!« Vergessen wir den Dreiklang nicht: Recht, Friede, Kampf!

Viele Fragen quälen uns.

Wogegen soll ich sein, wenn ich nicht weiß, wer die Macht hat? Die Feinde unserer Feinde sind auch unsere Feinde, hat Albert Oehlen gesagt und nicht Rainald Goetz. Die Schlacht um die Macht findet nicht mit Pflastersteinen oder Molotowcocktails statt, es geht auch nur um den Zugang zur Macht, die heute niemand so recht zu verorten weiß. Bekannt ist allerdings, daß um Deutungshoheiten gerungen wird.

»Wer die Bilder arrangiert, besitzt die Macht«, hieß es am 30. Juni 1987 in der *FAZ*. Michael Stürmer hatte zum Historikerstreit in den 80er Jahren die Erkenntnis beigetragen, »... daß in geschichtslosem Land die Zukunft gewinnt, wer die Erinnerung füllt, die Begriffe prägt und die Vergangenheit deutet« (*FAZ* vom 25. April 1986).

Denn deutsch sein heißt deuten. Deutsche wollen sehen, glauben und nichts verstehen müssen.

Was aber ist Geschichte? Die Geschichte ist ein Museum, in dem täglich die Bilder hin und her gehängt werden. Und wenn die Bilder verblassen, müssen sie restauriert werden – das nennt man die Restaurationsphase.

Ein Beispiel: Am 13. August 1933, während des Mauerbaus an der Reichskanzlei, marschierte der Russe nach der Halbzeit an den Tschernobylen in Böhmen ein, um dort rumzumähren, und veranlaßte so den Dreißigjährigen Krieg, der zum Prager Fenstersturz an der Konstablerwache führte und letztendlich die Verantwortung trägt für humanitäre kosovoalbanische Hütchenspieler, für serbokroatisch Geschnetzeltes und die Heiligsprechung der NATO.

Dafür brauchen wir Geschichte, damit wir sie denen, die wir nicht leiden können, um die Ohren hauen können. Die Geschichte ist eine Schlagwaffe, für die es keinen Waffenschein braucht. Gleichzeitig prägt sie die Gesichtszüge durch Einschläge oder durch Einbildung. Geschichtslos ist also gesichtslos. Ohne historische Blamage gibt's keine individuelle Visage, hat Möllemann mal gesagt. Wer also keine Geschichte hat, hat kein Gesicht und wird auf der Straße nicht wiedererkannt. Denn man schaut den Menschen ins Gesicht und nicht auf den Arsch, auch wenn der schöner ist.

Wer keine Geschichte hat, die ihm bedeutend erscheint, bedient sich bei der Nation und guckt stolz. Der Stolz auf Deutschland ist eine nichtchirurgische Gesichtsoperation. Hier sind wir beim Nationalgefühl, »und Nationalgefühl wird daran gemessen, wie oft kann der Staat dem Staatsbürger in die Fresse hauen, bis er zurückschlägt« (Heinrich Pachl).

Aber seit die Mauer weg ist in Berlin, zieht es nicht nur in dieser Stadt, Durchzug ist angesagt, denn die deutsche Geschichte ist auch noch obdachlos. Das Haus der Deutschen Geschichte braucht also erst einmal ein Dach. Wer aber soll der Dachdecker sein?

Der Historiker. Denn er hat die Aufgabe, ein nicht vorhandenes positives Selbstwertgefühl zu erschaffen, sonst geht das Selbstbewußtsein kaputt, und aus mangelndem Selbstbewußtsein der Volksmassen entstehen die großen Verbrechen.

Also lautet der nächste Schritt in der am Marktfrieden orientierten Informationsgesellschaft: Wo das nationale ES ist, soll das globale ICH werden.

Kleiner Versuch gegen die Klarheit: Mit der Arbeit ist es wie mit der Vaterlandsliebe, wegen der wir die Patrioten als Idioten beschimpfen und ein entspanntes Weltbürgertum feiern.

Péter Nádas hält dagegen: »Wenn jemand zum Beispiel sagt, warum er sein Vaterland nicht liebt, dann umschreibt er unfreiwillig seine Liebe und seinen Tatendrang mit diesem Geständnis, während ein noch so ernsthaftes und leidenschaftliches Bekenntnis zum Vaterland eher davon zeugt, welchen Abscheu und Kummer, welchen Schmerz, welche Sorge, Verzweiflung und lähmende Ohnmacht dieses Vaterland bereitet, weshalb sich der gelähmte Tatendrang notgedrungen in wortreichen, schwärmerischen Beteuerungen erschöpfen muß.«

Mein Einwand:

Statt dem Leben Sinn zu stiften,
heißt's, die Sinne zu entgiften.
Heißt es lieben, heißt es hassen
und vor allem: Essen fassen.
Denn es ist der Sinn der Welt,
daß sie nichts zusammenhält.

WENN BEBEL WIEDER NACH BABEL KOMMT

So Schreckliches steht bevor, daß ich aus dem Abgrund zwischen Rentnerberg und Jammertal an die Menschheit im Sinne ihrer noch nie erreichten Humanitas appelliere: Punks, Hippies, Feministinnen, Skinheads, Ökofreaks und Autonome, Popper, Poststrukturalisten, Neue Wilde und Alt-74er, grüne Penner und Graue Panther! Wir müssen wieder zusammenhalten, denn vor uns steht das Grauen: die erneute ewige Wiederkunft der Sozialdemokratisierung der Kultur. [1984]

Die asoziale Neue wilde Welle von 1977 flutet, wie es sich nach sieben Modejahren gehört, nicht mehr, die Kulturrevolte der dritten Generation nach Adenauer geht ihren Gang und amalgamiert quecksilbrig mit Heavy Metal, Folklore und Sozialhilfe. Der eingerichtete und ausgeübte Kulturstrom hat in sein Bett die störrischen Nebenflüsse, wie vergiftet sie sich auch immer gaben, sauerstofftüchtig mit einem schlürfenden »Rawums« aufgenommen.

Es herrscht wieder gar nichts im Lande, also Umbruchzeit, Postpunk und so weiter. Doch die Chancen dieses Loches, das sich schon vor zwei, drei Jahren auftat, sind verweht.

New Romantic und Old Arbeitslosigkeit gehen heute Hand in Hand der Sonne entgegen, die warmen Brüdern und kalten Schwestern das Fürchten lehren soll. Kohl regiert, aber dies Paradies ist bald vertrieben, und das Modell Deutschland, gebildet aus Reduzierung der Lebenszeit auf 35 Stunden pro Woche und freie Wahl der Euthanasie-Vertrauensleute durch das Volk, wird herbeigesehnt. »Das Kabarett ist tot, es lebe die Regierung«, betet der Club Voltaire und will doch nur die starke Hand einer starken Regierung, will sich wieder suhlen im Stammheim-Gefühl, das Kanzler Schmidt uns vermitteln konnte.

Der Terror der Ökonomie, lange Jahre hinter der Debatte verdeckt, ob Kunst oder Verzweiflung den gesellschaftlichen Primat für sich beanspruchen könnte, hat seine Führungsposition in der

Welt der Sprache wieder orthodox zurückerobert. Alle reden vom Geld, nur wenige haben es.

Das ist die Stunde der sozialdemokratischen Infiltration in die Kanäle der politischen Kultur. Korrupte Gewerkschaftsbonzen und altgediente Parteibetrüger treten auf in der Rolle des Saubermanns und fordern ein bißchen Gerechtigkeit, Senkung der Neger-Sterberate und freien Zugang zur Pille für den Mann. Und Karlheinz Böhm sammelt für Mischlingskrokodile am Amazonas, damit der endlich in die Sahelzone einmünde. Die Lage war noch nie so ernst.

Abbildungsnachweise:

Renate von Forster 182, 268, 354, 382, 438, 464, 724, 859
Barbara Klemm 12, 756
Georg Kumpfmüller 104, 532
Christiane Meyer-Thoss 154
Pflasterstrand 620
Hans-Joachim Schlüter 208
Wolfgang Wesener 66, 496, 668, 806 sowie Umschlagfoto
Horst Ziegenfuß 830

Auf S. 620 küssen sich Dieter Thomas
und Hendrike von Sydow, auf S. 830 ist Heinrich Pachl
der Mann mit der schwarzen Fliege.

Originalausgabe
1. Auflage, September 2004.
2. Auflage, September 2004.
3. Auflage, November 2004.
4. Auflage, März 2008.

Lektorat: Klaus Gabbert und Martin Weinmann (Büro W, Wiesbaden).
Register: Katharina Theml (Büro W, Wiesbaden).
Korrektorat: Florian Kohl, Berlin.
Satz und Herstellung: Dieter Kohler GmbH, Wallerstein.
Druck: Gutmann + Co GmbH, Talheim.
Einband: Druckerei Auer, Donauwörth.
Printed in Germany.

Dieses Buch gibt es nur bei Zweitausendeins im Versand, Postfach, D-60381 Frankfurt am Main, Telefon 069-4208000, Fax 069-415003.
Internet www.Zweitausendeins.de, E-Mail Service@Zweitausendeins.de.
Oder in den Zweitausendeins-Läden in Berlin, Bonn, Bremen, Darmstadt, Düsseldorf, Essen, Frankfurt/Main, Freiburg, Göttingen, Gütersloh, 2x in Hamburg, Hannover, Karlsruhe, Köln, Leipzig, Mannheim, Marburg, München, Nürnberg, Oldenburg, Stuttgart und Tübingen.

In der Schweiz über buch 2000, Postfach 89, CH-8910 Affoltern a. A.

ISBN 978-3-86150-867-0

MATTHIAS BELTZ

GUT UND BÖSE

Matthias Beltz

Gut und Böse

Gesammelte Untertreibungen
Zwei Bände in einem Band

Herausgegeben und kommentiert
von Volker Kühn

Zweitausendeins

Matthias Beltz

BÖSE

Gesammelte Untertreibungen

Zweiter Band

Zweitausendeins

Eine ausführliche Biobibliographie gibt es unter
www.Zweitausendeins.de/redaktionelles/?thema=beltz

Das Projekt dieser Werkausgabe haben zahlreiche Freunde und Kollegen von Matthias Beltz ideell und materiell unterstützt.

Besonders gedankt sei Anne Bärenz, Ali Neander und Frank Wolff, Popette Betancor, Matthias Deutschmann, Django Asül, Olli Dittrich, Bruno Jonas, Gerd Knebel und Henny Nachtsheim, Johnny Klinke, Klaus Meier, Heinrich Pachl, Ulrike und Manfred Schiedermair, Georg Schramm, Horst Schroth, Hendrike von Sydow und Dieter Thomas, Ulrich Waller sowie Wolfgang Trautwein von der Stiftung Archiv der Akademie der Künste und dem Matthias Beltz Verein e.V.

Verlag und Herausgeber bedanken sich vor allem bei Christiane Meyer-Thoss, ohne deren Initialzündung dieses Buch nicht zustande gekommen wäre.

INHALT

ERSTER BAND
GUT

Zumutungen im Alltag
Von der Aufdringlichkeit der Gegenwart
103

Der Staat als Kunstform
Vom Umgang mit politischen Institutionen
153

Den Aufstand denken
Von der Rebellion in uns
181

Wahrlich, ich sage euch …
Von der Bühne gepredigt
207

Tatort Kneipe

Von der Schule des Lebens

437

Bericht aus Bonn

Vom politischen Alltag

463

ZWEITER BAND

BÖSE

Die halbblinde Justitia

Von Anklagen und Freisprüchen

495

Der Angriff des Kleinkünstlers auf die übrige Welt

Von der kabarettistischen Methode

531

Man ist Mann

Vom Kampf der Geschlechter und anderen Liebesspielen

619

Die halbblinde Justitia

Von Anklagen und Freisprüchen

Ich schwöre,
die Wahrheit zu sagen,
die reine Wahrheit,
die ganze Wahrheit
und was mir sonst noch so einfällt,
in Ewigkeit, amen.

DIE OMA ALS ZEUGIN

Nein, ich bin mit dem Herrn Angeklagten weder verschwippt noch verschwägert, aber ich kenne ihn, ja, ich kenne ihn gut. Früher hat in dem Haus ja der Sohn gewohnt und die Schwiegertochter und der Hund. Der Flocki. Den hab ich immer ausführen dürfen, den Flocki, das ist ein Pudel, so ein rabenschwarzer Pudel, wie es sie in der Bretagne gibt, der kommt nämlich aus der Bretagne, der Flocki. Aber zu meinem Sohn in die Wohnung ziehen, das durfte ich nicht. Nein, hat er gesagt, du bleibst, wo du bist. Und die Schwiegertochter hat immer von hinten gerufen, du kommst ins Altersheim. Warum ins Altersheim, habe ich gefragt. Du sollst die alten Leute ärgern, nicht uns, hat sie geschrien. Das macht doch keinen Spaß, habe ich mir gesagt, was soll ich denn so Leute ärgern wie mich selbst. [1989]

Nun hat der Sohn ja immer ein gutes Herz gehabt, und trotzdem wollte er nicht, daß ich in das Haus einziehe. Na ja, der stand halt unter dem Pantoffel, und wahrscheinlich hätt ich's auch gar nicht ausgehalten, wenn ich ihn so gesehen hätte, wie er sich fertigmachen läßt von der Schwiegertochter, der dreckigen Hure. Nun ja, irgendwann wollte der Flocki, der Hund, mal wissen, wie es seiner Verwandtschaft in der Bretagne geht. Der Sohn mit seinem guten Herzen hat natürlich sofort nachgegeben, und dann ging es in den Urlaub in die Bretagne. Die Schwiegertochter hat sich auch bei diesem Urlaub wieder aufgedrängt, so wie damals bei der Hochzeit, da mußte sie auch unbedingt dabeisein. Nach dem Urlaub sind sie dann zurückgefahren, da kam es im Elsaß zu diesem großen Unfall, und seit der Zeit habe ich die Wohnung und den Hund. Ich führe Flocki ja an so einer langen Leine, die man so aufrollen kann, ewig, die sich quasi selbst aufrollt, und wenn ich dann im fünften Stock aus der Türe gehe, dann ist der Flocki schon unten im Parterre. Wenn dann noch die Aufzüge nicht funktionieren, dann purzeln die Leute immer über die Leine, weil, ich habe die ja in den Farben des Treppenhauses gehalten.

Ich weiß sowieso alles ganz genau, was in diesem Hause vorgeht. Wie damals der Herr Häussler seine Frau aus dem Fenster geschmissen hat, da kam ich gerad unten vorbei, habe sofort einen Riesensatz gemacht, weil, ich hatte ja einen neuen Hut auf, und wie ich sie so habe segeln gesehen, da habe ich mir gedacht, weil, sie war ja immer zu mir so von oben herab, na, habe ich mir gedacht, jetzt hast du auch dein Fett. Der Herr Schmied war daran aber nicht beteiligt, das hat der Herr Häussler ganz alleine gemacht. Auch am Totensonntag, mit den Gesangbüchern, das kann der Herr Schmied nicht gewesen sein, da geb ich ihm ein todsicheres Alibi, am Totensonntag war der Mann ja todkrank. Ich habe ihm heißen Apfelwein gebracht, mit einer kleinen Zimtstange drin und Nelken, und dann haben wir dagesessen und in der Bibel gelesen und oft auch herzlich gelacht. Er kann es also nicht gewesen sein. Er ist sowieso ein so anständiger Mann, schauen Sie mal, wie er da sitzt, so stolz, mit der Prothese, obwohl der Arm ab ist. Ich hätte ja auch immer gern so eine Prothese gehabt, aber woher krieg ich so eine, wo ich doch zwei Arme habe.

Nun halte ich schon seit Jahren den Krankenschein von meiner verstorbenen Schwester bei mir zu Hause, und darauf hole ich mir immer Beruhigungsmittel, damit ich etwas doppelt habe, falls mal Besuch kommt. Auf diesen Krankenschein hab ich mir nun auch eine Prothese besorgt. Und wenn ich zum Feinkosthändler einkaufen gehe, dann tue ich mir diese Prothese vorher hier in den rechten Ärmel von meinem Mantel, das laß ich dann runterhängen, auf der anderen Seite hängt mein linker Arm auch runter, und aus der Mitte meines Mantels kauft mein natürliches Ärmchen dann preiswert ein.

Nun hab ich neulich einen fürchterlichen Fehlgriff getan. So eine Plockwurst, 120 Prozent Fett, original kotzwirksam, wenn Sie das zu Hause aus der Plastikhülle flutschen lassen, das stinkt wie ein nasser Fuchs, pfui Teufel, was für ein grauenhaftes Zeug. Ich habe trotzdem eine Scheibe davon abgeschnitten, um sie dem Flocki einzuschieben, mein Gott, hat der geschluckt, und hat sich erst gewehrt, und dann mußte er es doch essen. Aber dann hat der Flocki mich angeschaut wie Moby Dick, da wußte ich, das gibt

Rache. Und später, es war zwar noch früh am Morgen, später ist er runter in den Aufzug und hat reingeschissen. Ich bin dann fort mit ihm, aber irgend jemand hat das weggemacht, den Dreck, ich weiß nicht, wer, aber es ist schon lange her.

Hohes Gericht, ich kann dem Angeklagten jedes Alibi geben, was Sie brauchen, aber jetzt hätte ich eine Bitte. Wo ist die Zeugengeldstelle? Damit man als alte Frau, wenn man schon mal die Wahrheit sagt, auch ein bißchen belohnt wird. Auf Wiederhören.

ZUR PERSON: RECHTSANWALT

[1989] Meine Damen und Herren,

ich bin von Beruf Rechtsanwalt in Frankfurt am Main, und das ist ein sehr schöner Beruf, da hat man viel vor sich. Man kann Notar werden, und gerade in dem Bereich gibt es interessante Rechtsfiguren, beispielsweise im Baurecht. In Frankfurt soll ein neues Hochhaus der Bank für Gemeinwirtschaft gebaut werden, und von diesem geplanten Hochhaus wird von der Spitze eine gedachte Linie unter einem Winkel von 45° gezogen bis auf den Boden. Alle Häuser, die sich in diesem Kegelbereich befinden, beziehungsweise deren Eigentümer, die können gegen das Hochhaus Einspruch erheben.

Ein Eigentümer, der wohnt in der Klüberstraße, die schon von der Deutschen Bank überdacht ist, hat den Einspruch nicht erhoben, sondern er hat kostengünstig darauf verzichtet, das heißt, er bekommt eine Million Mark im Jahr, hundert Jahre lang. Und ein solcher Vertrag muß vor einem Notar abgeschlossen werden – das ist auch gebührenrechtlich interessant. Sie sehen also, daß dieser Beruf doch in erster Linie eine Herzensangelegenheit ist.

Man ist als Rechtsanwalt und Strafverteidiger vorbereitet auf die Wirrnisse und Gefahren des Lebens oder auch auf das, was danach kommt, also aufs Jüngste Gericht. Ich meine jetzt nicht, daß ich direkt an Gott glaube, aber man weiß ja heutzutage wirklich nicht mehr, es kommt so viel wieder, da ist man auch nicht davor gefeit, und ich habe nur einen Einwand gegen das Jüngste Gericht. Meine Frau und ich – wir sind in einem Alter, da ist an sich nie viel passiert in den letzten Jahren, und auch vorher nicht, und wird wahrscheinlich auch nichts mehr im Sündenbereich – nicht wahr, und ich denke, wir kommen dann so quasi ins Paradies – nach einer kurzen Verhandlung.

Die Kinder aber, wie sie heute so sind, nicht wahr – »don't worry be happy« und »sit and wait«, mal gucken, was da kommt –, die werden wahrscheinlich in die Hölle kommen. Und jetzt stelle ich mir das so vor, meine Frau und ich im Paradies jubilieren – auf ewig. Die Kinder in der Hölle schmoren – auf ewig. Und das ist doch familienpolitisch überhaupt nicht gut durchdacht. Die paar Jahre, die man sich auf der Erde nicht verstanden hat, sollen jetzt noch durch eine ewige Trennung verlängert werden – das find ich nicht gut. Da hat es sich doch gar nicht gelohnt, eine Familie zu gründen, da hätten wir von vorneherein darauf verzichten können und auf diese ganzen anderen Sachen genauso. Auf der anderen Seite – was soll's mit Reformvorschlägen beim Jüngsten Gericht –, es lohnt sich ja schon nicht mal hier auf der Erde.

Sehn Se mal, es gibt ja keine Politik mehr. Wo man hinschaut, klebt zwar ein Politiker, aber was macht der: Kultur. Viel Kultur. Multikultur. Multivitamin, Multiple Sklerose, Multikultur – wo man hinschaut, überall multi – ich komme ja aus Frankfurt, da gibt es ein rotgrünes Bündnis –, farblich an sich hochinteressant, man liest in der Zeitung, es sollen Linke daran beteiligt sein, und dagegen ist auch nichts einzuwenden.

Wir alle kennen ja die Entwicklungen eines linken Menschen, erst ist man dagegen, dann will man es besser machen, dann macht man mit, von der Opposition über die Revolution zur Korruption – das ist ja auch vernünftig. Immer auf'm Dach stehen und schaun, wie die Friedenstaube wegfliegt ... nutzt ja nichts mehr, man will doch auch mal was im Keller haben. Und das sollte schon ein bißchen mehr sein als in den Kellern von Wandlitz – man hat's ja im Fernsehen gesehen, beim Stoph, da standen neun Campingstühle, oder bei Erich Honecker, da haben sie dreilagiges Toilettenpapier, Knoblauchpillen und Pornovideos gefunden. Also das finde ich nun nach 40 Jahren Volksverarschung ... und das soll's gewesen sein, das ist mir zuwenig, da haben wir doch höhere Ansprüche.

Aber – sehn Se mal, in Frankfurt ist ein multikulturelles Zentrum geplant, und das heißt, es soll alles Fremde rein. Alles, was fremd ist, soll rein, aber auch das Deutsche, in seiner spezifisch südhessischen Eigenart, dieser Mischung aus Kritischer Theorie und Blauem Bock, und ich stelle mir ein multikulturelles Zentrum so vor – da gibt's 'ne Kaffeeküche, 'n Aggressionsraum oder ein kleines Nazizimmer. Das ganze Deutsche soll es sein, aber es soll ja wieder nicht rein, das ist ja nur so drum rumgeredet, man will seine alten Freunde mal treffen, weil man sie in Stammkneipen nicht mehr findet, und deswegen gründet man ein multikulturelles Zentrum. Aber das sind alles so Dinger, die kann man machen, man kann sie aber auch bleibenlassen. Denn letzten Endes – wir sind doch alle Rassisten, seien wir doch mal ehrlich. Ja –, es hängt immer nur davon ab, ob das richtige Haßobjekt gerade vorbeikommt, damit man es auch merkt.

Ich meine, wir Linken und Liberalen haben ja nichts gegen Ausländer – haben schon mit Türken geredet, ja – um die Griechen zu ärgern, aber jetzt, ha, jetzt kommt unser Haßobjekt – die anderen Deutschen – die aus der DDR: – the stone-washed people.

Und – wenn wir die anschaun – da wissen wir, wir schaun bloß in den Spiegel, die sind wie wir, daher der Haß, denen fehlt nur unsere exotische Schminke – dieses Neckermann-Rumgereise in der weiten Welt, alles gesehen und nichts dazugelernt. Aber das verbittert uns doch sehr, daß wir eigentlich so sind wie die. Franz Josef Strauß hat doch in seiner letzten lebenden Rede noch mal gesagt, es kommt nicht darauf an, immer vom Staat was zu fordern, sondern: Subsidiaritätsprinzip, Hilfe zur Selbsthilfe. Der Staat kümmert sich um Polizei, Bundeswehr und Finanzamt, der Rest wird in den Familien geregelt.

Und es ist auch vernünftig durchdacht, da ist der Dienstweg schon mal kürzer. Neulich geschah folgendes in Essen: Ein Ehepaar, beide verheiratet – sie wollte sich scheiden lassen. Oh, sagt er, das ist mir zu juristisch – nehmen wir das Subsidiaritätsprinzip – Hilfe zur Selbsthilfe. Ist er hingegangen, hat den Rechtsanwalt seiner Frau als Geisel genommen. Daraufhin kam die Polizei und hat ihn erschossen. Und damit war dem Mann geholfen. Ja! Die Ehe wurde nicht geschieden – sie hat gehalten bis zum Tode, wie es ausgemacht war – und das ist Selbsthilfe, das klappt, wenn man nur will – ich meine, auch gerade in den Krankenhäusern, auf den Intensivstationen in Deutschland bis zur Ostmark nach Wien geht das – junge Krankenschwestern leisten Selbsthilfe im

Rentenbereich, oder auch der Nationalsozialismus, beispielsweise, war die Selbsthilfe des deutschen Volkes gegenüber dem Versailler Vertrag, ja – man muß auch mal die größeren Zusammenhänge sehen, ohne daß einem das weiterhilft. Aber man hat dann wenigstens mal hingeschaut.

Es sind jetzt diese Zeiten der Wirrnis und des Überblicks. Das gefällt mir nicht. Mir gefällt das überhaupt nicht, wie viele Leute sich jetzt schon dauernd vom Sozialismus verabschieden. Sie haben noch niemals »Guten Tag« dazu gesagt. Das gehört sich doch nicht, man geht doch nicht auf 'ne Party und sagt »Auf Wiedersehen«, sondern man geht hin, schaut sich die Sache an, und wenn es einem nicht gefällt, kann man immer noch nach Hause gehen.

Schauen Sie, das hat alles seine Vorgeschichte. Im letzten September kam ein altes Mütterchen zu Erich Honecker und hat zu ihm gesagt: »Sagen Sie mal, Genosse, ich hätte mal 'ne Frage, bleib zwar hier, will aber nur mal fragen, wer hat eigentlich den Sozialismus erfunden? Waren das Wissenschaftler oder Arbeiter?« »Oh«, hat Erich Honecker gesagt, damals noch relativ gut gelaunt, »das waren natürlich wir Arbeiter«. »Jaaa«, meinte das Mütterchen, »das nimmt mich nicht Wunder, denn wenn's Wissenschaftler gewesen wären, hätten sie es doch erst mal an Ratten ausprobiert.« Da hat der Erich Honecker gesagt: »Das gefällt mir jetzt nicht, das ist mir zu antikommunistisch, da übergebe ich die Sache mit dem Sozialismus dem Egon Krenz, und der führt's dann zu Ende.« Hat ja auch funktioniert.

Auf der anderen Seite, find ich persönlich, der Sozialismus an sich ist ja gar keine schlechte Idee – Gleichberechtigung, ein Tupfer Freiheit, Freiheit ist stets die Freiheit der Andersdenkenden (Rosa Luxemburg), von Andershandelnden war nicht die Rede, war ja kein Maximalprogramm.

Oder auch Überstunden waren immer gut im Plan, also nicht 55-Stunden-Woche, sondern Subotnik. Die Sonne soll ohne Unterlaß scheinen, also großes Urlaubsprogramm inklusive integrierter Klimakatastrophe – das war alles im Sozialismus drin. Vergleichen Sie es doch mal mit der anderen guten Idee, die es auch noch gibt: Christentum. Nächstenliebe, bis es weh tut, auch –

Spitze eigentlich. Jetzt: Das Christentum gibt es sei 2000 Jahren und ist immer noch nicht total durchhumanisiert. Trotzdem machen die weiter. Der Sozialismus dagegen soll schon nach 70 Jahren abgeschafft werden. Ist doch ungerecht. Überlegen Sie sich mal, oder vergleichen Sie mal die Inquisition mit den Moskauer Prozessen. Ha, da sehen die Stalinisten aber gelangweilt aus: viel zu früh aufgehört und Verfahrensfehler en masse. Die Inquisition hatte ein geheimes Verfahren und dann die öffentliche Hinrichtung. Im Kommunismus war's umgekehrt, die haben keine Hand für Showeffekte.

Anders die Katholiken. Wenn denen was nicht gefällt, wovon sie nichts verstehen, lassen sie die Glocken läuten. Stellen Sie sich mal vor, die Kommunisten würden das machen. Ha! Das gäbe einen Heidenlärm. Aber – von der Seite hört man nichts mehr.

Na, ich auf jeden Fall bin jetzt aus innerer Überzeugung und aus Trotz Stalinist. Wir sind nicht viele. Treffen uns relativ regelmäßig. Wir haben das Gefühl, wieder am Rande der Gesellschaft zu stehen, also für nichts verantwortlich zu sein, was passiert, kurz: wir sind Elite, und es ist auch ganz schön, die alten Bücher stehen rum. Hammer und Sichel liegen auf dem Tisch, falls es mal was zu essen gibt.

Man sieht also, ich beschäftige mich mit Mythologie. Habe neulich mal in der Kanzlei gesessen und hab in so 'nem alten Buch über die griechische Antike nachgelesen. Da gibt es eine interessante Figur: Hephaistos – das war der Sohn von Zeus und Hera. Und als der auf die Welt kam, hatte er einen verkrüppelten Fuß. War ja damals noch die Zeit vor der Genomanalyse – da mußte man nehmen, was kam. Also von Emanzipation weit und breit keine Spur. Auf jeden Fall kam der auf die Welt mit seinem dicken Fuß, und da hat die Mutter ihn genommen und ins Meer geschmissen. Vom Olymp runter ins Mittelmeer. Und als Hephaistos dort unten im Wasser aufprallte, hatte er überhaupt kein gutes Verhältnis mehr zu seiner Mutter. Ganz anders als Ödipus, wie man liest. Aber dem haben sie den Fuß auch erst später durchgesäbelt … Auf jeden Fall hat der Hephaistos trotzdem Freunde gewonnen, diese einäugigen Riesen, diese Zyklopen,

Polyphem-Kameraden. Und er hat selber eine Firma gegründet, eine Schmiede, hat dort die Pfeile des Eros geschmiedet und andere unnütze Sachen – auf jeden Fall stelle ich mir immer vor, wie er so durch die Antike hinkt und sagt: »Denen werde ich es noch mal zeigen«, und in dem Moment geht die Türe auf, und es kommt einer reingehinkt.

Oh, dachte ich, da hast du es. Kaum hatte ich von ihm gelesen – schon ist er da. Man kann ja heute nicht mehr unterscheiden zwischen Mythos, Wahrheit und tieferer Bedeutungslosigkeit. Aber er war es nicht, sondern es war einer aus dem Frankfurter Nordend, der wollte sich von mir als Rechtsanwalt in einem Strafprozeß vertreten lassen.

DER ZEUGE

[1989] Ich schwöre, die Wahrheit zu sagen, die reine Wahrheit, die ganze Wahrheit und was mir sonst noch so einfällt, in Ewigkeit, amen. Natürlich kenn ich den Herrn Schmied, der ist ja Hausmeister bei uns. Ein feiner Mann. In so einem Haus geht's ja zu wie bei den Ameisen, wenn man ihnen einen frischen Apfelkrotzen hingeschmissen hat. Da ist ein Krach und ein Lärm wie im polnischen Reichstag, obwohl da gar keine Polen wohnen. Nur Asoziale. Durch die Bank Asoziale. Durch welche Bank? Na, die sind asozial wie die Commerzbank. Ich persönlich halte mich da raus. Ich habe zugegebenermaßen schon nachts einmal »Ruhe« gebrüllt, hatte aber vorher das Licht ausgemacht, damit daß man nicht sieht, woher der Schrei kommt. Sonst schmeißen sie einem ja die Fenster ein, die Lumpen, die dreckigen. Ansonsten gewöhnt man sich an alles, ich wohne schon seit über 15 Jahren in dem Haus, und da geht es sehr familiär zu. Man kennt sich, man grüßt sich nicht, man läßt sich in Ruhe. Also eine wahre Heimat. Und der Herr Schmied war immer sehr hilfsbereit. Ich habe ja früher im 7. Stock gewohnt, als meine Frau noch gelebt hat. Und wie die aus dem Fenster gefallen ist, da bin ich auch gleich runter, also runtergezogen in den 5. Stock, und dabei hat mir der Herr Schmied sehr geholfen, bei dem Umzug. Ob das ein Unfall war mit meiner Frau, weiß ich nicht, kann ich nicht sagen. Die Polizei hat gemeint, es wäre ein Unfall gewesen, und da wollte ich nicht widersprechen. Man ist ja kein Unmensch. Das waren schließlich zwei sehr junge Beamte. Außerdem mußte es ein Unfall gewesen sein, denn ich hatte ja vorher noch einmal die Versicherungspolice durchgelesen, und da stand nur das Wort Unfall drin. Ich persönlich bin ja der Meinung, daß sie runtergehüppt ist, aber sie hätte mir ja vorher was sagen können oder zumindest so einen kleinen Zettel schreiben, wie immer, wenn sie einkaufen gegangen ist. Dann hätte ich gewußt, es war so und so. So aber ist es so oder wie? Also: Offiziell definitiv ein Unfall, von der Leiter runter aufs Fensterbrett, und dann patsch, auf den Beton. Das muß ein harter Aufschlag gewesen sein. Nun ja, sie war halt depressiv, hat immer viel geheult. Warum sie geheult hat? Keine Ahnung. Ich hab sie nie gefragt. Ich glaube, sie wollte ausziehen. Es wird ihr nicht gefallen haben in dem Haus. Und da habe ich immer zu ihr gesagt, halt's durch, die paar Jahre schaffst du noch.

Da war mal was gewesen, da hat morgens jemand mitten in den Aufzug hinein reingeschissen. Ob das ein Hund war oder einer von unsereins, das weiß der Himmel. Und als die Frau vom Einkaufen kam, hat sie das gesehen und wahrscheinlich auch gerochen, weil es ja noch frisch war, und da hat sie gekotzt. Das heißt, sie hat sich übergeben. Das kann aber nicht viel gewesen sein, denn sie frühstückt ja nie viel. Ja, und dann ist sie die sieben Treppen hoch mit dem, was sie eingekauft hat, also den Plastiktüten voll Obst und Kartoffeln und ein bißchen Wurst und Käse und dem Kasten Limo für mich. Und als sie oben war, wollte sie einen Lumpen holen, um das wegzuputzen, was sie dahin gemacht hat, und da sag ich aus dem Sessel heraus zu ihr: »Dann kannst du die Scheiße ja gleich mit wegwischen. Geht dann in einem Aufputz.« Oje, da hat sie wieder sehr gejault, sie konnte einem manchmal schon sehr auf den Nerv gehen. Nein, nein, mit dem Herrn Schmied war nichts gewesen, der hat ihr nichts getan. Sie hatte ja eine Heidenangst vor dem. Deswegen hat sie das nachher ja auch weggeputzt. Ich? Ich habe meiner Frau nichts getan. Ach so, ob ich mich terrorisiert fühle durch den Angeklagten? Ja, mein Gott, was für ein hartes Wort. Sagen Sie mal, Herr Rechtsanwalt, soll ich eigentlich, wie es ausgemacht war, für den Angeklagten aussagen oder gegen ihn? Oh, entschuldigen Sie, Herr Gerichtsvollzieher, ich wollte mich ja nur einmal kundig machen. Nein, Terror würde ich das nicht nennen, das ist Hausordnung, im guten alten Sinne Hausordnung. Ob ich mich beschwert habe über den Angeklagten? Beim Bäcker? Mein Gott, woher wissen Sie das? Sie wissen ja alles. Da kann man ja nicht einmal mehr in Ruhe daheim wichsen, ohne daß das bei Ihnen im Computer registriert wird. Das hätte es beim Adolf nicht gegeben. Das konnte es nicht geben, weil es damals noch keine

Computer gegeben hat. Ja, ich habe mich über den Herrn Schmied beschwert, weil, er hatte mir seinen Schlüsselbund ins Gesicht gehauen, aber dafür hatte ich ja auch gelacht. Er war die Treppe heruntergefallen, und wie er da so lag auf dem Boden, stand die Prothese von seinem abbenem Arm, die stand so senkrecht in den Raum. Das gehört sich doch nicht, wenn man auf dem Boden liegt als deutscher Mann. Nun ja, die Nase war gebrochen, das Ohr halb abgerissen, und die Brille war kaputt. Die Brille hat mir die AOK ersetzt, einwandfrei. Das andere ist von selber wieder zusammengewachsen. Sieht man heute nichts mehr von. Wenn's arch kalt ist, dann tut es bitter weh. Aber es gibt ja keine richtigen Winter mehr, und deshalb habe ich keine Vorwürfe gegen den Herrn Schmied. Alles, was er gemacht hat, hat er ja letztlich im Einverständnis mit mir getan. Gut, als er mir damals die Wohnungstür zugemauert hat, konnte ich morgens nicht mehr raus. Aber daß er das gemacht hat, dafür trage ich ja letzten Endes die Verantwortung. Weil, der Herr Schmied hatte angeordnet, das war so vor Weihnachten, daß wir eine Adventsstimmung im Hause haben, und wenn es dunkel wird, sollen wir eine brennende Kerze ins Fenster stellen. Nun hatte ich das mit der Kerze vergessen, weil sie meine Schwester eingeliefert hatten in die Nervenklinik. Das ist normal. Jedes Jahr vor Weihnachten kommt die auf die Geschlossene zur Beruhigung, und im Januar ist wieder alles in Ordnung. Und deswegen hatte ich das mit der Kerze vergessen. Der Herr Schmied hatte aber doch ausdrücklich durch einen Aushang und zusätzlich durch ein Merkblatt darauf aufmerksam gemacht, daß er es ernst meint mit der Weihnachtsstimmung und der brennenden Kerze. Und wer nicht mitmacht, kriegt eins auf den Deckel. Das ist doch normal. Bei uns zu Hause wurde am Heiligen Abend gesungen – Ihr Kinderlein kommet, Macht hoch die Tür, Es ist ein Ros entsprungen –, und wenn wir da nicht richtig mitgemacht haben, dann wurden wir auf den Ofen gesetzt, das hat bis Ostern gehalten. Der Herr Schmied hat aber das Mäuerchen vor meiner Wohnungstür doch schon am 2. Feiertag wieder weggerissen. Insofern bestehen bei mir keine berechtigten Gründe für Vorwürfe irgendwelcher Art gegen den Herrn Angeklagten, und ich würde einmal sagen:

»Freispruch«. Bitte? Das soll ich nicht sagen? Gut, dann bedanke ich mich für das Gespräch und empfehle mich, Herr Gerichtsvollzieher.

KARL GRAF

[1994] Meine Kanzlei befindet sich in Frankfurt, in Frankfurt am Main, wie ich seit der Wiedervereinigung gern dazusage, ich bin nun mal mehr nach Frankreich orientiert als nach Polen. Frankfurt wird heute oft die Hauptstadt des Verbrechens genannt, das ist natürlich Unsinn. Frankfurt ist die größte Stadt Hessens, und die Hessen besitzen einen eigenen Humor, den manche für kriminell halten. An sich aber ist der Hesse gutmütig, die Hessin auch. Beide sind von Haus aus nett und hilfsbereit. Da fährt man schon mal mit dem Panzer in den Knast, holt den Kumpel raus, und dann ab über den Acker, daß die Polizei nicht hinterherkommt.

Auch stark war im Frühjahr 1993 ein international weit beachteter Humorwettbewerb in Südhessen zwischen der Firma Hoechst und der RAF, wer die meisten Anschläge schafft. Hoechst hat gewonnen und gleich eine Jahreshauptversammlung der Aktionäre veranstaltet, so heißen bei denen die Sympathisanten, und dort wurde beschlossen: Der Kampf geht weiter, die Rohre sind alle noch undicht, warum sollen wir die reparieren?

An meinen allerersten Mandanten erinnere ich mich, als wär's ein Stück von mir. Ich weiß noch genau, wie der hieß: Karl Graf. Alles begann am 9. Mai 1976.

Er wird gerade zur Person und später dann zur Sache vernommen.

»Sie sind Herr Graf, weder verwandt noch verschwägert, geboren am …?«

»Ja, woher wissen Sie das? Ich wurde tatsächlich geboren von meinem Fräulein Mutter damals im Sternzeichen der Schlafmütze, mein Aszendent ist der Penner. Ich bitte daher um ein astrologisches Strafmaß.«

»Sie sind von Beruf?«

»Ich bin heute als Angeklagter berufen worden.«

»Bitte?«

»Ja, großes An, kleiner Geklagter.«

»Jetzt kommen Sie doch mal zur Sache.«

»Ich bin doch noch bei meiner Person.«

»Gut, dann zu Ihrem Elternhaus …«

»Herr Obergerichtsrat, ich bin von der Herkunft her Radfahrer. Mir wurde es immer sehr schwer gemacht als Kind. Immer stehn Bäume da, wo ich mit dem Fahrrad fahr. Ich sage mir, es ist so viel Platz vorhanden, man könnte die Bäume ganz woanders hinstellen und nicht so, daß, wenn ich eventuell …«

»Nun sagen Sie uns doch mal etwas zum Tathergang.«

»Ja gerne, die Tat ging hin, die Tat ging her, ich aber kam, und zwar von links, und wollte direkt, da merke ich auf einmal, daß von rechts überhaupt keiner kommt. Nun, dacht ich mir, wenn du demnach jetzt in diese Richtung, so hast du doch die Möglichkeit – und auf einmal, Herr Oberrechtsvollzieher – auf einmal dacht ich mir: So.«

»Wie?«

»Wie wie?«

»Wie: So?«

»Ach so: Wieso? Sie sind aber ein Schelm, Herr Rat. So, dacht ich mir, jetzt denk mal nicht dran, und weil ich doch nun nicht dran dachte, dacht ich mir, wenn du nicht dran denkst, kannst du auch nicht auf den Gedanken kommen, und dadurch wollt ich direkt, weil – auf einmal war er da, der Baum vor mir.«

»Und dann kam es zur Tat?«

»Trefflich geraten, Herr Rat, hinterher habe ich auch gelacht.«

»Und wie kam es zur Tat?«

»In der Tat kam es mir gar nicht, sondern ich ohne Rad nach Hause, Herr Rat, und sagte mir, wo ein Wille ist, ist auch ein Weg. Und dann habe ich sie genommen, die Motorsäge für den Baum, und bin baumwärts gegangen, mein Fahrrad war doch kaputt.«

»Und bevor Sie das Haus verließen …?«

»Da verließen sie ihn. Nein, ich traf meine lieben Eltern im Flur, die wohnten damals noch bei sich daheim, und dann war es so eng im Flur, ich bin mit der laufenden Säge vorbeigewandert und wunderte mich eine Weile, und plötzlich hatte ich vier Elternteile.«

Der Mann war angeklagt wegen Doppelmords an seinen Eltern. Und zum Schluß hat er um mildernde Umstände gebeten, weil er ja jetzt Vollwaise ist.

Bei ihm bemerkte ich zum ersten Mal, daß die Sprache nicht der Verständigung zwischen den Menschen dient, bloß der Erzeugung von kommunikativem Geräusch. Nun ist das kein Grund, nicht miteinander zu sprechen, im Gegenteil.

Aber mir gefiel der Mann, auch wenn ich ihm damals nicht helfen konnte. Den kleinen Leuten helfen, auch wenn sie einem auf die Nerven gehen, dazu war ich ja angetreten. Und dafür stehe ich heute noch.

DER FREISPRUCH EINES ARSCHLOCHS

Die ganze Geschichte des 20. Jahrhunderts ist nichts gegen die Enttäuschung, die ich erlebe, wenn ich als Anwalt verantwortlich bin für den Freispruch eines Arschlochs. Ich vertrat einen Wohnungseigentümer aus dem Nordend, der hat seine Mieter mit seinen Hunden terrorisiert, aber sie wollten gegen ihn nicht aussagen. Freispruch für ihn. [1994]

Dann war da eine deutsche Frau, die denunzierte ihren kurdischen Freund bei der türkischen Polizei, obwohl er gar nicht bei der PKK Mitglied war. Im Prozeß wegen Verleumdung konnte er nicht auftreten – Freispruch für sie.

Aber das Schärfste war einer, der hat überall rumgepöbelt, Leute angegriffen, Frauen übelst beleidigt, in einem Bierzelt einen Holländer überfallen, auf seiner Hochzeit bloß schlechte Laune verbreitet, ein Urtyp des häßlichen Deutschen – aber es war nichts zu machen. Freispruch für Lothar Matthäus.

Da kommst du als Rechtsanwalt in den Stand des großen Zweifels. Du stehst mittendrin im Kampf aller gegen alle: Homo homini enemy – der Mensch ist dem Menschen nicht wohlgesonnen.

Warum auch? Die Regel ist der Krieg, und der Rechtsfriede ist die Ausnahme.

VÖLKERWANDERUNG

[1998] Mit dem allgemeinen Hin und Her wird das so schnell nicht zu Ende sein: Völkerwanderung nennt man diese nervöse Hibbeligkeit, diese Wandervogelbewegung über alle Grenzen hin und manchmal gleich wieder zurück. Es gibt zwar keine Grenzen mehr, aber an den Grenzen wird geschossen. Und dies ist ja die Grundstruktur des Abendlandes. So kommt es immer wieder zu ethnischen Unhöflichkeiten.

Wir lieben die Fremden mit sauberen Hemden. Doch hassen wir Rassen, die nicht zu uns passen. Es gibt nur eine Utopie, daß damit Feierabend ist: das Jüngste Gericht. Und da muß ich gleich jede Hoffnung zerstören. Das Jüngste Gericht ist nicht für den Jahrtausendwechsel terminiert. Das zieht sich noch, da bin ich Pessimist. Die Welt wird nicht untergehn.

Schad drum, ich wäre gern dabeigewesen, aber wenig ist einem vergönnt im irdischen Jammertal!

Ich stelle mir das Jüngste Gericht immer als ganz furchtbar vor: eine Talkshow mit allen Menschen, die bisher gelebt haben. Talkmaster sind Allah, Gott und Jahwe, ein bitterböses Trio, heimtückisch und wahnsinnig konkurrent untereinander. Jesus darf nicht mitmachen, da Jahwe meint, ein Jude reicht aus, und Allah fragt, wer das überhaupt sei.

Und dann sitzen da interessante Schurken der Weltgeschichte neben furchtbaren Langweilern. Kaiser Nero, der alte Sportsfreund aus Rom, neben Rudolf Scharping, dem Radfahrer aus dem Westerwald.

In der Idol-Ecke lümmeln herum James Dean, Jim Morrison und Che Guevara, seit kurzem verstärkt durch Lady Di und Kurt Cobain.

Gott spricht mit Nero: »Herr Nero, Sie waren Kaiser in Rom, hatten Probleme mit Ihrer Mutter. Gut, das kennen wir nicht. Die Gottesmutter ist quasi meine Schwiegertochter. Aber warum haben Sie die Christen im Colosseum den Löwen zum Fraß vorgeworfen, und warum haben Sie die Stadt in Brand gesetzt?«

Nero – und der sieht wirklich aus wie Peter Ustinov: »Ich bin Ihnen sehr dankbar für diese Fragen. Die Sache mit den Christen tut mir heute auch leid. Damals kannten wir noch keine Fußball-Champions-League oder Formel-1-Rennen. Was sollte man machen? Aber wir haben mit den Löwen und Christen beim munteren hüpfenden Einlauf ins Stadion immerhin die La-ola-Welle erfunden.

Das Ganze hat den Christen auch sehr geholfen, wir haben sie so lange durch die Katakomben gescheucht, bis sie in der Lage waren, den Laden in Rom selbst zu übernehmen und später unsere Methoden zu verfeinern oder auch zu vergröbern. Außerdem gab es bei unseren Wettbewerben ›Fang den Christ‹ im Jahresdurchschnitt weniger Tote als z.B. 1997 in Deutschland im Straßenverkehr. Darüber redet heute niemand mehr.«

»Aber warum haben Sie Rom in Schutt und Asche gelegt?«

»Ich bin Ihnen sehr dankbar für diese Frage. Sie wissen selbst, Herr Gott, wie undankbar Untertanen sein können. Sie haben bei der Sintflut mit Wasser gearbeitet, ich in Rom mit Feuer. Wasser ist schlimmer als Feuer, fragen Sie mal an der Oder nach. Außerdem war das Ganze eine künstlerische Performance mit dem Projekttitel: Rom, offene Stadt. Nicht so eng alles, mehr Weite, Plätze, Boulevards – Kultur für alle.

Die produktive Destruktion – ich, Nero, Kaiser und auch Gott, war der Erfinder der Moderne, mein Gott, und dann diese Kleinlichkeit hier beim Jüngsten Gericht.«

Das wird vielleicht doch interessant, beim »Dies irae, dies illae«. Aber noch leben wir in den Zeiten der Völkerwanderung, die internationale Abwechslung verspricht.

Ein Kollege von mir, er ist Richter in Mannheim, sagt, es gibt überhaupt keine deutschen Verbrecher mehr. Gerichtssprache ist zwar Deutsch, die beherrscht aber keiner mehr, zumindest auf der Anklagebank. Das hat nichts mit der Rechtschreibreform zu tun.

Der Herr des Verfahrens ist heute der Dolmetscher.

Früher gab es öfters mal traditionelle Ausländer: Amerikaner oder Italiener als Kunden, da hat man als Laie die Hälfte mitverstanden.

Beispiel: Einmal waren drei Schwarze von den Black Panthers aus den USA angeklagt. Sie hatten Ärger mit der Polizei gehabt wegen einer Demonstration gegen die USA und den Rassismus – und schon ging's los, Steine flogen, die ersten Scheiben zerbrachen, die Glaserinnung fuhr auf und war glücklich und hatte darum damals auch keine Nachwuchsprobleme – wie das halt so üblich war in den 70er Jahren in Frankfurt auf der Zeil am Samstagvormittag …

Samstags hatten wir dienstfrei, ich bin aber trotzdem in die Innenstadt einkaufen gegangen und: gucke.

Diese drei Schwarzen saßen hier und haben immer gelacht untereinander und dann wieder geschimpft. Der eine sagt über den amerikanischen Präsidenten, das war damals schon der Nixon, vorher war's der Lyndon B. Johnson. Da haben sie immer geschrien auf der Straße, die Studenten: »Hey, hey, hey, L. B. J., how many kids did you kill today?«

Wer politisch auf die Straße geht, ist eben meist sehr rhythmisch orientiert.

Eine andere schöne Parole befaßte sich mit dem Präsidenten Nixon quasi als Person: »Auch Nixon – tut wichsen.« Ersichtlich ist auch hier wieder einmal das hohe Niveau der damaligen Politik in ihrer ganzen Zeitgebundenheit.

Nun sagte der eine Schwarze über diesen Richard Nixon: »Motherfucker.«

Ui, dacht ich, denn ich hatte amerikanische Krimis schon im Originalton mehrfach im Kino gesehen, ui, dachte ich, das Wort »Motherfucker« ist also vor Gericht nachweisbar in die öffentliche Vernehmbarkeit gefallen, mal sehen, was jetzt passiert.

Der Dolmetscher übersetzt eiskalt: »Drecksack.«

Das sind Momente, die auch den Wachtmeister zwingen, vorsichtig zu sein, damit er nicht lacht. Lachen an der falschen Stelle kommt in die Personalakte.

Was geschah? Es reißt den Verteidiger vom Sitz. Er tobt aus der Sicherheit seiner Sitzbank hinaus in die Mitte des Saals und ruft: »Momendemal. Hohes Gericht. Eben ist dem Übersetzer ein Übersetzungsfehler gelungen.«

Der Dolmetscher guckt blöde.

»Mein Mandant hat das Wort ›Motherfucker‹ benutzt. Würden Sie bitte wiederholen, welche Übersetzung Sie für diesen Begriff verwendet haben?«

Schon wird es hinten unruhig bei den Leuten, es kommt Stimmung auf, man erwartet Entertainment, die ersten Sprechchöre formieren sich zum rituellen »Jetzt geht's los« und »Ausziehn, ausziehn!«.

Der Dolmetscher murmelt etwas von »Drecksack«, und der Rechtsanwalt beharrt auf dem Sachverhalt seiner Frage: »Würden Sie bitte dem Gericht deutlich sagen, wie man das Wort ›Motherfucker‹ treu und gewissenhaft, wie es Ihrem Diensteid entspricht, zu übersetzen hat?«

Schweigen in der Dolmetscherecke.

Der Rechtsanwalt: »Motherfucker! Also, der Präsident ist …«

»Der Präsident ist ein Mutterficker.«

»Das wollte ich hören!«

Ja, man hört viel und weiß wenig.

MARIA STUART

[1998] Das Amerikanische und das Englische sind nun mal das *motherland of crime.* Dort regieren *the good, the bad and the ugly,* und wir haben bloß Einigkeit und Recht und Freiheit. Die angloamerikanische Kriminalkultur hat eine lange Geschichte.

Beispiel London, und es ist verdammt lang her: Eine Masse von Menschen, ein Schauspiel auf öffentlichem Platz.

Ein Mann steht vor einer Frau.
Sie kniet vor ihm, den Kopf vorgebeugt in die Ferne …
Die Masse schweigt und hält den Atem an.
Da hebt er seinen Arm, der Mann …

Das war im 16. Jahrhundert, damals haben die Menschen oft in Reimen gesprochen, damit die Dichter mitschreiben konnten.

Metall blitzt in der Sonne scharf,
Weil die Sonne an den Tag es bringen darf:
Böse Menschen singen schöne Lieder –
Es saust das Schwert mit Schmackes nieder
Und mit Getöse riesengroß
Ist Maria Stuart ihren Kopf jetzt los.

In der Zeit kannte man das Wort »Politikverdrossenheit« noch nicht. Da mußten die Leute auch nicht so oft zum Wählen gehen. Viel weniger als heute. Eigentlich so gut wie nie. Damals waren die meisten Leute Nichtwähler – gezwungenermaßen. Heute sind sie es freiwillig. Vielleicht auch deshalb, weil keine Könige mehr geköpft werden. Ich weiß es wirklich nicht.

Todesstrafe für Politiker? Man kann's ja mal andenken.

Zurück zur schottischen Königin Maria Stuart. Der Henker hat sie gerad geköpft, auf Befehl der englischen Königin Elisabeth I., weil die schottische Queen Mary ein Mordkomplott gegen sie veranstaltet hatte.

Und so sagte sich Elisabeth, sie wolle ihrer Feindin zuvorkommen, was auch tatsächlich gelang.

Und es war damals so üblich, daß der Mann den Leuten zeigen mußte, ob er sein Handwerk auch sauber durchgeführt hat, was nicht einfach ist. Da gibt mir jeder recht, der mal down by law ein Kaninchen schlachten mußte.

Der Henker von der Maria Stuart, ein junger Typ ohne viel Erfahrung, ein Azubi, hat der erst mal mit dem Beil voll auf den Hinterkopf geknallt, da war der Hals nicht durch, aber sooo eine Beule am königlichen Kopf.

Dann hat er noch mal – wieder nix, und erst beim dritten Mal war die Sache durch, also der Kopp ab. Nun wollte er der Masse den Kopf zeigen – »Guckt emal, en Kopp.«

Es gab da eine Dienstvorschrift, den abgehackten Kopf ganz hochzuhalten, damit sich alle Bürger und Bürgerinnen und eben auch die Kinder, die ja sehr klein sind, aber auch was sehen wollen – Kinder haben ja noch eine gesunde Neugier –, daß die sich alle davon überzeugen konnten: Die schottische Königin, die Maria Stuart, ist jetzt ganz korrekt einen Kopf kürzer.

Der Henker legt das Beil weg oder die Axt mit der rechten Hand und greift mit links hinunter zu dem Kopf der inzwischen ehemaligen Königin, hält das hoch – und die Leute lachen.

Der Henker denkt, o fuck, what's the matter, my dear?, guckt rüber und sieht, daß er nur die Perücke von der Maria Stuart in der Hand hat.

Deren Kopf lag noch da unten, die war quasi ein royal Skinhead durch das Alter und die lange Haftdauer, die schon damals sehr ungesund sein konnte.

Fachleute sagen, daß diese Schwesternmordinszenierung für das Publikum sehr beeindruckend gewesen ist, und es haben auch in der nächsten Zeit keine Feinde mehr versucht, die Königin Elisabeth zu ermorden oder sonstwie abzuwählen.

Das war damals.

Zwischen den beiden Königinnen, die schließlich Managerinnen mit Killerinstinkt waren, tobte hier eine klare Auseinandersetzung um die Führungsposition in der Konzernspitze, dem englischen Weltreich, da ging es um feindliche Übernahmen – die kann von Haus aus nur eine gewinnen.

Schön finde ich an diesem Drama, daß das zwei Frauen waren, die da munter rumgemacht haben – weil viele Männer heute immer noch behaupten, die Politik würde menschlicher, wenn es mehr aktive Frauen dabei gäbe.

Männer können so dumm sein.

WIR HIER – VOR GERICHT

Rechtsanwalt

Guten Abend, meine Damen und Herren, machen wir uns einen schönen Abend. Die Wirklichkeit ist so ernst und so furchtbar, daß wir sie ab sofort nicht mehr ernst nehmen. [1994]

Worum geht es denn heute? Die entscheidende Frage ist doch: Wer ist Freund, wer ist Feind, und wen muß man sofort erschießen, damit endlich Ruhe ist? Die Serben oder Schirinowski? Die Schuldigen oder die Verantwortlichen? Den Musikantenstadl oder die Fischerchöre? Aber ist dann wirklich Ruhe, wenn nur die alle tot sind?

Ja, mir geht's gut. Ich habe mein Lebensmotto gefunden: Die paar Tage noch, die uns bleiben, die lasse ich mir nicht versauen.

Die Zukunft haben wir im Griff, die Gegenwart bald hinter uns, und die Vergangenheit war nicht ohne. Ja, auch ich erlebte schon viel Schönes. Und ich habe einen Traumberuf.

Ich bin Rechtsanwalt, und ich werde oft gefragt: Was hat man, wenn 500 Rechtsanwälte auf dem Meeresboden liegen? Dann hat man eine gute Ausgangsposition.

Ich liebe diese Witze nicht, ich bin gern Rechtsanwalt. Ich bin kein Staatsanwalt, sondern ein Rechtsanwalt. Ein Anwalt des Rechts und der Gerechtigkeit und nicht Staatsanwalt.

»Hohes Gericht, was ist das überhaupt für ein Subjekt, der Staat, der dauernd einen Anwalt braucht?«

Normalerweise kennt man solches nur aus der Wirtschaft, also von der Mafia, der Camorra, Opel und VW, die haben eigene Anwälte, um ihre Verbrechen zu decken.

Ich bin freischaffender Rechtsanwalt und möchte Ihnen erzählen von einem Verfahren vor der Großen Strafkammer des Landgerichts Frankfurt, das am nächsten Montag eröffnet wird. Da laß ich die Bombe platzen – im übertragenen Sinne bitte, ich bin kein Terrorist, wir sind hier nicht in Wien, und ich bin kein Briefbombenträger. Aber mehr dazu später.

Schon als Kind habe ich davon geträumt: Ich komme auf die Bühne, der Saal ist unruhig und unentschieden, ich halte eine Rede, das Volk tobt – und ich habe die verfolgte Unschuld gerettet vor den Fängen der bösen Richter.

Akim, Sigurd und ich – wer hätte dagegen bestehen können?

Ich kämpfe für die kleinen Leute, ich werde immer für die kleinen Leute kämpfen, drum bin ich Rechtsanwalt geworden, und ich verrate Ihnen: Es gibt nichts Schöneres auf der Welt als einen großen Strafprozeß, den ich siegreich zu Ende führe. Hier weiß jeder, wer sein Gegner ist: ihr da oben – wir hier unten.

Oft habe ich mir vorgestellt, Anwalt zu sein bei den großen Prozessen der Weltgeschichte: Jesus, Sokrates, Dr. Kimble. Ich hätte alle drei rausgehauen ohne Rücksicht auf die historischen Folgen. Freispruch für Jesus, Sokrates und Dr. Kimble, also kein Christentum, kein Platon und keine Fernsehserie.

Der Prozeß Jesu

Nehmen wir die Strafsache Römisches Reich gegen Jesus von Nazareth. Als Anwalt von Jesus hätte ich mich zunächst gefragt: Wer ist mein Hauptgegner: Pilatus, Kaiphas oder die Pharisäer?

Kaiphas und die Pharisäer argumentieren zwar am extremsten gegen Jesus, doch Pilatus vertritt die Macht, auf ihn also muß ich mich konzentrieren. Jesus hätte ich empfohlen, nichts zu sagen und mir die Sache zu überlassen.

Als Pilatus ihn fragte, ob er der König der Juden sei, antwortete Jesus: »Das haben Sie gesagt.«

Nun war damals die Situation sehr angespannt, denn am Passahfest feierten die Juden die Befreiung ihres Volkes von der ägyptischen Fremdherrschaft. Die römische Besatzungsmacht sah das nicht gerne, zumal es regelmäßig auch zu antirömischen Ausschreitungen kam, die in diesem Jahr besonders heftig waren. Einer der Guerillaanführer war ein gewisser Barabbas, den das Volk auch statt Jesus später freigelassen sehen wollte. Jesus hatte keine politische Massenbasis im Volk. Diese Chance hätte ich als Anwalt ausgenutzt und Pilatus in einem Rechtsgespräch unter vier Augen zusätzlich darauf aufmerksam gemacht, daß Jesus sogar einem Soldaten, dem Petrus, ein Ohr abgeschlagen hatte, dasselbe wieder medizinisch einwandfrei appliziert habe. Ausschlaggebend aber wäre mein Hinweis darauf geworden, daß Jesus freiwillig, wenn auch von seinem Vater stark beeinflußt, die Todesstrafe am Kreuz anstrebe, um eine große Weltreligion zu gründen, was dann jedoch zur Folge habe, daß er, Pilatus, zwar auch ins Buch der Geschichte eingeschrieben werde – aber als Schurke und Versager. Also hätte ich mit Pilatus folgenden Rechtshandel geschlossen: zwanzig Jahre Zwangsarbeit für den Angeklagten, dafür aber keine Erwähnung des Pilatus in dem dann auch nicht mehr verfaßten Neuen Testament.

Es kam anders, Pilatus wusch seine Hände in Unschuld, Jesus wurde getötet, Gott saß völlig unplugged im Himmel und sang »Tears in Heaven«, der Vorhang im Tempel zerriß, und die christliche Tragödie des Abendlandes begann.

Volkschor

Robin Hood, Perry Mason und Che Guevara – das waren dagegen meine Vorbilder. Die Helden sind tot, das Mittelmaß regiert, drum brauchen wir ein Leitbild. »Wir brauchen ein Leitbild.« Bevor Laibach kommt. Wenn ich manchmal aus dem Fenster schau, will ich nicht mehr auf die Straße gehen.

Und dann mache ich mir Mut und sage:

Die paar Tage, die schaffst du auch noch, Junge, laß dich nicht hängen. Überall lauern Henker auf dich.

»Sicherheitshinweis. Lassen Sie Ihr Gepäck nicht unbeaufsichtigt.«

»Du deutsche Sau, Nazischwein, mach weg.«

»Einen schönen Tag noch.«

»Vorsehn bitte, Achtung mal bitte da, vorsehn bitte.«

»Mach das weg da! Wer war dann das? Wer hatt'n das da hingemacht?«

»Und einen schönen Tag noch.«

»Gebe Geld her, Arschloch.«

»Komm mir bloß her, dann setzt's was.«

»Sicherheitshinweis. Lassen Sie Ihre Kinder nicht unbeaufsichtigt.«

»Heute gehört uns Deutschland ...«

»Stopp den Haß ...«

»... und morgen die ganze Welt.«

»... wehret den Anfängen.«

»Hör uff, wo hängt's dann wieder?«

»Weiter da vorne!«

»Mal langsam, alter Mann is doch kein D-Zug.«

»Aufhänge, bis Blut aus den Ohren kommt.«

»Bauerndepp, wenn du in der Stadt net fahrn kannst, dann bleib daheim, du Sau, ich hol dich raus aus deim Golf, du Arsch.«

»Sicherheitshinweis: Lassen Sie sich selber nicht unbeaufsichtigt.«

Ruhestörung

[1984]

Bürger: Kommen Sie bitte rein.
Polizist: Danke.
Bürger: Was ist?
Polizist: Sie haben uns doch gerufen.
Bürger: Uns? Sie sind doch allein?
Polizist: Sicher, der Kollege schützt draußen den Ausgang.
Bürger: Danke.
Polizist: Bitte, bitte, um was geht es?
Bürger: Sie sind doch von der Polizei?
Polizist: Sonst wäre ich ja nicht da, nich?
Bürger: Sehn Sie, daran erkennt man die Polizei.
Polizist: Was?
Bürger: Ich bitt Sie: daran, daß sie immer dann da ist, wenn man sie gar nicht gebrauchen kann.
Polizist: Wollen Sie uns beleidigen?
Bürger: Im Gegenteil, das könnte nur gefährlich sein, nicht wahr?
Polizist: So – he, August, komm mal her!
Bürger: Nicht so laut bitte, Ihr Kollege, das erledigt mein Nachbar.
Polizist: Aber Sie haben »gefährlich« gesagt.
Bürger: Man weiß doch nie – heutzutage.
Polizist: Also dann wollen wir mal.
Bürger: Moment, was denn?
Polizist: Gut, Herr Hildebrandt, um was geht es hier? Was liegt außer Ihrem Gipsarm noch vor?
Bürger: Eine Störung der öffentlichen Sicherheit und Ordnung.
Polizist: Wer stört hier wen?
Bürger: Sie stören mich.
Polizist: Dann kann ich ja gehen.
Bürger: Aber ich hab Sie doch gerufen, als Bürger habe ich ein Recht auf Ihren Schutz, wenn ich belästigt werde.

POLIZIST: Ja, wer belästigt Sie denn?

BÜRGER: Na, Sie doch, ich hätte die ganze Zeit schon in Ruhe zu Abend essen können.

POLIZIST: Und warum haben Sie uns dann gerufen?

BÜRGER: Damit Sie diese Störung beseitigen.

POLIZIST: Sagen Sie mal, wenn ich nicht hierhergekommen wäre, dann hätten Sie doch gar keinen Anlaß.

BÜRGER: Das ist es doch, was ich Ihnen die ganze Zeit zu erklären versuche. Sie ziehen nur die entsprechenden Konsequenzen nicht daraus.

POLIZIST: Ich – Konsequenzen? Was soll ich denn machen?

BÜRGER: Ist doch die Höhe. Ich rufe die Polizei zu meinem Schutz, und der offensichtlich mangelhaft ausgebildete Beamte fragt mich, was er tun soll. Na, den Störerkörper beseitigen, was denn sonst.

POLIZIST: Das bin ich doch selbst.

BÜRGER: Sollte das in Ihren Dienstvorschriften nicht vorkommen?

POLIZIST: Dann geh ich.

BÜRGER: Sie lassen mich allein? Mit dem Störer?

POLIZIST: Ich bin doch dann weg.

BÜRGER: Eben, das ist doch Feigheit vor dem Feind.

POLIZIST: Was wollen Sie denn?

BÜRGER: Hausfrieden in Zukunft und Freiheit.

POLIZIST: Damit ist der polizeiliche Notstand gegeben, Putativnotwehr und finaler Rettungsschuß. *(Polizist erschießt sich)*

BÜRGER: *(zum Publikum)* Und die Frage nach dem Sinn?

POLIZIST: *(zum Publikum)* Haut mich immer wieder hin. *(Polizist erschießt sich noch einmal)*

SCHÄNDER DES RECHTS

Der Kronzeuge – oder was O. J. Simpson und Monika Haas gemeinsam haben

Am fünften Tag der Deutschen Einheit, am 3. Oktober 1995, fieberten viele Deutsche einer Nachricht entgegen, die nichts mit unserem nationalen Schicksal zu tun hatte. Um 18.00 Uhr MEZ wurde der Spruch der Geschworenen gegen den des Mordes angeklagten O. J. Simpson bekanntgegeben: Er lautete auf nicht schuldig. [1995]

Viele trauen Simpson sehr wohl zu, daß er seine Frau und deren Bekannten umgebracht hat – aber sie haben alle den Freispruch akzeptiert, weil er aufgrund einer fundamental freiheitlichen Rechtsvorschrift erging: Im Zweifel für den Angeklagten.

Daß die Tat einem zuzutrauen ist, daß es sogar wahrscheinlich ist, daß dieser Mensch gemordet hat – all das gilt nicht im Rechtsstaat. Seit beinahe zwölf Monaten sitzt Monika Haas in Frankfurt im Gefängnis. Ihr wird vorgeworfen, 1977 Waffen für die Kaperung des Lufthansa-Jets »Landshut« nach Mallorca gebracht zu haben. Die »Landshut« war entführt worden mit deutschen Touristen an Bord, die als Geiseln mit Gefangenen der RAF in Stuttgart, Baader, Ensslin, Möller, Raspe, ausgetauscht werden sollten. Monika Haas bestreitet die Vorwürfe, nach deutschem Recht gilt sie also als unschuldig. Daß sie mit palästinensischen Guerilleros und Terroristen Kontakt hatte, ist seit langem bekannt, da ist nichts zu verdunkeln. Warum wird sie in U-Haft gehalten, obwohl sie seit 1982 offen mit ihren drei Kindern in Frankfurt wohnt, sich keiner Vernehmung entzogen hat und hier einer geregelten Arbeit auf dem Boden des Grundgesetzes nachgeht? Warum wird ihr erst jetzt der Prozeß gemacht, nachdem doch schon seit Jahren viel Verdacht auf terroristische Mittäterschaft besteht? Dahinter steckt die Entdeckung einer Palästinenserin, die damals als einzige des Entführungskommandos überlebt hatte, heute in Norwegen wohnt und erst jetzt enttarnt wurde. Deutsche Behörden haben sich sofort interessiert gezeigt und flink in die Vernehmungen vor

Ort eingeschaltet. Diese Frau konnte sich zunächst nicht an Monika Haas erinnern, ja, sie hatte sie ganz sicher nicht auf Mallorca gesehen. Die Aussage veränderte sich nach dem Auftauchen der deutschen Staatsgewalt, die mit einem Auslieferungsgesuch der armen Frau gleichsam mitteilte, in Deutschland könne sie zu lebenslänglicher Haft verurteilt werden. Denn bei der Entführung hatte ein Kommandomitglied den Piloten der »Landshut« ermordet. Hier paßt nun die Kronzeugenregel vom Jahre 1989: Wer als Beschuldigter gegen einen Komplizen aussagt, so daß dieser rechtsgültig verurteilt werden kann, darf mit Strafnachlaß und Vergünstigung rechnen. Also sind der Phantasie des Kronzeugen keine Schranken mehr gesetzt: Wenn ich zwischen lebenslänglich oder drei Jahren zu wählen habe, wird sich mein Gedächtnis im Laufe meiner Entscheidungstätigkeit schmiegsam den Vorgaben der Vernehmer anpassen. Wer sollte der Palästinenserin in Norwegen deshalb Vorwürfe machen? Das Sein bestimmt das Bewußtsein, und die Angst vor der Zukunft bestimmt das Gedächtnis. Daß diese Frau ihre Haut retten will, ist ihr gutes Recht. Daß sie dabei eine andere Frau ins Unglück reitet, ist das Pech dieser anderen Frau, in diesem Fall von Monika Haas. Solidarität ist bloß die Zärtlichkeit der Völker, aber leider nicht der Normalfall, wenn es ernst wird.

Darum gilt es hier nicht, die Kronzeugen anzugreifen, sondern die regierungskriminelle Regelung der Kronzeugenschaft. Sie bedeutet bewußte Anstiftung zur falschen Anschuldigung. Sie beruht auf einem Rechtsverständnis, wie wir es aus der Nachmittagsserie »Das A-Team« bei RTL, aus »Rambo«-Filmen und weiteren Propagandawerken für den Terrorismus kennen: Der liberale Rechtsstaat geht demnach zu zimperlich mit dem Verbrechen um, darum sind private Banden oder Einzeltäter berechtigt, auch illegal den Staat zu schützen.

Was hat nun Monika Haas mit O. J. Simpson zu tun? Es mag sein, daß der Freispruch für den verdächtigen amerikanischen Sportstar aus der Angst geboren wurde, im Falle einer Verurteilung könne es zu Aufständen der schwarzen Ghettos kommen. Vielleicht war es nicht die Einsicht in die Vernunft des Rechts, die die

Geschworenen geführt hatte, sondern die Furcht vor dem bewaffneten Kampf der Schwarzen. Monika Haas ist keine Symbolfigur, ihr Fall ist einer unter vielen, die ins bodenlose Faß des öffentlichen Desinteresses an Rechtsfragen fallen. Dieser Sachverhalt legt eine unerfreuliche Spekulation nahe: So wie die RAF die Legitimität des Zieles über die Legalität des eigenen Handelns setzte, so scheint der bürgerliche Rechtsstaat durch seine Institutionen oft erst dann zur Legalität bereit, wenn ihn drohende Gewalt der Straße dazu zwingt. Das Paradoxe des Verfahrens gegen Monika Haas besteht darin, daß sie seit 15 Jahren nichts mehr mit Terrorismus zu tun hat, daß aber gegen sie im Geiste einer terroristischen Gesinnung verhandelt wird. Die Liebe zur Gewalt gegen den Feind oder die Feindin besiegt die Treue zur Verfassung. Der Rechtsnihilismus droht nicht von der Straße, er wird schon von oben aus exekutiert.

PRIVATKNAST FÜR LUXUSGEFANGENE

[1998] Alles Intime wird veröffentlicht, und alles Öffentliche wird privatisiert.

Bald werden sie bei uns auch das deutsche Gefängniswesen privatisieren wie die Telekom. Dann gibt's Aktien. Aber keine von Telekom, sondern von Knackikomm. Dann kaufe ich mir eine Aktie und bin mein eigener Gefängnisdirektor. Und dann bau ich mir einen Privatknast für Luxusgefangene. Der kommt in den Guide Robespierre mit sechs Handschellen und sieben Folterkellnern. Folterkellner? Stimmt, das gibt's.

Und die Gäste für meinen Knast suche ich mir auch selber aus. Im Grunde sind ja alle Menschen kriminell – die Justiz sucht sich immer nur die Falschen aus, um sie einzusperren. Die Blöden, die Ausländer und die Langweiler. Nein, in meinem Gefängnis müssen andere schmoren, Leute mit Lebensart, die auch mal einen Spaß verstehen.

Der Angriff des Kleinkünstlers auf die übrige Welt

Von der kabarettistischen Methode

Kabarett
ist ein Abbruchunternehmen
mit eingebauter
Wiederaufbauleistung.

VORSPIEL AUF DEM KABARETT

Guten Abend, meine Damen und Herrn [1989]
Ich sag's gleich offen, ich habe Sie gern
Früher hab ich die Menschen nicht gemocht
Wie der eine klopft und die andre pocht
Der dritte Mann kämpft und der resigniert
Die hängt sich auf und sie revoltiert
Wie noch ein andrer sich laut die Fingernägel knipst
Und du selbst auf das Geräusch auch noch Obacht gibst
Ja, macht jemand Krach und dort jemand Lärm
Der stinkt aus'm Maul wie die Kuh aus'm Gedärm
Über keine Bosheit war ich erstaunt
Ich war von Herzen stets schlecht gelaunt
Doch eines Tages, da gab es 'nen Knall
Da sag ich zu mir: Mensch, du hast sie nicht all
Du selber bist ja der größte Idiot
Du bist noch am Leben und bist noch nicht tot
Ab einem gewissen Alter, ihr lieben Leut
Vergißt man gestern und morgen, da denkt man an heut
Was ich heute mir an Freude kann besorgen
Das verschieb ich Depp doch nicht auf morgen
Und so sage ich schlicht, ja, ich sage es frei
Solange ich nicht tot bin, bin ich dabei
Und ich träum nicht mehr von der Anarchie
Denn wenn man nur träumt, dann kommt sie ja nie

WARM-UP

[1993] Bevor es losgeht, muß ich noch was sagen: Das ist hier heute abend ein Experiment. Die Lage ist gut, deshalb kann man auch mal ein Experiment machen.

Wir beide machen ein Experiment, also Sie und ich. Sie hören's schon an dem Fluß meiner Sprache: Es ist ja eine Situation in Deutschland, viele Menschen sind so richtig fertig, ich bin jetzt noch nicht fertig geworden mit dem Programm, also wir haben jetzt einen Test.

Ich teste, inwieweit Kabarett eine neue Aufgabe hat, nämlich das zu ersetzen, was andere auch nicht leisten – also Perspektiven aufzeigen. Man fragt heute: Wo geht's lang? Und nun sagen wir Kabarettisten: Das machen wir jetzt, die Aufgabe übernehmen wir und entlasten damit den Papst und die anderen Kollegen. Damit's auch wirklich mal nach vorne geht.

Aber das geht nicht ohne Arbeit. Auch auf Ihrer Seite, wir haben einen Test – es gibt ja durch die Europäische Währungsunion, daß das alles enger ist, eine neue Publikumsverordnung aus Brüssel. Das heißt, auch das Publikum muß seinen Beitrag leisten – besondere Betonung auf leisten. Wir haben hier Publikumssensoren eingebaut, die sind an sich unsichtbar, mit deren Hilfe kontrollieren wir, ob Sie sich richtig, und zwar nach europäischer Kabarettnorm, verhalten.

Das heißt, es gibt ja zwei Arten von Publikum. Es gibt ein Publikum, das lacht über jeden schlechten Witz, die sind bei jedem Kalauer dabei. Die freuen sich, die haben einen ungeheuren Spaß, da wird abgelacht. Das ist … gut, das ist das richtige Publikum.

Nun gibt es noch ein anderes Publikum, das ist betroffen. Da wird nachgedacht, da bleibt das Lachen im Hals stecken, da wird Betroffenheit und Empörung, Scham und Schuld, Ärger, Zorn und echte Endzeitstimmung produziert. Da wird rumgekrittelt, da wird gefragt: Wie geht's denn weiter? Wo doch alles so furchtbar ist und grauenhaft.

Das ist ungut. Deswegen wollen wir das heute abend hier mal testen. Das wird heute mal alles gemessen mit diesen europäischen Normgeräten.

Falls Sie Fragen haben während der Vorstellung – kein Problem. Können alle gestellt werden. Die Fragen werden auch registriert und möglicherweise beantwortet und möglicherweise auch nicht. Das hängt von der Frage ab.

Die entscheidenden Fragen kann man vielleicht vorweg klären. Zum Kabarett gibt es immer verschiedene Fragen. Es sind immer die gleichen:

Kann man von Kabarett leben?

Ja, ja, warum nicht.

Hat Kabarett Wirkung?

Wenn ja – welche? Keine Ahnung.

Hat Kabarett Sinn?

Nein, Kabarett macht Sinn.

Warum machen so wenig Frauen beim Kabarett mit?

Weil sie von Männern mit Gewalt daran gehindert werden.

Was ist der Gegenstand des Kabaretts?

Das ist relativ klar, also Arbeitslose, Auszubildende, Ausländer, Juden, Behinderte, Schwule, also alle, denen es auch nicht so gut geht.

Hat Kabarett eine Geschmacksgrenze?

Ja, die Oder-Neiße-Linie.

Diese Fragen werden jetzt hier geklärt.

ICH WAR EIN SPONTI-VERBRECHER

[2001] Guten Abend, meine Damen und Herren, ich find es wunderbar – 100 Jahre Kabarett!

Daß ganz viele Kolleginnen und Kollegen aus dem Kabarett heute abend auch nicht da sind, das find ich toll, denn wenn die da wären, würde der Abend noch länger dauern, meine Damen und Herren, und das wollen wir nicht, denn dieser Abend ist ein wunderbarer Abend, er ist im Grunde eine Veranstaltung der Sozialdemokratie, eine sozialdemokratische Kabarett-Veranstaltung, das find ich gut, das find ich spitze, es sitzen auch Vertreterinnen und Vertreter dieser Partei hier – das muß auch sein, meine Damen und Herren, denn diese Bundesregierung braucht unsere Unterstützung.

Es wird immer wieder gefragt: Hat Kabarett Wirkung? Wir sagen immer wieder: Nein! Nein! Nein! Aber wir wollen diese Regierung unterstützen. Denn: Fassen wir die Lage dieser Bundesregierung einmal kurz zusammen. In einem Satz: Es ist gerade noch hell genug, um feststellen zu können, daß es langsam dunkel wird.

Ich danke Ihnen für das Vertrauen, schon um der Glaubwürdigkeit willen. Nein, meine Damen und Herren, und da sind wir sofort hier in Berlin bei Heiner Müller. Heiner Müller hat einmal beim Gewinn des Büchner-Preises in Darmstadt den wunderschönen Satz gesagt: »Der Molotowcocktail ist das letzte bürgerliche Bildungserlebnis.«

Das haben wir gestern im Bundestag gesehen, es stimmt! Die Kolleginnen und Kollegen der CDU haben sich vorbereitet durch ethnologische Studien im Sponti-Bereich, dort wurden alte Rituale studiert, die sie nicht verstehen. Aber sie haben es versucht, sie sind in die Kantine gerast und haben Molotowcocktails bestellt. Hab ich gelacht, daß ich's noch mal erleben darf, daß im Bundestag CDU-Leute den *Pflasterstrand* zitieren – also, es haut einem die Schuhe weg! Vor Begeisterung.

Ich gehöre auch zu den Sponti-Verbrechern aus Frankfurt, meine Damen und Herren, das kann man sagen; und ich muß auch sagen, das ist vollkommen richtig, daß man das mit den Verbrechen der Wehrmacht vergleicht. Ein Ehemals-Sponti-Verbrecher ist ja jetzt Kommentator der *FAZ* auf Seite 1, Thomas Schmid, der hat mit Recht geschrieben, finde ich auch, daß man mehr Demut zeigen sollte; ich finde, es sollte die Religion wieder in die Politik zurück, und er hat gesagt, das, was Joschka Fischer und andere machen, das ist das, was damals die Väter mit uns gemacht haben, nämlich über die Vergangenheit zu lügen, und ich erinnere mich, es gab kein schlimmeres Verbrechen als die Belagerung der Springer-Druckerei, 1968; dagegen ist die Belagerung von Leningrad nun wirklich nix gewesen, meine Damen und Herren, denn sie war angekündigt: Adolf Hitler hat gesagt, seit 5.45 Uhr wird zurückgeschossen.

Wir sind einfach abends hingegegangen und haben gesagt: Jo, jetzt sind wir hier, ne. Diesen moralischen Unterschied muß man auch mal feststellen, hier muß noch weiter aufgeklärt werden. Ich hab auch alle Unterlagen aus der Sponti-Zeit – da sind noch viele Verbrechen, die bisher noch unbekannt sind – ans deutsche Kabarettarchiv weitergegeben; da gehören sie eigentlich auch hin. Jutta Ditfurth wird sich freuen, und ich gönn's ihr auch, sonst hat sie auch …

Nein, meine Damen und Herren, ich hab ja auch selber Revolution gewollt, das geb ich zu. Ich wollte mal Revolution machen. Revolution war ja global gedacht. Wir wollten die ganze Welt verändern, sogar verbessern, und nicht nur die eigenen Eltern ärgern. Das war ein subjektiver Spaßfaktor, den haben wir einfach mitgenommen.

Jetzt kann man heute – in aller Ernsthaftigkeit bitte – doch mal fragen: Lag das Böse darin, die Revolution gewollt zu haben, oder lag es darin, sie nicht gemacht zu haben? Man hätte ja vielleicht den Imperialismus zerschlagen sollen, er war ja da! Wir haben ihn doch alle gesehen! So wie die Vietnamesen, die haben die Amerikaner aus ihrem Land herausgeschmissen, also aus ihrem eigenen Land, nicht aus Amerika, das schaffst du nicht, wenn du sie da alle an der

Ostküste zusammenhast, fangen sie im Westen schon wieder an zu siedeln, also die kriegst du nie da raus ...

Die Amerikaner haben ja in Vietnam gehaust wie die Wilden, das weiß man, die haben ja in Vietnam quasi die Reisfelder kaputtgemacht, um da so Studios aufzubauen für Hollywood.

Der amerikanische Film war damals ja in die Krise geraten durch die Italowestern und die deutschen Karl-May-Verfilmungen auf dem Balkan – Sie erinnern sich, einer der schärfsten Filme damals: *Durch das Land der Skipetaren,* mit Milosevic als der Schutt und Karin Dor als SFOR. Da haben die Amerikaner gesagt, da müssen wir uns was Neues ausdenken; neue Einstellungen, neue Kameraführung – wie beispielsweise filmt man das, wenn man aus einem fliegenden Hubschrauber lebende Menschen rausschmeißt – nicht einfach! Und Sie werden mir zugeben müssen, der Film »Apocalypse now« wäre nie so gut geworden, wenn die Amerikaner vorher nicht jahrelang da geprobt hätten. Jeder, der den Film gesehen hat, weiß das.

Das ist jetzt normalerweise die Stelle, wo dann die Leute vom Feuilleton schreiben, da blieb einem das Lachen im Halse stecken – eine völlig unappetitliche Angelegenheit. Aber es muß immer mal wieder sein, das gehört dazu, seit 100 Jahren Kabarett; normalerweise ist ja das die Rolle der Frau, die nach vorn tritt und das moralische Lied singt. Aber das ist heute Scheiße, das will keine Sau mehr hören. Also hab ich gesagt: Ich mach das heut abend.

Also – wir sehen ganz einfach: Vietnam war das Probestudio für Hollywood, und Hollywood ist heute noch das Synonym für Menschenrechte.

Da werden Sie mir recht geben. Sie erinnern sich, 1999, als die Fischer-Scharping-Schröder-Bande – Baader-Meinhof hatte ja aufgegeben – den Krieg gegen Kosovo gemacht hat, da gab's ja interessante Sprachregelungen: Bis zum März 99 gab's in Deutschland Kosovo-Albaner, die bekannt waren als kriminelle Hütchenspieler, üble Gestalten, die ausgewiesen gehören. Ab März hießen die plötzlich Kosovaren, sahen menschlich aus, hatten auch Kinder dabei, haben gegrinst, waren Mitglied der UCK, dem bewaffneten Arm von Amnesty International, so daß wir heute unterscheiden können zwischen: UCK ist gut, PKK ist pfui, und FKK ist Geschmacksache.

Nein, meine Damen und Herren, mir hat das damals in dem 68er Jahr natürlich nicht gefallen. Ich bin dann gleich in Frankfurt zum Amerika-Haus, hab dort die Scheiben eingeschmissen. Drei Tage vorher hatte mich die Gaby verlassen, und da hatte ich so einen Hals wegen Vietnam – und bin da hin zu den Amerikanern und habe denen die Scheiben eingeschmissen, obwohl die die Gaby gar nicht gekannt haben. Weil wir ja gesagt haben: Es geht um die Einheit von privat und politisch, also Gaby und Vietnam.

Das Entscheidende war allerdings – und das sollte man auch den jungen Menschen heute mitgeben –, daß wir vorher beschlossen hatten, recht zu haben. Du mußt vorher beschließen, recht zu haben, sonst klappt das nicht. Das ist wichtig: Du mußt erst einmal recht haben, und dann kannst du zur Aktion schreiten. Am Tatort noch rumzugrübeln, das führt zu nichts. Ich habe recht, weil ich mir das Recht nehme. Also vorher beschließen, recht zu haben. Dann klappt das mit den Gefühlen: Der richtige Haß ist da, es geht sofort los, und man ist auch früher wieder daheim.

Deshalb möchte ich schließen mit dem demütigen Bekenntnis und dem Schuldeingeständnis: Ich bin stolz, ein Frankfurter Sponti gewesen zu sein.

VOM OPFER ZUM TÄTER

[1989] Der Entschluß, Kabarettist zu werden, entstand so wie bei vielen Kabarettisten. Man wollte eigentlich etwas ganz anderes werden. Kabarettisten und Komiker haben häufig die Erfahrung gemacht, daß sie als Kinder ausgelacht worden sind. Irgendwann haben sie dann den Spieß einfach umgedreht. Das verbindet mich etwa mit Karl Dall, der ein blödes Gesicht hat und der, um nicht ausgelacht zu werden, dieses Gesicht als Mittel für seine Komik eingesetzt hat.

Es gibt viele Kabarettisten, die Behinderungen haben. Ich kann mich erinnern, daß mich die Kinder früher ausgelacht haben, weil ich lispelte, Schlappohren hatte und unsportlich war. Das hat gereicht, um in einer Knabenszene manchmal Heiterkeit hervorzurufen. Ich war ungeheuer schüchtern und ängstlich gegenüber der Umwelt.

Meine erste kabarettistische Aktion war im Schwimmunterricht. Ich mußte in der Quarta durch ein großes Becken schwimmen, was ich gerade eben schaffte. Als ich aus dem Wasser herauskam, ließ ich mich fallen und spielte den Blöden, so daß jeder meine kümmerlichen Schwimmversuche vergaß und über mich lachte. Später habe ich dann selbst in den ernstesten Situationen gemerkt, daß mir immer wieder Witze in meine Reden einflossen, ohne daß ich das wollte. So machen die Opfer Täter aus sich. Wenn die Leute schon über mich lachen, so denkt man, dann wenigstens, wenn ich es bestimme.

Ich glaube, Kabarettist ist kein Beruf, den man ergreifen will, das ergibt sich eher. Bei einigen deshalb, weil sie als Schauspieler nicht erfolgreich waren, aber sahen, daß ihre Sprachspiele ankamen.

Ich wollte ursprünglich Theaterschriftsteller werden. Bei der Verabschiedung der Kultur 1968 ist das alles verlorengegangen. 1976 traf ich mich dann mit ein paar Freunden, um Theater zu spielen. Aus unseren Versuchen, Beckett zu spielen, wurde ein Kernkraftwerk-Stück. So machten wir, Karl Napps Chaos Theater, die Erfahrung, daß wir Kabarett offenbar besser konnten als Theater.

MORAL AUF DER BÜHNE

[1998] Und jetzt etwas ganz anderes. Pro domo, contra malum. Für mich und gegen das Schlechte. Kabarett und Moral bilden keine Einheit, aber ein Thema.

Der Kabarettist ist ein vorwärtsgewandter Historiker. Mit dem Material der Gegenwart, in der sich die Geschichte zwischenlagert, gibt er Prognosen ab für die Zukunft. Dabei kommt es auf Genauigkeit an und nicht auf Werturteile. Die gehören zum Material und sind modeabhängig und gestaltbar. Also brauchen wir Märchen, Mythen und Gleichgültigkeit statt den unabdingbaren Wunsch zur Veränderung der Welt. Das tut die auch ohne unser Zutun. Kabarett will nicht beschleunigen, sondern legt eine Atempause ein.

Ein Werturteil ist bloß ein Ton in der Tanzmusik, ein Werturteil ist die Entscheidung des Freiers, überhaupt des Kunden. Bei Aldi werden zu Recht Werturteile gefällt, nicht auf der Bühne, da werden sie nur vorgeführt.

Kabarett entspricht eher der Tragödie als der Komödie und beschäftigt sich mit Politik.

Politik ist der ewige Kampf um kulturelle Normen, die das Zusammenleben regeln sollen: Was ist gut, was böse, darf man Sterbewillige umbringen, welche Gewalt ist prima, welche pfui, wen darf man unter welchen Umständen verletzen, mit wem darf man sich wie vergnügen? Dieser Kampf wird vorübergehend durch Gesetze geregelt. Aber auch das Gesetz ist nur eine Übergangslösung. Jede Generation träumt sich ihre Kultur wieder neu, und die Überlieferung aus alten Zeiten ist nicht mehr heilig, sondern steht zur Disposition. So schräg sind die Zeiten.

Nicht dem Pathos und der Erhebung der politisch Handelnden in den Heldenstand dient das Kabarett, es benutzt Schadenfreude und Verachtung jeglicher Schwäche als Mittel, um in diesem Jahrhundert noch einmal herauszubekommen, was dran ist an den

Menschen. Spießer und Massenmörder, Arschgesichter und Langweiler, Nachbarn und Verwandte – sie sind trotz alledem Menschen, und das gilt es immer wieder darzustellen.

Erst muß er fertiggemacht werden, der Mensch, und zur Sau, zerlegt in alle Einzelteile seiner historischen Überflüssigkeit, da soll kein gutes Haar dran bleiben, und wenn er dergestalt zerstört und auf den Hund gekommen ist, dann wird er schnell wieder neu zusammengesetzt, und übrig bleibt nach der intellektuellen Einsicht in die absolute Unmöglichkeit von Freiheit und Sozialismus, die gerade ad hominem demonstriert wurde, überraschend die frohe Erwartung auf die Verbesserung Gesamteuropas.

Doch vorher muß der ganze Humanismus und Idealismus zerstört werden und der Traum von Menschenrechten, da bleibt keine Moralvorstellung übrig. Denn nichts ist normaler, als daß Menschen sich Unrecht antun und Gemeinheit, die Welt ist ein Schlachthaus, wir lachen nicht trotz Auschwitz, sondern wegen des europäischen Massenmordes an den Juden. Wir lachen, weil der Mensch so komisch ist und zu jeder Schandtat bereit, selbst zu der, die wir uns noch gar nicht ausdenken können. Und wir finden die alten Nazis auf der Bühne und im Publikum, heute abend tarnen sie sich als zivilisierte Kulturmenschen, aber nur ein Ruck, der durchs Volk geht, ist nötig, um uns alle zu reißenden Wölfen oder SS-Männern zu machen. Das ist überhaupt nicht lustig, aber enorm komisch. Komisch ist es, wenn Heinrich Himmler einmal zum Lobe seiner vom Staate angestellten Mörder gesagt hat: »Von euch werden die meisten wissen, was es heißt, wenn 100 Leichen zusammenliegen, wenn 500 daliegen oder wenn 1000 daliegen. Dies durchgehalten zu haben und dabei … anständig geblieben zu sein« – das sei »ein niemals geschriebenes und niemals zu schreibendes Ruhmesblatt unserer Geschichte.«

Die Komödie grenzt so was aus, das Kabarett aber hat nur ein Thema: Lachen nach Auschwitz.

Daher kann es kein Niveau geben, unter dem das Publikum lacht. Es sind die Armen im Geiste, die sich nach einer Vorstellung beklagen, sie hätten sich unter ihrem Niveau amüsiert. Da liegt ein Irrtum vor. Unter diesen Menschen ist kein Niveau, nur der

Fußboden, auf dem sie zu stehen vermeinen. Die beherrschenden Figuren des 20. Jahrhunderts, Kleinbürger und Kleinbürgerin, aber rufen nach Instanzen, nach Autoritäten, die Moral vermitteln sollen. »Werte, wir wollen Werte«, rufen die Leute, was nichts anderes heißt als: »Wir wollen nicht wertlos sein.«

Da steht der Kleinbürger vor seinesgleichen, erkennt sich in den anderen, und weiß nicht, ob er weinen soll aus Mitleid oder Schamgefühl.

Beides falsch. Geh ins Kabarett, du Lump, damit du nicht versinkst in Selbstbeweihräucherung und ziellosen Anklagen gegen die anderen, die immer schuld sind.

Kabarett ist also ein Abbruchunternehmen mit eingebauter Wiederaufbauleistung.

WITZ TRIFFT MORAL

Ein Inder arbeitet als Computerfachmann in Amerika. Dort trifft er einen Landsmann, der ihn fragt: »Wie gefällt's dir hier?« »Oh«, sagt der Inder, »die Amerikaner sind seltsame Leute mit einer seltsamen Sprache. Zu einem Mann, der fast zwei Meter groß ist, sagen sie: ›Shorty‹, 'nen Mann mit 'ner Glatze nennen sie ›Curley‹, und zu mir, der seit Monaten keine Frau mehr angefaßt hat, sagen sie ›Fucking Indian‹.« [2000]

Alle Menschen fragen sich zu Anfang dieses Jahrtausends: Welche Witze soll man noch erzählen? Es gibt doch keine neuen mehr. Der Flüsterwitz im Dritten Reich? Heute wird nur noch gebrüllt. Oder Bauernwitze und Zonenwitze: »Die dicksten Bauern fahren immer im kleinsten Trabi.« Das versteht doch nur, wer mit dem Auto über DDR-Autobahnen gefahren ist. Die Inquisitionswitze: »Kommt 'ne Jungfrau auf den Scheiterhaufen« – bis man das heute versteht …! Die ganzen Kommunistenwitze sind weg. Das ist doch furchtbar. Also: Was soll ich tun? Was ist richtig, was ist falsch, was ist gut und was ist böse? Hab ich einen freien Willen, oder bin ich bloß vernünftig?

Vielleicht gewinnt man beim Jüngsten Gericht nur, wenn man gute Witze erzählen kann. Vielleicht prüfen sie dort, worüber man lacht. Früher habe ich drüber gelacht, wenn so ein alter Opa auf der Straße voll mit dem Kopp gegen einen Laternenpfahl gedonnert ist, nur weil er einem jungen Mädchen hinterhergeguckt hat. Allein der Klang von dem Bum, der alte Ochs mit seinen 50 Jahren, dem geschieht's recht, hab ich mir gedacht.

Wenn man selber dann 50 wird, denkt man hier differenzierter. Mein Patenkind fragt mich neulich, warum ich älter als 60 werden will. Weil die Jungen dann für die Alten aufkommen müssen, und sie will auch was vom Leben haben oder so. Ob sie mich dann totschlagen darf. Ich habe erst mal nein gesagt, ganz traditionell, aber richtig vernünftig begründen konnte ich es ihr nicht. »Weil es verboten ist«, habe ich am Schluß gesagt.

»Gesetze kann man ändern, du stellst dich nur gegen den Fortschritt.«

So wird man auf seine alten Tage noch Kommunist. Seitdem der Kommunismus weg ist, fehlt ein Spannungspol des Lebens. Es gab immer politische Zwischenstufen, Volkswagen oder Volksdemokratie, Volksentscheid oder Volksaufstand – feine Sachen, aber Zwischenstufen gibt es nur, wenn die Treppe einen Anfang und ein Ende hat, wenn das Spannungsfeld aus zwei Polen besteht. Das ist kein Polenwitz.

Warum heißt Frankfurt eine Metropole? Weil dort auch die Polen zu Metro gehen. Das ist ein Polenwitz, zwar kein guter, aber immerhin. Leben ist die Spannung zwischen zwei Gegensätzen. Wenn es nur noch Männer gibt, ist es auch nicht mehr interessant, schwul zu sein. Mit Schwulenwitzen kenne ich mich nicht aus. So wie früher in der Schule, wenn der Lehrer Schwulenwitze durchgenommen und gesagt hatte: »Beltz, auf jetzt, Schwulenwitze erzählen!«, habe ich immer eine Fünf bekommen. In der Pause auf dem Schulhof haben sie mich gefragt: »Was ist ein Kubikmeter?« Wußt ich nicht. »Wenn sich eine Kuh einen Meter bickt!« O ja.

Ich bin, was den geistig-seelischen Komplex betrifft, eher ein schlichter Mensch. So bin ich mal mit dem Bus gefahren von St. Moritz nach Sils-Maria. Der fährt auch durch Chamfér. Und da war ein Stau, der Bus kam nicht weiter, weil ein deutscher Tourist sein Auto ins Halteverbot gestellt hatte. Typisch deutsch: einmal Urlaub in der Schweiz, und schon wird der Wagen gemütlich im Halteverbot abgestellt. Das ist in Sachsenhausen genauso, abends in die Kneipe, aber vorher schnell noch ins Halteverbot.

Was macht man in so einer Situation in Chamfér – im Engadin – im Bus – im Stau? Ich habe aus dem Fenster geguckt, und das war wirklich komisch, da hing an einem Haus ein riesiges blaues Schild von einem Architekten. Der hieß: Dr. Werner Wichser. So ein Name, und dann noch Architekt. Da habe ich gelacht. So schlicht bin ich gestrickt. Vielleicht sollten wir heute auch einmal gemeinsam darüber nachdenken, welche Witze darf man erzählen, welche nicht?

Es folgt eine kurze oder längere Pause.

Ich glaube, jetzt reicht's, wir haben alle gemeinsam und lange genug darüber nachgedacht, das ist ein schönes Erlebnis und hat keine schädlichen Nebenwirkungen.

Ich hatte ja ursprünglich gedacht, daß wir so beginnen, daß sich alle an die Hand nehmen, wir also eine Händekette bilden, und alle sich an der Hand halten und sagen: »Guten Appetit!« Besser vielleicht: »Guten Tag!« Das erzeugt ein Gemeinschaftsgefühl.

Oder nicht? Doch.

Andererseits hasse ich dieses Mitmachtheater, wo so ein Drecksack auf der Bühne steht und die Leute zu Hampelmännern macht. »Jetzt singen wir zusammen. Die Frauen singen ›Muh, muh, muh‹ und die Männer ›Kikeriki, kikeriki‹.«

Das ist dermaßen ekelhaft. Aber die Leute mögen es. Na und, da kann ich ja nichts dafür. Wenn sich jetzt alle an die Hand nähmen und sich also eine Gemeinschaft ergäbe – das ist der starke Konjunktiv: Was hülfe es dem Menschen, wenn er die ganze Welt gewönne und nähme doch Schaden an seiner Seele! –, wenn sich jetzt alle an die Hand nähmen, dann besäße dies einen Vorteil, zumal alles unter dem Motto »Eigenes Konto« steht. Wenn sich alle an die Hand nähmen, entstünde eine große Sicherheit. Niemandem könnte das Portemonnaie weggenommen werden, selbst wenn sich Taschendiebe im Raum befänden, wovon natürlich auszugehen ist.

Aber sich gegenseitig an die Hände zu grabschen, nur damit einem niemand den Geldbeutel klaut – da ist der Preis wahrlich zu hoch. Und außerdem, was ist heute schon drin in so einem Portemonnaie?

In so einer Zeit?

STRAFBATAILLON

[1985] A: Wir haben gedacht, wir müssen den Rahmen mal sprengen, den Rahmen von der Bühne, wir müssen weiter gehen, als nur ein fertiges Produkt anzubieten.

B: Wir wollen den Zuschauer mit einbeziehen, so wie freie Konsumenten in die freie Marktwirtschaft mit einbezogen werden.

A: Es war ja früher so, daß man kollektiv darüber abgestimmt hat, was man macht, und deshalb wollen wir heute auch darüber abstimmen lassen, und zwar über die Rollenverteilung in der Programmnummer, die jetzt kommt. Wir hatten die Idee, wir machen eine Szene, also nehmen wir mal an, das rot-grüne Bündnis gibt's auf Bundesebene, da haben die dann die Macht.

B: Weil wir uns gedacht haben, daß man auch utopisch denken muß, jeder fuchtelt ja in seinem Alltag rum, typisch für die Leute 1985.

A: Jawoll.

B: Wir denken weiter, wir denken beispielsweise schon an 1986, also utopisch.

A: Jahreszahl ist egal, in jedem Fall stellen wir uns Folgendes vor: Rot-grünes Bündnis, die Grünen haben die Mehrheit, ist ja utopisch, und jetzt gibt es eine strenge Gesetzgebung zum Schutz der Natur. Wir sind jetzt, in dieser Szene, in einem Strafbataillon.

B: Umerziehung.

A: Umerziehungsprozeß – ökologische Umerziehung – ÖU. Da gibt es einen Anarchisten, der eingeliefert wurde und nun ökologischen Kompost mit den Füßen stampfen muß zur Strafe.

B: Weil er als Umweltverbrecher ertappt worden ist.

A: Er hat drei Bäume gefällt; weil er schon immer gegen alles war, hat er allein aus Opposition drei Bäume umgehauen.

B: Er glaubt einfach, als konsequenter Anarchist muß er gegen alle Vorschriften sein, egal warum, Vorschriften sind repressiv.

A: Das ist es. Und jetzt ist er in diesem Straflager, das muß man genauer erklären.

B: Das ganze Strafrecht ist grünrot reformiert worden.

A: Und zusätzlich, um der ganzen Lehrerschwemme und der ganzen Sozialarbeiter Herr zu werden, haben die Grünen ABM-Stellen für diese Jungs im Strafvollzug durchgesetzt.

B: Das heißt auch nicht mehr strafen, das heißt auch nicht heilen, also nicht Psychiatrie, sondern erziehen, das große Projekt heißt: Macht aus den Gefängnissen Schulen, und macht aus den Schulen … nein, das heißt's nicht, noch nicht.

A: Genau.

B: Also: Macht aus den Gefängnissen Schulen, aber ist ja auch egal im Prinzip.

A: Ja, Schulgefängnisse.

B: Schulgefängnisse, Gefängnisschulen.

A: Deshalb spielt diese Szene jetzt auch im Schulhof, also in einem Gefängnishof. Und dieser Anarchist, der die drei Bäume umgehackt hat …

B: Umgehauen aus niedrigen Beweggründen …

A: Aus ganz verwerflichen Gründen, der ist also jetzt da und trifft einen alten Freund, der Wärter ist, also ein ehemaliger Lehrer.

B: Ein jetziger Lehrer, das hieß früher Wärter, heut heißt das Lehrer.

A: Und da sagt der Typ zu dem, also der Anarchist zu dem Lehrer: Das ist ja ein Hammer, daß du mich hier bewachst, das hätt ich mir in meinem Leben nicht träumen lassen.

B: Ich finde das ja ziemlich banal, daß der das so sagt, aber bitte, er sagt das halt, also ich hätte …

A: Ja, du hättest – aber wir hatten ja schon damals das Problem, wer spielt hier welche Rolle?

B: Weil das ist immer so.

A: Ja, außer bei Solonummern.

B: Es ist ja immer so, bei zwei Figuren gibt es immer eine schwache und eine starke, und es ist klar, daß jeder von uns beiden immer nur eine Rolle spielen will, und zwar die schwache Rolle, weil er sich damit mehr profilieren kann, wir beide sind eben selbst starke Persönlichkeiten, und deshalb brauchen wir keine starken Rollen zu spielen.

A: Also, wir sind gern schwach, das kommt auch bei Frauen gut an.

B: Wir spielen gern schwach.

A: Wir spielen gern schwach.

B: Man ist manchmal auch, was man spielt, aber man spielt nicht immer, was man ist, na gut.

A: Also: Jetzt wollte natürlich jeder diesen Anarchisten spielen, das war uns von vorneherein klar gewesen.

B: Weil es eine sehr schwache Figur ist, der Anarchist heute, also 1985, aber auch schon früher, Liebe und Anarchie, nicht wahr.

A: Jetzt haben wir uns gesagt, wenn wir uns nicht einigen können, wer den schwachen Part übernehmen darf, gehen wir einfach, bevor wir die Szene spielen, auf die Bühne und lassen darüber abstimmen.

B: Weil das Publikum besser entscheiden kann, wer die Idealbesetzung ist, als Darsteller besetzt man sich oft falsch.

A: Weil man beurteilt sich ja auch viel zu subjektiv, also ihr wißt, um was es geht, stimmen wir ab, wer den Anarchisten spielen darf.

B: Ich würde vorher vielleicht noch was von der Geschichte sagen.

A: Stimmt, sonst weiß man gar nicht, worüber man abstimmt. Also, der Anarchist ist ein Typ, der in diesem Sack den Kompost versaftet, der Saftsack, ich könnt es ja mal kurz vormachen.

B: Nein, nein, das müssen wir nachher spielen, weil ich ja vielleicht der Anarchist bin.

A: Machen wir es nicht vor. Wir stellen uns vor, einer von uns beiden wär jetzt in dem Sack drin, entweder er oder sehr wahrscheinlich ich, das ist ja scheißegal, und der andere käm von da, und dann würde der zu dem sagen: Na, daß du hier bist, das hätt ich mir aber auch nicht träumen lassen.

B: Dann sagt der andere: Daß DU hier bist, das hätt ICH mir nicht … Aber die Geschichte ist ja … jetzt inhaltlich …

A: Was man damit ausdrücken will …

B: Was man damit ausdrücken will: Der Lehrer, das ist nämlich im Grunde genommen auch wieder interessant an der Rolle …

A: Der Lehrer sagt: Wenn man konsequenter Anarchist ist, kommt man zur totalen Ordnung. Je mehr Gesetze du brichst, um so …

B: … um so mehr Polizei gibt's, um so mehr Gefängnisse, also ist der konsequente Anarchist im Grund derjenige, der den totalen Polizeistaat hervorruft. Und der Lehrer sagt: Als radikaler Anarchist sind dir die Gesetze egal, da gehst du bei Grün über die Ampel, hältst alle Gesetze ein, denkst dir aber deinen Teil dabei: Denn die radikale Anarchie findet im Kopf statt, die konsequente Anarchie gibt es nur, wenn ein Bulle da ist und du ihm die Zunge rausstreckst oder ihn umlegst. Also der Unterschied zwischen konsequent und radikal und selbstbewußt, das ist in dieser Szene auch drin.

A: Mehr noch – wir sind doch alle dagegen. Und wenn die Grünen jetzt dran sind, müssen wir doch noch mehr dagegen sein.

B: Ich wär in der Lage, eine Flasche Coca-Cola in den Bodensee zu kippen, nur damit er dreckig wird.

A: Ich würde sogar einen Hamburger-Drive-in aufmachen, und wenn das verboten wird, würd ich illegal Hamburger pressen.

B: Und da würde es genauso schön werden wie damals in der Prohibition in Amerika, da gäb's so illegale Kneipen und Autojagden …

A: Und Filme würde man drehen, die tollsten Filme waren doch *Manche mögen's heiß* und alles über die Prohibition. Auf jeden Fall waren das ja alles Anarchisten.

B: Al Capone und Gamasche, das waren die wirklichen Anarchisten.

A: Und darüber unterhalten die sich in diesem Hof, nur komprimierter, künstlicher, weil es ja eine Szene ist, ist es ja eine Kunstform.

B: Die erzählen sich auch die lange Geschichte der ökologischen Strafen. Da haben die Leute, ich les das mal vor … 1484, da gab's wenig Bäume, das war ein Jahr nachdem der Luther geboren war, und da gab's bald wieder Bäume, ich les mal vor, 1484, also fünfhundert Jahre vor 1984: »Man soll dem Baumschänder den Nabel aus dem Bauche schneiden, an den Baum nageln, und so lange um den Baum peitschen, bis all sein Gedärm aus dem Bauch gewunden ist.« Das war noch eine Kultur, das Fest der Martern und Torturen …

A: Und jetzt kommt der Wahnsinn, wißt ihr, wo wir dieses Paper gefunden haben? Bei der Bundesgeschäftsstelle der Grünen in Bonn. Das ist geheim.

B: Die planen tatsächlich eine Strafrechtsreform, die orientieren sich an den Landrechten, das Strafrecht war ja früher auch regionalisiert, es gab ja so regionenspezifisch, also Stadtteilstrafrecht, sagen wir mal …

A: Seerecht zum Beispiel, das ist auch so ein Gebiet …

B: Die Ostsee, die hatten ein sehr mildes Recht, und die Nordsee, das war mehr so Störtebeker.

A: Gut, also ich meine, jetzt haben wir genug erzählt von der Szene.

B: Vielleicht sollten wir noch den Schluß …

A: Also, die Schlußpointe ist spitze, und zwar, also es ist die Umdrehung. Der Lehrer geht freiwillig in den Sack, so war's doch, nein, sie gehn beide in den Sack, und gehn dann in den Sack, und machen Hoppe-hoppe-Reiter über die Bühne – und das kommt immer wahnsinnig an.

B: Der Witz ist, das muß man sich mal vorstellen, daß zwei Leute wie wir …

A: … zwei erwachsene Männer …

B: … vierzigjährige Männer in einem Plastiksack über die Bühne hüpfen – aber man müßte jetzt abstimmen, weil an sich ist jetzt alles klar.

A: Moment, ich muß dir ehrlich sagen, ich hab ein doofes Gefühl, mir ist jetzt scheißegal, ob ich in den Sack muß oder Bulle bin, weil ich hab so das Gefühl, wenn wir die Szene jetzt spielen, da lacht kein Mensch mehr.

B: Na ja, weil wir im Grunde schon alles verraten haben, zumindest den Inhalt, den man möglicherweise in der Szene selbst so gar nicht sieht. Es ist ja oft so im Theater, daß im Programmheft mehr drinsteht, als auf der Bühne zu sehen ist. Deswegen haben wir auch kein Programmheft.

A: 'ne Szene lebt ja davon, daß irgendwie Überraschungen drin sind.

B: Gerade Kabarett.

A: Gerade Kabarett, wie sonst nix.

B: Ich würde sagen, ich …

A: Nein, wir verzichten auf die Abstimnung.

B: Abstimmen können wir schon, aber spielen tun wir nicht, weil die Szene auch inhaltlich reaktionär ist.

A: Das ist ja das totale Konkurrenzprinzip, wer hier den Schwachen spielen darf, und weil wir nicht konkurrent sind, würde ich …

B: Ich auch! Ich würde den Leuten den Spaß gönnen, daß das Programm weitergeht.

THE MAKING OF KABARETT

[2000] Das letzte große Rätsel der Menschheitsgeschichte ist, wie es zu einem Kabarettprogramm kommt. Zumindest drängt sich dem Kabarettisten diese Frage immer wieder auf, ist sie doch die am häufigsten an ihn herangetragene.

Weil die Welt als eine ungeheure Ansammlung kabarettreifen Blödsinns erscheint, ist es also die Aufgabe des Kabarettisten, auszuwählen aus der Unmenge des Stoffes. Da gibt es Literatur und Kollegen, von denen Passendes zu stehlen, zu kopieren und zu variieren ist. Das Wichtigste aber ist zwangsläufig die Wirklichkeit, das Leben in einem umfassenden Sinn. Denn das Leben schreibt die spannendsten Geschichten, das weiß doch heut ein jeder und sagt's einem auch. »Gell«, sagen die Leute, »das ist doch eine gute Zeit fürs Kabarett, der Stoff liegt auf der Straße, ihr müßt ihn nur aufsammeln.«

Die Leute haben recht. »Ich könnt Ihnen Geschichten erzählen«, sagen die Leute, »die sind viel verrückter als Ihr Programm.« Denn was die Leute in ihrem Alltag erleben, stellt die Kunst schwer in den Schatten. Das Leben ist prall und bunt, die Bühne bietet dagegen nur schalen Ersatz.

Trost schenkt mir, daß die Leute, die all das wirklich Komische, Absurde und Tragische erleben, zuwenig Zeit haben, es aufzuschreiben oder einfach öffentlich zu erzählen. Dadurch kann unsereins bei der bedrohlichen Konkurrenz durch die Leute doch noch sich durchmogeln mit seinen kleinen Geschichten, die so erbärmlich abstinken gegen die Erfahrungen all der anderen Leute.

PACHL

Wo Recht zu Unrecht wird [1980er]
Wird Widerstand zur Rechtsfrage
Widerstand ist nicht nur zwecklos
Sondern sogar sinnvoll
Aber das macht ja auch nix
Jesus spricht, des Glaubens Kraft
Mit am Paradiese schafft
Doch Buddha sagt: Wo ICH ist
Soll NICHTS werden.
Sloterdijk noch mal
Wo ist bloß der Pachl?
Kabarett muß schön bös sein
Anstoß erregen
Die integrierte Anstoßerregung
Das haben sie gern, die Arschlöcher
Erst muß ich ja in das Nest hochkommen
Damit ich es beschmutzen kann
Wo ist bloß der Pachl, der Aufsteiger?

Revolutionäres Scheitern
Ist keine politische Tragödie
Revolutionäres Scheitern
Ist eine individuelle Katastrophe
Das sieht man zum Beispiel an …
Wo ist denn nun der Pachl?

MORALISCHE ANSTALTEN

[2000] Ich wollte eigentlich immer zum Theater, Politik hat mich nicht wirklich interessiert, mein Vorbild war Friedrich Dürrenmatt, dieser kosmische Emmentaler. Der hat tolle Stücke gemacht: »Domestos und Demestika«, also *Grieche sucht Griechin,* oder das Drehbuch von »Golden Girls« stammt von ihm, *Der Besuch der alten Dame.* Der Dürrenmatt wußte schon, daß die Tragödie tot ist. Genauso tot wie das ganze Bildungsbürgertum. Weil es keine Helden mehr gibt. Und keine Tragik. Nur noch Grotesken. Und das postheroische Kabarett.

Ich liebe das Theater, zum Beispiel die Theaterstücke der Neuen Jungen, das sind nicht die Alten Jungen, die es ja auch noch gibt, die Neuen Jungen sind die, die wieder ansetzen an Titus Andronicus von Shakespeare und an das Theater der Grausamkeit in den römischen Zirkusarenen: die Körperöffnungsästhetik und die Gliederamputationsmanie.

Was macht der Mensch von heute? »Shoppen und ficken«, antwortet das neue englische Theater. »Huren und Zeitung lesen«, hat Albert Camus 1956 beobachtet. »Ora et labora« war mal ein Vorschlag, der sich auch nicht durchgesetzt hat.

Was erzählt uns das Theater? Schon die Namen der Stücke sind toll: »Tötet die Alten, foltert ihre Jungen«, »Kebab-Massaker auf der Kanaken-Kinderstation« oder »Mütterchen hat ausgekackt, wird von Christo eingepackt«.

Neulich habe ich ein solches ganz junges Stück gesehen in irgendeinem großen deutschen Stadttheater, das hieß: »Bums die Ente, fick die Taube, so entsteht der Gottesglaube«. Da kommt ein junger Nazi, dargestellt von Johannes Heesters, der eigentlich Liebe sucht, und knallt ein Baby mit dem Kopf auf den Schreibtisch. Das deutsche Feuilleton flüstert: »Allzuviel vom Bühnenblut tut dem Theater auch nicht gut!«

Und immer wieder tauchen sie auf: Junge Leute, sie sind verzweifelt und suchen nach Geborgenheit in einer Welt, in der ihnen alle Türen offenstehen. So entsteht dieser Durchzug. Drum kriegt einer Schnupfen und vergewaltigt seine Mutter in einem Riesentopf voller Grüner Soße.

Alle sind nackt, »nack, nack, nackig vor der Himmelstür«, pissen in eine Urne, von oben schneit es Kartoffelsalat, ein beinloser Schuster haut allen riesige Holzpflöcke in den Hintern, sie spucken Spinat, und ein Kinderchor singt: »Faulheit macht das Leben süß, Arbeit stärkt die Glieder.«

Dann war Pause, und alle haben angeregt diskutiert, ob Kelts besser als Clausthaler schmeckt, ob Ayurveda besser wirkt als Heilfasten und wie man am besten ein Tattoo narbenfrei beseitigt, während oder nach dem Partnerwechsel. Das zeigt, was für eine ungeheure Wirkung Theater bei den Menschen haben kann.

Bei uns um die Ecke hat ein neuer Laden eröffnet, da ist im Hinterzimmer ein Off-Off-Off-Theater. Es wird gemacht von ganz jungen Leuten, und die haben ein Stück erfunden, Respekt. Die sind ganz vorne dran, absolute Avantgarde, noch vor der Avantgarde, prä-ante. Also ist das Theater eine Kneipe. Dahinter steckt eine wahnsinnige Idee, die Einheit von Essen, Trinken, Kunst: ETK (Edeka). Das ist auch ein Rückgriff auf Shakespeare. Und weil es um Essen und Trinken und den Untergang des Abendlandes geht, nennt sich das Theater »Das Abendmahl oder Die letzte Suppe«. Das Stück selbst heißt »Impotenz im Altersheim, also die Berliner Republik!«. Ich hab das Programm dreimal gesehen.

Als erstes trat der Chor auf, hundert arbeitslose chinesische Pornodarsteller unter der Führung von Karl Moik schrien wild herum: »Im Zeitalter der kleinen Leute heißt die Tragödie: Keiner macht Politik, aber jeder macht mit. Mittäter sind wir, statt Täter zu sein.«

Die SPD, dargestellt von einer roten Fahne, die von vier Skeletten getragen wird, geht stumm, aber geschlossen im Hintergrund vorbei. Dann wieder der Chor: »Die tragische Figur unserer Zeit ist nicht der scheiternde Held, sondern der überlebende Kleinbürger.« Da hab ich mir schnell ein Bier bestellt.

Adam und Eva, zwei gezähmte Pinguine als antarktische Antipoden zum Garten Eden, murmeln: »Ein alter Arsch, der hat's nicht leicht. Ein alter Arsch hat nichts erreicht. Ein alter Arsch hat nichts zu beißen. Ein alter Arsch will nur noch …«, und das Publikum ruft wie auf Bestellung: »Aufhören!« Das ist interaktive Depression.

Der Chor der Chinesen, also der schwer vermummten, weil arbeitslosen Pornodarsteller, tanzte einen Cancan. Till Schweiger in seiner Traumrolle als Martin Luther schreit: »Nie wieder, nie wieder, nie wieder Berlin« und hämmert Schindlers Liste ans Brandenburger Tor, und Steven Spielberg läßt sich rasieren. Urbi et orbi bricht der Frieden aus, die totale Love-Parade ist angesagt, alle Bösen werden geköpft und verlassen unter Zurücklassung ihrer Häupter die Bühne, während Trude Herr singt: »Niemals geht man so ganz.« Und Peter Maffay summt: »Wenn du gehst, geht nur ein Teil von dir!« Leise gehn sie aus, im Stadtpark die Laternen, aus dem Badezimmerfenster schaut zum letzten Male Rex Gildo hinaus, das Licht verlöscht, und im Dunkeln brüllt der Chor: »Das Jahrhundert der kleinen Leute ist zu Ende. Die kleinen Leute haben versagt. Wir haben versagt. Wir haben die Revolution verpatzt.«

Die internationale Russen-Mafia, also der Chor der Drogen- und Menschenhändler, mischt sich aus der Kantstraße in Charlottenburg ein. Sie schießen sofort, dann erst reden sie. »Dawai, dawai! Imperativ kategorisch: First we take Manhattan, then we take Berlin!«

WAS IST KLEINKUNST?

Kleinkunst ist Pathos, Mensch-Sein und -Bleibenwollen; Avantgarde ist nur verwichste Scheiße, jedes dumme Großkunstarschloch, das seine Triefnase in die Welt hält, gehört sofort standrechtlich begnadigt, denn diese stinkenden Kulturschänder, die tatsächlich eine Oper oder ein Gedicht oder einen Roman oder ein gemaltes Bild für wertvoller halten als einen geplatzten Autoreifen, sind so herb daneben, daß jeder Tod nur eine vollkommen ungerechtfertigte Erleichterung wäre für sie. [1999]

Kunst, also ausschließlich Kleinkunst, vernichtet absolut maschinell alles Große, groß ist dick, dumm und harmlos und noch nicht einmal krank. Großkunst ist unbestechliches Hecheln geistig total verkrebster Arschköpfe um metaphysische Anerkennung im öffentlich-rechtlichen Raum, und die Hirnlappen der Großkünstler eignen sich noch nicht einmal zum Angreifen heißer Henkel, Hochkultur ist Blödwichsen auf Stelzen, ist Mordversuch mit ungeladenem Revolver, Museen, Theater, Literatur- und Kunsthäuser sind Leichenficker-Zentren für sehbehinderte Spanner.

Kleinkunst ist das einzig Wahre, Gute, Schöne, der Begriff ist schon so mit Schimpf und Schande verbunden, daß aus ihm der exkrementale Geruch der zwangsläufigen Selbstbefreiung steigt, des einzig schönen Zwangs zum Aufsteigen aus dem Abfall all dessen, was Kulturleistung genannt wird.

Kleinkunst ist dumm, gemein und betulich, geizig, verklemmt und beschränkt. Kleinkunst ist Symbol des Realen und damit jedem Versuch überlegen, das Barbarische zu zähmen. Kleinkunst ist als Barbarei der letzte Virus, der Kultur und Zivilisation davon abhalten kann, konsequent zu werden.

IM STAHLGEWITTER DER SATIRE

Zur Aktualität des Kabaretts

[1992] Deutschland ist nicht Hamlet, Deutschland ist Heinz Erhardt. Das Kabarett antwortet vor allen anderen theatralischen Ausdrucksformen am genausten auf die großen politischen und kulturellen Veränderungen wie auf den mentalen Stillstand, und es bemüht sich, nicht nur einfach deutsch zu sein, sondern der Wiederherstellung des Ansehens der Welt in Deutschland zu dienen.

Die Kabarettkunst befindet sich nicht in der Krise. Das klingt bedrohlicher, als es ist. Feierabend-Apokalyptiker meinen, Kunst ohne Krise sei angepaßter Mist. Kluge und der Schönheit aufgeschlossene Menschen aber setzen Erfolg und Qualität nicht als unbedingte Gegensätze.

Das Kabarett boomt, es vereint so viele unterschiedliche Formen wie noch nie in seiner deutschen Geschichte, vom kommunistischen Gesinnungswerk bis zur feministischen Überzeugungsarbeit, von Nonsens, Comedy, Jonglieren, Wortspiel und Parodie, Anklage, Denunziation und immer wieder gern erzählten Geschichten aus dem Leben. Alles ist zu haben.

Die Nachkriegszeit ist Geschichte, der Wiederaufbau der Kabarettkultur beendet mit der Wiedervereinigung. Es geht neuen Ufern entgegen, oder aber die Blüte ist vorbei.

Die Welt als Kabarett

Epochen sind auch gekennzeichnet durch die Themen, von denen die Mehrheit glaubt, alles zu verstehen. Da wechselten sich in den letzten Jahrzehnten Politik, Psychologie, Ökologie, Sex and Busineß nacheinander ab. Heute ist jeder ein Kabarettkenner.

Selbst intelligente Menschen behaupten von ihrem Berufsleben, es sei kabarettreif. Von normalen Büroquerelen wird berichtet, als seien sie eine hochwertige Pointenfolge; selbst ansonsten zur eigenen Beurteilung der Welt fähige Menschen klopfen dem Kabarettisten begütigend auf die Schulter, wenn sie mitteilen, daß gegenüber dem Wahnsinn – wahlweise: Irrsinn, Schwachsinn oder namentlich Kohl, Möllemann etc. – der Wirklichkeit es doch schwierig sei, mit der Kleinkunst nicht gewaltig abzustinken.

Wenn man sich oft genug über solches Wohlwollen geärgert hat, wenn man vergeblich darauf hingewiesen hat, daß trotz Gewaltkriminalität noch Kriminalromane geschrieben werden, daß trotz vorhandener Sexualität noch Liebeslieder gesungen werden, daß sogar trotz des Sonnenuntergangs bei Capri noch Bilder gemalt und Filme gedreht werden, daß trotz Auschwitz Gedichte geschrieben werden, wenn man also immer wieder auf die Differenz von Unterhaltungskunst und der wen auch immer unterhaltenden Wirklichkeit hingewiesen hat, dann bleibt der merkwürdige Erkenntnisrest, daß für viele Menschen »Kabarett« heute die Wirklichkeit meint. Eine Wirklichkeit, die allerdings gesehen wird als eine böse Aneinanderreihung unterschiedlich herzloser Pointen, nicht aber als tragischer Verstrickungszusammenhang oder als zu erlösendes Jammertal.

Und genau dies: die Welt als Kalauer und Amüsierbetrieb in unserem westlichen Spätbewußtsein, dieser Betrachtungswandel, der die Welt entdramatisiert, der den Tod der Tragödie abgehakt hat, dieser private Küchenblick aufs Ganze, der nicht mehr vor der Absurdität oder dem Grotesken erschrickt, sondern nur noch betroffen und beleidigt ist, dieses Bewußtsein, das sich quengelnd abgefunden hat mit der Ungerechtigkeit der Marktwirtschaft und der Ungeheuerlichkeit des völkerwandernden Massentods – diese idyllisch-resignative Weltanschauung ist es, die in der Kabarettkunst ihre Heimat und den Ort gemeinschaftsstiftender Gesinnung zu finden sucht.

Da heißt's, vorsichtig und plump zu sein, derb und heimtückisch. Und darum schreib ich auch »Kabarettkünstler« und kümmere mich nicht darum, daß das wohl ein männlicher Begriff ist. Ich finde kein Wort, das alle Geschlechter und sämtliche sexuellen Zwischenstufen oberbegrifflich zusammenfaßt, und ich weigere mich, die Einführung des nationalsozialistischen Abkürzungswesens, diese sprachzerstörerische Lust an gedruckten Worten, die man nicht aussprechen kann, mitzumachen. »KünstlerInnen« ist ein Beispiel aus dem Wörterbuch des Unmenschen, bürokratisch-statistische Ekstase des totalitären Denkens. Entweder schreibt man »Künstler und Künstlerin«, wenn es wichtig ist (so viel Zeit muß sein!), oder die dauernde Verdopplung wirkt so lächerlich, wie sie auch ist. Aus der Lächerlichkeit in die unsprechbare Aktennotiz-Jargon-Tyrannei zu verfallen, das verrät, wie schnell aus gutgemeintem Emanzipationsempfinden terroristisch reaktionäres Denken wird.

Klein, Kunst und Kritik

Kabarett gehört zur Kleinkunst, und dieser Name ist naturgemäß eine Beleidigung. Doch die Kabarettkunst genießt den Freiraum der kleinen Verachtung, genießt die überheblichen Blicke, welche auf den Schultern von Riesen stehende Zwerge zu werfen versuchen. Kabarett ist das Straßenkind des Theaters, es wollte nie im Vorhof der Erhabenheit spielen.

In der ernsten Theaterkritik wird denn auch fallweise der Großkunst vorgeworfen, sie sei ins Kabarettistische abgeglitten, habe sich also unter ihr Niveau begeben, Kabarett wird dann zum Schimpf-Synonym für schlechte Qualität, für opportunistisches Bedienen des Unterhaltungsbedürfnisses, für mangelnde Ernsthaftigkeit. Kabarett steht in der Hierarchie der ewigen Kunstwerte ziemlich tief, aber wer hat es da hingestellt? Zu Beginn dieses Jahrhunderts haben sich auch große Theaterkritiker systematisch mit Kabarett beschäftigt: Alfred Kerr, Alfred Polgar, Max Herrmann-Neiße. Der beklagte auch, daß es so wenige sind, die darüber arbeiten. Und daran hat sich bis heute, was vielleicht ein großes Glück war, wenig geändert.

Unser Feuilleton mißachtet den Unterhaltungsbetrieb und setzt die Verbrennung Hanswursts anno 1735 in Leipzig durch das deutschnationale Tiefsinn-Duo Gottsched/Neuberin gedankenlos fort. In einer Talk-Show fragte Joachim Fuchsberger Rudi Carrell, warum es in Deutschland so wenig Unterhaltungsstars gebe. Carrell erwiderte, die Besten in der Branche seien oft Juden. Das Thema wurde dann gewechselt.

Unsere Kritik kann manchmal eine teutonische Bildungspolizei sein, aber für die Entwicklung des Kabaretts der letzten zwanzig Jahre galt vielleicht, was Kafkas Karl in Amerika empfand: »Verachtung der Polizei war besser als ihre Aufmerksamkeit.«

Neulich hörte ich von einem Theaterkritiker, er lache nicht gern im Theater. Vergnügt schlage ich Alfred Kerrs *Die Welt im Drama* auf und lese im Band II (Berlin 1917) seine Einwände gegen Frank Wedekind, der sich gerade dem Tragischen zugewandt hatte:

»Warum will Frank Wedekind sein Wirken als Tragöde betonen? Was liegt dieser späten Neigung zugrunde? Ich kann es vermuten. Etwas von dem unerkannten Gram, daß in Deutschland (und anderswo) die Humornaturen nicht voll genommen werden. Der allen Unsicheren einwohnende Drang: Humor nur eben zu dulden mit einer dankbaren Geste des Verzeihens. Es bleibt mir ein Merkmal des Banausentums der Welt, daß zu ganz wenigen Malen ein Humorkünstler Nationalheros geworden ist. Dahinter steckt noch der Albdruck: die Massenfurcht. Respekt hat die Bande nur vor dem, was ihr Schrecken einflößt – darum stellt sie triebmäßig den ›Ernsten‹ höher, der in ihr ernste Gefühle erzeugt (dem Schrecken verwandte), als den Freien, der mit Heiterkeit wappnet und dem sie, glaubt mir, noch immer unbewußt das ferne Odium eines Frevlers anhängt.«

Trotz Erstem und Zweitem Weltkrieg, trotz der Amerikanisierung der Kultur, trotz Otto Waalkes und Coca-Cola hat sich wenig in der Hochkultur geändert. In Deutschland fürchtet man sich in ernsthaften Kreisen, während die Granaten durch Sarajevo fliegen, davor, daß die Welt sich zu Tode amüsiere. Fazit: Nicht die Wirklichkeit wird simuliert, sondern die Priester der Erhabenheit haben den Anschluß verpaßt.

Kabarett als horizontales Gewerbe

Kabarett und Theater unterscheiden sich voneinander wie ein Riesling vom Weißwein, Kabarett ist eine Sparte des großen Theaterbetriebs. Wo liegt die Grenze zum Trauerspiel, zur Komödie, zum Boulevard, zum Volkstheater?

Kabarett ist ein horizontales Gewerbe und kein Drama, hier geschieht keine Geschichte, keine Fabel. Der Held des Kabaretts ist der kleinbürgerliche Feigling, die bestimmende europäische Figur dieses Jahrhunderts. Das ganze Personal ist ein klassenloses Gesindel, da existiert keine standesgemäße Fallhöhe, aus der ein Witz der Konfrontation zweier Lebensweisen aufleuchten könnte, da gibt's keine psychologische Entwicklung. Kabarett ist »ein Augenblicks-Polaroid, das einen Zustand und eine Stimmung wiedergibt und keine Ziele, Absichten, Erklärungen enthält. Das einzige, was Kabarett erzeugt, ist die Stimmung der Kabarettisten – und die springt über oder nicht.« Mit dieser listigen Definition verrät der Kabarettkünstler Günter Thews nicht, welche Stimmung gemeint ist. Aber dazu später.

Das Kabarett kennt keine Vertikale, es ist die Bühne, auf der der Terror des Gleichmacherprinzips tanzt; Kabarett stellt die Universalität der Fußgängerzonen aufs Brettl, da ist kein Schloß zu sehen und kein Park, kein proletarisches Elend und kein Aufbegehren der Lumpen. Im Kabarett herrscht die nachgemachte Armbanduhr aus dem Tchibo-Laden. Die abstrakte Gleichheit hat sich breitgemacht und produziert Kabarett als Monolog. Jedes Programm ist Monolog aus dem Geist dieser Gleichheit, und selbst wenn es ein Ensemble gibt, so teilt es sich eben den Monolog auf. Dadurch ist Kabarett nichts weniger als die konkrete Utopie der barbarischen Gleichmacherei, wie sie der vorläufige Triumph des Kapitalismus gegenwärtig als Ende der Geschichte feiert. Mit diesem Triumph scheinen alle Menschen Brüder zu werden im Dienste der Tyrannei des Marktes. Und der dienende Kleinbürger in seiner Opferversessenheit ist Motor und Nichts der Weltgeschichte: die Pointe der Gegenwart.

Der Kabarettist und sein Künstler

Der Kabarettkünstler steht am Flipperautomaten. Seine Figur, der Kabarettist, ist die Kugel, die Punkte einsammeln soll, indem sie so oft wie möglich Anstoß nimmt. Kabarett ist also noch nicht elektronisch, es funktioniert mechanisch oder klassisch analog.

Dabei ist zu unterscheiden zwischen dem Kabarettkünstler und dem Kabarettisten, der nur die vom Kabarettkünstler erfundene Bühnenfigur ist und verschiedene Rollen spielen kann. Die Differenzen zwischen ihnen sind die ästhetische Fallhöhe des Kabaretts, das keine sozialen Unterschiede kennt.

Gerhard Polt hat den POLT erfunden, der in verschiedenen Darbietungen Menschen wie aus dem richtigen Leben zeigt. Der Kabarettkünstler Polt erzählt uns in der Maske des Polt, wie seltsam, bescheuert und liebenswert Menschen sein können. Dem Publikum wird vorgegaukelt, daß es keine Differenz zwischen den Beteiligten gibt außer der einen, daß nämlich der Kabarettkünstler Polt derjenige ist, den man lieben soll. Das nenn ich gekonnt.

Was macht der Kabarettist? Er macht sich lächerlich. Der Kabarettist ist der Priester der Lächerlichkeit. Er entzaubert den kleinen Mann als Opfer böser Kräfte und Verschwörungen und verzaubert den Täter der Welt, indem er ihm durch Lächerlichkeit wieder den Mantel des Menschlichen umhängt. Der Kabarettkünstler läßt seine Figur als Spötter auftreten, als Ketzer also, denn Spötter sind Herausforderer der göttlichen Autorität.

»Schlägt man den Spötter, so werden Unverständige vernünftig. Den Spöttern sind Strafen bereitet und Schläge für den Rücken der Toren«, heißt es in den Sprüchen Salomons, Kapitel 19. Aber schon der erste Vers des folgenden Kapitels gibt einen interessanten Hinweis: »Der Wein macht Spötter, und starkes Getränk macht wild; wer davon taumelt, wird niemals weise.«

Mit der Autorität des Alten Testaments ist so zwingend geklärt, warum Kabarettisten auch bekannt dafür sind, dem Weine zuzusprechen, wenn nicht gar, wie Wolfgang Neuss, dem Hanf. Dieser Ausflug in Droge und Ekstase ist nötig, um die Transzendenz des Spottes zu begreifen. Er wandelt die Selbstzufriedenheit des Kleinbürgers, die Feier der eigenen Beschränktheit, die Gemütlichkeit des Zukurzgekommenseins, aus dem die Gewaltorgiastik dieses Jahrhunderts entspringt, in die Selbstverspottung, die lauthals Abschied nimmt von der Suche nach fremder Schuld und Verantwortlichkeit.

Das ist das Geheimnis des Kabaretts, daß es durch die Rituale der Selbstbezichtigung ohne Schuldgefühl realistisch und populär zugleich sein kann. Nun ist es Zeit für den Einwand, man habe solch kompliziert klingendes Zeug aber noch nie im gegenwärtigen Kabarett gesehen.

Doch gibt es wie in aller Kunst auch schlechtes Kabarett, das nicht auf der Höhe der Zeit ist und dumpfen Seelenkitsch schafft. Und zweitens werden von Zuschauern oft der auftretende Kabarettist und seine Darbietung mit dem verwechselt, was der dahinter verborgene Kabarettkünstler erfunden hat. So ist es denkbar, daß ein Kabarettkünstler, der eigentlich über schlechte Verhältnisse aufklären will wie ein Flugblatt, die Figur des beschränkten und überheblichen Aufklärers als komische Person auf die Bühne stellt. Die Kunst des Kabaretts lauert in den Differenzen zwischen Kabarettkünstler, seiner Figur, dem Kabarettisten, und den von diesem dargestellten Rollen.

Kabarett als Welttheater

Hat denn, so wird oft gefragt, das Kabarett noch genügend Themen? Ist durch den Zusammenbruch des Sozialismus nicht alles anders geworden? Wen nimmt sich das Kabarett denn eigentlich vor, wenn es stets die Kleinen schildert, aber die Großen und Mächtigen nur am Rande erwähnt?

Hier wären wir wieder am Anfang, nämlich bei dem Phänomen, daß viele die Welt als Kabarett betrachten. Die Geschichte scheint kein Zentrum mehr zu haben, aus dem heraus Macht ausgeübt wird und die wichtigsten Entscheidungen bekanntgegeben werden.

Die Klage über den Verlust oder gar den Tod des Subjekts rührt aus dem Verschwinden der Sichtbarkeit der Macht. Das öffentliche Personal der Herrschaft, das heute durch die Medien stakst, ist nicht würdig für Königsdramen nach Shakespearescher Art. Der hatte noch eine Figur sagen lassen können, die Welt sei ein

Theater. Nun ist nicht das Verbrechen aus der Welt verschwunden, es hat sich nur neu organisiert, weil sich die Legitimationsverhältnisse geändert haben.

Das gottgewollte Königtum hat auch seine Besuche im Reich des Bösen gesehen als Notwendigkeit der gottgewollten Machterhaltung bestimmter Familien. Und die Monarchie und der Feudalismus sind nicht davor zurückgeschreckt, Macht glanzvoll zu repräsentieren. Mit der Französischen Revolution kam der Zweifel an der Macht in die Welt und wurde immer größer. Eine Folge davon ist, daß ein Teil der Macht in den Untergrund gegangen ist. Wirtschaftsmacht ist heute nicht mehr in Personen sichtbar, weshalb es ja auch keinen Tyrannenmord mehr gibt, sondern nur elende Rumschießerei. Die RAF, der bewaffnete Kampf in Deutschland, hat gezeigt, daß Königsdramen nicht mehr möglich sind, sie hat auf die Krise des Theaters hingewiesen, die eine Krise des gesellschaftlichen Stoffes und nicht der Regisseure oder Autoren oder der Stars ist.

Es bleibt das Prinzip Hoffnung

Die tragische Figur unserer Epoche ist darum auch nicht mehr der scheiternde Held, unsere Epoche wird geprägt von der komischen Figur des überlebenden Mitläufers. Dieser Mitläufer, der sich gern anonym machende Massenmensch, ist der Erbauer der Zukunft. Das ist auf den ersten Blick eine deprimierende Aussicht, aber es bleibt kein anderes Prinzip Hoffnung.

Wenn Gott und das Zentralkomitee als die Hauptverwaltungsinstitutionen der ewigen Wahrheit ausgefallen sind und Moral und Recht nur in den Kämpfen für eine bessere Weltgesellschaft entstehen, dann ist es Aufgabe des Kabaretts, alles, was neu entsteht, durch das Stahlgewitter der Satire zu jagen und nicht mehr das Alte durch larmoyante Kritik zurückzubeten.

Daß es unendlich viel Hoffnung gibt, nur nicht für uns – das ist die Metaphysik des Kabaretts. Es ist davon gesprochen worden, daß die zehnte Muse zuständig sei für diese unsere Kleinkunst.

Heiterkeit herzustellen, ohne den Blick von der Wirklichkeit zu wenden, ist die Aufgabe des Kabaretts. Es tut dies, indem es den aussichtslosen Kampf der Individuen, Subjekt zu werden, verdichtet in den pointenreichen Monolog des Kabarettisten.

Was aber bleibet, weiß der Teufel.

KABARETT ZWISCHEN KEHRE UND WENDE

Die Wende zum CDU-Staat scheint eine antizyklische Hochkonjunktur für die traditionellen Kabarettbetriebe zu bescheren. Die herrlichen Zeiten der 50er Jahre, an allen anderen Trendfronten fast schon überholt, erreichen nun wohl auch die Kleinkunst. [1983]

Das bedarf der Analyse. Zunächst also ein Versuch der Annäherung an Bruchstücke einer Archäologie des politischen Witzes. Wir unterscheiden zwischen Humor und Satire. Humor ist bekanntlich, wenn man trotzdem lacht. Ein aufgeklärtes Bewußtsein muß den politischen Hintergrund dieses TROTZDEM erforschen, so unter anderem die Frage, ob es sich um ein im je konkreten Fall fundamental-trotziges, ein resignatives oder um ein aggressiv-affirmatives (Faschismusverdacht prüfen!) TROTZDEM handelt. Dabei können wir auf empirisches Material zurückgreifen und entdecken, daß Humor angesichts der Ungerechtigkeit der Welt unangebracht und daher als politisch-logisch rechts anzusiedeln ist. Links greift lieber zur Satire, um den Herrschenden das Handwerk zu legen. »Ein Lachen wird es sein, was sie beerdigt«, hofft Peter-Paul Zahl. Bei Dario Fo finden wir den Hinweis, daß die Maske der Macht sich das Lachen nicht erlauben kann. Alfred Andersch hielt dafür, daß »rechts grinst«. Entscheidend für das Lachen ist also, ähnlich wie bei der politischen Macht, wer darüber verfügt. Linke Satire demzufolge muß, solange die Erniedrigten noch beleidigt sind, Waffe sein – von unten nach oben gerichtet. Sollte bei ihrer Anwendung unten nur gelacht werden oder eine Heiterkeit ausbrechen, die oben nicht ankommt und somit dort keine Wunden schlägt, dann ist dies nur erlaubt, wenn das Lachen nach einer angemessenen Frist unten im Halse steckenbleibt.

Dies gilt auch für das Kabarett, das von Haus aus eine politische Aufgabe hat. Das Lachen an diesem Ort muß einen übergreifenden Sinn haben, der wie folgt festzulegen ist. In der von Linken erzeugten Kultur gelten zwei Grundgesetze.

Das erste erfordert den Vorrang des politischen Inhalts: Konsequent muß Kunst für Volk, Humanismus und Region dienlich sein. Kabarett hat die Aufgabe, den Rhein-Main-Donau-Kanal und den Nachrüstungsbeschluß zu verhindern resp. denjenigen, die an der Verhinderung arbeiten, Kraft durch beißenden Spott zu vermitteln.

Das zweite Grundgesetz fordert den Vorrang der künstlerischen Form: Konsequent muß dem Zeitgeist gefolgt werden, Kunst also Künstlern, Kunst und Kunstbetrieb dienlich sein. Kabarett hat hier die Aufgabe, sich aufzulösen und dabei mit suizidalem Chaos-Irrsinn in wilde Tiefen vorzubohren. Konsens beider Positionen ist der neue deutsche Cartesianismus »Ich leide, also bin ich«, dessen Variation für Künstler lautet: »Ich leide einmal, also bin ich einmalig.«

Diesen systematischen Argumenten sind noch einige historische hinzuzufügen. Satire entsteht aus Enttäuschung. Enttäuscht kann man aber nur von etwas sein, das man liebt oder worauf man vertraut hat. Satire kann nur das eigene Nest beschmutzen, weil sie das fremde mangels Kenntnis der inneren Nesteinrichtung gar nicht scharf treffen kann. Nach dem Rückzug der teilweise mit dem Odium des Anstands behafteten SPD aus dem Bonner Regierungsnest entsteht auch in der Neuen Linken der Wunsch, die schwarzen Heimstätten der Macht von allen linken Bastionen aus zu verdrecken. Die »Wende« scheint ähnlich dem NATO-Doppelbeschluß viele Linke in die Pfade einer an Ostermarsch und Sozialismus der frühen 50er Jahre orientierten Politik und Ästhetik zurückzuführen. Dazu gehört die Wiederbelebung des Kabarettstils, der von Menschen geprägt ist, über die Rudolf Krämer-Badoni das Wort fällte: »Vorsicht, gute Menschen von links!« Aber ebenso wird es Gruppen geben, die alle Nester der Frauenbewegung, der Grünen, der Ökologen und Pazifisten, der Schwulen und der Kommunisten, der Behinderten, der Arbeitslosen, der Autonomen und der Autarken runterziehen werden in den Schutz der Lächerlichkeit.

Die Anwendung der Satire auf sich selbst ist das Gebot der Stunde. Das Kabarett muß Flagge zeigen und alle Ansätze linker

Politik im Keim verhöhnen und alle Fehler sofort bekanntmachen, bevor der Gegner davon erfährt, alle Schwächen entblößen, damit das ganze Volk die ganze Wahrheit sieht. So wird das außerparlamentarische Scene-Kabarett der 80er Jahre die einzige Kunstrichtung werden, die »avantgardistisch und populär« und »kommunikativ und handelnd« in die Wirklichkeit verändernd eingreift, indem es die herrschenden Mißstände und die beherrschten Stände in einem Aufwasch fertigmacht.

ZWISCHEN ABFALL UND AVANTGARDE

Was sich fürs Kabarett verändert hat

[1985] Die heutige Welt besteht aus Naturschutz und Kriminalität, also aus Langeweile und Kultur. Alles, was sich heute noch Avantgarde nennt, gehört in den Bereich Naturschutz, denn Avantgarde will mit Selbsterhaltungsbetriebsamkeit die zweite Natur der ersten Modernen vor Umweltschäden bewahren. Das ist fatal!

Ganz anders dagegen wirkt das gute Kabarett deutscher Zunge, das neben Wolfgang Neuss, Harald Juhnke, Joseph Beuys und Uta Ranke-Heinemann (»Antikriegsheulboje der Nation«) auch folgende drei treffliche Namen und Personen zu sich zählen darf: Matthias Beltz, Hendrike von Sydow und Dieter Thomas. Diese drei hervorragenden Solo- und Multikabarettisten haben eine Unterhaltungsfirma gegründet, »Das Vorläufige Frankfurter Fronttheater«. Die barbarische Blödheit ungeheuer vieler viertrangiger Kritiker ist die Ursache dafür, daß das gute Kabarett deutscher Zunge und internationalen Witzes als spatbürgerliches und nachalternatives Lachtheater noch nicht den Weltruf hat, mit dem sich vorläufig noch andere brüsten können, unverdient und unverhohlen.

Während Hohlköpfe, Schrumpfärsche und Nationalversager behaupten, gegenwärtig sei es entweder besonders leicht oder extrem stark schwierig, Satire zu schreiben und darzustellen, weiß beispielsweise das Fronttheater, daß diese Meinung aus einem dummen Bauch in einen leeren Kopf gestiegen ist, denn mit der Satire ist es wie mit der Liebe, entweder funkt's oder nicht. Schön sind hier als Kommentar die zitierfähigen Sätze aus der Scherzschule Beltz/von Sydow/Thomas, die im *Pflasterstrand* im April 85 abgedruckt waren: »Das Problem mit der Satire ist ja, daß man einen Punkt braucht, von dem aus kritisiert, ironisiert wird. Tucholsky zum Beispiel hatte das Ideal der bürgerlichen Gesellschaft vor Augen. Damit konfrontierte er die Weimarer Republik und stellte fest: alles Scheiße. Das war früher bei uns genauso. Wir haben die Scene beobachtet und gesehen, wo sie ihren eigenen Maßstäben nicht entsprochen hat. Jetzt, da die eindeutigen Imperative aufgelöst sind, fehlt der Standpunkt, von dem aus geschossen werden könnte … Selbst die Müslis geben kein Feindbild mehr ab.«

Das Gute Kabarett Deutscher Zunge ist also frontüberschreitendes Entertainment, der Aufklärung ebenso verpflichtet wie der Freiheit für Rudolf Heß, der Gerechtigkeit für Maggie Thatcher und Indira Gandhi ebenso wie der Brüderlichkeit für Franzosen und Übersetzerinnen. Es ist daher Pionierarbeit, die das Vorläufige Frankfurter Fronttheater leistet. Fassen wir seine Hauptaufgaben zusammen.

1. Die gegenwärtige Bundesregierung ist keine Realsatire, sondern volkstümlich, und wenn Ronald Reagan nach Deutschland kommt, um sich in Bergen-Belsen zu konzentrieren, damit er später in Bitburg ein paar Bierleichen besuchen kann, so ist dies nicht Kabarett, sondern Endzeitstimmung, und die gilt es zu geißeln, zu genießen und zu entgeistern. Wer über Kohl lacht, sehnt sich nach Schmidt und dem Deutschen Herbst 1977 zurück. Kohl also satirisch zu behandeln ist, als petze man einem Ochsen ins Horn – es verdirbt die Fingerspitzen.

2. Die SPD wird wieder frech und unverschämt. Überall kommen diese politisch-schleimigen Opferdarsteller aus der Schmollecke gekrochen, um sich erneut in die Rolle des staatsmännischen Tätertypus und dann dennoch Versagers einzugewöhnen. Mit dem Hausmacherstolz ihrer 120jährigen Geschichte greifen sie mit korrupten Fingern all die Themen der sozialen Bewegungen auf und schlürfen sie in ihren stinkenden Tanker – kurz, der SPD gehört schon jetzt prophylaktisch mal wieder eins über die rosa Birne, damit sie sich nicht an den Grünen verschluckt.

3. Das Alternativ- und Scene-Kabarett ist tot, denn es verhalf nur noch dazu, einem sterbenden Organismus »Kraft durch Freude« einzuhauchen. Richtig und gut aber wäre Sterbehilfe. Hackethal ist schon benachrichtigt.

4. Kabarett dient ausschließlich den Kabarettisten. Damit ist es autoerotisch. Das bedeutet nichts und bleibt daher auch folgenlos.

Kabarett dient also nicht, sondern herrscht – jeweils abends von bis.

5. Kabarett pflegt Haß auf gute und Liebe zu den anderen Menschen, das Gute Kabarett Deutscher Zunge ist also antizyklische Sympathiewerbung. Da der Mensch an sich gut ist, muß er vom Kabarett zur Sau gemacht werden. Den Vorwurf der Menschenverachtung kann man nur mit der noch schärferen Gegenfrage kontern, wen man denn sonst verachten solle! Die Alpen etwa?

Doch nicht diese – denn der Fall der Welt ist gegenwärtig ihr Zerfall, was übrigbleibt, ist Abfall. Abfallen aber ist kein Zustand, sondern eine Bewegung, ja sogar *die* Bewegung, auf die das Vorläufige Frankfurter Fronttheater setzt, abstellt und sich drauflegt.

KOMIK UND TOD

Guten Abend, meine Damen und Herren, herzlich willkommen zu unserer Gesprächsrunde, diesmal zum Thema »Trauerarbeit und Spaßkultur«. [2001]

Leute sagen oft: »Ich lach mich tot!« Meist wird dieses Versprechen nicht eingelöst. Da lacht jemand, daß einem der ganze Spaß vergehen kann, aber sterben tut er noch lange nicht. Bei der Lach- und Schießgesellschaft, dem einst kultigen Kabarett in München-Schwabing, soll's einmal passiert sein, daß ein Besucher vor lauter Freude vom Hocker fiel und verschied. Das aber ist die Ausnahme, und trotzdem gehören Komik und Tod eng zusammen.

Immer wenn es um Leben und Tod geht, ist die Komik größer als bei der Alternative »Gehen wir zu dir oder gehen wir zu mir oder machen wir's gleich hier« – nämlich zusammen essen.

Der Spaß ist größer, wenn die Lage ernst ist, denn dann kann man sich über den Ernst der Lage lustig machen. Man kennt das aus der Familie: Bei der Beerdigung ist die Stimmung besser als bei der Taufe. Bei der Taufe kommt immer wieder die Frage aufs Tapet: »Weißt du eigentlich, wer der Vater ist?« Auf einer Beerdigung entfallen naturgemäß solche Fragen, höchstens ist zu klären, ob noch Schnaps da ist oder Streuselkuchen.

So gibt es auch die beliebte Reihe: die komische Morddrohung, oder witzige Worte am Sterbebett. Mutter zum Klein-Fritzchen: »Oma ist sehr krank. Geh mal zu ihr hin und sag ihr was Nettes.« Fritzchen geht ans Krankenbett: »Hallo Oma, soll ich bei deiner Beerdigung auf der Flöte spielen?«

Selbst ein Heiligtum wie Goethe wird hier nicht verschont. Seine berühmten letzten Worte: »Mehr Licht!« wurden hessisch umgedeutet in das maulende: »Mer lischt hier so schlecht!«

Wenn die Lage ernst ist oder traurig, kann man sich darüber lustig machen. Was aber, wenn die Lage selbst schon lustig ist? Was machst du, wenn du neben Mooshammer stehst? Gut, man kann der Daisy den Kopf abbeißen, aber der bittere Nachgeschmack bleibt.

Wer die Wahrheit über Komik erfahren will, muß erst mal nach dem Tod fragen. Und schon sind wir mitten in der Aktualität des Politischen, des Ästhetischen und des Grauens.

Welche Witze werden über New York erzählt? Gibt es schon Landserwitze aus Afghanistan? Worüber lacht Bin Laden? Oder, besonders lustig und hochkomisch: Wer wird Kanzlerkandidat der CDU?

Ich denke, mein Traum vom Sterben ist der auf der Bühne. Das muß eine ausverkaufte Vorstellung in einem großen Theater sein. Und ich stelle mir vor, wie der rauschende Beifall, wenn die Leute merken, ich sterbe, mich gerade so hinüberträgt.

GEGEN DIE HEUCHLER

Zum Tode von Heinrich Böll (nach Erich Fried)

An den Wassern zu Bonn [1998]
Sitzen sie und weinen Krokodilstränen
Alle hören es schon
Sie heulen und klappern mit den Zähnen
Ich möcht sie stehn sehn vorm Jüngsten Gericht
Die Schwarzen und Rechten, voller Angst und bänglich
Sie müssen es lesen, dein Werk, dein Gedicht
Nicht einmal, nein, ewig lebenslänglich
Es graute ihnen vor dir
Heinrich
Ihnen, die es zum Golde drängt
Heinrich
Den Dienstfahrt-Clowns und Billard-Pfaffen
Heinrich
Denen du kein deutscher Michel sein wolltest
Ihnen graute es vor dir
Drum laß uns grausam sein zu ihnen im Wort!

MÜLLER MATERIAL MILCH

(nach Heiner Müller)

[1998] Heiner Müller ist die Zwillingsschwester von Joseph Beuys unter den Dichtern und geschmiedet an keinen Felsen. Große parodieren Große. Wolfgang Neuss ist auch tot. Diese drei Großen haben verachtet den, der geschrieben hat: Überlebensgroß Herr Krott. Sie waren immer Götter und nie Gott.

Heinrich VI. war 23 Jahre alt, als er von seinem Vater Barbarossa im Mai 1189, also gut 800 Jahre vor der Kundgebung auf dem Alexanderplatz, die den Knoten nicht durchschlug, die Regierungsgeschäfte übernahm. Beuys, Müller, Neuss, entkommenes Material, noch nicht einmal Blutspuren hinterlassend, MEDEA arbeitet heute in Belgien, und JASON dreht Pornofilme im blutroten Wildwasser zu WORMS, wo Kriemhild ihn anstachelt zum rachegeilen GEMETZEL. Beuys, Müller, Neuss und der Sozialismus, ein scheiternder Haufen. Weiterlaufen, weiterlaufen, ruft der Leutnant an der Haltestelle Wolokolamsker Chaussee. Arschloch, sagt Anderson, und, ganz der Verräter Judas, geht in den Tränenpalast und sucht die Silberlinge, die ihm versprochen worden waren von dem, der doch bloß alle geliebt hatte. Trotzki war geflüchtet vor Dr. Schiwago und Laras Lied und Lenin. Darum frißt die Erde sich selbst, und Kinder bilden Erschießungskommandos, wer soll es sonst tun? Ich bin tot – warum seid Ihr nicht alle mitgekommen?

VOM STOLZ, STOLZ ZU SEIN

Die kabarettistische Methode ist eine historisch-kritische Betrachtungsweise, anwendbar auch für die Zeitgeschichte. Betrachten wir also mit ihrer Hilfe die 90er Jahre. Meine Befähigung als zukunftsforschender Trend-Auspendler habe ich mit Bemerkungen aktenkundig gemacht, die vom September 1989 stammen, als schon viel Neues in der Luft lag und darum diese Warnung veröffentlicht werden mußte: [1998]

»Man redet heute vom Politikversagen, sogar vom Rechtsversagen. Gute Leistungen werden zuweilen im Sport abgeliefert, der Staat findet nur noch in der Amateurliga statt. Das Politikermaterial besteht aus zweiter und dritter Wahl. Das führt beim Volk zu Wahlenthaltungen und einem neuen Hang zu starken Männern und schwer nationalem Wir-Gefühl.

Und außerdem: Antiausländerfeindlicher Deutschenhaß bohrt im Selbstwertgefühl, während die Freizeitgesellschaft behauptet, es seien keine Fremdenzimmer mehr frei.

Wo bleibt der Überblick, wenn man gefragt wird, ob man noch stolz sein könne, ein Deutscher zu sein?

Ich bin stolz, stolz zu sein. Das mag ausreichen. Und deshalb muß ich die Geschichte eines Rechtsanwaltes erzählen, der einmal einen schlimmen Strafprozeß zu führen hatte. Denn Rechtsanwälte sind diejenigen, die als einzige noch wissen, worum es geht: nicht um die Wahrheit, sondern um die Beweislage. Das heißt, es geht um Europa, das sich in den nächsten sieben Jahren entscheiden muß zwischen – und das ist die Pointe der Gegenwart – Katholizismus und Nationalsozialismus.«

Das war leicht formuliert und bitter dahergesagt. Doch der Trend gibt mir leider recht. Vom Sozialismus linker Prägung zeigt sich keine politische Spur, der Katholizismus versucht neue Anläufe, und überall gewinnt ein ganz neuer Nationalsozialismus Basis, Blut und Boden. Die Gegenkräfte sind mit sich selbst beschäftigt, mit politischer Korrektheit in den eigenen Reihen und mit der Suche nach beamteten Professorinnenplätzen für staatlich anerkannte Dissidentinnen im Innen- und Außendienst. Die 90er Jahre sind die Jahre der Kapitulation der alten und der neuen Linken in Europa. Aber es gibt kein magisches Abo für Freiheit und Krawall, Tyrannenmord und gute Laune, vielleicht sind ja hier ganz neue Maulwürfe am Werk, und sie müssen noch im dunkeln wirken, damit die beleidigten Kleingärtner nicht mit der Schaufel ihnen aufs aufmüpfige Haupt schlagen.

Schaun mer mal. Aber erst mal zurück.

FRONTTHEATER

Die Wirklichkeit auf der Flucht

Der Kapitalismus hat einen guten Magen, hat ganze Länder aufgefressen und doch noch nie sich übergessen. Ist etwa der Kapitalismus auch ein Totalitarismus, und wir sind alle inoffizielle Mitarbeiter der Profitrate? Es gehen mehr Fronten durch diese Welt, als sich die Gesamtschulweisheit träumen läßt. Kabarett ist also in seinem dunklen Forscherdrange auch immer Fronttheater. Und wer Kabarett macht, muß sich überlegen, an welchem Frontabschnitt er sich gerade aufhält. [1998]

Im Speisewagen saß eine nette Frau, vollschlank und hübsch, in Fahrtrichtung an einem der Vierertische. Sie war zufrieden, löffelte ein Süppchen und nippte am Mineralwasser. Da geschah's. Der Zug hielt, eine ältere Dame betrat den Speisewagen und fragte am Tisch unserer netten Frau, ob da noch ein Platz frei sei. Die nette Mitreisende bejahte, da sprach die Zugestiegene den entscheidenden Satz: »Ich muß in Fahrtrichtung sitzen! Darf ich mich hier neben Sie ans Fenster setzen?« Jetzt fürchtete das arme Dickerchen drohende Enge, sagte frustriert: »Ja« und setzte sich gegenüber auf die Bank, weil sie ein bißchen Platz haben wollte. Die alte Schachtel verwies darauf, selbst recht schlank zu sein, Dickerchen könne sich ruhig wieder neben sie setzen. Die aber bleibt suppenlöffelnd auf der Gegenbank.

Und als ich gerade anfing, mich innerlich aufzuregen, Dickerchen hätte doch sagen können, neben ihr sei nicht frei, sie erwarte noch jemand, man kann doch lügen, wenn es nichts kostet, also kaum wollte ich mich richtig aufregen über die Bosheit der Welt, in der ein jeglicher jedem den Platz wegnimmt und der Lebensraum eng wird, da fingen die beiden Damen friedlich an zu plaudern über die Beschwerlichkeit der Eisenbahnreisen und das Speisewagenwesen. So also ist der Fall, der sich Welt nennt. Die Erniedrigten lassen sich beleidigen und kuschen vor dem Knurren der Herrschenden.

Doch da sah ich die Mordlust im Auge der Vertriebenen, und die Streitsucht klebte im Kostüm der Zugestiegenen, das konnte noch hochdramatisch enden. Und es gab keinen Grund zu verzweifeln. Der Verlust einer Front im Welttheater läßt uns neue suchen in der Eisenbahn.

Sagen wir es offen: Der Sozialismus ist weg und hat eine große Lücke hinterlassen. Seit die Mauer weg ist, zieht's in Berlin. Der antifaschistische Schutzwallraff ist weg, Sozialismus als Kirche von ganz unten, also Hölle, ist weg. Guck ich weg, von dem Fleck, ist der Sozialismus weg. Bleib ich da bei dem Mist, seh ich, daß er nie gewesen ist. Guck ich hin, wo ich bin, fehlt mir heut der Lebenssinn. 1984 hieß es: Stop making sense, hört doch auf mit der Sinnhuberei, geht stiften, ihr Sinnstifter.

Der Sozialismus ist weg, der Sinn ist weg, und auch die Wirklichkeit soll schon ihre Flucht vorbereiten.

Stop killing sense! Das ist das Motto von heute, es birgt Risiko und Chance. Und jede Menge Gefühl. Denn nichts ist so nichtig wie das Nichts von gestern. Und das Jahrhundert geht vorbei und die alten Orientierungen. Neues Chaos braucht das Land und Abschied vom alten.

Was ist ein Antifaschist ohne Faschismus? Ein Nichts. Ein Antifaschist ohne Faschismus ist wie ein Vater ohne Kind, ein Gesang ohne Klang, ist wie ein Fisch ohne Fahrrad.

Warum haben die Fische Schuppen? Damit sie ihre Fahrräder trocken abstellen können.

Was ist ein Demokrat ohne Feinde der Demokratie? Er ist wie eine Ehe ohne Liebe.

Was ist ein Kapitalismus ohne Sozialismus? Er ist wie eine Marktwirtschaft ohne Markt, wie ein Gefängnis mit offenem Ausgang, wie ein Leben ohne Geburt, wie ein Magnetfeld ohne Pole, aber noch ist Polen nicht verloren.

Was ist der Westen ohne den Osten? Er ist wie ein Alltag ohne Urlaub, wie ein Frieden ohne Kriegsgefahr, wie ein Kindergarten ohne Kinder, wie eine Familie ohne Fernsehapparat.

Nietzsche sagte, Gott sei tot. Da kam Lenin und sprach: »Moment mal!« So begann das 20. Jahrhundert mit einem fatalen Irrtum, mit der Verwirklichung der Legende von der Emanzipation des Menschen vom Menschen, der Befreiung der Frau durch die Frau, der Natur durch die Naturkost.

Das 20. Jahrhundert ist der reale Alptraum der Ideen des 19. Jahrhunderts: Sozi, Nazi, Prolli, Sponti, Interconti, amen.

Grenzenlos ist die Freiheit über der Wolke, der Irre schreit: Die Macht dem Volke.

MUSS KUNST WEH TUN?

[1998] Kunst lebt von der Einsicht, daß Menschen weder zu bessern noch zu belehren sind. Außer manchmal, und dann nur individuell durch ein gutes Essen und eine gute Sexualsause. Dann wird der Mensch kurz zufriedengestellt und randaliert nicht rum, sondern schläft sich aus. Pazifismus nennt man diese Phasen der Müdigkeit, wenn der Arm zu schwach ist, um zum Schwert zu greifen oder Gift zu mischen.

Liebe verändert Menschen nicht, hält sie noch nicht mal still und hilft dem allgemeinen Guten schon gar nicht weiter. Liebe ist Verrat und Kraft, Gewalt und Intoleranz, also politisch nicht empfehlenswert und von Haus und Fleisch und Bein aus überhaupt kein bißchen korrekt. Liebe ist oft faschistisch, zuweilen stalinistisch, selten demokratisch, aber immer eine terroristische Vereinigung. Da kommt keine Rettung her fürs sinnlose Leben im Alltagsgrauen, Liebe ist Ausnahmezustand. Der Rest ist Treue.

Kabarett ist auch Kunst, also hat Kabarett keine Botschaft und keine handlungsanleitende Außentendenz, sondern guckt sich rum und baut Brücken über den Gesängen, die, wie gesagt, selber eine Brücke sein wollen. Darunter flanieren Fremde. Kabarett ist ein Bett im Kornfeld, in das manche ihre Flinte werfen, weil ihnen der Zug nach nirgendwo abgefahren ist, Kabarett ist zum Heulen, weil es nicht mehr den Notausgang zeigt aus der kapitalistischen Welt, doch das Publikum lacht über sein Eingeschlossensein. Wer aber vom Kabarett Hilfe verlangt und seine Hand ausstreckt, damit es ihn führe in irgend etwas Gelobtes hinein, der muß beschimpft werden und heftig kritisiert.

Es sind oft junge Provinzschlampen und Pickelknaben des landgestützten Kulturteils, die ihre Perspektivlosigkeit ergebnisschwach ummünzen und mehr verlangen. Die schlimmsten Menschen dieses Landes sind die mit Abitur Gestraften, die in der Provinz leben und sich dafür schämen. Es gibt keinen Grund, in Ulm zu bleiben oder in Gießen und dann zu sagen, das sei eine schreckliche Stadt. Wer in Ulm lebt oder in Gießen, was soll's, so bedeutend sind Frankfurt und Berlin auch nicht, wir leben schließlich in Europa. Aber wer sich dafür schämt, ohne vom Ort der Scham zu fliehen bis an den *Zaun,* an dem die Welt endet, der ist auf dem Weg schon angekommen, auf dem er stets die anderen und besonders die von ihm verachteten Spießer wähnt, er ist Massenmensch mit Vorgarten, Dumpfbacke mit Familienanschluß, Arschgesicht ohne Klopapier im Anzug.

Also hat der Spott die Welt geliebt, daß er die Eingeborenen verlacht und dennoch Respekt hat vor denen, die wie Würmer im Staub kriechen. Furchtbar dagegen ist ein Dichter wie Peter Hacks, dieser kommunistische Herrenreiter und Staatspossenreißer, der über eine Erinnerung an Breslau schreibt: »Manchmal, als ich ein Kind war, ging mein Vater mit mir am Oderfluß spazieren; dort, glaube ich, lag wie die einzelne graue Brust einer nicht begehrenswerten Frau die Jahrhunderthalle.« Ein Künstler, der behauptet, es gebe auch nur einen einzigen nicht begehrenswerten Menschen, der hier also zwecks schlechter Bilderfindung eine lebensunwerte Frau imaginiert, der ist ein Rassist, den wir mit einem fröhlichen »Heil Hacks« grüßen und ihm die Krätze an den begehrenswerten Leib wünschen. Leben heißt nun mal auch begehren und begehrt werden. Und wer nie begehrt wurde, war es dennoch wert.

Kabarett muß drum den anderen Künsten wieder auf die Finger schauen: Da ist viel zu holen.

Comedy beschränkt sich auf Werbung und Fernsehen als Stoff, weil die alleine Gemeinschaft stiften können im angestrebten Massenpublikum. Comedy ist wie das Sein von Lehrern, die auch nie aus demselben Haus rauskommen. Comedykünstler haben was von Referendaren, die vor großen Klassen um Schonung bitten. Immer in der Schule bleiben ist auch eine Möglichkeit, sich mit der Welt abzufinden, warum auch nicht? Und wer immer Fernsehen guckt, will irgendwann auch Fernsehen machen, und dann ist es egal, ob man selber guckt oder beguckt wird oder produziert oder – rums, kann es passieren, daß man rausfliegt aus der Familie.

Die Unterhaltungsindustrie ist eine große autoritäre Familie, in der sich alle duzen und freundlich sind, nur ein paar absonderliche Onkels aus manchen öffentlich-rechtlichen Anstalten tun so, als gehörten sie nicht dazu. Das sind immer die Schlimmsten. Richtig ist, daß wir alle von dieser Fabrik in unübersichtlichem Familienbesitz abhängig sind, richtig ist, daß es vor allem um Geld und Macht geht. Das unterscheidet die Unterhaltungsindustrie nicht von den anderen Kulturbetrieben. Auch im Theater, in Verlagen und Galerien und Musikstätten gibt es absonderliche Onkels und Tanten, die so tun, als würden sie nicht dazugehören. Das sind immer die Schlimmsten. Kabarett muß mitmachen, fröhlich dabeisein beim korrupten Spiel um Einschaltquoten und Erfolg. Wenn es das nicht tut, dann gleicht es den absonderlichen Onkels und Tanten. Und das sind immer die Schlimmsten.

Gaby Köster, die »dümmste Praline der Welt«, sprach vor Jahren auf der Kölner Stunksitzung eine große Wahrheit gelassen aus, als sie dem linksalternativen Publikum ein sensationelles Geständnis machte: »Ihr wolltet doch immer die Diktatur des Proletariats. Und jetzt bin ich da!«

Das Fernsehen organisiert die Diktatur des Proletariats über die Kleinbürger seiner Macher und Gucker. Ist das nicht herrlich und geradezu ein Ausdruck des surrealistisch-anarchistisch-chaotischen Kommunismus (S.A.C.K.)?

Wer Fernsehen macht und sich trotzdem über Werbung und Kapitalismus, die Privaten und Mobbing moralisch erhebt, outet sich als Idiot. Keiner wird in Europa mit dem Gewehr gezwungen, bei den Medien rumzuwühlen und in die Kamera zu plappern. Kabarettisten, die sich beschweren, daß sie nicht ins Fernsehen kommen, sind entweder sehr jung und sollen sich halt anstrengen, oder sie sind schon älter und dermaßen am Ende, daß sie von niemandem gesehen werden wollen. Oder sie sind besonders trickreich und schleimen jedem Sender ein Programm an, in dem eine Beleidigung oder formlos langweilige Bosheit drin ist. Wenn sie abgelehnt werden, klagen sie stolz in aller Öffentlichkeit über Zensur und sind doch nur nette Menschen, die ihre Eitelkeit für politischen Widerstand halten.

Das tut weh, ja, hier tut Kabarett weh. Ich bekomme einen festen Sendeplatz, fülle den leidlich aus, dann sage ich bei einer Livesendung, der Papst sei ein Arschloch und der Bundeskanzler habe abtreiben lassen – schwups! fliege ich raus und behaupte dann, das Schweinesystem übe Zensur aus. Wenn der Hofnarr den König bittet, ihn des Schlosses zu verweisen, darf er sich nicht wundern, wenn er plötzlich draußen auf dem Acker steht und die Bauern ihn auslachen.

Kabarett soll sich mit all den Wirren dieser Betriebe beschäftigen, aber die anderen Künste nicht aus den Augen verlieren. In der Literatur kann man so viel mehr klauen als aus der »Lindenstraße«. Was wir brauchen, sind Fortbildungslehrgänge »Geistiger Diebstahl – leichtgemacht« und dann »Geistiger Diebstahl für Fortgeschrittene – mit praktischen Übungen«. Wolfgang Neuss sei unser Lehrer, der irgendwo zwischen Nirwana und Kifferwolke 7 mit Günter Thews sitzt und für ihre himmlische Kabarettgruppe »Die zwei Muertos« von der Erde Witze und Pointen hochfischt.

Die Hochkultur ist dazu da, daß man sie beklaut. Diebstahl aus dem Heiligen Gral nannte man früher Bildung, weil bloß Eingeweihte einen erwischen konnten. »Das stammt doch von Schiller und nicht von dir«, hieß es dann triumphierend. Bildung gibt's nicht mehr. Die Bildung ist zweimal in diesem Jahrhundert in den Krieg marschiert und hat sich als Aufseherin in den Konzentrationslagern bewährt. Das schadete erst dem Teint, später der Substanz, heut ist sie tot.

Manche Kabarettisten gehen zu Aldi einkaufen, weil es da billig ist und auch angesagt. Kunst ist auch ein Supermarkt für Kunst, warum nicht mal den Umweg machen? Was haben wir gelacht bei der »Documenta X« in Kassel im Jahre 1998. Allein der Katalog (»das schwerste Flugblatt seit Erfindung der Mensa«, schrieb ein trefflicher Journalist) harret seiner Ausbeutung. Oder noch mal Neuss: »Wer keine Theaterstücke schreiben kann und nicht das Zeug zu einem Leitartikler hat, sollte diese Begabungsmängel miteinander verbinden und Kabarettautor werden.«

Was macht der Kabarettist? Er macht sich lächerlich. Der Kabarettist ist der Priester der Lächerlichkeit, er entzaubert den kleinen Mann als Opfer böser Kräfte und Verschwörungen und verzaubert den Täter der Welt, indem er ihm durch Lächerlichkeit wieder den Mantel des Menschlichen umhängt. Der Kabarettkünstler tritt in der Figur des Spötters auf, als Ketzer also, denn Spötter sind Herausforderer der göttlichen Autorität.

STARKES KABARETT, POLITISCH UND KORREKT

I.

Die schöne Reporterin und der verbiesterte Kabarettist [1995]

SIE: Sind Sie als Kabarettist Künstler?
ER: Ja, ich bin ein Deutscher.
SIE: Deutsch sein heißt Künstler sein?
ER: Noch nicht. Der Künstler ist zeit seines Lebens auf der Suche nach seinem Hauptfeind. Ich bin wie Deutschland von lauter Feinden umzingelt.
SIE: Der größte Feind des Mannes ist sein Johannes.
ER: Sie haben auch nur eins im Kopf.
SIE: Stimmt, zwei Augen und einen guten Geschmack.
ER: Den kann ich mir nicht leisten.
SIE: Dann müssen Sie weniger essen.
ER: Was hab ich bloß getan?
SIE: Bis jetzt auf keinen Fall zuviel. Wer nicht lachen kann, ist nicht ernst zu nehmen.
ER: Ich nehme mich aber nicht ernst.
SIE: Ein Glück. Aber warum sollen die Leute eigentlich lachen?
ER: Lachen entspannt, macht gute Laune.
SIE: Ihr Deutschen seid blöd. Selbst wenn ihr lacht, soll das noch einen nützlichen Zweck erfüllen.
ER: Das können Sie nicht verstehen. Wenn wir Deutsche schlechte Laune haben, wird es für die ganze Welt gefährlich.
SIE: Ohne die ganze Welt tut ihr es auch nicht.
ER: Heute lacht Deutschland und morgen die ganze Welt. Das ist ein Projekt, daran arbeite ich vergebens.
SIE: Was ich gar nicht leiden kann, ist, daß ihr euch immer entschuldigen müßt.
ER: Tut mir leid, ich entschuldige mich doch gar nicht.
SIE: Sie erklären ständig, daß Ihr Tun gerechtfertigt ist, das ist doch auch blöde.

ER: Eins kann ich sagen, und das kann ich beweisen, ich habe mich noch nie für das, was ich tue, entschuldigt. Ich steh dazu, was ich mache.

SIE: Sie entschuldigen sich, und Sie erklären auch noch den Sinn Ihrer Arbeit. Die ist ja in Ordnung, aber doch auch sehr unwichtig.

ER: *(schluchzend)* Das sag ich doch selbst dauernd.

SIE: Und dann dieses Selbstmitleid. Seien Sie doch froh, daß es Sie gibt.

ER: *(triumphierend)* Wollen Sie das schreiben?

SIE: Ja und nein. Aber wissen Sie eigentlich, was Sie machen? In diesen politischen Zeiten? Ist da einfache Unterhaltung gerechtfertigt?

ER: Ich weiß es auch nicht, aber ich befürchte, daß es eigentlich unkorrekt ist.

SIE: Haben Sie ein gutes Gewissen, wenn Sie mit diesem Zeug Geld verdienen?

ER: Das ist ja mein Problem, ewig dieses schlechte Gewissen.

SIE: Warum?

ER: Was »Warum«?

SIE: Warum haben Sie ein schlechtes Gewissen?

ER: Man müßte mehr helfen, weil überall ist doch so viel Not.

SIE: Und was hat das mit Ihnen zu tun?

ER: Deshalb hab ich ja so ein schlechtes Gewissen.

SIE: Schade, ich hatte mir mehr versprochen. Aber ich mag Sie, wenn Sie ernst sind.

ER: Ich bin immer ernst. Deshalb lachen die Leute über mich.

SIE: Die lachen nicht, weil Sie ernst sind, die lachen Sie aus, weil Sie nur so tun, als ob. Ich finde Sie aufregend, wenn Sie wirklich ernst sind.

ER: Aber davon kann ich nicht leben. Ich hab nix, ich bin nix, ich kann nix, was soll ich machen?

SIE: Lieben Sie mich.

ER: Ich muß weg, das Publikum wartet.

II.
Die schwache Politik und das starke Kabarett

Das Kabarett lebt, das politische Kabarett lebt, und viele kommen daher und sagen es tot. Das war schon immer so.

Was politisches Kabarett ist, läßt sich schwer klären, wenn niemand mehr weiß, was Politik ist. Vom Kabarett haben schon sowieso nur noch die Zuschauenden eine Ahnung, nicht mehr aber die Begriffsarbeiter. Die Lage ist kompliziert, da muß man es sich einfach machen. Plump, korrekt und präzise – drei Faktoren bilden die Ästhetik des starken Kabaretts.

Wir leben in einer feudalistischen Weltrepublik, die beherrscht wird von politischen Allianzen, bewaffneter Ökonomie und esoterischen Zirkeln. Staaten und Kirchen und Gewerkschaften gibt's auch noch.

Nun kommen einige und wollen unterhaltsam auf das Wahre und Gute hinweisen, dessen Absender sie zu kennen meinen: Kabarettisten und Kabarettistinnen. Solche sind Kunstkriminelle, denn der Gegenstand des Kabaretts ist nicht die Wahrheit und das Richtige des Lebens, das sich über das Falsche und Böse lustig erhebt, der Gegenstand des Kabaretts ist der zeitgenössische Kampf um Recht und Macht, von wem immer er auch geführt wird.

Wenn Gott und das Zentralkomitee als die Hauptverwaltung der ewigen Wahrheit ausgefallen sind und Moral und Recht nur im Alltag der Normalen und Unnormalen entstehen, dann ist es Aufgabe des Kabaretts, alles Neue durch das Stahlgewitter der Satire zu jagen und nicht das Alte durch larmoyante Kritik zurückzubeten.

Die kabarettistische Methode zur Erhellung der realen Finsternis arbeitet mit geheimdienstlichen Mitteln. Große Lauschangriffe gegen das Volk sind angesagt, die Stimmungen müssen abgehört und Erkenntnisse von konkurrierenden Geheimdiensten (Popmusik, bildende Kunst, Kriminologie und Literatur usw.) gesammelt werden. Es geht ausschließlich um die Gegenwart, die Zukunft ist genauso zu verachten und lächerlich zu machen wie Eierstock und Vaterhoden, Transzendenz und Vergangenheit. Der

Historiker ist der rückwärtsgewandte Prophet, der Kabarettist erstattet Bericht von den Fronten der künftigen Kriege.

Auf die Frist kommt es an, die uns bleibt. Entertainment ist wie alle große Kunst immer eine Fristverlängerung.

III.
Der blöde Frager und der belesene Kabarettist

FRAGE: Ihr neues Programm ist neu. Was ist es noch?

ANTWORT: »Es ist auch ein Fingerzeig auf den ganz alltäglichen Wahnsinn.« (Renate Schostack in: »Theater der Welt«, *FAZ*, 1993)

FRAGE: Sie sind ja nun auch ein nicht erfolgloser Unterhaltungsmensch, benutzen obszöne Witze und unkritische Grobheiten, um die Zuschauer bloß noch zum Lachen zu bringen – ist das Ihre Art, sich dem Publikumsgeschmack durch Anpassung zu beugen?

ANTWORT: »Das ist keine Geschmacksfrage. Es wäre lohnend zu untersuchen, wie sich das Lachen auffächert. Hier sind Annäherungen zu vermuten und Revolten ebenfalls. Der Verstoß gegen die Regel, die Ordnung, das Gesetz animiert. Wir sind in der Welt gefangen – der Gegenpol des Lachens ist Mathematik. Fünfe gerade sein lassen ist ein großes Motiv. Das Obszöne erheitert, selbst auf Sarkophagen – es nähern sich Götter, freilich nicht in ihrer Größe; man mischt sich in das Gefolge des Dionysos.« (Ernst Jünger in: *Siebzig verweht*)

FRAGE: Wenn alles Realsatire ist, ist dann Kabarett in der Gegenwart nicht besonders schwer, oder anders gefragt, hat das Kabarett es gerade heute nicht so einfach wie nie, weil Ihnen die Wirklichkeit jeden Tag neue Themen liefert, die eigentlich gar nicht mehr komisch sind?

ANTWORT: »Äußerlich hat das Komische allerdings abgenommen, doch innerlich scheint es sich im umgekehrten Verhältnis vermehrt zu haben; es ist schwerer faßbar, komplexer, zarter, feiner geworden.« (Gustave Flaubert in: *Jules und Henry*)

FRAGE: Also gibt es nichts mehr zu lachen?

ANTWORT: »Worüber soll man noch lachen, wenn alles lächerlich ist? Für einen Autor ist der Gedanke wirklich peinlich, daß, welche Torheit er auch seinen Hanswürsten in den Mund legt, die ernsten Menschen immer noch stärkere sagen.« (Gustave Flaubert in: *Jules und Henry*)

FRAGE: Aber Sie machen sich über alles lustig, über Behinderte, Ausländer, das Grundgesetz, und parodieren alles, was einmal links war oder die Demokratie sein soll?

ANTWORT: »Ebenso wie verschlissener Samt schöner ist als neues Linnen und eine Papiermütze das Haupt Apollos nicht entwürdigen kann, so kann die Parodie nichts von dem zerstören, was unzerstörbar ist, ihr Dolch zersplittert am unvergänglichen Marmor; sie macht im Gegenteil das Schöne noch schöner, wenn sie ihm das Häßliche an die Seite stellt; der Ruhm bedarf also, um vollkommen zu sein, der Beschimpfung; mittelmäßig fürwahr wäre für mich der Triumph, bei dem die Schmäher fehlen.« (Gustave Flaubert in: *Jules und Henry*)

DEN MENSCH ZUR SAU MACHEN!

[1987] Der Bereich, der sich mit dem Verhältnis von Politik und Entertainment traditionell am intensivsten beschäftigt, ist das Kabarett. Und was sehen wir hier? Not und Krise wie überall.

Der Kabarettist Dieter Thomas beispielsweise weist immer wieder auf die Furchtbarkeit seines Berufes hin, ja, er behauptet, sich von Politikern verfolgt zu fühlen. Im Volke heiße es allenthalben, die größten Komiker säßen in Bonn und überall, wo der moderne Kabarettist hinkomme, höre er, die anderen, die Politiker, seien schon dagewesen.

Bereits 1984 hatte der sozialliberale »Club Voltaire« in Frankfurt am Main gegen die Bundesregierung unter Helmut Kohl das kämpferische Motto ausgegeben: »Das Kabarett ist tot, es lebe die Regierung.« Und nach der Bundestagswahl 1987 notierte Uwe Schmitt in der *FAZ*, daß Franz Josef Strauß in der Sendung nach der Wahl, in der der Ministerpräsident volltrunken und sehr witzig geschimpft hatte, als großer Satiriker »neue Maßstäbe für das deutsche Kabarett« gesetzt habe.

Wenn man die Politik nicht mehr verstehen will, erklärt man alles für Theater, und wenn man die Politik genießen will, weil man keine Lust hat, die Anstrengungen des Veränderns auf sich zu nehmen, dann ernennt man die Politiker zu Spaßmachern und hat seine kleine Freude daran. Mit dem gleichen Recht hat das deutsche Volk vor vielen Jahren Adolf Hitler zum Vortragskünstler erklärt und sich um den Rest nicht geschert. So wandelt sich der Zeitgeist, Politik wird mal als Gottesdienst, mal als Tragödie, mal als Kabarett empfunden. Gleich bleibt nur, daß Politik eine Vorstellung ist, die dem Publikum gegeben wird, damit es darauf reagiert. So leben wir also in reaktionären Zeiten, weil das Reaktionäre mit dem Einverständnis des Publikums geschieht.

Nach dieser endgültigen Feststellung, daß wieder einmal das Volk an seinem Elend selber schuld ist, schauen wir, wie das zeitgenössische Kabarett sich im Spannungsfeld zwischen Entertainment und Gottesdienst verhält.

Anläßlich der vergangenen und von der Linken verlorenen Bundestagswahl 1987 war viel vom konservativen Durchmarsch die Rede. Christlicher Fundamentalismus legt sich wie ein Schleier übers Land, und von Rudi Carrells Fernsehsatire, die mit Reizwäsche werfende islamische Frauen montiert hatte, ist der orientalische Verwandte, der Muslim-Fundamentalismus beleidigt. Es stehen religiöse Rekonstruktionsperioden am Horizont. Diese Schau des gegenwärtigen Kulturwesens kann jedoch leicht auch zu falschen Schlüssen führen. Das sind doch wieder treffliche Zeiten fürs Kabarett, so hört man bisweilen, die Feinde sind wieder eindeutig.

Nur scheinbar! Denn die Emanzipation des politischen Kabaretts von einer »mehr Gerechtigkeit« einklagenden Kleinkunst und seine Entwicklung zum nachbürgerlichen Volkstheater werden mit solchen Einschätzungen wieder rückgängig gemacht – und zwar mit dem Anspruch, Kabarett solle den Herrschenden auf die öffentliche Hand klopfen, den Klassenfeind herausfinden und seine Untaten anprangern.

Diese Spezies politischen Kabaretts aber ist höchst gefährlich und sollte aufs entschiedenste bekämpft werden. Warum? Der Witz, sagt Adorno, setzt widerspruchslos den ins Unrecht, über den er ergeht. Wer ausgelacht wird, heißt das, ist schon verurteilt, der braucht sich nicht mehr zu entschuldigen. Er hat verloren.

Nach diesem Verständnis ist auch das konservative Kabarett organisiert. Hier werden im Schummerlicht des Amüsierbetriebes die politischen Machtverhältnisse auf den Kopf gestellt. Der Kabarettist wird zum Richter und verurteilt die Mächtigen zu zwei Stunden Lächerlichkeit ohne Bewährung. Daher rührt auch der Berufsstolz des Kabarettisten. Während seiner Vorstellung erhebt er sich aus der Lage der Ohnmacht und wird zum Machthaber.

Natürlich ist dies keine reale Politik, es ist Travestie. Der Kabarettist ist kein Machthaber, er ist Rechthaber. Kabarett wird so zur vergnüglichen Form eines moralisierenden Volksgerichtshofs. Das kritische Volksempfinden wird bedient, einverständliches Lachen stellt sich her.

Die Wirkung des Kabaretts besteht dann darin, daß im Publikum der Eindruck entsteht, denen da oben und auch denen da unten, die sich von denen da oben alles gefallen lassen, sei es mit Witz und Biß einmal richtig gegeben worden.

Nun weiß man aus Fernsehaufzeichnungen etwa der Münchner Lach- und Schießgesellschaft, daß häufig Politiker, also die Angriffsobjekte der Satire, sich im Raum befinden und bei den sie treffenden Witzen begeistert bis säuerlich in die Kamera lächeln. Handelt es sich dabei nun um Masochismus dieser Verwaltungsbeamten, oder beobachten wir hier ein geheimes Einverständnis? Wie zwischen Narr und Minister beim Mainzer Karneval?

Gewiß auch, aber es gibt noch einen schlimmeren Bezug zwischen konservativem Kabarett und Kapitalismus, zwischen Satire und bürgerlicher Welt. Sie haben beide ein gemeinsames Ziel: Die Illusion muß aufrechterhalten werden, es gebe eine bürgerliche Klasse, die die politische Macht ausübt.

Die *FAZ* fordert daher vom Kabarett »eine scharf gegen die Mächtigen polemisierende, auf die Macht des Wortes setzende« Kunst (1985). Es komme auf das »Anstößige« an: »Satire in Wort und Bild, die diese Bezeichnung verdient, hat sich nie mit humoristischer Harmlosigkeit begnügt, im Gegenteil – das Lachen, das sie provoziert, muß einen revolutionären, wenigstens aufsässigen Kern haben.« (1987) Revolution ist also notwendig, sie gehört aber, so will es die *FAZ,* ins Kabarett: »Revolutionäre ohne ›Basis‹ sind gefährliche Kabarettisten, sie wurden von den Medien ernster genommen, als sie sich selbst je zu verstehen gewagt hatten.« (1985)

Das Kabarett hat also die Aufgabe der integrierten Anstoßerregung. Und immer wieder erscheint den Autoren des Frankfurter Weltblatts ausgerechnet Dieter Hildebrandt als Vertreter des konservativen Kabaretts, wenn er auch auf das ihm zugewiesene Maß zurechtgestutzt wird, das darin besteht, daß »er im Vollbesitz seiner Ohnmacht auf den eigenen Wahrheiten sitzenbleibt« (*FAZ,* 1986).

Doch zum Glück, so listig ist wieder die Geschichte, wird hier der Falsche in den Mitbürgerstand erhoben. 1987 erläuterte Hildebrandt in einem Interview mit dem Südwestfunk, warum Kabarett heute mehr Spaß mache als vor 30 Jahren. Damals sei diese Kleinkunst in eben kleinen Räumen etwas für eine privilegierte und finanziell gut ausgestattete Minderheit gewesen. Heute aber wird Kabarett häufig in Hallen veranstaltet, in die 1000 Menschen kommen.

Kabarett ist hier nicht mehr konservative Salonvorstellung, es hat sich zum popkulturellen Flügel des Theaters entwickelt. Sein Thema ist nicht die verfallende bürgerliche Gesellschaft, sein Thema ist das, was danach kommt.

Ich wünschte, ein Bürger zu sein, so rief im 19. Jahrhundert der Historiker Theodor Mommsen dem geschichtlichen Phänomen der Décadence entgegen. Ich wünschte, ein Bürger zu sein, das ist die Parole des konservativen Kabarettisten.

Er ist beleidigter Idealist. Er hängt an der Utopie der bürgerlichen Gesellschaft. Und er steht an ihrem Rande, er ist nicht so richtig offiziell zugelassen. Das schärft seinen Blick. So holt er aus zum antibürgerlichen Schock, er provoziert per Anstößigkeit. »Der Abscheu vor dem Bürger ist bürgerlich«, schrieb Jules Renard 1889 in sein Tagebuch.

Konservativer Kabarettist und konservativer Feuilletonist nähern sich in der Lust an der Travestie. Beide spielen Bürgertum, simulieren eine Klasse, wollen deren Ideale wiedererwecken. Sie produzieren eine fiktive Klasse, die sie »revolutionär« angreifen und durch Lächerlichkeit töten können. Eine tote Klasse, eine getötete, entfaltet dann unter dem Strich der Dialektik ein neues Leben. So hofft konservatives Kabarett, durch Arbeit an der Vergangenheit Zukunft zu gewinnen.

Das neue Kabarett aber, das sich dem Gebot eines authentischen Volkstheaters stellt, wird sich an die Gedanken Jean-Paul Sartres halten, die er 1950 in Anlehnung an Bert Brecht auf der deutschen Volksbühnentagung in der Frankfurter Paulskirche äußerte. Nicht Konflikte zwischen Personen solle das Theater behandeln, sondern allein Konflikte zwischen Rechten seien maßgebend. Überdies dürfe das Theater weder verteidigen, noch dürfe es Probleme lösen, es habe allein Fragen aufzuwerfen.

So hat das neue schwarze Kabarett deutscher Zunge nicht zu wissen, wo es in der Debatte um das Gewaltmonopol des Staates langgeht, es hat danach zu fragen, welche Kulturnormen gelten und gelten sollen für die Durchsetzung demokratischer Rechte. Das »Vorläufige Frankfurter Fronttheater« hat 1985 einmal etwas vorläufig Programmatisches formuliert: »Unser Kabarett pflegt Haß auf gute und Liebe zu den anderen Menschen, ist also antizyklische Sympathiewerbung. Da der Mensch an sich gut ist, muß er vom Kabarett zur Sau gemacht werden. Den Vorwurf der Menschenverachtung kann man nur mit der noch schärferen Gegenfrage kontern, wen man denn sonst verachten soll! Die Alpen etwa? Doch nicht diese – denn der Fall der Welt ist gegenwärtig ihr Zerfall, was übrigbleibt, ist Abfall. Abfallen aber ist kein Zustand, sondern eine Bewegung, ja sogar *die* Bewegung.«

Wenn Gott und das Zentralkomitee als die Hauptverwaltungsinstitutionen der ewigen Wahrheit ausfallen und Moral erst in den Machtkämpfen für eine neue Gesellschaft entsteht, dann ist es Aufgabe des Kabaretts, alles, was neu entsteht, durch das Stahlgewitter der Satire zu jagen und nicht mehr das Alte durch larmoyante Kritik zurückzubeten. Das konservative Kabarett aber ist der Arzt am Totenbett der bürgerlichen Klasse.

GARDEROBEN-GESPRÄCHE

EIGENBROD: *kommt durch die hintere Tür, sieht sich kurz um* Drecksladen! *Geht hinten ab.* [1997]

KASPER: *kommt durch die linke Tür, sieht sich kurz um* Stinkt ja wie im Affenhaus. *Geht links ab.*

EIGENBROD: *kommt von hinten rein* Das riecht, wer war bloß vorher hier? Mein Gott, kennen sie denn kein Erbarmen mit uns?! *Geht hinten ab.*

KASPER: *kommt von links rein, trägt einen Koffer, stellt ihn auf den Boden* Natürlich nichts zu trinken. Alles muß man selber machen. Saubande. *Geht links ab.*

EIGENBROD: *kommt von hinten rein* Natürlich nichts zu essen. Nicht einmal ein einfaches belegtes Brötchen. Von Obst ganz zu schweigen. Wahrscheinlich kennt man hier keine Früchte, sie haben noch nie etwas von Bananen gehört. *Geht hinten ab.*

KASPER: *kommt von links rein* Gut, daß ich meine Bananen dabeihabe. *Legt Bananen auf den Tisch, geht links ab.*

EIGENBROD: *kommt von hinten rein, hat eine Flasche Wasser und eine Aktentasche dabei und stellt beides sorgfältig auf den Tisch* Bananen? Wo kommen plötzlich die Bananen her? Sollte ich mich geirrt haben, und sie verstehen doch etwas von Kultur in diesem Haus? *Schält sich eine Banane, beginnt sie zu essen.*

KASPER: *kommt rein, hat eine Flasche Wodka dabei* Schmeckt's?

EIGENBROD: *mit vollem Mund* Sind Sie endlich da? Haben Sie das Reisegeld?

KASPER: Das da in Ihrem Mund da, das ist meine Banane.

EIGENBROD: *schluckt den Rest runter* Das war Ihre Banane? Warum liegt hier Ihre Banane rum? Wenn Sie leichtfertig Ihre Bananen auf den Tisch legen, dann müssen Sie sich nicht wundern, wenn diese Bananen verzehrt werden. Was muß das für ein schäbiger Kleingeist sein, der hinter einer verspeisten Banane hertrauert, als habe man sein eigen Fleisch und Blut gefressen. Wer seine

Zigaretten auf den Tisch legt, bietet sie damit an. Das ist so üblich.

KASPER: Ah – ein Schnorrer, ein Mann vom Stamme Nimm. Sehr angenehm, mein Name ist Kasper.

EIGENBROD: Witzbold!

KASPER: Stimmt, das ist mein Beruf, deshalb bin ich hier, mein Herr. Und Sie stellen wahrscheinlich das Denkmal des unbekannten deutschen Affen dar: Immer wenn mit Bananen gewunken wird in diesem Land, dann steht das Volk auf, und ein Sturm bricht los. Sie sehen, ich spreche hier ganz ohne Befangenheit von unserer jüngsten Vergangenheit. Warum sind Sie hier?

EIGENBROD: Ein Witzbold. Ich muß mir die Garderobe teilen mit einem Witzbold. Ich fürchtete schon, Sie seien der Hausmeister. Aber es mußte natürlich schlimmer kommen. Man wird eingeladen zu einer Benefizveranstaltung für die Armen, man geht hin, weil man sich verpflichtet fühlt – und dann muß man sich die Garderobe teilen mit einem Witzbold. Mein Herr, Sie erzählen also heute abend Witze zum Nulltarif?

KASPER: Jawohl. Kennen Sie den?

EIGENBROD: Nein, ich will ihn auch nicht kennenlernen. Ich hasse diese Kletten, die Witze erzählen. An der Theke schleichen sie sich an einen ran, belästigen uns mit ihrem stinkigen Atem und erzählen ungefragt einen Witz. Und sie schauen einen an, ob man auch lacht. Mit diesem unterwürfigen Hundeblick – zum Reintreten und Augenausstechen.

Die Witzeerzähler haben aus diesem Lande eine Diktatur gemacht. Im Fernsehen amüsieren sie uns zu Tode, die Kirche wird nicht mehr durch einen Pfarrer vertreten, nein, eine Unterhaltungsfliege sirrt über den Bildschirm, die Abortmücke des Teufels. Man erwartet ein politisches Machtwort der Regierung, doch statt dessen steht da ein Witzeerzähler und schmunzelt uns ins Verderben.

KASPER: *klatscht verhalten Beifall* Gute Nummer. Übrigens – mein Name ist Kasper. Wie ist Ihr Name? Oder müßte ich Sie kennen?

EIGENBROD: Eigenbrod. Mein Name ist Eigenbrod, und ich denke, wir werden diese Peinlichkeit nicht ausweiten hier in diesem schaurigen Raum, der solche Antipoden gegeneinanderhetzt.

KASPER: Der große Eigenbrod. Schön. Welche Ehre für mich. Man ist sensibel. Man hat Probleme mit dem Raum. Man macht Kunst. Aber macht man auch Geld? Große Kunst ist ja nur hier wegen der Erhabenheit der Wohltätigkeit. Wahrscheinlich zahlen Sie Ihr Hotel auch selbst, diese Absteige mit dem praktischen Haken an der Decke, falls einem nachts die Idee kommt, wie man das eigene Finale genial inszenieren könnte. Aber no Pförtner, no Strick – und weiter geht die Karriere, vom Benefiz zur Wohltat.

Der Lautsprecher beginnt zu knistern und zu knacksen.

EIGENBROD: Das ist Folter, man quält mich seit Jahren mit Lärm. Wie soll man sich vorbereiten, wenn man mit Radau zur Weißglut getrieben wird?

KASPER: Wir sind nicht die Stars auf einer Gala, wir sind die Deppen bei einer Benefizveranstaltung – also ist der Lautsprecher kaputt, das Klo verstopft und … *Holt einen Zettel aus der Hosentasche* Haben Sie den Ablaufzettel?

EIGENBROD: Ich habe meiner Agentin schon tausendmal gesagt, sie soll mir eine Mappe machen mit den Unterlagen für jede Veranstaltung. Und was macht sie? Sie gibt mir eine Mappe mit den Unterlagen für die Veranstaltung, und ich stopfe mir den Dreck in die Tasche. *Holt einen Umschlag aus der Jackentasche, stopft ihn gleich wieder zurück und tastet herum, bis er den Ablaufzettel findet.*

Der Ablauf und die Applausordnung. Lächerlich, eine Applausordnung nach einem solchen Chaos. *Schaut auf den Zettel* Ach du heilige Scheiße Gottes und der himmlischen Heerscharen! Sie treten sofort hinter mir auf, wir beide werden gemeinsam angekündigt, welcher Idiot hat hier die Abendregie? Ich glaube, es wird Nacht: Ich bin auch in der Applausordnung an den Witzbold festgekettet.

Mehr zu sich Man muß wahrhaftig nicht alles tun, nur weil es schwarz auf weiß geschrieben ist. Das werden wir noch sehen, wer hier wem die Schau stiehlt. Ich habe das Stadttheater verlassen, weil es für mich nicht mehr abendfüllend war, die anderen über neunzig Minuten an die Wand zu spielen, aber heute muß die Trickkiste wieder aufgemacht werden. Offensichtlich.

Zu Kasper Entschuldigen Sie, daß ich vorhin Ihre Banane gestohlen habe.

KASPER: Schon vergessen, ich habe genug dabei. Bananen, das ist kein Thema. Aber daß es hier nichts gibt, ist ein Skandal. Ich habe sicherheitshalber immer eine Flasche Wodka dabei. Nicht, daß ich daraus trinke, aber sie gibt mir die Gewißheit, daß ich mich besaufen könnte, wenn es darauf ankäme – im Ernstfall. Ein Künstler ohne Alkohol ist wie der liebe Gott ohne die Zehn Gebote.

EIGENBROD: Es ist eine Schande, wie man hier behandelt wird. Sie glauben, man ist aus lauter Spaß unterwegs. Am liebsten würden sie uns in einer Wohngemeinschaft, in einer sozialpädagogischen Heilanstalt unterbringen, im Doppelbett neben einer Schweißfußsocke mit Mundgeruch.

KASPER: Und nachher gehen sie noch mit uns essen. »Ich kenne hier einen ausgezeichneten Griechen, bei dem es um diese Uhrzeit noch etwas zu essen gibt.« Und dann gucken sie dich an, als hätten sie als erste in Deutschland eine Griechengruft entdeckt, die sie dir jetzt vorführen. Und dann gehst du gottergeben in diese weißvergipste Grotte, da ist niemand mehr sonst im Lokal, außer den beiden stummen Südländern, die melancholisch an der Theke stehen, und ich trinke den lauwarmen Demestika, esse Fischrogen, den sie Taramosalat nennen, und frage mich, warum zum Teufel ich keinen anständigen Beruf ausübe.

EIGENBROD: *hebt seine Flasche Mineralwasser hoch* Ich zahle keine zwanzig Mark für ein Fläschchen Wasser aus der Minibar im Hotel. Ich bin autark. *Zieht eine Flasche Rotwein aus einer Tasche* Und ich bin der Prophet meines nächtlichen Durstes. Askese macht arm, man wird zum Sklaven der ungestillten Sucht, drum denk daran, schaff Vorrat an: Aktion Eichhörnchen. Freiheit ist die Abwesenheit der Abwesenheit des Notwendigen.

KASPER: Kommt ein Psychiater zum Frauenarzt. Der ist splitternackt. In der Hand hat er …

EIGENBROD: Hören Sie auf, hören Sie sofort auf. Ich bin nicht lustig, und ich lasse mich auch nicht von Ihnen lustig machen. *Packt sein Buch ordentlich vor sich hin und schlägt es auf.*

KASPER: Entschuldigung. Ich übe doch gerade. Ich weiß doch auch noch nicht, was der Psychiater bei dem Frauenarzt machen soll, aber dieser Anfang könnte zu einer gewissen Aufmerksamkeit führen. Was macht ein Psychiater bei einem nackten Frauenarzt?

EIGENBROD: Er bildet ihn sich nur ein. Psychiater bilden sich immer alles nur ein.

KASPER: Genau. Kommt ein Frauenarzt zum Psychiater und sagt aus Gewohnheit: Machen Sie sich bitte frei. Sagt der Psychiater, das sag ich zu meinen Patienten aber erst nach dreihundert Sitzungen.

Ist das komisch?

EIGENBROD: Nein.

KASPER: Schade.

LAUTSPRECHER: Noch zehn Minuten, noch zehn Minuten bis zum Beginn. Bitte alle, die nicht unmittelbar hier was zu tun haben, den Raum hinter der Bühne unbedingt räumen. Das gilt für alle. Es ist wahnsinnig eng hier. Und keine Requisiten vor die Notausgänge stellen. Die Feuerpolizei macht uns sonst die Hölle heiß hier. In zehn Minuten beginnt die Gruppe »Killing The Oldies«, der Minister spricht erst später. Er ist aufgehalten worden. Dann geht es also gleich nach den Oldies programmgemäß weiter. Und haltet unbedingt die Gänge im Keller der alten Umkleidekabinen frei. Und an alle: Es ist ausverkauft! Also: Toi, toi, toi!

EIGENBROD: Haben Sie schon den Soundcheck gemacht?

KASPER: Die Nervenbündel hatten mich schon für 13 Uhr bestellt. Ich war da um 13 Uhr, ich habe diese Menschen bei der Arbeit gesehen und wußte sofort, Deutschland ist nicht mehr zu retten. Um Viertel nach zwei war ich dran. Drei Minuten hat der Soundcheck gedauert.

EIGENBROD: Ich habe kompromißlos auf zehn Minuten Probe bestanden. Als sie anfingen zu murren, sagte ich, und ich habe da meine Art der gewissenhaften Arbeit: Bitte, nur noch einmal ganz kurz, und habe einen Text geflüstert von Franz Kafka. Und dann hab ich einen Villon gebrüllt, ha, der eine Tonmann mit seinem Kopfhörer ist jetzt noch taub. Sie werden ihm einen neuen Kopf aufschrauben müssen. Einen neuen Tonkopf. Berufsrisiko.

KASPER: *für sich* Haben wir alles? Beruhigungspillen, Wodkaflasche ist noch zu, Zettel brauche ich keine – was fehlt? Emser Salzpastillen – und umziehen, ich muß mich noch umziehen.

EIGENBROD: Lohnt das für einen so kurzen Auftritt?

KASPER: Paß du auf, daß du dein Lesebuch nicht vergißt, wenn du auf die Bühne stolperst – Dr. Alzheimer.

EIGENBROD: *für sich* Die Drecksau will mich fertigmachen. Aber diese Chance heute für mich laß ich mir nicht kaputtmachen.

KASPER: Eigentlich ist es doch pervers, daß wir alten Säcke hier hergekarrt werden, um für die Armen und Obdachlosen umsonst aufzutreten. Die gehen heute zu uns ins Armenhaus betteln, weil der Staat kein Geld mehr hat! Die Renten sind nicht mehr sicher, in den Seniorenheimen legen sie schon heimlich elektrische Kabel an die Betten, und wir machen hier den sozialen Hampelmann.

EIGENBROD: Ich bin nicht hier, um den Staat zu ersetzen. Solidarität ist für mich kein leeres Wort. Wenn die Politik versagt und die Korruption die Macht ergreift … *Fängt an, sich zu erregen* Ich sage nichts dagegen, daß Politiker korrupt sind und verlogen und eigennützig. So verlangt es die Kunst des Regierens seit ewigen Zeiten. Aber es muß auch regiert werden und nicht gejammert. Macht, Herrschaft, Terror, Verschwendung und Barbarei – sehr gut, so muß das sein. Revolution und Guillotine – auch schön. An die Laterne mit dem Fürstengesindel – wunderbar. Ja, einst gab es noch Politik. Heute müssen wir alles selber machen. Darum bin ich hier.

KASPER: Es ist traurig. Wen soll man heute noch aufhängen von denen da oben oder erschießen? Es ist ja keiner für irgendwas verantwortlich. Man trifft immer bloß ein Rädchen im Getriebe, und schon wieder war es nicht Tyrannenmord. O nein, man steht wegen Sachbeschädigung vor Gericht.

LAUTSPRECHER: *knackst* … unbedingt im Keller frei machen.

EIGENBROD: Zum Politischen gehört die Idee, weil es keine Politik gibt ohne Autorität. Und es gibt keine Autorität ohne ein Ethos der Überzeugung. Die einzige Überzeugung unserer Streber, die sich Politiker nennen, ihre einzige Überzeugung ist die von ihrer eigenen Unfähigkeit. Sie wissen es und schämen sich – das ist die Tragödie. Aus diesem Wissen entstehen keine Tugenden, nicht Bescheidenheit und Demut, sondern Angst, Terror, Bosheit.

KASPER: 358 Familien besitzen die Hälfte des Weltvermögens. Diese Familien regieren die Welt, nicht die Politiker. Also wie komme ich an diese Familien heran? Das ist der richtige politische Ansatz: Wo hockt die Macht, und wo bin ich? Wer sind diese Familien, wo wohnen sie, wo haben sie sich versteckt, und welche muß ich ausrotten, um bei der mächtigsten Familie lieb Kind zu sein? Man muß schon Leistung zeigen, wenn man am Tisch der Herrscher mitfeiern will.

EIGENBROD: Sagen Sie, Herr Kasper, ich hab Sie schon so oft gesehen. Helfen Sie mir, im Fernsehen oder im Radio?

KASPER: Wahrscheinlich in Bayreuth. Wenn jemand wie Sie überhaupt an Karten für die Festspiele kommt.

EIGENBROD: Bayreuth?

KASPER: Ja, auch ich bin in Bayreuth. – In der Fußgängerzone verkaufe ich Sitzkissen für die Festspielbesucher.

EIGENBROD: Seien Sie nicht kindisch, ich hab Sie doch schon im Fernsehen gesehen.

KASPER: Da red ich nicht gern drüber.

LAUTSPRECHER: *knackst* … sofort aus dem Backstagebereich … raus …

EIGENBROD: Mein Gott, Kasper, Fernsehen schändet nicht. Auch ich, ich schrecke nicht zurück vor diesem Medium. An einem

Sonntag saß sogar ich schon in einer dieser Talkshows: Am Montag war meine Lesung ausverkauft in Pinneberg. Am Montag – in Pinneberg – ausverkauft – am Montag. Was meinen Sie, wie viele Theater ich verachte, und dennoch sieht man mich dort auf der Bühne. Da muß doch Ihnen auch nichts peinlich sein.

KASPER: Ist mir aber peinlich, gerade Ihnen gegenüber. – Weil die Unterhaltung nämlich mehr bezahlt als die Kultur.

EIGENBROD: *geht zum Telefon, hebt Hörer ab* Hallo, ja, Eigenbrod, Garderobe im Keller. Sagen Sie mal, muß dieser Lautsprecher hier dauernd knacksen, haben Sie keine Haustechnik, verdammt noch mal, wir müssen uns konzentrieren. Sorgen Sie für Ruhe, verstanden?

Geht zu seiner Tasche, holt drei schwarze quadratische Tücher raus, ca. 1,50 m x 1,50 m. Eines hängt er über die Garderobenhaken an seiner Seite, eines befestigt er gegenüber von seinem Tisch mit Reißzwecken an der Wand, mit dem dritten will er das Schild »Es ist verboten, keine Angst zu haben« zudecken.

KASPER: *während Eigenbrod seine Tücher anbringt*
Es war einmal ein Affe,
der hatte keine Waffe.
Er legte eine Plane,
auf seine Kampfbanane.
Da kam ein fieser Bulle,
mit einer Käsestulle.
Der schoß den Affen tot
und aß darauf sein Brot.
Was lehrt uns die Geschicht?
Leicht ist das Leben nicht.
Die Bullen und die Affen
ham nicht die gleichen Waffen.

O Eigenbrod, o Eigenbrod, wie schwarz sind deine Tücher. Sagen Sie mal, sind Sie eigentlich Leistungsträger oder Sozialschmarotzer?

EIGENBROD: *fällt vom Stuhl, von dem aus er das Tuch über das Schild hängen wollte* Was fällt, soll man stoßen. [...]

EIGENBROD: Ich hasse Galas, Galas mit Prominenten. Sie müssen einen immer anfassen, Politiker sind alle Grabscher, sie grabschen nach uns, weil ihnen sonst alles durch die Finger rinnt. *für sich* Ein schönes Bild für die Vergeblichkeit.

KASPER: Da war mal eine Aids-Gala in Hamburg im Astoria-Hotel. Ist noch gar nicht lange her. Während die unten Austern schlürften und Hummer knackten – *träumerisch* dazu ein trockener Weißwein, o Frankreich, Pouilly Fuse – also der Hummer knackt, es fließt der Wein, da haben sie oben einen Sterbenden auf die Bühne geschleift, der konnte nicht mehr selber laufen, aber er mußte da hoch, um die Spendenstimmung anzuheizen. Eigenbrod, wir müssen das Herz ansprechen und nicht den Kopf.

EIGENBROD: *schwärmerisch* Austern sind bisexuell. Austern sind der Orgasmus von Mann oder Frau oder beiden zusammen, und dann in einem schlürfenden Zug – bitte keine Zutaten, das beißt, hinein in den Schlund der Seele, und wer's nie gekonnt, der stehle weinend sich aus diesem Bund.

KASPER: Wie ist das eigentlich bei Ihnen? Erhalten Sie Damenbesuch in Ihrer Garderobe? Vielleicht könnten Sie mir was abgeben? Eine junge Studentin der Germanistik, mit nekrophilen Neigungen, sie kann ruhig blind sein?

EIGENBROD: *aufwachend aus der Schwärmerei* Was ist los? Man gibt an? Der Witzeerzähler als alternder Bonvivant, ein Kasper des Begehrens, ein Harlekin der Erektion?

KASPER: Seien Sie vorsichtig mit solchen Komplimenten, seit ich fünfzig Jahre alt bin, mache ich auch vor Greisen nicht mehr halt. *Geht nach rechts ab, zur Toilette, kommt zurück in Columbo-Haltung* Eigenbrod, antworten Sie nur mit Ja oder Nein. Haben Sie endlich damit aufgehört, Ihre Frau zu schlagen? Ja oder nein? *Geht zur Toilette, leicht tanzend.*

EIGENBROD: Und der Herr schickte sieben Plagen, und der Pharao wurde langsam unsicher. Ich bin nicht der Pharao, ich drehe durch schon bei der ersten Plage. Vielleicht sollte ich die Bibel neu übersetzen oder eine Religion gründen. Was macht man nicht alles, um sich zu beruhigen. Ich könnte ihn totschlagen und auf der Bühne seinen Part auch noch übernehmen. Keine schlechte Idee: »Der Mord in der Garderobe«, ein Krimi von und mit Eigenbrod.

[...]

KASPER: Ist es eigentlich sehr schwer, so ein Lesebuch für die dritte Hauptschulklasse auswendig zu lernen – oder lesen Sie vom Blatt? Das ist viel Text. Was sag ich: Text? Kunst, Dichtung, Hochkultur ist Ihr Metier. Wissen Sie, was Fußball ist? Fußball ist, wenn zweimal elf Spieler gegeneinander antreten, und am Ende gewinnen die Deutschen. Das ist die Wahrheit, das hat ein Engländer gesagt.

EIGENBROD: Dieses Jahrhundert hat der Menschheit keinen einzigen neuen Gedanken gebracht.

Den Pessimismus haben wir schon bei Schopenhauer, den Größenwahn bei Richard Wagner und Nietzsche, den Zionismus bei Herzl, die Psychologie bei Dostojewski. Und bei den großen Schweizern: Gotthelf, Keller, Meyer. Der Untergang des Abendlandes wird in der Apokalypse des Johannes beschrieben. Nur die Techniker erneuern die Welt. Die Dichter und Philosophen erholen sich noch vom Schock der reichen Renaissance. Alles ist gesagt, alles ist gedacht, alles war vergeblich. Uns bleibt nichts mehr übrig. Und dennoch! Und dennoch!

KASPER: In der Schule müßte ich jetzt alle großen Namen wiederholen. Das ist mir zu hoch, das ist ja schon erhaben. Und dabei ist die Lage ernst und einfach: Am Anfang schuf Gott die Menschen. Dann kam langsam raus, daß die Menschen Gott geschaffen haben. Heute gibt es nur noch Menschen, die weder von Gott geschaffen wurden noch selber einen Gott schaffen können: Schrott, Abfall, Müll. Also was soll da noch Erhabenheit? Erhaben sind die Alpen, aber nicht diese kleine eine Bodenerhebung auf der Lüneburger Heide. Ihre hochkulturelle Kunst ist staatlich geförderter Subventionstrost für Romantiker, die nicht wahrhaben wollen, daß die Menschen moralisch unterhalb der Tiere vegetieren. Selbst Ameisen bauen keine Konzentrationslager.

EIGENBROD: Sie haben recht, Kunst hat keinen Wert, aber einen

Rang. Der Wert der Kunst interessiert mich nicht, das Feilschen auf dem Markt, die Krämerseelentätigkeit – das überlaß ich meiner Agentur. Von der will allerdings dann auch Ergebnisse ich sehn. Den Vorrang der Kunst vor allem anderen – den begründe ich nicht, den behaupte ich, und damit Schluß.

KASPER: Ich bin kein Künstler, ich arbeite im Dienstleistungsbereich, ich bin Kellner und serviere ein preiswertes Kalauermenü.

EIGENBROD: Darum betrachte ich Sie mit Interesse und Respekt. Ich habe als Student bei der Müllabfuhr gearbeitet. Ich verachte niemanden, der sich um den Schmutz kümmert. Doch auch der Kellner ist verantwortlich für das, was auf dem Teller liegt, wenn er das Essen bringt. Die kurze Zeit, die uns auf Erden bleibt, sollten wir uns nicht mit Dreck abspeisen lassen.

KASPER: Euer Feinschmecker-Theater ist tot, jawoll, da helfen keine Pillen. Seitdem der Kommunismus weg ist, hat die Kunst keine Kirche mehr. In diesem Jahrhundert waren alle Künstler entweder Kommunisten oder Todfeinde des Kommunismus. Das gab Kraft und gute Laune oder im Bedarfsfall einen Orden oder die Todesstrafe. Jetzt ist alles vorbei, ihr wollt Tennis spielen, aber es gibt keine Bälle mehr. Dumm gelaufen.

Vor Jahren sind die Theatermacher, weil sie schon geahnt haben, daß da was schiefläuft, aus den Theatern geflohen in Fabrikhallen, in Malersäle, in Zechen, Pumpwerke und stillgelegte Straßenbahndepots. Nutzt alles nichts. Heute eilt das streberhafte Künstlertum an alle Kriegsfronten, um sein dummes Gesicht den Heckenschützen zu zeigen. »Wir spielen Beckett in Sarajevo, da brauchen wir wenigstens keine düsteren Kulissen, die sind schon da.« Warum nicht den *Mohr von Venedig* in Ruanda spielen, und *Der Kirschgarten* steht in Grosny, und für die Melancholie sind wie immer Russen verantwortlich, aber dieses Mal, weil sie die Bäume wegsprengen werden.

Eine verdiente Theaterfrau macht Hungerstreik in Frankreich wegen des Krieges auf dem Balkan, da hat der Serbe sich aber erschreckt, als er davon hörte, daß in Frankreich gehungert wird. Sehr gut, mach ich auch. Ich verzichte heute wegen der gequälten Stasileute in Ostdeutschland auf meine tägliche Ration »Bounty«.

Wann mache ich dazu die Pressekonferenz? Meine Aktion muß doch an die Öffentlichkeit. Oh, wenn sie diese Künstler und Philosophen erschossen hätten in Jugoslawien, wie hätte ich gelacht. Eine dicke Granate mitten in Becketts *Endspiel.* Das wäre eine Fernsehaufzeichnung geworden, die man in Jahren noch gerne wiederholt hätte.

EIGENBROD: Warum beschäftigt Sie das Theater so sehr, wenn es doch tot ist? Irre ich, oder kokettiert man hier ein wenig mit der eigenen Bodenständigkeit. Der Dandy von heute ist nach außen Populist, aber im Innern schmort der eigene Genieverdacht gegen sich selbst. Kasper, Sie sollten gutbezahlte und schlechte Werbung machen für Hundefutter, das stärkt die gebrochene Identität.

KASPER: *deutet auf Eigenbrods Buch* Schreiben Sie eigentlich die Gedichte selber, die Sie vortragen? Oder lesen Sie aus den Briefen Ihrer Frau?

EIGENBROD: Oh, wie mich das schmerzt, einen Menschen zu sehen, der sich erbarmungswürdig quält mit seinem schäbigen Beruf. Was verbirgt sich da an Enttäuschung, an Lebensleid und Trauer? Welch hartes Brot wird da gebissen aus Verzweiflung? O weh!

KASPER: Ich habe viel von Ihnen gehört, und nur Gutes – jetzt weiß ich's wieder: Sie rezitieren Balladen. Das ist eine große Kunst, da bin ich absolut ein Fan davon.

EIGENBROD: Kunst für alle – so hieß die Gewerkschaftsfalle. Alles ist Gewerkschaft geworden, jeder redet mit, und keiner weiß Bescheid. Sie haben gewonnen. Alles, was über den Horizont noch linsen kann, säbeln sie weg mit der großen Sichel der gewerkschaftlichen Gleichmacherei.

KASPER: Den Zusammenhang verstehe ich jetzt gar nicht. Wie kommt denn die Gewerkschaft plötzlich hierher?

EIGENBROD: Die Gewerkschaft ist immer schon da, sie braucht nicht erst zu kommen. Die Gewerkschaft hat das Theater zerstört. Um fünf Uhr fällt der Hammer. Egal wie weit die Probe ist, um fünf Uhr fällt der Hammer. Weil es so im Arbeitsplan steht. Und wenn man sich beschwert, dann wird ein Witz gemacht. Die Gewerkschaft ist die Partei der Witzemacher. Sie sind ein Gewerkschafter. Ich sage zu ihm: Sie sind ein Gewerkschafter, und er bemerkt es noch nicht einmal, daß ich ihn beleidigt habe, aufs fürchterlichste beschimpft, ihn mit den niederträchtigsten und ehrabschneidendsten Attributen belegt habe. Herr Kasper – Sie sind ein Gewerkschafter.

KASPER: Sie haben es gut. Sie machen Kunst. Ich arbeite bloß.

EIGENBROD: Beschweren Sie sich nicht. Sie machen Geld aus nichts.

KASPER: Danke. Wenn ich das könnte, wär ich ja, traun fürwahr, ein Alchemist. Und damit Direktor der Deutschen Bank. Nein, nein, Eigenbrod, Sie haben es gut, Sie werden öffentlich anerkannt von der Crème de la Crème, der kulturellen Hochkritik.

EIGENBROD: Dafür war ich schon zwölfmal in der Geschlossenen der Psychiatrie, habe mir den Magen verdorben unendlich oft, leide an Depressionen und endogener Harmlosigkeit. Unsereins wird engagiert, gelobt und am Ende ausgelacht, Sie werden bloß ausgelacht, ein wahrhaftigeres Schicksal.

KASPER: Ich habe mal einen gesehen, der kannte einen, dessen Vater war der Enkel des Vorarbeiters in einem Abdeckereibetrieb. Ich spüre heute noch den Geruch von fauligem Aas überall um mich herum, bloß wenn ich daran denke.

EIGENBROD: Mein Vater hat mich geschlagen.

KASPER: Meine Mutter hat mir am Samstag nach dem Baden die Fingernägel geschnitten, ganz kurz. Und dann frisch gestärkte Bettwäsche.

EIGENBROD: Bei uns gab's montags nichts, rein gar nichts zu essen.

KASPER: Wir durften nur am Sonntag Klopapier benutzen.

EIGENBROD: Und wir nur einmal im Monat auf die Toilette gehen.

KASPER: Mein Vater ist schon zwei Jahre vor meiner Geburt verstorben.

EIGENBROD: Glückwunsch. Mein Vater litt unter Magenbeschwerden und besaß einen starken Bartwuchs. Und er nahm mich als Kind auf den Schoß, rieb meine armen Wangen am Reibeisen seines Gesichts und stank entsetzlich aus seinem Vatermund mir in die empfindliche Kindernase.

KASPER: Ich finde es ungut, daß immer nur die reichen Möpse und Möpsinnen es sich gut sein lassen. Die machen sich ein paar schöne Stunden vor dem nächsten Krieg, und die armen Beutel haben schon vorher nix davon, dann werden sie erschossen, und nachher müssen sie den ganzen Mist wieder aufbauen. Wie soll da Feinsinn und Kunstverstand entstehen, wenn du immer der Arsch bist, durch den die anderen scheißen.

Die Stinknormalen, die Proletarier, die ihr die Spießer nennt, die immer alles auslöffeln müssen, die kommen zu mir. Die sind schlecht ernährt und ab dreißig häßlich wie die Nacht, und sie wissen, daß sie für diese Gesellschaft zu dumm sind, um Erfolg zu haben oder oben zu stehen, dieser gerade noch lebende Ausschuß ist für das, was ihr Kultur nennt, ohne Bedeutung, und genau die sollen auch ihren Spaß haben. Und wenn die besoffen »Heil Hitler« rufen, dann mach ich mit. So! Und ich bringe sie dazu, daß wir alle zusammen singen: »Heil, Heil, Heil – Adolf hängt am Seil!«

EIGENBROD: Ekelhaft. Sie fühlen sich so haushoch diesen Menschen überlegen und tun so volkstümlich – das hat das Volk nicht verdient, daß Sie sich mit ihm gemein machen.

KASPER: Mach ich gar nicht: Die Masse, die Mehrheit, das Volk, die Spießer, Normalos und Arschlöcher, ja, sie sind Abschaum und überflüssig. Wohin mit diesem Dreck, der noch nicht einmal als Hundefutter in Dosen taugt? Hunde müssen kotzen, wenn sie Menschenfleisch fressen, das ist wissenschaftlich erwiesen.

Ja, Eigenbrod, da müßte ein Hammer kommen und alles endgültig zu Brei klopfen – aber das Dumme ist, daß ich dazugehöre zu dieser Masse.

EIGENBROD: Wie viele einzelne Menschen kennen Sie aus unserm Volk, daß Sie sich solch ein Urteil wohl erlauben können? Das also ist Ihr eigener Humor: Ach, wie bin ich arm dran, im Abfall wie Hiob ich sitz und mach drüber noch einen Witz. Mein Gott, bin ich arm dran, ich bin der große Arm-dran-Mann.

KASPER: Was uns unterscheidet, Eigenbrod: Ich gehöre dazu und nehme es hin. Sie gehören auch dazu, aber machen viel Wind, um sich über die allgemeine Scheiße zu erheben.

EIGENBROD: Der Rang der Kunst wird nicht mit dem Lineal über der Klosettbrille gemessen. Sie entwürdigen die Menschen, mit denen Sie sich gemein machen. Ich gebe der Öffentlichkeit wenigstens ein kleines Stück vom Himmel zu schauen. Sie zeigen grinsend den Weg zum Abort.

KASPER: Da spricht der Neid aus diesen hohlen Augen. Ihr Kunstwichser wißt doch gar nicht mehr, wie die sogenannten einfachen Leute reagieren. Ihr kennt doch nur die gelackten Schleimer, die ins Theater latschen, damit sie sich als was Besseres fühlen. Tagsüber machen sie Geschäfte und bescheißen den Staat und den Partner, rauben und stehlen, was nicht niet- und nagelfest ist, bereichern sich, wo sie nur können, haben nichts im Kopf als Geld, Erfolg und Geld, noch nicht mal Urlaub und Geschlechtsverkehr – aber gegen Abend fällt ihnen die Sinnfrage ein, der Therapeut hat schon geschlossen, der Esoterik-Guru mit der sanften Stimme ist gerade beim Kinderschlachten …

EIGENBROD: Esoterik ist die Ruhe, aus der die Kraft kommt, andere fertigzumachen – das ist nicht neu.

KASPER: Und deshalb müssen die feinen Herrschaften halt mal ins Theater, die Seele baumeln lassen und den Regenbogen umbiegen, sich der Kunst hingeben. Und wer bedient diese Penner: der Künstler der Hochkultur mit den langen Armen, weil er ja dauernd nach den Sternen greift. Und doch nur den Umschlag mit der Gage in der Hand hält.

EIGENBROD: Nach den Sternen muß der Künstler greifen, wenn er auf Erden einen Platz sich sucht.

KASPER: In die Ferne muß der Künstler schweifen, denn die Heimat ist schon ausgebucht.

EIGENBROD: Wer mit zwanzig Jahren nicht die Welt beherrschen will, der ist ein Lump, ein Bescheidenheitslumpenhund. Hitler hat gewonnen, weil es zu wenige Talente gab, die ebenso die Weltherrschaft anstrebten. Die meisten waren es zufrieden mit Almosen und einem schönen Salon, einem Café, wo man sich produzieren konnte als Genie. Das wahre Genie aber, glauben Sie mir, Kasper, braucht als Zuschauerraum die ganze Welt, nicht bloß ein paar angekokste Blindgänger, die auf Krankenschein Kunst machen.

KASPER: Ja, ja, die Frage, wie konnte es zu Auschwitz kommen, beantwortet kein noch so ausgetüfteltes Theaterstück, aber jeden Abend im Bierzelt weißt du, daß es zu allem kommen kann.

WARUM MÄNNER KOMISCH SIND

Komisch ist, wenn's nicht klappt. Wenn sich jemand blamiert, also angegeben hat und seine Hochstapelei nicht einlösen kann, dann freuen sich alle, die Zeugen dieses Fallens sind. Das Wesen der Komik ist, daß das Normale schiefgeht. Der scheiternde Held ist tragisch, Loriot mit der Nudel im Gesicht beim Versuch des Liebesantrages ist komisch. Denn wir lachen nicht über den Erfolg, sondern über das Scheitern unserer Mitmenschen, am meisten aber lache ich über Männer. Sind Männer komischer als Frauen? [1995]

Der Mann ist zum Scheitern geboren, und nirgendwo mehr erfährt er das als im Geheimnis der Vaterschaft. Welche körperliche Leistung hat der Mann erbracht im Verhältnis zur Mutter bei der Herstellung des Kleinkindes? Die Antwort ist niederschmetternd: Der Anteil des Mannes an der Kindwerdung des Eis ist eine mehr oder minder gut vorbereitete, bloß Sekunden dauernde Samenentsendung. Damit hat sich die Sache.

Der Vater ist im wesentlichen nur ein sich selbst überschätzender Beobachter. Man kennt das von Kindern, die bei der Hausarbeit mithelfen wollen, alles fallen lassen, nichts zustande bringen und dann doch von der Mama gelobt werden wollen dafür, daß sie es gut gemacht haben. Der spanische Dichter und Philosoph Miguel de Unamuno hat das Dilemma so beschrieben: »Über das Geheimnis der Vaterschaft nachzudenken ist zum Verrücktwerden. Und wenn die meisten Väter nicht verrückt werden, so liegt es daran, daß sie dumm … oder keine Väter sind.«

Wer Vater ist und trotzdem nicht dumm, muß sich also was ausdenken. So kam es zu eigentlich widernatürlichen mythischen und religiösen Vorstellungen: Zeus gebiert Pallas Athene aus seinem eigenen Kopf heraus, wobei ihm Hephaistos, der Gott der Schmiede, als Hebammerich hilft. Jesus ist zwar von einer Frau geboren, aber die Umstände ihrer Schwangerschaft verbleiben doch sehr im unklaren der männlich (also von Gottvater) im Alleingang bestimmten Vaterschaft.

Beim Kinderkriegen ist der Mann somit das unsichtbare Geschlecht, beim Geschlechtsverkehr ist seine Fähigkeit in das Scheinwerferlicht der schärfsten Kontrolle gestellt: Wenn hier der Wille vorlauter ist als das Können, mein Gott, ist das peinlich. Und hier haben wir das Urbild der Komik: der nackte Mann, der will und nicht kann. Das ist, wenigstens symbolisch, mehr als nur ein kleiner Unterschied.

Der Mann ist wie alle Menschen ein unterentwickeltes Tier, das aus seiner Unterentwicklung die notwendigen Fähigkeiten zum Überleben hervorzaubert. Diese artistische Leistung nennen wir Evolution. Aus der Schwäche wird eine Waffe gemacht, sie wird zur Stärke umbenannt, und schon haben wir – entstanden aus den miesen Erfahrungen der unsichtbaren Vaterschaft und des Ausgelachtwerdens bei abwesender Potenz – das Patriarchat als Kulturleistung, die die Überlegenheit des Mannes über die Frau feiert. Da diese Überlegenheit eine Erfindung ist, ergibt sich automatisch der dritte Grund für männliche Komik: die Fallhöhe zwischen der Herrlichkeit des Patriarchen und dem grauen Alltag des Durchschnittsmannes, die Fallhöhe zwischen Haustyrann und innerbetrieblichem Duckmäuser, zwischen der Herrlichkeit des diktatorischen Generaldirektors und seiner eher unbequemen Stellung unter der Peitsche der Domina.

Mit dieser Grundgegebenheit seines Daseins, komisch zu sein von Grund auf, muß der Mann leben. Kann er damit und auch noch davon leben, ist es wohlgetan, weil er sein Schicksal zum Beruf gemacht hat.

Warum die meisten guten Komiker schwul sind? Ganz einfach: Sie erleben die Komik des Mannes aus einer gewissen Distanz und auch früher als die heterosexuellen Geschlechtskollegen. Was zusammenfassend wieder einmal zeigt, daß Frauen es auch in diesem Bereich schwerer haben als Männer.

UNTERTREIBUNGSKUNST

Ein Soldat, der, im Schützengraben hockend und »Herr Oberst« mit »Herr Ober« verwechselnd, die Hand hebt und fünf Bier bestellt, ist ein Untertreibungskünstler. Untertreibung ist nicht zu verwechseln mit Entdramatisierung. Schließlich hat der Soldat, der seine Hand aus dem Schützengraben in den Himmel hob, durch das Sperrfeuer seine fünf Finger verloren. Ein Metzger dagegen, der mit dem Bolzenschußgerät auf Wachteln zielt, übertreibt kunstlos. Ein Metzger ohne Messer ist ein Untertreibungskünstler, wenn er sein Handwerk dennoch fachgerecht auszuüben versteht. Die Kriege in diesem Jahrhundert sind Übertreibungen. Daher hat's die Literatur mit ihnen nicht einfach. Warum gibt es, so fragt sich mancher Kritiker, nur immer Berichte von Widerstandshelden oder deutschen kleinen Wichteln, die sich als Landser mit ein bißchen Furcht und auch mit Tadel durch ihr Schicksal schlichen, und die Nazis waren immer die anderen? Warum gibt es keine Täterliteratur? [1998]

Versuchen wir es einmal: »Der Wehrmachtssoldat. Aus dem zynischen Tagebuch eines menschenverachtenden Wehrmachtsverbrechers«, 3. Auflage, Frankfurt 1999.

»Rußland, ein weites Feld. Untermenschen, wohin das Auge blickt, oder gar keine Menschen. Gar keine Menschen? Vielleicht eine neue Tarnung des russischen Untermenschen, der, ohne Seele, selbst auf seinen Körper verzichten kann und als Partisan des Nichts oder als nichtender Parti-San (vgl. Japan) uns undankbar bekämpft?

Graues Denkspiel an einem Tag, der so sinnlos war wie so viele in diesem dennoch sinnvollen Krieg: Wir sind marschiert und marschiert, mal zu zweit und mal zu viert, und nirgendwo auch nur die geringste Chance zu einem Genozid, Massaker, Pogrom, einem Gemetzel nach der alten westhessischen Weisheit: Männer und Stiere zuerst, der Rest ergibt sich von selbst.

Ja, auch wenn wir arbeiten, wir deutschen Soldaten, wie es in unserem Blut liegt seit 1000 Jahren, nie verläßt uns der deutsche Humor, der Witz des Bösen und Unheimlichen. Es ist nicht das schmierige Lächeln des Opfers, was uns Ariern zu Gesicht stehen sollte, nein, da steht ein Volk auf, und ein Sturm bricht los aus Männerkehlen, männlich triumphiert das Geheul des Bösen, das uns adelt im Arsch der Apokalypse, wie der getreue Gefreite Himmelstoß es sagte, als die Mine und er sich küßten beim tödlichen Rendezvous. Mit lautem Schmatz.

So, jetzt geh ich raus aufs Feld und scheiß dem Russen mal ordentlich auf seinen sibirischen Acker, damit ich morgen innerlich rein meine Pflicht erfüllen kann. Tausende müssen liquidiert werden, sonst ist meine Frau traurig zu Hause in der kleinen Wohnung. Vielleicht sollte ich ein paar Samen sammeln für unseren Vorgarten.«

Man sieht, es wird nichts. Aus der Perspektive des Täters läßt sich Leid nicht beschreiben, außer es handelt sich um sein eigenes. Aber das Leid der Männer der Waffen-SS interessiert mich nicht. Gehen wir zurück, wir müssen nach vorn. Der Schriftsteller, der nicht übertreibt, ist ein schlechter Schriftsteller, meint Thomas Bernhard und fährt fort: »Wobei es ja auch vorkommen kann, daß die eigentliche Übertreibungskunst darin besteht, alles zu *untertreiben,* dann müssen wir sagen, er übertreibt die Untertreibung und macht die übertriebene Untertreibung so zu einer Übertreibungskunst.«

Man ist Mann

Vom Kampf der Geschlechter
und anderen Liebesspielen

Wir sollen die Weiber fürchten und lieben
und sollen gleichzeitig nicht begehren
unseres Nächsten Geliebte.
Spricht der Herr.
Und zwar völlig ohne Recht.

DIE SCHANDTAT VON GIBEA

Gott schuf die Menschen, Mann und Frau. Erst später hat ER dem Adam die Rippe rausgeroppt und daraus die Eva geschaffen, es gibt also eine erste Frau, die irgendwie verschollen ist. Was aber hat Gott am Samstagnachmittag gemacht, und was hat ER am Sonntag gemacht? [1991]

Angeblich hat er sich ausgeruht. Aber wovon? Ein Arbeitstag in der Schöpfungswoche bestand darin, daß Gott sagte: »Es werde Licht.« Und es ward Licht. Das ist doch keine Arbeitszeit, die man schon logisch gar nicht mehr verkürzen kann.

Jetzt wollte ich wissen, was damals los war, und dachte, schau mal in der Bibel nach. Allerdings besitze ich keine Bibel mehr, weil ich früher aus deren Seiten solche Dinger gedreht habe. Habe ich mir also eine gekauft. So was klaut man doch nicht.

Ich bevorzuge das Buch der Richter, schau immer mal nach, was die Kollegen damals getrieben haben. Interessant sind die Kapitel 19 und 20, falls Sie das zu Hause mal nachschlagen wollen. Das beginnt sehr aktuell: »Es war aber zu der Zeit, als es keinen König gab zu Israel.« Es war also wie bei uns eine Republik, da ging's drunter und drüber, und irgendein Mops war an der Spitze.

Aber jetzt zur Schandtat von Gibea.

Die Ausgangslage ist normal, in der Nähe von Bethlehem wohnt ein vermögender Bauer, ihm geht's gut, er hat auch eine Nebenfrau, was man heute Dreiecksbeziehung nennt. Irgendwann wird's der Frau zu langweilig, sie packt ihre Koffer und geht zurück zu ihrem Vater. Nach vier Wochen ärgert sich der Mann darüber, sein soziales Ansehen im Dorf schwindet, er hat ja keine Nebenfrau mehr, und er beschließt, sie zurückzuholen. Er packt Esel und Knecht und reitet los. Nach ein paar Tagen kommt er bei dem Vater an, sagt: »Guten Tag, ich bin der Nebenschwiegersohn.« Und der antwortet: »Dann bin ich dein Nebenschwiegervater, komm doch mal mit ins Nebenzimmer!« Sie steht hinter der

Gardine und murmelt: »Mein Gott, der alte Fummler ist wieder da.«

Jetzt wird's langweilig: Sie setzen sich alle drei zusammen, essen, trinken, lassen sich's wohl gehen, und nach drei Tagen hört der Mann den Ruf der Arbeit – der Acker ruft ihn heim –, und sie ziehen alle drei von dannen.

Gen Nachmittag kommen sie nach Gibea und suchen was zum Übernachten, es muß kein Dreisternehotel sein, aber sie finden nichts, kein Motel und auch sonst keine Herberge. Und dann geschieht etwas Seltsames. Noch bevor es dunkel wird, schließen die Einwohner die Fensterläden. Na, denkt der Mann, das gibt heute abend vielleicht noch eine militante Demo, gehen wir auf einen Acker und hauen uns dort aufs Ohr.

Sie wandern aufs Feld, wollen sich gerade schlafen legen, da kommt noch ein Bauer, der gerade noch ein wenig herumgebauert hatte, und fragt sie, ob sie keine Herberge gefunden haben. Nein, sagen sie.

Ja, sagt er, das kenn ich aus dem Neuen Testament, das kommt aber eigentlich später. Sie wundern sich, und er fragt, ob die Frau schwanger ist.

Nein, sie ist nicht schwanger.

Also kein Heiland in Sicht.

Kein was?

»Gut«, sagt er, »ihr könnt mitkommen, und ihr müßt auch nicht im Stall schlafen. Und ihr werdet morgen früh auch nicht von den Heiligen Drei Königen geweckt.«

Sie sagen sich, daß die Leute hier in der Gegend etwas seltsam sind, und gehen mit. Alle sitzen noch zusammen, essen Abendbrot, und man hat damals gern dazu einen halbtrocknen Gethsemane Spätlese genommen.

Plötzlich entsteht draußen ein lauter Krakeel, ein Heidenlärm gewissermaßen, und die Männer von Gibea klopfen ans Tor und rufen: »Rückt euren Gast heraus, wir wollen über ihn herfallen.« Das war damals so üblich, daß man auch mal über Männer hergefallen ist, und da gibt's in der Bibel gleich die Verweisstelle zu Moses 1, Sodom und Gomorrha, da haben auch Männer mit Männern, und das nennt man sodomitisch, denn wenn man es nach Gomorrha benannt hätte, klänge das wie eine Geschlechtskrankheit.

Also rufen die Männer draußen: »Wir wollen jetzt ein bißchen Sodomie machen.«

Der Gastgeber sagt: »Nein, ich rück meinen Gast nicht raus, wir wollen jetzt selber darüber herfallen.« Der Gast selber sagt: »Ich habe keine Lust. Außerdem bin ich den ganzen Tag schon auf dem Esel geritten, der Arsch tut mir schon weh.« Draußen wieder poch-poch-poch. Er macht jetzt einen Kompromißvorschlag, er würde ihnen seine Nebenfrau geben.

»Nein«, rufen sie, »Weiber haben wir selbst genug, wir wollen mal einen schönen fremden Kerl haben.«

Aber er schickt seine Nebenfrau raus, schließt ab, sie trinken noch Schnäpschen und gehn schlafen.

Am anderen Morgen steht er auf, erinnert sich an seine Arbeit und macht die Tür auf. Auf der Schwelle liegt seine Nebenfrau tot, geschändet, verblutet. Da ärgert er sich.

»Die hat mir gehört«, sagt er. Und er holt Knecht und Esel, und sie reiten heim. Dort parkt er vor der Haustür, rennt in die Küche, holt ein großes Messer und schneidet seine Frau in zwölf Teile, verpackt sie und schickt die Feldpostpäckchen an die zwölf Stämme mit einer Rückantwortkarte: »Das ist die Schandtat von Gibea, so was hat's noch nie gegeben, das ist grauenhaft, da muß etwas passieren.«

Die kriegen die Post, sehn sich das an und sagen: »Das also ist die Schandtat von Gibea, so was hat's noch nie gegeben, das ist ja grauenhaft, da müßte unbedingt etwas geschehen.«

Und dann sagen sie, daß das ein Grund für einen Krieg ist, und sie bilden ein Heer von 400 000 Mann, ziehen gen Gibea und machen dort alles platt, töten und brennen nieder, was nicht niet- und nagelfest ist.

Ich finde die Geschichte sehr aktuell. Erst mal verständliche Rache und dann viel zuviel Gewalt, könnte morgen in Tiflis passieren oder überall auf der Welt – oder es könnte ein Film von Sergio Leone sein. Und deshalb versteh ich nicht, was die katholische Kirche gegen Horrorvideos hat, die Drehbücher liegen doch alle schon gebunden vor.

Gut, es gab damals keine Kettensägen, aber Samson hat mit einem Eselskiefer Hunderte von Philistern getötet, und wenn da noch die Zähne dran sind, ratscht das auch ganz schön.

AMBOSS UND HAMMER

Der Amboß sprach zum Hammer: [1982]
»Es ist ein großer Jammer,
Daß du so sehr versagst,
Zu hämmern nicht vermagst.
Du, du bringst es nicht.«
Da sprach der Hammer zum Amboß:
»Früher, da war der Mann Boss!
Doch heute im Geschlechterkrieg
Ist dein Sieg ein schlechter Sieg.
Aus dem Mangel meiner körperlichen Regung
Geh ich in die erotische Friedensbewegung.«

GESUNDHEIT IM GESCHLECHTERKRIEG

[1988] Der Schwanz als Signifikant des Weiblichen gehört zum Code feministischer Observanz und voluminiert sich daher bloß zum Symbol einer interaktiven Kommunikation, die, da sie nicht herrschaftsfrei – wohl aber herrenlos ist, an den Rand des delirierenden Wahnsinns führt, also zum verschwimmenden Überleben, sage ich, um ein Gespräch über die Erotik von Zipfelmützen und Weihnachtsdepression nicht sachlich werden zu lassen.

Das ist deutsch-gallisches Erkenntnisgesäusel, antwortet Karl Graf Gabelin, die palavernde Avantgarde aber beschäftigt sich seit heute mit Problemen der Moral.

Denn Avantgarde ist, wer als erster erkennt, was Massenmode werden wird, und dann so tut, als hätte er sie erfunden, sagt Gabelin und kratzt sich am Ohr, an einem Organ, das in der gegenwärtigen Hierarchie der Kultsinnwerte gleichwertig dem Auge ist. Das heißeste Pflaster, unter dem die eine oder andere offene Wunde brennt, fährt Gabelin fort, ist die Ursache von Leben und Tod, ist Vergewaltigung und Mord. Er selber, sagt Gabelin, morde schon recht gern, komme in der letzten Zeit aber nicht mehr dazu, zumal es immer mehr Tagesmütter gebe.

Deshalb beschäftige er sich auch mit Erotik und Klassenjustiz. Dahinter, schreit Gabelin, steckt die Natur in ihrer einfallslosen Selbsterhaltungstriebtätigkeit. Die ganze Erotik, die ganze Sexualität, alles dient nur der Natur, ist nur Mittel zum Zweck der Natur, ist grauenhaft instrumentelles Handeln im Dienst der Natur. Gabelin beruhigt sich, nachdem er einer Katze in die Seite getreten hat, die schreiend entflieht, und fragt mich, ob denn Lüsternheit ein Wert sei, Fluch oder Segen, Chaos oder Krankheit, Lebensmittel oder Vergiftung.

Heute weiß ja keiner, sagt Gabelin, wenn's ihn juckt, ob da Bauch, Kopf oder Dioxin dahinterstecken. Wenn mir das Messer in der Hose aufklappt, sagt er wörtlich, dann handelt es sich um ein Schweizer Offiziersmesser, und wenn mir die Eier platzen, dann geschieht dies im Kochtopf, wenn ich aber geil bin, dann ist mir das Wort schon gestohlen von einer kühl daherredenden Jugend, die sich keine Sorgen macht um ihre Sprachhudelei. Geil ist, wenn ich es nur noch sage, sagt Gabelin, also kommen wir auch nicht näher an unser Thema Moral und Sex heran.

Versuchen wir im Angesicht weiblicher Unterleibsoperationen und männlicher Ästhetik des phallischen Verschwindens, die aus dem Turmbau zu Babel ein Bermuda-Dreieck zu zaubern verstand, machen wir uns über den Aussatz der Erde, die Krone der Schöpfung, den Menschen, das Schwein, wie der Antisemit, Expressionist und Krebsdichter Benn einmal zu formulieren wußte, machen wir uns an die Evolution und die Frage heran, warum es überhaupt noch Menschen gibt.

Wenn ich, sagt Gabelin, in meinem Bekanntenkreis, der von der Schwerindustrie hin zu den Grünen bis zum »Vorläufigen Frankfurter Fronttheater« reicht, herumschaue, und wenn man berücksichtigt, daß ich prinzipiell nie in den Spiegel blicke, dann weiß ich, an der Intelligenz kann es nicht liegen, daß die Menschheit noch existiert als Gattung, es muß also einfach an der Fortpflanzung hängen, der Sexualität in einem weiten Sinn.

Eine der peinlichsten Daten der Weltnaturgeschichte ist doch, daß es uns noch gibt, woraus jemand aus Scham den Schluß gezogen hat, wir seien nur eine Simulation. In Wirklichkeit ist es aber härter, es gibt uns, sagt Gabelin, und es gibt keinen Weg an uns vorbei.

Ich fordere, ruft Gabelin, die Todesstrafe für die Natur, und der elektrische Stuhl für die Natur steht schon, die Technik haben wir schon, da sieht sie alt aus, unsere Natur, da geht's ihr an den Kragen, da wird nicht nur der Mensch, da wird auch der Granit zur Minna gemacht, da haut's den stärksten Vulkan um, da wird mal die Erde gefickt, daß der Mond wackelt und die Sonne rot wird, Gabelin schöpft Atem und sagt, er entschuldige sich nicht für seine widernatürlichen Äußerungen, weil er nämlich die Ökologie für die absolut terroristische Form der Geistesfeindlichkeit halte. Da seiner Meinung nach die Natur da war, bevor die menschliche

Vernunft nicht mehr natürlich war, sei sie auch schuld. Wer zuerst da ist, sagt Gabelin, zahlt die ganze Rechnung. Überhaupt verdanken wir unsere ganze Existenz einem unverschämten Selbstmißverständnis der Natur, die von allen guten Geistern verlassen – diese Geister hätten sich bekanntlich von der Erde zurückgezogen und als Triumvirat im Himmel eine göttlich rotationsfreie Herrschaft eingerichtet –, diese von allen guten Geistern verlassene Natur habe mutationsmäßig, genaugenommen mutationsmaßlos Menschen in Raum und Zeit gestoßen.

Nachdem die Götter tot sind, sagt Gabelin, treibt sie's besonders toll und travestiert sich zum polytheistischen Kollektiv-Jehova. Für Katholiken, Domestiken, Feministinnen, Rübezähler, Nicaragua-Kaffeekränzchen und andere unerträgliche Ersatztheologen sei sie ein Wesen, das heilig ist, diese Natur, und für diese Hampel und Selbstversager sei Naturbeherrschung oder gar Naturzerstörung ein Frevel wie einst heidnische Gotteslästerung, die die Christen empörte und vom Massenmord an Heiden träumen ließ.

Aber, sagt Gabelin, um wieder auf die Erotik und Pornographie zurückzukommen, denn Pornographie ist die graphische Darstellung der Sexualmoral, um also das Thema wieder zu packen, muß ich vorher noch erwähnen, daß, wie die Christen ihren Heiland als Gottesdrittel verspeisen beim Abendmahl, so fressen Naturschutzisten sich auch an ihrem Schutz- und Trutzobjekt ihre biodynamisch vertrockneten Wampen voll.

O nein, ruft Gabelin, ich bin nicht genußfeindlich, ich nicht, im Gegenteil, meine Moral bezieht sich nur aufs Reden, nicht aufs Genießen, denn da ist alles erlaubt, weil alles gleichgültig ist, ich liebe Pornographie, nur muß sie verboten sein, damit sie mich reizt, und die Autoren obszöner Werke sollten in den Gefängnissen schmachten, damit meine Lesefreude steigt. Ich unterstütze alle modernen Bestrebungen zur Prüderie, weil nur sie, und nicht diese labberliberale Aufgeklärtheit des Eros, neuen Genuß schafft. Schafft mehr Strafrecht, und die Liebe kommt zurück, sogar in die Ehe.

Und jetzt verrate ich dir meine Entdeckung, sagt Gabelin, mit drohendem Unterton, die ich zur Grundlage meiner Ethik der relativen Pornosophie, als der beliebigen Liebe zur Pornographie, mache.

Der Mensch als Gattungswesen ist begattungsträge, er ist zu faul zum Ficken. Er ist so naturwidrig, daß er sich nicht instinktiv um seine Fortpflanzung kümmert, er will nur in der Sonne liegen und seine Ruhe haben. Die Natur aber ist ein System der Selbsterhaltungsproduktion, die Natur produziert Gott und die Welt, und alles, was entsteht, ist wert, daß es zugrunde geht.

Dagegen wirkt die Kraft der Selbsterhaltung, das kosmische Programm Selbsterhaltung, dessen Code noch nicht geknackt wurde. Nur der Mensch, der sich ja vom Tier dadurch unterscheidet, daß er von Haus aus dumm und krank, also hilfsbedürftig und politisch ist, stört dies Programm und lacht, auch im Gegensatz zum Tier, das das Lachen nicht nötig hat. Aber die Natur trickst den Menschen aus, gibt ihm Intelligenz, damit er aus Alterssicherungsgründen Kinder in die Welt setzt, gibt ihm Brunst das ganze Jahr ohne besondere Brunft- oder Rammelperioden, gibt ihm eine zweite Natur, Gesellschaft, die mal Erotik verbietet, mal Geschlechtlichkeit befreit, auf jeden Fall Unruhe in die faulen Glieder jagt, die die Homosexuellen diffamiert, damit die Leute Kinder werfen, um zu beweisen, daß sie nicht schwul oder lesbisch sind, ja, sagt Gabelin, die Natur hat's schon in sich.

Und, sagt Gabelin, das ganze Geschwätz und das literarische Getue um und über Erotik und Sexualität, das so stolz daherkommt, ist doch nur Material der Natur, uns weiter an unsere ewig wiederkehrende Existenz zu binden. Ich, sagt Gabelin, bin frei, denn was ich tue, ist der Natur egal, sie wird überleben.

ZWEI MÄNNER UND ZWEI FRAUEN

[?] Zwei Männer gingen aus und in den Puff
Und machten mächtig, holla, einen druff.
Zwei Frauen ließen sich zu Haus verwöhnen
Und mußten gar nicht zahlen, diese Schönen.

Zwei Männer lieben eine Frau
Und hauen sich die Augen blau.
Zwei Frauen teilen sich den Mann
Der es für beide sehr hübsch kann.

Zwei Männer geben sich einen richtig aus
Und torkeln beglückt danach nach Haus.
Zwei Frauen träumen von Gold und vom Adel
Und hängen schon länger an der Nadel.

Zwei Männer und zwei Frauen
Die wollten sich mal trauen.
Zum Standesamt sie gingen
Man hört' sie nie mehr singen.

Zwei Männer zogen in den Krieg
Und wurden totgeschossen.
Zwei Frauen haben den Sieg
Euphorisch fast genossen.

Zwei Männer hatten Streit
Und haben sich darum entzweit.
Zwei Frauen waren befreundet
Und haben sich darum verleumdet.

Zwei Männer sitzen in einem Boot
Und werfen Angeln aus aus Not.
Zwei Frauen sind auch sehr allein
Und mauern sich im Keller ein.

Zwei Männer streben zum Theater
Und landen beim Berufsberater.
Zwei Frauen spielen große Rollen
Obwohl sie auch was andres wollen.

Zwei Männer ließen sich einst gehen
Das konnten sie selbst gut verstehen.
Zwei Frauen sprachen stundenlang
Ihnen war voreinander so bang.

Zwei Männer schrieben viele Briefe
Damit 'ne Frau mit ihnen schliefe.
Zwei Frauen sahen keine Hoffnung mehr
Und stürzten sich ins offne Meer.

Zwei Männer gingen einst spazieren
Das unterschied sie von den Tieren.
Zwei Frauen schworen sich die Treue
Und trieben es schlimmer als die Säue.

Zwei Männer wollen nur das eine
Darum nennt man sie auch Schweine.
Zwei Frauen so was gar nicht kennen
Drum darf man sie auch Ferkel nennen.

DER SPALT, DER DIE LÜSTERNHEIT LINSEN MACHT

[2000] Karl Graf Gabelin ist Straßenphilosoph. Er hat so was Verschlagenes, er könnte der Staatsanwalt beim Jüngsten Gericht sein. Drum gebe ich ihm immer schon mal prophylaktisch recht, wenn ich ihn treffe am Lokalbahnhof. Gestern war er wieder gut drauf.

»Die Zukunft gehört der Moral. Denn die Avantgarde heute beschäftigt sich mit Moral. Avantgarde oder Trendforschung ist, wer als erster erkennt, was Mode für die Massen werden wird, und dann so tut, als hätte er sie erfunden, die Mode. Und die Mode der Zukunft ist klar: Man trägt wieder Moral.

Das liegt daran, daß die Ursache von Leben und Tod Mord und Vergewaltigung ist, daß aber jahrelang so getan wurde, als seien es Liebe und Toleranz.

Ich selber morde auch recht gern, komme aber nicht mehr dazu, zumal es immer mehr Tagesmütter gibt und verwaiste Spielplätze. Darum beschäftige ich mich mit Erotik und Klassenjustiz. Meine Doktorarbeit über Männerschwäche und Bundesverfassungsgericht steht kurz vor dem Abschluß.

Karl Korn hat vor Jahren für die *Frankfurter Allgemeine Zeitung* den wunderbaren Satz erfunden: ›Durch den Türspalt der Entrüstung linst die Lüsternheit.‹ Dies ist ein Bild.

Empfindet jemand als Voyeur, dann liegt die Bewegung in seinem schweifenden Blick und hoffentlich in dem, was er sieht. Ich aber gehe vom normativen Aspekt aus, also davon, ob Lüsternheit überhaupt sein soll, dann frage ich mich nicht, ob die Lüsternheit des Spaltes bedarf, das ist ja bekannt. Nein, ich frage mich nach dem Gesetz, das die Tür bewegt: Man sieht gar nichts – zur Sperrangel-Offenheit: Man sieht alles und wird gesehen. Ich frage also nach dem Rhythmus zwischen den Polen terroristischer Diktatur: Tür zu – und unerträglicher libertärer Demokratie: Tür ausgehängt, alles erlaubt. Welche Kräfte und Gegenkräfte ermöglichen den Spalt, der die Lüsternheit linsen macht.

Dahinter steckt die Natur in ihrer einfallslosen Selbsterhaltungstriebhaftigkeit. Die ganze Erotik, die überall versammelte Sexualität, alles dient nur der Natur, ist bloß Mittel zum Zweck der Natur. Was ist denn Lüsternheit, ein Wert, Fluch oder Segen, Dolch oder Degen, Chaos, Krankheit, Lebensmittel oder die Rache der Phantasie an der Blödheit des Verstandes? Ich fordere die Todesstrafe für die Natur, das elektrische Netz wird schon geknüpft für die Natur, die Technik haben wir schon, da sieht sie alt aus, die Natur, da geht's ihr an den grünen Kragen, da wird nicht nur der Mensch, da wird auch der Granit zur Minna gemacht, da haut's den stärksten Vulkan um, und es herrscht wieder Ruhe im All.

Aber reden wir über Moral und Pornographie, denn Pornographie ist die graphische Darstellung der geltenden Sexualmoral, daran kommen wir nicht vorbei. Und das müssen wir verbieten.

O nein, ich bin nicht genußfeindlich, ich nicht, wenn alles erlaubt ist, weil alles egal und legal ist, dann muß die Polizei einschreiten. Ich liebe Pornographie, nur muß sie verboten sein, und die Autoren obszöner Werke müßten in den Gefängnissen schmachten und schmoren, damit meine Lesefreude steigt. Ich unterstütze alle Bestrebungen, alles Freizügige zu verbieten unter hoher Strafandrohung, weil nur das noch Genuß schafft in dieser labberliberalen Aufgeklärtheit. Schafft mehr Strafrecht, und die Liebe kommt zurück – sogar in die Ehe.

Überführte Verbrecher und schändliche Weiber, die auf dem Marktplatz als Sklaven verkauft und nackt zur Schau gestellt werden, öffentlich ausgepeitschte Ehebrecher und Ehebrecherinnen – dann kommt wieder Leben ins Land, und die Leute träumen nicht mehr von Party und Aktienkursen, sondern von Freiheit und Gerechtigkeit. Schließt alle Theaterhäuser, und es wird wieder Theaterstücke geben, erschießt die Komödianten auf der Flucht, und die Witze werden besser – und schneller.«

BEISSLIED

[?] Ich beiße dir den Rücken wund
Und peitsche dir den Leib.
Ich winsel vor dir wie ein Hund,
Du bist mein süßes Weib.
Ich liebe dich ganz ohne Grund,
Du bist mein böses Weib.
Mein Kitsch bist du, mein Schmerz und Schund,
Du bist mein schönes Weib.

Heut nacht hab ich den Kopf dir abgeschnitten *(Chor: Heut nacht)*
Und bin an deinem Blut erstickt *(Chor: Heut nacht)*
Ich sah im Zimmer schwarzes Licht *(Chor: Mein süßes Weib)*
Und habe mich im Traum beglückt *(Chor: Mein böses Weib)*
Ich sah den Mund, sah dein Gesicht *(Chor: Heut nacht)*
Das bleich und weiß sich zu mir legte *(Chor: Heut nacht)*
Da hab ich dir die Kehle durchgeschnitten *(Chor: Mein schönes Weib)*
Ach, wie mich dieser Schnitt erregte *(Chor: Heut nacht)*

Ich grab dich in die Erde ein
Und wasche mir die Hand.
Ich werde kalt, ich werde Stein,
Mein Herz ist nur Verstand
Ich liebe dich ganz ohne dich,
Mein Herz ist nur noch Sand.
Mein Kitsch warst du, mein Schmerz und Schund,
Zerrissen ist das Band.
Heut nacht hab ich den Kopf dir abgeschnitten …

DARÜBER LACHT DAS VOLK

Früher erzählten sich Großmutter, Mutter, Vater und Kind noch Friesen-, Kaninchen- und Blondinenwitze. Heute werden im Volke nurmehr Männerwitze erzählt. Ein Volk jedoch, das seine Männer nicht anständig behandelt, kann ruhig untergehen, wie es in einer alten Amazonenweisheit heißt. [1998]

Wenn du als Mann nur noch ausgelacht wirst, ist es kein Wunder, daß es kaum noch Nachwuchs gibt. Entweder lacht man zusammen oder zeugt Kinder.

Eine Frau schmeißt ihren Mann aus dem Fenster im 10. Stock. Was ist das? Schöner wohnen.

Was haben Männer ohne Beine? Erdnüsse.

Was macht eine schöne junge Frau am Morgen mit ihrem Arsch? Sie schmiert ihm ein paar Brote und schickt ihn auf die Arbeit.

Darüber lacht das Volk.

Und dann heißt es im Grundgesetz: Alle Staatsgewalt geht vom Volke aus.

Aber wo geht sie hin? Oder geht sie bloß aus? Wenn die Staatsgewalt ausgegangen ist, was macht sie, wenn sie besoffen wieder heimkommt?

OLYMPIA

[?]

Ich bin der Bundesfickertrainer
Und üb mit Kindern den Spagat.
Die ganze Welt ist ein Container,
In dem es rumst von früh bis spat.
Und jetzt alle:
Wir sind die Fickgladiatoren
Und wichsen uns die Seele tot.
Und sauen rum selbst mit den Ohren
und färben Schwanz und Möse rot.

WAS IST MIT DEM HUND?

Ich liebe Scheidungsverfahren. Da werden die entscheidenden Fragen Mitteleuropas gestellt. [1990]

Aber hier, das ist schön, da sind zwei, die sich wirklich trennen wollen. Und da gibt es natürlich wichtige Fragen. Am Anfang einer Ehe ist das einfach: Liebst du mich? Ja. – Und das war's dann.

Aber am Ende, da entsteht Unübersichtlichkeit.

Wenn sie den Kühlschrank mit eingebracht hat und Gütergemeinschaft vereinbart war, wem gehört dann die Waschmaschine?

Wann war der letzte Verkehr, im Haus, im Flur oder im Flugzeug? Wann war der erste Verkehr, und wenn nein, warum nicht? Wann fährt der letzte Bus?

Hat er eine Geliebte, oder hat sie eine Geliebte oder einen Geliebten? Und was ist mit dem Hund?

Wer hat die Scheidung eingereicht? Wenn er es war, hat er dabei geweint – oder hat sie geweint, weil sie es nicht war? Haben beide geweint, oder hat einer von beiden gelacht? Wer kriegt das Familiensilber, und was ist mit dem Hund?

Wer bekommt die Kriminalromane, wenn er den ganzen Dostojewski mitnimmt, sie aber nur Anrecht hat auf den halben Heine, und zwar die schöne Leinenausgabe aus dem 19. Jahrhundert?

Der Meißener Teller stammt zwar von ihrer Mutter, die hat ihn, den Teller, ihm, dem Schwiegersohn, zum zweiten Examen geschenkt. Aber wem gehört das zerbrochene Porzellan, wenn beide Elefanten Gütertrennung vereinbart haben? Und was ist mit dem Hund?

Wer bezahlt die Hypothek, wenn er im Hause bleibt, sie aber eine Wohnung in der Stadt nimmt, ohne die Therapie aufzugeben, die, obwohl Gütertrennung einverständlich ist, zweimal in der Woche stattfindet?

Muß er immer noch weiterhin in seine Männergruppe »Frische Luft – wie überwinde ich den Raucher in mir selbst?« latschen? Wer von beiden darf in die Toskana zum Techno-Rave-Seminar für Alternativ-Senioren? (Ohropax wird vom Veranstalter gestellt.)

Was ist mit der Lebensversicherung? Wer verzichtet freiwillig auf seine Selbstmorddrohung? Wer hat damals auf dem Fest bei Onkel Fritz, und wer hat überhaupt wen aus der Gosse geholt oder aus der Depression geholt oder aus der Kneipe nicht abgeholt? Und was ist mit dem Hund?

Jetzt hast du das Kind vergessen?

Welches Kind?

Na, deinen Sohn!

Den kannst du behalten, ich weiß ja bis heute nicht, ob der überhaupt von mir ist – mit seinen Schlappohren und den Krusselhaaren.

Gut, ich nehme das Kind, dann kriege ich aber auch den ganzen Heine, und zwar die schöne Leinenausgabe aus dem 19. Jahrhundert.

Den Brockhaus kannst du auch haben.

Da sind doch über 20 Bände erschienen.

Du kannst ja Bodybuilding damit machen, weil du dich doch jetzt wahrscheinlich wieder um deine Figur kümmerst.

Und wer hat die 20 Meter Brockhaus bestellt? Doch du, um am Donnerstagabend das *Zeit*-Kreuzworträtsel besser lösen zu können. Hast es trotzdem nie geschafft – Idiot. Und außerdem hast du damals Laura unter den Rock gegriffen.

Und du bist splitternackt durch den Flur gegangen, obwohl meine blinde Mutter im Wohnzimmer zu Besuch war.

Und du bist, und du bist, und du bist …

Meine Damen und Herren, ich zitiere jetzt wörtlich:

> Schwul, frigide, impotent,
> geizig, dick, impertinent,
> häßlich, dick und aufgeschwemmt
> und, und, und … –
> was ist mit dem Hund?

Wer hat angefangen? Und wer hat weitergemacht? Kam es neben Wortgefechten auch zu Schlägereien und anderen Tätlichkeiten?

Warum hast du mir damals den Fön in die Badewanne geworfen?

Konnt ich doch nicht wissen, daß die Steckdose kaputt war!

Wer schlug wen, womit, um wieviel Uhr? Wie lange hat was Spaß gemacht, ab wann war es nicht mehr schön? Was soll zuerst gelöscht werden, die Hypothek oder die selbstgedrehten Pornovideos? Wer bezahlt den Rechtsanwalt? Wenn beide sich nie geliebt haben, welcher Irre ist dann auf die Idee gekommen, zwischen ihnen eine Ehe zu stiften? Wo ist der Pfarrer, wo hat sich der Standesbeamte versteckt, und, verdammt noch mal, was ist mit dem Hund?

Ich habe eine Kollegin, die hat früher Terroristen-Prozesse gemacht, heute arbeitet sie nur an Scheidungen. Sie sagt, das sei der Übergang vom bewaffneten Kampf zum flächendeckenden Bürgerkrieg.

MINIATUREN UND KLEINE TRÄUMEREIEN

[1993]

I.

Eingelullt in große Kälten,
Steh ich traut am Hochaltar.
Hinter mir die fernen Welten,
Hoffnung, Rußland, Samowar.

Heißer Tee in kalter Luft,
Und mein Lieb ist weiß wie Schnee.
Hörst du, was der Priester ruft?
Achte drauf, es ist dein Weh.

Hab dich aus dem Grab gestohlen,
Wollt mir deine Seele holen.
Ach, dein Leib ist schön.

Will ganz mit dir alleine sein,
Nehm dich in die Arme mein.
Laß uns weitergehn.

II.

Fenster, Fenster, lauter Gitter,
Blumen und Gardinenzier.
Unbekannte Unglückszwitter
Leben frei vermietet hier.

Leben, Leben, Liebesbitten,
Flehen um Gemütlichkeit.
Menschen ohne Recht und Sitten
Lauschen in die Ewigkeit.

Kesselstein und Seifenspender
Und das Treppenhausgeländer
Stehen stumm und schweigen.

Keiner brüllt im Treppenhaus,
Niemand macht die Lichter aus,
Wenn sich die Wölfe zeigen.

III.

Die Seelen sind kaputtgeschossen
In jener Schlacht um kleine Ziele.
Die Kameraden, die Genossen,
Sie suchen Spaß und neue Spiele.

Es dräut ein Schrecken übers Land,
Den keine Kraft ertragen mag.
Und gerad des Glückes Unterpfand
Gehört zur siebten letzten Plag.

Die Hexen schütten national
Ihr Monatsblut auf Neumondboden.
Und es bimmeln hohl und schal
Glockenfern die trocknen Hoden.

IV.

Wer spät am Abend in die Sterne schaut
Und sich dabei vor gar nichts graut,
Der weiß genau, daß seine Lebensfrist
Nicht erst seit gestern abgelaufen ist.

Ich blick mit Angst und mit Behagen
Seit Jahren schon an allen Tagen
Mit leichtem Beben und mit Graus
Durchs Fenster in die Finsternis hinaus.

Ich hock am Herd und fürchte nicht.
Nicht Messer, Schere, Gabel, Licht.
Ich fröstle bloß mit großem Schrecken
Vor Jungfrauenblut in Dornenhecken.

Maria, ruf ich schwer verwirrt.
Maria durch MacDornwald irrt.
Maria, flüstern wir sodann,
Mit dir, Maria, fing es an.

V.

Wenn purpurrot die Farbe
Sich aus meinen Armen
Ins blaue Meer ergießt
Am Sonnenstrand in Griechenland
Mit mir allein und Sand in Sand,
Küß ich mir warm die eigne Hand
Allein am weiten Griechenstrand.

Und glüh dabei im Sonnenbrand
Und träume von der Eigerwand,
Der eiseskalten Händchenhand.
Am Sonnenstrand in Griechenland
Ins blaue Meer herfließt
Sicher mit meinen Armen
Weh – purpurrote Farbe.

VI.

Mein Lieb, mein Lieb,
wo ist dein Bett?
Mein Lieb, mein Lieb,
ich seh nur Rauch.
Mein Lieb, mein Lieb,
wo bist du hin?

Mein Lieb, mein Lieb,
mein Lebensbraut.
Mein Lieb, mein Lieb,
du bist geraubt.
Mein Lieb, mein Lieb,
die Sonne sticht,
die Eidechs huscht.
Mein Lieb, mein Lieb,
sie heulen laut
und sprechen.
Und meine Hände,
mein Lieb, mein Lieb,
vermählen sich
mit Silberschein.

VII.

Am Waldrand steht ein alter Spanner,
Der Mond ist ein Voyeur.
Wenn er so scheint, dann kann er
Ein Bulle sein bei dem Verhör.
Er sieht alles, er hört alles
Und er weiß gar nichts.
Niemand wird geschont
Vom kugelrunden Mond.

VIII.

Wer gegen die Nacht hämmert
Und die Fenster schließt zur Unzeit,
Keinen Gürtel mehr in der Hose
Trägt, aber und aber Angst
Und noch keinen Hauch ahnend
Von der Umschlußpanik,
Der muß wohl neu sein auf der Welt,
Bereit für Spott und voller Hohn

Und blöde schaun, wenn andere verbergen
Ihr Zittern unterm Weidenbaum
Und darum Ruten schneiden, Ruten schneiden
Und die Messer schärfen am Altar.

IX.

Am ersten April wird es oft still.
Später im Mai kommt Lärm herbei.
Und dann im Summer entsteht großer Kummer,
Doch schon im Oktober schwitzt der Pullover,
Und dann erst spinnt er, der eiskalte Winter.

TATORT FAMILIE

Mir passieren immer so komische Sachen. [2000]

Meine erste Frau habe ich totgeschlagen. Aber das war ein Mißverständnis. Ich kam nachmittags nach Hause, meine Frau kam mir entgegen, die Haare wirr, sie selbst völlig aufgelöst, die Bluse falsch zugeknöpft.

Na ja, dacht ich, Ordnung war noch nie ihr Hobby.

Aber ihre Augen haben gestrahlt. In der Küche stand der Heinz, mein bester Freund, bloß so ein Handtuch um die Hüften.

Gut, denk ich, er wird eine Dusche genommen haben.

»Na«, frag ich die beiden, »habt ihr es euch schön gemacht? Ich war ja nicht da, Hauptsache, ihr habt Spaß gehabt.«

Der Heinz sagt nichts, schlottert ein bißchen rum, und Ilse, damals meine Frau, schreit wie blöd: »Warum regst du dich nicht auf, warum schlägst du mich nicht?«

Sag ich: »Das geht nicht, ich hab's hier plötzlich im Arm, das zieht bis hierhin, ob das Rheuma ist oder doch was mit dem Herz …«

Und sie: »Das ist alles? Ich hab mit deinem besten Freund, und du denkst nur an dein Rheuma.«

Sag ich: »Was willst du, den Heinz kenn ich doch. Wenn jetzt ein wildfremder Mann hier rumstünde, dann hätt ich doch Angst, daß er vielleicht was gestohlen hat, aber der Heinz nimmt doch nichts mit.«

»Ich hab dich betrogen, ich habe dich nie geliebt, und ich hab heute morgen dein ganzes Konto leer geräumt.«

»So viel war da auch nicht mehr drauf.«

»Ich werde dich jetzt sofort für immer verlassen.«

Da dachte ich bei mir, so was ist dir schon öfter passiert, das mußte wegstecken.

Und sie ruft: »Wenn du willst, daß ich bleibe, dann bring mich um.«

Ich sag noch: »Eigentlich konnte ich dir nie einen Wunsch abschlagen!«, und mach so eine blöde Handbewegung, dadurch schubs ich sie, sie stolpert, fällt hin, mit dem Hinnerkopp auf die scharfe Kante von der Waschmaschine. Sofort tot.

Krimifilme fangen auch oft so an, und dann dauert es lang, bis die Wahrheit, also meine Unschuld, rauskommt.

Der Heinz ruft: »Du hast sie ermordet!« Und ich sag: »Zieh dir erst mal was an, bevor du hier Terror machst.«

Dann hab ich die Polizei angerufen und gesagt: »Ich habe gerad so eine blöde Handbewegung gemacht, dadurch schubs ich meine Frau, sie stolpert, fällt hin, mit dem Hinnerkopp auf die scharfe Kante von der Waschmaschine. Sofort tot. Krimifilme fangen auch oft so an, und dann dauert es lang, bis die Wahrheit, also meine Unschuld, rauskommt.«

Die wollten sofort Name und Adresse. Der Beamte sagt mir, sie kommen gleich: Überfallkommando, Krankenwagen, Leichenwagen, Steuerberater, Testamentsvollstrecker, Fotograf, alles, was man so braucht bei einem Todesfall.

Bevor die Polizei kam, steht meine Frau plötzlich auf, schaut mich lange an und sagt: »Das kannst du also auch nicht, noch nicht mal aus Eifersucht die eigene Frau totschlagen. Versager!«

Der Heinz und sie sind dann weg, ich sag noch: »Heinz, zieh dich wenigstens jetzt an«, da fing die Ilse an zu heulen, dann sind sie weg, und ich habe jetzt das Verfahren wegen Vortäuschens einer Straftat am Hals. Als ich der Polizei die Geschichte erzählt habe, haben sie trotzdem darauf verzichtet, mich in die Irrenanstalt einzuliefern.

Tja, Glück muß der Mensch haben im Leben.

ER-ZÄHLEN

Neulich sag ich – also ich sage: EINS [1980er]
Meine Frau, wie sie ist, sagt: ZWEI
Gut, kein Problem, sag ich: DREI
Man kann sich's denken, sie sagt: VIER
Muß man nicht drüber reden, ich also: FÜNF
Aber jetzt kommt sie und sagt einfach: SECHS
Da hättet ihr mich sehen sollen: SIEBEN
Sie wird sauer und sagt tatsächlich: ACHT
Nun, was machste jetzt? Na? Richtig: NEUN
Ohne auch nur nachzudenken, kommt sie mit: ZEHN
Und ich sofort einfach: ELF
Sie fanatisch: ZWÖLF
Ich bleibe cool: DREIZEHN – DREIZEHN
Da kriegt sie so einen Hals: VIERZEHN
Na, komm, denk ich, wenn du es so willst: FÜNFZEHN
Sie mit ihrem eigensinnigen Kopf: SECHZEHN
Heute kriegste sie, sage ich und flüstere, ganz ohne Streß,
ganz ruhig und vorher eine Pause, eine präzise Pause
und dann total eiskalt: SIEBZEHN
Aber keine Chance für einen vernünftigen Kompromiß,
nein, hysterisch, wie sie ist: ACHTZEHN
Ich probier es noch einmal: NEUNZEHN
Sie sofort: ZWANZIG
Ich: EINUNDZWANZIG
Sie: ZWEIUNDZWANZIG
Ich: DREIUNDZWANZIG … VIERUNDZWANZIG …
FÜNFUNDZWANZIG! FÜNFUNDZWANZIG! FÜNFUND-
ZWANZIG!
Sie: SECHSUNDZWANZIG?
Ich: Gut – SIEBENUNDZWANZIG – NEUNUNDZWANZIG –
EINUNDDREISSIG …

MONARCHIE UND MÄNNER

[1987] Jede reaktionäre Epoche ist dadurch geprägt, daß ein öffentliches Gejammer über den Mangel an großen Männern laut wird. Je größer die allgemeine Unübersichtlichkeit ist, um so mehr wächst das Bedürfnis nach starken Männern. Politisch entwickelt sich dies Bedürfnis zur Sehnsucht nach dem starken Mann, der Boden für Diktatur wird bereitet.

Wofür steht er nun, der große Mann? Oder fragen wir weniger sexistisch danach, woher es rührt, daß die Abwesenheit großer Männer zu Unlustgefühlen führt. Der große Mann scheint ein wichtiges Kulturgut, ja eine Kulturleistung zu sein.

Kulturleistung, das wissen wir seit langem, ist ein Produkt des Triebverzichts. So könnte der Mangel an großen Männern vielleicht darauf zurückzuführen sein, daß Männer in den letzten Jahren zuviel gevögelt haben, sich zu stark der Sinnlichkeit hingegeben haben, statt der Pflicht zur Größe zu dienen.

Schon Salvador Dalí hat einmal behauptet, daß Sexualität eine Alternative zur Kunstproduktion sei. Wie viele schöne Werke seien nicht geschaffen worden, nur weil der Künstler statt dessen was anderes getan habe. Die Zeit des Nichtvorhandenseins eindrucksvoller Führerpersönlichkeiten scheint jetzt vorbei zu sein. Die kulturschädigende Rumhurerei nimmt ein Ende. Rettung naht und ist schon da. Aids heißt das furchtbare Heil.

Jedes Unheil hat seine Geier. Die Seuche Aids ist ein Unheil, eine Niederlage für alle im Krieg der Geschlechter, der in den letzten Jahren durch feministische Nachrüstung bestimmt war.

Doch wie bei jedem Krieg treibt sich hier auch ein Gesindel von Kriegsgewinnlern herum, von Menschen, die sich ihr Geschäft aufbauen am Leid anderer. Dumme Propagandistinnen des Abschieds vom koitalen Mann vertreten die Ansicht, Aids entmachte den Phallus. Kondome seien ein Angriff auf des Schwanzes Herrlichkeit.

Da muß die Adenauer-Zeit ja das reinste Matriarchat gewesen sein, denn damals, in der Vor-Pillen-Zeit, waren Präservative nichts so Besonderes, wie es heute manche Wurzelfeministin glaubt. Diesen Frauen kann man nur zurufen, daß sie mit Konradine Adenauer die ganze Sauerei angerichtet haben, die wir heute ausbaden müssen.

»Aids macht den Zipfel-Gipfel zur Giftspritze«, schreibt Monika Goletzka in der *Zeit* vom 27. Februar 1987, und Heide Soltau weiß in der *taz* vom 21. Februar 1987 noch mehr: »Wenn heute ein Mann sicher und gefahrlos mit seinen Trieben leben will, muß er ein Kondom benutzen. Eine unbequeme Sache, nachdem ihm die Frauen jahrzehntelang das Problem der Empfängnisverhütung abgenommen haben und er wie die Made im Speck leben konnte.«

Ich weiß nicht, wie fett die Made Soltau ist, es interessiert mich auch nicht. Heißt es bei ihr anfänglich noch »ein Mann«, so wird daraus schnell ein Gattungswesen, nämlich der Mann an sich, dem die Frauen jahrzehntelang das Problem der Empfängnisverhütung abgenommen haben. Aus unterschiedlichen Individuen kristallisiert sich heraus das ontologisierte Gattungswesen, die biologisch-rassisch bestimmte Seins-Figur: der Mann. Mag er im Einzelfall 20 Jahre alt sein und schwul, auf jeden Fall haben ihm seit Jahrzehnten die Frauen das Problem der Empfängnisverhütung abgenommen. Jetzt stelle ich mir noch vor, wie die Frauen – also nicht die eine oder andere, sondern alle –, wie also zwei bis drei Milliarden Frauen um sein Bett herumstehen und ihm das Problem der Empfängnisverhütung abnehmen.

Der Mann und *die* Frauen – das ist das sprachliche Holz, aus dem das Verhältnis Führer-Gefolgschaft geschnitzt ist. Möge es beim Holzschnitt bleiben! Die Freude katholischer Kleriker über Aids muß nicht überraschen, daß aber im Gewande des Feminismus die alte Koalition von angeblich frauenfreundlicher Sexualaskese und autoritärem Staat neu gebildet wird, das kann einen schon erschüttern.

Betrachten wir also die Männerfrage radikal vom Männerstandpunkt aus.

Das zeitgenössische Vaterbild ist die simulierte Mutterglucke, die neben Mütterlichkeit noch den Vorteil männlichen Geschlechts mit sich herumschleppt. Das ist furchtbar, das ist eine extreme Hinterlist krypto-patriarchaler Gaunerei, und das ist auch ästhetisch eine Qual. Die neuen, von Scheinschwangerschaften gebeutelten Männer, die ihre Kinder durch die Gegend schleifen, als handele es sich um indianische Idyllfiguren aus Peru, made in Woodstock, sind Jammergestalten eines einst stolzen Geschlechts, nämlich des Geschlechts der Väter. Dieser Sachverhalt ist außerordentlich unschön; und ist die Welt nicht schon häßlich genug und mangelhaft?

Die Natur geht kaputt, die Familie ist schon kaputt, und der Mann von heute macht gern auf kaputt, gerade auch derjenige, der sich mit Yuppie-Fassade oder neuem Macho-Outfit durchs körperbewußte Leben streßt.

So steigert sich der herrschende Kulturverdruß bei gleichzeitiger Einschränkung des Sexualgenusses, der heuer zwischen Ausschweifung und Askese wieder einmal heimatlos geworden ist. Schuld daran aber ist der Unwille des Mannes zu authentischer Vaterschaft.

Diese Entwicklung ist kein Produkt einer vaterlosen Nachkriegsgesellschaft der 50er Jahre, diese Entwicklung ist vielmehr Teil der Apokalyptik, die wir seit Beginn des 19. Jahrhunderts, dem Ende des Heiligen Römischen Reiches Deutscher Nation, im Abendland beobachten müssen.

Je mehr der Weltuntergang auf die Tagesordnung gesetzt wird, desto verweibter wird der Mann und verweigert sich. Er trotzt und will nicht Vater sein und damit Verantwortung tragen fürs Ganze. Auch wenn umgekehrt die Entväterlichung des Mannes zur weltumgreifenden Untergangsmetaphysik geführt haben mag, so ist hier wenigstens ein Ursachenzusammenhang zwischen beiden Faktoren festzuhalten.

Der geistig-moralische Hintergrund der Lebenswelt, in der Männer sich vor der Vaterschaft verdrücken, ist purer Geiz, ein auf die Zukunft bezogen absolut schlaffes Investitionsverhalten. »Die Welt, in der es sich noch lohnt zu leben, gilt als zum Untergang verurteilt. Die Welt, die ihr folgen soll, verdient keinen anständigen Bewohner mehr. Es hat also keinen Sinn, dauerhaft zu lieben, zu heiraten und etwa Nachkommen zu zeugen.« (Joseph Roth, *Radetzkymarsch*)

Sind dennoch Kinder entstanden, so müssen diese als Träger der Rentenlast und angebliche Verleiher der Erde (»Wir haben die Welt nur von unseren Kindern geliehen bekommen«, so sagt eine bekannte Charlottenburger Indianerweisheit) sich damit abfinden, nicht mehr erzogen, sondern nur noch betrachtet zu werden. Kinder leben heute in den Trümmern der verschiedenen Erziehungsdogmen. Man läßt, gerade als männlicher Penetrant und Samenspender, einfach alles gehen, jedes seinen eigenen Weg.

Und dabei hätte doch gerade auch das Kleinkind ein Recht darauf, etwas von der Kälte und Brutalität der Wirklichkeit, von der unbeugsamen Furchtbarkeit der Welt zu erfahren. Für dieses Erlebnis ungerechter Strenge hat es einmal den Vater gegeben und damit die Chance, sich besser vorzubereiten auf den Härtetest des Lebens. Aber nein, das masochistische Ideal, Zeitgenosse einer Technik zu sein, die endlich die Menschheit vernichten kann, diese stolze Freude, durch die Teilnahme am Jüngsten Gericht selbst etwas Besonderes zu werden, diese Feier der eigenen Nichtigkeit wird auch noch dem Nachwuchs aufgezwungen, der vaterlos und also nur halb lebensfähig in die Zeit entlassen wird.

Der Weltuntergangsblues ist es, der im Bette der Nachwuchserzeugung Zweifel sät, so wie er in der Werkstatt des Schriftstellers zum Literaturproduktionsstreik drängt.

»Der wirkliche Mann will Kinder haben. Das ist *sein* Ideal der Ehe. Ein höherer Mensch, der bedeutende Werke schafft, braucht – innerlich – keine Kinder, und deshalb ist für die eigentlich genialen Menschen die Ehe unlogisch – nicht die geschlechtliche Liebe.« Mit diesen Worten stellt sich unser großer Philosoph des Verschwindens, Oswald Spengler, einen Freifickschein aus, ohne das Problem, warum der wirkliche Mann auszusterben droht, durch eine einfache Privilegierung des »höheren Menschen« lösen zu können. Zu viele Männer fühlen sich ja überraschenderweise als höhere Wesen im Sinne Spenglers – Künstler etwa, Sportler, Autonome oder auch Chirurgen –, und das Abendland droht immer noch unterzugehen.

Soziale Impotenz schlägt um in seelische Tautologie. Die Empfindungsfigur bewegt sich etwa so: Ich fühle mich angesichts des Weltendes so schwach, daß es zum Vatertum nicht mehr reicht, also zeuge ich erst gar nicht oder werde, wenn schon gezeugt wurde, die bessere Mutter.

Woher kommt nun diese vorväterliche Lebensschwäche?

Das ist nicht mehr nur massenpsychologisch, sondern auch verfassungspolitisch zu erklären. Die genannte Schwäche ist eine Folge davon, daß die entscheidenden Überväter patriarchaler Ordnung gestorben sind: Gott ist tot, und auch die Könige und Kaiser scheiden dahin. Der Vater hat kein Leitbild mehr.

Die Abdankung Wilhelms II. machte viele Deutsche bis ins Proletariat hinein »vaterlos«. Denn sowenig 1918 eine wahre Revolution stattfand, so wenig war Friedrich Ebert ein Kaiser. Hier sprudelt die Quelle deutscher Sehnsucht nach Führung und Autorität.

So ist die Pflicht des Mannes zur Vaterschaft in gewisser Weise auch ein antifaschistischer Auftrag. Denn der Weimarer Vater-Nihilismus erfaßte die preußisch-deutsche Misere der ausgebliebenen oder gescheiterten Revolutionen, das Elend der Einheit von Thron und Altar, des Königs als Summus Episcopus, der traumatischen Verklärung des Fürsten zum Vater, des Herrschers zum Herrn.

Und damit sind wir beim Kern der heutigen Männerfrage. Nachdem Gott und die Fürsten als wirkliche Vaterfiguren kapituliert haben, schmiß sich der orientierungslos gewordene Mann an die Frau heran, an die Sozialfigur der Mutter. Und weil ihm das peinlich war, weil er sich instinktiv geschämt hat, darum hat der Mann aus Rache den Weltuntergang erfunden, dem er heute wie allem künstlich von ihm Gemachten mit Entsetzen gegenübersteht. Der verweibischte Mann glaubt an den Weltuntergang, diese parthenogenetisch erzeugte eigene Leibesfrucht, er verliert sich in Träume zurück, er will Kind bleiben und sich im Uterus einbunkern.

So ist der Mann von heute doppelt gebeutelt, biologisch dem Weib unterlegen und politisch charakterlos. Die Konsequenz aus dieser Erkenntnis kann nicht der Kampf für die Wiederherstellung der Monarchie sein, nein, der Mann selbst muß wieder König werden. Der Berliner Rocksänger Rio Reiser hat mit seinem Lied »Wenn ich König von Deutschland wär« das konkret-utopische Moment der sozialen Vaterschaftsrolle erspürt, während Herbert Grönemeyer mit seinem blöden »Gebt den Kindern das Kommando« noch immer die Zeichen der Zeit nicht erkennt und in reaktionärer Pädophilie verharrt.

Die Welt ist alles, was Zerfall ist, so Wittgenstein in der korrigierten Version von Gabelin. Die Welt ist ein einziges Katastrophenprinzip (Velikovsky, Lem) – auch das wissen wir und sagen stolz: Na und?! Aufklärung also heißt, sich aus der Unmündigkeit, aus der Drogenabhängigkeit der selbstverschuldeten Endzeitvorstellung zu befreien und die Königsgestalt eines aufgeklärt absolutistischen Vaters in der Familie anzunehmen. Denn das ist das Programm 2000 der neuen Männerbewegung: schärfste politische Verurteilung des Patriarchats, aber wertkonservativer Wiederaufbau des paternalistischen Mannes (= Vater).

WILLST DU MIT MIR SCHEITERN?

[1984]

Ich bin ein alter Scheiterhaufen
So oft bin ich gescheitert
Will doch noch weiter scheitern laufen
Weil nur das Scheitern mich erheitert

Draußen ist die Welt am Scheitern
Eishell ist die Nacht gelichtet
Um das Leben zu erweitern
Rennet alles, rettet, flüchtet

Auch unser Scheitern ich erahne
So hell brennt das Gerenne
Ich liebe dich, Christiane
Weil ich mich von mir trenne

Heute ist die Welt am Flennen
Eifrig wird der Text verdichtet
Um den Tod nicht zu verpennen
Rennet alles, rettet, flüchtet

VENEDIG

(nach Thomas Bernhard)

Ich war in Venedig, Herr Pachl, Sommer in Venedig. Venedig, Weltuntergang und Kanalgebühr. Und ich habe Sie trotzdem geliebt, Herr Pachl. Nie war der Tod weniger männlich als der Tod in Venedig. Hier hat Virilio die Ästhetik des Verschwindens erfunden, husch, Biennale, Futurismo, Cappuccino D'Annunzio, Venedig vanitas vanitatem. [1986]

Canale Grande mit vieren, verloren zweihundertvierzig. Venedig im Sommer. Wissen Sie, was Venedig im Sommer ist? Venedig ist eine ungeheure Ansammlung von Ärschen. Arsch und Adria. Gehende Ärsche, sitzende Ärsche im gleißenden Sonnenlicht, treppensteigende Ärsche in Augenhöhe, Rialtobrückenstufen erklimmende Ärsche. Mein trunkenes Auge folgt errötend ihren Gängen. Tausend Ärsche warn's am ersten Tag, zehntausend Ärsche warn's am zweiten, hunderttausend Ärsche gar am dritten Tag. In knappen Sommerhosen, mit zwei nackten Beinen unten dran. Ich kann keine Ärsche mehr sehen. Und wie habe ich früher auf Ärsche geschaut, wie bin ich Voyeur gewesen, Voyeur der ersten Stunde. Wie war meine Sehnsucht so stark nach diesem ewig zweigeteilten Vaterland. Wie hab ich gegiert nach Arsch und Backe. Und wie sehr hat blinde Leidenschaft mich verzehrt beim Anblick weiblicher Hinterteile. Wie habe ich sie entkleiden wollen und mich auf sie stürzen in Zerfleischeslust.

Vorbei. Vorbei.

Venedig hat mich zerstört. Ich bin der Ärsche satt, mehr satt als je der eignen Stirn. Ich habe meine Bibliothek verbrannt, meine Bücher und Bilder der wollüstigen Flagellationen, denn ich war in Venedig im Sommer, und ich habe Ärsche gesehen, Herr Pachl, das war nicht sehr schön. Bedecke deine Augen, Zeus, mit Wolkendunst. Und übe, dem Henker gleich, der Menschen köpft, an Leichen dich, um wegzusehen. Zum Arsche drängt, am Arsche hängt doch alles, ach, ich Armer.

EHE

[1987] Im Mittelpunkt jeder Versammlung steht der Mensch.
Wo zwei oder drei Menschen versammelt sind,
Ist er mitten unter ihnen.

Falsch.

Der Volksmund sagt:
Wenn Hombre trifft auf Femina,
Dann ist auf einmal Liebe da.
Die Liebe, sie ist wunderbar,
Sie produziert ein Ehepaar.

Und damit sind wir bei den drei Säulen unserer Kultur:
Hochzeit, Mahlzeit und Freizeit.
Am Anfang war die Hochzeit, also Adam und Eva.
Dann kam das Fressen, der Apfel.
Und dann die Moral, also die Freizeit.
Alles verbunden wird durch die Ehe,
Die in Hannoversch Münden erfunden wurde,
Als Fulda sich und Werra küßten
Und daraus die Weser entstand.
Das Wesen der Ehe ist also geographischer Herkunft.
Der Vater der Ehe heißt Atlas.
Und die Mutter ist eine geborene Landkarte.

Die Ehe – volkstümlich safety box
Oder l'amour s'en va –,
Die Ehe wird nicht im Himmel geschlossen.
Sie wird auf Erden abgebaut.
Wie Marmor im Steinbruch,
So wird die Ehe im Ehebruch gewonnen.

Der Ehebruch ist der Rohstoff der Ehe,
Wie der Einbruch der Rohstoff des Eigentums ist.
Nur wer sich vor dem Diebstahl schützt,
Weiß, wieviel ihm sein Eigentum wert ist.
Dies gilt besonders für diejenigen,
Die aus Eigennutz und zur Befriedigung der Geschlechtslust,
Heimtückisch oder grausam oder überhaupt
Vor einem Standesbeamten oder einer Standesbeamtin
Zueinander vorsätzlich JAWOLL, IS JA SCHON GUT gesagt haben.

Daß die Ehe von vorne so ausschaut wie von hinten:
EHE,
Das verbindet sie mit Otto und Anna.
Wenn Otto und Anna heiraten,
Dann rufen sie laut hosianna.
Ansonsten sind bei der Ehe alle Vergleiche erlaubt,
Nicht aber alle Griffe.
Denn es gibt keine Versöhnung zwischen Mann und Frau,
Aber auch keine Vertöchterung.

Deshalb singt der Dichter:
Wenn Mann und Frau nach ein paar Jahren
Nicht mehr so sind, wie sie mal waren,
Dann schleicht der Liebe Glück sich fort,
Und übrig bleibt der Gattenmord.
Denn es ist der Sinn der Ehe,
Daß sie bis zum Tod bestehe.

DIE LIEBE

[1989] Die Liebe geht durch den Magen. Wenn ich etwas Gutes esse, liebe ich mich. Es gibt auch andere Aspekte der Liebe. So dient die Liebe zeitweilig auch der Entspannung, der körperlichen Abrüstung hormoneller Bewaffnung. Sie ist friedensstiftend, führt aber oft zu erstaunlichen Bündnissen, zu den sogenannten Ehen. Diese funktionieren aber nur so lange, wie sie von außen angegriffen werden. Der Hauptfeind der Ehe ist der oder die Single, die das paarweise Auftreten von Menschen angeblich verachten. Noch stärker bedroht ist die Ehe durch zuviel Geld, das eine unerfreuliche Gleichgültigkeit erzeugt. Wenig Geld und unerwünschte Kinder dagegen führen zu Haß und Überdruß, auch hier ist die Ehe dann bedroht. Wenden wir uns also wieder der Liebe zu, mit der meist der ganze Schlamassel angefangen hat.

Die Liebe – und das macht sie zu einer guten deutschen Tugend – funktioniert erst dann so richtig, wenn ihre Partner sich nicht als in Harmonie liegend sehen, sondern begreifen, daß sie in Opposition zueinander stehen.

Dies bedeutet, daß im Geschlechterkrieg auch verbal immer wieder neue Stellungen zu beziehen sind. So ist das Prinzip der Zerstörung des Geliebten die einzige Möglichkeit, die Liebe zu erhalten, im Ernstfall bis über den Tod hinaus.

Die Liebe, sie ist asozial.
Mal Freude ist sie und mal Qual.
Spätabends kannst du sie genießen.
Am Morgen drauf will's dich verdrießen,
Daß du die ganze heiße Nacht
Nicht doch alleine zugebracht.

GABELIN UND DIE FRAUEN

Der Feminismus, sagt Karl Graf Gabelin, ist die einzige Errungenschaft, die das 20. Jahrhundert im Abendland zugelassen hat. Ich habe meinen alten Gesprächsgegner in der Nacht vom 30. April auf den 1. Mai getroffen, in der Walpurgisnacht, die traditionsgemäß den Frauen gehört. Und Gabelin ist ein Traditionalist. [1989]

Es wird ja nichts erfunden, herrscht er mich an, oder entwickelt oder produziert, o nein, das ist der Irrtum der Macht, derer, die glauben, daß sie etwas machen. Etwas machen, ruft Gabelin, das ist obszön, nun machen Sie mal, aber schnell, wenn ich bitten darf. Etwas machen, ja, das Kleinkind macht sein Geschäft, das ist es, Machen ist Scheißen, aber man sollte sich nicht dabei aufhalten, merkt er an, schließlich wolle er heute aus aktuellem Anlaß etwas Positives sagen, nein, nichts Positives, fällt er sich selbst ins gerade ausgehauchte Wort, denn es geht nicht ums Machen, sondern darum, was die Zeit zuläßt, und das ist jenseits von Positiv oder Negativ.

Gehen wir davon aus, Gabelin öffnet eine Campingtasche und holt eine gekühlte Bierdose heraus, oder sagen wir, daß alles, was möglich ist, auch schon vorhanden ist und daß die ausschließliche Kompetenz dafür, was aus diesem Reichtum ausgewählt wird und damit zur Wirklichkeit drängt, der Zeit zusteht. Gabelin nimmt nun einen tiefen Schluck Bier, nachdem er, begleitet von genüßlichem Zischen, die Dose geöffnet hat. Und niemanden sonst, sagt er versöhnlerisch, keinem Genie, keiner Bewegung und insbesondere auch keinem Willen. Und wolle er noch so viel, der Wille. Ja, ich weiß, das Leben lebt nicht, und der Wille will nicht, und das Wetter wettert nicht. Aber der Wille sei nichts anderes als ein schlechtverdauter Gedanke, ein chemischer Stau im innerkörperlichen Drogenhaushalt, etwas vollkommen Lächerliches also und gleichzeitig etwas vollkommen Natürliches auch, so wie Blähungen natürlich seien und auch lächerlich.

Ja, ja, die Zeit, sagte Gabelin, sie ist es, die böse ist. Das Prinzip des Bösen ist die Zeit. Gut ist nur die Erinnerung, die Zeit aber ist böse. Aber wir kriegen sie nicht, die alte Hexe, und wenn wir noch so viele Uhren erschießen und Reisepässe und Personalausweise verbrennen, die Zeit ist unsterblich, weil sie vergeht, bevor wir sie totschlagen können.

Ja, fährt mich Gabelin plötzlich an, ich sehe es schon, Sie wollen das 20. Jahrhundert retten. Er knufft mich, der ich nicht weiß, warum mich dieser alte Feind plötzlich siezt, in die Seite. Das 20. Jahrhundert, mit seinen herrlichen Hervorbringungen, mit seinen schwer erträglichen Zulassungen.

Automobile, Kommunismus und Rentenversicherung sind Kinder des 19. Jahrhunderts, unser Jahrhundert hat den Massentourismus gegen den Klassenkampf gesetzt, den Faschismus gegen die olympische Idee des Barons de Coubertin und die abstrakte Malerei gegen den Stumpfsinn des Daseins. Das sind die drei Tragödien unseres Jahrhunderts, wobei wir von Stalin, Mao Tse-tung und Glasnost noch gar nicht geredet haben, diesen drei großen Zerstörern der großen Idee vom Sozialismus. Ich bin Sozialist, und wenn ich der letzte bin, ich verlasse das Schiff nicht. Der Kuchen des Kommunismus ist unteilbar, ich bin Aurora mit dem roten Sonnenstern am Hut… Plötzlich verstummt Gabelin und murmelt, eigentlich sei uns nichts geblieben. Selbst Nihilismus gebe es schon bei Aldi im preisgünstigen Sechserpack. Aber zum Glück, sagt er trotzig, haben wir den Feminismus, und weil mich das als Mann schamrot macht und abwechselnd gelb vor Neid, dergestalt benachteiligt und erniedrigt zu werden von der Zeit, meiner Feindin, darum freue ich mich herzlich über all die Mädels und Weiber, die nichts mehr fürchten, als für Emanzen gehalten zu werden. Ein stolzloses Pack, das sich des eigenen Geschlechts schämt, wenn es sich an den Theken der Zivilisation an unsereinen einverständnisheischend ranschmeißt und mit dem Ausspruch prahlt, nicht Feministin zu sein.

Ha, schmettert Gabelin seinen Ruf in die Weite der Nacht, es läßt sich also immer noch der Mensch zur Sau machen, und wenn es mal nicht die Mächtigen sind, dann basteln sich die Schwachen selbst das Namensschild der Schmach. Es ist eine Schmach, den Stolz zu verweigern.

Nur zwei Klassen von Frauen verdienen diesen hohen Namen, die Feministinnen und diejenigen, die sich um die Einordnung ins Feminat, Patriarchat oder in andere Gattungsharmonien nicht sorgen. Die Distanzierungsschwestern aber, die in schleichender Selbstentehrung und mit heterohechelnder Angst vor dem Vorwurf, lesbisch zu sein, sich durch ihr unwürdiges Dasein quälen, diese Olme des Unglücks, ja, diese Lurche der selbstverdunkelten Höhlenqual, sie verdienen unsere Hilfe, also unsere Gemeinheit. Nicht die Kämpferinnen, sagt Gabelin, nein, die Dulderinnen brauchen unser Verständnis und unser Mitleid. Mitleid ja, als ob es nicht schon genügend Leid gebe!

Gabelin wirft einen faustgroßen Basaltstein in ein Fenster von Dr. Müllers Sexshop. Das Geräusch, sagt er, das einzige, was heute noch zählt, ist das Geräusch, und er zeigt mir, bevor wir in die nächtlich leere Innenstadt aufbrechen, einen ganzen Berg aus Basaltsteinen.

VERGEWALTIGUNG ZWISCHEN TAG UND TRAUM

[1977] Jahrelang haben wir den orthodoxen Kommunisten und Sozialisten entgegengehalten, daß der Ausgangspunkt radikaler Gesellschaftsveränderung die menschlichen Bedürfnisse seien. Unsere Bedürfnisse, nicht die eines objektiven Geschichtsverlaufs.

Jahrelang haben wir uns davor gedrückt, diese Bedürfnisse genauer zu benennen. Wir wissen, daß in Fabriken und Wohngemeinschaften, in Ehen und anderen Isolationsstationen, im Knast und im Urlaub, in der Guerilla und im Vertrauensleutekörper sexuell geträumt wird, sexuelle Bedürfnisse also sich ausdrücken. Aber noch träumt es uns, weil unsere Träume uns erschrecken, entmutigen, unklar sind. Die Schwulenbewegung eignet sich langsam Träume an; eigene oder fremde? Ich kenne kaum Veröffentlichungen (wozu ich auch Gespräche zähle), die so offen sind wie die Artikel über Sadomasochismus (S/M) in *Die Schwuchtel,* einer Zeitung der Schwulenbewegung. In dieser Zeitung wird über eigene Träume von Leder und Peitsche, den Symbolen der S/M-Kultur, berichtet, über die Freude an der Gewalt gegen den eigenen und gegen fremde Körper.

Wir überschreiten Grenzen. Denken wir über unsere Schritte nach, bevor wir die Grenzen bestimmen.

Im letzten Sommer war ich im HL-Supermarkt. Vor mir am Käsestand: eine Mutter mit ihrem etwa 14jährigen Kind. So still vor mich hin betrachte ich das Kind und denke: Diesen schönen Mädchenarsch möchtest du gern mal nackt sehen und richtig schmusen und kneifen. Da dreht sich der Junge um, und ich erschrecke. Ich weiß nicht, ob ich erröte. Gemerkt hat bestimmt keiner was. Ich vergesse alles sofort und kaufe Käse, als ich an der Reihe bin.

Gottsakrament, gleich dreimal der Zensur entwischt und Verbotenes taggeträumt.

a. Ich habe mir einen Arsch betrachtet, statt den ganzen Menschen auf mich wirken zu lassen.
b. Ich habe einem Jungen gegenüber sexuell empfunden.
c. Der war auch noch sehr, sehr minderjährig. So was passiert mir selten. Und wenn, vergesse ich es gleich.

Ekstase empfinden, sexuell außer mir sein, mich in die Unendlichkeit von Ausschweifungen verlieren – das ist ein noch fremder Traum. Die Selbstdisziplin – ich halte an mich – panzert ein; doch ich möchte wissen, welche Warnung manch eigener Traum signalisiert. Träume, die ahnen lassen, wie der Panzer gewaltsam gesprengt werden könnte. In uns steckt auch »sexualverbrecherische« Energie. Ich könnte keine Frau vergewaltigen, weil ich dann impotent wäre bei dieser Handlung. Aber ich habe in einer Zeit von ganz bösem Frust nach dem Bruch einer Beziehung, monatelanger Selbstkritik und wachsendem Frauenhaß einmal nachts davon geträumt, einer Genossin mit einem Messer die Gurgel durchzuschneiden.

Welch Schreck, als ich nach dem Aufwachen diesen Traum noch nicht einmal vergessen hatte. Aber die Zensur der schmutzigen Phantasie führt noch nicht zur Freiheit menschenfreundlicher sexueller Phantasie. Gut, einverstanden sind wir mit diesem abstrakten Satz. Nun stelle ich mir konkrete Fragen:

Dürfen wir Männer in unserer Wohngemeinschaft ein Bild einer Nackten aufhängen, die eigentlich nur durch ihren Arsch besteht? Zwei Frauen haben uns dieses Bild von der Wand gerissen.

Notwehr gegen Beleidigung oder Zensur? Leg ich die Bilder von nackten Ärschen weg, wenn Besuch kommt, oder leg ich mir erst keine zu? Oder laß ich sie liegen als Provokation? Es ist zu einfach, mir vorzuhalten, Onanie bedürfe keiner voyeuristischen Vorlage: »Sexualität bedarf keiner Entfremdung.«

Nur bin ich zu bedürftig, um nicht entfremdet zu sein.

Doch weiter. Mich geilen die Bilder eines Amerikaners auf, der gefesselte Frauen zeichnet. Kann ich mich jetzt auf meine existentielle Entfremdung berufen und deshalb Frauen fesseln, um mich an diesem Anblick zu erfreuen? Darf ich, wenn ich Lust habe, eine Frau gegen ihren Willen schlagen, weil ich halt kaputt bin?

Auch diese Antwort wiederum ist einfach: Ich darf nicht. Welche Moral beherrscht uns, welche Moral erkämpfen wir uns, wo sind die Überschneidungen zwischen Sexualfeindschaft und Menschenfeindschaft? Die Utopie von der gewaltfreien Sexualität scheint mir dem Bild von Politik als einem Ergebnis herrschaftsfreier Diskussion zu entsprechen. Ich mag von einem Vergewaltiger unterschieden sein und träume doch von Gewalt gegen Frauen. Und wird der Frust übermächtig groß, wer garantiert, daß er nicht blutig ausarten kann?

In einer der letzten Ausgaben von *Spontan* war ein Bericht über das Folterbuch von Amnesty International. Dieser Bericht war mit Bildern nackter gefolterter Menschen verziert. So wie die Fotos über die Unzucht an jungen Mädchen in der *Neuen Quick/Revue* die Mädchen noch einmal vergewaltigen.

Mitscherlichs Vorschlag, Folter durch Ekelschranken zu verbannen, wird wohl nicht verwirklicht werden. Wir können die Gesellschaft nicht in alle Individuen zerlegen, die kraft Analyse und Therapie Ekel gegen Gewalt empfinden und sie deshalb nicht mehr anwenden. Und wenn auch Ekel: Es gibt Folterer, die einen Ekel davor haben und eine große Befriedigung daran empfinden. Was unsere Repressionsdiskussion so schwer und praktisch folgenlos macht, ist dieses zitternde Gefühl der staatlichen Gewalt gegenüber, diese Hingabe, mit der wir die abgrundtiefen Gemeinheiten verfolgen.

Wie entsteht Folter? Oder: Wie entstehen Folterer? Da müssen wir ran ohne Rücksicht auf Verlust des Ansehens, das wir besitzen.

Da sitzt wer beim Brennen der Deutschen Botschaft in Stockholm oder schon bei der Nachricht vom möglichen Erschießen einer Geisel lachend vorm Fernseher – in diesem Augenblick sind wir Zwillingsgeschwister von KZ-Wärtern. Wir fangen uns wieder, aber die Verwandtschaft besteht. Der Kampf gegen faschistische Gewalt führt – ganz tief – zu Gewaltphantasien, die manchmal schrecken. Das ist nicht nur eine Angelegenheit von Männern, und da besonders etwa des militanten Flügels der Linken. Pazifisten und Militantisten, die in den berühmten Auseinandersetzungen in den letzten Jahren als Linksradikale aneinandergeraten sind – haben wir nicht oft die gleichen Träume?

Eichmann war Pazifist. Er hätte nicht mit eigener Hand das ausführen können, was er am Schreibtisch anordnete, um die Vergasung von Juden zu organisieren. Innenminister Maihofer ist auch Pazifist, er könnte kein Gefängniswärter sein. Die Stelle, die jemand einnimmt im arbeitsteilig organisierten Gewaltapparat von Staat und Wirtschaft, ist auch bestimmt durch den subjektiven Faktor Pazifismus/Militantismus.

Die Barrikaden, die auf der Straße stehen, scheinen die Kämpfenden klar zu trennen. Wenn aber sie alle so verwandt sind, daß sie sich gegenseitig brauchen? Der Kampf gegen die Folter propagiert und legitimiert sie, wenn er zum einzigen Lebensinhalt wird: Ich lebe dadurch erst, daß ich gegen die Folter kämpfe – gäbe es keine Folter, wäre mein Leben nicht lebenswert.

Um nicht mißverstanden zu werden: Ich halte nichts mehr von der Parole »Die Phantasie an die Macht«, weil wir den Inhalt der Phantasie nicht mehr kennen. Das Archipel Gulag ist die Phantasie vieler Kommunisten an der Macht. Wenn wir überlegen, was uns innerhalb der Linken trennt, unter uns menschlich rebellierenden, fallen wir auseinander, sterben politisch. Wenn wir überlegen, was uns mit den Feinden, den anderen, verbindet, wird es gefährlich. Wir müssen uns in die Gefahr begeben, den inneren Zensor zu töten und über Folter, Repression, Knast so zu reden, als hätten wir diese Institutionen mitgebaut, als würden wir sie täglich neu stabilisieren.

Ach, Deutschland

Von Landsleuten und anderen Ausländern

Wir lieben die Fremden
mit sauberen Hemden.
Doch hassen wir Rassen,
die nicht zu uns passen.

Borussia,

DER NÖCKERGREIS

Ich war im Urlaub in der Bretagne. Das liegt ganz außen in Frankreich, ganz links oben. Verstehst du, oder? (Ich kann Leute nicht leiden, die immer »Verstehst du?« fragen und einen ganz lange anschauen, bis man »Ja« gesagt hat, als ob man blöd wäre und deren Scheiß nicht verstehen täte.) Verstehst du: Als Deutscher ist man dort bei den Eingeborenen gern gesehen. [2000]

Die Engländer, sagt der Bretone, bringen immer ihre eigenen Handwerker mit, wenn sie hier ein Haus gekauft haben und es renovieren. Das ist der alte Imperialismus. Die Engländer tragen ihre Nasen deswegen so hoch, weil sie anders ihr Essen nicht unten behalten. Der Deutsche läßt auch mal die einheimischen Handwerker was verdienen, sind ja auch Menschen, und immer schwarz. Setz du mal deine Handwerkerkosten in der Bretagne beim Finanzamt Frankfurt II in der Gutleutstraße ab. Außerdem ist der deutsche Handwerker auch viel zu teuer – und zu weit weg.

Seit ich in der Bretagne ein Haus hab, habe ich im Winter immer Angst, wenn sie von den großen Stürmen in der Bretagne berichten. Ich sitze in Frankfurt bei der Weihnachtsgans, und höre ich die Berichte von den Sturmschäden und der Katastrophe, normalerweise eine tolle Sache, wenn die Natur sich wehrt gegen den Kapitalismus, aber in dem Fall habe ich Angst, daß mir das Dach oder die Fensterläden wegfliegen.

Der deutsche Handwerker, der mir das Dach repariert nach dem großen Sturm, der müßte erst mal die 1200 Kilometer anfahren aus Frankfurt, bis er an mein Dach rankäme da in Cap Sizun, das ist diese Halbinsel, die endet mit Finistère. Da ist aus, Ende, Schluß. Verstehst du?

Da nehm ich mir doch lieber einen Handwerker vor Ort, den kann ich anrufen aus Frankfurt, frag ihn nach meinem Dach, und der macht mir dann einen ehrlichen Kostenvoranschlag. Schließlich haben wir schon so manchen Calvados zusammen getrunken, den trinkt man auch in der Bretagne, obwohl er meist aus Äpfeln von der Normandie gemacht wird, verstehst du? Das ist wie mit dem Rheinwein, so ein Rheingau-Riesling wird auch mal in Bremen, Dorsten oder Hamburg getrunken, obwohl dort gar kein Wein wächst. Aber meinen Handwerker in der Bretagne lade ich vorher, also bevor mir das Dach wegfliegt, schon mal zum Calvados ein, auf meine Kosten.

Ein deutscher Handwerker, der verlangt gleich Bier, deutsches Bier, und noch einen Bommerlunder. Ist doch wahr, ich bin ja nicht geizig, aber trotzdem. Und die Anfahrtskosten. Verstehst du? Nein? Soll ich es noch mal erklären? Auch nicht? Versteh ich nicht!

Jeder, der heute noch einen deutschen Handwerker zu sich kommen läßt, weiß, was Anfahrtskosten sind. Selbst wenn der Handwerker im gleichen Haus wohnt wie Sie, hat der mindestens eine Stunde Anfahrtskosten. Weil, der rechnet ja eine angebrochene Stunde für eine volle. Und eine angebrochene Stunde ist schnell da. Da geht der Meister erst mal von der Wohnung runter und dann rüber in die Werkstatt im Hinterhof. Das sind schon mal fünf Minuten. Und alle fünf Minuten verhungern in Afrika hundert Kinder, davon redet in dem Zusammenhang niemand. Verstehst du?

Dann wird der Plan gemacht für den Tag. Wo müssen wir hin? Wo gehen wir hin? Das ist nicht identisch.

Wann ist Mittagspause, was ist mit dem Material? Das dauert zehn Minuten, jetzt, die Zigarette, drei Minuten, dann den Plan mit dem Lehrling besprechen, bei der Ausbildungsmisere, die Lehrlinge heute lernen ja gar nichts mehr, wir haben damals noch dafür gekämpft, daß die was in die Birne kriegen, aber … sagen wir, zehn Minuten, das Beladen des Wagens für den ganzen Tag: auch zehn Minuten, dann Ausladen des Werkzeugs und des Materials für meine Wohnung: zwei Minuten, noch mal probeweise in den Wagen setzen, ob er überhaupt fährt, dabei Kontrolle des Tanks und des Reifendrucks: vier Minuten, macht zusammen 44 Minuten, legen wir noch zwei dazu wegen: »paßt, wackelt und hat Luft«, haben wir 46 Minuten.

45 Minuten gelten als eine Stunde, eine Minute sind wir drüber, also ist die zweite Stunde schon angebrochen, macht summa summarum zwei Stunden Anfahrtszeit auf meine Rechnung.

Ich hab immer das Gefühl, ich bin Graf Koks von der Gasanstalt. Geht alles auf meine Rechnung: Europa, die Wiedervereinigung, die Türkenkinder, ich mein jetzt nur die kriminellen, ich muß bezahlen. Gut.

Wenn der jetzt von Frankfurt in die Bretagne fährt, mein Gott, dann fallen die zwei Stunden gar nicht mehr ins Gewicht. Und dann kommt der mit dem Lehrling, und der kann heute weiblich sein, ich hab ja nichts dagegen, Mädchen sollen auch … dann haben wir aber locker 48 Stunden Anfahrtszeit à 92,80, weil sie nicht am Stück durchfahren dürfen, und zwei Einzelzimmer für die Übernachtung. Ich kann ja nicht den Meister und die Kleine in ein Zimmer stopfen, dann bin ich nämlich dran. Und deshalb denk ich solidarisch und nehme einen Handwerker aus der Bretagne.

Ich selber habe gar kein Haus in der Bretagne, aber ich denke mir mein Teil. Ich finde das moralisch nicht richtig, daß die Deutschen wieder überall ein Haus haben. Und deshalb habe ich kein Haus in der Bretagne. Ich kann das mit meiner Moral nicht vereinbaren, bei dem, was wir den Franzosen angetan haben. Man muß doch aus der Vergangenheit lernen. Bei St. Pauli hieß es doch auch: Nie wieder Faschismus, nie wieder zweite Liga. Für mich gilt: Klassenkampf im eigenen Land, also Urlaub in den Grenzen von 1989. Verstehst du?

KELLNER-MONOLOG

[1995] Alkohol im Dienst – wenn das mal gutgeht. Das gibt's doch normalerweise nur in Pullach beim Bund Notorischer Drinker. Dienst ist Dienst, und wenn's ein Nachrichtendienst ist. Aber niemand ist vollkommen, und Gott verlangt ja so wenig.

Diese Rechten da draußen stören mich nicht. Die Gefahr lauert ganz woanders. Ein Kollege von mir – er war Oberkellner im Grandhotel – im Grandhotel Abgrund in Frankfurt – hat einmal gesagt: Das deutsche Volk hat zwei Dinge vom Führer übernommen: die Liebe zum Hund und den Haß auf den Raucher. Manchmal stelle ich mir eine Massenkundgebung von Nichtrauchern und Tierschützern auf dem Nürnberger Parteitagsgelände vor, und wie sie alle schreien: Heil Pflanze, Heil Pflanze, Petersilie befiehl, wir folgen dir.

Wenn das die Raubtiere hören – ich stell mir immer vor, wie so ein militanter Tierschützer von einer Hyäne verspeist wird und dabei so aus dem Maul heraus mit einem Flugblatt winkt, wo was von Menschenrechten für Tiere draufsteht. Da lacht der Löwe, und die Wüste bebt. Ja, die Vegetarier sind gefährlich. Schon einmal ist unser harmloses Volk von Fleischfressern und Biertrinkern einem Vegetarier und Nichttrinker hinterhergelaufen. Wenn ich also heute einen trinke und eine rauche – dann ist das eine antifaschistische Aktion, jawoll.

Oder eben nicht. Es will ja auch keiner mehr Krieg – hier in Deutschland. Alle reden vom Frieden. Selbst die alten Offiziere. Nach dem schönen Motto: Stell dir vor, es geht, und keiner kriegt's hin. Ich sag immer: Wenn der Teufel alt wird, will er Mönch werden.

Damit das mit der Vergangenheit vorbei ist, deshalb soll ja jetzt auch ein Grödaz gebaut werden, das größte Denkmal aller Zeiten. Holocaust. Für alle Opfer und so. Daß man mal hingeht am Sonntag mit der Familie, mit der Oma und dem Pudel, zum Denkmal, und betroffen sagt: »Mein Gott, Dinger gibt's, die gibt's gar nicht. So viel Elend – mußte das denn sein?«

Ich habe einen Alternativvorschlag für ein nationales Mahnmal: Schönes großes Podest, wegen der Hunde, da stehen Ernst Jünger und Leni Riefenstahl darauf: Die beweisen für uns alle, wie alt man werden kann, wenn man sich auch in der Diktatur immer richtig ernährt, die gute Laune bewahrt und kalt abduscht. So eine Aussage ist doch zukunftsweisend.

Übrigens, ich habe nichts gegen Ernst Jünger. Der wurde doch neulich 100 Jahre alt und hat als alter Frontsoldat vor dem CDU-Teufel gekuscht. Weil der Filbinger, der furchtbare Jurist, nicht wollte, daß der Hochhuth, der furchtbare Dramatiker, der jetzt das Vorkaufsrecht für die Leiche von Bert Brecht besitzt, auch da ist, hat der Jünger sich einverstanden erklärt, daß sein Freund Hochhuth wieder ausgeladen wird von der offiziellen Feier. Ja, ja, unsere Wehrmacht und ihre Offiziere: zweimal einen Weltkrieg anzetteln, zweimal bös verlieren, und dann die Dolchstoßlegende erfinden. Das haben wir gern. Wenn man ein Fußballspiel haushoch verliert und anschließend sagt: Die Fans sind schuld, die sind uns in den Rücken gefallen – das ist nicht nur blöd, das ist ehrlos.

Mein Denkmal, also die Riefenstahl und Jünger, wird nie gebaut werden. Weil der Kanzler hat ja schon eins. In Berlin. Da wurde Ende November 1995 ja in Schinkels Wache so ein nationales Gedenkstätten-Trumm eröffnet für alle Opfer des Jahrhunderts: Kaiser Wilhelm, Neckermann, der verletzte Gefreite des 1. Weltkrieges aus Braunau. Und da ist nun wegen der Andacht eine aufblasbare Beate-Uhse-Puppe drin aufgestellt. – Unsinn. Die Kruse, Käthe Kruse ist das mit den Puppen, jetzt habe ich es; Käthe ist richtig, Käthe Kollwitz, eine aufgeblasene Pietà, so schön groß halt, und dann gehen die Leute hin, holen sich einen runter – und haben das Gefühl, sauber beim Gedenken gewesen zu sein.

Aber weil wir bei Denkmälern sind. Ich frage mich immer: Warum gibt es so viele Denkmäler, wo einer auf dem Pferd sitzt? Ganz einfach: Das Denkmal heißt Denkmal, weil man mal denken soll. Und aus der Schule kennen wir alle die alte Weisheit: Das Denken kannst du den Pferden überlassen, die haben die größeren Köpfe. Daher muß gutes Denkmal haben Pferd. Ich liebe Tiere. Wissen Sie, was das einzige Tier ist, das das Arschloch auf dem Rücken trägt? Das Reitpferd von Maggie Thatcher.

Nein, ich liebe Tiere. Die Meise, die Ameise, Hans Meiser war in dieser Woche bei Biolek zu Gast und hat dort gesagt, er sei als Fernsehmoderator der Oberkellner, der das serviert, was in der Küche, der Redaktion, ausgekocht wurde. Der Kellner ist also ein Symbol unserer Gesellschaft, der Fernsehdemokratie, der Informationsgesellschaft. Der Kellner aber stammt nicht vom Affen ab, sondern vom Pinguin. Dann wäre es doch sinnvoll, den Pinguin zum Staatssymbol zu machen statt des Adlers. Stellen Sie sich vor: Im Bundestag, unten redet Norbert Blüm, und oben hängt ein Pinguin.

Das beste wäre, den ganzen Feierquatsch abzusagen und dem deutschen Volk eine Runde Bier nach der andern auszugeben bis zur Besinnungslosigkeit, nein, bis zur Besinnung. Damit wir endlich aus diesem Jahrhundert die entscheidende Lehre ziehen: Wer zuviel säuft, muß oft aufs Klo und hat am anderen Tag einen dicken Kopf: So wie Deutschland 1945 erwacht ist und einen Kater hatte von dem Sich-Besaufen am Nationalsozialismus.

Das deutsche Volk war zwölf Jahre besoffen, und dann wollte es die Zeche nicht bezahlen. Das ist für mich der 8. Mai: Die Erinnerung an den historisch gemeinsten Versuch der Zechprellerei.

Das schmerzt mich – als Kellner.

QUO VADIS, DEUTSCHLAND?

Ave – [1994]
I had a dream last night:
Das antike Rom kehrt zurück, in der Mode und in der Politik.
Quo vadis, Deutschland?
Friends, Romans, Countrymen,
begraben will ich Deutschland nicht, ich will es rühmen.
Ego sum Rühmann –
Deutschland ist ein schönes Land und liegt im Herzen Europas
und ist umzingelt von lauter Europäern.
Seit Jahrtausenden latschen die Völker der Welt
während der Völkerwanderungen durch Deutschland.
Nur wenige bleiben hier.
Die anderen verschwinden wieder, lassen uns mit uns alleine,
aber die silbernen Löffel nehmen sie mit.
So entsteht bei uns Melancholie, Schwermut, wie wir sagen.
Denn es ist nicht leicht, in Deutschland zu leben,
oft ist es sogar schwer, und dazu gehört Mut, Schwermut,
wie sie sich in unseren deutschen Liedern ausdrückt.
Wenn der Deutsche mit sich zusammensitzt,
abends am Lagerfeuer auf dem Grillplatz,
oft auch gemeinsam mit der Deutschin,
und wenn sie dann beide singen
und sich die traurigen Gesänge erheben in den Himmel
und empor in die Nacht steigen hoch zu den Sternen,
  vorbei an den Kometen.
Überall auf der Welt summen die Menschen mit.
Sie summen mit, obwohl sie kein Wort verstehen,
in der Taiga – weniger in der Tundra, aber auch in Kasachstan,
in Kalifornien, in der Kalahari und im fernen Kaloderma.
Ja, Kannibal ante portas:
Die Kannibalen stehn vor den Portas-Türen,

Aber dahinter lauern wir, die neobarbarischen Exgermanen.
Allein, einsam, verlassen von Gott und der Welt.
Ich sehe Deutschland: »Horror video«,
den Horror vacui, die Angst vor der Leere und der Gesellenprüfung.
1945 haben die Alliierten in Potsdam gesagt: Ceterum censeo.
Nun sind sie weg, und wir haben Zeter und mordio.
50 lange und schöne Jahre nach der Landung
in der Normandie
haben sie uns verlassen, die Alliierten.
Heute nacht im Traume – Sie erinnern sich: I had a dream last night
erschien mir ein Stier mit einer schönen Frau darauf, die sprach:
»Deutschland ist ein schönes Land,
aber nur, wenn es ein besetztes Land ist.«
Als ich erwachte, sprach ich zu mir: So sei es!
Nie war nämlich Deutschland glücklicher als unter fremder Macht.
Als der Besatzungssoldat Elvis Presley zu uns kam
und uns den Rock 'n' Roll brachte,
als im Osten die Freunde, also die Sowjetsoldaten,
für alles verantwortlich waren
und die Menschen dort bös unterdrückten.
Kaum ist der Russe fort, ist der Ossi sauer.
Ja, nie sind die Deutschen glücklicher und freiheitstrunkener
als unter dem Joch einer fremden Besatzungsmacht.
Wie damals, als es besetzt war von römischen Legionären:
Varus, Varus, war da der Bär los im Teutoburger Wald.
Als Thusnelda und Hermann Detmold unsicher machten.
Und die Germanen waren glücklich, denn sie wußten noch nicht,
daß sie einmal Deutsche werden müssen,
ihnen hat diese Information gefehlt.
Aber alle Wege, alle Datenautobahnen führen nach Rom, CD-Rom.
Rom ist der Cyberspace der Zukunft.
Der virtuelle Raum der Gnade, der katholischen Beichtkultur,
die wie ein Computer funktioniert:
von der Oblate zur Diskette.
Das schlechte Programm wird mit der Gnadentaste gelöscht,
und es kann wieder von vorne losgehen,

auch von hinten, wenn's Spaß macht:
von vorne ROMA – von hinten AMOR.
Man muß nur lesen können.
Roma, das ist der Trend, das ist die Mode:
Ars Armani, die Kunst der Männermode.
Das ist die Power: da der Albaner, hier die Romina Power.
Bis 1989 war Deutschland ein Platz im Zug der Geschichte:
Auf die Frage, ist hier noch was frei – konnten wir immer antworten:
Ja, hier ist frei, denn hier ist besetzt.
Deutschland ist keine Nation,
sondern ein leerstehendes Haus, das besetzt werden muß,
damit es nicht verrottet.
Das ist unser Vertrag mit der Vergangenheit.
Pacta sunt servanda: Pack schlägt sich, Pack verträgt sich,
so funktioniert die Geschichte.
Wir zahlen Steuern – was macht der Staat?
Nihil, nichts, dafür macht die Regierung immer mehr Schulden.
Wir haben Angst – was macht der Staat?
Nihil, nickes, um uns vor Mädchenhändlern,
Rache-Russen und nihilistischen Hütchenspielern zu schützen.
Wir haben keinen Staat, wir haben eine Regierung.
Solange diese Regierung nicht abgewickelt ist,
zeigen wir dem Steuereintreiber den doppelten Effenberg
und handeln die Gebühren aus
mit unserem lokalen persönlichen Schutzgeldbeauftragten.
Der gibt uns einen guten Tarif
und schützt uns vor Verbrechen und Regierungskriminalität.
Manchmal reagiert er allerdings nervös:
»Ich dir schießen zweites Loch in Arsch,
dann du kannst scheißen stereo.«
Wir sehen, auch die Mafia ist noch keine Alternative,
denn sie funktioniert ja auch bloß
wie das Finanzamt und die Deutsche Bank.
Das stand neulich in der Berliner Tageszeitung *taz,*
die kommt ja auch aus Rom.
Der Gründer der *taz* war ein gewisser Tacitus.

Das tut weh, aber noch nicht genug.
Denn Sie, das Publikum, die res publicas,
wollen was spüren, statt im Brei zu versinken:
Der Kanzler grinst, Europa kichert, hoffentlich Allianz-versichert.
Dieses Abendland ist ein zahnloser Kalauer.
Sie wollen wieder Tragödie mit Biß:
Circus mit echten Löwen statt Roncalli mit Seifenblasen,
Christen, die wieder brennen vor innerer Begeisterung.
Das Abendland unterscheidet sich von der Antike
durch die Symbolfiguren der Liebe:
Statt Eros und Dionysos haben wir heute Jesus und Casanova.
Und wie unterscheiden die beiden sich?
Durch den unterschiedlichen Gesichtsausdruck beim Nageln.
Also laßt uns den fortschrittlichen Rückzug antreten:
Prämodern und apollin – da geht unsre Reise hin,
von hier aus direkt zu Caligula statt zu Johannes Rau.
Caligula hat ein Pferd zu seinem Minister gemacht
und nicht eine Ziege zum Kanzlerkandidaten.

DIAGNOSE FÜR DEUTSCHLAND

Deutschland ist krank, der deutsche Volkskörper ist krank. Der deutsche Volkskörper leidet an einer Überfunktion der Lynchdrüse. Neben Alkohol, Nikotin und Heroin tritt als vierte Volksdroge das Benzin hinzu. Gerade viele Jugendliche werden zusehends mordabhängig. Sie träumen von künstlichen Paradiesen des Tötungsrausches. Menschenverbrennen ist wieder in. [1993]

Was tun? Vielleicht die Todesstrafe einführen (»Stoppt den Haß«)? Das elektrische Stühlchen schon im Kindergarten (»Wehret den Anfängen«)? Eine Mauer um ganz Deutschland (»Der Weg ist das Ziel«)? UNO-Blauhelmeinsatz gegen Neonazis (»Hoch die internationale Solidarität«)? Dies alles sind gute, bedenkenswerte Vorschläge. Aber sie reichen nicht aus. Die Wirklichkeit ist so ernst, daß wir sie nicht länger ernst nehmen dürfen. Darum gibt es auch in kriegerischen Zeiten das unterhaltsame feindaufklärerische Kabarett.

Ich begrüße Sie also zum Thema der Gegenwart: Haß, Blut, Gewalt und Wille zur Macht. Das führt aber gerade in Deutschland zu erheblichen Störungen im Launenbereich, man hat hier mentale Verwerfungen festgestellt, ja, sogar von schlechter Laune ist die Rede, kurz: Das ganze deutsche Volk besteht eigentlich nur mehr aus Jammerlappen und Klageweibern. Man nennt das das Jammerlappen- und Klageweiber-Syndrom.

Und darum sollte es uns heute abend einmal hier gehen, die Ursachen dafür herauszufinden und wie man daran arbeiten kann. Ich wohne ja als Rechtsanwalt in Frankfurt am Main, das sag ich immer gern dazu heutzutage, weil ich doch mehr nach Frankreich orientiert bin als nach Polen. In dieser Stadt machen wir uns Gedanken, wir haben in Frankfurt die kritische Theorie, wir sind dazu da, immer das zu erklären, was jeder schon weiß.

Jammerlappen und Klageweiber, woher kommt das, da doch gar keine Ursache besteht zu großer schlechter Laune? Warum ist nun die Laune so schlecht? Das hängt mit einer ganz seltsamen Geschichte zusammen, nämlich mit dem 20. Jahrhundert.

In diesem 20. Jahrhundert haben wir Deutsche, sagen wir einmal, unter uns, relativ viel nicht nur gute Sachen gemacht. Ein, zwei Kriege waren dabei und auch sonst allerlei Abschlachten bis hin zum Völkermord, das war nicht immer schön, das muß man so sagen. Das kann man in aller Offenheit auch einmal offen zugeben, das war nicht schön.

Und da haben sich die Alliierten gesagt: Das ist nicht nur nicht schön, das ist krank. Und sie haben uns 1945 als Deutsche in die Kur geschickt. Das geschah nach dem Nürnberger Rezept. Die Ossis kamen ganz in die Quarantäne, die Ostzone wurde auf Entzug gesetzt, und wir im Westen haben nach Dr. Marshall und Mr. Plan hier eine Rehabilitation gehabt, uns ging's gut an sich, das kann man schon sagen, und das brauchten wir auch. Nach Stalingrad und Auschwitz waren wir sehr erschöpft und haben gesagt: Irgendwo muß man sich auch einmal ein bißchen ausruhen können, und das Böse überlassen wir jetzt mal den anderen. Ist auch vollkommen richtig gedacht.

Jetzt ist aber der Krankenschein 1989 abgelaufen, das heißt, die Kur ist aus, wir mischen wieder mit in der Welt und dürfen auch wieder böse sein, so wie wir es können. Aber wir können es nicht mehr. Wir sind noch schlecht gelaunt. Es ist so: Wir Deutsche bewegen uns wie jemand, der 40 Jahre in der geschlossenen Abteilung war und plötzlich in der Fußgängerzone steht. Da soll er sich zurechtfinden. Das ist naturgemäß sehr schwierig, und das ist meines Erachtens ein Teil der Ursache dieser schlechten Laune hier in Deutschland.

Wenn man also die Ursache erkannt hat, müssen wir jetzt zur Diagnose übergehen. Diagnose, woran liegt's, was haben wir falsch gemacht, was können wir irgendwo erkennen, wo herrscht die Ursache, der Krankheitsherd?

Es ist der Gefühlsstau, meine Damen und Herren, der Gefühlsstau, das ist das Entscheidende. Nicht nur im Osten – sondern überall, zu Hause auch und teilweise schon am Nachmittag. Dieser Gefühlsstau ist das, was einen so fertig macht. Der Gefühlsstau kommt daher, daß wir irgendwann einmal gesagt haben in diesem Jahrhundert – war es schon vor 1918 oder später? –: Wir wollen vom Tod nichts mehr wissen, der Tod ist ein feiner Kerl, normalerweise aber unnatürlich.

Das ist natürlich Quatsch. Es gibt gar keinen unnatürlichen Tod. Wenn ich jetzt hingehe und bringe Sie um, nicht wahr, dann könnte man sagen, der Mann ist unnatürlich gestorben. Falsch. Ich als Ihr Mörder bin ja auch ein Teil der Natur: Wenn ich Sie umbringe, ist das eine ganz natürliche Angelegenheit.

Durch diese unsinnige Betrachtung der Welt entsteht der Gefühlsstau. Weil man den Tod als etwas Unnatürliches denkt. Der Tod ist aber ganz natürlich. Wenn mir zum Beispiel ein Kernkraftwerk auf den Kopf fällt, ist auch das ein natürlicher Tod. Man könnte höchstens fragen: Wer hat das Kernkraftwerk in die Luft gehoben? Das waren vielleicht übernatürliche Kräfte. Gut, dann machen wir hier eine Ausnahme – aber sonst ist der Tod natürlich.

Die Diagnose steht also fest: Keine Lust auf Tod.

MORITAT

[1987] Wir begeben uns heute nach Aurich. Auch in dieser schönen friesischen Stadt lauern Schrecken und Furcht vor der Atomenergie in allen friedlichen Winkeln. Hier sind Bürgerinitiativen gegen die Kernenergie noch wirkliche Bürgerinitiativen und haben nichts mit Chaoten, Karotten und Krawall zu tun. Richtige kleine handliche Bürger sind hier aktiv – wie die Familie Appeldoornkaat.

> Großvater, Vater, Mutter, doch nicht mehr das Kind
> des Abends häufig beisammen sind.
> Sie kämpfen seit Jahren mit voller Stärke
> gegen friedliche Atomkraftwerke.

Heute ist ein wichtiger Tag. Die Gruppe »Stoppt den Strom« trifft sich mit der Initiative »Kappt die Kabel«, um über die Grenze zwischen Gewaltlosigkeit und friedlichen Mitteln zu beratschlagen. Vater Appeldoornkaat, ein echter rumgetriebener Heißsporn, soll die Versammlung leiten. Aber o weh!

> Großvater hustet und hustet und hustet sehr stark,
> ein Husten fährt allen durch Bein und Mark.
> Die Mutter ruft: »Unser Opa ist krank!
> Geh, Vater, schnell zum Arzneienschrank!«

Vater Appeldoornkaat muß nun seiner Frau helfen in der Not und befürchtet schon, zu spät zum Treffen der Bürger und Bürgerinnen zu kommen. Er ist sehr traurig, weiß er doch von seinem Freund Heintje Sägefisch, daß für heute abend noch eine eminent wichtige und klammheimliche Aktion geplant ist gegen Saupreußen-Elektra und die Strom-Mafia.

> Großvater schluckt und schluckt die Arznei,
> und plötzlich atmet er wieder frei
> und sagt voller Güte zu seinem Sohn:
> »Geh zur Versammlung. Die warten schon!«

Und hinaus in die stürmische Nacht eilt Vater Appeldoornkaat und ist sich der Verantwortung gegenüber seinen noch ungeborenen Enkeln wohl bewußt, hat er doch schließlich von ihnen sein klein Häuschen und auch den Garten geerbt oder doch zumindest ausgeliehen.

Doch plötzlich schüttelt es drin im Hause wie von Riesenhand den armen kranken Großvater am Halse, so daß er im Gesicht sich blau verfärbt, ja sogar dunkellila wird wie eine reife Aubergine. Da muß Mutter Appeldoornkaat sich aber sputen, um den tapferen Notarzt zu alarmieren.

Großvaters Husten und Röcheln wird immer schlimmer.
Da endlich kommt der Notarzt ins Zimmer.
Er probiert sofort den Luftröhrenschnitt aus –
doch plötzlich gehen die Lichter aus.

Und in der Dunkelheit der gemütlichen Stube findet der tapfere Notarzt weder die Schnittstelle am Halse des Großvaters wieder noch gar seine Instrumente. So muß Großvater Appeldoornkaat in tiefster Finsternis von uns gehen, und dabei hätte er so gerne noch so viel gesagt. Da, auf einmal wird die Tür aufgerissen, und im Türrahmen erscheint Vater Appeldoornkaat mit wirren Haaren und ruft: »Du, Frau, wir haben gerade unsern ersten Strommasten umgesägt.«

In dem Moment geht das Licht wieder an, denn die emsigen Arbeiter der Emdener Elektrizitätszwerge haben den Notstrom angeknipst. Vater Appeldoornkaat sieht nunmehr, was er angerichtet hat, und sagt: »O weh!«

Und die Moral von der Geschicht:
Säg in der Nähe deiner Wohnung nicht.

Oha, oha, oha!

Beim Demontieren ist's noch ein Erlebnis
Doch hat's zuweilen ein böses Ergebnis
Du erreichst den Hof mit Müh und Not
Die Frau ist sauer, und der Opa ist tot
Juhu!

ABENTEUER URLAUB

[1999] Wo liegt das Elend? Es gibt zu viele Arbeitslose, der Staat ist zu teuer, und die, die Arbeit haben, haben schlechte Laune. Das deutsche Volk besteht also überwiegend aus Faulenzern, Abzockern und Stänkerern. Was tun?

Gleichzeitig sind die Deutschen ja die tapfersten Urlauber der Welt. Da reichen nur die Engländer ran. So wie Anfang des Jahres in Österreich: diese ganzen deutschen Touristen, die unbedingt die bunte Welt der Lawinen erleben wollten. So bunt ist das gar nicht, eher schwarzweiß. Erst viel Weiß – rums-rums-rums –, und dann wird es ganz schwarz.

Wir haben es doch im Fernsehen gesehen: Während noch ein paar Tiefgefrorene in der Querlage aus den österreichischen Orten abtransportiert wurden, standen auf der Gegenfahrbahn schon Ski-Fans im Stau, die unbedingt reinwollten ins Inferno. Und wenn sie dann gerade mal dem Tod von der Schneeschaufel gehüpft waren, haben sie sich sofort vor die TV-Kamera gestellt und abgeheult. Huhu – wo ist die Kamera, huhu.

Der Vorteil ist, dadurch hast du für Weihnachten ein schönes Action-Video, das man der Familie zeigen kann: Guck mal, was haben wir für einen Urlaub erlebt, den haben wir sogar überlebt. Im Gegensatz zu den Nachbarn, da bewegt sich seit Monaten die Gardine nicht mehr.

Das ist das Urlaubermaterial, was in diesem Sommer auf den Kosovo eilt und in der Straßenkneipe beim Kellner zwei Amselfelder bestellt und sich dann wundert, wenn die Finger weg sind. Da kommt der Amselfelder direkt aus der eigenen Hand. Den Jahrgang kennt man ja – von der Geburtsurkunde.

Das ist unsere Chance. Wir müssen einfach die alten Werte umwerten. Die Moral, die die Menschen für die Freizeit aufbringen, müssen wir auf die Arbeit umleiten. Im Büro: Wenn der Chef sich bei der Sekretärin beschwert, weil zu viele Tippfehler im Brief sind, da geht die aber sofort zur Gleichstellungsbeauftragten und beschwert sich über sexuelle Belästigung am Arbeitsplatz. Nach der Arbeit rast sie ins Fitneßstudio zum Bodydrill. Da wird sie angeschrien und fertiggemacht, bis ihr das Wasser im Arsch kocht. Und dafür bezahlt sie noch.

Oder die jungen Leute, was wollen die? Sicherheit wollen die, Karriere und Sicherheit. Einen sicheren Arbeitsplatz und ein sicheres Einkommen. Und wenn sie die Sicherheit haben, gehen sie zum Bungee-Springen.

Ich mach da nicht mehr mit, ich habe immer das längste Seil bekommen. Das geht wahnsinnig auf die Bandscheiben.

Oder, auch gut: Wenn die Leute drei Wochen Urlaub haben, dann fahren sie sofort nach der Arbeit weg, weil sie 1000 Kilometer fahren müssen und gern übermüdet und haßerfüllt im Stau stehen.

Und wenn es im Tauerntunnel brennt, das war so: Da hat ein Vater seelenruhig die Kamera aus dem Kofferraum geholt, um seine Kinder auf dem Rücksitz zu fotografieren. Die haben schon vor Todesangst gebrüllt, aber Vati hat ein schönes Urlaubsfoto. Und dabei hat der Idiot bei seiner Kamera »wasserfest« mit »feuerfest« verwechselt.

Mein Vater hat in Stalingrad aufgehört zu fotografieren. Aber das war damals ja auch kein Urlaub. Das heißt: In Zukunft werden deutsche Soldaten nicht mehr in den Krieg geschickt, sondern in den Urlaub. Dann brauchen die Grünen auch keinen Extra-Parteitag mehr.

Es ist alles bloß eine Frage der Sprache. Wer die Sprache hat, hat die Macht. Aus Urlaub wird Arbeit, und aus Arbeit wird Urlaub. 40 Stunden Urlaub die Woche, der Rest ist Arbeit. Wenn jemand abends in die Kneipe geht, sagt er, ich habe heute Spätschicht, und ist froh, wenn er früh genug wieder zu Hause ist.

Jetzt haben wir die Arbeitslosen von der Straße, Mobbing am Arbeitsplatz ist ersetzt durch den normalen Urlaubsstreß, jetzt geht es an die Staatsausgaben. Die wollen wir senken.

Der erste Schritt ist ja schon gegangen. Privatisieren. Der Staat zieht sich so lange zurück, bis er nichts mehr kostet. Und das bringt Erfolg und schafft Arbeit. Beispiel: die Deutsche Bundesbahn. Seit die privatisiert sind, lassen die keinen Brückenpfeiler mehr aus. Das wiederum schafft Arbeit bei Ärzten und Mechanikern. Und bringt Spannung in den Alltag.

Wenn man heute auf dem Bahnhof zu jemandem, der in einen ICE steigt, »Auf Wiedersehen«, sagt, ist das ja schon zynisch. Ich fahre sehr gern mit der Eisenbahn, nehme aber seit letztem Sommer immer meine kleine Taschenbibel mit, damit ich im Ernstfall ein bißchen was zu lesen habe und nachschauen kann, wie es weitergeht, wenn es da überhaupt nicht weitergeht. Kurz vor dem Sachwortverzeichnis ist ja dieser tolle Science-fiction, die Apokalypse des Johannes. Apokalypse ist ja ein Wort aus dem Griechischen, das heißt im Hebräischen »GALA«. Da erlebe ich also im Speisewagen noch einmal eine allerletzte Gala und kann dann getrost den Löffel beim Schaffner abgeben.

Es ist alles eine Frage der inneren Einstellung. Ich habe immer gesagt: Globalisierung der humanitären Barbarei. Irgendwann werden internationale Terroristen wegen verschiedener NATO-Angelegenheiten oder auch aus purem Daffke nach Deutschland kommen und mir hier eine Bombe unter den Stuhl legen. Gut, dann fliegen mir Arme und Beine weg, aber man kann auch auf den Arschbacken weiterhopsen, Hauptsache, die gute Laune ist nicht im Eimer.

FRAGEN ÜBER FRAGEN

Frau Frings aus Köln möchte wissen: Irgendwie ist das doch nicht schön mit der Gewalt – gerade jetzt im Herbst. Müssen die jungen Leute immer Brandsätze werfen? Wer hat denn damit angefangen? Waren das nicht linke Chaoten? [1992]

Albert Kamus aus Oran schreibt: Wenn man die Entwicklung in Deutschland betrachtet, ist es doch an der Zeit, wieder einmal über den Selbstmord nachzudenken?

Marianne aus Frankreich scheibt: Na, du, deutscher Michel – jetzt bist du überrascht, daß wir Franzosen doch für die europäische Gemeinschaft gestimmt haben. So viel Mut zum Chaos hast du uns nicht zugetraut …

Herr Kardinal in spe Lehmann meint: Wir müssen die Demut auf uns nehmen und den Asylanten erklären, wie weh es uns tut, daß wir sie wieder rauskomplimentieren müssen.

Fritz Schäffer aus Bonn: Wie sieht die Sache denn jetzt wirtschaftlich aus: Wird die D-Mark abgeschafft, macht Deutschland Pleite oder was? Da blickt doch keine Sau mehr durch.

Ein Herr Belsazar aus Babylon am Rhein schreibt: Überall sieht man schon Graffiti, Schriften an der Wand. Was soll jetzt dazu noch der Granatenangriff auf das Hotel Europa in Sarajevo gestern? – Antwort Beltz: Mein Gott, Herr Belsazar, es geht in der Politik um Symbole.

Der Bundesnachrichtendienst schreibt: Was ist eigentlich mit der SPD los? Gibt's die überhaupt noch?

Hauptmann i. R. Wegener von der 77er GSG 9 schreibt: Warum dürfen wir nicht wieder einmal in Mogadischu eingreifen? Irgendeine Ordnung muß doch sein in der Welt, und wenn es die Ruhe ist.

Jutta Ditfurth schreibt mir aus München: Deutschland ist doch das Land der Musik – Bach, Beethoven, Dieter Bohlen. Gilt das nicht mehr? Und warum darf man auf der Straße eigentlich nicht Trillerpfeife spielen?

IHR SEID JETZT FREI

[1991] Guten Abend, meine Damen und Herren, liebe Menschen – und vor allem: liebe Deutsche. Tausend Reichsgrüße auch an die Landsleute in Deutsch-Südwestafrika und in den anderen ehemaligen Kolonien.

Ähnliches gilt auch für unsere neuen Mitbürger in der DDR. Ihr seid jetzt frei – freigelassen!

Ihr seid jetzt frei. Und ihr habt die Freiheit gewollt. Jetzt müßt ihr sehen, wie ihr damit fertig werdet. Denn wir im Westen sind eure Freiheit. Und die Freiheit ist unteilbar. Wir teilen nichts. Die Wiedervereinigung war ein Geschenk. Und dieses Geschenk ist vom Umtausch ausgeschlossen.

WIR MÜSSEN MEHR VERREISEN

Guten Abend, meine Damen und Herren, liebe Freunde und Freundinnen der Wiedervereinigung. [1992]

Fast auf den Tag genau vor 31 Jahren wurde in Berlin die Mauer gebaut. Inzwischen ist sie abgerissen worden, hat also das Schicksal erlitten wie so viele andere Gebäude, nach denen man sich zurücksehnt, wenn der Zahn der Zeit sie in Staub und Moder verwandelt hat.

Aber manchmal denke ich, daß Politik Unsinn ist, gerade im Sommer. Es geht doch eigentlich um Deutschland und nicht um Politik.

Wir Deutsche sind ja bekannt dafür, daß wir oft schlecht gelaunt sind und die Welt ärgern. Mich interessiert die Welt aber gar nicht mehr, denn deutsch sein heißt melancholisch sein, also schwermütig. Und damit sind wir bei der Schwerkraft.

Die wurde nicht erfunden, als der Engländer Newton unter einem Apfelbaum lag und ihm ein Apfel auf die Birne knallte – das war die Erfindung des Apfelweins. Nein, die Schwerkraft wurde in Pisa erfunden, als Galileo Galilei einen Stein vom Schiefen Turm hinunterwarf, und als der Stein unten ankam, da war die Schwerkraft erfunden.

Und die ist schuld. An allem! Weil sie die Menschen herunterzieht, schlechte Stimmung erzeugt. Zum Beispiel in Deutschland. Wir Deutschen sind oft sehr traurig, denn das Leben in Deutschland ist schaurig. Das Elend beginnt täglich wieder von vorn, wir leben hier weiter aus lauter Zorn.

Doch ich habe auch einen Trost. Komm ich mal wieder vom Ausland nach Haus, kauf ich mir'n Bier und sauf es gleich aus. In der Nase staut sich der Schleim, endlich bin ich wieder daheim.

Das isses, in der Mitte des Augusts merke ich: Wir müssen mehr verreisen. Ich fahre zum Beispiel gern Bahn. Mit dem Intercity-Express fahre ich sehr gern, der ICE ist ja der Zug, der so schnell fährt, daß er immer ein bißchen zu spät kommt. Das ist die angewandte Relativitätstheorie. Da muß irgendwo unterwegs ein gekrümmter Raum sein. Wahrscheinlich bei Fulda.

Aber am liebsten fahr ich Intercity-Express, weil er innen so leise ist.

Da kann man alles hören, was die Leute im Großraumwagen erzählen. Der ICE dient der Kommunikation, und deshalb essen die Leute auch sofort, wenn sie Platz genommen haben. Das klingt wie im Schweinestall, am lautesten schmatzen die Japaner. Komisch, wenn ich Intercity-Express fahre, habe ich nachher oft einen Haß auf Japaner. Warum muß man so laut schmatzen? Ich setz mich dann gegenüber und schmatz auch, das juckt die gar nicht! Neulich habe ich einen Reisenden beobachtet, und das war kein Japaner, der hat seinen Koffer aus dem Gepäcknetz genommen, das ja gar kein Netz mehr ist, sondern eine Plastikablage, aber es heißt Netz, und der hat seinen Koffer mit großem Schwung ergriffen, in den Gang geschleudert und durch die dadurch entstehende Pendelbewegung einen anderen physikalischen Körper, also er hat einem Mitreisenden den Koffer ins Kreuz gehauen und zu ihm gesagt: Ich danke für Ihr Verständnis.

Dauernd danken irgendwelche Idioten einem für unser Verständnis. Wenn der Zug Verspätung hat – wir danken Ihnen für Ihr Verständnis. Wenn beim Bankraub mit Geiselnahme die Geisel von der Polizei erschossen wird – wir danken den Eltern für ihr Verständnis. Wenn die Amerikaner bei der Suche nach Saddam Hussein im Irak rumballern, dann bedanken sie sich beim irakischen Volk für sein Verständnis.

Ich geh jetzt in Kur, ich will das Ende der Welt bei blühender Gesundheit erleben. Ich muß nämlich aufpassen, ich habe seit Tagen dieses Roy-Black-Gefühl. Da geh ich lieber zum Arzt und laß mir ein EKG machen, ein Elektrokardiogramm.

Und dann wird er mir sagen, ob es sich für mich noch lohnt, mir ein neues Sommerhemd zu kaufen, oder ob für die paar Tage der alte Lappen noch ausreicht.

Ja, ja, der Tanz auf dem Vulkan fängt früh am Morgen schon an. Gute Nacht, Europa.

DAS GRUNDGESETZ IST NICHT TABU

Guten Abend, meine Damen und Herren, liebe deutsche Wiedervereinigung, herzlich willkommen zu unserer Sendung *Nachschlag.* [1992]

Satire kämpft für eine bessere Welt, eine schöne neue Welt aber ist eine Welt der steigenden Einschaltquote. Also verabschiede ich mich mit einem letzten Kommentar zur Vulkanzeit, von der einmal treffend gesagt wurde:

Die Erde bebt ohn' Unterlaß,
in Deutschland blüht der Fremdenhaß.

Darum soll ja jetzt auch der Artikel 16 des Grundgesetzes verändert werden, wegen dem Fremdenhaß. Das ist doch Quatsch. Was soll man lang ändern – weg mit dem Ding, Artikel 16 GG wird gestrichen. Dann ändert sich zwar nichts, weil die Armen kommen immer noch nach Deutschland – aber die Parteien haben wenigstens ein Zeichen gesetzt.

Die Parteien, mein Gott, beteiligen sich an der politischen Willensbildung mit einem dreifach donnernden »Feuer frei« auf alles, was hier reinwill. Bei Erich Honecker gab es den Befehl, auf diejenigen zu schießen, die rauswollten, bei uns gibt es die Freiheit, diejenigen zu verbrennen, die reinwollen.

Anders kann ich mir nicht erklären, warum jetzt mit dem Artikel 16 das GG geändert werden soll, statt die Verwaltung zu verbessern.

Theodor Körner fragt: Gibt es noch deutsche Helden in dürftiger Zeit? Sagen Sie doch einmal etwas zu Deutschlands Bundeskanzler der Einheit.

Was soll ich dazu sagen? Nur weil der Mann schon seit zehn Jahren Kanzler ist? Meinen Sie vielleicht, die Situation wäre besser, wenn Schäuble oder Lafontaine dran wäre? Also, was soll das Jammern, außerdem brauchen wir keine Helden, es geht auch so den Berg herab.

Aber die Sache mit dem Artikel 16 GG wurmt mich doch weiter. Wenn man je nach Stimmungslage ein Grundrecht ändern kann, warum dann beim Artikel 16 stehenbleiben?

Nehmen wir uns mal den Artikel 102 GG vor. Der heißt: Die Todesstrafe ist abgeschafft.

Warum? Muß das so bleiben, das war schließlich eine ganz andere Zeit damals, als das GG geschrieben wurde. Also bleibt nur eine Frage: Todesstrafe wird wieder eingeführt – aber für wen? Für alle, die Beifall klatschen.

Und wenn Politiker versagen, dann fordere ich nicht mehr Rücktritt, sondern Todesstrafe. Das ist auch eine Arbeitsbeschaffungsmaßnahme, dann werden nämlich wieder Henker gesucht. Bitte was? Das kann man so nicht vergleichen? Aber natürlich kann man das. Wenn unsere politischen Volksvertreter so leichtfertig mit dem Grundgesetz umspringen nach dem alten Sponti-Motto: legal – illegal – scheißegal, dann darf ich mir weiter gehende verfassungsändernde Maßnahmen vorbehalten.

Ernst Moritz Arndt möchte wissen, was wir hier vom 3. Oktober als neudeutschem Feiertag halten.

Erstens: Der 3. Oktober ist der Todestag von Franz Josef Strauß. Und dieser Strauß fehlt heute in der Politik.

Zweitens: Das neue Deutschland wird am Samstag zwei Jahre alt, es liegt also noch in den Windeln. Das erklärt vielleicht auch dem Ausland die vielen braunen Flecken auf unserem Volkskörper.

Drittens: Warum sollen wir nicht feiern – grundlos feiern, das ist doch auch mal was. Gut, die Wiedervereinigung hat so keiner gewollt, dafür macht aber auch Deutschland bald Pleite. Mit der Wiedervereinigung ist es wie mit dem Sozialismus – als Idee sind beide hervorragend, aber wenn wir die Sache in die Wirklichkeit umsetzen – pfui Deiwel. Wir kennen das ja schon aus der Ehe.

Feiern wir heuer noch den 3. Oktober, nach der nächsten Bundestagswahl wird sowieso ein neuer Nationalfeiertag beschlossen: der 20. April.

Ja, ja, der Tanz auf dem Vulkan …

VOLK OHNE TRAUM

Der deutsche Herbst ist bekannt. Viele Deutsche zieht es im Winter und auch im Frühjahr in den Süden. Das Modell Deutschland gefällt den Linken nicht. Vielen gefallen die Deutschen überhaupt nicht mehr, selbst wenn sie selbst Deutsche sind. Nur handelt es sich bei dem, was sich in der letzten Zeit innerhalb der Alternativ-Szene tut, nicht um eine Randerscheinung, nicht nur darum, daß Nationalmasochismus durchaus recht deutsch ist und sich besonders wiederfindet bei Linken, die eigentlich nicht deutsch sein wollen, genau durch diese Haltung aber recht gute Deutsche sind. Deutsch sein heißt, sich von den anderen (Deutschen) zu distanzieren. Da seit Jahrhunderten niemand weiß, was eigentlich »deutsch« ist, welche Nation »Deutschland« ist, läßt sich der Mangel an positivem Wissen durch ein Netz von Abgrenzungen ersetzen, das Sicherheit schafft. Deutsch sein heißt Grenzen ziehn. Dieser dauernde kulturelle, existentielle Aufspaltungsprozeß, der die einzelnen Menschen hin- und herreißt zwischen den Grenzen und sie zum Überschreiten drängt, ist für Linke nicht dadurch überwindbar, daß wir uns von ihm abgrenzen. In dieser Lage befindlich, haben einige fürchterliche Konsequenzen gezogen, deren Folgen wir alle bedenken sollten. So wie es alternative Brötchen, Kneipen, Theatergruppen, Zeitungen usw. gibt, so hat sich aus unseren Zusammenhängen ein alternativer Imperialismus entwickelt, der gewissenlos und mörderisch ist. [1979]

Ausgangspunkt ist der Mangel. Doch wir brauchen nicht fremde Arbeitskräfte, wir stehlen nicht Schwarze und Arbeitsemigranten, um sie auf unsere Ländereien und in die Fabriken zu stecken. Unsere Armut ist nicht der Mangel an Rohstoffen, wir stehlen nicht Erze und Kohle – wir leiden an der Zwangskultur von Beton und Naturzerstörung, dem Terror von Arbeit und Konsum. Diese abendländische Wirklichkeit schien durch den Traum von der Revolution, vom Sozialismus aushaltbar, weil wir sie überwinden wollten. Mit dem utopischen Hoffen auf bessre Zeiten, die wir uns aber heute schon erkämpfen können, ist auch in der Industriekultur ein menschliches Leben möglich, aber wir sind schwächer geworden.

Wir kommen an Grenzen, die uns als unüberwindliche Mauern erscheinen: Der Marxismus, ja selbst die sozialistische Revolution sind als Produkt gerade dieser abendländischen Kultur erkannt worden, die Vernunft, mit der wir den Irrationalismus der spätkapitalistischen Herrschaft bekämpfen wollten, entpuppt sich als Logik des Archipel Gulag und des Atomstaates. Der große Traum von 1968 ist ausgeträumt, der alte Traum der 50er Jahre, ein Leben in Frieden und in eigenem Häuschen, wird zwar nostalgisch wieder neu aufgewärmt, erreicht uns auch, aber ist noch zu schwach, um wirklich wirksam zu werden.

Unsere Armut ist, keine Träume zu haben. Daß wir damit wieder dem übrigen Volk näherstehen als noch vor Jahren, macht die Lage nicht erträglicher. Der gemeinsame Mangel stärkt nicht, er hetzt gegeneinander auf. Deutschland – Volk ohne Traum. Das Volk ohne Raum suchte sich unter dem Führer Lebensraum im Osten. Das Volk ohne Traum sucht sich Führer und fremden Lebenstraum in Ost und Süd. Der Imperialismus der Neuzeit, der aus den Metropolen kommt und den D-Mark-Imperialismus als gigantische Kulturkonterrevolution begleitet, wird geführt von Genossen und Genossinnen, die sich selbst für so radikal halten, daß sie sich auch nicht mehr Genossen oder Genossinnen nennen mögen.

Mag diese alte Kampfbezeichnung auch fragwürdig geworden sein (denn wer nennt sich so überall Genosse!), so ist aber das, was als neu ausgewiesen wird, nicht neu: Es ist der sanfte Schritt der Mordgehilfen mit dem alternativen Blick nach innen.

Wir haben keinen Traum, also stehlen wir uns ihn. Die Welt wird rücksichtslos nach ausbeutbaren Kulturen durchstreift, es wird mitgenommen, was nicht genügend Widerstand leistet. Die Weltbilder des Abendlandes sind gesprungen und rissig. Wir rauben die Kosmologien der Indianer, der Inder, Malaien, der Schwarzen – wir brauchen alles, wenn es uns nur zusammenhält.

Mögen diese Kulturen durch unseren scharfen abendländischen Verstand, der sie nach Beutegut abtastet, und unsere Vergewaltigungsfähigkeit kaputtgehen, wir haben diesen verfluchten, verfaulten Deutschen, die nichts mehr wissen und dennoch im Müll versinken, gezeigt, was ein rechter Mann und eine rechte Frau sind: Wir marschieren, nicht in Heeresformation, nein, wir marschieren alternativ, per Anhalter, per Jet, per Bus, wie auch immer. Unsere Armee ist überall und sucht.

Wir drücken dem alten Indianer die Hand, und daß er an diesem Händedruck stirbt, der ihn infiziert mit den Vibrationen der europäischen Hauptstädte, das merken wir nicht, denn wir ziehen gestärkt weiter.

Und so sitzt die Avantgarde des alternativen Imperialismus in den Metropolen und studiert auf Landkarten und in den Reisehandbüchern den weiteren Kriegsfeldzug; natürlich bevorzugt man den Duft der großen, weiten Primitivität. Nicht mit Panzern werden die Dörfer überrollt, sondern mit Fragen.

Die Moral ist hin, was nutzt das Klagen über den Nihilismus?

Und dennoch, ist ein Leben möglich, in dem wir uns nicht selbst befragen über das, was wir tun? Ist alles erlaubt, weil eigentlich gar nichts mehr gefällt?

Der größte Vorwurf, den wir uns zu machen haben, ist nicht, falsche und gefährliche Experimente begonnen zu haben, nein, am schlimmsten ist die freiwillige Verdummung. Wir verzichten auf den Kopf, weil wir den Körper als vom Kopf vergewaltigt empfinden, und im Ergebnis existieren wir als kopflose Wesen in stählernen Körpern: Der erste Schritt zur biologischen Mutation, zum Umschlag der Menschen in eine neue Rasse von technisch-biologischen Einheiten wird von uns selbst geleistet.

Unsere Moral ist, wenn wir uns nicht selbst Gesetze geben wollen in Paragraphenform, eine lebensnotwendige Kraft, sie zu verlieren bedeutet, daß wir uns aufgeben. Zu unserer Moral, im Gegensatz zur Moral der Arbeits- und Konsumgesellschaft, gehört, daß wir uns erlauben, diese Gesellschaft zerstören zu wollen, daß wir uns Experimente der Zerstörung zugestehen. Und es ist diese Moral, die uns fordert, ständig die Experimente zu überprüfen, zu sehen, wohin sie führen, und abzubrechen, wenn sie Bestandteil der herrschenden Kultur geworden sind.

Der alternative Imperialismus ist entstanden aus der Not, als ein Schritt gegen die Resignation der Alkohol- und Drogenexistenz. Aber was naiv begonnen wird, darf nicht naiv fortgesetzt werden, wenn wir erkennen, was wir tun.

Es ist unmoralisch, sich vor Erkenntnis durch Nichtwissenwollen zu schützen.

DEUTSCHLAND IM AUFSCHWUNG

Irgend etwas stimmt nicht ganz mit der Grundstimmung in Deutschland. Am Wetter kann es augenblicklich nicht liegen, denn wir haben Sommerzeit, und es ist recht hell. Dunkelheit macht ja depressiv und unfreundlich. Obwohl genug Licht da ist fürs ganze Volk, wird dennoch viel rumgemault und gestänkert. Warum, was ist denn so schlimm? [1996]

Betrachten wir einmal den Anfang dieses Jahres, dann müssen wir doch feststellen, daß sich nicht alle Menschen daran halten, was ich ihnen immer wieder – auch öffentlich – sage. Es gibt nur einen moralischen Grundsatz, der vernünftig ist, und der heißt: Du sollst deinen Nächsten nicht nerven wie dich selbst. Denn niemand hat irgendein Recht auf Glück – wo soll das auch herkommen? –, sondern jeder hat die Pflicht, nicht unglücklich zu sein.

Wenn sich alle daran halten würden – wie schön könnte das Leben sein!

Doch ist es nicht furchtbar, wie Menschen trotzdem miteinander umgehen? Kalt, herzlos und besonnen? Treulosigkeit regiert allüberall. Otto Rehagel und Erich Ribbeck werden von ihren Vereinen verstoßen. Michael Schanze läßt sich scheiden, weil er zu viele Flitterabende ertragen mußte. Nehmen wir weiterhin das Ehepaar Schröder in Niedersachsen – die wollen ein Beispiel für die Jugend sein oder gar die Ungeborenen? Da sagen wir doch: Ha. Denn hier entstehen Politikverdrossenheit, Eheverdrossenheit und Treueverdrossenheit.

Die Schröders hätten sich ein Beispiel nehmen sollen an dem englischen, sogar britischen Ehepaar Churchill. Wir erinnern uns, die Churchills waren die Gründer der Popgruppe »Blood, Sweat and Tears«. Als Sir Winston mit 90 Jahren starb, wurde seine Witwe, Lady Churchill, gefragt, ob sie in dieser langen Zeit nie an Scheidung gedacht habe. »An Scheidung?«, hat sie gesagt, »an Scheidung nie – aber an Mord!«

Also ich würde Hillu Schröder immer freisprechen. Hätte sie ihren Mann umgebracht, dann hätte die Ehe doch gehalten – bis zum Tod, wie es ausgemacht war. Willy Brandt hat es richtig gemacht: Erst ist er Bundeskanzler geworden, und dann hat er zu Hause aufgeräumt.

Also ein bißchen Mord schadet nicht, es muß ja nicht gleich so ausarten wie bei den heute üblichen Amokläufen – das stört die Nachbarn und riecht streng.

Aber mit dem Tod muß man vorsichtig sein – denn Totgesagte leben länger und kommen oft überraschend wieder.

Die FDP ist beispielsweise nach den Landtagswahlen plötzlich und unerwartet wieder da: Graf Lambsdorff hatte in der *Bildzeitung* geschrieben, wir bräuchten eine kleine Revolution. Das haben einige Linksradikale mißverstanden und bei den Wahlen fleißig FDP gewählt.

Mut dagegen machen mir die Talk-Shows. Ich bin inzwischen bekennender Talk-Showholiker, das ist eine ganz harmlose Droge. Ich schaue mir natürlich nicht die Sendungen mit Prominenten an, ich genieße die Shows mit normalen Menschen wie du und Sie, die einem das Wissen vermitteln, daß tatsächlich jeder eine Chance hat.

Und mich erregen die Themen, die disputiert werden. »Meine Eltern sind mir peinlich.« »Haben Männer Gefühle, wenn ja, wann und wo?« »Meine Knie stinken, brauche ich neue Socken?« Und immer wieder Sex, Sex, Sex – Sex mit Autoreifen, Winterreifen, Sommerreifen, Gürtelreifen, Unreifen, also Spikes.

Oder: »Ich habe meine Oma gebumst, sechs Jahre nach ihrem Tod, jetzt kriege ich Neurodermitis, wenn ich meinem Hund die Knochen gebe.«

Das sind Themen, die Hoffnung machen, daß wir uns dem Wesen des Lebens nähern. Ich spüre tatsächlich einen kulturellen Aufschwung, wenn auch noch immer Ungeschicklichkeiten geschehen. Vor einiger Zeit war eine Frau zu Gast bei Ilona Christen und erzählte unter dem zustimmenden Beifall des Publikums, daß es ihr schlechtgehe. Sie war mit ihrem Mann abends spazieren gewesen, als ein unbekannter Täter ihren Gatten erschoß.

Ich habe mich sofort gefragt, warum er nicht beide erschoß. Denn es ist oft so, daß man, wenn einem gerade was weggeschossen wurde, schon mal ungerecht gegen Nachbarn reagiert, Trübsal bläst und sich beim Bäcker falsch oder ungeschickt anstellt.

Wie schafft man es nun, auch in schlechter Stimmung seine Nächsten nicht zu nerven? Hier hilft nur eins, nämlich kompromißlos nichts mehr ernst zu nehmen. Die Wirklichkeit, die sich heute als Realität ausgibt, ist so blöd, daß man sie ruhig den Medien überlassen kann, den Politmagazinen, den Videos und der Werbung. Diese drei Kräfte werden mit der Zivilisation schon fertig. Den übrigen Menschen bleibt die Liebe, Essen und Trinken, der Haß und noch so manche genüßliche Schweinerei. Es ist alles eine Frage des Designs, der Selbstgestaltung des eigenen Seins. Und das geht so: Ich gehöre zu einer neuen Bevölkerungsgruppe, die mit ihrer inneren Einstellung alle finanziellen Krisen im eigenen Haushalt, von den Staatsfinanzen ganz zu schweigen, mit klassischer Ruhe bewältigt. Diese Gruppe, der die Zukunft gehört, lebt nach dem Motto: No income, double enjoy, das heißt abgekürzt: N.I.D.E.

Denn das ist die beruhigende Erkenntnis der fröhlichen Frauen und Männer am Ende des 20. Jahrhunderts: Ich bin nichts, ich habe nichts, aus mir wird nichts mehr, aber ich lach mich tot.

DER SPLATTER-REFORMATOR

[1993] Man hat mich mit sofortiger Wirkung zum Frontberichterstatter ernannt. Ich nehme das Amt an und berichte vom Abschnitt »Frankfurt am Main«, der Hauptkampflinie (HKL) der Inneren Front. Seit dem Zweiten Golfkrieg zu Beginn des Jahres 1991 hat sich die Moral der Bevölkerung weiter verschlechtert. Am 1. Januar jenes Jahres hatte ich in mein Tagebuch notiert: »Karl Marx hat einmal gesagt, die Religion sei das Opium des Volkes. Was soll man machen, wenn man keine Religion hat und auch kein Opium? Das ist heute die Deutsche Frage, ob die Nation das Opium des Volkes ist. Womit können wir einfachen Leute mal so richtig high sein? High sein, frei sein, Terror muß dabeisein – das ist doch auch nur eine Übergangslösung.«

Seit dieser Zeit, seit diesen Tagen eines übereilten Angriffs des Christlichen Abendlands auf den Islam, seit also diesem Zweiten Golfkrieg, der den Beginn einer Neuen Weltordnung nach der Christlichen Neuzeit markiert, seit diesen Anfangstagen unserer Letzten Tage führe ich stets ein kleines Aufnahmegerät mit, das sich jetzt für meine Aufgabe als Frontberichterstatter als Glücksfall erwiesen hat. Am 9. Februar 1991, einem Samstag, war ich mit meinem Dritten Ohr in Sachsenhausen unterwegs. Noch immer drohte die Klimakatastrophe, es hieß, es werde wärmer bis zur Menschheitsvernichtung. Ich glaubte schon damals nicht, daß man sich darauf verlassen kann. Seit gestern schneite es ohne Ende. Ganz Deutschland war ein einziges Friedensbettuch, das Europa aus dem Fenster hängte.

Ich zitiere aus aufgezeichneten Gesprächen in einer Gaststätte an diesem Abend: »Karl sagt: ›Wenn der Saddam das Öl abfackelt, ham se im Fernsehn gesagt, dann wird das kalt bei uns. Und jetzt hastes!‹ – ›Du Depp, das is doch jetzt gar noch net so weit. Weil kalt wird das doch erst, wenn der Ruß von dem brennende Öl kommt und es dadurch dunkel wird, mal so gesehen, wenn dann das Licht weg is.‹ – ›Guck doch ausm Fenster – des ist doch dunkel.‹ – ›Ei weche weil's schon ein Uhr is, du Arsch, doch net weche dene Ölfelder, die brenne doch noch gar net.‹ Leni sagt: ›Mir is der Spaß vergange, als ich die tote Vöchel in dem Öl gesehn hab, das der Saddam ins Meer gepumpt hat.‹ Volker lallt leise: ›Ja, der Komoran, im Koran hatte einen Komoraden, einen bessern findst du nit, stillgetreten, Herr Komoran, ich werd euch Vögel durch das Öl jagen, bis euch der Sand im Arsch … dings … egal auch, Ruhe jetzt.‹ Karl schreit: ›Weche der Vöchel kriecht ihr Weiber die Krämpf, aber wenn unsereiner im Sand verreckt, dann juckt euch das gar net. Ihr Fraue seid ja net dran schuld, ihr seid ja nie schuld, die reinste Unschuldslämmer, die Weiber, Krieg is ja Männersache, der Krieg, gell?‹ Der Kellner rutscht aus und wirft zwei gerippte Gläser gegen die Tischkante. ›Paß doch uff, du Abraham!‹ – ›Des is doch gar kein Judd, des is 'n Arrab.‹ – ›Scheißegal, nur soll er die Schoppe net uffn Boden schmeiße.‹ Zwei Vermummte betreten das Lokal, Haßkappen auf dem Kopf, und ballern zwei, drei Tische mitsamt Gästen und Getränken um. Es wird geschrien und gelärmt. Die beiden werfen eine Gasgranate in den Raum. Der weißliche Rauch verbreitet sich sofort (Kotzgas), und die beiden Genossen verschwinden, es können auch Kameraden gewesen sein. Der Kellner drückt auf den roten Knopf unter der Thekenplatte, um den Leichenwagen zu bestellen, die automatischen Gasabtaster an der Decke setzen die zusätzliche Turbo-Entlüftungsanlage in Gang, die Sanitäter stürzen aus der gesetzlich vorgeschriebenen Ecke und räumen die Leichen weg und versorgen die Verwundeten, die noch nicht nach Hause wollen, und der Wirt gibt aufseufzend seine vierte Lokalrunde in dieser Woche.«

Inzwischen gibt es noch mehr Krieg im Inland und im Ausland, aber keiner baut mehr wie damals Friedenslager in die Stadt. Schade, den Glühwein im Winter 1992/93 muß ich wieder bezahlen, obwohl die Welt nicht friedlicher geworden ist. Aber man kann niemanden zwingen, Friedenslager aufzuschlagen, in die ich mich zwar nicht internieren lasse, aber aus denen ich mir manchen kostenlosen Glühwein geholt habe in düsterer Zeit. Jetzt muß ich mich auf meine Pflicht besinnen und von Frankfurter Fronten berichten. Noch geht es hier ruhig zu. Es wird nicht durchschnittlich mehr Feuer gelegt, und es ist auch noch niemand auf die Idee gekommen, die alten Bunker in der Stadt, die teilweise von Rockgruppen als Übungsraum benutzt werden, den bedrohten Asylanten zur Verfügung zu stellen, weil sie da drin ja doch vor Molotowcocktails sicher wären. Aber in Frankfurt wird dennoch überall fieberhaft an der Verbesserung Mitteleuropas gearbeitet. Zum Beispiel am 8. Dezember 1992, einem normalen Dienstag. In der Batschkapp spielten die »Baubo-Baby-Monsters«, eine finnische Kultgruppe, die »Super-Riot-Girls« aus Helsinki; in einem Hörsaal der Universität las der Privatdozent Oberlercher über rationalen Antisemitismus; im Nordend brannte die Weberstraße, und eine Gruppe kerzentragender Menschen erinnerte an die Gewalt in Bosnien.

In meine Wohnung in der Brückenstraße in Sachsenhausen war den ganzen Tag über nicht eingebrochen worden, obwohl die multinationale Kinderbande das Viertel wieder unsicher gemacht hatte. Wir aber, die Bewohner dieses Hauses, schlossen schon seit Jahren alle Türen auch tagsüber zu, denn gerade am Tag kamen die meist nichtdeutschen Kinder, um die Wohnungen auszurauben, abends durften sie nicht weg, das bekamen sie vom strengen Papa verboten. Die wildeste Bande, Mädchen zwischen sieben und fünfzehn, stand unter der Führung einer militanten Marokkanerin, die sich als Philippinin ausgab und Infanta nannte. Gegen Nachmittag machte ich mich auf in die Gallusanlage, um einen Bekannten zu treffen. Im Schauspielhaus lief eine Party der Gesäß-Fetischisten. Schon einige Tage davor hatte ich in der Berliner *Wochenpost* das Zitat von Michel Tournier gelesen: daß man »das Gesäß gar nicht genug loben« könne, dessen Backen »in all ihrer Süße nach den schallendsten Küssen« rufen. Nach dem Erfolg der »California Dream Men« und dem weiblichen großen Arschloben war in der Stadt ein Hinternkult ausgebrochen. Zum »Ersten Frankfurter Dionysischen Arschlecken« hatte der Intendant des Schauspielhauses gebeten. Die Karten waren seit Tagen ausverkauft. Ich aber ging meiner Pflicht nach, mag auch nicht die massenhaften Kneifereien, bevorzuge mehr die stillen Stunden des Nachmittags, in die man sich so herzlich versenken kann, um einzutauchen.

Mein Bekannter stand am Goethedenkmal, es war schon dunkel, ich hatte erbärmlich Angst, denn der Zug der Fixer geht um diese Zeit todesverachtend um, daß man nicht glaubt, noch zu leben, wenn man hinschaut. Mein Bekannter grinste, nahm mich an den Arm und erinnerte mich an die Pflicht der Berichterstattung. Er selbst zählt zu den Zukunftshoffnungen Frankfurts. Er ist der Splatter-Reformator.

»Die Welt muß einen Alptraum von den Dingen haben«, sagte er, »damit sie sich nicht den süßen Träumen hingibt.« Daß immer nur das Schlimmste komme, ist seiner Meinung nach Kitsch. Das Schlimmste ist immer schon da. Nur kneifen die Leute die Augen zu, weil sie Leute seien und keine Menschen. Der Splatter-Reformator ist einer, für den Gandhi und Madonna Genies der Selbststilisierung sind. »Pop ist Mord«, sagt er, aber er meint, wir stünden am Beginn einer neuen Popkultur. Und Frankfurt hält er für die Hauptstadt des zukünftigen Drecks.

»Der schönste Dreck«, sagte er, »ist immer der, der erst kommt.« Wir gingen zum Bahnhof. »Jetzt zeig ich dir einen Politiker der Zukunft, einen, der mitmacht an unserer Reformation, einen Mann, der weiß, daß die Einheit von Politik und Dreck der Führer der Menschheit sein wird.«

Mein Bekannter stellte mir den Reichskolonialbeauftragten vor, der dem IC-Express aus München entstiegen war. Zwei Skins traten gerade auf ein Zigeunermädchen ein, alle schauten entsetzt auf die Zuganzeige des ICE nach Hamburg, obwohl er keine Verspätung hatte. Der Gast ging zu den Skins, schlug dem einen mit der Handkante ins Genick und herrschte den anderen an, es sei eine Schweinerei, wenn zwei Deutsche sich an einem schwächeren Kind vergingen, ja, er beschimpfte sie als ehrlose Lumpen, die er standrechtlich aus der deutschen Volksgemeinschaft ausschließe, und da sie somit friedlos seien, müsse er aus germanischem Rechtsverständnis handeln. Er verpaßte dem verdutzten noch stehenden Skin einen mörderischen Hieb gegen den Adamsapfel. Den am Boden Liegenden liquidierte er mit einem sauber angesetzten Griff um den Hals. Die Passanten waren's zufrieden.

Nur das Zigeunerkind machte einen Fehler. Statt sich dankbar davonzustehlen, bettelte es seinen Retter an. Der gab ihm zwei kräftige Backpfeifen und bewies damit eine erstaunliche Vorurteilsfreiheit bei einer grundsätzlichen Selbstverteidigungsbereitschaft.

Wir gingen zusammen ins Tse-Yan. Bei hervorragenden Wan-Tang-Taschen erläuterte mir der Reichskolonialbeauftragte unter freundlicher Zustimmung des Splatter-Reformators einen Teil seiner Vorschläge zur Verfassungsreform. »Das Problem ist eine Frage der Mentalität. Die Deutschen klagen über Herzenskälte, Gefühlskälte, über den Mangel an Gemütlichkeit, für die ja die DDR noch ein Beispiel war. Gemütlichkeit aber stellt sich nicht her in den Frösten der zügellosen Freiheit. Gemütlichkeit setzt Gemeinschaft voraus, menschliche Nähe, daß also einer für den anderen denkt – das heißt: Knechtschaft. Führen wir also in Deutschland die Sklaverei wieder ein, wir kennen das aus der Kindheit – *Onkel Toms Hütte* –, aus der Jugend – *Vom Winde verweht* –, auch von heute – *Vom Winde verweht*, Teil II. Das sind klare Verhältnisse und treusorgende Familienväter. Denn die Demokratie ist am Ende. Diesmal sind allerdings nicht die da oben schuld, die Herrschenden, volkstümlich »die Schweine« genannt, nein, die sind ja harmlos. Und deshalb dreht das Volk durch, und ein Sturm bricht los. Wegen der Harmlosigkeit der Politiker. Das Volk will über sich keinen Sklaven sehn und unter sich keinen Herrn, dagegen ist Demokratie Volksherrschaft, also Schweinestall ohne Bauer, Massentiere ohne Haltung – das alles zeigt doch, daß die Demokratie am Ende ist. Regieren, Mitbestimmen, Wählen – wer will denn so was heute noch? Auch Opposition ist eher Depression als konstruktive Revolution. Schauen Sie sich doch die Oppos an – so alt kann kein Mensch werden, wie die aussehen. Wir wollen mehr als nur dagegen sein – und was wollen wir? Alles! Also Fressen, Ficken, Saufen, Urlaubmachen und eine sichere Rente. Und damit sind wir bei den drei Säulen unserer Kultur: Hochzeit, Mahlzeit und Freizeit. Alle drei werden verbunden durch die Gemütlichkeit. Darum sagt man ja auch in Deutschland ›Ein Prosit der Gemütlichkeit‹, wenn man den Wesenskern des Grundgesetzes zusammenfassen will. Führen wir also aus verfassungsrechtlichen Erwägungen die Sklaverei wieder ein. Auch im Interesse der Asylanten. Schauen Sie, wenn die ganze Welt weiß, daß in Deutschland die Sklaverei herrscht, wird sich manch einer überlegen, ob er dann hierherkommt. Doch derjenige, der kommt, wird geschützt sein. Der Sklave ist Eigentum seines Herrn, und Eigentum verpflichtet und steht unter dem besonderen Schutz des Bürgerlichen Gesetzbuchs und des Grundgesetzes. Wenn mir jemand meinen Sklaven anzündet, wird er sofort erschossen.«

Der Splatter-Reformator und ich erhoben keine Einwände. Über den Prozeß der Verfassungsänderung im Vierten Deutschen Reich wird weiter zu berichten sein.

ARMUT IST UNSCHÖN

[1998] Kommt ein Penner zum Vorsitzenden der IG Metall und sagt: »Chef, ich habe seit vier Tagen nichts mehr gegessen.« Antwortet der Gewerkschaftschef: »Du mußt dich zwingen, Kollege, du mußt dich zwingen.«

Das Ganze hat ja eine Vorgeschichte.

Es war im Oktober irgendeines Jahres, da kam in der Spätausgabe der Tagesschau die Meldung, daß es auch in Deutschland Armut gibt. Nun waren einige Leute sehr überrascht.

Armut in Deutschland, ei, wer hätte das gedacht? Zumal Armut auch in keinem Programm der demokratischen Parteien als Forderung vorkommt. Zum Beispiel: Armut für alle – SPD. Oder Armut für die Besserverdienenden – FDP. Oder Armut für Christen – CDU. Stellen Sie sich vor – Christen und Armut, so was Blödes.

Außerdem paßt Armut auch gar nicht zu uns. Bei anderen Völkern gehört sie zur Folklore, da fährt man hin, macht schöne Fotos und zeigt die sich zu Weihnachten. »Da, schau mal, große Sombreros, keine Dineros – aber ein Gegenlicht vom Feinsten. Das müßte Mächiko sein.« Der deutsche Ferntourist sagt nicht mehr Mexiko. Mächiko heißt das.

Oder: »Schaut, ein Eingeborener mit einem Gläschen voll schönem gelben Benzin, und der Stolz in seinen Augen! Armut ist nun mal ein stiller Glanz von innen – wenigstens auf dem Balkan. Bei uns dagegen: volle Kanister, lange Gesichter.«

Armut bei uns ist unschön. Man will abends essen gehen – und dann diese Armut auf der Straße. Das verdirbt oft den Appetit und die Selbstbestimmung.

EUROPA-PASSION

Heute ist Montag. I don't like Mondays. Zeit also, rumzulamentieren, daß man nicht als Johann Sebastian Bach auf die Welt kam. Dennoch, eine Europa-Passion muß her. Als Ergänzung zur Matthäus- und zur Johannespassion. Also Vorhang auf zur Europa-Passion: [1998]

Doppel-Chor

Kommt ihr Penner dieser Erde,
die stets man noch zum Wandern zwingt,
sagt euch stolz ein »Stirb und Werde«,
weil das nach Wolfgang Goethe klingt.
Europa geht den Bach voll stracks hinunter
und kehrt zurück als Lachs und munter.

Knabenchor

Vor dem Euro sind wir alle gleich,
ob Mann, ob Frau, ob arm, ob reich.
Ein Euro hat für jeden den gleichen Wert,
ob er im Rollstuhl oder im Rolls-Royce fährt.

Mit einem Euro kann keiner viel kaufen,
mit einem Euro kannst net viel saufen.
Ein Euro ist bloß ein Euro für alle Europa-Objekte,
für den Elch, das Wiesel und die Erlösungssekte.

Rezitativ

Ihr wollt wissen, wie die Zukunft aussieht?
Geht lieber nach Hause und zieht die Vorhänge zu,
schreibt ein Buch, kriegt ein Kind oder kauft euch eins,
bestellt einen ISDN-Anschluß und pflanzt einen Apfelbonsai.

Küßt eure Tür, solange ihr sie noch abschließen könnt,
und kontrolliert die Viren, die in der Steckdose lauern.
Und wenn jemand zu euch sagt: Wie geht's?
Sagt: Nein.

Chor

Die Sonne geht unter, die Nacht beginnt.
Der Fernseher läuft, die Regierung spinnt.
Laßt uns also in Ruhe verweilen
bei Horror, Schnittchen und Vorurteilen.

Rezitativ

Ich sehe einen Mann mit einem langen Bart,
der sitzt an einem Tisch und schläft.
Um ihn ist eine Aura von historischer Prominenz,
ein Kaiser ist's, der uns führte von Sieg zu Sieg
bis zum bitteren Ende seines eigenen Lebens.
Ihn umweht der Mantel der Geschichte
und ein langer roter Bart.
In seinem Zorne ein furchtbarer Barbar, lautet sein Name:
Barbarossa, und bandiere rossa ist noch fern im Süden.
Aber Barbarossa hat den Kyffhäuser besetzt,
von dannen er kommen wird und Europa retten.

Arie (Sopran)

Vorsicht, stellen Sie sich vor,
zu Ihnen käme ein Mohr,
Beruf: Zeitungsträger,
auf jeden Fall: Näger.
Der wollte ein Zimmer.
Oder noch schlimmer:
beschläft Ihre Tochter,
denn die mocht er,
seit Jahren schon,

der Wüstensohn.
Tja, das Problem
ist unangenehm.
Man darf uns nicht zwingen,
Opfer zu bringen.
Wir sind doch nicht schuld
an all der Ungeduld.
Statt zu Hause zu bleiben,
lassen sie sich vertreiben.
Ach, der Völker Wanderlust
erzeugt den großen Rassenfrust.

Doppel-Chor

Das ist nicht fein, das muß nicht sein.
Griechischer Wein, deutscher Rhein.
Ausländerlein, hier nix mehr rein.

Rezitativ

Und Barbarossa erwachte zur nämlichen Stunde, und der Tisch gab frei den Bart, den böse dort eingeklemmten, und Barbarossa steht auf und kommt auf uns zu, finster ist die Nacht beleuchtet, und um runde Ecken eilen langsam pazifistisch bewaffnete Haufen mit Waffen, deutschen Waffen, Gewehre seh ich und Ehre, Granaten, Äpfel und Hände, deutsche Wertarbeit, made by Daimler, und huch und hach, es sind Fremde, wildfremde Wilde aus Afrika, Asien und Lateinamerika, und sie wollen deutschen Händlern ans Eingemachte und verachten Mehrwertsteuer und Buchführung. Und ich sehe die bewaffneten Männer und Frauen schießen auf die Händler und Steuereinzieher, Blut spritzt, wo bist du, Barbarossa?! Das ist dein Gesang, das Geld fällt auf den Boden, alle Gräser verdorren, und es lachen die Terroristen über den Gräbern, Blätter fallen von den Bäumen, doch nicht der Herbst regiert, sondern Sonnen brennen in der Weite des stahlgrauen Himmels.

Arie (Baß)

Im tiefen Luftschutzkeller
wird's ohne Strom schon heller.
Die Sonne geht unter, die Nacht beginnt,
die Menschheit schläft, die Erlösung spinnt.

Chor

Drum fordern wir in bescheidenem Maße
für die Völkerwanderung eine Umgehungsstraße.
Im Süden – sagen wir – an den Alpen vorbei,
nördlich der Nordsee wär's einerlei,
im Westen schließt der Franzose das Tor,
und die Mauer steht im polnischen Korridor.
Als harmloses Weltkind in aller Mitten
pflegt Deutschland seine historischen Sitten.

Knabenchor

So laßt uns also in Ruhe verweilen
bei Horror, Getränken und Vorurteilen.
Wir glätten mit Liebe die tosenden Wogen
und nehmen zur Brust berauschende Drogen.

Rezitativ

Und eine Hündin gebiert eine Ratte, eine tote Ratte, und alle Terroristen sinken zuckend zusammen, denn alles Fleisch, es ist wie Gras. Im Winde hängen brennende Fahnen, und aus Gräbern dringt eine Staubwolke hervor, die den Himmel verdunkelt. Nur der Papst, der weint so sehr, hat ja jetzt keine Hoffnung mehr. Stumme Sänger mit dicken Bäuchen sitzen an den Wassern zu Babylon und nicken.

Doppel-Chor und Solisten

Unübersichtlich erscheint bloß dem die Welt,
dem das eigne Leben auf Erden gefällt.
Entfernt man sich von dem Gewusel nur,
erreicht man die freie Bewußtseinsspur.
Da spinnen wir unseren Daseinsfaden
als buddhistische Bewußtseinsnomaden.
Hunger, Hagel, Bettelei, Lärm und Viren –
wir sehen die Buntheit und meditieren.
Es bewegt sich alles, und alles bleibt stehen.
Vielleicht hat uns noch niemand gesehen.

Rezitativ

Barbarossa aber wandelt nach Berlin hin, zur Hauptstadt des Reiches, zum Brandenburger Tor, da drei Adler sitzen auf der Quadriga und schauen nach Osten. Und eine Schrift leuchtet auf am Brandenburger Tor, eine Neonschrift in Schwarz und Weiß und blutigem Rot, und die Schrift lautet: »Unternehmen Barbarossa erfolgreich vor dem Abschluß«. Die drei Adler erheben sich in die Luft und fliegen nach Wolfsburg und weiter zur Wolfsschanze, und es wandert kein Mensch auf den Straßen.

Aber die Luken der Keller öffnen sich, und aus den Tiefen krabbeln Käfer. Überall Käfer, es riecht nach Verwandlung, mehr Käfer rollen und immer mehr Käfer, denn sie krabbeln nicht, sie rollen, rollende Käfer, der Wille des wagenden Volkes, ein volkswagender Wille zum Käfer, und Käfer rollen auf Rädern für den Sieg, einen Platz im Parkhaus.

Und ich sehe Barbarossa vor dem großen Parkhaus, er ist Wächter und Türhüter des Parkhauses, niemand kann an ihm vorbei, an dem, der niemandem die Einfahrt freihält. Die Welt ist ein Parkhaus, und wir haben das Kärtchen verloren, das unsere Einfahrt registriert hat. Der Mensch steht stumm und schweiget, und aus dem Parkhaus steiget ein Nebel wunderbar.

Doppel-Chor

Die Welt ist groß, und sie ist nicht klein.
Der Mensch ist da und manchmal ein Schwein.
Drunter geht es und drüber auch.
Der eine hat Pickel, und die hat 'nen Bauch.
Dort sterben Kinder und hier die Bäume.
Im Rausche entstehen künstliche Träume.
Kamele bellen, die Hunde ziehn weiter,
und irgendwo endet die Aufstiegsleiter.
Es wird einem nirgendwo etwas geschenkt,
weshalb man verbittert an Deutschland denkt.
Dann ruft man voller Trotz und Widerstand:
Ey, Flüchtis, kommt in unser Land.
Um euch wird sich der Staat, der Arsch, schon kümmern,
und ihr könnt den Spießern die Laune verschlimmern.
Denn wir, wir stehen auf Multikultur,
auf Schanktisch, Klezmer und Joghurt pur,
und die Weiber stehen auf Negerärschen
wie die Kerle auf Ethnobefreiungsmärschen.
Doch verschont uns mit dem Balkan-Gesindel,
das liegt multikulti ja noch in der Windel.

Knabenchor

Drum fordern wir in bescheidenem Maße
für die Völkerwanderung eine Umgehungsstraße.
Im Süden – sagen wir – an den Alpen vorbei,
nördlich der Nordsee wär's einerlei,
im Westen schließt der Franzose das Tor,
und die Mauer steht im polnischen Korridor.
Als harmloses Weltkind in aller Mitten
pflegt Deutschland seine historischen Sitten.
Vor dem Euro sind wir alle gleich,
ob Mann, ob Frau, ob arm, ob reich.
Ein Euro hat für jeden den gleichen Wert,
ob er im Rollstuhl oder im Rolls-Royce fährt.

Mit einem Euro kann keiner viel kaufen,
mit einem Euro kannst net viel saufen.
Ein Euro ist bloß ein Euro für alle Europa-Objekte,
für den Elch, das Wiesel und die Erlösungssekte.

Doppel-Chor und Solisten

Es geht zu Ende, unser Jahrtausend,
die Zeitenwende kommt stürmisch und brausend.
Danach wird alles noch viel, viel schlimmer.
Das Leben war eben ein Elend schon immer.

Knabenchor

Aber wir, aber wir – wir sind dabei,
wir sind von Träumen und Hoffnung frei.
Dabeisein ist alles, Dabeisein macht Spaß,
denn auch über uns wächst irgendwann Gras.
Drum Schluß mit dem Maulen und dem Geraune:
Europa, das heißt bei uns gute Laune.

Doppel-Chor, Knabenchor und Solisten

Europa, Europa, Europa,
hier tanzt mit dem Wolf schon die Kobra.
Europa bringt Frieden und Freiheit,
und Wohlstand und Segen und Einheit.
Es fallen die Grenzen und auch die Preise.
Geht alle mit auf die große Reise
nach Europa, Europa, Europa,
hier tanzt mit dem Wolf schon die Kobra.

IM JAHRE DES HERRN 1990

[1998] Die entscheidende Frage am Ende dieses Jahres ist doch: Wie hat es soweit kommen können, daß wir an einem Punkt angelangt sind, wo man sagen muß, hier sind wir. Wir wissen nicht mehr, was heute die deutsche Frage ist, wir kennen nur noch die Antwort.

Es war einmal ein Volk, das war so lieb und gut, so fromm und domm, daß alle Welt zu ihm »Die Deutschen« sagte. Und weil die Deutschen so brav und anständig waren, wurden sie verfolgt von allen Bösen dieser Erde. Das war sehr böse von den ganzen Verreckern, den dreckigen. Erst kamen die Römer in den Norden und sind sehr frech geworden. Es folgten die Barbaren, die Tartaren, die Krakauer und die Kalauer, Neger, Krüppel, Dissidenten, Polen, Ungarn, Peking-Enten. Da erfanden deutsche Kinder in ihren Laufställchen mit Stacheldraht und Schießbefehl den Anzählvers:

»Jeder Schuß – ein Russ,
jeder Stoß – ein Franzos,
jeder Tritt – ein Britt,
jeder Klaps – ein Japs!«

Die deutschen Eltern waren glücklich und lachten und schenkten ihren Kindern Rheinwein ein, auf daß sie trunken waren bis ins letzte Glied. Das Ausland aber wollte wieder einmal nicht hören und ärgerte die Deutschen weiter bis aufs Knochenmark Brandenburg. Da sagten die Deutschen an einem herrlichen Spätsommertag – es war der 1. September 1939: »Das könnt ihr doch mit uns nicht machen, wir wollen doch nur unsere Ruhe von den Pyrenäen bis zum Ural. In den Staub mit allen Feinden Brandenburgs!«

Da taten sich alle zusammen, nannten sich die Alliierten und warfen mit Granaten und Carepaketen, und das deutsche Vaterland wurde gerädert und viergeteilt und gestäupt und gemauert. Aber die Deutschen waren schlau und fleißig, und im Jahre des Herrn 1990 haben sie den Krieg doch noch gewonnen und haben nunmehr Ruhe von den Pyrenäen bis zum Ural.

Mann des Jahres 1990 ist Vater Graf, der uneheliche Tennisball eines Nacktmodells, Frau des Jahres der Rohrstock der Nation, Sina-Aline Geißler, mit ihrem Werk *Mut zur Demut,* dem ultimativen Handbuch für Sozialhilfeempfänger, die Toren des Jahres werden gestellt von den DDR-Bürgern, auch Beuteltierchen genannt. (Ein bißchen Rassismus muß sein, gerade auch in der Statistik.) Die beleidigte Leberwurst 90 ging an Christa Wolf und Stefan Heym, weil sie sich so schön darüber ärgern, daß sie auch nach der Wiedervereinigung nicht politisch verfolgt werden. Steigende Tendenz dagegen bei Kinderschändungen, Tierquälerei und anderen Umweltsünden. Armut ist noch genügend vorhanden, so daß mit Gewaltexzessen aller Art zu rechnen ist. Denn wir leben in einer Zweidrittelgesellschaft. Zwei Drittel geht's zu gut, und ein Drittel ist arm dran. Doch in der Demokratie entscheidet immer noch die Mehrheit, die Zweitrottelmehrheit.

Darum brauchen wir ein neues Zweiklassenrecht.

Gegen die Armen reicht das alte Strafrecht, für die Reichen brauchen wir ein neues Recht. Wer arm ist, darf selber sterben. Wer reich ist und prominent, wird bei Gelegenheit erschossen. Kommen wir zum Höhepunkt des Jahres 1990, der Bundestagswahl.

Wer hat eigentlich diese Wahl gewonnen?

Der Sieger der Wahl heißt Franz Josef Strauß, auch wenn er schon zwei Jahre tot ist. Er war 1980 angetreten als Kanzlerkandidat unter dem Motto: »Freiheit statt Sozialismus!« Damals hat das deutsche Volk gesagt: »Nö, jetzt noch nicht, wir wollen noch ein bißchen sozialliberal rummachen.« Aber 1990 sprach das Volk: »Jawoll, mein Führer, Freiheit statt Sozialismus.«

Drum haben wir jetzt die sozialismusfreie Gesamtzone Deutschland. Statt Stalin, Stasi, Stagnation erfreuen wir uns an Kohle, Konkurrenz und Korruption.

Aber was ist Freiheit?

Die Freiheit ist eine Mühle, in der zwischen den Mühlrädern der Geschichte das Korn der Utopie, der Träume vom besseren Leben gemahlen wird zu dem Mehl, aus dem die Politiker die kleinen Brötchen der Realpolitik backen.

DER REICHSKOLONIALBEAUFTRAGTE SPRICHT

[1992] Meine Damen und Herren, man hat mich mit sofortiger Wirkung zum Reichskolonialbeauftragten z. b. V. ernannt. Ich nehme das Amt an, um Schaden vom deutschen Volke zu wenden. Man hört ja gegenwärtig, daß viel Herzenskälte herrsche in Deutschland, auch von Gemütskälte ist die Rede gerade jetzt zu Beginn des Herbstes, es wird geklagt auch darüber, daß es keine Gemütlichkeit gebe.

Gemütlichkeit aber, meine Damen und Herren, stellt sich nicht her in den Frösten der zügellosen Freiheit, Gemütlichkeit entsteht dort, wo Menschen miteinander sind, Gemeinschaft ist statt Gesellschaft, wo der eine für den anderen denkt, also in der Knechtschaft.

Führen wir darum auch in Deutschland die Sklaverei wieder ein, wir kennen das aus der Kindheit – *Onkel Toms Hütte, Vom Winde verweht,* der Sarotti-Mohr –, das sind klare Verhältnisse und treusorgende Familienväter.

Nun, da kommt von Ihrer Seite noch nicht die Zustimmung, die hier denkbar und gerechtfertigt wäre. NEIN! Da will jemand Ihnen heutzutage die Sklaverei als neuestes Utopiesonderangebot verkaufen – da fragen Sie doch mit Recht: Ist der Mann besoffen? Oder spricht er für die Kirche?

Hier will jemand die Sklaverei in Deutschland wieder einführen, mein Gott, ist denn hier keine Polizei im Raum, die für Ordnung sorgt?

Und damit sind wir bei unserem Thema: dem Staat. Was ist der Staat? Wo kommt er her? Wo geht er hin? Was macht er in der Zwischenzeit? Der Staat selbst ist ja auch ein Ausländer und kommt aus Griechenland und heißt dort Polis. Das Wort *Polis* haben die Griechen vom germanischen *Polizei* übernommen. »Ordnung schaffen wie die Affen.«

Denn die Germanen lebten ja noch auf den Bäumen, als die Griechen ihren Staat schon auf dem Marktplatz Gassi führten. Der Grieche aus Griechenland funktioniert als Demokrat nur so lange, wie es Sklaven gibt, die die Arbeit leisten, die er nicht machen kann, weil er abends zu politischen Terminen gehen muß.

Meine Damen und Herren, wie sieht's bei uns aus? Jahrhundertelang das Land der Griechen mit der Seele suchend, haben wir es gefunden. Griechenland ist überall: Vulkane brechen aus – Hephaistos; Flugzeuge stürzen ab – Ikarus; Autos irren ziellos durch die Gegend und belästigen Leitplanken – Odysseus; der trojanische Islam steht vor der Tür – Gyros vom Pferd mit Tsatsiki ... Das alles zeigt doch, daß die Demokratie am Ende ist.

Nur sind diesmal nicht die Herrschenden schuld, die da oben, volkstümlich Schweine genannt. Nein, die sind ja harmlos, und genau darum dreht das Volk doch durch, weil sie so harmlos sind – Harmlosigkeit, dein Name ist Bundespräsident.

Das ist doch furchtbar, das möchte doch kein Mensch mehr länger sehn. Demokratie ist Volksherrschaft, Schweinestall ohne Bauer, Massentiere ohne Haltung.

Das Volk will über sich keinen Sklaven sehn und unter sich keinen Herrn. Und deshalb ist die Demokratie am Ende.

Nun könnte jemand daherkommen und sagen: Halt! – Gut. Er könnte das Argument verstärken, indem er sagt: Falsch! – Auch nicht schlecht. Er könnte ein drittes Argument hinzufügen, indem er spricht: Die Demokratie ist erst am Anfang! – Das klingt pfiffig, das klingt wie mitgedacht, das ist naturgemäß Schwachsinn.

Denn, meine Damen und Herren, wir haben ja viel zuviel Demokratie. Abstimmen, urabstimmen, wählen, auswählen, abwählen, antreten, zurücktreten – das ist Terror.

Auch die Opposition ist ein Elend, schauen Sie sich die Damen und Herren der Opposition doch einmal an, dann wissen Sie, das ist nicht Opposition, das ist Depression.

Nein, Mitbestimmung ist öde, wir wollen mehr als nur dagegen sein.

Was wollen wir? – Fressen, ficken, saufen, in Urlaub fahren und daß die Rente sicher ist. Damit sind wir bei den drei Säulen unserer Kultur: Hochzeit, Mahlzeit und Freizeit. Alle drei werden verbunden durch die Gemütlichkeit.

Darum sagt man ja auch in Deutschland »Ein Prosit der Gemütlichkeit«, wenn man den Wesenskern des Grundgesetzes zusammenfassen will.

Führen wir also aus verfassungsrechtlichen Gründen die Sklaverei in Deutschland wieder ein. Auch im Interesse der Asylanten und anderer Ausländer.

Schauen Sie, wenn es weltweit bekannt ist, daß in Deutschland wieder die Sklaverei herrscht, wird sich mancher überlegen, ob er dann hierherkommt.

Derjenige aber, der kommt, wird hier geschützt sein. Denn der Sklave ist Eigentum seines Herrn, und Eigentum verpflichtet und steht unter dem besonderen Schutz des Grundgesetzes.

Wenn mir jemand meinen Sklaven anzündet, wird er sofort erschossen.

Führen wir also auch aus humanitären Erwägungen die Sklaverei in Deutschland wieder ein.

Nun stoßen Sie sich vielleicht noch ein wenig an dem Namen Sklave, das klingt nicht so schön, erinnert auch ein wenig an das Wort »Slawe«. Sagen wir es einfach moderner. Sagen wir nicht »Sklave«, sagen wir »Beamter«. Das ist es doch, was wir eigentlich alle sein wollen: Protestbeamte auf Lebenszeit mit staatlich bezuschußtem Zahnersatz.

Als Bundeskanzler Willy Brandt 1972 das Berufsverbot einführte, hätte man sagen können: Gut, bestimmte Berufe gehören auch verboten. Aber darum ging es ja damals gar nicht, sondern die Leute haben gekämpft gegen das Berufsverbot, weil sie wieder dienen wollten, dem Staate dienen wollten als Beamte.

Dieser Kampf wurde geführt mit einer großen Wut, die kam aus dem Bauch, mein Bauch gehört mir, das entspricht der Natur des Menschen, der Eigenschaft des Leibes, der Leibeigenschaft.

VATERLANDSLIED

[1988]

Weil der Grund am Boden rostet,
hat der Bund den Hund gekostet.
Die Regierung schmeckt am Ende
wie am Fuß zwei geile Hände.

Helmut Angst im Bungalow
schafft von oben nicht so froh.
Armer Mann muß Scheidung fällen,
kämpft auf allen Rettungsbällen.

Früher anders, heute schneller,
unter allem ist kein Keller,
oben pfeifen die Bereiche.
Aids hat auch die Reichenleiche.

Ohne Ehre und mit Recht
geht es den Beamten schlecht.
Müde ist, wer nichts gewußt.
Eine Seele reicht pro Brust.

Meister zürnt und nimmt Pistole,
die ich ihm herunterhole.
Knallt sich ab zum Osterfest,
Präsident bekommt den Rest.

Mit der Waffe an der Nase
schießt der Vetter in die Base.
Vatermord und Bruderzwist,
Chubby Checker tanzte Twist.

Kanzler, König, Kinderschreck,
Abfallhaufen, Müll kommt weg.
Endlich hat die Führung Ruh.
Wir schließen die Regierung zu.

DEUTSCHLAND – EIN FUSSBALLMÄRCHEN

[1990] Es war einmal ein Volk, das fühlte sich so verarscht von der ganzen Welt, daß es sich die Deutschen nannte. Schon in der Volksschule wollte niemand mit ihm Völkerball spielen.

Da beschloß das deutsche Volk in einer dunklen Stunde, Fußballweltmeister zu werden. Und so gaben sich die Deutschen eine Nationalhymne, und die hieß: Deutschland vor, noch ein Tor. Der Refrain aber lautete: Olé – olé – oléoléolé.

Mit einem dreifach donnernden Hurra zog nun die deutsche Mannschaft in der 14. Minute auf das Spielfeld von Verdun. Nach einer heftigen Materialschlacht schien in der 18. Minute das Spiel verloren. Da waren die Deutschen beleidigt und verpatzten sogar ihre eigene Revolution. Nach Kleinklein-Spiel im eigenen Raum wurde in der 33. Minute der Spielführer ausgewechselt. Da freuten sich die Deutschen und stürmten wie in alten Tagen, ja, das ganze deutsche Volk schien aus lauter Stürmern zu bestehen.

So kam es denn auch in der 38. Minute zum Anschlußtreffer gegen Österreich. In der 39. Minute wurde in alle Himmelsrichtungen geschossen, so daß der Sieg bald nahe schien. Doch in der 42. Minute geriet die deutsche Mannschaft in die sibirische Abseitsfalle. Da fiel die Manndeckung aus, und der Rückzug mußte angetreten werden. In der 45. Minute schon schien das Spiel bedingungslos verloren zu sein.

Doch da kam der alte Reichstrainer Sepp Herberger und sprach: Jedes Spiel dauert aber doch 90 Minuten, also laßt uns nicht die Fehler der 1. Halbzeit diskutieren, sondern die Socken hochkrempeln und wieder tüchtig zutreten. Denn der Ball ist rund, und das nächste Spiel ist immer das schwerste. Diese Sätze wurden später von den Verfassungsvätern wieder aufgegriffen und bilden den Boden der freiheitlich-demokratischen Grundgewerbeordnung.

Nun braucht aber jede Fußballmannschaft, um wirklich gut zu sein, einen Trainingspartner. Da alle sonst ausgerottet waren, holte sich die deutsche Mannschaft die Kommunisten und verdrosch sie wie in alten Zeiten. Die Kommunisten jedoch wollten selber Fußball spielen und nicht Punchingball sein. Darum gründeten sie in der 49. Minute einen eigenen Verein und nannten sich Dynamo DDR Lokomotive.

In der 53. Minute kam es zu Rangeleien im Strafraum vor dem Brandenburger Tor, so daß in der 61. Minute auf beiden Seiten stark gemauert wurde. In der 69. Minute sorgte der neue Schiedsrichter Willy Brandt für vorübergehende Entspannung.

In der 89. Minute aber stürmten plötzlich lauter Brüder und Schwestern, die bisher hinter dem großen Absperrgitter saßen, das Spielfeld.

Und so fragen wir uns nunmehr: Kommt es in der 90. Minute zum Endsieg? Oder braucht das deutsche Volk noch eine Verlängerung?

Am Katzentisch

Von Hausmeistern
und anderen Zukurzgekommenen

Wenn ich nackt baden geh,
dann ziehen sich andere freiwillig wieder an
und gehen geschockt nach Haus.
Dann ist wieder Ruh am Strand.

TROTZKOPF

(Dazu Lärm aus Preßwerk, Straße, Bohrmaschine) [?]

Ich bin mutlos, feige bin ich, und ich mach mich naß.
Ich bin hektisch, transportiere prophylaktisch Haß.
Ich bin das Arschloch neben deiner Tür,
Der Löwensenf im Eimer mit der Konfitür.
Ich werd euch alle eines Tages packen,
Ihr kotzfidelen Dummschabracken.
Jeden vierten werd ich furchtbar quälen –
Nein, ich werde euch nicht ernsthaft zählen.
Dann ist halt jeder von euch dran,
Ob Knabe, Greis oder auch Mann
Und auch Weiber ebenso wie Frauen,
Irgendwann werd ich mich trauen.
Und ich räch mich, ja, das tu ich.
Und dann isses endlich ruhig.

(Plötzlich isses ruhig, tiefes Aufatmen)

SCHLAUMEIER

[1994] Ich bin von Beruf Schlaumeier. Ich habe ursprünglich eine Lehre gemacht als Wahnsinniger, die Ausbildung in der Werkstatt bei meinem Irrenmeister in der Licher Straße 106 war in Ordnung, aber dann bin ich doch durch die Gesellenprüfung gefallen. Die ham gemerkt, daß ich nicht verrückt genug bin.

Was sollt ich jetzt machen? Ich habe Gelenke ausgefahren, war ich halt Gelenke-Fahrer, direkt vom Hersteller zum Endverbraucher. Nicht Getränke-Fahrer, du taub Nuß, hör doch zu, du tschingelische Gowegaatsch, heut bin ich Schlaumeier, aber ich war Gelenke-Fahrer. Die hab ich von der Gelenke-Fabrik, wo se künstlerische Hüften, Knie, Knöchel, Elleboche und so Zeuch herstellen, von der Gelenke-Fabrik direkt in die orthopädischen Abfüllstationen transponiert.

Da ham die die Dinger dann eingebaut in der orthopädischen Endmontage. Wenn du, sache mer mal, einen ganz normalen Beruf durchgeübt hast, beispielsweise dein Leben lang mit Bällen, Ringen, Keulen und – Schwertern möchlicherweise noch – jongliert hast, verbunde mit dem eine oder andere Salto mortale, dann brauchst du mit – das ist jetzt ein Durchschnittswert – ungefähr über den Cirkadaumen rund 61 Jahren, acht Monaten, 13 Tagen, vier Stunden, etwa 11 Minuten, 49 Sekunden und vielleicht 81 Hundertstelsekunden, dann brauchst du ein künstlerisches Hüftgelenk.

Und dadefür war ich da, jetzt bin ich ja Schlaumeier, damals war das noch, wenn du in der Orthopäderastie liegst, daß ich dir dann den Eumel bring als Gelenke-Fahrer. Aber zu Weihnachten 89 hab ich den Job geschmissen und schaff jetzt als Schlaumeier bei 'ner Getränkefirma. Als Schlaumeier mußte net mehr in den Außendienst, sondern kannst sie drinnen fertigmachen in der Buchhaltung. Da schaff ich jetzt als Schlaumeier, und wer mit mir im Büro sitzt, der wird net alt da. Ich hab mich auf Mobbing spezialisiert.

Wenn die dumm Schulzeberger aus dem Kronenkorkenarchiv moins, die fange ja eine Stunde später an als unsereiner, wenn die dann »Guten Morgen« sagt, dann frag ich se ganz cool, was an so einem Morgen denn gut sein könnt, wenn sie bei uns vorbeikommt, die Schulzeberger aus dem Kronenkorkenarchiv. Und wenn sie an ihrm Arbeitsplatz sitzt im Kronenkorkenarchiv, dann ruf ich an, verstell mei Stimm und flüster ihr ins Ohr: Sehn mir uns heut abend beim Aldi am Katzefutterregal, du meine Pantherin.

Die dumm Nuß denkt dann, sie hätte 'n Verehrer. Kein Wunder, wenn man im Kronenkorkenarchiv schafft. In der Kantine stell ich mich nebe die Kass und les die Kalorientabelle vor. Da hat schon manchmal einer direkt an der Besteckausgabe gekotzt. Alle, alle in unserer Firma, die hasse mich wie die Pest. Keiner red mit mir, keiner will mit mir in einem Raum arbeite – kurz, mir geht's so gut wie nie, ich hab mei eichen Büro, die Wichser lasse mich in Ruh, und ich mach mei Arbeit. Als Schlaumeier haste einfach dei Ruh.

Mach's wie ich, hör nie zu, wenn dir einer was sagt, mach alle fertig, die noch blöder sinn als wie du, und du derfst nie vergesse, der Mensch ist ein Eierkopp, aber du bist noch lang net der Eierbecher.

WEN WIR FEIERN

[1988] Wir leben nicht im Mittelalter
wir leben im Mittelmaß
Augenmaß und Mittelmaß – das sind die
politischen Tugenden der Gegenwart
Aber wir dürfen nicht das regierende Mittelmaß feiern
wir müssen das Menschenmaterial feiern
das freiwillig unten bleibt
den einfachen Soldaten der Weltreform
den kleinen Mann, die kleine Frau
die zum Wohle des Ganzen ins Gras beißen
den tapferen Chauffeur
den toten Piloten
den unbekannten Doofkopp
die dumme Kuh von nebenan.
Das sind die Helden der Gegenwart.

DISCOUNT-SEX

Lebensmittelkauf war immer auch ein gesellschaftliches Ereignis: vom Basar und den Wochenmärkten bis zum Feinkostladen. Menschen trafen sich und sprachen miteinander, da wurde geflirtet und sich ausgetauscht. Discount aber ist das Ende der Erotik beim Obsteinkauf. So wie dort bleibt einem nur der reine Sex übrig. Oft auch nur der Telefonsex. [1995]

(Wählt eine Nummer) 0190-336 77 66

Schön, daß Sie anrufen. Hier spricht Helga, willkommen im Club. Sie wollen Spaß, Sie bekommen Spaß. Wenn Sie jemanden kennenlernen wollen, wenn Sie Spaß am Sex haben und wenn Sie über 18 Jahre alt sind, dann rufen Sie mich an unter der 0190-336 77 69.

(Wählt die angegebene Nummer)

Hier ist Helga, bei mir bist du richtig. Aber was willst du haben? Wenn du einen heterosexuellen Partner suchst, dann sage: EINS, wenn du einen gleichgeschlechtlichen Partner suchst, dann sage: ZWEI.

– EINS.

Gut, wenn du nun eine Frau suchst, dann sage: EINS, wenn du einen Mann suchst, dann sage: ZWEI.

– EINS.

Gut, wie alt soll dein Wunschpartner sein? Zwischen 20 und 30, dann sage: EINS. Zwischen 30 und 40, dann sage: ZWEI, zwischen 40 und 50, dann sage: DREI.

– EINS.

Gut, woher soll deine neue Freundin kommen? Aus Niedersachsen, Hamburg, Bremen – dann sage: EINS. Aus Schleswig-Holstein, Mecklenburg-Vorpommern, dann sage ZWEI. Aus Hessen oder Nordrhein-Westfalen, dann sage DREI.

– EINS.

Gut, jetzt fasse ich noch einmal zusammen: Du bist homosexuell und suchst eine Frau zwischen 40 und 50 aus Mecklenburg-Vorpommern. Wenn das richtig ist, dann sage EINS, wenn es falsch ist, sage ZWEI.

– ZWEI, verdammt noch mal.

Hier ist Helga. Bei mir bist du richtig, aber was willst du haben? Wenn du einen heterosexuellen Partner suchst, dann sage: EINS, wenn du einen gleichgeschlechtlichen Partner suchst, dann sage: ZWEI.

ROTKÄPPCHEN

Es war einmal ein Mädchen, [1989]
das war so böse, daß seine Mutter
ihm eine rote Jakobinermütze kaufte
und es Rotkäppchen nannte.
Und da das Mädchen sehr schön war,
gab ihm seine Mutter dreimal täglich kräftige Ohrfeigen
und schüttelte das arme Kind vor Gebrauch.
Denn auch die Mutter war recht böse und gemein.
Vom Vater, der ein ganz übler Bursche war
und in der Nachbarschaft den Spitznamen
»Altes, saudummes Arschloch« trug,
wollen wir erst gar nicht reden.
Rotkäppchen aber freute sich am Leben
und trachtete stets nach Ärger und bösen Streichen.

Einmal war Rotkäppchen nachts
heimlich in eine Fleischboutique eingebrochen
und hatte sich eine Flasche Champagner
und ein klein Stückchen Parmaschinken genehmigt.
Das passt natürlich nicht zusammen, und
darum wurde Rotkäppchen sofort
von einem Streifenhörnchen mit Lalülala erwischt
und gleich am andern Morgen vor
den Haft- und Kleberichter gebracht.

Name, Adresse, Eltern, Wohnsitz,
am besten geben Sie alles zu,
sagte der Richter,
denn er war ein weiser Mann
und wollte bald Feierabend machen.

Mein Vater, sagte Rotkäppchen, wirft seit Jahren
mit Steinen und erreicht gar nichts.
Aha, sagte der Richter, ein autonomer Startbahngegner!
Nein, antwortete Rotkäppchen, er heißt Sisyphus,
Schischifusch, verstehn Sie,
und irgendeiner wie Sie hat ihn dazu verurteilt.
Und meine Mutter ist die Gewalt,
und meine Tante heißt Emanzipation,
und wenn alle drei nicht gestorben sind,
dann leben sie noch heute.

Da zückte der Wachtmeister einen Jägermeister
und trank und trank und weinte bitterlich.
Der Richter aber sagte,
daß aus Rotkäppchen etwas werden müsse,
und schickte das böse Kind
für drei Jahre ohne Bewährung auf eine Managerschule.

Denn Manager brauchen viel Nachwuchs mit Energie
substantiell, finanziell, kriminell
auf jeden Fall: schnell, schnell, schnell.

HIOB UND POLYKRATES

Meine Damen und Herren, wir spielen Ihnen jetzt ein Drama von oben nach unten und wieder zurück, wo's also drüber und drunter geht, also im Zentrum die Religion steht. [1990er]

Glauben wollen wir alle, nur was, das ist die Frage, und an wen? So ist doch die Zeit, in der wir leben, wo ist bloß die Ordnung hin? Und darum bietet die Kultur heute Oper, Opium, Gottesdienst in gotischen Kathedralen, Katheder-Kabarett, also Belehrung statt Erlösung.

Aber das reicht nicht. Wir wollen Erlösung, wir beharren auf der evangelischen Botschaft: Heile, heile Gänsche, es wird bald wieder gut.

Das Christentum bringt Erlösung, das ist doch prima, das will jeder, das hat nur einen Haken: Denn die Erlösung setzt Elend voraus. Nur wer im Elend lebt, trachtet nach Erlösung, sonst ist einem doch eine Erlösung völlig Wurscht, wenn man sie nicht braucht, die Erlösung.

Und so funktioniert auch die Sache mit dem Heil: Wenn's dir gutgeht, wirst du nicht erlöst, weil du ja kein Elend spürst, aus dem du um Erlösung herumkrakeelst und flehst.

Und umgekehrt, wenn's dir schlechtgeht, wirst du auch nicht erlöst, weil es ja schon reicht, daß du Simpel daran glaubst, daß du wegen dem Elend mal später eine Belohnung erhältst.

Also sagen wir so: Am Ende wird jeder immer irgendwie beschissen, also ist es angenehm, wenn's dir wenigstens vorher gutgegangen ist. Das ist auch eine Frage des Anstands. Eben.

Drum spielen wir jetzt eine Szene aus dem Zeitgeistdrama *Der Hiob des Polykrates* vor. Das ist eine Mischung aus Friedrich Schiller und Altem Testament, das versteht keine Sau. Es geht also um letzte Dinge, um den Menschen als Langläufer des Lebens, der auf der Utopiste des ewigen Eises hinunterrast in den Abgrund aus Kirchensteuer und Eifersucht, Habgier und Lebensversicherungspolicen.

Die Situation ist die: Wir haben einen Lehrer, der ist blöd und naturgemäß Beamter auf Lebenszeit und unglücklich, weil er keine Probleme hat. Das ist der Hiob.

Und dann haben wir seine Freundin, die ist Chefredakteurin bei *She, Elle, Her* und dem Hardcore-Blatt *Fucking in the Afternoon*. Und sie heißt nicht Beate Wedekind.

Der Lehrer macht alles, was der Staat von ihm verlangt, und die Schüler verehren ihn. Er ist Mitglied bei Robin Wood, der GEW und dem Obertiefenbacher Knabenschänderchor.

Und er klagt immer, daß er alle Hoffnungen verloren hat, weil heute alles erlaubt ist.

Und sie sagt, er könne doch glücklich sein, denn wen das Schicksal so strafe, den liebe es auch.

Man muß sich das Drama so vorstellen: Der Lehrer sitzt voll in der Scheiße und jammert, am Himmel hängt eine mörderische Sonne, griechische Kellner servieren Schafskäse und Ouzo, der See Genezareth schimmert blau von hinten hervor, und Aristoteles läßt sich von jugoslawischen Hütchenspielern bescheißen. Also Antike, Altes Testament und Gegenwart.

*

LEHRER: Ich bin befördert worden zum Oberstudienrat. Womit will Gott mich noch strafen?

FRAU: Ich hasse dich, weil du auch beim Liebemachen nicht dein Notenbuch weglegst.

(*Stimme aus dem OFF spricht zum Lehrer:* Ich bin der Herr, dein Regierungspräsident, ich habe dich nach meinem Ebenbild geschaffen, also hör auf zu maulen.)

LEHRER: Ach, ich Armer, auch mein Bausparvertrag ist schon erfüllt, und Schulden habe ich auch keine.

FRAU: Ich bemitleide dich, aber halt durch. Holger, der Kampf geht weiter.

LEHRER: Jetzt haben sie auch noch meine Kritik an der Bundesregierung in den offiziellen Lehrplan der Schulen von Baden-Württemberg aufgenommen.

Jetzt kommt ein Bote und erzählt ihm, daß sein Sohn kein Aids habe, die Tochter sich verheiratet habe und daß er das Bundesverdienstkreuz kriegen soll. Er wirft sich auf den Boden und jammert Gott an, womit er diese Strafe verdient habe. Als ihn seine Frau dann noch betrügt und er endlich Ruhe hat, bricht er zusammen.

Jetzt tritt Gott auf, neben ihm steht der Teufel und lacht. Gott lobt den Lehrer, der so lange durchgehalten hat und stark geblieben ist in seinem Glauben an die freiheitlich-demokratische Grundordnung. Und selbst der Teufel hat Respekt, wie es der Lehrer geschafft hat, mit dem Neid fertig zu werden, der durch sein Unglück hervorgerufen wurde. Und da beschließt Gott, ihn zu belohnen, damit er wieder reinpaßt in die Welt von heute.

Die Frau kommt wieder zurück, die Kinder auch und strecken ihre dreckigen, faulen Füße unter seinen Tisch, er fliegt aus der Schule und kriegt einen Strafprozeß an den Hals wegen Kinderschändung im Knabenchor, dann bricht er sich das Bein, kriegt ein Magengeschwür und stinkt entsetzlich aus dem Maul. Und die Prostata klemmt, und der Leib verhärtet sich. Da sinkt er dankbar auf die Knie vor seinem Herrn und lobpreist ihn, denn endlich hat auch er Grund, wie alle normalen Versager und Nichtskönner rumzujammern und zu stänkern und schlecht draufzusein. Ewigkeit. Amen.

DER ALTE MUSELMANN

[1990?]

Wenn der alte Muselmann
Nicht mehr richtig museln kann
Dann ruft der alte Muselmann
Seine alte Muse an
Und dann geht der alte Muselmann ins Bett
Und bläst auf seinem Muselkamm ein Menuett
Denn wenn der alte Muselmann
Nicht mehr richtig museln kann
Dann fängt er zu blasen an
Auf seinem Pampelmusenkammgarnkamm

DER SACHVERSTÄNDIGE

Ich möchte gleich von Anfang an das Problem in seiner Problematik problematisieren. Es geht ja bei Gericht um ein Urteil, um ein ganz altes Teil, eben ein Urteil. Wir Linguisten unterscheiden: Der Ur-Meter, die Ur-Oma, aber das Urteil. Und da unterscheiden wir zwischen Verurteilung. Wenn das Urteil ein sehr altes Teil ist, dann ist die Verurteilung eine Abschiebung aufs Altenteil, also die Zwangsverrentnerung. Soll es zum Freispruch kommen, haben wir es mit der Sprache zu tun. Und da liegt das Problem. [1989]

Frauen beim Griechen bestellen oft »Domestika«, der Wein heißt aber »Demestika«. Dennoch bestellt die Frau einen »Domestika«. Das hat nichts zu bedeuten, ich bin kein Freudianer, aber aus solchen Erfahrungen entsteht die Sprachkritik, die Lila-Linguistik. Der Angeklagte hat im Augenblick gar nichts gesagt, so daß ich zu den Grundfragen kommen kann.

Dem Angeklagten scheint es um Rache zu gehen. »Mutterrecht und Blutrache« steht als Motto auf seinem Küchenherd über der Schnellkochplatte. Wenn man der Sprache den Kopf abschlägt, also die ersten zwei Buchstaben, dann erhält man Rache. Das ist die Kreuzworträtsellogik, nach der wir im Bundeskriminalamt Rasterfahndung machen. Ich bin im Sternzeichen des Tierstimmen-Imitators geboren und dadurch heute tätig als linguistischer Sachverständiger für das BKA in Wiesbaden. Das Bundeskriminalamt ist das Amt, in dem die Bundeskriminellen arbeiten und nicht die Provinzgauner. Das ergibt sich aus der Lesbarkeit der Welt.

Gehen wir zum Angeklagten selbst. Der Angeklagte ist ein Sprachproblem. Die Sprache wird zergliedert durch Satzzeichen. Dem Angeklagten fehlt ein Arm, ein Glied, er ist also gegliedert, und somit besteht er aus Satzzeichen. Wir kennen das aus dem Biologieunterricht: Punkt, Punkt, Komma, Strich – fertig ist das Mondgesicht.

Nun ist der Angeklagte Hausmeister. Er besteht aus zwei Zeichen: Haus und Meister. Das Haus ist ein Zeichen für Vermögensbildung, der Meister ist ein Signifikat der Hölle, denn es ist noch kein Meister vom Himmel gefallen, der Hausmeister ist demnach ein teuflischer Geldeintreiber. Dagegen ist nichts zu sagen, denn wir haben doch wohl nichts gegen die Banken oder das Kreditwesen hier in diesem Raume einzuwenden.

Wenden wir uns also der möglichen Gewalt zu. Da arbeiten wir auch sehr genau. Wenn zum Beispiel neben einem Ermordeten keine Bekennerschreiben liegen und überhaupt nichts Schriftliches ein Zeichen setzt, dann konzentrieren wir unsere Suche nach dem Täter auf die amtlich registrierten Analphabeten. Beten, beten, beten. Das ist unsere Methode.

Nun zum Angeklagten. Da er nichts sagt, kann ich seine Sprache nicht untersuchen. Er ist frei von Sprache, was einen Freispruch nahelegt, aber das ist jetzt nicht meine Hausaufgabe. Ich beziehe mich auf die von Herrn Schmied verfaßte Hausordnung. Da heißt es in § 1: »Ich bin euer Hausmeister, ihr sollt keinen anderen Pförtner haben neben mir.« Das ist eine göttliche Sprache, das ist metaphysisch astrein, dagegen läßt sich nichts einwenden, und damit möchte ich mein Gutachten beschließen.

HAUSMEISTER

Da bin ich wieder [1985]
Jetzt hätten Sie es gerne
Daß ich Ihnen ein bißchen erzähle, he?
Von dem Inferno in der Sauna von meinem Nachbar
Die Nackten und die Toten, Horror wie im Video, gell
Nach dem Motto: Mutter, der Mann mit der Kettensäge ist da
Soll ich ihm sagen, wo Omi liegt?

Aber nix – falscher Alarm: keine Saunaeröffnung
Die Rammelparty bei meinem Nachbarn ist ausgefallen
Die haben Angst, nackte Angst, ha, ha
Nicht vor mir und meinem Dynamit, nein
Immunschwäche heißt die Parole, Aids, wie man sagt
Seit diesem Sommer
Da brauch ich gar nicht mehr einzugreifen
Bei meinem Nachbar
Entweder kriegen die Aids
Oder aus lauter Angst vor Aids kriegen die Krebs
Wenn die heutzutags einen Appel essen
Da ziehen die vorher einen Gummi drüber
Wegen der Infektionsgefahr beim Zahnfleischbluten

Aber früher: Polonaise, Mayonnaise, Partnertausch & freie Liebe
Die Pornokönige, die dreckigen Querficker
Jahrelang haben die sich über unsereinen lustig gemacht
Weil man verklemmt ist von Haus aus
Und net mithält bei dem Schweinekram
Aber jetzt lache ich
Gut, ich war selbst lange geschlechtsabhängig
Aber seit zwei Jahren bin ich trocken, clean
Nicht wahr, mir kann nix mehr passieren

Es ist endgültig Feierabend mit der Wichser-Scene im Partner-Zoo
Nix mehr, spielt sich alles nur noch im Kopp ab bei mir
Imagination statt Penetration

Deswegen bin ich in dem Jahr
Rein aus Rache
Im Urlaub ans Meer gefahren
Im Sommer ist ja inzwischen die Welt ein einziger Nacktbadestrand
PKK ist überall, pfui Deiwel
So muß die Hölle aussehen: lauter Nackte
Scheißegal, ob da eine aussieht wie Bo Derek oder wie Maggie Thatche
Oder auch die Kerle
Überall bei Männlein und Weiblein
Da hängt's und baumelt's
Da denkt man gleich ans Erntedankfest
Alles abschneide, was übersteht

Ich bin für die absolute Vermummung des menschlichen Körpers
Gesicht mit einbezogen, wenn's sein muß
Ich will Ihnen was sagen
Ich bin auch nicht häßlich geboren worden
Aber ich habe mein Bestes getan
Daß ich heute so ausseh, wie ich bin

Mit meinem Stumpf und dem abbene Arm
War ich der Hit in dieser nackten Monstershow
Mutterrecht und Blutrache
Wenn ich nackt baden geh
Dann ziehen sich andere freiwillig wieder an
Und gehen geschockt nach Haus
Dann ist wieder Ruh am Strand
Aber was ich noch mehr hasse als die Nackten
Das sind die Radfahrer, die auf'm Bürgersteig fahren
Die gucke, als brauchten sie auf'm Trottoir politisches Asyl
Weil auf der Straße das Unrecht tobt, der ADAC-Faschismus
Und dann rempeln sie unsereinen an, die Radfahrer

Aber: Mutterrecht und Blutrache
Ab heute wird erbarmungslos zurückgerempelt
Ihr Radfahrer, Feuer und Flamme für die Radfahrer!

DER KATASTROPHENSCHUTZ-BEAUFTRAGTE SPRICHT

[1980] Meine Damen und Herrn, ich darf mich kurz vorstellen, mein Name ist Bahlke, ich möchte heute abend, in dieser Zeit der möglichen atomaren Unregelmäßigkeiten, einige Worte an Sie richten im Namen aller Kerndemokraten. Ich komme vom Bundesamt für zivile Katastrophenverwaltung, unser Haus ist dem Ministerium für Subjektivität angeschlossen, also dem Innenministerium, und ich kann aus diesem Grund gleich in die politische Ebene der Fragestellung, die uns heute alle berührt, gehen, nämlich: Was heißt heute eigentlich Katastrophe, über die heute so leichtfertig dahingeredet wird, ohne daß einer weiß, worum's geht.

Nun, meine Damen und Herrn, wir unterscheiden in unserem Haus drei Formen der Katastrophe: nämlich die militärische Katastrophe, die politische Katastrophe und die zivile Katastrophe. Bei der militärischen Katastrophe sind Bundeswehr und Bundesgrenzschutz zuständig, in der politischen Katastrophe die Polizei, manchmal auch Bundeswehr und Bundesgrenzschutz, und in der zivilen Katastrophe ist unser Haus zuständig, teilweise die Polizei, und in ganz ernsten Fällen Bundeswehr und Bundesgrenzschutz. Wir nennen das in unserem Hause Arbeitsteilung.

Meine Damen und Herrn, es geht doch mehr denn je darum in dieser neuen Epoche, demokratisch zu sein, und das heißt, Katastrophen nicht mehr gleichsam als Naturereignis, als von oben herab auf uns aufgestülpt zu erleben, sondern gemeinsam von unten zu entwickeln, im Sinne einer Katastrophenmitbestimmung.

In diesem Sinne heißt es ein neues Weltbild der zu verwaltenden Katastrophe zu gewinnen, und das heißt, es geht nicht mehr nur um Pflichten, sondern es geht um Rechte. Wir unterscheiden hier auch wieder drei Formen der Rechte: Menschenrechte, Grundrechte und Strafrechte.

Da wir uns in Deutschland befinden, entfallen die Menschenrechte, und ich kann gleich zu den Strafrechten übergehen. Wir haben hier im Strafgesetzbuch, im § 310b beispielsweise folgende Vorschrift: Herbeiführen einer Explosion durch Kernenergie. Wer es unternimmt, durch Freisetzen von Kernenergie eine Explosion herbeizuführen und damit Leib und Leben eines anderen oder fremde Sachen von bedeutendem Wert zu zerstören oder zu beschädigen, wird entsprechend bestraft.

Meine Damen und Herrn, der Bäcker in Ihrer Nachbarschaft, der beim Backen von Brötchen Kernenergie leichtfertig oder fahrlässig freisetzt, muß von Ihnen beim zuständigen Kontaktbereichsbeamten gemeldet werden. Der Bäcker wird bestraft, und wir haben den klassischen Fall von Katastrophenmitbestimmung.

Meine Damen und Herrn, dieser Verlauf, daß wir uns sozusagen als Ganzes darauf einstellen, etwas zu bewältigen, was uns heute noch angst macht – apropos Stichwort Angst: Es kommt ja nicht darauf an, meine Damen und Herrn, die Ursachen der Angst zu beseitigen, sondern die Angst selber zu beseitigen.

In diesem Sinn greifen wir auch sozusagen einen historischen Faden wieder auf, nämlich den des Katastrophenschutzes.

Die Älteren unter Ihnen werden sich noch erinnern, daß damals, vor Belgrad und Helsinki, als der Russe noch Russe war und nicht Sowjetmensch – obwohl er heute seit Afghanistan schon wieder mehr zum Iwan tendiert –, daß wir damals gesagt haben, wir brauchen ein Schutzprogramm auch für den kleinen Mann. Was wir entwickelt haben aus ökologischen Erwägungen, weil es ja unschön ist, die ganze Landschaft durch häßliche Betonbunker zu verschandeln, meine Damen und Herrn, so sagen wir heute, in einem demokratischen Lernprozeß, wir brauchen ein Schutzprogramm für den kleinen Mann und die kleine Frau.

Dieses Schutzprogramm ist sozusagen vielgestaltig, und ich möchte Ihnen einen Teil davon vorführen, nämlich den Katastrophenschutzkoffer; allerdings kann ich heute abend nur den Katastrophenschutzkoffer für Herren vorführen.

Wir stellen uns also nun vor, wir befinden uns in einer Zeit, wo die Katastrophe etwas näher gekommen ist, nich wahr, haben das Katastrophensignal, was wir von unseren Luftschutzfreunden kennen, schon auswendig gelernt, es ertönt, wir greifen zu unserem Katastrophenschutzkoffer, öffnen ihn geübt – in den langen Stunden der Winterabende haben wir immer wieder gern gemeinsam in der Familie oder auch in der Kommune unseren Katastrophenschutzkoffer geöffnet und wieder geschlossen –, meine Damen und Herrn, wir öffnen ihn nun und greifen hinein zur Pistole.

Nun, es könnte ja sein, daß beim letzten Umzug Ihr Nachbar seinen Katastrophenschutzkoffer zum Sperrmüll gegeben hat oder sonstwie verstellt hat, er findet ihn nicht, als das Signal nun ertönt. Sie kennen Ihren Nachbarn, der Neidhammel, er tritt Ihnen die Tür ein und will Ihnen den Koffer wegnehmen. Dies verhindern wir durch einen gezielten Schuß in sein Handgelenk, und er wird's nicht noch mal probieren. Da geh ich jede Wette ein, meine Damen und Herrn, der nicht.

Meine Damen und Herrn, wir greifen nun zum Fragebogen, den wir natürlich schon vor der Katastrophe ausgefüllt haben, er ist EDV-geeignet, Lochstreifen beidseitig, und Name, Adresse, Geburtsdatum, persönliche Daten der Eltern, Geschwister, verheiratet, wenn ja, mit wem, wenn nein, warum nicht, Kinder, wenn ja, wie viele, wenn nein, warum keine, Krankheiten a) selbst, b) in der Familie, Beispiele: Arbeitsunlust, Telefonkatastrophenverweigerung, sexuelle Ausschweifungen und andere Formen von Wahnsinn, drogenabhängig seit wann und wovon, bitte Einzelheiten. Haben Sie gedient? Sind Terroristen, Kommunisten, Feministen oder andere Verbrecher in Ihrer Verwandtschaft, Bekanntschaft oder Partnerschaft? Unterliegen Sie der Berufsverbotsüberwachung? Selber schon tätig gewesen für den Verfassungsschutz? Wenn nein, warum nicht? Waren Sie schon in der DDR oder in Liechtenstein?

Meine Damen und Herrn, ich kann Ihnen kurz auch die Bedeutung des Fragebogens erklären: Falls Sie nämlich im Verlauf der Katastrophe – einen Exitus erleben, dann kann der zuständige Endlagerungsbeamte anhand des Fragebogens feststellen, wo er Sie dann zu stapeln hat. Falls aber im Mehrheitsfall Sie die Katastrophe überleben, können Sie dann, da die Katastrophe selber auch Einflüsse auf das vegetative Nervensystem hat, feststellen anhand des Fragebogens, wer Sie vor der Katastrophe gewesen sind.

Nun greifen wir in unserem Katastrophenschutzkoffer zur Katastrophenschutzdecke – wir sagen immer scherzhaft: You can use both sides, man kann beide Seiten benutzen, diese schmuseweiche und hautsympathische Innenseite und die strahlungsfeindliche Außenseite – und werfen die Decke um uns und sind also vor Strahlung geschützt. Falls aber die Auseinandersetzung, sozusagen die Grundsatzdebatte über die Eigentumsfrage, mit Ihrem Nachbarn etwas länger gedauert hat und Sie selber schon Strahlen gefangen haben und Strahlen aussenden, dann nehmen wir natürlich die strahlungsfeindliche Seite nach innen und schützen somit unsere Umwelt vor unseren Strahlungen.

Wesentlich ist, meine Damen und Herrn, als menschliches Wesen, als Zoon politikon, den Kopf oben zu behalten, und deshalb haben wir auch eine Katastrophenkopfschutzbinde entwickelt, die wir hier um unseren Kopf wickeln, und ich darf Sie auf folgendes hinweisen: auf diese Stelle, die ist besonders wichtig, weil sie das bei Deutschen extrem entwickelte Leistungsbewußtsein enthält; und da sind wir schon gerade wieder beim nächsten Punkt unseres Schutzprogrammes, nämlich beim Wiederaufbau.

Meine Damen und Herrn, jede Katastrophe hat ihren historischen Verlauf, der Zusammenbruch und der Wiederaufbau, und der Wiederaufbau bedarf der arbeitenden Hände, und er bedarf auch der Konsumfreudigkeit in späteren Jahren: Wer kann das garantieren, wenn nicht unser Nachwuchs.

Deshalb ist diese Schutzbinde bitte zu tragen. Für die Herren unter Ihnen, die schon zwei, drei Kinder haben, empfehle ich, im Katastrophenfall zur Sterilisation zu greifen, da brauchen Sie dieses häßliche Gerät nicht zu tragen in diesen harten Tagen, aber die Herren, die noch keine Kinder haben, bitte denken Sie daran.

Nun, meine Mutter pflegte immer zu sagen, als damals mein Vater vor Stalingrad lag: Essen und Trinken hält Leib und Seele zusammen. Das war das Stichwort.

Sehen Sie, wir haben in Zusammenarbeit mit der chemischen Industrie auch etwas für unser Innenleben entwickelt, nämlich etwas zum Einnehmen. Das nehmen wir vor der Katastrophe ein, das während der Katastrophe und das nach der Katastrophe: präkatastrophal, katastrophal, postkatastrophal. Dieses hier ist sozusagen während der Katastrophe zu kauen, ein Kaugummi, wir sagen gern scherzhaft immer in unserem Hause: unser Katastrophen-Bubble, es enthält Jod und hat die Bewandtnis, daß die durch die radioaktive Explosion freigesetzten radioaktiven Jodteilchen dann dadurch, daß Sie das Kaugummi während der Katastrophe kauen, Ihre Schilddrüse mit Jod vollfüllen, nicht mehr in die Schilddrüse hineinkönnen, weil Ihre Schilddrüse schon voller Jodteilchen ist, die eben nicht radioaktiv sind.

Nun – getreu dem Verlauf der Katastrophe legen wir nun von links nach rechts das Einzunehmende an unseren Katastrophenschutzkopf, damit uns hier nicht das passiert, was einem immer wieder passiert, daß man die falsche Pille zur richtigen Zeit schluckt, meine Damen und Herrn, und nun sind wir gerüstet, wenn wir noch einfach mit einem geübten Schwung unsere Katastrophenschutzdecke um uns werfen, und können eigentlich nun getrost der übernächsten Katastrophe entgegengehen.

KWIATKOWSKI

Ich arbeite als Justizwachtmeister – früher hieß das Gerichtsdiener – und wohne der Rechtsfindung bei. Ich führe Sie hier nicht vor das Auge des Gesetzes, sondern durch das Museum meiner gegenwärtigen Berufserfahrung. Mein Name ist Kwiatkowski. [1998]

Ich bin weder verwandt noch verschwägert mit dem inzwischen ebenso unbekannten Torwart aus dem Ruhrgebiet. Dieser Kwiatkowski hatte 1958 bei der Fußball-WM in Schweden als Ersatzmann von Herkenrath, der sich verletzt hatte im Spiel gegen Schweden, und das war das Spiel, in dem Juskowiak von Fortuna Düsseldorf vom Platz gestellt wurde wegen Nachtretens, weil ihm die Schweden im Publikum mit ihrem eingepeitschten Heja-Heja-Geschrei auf den Verteidigernerv gefallen waren, Kwiatkowski hatte also im Spiel um den dritten Platz, um den Sieg hatte ja Brasilien gegen Schweden gespielt, und die Schweden haben damals Gott sei Dank verloren, mußte Kwiatkowski gegen Frankreich sechsmal hinter sich greifen, weil wir mit 3:6 verloren hatten, aber Kwiatkowski kannte das schon von der Weltmeisterschaft 1954 in der Schweiz, wo er im ersten Spiel gegen Ungarn achtmal hinter sich greifen mußte, da wir durch den taktischen Trick von Sepp Herberger damals 3:8 verloren haben und dadurch im Endspiel in der Lage waren, Ungarn 3:2 zu schlagen durch das Siegtor von Helmut Rahn und die Weltklasseleistung von Toni Turek im Tor.

Ob Uwe Seeler bei dem Spiel 1958 gegen Schweden dabei war, weiß ich jetzt nicht mehr, aber auf keinen Fall Franz Beckenbauer. Dessen erste Weltmeisterschaft fand 1966 statt in England, als dieses umstrittene Tor im Wembley-Stadion fiel.

Das muß kurz nach der Geburt von Lady Diana gewesen sein, von dieser Frau mit dem imperativen Namen: Lady! Die!

An ihrem Tod hat mich am meisten berührt im Altweibersommer 1997 die Musik. Daß der Grönemeyer von England, Elton

John, mit seinem Hit »Candle Light Dinner« die Charts stürmte, finde ich ganz toll. Bei der Übertragung der Trauerfeierlichkeiten hatte ich gedacht, Elton John würde da in der Westminster Abbey – die liegt an der Ecke Abbey Road, wo die Beatles mal über den Zebrastreifen gegangen sind –, der würde da ausbrechen aus dem Candle-Song und »Crocodile Rock« anstimmen, und die ganzen Royalities swingen mit, weil sie damit gegen die Krokodilstränen der Presse protestieren, die in diesem Sommer dergestalt flossen, daß es dann auch zum Hochwasser kam.

Etwas haben mich diese Vorfälle gelehrt: Paparazzi, was ist das? Ich dachte früher immer, das sei ein Spitzname von einem der drei Tenöre.

Elton John hatte gesagt, daß Lady Di seine beste Freundin gewesen ist. Stimmt gar nicht, das war Versace.

In Hessen waren aus Pietät Scherze, auch wenn sie noch so kritisch klangen, in dem Zusammenhang verboten. Es gab einen richtigen Untergrund, wie damals in der Sowjetunion, da wurden Lady-Di-Witze von Dissidenten geheim in Unterführungen weitergereicht auf Samisdat-Flugblättern. Wenn sie damit jemanden erwischt hatten – der wurde sofort standrechtlich als Mitglied in die SPD aufgenommen – lebenslänglich. Und das ist hart. Denn in Hessen regiert die SPD – und nicht die gute Laune.

Die haben das auch in Bonn im Kabinett diskutiert, um die Stimmung in der Bevölkerung in den Griff zu kriegen. Aber Angela Merkel kann so oft, wie sie will, gegen eine Tunnelwand donnern, da wird nie die Rose von Deutschland draus.

Also das ist keine Verwandtschaft von mir, dieser Fußballer Kwiatkowski. Mein Vater, Lech Kwiatkowski, kam aus Oberschlesien, Graudenz, und von ihm habe ich auch diesen Schnauzbart übernommen, das ist polnisch-genetisches Erbgut, den trägt auch mein Pate Lech Walesa.

Wenn Sie eine Gruppe von Männern mit Schnauzbart herumstehen sehen, dann sind das entweder Polen oder Polizisten. Auf jeden Fall besteht die Gefahr, daß Ihr Auto abgeschleppt wird.

Mein Vater ist aber schon 1937 nach Hessen gezogen, wegen meiner späteren Mutter, und hat dort Arbeit gefunden bei Buderus in Lollar. Und nicht in Wetzlar. Die haben Öfen gemacht – welche für den Hausgebrauch, ganz zivil damals noch.

1945 war das alles vorbei, und zwanzig Jahre später habe ich beschlossen, Justizwachtmeister zu werden.

In den Hallen, auf den Fluren des Gerichts gibt es dramatische Vorfälle und Zugänge und Menschen. Das ist oft sehr erregend und hat mich immer als Ebenso-Mensch berührt. Es geht tatsächlich auch bei der Justiz um den Menschen, der letztlich nicht nur im Mittelpunkt steht, sondern auch das Strafmaß aller Dinge ist.

BEI MIR DAHEIM

Hausmeister-Monolog

[1988] Wenn ich von der Arbeit
nach Hause komme
und die Tür aufmache …
Da ist nur eine große Stille …
Da ist alles so, wie ich es verlassen habe …
Kein Gruß in den Staub der Kommode gewischt …
Und die Tür fällt ins Schloß.
Wissen Sie, wie ich mich dann fühle?
Endlich allein!
Ich bin daheim!
Keine Rücksicht mehr nehmen müssen auf irgendwen!
Keine Diplomatie, keine Höflichkeit.
Nur Wahrheit und ungetrübte Lebensfreude!
Wenn ich in den Spiegel guck,
dann gruselt's mich. Da brauch ich kein Video.
Ich bin autark!
Der Kühlschrank ist gefüllt,
der Weinkeller gut bestückt.
Notstromaggregate sind vorhanden.
Aber ich gebe nichts ab.
Ob jetzt Krieg kommt oder mein Nachbar
– von mir kriegt keiner was!
Mein Nachbar!: Dem hab ich nachts,
mit nüchternem Kopf,
die Garage zugemauert.
Wenn der morgens sein Auto startet,
das ist ein Heidenlärm!
Die Nüchternheit haben sie mir strafverschärfend
aufs Urteil geschmiert.
Und seine Köter habe ich vergiftet!
Die bellten ja wegen jedem Scheißdreck!

Besonders übelgenommen haben sie mir,
daß ich seine Sauna kaputtgemacht hab.
Ich hab da reingehalten mit einem alten MG wie Bubi Scholz –
war aber leider keiner drin.
Die Spießer feiern immer Orgien im Keller –
und ich kann das geile Gequietsche nicht ab!
Mutterrecht und Blutrache, hab ich mir gesagt.

Und dann haben sie uns beide vor Gericht gezogen.
Dabei hätten wir die Sache auch unter uns austragen können:
Garage um Garage, Hund um Hund, Sauna um Sauna!
Aber nein, sie mußten uns vor Gericht bringen.
Und da haben wir uns beide blamiert:
Ihn haben sie ausgelacht, und mich haben sie bestraft –
das ist doch keine Gerechtigkeit!
Wenn ich jogge – ich jogge konsequent, aber langsam –
und es fällt mich so ein ausgeflippter Schäferhund an
mit seiner beuteinduzierten Aggressivität,
dann weiß ich doch:
Der will nicht mit mir spielen,
der will mich mitnehmen und aufessen!
Da geh ich doch nicht zum Amtsgericht
und stell einen Antrag auf Unterlassung!
Den knall ich doch ab!
Mutterrecht und Blutrache!

Vergewaltiger – sofort die Eier ab mit der Doppelaxt!
Ich muß doch nachts auf die Straße gehen können als Frau,
ohne mich vor mir zu erschrecken!
Mutterrecht und Blutrache!
Wer sich nicht wehrt, lebt verkehrt!
Hilfe zur Selbsthilfe!
Und Selbsthilfe ist Selbstjustiz!
Radfahrer zum Beispiel:
Wenn die auf'm Bürgersteig fahren, gucken sie,
als brauchten sie politisches Asyl,

weil auf der Straße das Unrecht tobt!
Der ADAC-Faschismus!
Und dann rempeln sie unsereinen an!
Aber: Mutterrecht und Blutrache!
Ab heute wird zurückgerempelt!
Mein Nachbar, jetzt hat er kapituliert und ist ausgezogen …

Die neuen Nachbarn, die sind noch schlimmer!
Parteilos, aber evangelisch.
Und weil sie wissen, daß sie einst gerettet werden,
sind sie immer heiter und lustig.
Das kann einem den ganzen Tag versauen,
wenn man sie morgens schon lachen hört!
Bei denen tagt einmal in der Woche ein Frauenfriedenskreis.
Nach der Sitzung bin ich neulich rüber
und hab charmant auf Verzweiflung gemacht:
kräftig gehinkt und gestöhnt.
Da war so eine schnippische Junge,
die hab ich gefragt,
ob sie denn auch nach der Bergpredigt leben tät?
Ja, hat sie gesagt, sie tät's wenigstens probieren.
Und da wollte ich sie mal testen
und hab ihr eine auf die rechte Arschbacke gehauen
und gedacht, jetzt hält sie mir die linke hin,
gemäß Matthäus 5, Vers 39.
War aber nix!
»Sexistische Sau!«, ham sie gebrüllt
und mich nach den Gesetzen des Alten Testaments
die Treppe runtergeschmissen.

Da lob ich mir meine früheren Nachbarn!
Das waren noch Zeiten,
als wir uns gegenseitig den Abfall übern Zaun geschmissen haben!
Rattengift! Elektrischer Strom im Draht!
Tretminen aus Hundescheiße!
Gartenzwerge mit Schießbefehl!

Kampf bis aufs Messer!
Aber:
Man hat sich respektiert und gegrüßt.

Aber ich muß jetzt nach Hause,
den Dynamit aus'm Keller holen,
weil mein Nachbar feiert heut nacht
Wiedereröffnung von seiner Sauna.

Und ich

Von Selbstbespiegelungen und Alter egos

Ich denke,
mein Traum vom Sterben
ist der auf der Bühne.
Das muß eine ausverkaufte Vorstellung
in einem großen Theater sein.
Und ich stelle mir vor,
wie der rauschende Beifall,
wenn die Leute merken,
daß ich sterbe,
mich gerade so hinüberträgt.

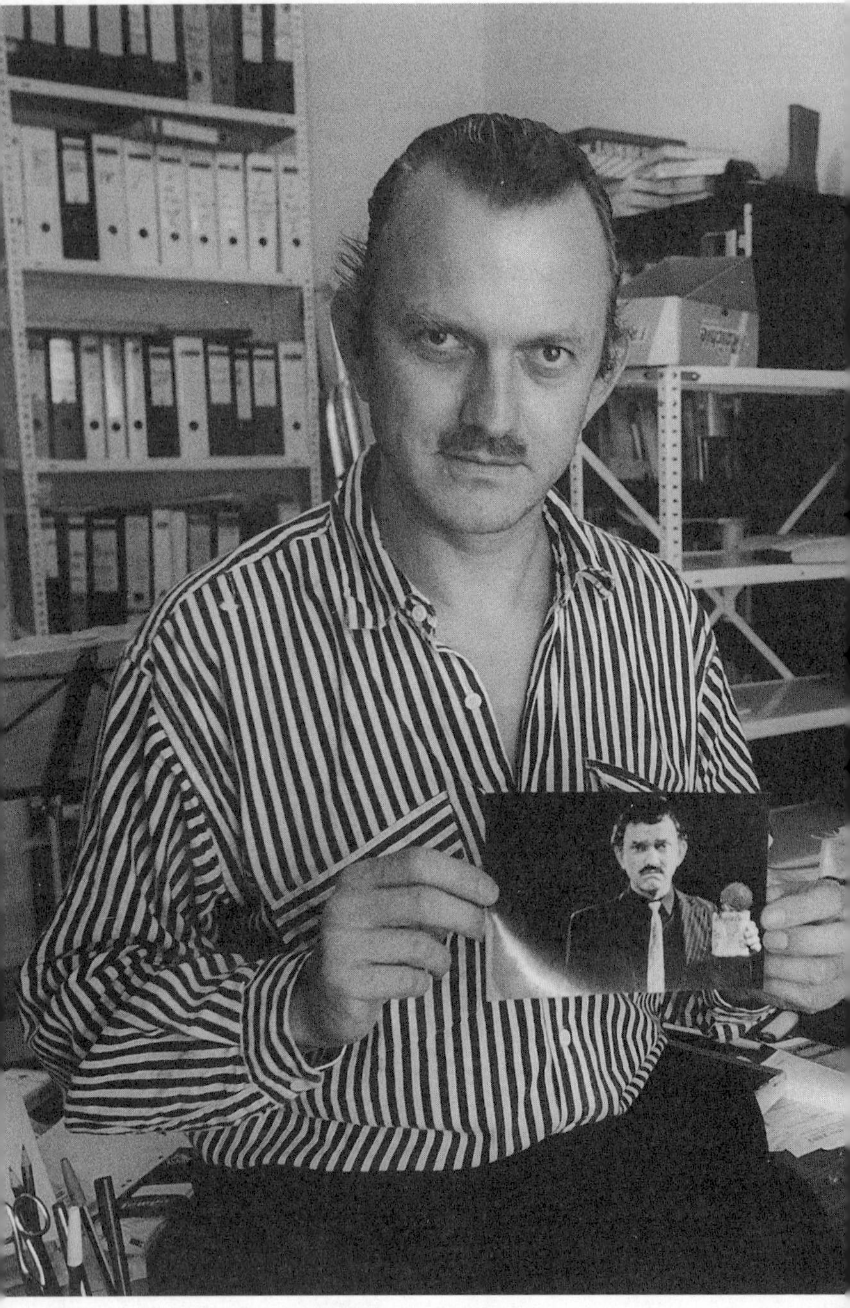

GEREIMTES – AM STÜCK

Ich heiße Matthias Beltz und bin Alkololiker. Ist im Schrank die Bottel leer, greif ich krank zu Baudelaire. Ich beschäftige mich lieber mit Gedichten als mit Menschen. Gedichte sind gut und leise, der Mensch aber ist böse und gewaltig laut. Ich aber hasse die Gewalt und liebe den Terror. Darum schreibe ich nicht nur Gedichte, sondern lese sie auch vor. [1983 ff.]

Prinzip Hoffnung

Manchmal zahle ich ein Bier,
manches Mal auch vier.
Doch wieviel schöner ist das Leben,
krieg ich einen ausgegeben.

Traum

Ich lebte gern in Saus und Braus
mit Frau und Kind in einem Schloß,
doch wohne ich in einem Haus
allein im Erdgeschoß.

Wir Kritiker

Düster singt die Wasser lang
ein vielsam leidender Gesang.
Es ist das Lied der Denkerfürsten,
die schreibend nach dem Henker dürsten.

Hoffnungsvolle Melancholie

Es schmerzt die Stadt, es quält das Wetter.
Darum ist mancher Mensch so sauer.
Wär er woanders, denkt er, hätt er,
gar keinen Grund zu solcher Trauer.

Raketenherbst

Raketen fallen
und ziehen flugs zur Stadt.
Bald wird es knallen.
Wohl dem, der eine Abschußrampe hat.

Der Arsch vom Dienst

Im Pudding ist Vanille,
die Mutter schluckt die Pille
und denkt an Vater Zille.
Das ist mein Letzter Wille:
Ich fahr mit fünf Promille
in tiefe Grabesstille.

Risiko

Hast du kein Geld,
kaufst du auf Raten.
Das Leben ist ein Minenfeld,
und wir sind die Granaten.

Opposition und Resignation

Zuweilen geht durch meine Brust
radikalpolitische Ermordungslust.
Doch bei unseren Politklamotten
lohnt sich nicht das Attentotten.

Berlin

Ein stiller Mensch ist der Berliner.
Er haßt Randale wie der Wiener.
Doch heißer noch als Shirley Bassey
tobt durch Berlin der wilde Wessi.

Weisheit (der SPD gewidmet)

Schizophren und depressiv,
häufig fällt der Mensch sehr tief.
Depressiv und schizophren,
nur selten tut es aufwärtsgehen.

Trost

Wenn ich andre Esel seh,
tut mir meine Seele weh.
Nur die allerdümmsten Kälber
zweifeln an sich selber.

Die deutsche Antwort

Der Deutsche über Deutschland weint,
ihm ward das Vaterland zu schnell vereint.
Ein Trost bleibt uns trotz dieser Macken:
Auf ewig hat der Arsch zwei Backen.

Carmen und die ewige Wiederkehr
des Kriminaltango

Wein, Weib und Gesang,
so singt es aus meiner Kehle.
Schweig, Weib, und fang an,
befiehlt die Flamenco-Seele.

Tapferkeit

Zu Haus leb ich recht selbstbezogen
und brauche deshalb keine Drogen,
doch geh ich aus und muß charmant sein,
dann faß ich Mut und etwas Branntwein.

Videonette

Hier mit dieser Löwenkralle
mach ich meine Feinde alle,
und mit dem beschuhten Fuß
tret ich Gegner gern zu Mus.
Selbst mein Hang zur Liebe
spielt mit dem Todestriebe.
Denn der Aggressionsverzicht
führt zu Rheuma, Krebs und Gicht.

Trotz alledem liebe Grüße

Ich möchte so gern mir selbst was Schönes gönnen,
sei's ein Verhältnis zur Natur, sei's eins mit einer Frau.
Doch muß man das Sich-Gönnen ernsthaft können,
sonst säuft man nur und ist stets blau.

Männer und Frauen

Zwei Männer saßen einst beim Wein
und schlugen sich den Schädel ein.
Zwei Frauen tranken lieber Sekt –
sind bloß am Alkohol verreckt.

Wenn das Leben wehe tut,
geht es in der Ehe gut.
Denn der Ehe Kitt und Leim
sind außen Not und innen Pein.

Einheit

Der Deutsche geil zur Einheit eilt,
denn Deutschland war lang zweigeteilt.
Ein Trost bleibt uns trotz dieser Macken:
Auf ewig hat der Arsch zwei Backen.

Ausländer, bleibt hier,
laßt uns nicht mit den Deutschen allein.

Nachruf

Stromboykott für Stroganow,
Sacharin für Sacharow,
Uran auch für Uljanow,
Mollies stets für Molotow,
Stahl für Stalin,
Shit für Schmidt,
Breschnew macht nicht mehr mit.

Der Mensch ist gar nicht gut,
drum braucht er einen Hut.
Der Herr ist unsre Mütze,
damit er uns beschütze.

Väterliche Ermahnung

Hass und werde, wo man lacht, ein Schlächter.
Gute Menschen kennen kein Gelächter.
Und wo man singt, verkriech dich im Gefieder.
Böse Menschen singen nicht nur Lieder.
Statt dem Leben Sinn zu geben,
heißt's dem Sinnen Leben geben,
heißt es lieben, heißt es hassen,
und vor allem: Essen fassen.

Glück

Kinder leben oft bei ihren Eltern.
Winzer pressen Saft mit ihren Keltern.
Wer ist glücklicher von beiden?
Es sind die Eltern, weil sie leiden.

Realpolitik

Nachmittags möcht ich oft ganz schnell
mit einer fremden Schönen ins Hotel.
Doch steh alleine abends ich mit letzter Kraft
noch rum in einer dumpfen Gastwirtschaft.

WARUM SIND DIE PROLETEN KRUMM?

Hasde was, bisde was. [1973]
Hasde nix, bisde nix.
Hasde was und bisde nix,
bisde bleed.
Bisde bleed und hasde ebbes,
bisde aach was.
Hasde nix und bisde was,
wie mechsde das?

Warum
sind die Proleten krumm?
Ich geh in die Fabrik
und bieg sie wieder gerad.
Warum
bin ich krumm?
Ich geh jetzt aus der Fabrik raus
und bieg mich wieder gerad.

Warum
sind auch die Spontis krumm?
Krumm is beautiful.
Warum?

TRAGIK OHNE TRAGÖDIE

[1986] Das Leben ist ungeheuer laut. Die machen einen Krach, die Leute. Meine Frau, wenn die morgens aufwacht, dann ist die hellwach, dann fängt die den Tag an und singt, dann klappert die mit allem, was nicht niet- und nagelfest ist, die klappert sogar mit ihren Wimpern so laut, daß mir die Ohren weh tun und mir das Aufwachen zur Qual wird.

Wenn ich so daliege und kein Gefühl noch nicht habe im Arm, im Bein und im Kopf und pissen muß und geil bin trotzdem, dann ist das ganz normal. Und es ist auch nicht weiter schlimm. Es muß ja nicht Glück regnen jeden Tag. Aber daß sie Kaffee kocht, und es riecht nach Kaffee bis hin zu mir, und die Wohnung wird zur kleinen Konditorei, und ich träume mich wach am Kaffeegeruch, und dann trinkt sie ihren Kaffee in der Küche, und wenn ich mich an der Grauenhaftigkeit des Wachwerdens aufgerüttelt habe zum Aufstehen, und wenn ich dann aufstehe und meine Kaffeenase ist mein Kaffee-Ich und folgt dem heiligen Atem des schwarzen Getränks, dann komme ich in die Küche – und stehe vor leeren Tassen und einer leeren Kaffeemaschine, und meine Frau, diese kaffeezaubernde Hexe, hat alles alleine ausgetrunken und mir nichts übriggelassen.

Jeden Tag. Und wenn ich dann ICH zu mir sage, muß ich weinen, weil ich immer ICH sage zu mir, dem sie nicht einmal ein freundliches Du schenkt am Morgen, an dem ich nicht aufwachen will. Jeden Morgen will ich nicht aufwachen, weil ich im Traum schon weiß, daß es mich gar nicht gibt und wie furchtbar es ist für ein Nichts, wach zu werden und ein Etwas spielen zu müssen.

Das ist Tragik ohne Tragödie. Das ist der Ernst an sich.

GEDANKEN EINES LESENDEN POINTENSCHMIEDES

Wo angeblich ein Heimspiel sei [?]
Bin ich noch lange nicht zu Haus
In dieser Flammenwüstenei
Kenn ich mich gar nicht aus.
Ich wüßte ja so gerne
Was ist das: Heimaterde?
Mich lockt nicht Reise in die Ferne
Weil ich die nie begreifen werde.
Ich brenne wohl wie rotes Eisen
Auf neue Form, die jedem frommt
Doch möchte die Welt ich nicht bereisen
Ich will bloß, daß sie zu mir kommt.

DAS JURASTUDIUM

[1989] In diesen allgemeinen Zeiten der Rechtlosigkeit frage ich mich naturgemäß immer mal wieder, warum habe ich bloß Jura studiert. Eigentlich hatte ich ja Lehrer werden wollen, für Mathematik und Deutsch. Denn ich liebte immer sehr die deutschen Balladen. Zum Beispiel von Conrad Ferdinand Meyer: *Die Füße im Feuer,* oder von Gottfried August Bürger blieb mir bis heute im Gedächtnis das schöne Lied von Lenore. »Lenore fuhr ums Morgenrot empor aus schweren Träumen. Bist untreu, Wilhelm, oder tot. Was willst du länger säumen? Er war mit König Friedrichs Macht gezogen in die Prager Schlacht und hatte nicht geschrieben, ob er gesund geblieben.«

Dieses Drama geht dann noch weiter, es tritt ein Pferd auf und auch ein Gespenst, und am Ende zieht es sich sehr in die Länge. Ganz anders Walther von der Vogelweide: »Ich saß auf einem Steine, und deckte Bein mit Beine, darauf setzt' ich den Ellenbogen und hab in meiner Hand gesmogen.« Dann kommt eine andere Zeile, die da lautet: »Gewalt fährt auf der Straße, Friede und Recht sind sehr wund.« Oh, dachte ich mir, das ist zu aktuell, mach lieber Jura, statt Lehrer zu werden. Außerdem war ich als Schüler lange genug in der Schule, um nicht diese Gebäude einmal für mein Leben verlassen zu wollen. Zudem hatte ich schon sehr früh ein gesundes Verhältnis zur Gerechtigkeit, zur Frage also, wer ist schuld, und wie komme ich hier wieder raus? Schon im Bauche meiner Mutter stellte ich mir diese Fragen, und später las ich dann Kriminalromane. Die wichtigen Klassiker lagen mir am Herzen, wie Dashiell Hammett, Raymond Chandler und Jerry Cotton. Edgar Wallace war mir stets sehr fern, vielleicht sogar versaut durch Blacky Fuchsberger. Außerdem habe ich im Studium wichtige Bücher gelesen, nicht für das Examen, sondern für das Leben. So gibt es im kriminologischen Bereich wesentliche Standardwerke. Zum Beispiel aus den 20er Jahren von Dr. Erich Wulffen:

Das Weib als Sexualverbrecherin. Leider ist das Buch inzwischen vergriffen. Doch ich habe es im Antiquariat wiedergefunden. Die Bilder allerdings sind enttäuschend. Ganz anders als die Bilder etwa in dem Werk *Forensische Katastrophenmedizin* oder *Gerichtspathologie,* zwei Bände, Hochglanzfotos, Vierfarbdruck.

Dort sieht man Objekte der gefährlichen Körperverletzung, von Hieb- und Stichdelikten, auch gut abgehangene Sachen aus dem Suizidalbereich. Recht komisch dagegen sind Reste von Sprengstoffdelikten. Man fragt sich hier oft, wo hat dieses Teil mal hingehört? Wahrscheinlich ist es wie beim Puzzlespiel, man müßte da noch einmal dran herumschneiden, bis es paßt. Ich selbst hatte immer auch eine Vorliebe für Wasserleichen. Man kennt das, wenn man selbst einmal lang im Wasser war, sei es schwimmend oder spülend, dann werden die Finger so seltsam klupschig oder aufgerollt, rollig, ja man mag gar niemanden mehr anfassen. Die Wasserleiche, wie ihr Name schon sagt, ist ja länger im Wasser als man selbst. Darum ist sie auch noch aufgequollener, so etwa wie ein Hefekloß, ganz aufgequollen und bleich. Sie ist sogar so vergrößert, daß man keine Fingerabdrücke mehr von der Wasserleiche machen kann, weil das paßt auf kein Stempelkissen. Und wenn man dies gesehen hat, geht man in die Mensa, dort sieht es genauso aus, und es schmeckt einem trotzdem. Denn als Jurist kann man unterscheiden zwischen Abbild und Abonnement.

Das ist sehr wichtig, wir beschäftigen uns mit den entscheidenden Fragen des Lebens. Woher kommt Recht, wohin geht Recht, was macht es in der Zwischenzeit? Wir kennen alle aus unserem Privatleben die Wirklichkeit von Recht. Wenn man seine Arbeit gemacht hat an einem normalen Alltag, schlecht wie immer, aber man ist fertig geworden, dann geht man in eine Kneipe und trinkt sein Feierabendbierchen. Plötzlich kommt ein Riesenkerl auf einen zu, haut einem eine rein, und dann sagt er: »Is was?« Natürlich antwortet man doch: »Nein, is schon recht.«

So ist Recht doch eben oft sehr verschieden von dem, was es in der Idee einmal sein sollte. Wir kennen das auch aus der Geschichte. Aus dem Alten Testament. Damals waren die Kinder Israel auf der Flucht aus Ägypten, 40 Tage durch die Wüste, weit und breit nichts zu sehen. Da sagt Moses: »Wenn wir schon nicht wissen, wo es langgeht, dann brauchen wir wenigstens ein paar schöne Gesetze. Da vorne ist ein Berg, da gehe ich jetzt mal rauf und hole euch ein paar schöne Gesetze herunter. Ich sehe gerade, Gott ist schon oben, ich muß mich also sputen, ihr wartet hier, aber daß mir keine Klagen kommen.«

Moses geht auf den Berg, und er kommt und kommt nicht zurück. Da langweilen sich die Kinder Israel, bauen ein goldenes Kalb, beginnen zu tanzen um dieses glänzende Objekt, wahrscheinlich etwas Frivoles, vielleicht eine Frühform des Lambada. Aber nach 40 Tagen kommt Moses zurück. Er sieht sie tanzen, er ist schon wieder nicht dabei, und außerdem kniete er 40 Tage vorm brennenden Busch, er hat einen Feuerkopf. Also ruft Moses seinen Freunden zu: »Kommt her, alles, was jetzt noch tanzt, wird totgeschlagen.« Innerhalb von drei Stunden schlugen sie mehrere Tausend tot. Dann rief Moses: »Und jetzt verkünde ich euch das 5. Gebot: Du sollst nicht töten.« DU sollst nicht töten, von MIR war nicht die Rede. Das sind die Paradoxien der Rechtskultur. Und deshalb unterscheiden wir auch zwischen Rechtssubjekt und juristischer Person.

INTERMEZZO

A: Guten Tag, wie geht es mir denn? [1980]

B: Danke, Ihnen gut, und mir?

A: Wie lange hab ich mich eigentlich nicht mehr gesehen?

B: Erst gestern hab ich an mich gedacht. So 'n Zufall.

A: Ich denk mal an.

B: Und ich selbst? Ich sehe aber gut aus.

A: Nein? Bitte!

B: Wo war ich denn dieses Jahr?

A: Sie waren in Österreich.

B: Natürlich mit meiner Frau?

A: Und Ihren Kindern. Den Hund haben Sie dieses Mal vorher weggegeben.

B: Sie kennen einen schönen Platz am Lago de la Playa, da fahren Sie jedes Jahr hin, da kennt Sie der Wirt schon.

A: Sie sehen lieber immer mal wieder was Neues. Sie haben kein Sitzfleisch, falsch?

B: Aber das soll jeder machen, wie ich will.

A: So wird's aussehen.

B: Ich wünsch mir weiterhin alles Gute.

A: Ich mir auch.

B: Vielleicht seh ich mich mal wieder.

A: Das würde Sie freuen. Ich mach's gut.

B: Ich mach's besser.

PREDIGEN AUF TEUFEL KOMM RAUS

[1998] Eigentlich hatte ich ja Pfarrer werden sollen. Meine Großmutter Maria Graf, geb. Gabelin, die noch in relativ hohem Alter Post bekam mit der Aufschrift »Karl Graf Wwe.«, an die Witwe Karl Grafs, meines Großvaters, gerichtet, der zwar schon 1915 verstorben war, aber seine Existenz adressenfest auf seine Witwe legte, meine Großmutter also, die einiges nicht anbrennen ließ, was ihr meine Mutter nie verzieh, da aber alle Töchter tot sind, krieg ich nichts mehr raus von den kriminell-sexuellen Schandtaten meiner Großmutter in den 20er Jahren, wo sie wohl das eine oder andere getrieben haben muß, was ihr die drei Töchter übelnahmen, aber ich weiß bloß, daß sie ihre Tochter Ursula verflucht und den Tochterstatus aberkannt hatte, warum, das habe ich nie erfahren, denn die Männer sterben in meiner Familie oder sind Randfiguren neben dem Zentrum tobender und beleidigter Weiber.

Meine Großmutter, die fürchterlich geschrien hat gegen ihren Tod im Sommer 1968, als ich im Theater war in Frankfurt und sie in Gießen gestorben ist, diese meine Großmutter wollte immer, daß ich Pfarrer werde. Also predige ich in ihrem Namen, denn sie hat viel gelacht in ihrem Leben, in dem so wenig lustig war, was sie getragen hat mit der notwendigen Leichtigkeit einer freien und naiven Frau, die vom Rheinland, von Krefeld, wegging nach Gießen an der Lahn aus Liebe und Fluchtfreude.

Und darum heißt mein Komplex nicht Ödipus, sondern Enkel. Im »Vorläufigen Frankfurter Fronttheater« wurde dann mal im Jahre 1985 kräftig losgelegt gegen die Freunde, von denen man sagen kann, daß die Freunde unserer Freunde noch lange nicht unsere Freunde sind. 1985 also predigte ich aus tiefem Herzen mit bestem Willen in der Einsicht, daß Kritik gegen die eigenen Reihen uns tendenziell nach außen hin unschlagbar machen könnte.

VOM RECHT AUF GESUNDHEIT

Wenn die Ader krampft, [2001]
Der Atem verdampft,
Tanzt die Drüse mit Schild
Auf dem Jodmangelbild.

Wär ich gesund,
dann wär ich nicht krank
und hätt kein Geheimnis
zu Hause im Schrank.
Ich werde alt,
geh in den Wald.
Mir ist nicht kalt,
sterb doch schon bald.
Ich kann die Welt nur im Suff ertragen,
da erlaub ich keine weiteren Fragen.
Das Leben ist kurz, und es ist zu lang.
Der Reim ist ein Furz, und mir ist bang.

Eins, zwei, drei – nur Stehenbleiben,
vergeblich an der Sanduhr reiben,
Sauseschritt und Krebs im Magen,
endlich, endlich: Herzversagen.
Ich liebe meine Frau und laß sie allein
Ich kann ihr nicht helfen, dem armen Schwein
Ich bin doch selber 'ne schwächelnde Sau
Ich liebe im Ernstfall nur meine Frau

Wenn die Not ins Fenster lacht
Und mein Lieb die Nacht durchwacht
Fluch ich auf den freien Willen
Geb uns beiden reichlich Pillen

Mein Schwanz ist kurz
Mein Sack ist klein
Es ist mir schnurz
Ein Mann zu sein
Ich kam auf die Welt im Januar
Und weiß noch heut nicht, wo mein Vater war
Der Krieg ging zu Ende und dann
Fragte ich nach dem Edelmann

OBEN

Es hat doch jeder seinen Traum. [1992]
Wer kommt schon auf die Welt und sagt: Prima,
genau so hab ich mir das vorgestellt,
hier will ich bleiben?
Niemand sagt so was.
Jeder, der geboren wird, ist erst einmal entsetzt.
Und schreit.
Und wenn er nicht schreit, gilt er schon als tot
und kommt gleich in den Eimer.
Aber wenn du den Eimer überstanden hast,
dann ist noch lange nicht alles in Ordnung.
Dann willst du woandershin.
Der eine will nach unten, steigt früh in den Keller,
der andere will nach oben und klettert aufs Dach
und fällt vielleicht runter.
Der im Keller, der hat die Tür hinter sich zufallen lassen
und kommt nicht mehr hoch.
Alles Fälle, in denen alles im Eimer ist.
Da machen wir nicht mit.
Es gibt Leute, die setzen sich in den Mülleimer
und sagen: Da habt ihr's. So gemein ist das Leben.
Aber wir sind anders, wir wollen da raus.
Der Deckel vom Mülleimer ist oben.
Wenn wir da rauswollen aus dem Dreck,
müssen wir nach oben – oben ist der Notausgang aus der Not,
und oben ist auch noch Platz.
Es gibt heute keinen Adel mehr,
den du früher hast beschimpfen können.
Das waren damals noch Herren,
die waren verantwortlich und hatten Haltung,
da hatten der kleine Mann und die kleine Frau

noch Respekt, Achtung und Haß.
Haß auf die Schweine da oben, die Großgrundbesitzer
und die Krautjunker und die ganze Aristokratenbande,
denen man eine Bombe unter den Arsch legen muß,
den Säuen, Ausbeutern, Mördern …
Aber heute? Da ist doch nur noch Mitleid
mit Gloria von Thurn und Taxis,
die ihre Schulden nicht bezahlen kann,
oder mit der Prinzessin Izzibizzi, die jetzt
wie jeder normale Mensch an Aids stirbt,
oder mit Graf Michael, der hat Akne,
oder die ganzen britischen Thronfolgerversager,
das ist doch kein Adel mehr, der einen gepflegten
Klassenhaß auf sich zieht.
Wenn alle gleich sind, ist auch alles egal,
da stirbt die Kultur!
Und deshalb ist es unsere Pflicht, aufzusteigen,
nach oben zu kommen, um dort die Sau rauszulassen,
damit der kleine Mann und die kleine Frau
wieder Grund haben, die da oben zu hassen,
von Mord und Totschlag zu träumen, aber es nicht zu machen,
denn an die kommt man ja gar nicht ran.
Das ist Zivilisation: Klassenhaß und Landfrieden
und nicht diese blöde Gleichmacherei.

ZU SPÄT

Ich bin mit Haut verpackter Menschenkot [1980er]
Außen lebendig und innen tot
Ich pfeife aus dem letzten Loch
Ich bin kaputt und lebe noch
Damit die prallen Nieren wandern gehn
Sauf ich auf allen vieren und beim Stehn
Ich trinke und trinke, wie ihr seht
Ich stinke und trinke, weil's zu Ende geht
Ich spüre mein Leben zum ersten Mal
Ich spüre die Leber als berstende Qual
Ich spüre mein Leben, weil's von mir geht
Ich spüre mein Leben, es ist schon zu spät

BEIM THERAPEUTEN

[2000] Ich war jetzt beim Dr. Schlundt, der war früher Zahnarzt und ist jetzt Therapeut. »Ich habe immer in Abgründe hineingeschaut«, sagt er, »daß Sie so gleichgültig sind und deshalb auf der Suche nach der Moral – das ist ein schwerer Fall. Aber Sie sind bloß in der AOK, und wenn es um Metaphysik geht, zahlen die nicht.«

Außerdem ist er seit der Gesundheitsreform auch gar nicht mehr bei der Kasse zugelassen. Die Rechnungen muß ich alle selber begleichen.

»Das gehört zur Therapie dazu«, sagt er, »wenn der Kontostand dramatisch sinkt, wird Ihr Selbstbewußtsein genauso steigen.«

Ich habe einen Widerstandskomplex, ich möcht gern dagegen sein, um dazuzugehören. Er hat rausgekriegt, daß mein Schaden nicht auf furchtbaren Erlebnissen in der Kindheit beruht, sondern auf bösen Erfahrungen vor der Wiedergeburt. Ich bin ein Seelenwanderer und hab viel einstecken müssen. Die Analyse der einzelnen Stadien der Seelenwanderung entspricht nicht der Psychoanalyse, sondern dem Internet. Seelenwanderung, sagt mein Therapeut, ist eine individuell-virtuelle Reise durch verschiedene Softwareprogramme. Er hat mir ein bewußtseinsverengendes Mittel verschrieben, nach der Einnahme soll ich einen Text ins Internet schreiben, absolut automatisch und ohne Bewußtsein, und dann kann ich Glück haben, daß mir jemand antwortet, den ich von früher aus einem anderen Leben kenne.

Ich habe jetzt eingegeben: »Bergwolf an alle, die es angeht. Langsam wird es mir zu dumm. Ich reise wieder dorthin, wo ich hingehöre. Zu den Indianern in Rußland. Nur Indianer können weiterreisen, auch wenn man ihnen den Pullover versteckt. Werde nachher noch in die Stadt gehen. Vielleicht treffe ich den Slowenen. Er ist das einzige Tier unter lauter Menschen, ein feiner Mann. Tiere lieben und töten sich nicht gegen Bezahlung, sondern einfach so. Ich gehe jetzt und schreibe die Autonummern auf. Es ist mein drittes Notizbuch mit solchen Kennzeichen. Irgendwer wird den Zusammenhang später verstehen.«

Leider hat sich bisher nur die Polizei gemeldet, sie waren an den Autonummern interessiert. Vielleicht steckt aber hier der Schlüssel zu meinem Geheimnis. Ich habe diesen Drang zur Moral, weil ich früher mal Geheimpolizist war. Oder Partisan. Und Partisanen sind ja die Geheimpolizisten des Weltgeistes. Wenn ich so über Seelenwanderung nachdenke, oje, da wird mir ganz schlecht. Vielleicht bin ich schon tot. So ein Gefühl hat man ja öfter, daß eigentlich das Jüngste Gericht schon vorbei, Europa schon das Fegefeuer ist. Andererseits bin ich evangelisch und glaube gar nicht an das Fegefeuer.

Ich spüre, daß mir diese Therapie nicht bekommt. Ich sollte vielleicht was trinken, dann vergißt man seine früheren Leben leichter.

NUR DU

[1980?]

Ich bin ein Mann
und wär so gern als Frau
mit dir allein
Ich bin allein
und hätt so gern 'ne Frau
fürs Einsamsein
Doch treff ich dich
ich bin die Frau
du bist der Mann
Was fängst als Mann
du mit mir Frau
als Mann dann an?

ZÖGERNDE, PRAKTISCH FOLGENREICHE KLAGE BEIM KOFFERPACKEN FÜR DIE WINTERREISE INS EXIL

Weil ich nach der Logik suche [1980?]
Im Wald vor jeder Eiche weiche
Und nur Lust hab an der Buche
Weil ich einem Maulwurf gleiche

Und das Tier in mir verspüre
Weil ich einsam mathematisch bin
Und die Niere mir massiere
Mit dem Whisky und dem Gin

Ja, weil ich es mal probiert
Diesem Staat die Stirn zu zeigen
Wär ich daran fast krepiert
Denn ich will doch weitersteigen.

Wer hat Angst und wer spürt Trauer?
Wer bleibt hier und wer geht fort?
Ist die Ära Adenauer
Wieder unser Heimatort?

Und ich weiß, ich muß es tragen
Dieses Land und seine Leute
Denn wen sollte ich erschlagen
Für ein gutes, bessres Heute?

KULTURKRISE

Kommentar zur Lage auf dem Kabarett-Kunst-Markt

[1980]

Ich muß originell sein.
Und außerdem noch schnell sein,
Sonst ist jemand anders besser,
Und ich greife flugs zum Messer,
Steche ab den Konkurrent,
Der dann im Künstlerhimmel pennt.
Beachtet man solch Fremdmorddrohung,
Erkennt man die Kulturverrohung.

TYP INDIVIDUALIST 1962

Die Existenz meines Ichs ist bestimmt durch das Wesen des Seins [1962] meines Nonkonformismus. Ich, eigentlich mein vom Geistigen her bestimmter intellektueller Glaube – damit meine ich das Erkennen bzw. Anerkennen höherer Mächte –, bin nicht nur individuell veranlagt, sondern ich trage auch konformistische Züge, deren Vorhandensein aber wieder dadurch geleugnet werden muß, daß ich die Erkenntnis (im Gegensatz zu dem gewöhnlichen Massenmenschen) meines teilweisen (an sich auch beabsichtigten) In-der-Masse-Verschwindens besitze. Dies alles erlaubt mir, von der hohen Warte, deren Höhe bekannterweise abhängig vom Wie der Qualität des Charakters des Individuums ist, auf das mir in so vielen Beziehungen unterlegene Volk, unter dem sich – mir unverständlich – auch einige sonst gar nicht dumme Leute befinden, herabzuschauen.

Doch diese Zeilen, die ich hier, gewissermaßen als die Bekenntnisse eines Auserwählten, darlege, sollen auch eine den Umständen angepaßte Moral besitzen. Dies zu betonen erscheint zwar müßig, jedoch bin ich der Meinung, daß dadurch noch einmal darauf hingewiesen werden soll, zwischen den Zeilen zu lesen und zu lernen und das zu beherzigen, was ich hier in einigen auch für Sie einigermaßen verständlichen Sätzen zu erklären versuchte. Das wünschte ich Ihnen, meine verehrten Leser, von ganzem Herzen.

HABE NUN, ACH …

[1983]

Habe nun, ach, Juristerei,
Begünstigung und Strafvereitelei,
Unterstützung einer kriminellen Vereinigung
und manche vermögenswirksame Bereinigung
durchaus geschafft als Rechtsanwalt.
Doch plötzlich seh ich klar: Ich werde alt.
Zwei Seelen wohnen, ach, in meiner Brust:
Gesetzlichkeit und Lebenslust.

WARUM ICH KEIN SIEGER SEIN WILL

Darf man nach Tschernobyl noch am Barren turnen? Ist es nach den Massakern gegen den Rinderwahnsinn erlaubt, Pferde zu barren? Darf man nach den Vorkommnissen auf dem Balkan noch kleine Mädchen auf dem Turnbalken quälen? Müssen Kinder von hechelnden Altlüstlingen sexuell belästigt und geschlagen werden, nur damit das Deutsche Reich auch Medaillen im Eiskunstlauf der Damen gewinnt? Diese Sätze sind geschmacklos, aber auch ernst, also wie das wirkliche Leben. Damit sind wir bei der zentralen Frage, die die Zukunft Europas mitbestimmen wird: Verträgt sich der Sport mit den Menschenrechten? [1996]

Seit langer Zeit beschäftigt mich diese streitkulturelle Problemstellung. Schon in der Schule nahm ich dazu öffentlich Stellung. In unserer Abiturzeitung der Oberprima Eins der Herderschule in Gießen habe ich im Februar 1964 meine kritische Position veröffentlicht. Der kleine Aufsatz hieß:

EIN TAG AUS DEM LEBEN DES ELEVOW PUPILOWITSCH
Ein Bericht eines Geplagten

Die Schelle schnarrte. Wir mußten uns aufstellen. Zwölf Mann. Seimow war unser Bewacher. Auch heute mußte er uns wieder rannehmen.

Zuerst zählte er uns. Es waren alle da. Dann bestimmte er zwei Mithäftlinge, die sogenannte »Hilfestellung« leisten sollten. In Wirklichkeit machten sie sich zu Handlangern des grausamen allwöchentlichen Rituals. Jeden Dienstag standen wir in der Halle. »An die Stangen!«, brüllte Seimow. Geplagte Kreaturen, die wir waren, schlichen wir an das »Gerät«. Die beiden Hilfeleistenden lächelten schon hämisch, während der erste von uns sich an die Stange schwang. Laute Schmerzensschreie durchdrangen die Luft, die meist stickig war. Alle mußten an die Stange. Böse wurden wir zugerichtet. Doch noch lange war nicht Schluß. Es folgte die Doppelstange, auch Barren genannt. Seelisch und körperlich zugrunde gerichtet verließen wir dieses Foltergerät. Knochenbrüche, offene Fleischwunden waren normal, schlimmer und seltener kamen Verrenkungen der Wirbelsäule und Auseinanderbrechen des Rückgrats vor. Am Boden erhielten wir die vorläufig letzten Schläge. Rollen, vorwärts und rückwärts, wurden wie Daumenschrauben angesetzt. Die Sanitäter hatten am Nachmittag noch viel zu tun …

Dieser Bericht aus dem damaligen Landesinnern der bundesrepublikanischen Nachkriegszeit läßt noch einmal die Vergangenheit lebendig werden. Eine Vergangenheit, die geprägt war von Krieg und Zerstörung. Meine Generation ist auf Lehrer getroffen, die nur ein Thema hatten: den Krieg und ihr Soldatsein. Nun muß man wissen, daß der Krieg der Vater aller Dinge ist, betont sei hier: aller Dinge. Und das zeigte sich besonders bei denen, die ihn sechs Jahre mitgemacht hatten, die also die schlechteste Ausbildung besaßen, die ein Mensch erleiden muß: Krieg. Diese pädagogisch unterentwickelten Studienräte wurden auf uns losgelassen und haben unsere Generation zerstört und sind verantwortlich für all die Schandtaten, die wir angerichtet haben, wir zwischen 1940 und 1950 Geborenen: Wir haben als 68er die Familie zerstört, den Respekt vorm Alter und die Disziplin kaputtgemacht und stellen als Nicht-Rebellen die langweiligsten und unfähigsten Politiker und Wirtschaftsführer, die je auf deutschem Boden das Vaterland in den Ruin führten.

All dieses Elend ist ein Produkt der Lehrer und besonders der damaligen Sportlehrer. Denn die versuchten immer, die Schlacht um Stalingrad in der Turnhalle doch noch zu gewinnen, die Ehre Rommels, des Wüstenfuchses, auf der staubigen Aschenbahn wiederherzustellen. Sie haben uns – ihrer eigenen schmählichen Vergangenheitsbewältigung zuliebe – sinnlos geschleift und fertiggemacht. So aber entstehen keine Helden für den Alltag, sondern Mitläufer – im besten Falle Drückeberger, mit denen kein Staat zu machen ist.

Nun mag dem einen oder der anderen dies politisch zu hoch gegriffen scheinen. Da will einer aus der Ungemütlichkeit der schulischen Leibeserziehung gleich die großen Zusammenhänge aus Kulturkampf und Gegenwartskrise herstellen. Doch so abwegig ist der Gedanke nicht, der Krieg und Sport miteinander verbindet.

Im Gegenteil, bei vernünftiger Betrachtung der Geschichte des 20. Jahrhunderts kommt man sehr schnell zu dem Ergebnis, daß hier ein grundlegendes Mißverständnis geherrscht haben muß – nämlich die ständige Verwechslung von Sport und Politik.

Schon die Wiedererweckung der Olympischen Spiele im Jahre 1896 hätte hellhörig machen sollen: Es ging dabei nämlich nicht um den friedlichen Wettstreit der Jugend der Völker, nein, das war die Gründung des ersten internationalen Fronttheaters zur Beglückung der Menschen in den Gefechtspausen. Es war nämlich am Ende des 19. Jahrhunderts wohlbekannt, was kommen werde: der Weltkrieg.

Und als Ergebnis dieses Krieges ergriff der Totalitarismus die Macht: Kommunismus und Faschismus bestimmten die Welt. Und wieder stand der Sport im Zentrum des Interesses.

Ossip Mandelstam, der große russische Dichter, der später selbst Opfer des Stalinismus wurde, schrieb in seiner Anfangsbegeisterung für den Aufbau des Sozialismus: »Was hat der Staat mit Frauen und Kindern gemein, die rhythmische Übungen ausführen; was haben die strengen Schranken, die das rauhe Leben uns setzt, mit jener Seidenschnur gemein, die während dieser graziösen Übungen straff gespannt ist? Hier werden Sieger herangebildet – darin liegt die Gemeinsamkeit. Kinder, die es geschafft haben, über die Kordel hinwegzuspringen, werden keinerlei Angst vor sozialen Schranken haben. Sie sind die Herren ihres Bemühens. Sie haben es verstanden, die Anspannung ihrer Muskeln im Laufen auf die Schwierigkeit der Hindernisse abzustimmen. Die Schwierigkeit der Aufgabe kann maßlos anwachsen. Das durch die rhythmische Erziehung erworbene Können wird bleiben. Es ist fest eingewurzelt, ist präsent in friedlichen Verhältnissen staatsbürgerlichen Zusammenlebens und auch im Krieg, es ist überall, wo die menschliche Anstrengung Widerstand überwindet, es ist überall, wo es Sieger braucht.«

Soweit Ossip Mandelstam im Jahre 1920. Und dieses Zitat rechtfertigt auch im nachhinein die zunächst leichtfertig erscheinende Anlehnung meines kurzen Schulsportartikels an Alexander Solschenizyn. Dessen Buch *Ein Tag im Leben des Iwan Denissowitsch* war damals gerade erstmals auf deutsch erschienen und hatte Einblick gewährt in den Alltag des Gulag-Betriebes in der Sowjetunion. Ja, das 20. Jahrhundert ist die Epoche, in der die großen Träume des 19. Jahrhunderts in die Wirklichkeit umgesetzt werden und als Alpträume eine unbegreiflich barbarische Realität erzeugen.

Der Gedanke der Aufklärung wird zu einer furchtbaren Praxis, der Gedanke, daß letztlich auch der Mensch eine Maschine ist. *L'homme machine* hieß das einflußreiche Werk von Lamettrie. In diesem 20. Jahrhundert, in dem der alte Adam anscheinend abgewirtschaftet hat, soll der neue Mensch entstehen. Und er wird geboren aus Leid und Schmerz, durch Sport, durch Züchtung und Züchtigung. Adolf Hitler schrieb in *Mein Kampf:* »Die übermäßige Betonung des rein geistigen Unterrichts und die Vernachlässigung der körperlichen Ausbildung fördern aber auch in viel zu früher Jugend die Entstehung sexueller Vorstellungen. Der Junge, der in Sport und Turnen zu einer eisernen Abhärtung gebracht wird, unterliegt dem Bedürfnis sinnlicher Befriedigung weniger als der ausschließlich mit geistiger Kost gefütterte Stubenhocker ... So muß die ganze Erziehung darauf eingestellt werden, die freie Zeit des Jungen zu einer nützlichen Ertüchtigung seines Körpers zu verwenden. Er hat kein Recht, in diesen Jahren müßig herumzulungern, Straßen und Kinos unsicher zu machen, sondern soll nach seinem sonstigen Tageswerk den jungen Leib stählen und hart machen, auf daß ihn dereinst auch das Leben nicht zu weich finden möge.« (*Mein Kampf,* S. 277 f.). Dieser Gedanke des ehemaligen obersten Reichssportführers findet sich heute noch in dem despektierlichen Reden vom »Weichei«, das man sogar Spitzenfußballern wie Andreas Möller oder auch Uwe Bein nachgesagt hat. Auch in Talkshows hört man schon einmal, daß eine Frau einen richtigen Mann wolle und kein »Weichei«. Das aber ist nicht einfach eine private Träumerei, hier wird gefährlich auf mythischem Boden phantasiert. Der Schulsport war Männersache, die ich, obwohl doch selbst ein Knabe, immer gehaßt habe. Ohne Wissen um die nahezu kosmische Verstrickung des Sports in die großen Tragödien der Menschheit war mir das Schuldhafte und gleichsam Barbarische des Sports immer intuitiv gegenwärtig. Vollkommen konsequent habe ich darum auch zu Beginn der 60er Jahre den Kriegsdienst mit der Waffe verweigert. Ich glaube heute nicht, daß dies aus tiefstem Gesinnungspazifismus geschah. Der Pazifismus ist eine moralische Grundüberzeugung und dadurch sehr subjektiv.

Meine Verweigerung des Dienstes bei der Bundeswehr rührte daher auch nicht aus einem gefestigten Pazifismus, sondern aus der fundamentalen Abscheu vor männerbündlerischem Sportsgeist.

Kasernen, dachte ich mir, riechen wie Turnhallen. Und da soll ich sogar übernachten? Mit Kameraden auf einer Stube liegen, die nichts anderes im Sinne haben, als sportlichen Spaß auf Kosten der Schwächeren zu haben?

Mich vor diesem Leid zu schützen, kam mir das Grundgesetz entgegen und erlaubte mir, mein Gewissen nicht durch unappetitliche Unterwerfung unter Sportzwänge zu belasten. Diese Zwänge sind heute, nach dem Sieg des Kapitalismus, nicht mehr militärisch allein begründet, sondern ästhetisch. Was heißt das?

Das bedeutet: Wir leben in einem Zeitalter der anthropologischen Revolution. Der Mensch schreitet zurück an den Anfang: Survival of the fittest heißt das Evangelium. Statt Nächstenliebe regiert Eigenliebe, und die kann nur einem sportlichen Körper gelten. Der neue Mensch marschiert nicht als kommunistischer Lottogewinn auf oder als nationalsozialistisch-arischer Blondinenwitz – der neue Mensch ist eine Ware in der Marktwirtschaft, der neue Mensch ist eine Sex-, Arbeits- und Freizeitmaschine. Die muß funktionieren. Dadurch wird der Sport zum neuen Totalitarismus – er erfaßt und regiert den neuen Menschen, der sich selber herstellen muß, um lecker und attraktiv und verkäuflich zu sein.

Statt Stasi und Gestapo haben wir Fitneßstudios und Solarien – das Schwimmbad wird zum Volksgericht, in dem johlend über den Schuldigen der Stab gebrochen wird, der seinen Body nicht zeitgerecht gestylt hat. Sport ist – und das ist die Pointe jeder hedonistischen Konsequenz – nicht Spaß und Spiel – sondern Folter und Masochismus, Askese und Selbstzerstörung. Das gilt für Männer und Frauen, denn auch die Kriege der Zukunft kennen keinen Geschlechtsunterschied mehr.

Die berühmte Schauspielerin Pamela Anderson, bekannt durch Busen, Schmollmund und Knackarsch aus der Fernsehserie »Baywatch«, wird von der *Bild*-Zeitung eine »fleischgewordene Barbie-Puppe« genannt. Um diese Stufe menschlichen Verschwindens erreichen zu können, arbeitet die Frau sehr hart an sich. *Bild* vom 14. März 1996 berichtet davon unter dem Titel »Wenn Körper-Kult zum Wahn wird« und läßt Anderson über ihre Frankenstein-Experimente, die sie mit sich selbst anstellt, offen reden. Hier werden Dr. Frankenstein und das Monster zu einer Person, besser: zu einem Apparat.

»Meine Implantate (Silikon in der Brust) schmerzen gelegentlich, aber das ist ganz normal. Ich plane sogar, mein Kind zu stillen. … Momentan beschäftige ich mich sehr mit den Hüften, weil die mein ganzes Erscheinungsbild beeinflussen. Als Frau, die langsam auf die Dreißig zugeht, muß ich daran besonders hart arbeiten … Ich stehe morgens um sechs auf und wasche mich mit Bürste und Kernseife. Dann holt mich mein ›personal trainer‹ ab, und wir gehen ins Studio oder an den Strand. Danach frühstücke ich mit meiner Kosmetikerin. Momentan widme ich mich einer ganz auf mich ausgerichteten Schönheitspflege: Ich unterziehe mich einer vorbeugenden Elektro-Lipolyse und einer vorbeugenden Elektro-Ridopunktur gegen Falten. Dazu gehören einmal pro Woche das Bioface-Lifting, Färb- und Aromatherapie und eine Frischzellenkur.«

Wenn also das neue soziale Ideal unserer Gesellschaft der terminator-artig gestylte Körperinhaber ist, der Mensch der Zukunft einen Kraftkörperschein mit sich führen muß, auf dem die Termine für Ersatzteilwechsel und TÜV vermerkt sind, dann ist es heute nicht verwunderlich, daß junge Menschen vom Cyberspace und Internet träumen. Da geht es nicht ganz so herzlos zu.

Ohne jammern zu wollen, denn mir geht es ja auch als einem Sportverweigerer aus Gewissensgründen immer noch gut, also ohne Klage und Lamento möchte ich hier bloß auf die fatalen Auswirkungen dessen aufmerksam machen, was im 19. Jahrhundert sich als Sport, Turnen und Leibesübungen entwickelt hat und heute Terror ausübt. Der Terror findet auch und gerade in der Reklame statt. Die Werbung ist das Herz der kapitalistischen Marktwirtschaft, kein Wunder, daß hier der Sport wieder an vorderster Front zu finden ist. Unternehmen schaffen sich eine saubere Corporate Identity, wenn sie beliebte Athleten sponsern. Gegen das Vergessen hilft hier die Erinnerung an den Chef der Kräuterlikörfirma »Jägermeister«, der über die Unterstützung des Fußballvereins Eintracht Braunschweig unbehelligt für diese jugendverderbliche Droge werben durfte. Heute läßt sich feststellen, daß der Wert eines Sportlers danach zu bemessen ist, wieviel er durch Werbeverträge verdient. Ja, es ist alles Wert geworden in dieser Zeit des Werteverfalls, der Mensch wird zum Tauschwert. Und der Sportler geht als erster durchs Ziel bei diesem Wettlauf in den Abgrund.

Und auch vor Kindern wird nicht haltgemacht. Ein Beispiel finden wir dafür bei der Werbung der Dresdner Bank für Investments:

Zwei Jungen im Boxerdreß stehen sich grimmig gegenüber und schauen mit hocherhobenen Fäusten in die Kamera. Dazu gehört der Spruch: »Nur wenn man weiß, wo man den richtigen Treffer landet, kann man mit guten Renditen punkten.« Ein Beschwerdeführer fand, daß diese Reklame auf »die Fortentwicklung der Ellenbogengesellschaft gerichtet« und »gewaltverharmlosend« sei. Die Bank zog die Anzeige zurück, der Deutsche Werberat mußte nicht einschreiten. Wenn man sich mit der Materie noch genauer beschäftigen will, wird man in ein Labyrinth der Verstrickungen eintauchen und überall auf Sport treffen, wenn es um Gewalt und Geschäft geht.

Genau dies aber macht mich stutzig, und zwar mir selbst gegenüber. Bin ich nicht selbst durchaus geldgierig, latent gewaltbereit und schaue mir sogar mit Vergnügen Kunstwerke und Kitschstoffe an, bei denen es um das Böse geht? Liegt meine Abneigung gegen jede Art des Sportes vielleicht gar außerhalb des Sportes?

Schließlich gehe ich gern spazieren, bewege mich gern da und dort, habe in meiner Jugend viel demonstriert, was oft der Leibesertüchtigung diente. Auf Partys zu tanzen, schien mir immer eher der Sinn eines Festes zu sein, als dort die ewig gleichen Gespräche zu führen. So frage ich mich, ob in mir nicht auch ein Sportler steckt und die ganze, wenn auch wohlbegründete Kritik am Sport, ja seine Verachtung, vielleicht aus Selbstverachtung und Sich-selbst-mies-Machen rührt.

Das aber darf nicht sein, denn dafür bin ich viel zu gesund. Dann beruht meine tiefe Abneigung gegen jede Art von sportlicher Betätigung möglicherweise gar nicht auf dem Sport selbst. Man darf eben nicht von sich alleine ausgehen, sondern muß das Ganze im Weltzusammenhang schauen.

Betrachtet man die Welt, wie es ihr gebührt, als miese Comedyshow, deren Erfinder und Regisseur schon längst tot ist, dann gilt es auf Komik zu achten.

Was aber ist Komik? Sie ist nicht das Gegenteil von Ernst. Komik ist das Gegenteil von gut gelaunt. Darum entsteht wirkliche Komik dort am schönsten, wo es jemand sehr ernst meint und scheitert. Hier bietet sich das weite Feld des Sportes an, der bekanntlich die ernsteste Hauptsache in der Welt ist, zumindest für die, die ihn betreiben. Sport ist spannend oder komisch.

Darum verweigere ich seit Kindesbeinen den Dienst am Sport. Ich möchte selbst darüber bestimmen, wann und wo ich mich blamiere. Ich fordere Selbstbestimmungsrecht für mich über den Zeitpunkt öffentlicher Peinlichkeit. Schauen Sie sich am Samstag die Fernsehübertragungen der Fußballspiele der Bundesliga an. Betrachten Sie einen Tormann, der falsch reagiert hat und einen Ball durchlassen mußte. Achten Sie auf die Zeitlupenwiederholung seiner komischen Körperhaltung und seines verdutzten Gesichtes. Da entsteht Schadenfreude und der Genuß, nicht selber als solch ein schlapper Kicker erwischt worden zu sein. Erinnern Sie sich an Jürgen Hingsen, unseren großen Zehnkämpfer, der bei den Olympischen Spielen drei Fehlstarts hinlegte und sich dadurch disqualifizierte? Oder an den Hürdenläufer, der die Hürden umwarf und – auf dem Boden liegend – traurig in Richtung Ziel schaute? Wer wird das Eislaufpaar vergessen und diesen furchtbaren Moment, als sie mit dem Kinn während des Laufes voll auf das Eis knallte? Es ließen sich unzählige Beispiele bringen für Komik im Sport. Die Komik überwiegt sogar, denn Verlieren ist komisch, Scheitern ist komisch. Siegen ist schön, aber es kann nicht jeder Sieger sein, sonst gäbe es keine Verlierer.

Lassen wir einen Soziologen sprechen: »Sport und Politik verbindet neben dem beiden zugrundeliegenden Leistungsprinzip das Vorhandensein von Regeln. Das Ziel beider ist die Erfüllung der Regel. Der Torschuß, das ist das regelgerechte Einbringen des Balls in den Raum hinter der Torlinie, der Torschuß setzt weitere Regeln in Kraft, nämlich die Punkteregelung, die letztlich den Tabellenstand regelt. Das Verhältnis eines Menschen zum Sport wird also bestimmt von dem Verhältnis, das er zu Regeln hat.«

Regeln einhalten und trotzdem verlieren können – das ist zuviel für mich. Also werde ich nie Sieger sein, aber immer Spaziergänger und Liebhaber der angenehmen Bewegung im Freien und in schönen Räumen.

Mein Vorbild ist dabei ein alter Bergsteiger, der alles Wesentliche zum Thema Mensch & Sport gesagt hat. Luis Trenker beschrieb in seinen zehn Bergsteigergeboten (1931) eine wertvolle Grundeinstellung zum menschlichen Dasein:

1. Du sollst keine Bergfahrt unternehmen, der du nicht gewachsen bist; du mußt dem Berg überlegen sein und nicht der Berg dir! …
4. Du sollst die Gegend, die du durchwanderst, nicht verunehren, und sollst Gottes große Natur nicht mit Flaschenscherben, Eierschalen, Obstabfällen, Papierfetzen, Sardinenbüchsen und Unrat verschönern. … Du sollst die Wegweiser nicht als Wurfziele mißbrauchen und sollst umgefallene Wegzeichen nicht »zum Spaß« in die falsche Richtung stellen. Du sollst kein »Gatter« offenstehen lassen. … Du sollst endlich an begangenen Wegen und auf vielbesuchten Gipfeln nicht Nackt- und Halbnacktkultur treiben, sollst aber Luft und Sonne genießen, wo es nur immer geht. …
6. Du sollst die Schutzhütte würdigen, als wäre es dein Haus und Heim. Du sollst dich bescheiden und keine Ansprüche stellen,

die nur ein Hotel befriedigen kann. … Du sollst Grammophone und Kellnerinnen in Ruhe lassen und auch die Gitarre nur dann berühren, wenn du etwas davon verstehst.

10. Du sollst die Berge nicht durch Rekordsucht entweihen, du sollst ihre Seele suchen.

SEXUALVERBRECHER

Jeder Mann, ob groß, ob klein [1985]
Soll Hammer oder Amboß sein
Ich, ich bin von beidem nix
Drum steh ich hier und wichs

Ich bin ein Feigling, ich bin kein Rächer
Ich bin kei Luftpump, ich bin ein Fächer
Ich bin kein Eimer, ich bin ein Becher
Ich wär so gern ein Sexualverbrecher

Mich hat der Esel im Galopp verlorn
Drum hab ich auch so große Schlapperohrn
Mein blöder Vadder hat sich totgesoffe
Drum sabber ich und 's Maul is offe

Ich bin ein Feigling, ich bin kein Rächer
Ich bin kei Luftpump, ich bin ein Fächer
Ich bin kein Eimer, ich bin ein Becher
Ich wär so gern ein Sexualverbrecher
Doch ich bring's net
Ich bring's net
Ich bring's net hinter mich

NORMALVERFALL

[1989]

Schau ich in den Spiegel rein
Sag ich laut: Ach nein, ach nein!
Als ein Irrtum der Natur
Folg ich errötend meiner Spur
Wenn ich mir an den Nabel greife
Werde ich zur Endlosschleife
Irre rennt der Hase und er irrt
Weil Igels Spiegelbild verwirrt
Nabel, Hase, starr und stur
»Zu den Müttern!« sprech ich nur
Ist die Mutter der Natur
Die Feindin auch der Uhr?
Oder wirken Mutterhuren
Fett wie echte Butterkuren?
Bin ich Igel? Bin ich Hase?
Pult der Vetter in der Base?
Und mein Branntweinspiegel steigt
Bis er mir die Wahrheit zeigt
Schaut sie in den Spiegel rein
Sag ich leis: Ich armes Schwein.
Und der Sinn von der Geschicht
Bin ich ja schon wieder nicht.

SELBSTERFAHRUNG

Ich stelle einen Spiegel auf meinen Schreibtisch und gebe mir ein Interview. [1985]

SPIEGEL: Sie schreiben. Welche Wirkung beabsichtigen Sie?
ICH: Ein unbeschriebenes Blatt möge sich mit Zeichen füllen.
SPIEGEL: Welchen Zeichen?
ICH: Mit signifikanten.
SPIEGEL: Zeichen?
ICH: Ja.
SPIEGEL: Wo stehen Sie politisch?
ICH: Die Zeichen oder ich?
SPIEGEL: Sie – groß geschrieben.
ICH: Eine gute Frage. Aber nicht jede gute Frage erhält eine gute Antwort.
SPIEGEL: Was haben Sie wem zu sagen, wenn Sie schreiben?
ICH: Ich habe nichts zu sagen. Ich schreibe aus der Einsicht in die Nutzlosigkeit der Vergeblichkeit im Namen der Hoffnungslosigkeit ohne Erbarmen mit mir.
SPIEGEL: Glauben Sie noch an die Revolution?
ICH: Daß Sie mich das fragen, ist Revolution. Ich brauche also nicht an sie zu glauben, da sie in diesem Augenblick stattfindet.
SPIEGEL: Was bedeutet für Sie der Humanismus?
ICH: Täglich etwas Neues. Gestern war er die größte Dummheit des 19. Jahrhunderts, heute morgen beim Einkauf von Brötchen erschien er mir wieder hochaktuell, mal sehen, was morgen die Franzosen dazu zu sagen haben.
SPIEGEL: Was halten Sie vom Strukturalismus?
ICH: Ich habe nie Architektur studiert.
SPIEGEL: Nehmen Sie an Demonstrationen teil?
ICH: Solche Dinge vergesse ich.
SPIEGEL: Was halten Sie vom Berufsverbot?

ICH: Ich finde es nicht richtig, daß Berufe verboten werden.

SPIEGEL: Ist das Kunst, was Sie machen?

ICH: Kunst ist nur ein Minimalprogramm. Mir geht es um Höheres.

SPIEGEL: Um was?

ICH: Um Abschaffungen. Meine ersten Arbeiten werden sich mit der Abschaffung der Wolken beschäftigen.

SPIEGEL: Wieso der Wolken?

ICH: Weil ich gerade aus dem Fenster sehe und Wolken beobachten muß.

SPIEGEL: Was wollen Sie noch alles abschaffen?

ICH: Im Ganzen gesehen die Hälfte von allem, das reicht für die Kraft eines einzelnen.

SPIEGEL: Sind Sie Nihilist?

ICH: Das ist kein Thema.

SPIEGEL: In welche Kunstrichtung würden Sie sich, wären Sie Kritiker, einordnen?

ICH: Bau-Steine-Erden und ein wenig öffentlicher Transport, Nahrung und Genuß, IG Sanft, Fick und Wichs und Solidarität mit allen Opfern kurz vor ihrem Tod.

SPIEGEL: Wir danken Ihnen für das Gespräch.

ICH: Ich bin, das muß noch nachgetragen werden, menschenscheu, ein wenig zynisch, hochsensibel, verantwortungslos, stelle bohrende Antworten, habe eine gute Frau und zwei Kinder, die alle aufs Gymnasium gehen und mich ein wenig hassen, mein Lieblingsheld in der Literatur ist König Salomon und mein Lieblingskomponist Franz Lehár. Ich bin auch suizidverdächtig, drogenabhängig, habe Hämorrhoiden und leide am Verständnis meiner Mitwelt.

FAZ-FRAGEBOGEN

Was ist für Sie das größte Unglück? [1993]

Daß man nur durch Kinder Enkel haben kann.

Wo möchten Sie leben?

Im Wohlstand.

Was ist für Sie das vollkommene irdische Glück?

Wache Bewußtlosigkeit.

Welche Fehler entschuldigen Sie am ehesten?

Ich entschuldige nichts.

Ihre liebsten Romanhelden?

Lou Ford (Jim Thompson), Kapitän Marlow (Joseph Conrad) und Victor Bâton (Emmanuel Bove).

Ihre Lieblingsgestalt in der Geschichte?

Julian Apostata.

Ihre Lieblingsheldinnen in der Wirklichkeit?

Linda Evangelista, Jodie Foster, Heike Henkel.

Ihre Lieblingsheldinnen in der Dichtung?

Lilith, Judith, Medea, die Marias aus dem Film *Viva Maria*.

Ihre Lieblingsmaler?

Otto Nagel, Gaston Chaissac.

Ihr Lieblingskomponist?

Franz Schubert.

Welche Eigenschaften schätzen Sie bei einem Mann am meisten?
Unaufdringlicher Geruch, gute Manieren, schöner Hintern.

Welche Eigenschaften schätzen Sie bei einer Frau am meisten?
Intelligenz, Schönheit, ein Gran Hysterie und eine dunkle Stimme.

Ihre Lieblingstugend?
Die Kunst, still zu sein.

Ihre Lieblingsbeschäftigung?
In der Einbildung schwelgend, bedeutend zu sein.

Wer oder was hätten Sie sein mögen?
Pilatus.

Ihr Hauptcharakterzug?
Oberhesse, also Tapferkeit auch ohne Feindberührung.

Was schätzen Sie bei Ihren Freunden am meisten?
Daß sie nicht auf mich angewiesen sind.

Ihr größter Fehler?
Nervosität.

Ihr Traum vom Glück?
Ein umjubelter Soloauftritt im ausverkauften Frankfurter Waldstadion.

Was wäre für Sie das größte Unglück?
Ein Leben nach dem Tode.

Was möchten Sie sein?
Gesund, gemein und reich.

Ihre Lieblingsfarbe?
Gold.

Ihre Lieblingsblume?
Weiße Rosen aus Athen.

Ihr Lieblingsvogel?
Pinguin.

Ihr Lieblingsschriftsteller?
Carl Schmitt.

Ihr Lieblingslyriker?
Walther von der Vogelweide.

Ihre Helden in der Wirklichkeit?
Die Helden von Bern 1954.

Ihre Heldinnen in der Geschichte?
Edith Cadivec, Mata Hari, Katharina die Große.

Ihre Lieblingsnamen?
Allah, Nirwana und Zebaoth.

Was verabscheuen Sie am meisten?
Schlechte Laune.

Welche geschichtlichen Gestalten verachten Sie am meisten?
Die Gegenpäpste.

Welche militärischen Leistungen bewundern Sie am meisten?
Die Invasion der Normandie (1944), die Schlacht von Stalingrad.

Welche Reform bewundern Sie am meisten?
Die Gotik.

Welche natürliche Gabe möchten Sie besitzen?
Zufriedenheit und Harmoniebedürfnis.

Wie möchten Sie sterben?

Dumm, krank und hemmungslos.

Ihre gegenwärtige Geistesverfassung?

Positiv.

Ihr Motto?

»Erstrebenswert aber ist die Liebe unerwartet am Nachmittag.«

KANINCHENSTALL

Ich wohn in 'nem Kaninchenstall [1989]
Und es ist eng bei mir
Und wenn ich in mein Bettchen fall
Dann denke ich an dir
Ich denk an dir, ich denk an dich
Ich denk die ganze Zeit an mich

Ich wohn in 'nem Kaninchenstall
Und es ist eng bei mich
Und wenn ich in mein Bettchen fall
Dann falle ich auf dich
Ich fall auf dir, ich fall auf dich
Ich fall ja ständig rein auf dich

Ich wohn in 'nem Kaninchenstall
Ja so and such is life
Und wenn ich in mein Bettchen fall
Dann rauche ich 'ne Pfeif

Ich ziehe mir das Stöffchen rein
Bis daß der Morgen graut
Und glücklich wie ein Stachelschwein
Bin ich total versaut

Ich sau mit dir, versaue dich
Wir beide sauen fürchterlich

Ich wohn in 'nem Kaninchenstall
Und es ist eng bei mir
Und wenn ich in mein Bettchen fall
Dann schließe ich die Tür

MENSCH UND VERS

Populistisch-realistische Bruchstücke

[1985 ff.] Ich schreibe. Gedichte. Aber ich schreibe nicht nur, ich spreche auch. Meine Gedichte sind in erster Linie demzufolge Sprechgedichte. Sie dringen durchs Ohr in die Seele, sind also Musik und nicht Lautmalerei. Ich veröffentliche meine Gedichte unter dem Pseudonym Pater Schlotterdeich. Mein erster Gedichtband heißt »Kritik der zynischen Zunft«. Es werden nunmehr Werke aus dem Zyklus »Paßbilder von Fassbinder oder Omi-Kleider von Romy Schneider« veröffentlicht. Da ein Gedicht heute nicht, noch nicht für sich stehen kann, pflege ich beim Vortrag meiner Arbeiten diese zu interpretieren, um ihre Authentizität zu garantieren, aber auch, um dem Gedicht an sich die Chance zu vermitteln, zum Gedicht für sich zu werden.

Mein erstes Gedicht ist ein Vierzeiler, ich bevorzuge Vierzeiler, da sie eine Stufe mehr als die Dialektik haben. Es heißt »Die Eingeborenen und die Asylanten«. Der Witz ist ja, wenn wir im Ausland sind, sind dort die Menschen für uns Eingeborene, aber für die Asylanten hier sind wir die Eingeborenen.

Die Eingeborenen und die Asylanten

Wir lieben das Lieben
zwar hüben wie drüben,
doch hassen wir Tassen,
die nicht zu uns passen.

Das ist eine sehr negative Realität, hinter der ich natürlich nicht stehe, sondern ich habe sie nur niedergeschrieben. Das nächste Gedicht betrifft auch eine Empfindung, ist also auch ein Stimmungsgedicht und heißt: »Realer Sozialismus«, orientiert sich also formal am Surrealismus.

Realer Sozialismus

Vor hundert Jahren fiel Karl Marx
in die Ruhe seines Sargs,
und es begannen seine Erben,
ums Proletariat zu werben.
Was ist dabei herausgekommen?
Die Klugen beherrschen die Dommen.

Den ersten Endreim dieser Strophe habe ich übrigens von H. M. Enzensberger entliehen, der Rest ist allerdings wieder von mir. Ich beschäftige mich nunmehr mit Utopie, nicht mit der Utopie von Gerechtigkeit und Sozialstaat, sondern ich bewege mich auf der anderen Utopieschiene von Freiheit und Versicherung. Das Gedicht ist nicht von mir, sondern von Franz Kafka. Max Brod hat es verbrannt, ich habe die Asche gefunden, es heißt:

Die Verstörung der Vernunft

Ich gehe durch die Stadt und über die Brücke
und werfe vor allem begehrliche Blicke.
Ich bin auch schon durch Prag gegangen,
ohne begehrliche Blicke zu empfangen.

Statt dessen entstand dann der *Prozeß* und das ganze übrige Werk, das wir so lieben. Meine beiden letzten Arbeiten beschäftigen sich noch einmal mit der Geworfenheit des Individuums ins Subjekt. Zunächst ein kosmischer Ausblick:

Tagsüber geht durch meinen Sinn
das Träumen her, das Träumen hin:
Ach, wär ich dick, ach, wär ich dünn,
zumindest anders, als ich bünn.

Hier noch ein schönes kleines November-Gedicht:

Wenn man sich nicht selbst bescheißt,
endet man wie Heinrich Kleist.
Ohne Schuld und ohne Mogeln
erschoß er sich und auch Frau Vogeln.

Es folgt ein Blick in die Zukunft:

Historischer Optimismus

Parmesan und Partisan,
wo sind sie geblieben?
Partisan und Parmesan,
alles wird zerrieben.

Zum Schluß habe ich noch einen Rat an jugendliche Männer, die oft in Discos gehen, um Mädels kennen und fühlen zu lernen.

Disco

Wenn sie nicht will,
was ich ihr tu,
dann füg ich's still
mir selber zu.

Damit ist die von der Bundesregierung unterstützte Privatinitiative gemeint.

DIE ZUKUNFT LIEGT HINTER UNS

Vom Herbst der Neuzeit

Genauso sollte man die Welt betrachten:
Wie ist die Lage?
Und nicht:
Warum ist die Lage so beschissen?

EUROPA – WO LIEGT DAS?

Wenn man heute aus sich herausgeht, dann muß man sich doch fragen: Was ist bloß los? Auf der Straße wird gedacht, und zu Hause schmeißen die Leute mit Steinen. Da stimmt doch was nicht. Da lauert doch Gefahr, Friede und Recht sind sehr wund, und das Raumschiff Erde rast durchs schwarze Loch. [1988]

Danger! Do not lean out!

Alle Welt beklagt den Verlust der Mitte. Wenn aber keine Sau mehr weiß, was rechts und links ist, kann auch kein Weltmeister der Definition mehr sagen, wo Mitte ist.

Aber niemand muß sich fürchten, denn wir leben im Zeitalter des Wassermanns, und der heißt auf deutsch: Europa.

Europa ist wieder da. Die Römerberggespräche in Frankfurt, der Schriftstellerkongreß in Berlin, die *FAZ* im Feuilleton und im Wirtschaftsteil und auch die *taz* mit ihrer multinational aufgerüsteten Beilage *Lettre* (das Beste aus *Writer's Digest* für den gehobenen Kopfverkehr in den Zeiten der geistigen Immunschwäche): Alle stehen auf Europa, und keiner will Stier sein.

Die Internationale der Künstler hat keine Lust mehr, am Rande der Gesellschaft herumzulungern. Oder wie der Hesse sagt: »Wenn schon net mehr Avangaade, dann wenigstens en Schrebergaade.« So wie mit der SPD – seit 125 Jahren schlechte Laune und trotzdem nie so richtig dazugehören –, so will das keiner mehr für sich. Und wen hat denn ein Geistesmensch heute noch?

Den Neger etwa oder den Indianer? Die wollen doch von uns nichts mehr wissen, im Gegenteil, die schleichen hier herum und erzählen was von der Ganzheit der Person, von Wiedergeburt und wunschlosem Dasein – wir war'n da im Nirwana.

Es geht bei den Schriftstellern nicht mehr so wie früher. Heute retten wir Deutschland und morgen die Dritte Welt. Nein, die Dritte Welt kommt zu uns und sagt: Du, weißer Mann, du zuviel denken. Und zuviel denken nix gut.

Ja, auf der Mauer, auf der Lauer liegt der Kalahari-Bauer. Sehen wir die Lage historisch, aber ohne dabei aus der Geschichte etwas lernen zu wollen. Zuerst wollten wir Deutsche die Welt erobern, um sie deutsch zu machen. Das hat nicht geklappt. Dann wollten die guten Deutschen die Welt erobern, um sie von den Folgen des Zweiten Weltkriegs zu befreien. Das hat auch nicht geklappt.

Dafür feiern wir nun ein Revival der 30er Jahre – 50 Jahre Anschluß Österreichs und gute 50 Jahre Europa-Gedanke.

Europa ist das Markenzeichen für ein nicht mehr neues, aber frisch gestyltes Produkt, für den SINN.

Deutscher Lebenssinn statt amerikanischer Lebensfreude.

Intellektuelle und andere Schriftsteller besinnen sich auf sich selbst. Sie sagen sich, wir sind nicht Revolutionäre, sind nicht Boheme und nicht verkannte Genies, wir sind selbständige Unternehmer. Und da haben wir nach einer ordentlichen Unternehmensberatungsschulung zum Thema »Das Ende der Bescheidenheit« unser Produkt neu geschöpft: EUROPA, nur echt mit dem humanistischen Design. Wenn man schon nicht miteinander reden kann, dann gibt es wenigstens etwas, worüber man nicht schweigen muß.

Vom Choc der Modernen gehen wir über den Eurocheque in die Neue Heimat.

Und wenn dann die Erste Welt und die Zweite Welt sich zusammentun, bleibt für die Dritte Welt nichts mehr übrig. Das nennen wir die Nulllösung.

AUFKLÄRUNG

[1990]

Der Müller von Sanssouci
wohnt beim König vis-à-vis
Der schwört beim Propheten des Bartes:
Ich bin der erste Diener meines Staates
Preußenkönig bin ich, absolut und aufgeklärt
weil die Ehre als Treue am längsten währt
Ich bin Friedrich, der große Wüterich
Als Preuße für Deutschland ein Über-Ich
und ich schaue manchmal stumm
auf mein deutsches Preußentum

Der müpfige Müller von Sanssouci
Er wurde ganz blaß, als sein König schrie
Man faßt sich ein Herz, wie es sich geziemt
und spricht dann ein Wort, das wurde berühmt:
»Es gibt noch Richter in Berlin
(il y a des juges à Berlin)
Hier stehe ich, ich will nicht knien
Es gibt noch Richter in Berlin!«

Der König sprach: Potzsackerment
das ist ein gutes Argument
Es lebe hoch Justitia
Germania, der Lenz ist da!
So begann der Frühling der Aufklärung in Deutschland
Und die ist heute auch verraten und verkauft.

PARADIESGASSE

[1988] Angst vor der Zukunft ist Unsinn, denn die Zukunft ist ja nur die Voraussetzung der Geschichte. Das, worum es geht, oder genauer: wohin das alles führt, ist schon längst vorbei. Es gibt eine Evolution, nur läuft sie eben rückwärts. Der Sinn der Geschichte ist vorbei, was wir heute machen, ist, den Weg zurückzugehen.

Adam und Eva sind das Endergebnis der Geschichte, das Ziel der Evolution, das Paradies, welches ja auch Zweck des Lebens ist.

Die ganze Anstrengung, das jahrtausendealte Gezeter, das Feurio und Mordio, das waren Schritte auf der Entwicklungsleiter hin zum Urzustand.

Diese Entwicklung drückt sich in fälschlicherweise »regressiv« genannten Gefühlen aus. Man möchte mal wieder ein Kind sein und sich ohne Verantwortung für sich und ohne schlechtes Gewissen im Mutterschoß gut fühlen. Das ist kein Ödipuskomplex, das ist ein historischer Materialismus.

Die gegenwärtige Zeit ist eine typische Vorkriegszeit, denn in 44 Jahren, am 8. Mai 1945, beginnt der Zweite Weltkrieg, der der Vorläufer des Ersten Weltkrieges gewesen sein wird, dem der Deutsch-Französische Krieg von 1870/71 folgt, usw. …

Alle diese Kriege und Kämpfe werden um den Einzug ins Paradies geführt, um die Mutation zum neuen Menschen, der als Adam und Eva ins Paradies darf.

Das Rad der Geschichte zurückdrehen also heißt, den verlorenen Vorwärtsgang wiedergefunden zu haben. Jesus mußte am Kreuz sterben, damit seine Geburt einen Sinn bekam. Erst wird Ostern gefeiert, dann Weihnachten. Wir haben also unsere Zukunft schon hinter uns, vor uns liegt nur noch die Entdeckung, wieso es so weit hat kommen können, wo und wie wir heute sind.

DER TRAUM VOM TERROR

»Die Weltherrschaft – und der Friede durch Weltherrschaft –«, schrieb Sebastian Haffner 1966 in seiner Einleitung zu militärischen Schriften Mao Tse-tungs, »ist seit Mao unmöglich geworden, für jeden.« Denn der mobile Partisanenkampf ist jeder konventionellen und sogar atomaren Kriegsführung überlegen. Doch hatten die USA auf Haffner nicht gehört und also in Vietnam verloren. [2001]

In letzter Zeit ist nun eine besondere soldatische Erscheinung in den Vordergrund des Guerillakrieges getreten: der Selbstmordattentäter, die Bombe auf zwei Beinen, der Terrorist, der nicht alleine in den Tod geht, sondern eine Menge von ihm als Feinde ausgedeutete Menschen mitnimmt. Landläufig wird diese Tötungskultur außerabendländischen Kräften zugeordnet: Kamikaze-Japanern, den alten Assassinen, Palästinensern und arabischen Kollegen im Umkreis von Al Qaida. Dies hinterläßt den Eindruck, daß solche Art des bewaffneten Kampfes in Europa oder überhaupt im freien Westen unbekannt sei. Vielleicht rührt dieses Urteil über potentiell nur geringe eigene Fähigkeiten auch aus der mißlichen Differenz, die gerne zwischen Okzident und Orient als eine zwischen Menschenrechten und Barbarei definiert wird.

Sind wir zu dieser militärisch wahrscheinlich notwendigen Barbarei nicht fähig? Als Empiriker schaue ich naturgemäß zunächst bei der Kunst nach.

1974 entstand der britische Film *Ein Mann namens Hennessy* (Regie: Don Sharp). Rod Steiger ist der Ire Hennessy, ein ehemaliger Afrikakämpfer fürs United Kingdom. Bei einer Demonstration erschießen britische Bewaffnete in Ulster seine Frau und seine Tochter. Er ist nicht Mitglied der IRA, geht aber nach London, um das Parlament und die Königin in die Luft zu sprengen. Da das selbst der IRA zuviel ist, beschließt sie, ihn zu töten, und verfolgt somit dasselbe Ziel wie die Polizei in London. Er aber klaut Dynamit, verkleidet sich als Abgeordneter und geht als lebende Bombe zum Zeremoniell der Parlamentseröffnung im Oberhaus, wo allerlei britische herrschende Klasse sich tummelt. Gut, er wird erwischt und draußen in die Luft gesprengt, ohne einen königlichen Kollateralschaden anzurichten, aber die Phantasie waltet stark in diesem durchaus spannenden Film, denn er ist auch voller Sympathie für den Terroristen.

1975 erschien von Thomas Harris der Roman *Schwarzer Sonntag*. Arabische Terroristen planen einen Vergeltungsschlag gegen die USA. Ihr Chef, Nadscheer, ist die Rückgabe Palästinas an seine Brüder egal, er »glaubt an die Massenvernichtung, an das läuternde Feuer«. Mit Hilfe der schönen Dahlia haben sie den seelisch zerrütteten Vietnamveteranen Michael Lander in ihren manipulativen Händen. Als flugerfahrener Mann (ehemaliger Navy-Pilot) soll er ein gasgefülltes Luftschiff beim Super-Bowl in New York, dem auch der Präsident als Zuschauer die Ehre gibt, mitten im Stadion zur Explosion bringen.

Der Showdown ist großartig, in letzter Sekunde dockt ein Hubschrauber an das Luftschiff an und zieht es vom sportlichen Ort weg, an dem schon Panik ausbricht, aber es kommt nur zu über 500 Verletzten, mehr Terror mutet uns der Autor nicht zu.

Mit Sicherheit gibt es noch viel mehr Krimis und Actionbücher oder -filme mit Selbstmordattentaten. Statt den Islam zu studieren oder sich mit Zukunftsforschung vollzuschütten, ist unseren Sicherheitskräften systematischer Besuch von Videotheken und Leihbüchereien zu empfehlen. Das heißt, in der Phantasie, im Traum ist der moderne Partisan schon lange im Westen lebendig. So wird er bald das Tor zur Wirklichkeit durchschreiten, dann zeigt sich wieder, »daß die Welt längst den Traum von einer Sache besitzt, von der sie nur das Bewußtsein besitzen muß, um sie wirklich zu besitzen.« (Karl Marx an Arnold Ruge, September 1843)

VOLKSBEANTWORTUNG ZUR WIEDERVERKÖNIGUNG DEUTSCHLANDS

Der Übergang ist vorbei [1980er]
Die Demokratie steht noch aus
Und keiner weiß Bescheid

Der Staat ist erst die Saat
Die noch aufgeht
Und wer die Saat abschafft
Der will nicht ernten
Die Menschheit muß nicht gerettet werden
Denn sie wird selbst überleben können
Die Avantgarde beißt sich in den Arsch
Und Aussagesätze haben recht
Ohne es zu setzen

Zu Ende geht erst der Anfang
Die Stunde der Politik nähert sich ihrem Schlagen
Und dann eröffnet das Welttheater seinen eisernen Vorhang
Vor den kryptischen Spielen
Der Irrtümer und Versuche
In denen Vernunft und Vergißmeinnicht
Sich in Dallas, Bonn und Südschwarzafrika
Wiederfinden

Diskurs ist, wenn man's trotzdem macht
Und Politik die Brunst des Unsäglichen
In dieser Art kann es weitergehen wie bisher
Ohne daß die deutsche Dreiteilung
Sich und Europa aufhebt
Oder daß pathetische Menschlichkeit entsteht
Die den Samt des Adels restauriert
Ohne in Renaissance zu erstarren

Mensch sein heute heißt
Weniger zu sein als ein sterbender Baum
Denkt mein Wassermann im Konjunktiv
Und Unkraut vergeht nicht, sagt der Volksmund
Und meint doch nur
Die Unvollkommenheit des Menschen

Unsere Chance
Auf die ganze Gattung hochgerechnet
Unsere Chance also
Auszusterben
Steht schlechter als die Wahrscheinlichkeit
Daß Mäuse und Bäume
Sich jetzt schon rechtzeitig
Vom sinkenden Traumschiff Erde absetzen

WILHELM BUSCH – VORDENKER DER POSTMODERNE

Heute ist schon vorbei, und morgen kommt nicht mehr wieder. [1986]
Wir leben im Herbst der Neuzeit. Wo aber bleibt eine Poesie dieser Epoche, die übers Klagen hinausgeht in schöpferische Kraft? Wo?

Kennzeichen einer Zeit des Verfalls ist stets ein verbreiteter Überdruß, eine ungute Stimmung, oft auch belastende Langweile. Die kultivierten Franzosen sprachen hier und damals vom *ennui.* Dieser Ennui war geradezu ein Markenzeichen der Décadence, der Bohème und des Fin de siècle; das heißt auf deutsch, daß zum Ende des 19. Jahrhunderts, und um diese Endzeit geht es bei der genannten Aufzählung, der künstlerisch orientierte Franzose sich zu langweilen pflegte, weshalb mancher davon irgendeine Barbarei herbeisehnte, damit wieder was los sei.

Heute aber ist diese mutige Empfindung einer einstmals sich als Elite mißverstehenden fränkischen und welschen Softie-Runde abendländisches Gemeingut geworden. Der Mensch in seiner ganzen Vielmaligkeit ist fundamental enttäuscht, Frau und Mann sind säkular beleidigt. Der Spießer von heute empfindet wie der ebensolche Bohemien von gestern, und auch Frauen mischen sich zwanglos in diese Katastrophen-Performance ein. Wo aber bleibt die dieser Zeit genössische Lyrik? Wo?

Wie sieht denn heute unser aller Material des Lebens aus, das auf dem Schreibtisch der Muse zu Poesie verarbeitet wird? Eigentlich wollte Frau Zinser die Kraftfahrzeugsteuer bezahlen und hat doch statt dessen ihren Ehemann unter die Räder der U-Bahn Richtung Gonsenheim geschubst. Eigentlich sollte schon gestern die Welt untergegangen sein, und dennoch werden Strommasten umgesägt. Eigentlich ist die Welt so furchtbar, daß sie es verdient, mit Schweigen bestraft zu werden, und dennoch stellen über sechstausend Verlage ihre gesprächigen Werke auf der Frankfurter Buchmesse im Herbst 1986 vor. Man sieht, die Gesetze der moralischen Kausalität erblühen nicht in voller Geltung.

Mit den Worten »erstens kommt es anders, zweitens als man denkt« hat in Deutschland am Ende des 19. Jahrhunderts der Dichter, Poststrukturalist und Maler Wilhelm Busch *(Max und Moritz, Schein und Sein, Zu guter Letzt)* dieses Phänomen beschrieben, das zu dem anfangs erwähnten Lebensüberdruß führt. Busch, ein Künstler der prophetischen Antisachlichkeit, erschuf vor hundert Jahren die Parodie des Zeitgeistes, der heute als glanzneu stattfindet. Wir wissen ja, daß sich Geschichte allemal wiederholt. Was zuerst eine Farce war, wird später blutiger Ernst. So auch in der Literatur. Erst kommt die kunstvolle Parodie und dann die hohe Kitschkunst.

Nehmen wir die Kernaussage der Buschschen Poesie. Der Mensch von heute, und das gilt gerade heute immer noch, ist geprägt von einer schlechten Laune, für die er unaufgeklärt selbst verantwortlich ist, die er aber gern an anderen ausläßt. Ganz abgrundtief schlimm ist es, wenn aus dieser individuell-seelischen Befindlichkeit eine gesellschaftstheoretische Ablehnung des bestehenden Systems wird. Oder einfach ein übellaunisches Besserwissen. Ganz anders, also skeptisch und melancholisch, Wilhelm Busch:

Gestern war in meiner Mütze
Mir mal wieder was nicht recht;
Die Natur schien mir nichts nütze
Und der Mensch erbärmlich schlecht.

Meine Ehgemahlin hab ich
Ganz gehörig angeplärrt,
Drauf aus purem Zorn begab ich
Mich ins Symphoniekonzert

Doch auch dies war nicht so labend,
Wie ich eigentlich gedacht,
Weil man da den ganzen Abend
Wieder mal Musik gemacht.

Auf den ersten Blick erscheint Karl Valentin als tragische Figur eines komischen Konzertbesuchers vor unserem Auge, aber bei weiterem Schauen schiebt sich auch der neuere Typ des Popfestival-Kunden in die Vorstellung, besonders dann, wenn wir uns in eine dieser modernen Veranstaltungen gegen Hunger in Afrika, Atome in Rußland und Gemeinheiten in Südwestbadenwürttemberg hineinversetzen, in denen Labung nicht aufkommt, weil man da von Ambros, BAP und bots bis Wader und Zupfgeigenhansl den ganzen Abend wieder mal Musik gemacht.

Geradezu gemein ist Busch, wenn er, ohne den Namen zu nennen, die Linke von heute mit der Jugend von heute konfrontiert und dabei die Erscheinungsform der politischen Linken mit der Gestalt der Tugend identifiziert.

Die Unbeliebte

Habt ihr wirklich keinen Schimmer
Von Angst, daß ihr noch ruhig schlaft?
Wird denn in dieser Welt nicht immer
Das Leben mit dem Tod bestraft?

Ihr lebt vergnügt trotz dem Verhängnis,
Das näher stets und näher zieht.
So stiehlt der Dieb, dem das Gefängnis
Und später gar der Galgen blüht.

»Hör auf«, entgegnet frech die Jugend,
»Du altes Jammerinstrument!
Man merkt es gleich, du bist die Tugend,
Die keinem sein Vergnügen gönnt.«

Vielleicht erklären diese wenigen Zeilen so manche Wahlniederlage der SPD und der Grünen und zusätzlich noch, warum die außerparlamentarische radikale Linke wie die ebenso radikalen Feministinnen in gewisser Weise noch nicht ganz die kulturelle Hegemonie besitzen, die nötig wäre, um die Bosheit aus der Welt zu vertreiben. Gegen solche politische Philosophie der Tat ist in den letzten Jahren auch bei uns wieder ein Rückgriff auf die angebliche Weisheit des Ostens getan worden, hat eine Kehre stattgefunden zum asiatischen Grinsen, das manche westdeutschen Nachdenker für maskenfreie innerliche Ruhe ansehen.

Das große Werk des Bhagwan-Philosophen Peter Sloterdijk, das aufs buddhistisch Bodenständige des Nichtstuns zielt, also *Die Kritik der zynischen Vernunft,* ist bei Wilhelm Busch schon komprimiert vorgedichtet:

Gründer

Geschäftig sind die Menschenkinder,
Die große Zunft von kleinen Meistern,
Als Mitbegründer, Miterfinder
Sich diese Welt zurechtzukleistern.

Nur leider kann man sich nicht einen,
Wie man das Ding am besten mache.
Das Bauen mit belebten Steinen
Ist eine höchst verzwickte Sache.

Welch ein Gedrängel und Getriebe
Von Lieb und Haß bei Nacht und Tage,
Und unaufhörlich setzt es Hiebe,
Und unaufhörlich tönt die Klage.

Gottlob, es gibt auch stille Leute,
Die meiden dies Gewühl und hassen's
Und bauen auf der andern Seite
Sich eine Welt des Unterlassens.

POLITIK ALS GLAUBENSKRIEG

> »Herrgott, laß uns die Grenzen wissen, wie weit man mit den Mitteln der modernen Technik gehen kann! Wir wollen Dein Mysterium nicht auf dem Markte profanieren. Aber wir können nicht zulassen, daß die Straßen und Gassen allein das Terrain des Satans sind, wo er seine Orgien feiert. Die Kinder dieser Welt sollen nicht klüger sein als wir. Gib uns Deinen Heiligen Geist, daß wir erfinderisch sind, wenn es darum geht, den modernen gehetzten Menschen mit Deiner Botschaft anzusprechen.« *Pater Leppich* (Christus auf der Reeperbahn, *1956*)

Die politischen Bewegungen finden wieder im religiösen Raum statt, die Welt ist eine Kirche, ein Götter- und Göttinnenhaus, das Gute und das Böse haben sich zu universalen, regionalen und lokalen Freund- und Feindbastionen ontologisch verfestigt, so daß nur ein Endkampf, ein großer Showdown denkbar ist, das letzte Gefecht um den Endsieg, der diese Spannung einmal wird auflösen können. Nach uns die Harmonie. [1987]

In der Politik werden nicht Lösungen gesucht, sondern vertrauensbildende Maßnahmen vollstreckt. Die Politiker aller Parteien treten uns nicht als Schauspieler entgegen, sie quälen uns als Prediger und Verkünder einer jeweils parteigebundenen Moral. Politik ist nicht Showgeschäft, ist nicht Entertainment – dies ist nur ihr schöner Schein –, Politik ist wieder Glaubenskrieg. Priester der Lebensfreude durch Marktwirtschaft strahlen Optimismus aus, und die Jünger des Kampfes um Erfolg treten fit und sauber neben die Propheten des Untergangs und des berechtigten Weltschmerzes.

Das politische Leben ist die Wirklichkeit zum Film, der Film spielt im Mittelalter und heißt *Der Name der Rose.* Und so ist es nur konsequent, daß Gotteslästerung wieder strafbar sein soll. Und mit Freude betrachten christliche Fundamentalisten, daß Aids wie einst als Geißel Gottes die biblischen Gesetze wieder zu weltlichen Vorschriften für ein richtiges Leben werden läßt. Politik, von der eigenen Hilflosigkeit gegenüber allen drohenden Gefahren der menschlichen Selbstvernichtung fast schon selbst überzeugt, sucht einen transzendenten Punkt der eigenen Sinnstiftung. Es gilt die alte Faustregel: Wer nicht weiß, wie's weitergeht, dem hilft die Religiosität. Die heutige politische Landschaft ist geprägt vom seelischen Fanatismus und allgemeiner Feindverteufelung. Das Gute wird gehandelt als Waffe im gesellschaftlichen Machtkampf, der Boden ist also bereitet für ein totalitäres Regime.

Die *FAZ* hat es frühzeitig schon bemerkt, daß dergestalt totalitär empfunden wird, daß es aber der altböse Feind ist, der sich da zusammenrottet. Doch diese Sicht der Dinge, die Übel der Welt hätten ein einziges Zentrum, ist beispielsweise dem amerikanischen Präsidenten Ronald Reagan nicht unbekannt, hat er doch früher selbst oft darauf hingewiesen, daß im Kreml das Böse an sich zu Hause sei. Seit er allerdings als Friedenspräsident in die Geschichte eingehen will, verwendet Reagan solche Bilder nicht mehr.

Kritische Kulturbetrachter werfen Ronald Reagan weniger diese Ausflüge in den Gottesdienst vor als vielmehr die Tatsache, daß er einmal Schauspieler war. Daran zeige sich, wie heruntergekommen die Staatlichkeit sei. Statt ernsthafter Politik werde Entertainment betrieben. Der Politiker als Schauspieler entweiht für diese Imagepfleger des Politischen den Beruf des Politikers, entzaubert den Staatsmann.

Es wäre schön, wäre Politik Showgeschäft und damit die Unterhaltung besser, die sie uns liefern, die Regierenden. Aber so etwas wollen diese ja gar nicht.

Ronald Reagan ist in Wirklichkeit kein B-Film-Star, er ist ein Missionar. »Dream the american dream«, das ist seine Botschaft, und das ist seine Drohung. Er hatte seinerzeit Erfolg damit, die Konfrontation mit der Sowjetunion als »Harmagedon« zu bezeichnen. Damit war der Ort aus der Apokalypse des Johannes zitiert, an dem ein Endkampf der Fürsten dieser Welt vor dem Thron Gottes stattfinden soll. Reagan belegte mit seiner darauf begründeten Aufrüstungspolitik, daß nicht die ballernden Cowboys gefährlich sind, sondern die Ersatzpäpste, die für Glaubensfragen bereit sind, über Leichen zu gehen.

Das Dilemma der religiösen Weltbetrachtung wird im Nachkriegsdeutschland offenbar. Die Verteufelung Hitlers führt zur Entschuldigung des deutschen Volkes. Der Nationalsozialismus ist über Deutschland gekommen, wie es die Macht des Bösen zu tun pflegt, im Gewand der Lüge und der Gewalt. »Die dunkelste Epoche deutscher Geschichte«, von der heute auch gern wieder weihevoll gesprochen wird, war eben ein Harmagedon, ein geradezu biblisches Ereignis. Was sollten wir kleinen Sünder, die wir nun mal sind vor den Augen des Herrn, schon ausrichten, wenn Gott und Satan miteinander ringen? Die politische Theologie hat sich als Legitimationsstrategie selbstverschuldeter politischer Verbrechen entpuppt. Satan wird hervorgeholt, damit die deutsche Geschichte als Ganzes wieder akzeptabel ist.

Satan hat nach 1945 gleichsam das Braunhemd ausgezogen und versucht nunmehr die Welt mit rotem Stern und roter Fahne. Die Politik der 50er Jahre war ein einziger Gottesdienst, in dem die Gemeinde (das Staatsvolk) aus versteckter Schuld und offenem Haß gemeinsam gegen den Kommunismus betete.

Unter dem wuchtigen Titel *Freiheit oder Sklaverei* schrieb Rudolf Pechel damals in einem Sammelband, der das Volk aus seiner politischen Lethargie wecken sollte, die aufmunternden und gleichzeitig drohenden Worte:

»Wir wollen dem Kommunismus nicht unrecht tun. Wir sprechen hier nicht von dem Kommunismus der frühchristlichen Gemeinden, von kommunistischen Theorien und Versuchen reiner Idealisten, sondern von dem bolschewistischen Lenin-Stalinismus, der für überzeugte, ehrliche Kommunisten ein Verrat an der Menschheitsidee des reinen Kommunismus bedeutet. Niemand kann weiter davon entfernt sein als ich, den Westen als den Träger des Lichtes oder gar als den Gottesstaat anzuerkennen, in dem die lautere Wahrheit ihren Platz hätte. Ich weiß, daß auch die westlichen Demokratien durchweg machtbewußte, rein weltliche Staaten sind, und daß auch im Westen die Menschen, die ihr Leben ohne Gott und gegen Gottes Gebote führen, die Mehrheit bilden. Aber im Westen können die Kirchen, können die Christen für Gott und Christus kämpfen und laut und unbehindert seine Botschaft verkünden. So lautet der Gegensatz nicht: Kapitalismus und Kommunismus, sondern: niedrigste Knechtschaft und Freiheit. So formuliert sich der Gegensatz zu seiner letzten Steigerung: Gott oder Satan. Für den Menschen von Verantwortung darf die Option nicht schwer sein: es ist ein klares, unbedingtes Nein zu sagen.«

O ja, sagen wir nein zu Satan.

DER IRRSINN DER SOZIALEN FRAGE

Frag nicht wie – frag nicht wo [1990?]
Frag nicht: Was für eine Frage
Sag doch einfach es – es ist die – die soziale Frage
die stellt sich in der Nacht
und auch am Tage.
Sie geht uns alle, alle an
die sozi-alle alle Frage.

An wen?

An wen geht denn die sozialle Frage
Die geht an alle, alle, alle, alle, alle, alle, alle
in jedem Falle, die soziale Frage
in jeder Lage: die soziale Falle
Die soziale Frage ist eine Falle
für jede und alle ist sie eine Falle.

Warum?

Du bist nichts, drum bleib am Ball
Du bist bloß nur ein sozialer Fall
Die Menschen wohnen in Häusern drin
Der Sozialfall schleift auf der Straße sein Kinn
Die Menschen haben Familie und Wärme
Der Sozialfall hat die Kälte im Gedärme
Die Menschen sind für die Liebe frei
Der Sozialfall fickt mal so nebenbei
Die Menschen werden zu Weihnachten gut
Der Sozialfall hat eine teuflische Wut
Für die Menschen ist Jesus der Erlösungsvermittler
Der Sozialfall schreit laut

»Verdammt, verflucht« und auch »Heil Hitler«
Drum frag nicht wie – frag nicht wo
Frag nicht: Was für eine Frage
Sag doch: Sie, sag doch: So
Sag doch: Wie ist ihre Lage?
Hol dir, was du brauchst, und frag nicht woher
Und wenn du nichts mehr hast, dann hol dir noch mehr

– Ich würde hier abbrechen, nachher sitzt hier noch so ein armes Schwein, der nimmt das wörtlich.

– Ich persönlich habe nichts gegen Arme, wenn sie nicht bei mir einbrechen.

– Eben, wir wollten mit diesem Rap zur sozialen Frage aufrütteln, zum Mitleid führen, denn Mitleid ist bei uns im Eintrittspreis inbegriffen.

– Es ist ein sehr unterhaltsames Gefühl, ich habe lieber Mitleid, als selbst ein Neger zu sein. Das klingt jetzt hart, aber wir haben uns gesagt, bei so einem ernsten Thema wie der sozialen Frage müssen wir auch zeigen, daß wir selber dazugehören.

– Wozu?

– Na, zur Frage – wir wollen doch keine Antwort sein, denn die Antwort weiß ganz allein der Wind, aber wir haben heute den Wetterbericht nicht gehört und wissen daher nicht, von woher der Wind blasen wird.

– Nein, laßt die Spielerei, es geht doch darum, daß wir alle auch schuldig sind.

– Schuldig? Ich bin doch aus der Kirche ausgetreten.

– Es geht doch um unsere Verantwortung. Jeder, der ein argentinisches Steak ißt, macht sich schuldig an der Vernichtung der Regenwälder am Amazonas. Keiner kann sich heute auf die Gnade der mißlungenen Abtreibung berufen.

– Ich finde es problematisch, sich über alles lustig zu machen.

– Nur wer sich darüber lustig macht, nimmt die Sache noch ernst. Wenn du den Irrsinn der Welt siehst und nicht darüber lachst, dann bist du entweder blöd, verlogen oder kannst dir gleich den letzten Schuß geben. Heute kühlen Verstand zu bewahren ist doch Irrsinn. Wer über gewisse Dinge den Verstand nicht verliert, der hat keinen zu verlieren.

– Aber es gibt auch positive Anstrengungen, um mit dem Irrsinn fertig zu werden.

– Wirklich?

– Ja, in Düsseldorf soll jetzt der Hausmüll in durchsichtigen Tüten auf den Straßen abgestellt werden.

– Warum das?

– Damit auch die Arbeitslosen mal einen Schaufensterbummel machen können.

DIE BÜRGERLICHE GESELLSCHAFT

[1989] Der Franzose Jules Renard hat einmal gesagt, und zwar am Ende des 19. Jahrhunderts, es sei bürgerlich, antibürgerlich zu sein. Das heißt doch, daß die bürgerliche Gesellschaft eine integrierte Oppositionsschaltung besitzt. Der ganze Laden funktioniert nur, wenn es genügend Leute gibt, die dagegen sind, damit diejenigen, die eigentlich dafür sind, wissen, wofür sie sind, nämlich für die Erhaltung dessen, was die anderen angreifen.

Dieses Chaos von Dafür und Dagegen ist spätestens mit der Französischen Revolution Allgemeingut im Abendland geworden und heißt bürgerliche Gesellschaft. Damit sie nicht gar zu unerfreulich ist, gibt es als Rahmenhandlung ein Unterhaltungsprogramm, das heißt bürgerliche Kultur. Für das Entertainment gilt übrigens das gleiche wie für die gesamte Veranstaltung. Man braucht hier Kräfte, die dagegen sind. In der Kunst heißen sie Avantgarde, manchmal auch Ratten und Schmeißfliegen, zuweilen nennen sie sich selbst Punks oder Popstars.

Wir leben also in der bürgerlichen Kultur, deren Funktionsmechanismus die Krise des Funktionierens ist. Da müssen doch Fragen erlaubt sein.

Was ist das eigentlich für ein Sauhaufen, die freiheitlich-demokratische Grundordnung? Demokratie heißt auch, daß jeder Depp und jeder Drecksack darüber mitbestimmen kann, wie es mir letztendlich geht, ja sogar wie es mir gehen soll.

Früher in den schlechten alten Zeiten des Feudalismus waren die Herrschenden die Schweine. Demokratie aber ist Volksherrschaft, also Schweinestall ohne Bauer, Massentiere ohne Haltung. Demokratie also ist die formlose Gleichgültigkeit aller gegen alle, eine Riesensauerei somit. Die entscheidende Frage in der Demokratie heißt doch: Welches Schweinderl hätten Sie denn gerne? Es ist die Pflicht jedes Demokraten und jeder Demokratin, Schwein zu haben, und wer kein Glück hat, soll sich nicht so anstellen – außer beim Sozialamt, da muß er sich anstellen.

Das ist die bürgerliche Gesellschaft, eine Gesellschaft mit beschränkter Haftung für die Zukunft und stillen Teilhabern, also Mitläufern.

Es gibt keinen Klassenkampf mehr, oder hat jemand noch einmal das Proletariat gesehen, und zwar persönlich, mit Name, Anschrift, Kampfadresse? Oder gar das Bürgertum? Nicht diese Masken, die verkleidet in die Oper gehen, um etwas zu repräsentieren, was sie gar nicht sind. Nein, richtige Bürger gibt's nicht mehr.

Das ist unser Schicksal – wir leben in einer bürgerlichen Gesellschaft ohne Bürger. Es geht also nur noch um die Macht. Macht macht kaputt, Ohnmacht macht dumm. Da macht man doch lieber was kaputt, als dumm zu bleiben.

Das ist der Grundsatz der Freiheit, ja, das Grundgesetz der Freiheit. Und die Freiheit wirkt wie die Deutsche Bundespost. Wenn man einen Brief verschicken will, kauft man sich eine Briefmarke und klebt sie auf den Brief. Damit ist der Brief freigemacht und wird automatisch befördert wie ein Beamter. Hat man den Brief nicht freigemacht, dann muß der Empfänger Strafporto bezahlen.

Das gleiche gilt für das Volk. Ein Volk, das sich nicht selbst frei gemacht hat, muß Strafe bezahlen. Denn das Volk ist der Empfänger seiner eigenen Nachrichten. Und der Staat ist ein Volksempfänger und ein Volksgefängnis. Denn am liebsten empfängt der Staat das Volk im Gefängnis.

Das verstehe ich nicht, könnte man jetzt einwenden. Darauf ließe sich erwidern, daß die größeren Zusammenhänge auch sehr kompliziert seien. Aber eine solche Antwort auf eine im Kern doch berechtigte Frage ist unhöflich. Sagen wir es daher einmal ganz anders:

Ein altes Weib wollt scheißen gehn
und fand die Tür verschlossen.
Da sah sie eine Leiter stehn
und schiß gleich durch die Sprossen.

Das ist das Subsidiaritätsprinzip. Hilfe zur Selbsthilfe, Selbsthilfe durch Eigennutz, Erleichterung durch Leiterhilfe. Und wenn wir in dem Zusammenhang feststellen, daß der Staat funktioniert, obwohl alle dagegen sind, dann freuen wir uns. Dieses nämlich ist Demokratie und vielleicht noch schöner als Anarchie, richtige, gute, herzenswarme Anarchie. Denn zu leben in einer Welt, in der nur nette Anarchisten wohnen, das würde den Daseinsaufwand gar nicht lohnen.

Letzte Dinge

Von Endzeitlichem und Weltgerichten

Es gibt so Tage,
da wehen einen die Urfragen
der Menschheit an:
Was ist der Mensch?
Wo kommt er her?
Und warum ist er dort nicht geblieben?

ABENDLAND
ABENDLAND

FÜNFZIG JAHRE KRIEGSENDE

Dialog unter Kellnern

A: Mein Gott, was für eine verrückte Gesellschaft! [1995]

B: Das stimmt, aber wen meinen Sie eigentlich? Die hier im Saal?

A: Nein, die sind ja harmlose Normalkriminelle. Ich meine die da drin. Da braut sich was zusammen, und deshalb für Tisch drei bitte keinen Alkohol mehr. Der Bischof Dyba hat mich ausdrücklich gebeten, den Köppen von der IG Chemie nur noch alkoholfreies Bier zu bringen.
Die merken das sowieso nicht mehr – aber wenn die so weitersaufen wie bisher, fürchtet der Erdbeerschorsch – äh, der Erzbischof, dann singen die aus Versehen wieder die Internationale. Und dann könnten die Russen an Tisch 5 ausflippen – und wir hätten die schönste Schießerei. Aber wer muß nachher wieder den Dreck wegmachen? Der kleine Mann und die Trümmerfrau.

B: Die müssen soviel trinken, damit sie vergessen, woran sie sich erinnern. Denn denen geht es heute um die Zukunft, deshalb machen die diese Gedenkfeier. Damit Deutschland wieder Deutschland wird: eine Großmacht im Herzen Europas. Der Wirtschaftsriese will politisch kein Zwerg mehr sein, das ist eine Frage der deutschen Kultur. Haben Sie gesehen, an Tisch vier sitzt Brigitte Seebacher-Brandt, und der Heinrich Lummer versucht, ihr die zweite Strophe vom Deutschlandlied beizubringen: Deutsche Frauen, deutscher Wein …

A: Aber sie wird's nie lernen, die Brigitte.

B: Drum hat sie noch einen Weinbrand bestellt, den bring ich ihr gleich. Mariacron im Schwenker als Rémy-Martin serviert. Daß sie ein Original nicht von einer Fälschung unterscheiden kann, das wissen wir seit ihrem Krieg gegen Wehner.

A: Bei den Gewerkschaftsbonzen müssen Sie Zucker reinrühren, sonst gibt das bei dem alkoholfreien Bier keine so schöne Blume.

B: Ja, ich bin stolz, ein Kellner zu sein. Wenn die da drin mal die Macht ergreifen, dann kann ich sagen, ich war dabei, als es losging, hier im Gasthof …

A: Keinen Namen nennen, wir haben hier auch Gäste aus der anderen Richtung, die wollen wir nicht vergrätzen. Neulich saß Lea Rosh hier mit lauter Linken aus Kirche und Universität, die wollten unbedingt ein Denkmal bauen lassen, auch für den guten Deutschen. Ich habe denen vorgeschlagen, beim Aperitif, sie sollten einen Entwurf einreichen für ein Mahnmal »Der unbekannten tapferen Journalistin«. Da hat die Lea Rosh gesagt, so unbekannt sei sie doch gar nicht.

B: Das sind doch kleine Fische. Aber hier wird's gefährlich. Die kochen eine nationale Suppe auf, da wird's einem doch angst und bange, Mann. Die arbeiten mit allen Mitteln. Der Peter Gauweiler, das ist der bayerische Stiefwahlbruder vom Jörg Haider, hat vorgeschlagen, am 8. Mai sollten alle Deutschen eine Minute schweigen. Warum? Warum sollen wir schweigen?

(Beide schauen sich schweigend an und dann auf die Uhr.)

A: Besser wäre es, wenn man am 8. Mai mal wieder die Luftschutzsirenen anstellt, als Warnung und Mahnung oder so.

B: Warum nicht gleich eine Gedenkbombardierung – von Berlin. Flächendeckend. Dann hätten wir in Berlin wieder die Stunde Null, und die neue Hauptstadt könnte problemlos aus Ruinen auferstehen, und die Erinnerung an die Mauer wäre auch weg – ein wirklicher geistiger Neuanfang.

A: Also was hatten wir: Weinbrand für Brandt, Keks für die Gewerkschaft, ach ja, und der Herr Dregger, der wechselt von Tisch zu Tisch, im Moment hat er die Tische vom Seeheimer Kreis und vom Wilflinger Kreis zusammenrücken lassen, damit die sich mal kennenlernen, und spielt den Herren vor, wie 1945 sein Bruder, auch ein geborener Dregger, noch Deutschland vor den Russen zu retten versucht hat. Da muß ein Nußknacker her, um die Zangenbewegung der Roten Armee zu simulieren – und zwei Flaschen Trollinger als Blutreserve.

B: Da kriegt man ja richtig Durst. Ich dachte, das soll eine würdige Gedenkfeier sein, und dabei geht's zu wie bei einer zünftigen Beerdigung. Da sammelt sich die alte mit der neuen Rechten und feiert Beerdigung, aber was für eine? Jetzt habe ich es, die wollen all das beerdigen, was nach 1945 bei uns als Demokratieversuche ausprobiert wurde. Und am Montag sind sie alle wieder offiziell zusammen und begehen würdig den Gedenktag. Der Kohl …

A: Bitte mehr Respekt – Respekt ist unsre Aufgabe.

B: Helmut Kohl hat gesagt, man soll sich nicht streiten, sondern am 8. Mai darf jeder an alles denken, weil es keine Denkverbote mehr gibt: Befreiung, Vertreibung, Zusammenbruch – mein Gott, das Soufflé ist noch im Ofen, hoffentlich ist es nicht zusammengebrochen. Hier klappt aber auch gar nichts.

A: Weil es keine Disziplin mehr gibt. Weil jeder dauernd was haben will. Statt in diesem Jahr einmal zu feiern, das aber richtig – gibt es tausend 50-Jahresjubiläen, bis man am Ende des Jahres vergessen haben werden wird, was da alles gefeiert worden wurde: Der 50. Hochzeitstag von Adolf Braun und Eva Hitler in Dresden mit dem großen Feuerwerk, kurz bevor die Alliierten am 8. Mai unter der Führung von General Elvis Presley den Eisenhower überschritten, in Remagen einmarschierten, dort die Brücke kaputtmachten und sangen: Unconditional surrender – love me tender, love me, do.

FROHE VERSE

[?]

Am Glatzkopf der Welt
Geht die Sonne auf.
Am Glatzkopf der Welt
Bin ich nicht gut drauf.
Am Glatzkopf der Welt
Ist das Licht gestört,
Weil es Albert Einstein hört.

Am Fuß der Erde
Herrscht Frohsinn pur.
Am Fuß der Erde
Fragt jeder: Warum denn nur?
Am Fuße der Erde
Öffnet Pandora ihr Faß.
Da wird aus Verzweiflung
Ein Heidenspaß.
Am Glatzkopf des Fußes
Ist unhörbarer Krach,
Gott flüstert Alkmenes
einfaches »Ach!«.

SPRACHLOS

Eine Todesanzeige im Abendblatt bannt den Blick: Ein Kunst- und Juwelenexperte ist gestorben. Mit schwer verschnörkelten Buchstaben verdecken die Hinterbliebenen ihren Triumph: »Der Tod ist die mildeste Form des Lebens, die Erinnerung das einzige Paradies, aus dem wir nicht vertrieben werden können. Uns bleibt sein Geist, seine Weisheit, sein Lachen. Nichts geht verloren und lebt in seinen Enkeln fort.« [1994]

Wenn das Nichts in den Enkeln fortlebt, dann ist das bleibende Lachen des Toten verständlich. Hier hat die Aphasie des Verstorbenen (die Todesanzeige klärt uns darüber auf, daß Aphasie »Sprachverlust durch Krankheit oder Unfall« ist) magisch auf die überlebende Familie übergegriffen.

Aus Sicherheitserwägungen sollte ich notariell den Text meiner Todesanzeige schon mal konzipieren. Sterbe ich an Altersschwachsinn, bin ich ja nicht davor gefeit, daß diese Krankheit nach meinem Ableben plötzlich und unerwartet auch meine Liebsten befällt.

LACH-MUSS-TEST

Rückblick auf das Jahr 2000

[2001]

Es kracht im U-Boot das Atom
Der Abt rennt ratlos durch den Dom

Das Böse wohnte einst im Kreml
Der Bolschewik weint leis auf seinem Schemel

Der Condor schwebt im Abendrot
Concorde macht viele Menschen tot

Dem Dativ geht's noch immer gut
Das Dromedar braucht keinen Hut

Der Einsame ist oft allein
Der Eber freut sich auf das Schwein

Jedermann in Salzburg tobt
Jesus wird von Gott gelobt

Kleingeld ist für niemand viel
Kommunismus heißt das Ziel

Links war einst ein Kompliment
In Lappland nur das Ren frei rennt

Der Schumi flennt und wird als Mensch entdeckt
Der Schröder lacht, wenn ihn die Sonne weckt

Das Weichei ist des Feigen Speise
Der Wichser tut's gern eher leise.

WAS TUN?

Lebe gefährlich, das ist das Motto für das neue Jahrhundert. Aber irgendwann ist es auch mit dem Leben mal vorbei. Ich habe am letzten Montag eine Ladung zugestellt bekommen zu einem wichtigen Termin: zum Jüngsten Gericht – da muß ich wohl hin. [2000]

Jetzt weiß ich nur nicht, wohin. Und als was: Angeklagter, Zeuge, Geschworener. Die haben geschrieben: Antreten zum Jüngsten Gericht, aber die Ortsangabe vergessen. Und ich will nicht warten, bis sie mich abholen, also muß ich schauen, wohin geht jetzt die letzte Reise ans Ende der letzten Nacht.

Außerdem schreiben sie, ich soll alle Kontoauszüge mitbringen, damit sie eine anständige Schlußabrechnung machen können. Ich muß also selbst schon mal Bilanz ziehen, damit die Papiere in Ordnung sind. Habe ich mich bisher einigermaßen anständig durch das Leben geschummelt, oder bin ich doch dem Bösen anheimgefallen? Wie halte ich es mit der Moral? Ich habe sofort angefangen, Tagebuch zu führen.

Ich weiß zum Beispiel nicht: Was soll ich machen in dieser Welt? Soll ich Geld anlegen oder einen Beitrag zur Rentenreform leisten, vielleicht zugunsten eines sozialverträglichen Frühversterbens einfach bei mir selber anfangen? Soll ich auswandern oder einfach mal richtig spazierengehen?

Eigentlich ist mir alles egal, wonach soll ich mich richten? Darf man in der Bahn nervende Handybenutzer aus dem Zug schmeißen? Wie kriegt man dort überhaupt die Tür auf während der Fahrt? Darf ich die Bundeswehr um Hilfe bitten, wenn mein Nachbar sich an meinen Menschenrechten vergeht, indem er noch nach 22 Uhr laut häßliche Musik spielt? Welche Witze darf man erzählen?

Es könnte so schön sein, wenn wir zumindest alle eine Ahnung davon hätten, was Moral ist und welche Moral gerade in ist und welche out. In Wirklichkeit sieht's aber so aus:

Auf Bänken hocken Damen
Und rauchen Nikotin.
Der Starke schubst den Lahmen,
Und der fällt einfach hin.

1999 hat die rotgrüne, sozialpazifistische Bundesregierung einen Krieg gegen Jugoslawien begonnen im Namen der Menschenrechte, ich weiß nicht, ob Sie sich erinnern. Einerseits die Meldungen von Massakern an der Zivilbevölkerung schon seit Vukovar und Bosnien und dann gesteigert im Kosovo, da kann man ja auch nicht einfach nur zuschauen.

Was soll man tun, wie sollen wir uns verhalten, gerade wenn man jahrelang für den Frieden in der Welt und die Gerechtigkeit und gegen den Faschismus war – all die Jahre? Ich war so was von zerrissen, ich konnte keinen Slivovitz mehr trinken – aus Protest. Nichtstun wäre eine moralische Bankrotterklärung gewesen. Damit sind wir automatisch schon wieder beim Konkursrecht: doppelte Moral ist doppelte Buchführung.

Heute auf der Bank gewesen, Kontostand überprüft. Abends dann viel geweint.

Wie soll man am Ende des Lebens zu sich sagen: Ich bin aber anständig geblieben!? Bei allem Dreck um mich herum.

Das Beste wird sein, nicht allein beim Jüngsten Gericht zu erscheinen, schließlich bin ich ein Produkt des Stadtviertels, in dem ich wohne. Entweder ganz Sachsenhausen oder gar niemand.

EPILOG

Meine Damen und Herren, es ist alles in Ordnung. Es besteht kein Grund zur Beruhigung. Bleiben Sie ruhig und besonnen. Gleich geht's weiter. Nur keine Panik. Sie kommen alle noch dran. [1994]

Männer und gesunde Frauen bitte zuerst, Kinder, Greise, Handgepäck und Kranke bitte in die Ablage, Änderungen vor dem Schließen des Lokals speichern, und dann gemeinsam die Arme in die Luft und tief einatmen, fassen Sie Ihren Partner an der Nase, drehen diese gegen den Uhrzeigersinn nach rechts oben und führen die Ampulle waagerecht in die Horizontale ein, beachten dabei die schädlichen Nebenwirkungen und Ihren Apotheker.

Meine Damen und Herren, verlassen Sie das Gebäude, bedeutende Lebenskünstler aus aller Welt erwarten Sie draußen auf der Straße: Das haben Sie noch nie gesehen, das ist einmalig, da kommt Stimmung auf, da springt der Großvater noch einmal auf die Uroma und ruft: »Halleluja, jetzt geht's los!«

Die Direktion dankt Ihnen für diesen schönen Abend, wünscht Ihnen noch einen sicheren Nachhauseweg oder – wenn Sie bewaffnet sind – einen aufregenden Umweg und danach eine ereignisreiche Nacht.

Und denken Sie immer daran: Die paar Tage noch, die wir haben, kriegen wir auch noch hin.

EINE MAHNUNG

[?]

Langsam gehen wir alle die Straße entlang
Die der Teufel das Leben nennt
Unser Gesicht platzt vor Mut, doch das Herz ist so bang
Und jeder grüßt die Arschlöcher, die er kennt.
Denn wir sind alle Tote auf Urlaub
Glühwürmchen sind wir, Ohrnschmalz und Staub
Unser Stolz ist ein Haarriss im Kühlturm
Binsen der Weisheit sind wir im Südsturm.

HEIL HEILAND

Jesus im Spannungsfeld zwischen Führerkult und Massenmord

Der Vorläufer und Ankünder des Jesus Christus heißt Adolf Hitler. [1987]
Jesus ist der Vollstrecker und Bereiter des Weltendes, und Adolf Hitler ist sein Prophet. Nun mag eingewandt werden, daß hier Chronologie, wenn nicht gar Geschichte in Unordnung gebracht werde.

Dem ist nicht so. Denn zum einen wird im zeitlich zutreffenden, also kalenderhaft ordnenden Ablauf des Jahres der Kreuzestod des Erlösers, Karfreitag vor seiner Geburt, Weihnachten, feierlich begangen, zum andern ist noch längst nicht wissenschaftlich erwiesen, in welcher Richtung Zeit vergeht.

Da jede Sekunde, die wir erleben, durch dieses unser Erleben schon aufgebraucht ist, also zu Geschichte wurde, ehe sie zu Ende ging, ist die Tatsache der Gegenwart, das Vorhandensein von Gegenwart schon so hinlänglich als zweifelhaft nachgewiesen, daß es auf die Reihenfolge im Geschichtsprozeß auch erst in zweiter Linie ankommen darf. Hauptsache, wir erkennen Strukturen, Verwandtschaften und Wiederholungen, über Ursachen und Folgen mögen wir später noch einmal im Jenseits ein ergebnisreiches Gespräch versuchen.

Zurück zu Jesus, der Inkarnation des Massenmordes und der Philosophie der Vernichtung. Jesus Christus nämlich ist auch die Atombombe und das Kernkraftwerk, der Haß und die Mitleidlosigkeit, er ist das Jüngste Gericht und die Erlösung – die Erlösung der Erde von den Menschen.

Aber ist er nicht eigentlich ein lichtvoller Hoffnungsträger, wie er da in seinen Sandalen durchs Heilige Land schreitet und Liebe predigt, weil er eine Prostituierte vor der Häme der Masse schützt, indem er dieser zuruft: »Wer unter euch ohne Sünde ist, der werfe den ersten Stein«?

Und ist es nicht eigentlich die Kirche, sind es nicht die gottverdammten Priester und die schweinischen Päpste, diese verfickten und zugenähten Herrscher über weltlich Gut, sind es nicht die theologischen Machthaber, die Jesus immer wieder verraten und verkaufen? Den Guten, Himmelsgestalt des aufrechten Linken und Menschenfreundes, der sich sanft und unverkrampft für die ganze Menschheit ans Kreuz schlagen ließ? Ist es nicht mit Jesus so beschaffen wie mit dem Kommunismus: Das Prinzip an sich ist gut, nur waren es bisher lauter Verbrecher und Verräter, die im Namen dieses Prinzips ihr eigenes schmutziges Geschäft betrieben haben?

War Jesus nicht wie Flipper der Freund aller Kinder? Und war er nicht, je nach retrospektiver Zeitgeistvorliebe, der erste Kommunist, der erste Pazifist, der erste Hippie, der erste Punk, der erste Grüne oder gar die erste Christa lila feminosa?

Fragen türmen sich hier über Gretchenfragen. Und doch ist es nicht so. Jesus Christus ist ein reaktionärer Schreibtischtäter, oder besser, da er nicht am Schreibtisch saß, sondern vom Berg herab predigte, ein reaktionärer Bergtäter.

Der Großinquisitor in Dostojewskis *Die Brüder Karamasow* hat als ein früher Entlarver der Unbarmherzigkeit Jesu Christi ihm dies ins Gesicht geschleudert. Es war an einem schönen Tag, um die große Wende vom Mittelalter zur Neuzeit, als Jesus auf die Welt kam und sofort wieder sein öffentlichkeitswirksames Verhalten entfaltete – sanfter Blick, hier und da eine Wunderheiltat einschließlich der Erweckung eines selbstverständlich hübschen jungen Mädchens. Und das alles geschah zu dem Zwecke, daß das Volk in seiner Blödigkeit ihm ordentlich ergeben zujubele. Der strenge Großinquisitor ließ ihn daraufhin gleich einsperren, damit er dem Scheiterhaufen und dem Feuer überantwortet werde. In der Nacht besucht der Großinquisitor Jesus in dessen Zelle und erklärt ihm, welche Arroganz in seinem Verhalten bei der Versuchung in der Wüste gesteckt habe. Indem er alle weltlichen Güter und alles, was das Leben lebenswert macht, abgelehnt habe und dies von seinen Jüngern wie letztlich von allen Christen abfordere, verkenne er die Menschen in ihrer Natur. Die bloße Freiheit der Nachfolge zugunsten des ewigen Lebens bei gleichzeitigem absolutem Desinteresse gegenüber Arbeit, Familie und individuellem Glück, das, meinte der Großinquisitor, überfordere die Menschen. Diese wünschten auch ein wenig irdisch erfülltes Dasein, was ihnen darum mit allem Brimborium die Kirche in erheblicher Abwandlung der reinen Lehre Jesu organisiert habe.

Und deshalb, so der Großinquisitor, müsse Jesu verbrannt werden, damit er als revidierte Idee in der Form der Kirche überlebe.

Doch der Großinquisitor ist nicht nur ein kluger Kopf, sondern auch ein tückischer Menschenfreund. Im Morgengrauen läßt er Jesus frei und raubt ihm so noch die Gloriole eines neuen Opfertodes ...

Jesus ist nicht der Messias, von dem die jüdische Lehre spricht – der ist noch nicht dagewesen, und der wird auch nicht kommen, denn er heißt ja »Der, der kommen wird«. Und so kann er nicht kommen, denn dann wäre er da und könnte nicht der sein, der kommen wird.

Jesus ist der Einbruch des Abendlands in den Vorderen Orient. Er ist der Partisan des Römischen Reichs Deutscher Nation, denn er gebiert das neue Rom, das sich um den Vatikan schart und die Neuzeit bildet. Julian Apostata hat vergeblich versucht, die Antike zu retten gegen den »Galiläer«, der das Prinzip der abendländisch-imperialistischen Weltmacht erfindet, das seinen Höhepunkt im deutschen Dritten Reich erlebt und als totaler Glaube und totaler Staat unter der Führung eines totalen Heilands zur Weltherrschaft drängte.

Denn was erzählt uns Jesus, der Retter? In der Bergpredigt rüstet der Mann dergestalt scheinbar ab, daß er seinen Zuhörern ein Programm der totalen Liebe vorlegt, des absoluten Friedens – ein Programm, das kein irdischer Mensch einhalten kann.

Damit stellt er den Ödipuskonflikt weit in den Schatten der Weltgeschichte, denn er verpflanzt ein untilgbares Schuldgefühl in seine Anhänger, das die Last der Erbsünde noch verstärkt. Das Liebesprogramm des Jesus Christus ist undurchführbar.

Natürlich weiß er das, ist er doch selbst kein Pazifist und wettert gegen die Händler, die er mit Gewalt aus dem Tempel schmeißt. Mit der gleichen Borniertheit hat die völkische Bewegung des 19. Jahrhunderts die Zinsherrschaft von Kaufleuten, also das Geschäftemachen, zum absolut Gottlosen erklärt. Jesus vertreibt die Händler aus dem Tempel in schierer Selbstgerechtigkeit, als ob ein Tempel durch Geschäfte entweiht werden könnte, ist doch die Seelenmassage durch die Gurus aller Weltreligionen das größte und am besten funktionierende Geschäft seit Bestehen der Menschheit, in Wirklichkeit also das älteste Gewerbe der Welt.

In der Tempelszene des wahrscheinlich im Trunk handelnden Jesus – o hätte er doch bloß ein wenig schwarzen Libanesen zu sich genommen, statt ständig Wasser in den Wein zu wandeln – liegt gleichsam unverborgen der Schlüssel für die Popularität unseres scheinradikalen Fanatikers. Wenn einem Verhältnisse und politische Organisationen undurchschaubar und unveränderbar erscheinen, man aber seinen Zorn loswerden muß, dann wirft man eben Scheiben von Kleinhändlern ein, da hat sich von Golgatha bis Kreuzberg wenig geändert.

Aber schauen wir doch einmal auf die Verkörperung des Adolf Hitler in der Gestalt Jesu. Dessen Hauptaufgabe bestand darin, das mosaische Gesetz aufzuheben.

Und so kreischt er – er muß bei der Bergpredigt gebrüllt haben, gab es doch noch keine Verstärkeranlagen – in dumpfer Wiederholung seine rhetorischen Floskeln ins Volk: »Ihr habt gehört, daß gesagt ist … Ich aber sage euch …«

Höchst bezeichnend ist die Stelle in Matthäus 5, Vers 27f.: »Ihr habt gehört, daß gesagt ist: ›Du sollst nicht ehebrechen.‹ Ich aber sage euch: Wer eine Frau ansieht, sie zu begehren, der hat schon mit ihr die Ehe gebrochen in seinem Herzen.«

Abgesehen davon, daß hier die Begehrlichkeit von Frauen erst gar nicht erwähnt wird, verblüfft der Wille zum Kampf gegen die Sinnlichkeit überhaupt. Nicht der vollzogene Ehebruch wird verboten, nein, das Begehren selbst wird zum Verbrechen gestempelt. Das Gesinnungsstrafrecht des Alten Testaments (= Du sollst keine anderen Götter haben neben mir) ergänzt Jesus durch reines Empfindungsstrafrecht.

Jesus verlangt die Selbstkastration, er verlagert den Richter und den Henker in den Gläubigen hinein: »Wenn dich aber dein rechtes Auge zum Abfall verführt, so reiß es aus und wirf es von dir. Es ist besser, daß eins deiner Glieder verderbe und nicht der ganze Leib in die Hölle geworfen werde.«

Auge mag eine übliche Metapher für das Geschlechtsteil sein. Doch eine weitere Bedeutung liegt hier schon auf der Lauer: Betrachtet man das Volk als einen Körper (was vor Erfindung der organischen Staatslehre auch in der Antike gebräuchlich war), so muß der Führer des Volkes, um es vor ewiger Verdammnis zu bewahren, die Glieder (= Volksgruppen) vernichten, die den ganzen Körper vergiften. Von Matthäus 5, Vers 29a ist kein weiter Weg zur Rassentheorie und zum Holocaust.

Die Massenvernichtung wird auch als innerlicher Prozeß vorbereitet. Der Redner fordert in Vers 48: »Darum sollt ihr vollkommen sein, wie euer Vater im Himmel vollkommen ist.«

Dieses Gebot ist naturgemäß unerfüllbar, diese Einheit von Ideal (Gottvater) und Wirklichkeit (der je konkrete Mensch) unvollziehbar.

So wird Terror produziert, moralisierender Terror. Zunächst der aus dem ewigen Schuldgefühl herrührende Terror des Individuums gegen sich selbst, das allgemein gültige Gesetz der politischen Moral nicht einhalten zu können. Der Terror gegen sich selbst – das wissen wir nicht erst aus der jüngsten Askese- und Terrorismusforschung – bildet eine Vorstufe zu dem nach außen.

Hermann Lübbe weist in seiner verdienstvollen Schrift *Politischer Moralismus. Der Triumph der Gesinnung über die Urteilskraft* darauf hin, wie ein Gläubiger durch hochgradigen Wirklichkeitsverlust korrumpierbar ist. Der Reichsführer-SS Himmler äußerte über das Verhältnis der SS-Männer zum Völkermord in den Konzentrationslagern: »Dies durchgehalten zu haben und dabei … anständig geblieben zu sein« – das sei ein »niemals geschriebenes und niemals zu schreibendes Ruhmesblatt unserer Geschichte.«

Vollkommen sein zu müssen wie Gott kann einen Eingriff in die Schöpfung erfordern, bei Himmler die Ausrottung der Juden, den nur starke moralische Persönlichkeiten in fester religiöser Bindung ausführen können. Bergpredigt und Wannseekonferenz sind so fern sich nicht, wie es uns der christliche Widerstand gegen den Nationalsozialismus suggeriert.

Mit diesen – zugegeben vorläufigen – Zeilen ist ein neuer Forschungsansatz entwickelt: die vergleichende Jesus-konzentrische Ätiologie des Staatsterrorismus der Neuzeit unter besonderer Berücksichtigung des Nationalsozialismus. Noch viel Arbeit ist zu tun.

EIN URALTER WITZ

Es war einmal ein uralter Witz [1980er]
der hatte einen ganz langen Bart
Als wieder einmal niemand über ihn lachen wollte
da setzte er sich hin und schuf Himmel und Erde
In sechs Tagen war er fertig
und freute sich, daß endlich was Neues da war
das über ihn lachen würde
Aber es lachte niemand

Da war der alte Witz sehr böse
und beschloß, es den humorlosen Gesellen heimzuzahlen
Die Schöpfungsgeschichte als mißlungener Witz

Und so sind wir heute in einer Zeit,
in der die gesamte Schöpfung sich totzulachen scheint
Da freut sich der alte Witz
streicht sich durch seinen langen Bart
und sagt: Was wirklich gut ist, das setzt sich am Ende durch
Mag es auch noch so lange dauern
Amen

Und mit einem schallenden »Wer zuletzt lacht«
ging die Welt unter

DAS DRAMA VON TSCHERNOBYL

[1996] Aus aktuellem Anlaß muß ich einmal ein wichtiges Theaterstück vortragen. Es hat den Vorteil, billig in der Produktion zu sein, da es ausreicht, wenn man es erzählt. Das spart Schauspieler, Musiker und Lichtregie. Das Stück heißt *Die Abenteuer des Gottes Vulkan,* eine Mischung aus Werner Schwab und Heiner Müller.

Es geht also um Weltuntergang, Apokalypse. Apokalypse ist ja ein Wort aus dem Griechischen und heißt im Hebräischen Gala, wir haben also eine Galaveranstaltung des eigenen Untergangs.

Und genau so sieht es aus. Es liegen lauter tote Soldaten rum, einarmige, zweiarmige, dreiarmige, auch unbewaffnete, dann eine Erinnerung an Preußen, die Kavallerie, ein Eimer mit Pferdegulasch, der stinkt entsetzlich, und 1000 Fliegen surren drumherum. SIRR – SIRR – SIRR.

Das Ganze spielt im stillgelegten Kernkraftwerk Greifswald. An der Wand ein großes Porträt von Stalin, davor kniet Sahra Wagenknecht und singt: »Weil ich ein Mädchen bin« (wegen Lucilectric – also elektrisch, Strom, Energie, Sozialismus). Auf dem Boden sitzen die beiden Enkel der Helden der Arbeit, Stachanoff und Hennecke, im Schneidersitz und spielen Offiziersskat, weil Schneider und Offiziere bei jeder Revolution dabei waren. Man kennt das: Schneider angesagt, Revolution.

An der Wand eine große Lautsprecherbox. Daraus dringt die Stimme von Fidel Castro: »Sozialismus ist Sowjetmacht plus Elektrifizierung des ganzen Landes.«

Lenin spricht:

Elektrokraft
mit am Sozialismus schafft.

In der Mitte des Raumes steht eine Säule, die ist geborsten über Nacht, wegen der deutschen Balladen und des Sängers Fluch. Darum steht unten drauf: Wolf Biermann. Auf dem Boden liegen die Brennstäbe rum. Aus diesen noch nicht entsorgten Brennstäben kommen nun auf allen vieren gekrochen die Urankerne, formieren sich und bilden einen antiken Chor und singen:

Der Tschernobylsturm
Kommt aus dem Kühlturm
Er zieht nach Westen
Und trifft die Besten
Zuwenig Strom kam aus den Kohlen
Drum überholen, ohne einzuholen.

Drauf öffnet sich die Kuppel des stillgelegten Kernkraftwerks Greifswald, und unter der Führung von Ivan Rebroff sinken an Fallschirmen die Metadonkosaken herunter und singen:

Der Tschernobylsturm
Kommt aus dem Kühlturm
Der Tod trifft Blut und auch den Boden
Trifft Eierstock und Vaterhoden
Trifft Kinder, Flora, Fauna
Und macht die Welt zur Sauna.

Auf vier Rädern rast jetzt der Feuerofen heran, wir hören den Gesang dreier Männer im Feuerofen, also in der Sauna – sie machen erstmal einen Aufguß – zisch, zisch, zisch, zisch –, und dann singen sie:

Der Tschernobylsturm
Kommt aus dem Kühlturm
Aus ist der Traum vom Klassenkampf
Tritt in den Raum der Wasserdampf.

Sie machen wieder einen Aufguß – zischzisch, zischzisch – und nun öffnet sich neben dem stillgelegten Kernkraftwerk Greifswald ein Riesenvulkan, er brodelt und ist autopoetisch für sich selbst vorhanden. Drei schwarze Hexen auf Staubsaugern fliegen über den Rand dieses Vulkans. Diese drei Vampiretten spucken in den Krater hinein – Spuckspuck, spuckspuck –, eine Gischtfontäne dringt in den stahlgrauen Himmel, und die Hexen rufen schrill:

Da ist Magie, Magie in unsrer Miene
Hier brodelt die 5-Minuten-Vulkan-Terrine.
Ihr Männer habt den Planeten zerstört,
Jetzt bricht der Vulkan aus, wie sich's gehört.

Gegen diesen Feminismus tritt hinkend aus seiner Hütte der Gott Vulkan und droht ihnen – paradoxerweise – mit der griechischen Doppelaxt – drohdroh, drohdroh. Die Hexen lachen schrill: Hihihi, hihihi, hihihi und rufen:

Macbeth, Rudolf Heß, García Márquez,
das Wasser ist weiblich, das Feuer macht Streß.
Wir machen jetzt Schluß,
du kriegst keinen Kuß,
und Gaia öffnet den Uterus.

Der Gott Vulkan droht weiter mit der Doppelaxt: drohdrohdroh, drohdrohdroh. Und in diesem dramatischen Augenblick kommen um die Ecke gefegt Helmut Kohl und der Papst und werfen mit Kruzifixen und Knoblauchzehen nach den Hexen – die lachen wieder schrill: hihihi, hihihi, hihihi –, und der Kanzler droht ihnen:

Wollt ihr meine Macht sehn
Dann zählt bis zweihundertachtzehn.
Und die Moral von der Geschicht
Ist einfach kompliziert und schlicht.
Einst galt der Mädels und der Jungen Kraft
Der revolutionären Errungenschaft.
Zu Ende ist dies Hochgefühl
Durch den Knall von Tschernobyl.
Statt auf soziale Revolution
Setzen wir auf spontane Genmutation.

ER IST WIEDER DA

Da man über Gott nicht sprechen kann, sollte man über ihn schweigen. Ob Gott tot ist oder lebt oder sonstwas treibt, gehört sprachlich in die Nonsens-Abteilung. »Tacitus hat als wahrer Philosoph gesprochen, als er sagte, es wäre besser, an Gott zu glauben, als über ihn zu diskutieren«, schrieb Rivarol. [2000]

Bei der Fußballweltmeisterschaft 1998 in Frankreich sind viele Einwechselspieler aufs Feld gelaufen, haben sich bekreuzigt und mit der Fingerspitze den Boden berührt. Der brasilianische Torwart meinte nach dem Elfmeterschießen, Gott habe den Sieg verursacht.

Warum auch nicht. Ich weiß es auch nicht besser, und bewiesen ist auch gar nichts.

Schließlich hat Gott 1963 beim Grubenunglück in Lengede auch mitgebohrt, wie damals *Bild* schrieb. Schön, wenn's stimmt, macht aber auch nichts, wenn es eine Erfindung ist.

Gott entzieht sich sowohl der Theologie, der FIFA als auch *Bild*. Diese Instanzen sind zu klein und gleichen nur dem Geist, den sie verstehen. Die Sache mit Gott ist und bleibt ungeklärt und unaufklärbar. Das zu akzeptieren könnte das Leben leichter machen.

Aber immer soll der arme Gott aufs menschliche Maß zurechtgestutzt werden und unsere Defizite auffüllen. Dadurch entsteht der ganze Schlamassel der Religionen, die in den letzten Jahrtausenden keine Versprechen eingelöst haben, statt dessen: keine Erlösung, nur vorübergehender Trost, Ungerechtigkeit allenthalben und furchtbare Einsamkeit und Schmerzen. Mehr Nihilismus wagen heißt, Gott nicht länger in Zweifel zu ziehen. Vor lauter metaphysisch-überschießender Innentendenz hat Nietzsche vom Übermenschen geträumt. Das Ergebnis: Der läuft heute bei jeder größeren Katastrophe zur Hochform auf. Vom Nationalsozialismus bis zum Eisenbahnunglück bei Eschede. Vorstand, Aufsichtsrat, Gesamtbetriebsrat und Mitarbeiter der Deutschen Bahn AG gaben ganzseitig in den großen Tageszeitungen bekannt: »Wir trauern um unsere Fahrgäste und Mitarbeiter, die beim Unglück von Eschede am 3. Juni 1998 ihr Leben gelassen haben. Unser tiefstes Mitgefühl gilt den Angehörigen. Dank und Respekt sprechen wir den Helfern von Eschede aus. Sie haben Übermenschliches geleistet. Leben gerettet und Leid gelindert.«

Warum Übermenschliches? Weil es menschlich ist, beim Retten nach drei Stunden den Hammer wegzulegen und Frühstückspause zu machen? Weil normale Menschen andere lieber am Bahndamm verrotten lassen, als ihnen zu Hilfe zu kommen? Der Dank für Übermenschliches repräsentiert ein pessimistisches Menschenbild.

Und dies entsteht aus der Unzufriedenheit mit den natürlichen Gegebenheiten der Menschen. Diese Unzufriedenheit mit dem eigenen Sein, Tun und Werden, ein von Haus aus vernünftiges Empfinden, sucht aber immer außerpersonale Verursacher oder transzendentale Verantwortliche. Da muß meist Gott herhalten, der die Latte so hoch gelegt hat, daß der alte Adam sie nicht überspringen kann. Schon entsteht Mißmut und Selbstanklage und daraus die Vision von der Verbesserung des Menschen, der »noch nicht zu Ende geboren ist« (Theweleit), also erst auf dem Wege ist. »Friede, Friede sei auf Erden/Menschen wollen Menschen werden«, schmetternd sang Ernst Busch diese Verse von Johannes R. Becher. Der Spötter in Georg Philipp Telemanns *Der Tag des Gerichts* hat es erkannt:

Jetzt weiß ich's, überkluge Köpfe,
Warum kein Spott, kein bittres Lachen
Euch besser konnte machen.
Es täuscht mich eu'r Gesicht
Ihr menschenähnliche Geschöpfe,
Seid Menschen selbst noch lange nicht.

Nachdem die Suche nach dem neuen Menschen das 20. Jahrhundert in Blut und Boden versaut hat, liegt der Gedanke nahe, sich mit dem abzufinden, was man selber ist und daraus macht, ohne andere als Untermenschen oder Noch-nicht-Menschen zu diffamieren. Seit Jahrtausenden wird darüber nachgedacht, und viele gute Worte sind da zum Thema. Dennoch scheint es schwierig zu sein, zwischen produktiver Hybris und Eigenliebe und destruktivem Terrorismus gegen ganze Völker und Massen unterscheiden zu können.

Es soll auch kein Problem gelöst werden für die Menschheit oder den Weltfrieden. Das Wissen um die eigene sachliche Unzuständigkeit in diesem Verwaltungsbereich entlastet ungemein.

Umgekehrt wird eine Erkenntnis draus. Gottesdiener und Gottesersatzmenschen denken gern das Ganze, das ihnen als das Noch-nicht-Wahre erscheint, und kompensieren ihren eigenen Status als Noch-nicht-Mensch mit globalen Eingriffen in den allgemeinen Menschheitsmangel. Das kann im Namen Gottes geschehen, der das Ganze ist, das war und ist und sein wird, oder im Namen der weltlichen politischen Theologie der Revolution, die durch den Mund von Rosa Luxemburg spricht und sagt: »Ich war, ich bin, ich werde sein.« Mit diesen Worten hat sich auch die Rote Armee Fraktion (RAF) verabschiedet.

Wenn über Gott sich nicht reden läßt, muß er auch nicht durch Sprachspiele ersetzt werden.

Gott legitimiert nichts und die Gottesferne auch nicht.

Die Fragen, wie viele Engel auf eine Nadelspitze passen und ob überhaupt eine Theodizee möglich sei, lassen sich also wie die Frage nach der Legitimation der Revolution nur in der Literatur, in der Kunst bannen, nicht lösen.

Gott ist nicht tot, aber wir können nicht mit ihm sprechen.

Die Theologie wird arbeitslos, die Kirche leidet unter der Unvereinbarkeit ihrer drei Aufgaben: Entertainment, Seelsorge, Machtpolitik. Das macht das Leben vielleicht nicht leichter, könnte es aber.

GLÜCK UND ARBEIT

[2001] Lassen Sie uns die Rolle der Bordkapelle auf der Titanic einnehmen. Das Abendland geht unter, wir aber bleiben munter. Denn die Hochkultur des Abendlandes ist, wie es sich für eine echte Hochkultur ziemt, immer auch eine völkermordende Kriminalkultur. Also keine falschen Tränen, erst recht keine richtigen.

Die schreckliche Erkenntnis, daß Auschwitz eine Kulturleistung des Abendlandes war und keinesfalls der Rückfall in die Barbarei – das würde allen Barbaren schreckliches Unrecht antun –, ist der erste Schritt auf dem Weg zur notwendigen Hoffnungslosigkeit.

»Es gibt viel Hoffnung, nur nicht für uns«, sagt Franz Kafka. Was für ein Unsinn. Hoffnung gibt es nicht, man bildet sie sich ein, Hoffnung ist ein Kunstprodukt und nicht eine natürliche Energiequelle. Bloch sagt drum auch: »Glück genug ist in der Welt, nur nicht für mich: Das sagt sich überall der umhergehende Wunsch.« *(Prinzip Hoffnung)*

Und mit dem Glück ist es wie mit der Freiheit: man bekommt beides nicht geschenkt, man muß es sich nehmen.

Warum sich dann nicht umbringen? Auch Quatsch! Lohnt sich das Leben nur, wenn es auf der Lüge von Hoffnung, Glück und Rente beruht? Und außerdem ist der Selbstmord ein Kompliment, das man dieser Gesellschaft nicht machen sollte.

Bei Adorno, der heute wieder so aktuell ist, weil sein Denken keine Lösungen anbietet für eine andere Gesellschaft, einen neuen Menschen, das Paradies nach der Revolution, das ganz andere nach dem nächsten Krieg, bei dem Realisten Adorno findet sich der vorsichtige Satz: »Einzig listige Verschränkung von Glück und Arbeit läßt unterm Druck der Gesellschaft eigentliche Erfahrung noch offen.« *(Minima Moralia)*

Nein, das Leben fängt erst richtig an, wenn es seine eigene Sinnlosigkeit akzeptiert, wenn es nicht mehr um das Große und Ganze geht, um Revolution oder Reaktion, nicht mehr um die Natur und den verölten Kormoran oder den aussterbenden Wal, sondern nur noch um das Wunder der Lebensfreude. Revolutionen verdammen die Lebensfreude, Moralisten bezweifeln die Lebensbejahung. Alle Religionen und Ideologien und Kritiken und Rassismen und Terrorismen sind Lebensverneinung. Wenn nicht Verneinung des eigenen, dann von viel fremdem Leben. Serben müssen sterben, damit Rotgrün lebt.

Lebensbejahung also ist die irrationale Voraussetzung der Vernunft. Mit der Anerkennung einer völlig sinnlosen Lebensbejahung als Grundenergie hebeln wir die philosophischen Probleme der Ethik aus den quietschenden Scharnieren ihrer Aporien: Es gibt dann keine Probleme mehr, weil der Grund, in dem sich alles gründet, nicht begründet oder überhaupt akzeptiert wird.

Wir sind am Anfang angekommen: Freiheit ist, wo und wenn nichts mehr begründet werden muß.

Und damit sind wir am Ende. Weil wir nichts mehr begründen können, gehen wir unter – in Freiheit und tödlicher Gebundenheit. Das Konzept Abendland meldet seinen Konkurs an. Und wir sind nicht die Konkursverwalter, sondern die Konkursmasse.

Kommunismus und Kapitalismus haben sich vermählt: Alles ist gleich, alles ist egal, suche in deinen Freunden und Freundinnen die Welt, die es nicht mehr gibt. Es lohnt nicht mehr der Anstrengung, dagegen oder dafür zu sein.

Es geht – ohne nach Waffen und Krieg zu lechzen – nur noch ums nackte Überleben. Himbeersaft oder Kalaschnikow – es ist Wurscht.

Das einzige, was uns bleibt, ist, uns selbst beim Untergang mit Heiterkeit, ohne Zynismus und Häme, ohne Sentimentalität oder Verlustangst, ohne Haß oder Masochismus – das einzige, was uns bleibt, ist, uns selbst beim eigenen Untergang mit Heiterkeit zuzuschauen, als Schauspieler und Publikum eines Dramas, das keine Schlußpointe mehr aufweist.

DRITTER WELTKRIEG

[1988] Wir leben im Zeitalter des Wassermanns
This is the age of aquarius
It's really a New Age
Was heißt das auf deutsch?
Wir leben im Zeitalter von Frieden und Abrüstung
Harmonie und verschrotteten Atomsprengköpfen
Es ist das Zeitalter des Atomschrottkopfes
Und für Europa gilt: der nichtatomare Krieg also
Ist wieder denkbar, führbar und beendbar
Das ist unschön, da kommt keine Stimmung auf
Das wollen wir so nicht haben, wir machen das anders!

Wenn sich jetzt die Erste und die Zweite Welt zusammentun
Bleibt für die Dritte Welt nichts mehr übrig
Das nennen wir die Doppelnull-Lösung
Ja, heute sieht das friedlich aus
Gemütlich ist's in unserm Haus
Es ändern sich die Zeiten wohl
Dank Gorbatschow und Helmut Kohl
Was früher uns der Russe war
Droht heut im tiefen Afrika
Denn während hier Europa schlief
Entstand dort unten ein Negertief
Und so kann es uns passieren
Daß wir wieder mal den Krieg verlieren
Weil der mißgelaunten Dritten Welt
Die Ordnung der Erde nicht mehr gefällt

Jahrelang wurde hier in Europa nach der Revolution gerufen
Hallo, Revolution, bitte kommen!
Hier Revolution, Roger, habe verstanden, aber keine Lust. Ende!

Und jetzt kann es passieren, morgen früh klingelt's
Und wer steht vor der Tür?
Nein, es ist nicht der Verfassungsschutz
Oder sonst ein Vertreter, der einem was aufschwatzen will
Es ist die Revolution, steht vor der Tür und will rein
Dreizimmerwohnung für die Dritte Welt
Das sind nicht friedliche Asylanten, das sind böse Militanten
Oder es erscheint ein internationales Kommando
Legt mir eine Sprengbombe untern Sitz
Mir fliegen die Arme und Beine ab
Gut, man kann auch auf den Arschbacken weiterlaufen
Aber die gute Laune ist doch weg

Ja, liebe Freunde
Wir leben schon mitten im Dritten Weltkrieg
Die kommen aus den Löchern der Unterentwicklung
Und ziehen uns wie Käsescheibletten vom Brot
Auf der Mauer, auf der Lauer liegt der Kalaharibauer
Buschmann und Bantu brauchen kein Schampoo von Schwarzkopf
Statt Negerküsse gibt's Gewissensbisse
Ja, bald kommt die Revolution zu uns
Freut sich die Kunst
Ob sie aber übern Orient-Express
Oder aber übern Untergrund-Exzess
Oder aber überhaupt nicht kommt
Liegt noch im Dunst
Darum freut sich die Kunst

ZUKUNFTSVISION

[1986] Erst kam der Mensch und dann der Fußweg.

Erst kam der Elefant und dann der Trampelpfad.

Erst kam das Auto und dann der Straßenverkehr.

Die Vollautomatisierung des Autobaus führt also zur Vollautomatisierung des Straßenverkehrs. Denn die Herstellung der Bewegungsmittel bestimmt die Bewegungsziele, also den Verkehr.

Der Mensch verschwindet aus den Kraftfahrzeugen, wie er verschwindet aus den Montagehallen der Automobilfabriken.

Der Straßenverkehr regelt sich selbst, wird autopoetisch.

Und ich sage euch: Wenn 37 Millionen vollautomatisch fahrende Automobile auf 27000 Kilometern vollautomatischer Autobahnen und Bundeskegelbahnen an 5700 vollautomatisch betriebenen Tankstellen und 4700 Automatenrestaurants vorbeifahren, dann wird es beim vollautomatischen Straßenverkehr automatisch keine Toten mehr geben. Weil ja kein Mensch mehr beteiligt ist.

Nur noch der ADAC, der Autistische Deutsche Automaten Club.

LIBERTÉ, ÉGALITÉ, VARIETÉ

Ein Nachruf auf Matthias Beltz von Heinrich Pachl

Matthias Beltz ist tot. Wieso? Wieso starb er so plötzlich? Wie? Wodurch? Krankheit? Unfall? Schicksal? Viele weitere Fragen, die sich jeder von uns im Schock dieser Nachricht gestellt hat. Der verlautbarte Grund hieß Herzversagen. Aber daran stirbt letzten Endes jeder. Also werden die medizinischen Begründungen der Erklärungsnot nicht gerecht. Beltz ist einfach verschwunden – ein Verschwinden fast im Sinne seines »Freispruch für alle – Gnade für niemand«-Paradoxes: Nix ist schuld, keiner war's gewesen, und trotzdem ist er tot.

Und dennoch der Impuls, sich auf diesen überfallartigen Verlust einen Reim zu machen und damit den eigenen Schmerz und die Trauer zu bändigen …

*

Wegen Schmerzen hatte er in der Woche vor seinem Tod ein Gastspiel in Köln absagen lassen wollen. Aber die dortige Theaterchefin ließ sich nicht einfach abspeisen. »Warum kann er denn nicht? Was tut ihm weh? Das Bein? Dann kann er doch im Rollstuhl auf die Bühne, er redet doch sowieso nur und ist schließlich nichts aufs Maul gefallen!« Das hat ihm eingeleuchtet, und er kam.

Beltz starb, als er sich in seiner Wohnung in Frankfurt-Sachsenhausen auf den Weg zur Arbeit machen wollte. Um 19.00 Uhr war Showtime im Tigerpalast angesagt. Und Beltz ist nicht gekommen.

Manche sterben bei der Arbeit, andere hinterher. Matthias Beltz hat abgebrochen, als er seine Arbeit gerade vor sich hatte. Moderation, Conférence, Ansage im Varieté »Tigerpalast«, das er zusammen mit Margareta Dillinger und Johnny Klinke begründet hatte und wo er regelmäßig ein- bis zweimal im Jahr durchs Programm führte, oft durch zwei Shows am Tag. Das ist für einen Kabarettisten Knochenarbeit, aber aufregend durch die Begegnung, die Konfrontation mit den Akrobaten. Die beiden Aufgaben der Conférence im Varieté, einerseits als Dienstleister die nächste Nummer anzusagen und dann dazwischen im eigenen Solo sich gleichwertig zu profilieren, die bringt nicht jeder Kabarettist en suite zustande. Man erfährt die Konkurrenz, aber vor allem Kollegialität auf einer anderen Baustelle des Entertainments. Der Maulheld, Schwadroneur und Sprücheklopfer trifft auf die Mathematiker, Physiker, Ingenieure, Athleten und Erotikerinnen der Unterhaltungsbranche. Indem man Schlangenfrauen am Trapez, Tempojongleuren, Drahtseilakrobaten und Tigerdompteuren gut tausendmal aus nächster Nähe zusieht, wie sie stets an ihrer Leistungsgrenze und oft mit Lebensgefahr immer von neuem genau das gleiche produzieren, und indem man dabei ihre präzise Wirkung beim immer anderen Publikum wahrnimmt, erfährt man, so hat es Beltz erzählt, wie unordentlich und lässig das eigene Kabarettistenhandwerk sich dagegen ausnimmt. Man erfährt hautnah die Faszination von Künstlern, die ihre Lebensleistung in einem zehnminütigen Auftritt komprimieren, wie Johnny Klinke es formuliert. Diese Perfektion und Brillanz der Körperartistik inspiriert und fordert logischerweise heraus, mit den eigenen Mitteln sprachlicher Bilder, Aphorismen und Wortjonglagen mitzuhalten und, was die Verzauberung des Publikums betrifft, zumindest gleichzuziehen: »Liberté, Égalité, Varieté!« Applaus – Verbeugung – Vorhang.

Solche Kalauer hat Beltz oft ins Rennen geführt. Viel knapper und dichter lassen sich Assoziationen auch kaum komprimieren. Der Einzeiler als sprachlicher Salto, der nur dann funktioniert, wenn in ihm genügend Konnotationen gebündelt werden und das Sprechtempo der Vermittlung für die amüsierte Überraschung sorgt. Das ist Timing auf engstem Raum, da hat er seine Pointen aus der kleinsten Drehung abgeschossen wie früher Gerd Müller die Tore. Dadurch funktioniert auch die Wiederholung desselben Jokes, und damit sind wir wieder bei der Parallele zur Körperartistik. Das heißt, Beltz hat ein und dieselben Sprüche, Aphorismen, Sinngedichte, Schnapsideen wiederholen können, ohne daß dies als öde ankam, im Gegenteil.

Es inhaltlich-sprachlich so verdichtet hinzukriegen war für Beltz eines der größten Vergnügen an seiner eigenen satirischen Leistung. Und speziell den Kalauer hat er nie verschmäht, er war für ihn der Gastarbeiter des Witzes. Also der Scherz-Knecht, der Spaß-Sklave, der die Horror-Komik und Schmerz-Arbeit bewältigen muß, den er planvoll wie eine Formel genutzt hat, um seine Satire-Chemie der Gegensätze zu mixen.

Mit Liberté-Égalité-Varieté in und mit dem Tigerpalast war Beltz auch auf dem höchsten Plateau von Erfolg und Wirkung angekommen – in einer der Sparten, die er betrieben hat, dem Kabarett. Wenn bei den Saisonpremieren im Tigerpalast die Frankfurter und hessische Prominenz es quer durch alle politischen Schattierungen als Auszeichnung empfand, zu den wenigen 180 Auserwählten zu gehören, die Platz bekamen, und Beltz im schrillfarbig, aber edel großkarierten Maßsakko durch das Programm »führte«, war er für die anwesenden Stützen der Gesellschaft als Master of Ceremony und King of Comedy auch der Deuter der Geschicke – vom Banalen und Abstrusen zum kompromißlos Politischen und apokalyptisch Schauerlichen. Der mephistophelische Matthias als kulturelle Institution, als Frankfurter Beltzebub.

Als Tigerpalast-Mitbetreiber wußte Beltz, daß er mit dieser Gesellschaft mit beschränkter Haftung über die Wellen der freien Marktwirtschaft schipperte und daß dieser überforderte Unterhaltungsdampfer ständig von seinen Schulden leergeschöpft werden mußte, die Premiere also immer auch wesentlich Promotion war. Weil er, Beltz, sich aber mit der puren Hofnarrenrolle auch nicht zufriedengeben wollte, brachte er den Kalauer als das einfachste und effektivste Mittel in Stellung, um ein Maximum an politischer Provokation mit dem notwendigen und fürs Entertainment sinnvollen Ferment an Spaß und Auflösung zu mischen und nach dem Affront eine Versöhnung zu suggerieren, die nichts mit Anpassung zu tun hatte.

Der Kalauer arbeitet zweischneidig: In einer Richtung wird die Bedeutungstiefe eines Aperçus durch Scherz bekömmlich gemacht, in der gegenläufigen Wirkungsabsicht blitzt im blödesten

Ulk gedanklicher Anspruch auf. Heraus kommt schwarzer Humor, aber was der nun ist, Tiefsinn oder Blödsinn, dafür übernimmt, sobald es darüber lacht, das Publikum selbst die Verantwortung. Insofern kondensiert sich im Sprachspaß Liberté – Égalité – Varieté auch ironisch abgeschirmte Trauerarbeit und ein über sich selbst spottender Befreiungsschlag. Mit dem Kalauer beschrieb Beltz die Umbrüche seiner eigenen Lebenskomik.

*

Methodisch und inhaltlich haben alle »politischen« Kabarettisten und Kleinkünstler eine überwiegende gemeinsame Schnittmenge. Versucht man das Besondere des einen zu beschreiben, erfaßt man zu 90 Prozent die Verfahren aller.

Im Vergleich zu seinen Kollegen war Beltz der Kabarettist, der seine Anstrengungen und seine Lust, sich selbst existentiell zu begreifen, am stärksten in seine Texte und Auftritte eingebracht hat. Und umgekehrt machte er auf der Bühne diese intensive Auseinandersetzung mit eigenem Welt- und Selbstverständnis so transparent wie sonst niemand aus der Branche.

Dem wie auch immer Speziellen und der besonderen Qualität der Beltzschen Satire, wofür ihm Publikum und Kritik entsprechende hymnische Anerkennung zollten (»Weltgeist zu Pferde…« usw.), also auch der Machart seiner Texte (»Wie kommt der bloß auf so was?«), kommt man, glaube ich, darüber auf die Spur, wie und mit welcher Anstrengung er sich mit Berufswahl und Gelderwerb auch immer um die Beschaffung seines Lebenssinns bemüht hat. Und dieses eigentlich persönlich-intime Grundthema hat er ja auch fortwährend ziemlich offen in vielen Varianten thematisiert.

Liberté – Égalité – Varieté: Damit wird nicht nur der saturierten Premierenmischpoke der sattsam bekannte Spiegel vorgehalten. Vielmehr kommt damit die prägnante Summe seiner eigenen Lebenskomik zur Sprache: daß es nicht so geklappt hat, wie man mal wollte.

Denn mit Liberté und Égalité hatte sich Beltz Anfang der 70er Jahre schließlich auch mal eine Idee von dem gemacht und übernommen, was die radikale linke Vorstellung von der Zukunft der Arbeiterklasse war, und danach hat er dann im Verbund der Frankfurter Spontis, der Gruppe Revolutionärer Kampf, versucht, konsequent sich zu verhalten und zu handeln. Man hat sich bei Opel in Rüsselsheim als Fabrikarbeiter verdingt, um die Revolution (oder so) vorzubereiten und sich dafür die eigene Grundausbildung zu verschaffen. Das ist dann zwar nicht gelungen, war aber nicht frei von Tragikomik und Klamotte.

Als intellektueller Kleinbürger in den Betrieb gehen und den Proleten spielen und aufpassen, daß es den wirklichen Proleten nicht auffällt, daß man keiner ist, und wenn man auffliegt, dann fliegt man sowieso raus, wird aber nicht von den Bossen des Betriebes abgelehnt, sondern vor allem von den eigenen Kollegen, denen man zu ihrem Glück verhelfen wollte und die einen als Täuscher entlarven, obwohl man ohne diese Verstellung gar nicht an sie rangekommen wäre: Ach, du bist gar keiner von uns! Der revoluzzende Hochstapler als schichtarbeitender Tiefstapler und damit Gespött derer, derentwegen man das alles macht, die aber keine Lust haben, sich zum kollektiven Klassenkampf agitieren zu lassen, sondern ihre Emanzipation von entfremdeter Arbeit im Ausstieg aus der Knochenmühle und im individuellen Aufstieg sehen.

Das hat schon Komik, und Humor ist bekanntlich, wenn man selbst darüber lacht, auch wenn es weh tut, danach wieder in der Frühe die Stempeluhr zu bedienen – gerade dann. Die Erfahrung von Irrweg und Niederlage, im Unterschied zu dogmatischen linken Formationen von damals etwas abgefedert durch den speziellen Spaßfaktor der Frankfurter Spontis, führte schließlich zu der Erkenntnis: »Das bringt's auch nicht.« Aber Beltz ist, als die Genossen aus der Proletarisierung wieder ausgestiegen waren, noch alleine reichlich länger bei Opel geblieben, frei nach der Devise: »Ich möchte selbst bestimmen, wann ich mich blamiere.«

*

Das macht ein starkes eigenes Bedürfnis nach Erklärung und Rechtfertigung offenkundig. Wie kam's zum Exitus des großen

Entwurfs? Lag's an der Medizin oder der Dosis, war die Diagnose schon im Ansatz falsch, hat also der Arzt versagt, oder ist überhaupt der Patient selbst schuld, wenn ihm nicht geholfen werden kann? Handelt es sich also bei dem, was man radikal verändern wollte, gar nicht um pathologische Zustände, sondern um den Irrwitz des Normalfalls? Vereinfacht gefragt: Habe ich als Beltz versagt, oder war es wieder mal der Weltgeist? Bin ich also Opfer oder doch nur tumber Tor – was ich auf keinen Fall sein will, denn damit haben sich schon genügend andere herausgeredet?

Daraus speist sich auch sein Gewerkschaftskalauer »Widerstand ist zwecklos und daher sinnvoll« und die durch das Jurastudium bereits angespitzte, dann leitmotivisch wiederkehrende Fragestellung: »Wer ist schuld?« Was nach dieser Trauerarbeit und der perspektivischen Neuorientierung für ihn als Grundimpuls übrigblieb, war der Antrieb vom Ganzen: die Machtfrage. Verschärft noch durch die sportliche Anerkennung der eigenen Niederlage: Das wollen wir doch erst mal sehen!

Und dieser Machtanspruch mit dem Ferment von »Jetzt erst recht!« erklärt für mich diese eine Beltzsche Spezialität: den Trieb, den Drang, die Kraft zur Prägnanz. Im Unterschied zum Kabarettisten, der sein Thema sukzessive aufblättert und quasi induktiv vorgeht, rollt Beltz seine Sachen vom ultimativen Gedankenende her auf.

Damit demonstriert er die größtmögliche Beherrschung der Problematik und setzt sich dem Echo, das er erzeugen will (»Weltgeist zu Pferde ..., geistig aufgeräumtester Satiriker« ... usw.), gelungen planvoll an die Spitze. Manchmal verrennt er sich, spekuliert um Kopf um Kragen, verwirrt die Zuhörer mit Zumutungen, daß sie schon an ihm zweifeln und irre werden – aber solche Vorstöße kippt er und relativiert sie selbst durch Rückzug in den Kalauer. Damit gibt's, das ist der Trick, zu seiner kabarettistisch vorgetragenen These keinen Widerspruch. Er mimt nicht den Zweifler, seine satirische Methode verfährt vielmehr apodiktisch. Das Thema wird von ihm erledigt. Die von Adorno festgestellte strukturelle Macht des Witzes, der erst mal den »ohne Möglichkeit des Einspruchs ins Unrecht setzt, über den er ergeht«, war für

Beltz nicht nur Erkenntnis, er hat sich diese Mechanik wie einen Satz Schraubenschlüssel fröhlich und planvoll für seine Machteinnahme zunutze gemacht.

In der Autofabrik muß sich auch das spezifisch Beltzsche Verhältnis zum Publikum entwickelt und aufgebaut haben. Gemeinhin erfährt der Darsteller seine Zuschauer als unspezifische Menge jenseits der vierten Wand erst mit Beginn des Auftritts. Beltz lernte seine Pappenheimer vorher kennen. Die normale Haßliebe des Komödianten zu seinem Publikum erwuchs für Beltz durch diese betrieblichen Erfahrungen zu einem handfesten sowie zwiespältigen Erlebnis. Er erlebte die Kollegen neben sich an der Maschine und dann in den Arbeitspausen, wo sie, inspiriert vom geistigen Zentralorgan der Stammtische, vulgo der *Bild,* sich die Zusammenhänge zwischen Frühstücksei und Ehekrach, Wochenende und Weltgeschehen stiften, bevor er sie dann auf Betriebsversammlungen als Masse ansprach.

Seine Kollegen waren für ihn Hoffnungsträger einer Zukunft und gleichzeitig Adressaten einer Botschaft, die er ihnen aber erst noch zu überbringen hatte – die, daß es diese Zukunft überhaupt gab. Je deutlicher er erfuhr, daß sie diese Zukunft gar nicht wollten, desto enttäuschter war er von ihnen, desto genauer konnte er sie aber nachempfinden und sich um so fröhlicher auf sie einlassen, so daß sie ihn überhaupt erst dann verstanden und ernst nehmen konnten, als er sich über sie lustig machte, indem er von seinen revolutionären Utopien abließ und ihnen ihre konkreten Utopien vorhielt: »fressen, saufen, ficken und hoffen, daß die Rente stimmt«. Da hatte er Opels Werbeslogan späterer Jahre – »Wir haben verstanden« – sinngemäß schon formuliert, und nun wurde er von denen, die seine Ziele nicht teilten, akzeptiert.

Mit dem Abschied aus der Fabrik also erst mal raus aus den eigenen Ansprüchen. Und sich die Ansprüche anderer vom Leibe halten. Vereinnahmungen kappen. Selbst entscheiden, wann, weshalb, wie man solidarisch ist. Suche nach einer wenn schon nicht autonomen, so wenigstens abgrenzbaren Position.

Da stellte Beltz, ganz im Rüsselsheimer und Sachsenhäuser Slang, sein sprachliches Warnschild auf: »Momendemal!« Er kannte alle menschlichen Grundpositionen im täglich-allzutäglichen Daseinskampf, wie sie sich in elementaren Spielzügen von Gesprächen widerspiegeln. Die Haltung des Besserwissers: »Das wüßte ich aber!« Des Underdogs: »Mir sagt ja keiner was!« Die Pose des Protests: »Aber nicht mit mir!« Oder die heroische Attitüde des Stammtischs: »Wenn schon – dann aber richtig!« Auch der perspektivische Ausbruch aus der geistigen Wagenburg: »Wo kommen wir denn da hin?!« Aber bei Beltz heißt die Grundfigur »Momendemal!«

Ein Stopper, der am Tresen genausogut kapiert wird wie von den Intellektuellen im Disput respektiert.

*

Daß er auf den Beruf des Kabarettisten umsattelte, dafür machte Matthias Beltz mich mitschuldig.

»H. P. lernte ich«, schrieb er auf seiner Homepage, »Anfang der 70er Jahre kennen, und als ich ihn 1975 in Offenbach auf der Bühne der Stadthalle stehen sah, riß mich die Vorsehung aus dem Sessel, ich wollte nicht zulassen, daß er die politisch übliche Willy-Brandt-Parodie vorträgt, das wollte ich selber hier im Rhein-Main-Gebiet tun, eilte hoch, erfüllte meine Pflicht und genoß es, bei einer Kulturveranstaltung Lachen und Beifall von 2000 Leuten entgegenzunehmen. Da entstand erneut der Wille zum Kabarett, danach Sehnsucht nach Veränderung.« Diesmal eine Sehnsucht nach der eigenen Veränderung – und das mit der Erfahrung des Gewerkschafters, eines Mitgliedes der größten Organisation, die am längsten erfolglos ist und trotzdem weitermacht.

Wer auf dieser Erfahrungsbasis »linkes« Kabarett macht, kann sich nicht mit der Funktion eines Dienstleistungskomikers begnügen, der im Beschreiben und Vorführen von Charakteren und Situationen die komischen Widersprüche des Lebens fürs Ablachen zurichtet. Er kann auch keiner der Entlastungssatiriker werden, die ihre kritischen Wahrnehmungen mit empörter Attitüde vortragen, faktisch aber zwischen Bühne und Parkett die Koalition der Saturierten und Angeödeten stiften sowie die Erinnerung an den früheren Impuls nach Veränderung mit der Emphase von »so geht's doch nicht…« markieren und wachhalten. Dem einen widersprach Beltz' Machtinstinkt, also geistig Avantgarde zu bleiben, dem anderen sein Wissensdrang, seine Bildung, seine Erklärungslust, seine Spekulierfreude – und prägende Elemente seiner Biographie, insgesamt eine vitale Getriebenheit.

Die Hauptdisziplin seiner kabarettistischen Arena war es, Zusammenhänge zu konstruieren, darzustellen und vorzuführen, aber nicht mehr damit aufzuklären, sondern vertrackt zu erklären und lapidar zu behaupten. Und Thesen aufzustellen bis hin zum inszenierten gedanklich-metapherngespickten Amoklauf durch Historie, Geschichten, Strukturen und Komplexitäten. Das Ganze politphilosophisch so zu unterfüttern, daß auch der geistige Kontakt zum alten Kumpel *Bild*-Leser dabei nicht abzureißen brauchte.

Dieser Drang und Trieb wird gerade da deutlich, wo Beltz ihn nicht völlig umsetzen konnte, wo dann die Manierismen seiner Stilmittel wie Gedankengerippe hervortraten. Wenn er auf der Bühne mit der satirischen Wurst nach der politphilosophischen Speckseite warf und sich zum Vergnügen aller, auch besonders seines eigenen, abmühte, seine leicht angeberische Vorgabe kabarettistisch einzuholen, da sah man ihn dann in Aktion: beim Verfertigen des Kabaretts, nachdem er die Vorgabe schon mal ausgeworfen und losgelegt hatte und mit dem Klapperatismus eingeübter geistiger Hebefiguren die Kür zum Abschluss brachte.

Wenn man Beltz klassifizieren wollte, wäre er ein Deutungssatiriker, der seine Thesen auftürmt und darstellt, ohne sie zur Diskussion zu stellen. Dabei nützten ihm auch die Erkenntnisse aus dem Jurastudium und die Erfahrungen als Referendar am Gericht – also dort, wo man keinen Anspruch auf Recht hat, sondern ein Urteil verpaßt bekommt. Folglich auch auf der Bühne Entscheidungen ex Beltzscher cathedra aller Art en gros und en détail: »Wer war schuld? Und was ist mit dem Hund?«

*

Mit seinem paradoxen Motto »Gnade für niemand – Freispruch für alle« entspricht Beltz nicht der Klassifizierung Tucholskys, der den Satiriker zum »gekränkten Idealisten« stempelt, der die »Welt gut haben will, aber sie ist schlecht, und nun rennt er gegen das Schlechte an«. Eher wie Hans Conrad Zander formuliert: »Unsinn! Satire ist kein Anrennen gegen, sondern ganz im Gegenteil Lust an. Satire ist die Lust am eigentlich Verhaßten. Große Satire ist die große Kunst, noch die bittersten Unerträglichkeiten des Lebens umzustülpen in den freien, souveränen Genuß des Lachens.«

In dem Film *Der Komiker. Ein deutsches Schicksal zwischen Kalauer und Pointe* hat Beltz seinen Antrieb, seinen Anspruch und seine Lust formuliert. Er stelle eine Gemeinschaft her, eine Gemeinschaft nicht der Kämpfenden und der sich Rächenden und Wütenden, sondern der Lachenden. Und so eine Gemeinschaft der Lachenden, die ausschließlich über ihn lache, sei ja schon mal ein Fortschritt in unserem Vaterland. Durch seine Komik solle das Publikum aus der Zeit rausgeraten. Das sei keine Frage von Zeitgewinn oder Zeitverlust, sondern eine des Ausstiegs aus der Zeit, also Ekstase. Nur wenn das gelinge, sei auch der Kabarettabend gelungen.

Das klingt alles für einen »politischen« Kabarettisten ziemlich überraschend.

Er wollte, daß das Publikum während seines Programms aussteigt aus der Wirklichkeit der Existenz, ohne aber deren Problematik zu vergessen: »Ich habe eine Heidenangst vor dem Leben, dann gehe ich auf die Straße und sehe, daß ich recht hab … Ich bin Zuschauer eines dramatischen Welttheaters. Wir leben in einem Land, wo auch Krieg herrscht. Es wird gemordet und geschlachtet, und unsere Aufgabe ist es, das zu zeigen und eine gewisse Souveränität zu schaffen.«

Ekstase, Ausstieg aus der Zeit, ohne die Gefährdung aus den Augen zu verlieren: Das entspricht im Varieté dem Erleben des Zuschauers beim Trommelwirbel für den Salto mortale auf dem Drahtseil.

Damit kommt man auch der speziellen Kabarettartistik von Matthias auf die Spur, die nicht so sehr in der Fähigkeit zu Wortwitz und Assoziationskunst, Reimeschmieden und Aphorismenschnitzen bestand. Darüber verfügte er reichlich, aber das war für ihn nicht Ziel der Darbietung, sondern ihr Mittel – wie beim Akrobaten die körperliche Fitneß und Sicherheit der Griffe, die Macht in der Politik und der Becher beim Joghurt. Aber erst im Spagat auf dem Seil, im Salto rückwärts und in der Neun-Bälle-Jonglage kommen Unterhaltung und Kunst zusammen. Solche Saltos vor und zurück hat auch Matthias Beltz geschlagen und absturzgefährdete Drahtseilbalancen riskiert: vom Politphilosophen Carl Schmitt zum Hausmeister als Freund-Feind-Praktiker und wieder zurück; Weltzusammenhänge im Heinz-Erhardt-Format; Welttheater nicht in fünf langen Akten, sondern mit zehn Sätzen auf Tempo gebracht. Von seiner Herangehensweise war Matthias Beltz, könnte man kategorisieren, der Gesellschaftsphilosoph unter den Kabarettisten, was abgehoben klingt, aber seine Fähigkeit zu Spannungsbögen verständlich macht. Die Kombination von Rosa Luxemburg und Radio Luxemburg. Die unbändige Lust, so was im Kalauer zu erden. Abheben in die Höhenluft von theoretischen Einsichten, um wieder sicher auf dem trügerisch durchweichten Mürbeteigboden des Erdbeertörtchens zu landen.

Der Kabarettist braucht Feinde und die Freude, sie nach allen Regeln der Kunst fertigzumachen. Aber auch hier lauern jede Menge Abseitsfallen: die billige Denunziation, die spießige Überheblichkeit, der positionslose Rundumschlag, die Pose des superschlauen Durchblicks, die Flucht in denunziatorische Typenkomik usw. Für Matthias Beltz waren solche Attitüden unästhetisch. Er hatte seine Methode entwickelt, für die unterschiedlichen Aspekte die jeweils adäquate Darstellung anzuwenden, dementsprechend mit vielen Stilmitteln experimentiert und seine spezielle Montagetechnik mit der, wenn man sich im Kabarett umsieht, wahrscheinlich größten Formenvielfalt ausgebaut. Wobei er immer gewieft vorging. Die faschistoide Dumpfbacke um die Ecke beispielsweise hat er nie unterschätzt, sondern ist (nach dem Motto von Mao: den Feind strategisch verachten, aber taktisch ernst nehmen) quasi trojanisch in diese Typen eingebrochen, hat sie mit ihrem eigenen Selbstverständnis von innen heraus zur Explosion gebracht, daß sie uns und sich selbst um die Ohren flogen. Die Integration von

Verständnis und Verdammnis. Er war der polemischste unter den Kabarettisten, der den Säbel ganz harter Satire mit einer unvergleichlichen Zärtlichkeit schwang. Seine Killerpointen konnten sehr sanft daherkommen …

*

Eigentlich unverschämt vom Beltz, so krass nicht mehr dazusein, ohne daß man ihm einen Vorwurf machen kann. Eine Zumutung von ihm, bei der er aber selbst das Opfer ist. Eine ganz schwarze Schlußpointe, bei der es nichts zu lachen gibt.

Er hat sich schon zu Lebzeiten in seinen Texten und Programmen erstaunlich viel mit Tod und Trauer befaßt. Auf seiner Homepage empfahl er zwei *Dead and Gone*-CDs: *Totenlieder* und *Trauermärsche*. Später dann, kurz vor seinem Tod, machte er noch eine Radiosendung mit Volker Kühn: »Tod und Komik«.

Beim Zuhören solcher Passagen war nicht immer klar, ob er das ernst meinte oder – nur? – beruflich an der Schmerzschraube drehte und mit solchen Hardcore-Themen kokettierte. Jetzt, wo er tot ist und sein Tod traurig macht, weiß man es noch immer nicht. Dafür weiß man, daß das egal ist, denn es kommt auf dasselbe heraus. Also typisch Beltz!

Komik, sagt der Komiker Beltz im Film *Der Komiker,* ist wie ein »fernöstlicher Lehrgang in der Kunst des Liebens. Diese zwei Stunden sind eine Vorbereitung auf die Tatsache, daß der Mensch mal sterben muß und daß das lustig ist. Ich möchte ein Erlebnis bei den Leuten erzeugen, daß sie das Gefühl haben, sie sind tot und gucken auf die Erde.«

Es gibt viele Arten des Sterbens, von schwerer Krankheit bis zum Kollateralschaden.

Andere ringen und kämpfen gegen den Tod an und schaffen es, Gott sei Dank, ihm noch mal von der Schippe zu springen. Es scheint, als ob Beltz einen anderen Plan gehabt hat. Als ob er dem Tod auf die Schippe gesprungen ist, als ob er den Sensenmann erst mal genauso schocken wollte wie gleich danach uns. Und wie ich Matthias kenne, hat er den Tod als alten Griechen aus der Polis identifiziert, als Wirtschaftsasylanten mit gefälschter Greencard, den er auf seinem Weg zur Spätschicht im Tigerpalast trifft und ihm freundlich, aber resolut und vor allem verständlich sagt: »He, fauler Sack, du nix Feierabend, du heute Überstunden, aber ohne Lohnausgleich.«

Im Kampf von Leben und Tod, über den Matthias Beltz viel auf der Bühne räsoniert hat, war das eine Art Überraschungsangriff.

*

Beltz hat seinen Kabarettistenberuf geliebt, Mißverständnisse geduldig ertragen und Angriffe, vor allem Geringschätzungen mit so polemischer Freude abgewehrt, als ob er nur darauf gewartet hätte, daß ihm beim Thema Kabarett und Komik einer dumm kommt.

Die *taz* befragte ihn zu den kulturellen Nachwirkungen des 11. Septembers 2001: Was darf Satire? Gibt es eine Geschmacksgrenze? Und: Wo hört der Spaß auf?

Beltz: »Satire darf nichts, weil es kein Subjekt ist, sondern eine Kunstform.« Der Satiriker hingegen solle sich an den bekannten Satz aus der TV-Serie *Dallas* halten, als J. R. zu Bobby sagt: »Die Freiheit bekommt man nicht geschenkt. Man muß sie sich nehmen.« Die Geschmacksgrenze kann man nur erforschen, wenn man sie überschreitet. Das ist ein empirischer Prozeß der Grenzüberschreitung.

FRAGE: Hat Peter Scholl-Latour mit der Verkündigung vom Ende der Spaßgesellschaft recht?

BELTZ: Der doch am allerwenigsten. Jemand, der seinen Spaß früher mal in Reisfeldern gesucht hat, hat nicht das Recht, das Ende des Kalauers zu verkünden, weil er selber einer ist.

FRAGE: Stehen denn wenigstens die Zeichen der Spaßgesellschaft momentan auf Trauer?

BELTZ: Die Deutschen haben endlich die Freude an der Trauer gefunden. Nach jahrelanger Trauerfaulenzerei, der Unfähigkeit zu trauern, wird jetzt professionell abgeheult. Dafür gab es in diesem Sommer schon propädeutische Seminare.

FRAGE: Muß das sein?

Beltz: Ja, muß. Wir erinnern uns an die Worte von Kanzler Schröder: »Es gibt kein Recht auf Trauerfaulheit.« Die Professionalität der Trauerarbeit wird noch gesteigert, wenn sie von einer brutalstmöglichen Besonnenheit begleitet wird.

So ist er, der Beltz, auch noch nach dem Tod, wie er leibt und lebt, als ob er einem beim Trauern Dampf macht.

Als dann Matthias dem *taz*-Frager einige Auskünfte über sein aktuelles Programm verpaßte, fiel dem nur noch die resignative Schlußbemerkung ein: »Das hört sich fast schon verzweifelt an.« Darauf Beltz: »Das ist auch Sinn und Zweck meines Programms. Ich möchte die Leute von der Hoffnungslosigkeit über die Verzweiflung hin zur Trostlosigkeit führen.«

Hin zur Trostlosigkeit. Wir waren geschockt und traurig wegen seines Todes und können gleichzeitig mit diesem Wälzer in den Händen mit Matthias über seine Witze lachen.

DIE BIOGRAPHIE

1945 Matthias Beltz wird am 31. Januar in Wohnfeld (Vogelsberg) als Sohn des Kaufmanns Fritz Beltz und der Handelslehrerin Martha Beltz, geb. Graf, geboren. Der Vater, Soldat an der Ostfront, kehrt aus dem Zweiten Weltkrieg nicht zurück, er gilt als vermißt. Noch im gleichen Jahr zieht die Familie – Bruder Michael, die Mutter und Großmutter Maria – nach Gießen.

1951 Einschulung in Gießen.

1955 Beltz besucht das Alte Realgymnasium (später Herderschule), seine bevorzugte Lektüre sind Krimis und Autoren wie E. A. Poe, E.T.A. Hoffmann, Franz Kafka, Wilhelm Busch. Schon früh bekundet er ein lebhaftes Interesse fürs Theater sowie »an Gewalt und Recht und politischem Sadismus«.

1964 Abitur. Jurastudium in Marburg. Schwerpunkte, laut Beltz: »politische Gewerkschaftsarbeit, linke Utopiepflege, Erforschung des Skatspiels und der lockeren Biertrinkerei in absonderlichen Männerkreisen«.

1966 Fortsetzung des Studiums in Frankfurt am Main. Beltz wird Mitglied des Sozialistischen Deutschen Stundentenbundes (SDS), konzentriert sich auf Strafrecht, Kriminologie und Strafprozeßrecht.

1969 Examen. Beltz engagiert sich in der Republikanischen Hilfe, der Rechtshilfeorganisation des SDS.

1970 Gerichtsreferendar in Darmstadt und Offenbach. Daneben »Studium des Klassenkampfs«.

1971 Fließbandarbeiter bei Opel im Werk Rüsselsheim (Achsenbau); der Berufswechsel erfolgt »im Rahmen der weltrevolutionären Bestrebungen der Gruppe ›Revolutionärer Kampf‹ in Frankfurt« und soll dem »Studium der Weltrevolution« dienen. Beltz engagiert sich bei der IG Metall, wird Vertrauensobmann. Über seine Erfahrungen als Metallarbeiter berichtet er später unter dem Titel *Der arbeitende Mensch – Rüsselsheimische Dramaturgie.* Beim Revolutionären Kampf erfährt Beltz in den folgenden Jahren seine politische Prägung. In der linksradikalen Sponti-Szene agiert er in einer Zeit der Demonstrationen, Hausbesetzungen und heftigen Auseinandersetzungen zwischen »Putztruppen« und der Polizei u. a. zusammen mit Joschka Fischer, Daniel Cohn-Bendit, Johnny Klinke und Hans-Joachim Klein, der sich später an dem Überfall auf die Wiener OPEC-Konferenz beteiligt. Bekanntschaft auch mit Andreas Baader, Ulrike Meinhof und Gudrun Ensslin.

1975 Oktober: Spontaner Auftritt mit einer Willy-Brandt-Parodie auf einer Protestveranstaltung gegen den Franco-Faschismus in der Stadthalle Offenbach. Danach »Sehnsucht nach Veränderung«.

1976 Straßentheater. Beltz möchte Beckett spielen. Mit Gleichgesinnten beteiligt er sich an der Gründung einer Frankfurter Theatertruppe, dem Karl Napps Chaos Theater. Dezember: Premiere mit einigen Szenen des ersten Programms, einem Kernkraftstück mit dem Titel »Ei, was strahlt denn hier?«.

1977 Dezember: Zweite Premiere des Chaos Theaters (»Das grüne Vögelchen«) in der Frankfurter Batschkapp.

1978 Februar: Premiere des dritten Chaos-Programms (»68er Nachlese«).

1979 März: Szenenfolge »Staatsharmonie« im Frankfurter Kino Harmonie. Mai: Neues Chaos-Programm (»Das Polizeifest«) im TAT. Juni: »Szenen aus der Scene«.

1980 Beltz reicht seine Promotionsschrift bei der Universität Frankfurt ein (»Das ganze Grundgesetz besteht ja überwiegend aus Angst vor der Demokratie – Über den Beitrag der politischen Linken zur Regierbarkeit spätkapitalistischer Gesellschaftsformationen, dargestellt an der Entstehungsgeschichte des Bundesverfassungsgerichts«). Wird abgelehnt. – Neues Chaos-Programm »5 vor 12, kurz vor High Noon« (zuweilen angekündigt als »HAI NUHN«). September: Gemeinschaftsproduktion von Karl Napps Chaos Theater, den Drei Tornados und dem Wahren Anton zur Bundestagswahl im Frankfurter Volksbildungsheim: »Durchs wilde Urnistan«. Karl Napps Chaos Theater wird mit dem Deutschen Kleinkunstpreis ausgezeichnet.

1981 Kleinkunstpreis »Berliner Wecker«.

1982 Das Chaos-Team zerbricht: Dieter Thomas, Hendrike von Sydow und Matthias Beltz spalten sich von der Gruppe ab, das Trio spielt als Vorläufiges Frankfurter Fronttheater (VFF) weiter. Ihr Programm zum Thema Friedensbewegung nennt sich »Freak und Frieden«.

1983 Verstärkt TV-Auftritte. Februar: Tournee mit einem Gemeinschaftsprogramm von VFF, den Tornados und dem Wahren Anton zum Wahlkampf der Grünen (»WAHLIUM – eine Kaffeefahrt ins Grüne«). Gemeinsamer Auftritt des VFF mit Frank Wolff und dem Frankfurter Kurorchester (»Im Grünen Bock«). September: VFF-Programm »Chicago«.

1984 Kabarettpreis »Salzburger Stier« für das VFF.

1985 März: VFF-Premiere mit »Leute '85«, Regie führt erstmals Ulrich Waller. Im Juli tritt das VFF erstmals in Dieter Hildebrandts TV-Satire-Sendung »Scheibenwischer« auf.

1986 November: Duo-Programm Matthias Beltz und Heinrich Pachl (»Propheten«) im Frankfurter Theater am Turm (TAT). Im Dezember ist das VFF wieder im »Scheibenwischer« zu sehen.

1987 März: VFF-Premiere »Versammlung« in der Frankfurter Schirn. Im Juni erscheint das Beltz-Buch *Schwarze Politik. Pamphlet gegen die öffentlichen Harmoniestifter,* darin sind Beiträge enthalten, die er für den *Freibeuter, Joseph* und den *Pflasterstrand* sowie die *Düsseldorfer Debatte* geschrieben hatte.

1988 Februar: Beltz/Pachl-Programm »Das Geheimnis der Aktentasche« im Frankfurter TAT. Das VFF ist jetzt nachzulesen: *Am Besten bös. Das Vorläufige Frankfurter Fronttheater. Bilder und Texte.* Auch ein neuer Beltz erscheint auf dem Buchmarkt: *Links vom Main,* eine Sammlung von Texten aus Bühnenprogrammen und Publikationen der vergangenen Jahre. TV-Auftritte in den »Mitternachtsspitzen«. Beltz beteiligt sich an der Gründung des Frankfurter Tigerpalasts, der im Herbst eröffnet wird. Zur Premiere gibt er sein Debüt als Conférencier eines Varieté-Programms. Beltz steigt aus dem VFF-Team aus und geht eigene Wege: »Nach zwölf Jahren gemeinsamer Arbeit braucht's was Neues.«

1989 Januar: Premiere von »Liberté, Égalité, Varieté«, eines gemeinsam mit Anne Bärenz und Frank Wolff aus Anlaß des 200jährigen Jubiläums der Französischen Revolution entwickelten Programms im Tigerpalast. September: »Gnade für niemand. Freispruch für alle«, erstes Beltz-Soloprogramm. In der Taschenbuchreihe »Bibliothek der deutschen Werte« würdigt Beltz *Die deutsche Opposition*.

1990 Juni: Beltz-Pachl-Programm »Schufte« zur Experimenta Frankfurt. November: Zusammenarbeit mit Achim Konejung, Heinrich Pachl, Arnulf Rating und Horst Schroth im »Reichspolterabend« aus Anlaß der Bundestagswahl (»Fünf Männer räumen auf«). Textbuch *Gnade für niemand – Freispruch für alle*. CD-Edition *Wir machen glücklich* (Musik: Ralf Buron). Mitarbeit am NDR-»Heimatabend«, der bis 1997 produziert wird.

1991 Ab Januar zwölf bundesweite TV-Ausstrahlungen der Satire-Reihe »Nachschlag«, jeweils fünf Minuten nach den ARD-Tagesthemen. Tournee mit dem zweiten Soloprogramm »Füße im Feuer«. November: Deutscher Kabarettpreis der Stadt Nürnberg.

1992 Zweiter »Reichspolterabend« mit Konejung, Pachl, Rating und Schroth: »Fünf Männer kehren wieder«. Ab Juli zweite »Nachschlag«-Serie.

1993 Zwischenprogramm »Henker gesucht«. Der Hessische Rundfunk sendet in seinem Fernsehprogramm vom März bis zum November 1994 »Freispruch für alle. Beltz' fröhliches Standgericht« als Live-Kabarett mit jeweils zwei Gästen. Heinrich Pachl dreht mit Beltz das Fernsehporträt *Der Komiker. Ein deutsches Leben zwischen Pointe und Kalauer*. Deutscher Kleinkunstpreis. Adolf-Grimme-Preis für »Nachschlag«.

1994 Januar: Soloprogramm »Die paar Tage noch«, das Textbuch erscheint wenig später. Dritter »Reichspolterabend«, Titel: »Fünf Männer stauben ab«.

1995 *Schlammbeißers Weltgefühl* erscheint. Ab November lädt Beltz in regelmäßiger Folge ins TAT am Bockenheimer Depot zur »Montagabendgesellschaft« ein.

1996 Der Hessische Rundfunk etabliert die Hörfunkreihe »Freispruch für alle. Die Radio-Show von und mit Matthias Beltz«. Duo-Programm mit dem Musiker Rüdiger Carl: »Hundert – Zwei Mann und ein Befehl« in der Hamburger Kampnagelfabrik. Dezember: »Die Fledermaus« im Stadttheater Gießen, Beltz spielt den Frosch. Von nun an regelmäßig Auftritte in der BR-Sendung »Ottis Schlachthof«.

1997 Soloprogramm »Mehr Geld, weniger Ärger!« in den Hamburger Kammerspielen, eine Art Zwischenprogramm, das die Premiere des neuen Kabarettsolos im Herbst vorbereiten soll. Mitarbeit am Drehbuch zum Spielfilm *Deckname Dennis.* Moderation der HR-Sendung »Meridian«. Oktober: Soloprogramm »Notschlachten – die sieben Weltverbrechen«. Uraufführung von »Ich bin nichts. Ich hab nichts. Aber ich lach mich tot« am Staatstheater Mainz.

1998 *Gute Nacht, Europa, wo immer du auch bist* erscheint. *Notschlachten* erscheint als Textbuch und als CD-Edition. Beltz heiratet seine langjährige Lebensgefährtin Christiane Meyer-Thoss, Autorin und Verlagslektorin und – seit 1990 – seine Agentin. Zwischentexte zu Bernd Alois Zimmermanns *Musique pour les soupers du Roi Ubu,* Konzert in der Stuttgarter Liederhalle mit den Bamberger Symphonikern.

1999 März: Der HR startet die Hörfunkreihe »Theatergespräche«, ein »Gesellschaftsabend fürs Radio«.

2000 Februar: Der HR beginnt mit der Hörfunkreihe »Wer lacht hier über wen? Komik und …«, ein themenbezogenes Radiogespräch mit Beltz und Gästen aus Kultur, Politik, Wirtschaft und Wissenschaft. Juni: Soloprogramm »Eigenes Konto. Wenn sich alles rechnet und niemand bezahlt«, Textbuch und CD erscheinen noch im gleichen Jahr. Dezember: »Zehn Jahre danach«, gemeinsamer Auftritt mit Matthias Deutschmann, Heinrich Pachl, Arnulf Rating, Georg Schramm. Dezember: Zeugenaussage im Frankfurter Klein-Prozeß.

2001 Januar: Mitwirkung an der Veranstaltung »100 Jahre Kabarett« in der Akademie der Künste Berlin. Dezember: Nachfolger von Hanns Dieter Hüsch als Gastgeber des TV-»Gesellschaftsabend« (SR). *Ich bin nichts. Ich hab nichts. Aber ich lach mich tot* erscheint mit Beltz und Gerd Knebel als Hörstück auf CD, auch *Eigenes Konto* kommt als CD heraus.

2002 Matthias Beltz stirbt überraschend am 27. März in seiner Frankfurter Wohnung, kurz vor einem abendlichen Auftritt im Tigerpalast.

2003 Sein hinterlassenes Theaterstück *Die Frankfurter Verlobung* wird am 7. März an den Städtischen Bühnen Frankfurt am Main uraufgeführt.

DIE WERKE

Bücher, Stücke und Programme

Ensemble-Programme

Karl Napps Chaos Theater

1976 »Ei, was strahlt denn hier?«

1977 »Das grüne Vögelchen«

1978 »68er Nachlese«

1979 »Das Polizeifest«
»Szenen aus der Scene«

1980 »5 vor 12, kurz vor Hai Nuhn«
»Durchs wilde Urnistan« (gemeinsam mit Die drei Tornados und Der Wahre Anton)

Vorläufiges Frankfurter Fronttheater

1982 »Freak und Frieden«
»WAHLIUM – eine Kaffeefahrt ins Grüne« (gemeinsam mit Die drei Tornados und Der Wahre Anton)
»Im Grünen Bock« (gemeinsam mit dem Frankfurter Kurorchester)
»Chicago«

1985 »Leute '85«

1987 »Versammlung«

Reichspolterabend
(mit Achim Konejung, Heinrich Pachl, Arnulf Rating und Horst Schroth)

1990 »Fünf Männer räumen auf«

1992 »Fünf Männer kehren wieder«

1994 »Fünf Männer stauben ab«

Duo-Programme

1986 »Propheten« (mit Heinrich Pachl)

1988 »Das Geheimnis der Aktentasche« (mit Heinrich Pachl)

1989 »Liberté, Égalité, Varieté« (mit dem Frankfurter Kurorchester)

1990 »Schufte« (mit Heinrich Pachl)

1996 »Hundert – Zwei Mann und ein Befehl« (mit Rüdiger Carl)

Solo-Programme

1989 »Gnade für niemand. Freispruch für alle« (Regie: Ulrich Waller)

1991 »Füße im Feuer« (Regie: Ulrich Waller)

1993 »Henker gesucht« (Regie: Ulrich Waller)

1994 »Die paar Tage noch« (Regie: Ulrich Waller)

1997 »Mehr Geld, weniger Ärger« (Regie: Ulrich Waller)

1997 »Notschlachten« (Regie: Peter Knorr)

2000 »Eigenes Konto. Wenn alles sich rechnet und niemand bezahlt« (Regie: Ulrich Waller)

Bücher

1987 *Schwarze Politik. Pamphlet gegen die öffentlichen Harmoniestifter.* Eichborn. Frankfurt/Main

1988 *Am besten bös. Das Vorläufige Frankfurter Fronttheater. Matthias Beltz, Hendrike von Sydow, Dieter Thomas.* Mit Fotos von Renate von Forster. Hrsg. von Walter Gerlach. Eichborn. Frankfurt/Main

1988 *Links vom Main.* Margot Lang. Frankfurt/Main

1989 *Die deutsche Opposition.* Droemer Knaur. München

1990 *Gnade für niemand. Freispruch für alle.* Ammann. Zürich

1994 *Die paar Tage noch.* Ammann. Zürich

1995 *Schlammbeißers Weltgefühl. Von der Aufdringlichkeit der Gegenwart.* Ammann. Zürich

1998 *Notschlachten. Die 7 Weltverbrechen*. Transit. Berlin

1998 *Gute Nacht Europa, wo immer du auch bist*. Blessing. München

2000 *Eigenes Konto. Wenn alles sich rechnet + Niemand bezahlt*. Transit. Berlin

Theaterstücke

1997 »Ich bin nichts, ich hab nichts, aber ich lach mich tot«. Komödie in drei Akten, in: *Theater Theater. Anthologie Aktuelle Stücke*. Fischer. Frankfurt/Main 1997. Uraufführung: 8. November 1997 im Staatstheater Mainz

2003 »Die Frankfurter Verlobung«. Eine Untertreibungskomödie in drei Akten, in: *Theater Theater. Anthologie Aktuelle Stücke*. Fischer. Frankfurt/Main 2002. Uraufführung: 7. Februar 2003 im Schauspiel Frankfurt

CDs

1990 *Wir machen glücklich*. Matthias Beltz/Ralf Buron. EFA-Trikont. München

1998 *Notschlachten. Die sieben Weltverbrechen*. Von und mit Matthias Beltz. WortArt. Köln

2001 *Ich bin nichts. Ich hab nichts. Aber ich lach mich tot*. Ein Hörstück von Matthias Beltz, mit Matthias Beltz und Gerd Knebel. WortArt. Köln

2001 *Eigenes Konto. Wenn alles sich rechnet + niemand bezahlt*. Von und mit Matthias Beltz. WortArt. Köln

Film

1996 *Deckname Dennis*. Eine deutsche Realsatire von Thomas Frickel. Buch: Thomas Frickel und Matthias Beltz. VHS. Tacker Film. Köln

DIE TEXTE

Sachsenhausen
Von Hessen, Heimat und Hergelaufenen

SCHÖNER WOHNEN IN SACHSENHAUSEN (aus: *Füße im Feuer,* 1991)

STRASSENTHEATER 1999 (aus: *Eigenes Konto,* 2000)

15 Johannes Dyba (1929–2000), rechtskonservativer, streitbarer Erzbischof von Fulda, Militärbischof der Bundeswehr.

15 Joschka Fischer (*1948), Grünen-Politiker. Gehörte Anfang der 70er Jahre derselben Frankfurter Spontiszene an wie MB, wurde 1985 hessischer Umweltminister und nach dem Wahlsieg von Rotgrün bei der Bundestagswahl 1998 Bundesaußenminister.

16 Rudolf Scharping (*1947), SPD-Politiker, 1991–1994 Ministerpräsident von Rheinland-Pfalz und Kanzlerkandidat. Sein Amt als Verteidigungsminister im Kabinett Schröder mußte er 2002 wegen umstrittener Badefotos und fragwürdiger Beziehungen zu dem PR-Unternehmer Hunzinger aufgeben. Die »gefaketen Folterfotos« beziehen sich vermutlich auf die von Scharping im Frühjahr 1999 öffentlich präsentierten Dokumente, mit denen er einen angeblichen serbischen »Hufeisenplan« zur Vertreibung der Albaner aus dem Kosovo zu belegen suchte.

16 Madeleine Albright (*1937), amerik. Politikerin, 1997–2001 US-Außenministerin.

AUF DER BANK (aus: *Mehr Geld, weniger Ärger,* 1997)

18 Willy Brandt (1913–1992), eigtl. Herbert Frahm, SPD-Politiker. 1957–1966 Berlins Regierender Bürgermeister, wurde 1969 Bundeskanzler und bewirkte eine Wende in der Bonner Deutschlandpolitik; er stürzte 1974 über die Guillaume-Affäre.

18 Volker Rühe (*1942), CDU-Politiker, 1992–1998 Bundesverteidigungsminister.

BEIM METZGER (aus: *Notschlachten,* 1998)

19 Theodor W. Adorno (1903–1969), eigtl. Theodor Wiesengrund, Soziologe, Philosoph (»Negative Dialektik«, »Minima Moralia«), Musiktheoretiker und Komponist. Mitbegründer der Frankfurter Schule, von großem Einfluß auf die Studentenbewegung.

BALKANISIERUNG IN DER STRASSENBAHN (aus: *Notschlachten,* 1998)

21 Adolf Hitler (1889–1945), NS-Führer und Reichskanzler.

21 Ludwig Börne (1786–1837), eigtl. Juda Löw Baruch, Journalist und Schriftsteller (»Briefe aus Paris«). Vertreter des Vormärz.

TRANSITLAND IM MITTELPUNKT (aus dem Merian-Heft *Hessen,* 1993)

25 Johann Wolfgang von Goethe (1749–1832), Dichterfürst.

25 Georg Büchner (1813–1837), Dichter, Dramatiker und Radikaldemokrat (»Leonce und Lena«, »Woyzeck«, »Hessischer Landbote«).

KARL NAPP KOMMT (Programmankündigung zum neugegründeten Karl Napps Chaos Theater, 1976)

27 Karl Napps Chaos Theater wurde 1976 als Frankfurter Szenekabarett aus der Taufe gehoben. Die von Studenten und ehemaligen SDS-Mitgliedern gegründete Laiengruppe bestand aus MB, Henning Burk, Cornelia Dohrn-van Rossum, Georg Kumpfmüller, Florian Lindemann, Phillip Mosetter, Hendrike von Sydow, Dieter Thomas, Peter Timm, Klaus Trebes, Hilde Wackerhagen und Karl, dem Hund. Das erste Programm (»Ei, was strahlt denn hier?«) zeigte eine Szenencollage über die Anti-Kernkraftbewegung. Das Chaos Theater fand bald auch überregional Beachtung und Anerkennung, 1980 wurde die Kabarettgruppe mit dem Deutschen Kleinkunstpreis ausgezeichnet, ein Jahr später mit dem Berliner Wecker. 1982 löste sich das Ensemble auf, nachdem sich MB, von Sydow und Thomas von der Gruppe getrennt und zum Vorläufigen Frankfurter Fronttheater zusammengetan hatten.

Karl Napp ist ein in Hessen gebräuchlicher Name für einen an Schwejk erinnernden Dummbeutel und unangepaßten, blödelnden Zeitgenossen. Ähnlich wie Rudi Ratlos taucht er immer wieder in anonymen Leserzuschriften auf, die in Form und Inhalt nicht sonderlich ernst gemeint sind. Den legendären Karl Napp hat es allerdings tatsächlich gegeben: Der Schauspieler, Kabarettist und Varietékomiker wurde 1890 in Köln als Carl Nohé geboren, war in den 30er Jahren der Prototyp der »komischen Nummer« im Berliner Wintergarten und der Scala und wirkte in einer Reihe von Spielfilmen mit. Der harmlos-derbe Klamauk seiner humoristisch-parodistischen Vorträge (»Rosinen aus dem Napp-Kuchen«, »Der Radfahrer«), die zum Teil auf alten Schallplatten festgehalten sind, sicherte ihm auch nach 1945 eine Karriere als populärer Unterhaltungskünstler. Karl Napp starb 1957 in Berlin.

28 Rudi Ratlos ist eine vom Deutschrocker Udo Lindenberg 1974 erfundene und besungene Figur: ein alter Teufelsgeiger, der schon Adolf Hitler und Eva Braun aufgespielt hat.

28 Arnold Hau ist der Protagonist einer fiktiven und parodistischen Künstlerbiographie, die F. W. Bernstein, Robert Gernhardt und F. K. Waechter 1966 unter dem Titel »Die Wahrheit über Arnold Hau« veröffentlichten.

ÜBERN UND UNTERM MAIN (aus: *Die Stadt am Fluß. Literaturstadt Frankfurt am Main.* Hrsg. Ruthard Stäblein, 2002)

30 Ignatz Bubis (1927–1999), Unternehmer und seit 1992 Vorsitzender des Zentralrats der Juden in Deutschland. Bubis spielte für die Frankfurter Spontilinken Anfang der 70er Jahre eine große Rolle, da ihm die vier besetzten Häuser (»der Block«) an der Ecke Schumannstraße/Bockenheimer Landstraße gehörten, die im Februar 1974 mit einem großen Polizeiaufgebot geräumt und anschließend sofort abgerissen wurden.

HESSELBACH HAT AUSGELACHT (aus: *Geo spezial Frankfurt,* 1988)

31 Papa Hesselbach ist die populäre Figur der von Wolf Schmidt geschriebenen Funk-, Film- und Fernsehserie »Familie Hesselbach«, die in den 60er Jahren weit über Hessen hinaus sehr erfolgreich war.

33 Friedrich Stoltze (1816–1891), Schriftsteller, Frankfurter Mundartdichter, Herausgeber der satirischen Zeitschrift »Frankfurter Latern«.

33 Kurt Sigel (*1931), Frankfurter Mundartdichter (»Feuer, de Maa brennt!«).

34 Thomas Carlyle (1795–1881), brit. Philosoph, Historiker, Schriftsteller.

35 Wolfram Brück (*1937), CDU-Politiker, 1986–1989 Frankfurter Oberbürgermeister.

35 Jean Paul (1763–1825), eigtl. Johann Paul Friedrich Richter, Schriftsteller (»Siebenkäs«, »Leben des Quintus Fixlein«).

KATASTROPHENEINSATZ (aus: *Gute Nacht, Europa, wo immer du auch bist,* 1998)

38 Martin Kippenberger (1953–1997), Maler und Installationskünstler, bevorzugte in seinen oft als provozierend empfundenen Arbeiten Themen aus Kunstgeschichte und Kunstbetrieb sowie aus Trivial- und Subkultur.

DER ALTE BUNKER (aus: *Gute Nacht, Europa, wo immer du auch bist,* 1998)

FREMD ESSEN UND GEHEN (aus: *Links vom Main,* 1988)

41 Karl Graf Gabelin ist eine häufig von MB verwendete literarische Figur, die in vielen seiner Texten auftritt. Hagenbuch, den Beltz hier auf seinen Gabelin treffen läßt, ist eine Kunstfigur des Kabarettkollegen Hanns Dieter Hüsch (»Hagenbuch hat jetzt zugegeben«), zu der sich dieser in den 70er Jahren von Thomas Bernhard anregen ließ. Die Begegnung der beiden literarischen Figuren ist nicht ganz zufällig: Die Gabelin-Geschichten von Beltz lehnen sich in Sprechweise und Sprachstil zuweilen deutlich an das Hübsch-Vorbild an.

42 Peter Bichsel (*1935), schweiz. Kolumnist und Schriftsteller.

42 Curzio Malaparte (1898–1957), eigtl. Kurt Erich Suckert, Schriftsteller, schrieb Romane über die Kriegs- und Nachkriegszeit (»Die Haut«).

44 Ludwig Feuerbach (1804–1872), Philosoph, Religionskritiker, Linkshegelianer (»Das Wesen des Christentums«). Von großen Einfluß auf das Frühwerk von Marx und Engels.

44 Martin Heidegger (1889–1976), Philosoph, Vertreter der Existenzphilosophie (»Sein und Zeit«). Als Rektor der Freiburger Universität huldigte er 1933/34 den Nazis.

44 Max Horkheimer (1895–1973), Soziologe und Philosoph, Begründer der kritischen Theorie der Frankfurter Schule (»Kritik der instru-

mentellen Vernunft«, zusammen mit Adorno: »Dialektik der Aufklärung«).

44 Franz Neumann (1900–1954), Publizist (»Wirtschaft, Staat, Demokratie«, »Die Herrschaft des Gesetzes«).

44 Leo Löwenthal (1900–1993), Sozialpsychologe und Literatursoziologe (»Literatur und Massenkultur«).

FFM. – ZENTRUM SPÄTBÜRGERLICHER STERBEHILFE
(aus: *Schwarze Politik,* 1987)

DER GEMEINE HESSE (aus: *Gute Nacht, Europa, wo immer du auch bist,* 1998)

54 Elvis Presley (1935–1977), amerik. Sänger, Musiker, Schauspieler (»King of Rock 'n' Roll«), leistete in den Jahren 1958–1960 seinen Wehrdienst bei der US-Armee im hessischen Friedberg ab und wohnte während dieser Zeit im benachbarten Bad Nauheim.

54 Ernst Moritz Arndt (1769–1860), Hochschullehrer, Politiker, Schriftsteller (»Kurzer Katechismus für teutsche Soldaten«, »Lieder für Deutsche«).

54 Heinz Schenk (*1924), Unterhaltungskünstler, Autor, Schauspieler, TV-Gastwirt (»Der blaue Bock«), Liedtexter (»Witzischkeit kennt keine Grenzen«).

54 Elfriede Jelinek (*1946), österr. Schriftstellerin und Dramatikerin (»Burgtheater«, »Lust«).

54 Datterich ist die Titelfigur der hessischen Lokalposse des Darmstädter Heimatdichters Ernst Elias Niebergall (1815–1843).

54 Ulrich von Hutten (1488–1523), Ritter, Dichter und Rebell aus der Rhön, verfaßte Kampfschriften gegen die katholische Kirche.

55 Rudolf Krämer-Badoni (*1913–1989), Schriftsteller und Journalist.

55 Wildecker Herzbuben, populäres Volksmusik-Duo (»Herzilein«).

55 Jean-Jacques Rousseau (1712–1778), frz. Philosoph, Musiker und Schriftsteller (»Der Gesellschaftsvertrag«, »Bekenntnisse«), einer der bedeutendsten Vertreter der Aufklärung.

55 Bonifatius (um 672–754), der »Apostel Deutschlands«, missionierte in Hessen, Thüringen und Bayern. In Hessen zerstörte er heidnische Heiligtümer und gründete zahlreiche Kirchen und Klöster. In An-

erkennung seines Wirkens ernannte ihn der Papst zum Erzbischof. Während seiner letzten Mission in Friesland wurde er ermordet und später in Fulda beigesetzt.

55 Elisabeth (1207–1231), Ehefrau des Landgrafen Ludwig IV. von Thüringen. Nach dem Tod ihres Mannes errichtete sie in Marburg ein Spital und widmete sich dort der Armen- und Krankenpflege. Bereits 1235 erfolgte ihre Heiligsprechung.

DIE WUNDERBARE TENDENZ ZUM NICHTS (aus: *Die Frankfurter Verlobung*, 2001)

HANDKÄS UND KULTURELLE ANTIMATERIE (aus: *Gute Nacht, Europa, wo immer du auch bist*, 1998)

59 Dolf Sternberger (1907–1989), Politikwissenschaftler und Publizist (»Grund und Abgrund der Macht«, »Begriff des Politischen«, »Autorität, Freiheit und Befehlsgewalt«).

59 Jürgen Habermas (*1929), Philosoph und Soziologe in der Tradition der Frankfurter Schule (»Theorie des kommunikativen Handelns«, »Der philosophische Diskurs der Moderne«).

59 Ernst Jünger (1895–1998), Offizier, konservativer bis antidemokratischer Schriftsteller (»In Stahlgewittern«, »Der Waldgang«).

SIE (für Christiane Meyer-Thoss, entstanden 1995, aus dem Nachlaß)

KINDERBUCH (für Christiane Meyer-Thoss, entstanden 1994, aus dem Nachlaß)

VIEL FREUND, VIEL FEIND
Von Gutmenschen und Bösewichtern

HEIMWEH IM EXIL (aus: *Pflasterstrand*, Sondernummer *Frankfurt. Die Stadt: Utopien, Idiotien, Langeweile*, 3/1981)

68 Revolutionärer Kampf (RK), Gruppe der Frankfurter Sponti-Linken, die bei Opel in Rüsselsheim Betriebsarbeit machte. Mitglieder u. a.: Johnny Klinke, Daniel Cohn-Bendit, Joschka Fischer, MB.

68 Hans-Joachim Klein (*1947) gehörte wie MB, Daniel Cohn-Bendit und Joschka Fischer zur legendären »Putzgruppe« der Frankfurter

Hausbesetzer-Szene. 1975 war Klein an dem Überfall auf die Wiener OPEC-Konferenz beteiligt, er wurde angeschossen und festgenommen, konnte aber gegen einige Geiseln ausgetauscht werden und untertauchen. Ende der 90er Jahre verhaftet, verurteilte ihn im Februar 2001 das Frankfurter Landgericht, vor dem auch MB, Cohn-Bendit und Fischer als Zeugen aussagten, wegen Mordes und Geiselnahme zu einer Freiheitsstrafe von neun Jahren. Im Dezember 2003 wurde Klein begnadigt.

WER HAT ANGST VOR WEM? (aus: *Frankfurter Rundschau,* Juni 1999)

71 RAF steht für Rote Armee Fraktion. So nannte sich die Untergrundgruppe um Andreas Baader, Gudrun Ensslin und Ulrike Meinhof, die in den 70er Jahren die Bundesrepublik durch Überfälle, Terrorakte und Attentate verunsicherte. In den Medien wurde die RAF damals allgemein als Baader-Meinhof-Bande bezeichnet.

71 Adolf Arndt (1904–1974), Rechtswissenschaftler, Kronjurist der SPD, Kultursenator in Berlin.

72 Konrad Adenauer (1876–1967), CDU-Politiker, 1949–1963 Bundeskanzler.

72 Hermann Höcherl (1912–1989), Rechtsanwalt, CSU-Politiker, 1961–1965 Innenminister.

73 Thomas Hobbes (1588–1679), engl. Philosoph und Staatstheoretiker (»Leviathan«).

73 Rudi Dutschke (1940–1979), Protagonist der Außerparlamentarischen Opposition und des Sozialistischen Deutschen Studentenbundes (SDS). Am Gründonnerstag 1968 wurde er durch ein Attentat schwer verletzt (Osterunruhen), an dessen Spätfolgen er in Dänemark starb.

73 Hans-Jürgen Krahl (1943–1970), Soziologe, Adorno-Schüler, um 1968 führender Kopf des Frankfurter SDS, mehrfach wegen Landfriedensbruchs verhaftet und vor Gericht gestellt. Er kam durch einen Verkehrsunfall ums Leben.

73 William Shakespeare (1564–1616), engl. Dichter und Dramatiker (»Hamlet«, »König Lear«). Über seine Identität wird bis heute gestritten.

75 Friedrich Engels (1820–1895), Fabrikant und Sozialphilosoph (»Die Entwicklung des Sozialismus von der Utopie zur Wissenschaft«),

engster Freund, Koautor (»Das kommunistische Manifest«) und Nachlaßverwalter von Karl Marx.

HASSKONTROLLE (aus: *Haß. Die Macht eines unerwünschten Gefühls.* Hrsg. Renate Kahle, Rowohlt, Reinbek, 1985)

78 Josef W. Stalin (1879–1953), eigtl. J. W. Djugaschwili, sowjet. Diktator, der unter Anwendung schärfster Gewalt eine unumschränkte Macht über Partei und Staat ausübte. Seine sogenannten Säuberungswellen kosteten Millionen Menschen das Leben.

78 Georg Herwegh (1817–1875), revolutionärer Dichter und Publizist (»Gedichte eines Lebendigen«), beteiligte sich 1848 am badischen Aufstand und mußte anschließend in die Schweiz flüchten.

79 Ernst Busch (1900–1980), Schauspieler und Sänger, floh vor den Nazis nach Frankreich, beteiligte sich am Spanischen Bürgerkrieg, wurde in den 40er Jahren verhaftet und wegen Hochverrats zu vier Jahren Zuchthaus verurteilt. In der DDR Mitglied des Berliner Ensembles, Interpret von Brecht-, Mehring-, Tucholsky- und revolutionären Arbeiterliedern.

79 Heinrich Mann (1871–1950), Schriftsteller (»Professor Unrat«, »Der Untertan«). Bruder von Thomas Mann.

79 Ludek Pachmann (1924–2003), tschech. Schachspieler. Der Exkommunist floh Anfang der 70er in den Westen, trat der CDU bei und verfaßte zahlreiche antikommunistische Schriften.

80 Adolf Eichmann (1906–1962), SS-Obersturmbannführer, Himmlers Sonderbeauftragter für die »Endlösung der Judenfrage«, wurde vom israelischen Geheimdienst aus Südamerika entführt und in Jerusalem hingerichtet.

MORALNEHMER UND MORALGEBER (aus: *Frankfurter Rundschau,* 19.11.1999)

83 Fidel Castro (*1926), kuban. Politiker. »Máximo Lider« der Revolution (1956–59). Seit 1976 auch nominelles Staatsoberhaupt.

83 Niklas Luhmann (1927–1998), Soziologe, Begründer der Systemtheorie (»Die Gesellschaft der Gesellschaft«).

84 Klaus Wagenbach (*1930), Autor und Verleger. Sein Verlagsprogramm bot in den 60er und 70er Jahren ein Forum für linke, kritische Autoren.

85 Maurice Godelier (*1934), frz. Ethnologe und Kulturanthropologe (»Die Produktion der Großen Männer«, »Das Rätsel der Gabe«).

LEBEN UND GEWALT: GUERILLA ODER MASSENPUTZ (aus: »Stammheimer Landfriedensforschung«, in: *Autonomie. Materialien gegen die Fabrikgesellschaft,* 1976)

86 Jean Améry (1912–1978), eigtl. Hanns Mayer, österr. Schriftsteller, überlebte die Konzentrationslager Auschwitz, Buchenwald und Bergen-Belsen. In seinen Schriften propagierte er den Freitod als »Weg ins Freie« (»Hand an sich legen«). Mit 65 Jahren nahm er sich das Leben.

87 Henry Kissinger (*1923), eigtl. Heinz Alfred K., amerik. Politiker und Publizist. Der aus Deutschland in die USA immigrierte Sohn jüdischer Eltern bestimmte als Sicherheitsberater und als Außenminister maßgeblich die US-Außenpolitik unter den Präsidenten Nixon und Ford. Er vertrat eine umstrittene Politik der Stärke gegenüber Vietnam, die ihm 1973 den Friedensnobelpreis einbrachte.

88 Maurice Merleau-Ponty (1908–1961), frz. Philosoph, Mitarbeiter an Sartres »Les Temps Modernes« und einer der Hauptvertreter des Existentialismus (»Humanismus und Terror«).

89 Counter-insurgency ist ein Sammelbegriff für das Ensemble staatlicher (oft verdeckter und auch illegaler) Maßnahmen, mit denen oppositionelle Gruppen, Bürgerkriegsgegner und Guerillaverbände bekämpft werden.

WOHIN MAN AUCH SIEHT – ALLES ANTIFASCHISTEN (aus: *Pflasterstrand,* 1979, auch in: *taz,* 15.6.1979)

91 Bertolt Brecht (1898–1956), Schriftsteller, Regisseur, Theaterleiter, Dramatiker (»Dreigroschenoper«, »Mutter Courage«, »Furcht und Elend des Dritten Reiches«), war bis zu seinem Tode Chef des Berliner Ensemble.

EIN KÜNSTLER NAMENS SCHMITT (aus einem Brief von MB an Prof. Piet Tommissen, Grimbergen/Belgien, 1994)

93 Piet Tommissen (*1925), belgischer Publizist. Beiträge zu Leben und Werk Carl Schmitts (»Schmittiana«, 8 Bde.).

93 Jochen Klepper (1903–1942), Schriftsteller und christlicher Liederdichter (»Der Vater«). Als seiner Frau und ihrer jüngsten Tochter

die Deportation drohte, nahm er sich zusammen mit seiner Familie das Leben.

93 Fjodor M. Dostojewski (1821–1881), russ. Dichter (»Schuld und Sühne«, »Die Dämonen«).

93 Rainer Maria Rilke (1875–1926), Lyriker (»Das Stundenbuch«).

93 Gottfried Benn (1886–1956), Arzt und Schriftsteller (»Statische Gedichte«).

93 Rosa Luxemburg (1870–1919), Journalistin, Politikerin, marxistische Theoretikerin und Gegnerin Lenins (»Die Akkumulation des Kapitals«, »Zur russischen Revolution«), mehrfach wegen »Anreizung zum Klassenhaß« und »Aufforderung zum Ungehorsam gegen Gesetze und gegen Anordnungen der Obrigkeit« inhaftiert, beteiligte sich im Januar 1919 an der Gründung der KPD. Wenig später wurde sie zusammen mit ihrem Mitstreiter und Wegbegleiter Karl Liebknecht von Freikorps-Soldaten ermordet.

93 Carl Schmitt (1888–1985), Staatsrechtler und Rechtstheoretiker (»Der Begriff des Politischen«), vertrat bereits in den 20er Jahren eine autoritäre Staatstheorie. 1933 trat er in die NSDAP ein, bejubelte die Machtübernahme Hitlers (»Der Länderparlamentarismus, die schlimme Wurzel des Parteienbundesstaats, ist abgeschafft«) und sprach vom Krieg als »Vater und König von allem«. Göring ernannte ihn zum Preußischen Staatsrat. Nach dem Röhm-Putsch bezeichnete der Präsident der Vereinigung nationalsozialistischer Juristen und Leiter der Reichsfachgruppe Hochschullehrer des NS-Reichswahrerbundes die von den Nazis begangenen politischen Morde als »höchste Form administrativer Justiz«. Nach 1945 verbrachte er einige Zeit in Lagerhaft, nach 1950 war Schmitt wissenschaftlich isoliert und vom politischen Diskurs weitgehend ausgeschlossen.

94 Anton Pannekoek (1873–1960), niederl. Astronom und Rätekommunist (»Weltrevolution und kommunistische Taktik«).

94 Hermann Gorter (1862–1927), niederl. Marxist, Revolutionstheoretiker und Kritiker Lenins (»Organisation und Taktik der proletarischen Revolution«, zusammen mit Pannekoek).

94 Georg Lukács (1885–1971), ungar. Philosoph und Literaturhistoriker (»Theorie des Romans«, »Geschichte und Klassenbewußtsein«, »Die Zerstörung der Vernunft«). Beteiligte sich 1956 am Ungarnaufstand und gehörte der Regierung Nagy als Kulturminister an.

Nach dem Einmarsch der Roten Armee wurde er nach Rumänien deportiert. Später auf Dauer verfemt und ohne Lehrbefugnis.

94 Karl Korsch (1886–1961), Rechtswissenschaftler und Sozialphilosoph (»Marxismus und Philosophie«), USPD-Mitglied, wechselte zur KPD, zeitweise Justizminister in Thüringen.

SOUVERÄNITÄT UND HOLZWEGE (aus: *Pflasterstrand,* 208/1985)

95 Barbara Köster (*1947) gehörte in den 70er Jahren dem Revolutionären Kampf und dem Weiberrat an. Heute ist sie Mitarbeiterin der Frankfurter Frauenschule.

95 Rüdiger Altmann (*1922), Journalist und politischer Publizist (»Das Erbe Adenauers«, »Abschied vom Staat«).

95 Georg Wilhelm Friedrich Hegel (1770–1831), Philosoph (»Alles Vernünftige ist wirklich, und alles Wirkliche ist vernünftig«).

96 Ernst Röhm (1887–1934), Hitler-Gefolgsmann der ersten Stunde. Der durch seine Trinkgelage und ausschweifenden Homosexuellen-Feten berühmt-berüchtigte SA-Chef wurde frühes Opfer eines parteiinternen Machtkampfes. Nach dem angeblichen Röhm-Putsch wurde er auf Befehl Hitlers erschossen.

96 Georges Bataille (1897–1962), frz. Schriftsteller und Essayist (»Die Aufhebung der Ökonomie«, »Das obszöne Werk«).

DER TOD DES TOTENGRÄBERS (aus: *Pflasterstrand,* 314/1989, auch in: *Die deutsche Opposition,* 1989)

97 Wolfgang Neuss (1923–1989), Kabarettist, Autor, Schauspieler, war in den 50er Jahren als Filmschauspieler bekannt geworden, bevor er durch seine scharfen politisch-satirischen Solo-Programme große Popularität erlangte. Anfang der 70er Jahre zog er sich von der Bühne zurück, blieb aber als Haschguru mit kalauernden Zeitgeist-Sprüchen weiter in der Szene präsent.

97 Katharina Thalbach (*1954), Schauspielerin und Regisseurin.

97 Walter Benjamin (1892–1940), Philosoph und Literaturwissenschaftler (»Das Kunstwerk im Zeitalter seiner technischen Reproduzierbarkeit«, »Das Passagen-Werk«). Auf der Flucht vor den Nazis nahm er sich in den Pyrenäen das Leben.

98 Ulrike Meinhof (1934–1976), Journalistin, Schriftstellerin (»Bambule«, »Vom Protest zum Widerstand«), Gründungsmitglied der

Rote Armee Fraktion (RAF), Teilnahme an der bewaffneten Befreiung Andreas Baaders aus dem Gefängnis. 1974 wurde sie zu acht Jahren Freiheitsstrafe verurteilt, 1976 fand man sie erhängt in ihrer Stammheimer Zelle.

98 The Beatles, brit. Popgruppe mit John Lennon (1940–1980), Paul McCartney (*1942), George Harrison (*1943–2001) und Ringo Starr (*1940), die den Soundtrack der 60er Jahre lieferte.

98 The Rolling Stones, brit. Popgruppe um Mick Jagger und Keith Richard (beide *1943), gelten als die »bad boys« der Rockmusik, die seit ihrer Gründung 1962 ihr Rebellenimage bewahrt haben.

98 Wolfgang Müller (1922–1960), Schauspieler, Kabarettist, Neuss-Partner im Kabarettkeller, auf Schallplatte, Bühne und Leinwand (»Das Wirtshaus im Spessart«, »Wir Wunderkinder«).

98 Mathias Bröckers (*1954), Journalist und Buchautor.

RÜCKEN AN DIE WAND! (aus: *Propheten,* 1986 mit Heinrich Pachl, MB als Herr Fried)

Zumutungen im Alltag
Von der Aufdringlichkeit der Gegenwart

AUF DER BAHN (entstanden 1994, aus: *Schlammbeißers Weltgefühl,* 1995)

GIFT IM LEBENSZWECK (aus: *Links vom Main,* 1988)

110 Lucrezia Borgia (1480–1519), ital. Fürstin und Tochter des Papstes Alexander VI. Sie war dreimal verheiratet und zog Dichter, Künstler und Wissenschaftler an ihren Hof nach Ferrara. Ihre Rolle als Femme fatale wird in vielen Büchern und Filmen behandelt.

ANGRIFF ODER VERTEIDIGUNG (aus: *Gute Nacht, Europa, wo immer du auch bist,* 1998)

STADTLIED (aus: *Wir machen glücklich,* CD, 1990)

SPARMASSNAHMEN (aus: *Notschlachten*, 1998)

115 Edzard Schmidt-Jortzig (*1941), FDP-Politiker, 1996–1998 Bundesjustizminister.

115 Sabine Leutheusser-Schnarrenberger (*1951), FDP-Politikerin, trat 1996 als Bundesjustizministerin aus Protest gegen die Grundgesetzänderung im Zusammenhang mit dem Großen Lauschangriff zurück.

DESIGN UND SOZIALE FRAGE (entstanden 1995, aus dem Nachlaß)

118 Wolf Vostell (1932–1998), Happening-Künstler und Gründer der Fluxus-Bewegung.

118 Joseph Beuys (1921–1986), bildender Künstler, der durch seine Rauminstallationen und Environments bekannt wurde.

118 Immanuel Kant (1724–1804), Philosoph, Begründer des Kritizismus und der Transzendentalphilosophie (»Kritik der reinen Vernunft«), Vertreter des deutschen Idealismus und Wegbereiter der Aufklärung.

118 Ellen Key (1849–1926), schwed. Lehrerin, Frauenrechtlerin, Schriftstellerin; Vertreterin einer individualistischen, anarchistischen Reformpädagogik (»Das Jahrhundert des Kindes«).

118 Wystan Hugh Auden (1906–1961), engl. Schriftsteller (»Das Zeitalter der Angst«).

118 Margret Boveri (1900–1975), Journalistin und Buchautorin (»Der Verrat im 20. Jahrhundert«).

119 Jürgen Eick (*1920), Wirtschaftsjournalist und Mitherausgeber der *FAZ.*

DIE ROULADE (aus: *Schufte,* 1990)

KLEINER FRAGEBOGEN (aus dem Programm des Vorläufigen Frankfurter Fronttheaters, 1986)

123 Die in der Szene angesprochene Volkszählung fand 1987 in der Bundesrepublik statt; große Bevölkerungsteile meldeten damals dagegen erheblichen Widerstand an und hatten zum Boykott aufgerufen.

HEIMAT IST MACHBAR, HERR NACHBAR! (aus: *FAZ-Magazin,* 14.6.1996)

127 Ernst Bloch (1885–1977), Philosoph und überzeugter Marxist, propagierte das »Prinzip Hoffnung«. Durch seine Philosophie und seine

politische Grundhaltung wurde er in den 60er Jahren neben Adorno und Horkheimer zu einer Leitfigur der Studentenbewegung.

128 Karl Marx (1818–1883), Philosoph und Schriftsteller (»Das Kapital«, »Das Kommunistische Manifest«).

STRASSENFESTE (aus: *Gute Nacht, Europa, wo immer du auch bist,* 1998)

130 Franz Beckenbauer (*1945), genannt »Der Kaiser«, erfolgreicher Fußballspieler und Nationaltrainer.

131 Batschkapp, Frankfurter Musikclub, Anfang der 70er Jahre gegründet als linkes Stadtteilzentrum, das zur Infrastruktur der Sponti-Szene gehörte. Prosperiert heute mit Live-Auftritten und als Disco ohne allen politischen Anspruch.

ERDBEERTÖRTCHEN (aus: *Gute Nacht, Europa, wo immer du auch bist,* 1998)

RATSCHLAG EINER BESORGTEN MUTTER AN IHREN PUBERTIERENDEN SOHN (entstanden um 1992, aus dem Nachlaß)

GEGEN DAS GELÄRME (aus: »Und ewig raunen die Wälder«, 4. Lieferung, in: *Büchner,* Frankfurt, November 2001)

139 Ingmar Bergman (*1918), schwedischer Filmregisseur (»Wilde Erdbeeren«, »Szenen einer Ehe«).

140 Wilhelm Weischedel (1905–1975), Professor für Philosophie an der FU Berlin.

140 Søren Kierkegaard (1813–1855), dän. Schriftsteller, Theologe und Existenzphilosoph (»Entweder – Oder«).

140 Friedrich Nietzsche (1844–1900), Philosoph und Schriftsteller (»Also sprach Zarathustra«).

140 Norbert Grupe (1940–2004), Profiboxer der Halbschwergewichtsklasse. Mitte der 60er Jahre spielte er an der Seite von Marlon Brando und Yul Brunner in dem Film »Morituri«. Der Dokumentarfilm »Der Boxprinz« zeichnete ein Porträt des Boxers, der als »Prinz Wilhelm von Homburg« bekannt geworden war.

140 Helge Schneider (*1955), Komiker, Nonsens-Entertainer, Musikclown und wortkarger Gesprächspartner in TV-Talkshows.

140 Franz Kafka (1883–1924), Schriftsteller (»Das Urteil«, »In der Strafkolonie«).

140 Martin Walser (*1927), Schriftsteller (»Ehen in Philippsburg«), brachte in den letzten Jahren mehrfach das Feuilleton in Aufruhr, als er etwa in seiner Paulskirchen-Rede von der moralischen »Auschwitzkeule« sprach oder in seinem Roman »Tod eines Kritikers« einen jüdischen Literaturkritiker desavouierte.

ES IST VIEL ZU LAUT (aus: *Gute Nacht, Europa, wo immer du auch bist,* 1998)

142 Karl Dall (*1941), Mitbegründer der legendären Comedytruppe Insterburg & Co. und eigener Einschätzung zufolge »der letzte Gebrauchskomiker Deutschlands«.

143 Mika Waltari (1908–1979), finn. Schriftsteller, Autor historischer Romane.

145 Homer, griech. Dichter im 8. Jahrhundert v. Chr. (»Ilias«, »Odyssee«), mit dem alle abendländische Dichtung begann.

146 Blixa Bargeld (*1959), eigtl. Christian Emmerich, Musiker, Performance-Künstler, Sänger der Rockgruppe »Einstürzende Neubauten«.

146 Roman Herzog (*1934), Staatsrechtler und CDU-Politiker, Minister in Baden-Württemberg (1978–1983), Bundesverfassungsrichter (1983–1994), Bundespräsident (1994–1999).

147 Pierre Bertaux (1907–1986), frz. Germanist und Publizist (»Hölderlin und die Französische Revolution«).

HAUSMUSIK AUF DEM VULKAN (aus: *Die deutsche Opposition,* 1989)

ES IST EIN KREUZ (aus einem TV-Beitrag vom 19.3.1992, HR)

DAS LEBEN IST HART (entstanden vor 1990, aus dem Nachlaß)

Der Staat als Kunstform
Vom Umgang mit politischen Institutionen

VERGANGENHEITSBEWÄLTIGUNG (aus: *Das Geheimnis der Aktentasche,* 1988)

156 Dwight D. Eisenhower, (1890–1969), amerik. General und Oberbefehlshaber der US-Armee in Europa, 1953–1961 Präsident der Vereinigten Staaten.

157 Ernst Nolte (*1923), Historiker (»Der Faschismus in seiner Epoche«). Seine Thesen über den Zusammenhang zwischen Bolschewismus und Nationalsozialismus lösten in den 80er Jahren den Historikerstreit aus.

STEUERN (aus: *Gute Nacht, Europa, wo immer du auch bist,* 1998)

160 Wladimir Wolfowitsch Schirinowski (1946), russischer Politiker, Gründer und Chef der LDPR, einer im ultrarechten Spektrum angesiedelten russisch-nationalistischen Partei.

490 Rudolf von Ihering (1818–1892), Rechtswissenschaftler; Aphoristiker (»Der Kampf ums Recht«).

ZUR LAGE DER GEGENWART (aus: *Das Geheimnis der Aktentasche,* 1988)

161 Barabbas, Sohn des Abbas. Nachdem Jesus von den jüdischen Hohepriestern dem römischen Statthalter Pontius Pilatus übergeben worden war, stellte der das versammelte Volk vor die Wahl, entweder Jesus oder Barabbas zu begnadigen. Das Volk entschied sich für Barabbas.

161 Arthur Schopenhauer (1788–1860), Philosoph (»Die Welt als Wille und Vorstellung«).

161 Josef Neckermann (1912–1992), Geschäftsmann, Dressurreiter, Gründer des gleichnamigen Versandhauses, das er zum größten Handelshaus dieser Art in Deutschland ausbaute. Während des Naziregimes nutzte er die Rassengesetze und erwarb mit zwei Kaufhäusern jüdischer Unternehmer den Grundstein für sein späteres Imperium. Er wurde zur Symbolfigur des Wirtschaftswachstums im Nachkriegsdeutschland.

162 Heinrich Böll (1917–1985), Schriftsteller, erhielt 1972 den Literaturnobelpreis. In dem Gedicht spielt MB auf Bölls Erzählung »Ende einer Dienstfahrt« und die Romane »Billard um halb zehn« und »Ansichten eines Clowns« an.

255 Franz Josef Strauß (1915–1988), CSU-Politiker, mehrfach Bundesminister, darunter für die Ressorts Atomfragen, Verteidigung, Finanzen, sowie bayerischer Ministerpräsident (1978–1988). Strauß war in mehrere Affären (Fibag, Spiegel) verwickelt.

PRÜGELSTRAFE FÜR POLITIKER (aus: *Schwarze Politik,* 1987)

163 Helmut Kohl (*1930), CDU-Politiker, Bundeskanzler von 1982–1998.

163 Quasimodo ist eine Figur aus Victor Hugos 1833 veröffentlichtem Roman »Notre-Dame de Paris«: Er wurde als Findelkind von seinem Herrn, dem mächtigen Richter Claude Frollo, für den Rest seines Lebens in die Pariser Kathedrale verbannt, wo die mißgestaltete Kreatur als Glöckner von Notre-Dame die Kirchenglocken läutete. Seine Geschichte, wie er die schöne Esmeralda vor dem Flammentod rettete, wurde mehrfach verfilmt, so 1911 mit Henry Krauss, 1923 mit Lon Chaney, 1956 mit Anthony Quinn in der Hauptrolle.

164 Friedrich Zimmermann (*1925), CSU-Politiker mit Law-and-Order-Tendenz: »Wenn der örtliche Polizeieinsatzleiter sagt: Bitte entfernen Sie sich, und er entfernt sich nicht, dann ist er schon kein normaler Bürger.« Anfang der 60er Jahre war er in eine Meineidaffäre verstrickt: Um den politischen Gegner auszuschalten, hatten die Christsozialen ihren Konkurrenten von der Bayernpartei unseriöse Spielbankgeschäfte in die Schuhe geschoben, dabei leistete Zimmermann einen Falscheid. Das Gericht verurteilte ihn wegen Meineids zu vier Monaten Gefängnis. In einem Revisionsverfahren ging Zimmermann aufgrund eines Gutachtens, das ihm zeitweilige Unzurechnungsfähigkeit bescheinigte, straffrei aus. Mit diesem Jagdschein in der Tasche machte Zimmermann weiter Karriere: 1982 wurde er Innenminister im Kabinett Kohl.

164 Carl-Dieter Spranger (*1939), CSU-Politiker, geriet 1985 in die Schlagzeilen, weil er sich als Staatssekretär im Bundesinnenministerium durch das Bundesamt für Verfassungsschutz mit Material über die oppositionellen Grünen im Bundestag hatte spicken lassen. 1991-1998 Entwicklungshilfeminister im Kabinett Kohl.

164 Norbert Blüm (*1935), CDU-Politiker, 1982–1998 Bundesminister für Arbeit und Sozialordnung.

165 Werner Maihofer (*1918), FDP-Politiker, 1974–1978 Bundesinnenminister im sozialliberalen Kabinett Schmidt.

165 Andrej Sacharow (1921–1989), sowjet. Physiker und Bürgerrechtskämpfer, wurde 1968 mit seinem im Westen veröffentlichten Essay »Gedanken über Fortschritt, friedliche Koexistenz und geistige Freiheit« bekannt, worin er zur Zusammenarbeit zwischen Ost und West aufforderte. 1970 gründete er das Komitee zur Durchsetzung der Menschenrechte und antwortete auf die Repressalien der sowjet. Behörden mit Hungerstreiks. 1975 erhielt er den Friedensnobelpreis, 1980 wurde er in die Verbannung geschickt, aus der er 1986 nach Moskau zurückkehrte.

166 Rudolf Heß (1894–1987), Nazipolitiker, seit 1933 »Stellvertreter des Führers«, 1945 vom Internationalen Militärtribunal in Nürnberg verurteilt, seit 1966 der einzige Insasse im alliierten Kriegsverbrechergefängnis in Berlin-Spandau.

166 Hans-Otto Scholl, FDP-Politiker und Pharmalobbyist. Der rheinland-pfälzische Landesvorsitzende seiner Partei verlor zwar 1980 seinen hochdotierten Posten als Hauptgeschäftsführer des Bundesverbandes der pharmazeutischen Industrie wegen Unregelmäßigkeiten in der Geschäftsführung, aber seiner politischen Karriere schadete es nicht, daß wenig später die Staatsanwaltschaft ein Ermittlungsverfahren wegen Veruntreuung von Verbandsgeldern gegen ihn einleitete. Als sein aufwendiger Lebensstil und erhebliche Bankschulden ihn in finanzielle Schwierigkeiten brachten, setzte er alles auf eine Karte und überfiel im Dezember 1984 ein Juweliergeschäft in Baden-Baden, wobei er Schmuckstücke im Wert von 2,3 Millionen Mark erbeutete. 1985 verurteilte ihn das Landgericht Baden-Baden zu acht Jahren Haft. Kommentar des damaligen FDP-Vorsitzenden Hans-Dietrich Genscher: »Mein lieber Scholli!«

166 Generalbundesanwalt Siegfried Buback (1920–1977) wurde zusammen mit seinem Fahrer und einem Justizbeamten auf der Fahrt von seiner Wohnung zum Bundesgerichtshof von RAF-Terroristen erschossen.

167 Walter Wallmann (*1932), CDU-Politiker, 1977–1986 Frankfurter Oberbürgermeister, 1986–1987 Umweltminister im Kabinett Kohl, 1987–1991 hessischer Ministerpräsident.

167 Klaus Bölling (*1928), Journalist, Pressesprecher der Regierung Schmidt, 1981–1982 Leiter der Ständigen BRD-Vertretung in der DDR.

167 Heiner Geißler (*1930), CDU-Politiker, 1977–1979 Generalsekretär der CDU, 1982–1985 Bundesfamilienminister.

EUROPA, ACH UND ACH UND ACH … (aus: *Gute Nacht, Europa, wo immer du auch bist,* 1998)

169 Johann Gottlieb Fichte (1762–1814), Philosoph (»Grundlage der gesamten Wissenschaftslehre«), neben Hegel, Kant und Schelling einer der führenden Vertreter des deutschen Idealismus.

GEWALTMONOPOL UND STAATSVERDRUSS (aus: *Schwarze Politik,* 1987)

171 In dem Beitrag wird der »Gräber-Tourismus« angesprochen, dem sich Anfang Mai 1985 der amerikanische Präsident Ronald Reagan anläßlich seines Staatsbesuchs in der Bundesrepublik zum 40. Jahrestag der Befreiung vom Faschismus gemeinsam mit Helmut Kohl unterzog: Im Anschluß an eine Zeremonie auf dem ehemaligen Konzentrationslager Bergen-Belsen suchten beide trotz internationaler Proteste den Bitburger Soldatenfriedhof auf, auf dem auch Angehörige der Waffen-SS begraben sind.

171 Richard v. Weizsäcker (*1920), CDU-Politiker, 1981–1984 Regierender Bürgermeister von Berlin, 1984–1994 Bundespräsident.

172 Otto Schily (*1932), Rechtsanwalt, u. a. Verteidiger von RAF-Gefangenen, und Politiker, wechselte 1989 von den Grünen zur SPD, die ihn 1998 mit dem Amt des Bundesinnenministers belohnte.

172 Antje Vollmer (*1943), Theologin, Politikerin, Mitglied der Grünen, seit 1994 Vizepräsidentin des Bundestages.

173 Thomas Neumann (1937–2002), Journalist und Essayist.

173 Günter Amendt (*1939), Sozialwissenschaftler und Publizist (»Sexfront«, »No Drugs – no Future«).

173 Friedrich Schiller (1759–1805), Historiker und Dichterfürst (»Über die ästhetische Erziehung des Menschen«, »Don Carlos«), zeitweiliger deutscher Nationalheros.

173 Wladimir Iljitsch Lenin (1870–1924), eigtl. W. I. Uljanow, sowjet. Rechtsanwalt und Politiker, trug 1917 maßgeblich zum Sieg der Bolschewiki bei. Der Leninismus schuf aber auch die Grundlagen für die sowjetische Parteien- und Gewaltherrschaft, die im nachfolgenden Stalinismus eskalierte.

174 Daniel Cohn-Bendit (*1945), dt.-frz. Politiker, war die Frontfigur des Pariser Mai 1968. Nach seiner Übersiedlung in die BRD arbeitete er zunächst als Kindergärtner und Herausgeber des Sponti-Blattes »Pflasterstrand«, in dem auch MB viel veröffentlichte. Engagierte sich später bei den Grünen und war Frankfurts erster ehrenamtlicher Dezernent für multikulturelle Angelegenheiten (1989 bis 1996). Seit Januar 2002 ist er Kovorsitzender der Grünen Fraktion im Europäischen Parlament.

174 Theodor Maunz (1901–1993), Staatsrechtler, Schüler von Carl Schmitt. Der einstige NS-Jurist und spätere CSU-Politiker und Kultusminister von Bayern schrieb die Kommentare zum Grundgesetz der BRD, war in den 60er Jahren Rechtsberater von Bundeskanzler

Kiesinger, in den 80ern übte er eine ähnliche Tätigkeit für die rechtsextreme Deutsche Volksunion (DVU) aus.

175 Alfred Rosenberg (1893–1946), NS-Politiker und Publizist (»Der Mythus des 20. Jahrhunderts«). Der Chefredakteur des »Völkischen Beobachters« und »Beauftragte des Führers für die Überwachung der gesamten geistigen und weltanschaulichen Schulung und Erziehung der NSDAP« war als »Reichsminister für die besetzten Ostgebiete« für die Ermordung der Juden mitverantwortlich. Er wurde im Nürnberger Prozeß zum Tode verurteilt und hingerichtet.

176 Raoul Castex (1878–1968), frz. Admiral und Militärstratege (»Théories stratégiques«).

176 Leviathan: im Alten Testament die Personifikation der gottfeindlichen Mächte.

176 Behemoth: in der jüdischen Apokalyptik mythisches Tier der Endzeit, das zusammen mit Leviathan geschlachtet werden wird.

STAUFFENBERGS AKTENTASCHE (aus: *Das Geheimnis der Aktentasche,* 1988)

178 Claus Schenk Graf von Stauffenberg (1907–1944), Generalstabsoffizier der Wehrmacht und glückloser Hitler-Attentäter des 20. Juli 1944.

DEN AUFSTAND DENKEN
Von der Rebellion in uns

KRIEG UND FRIEDEN (aus: *Schwarze Politik,* 1987)

183 Wilhelm Busch (1832–1908), Maler, Zeichner, Autor von Bildergeschichten (»Max und Moritz«).

183 Ralf Dahrendorf (*1929), Soziologe und Politiker (»Homo sociologicus«, »Pfade aus Utopia«), lehrt an der Oxford University. Der einstige (FDP-)Staatssekretär im Auswärtigen Amt wurde von der britischen Königin geadelt.

183 Mao Tse-tung (1893–1976), chines. Politiker und Staatsmann. Weltweite Verbreitung fand sein »Rotes Buch«, die sogenannte Mao-Bibel, in dem wesentliche Aussagen des »Großen Vorsitzenden« zusammengefaßt sind.

185 Muamar al-Gaddhafi, (*1942), libyscher Staatschef.

DIE HYMNE (aus: *Schufte*, 1990)

REVOLUTION – BITTE MELDEN! (aus: *Es muß anders werden, Frankfurter Bilder- und Lesebuch zu 1848*. Hrsg. Henner Drescher, Kulturgesellschaft Frankfurt, 1998)

188 Maximilien Robespierre (1758–1794), frz. Revolutionär. Als einer der führenden Mitglieder des Jakobinerklubs bekannte er sich in den Jahren nach der Revolution zur Schreckensherrschaft und ließ seine Gegner (u. a. Danton) hinrichten. Er selbst wurde von Konventsmitgliedern gestürzt und guillotiniert.

188 Robert Blum (1807–1848), Schriftsteller, Politiker, Mitglied der Frankfurter Nationalversammlung. Er wurde nach der Niederschlagung des Wiener Volksaufstandes zum Tode verurteilt und erschossen.

188 Veit Valentin (1885–1947), Historiker (»Geschichte der deutschen Revolution von 1848/49«).

188 Klemens Wenzel Fürst von Metternich (1773–1859), österr. Politiker, treibende Kraft des Wiener Kongresses (1814/15) und der Restaurationsepoche nach den Napoleonischen Kriegen, wurde als Symbolfigur reaktionärer Politik bei Ausbruch der Märzrevolution 1848 in Wien gestürzt und mußte sich nach London absetzen.

189 Napoleon Bonaparte (1769–1821), korsischer General und Kaiser der Franzosen.

189 Alexandre Weill (1834–1906), elsässischer Schriftsteller und Publizist.

190 Georg Weerth (1822–1856), Schriftsteller (»Leben und Thaten des berühmten Ritters Schnapphahnski«), 1848/49 Feuilletonredakteur der von Marx geleiteten »Neuen Rheinischen Zeitung«.

190 Alphonse François Marquis de Sade (1740–1814), frz. Schriftsteller (»Justine oder die Leiden der Tugend«), der wegen Sittlichkeitsdelikten, dann wegen angeblicher Revolutionsfeindlichkeit und schließlich wegen seiner im Gefängnis verfaßten Schriften 27 Jahre in Haft und Irrenanstalten verbrachte.

190 Jean Paul Marat (1743–1793), frz. Revolutionär und Präsident des Jakobinerklubs. Er wurde von Charlotte Corday erstochen.

190 Jean-François Lacroix (1753–1794), frz. Revolutionär und enger Freund Dantons.

190 Jacques Danton (1759–1794), frz. Revolutionär und großer Volksredner. Er gründete den radikalen Klub der Cordeliers und etablierte als Justizminister das Revolutionstribunal, dem er schließlich selbst zum Opfer fiel.

191 Joachim Kardinal Meisner (*1933), Erzbischof von Köln.

AUFSTANDSPREDIGT (aus: *Gute Nacht, Europa, wo immer du auch bist,* 1998)

193 Wladimir Majakowski (1893–1930), russ. Dichter (»Die Wanze«) und Mitverfasser des Manifests der russischen Futuristen, feierte in seinen Gedichten und Schauspielen die Revolution.

194 Karl Kautsky (1854–1938), Philosoph und SPD-Politiker, zeitweilig enger Mitarbeiter von Friedrich Engels, später Staatssekretär im Außenministerium, Mitverfasser des »Erfurter Programms«.

194 Leo Trotzki (1879–1940), russ. Politiker und Theoretiker der permanenten Revolution (»Über Lenin«, »Geschichte der russischen Revolution«), bereitete mit Lenin die Oktoberrevolution vor und organisierte den Aufbau der Roten Armee. Nach Lenins Tod wurde er entmachtet und später auf Befehl Stalins im mexikanischen Exil ermordet.

194 Erich Honecker (1912–1994), SED-Politiker, 1976–1989 Staatsratsvorsitzender und Parteichef der DDR. Nach dem Ende des DDR-Regimes wurde er wegen Totschlags angeklagt, der Prozeß jedoch aus gesundheitlichen Gründen eingestellt, weshalb Honecker nach Chile ausreisen konnte.

194 Michail Gorbatschow (*1931), 1985–1991 Generalsekretär der KPdSU und bis 1991 Staatspräsident der UdSSR. Er setzte im Kreml auf Glasnost und Perestroika und ermöglichte damit die deutsche Einheit. 1990 erhielt er den Friedensnobelpreis.

ROTKÄPPCHEN UND DIE SIEBEN GUILLOTINEN (aus: *Die deutsche Opposition,* 1989, auch in: *Liberté, Égalité, Varieté,* 1989)

KÜSS DIE HAND, HERR HENKERSMEISTER (aus: *Liberté, Égalité, Varieté,* 1989)

TERRORISMUS UND LANDFRIEDEN (aus: *Schwarze Politik,* 1987)

198 Die Bundestagswahl 1969 brachte in Bonn einen Machtwechsel: die sozialliberale Koalition. Der SPD-Vorsitzende Willy Brandt (1913–1992) wurde Kanzler, FDP-Chef Walter Scheel (*1919) Vizekanzler und Außenminister. Scheel, der sich auch als Popsänger (»Hoch auf dem gelben Wagen«) einen Namen machte, wurde 1974 Bundespräsident.

202 Franz Wördemann (*1923), Journalist, TV-Moderator und Publizist (»Die Beute gehört Allah«).

WENN DIE EX-KOLLEGEN STREIKEN (aus: *Pflasterstrand*, 187/1984 und 188/1984)

204 Im Frühjahr 1984 streikten mehr als 50 000 Metallarbeiter in Hessen, Württemberg und Baden sechs Wochen lang für die 35-Stunden-Woche. Die Unternehmen der Metallindustrie sperrten mehr als 170 000 Arbeitnehmer ihrer Betriebe aus.

WAHRLICH, ICH SAGE EUCH ...
Von der Bühne gepredigt

PARANOIA-MANN (aus: *Versammlung*, 1987)

WIR LEBEN RISIKO (aus: *Propheten*, 1986)

HEIDNISCHES (aus: *Propheten*, 1986)

WILLKOMMEN (aus einer Conférence im Frankfurter Tigerpalast, 1988)

215 Das Tigerpalast Varieté Theater in Frankfurt knüpft erklärtermaßen an die großstädtische Unterhaltungskultur der 20er Jahre an. Nach jahrelanger Vorbereitung wurde das Etablissement im September 1988 eröffnet. MB, der es mitbegründet hatte und immer wieder als Conférencier auftrat, rief gleich zu Beginn »die Pflicht zur Unterhaltung« aus. Betrieben wird der Tigerpalast von Johnny Klinke, einem alten »Genossen« MBs aus gemeinsamen Sponti-Tagen, und von Margareta Dillinger.

KÖNIG UND FREUDE (aus einem TV-Beitrag vom 5. 2. 1992, HR)

218 »Grökaz« ist eine Anspielung auf Hitler, der zur NS-Zeit unter vorgehaltener Hand »Gröfaz« genannt wurde: Größter Feldherr aller Zeiten.

218 Friedrich II. (1712–1786), König von Preußen, ist als »Friedrich der Große« in die Geschichte eingegangen.

218 Voltaire (1694–1778), eigtl. François Marie Arouet, Schriftsteller, Philosoph und Aufklärer. Friedrich II. und Voltaire schätzten einander. Schon seit 1736 hatte der Philosoph mit dem damaligen Kronprinzen von Preußen in Briefwechsel gestanden. 1750 folgte er einer königlichen Einladung nach Sanssouci.

218 Gustav Freytag (1816–1895), Kulturhistoriker und Schriftsteller (»Bilder aus der deutschen Vergangenheit«).

GUT UND BÖSE (aus: *Schwarze Politik*, 1987)

220 Charles Manson (*1934), amerik. Hippie, der sich nach einem LSD-Trip einbildete, Jesus zu sein. Im August 1969 richteten er und Mitglieder seiner »Family« in der Villa des Filmregisseurs Roman Polanski ein unvergleichliches Blutbad an, dem auch die Filmschauspielerin Sharon Tate zum Opfer fiel. 1971 wurden Manson und drei weitere Mitglieder seiner Gang wegen gemeinschaftlichen Mordes zum Tode verurteilt. Später wurden die Todesstrafen in lebenslängliche Haft umgewandelt.

221 Günther Sare (1949–1985), Sozialarbeiter, wurde am 25. September 1985 während einer Frankfurter Anti-NPD-Demonstration von einem Wasserwerfer überrollt und getötet.

223 Peter Sloterdijk (*1947), Zeitgeist-Philosoph (»Kritik der zynischen Vernunft«, »Sphären«).

223 Karl Heinz Bohrer (*1935), Literaturwissenschaftler, Essayist (»Die Ästhetik des Schreckens«), langjähriger Herausgeber des »Merkur«.

223 Holger Börner (*1931), SPD-Politiker, 1976–1987 hessischer Ministerpräsident, seit 1985 an der Spitze einer rotgrünen Koalition (Umweltminister: Joschka Fischer), die schließlich am Genehmigungsstreit für das Hanauer Nuklearunternehmen Alkem zerbrach.

224 Thomas Jefferson (1743–1826), amerik. Politiker, 1801–1809 US-Präsident.

PREDIGT AUF DAS JAHR 2000 (aus: *Pierrot*, 3/1990)

CHANCE VERPASST (aus: *Journal Frankfurt,* 19/1995)

226 Giacomo Casanova (1725–1798), ital. Abenteurer und Schriftsteller, bereiste in diversen diplomatischen Diensten Europa. 1755 in Venedig wegen seines ausschweifenden Lebens und wegen Blasphemie zu fünf Jahren Kerker verurteilt, gelang ihm die Flucht aus den berüchtigten Bleikammern. Später schrieb er sein abenteuerliches Leben in 15 Bänden nieder.

227 Martin Luther (1483–1546), Reformator.

228 Hannah Arendt (1906–1975), Philosophin und Schriftstellerin (»Elemente und Ursprünge totalitärer Herrschaft«, »Die Banalität des Bösen«).

GOTT IST TOT (aus: *Chicago,* 1983)

229 Wim Wenders (*1945), Filmregisseur (»Der Himmel über Berlin«, »Buena Vista Social Club«).

229 Wim Thoelke (1927–1995), Sportreporter, Showmaster, TV-Moderator der ZDF-Sendung »Der große Preis«. Wum und Wendelin sind zwei von Loriot gezeichnete Comicfiguren, die durch Thoelkes Sendung populär wurden.

LAGE DER NATION (aus: *Versammlung,* 1987)

HALLELUJA! NATURSCHUTZ UND WELTUNTERGANG! (entstanden 1985, aus: *Am besten bös,* 1988, auch in: *Liberté, Égalité, Varieté,* 1989)

DIE VERHÄLTNISSE (aus: *Die deutsche Opposition,* 1989)

DIE GEWERKSCHAFTLICHE REDE (aus: *Die deutsche Opposition,* 1989)

237 Oskar Lafontaine (*1943), 1985–1998 Ministerpräsident des Saarlandes, 1990 Kanzlerkandidat und 1995–1999 Vorsitzender der SPD, 1998–1999 Bundesfinanzminister. Nach nur wenigen Monaten im Amt trat er völlig überraschend von seinen Ämtern zurück und fiel bei seiner Partei in Ungnade.

238 August Bebel (1840–1913), Mitbegründer und Führer der Sozialdemokratischen Arbeiterpartei (SDAP, später SPD).

DIE KLEINEN LEUTE (aus: *Die deutsche Opposition,* 1989)

GEDANKENFREIHEIT UND GEWALTFREIHEIT (aus: *Links vom Main,* 1988)

SACHSENHÄUSER BERGPREDIGT (aus: *Links vom Main,* 1988)

MENSCHENRECHT UND NATURGESETZ (aus: *Schwarze Politik,* 1987)

248 Johann Georg Hamann (1730–1788), Sprachphilologe, Philosoph, Schriftsteller, Gegner der Aufklärung und Wegbereiter des Sturm und Drang (»Sokratische Denkwürdigkeiten«, »Kreuzzüge des Philologen«).

249 Mathias Schreiber (*1943), Journalist und Buchautor (»Kunst zwischen Askese und Exhibitionismus«).

250 Aischylos (525–456 v. Chr.), griech. Tragödiendichter (»Die Perser«, »Die Orestie«, »Der gefesselte Prometheus«).

BLONDER BLOCK (aus: *Mein heimliches Auge. Das Jahrbuch der Erotik III,* Konkursbuch Verlag, Tübingen 1988, auch in: *Das Geheimnis der Aktentasche*)

252 Mutter Teresa (1910–1997), eigtl. Agnes Gonxha Bojaxhiu, katholische Ordensgründerin albanischer Herkunft, in Indien als »Engel der Armen« verehrt, erhielt 1979 den Friedensnobelpreis.

252 Erich Fromm (1900–1980), Psychoanalytiker und Sozialpsychologe im Umkreis der Frankfurter Schule (»Die Furcht vor der Freiheit«, »Haben oder Sein«).

252 Uwe Wittstock (*1955), Literaturkritiker.

PFARRER (aus: *Chicago,* 1983, auch in: *Am besten bös,* 1988)

255 Petra Kelly (1947–1992), Mitbegründerin und Politikerin der Grünen, wurde in den 80er Jahren zur Symbolfigur für die Umwelt- und Friedensbewegung. 1983 zog sie in den Bundestag ein, dem sie bis 1990 angehörte. 1992 wurden sie und ihr Lebensgefährte Gert Bastian in ihrer Bonner Wohnung tot aufgefunden. Es wird vermutet, daß Bastian sie erschossen und dann Selbstmord verübt hat.

DER KARDINAL HAT DAS WORT (aus: *Propheten,* 1986 mit Heinrich Pachl, MB als Herr Fried)

256 Wolf Biermann (*1936), Liedermacher und Schriftsteller (»Mit Marx- und Engelszungen«), ging 1953 in die DDR, wo er bald Auf-

trittsverbot bekam. In der BRD wurde er durch Wolfgang Neuss bekannt, der ihn Ostern 1965 in einer Veranstaltung der Ostermarschbewegung in Frankfurt/Main herausstellte. 1976 wurde Biermann während einer BRD-Tournee von der DDR-Regierung ausgebürgert.

POLITIK UND GEWALT (aus: *Schwarze Politik*, 1987)

258 Claude Adrien Helvetius (1715–1771), frz. Philosoph, Aufklärer und Enzyklopädist (»De l'esprit«).

258 Gerd-Klaus Kaltenbrunner (*1939), österr. Schriftsteller, Publizist und Herausgeber rechtskonservativer Schriften (»Was ist reaktionär?«, »Kapitulation des Bürgers«).

260 Bernhard von Clairvaux (1090–1153), frz. Abt und Kirchenlehrer, Gründer des Zisterzienserklosters Clairvaux, Propagandist für den 2. Kreuzzug. 1174 wurde Bernhard heiliggesprochen.

260 Reinhard Appel (*1927), Journalist und TV-Moderator (»Journalisten fragen, Politiker antworten«).

260 Martin Bangemann (*1934), FDP-Politiker, 1984–1988 Bundeswirtschaftsminister, 1989–1999 EU-Kommissar.

261 Jutta Ditfurth (*1951), Journalistin, gehörte zum Gründungsteam der westdeutschen Grünen. Exponentin der »Fundis« gegen die »Realos« um Joschka Fischer. 1991 trennte sie sich von der Bundespartei und gründete die Ökologische Linke, für die sie derzeit im Frankfurter Stadtparlament sitzt.

261 Martin Schulze (*1937), TV-Journalist (»Bericht aus Bonn«).

263 Barry Goldwater (1909–1998), amerik. Politiker, Führer des rechten Flügels der Republikaner, 1964 Präsidentschaftskandidat.

263 Franz Schönhuber (*1923), Politiker und Journalist. Der ehemalige SS-Mann brachte es bis zum stellvertretenden Chefredakteur des Bayerischen Rundfunks. Später war er Mitbegründer und Parteivorsitzender der rechtsextremistischen Republikaner.

263 Willy Brandt (1913–1992), als Bundeskanzler bereits wegen der Guillaume-Affäre zurückgetreten (1974), legte 1987 auch den Parteivorsitz der SPD nieder, als die von ihm vorgeschlagene Pressesprecherin Margarita Mathiopoulos auf weitgehende Ablehnung stieß.

264 Friederike Kempner (1836–1904) ist die Klassikerin der unfreiwilli-

gen Komik. Bekannt als der »Schlesische Schwan« veröffentlichte sie von 1880 bis 1903 acht Auflagen ihrer Gedichte im Selbstverlag.

265 Botho Strauß (*1944), Erzähler, Dramatiker und Essayist (»Paare, Passanten«, »Anschwellender Bocksgesang«).

265 André Glucksmann (*1937), frz. Philosoph und politischer Schriftsteller (»Die Meisterdenker«, »Philosophie der Abschreckung«), 1968 einer der führenden Köpfe der Pariser Studentenrevolte, vollzog in den 70er Jahren den Bruch mit dem Kommunismus und bezeichnete den Marxismus als »Menschenfresser des 20. Jahrhunderts«. Engagierter Befürworter des Irakkrieges.

265 Carl von Clausewitz (1780–1831), preuß. General und Militärtheoretiker (»Vom Kriege«).

ADIEU, MON AMOUR
Von Bilanzen und Abschieden

RATLOS (entstanden 1994, aus: *Schlammbeißers Weltgefühl*, 199X)

269 Ilich Ramirez Sanchez (*1949), venezolanischer Terrorist, galt in den 70er und 80er Jahren als Drahtzieher des internationalen Terrorismus. Der unter dem Decknamen »Carlos« bekannte Outlaw wurde 1994 vom Sudan an Frankreich ausgeliefert und dort zu einer lebenslangen Haftstrafe verurteilt.

TELEFON (entstanden vor 1990, aus dem Nachlaß)

VOM PFERD GEFALLEN (entstanden 1994, aus: *Schlammbeißers Weltgefühl*)

273 Georges-Arthur Goldschmidt (*1928), dt.-frz. Schriftsteller (»Über die Flüsse«).

ENDE DES SOZIALISMUS (aus: *Schufte*, 1990)

275 Alfred Dregger (1920–2002), CDU-Politiker, rechter Law-and-order-Mann, 1967–1982 Vorsitzender der Hessen-CDU, 1982 Vorsitzender der CDU/CSU-Bundestagsfraktion. Auf Dregger, den prominentesten Vertreter des nationalkonservativen Flügels in der CDU, der sogenannten Stahlhelmfraktion, geht der Slogan »Freiheit statt Sozialismus« zurück.

RECHTS UND LINKS – EINE GLAUBENSFRAGE? (aus: »Und ewig raunen die Wälder«, 6. Lieferung, in: *Büchner,* Frankfurt, November 2001)

278 Manès Sperber (1905–1984), frz.-österr. Schriftsteller (»Wie eine Träne im Ozean«).

278 Raymond Aron (1905–1983), frz. Soziologe, Philosoph, Historiker, Politologe (»Demokratie und Totalitarismus«).

278 Ernst Jandl (1925–2000), österr. Schriftsteller mit ausgeprägtem Sinn für Sprachwitz, verfaßte Hörspiele sowie experimentelle Gedichte, die vom Dadaismus und der konkreten Poesie beeinflußt waren (»Laut und Luise«).

TOTE AUF URLAUB (aus: *Die Frankfurter Verlobung,* 2001)

284 Salvador Allende (1908–1973), chilenischer Politiker und Arzt. Der erklärte Marxist gewann 1970 die Präsidentschaftswahlen, drei Jahre später wurde er durch einen Militärputsch gestürzt und ermordet.

292 George W. Bush, (*1946), seit 2001 US-Präsident. Historische Verdienste: zwei Kriege und ein Staatsdefizit in Rekordhöhe.

297 Jean Baudrillard (*1929), frz. Philosoph und Soziologe (»Die göttliche Linke«, »Der reine Terror.«).

297 Paul Virilio (*1932), frz. Philiosoph, Medienwissenschaftler und Publizist (»Die Kunst des Schreckens«, »Krieg und Fernsehen«).

VOR UNS DIE DEMOKRATIE (aus dem Manuskript für *Schlammbeißers Weltgefühl,* 1994)

303 Steffi Graf (*1969) und Boris Becker (*1967) machten durch ihre Wimbledon- und anderen Grand-Slam-Siege zwischenzeitlich den Tennissport auch hierzulande populär.

306 Ernst von Salomon (1902–1972), Freikorpskämpfer und Schriftsteller, 1922 wegen Beihilfe zur Ermordung von Außenminister Rathenau zu fünf Jahren Zuchthaus verurteilt. Sein 1951 veröffentlichter Roman »Der Fragebogen« (über die Entnazifizierung) löste heftige Diskussionen aus.

306 Walther Rathenau (1867–1922), Industrieller, Schriftsteller (»Zur Kritik der Zeit«) und Politiker. Als Wiederaufbau- und Außenminister in der Weimarer Republik war er für die reaktionären

Kräfte ein rotes Tuch. Der »Erfüllungs-« und »Verständigungspolitiker« wurde von rechtsextremen Offizieren ermordet.

307 Johann Gottfried Seume (1763–1810), Schriftsteller der Aufklärung (»Spaziergang nach Syrakus«).

307 Edith Cadivec, österr. Schriftstellerin der ersten Hälfte des 20. Jahrhunderts (»Eros, der Sinn meines Lebens«).

307 Alma Mahler-Werfel (1879–1964), Komponistin, Musikschriftstellerin und Gefährtin berühmter Künstler: Sie war mit dem Komponisten Gustav Mahler, mit dem Architekten Walter Gropius und mit dem Dichter Franz Werfel verheiratet. Zwischendurch leistete sie sich vielbeachtete Liebschaften, darunter mit dem Maler Oskar Kokoschka. Ihr Wiener Salon war in den 20er Jahren Treffpunkt für Künstler und Intellektuelle.

307 Mae West (1892–1980), amerik. Filmschauspielerin, Sex-Symbol der Stummfilmzeit.

307 Wolfgang Schäuble (*1942), CDU-Politiker, 1989–1998 Bundesinnenminister, 1998–2000 Vorsitzender der CDU, ewiger Kronprinz von Helmut Kohl, über die Parteispendenaffäre gestürzt.

307 Alfred Biolek (*1934), TV-Talkmaster und Entertainer.

307 Claudia Schiffer (*1970), Fotomodell.

MEHR ANARCHIE WAGEN! (aus: *Pflasterstrand*, 142/1981)

308 Volksbildungsheim, Gebäude in der Frankfurter Innenstadt, in dem u. a. die großen Plenen der Spontis stattfanden. Heute zum Kinopalast umgebaut.

LOGISCH (aus einer Conférence im Frankfurter Tigerpalast, 1988)

AVANTGARDE, ELITE UND ICH (aus: *Infrarot. Wider die Utopie des totalen Lebens. Zur Auseinandersetzung mit Fundamentalopposition und »neuem Realismus«.* Hrsg. Matthias Horx u. a., Rotbuch, Berlin, 1983)

313 Hans Globke (1898–1973), Kanzleramtschef unter Adenauer, hatte bereits im Dritten Reich seinen Mann in der Ministerialbürokratie gestanden. Als »Spezialist für Judenfragen« in Hitlers Innenministerium zeichnete er für die Ausführungsbestimmungen der berüchtigten Nürnberger Rassegesetze verantwortlich. Vehemente Proteste führten 1963 zu seinem Rücktritt.

313 Kurt-Georg Kiesinger (1897 bis 1988), CDU-Politiker, einstmals NSDAP-Mitglied und stellvertretender Leiter der rundfunkpolitischen Abteilung in Hitlers Außenministerium, 1966–1969 Bundeskanzler.

313 Oswald Kaduk und Wilhelm Bogner, die »zwei mörderisch normalen Deutschen«, waren 1965 im Frankfurter Auschwitzprozeß zu lebenslanger Haft verurteilt worden: Kaduk (*1906), gelernter Metzger und SS-Hauptscharführer, soll aus geringsten Anlässen Gefangene gequält und zu Tode geprügelt haben. Bogner (*1906), SS-Oberscharführer, genannt »Der Teufel von Auschwitz«, soll Häftlinge wahllos erschossen oder in der berüchtigten »Bogner-Schaukel« zu Tode gemartert haben.

313 Mohamed Reza Pahlevi (1919–1980), Schah von Persien. Für fast vier Jahrzehnte konnte er, unterstützt von den USA und Westeuropa, seine Herrschaft über das Reich am Golf behaupten. Sein Besuch in Berlin am 2. Juni 1967 führte zu Demonstrationen, in deren Verlauf der Student Benno Ohnesorg von der Polizei erschossen wurde.

316 Eugen Kogon (1903–1987), Soziologe, Publizist und Politwissenschaftler, moderierte zeitweise das politische TV-Magazin »Panorama«. Mitherausgeber der kulturpolitischen Zeitschrift »Frankfurter Hefte«. Der ehemalige Buchenwaldhäftling veröffentlichte 1946 sein Buch »Der SS-Staat. Das System der deutschen Konzentrationslager«, das bis heute eines der Standardwerke über die NS-Verbrechen ist.

317 Helmut Schelsky, (1912–1984), dt. Soziologe (»Die skeptische Generation«).

317 Golo Mann (1909–1994), Historiker und Schriftsteller (»Von Weimar nach Bonn«, »Wallenstein«). Sohn von Thomas Mann.

324 Sozialistischer Deutscher Studentenbund (SDS), gegründet 1946 als weitgehend selbständige Hochschulorganisation der SPD. Bis zur Verabschiedung des Godesberger Programms (1959) lag der SDS (u.a. unter Helmut Schmidt) in der Regel auf Parteilinie; als der Verband danach an marxistischen Positionen festhielt, erklärte der Parteivorstand 1961 die Mitgliedschaft in der SPD und im SDS als unvereinbar. In der Folge radikalisierte sich der SDS und wurde zu einem Auslöser der Studentenbewegung. Er löste sich 1970 auf; eine Neugründung 1988 blieb ohne Bedeutung.

324 Häuserrat, informelles politisches Gremium, das Anfang und Mitte der 70er Jahre die besetzten Häuser in Frankfurt koordinierte.

324 Rote Hilfe, Solidaritätsorganisation, die politisch Verfolgte aus dem linken Spektrum unterstützt.

TIEFENENTSPANNUNG (aus: *Am besten bös,* 1988)

WIR WOLLEN LEBEN – ABER WIE? (aus: »Zärtlichkeit und Militanz«, in: *Autonomie. Materialien gegen die Fabrikgesellschaft,* 1976)

328 Jean-Paul Sartre (1905–1980), frz. Schriftsteller und Philosoph (»Das Sein und das Nichts«, »Die schmutzigen Hände«). Durch seine Schriften, Essays, Dramen und Romane wurde er zur Schlüsselfigur des Existentialismus und zum Symbol der Intellektuellen Europas.

BLEISTIFT UND KUGELSCHREIBER (Diskussionsbeitrag zu: *Die neuen sozialen Bewegungen*, November 1986, abgedruckt in: *Prima Klima. Wider den Zeitgeist. Erste gnadenlose Generaldebatte zur endgültigen Klärung aller unzeitgemäßen Fragen.* VSA-Verlag, Hamburg, 1987)

330 Claus Offe (*1940), Politikwissenschaftler und Soziologe (»Strukturprobleme des kapitalistischen Staates«, »Arbeit 2000«).

330 Elmar Altvater (*1938), Politikwissenschaftler (»Die Weltwährungskrise«, »Grenzen der Globalisierung«).

331 Talcott Parsons (1902–1979), amerik. Soziologe und Nationalökonom (»Sozialstruktur und Persönlichkeit«, »Das System moderner Gesellschaften«).

UNSERE TOTEN (aus: *Aufstand im Schlaraffenland. Selbsterkenntnisse einer rebellischen Generation.* Matthias Horx, München: Hanser 1989)

332 Benno Ohnesorg (1941–1967), Student, wurde während der Berliner Anti-Schah-Demonstration am 2. Juni 1967 von der Polizei erschossen. Sein Tod führte zu einer der schwersten innenpolitischen Krisen der BRD.

340 ASH, Abkürzung ursprünglich für Arbeitslosen-, später für Arbeiterselbsthilfe. Ein 1978 in Selbstverwaltung gegründeter Betrieb, der in der Oberurseler Krebsmühle bei Frankfurt vor allem antike Möbel restauriert und verkauft.

HÖLDERLIN (aus: *Chicago,* 1984, auch in: *Am besten bös,* 1988)

342 Friedrich Hölderlin (1770–1843), Dichter. Als er in geistiger Umnachtung starb, hinterließ er zahlreiche Gedichte, einen Briefroman (»Hyperion«), Oden, Elegien, Hymnen und Dramenfragmente.

342 Robert Walser (1878–1956), schweiz. Schriftsteller (»Der Spaziergang«, »Der Gehilfe«). Walser lebte 27 Jahre in einer psychiatrischen Anstalt, er starb am Weihnachtsabend 1956 bei einem Spaziergang im Schnee. Walser hinterließ Prosafragmente auf über 500 Blättern mit mikrographischen Bleistiftaufzeichnungen.

POLITIK IST GLAUBENSSACHE (aus: *Gute Nacht, Europa, wo immer du auch bist,* 1998)

343 Abd el-Nasser (1918–1970), ägypt. Politiker, seit 1956 Staatspräsident, verstaatlichte im Juli desselben Jahres die Suezkanalgesellschaft. Die Briten und die Franzosen, die ihre Nahostpräsenz durch Nassers panarabische Rhetorik gefährdet sahen, wollten gemeinsam mit Israel dessen Regime beseitigen, und bombardierten im Oktober die Kanalstädte, mußten ihren Angriff aber aufgrund des Drucks der UdSSR und auch der USA abbrechen.

346 Karlheinz Böhm (*1928), Filmschauspieler (»Sissi«). Seit Anfang der 80er Jahre engagiert er sich mit seinem humanitären Hilfsprogramm »Menschen für Menschen« für die Dritte Welt.

346 Hermann Hesse (1877–1962), Schriftsteller (»Das Glasperlenspiel«, »Steppenwolf«).

487 Erwin Rommel (1891–1944), Generalfeldmarschall. Der als »Wüstenfuchs« populär gewordene Heerführer des Zweiten Weltkriegs wurde von Hitler zum Selbstmord gezwungen.

346 Albert Schweitzer (1875–1965), Arzt, Theologe, Organist, wurde als der »gute Mensch von Lambarene« populär.

346 Udo Lindenberg (*1946), Popsänger (»Andrea Doria«, »Sonderzug nach Pankow«).

346 Beate Uhse (1919–2001), Testpilotin im Zweiten Weltkrieg, avancierte zur erfolgreichen Geschäftsfrau der Erotikbranche.

347 Walter Ulbricht (1893–1973), Politiker, 1960–1973 Staatsoberhaupt der DDR, verantwortlich für den Bau der Berliner Mauer 1961.

TROST (aus: *Pflasterstrand*, 193/1984)

AUS DER GESCHICHTE DER OPPOSITION (aus: *Liberté, Égalité, Varieté*, 1989, auch in: *Die deutsche Opposition*, 1989)

NACH DEM AUFSTAND (aus: *Die deutsche Opposition*, 1989)

Flimmern und Rauschen
Von Informations- und Unterhaltungsfoltern

TALKSHOWSUCHT (entstanden 1996, aus dem Nachlaß)

355 Woody Allen (*1935), amerik. Schauspieler, Drehbuchschreiber und Filmregisseur (»Der Stadtneurotiker«).

IRRTÜMLICHER FROHSINN (entstanden 1992, aus dem Nachlaß)

DER DIGITALBEAUFTRAGTE SPRICHT (aus: *Scheibenwischer*, ARD, 1985)

VERZWEIFLUNG (aus: *Gute Nacht, Europa, wo immer du auch bist*, 1998)

362 Uwe Barschel (1944–1987), CDU-Politiker. Im September 1987 wurde bekannt, daß er als Ministerpräsident von Schleswig-Holstein eine Verleumdungskampagne gegen seinen SPD-Herausforderer Björn Engholm initiiert hatte. Wenig später fand man ihn tot in einem Genfer Hotel. Ob es sich dabei um Selbsttötung oder Mord handelte, wurde nie zweifelsfrei geklärt.

363 Rolf Hochhuth (*1931), Dramatiker (»Der Stellvertreter«, »Soldaten«). 1995 wurde bekannt, daß sich Hochhuth über eine von ihm gegründete Stiftung das Vorkaufsrecht an der Brecht-Bühne Berliner Ensemble (BE) gesichert hat.

363 Marianne Hoppe (1911–2002), Schauspielerin, wurde durch ihre Hosenrollen im Film und ihre Scheinehe mit dem Schauspieler und Intendanten Gustaf Gründgens bekannt. Nach Kriegsende spielte sie vornehmlich Theater.

363 Anna Seghers (1900–1983), Schriftstellerin (»Das siebte Kreuz«). Nach ihrer Emigration nahm sie im Kulturleben der DDR eine exponierte Rolle ein.

363 Carl Zuckmayer (1896–1977), Schriftsteller und Dramatiker (»Der Hauptmann von Köpenick«, »Des Teufels General«).

363 Mainzer Trio – Anna Seghers, Carl Zuckmayer und Heinz Schenk stammen aus Mainz.

365 Susan Sontag (*1933), amerik. Schriftstellerin und Essayistin (»Über Fotografie«, »Krankheit als Metapher«), erhielt 2003 den Friedenspreis des Deutschen Buchhandels. In ihrer Dankesrede kritisierte sie das »imperiale Programm« des Präsidenten George W. Bush.

POSTKATASTROPHALES ENTERTAINMENT (aus: *Gute Nacht, Europa, wo immer du auch bist,* 1998)

366 Harald Schmidt (*1957), TV-Moderator, Produzent flotter Sprüche, etablierte mit der nach ihm benannten Late-Night-Show ein vielbeachtetes, aus dem US-Fernsehen importiertes Sendeformat.

367 Otto von Bismarck (1815–1898), Politiker, ging als erster und »eiserner« Kanzler in die Geschichte ein.

368 Michail Bakunin (1814–1876), russ. Philosoph, Revolutionär und als theoretischer Wegbereiter des Anarchismus Gegner von Marx (»Die revolutionäre Frage«).

STAMMTISCH-PROTOKOLL (aus: *Die deutsche Opposition,* 1989)

WIR DANKEN FÜR IHR VERSTÄNDNIS (1. Teil aus: *HR-Querkopf,* 20. Oktober 2001; 2. Teil aus: *Gnade für niemand. Freispruch für alle,* 1991)

IM REGIONALRUNDFUNK (aus: *Der Komiker,* Film-Porträt von Heinrich Pachl, 1993)

NACHSCHLAG VOR DEM ERSTSCHLAG (aus: TV-Sendung *Nachschlag,* 16. 1. 1991)

379 Diesen Text sprach MB am 16. 1. 1991 in seinem Kabarettsolo »Nachschlag«, der von der ARD nur widerwillig und nach längeren Beratungen ausgestrahlt wurde. Das Thema des kleinen tagesaktuellen Stücks Satire war brisant: Es roch nach Krieg in diesen Tagen. In ganz Deutschland hatten sich bei der größten Friedensdemonstration seit den frühen 80er Jahren über 200 000 Menschen gegen einen drohenden Golfkrieg gewandt (»Kein Blut für Öl«). Vergeblich: In

den frühen Morgenstunden des 17. Januar 1991 begannen die am Persischen Golf stationierten multinationalen Truppen unter amerikanischem Oberbefehl mit ihren Luftangriffen auf den Irak, um das besetzte Kuwait freizukämpfen.

379 Salman Rushdie (*1947), indo-britischer Schriftsteller, der 1988 mit der Veröffentlichung seines Romans »Die satanischen Verse« den Unmut des islamischen Fundamentalismus auf sich zog. Er tauchte daraufhin, an Leib und Leben bedroht, in die Anonymität ab.

379 Jürgen W. Möllemann (1945–2003), FDP-Politiker, kam bei einem Fallschirmabsprung ums Leben. 1991 war er Bundeswirtschaftsminister im neuen Kabinett Kohl geworden. Ein wichtiger Posten, denn der deutsche Konzern Thyssen-Henschel hatte beim Ministerium den Antrag auf Ausfuhrgenehmigung von schweren Waffen in das Krisengebiet Saudi-Arabien gestellt, obwohl die bundesdeutsche Gesetzgebung Rüstungsexporte in Krisengebiete verbietet. Möllemann stimmte dem Antrag zu, es wurden 36 Fuchs-Panzer geliefert, darüber hinaus weitere zehn Panzer der Bundeswehr zur Verfügung gestellt. Dabei hatte auch Rüstungslobbyist Karlheinz Schreiber die Hände im Spiel, der sich als Gegenleistung mit Schwarzgeldern in Millionenhöhe für die Parteikassen bedankte und damit die spätere CDU-Schmiergeld-Affäre auslöste.

379 Marika Rökk (1913–2004), Schauspielerin, Tänzerin, machte als Filmstar im Dritten Reich Karriere. Ihre Revuefilme (»Die Frau meiner Träume«) wurden zur Nazizeit als Botschaften der guten Laune in schwerer Zeit verstanden, die den allgemeinen Durchhaltewillen stärken sollten.

380 Saddam Hussein (*1937), als irak. Staatspräsident mit diktatorischen Vollmachten unumschränkter Alleinherrscher. Verwickelte sein Land durch den Angriff auf den Iran in den 1. Golfkrieg (1980–88), überfiel im August 1990 Kuwait und löste damit den 2. Golfkrieg aus (Jan.–Feb. 1991). Ein umstrittener anglo-amerikanischer Militärschlag (3. Golfkrieg) als vermeintliche Antwort auf die Terrorangriffe des 11. 9. führte im Frühjahr 2003 das Ende seiner Herrschaft herbei. Im Dezember wurde der untergetauchte Hussein verhaftet; er soll im Irak vor Gericht gestellt werden.

380 Klaus Kinski (1926–1991), eigtl. Klaus-Günther Nakszynski, Bühnen- und Filmdarsteller, der zunächst vornehmlich als Bösewicht auf die Leinwand kam (»Leichen pflastern seinen Weg«), später aber

unter Werner Herzog Charakterrollen spielte (»Fitzcarraldo«). Er galt als Prototyp des exzentrischen Schauspielers.

380 Lothar Späth (*1937), CDU-Politiker, Innenminister, später Regierungschef in Baden-Württemberg. Späth, von MB als »fliegender Lothar« angesprochen, mußte Anfang Januar 1991 wegen der sogenannten »Traumschiff-Affäre« von seinem Amt zurücktreten, nachdem bekanntgeworden war, daß er als Regierungschef Ferienreisen auf Kosten von Industrieunternehmen und Dienstflüge in Firmenmaschinen unternommen hatte. Er war anschließend für die ostdeutsche Firma Jenoptik tätig.

Momendemal ...
Von Beiläufigkeiten und ersten Eindrücken

SILVESTERSTIMMUNG (aus: *Schlammbeißers Weltgefühl,* 1995)

385 Albert Camus (1913–1960), frz. Schriftsteller, Theoretiker des Absurden und Philosoph (»Die Pest«, »Der Mythos von Sisyphos«). 1957 wurde ihm der Literaturnobelpreis zuerkannt.

386 Thomas Pynchon (*1937), amerik. Schriftsteller (»Das Ende der Parabel«, »Vineland«), scheut seit Beginn der 60er Jahre das Licht der Öffentlichkeit wie der Teufel das Weihwasser.

386 Ingeborg Bachmann (1926–1973), österr. Schriftstellerin und Lyrikerin (»Der gute Gott von Manhattan«, »Malina«).

AM MORGEN (aus: *Eigenes Konto,* 2000)

388 Wolfgang Borchert (1921–1947) wurde kurz nach dem Ende des Zweiten Weltkriegs durch sein Heimkehrerstück »Draußen vor der Tür« bekannt und galt als Stimme der »verlorenen Generation«. MB bezieht sich auf Borcherts populär gewordenes Antikriegs-Manifest »Dann gibt es nur eins!«, das man im Nachlaß des früh verstorbenen Dichters fand: »Du. Mann an der Maschine und Mann in der Werkstatt. Wenn sie dir morgen befehlen, du sollst keine Wasserrohre und keine Kochtöpfe machen – sondern Stahlhelme und Maschinengewehre, dann gibt es nur eins: Sag NEIN!«

SONNTAG, 1. MÄRZ 1998 (in: *Gute Nacht, Europa, wo immer du auch bist,* 1998)

391 Pascal Obispo (*1965), frz. Sänger (»Superflu«), engagiert im Kampf gegen Aids.

DER DROGENBEAUFTRAGTE (aus: *Gnade für niemand. Freispruch für alle,* 1989)

TIERE SCHAUEN DICH AN (aus: *Links vom Main,* 1988)

PARTY (aus: *Eigenes Konto,* 2000)

396 Perikles (493–429 v. Chr.), griech. Staatsmann und Heerführer, setzte im antiken Athen demokratische Reformen durch.

396 Giuseppe Ferrandino (*1958), ital. Schriftsteller (»Respekt«).

398 Maria-Antonietta Macciocchi, ital. Sozialwissenschaftlerin (»Jungfrauen, Mütter und ein Führer«).

398 Pier Paolo Pasolini (1922–1975), ital. Filmregisseur und Schriftsteller (»Freibeuterschriften«, »Die 120 Tage von Sodom«).

399 Harry Rowohlt (*1945), Übersetzer und Kolumnist.

AUF DER STRASSE (aus: *Eigenes Konto,* 2000)

IN DER VOLKSHOCHSCHULE (aus: *Eigenes Konto,* 2000)

403 Johannes R. Becher (1891–1958), Schriftsteller (»Winterschlacht«, »Auferstanden aus Ruinen…«), 1954–1958 Kulturminister der DDR.

GEISSLER UNTERWEGS (aus: *Gute Nacht, Europa, wo immer du auch bist,* 1998)

405 Heiner Müller (1929–1995), Schriftsteller, Dramatiker und Regisseur (»Die Hamletmaschine«).

STAMMAPOTHEKE (entstanden vor 1999, aus dem Nachlaß)

409 Erich Kästner (1899–1974), Schriftsteller, Feuilletonist, Kabarett-Texter und Kinderbuchautor (»Emil und die Detektive«, »Fabian«).

LETZTE NACHT MIT KISTEN (entstanden vor 1999, aus dem Nachlaß)

413 Heinz G. Konsalik (1921–1999), Schriftsteller, Bestsellerautor von Trivialromanen.

414 Jürgen Fliege (*1947), TV-Pfarrer.

415 Karl Valentin (1882–1948), eigtl. Valentin Ludwig Frey, Kabarettist, Komiker, Autor und Darsteller absurder Szenen des philosophischen Nonsens.

SCHEIN UND SEIN (aus: *Notschlachten,* 1998)

IN DER BANK (aus: *Eigenes Konto,* 2000)

AM TAXISTAND (aus: *Mitternachtsspitzen,* WDR, 1999. Die Szene wurde von MB und Horst Schroth gespielt.)

DER CLON (entstanden 1997, gesendet z. B. in: *Mitternachtsspitzen,* WDR, 8.6.1999)

426 Dolly, das erste geklonte Schaf. 1996 in Schottland geboren, verendete Dolly überraschend nach sechseinhalb Jahren. Seitdem kündigen Wissenschaftler immer wieder die Geburt eines geklonten Menschen an.

JUGEND IST MACHBAR (entstanden Juni 1986)

427 Konrad Lorenz (1903–1989), österr. Zoologe und Nobelpreisträger der Medizin (»Das sogenannte Böse«, »Die Rückseite des Spiegels«), ist Mitbegründer der modernen Verhaltensforschung. Trotz seiner Mitwirkung an der nationalsozialistischen Rassenforschung stieg der »Vater der Graugänse« in der Nachkriegszeit zu einem international anerkannten Vertreter der Ethologie auf.

427 »Challenger Bumm« spielt auf den Raumfahrt-Unfall vom 28. Januar 1986 an. Damals kamen sieben amerikanische Astronauten – zwei Frauen und fünf Männer – ums Leben, als die US-Raumfähre Challenger unmittelbar nach dem Start in Cape Canaveral (Florida) explodierte und in Flammen aufging.

428 Herbert Grönemeyer (*1956), Schauspieler (»Das Boot«) und Sänger (»4630 Bochum«, »Männer« – und eben »Kinder an die Macht«).

DIE PFANDFLASCHE (aus: *Versammlung,* 1986)

AUS LIEBE ZUR STEINZEIT (aus: *Pflasterstrand,* 105/1981)

432 Generalbundesanwalt Siegfried Buback (1920–1977), der Vorstandssprecher der Dresdner Bank Jürgen Ponto (1923–1977) und der Präsident der Arbeitgeberverbände Hanns Martin Schleyer (1915–1977) wurden alle im Verlauf weniger Monate von der RAF ermordet.

EIN GANZ NORMALER TAG (aus: TV-Sendung *Nachschlag,* 9.1.1991)

433 Diesen Text sprach MB am 9.1.1991 in seinem Kabarettsolo »Nachschlag«, der von der ARD wenige Tage vor dem Ausbruch des 2. Golfkrieges ausgestrahlt wurde.

433 Jassir Arafat (*1929), Palästinenser-Präsident, seit Jahrzehnten Führer der palästinensischen Befreiungsorganisation PLO.

433 Der »Südsee-Häuptling der Papalagi« ist eine Anspielung von MB auf das Buch »Papalagi«, das bereits 1920 erschienen war, aber erst als Neuausgabe in den 70er Jahren zum Kultbuch der alternativen Szene wurde. In den fiktiven Reden des Südseehäuptlings Tuiavii sah diese Szene auf plakative Weise ihre Kritik an der westlichen Industrie- und Kommerzgesellschaft bestätigt.

434 Ludwig Erhard (1897–1977), CDU-Politiker, langjähriger Wirtschaftsminister und späterer Bundeskanzler, Protagonist des »Wirtschaftswunders« und der sozialen Marktwirtschaft.

434 Ex-Bundeskanzler Willy Brandt, damals bereits von schwerer Krankheit gezeichnet, hatte sich von der aktuellen Politik in sein Domizil in Unkel am Rhein zurückgezogen.

434 Fritz Teufel (*1943), SDS-Spaßmacher, Kommunarde. Sein historischer Beitrag zur Liberalisierung der Justiz besteht in dem Satz: »Wenn es denn der Wahrheitsfindung dient …«, als er 1967 zögernd der Aufforderung nachkam, sich als Angeklagter zu Ehren des Gerichtes zu erheben. 1980 wurde er wegen seiner angeblichen Beteiligung an der Entführung des Berliner CDU-Vorsitzenden Peter Lorenz verurteilt – ein Alibi präsentierte er erst fünf Jahre später. In den 90er Jahren war er freier *taz*-Mitarbeiter und Fahrradkurier.

434 Mahatma Gandhi (1869–1948), indischer Rechtsanwalt und Politiker, Verfechter der Gewaltlosigkeit und des zivilen Ungehorsams zur Durchsetzung politischer Ziele.

434 Norman Schwarzkopf (*1934), US-General, wurde als Oberkommandierender der alliierten Truppen im Golfkrieg 1991 weltweit bekannt.

435 Hans-Dietrich Genscher (*1927), FDP-Politiker und langjähriger Außenminister (1974–1992).

435 Bertha von Suttner (1843–1914), österr. Pazifistin und Schriftstellerin, Autorin des Antikriegsromans »Die Waffen nieder!«, erhielt 1905 als erste Frau den von ihr angeregten Friedensnobelpreis.

435 Franz Alt (*1938), Journalist, TV-Moderator (Report) und Buchautor (»Krieg um Öl oder Frieden durch die Sonne«, »Der ökologische Jesus«), ist ein friedensbewegter Umweltaktivist.

Tatort Kneipe
Von der Schule des Lebens

FRAGEN DES JAHRHUNDERTS (aus: *Die paar Tage noch,* 1994)

440 Dragoslaw »Steppi« Stepanovic (*1948), jugosl. Fußballspieler, in den 90er Jahren Trainer der Mannschaft von Eintracht Frankfurt.

440 Slobodan Milosevic (*1941), Präsident von Serbien, später der Föderativen Republik Jugoslawien. Der ultranationalistische Politiker vertrat vehement die Interessen der Serben im ehemaligen Jugoslawien. Im Zusammenhang mit dem Krieg gegen Kroatien und Bosnien wurde ihm der Vorwurf der gewaltsamen Massendeportation, der Masseninhaftierung und des Völkermords gemacht. 2001 wurde er an das internationale UN-Tribunal in Den Haag ausgeliefert.

440 Franjo Tudjman (1922–1999), jugosl. General, 1990–1999 Präsident von Kroatien.

440 Goran Ivanisevic (*1972), kroat. Tennisspieler.

440 Alija Izetbegovic (1925–2003), bosn. Politiker. 1992 erklärte er als Präsident der jugoslawischen Teilrepublik die Unabhängigkeit Bosnien-Herzegowinas, was zum Krieg mit Serbien führte.

440 Monica Seles (*1973), jugoslaw. Tennisspielerin.

INTRO (entstanden vor 1990, aus dem Nachlaß)

DIE GRENZGÄNGER (aus: *Die paar Tage noch,* 1994)

443 Walter Jens (*1923), Philologe, Rhetoriker, Schriftsteller (»Republi-

kanische Reden«), Dramatiker, langjähriger Präsident des deutschen PEN-Zentrums und der Akademie der Künste.

EINSTEINS THEORIE (aus: *Die paar Tage noch*, 1994)

AN DER SOZIALEN THEKE (aus: *Das Geheimnis der Aktentasche*, 1988)

446 Ben Johnson (*1961), kanad. Sprinter, stellte bei den Olympischen Sommerspielen 1988 einen Weltrekord im 100-Meter-Lauf auf, wurde allerdings des Dopings überführt.

GEBURTSTAG DER CHEFIN (aus: *Die paar Tage noch,* 1994)

448 Brigitte Seebacher-Brandt (*1946), Journalistin, letzte Ehefrau von Willy Brandt, über den sie 2004 eine Biographie vorlegte.

WEIHNACHTSFEIERN (aus: *Gute Nacht, Europa, wo immer du auch bist,* 1998)

450 Lino Ventura (1919–1987), ital.-frz. Filmschauspieler (»Fahrstuhl zum Schafott«), begann als Ringer und Preisboxer, bevor er eine Leinwandkarriere als kantiger Ermittler und Gangster machte.

450 Mickey Rourke (*1954), amerik. Filmschauspieler (»Angel Heart«).

450 Lionel Hampton (1913–2002), amerik. Jazzmusiker, Bandleader, Schlagzeuger, Vibraphonist.

WER ODER WAS IST DER MENSCH? (entstanden 1994, aus dem Nachlaß)

453 Arnold Schwarzenegger (*1947), österreich. Filmschauspieler und Mister Universum. Im Oktober 2003 wurde er zum Gouverneur des US-Bundesstaates Kalifornien gewählt.

STUDIUM GENERALE (entstanden 1994, aus dem Nachlaß)

456 Audrey Hepburn (1929–1993), amerik. Filmschauspielerin (»Krieg und Frieden«, »Frühstück bei Tiffany«).

DAS BIERCHEN (aus: Auftritt mit Heinrich Pachl in Rüsselsheim und Studioaufnahme des HR, 1986, später variiert auch in: *ran,* 10/1989)

KAFFEEKLATSCH (aus: *Montagabendgesellschaft,* 1997, auch in: *Scheibenwischer,* ARD, 1991. MB verkörperte A, B wurde von Dieter Hildebrandt gespielt)

AM STAMMTISCH (aus: *Die Lage war noch nie so ernst. Eine Geschichte der Bundesrepublik in ihrer Satire,* Hrsg. Karl Hoche, Athenäum, Königstein, 1984)

Bericht aus Bonn
Vom politischen Alltag

VON EINSEN UND NULLEN (aus: *Eigenes Konto,* 2000)

HAUPTSTADT BERLIN (aus dem Beltz-Auftritt auf dem Deutschen Katholikentag in Berlin im Mai 1990)

466 Nach dem Beitritt der ehemaligen DDR zur Bundesrepublik Deutschland am 3. Oktober 1990 kam es im Juni 1991 zu einer Kampfabstimmung im Bundestag über die Frage der deutschen Hauptstadt. Mit knapper Mehrheit fiel die Entscheidung für Berlin als Hauptstadt, in der auch Parlament und Regierung ihren Sitz haben sollen.

466 Am 4. November 1989 fand auf dem Ostberliner Alexanderplatz eine Massendemonstration statt, auf der mehr als 500000 Menschen Meinungs- und Versammlungsfreiheit für eine reformierte DDR forderten.

ÖKONOMIE (aus: *Notschlachten,* 1998)

DER PARODIST (aus: *Chicago,* 1983)

DEMOKRATIEEINSPARUNG (aus: *Scheibenwischer,* ARD, Dezember 1986)

473 Johannes Rau (*1931), SPD-Politiker, 1978–1998 Ministerpräsident von Nordrhein-Westfalen. Von 1999–2004 Bundespräsident.

WILLKOMMEN ZUM FRÖHLICHEN STANDGERICHT (aus: Opening zur TV-Sendung *Freipruch für alle. Beltz' fröhliches Standgericht,* HR, 1994)

474 Sharon Tate (1943–1969), amerik. Filmschauspielerin (»Tanz der Vampire«), seit 1968 mit dem Regisseur Roman Polanski verheiratet,

wurde Opfer eines Blutbads, das Charles Manson und seine Gang in der Villa des Ehepaares anrichteten. Am Tatort blieben fünf Tote zurück. Die Leiche von Tate wies 102 Messerstiche auf.

474 Andreas Baader (1943–1977), Mitgründer und führendes Mitglied der als Baader-Meinhof-Gruppe bekannt gewordenen terroristischen Vereinigung Rote Armee Fraktion (RAF). Er starb kurz nach seiner Verurteilung zu lebenslänglicher Haft in Stammheim.

474 Gudrun Ensslin (1940–1977), Gründungsmitglied der Rote Armee Fraktion (RAF), starb kurz nach der Verurteilung zu lebenslänglicher Haft in Stammheim.

IN DER BANNMEILE (Manuskript für die Grimme-Preisverleihung 1989, bei der MB als Kabarettist auftrat)

HAUT DEN JOSCHKA, WO IHR IHN TREFFT! (aus: *Stern*, 10/2001)

478 Ute Lemper (*1963), Schauspielerin, Sängerin, Tänzerin.

478 Roland Koch (*1944), CDU-Politiker, seit 1999 hessischer Ministerpräsident.

479 Novalis (1772–1801), eigentl. Georg Philipp Friedrich Freiherr von Hardenberg, Dichter (»Hymnen an die Nacht«), Künder der blauen Blume der Romantik.

480 Mescalero-Artikel – In einem Pamphlet (»Buback – ein Nachruf«), das am 25. April 1977 im AStA-Mitteilungsblatt der Universität Göttingen veröffentlicht wurde, bekundete ein »Göttinger Mescalero« – trotz rationaler und politischer Verurteilung des Buback-Attentats – seine emotionale Sympathie für den Mord am damaligen bundesdeutschen Generalbundesanwalt. In den Medien wurde insbesondere die vom Verfasser geäußerte »klammheimliche Freude« zitiert und kritisiert. Das Pamphlet sorgte seinerzeit für eine starke Einschränkung der Meinungs- und Pressefreiheit.

480 Margrit Schiller (*1948), Mitglied der Rote Armee Fraktion (RAF), wurde mehrfach verhaftet. 1985 floh sie erst nach Kuba, dann nach Uruguay. Nach der Veröffentlichung ihrer politischen Biographie (»Es war ein harter Kampf um meine Erinnerung«) kehrte sie vor einigen Jahren nach Berlin zurück.

481 Hans Magnus Enzensberger (*1929), Schriftsteller (»Landessprache«, »Der Untergang der Titanic«), Herausgeber des »Kursbuch« und der »Anderen Bibliothek«.

481 Vera Iwanowna Sassulitsch (1849–1919), russ. Sozialistin und Revolutionärin, verübte 1878 ein Attentat auf den Warschauer Polizeichef.

DIE BEDROHUNG DES BEDROHTEN BAUMS (aus: Radiobeitrag, HR, 11.2.1985)

DER MÜLL, DAS RECHT UND DIE REVOLUTION (aus: *Pflasterstrand*, 225/226/1985)

484 Im Dezember 1985 wurden dem vom Frankfurter Sponti zum Vorzeige-Grünen mutierten Joschka Fischer erstmals Ministerehren zuteil, sein Auftritt im Wiesbadener Parlament als »Turnschuhminister« erregte Aufsehen. Die Frankfurter Stadtzeitung »Pflasterstrand«, die diese fiktive Rede des neuen hessischen Umweltministers im Dezember 1985 abdruckte, stellte MBs Text folgende Sätze voran: »Geheimdokument gefunden: Der Müll, das Recht und die Revolution. In einem Zugabteil der S-Bahn Frankfurt–Wiesbaden fand Matthias Beltz die Kopie des Redemanuskripts von Joschka Fischer, das der neue hessische Umweltminister nach seiner Vereidigung am 12. Dezember vor dem Landesparlament vortragen wird.«

DER GEWERKSCHAFTER SPRICHT (aus: *Gute Nacht, Europa, wo immer du auch bist*, 1998)

487 Tote Hosen, Punkband, die auch in Südamerika populär ist und sich in ihren Texten gegen Ausländerhaß und rassistische Tendenzen in der Gesellschaft ausspricht.

487 Böhse Onkelz, eine 1980 im Raum Aschaffenburg gegründete populäre Rockband, die durch Texte wie »Türken raus!« zeitweise Skinheads und Neonazis nahestand.

WENN DEN HELDEN DIE ARBEIT AUSGEHT (aus: *Recht auf Faulheit. Zukunft der Nichtarbeit. Beiträge eines Themenwochenendes der Volksbühne am Rosa-Luxemburg-Platz vom 18.-20. Mai 2001*. Hrsg. Michael Jäger u.a. Edition Freitag, Berlin, 2001)

490 Albert Oehlen (*1954), Maler und Bühnenbildner.

490 Rainald Goetz (*1954), Schriftsteller (»Irre«, Hirn«).

490 Michael Stürmer (*1938), Geschichtswissenschaftler, 1987–1998 Direktor der Stiftung »Wissenschaft und Politik«.

491 Péter Nádas (*1942), ungar. Schriftsteller und Fotograf, Romancier (»Buch der Erinnerung«, 1992).

WENN BEBEL WIEDER NACH BABEL KOMMT (aus: *Zurück, Genossen, es geht vorwärts! Satiren, Songs, Sarkasmen – uns Sozis ins Stammbuch.* Hrsg. Volker Kühn. Rasch und Röhring Verlag, Hamburg und Zürich, 1986, auch in: *Pflasterstrand,* 185/1984)

493 Der Club Voltaire in der Frankfurter Innenstadt wurde als linker Diskussions- und Veranstaltungsort in der Adenauer-Zeit (1962) gegründet und ist bis heute ein Szene-Treffpunkt.

493 Helmut Schmidt (*1918), SPD-Politiker, verschaffte sich als Hamburger Innensenator (1961–1965) den Ruf des starken Mannes (»Schmidt-Schnauze«), 1969–1972 Verteidigungsminister, 1972–1974 Finanzminister, 1974–1982 Bundeskanzler.

DIE HALBBLINDE JUSTITIA
Von Anklagen und Freisprüchen

DIE OMA ALS ZEUGIN (aus: *Gnade für niemand. Freispruch für alle,* 1989)

ZUR PERSON: RECHTSANWALT (aus: *Gnade für niemand. Freispruch für alle,* 1989)

501 Willi Stoph (1914–1999), SED-Politiker, 1973–1976 Staatsratsvorsitzender der DDR, 1976–1989 DDR-Ministerpräsident.

503 Die Episode von Honecker und dem Mütterchen verdankt MB, wie er in einer Fußnote anmerkt, seinem Kollegen Heinrich Pachl. Dieser habe sie ihm im April 1989 in der Berliner Gaststätte Diener berichtet.

503 Egon Krenz (*1937), SED-Politiker, letzter Staatsratsvorsitzender der DDR. Nach dem Fall der Mauer verbüßte er im wiedervereinigten Deutschland als einer der wenigen hohen Führungspolitiker der DDR eine Haftstrafe wegen der Todesfälle an der innerdeutschen Grenze.

DER ZEUGE (aus: *Gnade für niemand. Freispruch für alle,* 1989)

KARL GRAF (aus: *Die paar Tage noch,* 1994)

DER FREISPRUCH EINES ARSCHLOCHS (aus: *Die paar Tage noch,* 1994)

513 Lothar Matthäus (*1961), Fußballspieler.

VÖLKERWANDERUNG (aus: *Notschlachten,* 1998)

514 Nero (37–68), römischer Kaiser, gilt der Nachwelt als Prototyp des wahnsinnigen Herrschers.

514 James Dean (1931–1955), amerik. Filmschauspieler (»Jenseits von Eden«, »... denn sie wissen nicht, was sie tun«).

514 Jim Morrison (1943–1971), eigtl. James Douglas, amerik. Musiker, wurde mit seiner Band The Doors zum Superstar und Idol seiner Generation.

514 Che Guevara (1928–1967), eigtl. Ernesto Guevara de la Serra, argent. Arzt und Guerillakämpfer, war nach der Machtübernahme auf Kuba zunächst Minister im Castro-Kabinett. 1965 verließ er Havanna und ging nach Bolivien, wo er von Regierungstruppen ermordet wurde. Er wurde zur Ikone der linken Protestbewegung.

514 Diana (1961–1997), Ehefrau des britischen Thronfolgers Charles, von dem sie 1996 geschieden wurde. Drei Jahre später kam »Lady Di« bei einem Autounfall ums Leben.

514 Kurt Cobain (1967–1994) stieg in den 90er Jahren mit seiner legendären Grunge-Band Nirvana zum Vorbild und Sprachrohr einer ganzen Generation auf; er nahm sich 1994 das Leben.

515 Peter Ustinov (1921–2004), Schauspieler und Autor. Er spielte in rund 80 Spielfilmen, darunter 1951 den Kaiser Nero in »Quo Vadis?«.

516 Lyndon B. Johnson (1908–1973), 1963–1969 US-Präsident.

516 Richard Nixon (1913–1994), amerik. Politiker, wurde 1969 US-Präsident, stürzte aber 1974 wegen der Watergate-Affäre.

MARIA STUART (aus: *Notschlachten,* 1998)

518 Maria Stuart (1542–1587), Königin von Schottland, starb auf dem Schafott. Verbrieft ist, daß es bei Marias Hinrichtung Schwierig-

keiten gab: Der betrunkene Scharfrichter brauchte 18 Schläge, um ihren Kopf vom Körper zu trennen. Schiller hat ihr in seinem gleichnamigen Drama ein Denkmal gesetzt.

518 Elisabeth I. (1533–1603), Königin von England, ließ ihre Cousine Maria Stuart hinrichten.

WIR HIER – VOR GERICHT (aus: *Die paar Tage noch,* 1994)

522 Sokrates (470–399 v. Chr.), griech. Philosoph, der keine eigenen Schriften hinterlassen hat, über dessen Lehre vor allem Platons Dialoge Auskunft geben. Er wurde wegen angeblicher Einführung neuer Götter und Verführung der Jugend angeklagt und vom Gericht zum Tode durch Schierling verurteilt.

522 Dr. Richard Kimble war in den 60er Jahren die TV-Figur einer bekannten amerikanischen Krimi-Serie (»Dr. Kimble auf der Flucht«).

522 Platon (427–347 v. Chr.), griech. Philosoph, Schüler des Sokrates (»Das Gastmahl«, »Politeia«).

522 Pontius Pilatus, von 26–36 n. Chr. römischer Statthalter der Provinz Judäa.

522 Kaiphas, Hohepriester in Jerusalem (18–37 n. Chr.).

523 Robin Hood, in alten Sagen überlieferte legendäre Figur des edlen Räubers. Der Rächer der Enterbten fand Eingang in die Weltliteratur, so bei Ben Jonson (»The Sad Shepheard or a Tale of Robin Hood«, 1641) oder John Keats (»Robin Hood«, 1820) sowie in zahlreichen Gedichten, Balladen, Moritaten, Erzählungen und Spielfilmen.

523 Perry Mason war der Detektiv in einer bekannten amerikanischen Krimiserie der 50er und 60er Jahre.

RUHESTÖRUNG (aus: *Tempo '84. Zu Gast im Vorläufigen Frankfurter Fronttheater.* TV-Sendung. WDR 6. 8. 1984. Damals spielte Dieter Hildebrandt die Rolle des Bürgers, MB den Polizisten)

SCHÄNDER DES RECHTS (aus: *Journal Frankfurt,* 23/1995)

527 O. J. Simpson (*1947), amerik. Spitzensportler, zählte in den 70ern zu Amerikas erfolgreichsten und populärsten Football-Spielern. Nach einer gescheiterten Karriere als Schauspieler wurde der farbige Orenthal James Simpson des Mordes an seiner deutschstämmigen

Ex-Ehefrau und deren Freund angeklagt, was einen der spektakulärsten Indizien-Strafprozesse der Kriminalgeschichte zur Folge hatte. Mehr als 100 Millionen US-Bürger verfolgten die Urteilsverkündung am Fernseher. Der Freispruch spaltete die Nation: Die Schwarzen brachen in Jubel aus, die Weißen waren entsetzt.

527 Monika Haas (*1948) wurde 1998 vom Oberlandesgericht Frankfurt zu fünf Jahren Haft verurteilt, weil sie Mitte der 70er Jahre angeblich Waffen für die Entführer der Lufthansa-Maschine Landshut von Algier nach Mallorca transportiert haben soll.

527 Irmgard Möller (*1947) war Mitglied der Roten Armee Fraktion (RAF) und verbüßte mit ihrer 23jährigen Haft die längste Gefängnisstrafe, die im Zusammenhang mit der Mitgliedschaft in einer terroristischen Vereinigung in Deutschland je verhängt wurde. Sie überlebte als einzige den kollektiven Selbstmordversuch, bei dem ihre Mithäftlinge Andreas Baader, Gudrun Ensslin und Jan-Carl Raspe starben. 1995 wurde sie entlassen.

527 Jan-Carl Raspe (1944–1977), SDS-Student aus der Berliner Kommune 2, RAF-Mitglied, wurde nach der Schleyer-Ermordung und der gescheiterten Landshut-Entführung erschossen in seiner Stammheimer Zelle aufgefunden.

PRIVATKNAST FÜR LUXUSGEFANGENE (aus: *Gute Nacht, Europa, wo immer du auch bist,* 1998)

Der Angriff des Kleinkünstlers auf die übrige Welt
Von der kabarettistischen Methode

VORSPIEL AUF DEM KABARETT (aus: *Gnade für niemand. Freispruch für alle,* 1989)

WARM-UP (aus: *Henker gesucht,* 1993)

ICH WAR EIN SPONTI-VERBRECHER (Kabarett-Solo auf der Veranstaltung *100 Jahre Kabarett*, die am 18. 1. 2001 in der Berliner Akademie der Künste stattfand)

536 »Pflasterstrand«, Frankfurter Sponti-Stadtzeitung. Das Metropolen-

magazin erschien von 1976–1991. Langjähriger Herausgeber war Dany Cohn-Bendit.

537 Thomas Schmid (*1945), alter »Genosse« von MB aus Frankfurter Sponti-Tagen, später Lektor, Journalist und Buchautor (»Heimat Babylon«, zusammen mit Cohn-Bendit), derzeit bei der *FAZ*.

538 Karin Dor (*1936), Filmschauspielerin (»Der Schatz im Silbersee«, »Man lebt nur zweimal«).

VOM OPFER ZUM TÄTER (aus einem Gespräch mit Rainer Erd, in: *Frankfurter Rundschau*, 15.4.1989)

541 Samuel Beckett (1906–1989), irisch-frz. Schriftsteller und Bühnenautor (»Warten auf Godot«).

MORAL AUF DER BÜHNE (aus: *Gute Nacht, Europa, wo immer du auch bist*, 1998)

543 Heinrich Himmler (1900–1945), Hitlers Reichsführer der SS und Chef der Polizei, einer der Hauptverantwortlichen für die Vernichtung der europäischen Juden. Selbstmord in britischer Gefangenschaft.

WITZ TRIFFT MORAL (aus: *Eigenes Konto*, 2000)

STRAFBATAILLON (aus: *Leute '85*, 1985. Die Szene wurde von Dieter Thomas [A] und Matthias Beltz [B] gespielt)

551 Alfonso »Al« Capone (1899–1947), einer der Super-Gangster des 20. Jahrhunderts. Er brachte es vom Buchhalter zum Mafiaboss und zum populärsten Wirtschaftsverbrecher der USA. Während seiner langen kriminellen Karriere gelang es ihm, durch ein ausgeklügeltes Machtsystem für keine seiner Verbrechen verurteilt zu werden.

552 Klaus Störtebeker (?–1401), legendärer Seeräuber, der sich mit der Hanse anlegte und in Hamburg geköpft wurde.

THE MAKING OF KABARETT (aus: *Eigenes Konto*, 2000)

PACHL (entstanden vor 1990, aus dem Nachlaß)

555 Heinrich Pachl (*1943), Kabarettist, Schauspieler, Regisseur, war

Anfang der 70er Jahre die treibende Kraft der Kölner Politkabarett- und Straßentheater-Szene. Mit Richard Rogler bildete er das Kabarett-Gespann Der wahre Anton (»Absahnierung«, 1980; »Los Verdammtos«, 1981). Später folgten Duo-Programme mit MB (»Propheten«, 1986; »Das Geheimnis der Aktentasche«, 1988; »Schufte«, 1989) und Arnulf Rating (»Wo andere beten«, 1991). Zusammenarbeit mit Arnulf Rating, Achim Konejung, Horst Schroth und MB im Kabarett-Kollektiv Reichspolterabend. Daneben Theater- und Kabarett-Regie sowie eigene Fernsehfilme (»Homo Blech«, »Der Medienfreak«) und Bühnenstücke (»Der Einheitser«, 1990). Über MB drehte er die TV-Produktion »Der Komiker. Ein deutsches Schicksal zwischen Kalauer und Pointe« (1993). Solo-Programme: »Nicht zu fassen« (1994), »Geld und gute Worte« (1996), »Der Optimator« (1998), »Chaos und Spiele« (2001), »Spur der Scheine« (2004).

MORALISCHE ANSTALTEN (aus: *Eigenes Konto,* 2000)

556 Friedrich Dürrenmatt (1921–1990), schweiz. Schriftsteller und Dramatiker (»Der Besuch der alten Dame«).

556 Johannes Heesters (*1903), niederl. Schauspieler, Operettentenor, machte im Dritten Reich Karriere als Ufa-Star (»Der Bettelstudent«, »Die lustige Witwe«).

557 Karl Moik (*1938), österr. TV-Moderator (»Musikantenstadl«).

558 Till Schweiger (*1963), TV- und Filmschauspieler (»Der bewegte Mann«).

558 Oskar Schindler (1908–1974), Geschäftsmann, kam Ende 1939 ins polnische Krakau und übernahm dort zwei jüdische Betriebe zur Fabrikation von Emaillewaren. Er beschäftigte überwiegend jüdische Arbeiter, die er damit vor der Deportation bewahrte. Seine Geschichte wurde 1992 von dem amerikanischen Regissseur Steven Spielberg verfilmt, »Schindlers Liste« fand weltweite Aufmerksamkeit.

558 Trude Herr (1927–1991), Komikerin und Schlagersängerin.

558 Peter Maffay (*1949), Rockmusiker und Schlagersänger (»Über sieben Brücken«).

558 Rex Gildo (*1939), eigtl. Ludwig Alexander Hirtreiter, Schlagersänger (»Copacabana«).

WAS IST KLEINKUNST? (aus: *Mimuse,* Festival-Zeitung, Hrsg. Kulturamt der Stadt Langenhagen, 1999)

IM STAHLGEWITTER DER SATIRE (aus: *Theater heute,* Jahrbuch 1992, S. 143 ff.)

560 Heinz Erhardt (1909–1979), Schauspieler, Kabarettist, Autor, wurde 1938 für das Kabarett der Komiker entdeckt. In den 50er und 60er Jahren durch Tourneen, Film, Funk, Fernsehen und Schallplatte als Blödel-Barde (»Noch 'n Gedicht!«) populär.

562 Alfred Kerr (1867–1948), eigtl. Alfred Kempner, Schriftsteller und Rezensent (»Die Welt im Drama«), hat das frühe Kabarett von Anbeginn an kritisch begleitet. Seine satirischen Gedichte orientieren sich am volksnahen Ton, frei nach dem Kerr-Motto: »Das Ziel, wonach der Dichter kieke, sei Weltempfindung mit Musike.«

562 Alfred Polgar (1873–1955), Kritiker, Publizist, Essayist (»An den Rand geschrieben«, »Begegnung im Zwielicht«), schrieb auch fürs frühe Kabarett.

562 Max Herrmann-Neiße (1886–1941), Kritiker und Schriftsteller (»Dichtungen«, »Die Chronik der verpaßten Gelegenheiten«), trat auch als Schauspieler und Kabarettist auf die Bühne.

562 Johann Christoph Gottsched (1700–1766), Literaturwissenschaftler und Theaterpapst (»Versuch einer kritischen Dichtkunst«). Für ihn war die Bühne nicht dazu da, die Zuschauer zu belustigen, sondern sie zu belehren – ein Verdikt, das er rigoros durchzusetzen versuchte und das ihm eine wütende Fehde mit G. E. Lessing eintrug.

562 Friederike Caroline Neuber (1697–1760), Schauspielerin und Mitglied der (fahrenden) Leipziger Schauspielergesellschaft, die vor allem niveaulose Stücke zur Belustigung des Volkes spielte. Neuber brachte Gottsched mit dem Theater in Kontakt. Ihre zeitweise enge Verbindung zerbrach, als sich die Schauspielerin nicht an die strengen Vorgaben Gottscheds halten wollte.

562 Joachim »Blacky« Fuchsberger (*1927), Filmschauspieler (»08/15«, »Der Hexer«) und TV-Entertainer (»Heut abend«).

562 Rudi Carrell (*1934), niederl. Showmaster, der im deutschen Fernsehen Karriere machte (»Am laufenden Band«, »Rudis Tagesshow«).

563 Frank Wedekind (1864–1918), Schriftsteller, Kabarettist und Dramatiker (»Lulu«, »Frühlings Erwachen«). Er trat mit seinen Bänkel-

songs um die Jahrhundertwende im Münchner Kabarett der Elf Scharfrichter auf.

563 Otto Waalkes (*1948), Nonsens-Komiker, bekannt von Bühne, TV (»Ottifanten«) und Kinoleinwand (»Otto – der Film«).

564 Günter Thews (1945–1993), Kabarettist, Mitglied des Westberliner Szene-Kabaretts Die drei Tornados.

565 Gerhard Polt (*1942), Autor, Schauspieler, Regisseur, Kabarettist. Zahlreiche Soloauftritte und TV-Sendungen (»Fast wia im richtigen Leben«) und Kinofilme (»Kehraus«, »Man spricht deutsh«, »Herr Ober«, »Germanikus«).

KABARETT ZWISCHEN KEHRE UND WENDE (aus: *Links. Sozialistische Zeitung*, Offenbach 1983)

569 Peter-Paul Zahl (*1944), Schriftsteller, wurde Mitte der 70er Jahre wegen versuchten Mordes verurteilt, weil er einen Polizisten angeschossen hatte. In der Haft schrieb er mehrere Bücher, darunter »Die Glücklichen«. Nach seiner Entlassung ließ er sich in Jamaika nieder.

569 Dario Fo (*1926), Schauspieler, Theaterautor (»Bezahlt wird nicht«, »Offene Zweierbeziehung«). 1997 erhielt er den Literaturnobelpreis.

569 Alfred Andersch (1914–1980), Schriftsteller (»Sansibar oder der letzte Grund«, »Die Rote«).

ZWISCHEN ABFALL UND AVANTGARDE (aus: *Tip* 12/1985)

572 Harald Juhnke (*1929), Schauspieler, Sänger, TV-Showmaster.

572 Uta Ranke-Heinemann (*1927), kämpferische Katholikin und promovierte Theologin. In ihren Büchern kämpft sie gegen überkommene Sexualvorstellungen der katholischen Kirche (»Eunuchen für das Himmelreich«, »Nein und Amen. Anleitung zum Glaubenszweifel«). Als Bischof Hengsbach ihr daraufhin die Lehrbefugnis entzog, wurde für sie ein neuer, kirchenunabhängiger Lehrstuhl für Religionsgeschichte an der Universität Essen eingerichtet. 1999 kandidierte die Tochter des einstigen Bundespräsidenten Gustav Heinemann selbst für das Amt der Bundespräsidentin.

572 Das Vorläufige Frankfurter Fronttheater wurde 1982 von Hendrike von Sydow, MB und Dieter Thomas in Frankfurt/Main als politisch-satirisches Kabarett gegründet. Programme: »Freak und Frieden«

(1982), »Chicago« (1983), »Menschen '85« (1985), »Versammlung« (1987). Während MB mit Heinrich Pachl Duo-Programme spielte, traten seine ehemaligen Partner Hendrike von Sydow (*1956) und Dieter Thomas (*1947) unter dem verkürzten Namen Frankfurter Fronttheater nunmehr als Duo auf: »Szenen aus der Volksrepublik Hessen«, »Zwei Paar Schuh«, »Heiß und innig«, »Das Bio tobt«, »Ex und Mob«, »Partnerrausch«, »Lauter Irre«, »Die ganze Wahrheit«, »Zweimalig«, »Die Nabelschau«.

572 Kurt Tucholsky (1890–1935), Kabarettautor, Satiriker, Herausgeber der »Weltbühne«, Schriftsteller (»Lerne lachen ohne zu weinen«).

573 Indira Gandhi (1917–1984), indische Politikerin. Die Tochter Nehrus wurde mehrfach Ministerpräsidentin von Indien (1966–1977 und 1980–1984).

573 Ronald Reagan (1911–2004), amerik. Filmschauspieler, 1981–1988 US-Präsident.

573 Julius Hackethal (1921–1997), umstrittener Arzt, dessen Buch über ärztliche Kunstfehler (»Auf Messers Schneide«) zum Bestseller wurde. Großes Aufsehen erregte er mit seinen Thesen zur alternativen Krebsbehandlung; wegen Tötens auf Verlangen wurden gegen ihn mehrere Strafverfahren angestrengt.

KOMIK UND TOD (aus: *Wer lacht hier über wen?*, HR, November 2001)

575 »Wer lacht hier über wen?« nannte sich eine Hörfunk-Reihe, zu der sich MB ab April 2000 mehrere Gäste ins Studio des Hessischen Rundfunks einlud und sich mit ihnen über das Thema »Komik und …« verbreitete. Eine der letzten Sendungen dieser Reihe war wenige Monate vor seinem Tod zu hören, am Totensonntag, dem 25. November 2001. Das von MB gewählte Thema lautete: »Tod und Komik – Trauerarbeit und Spaßkultur«. Seine Gäste waren Louis Peters, Martin Stankovski und Volker Kühn.

575 Die Münchner Lach- und Schießgesellschaft ist eines der bekanntesten Kabaretts der Bundesrepublik. Zu ihrem Ensemble gehörte 15 Jahre lang auch Dieter Hildebrandt.

575 Rudolph Mooshammer (*1945), Münchner Modeschöpfer und Selbstdarsteller. Besondere Kennzeichen: Hund Daisy, diverse Toupets.

576 Osama Bin Laden (*1957), islamistischer Milliardär und Terrorist.

Im afghanischen Befreiungskampf noch von der CIA unterstützt, wandte er sich mit seinem internationalen Netzwerk Al Qaida später gegen die USA und die westliche Welt. Höhepunkt seines »Heiligen Krieges gegen die Ungläubigen« war der Terrorangriff vom 11. September 2001 in New York und Washington.

GEGEN DIE HEUCHLER (aus: *Gute Nacht, Europa, wo immer du auch bist,* 1998)

577 Erich Fried (1921–1988), österr. Schriftsteller, Übersetzer und Lyriker (»Und Vietnam und«), lebte seit seiner Emigration 1938 in England.

MÜLLER MATERIAL MILCH (aus: *Gute Nacht, Europa, wo immer du auch bist,* 1998)

578 Heinrich VI. (1165–1197), Sohn Barbarossas, Staufer-König und Kaiser des Heiligen Römischen Reiches Deutscher Nation.

578 Barbarossa (Friedrich I.) (1122–1190), römischer König und Kaiser des Heiligen Römischen Reiches Deutscher Nation.

578 Sascha Anderson (*1953), Schriftsteller, Rockmusiker, Büchermacher, Mitbegründer der legendären Literatur- und Kunstszene im Ostberliner Stadtteil Prenzlauer Berg. Er arbeitete seit 1973 für die Stasi, die er auch mit Informationen über Freunde und Bekannte versorgte.

578 Judas Ischariot, einer der zwölf Jünger Jesu, der seinen Herrn für 30 Silberlinge an die Abgesandten der Priester verriet. Er endete durch Selbstmord.

578 Mit »Dr. Schiwago« und »Laras Lied« spielt MB auf die Verfilmung des Romans von Boris L. Pasternak an; der Soundtrack des Films mit »Lara's Theme« wurde zum populären Ohrwurm.

VOM STOLZ, STOLZ ZU SEIN (aus: *Gute Nacht, Europa, wo immer du auch bist*, 1998)

FRONTTHEATER (aus: *Gute Nacht, Europa, wo immer du auch bist,* 1998)

MUSS KUNST WEH TUN? (aus: *Gute Nacht, Europa, wo immer du auch bist,* 1998)

585 Peter Hacks (1928–2003), Schriftsteller, Dramatiker, übersiedelte auf Einladung Brechts nach Ostberlin und zählt zu den bedeutendsten Vertretern der DDR-Literatur (»Ein Gespräch im Hause Stein über den abwesenden Herrn von Goethe«).

586 Gaby Köster (*1961), Comedy-Ulknudel mit eigener Sitcom-Serie (»Ritas Welt«).

STARKES KABARETT, POLITISCH UND KORREKT (aus: *Die Horen,* Nr. 177, Wirtschaftsverlag, Verlag für neue Wissenschaft, Bremerhaven, 1995)

592 Renate Schostack (*1938), Journalistin, Buchautorin (»Hinter Wahnfrieds Mauern«).

592 Gustave Flaubert (1821–1880), frz. Schriftsteller (»Madame Bovary«, »Bouvard und Pécuchet«).

DEN MENSCH ZUR SAU MACHEN! (aus: *Schwarze Politik,* 1987)

594 Uwe Schmitt (*1955), Journalist und Buchautor (»Tokyo Tango«).

596 Dieter Hildebrandt (*1927), Kabarettist, Autor, Schauspieler, lange Jahre Mitglied der Münchner Lach- und Schießgesellschaft. Seine regelmäßigen Fernsehauftritte verschafften ihm bereits in den 70er Jahren große Popularität. In seiner TV-Sendung »Scheibenwischer« war MB mehrfach zu Gast.

597 Theodor Mommsen (1817–1903), Historiker (»Römische Geschichte«), Literaturnobelpreisträger.

GARDEROBEN-GESPRÄCHE (aus: *Ich bin nichts. Ich hab nichts. Aber ich lach mich tot.,* 1997)

604 François Villon (ca. 1431–1463), frz. Dichter, Bänkelsänger (»Das große Testament«).

608 Richard Wagner (1813–1883), Komponist (»Der Ring des Nibelungen«).

608 Theodor Herzl (1860–1904), österr. Schriftsteller und Politiker, Präsident der Zionistischen Weltorganisation, entwickelte die Idee vom eigenen Staat Israel.

608 Jeremias Gotthelf (1797–1854), eigtl. Albert Bitzius, schweiz. Schriftsteller (»Die schwarze Spinne«).

608 Gottfried Keller (1819–1890), schweiz. Schriftsteller (»Der grüne Heinrich«).

WARUM MÄNNER KOMISCH SIND (aus: *Schlammbeißers Weltgefühl,* 1995)

615 Loriot (*1923), eigtl. Bernhard Vicco Christoph Carl von Bülow, Cartoonist, Schriftsteller, Film- und Fernsehautor (»Papa ante portas«).

615 Miguel de Unamuno (1864–1936), span. Dichter, Philosoph und Essayist (»Wie man einen Roman macht«).

UNTERTREIBUNGSKUNST (aus: *Gute Nacht, Europa, wo immer du auch bist,* 1998)

MAN IST MANN
Vom Kampf der Geschlechter und anderen Liebesspielen

DIE SCHANDTAT VON GIBEA (aus: *Füße im Feuer,* 1991)

623 Sergio Leone (1921–1989), ital. Filmregisseur (»Spiel mir das Lied vom Tod«, »Es war einmal in Amerika«)

AMBOSS UND HAMMER (aus: *Freak und Frieden,* 1982)

GESUNDHEIT IM GESCHLECHTERKRIEG (aus: *Links vom Main,* 1988)

ZWEI MÄNNER UND ZWEI FRAUEN (entstanden vor 2001, aus dem Nachlaß)

DER SPALT, DER DIE LÜSTERNHEIT LINSEN MACHT (aus: *Eigenes Konto,* 2000)

632 Karl Korn (1908–1991), Journalist, Essayist, bis 1974 Mitherausgeber der *FAZ.*

BEISSLIED (entstanden vor 2001, aus dem Nachlaß)

DARÜBER LACHT DAS VOLK (aus: *Notschlachten,* 1998)

OLYMPIA (entstanden vor 2001, aus dem Nachlaß)

WAS IST MIT DEM HUND? (aus: *Gnade für niemand*, 1990)

637 Heinrich Heine (1797–1856), Schriftsteller des Vormärz (»Buch der Lieder«, »Deutschland. Ein Wintermärchen«).

MINIATUREN UND KLEINE TRÄUMEREIEN (entstanden vor 1993, aus dem Nachlaß)

TATORT FAMILIE (aus: *Eigenes Konto,* 2000)

ER-ZÄHLEN (entstanden vor 1990, aus dem Nachlaß)

MONARCHIE UND MÄNNER (aus: *Schwarze Politik,* 1987)

648 Salvador Dalí (1904–1989), span. Maler, Vertreter des Surrealismus.

651 Joseph Roth (1894–1939), österr. Schriftsteller (»Radetzkymarsch«).

651 Oswald Spengler (1880–1936), Kultur- und Geschichtsphilosoph (»Der Untergang des Abendlandes«). Vom Nationalsozialismus, mit dem er anfangs sympathisierte, rückte er Mitte der 30er Jahre immer mehr ab.

652 Wilhelm II. (1859–1941), Kaiser ab 1888. Nach dem verlorenen Ersten Weltkrieg ging er nach Holland ins Exil.

652 Friedrich Ebert (1871–1925), SPD-Politiker, erster Reichspräsident der Weimarer Republik.

653 Rio Reiser (1950–1996), eigtl. Ralph Möbius, Schauspieler, Komponist, Sänger (»Macht kaputt, was euch kaputtmacht«), Mitglied der Rockband Ton Steine Scherben.

653 Ludwig Wittgenstein (1889–1951), österr. Philosoph und Logiker (»Tractatus Logico-Philosophicus«, »Philosophische Untersuchungen«).

653 Immanuel Velikovsky (1895–1979), amerik. Psychologe russischer Herkunft, Katastrophenforscher (»Welten im Zusammenstoß«, »Die Seevölker«), untermauerte sein Szenario einer weltweiten Katastrophe mit einer Fülle von Zitaten aus alten Quellen: dem Alten Testament, der hinduistischen Veda, der griechischen und römischen Mythologie sowie den Mythen und Legenden alter Völker.

653 Stanislaw Lem (*1921), poln. Schriftsteller und Satiriker, Verfasser philosophischer Science-fiction-Schriften (»Fiasko«, »Apokryphen«).

WILLST DU MIT MIR SCHEITERN? (für Christiane Meyer-Thoss, entstanden 1984, aus dem Nachlaß)

654 Christiane Meyer-Thoss (*1956), seit 1980 Lebensgefährtin von MB und ab 1990 auch seine Agentin; Autorin (Publikationen zur zeitgenössischen Kunst und Literatur, u.a. »Louise Bourgeois. Konstruktionen für den freien Fall«, »Meret Oppenheim. Buch der Ideen«) und Verlagslektorin.

VENEDIG (aus: *Propheten,* 1986)

655 Thomas Bernhard (1931–1989), österr. Schriftsteller und Dramatiker (»Die Weltverbesserer«, Heldenplatz«).

EHE (aus: *Versammlung,* 1987)

DIE LIEBE (aus: *Die deutsche Opposition,* 1989)

GABELIN UND DIE FRAUEN (aus: *Die deutsche Opposition,* 1989)

660 Pierre de Coubertin (1863–1937) frz. Pädagoge und Historiker, Begründer der neuzeitlichen Olympischen Spiele, die erstmalig 1896 in Athen stattfanden.

VERGEWALTIGUNG ZWISCHEN TAG UND TRAUM (aus: *Trotz der Zensur der Träume*, in: *Autonomie. Materialien gegen die Fabrikgesellschaft,* 1977)

664 Alexander Mitscherlich (1908–1982), Psychoanalytiker und Sozialpsychologe, Leiter des von ihm gegründeten Frankfurter Freud-Instituts. Zahlreiche Veröffentlichungen zusammen mit seiner Frau Margarete (»Die Idee des Friedens und die menschliche Aggressivität«, »Die Unfähigkeit zu trauern«).

Ach, Deutschland
Von Landsleuten und anderen Ausländern

DER NÖCKERGREIS (aus: *Eigenes Konto,* 2000)

KELLNER-MONOLOG (aus: *Scheibenwischer,* ARD, 1995)

673 Leni Riefenstahl (1902–2003), Schauspielerin, Tänzerin und Regisseurin. Im NS-Regime machte sie Karriere als Filmemacherin mit

Dokumentarstreifen über die Nürnberger Reichsparteitage und die Olympischen Spiele (»Sieg des Glaubens«, »Triumph des Willens«).

673 Erwin Teufel (*1939), CDU-Politiker, seit 1991 Ministerpräsident von Baden-Württemberg.

673 Hans Filbinger (*1913), CDU-Politiker, mußte 1978 von seinem Amt als baden-württembergischer Ministerpräsident zurücktreten, nachdem bekanntgeworden war, daß er als Marinerichter während der Nazizeit und selbst noch Tage nach der offiziellen Beendigung des Zweiten Weltkriegs an Todesurteilen gegen Wehrmachts-Deserteure mitgewirkt hatte; eines der Opfer war der junge Matrose Gröger. Der Dramatiker Rolf Hochhuth, der den Fall öffentlich gemacht hatte, nannte Filbinger einen »ruchlosen Soldatenmörder«, einen »Gangster« und »furchtbaren Juristen«. Die baden-württembergische CDU, deren Ehrenvorsitzender er ist, stellte ihn 2004 als Wahlmann der Bundesversammlung auf, die den neuen Bundespräsidenten Horst Köhler wählte.

673 Hochhuths dokumentarisches Theaterstück »Juristen«, das sich mit der Rolle der NS-Juristen in der Nachkriegsgeschichte auseinandersetzt, führte 1978 zum Sturz Filbingers.

673 Karl Friedrich Schinkel (1781–1841), klassizistischer Maler und Architekt (Neue Wache und Theater am Gendarmenmarkt in Berlin, Nikolaikirche in Potsdam).

673 Mit dem verletzten Gefreiten des Ersten Weltkrieges aus Braunau ist Adolf Hitler gemeint.

673 Käthe Kruse (1883–1968), Puppenmacherin, ihre Modelle gehörten in den 20er und 30er Jahren weltweit zu den populärsten Spielzeugen.

673 Käthe Kollwitz (1867–1945), Graphikerin, Bildhauerin, Zeichnerin. Eine vergrößerte Kopie ihrer Skulptur »Mutter mit totem Sohn« steht seit 1993 im Zentrum der Berliner Neuen Wache, dem einstigen DDR-Mahnmal »für die Opfer des Faschismus und Militarismus«, das nach der Wiedervereinigung zur »Gedenkstätte für die Opfer des Krieges und der Gewaltherrschaft« umfunktioniert wurde.

674 Margaret Thatcher (*1925), brit. Politikerin, erwarb sich als konservative Premierministerin das Prädikat »eiserne Lady«.

674 Hans Meiser (*1946), Journalist und TV-Talkmaster.

QUO VADIS, DEUTSCHLAND? (aus: *Reichspolterabend,* 1994)

675 Heinz Rühmann (1902–1994), Bühnen- und Filmschauspieler (»Der Hauptmann von Köpenick«, »Die Feuerzangenbowle«).

676 Varus Publius Quinctilius (47/46 v. Chr. – 9 n. Chr.), röm. Politiker und Feldherr.

676 Arminius (17 v. Chr. – 23 n. Chr.), Fürst der Cherusker, auch bekannt als Hermann der Cherusker. Unter ihm vereinten sich einige Stämme der Germanen und errangen im Jahre 9 n. Chr. in der Varusschlacht einen Sieg gegen das römische Heer im Teutoburger Wald. Thusnelda war seine Frau.

678 Gaius Caesar Augustus Germanicus (12–41), röm. Kaiser, genannt »Caligula«.

DIAGNOSE FÜR DEUTSCHLAND (aus: *Henker gesucht,* 1993)

MORITAT (aus: *Versammlung,* 1987, auch in: *Die deutsche Opposition,* 1989)

ABENTEUER URLAUB (aus: *Scheibenwischer,* ARD, Juni 1999)

FRAGEN ÜBER FRAGEN (aus der selbstverfaßten Zuschauerpost, die MB in seinen *Nachschlag*-Sendungen verlas, 1992)

687 In dieser selbstverfaßten Zuschauerpost werden eine Reihe von Zeitgenossen und historischen Figuren parodistisch vorgeführt: die fiktive Frau des Kölner Kardinals Frings (1887–1978), der französische Autor Albert Camus (1913–1960), die Kardinals-Ambitionen des Mainzer Bischofs Karl Lehmann (*1936, seine Berufswünsche wurden ihm im Januar 2001 erfüllt!), Adenauers ehemaliger Finanzminister, der CSU-Politiker Fritz Schäffer (1888–1967), die radikale Ex-Grüne Jutta Ditfurth (*1951) sowie der ehemalige Kommandeur der Bundesgrenzschutz-Sondereinheit GSG 9, Ulrich K. Wegener (*1929). Zudem werden ausgerechnet die beiden Musikgiganten der deutschen Klassik, Johann Sebastian Bach (1685–1750) und Ludwig van Beethoven (1770–1827), ironisch mit Schlagersänger und Medienstar Dieter Bohlen (*1954) in Zusammenhang gebracht.

IHR SEID JETZT FREI (aus: *Nachschlag,* ARD, 2. 1. 1991)

WIR MÜSSEN MEHR VERREISEN (aus: *Nachschlag,* ARD, 12. 8. 1992)

689 Isaac Newton (1643–1727), engl. Mathematiker, Physiker und Astronom (»Mathematische Prinzipien der Nautrlehre«).

689 Galileo Galilei (1564–1642), ital. Mathematiker, Physiker und Philosoph (»Dialog über die beiden hauptsächlichsten Weltsysteme«).

690 Roy Black (1943–1991), eigtl. Gerd Höllerich, Schlagersänger (»Ganz in Weiß«, »Schön ist es, auf der Welt zu sein«).

DAS GRUNDGESETZ IST NICHT TABU (aus: *Nachschlag*, ARD, 30. 9. 1992)

VOLK OHNE TRAUM (aus: *Pflasterstrand*, 48/1979)

DEUTSCHLAND IM AUFSCHWUNG (aus: *Stern-TV*, 21/1996)

697 Otto Rehagel (*1938) und Erich Ribbeck (*1937) sind Fußballtrainer, Schlagersänger Michael Schanze (*1947) wurde als Showmaster der TV-Serie »Flitterabend« bekannt. Der britische Premierminister Winston Churchill (1874–1965) hatte 1908 Clementine Hozier (1885–1977) geheiratet, die Ehe hielt ein Leben lang. Sir Winston hatte seine Landsleute zu Beginn des Zweiten Weltkriegs in einer Rede auf »Blut, Schweiß und Tränen« eingestimmt. Eine britische Popgruppe, die Anfang der 70er auf hohem Niveau Momente aus Jazz, Blues, Rock und klassischer Musik vereinigte, nahm dieses Churchill-Zitat auf und nannte sich Blood, Sweat & Tears, ihre Titel wie »Spinning Wheel« und »Symphony for the Devil« wurden zu weltweiten Hits. Der SPD-Politiker und niedersächsische Ministerpräsident Gerhard Schröder (*1944) beendete seine Ehe mit der Journalistin Hiltrud »Hillu« Hensen (*1949), bevor er Bundeskanzler wurde. SPD-Politiker Willy Brandt (1913–1992) dagegen ließ sich von seiner Frau Rut Hansen (*1920) nach mehr als 30 Ehejahren erst scheiden, nachdem er vom Kanzleramt zurückgetreten war. Otto Graf Lambsdorff (*1926), FDP-Politiker, 1977–1984 Bundeswirtschaftsminister in den Kabinetten Schmidt und Kohl, ist Vorsitzender der Friedrich-Naumann-Stiftung.

DER SPLATTER-REFORMATOR (aus: *Kiesstrasse Zwanzig Uhr*. Hrsg. Jürgen Lentes, Huss'sche Universitätsbuchhandlung, Frankfurt/Main, 1993)

702 Michel Tournier (*1924), frz. Journalist und Schriftsteller (»Der Erlkönig«).

702 California Dream Men, amerik. Entertainer-Group, machten in den 90er Jahren mit ihrer Strip-'n'-Dance-Show Furore.

703 Madonna (*1958), eigtl. Veronica Ciccone, amerik. Popstar.

ARMUT IST UNSCHÖN (aus: *Gute Nacht, Europa, wo immer du auch bist,* 1998)

EUROPA-PASSION (aus: *Gute Nacht, Europa, wo immer du auch bist,* 1998)

IM JAHR DES HERRN 1990 (aus: *Gute Nacht, Europa, wo immer du auch bist,* 1998)

715 Tennisspielerin Steffi Graf und ihr Vater gerieten in den 90er Jahren wegen sportlicher Leistungen besonderer Art immer wieder in die Schlagzeilen der Boulevardpresse; Vater Graf, der seine Tochter jahrelang trainiert hatte, wurde eine Affäre mit einem Nacktmodell nachgesagt, und es wurde gemunkelt, daß er mit ihr ein uneheliches Kind gezeugt habe. 1997 wurde der »uneheliche Tennisball eines Nacktmodells« wegen Steuerhinterziehung zu drei Jahren und neun Monaten Gefängnis verurteilt.

715 Sina-Aline Geißler, der »Rohrstock der Nation«, hat sich einen Namen als bekennende Sadomasochistin gemacht, ihre Bücher (»Lust an der Unterwerfung«, »Mut zur Demut«) wurden Bestseller.

715 Christa Wolf (*1929), Schriftstellerin der DDR-Szene (»Der geteilte Himmel«, »Was bleibt«).

715 Stefan Heym (1913–2001), Schriftsteller (»Collin«, »Fünf Tage im Juni«), ließ sich nach der Rückkehr aus dem Exil in der DDR nieder, wo er 1979 aus dem Schriftstellerverband ausgeschlossen wurde. Nach dem Mauerfall war er PDS-Abgeordneter des Deutschen Bundestages.

DER REICHSKOLONIALBEAUFTRAGTE SPRICHT (aus: *Reichspolterabend,* 1992, Abdruck in: *Freibeuter* 58/1993, auch in: *Gute Nacht, Europa, wo immer du auch bist,* 1998)

VATERLANDSLIED (aus: *Links vom Main,* 1988)

719 Chubby Checker (*1941), eigtl. Ernest Evans, Rhythm & Blues-Interpret, Soul-Sänger, kreierte die Twist-Mode.

DEUTSCHLAND – EIN FUSSBALLMÄRCHEN (aus: *Schufte,* 1990, auch in: *Gnade für niemand. Freispruch für alle,* 1990)

720 Sepp Herberger (1897–1977), Fußballbundestrainer der WM-Mannschaft von 1954.

Am Katzentisch
Von Hausmeistern und anderen Zukurzgekommenen

TROTZKOPF (entstanden vor 1993, aus dem Nachlaß)

SCHLAUMEIER (entstanden 1994, aus dem Nachlaß)

WEN WIR FEIERN (aus: *Das Geheimnis der Aktentasche,* 1988)

DISCOUNT-SEX (entstanden 1995, aus dem Nachlaß)

ROTKÄPPCHEN (aus: *Liberté, Égalité, Varieté,* 1989)

HIOB UND POLYKRATES (entstanden vor 1999, aus dem Nachlaß)

734 Beate Wedekind (*1951), Journalistin, Chefredakteurin von »Elle« und der »Bunten«.

734 Aristoteles (384–322 v. Chr.), griech. Philosoph (»Über die Entstehung der Lebewesen«, »Nikomachische Ethik«), Schüler Platons, Lehrer Alexander d. Gr.

DER ALTE MUSELMANN (entstanden vor 1990, aus dem Nachlaß)

DER SACHVERSTÄNDIGE (aus: *Gnade für niemand. Freispruch für alle,* 1989)

HAUSMEISTER (aus: *Leute '85,* 1985)

740 Bo Derek (*1956), amerik. Filmschauspielerin (»Woman of Desire – Im Netz der Begierde«, »Tarzan, Herr des Urwalds«).

DER KATASTROPHENSCHUTZBEAUFTRAGTE SPRICHT (aus: *5 vor 12, kurz vor Hai Nuhn,* 1980)

KWIATKOWSKI (aus: *Notschlachten,* 1998)

747 Erich Juskowiak (1926–1983), Helmut Rahn (1929–2003), Toni Turek (1919–1984), Fritz Herkenrath (*1928), Uwe Seeler (*1936), Sepp Herberger (1897–1977), Franz Beckenbauer (*1945), Fußballspieler. Die ersten drei gehörten der Weltmeisterschaftself von 1954 an, die von Herberger trainiert wurde. Beckenbauer spielte in der WM-Mannschaft von 1974 mit und war Bundestrainer der WM-Mannschaft von 1990.

748 Elton John (*1947), brit. Popsänger und Komponist.

748 Gianni Versace (1946–1997), ital. Modemacher.

748 Angela Merkel (*1954), CDU-Politikerin, seit 2000 Vorsitzende der CDU.

748 Lech Walesa (*1943), poln. Gewerkschaftsführer, 1983 Friedensnobelpreis, 1990–1995 Staatspräsident.

BEI MIR DAHEIM (aus: *Am besten bös,* 1988)

751 Gustav »Bubi« Scholz (1930–2000), Boxer, 1958 Europameister im Mittel- und Halbschwergewicht. 1984 machte er noch einmal Schlagzeilen, als er im Vollsuff seine Frau erschoß. Er wurde zu drei Jahren Haft verurteilt. 1998 wurde seine Lebensgeschichte verfilmt.

Und ich
Von Selbstbespiegelungen und Alter egos

GEREIMTES – AM STÜCK (aus: *Chicago,* 1983; *Leute '85,* 1985; *Versammlung,* 1987; *Notschlachten,* 1998)

757 Charles Baudelaire (1821–1867), frz. Schriftsteller (»Die Blumen des Bösen«).

758 Heinrich Zille (1858–1929), Litograph, Zeichner und Fotograf, gab in teils humoristischen, teils satirisch-anklagenden Zeichnungen das Milieu des Berliner Proletariats wieder.

759 Shirley Bassey (*1937), stimmgewaltige brit. Sängerin (»Goldfinger«) mit Las-Vegas-Vergangenheit und Hang zu mondäner Garderobe.

761 Wjatscheslaw M. Molotow (1890–1986), eigentl. W. M. Skrjabin, sowjet. Politiker, gehörte als einer der engsten Mitarbeiter Stalins

zum inneren Führungskreis der KPdSU, war zweimal Außenminister (1939–49, 1953–56). Im Machtkampf gegen Nikita Chruschtschow unterlegen, wurde er 1957 aller Ämter enthoben.

WARUM SIND DIE PROLETEN KRUMM? (handschriftliche Notizen, vermutlich aus dem Jahr 1973, offensichtlich aufgezeichnet während einer langatmigen Konferenz der Sponti-Gruppe Revolutionärer Kampf)

TRAGIK OHNE TRAGÖDIE (aus: *Propheten,* 1986)

GEDANKEN EINES LESENDEN POINTENSCHMIEDES (entstanden vor 1993, aus dem Nachlaß)

DAS JURASTUDIUM (aus: *Gnade für niemand. Freispruch für alle,* 1989)

766 Conrad Ferdinand Meyer (1825–1898), schweiz. Schriftsteller (»Jörg Jenatsch«, »Gustav Adolfs Page«).

766 Gottfried August Bürger (1747–1794), Schriftsteller und Balladendichter (»Lenore«).

766 Walther von der Vogelweide (ca. 1170–1230), Lyriker des Mittelalters.

766 Dashiell Hammet (1894–1961), amerik. Schriftsteller, Autor von Kriminalromanen (»Der Malteser Falke«).

766 Raymond Chandler (1888–1959), amerik. Schriftsteller, Autor von Kriminalromanen (»The Big Sleep«).

766 Jerry Cotton ist einer der Serienhelden der deutschsprachigen Kriminalliteratur, der in den 60er Jahren auch auf die Leinwand kam.

766 Edgar Wallace (1875–1932), brit. Krimiautor (»Der Hexer«, »Der Zinker«).

766 Erich Wulffen (1862–1936), Staatsanwalt, Kriminalpsychologe.

INTERMEZZO (vermutlich aus: *5 vor 12, kurz vor Hai Nuhn,* 1980, auch in: *Tempo '84,* WDR 4. 3. 1984, zusammen mit Hendrike von Sydow)

PREDIGEN AUF TEUFEL KOMM RAUS (aus: *Gute Nacht, Europa, wo immer du auch bist,* 1998)

VOM RECHT AUF GESUNDHEIT (entstanden vor 2001, aus dem Nachlaß)

OBEN (entstanden 1992, aus dem Nachlaß)

774 Gloria von Thurn und Taxis (*1960), angeheiratete Fürstin, begehrtes Objekt der Boulevardpresse.

ZU SPÄT (entstanden vor 1990, aus dem Nachlaß)

BEIM THERAPEUTEN (aus: *Eigenes Konto*, 2000)

NUR DU (aus dem Programm des Vorläufigen Frankfurter Fronttheaters, um 1980)

ZÖGERNDE, PRAKTISCH FOLGENREICHE KLAGE BEIM KOFFERPACKEN FÜR DIE WINTERREISE INS EXIL (entstanden vor 1980, aus dem Nachlaß)

KULTURKRISE (entstanden 1980, aus dem Nachlaß)

TYP INDIVIDUALIST 1962 (aus: *Schülerzeitung der Herderschule Gießen*, 1962)

HABE NUN, ACH … (aus: *Chicago*, 1983)

WARUM ICH KEIN SIEGER SEIN WILL (aus: *Schneller, höher, weiter. Eine Geschichte des Sports*. Hrsg. Hans Sarkowicz, Insel, Frankfurt/Main, 1996, auch: HR-Feature, 1996)

785 Ossip Mandelstam (1891–1938), russ. Schriftsteller (»Schwarzerde«), in Warschau geboren, verlebte seine Kindheit in St. Petersburg. 1934 wurde der Kritiker des stalinistischen Totalitarismus verhaftet. Er starb in einem sibirischen Lager in der Nähe von Wladiwostok.

786 Alexander Solschenizyn (*1918), sowjet. Schriftsteller (»Archipel Gulag«), war neben Sacharow der bekannteste Dissident der Sowjetunion. 1970 erhielt er den Literaturnobelpreis, nach seiner Ausbürgerung siedelte er in die USA über.

786 Julien Offray de Lamettrie (1709–1751), frz. Arzt und Philosoph

(»L'homme machine«), betätigte sich zeitweise als Vorleser am Hof Friedrichs II.

786 Andreas Möller (*1967) und Uwe Bein (*1960) sind Fußballspieler.

788 Pamela Anderson (*1967), amerik. Filmschauspielerin (»Hochzeit auf Hawaii«) und silikongestütztes Busenwunder. Das ehemalige »Playboy«-Playmate wurde 1999 im Guinness-Buch der Rekorde als die im Internet am häufigsten erwähnte Frau verzeichnet.

790 Jürgen Hingsen (*1958), Fehlstarter, seinerzeit bester Zehnkämpfer, der 1988 bei den Olympischen Spielen in Seoul viermal zu früh ins Laufen kam, aus dem Rennen flog und die Hoffnungen auf eine Goldmedaille begraben mußte.

791 Luis Trenker (1892–1990), Bergsteiger, Filmschauspieler, Regisseur (»Der Berg ruft«).

SEXUALVERBRECHER (aus: *Leute '85*, 1985)

NORMALVERFALL (aus: *Die deutsche Opposition*, 1989; auch: *Wir machen glücklich*, CD, 1990)

SELBSTERFAHRUNG (aus: *Düsseldorfer Debatte*, 3/1985)

796 Salomon war König von Israel und Juda (965–926 v. Chr.); der Sohn und Nachfolger Davids wurde wegen seiner Weisheit gerühmt und verehrt.

796 Franz Lehár (1870–1948), österr. Operettenkomponist (»Die lustige Witwe«, »Paganini«, »Der Zarewitsch«).

FAZ-FRAGEBOGEN (aus: *FAZ*, 5.11.1993)

797 Der Fragebogen, den der Schriftsteller Marcel Proust in seinem Leben gleich zweimal ausgefüllt haben soll, war für Jahrzehnte eines der Markenzeichen der *FAZ*, die mit diesem unterhaltsamen Frage-und-Antwort-Spiel prominente Zeitgenossen zu porträtieren suchte. Im November 1993 stellte sie auch MB die immer gleichen Standardfragen, »heitere und heikle Fragen als Herausforderung an Geist und Witz«.

797 Jim Thompson (1906–1977), amerik. Schriftsteller (»Der King-Clan«, »Ein Satansweib«, »Es war bloß Mord«).

797 Joseph Conrad (1857–1924), eigtl. Teodor Jozef Konrad Korzeniowski, engl. Schriftsteller (»Lord Jim«, »Herz der Finsternis«).

797 Emmanuel Bove (1898–1945), eigtl. Emmanuel Bobovnikoff, frz. Autor (»Die Verbündeten«, »Ein Mann, der wusste«).

797 Julian (331–363), römischer Kaiser, der sich, obwohl im christlichen Glauben erzogen, aufgrund seiner philosophischen Studien vom Christentum lossagte. Er erließ ein Toleranzedikt für Heiden und ein Lehrverbot für Christen, von denen er als Apostata (Abtrünniger) geschmäht wurde.

797 Linda Evangelista (*1965), kanad. Model und Filmschauspielerin (»Prêt-à-porter«).

797 Jodie Foster (*1962), amerik. Filmschauspielerin (»Das Schweigen der Lämmer«, »Angeklagt«).

797 Heike Henkel (*1964), Leichtathletin (Hochsprung-Olympiasiegerin 1992).

797 Otto Nagel (1894–1967) malte während der Weimarer Republik sozialkritische Bilder, die im Dritten Reich zur »entarteten Kunst« erklärt wurden. Nach dem Zweiten Weltkrieg bemühte er sich in der DDR um eine vermittelnde Haltung zwischen systemkritischen Künstlern und offizieller Kunstdoktrin.

797 Gaston Chaissac (1910–1964), frz. Künstler der Art brut.

797 Franz Schubert (1797–1828), österr. Komponist der Romantik.

799 Mata Hari (1867–1917), eigtl. Margaretha Geertruida Zelle, niederl. Nackttänzerin, die zum Inbegriff der verführerischen Frau wurde. Wegen ihrer Spionagetätigkeit während des Ersten Weltkriegs von einem französischen Militärgericht zum Tode verurteilt und hingerichtet.

799 Katharina die Große (1729–1796), seit der Ermordung ihres Mannes, Peter III., im Jahr 1762 russische Zarin.

KANINCHENSTALL (aus: *Liberté, Égalité, Varieté,* 1989, auch: *Wir machen glücklich,* CD, 1990)

MENSCH UND VERS (aus: *Leute '85*, 1985)

802 Rainer Werner Fassbinder (1945–1982), Filmemacher und Drehbuchautor (»Katzelmacher«, »Angst essen Seele auf«, »Die Ehe der Maria Braun«).

802 Romy Schneider (1938–1982), eigtl. Rosemarie Magdalena Albach, Filmschauspielerin (»Sissi«, »Christine«).

803 Max Brod (1884–1968), Schriftsteller, Komponist, Nachlaßverwalter Kafkas.

804 Heinrich von Kleist (1777–1811), Dichter und Dramatiker (»Der zerbrochene Krug«, »Das Käthchen von Heilbronn«), beging im November 1811 am Berliner Wannsee zusammen mit Henriette Vogel (1780–1811) Selbstmord. Sie war die Ehefrau eines Berliner Generalrendanten und Landschaftsbuchhalters.

Die Zukunft liegt hinter uns
Vom Herbst der Neuzeit

EUROPA – WO LIEGT DAS? (aus: *Links vom Main,* 1988)

AUFKLÄRUNG (aus: *Schufte,* 1990)

PARADIESGASSE (aus: *Links vom Main,* 1988)

DER TRAUM VOM TERROR (aus: »Und ewig raunen die Wälder«, 5. Lieferung, in: *Büchner,* Frankfurt, November 2001)

811 Sebastian Haffner (1907–1999), eigtl. Raimund Pretzel, Publizist (»Anmerkungen zu Hitler«, »Geschichte eines Deutschen«).

811 Don Sharp (*1922), austral. Filmregisseur (»Psychomania«).

811 Rod Steiger (1925–2002), amerik. Filmschauspieler.

812 Thomas Harris (*1940), amerik. Schriftsteller (»Das Schweigen der Lämmer«).

812 Arnold Ruge (1802–1880), Literat, Philosoph, Verleger, Politiker. Arbeitete 1844 mit Karl Marx an den »Deutsch-Französischen Jahrbüchern«.

VOLKSBEANTWORTUNG ZUR WIEDERVERKÖNIGUNG DEUTSCHLANDS (entstanden vor 1990, aus dem Nachlaß)

WILHELM BUSCH – VORDENKER DER POSTMODERNE (aus: *Joseph und Suleika 1. Chaos, Kulte, Katastrophen.* Eichborn, Frankfurt/Main, 1986)

817 Wolfgang Ambros (*1952), österr. Liedermacher (»Es lebe der Zentralfriedhof«).

817 BAP, Rockgruppe des Kölner Musikers Wolfgang Niedecken.

817 bots, holländische Popgruppe, die auch in der linken BRD-Szene populär wurde (»Aufstehn!«).

817 Hannes Wader (*1942), Liedermacher (»Daß nichts bleibt, wie es war«).

817 Zupfgeigenhansl, bekanntes Folkmusik-Duo der 80er Jahre (Erich Schmeckenbecher und Thomas Friz).

POLITIK ALS GLAUBENSKRIEG (aus: *Schwarze Politik,* 1987)

819 Johannes Leppich (1915–1992), kath. Pater mit ausgeprägtem Sinn für PR-Auftritte.

821 Rudolf Pechel (1881–1961), Publizist.

DER IRRSINN DER SOZIALEN FRAGE (entstanden nach 1990, aus dem Nachlaß)

DIE BÜRGERLICHE GESELLSCHAFT (aus: *Die deutsche Opposition,* 1989)

826 Jules Renard (1864–1910), frz. Schriftsteller (»Rotfuchs«, »Ideen, in Tinte getaucht«).

Letzte Dinge
Von Endzeitlichem und Weltgerichten

FÜNFZIG JAHRE KRIEGSENDE (aus: *Scheibenwischer,* ARD, 1995. MB verkörperte Kellner A, Kellner B wurde von Dieter Hildebrandt gespielt)

831 Heinrich Lummer (*1932), CDU-Politiker, 1981–1986 Berliner Innensenator, Spezialist für stramm-rechte Slogans, die ihn in die Nähe von Neonazis brachten.

831 Herbert Wehner (1906–1990), SPD-Politiker. Der ehemalige KPD-Funktionär und spätere Bundesminister für gesamtdeutsche Fragen (1966–1969) galt zeitweise als mächtigster Mann der Sozialdemokra-

tie. Seine Funktion als »Zuchtmeister« der Partei war umstritten; er trug zum Kanzlersturz Willy Brandts bei.

832 Lea Rosh (*1936), Journalistin und TV-Moderatorin, engagiert sich für die Errichtung des Berliner Holocaust-Mahnmals.

832 Peter Gauweiler (*1949), CSU-Politiker, war in einige Affären verstrickt, die 1994 zu seinem Rücktritt als bayerischer Staatsminister führten.

832 Jörg Haider (*1950), österr. Politiker, FPÖ-Spitzenfunktionär, erzielte mit rechtslastigen Sprüche zur NS-Vergangenheit erhebliche Stimmengewinne. Seit Anfang der 90er Jahre Regierungschef in Kärnten.

833 Mit Eva Hitler ist Eva Braun (1912–1945) gemeint, Hitlers Lebensgefährtin, die unmittelbar vor Ende des Zweiten Weltkriegs mit ihm Selbstmord beging. Sie war einen Tag lang seine angetraute Ehefrau. MB spricht von Hitler auch als Adolf Braun.

FROHE VERSE (entstanden vor 2001, aus dem Nachlaß)

834 Albert Einstein (1879–1955), Physiker. Zu seinen wichtigsten Erkenntnissen zählt die Relativitätstheorie ($E=mc^2$). Mit ihr schuf er die bis heute gültige Basis zum Verständnis unseres Universums.

SPRACHLOS (entstanden 1994, aus: *Schlammbeißers Weltgefühl*, 1995)

LACH-MUSS-TEST. Rückblick auf das Jahr 2000 (entstanden 2001)

836 Michael (»Schumi«) Schumacher (*1969), Rennfahrer.

WAS TUN? (aus: *Eigenes Konto*, 2000)

EPILOG (aus: *Die paar Tage noch*, 1994)

EINE MAHNUNG (entstanden vor 2000, aus dem Nachlaß)

HEIL HEILAND (aus: *Der sogenannte Gott*, Hrsg. Albert Sellner, Eichborn, Frankfurt/Main, 1987)

845 Hermann Lübbe (*1926), Professor für Philosophie und politische Theorie (»Der Lebenssinn der Industriegesellschaft«).

EIN URALTER WITZ (entstanden vor 1990, aus dem Nachlaß)

DAS DRAMA VON TSCHERNOBYL (aus: *Montagabendgesellschaft*, 1996)

848 Am 26. April 1986 ereignete sich im Atomkraftwerk Tschernobyl in der Ukraine der bislang schwerste Unfall in der Geschichte der Nutzung der Nuklearenergie. Die radioaktive Wolke breitete sich nach Polen und Skandinavien aus und erfaßte bald darauf weite Teile Mitteleuropas. An den Folgen des Unfalls starben innerhalb von drei Monaten 28 Personen, Hunderte mußten wegen einer akuten Strahlenerkrankung in Krankenhäusern behandelt werden. Die Anzahl derjenigen, die infolge des Unfalls an Krebs sterben werden, wird von Wissenschaftlern und Experten in Ost und West unterschiedlich hoch eingeschätzt, sie beläuft sich nach überwiegender Ansicht weltweit auf mehrere Tausend.

848 Werner Schwab (1958–1994), Schriftsteller, vielgespielter Dramatiker (»Volksvernichtung oder meine Leber ist sinnlos«).

848 Sahra Wagenknecht (*1969), Protagonistin des linken Flügels der PDS (Kommunistische Plattform).

848 Das Berliner Gesangs-Duo Lucilectric (Luci van Org und Ralf Goldkind) wurde 1993 mit dem Song »Mädchen« bekannt.

848 Alexej G. Stachanoff (1905–1977), sowjet. Bergmann, übertraf 1935 seine Arbeitsnorm mit 1300 Prozent. Er galt als Vorbild für die Aktivistenbewegung zur Steigerung der Arbeitsproduktivität in der DDR und anderen Ostblockländern.

848 Adolf Hennecke (1905–1975), Bergmann, wurde in der DDR als »Held der Arbeit« gefeiert, nachdem er 1948 mit einer Schichtleistung von fast 25 Kubikmeter Steinkohle sein Soll um 387 Prozent übererfüllte. Der »deutsche Stachanoff« war Initiator der Aktivistenbewegung in der DDR.

849 Ivan Rebroff (*1931), eigentl. Hans-Rolf Rippert, Sänger, startete seine Karriere als Solist der Donkosaken und als Protagonist im Musical »Anatevka«, gilt seither als Inbegriff des stimmgewaltigen Russen.

850 Gabriel García Márquez (*1928), kolumbian. Schriftsteller und Literaturnobelpreisträger (»Hundert Jahre Einsamkeit«).

ER IST WIEDER DA (aus: *Einfache Lösungen. Beiträge zur beginnenden Unvorstellbarkeit von Problemen der Gesellschaft.* Hrsg. Mernd Ternes, Tectum, Marburg, 2000.)

851 Gaius Cornelius Tacitus (54–120), röm. Politiker und Geschichtsschreiber (»Germania«).

851 Antoine Rivarol (1753–1801), frz. Schriftsteller und politisch-satirischer Journalist (»De l'universalité de la langue française«).

852 Klaus Theweleit (*1942), Soziologe und Publizist (»Männerphantasien«).

852 Georg Philipp Telemann (1681–1767), Komponist des Barock.

GLÜCK UND ARBEIT (aus: *Recht auf Faulheit. Zukunft der Nichtarbeit. Beiträge eines Themenwochenendes der Volksbühne am Rosa-Luxemburg-Platz vom 18.-20. Mai 2001.* Hrsg. Michael Jäger u. a. Edition Freitag, Berlin, 2001)

DRITTER WELTKRIEG (aus: *Geheimnis der Aktentasche,* 1988, auch in: *Liberté, Égalité, Varieté,* 1989)

ZUKUNFTSVISION (entstanden 1986, aus dem Nachlaß)

REGISTER

ÜBER DEN HERAUSGEBER

Volker Kühn kam im finsteren Jahr 1933 auf die Welt, absolvierte eine ordentliche Schulausbildung, studierte ein bißchen und nicht so ordentlich, trieb sich vier Jahre lang in den USA herum und bekam 1963 seinen ersten und einzigen festen Job als Redakteur beim Hessischen Rundfunk in Frankfurt. Zu purer Unterhaltung hatte er bald keine Lust mehr, so verfiel er aufs Kabarett, produzierte, schrieb und inszenierte seine satirische Monatsbilanz *Bis zur letzten Frequenz.* Einer seiner Mitarbeiter war Wolfgang Neuss. Der gab ihm den Rest: einmal infiziert, für immer süchtig. Ab 1966 leistete er zusammen mit Volker Ludwig im Berliner Reichskabarett der APO (für alle Nachgeborenen: Außerparlamentarische Opposition/Studentenbewegung/68er Revolte) satirischen Beistand. 1970 warf er den Bettel der Festanstellung hin.

Seitdem freier Funk- und Fernsehautor, Herausgeber von Kabarett-Anthologien (u. a. *Der totale Neuss*, *Kleinkunststücke*), Texter von Platten-, Musical- und Filmsongs sowie von Politsatiren (u. a. *Politparade, Notizen aus der Provinz* im ZDF mit Dieter Hildebrandt), Regisseur und Verfasser von Theaterstücken und Revuen (*Bankers Opera* im Düsseldorfer Schauspielhaus, *Marlene* im Renaissance-Theater Berlin mit Judy Winter in der Hauptrolle). Und vor allem: die graue Eminenz der deutschen Kabarettszene.

Volker Kühn ist Mitglied des PEN-Zentrums und lebt in Berlin. Weitere Informationen im Internet unter www.vauka-berlin.de.

Abbildungsnachweise:

Renate von Forster 182, 268, 354, 382, 438, 464, 724, 859
Barbara Klemm 12, 756
Georg Kumpfmüller 104, 532
Christiane Meyer-Thoss 154
Pflasterstrand 620
Hans-Joachim Schlüter 208
Wolfgang Wesener 66, 496, 668, 806 sowie Umschlagfoto
Horst Ziegenfuß 830
Auf S. 620 küssen sich Dieter Thomas
und Hendrike von Sydow, auf S. 830 ist Heinrich Pachl
der Mann mit der schwarzen Fliege.

Originalausgabe
1. Auflage, September 2004.
2. Auflage, September 2004.
3. Auflage, November 2004.
4. Auflage, März 2008.

Lektorat: Klaus Gabbert und Martin Weinmann (Büro W, Wiesbaden).
Register: Katharina Theml (Büro W, Wiesbaden).
Korrektorat: Florian Kohl, Berlin.
Satz und Herstellung: Dieter Kohler GmbH, Wallerstein.
Druck: Gutmann + Co GmbH, Talheim.
Einband: Druckerei Auer, Donauwörth.
Printed in Germany.

ISBN 978-3-86150-867-0